宋元

笔记小说

大观

上海古籍出版社
本社编

校点者（以姓氏笔画为序）

丁如明　　孔　一　　王根林　　庄　葳
朱菊如　　朱杰人　　阳羡生　　孙菊园
李伟国　　李保民　　李梦生　　李裕民
汪新森　　尚　成　　金　圆　　郑世刚
施林良　　俞宗宪　　钟振振　　高克勤
秦　克　　徐时仪　　郭明道　　郭群一
常　宁　　黄益元　　韩　谷　　傅　成
穆　公

出 版 说 明

　　"笔记小说"是泛指一切用文言写的志怪、传奇、杂录、琐闻、传记、随笔之类的著作，内容广泛驳杂，举凡天文地理、朝章国典、草木虫鱼、风俗民情、学术考证、鬼怪神仙、艳情传奇、笑话奇谈、逸事琐闻等等，宇宙之大，芥子之微，琳琅满目，真是万象包罗。文笔有的简洁朴实，有的情文相生、美丽动人，常为一般读者所喜爱。它是一座非常丰富、值得珍视的宝库，有着后人取之不尽的无价宝藏。治史者可以利用它增补辨证"正史"的阙失，治文者可以从中考察某一时代的文坛风气、文学作品的源流嬗变，治专门史者可以从中挖掘资料，文艺创作者可以从中寻找素材，可以说是各尽其能，各取所需。

　　据粗略的估计，中国的笔记小说，截止清末，大约不下于3000种。这是一笔巨大的文化遗产，对于一般读者来说要全部读遍，是难以做到的。为此，有必要对它进行一番去伪存真、去粗取精的工作。原上海进步书局出版的《笔记小说大观》走出了第一步。该丛书收书 220 种,多系名家名篇,当时被认为是一部方便实惠、社会反响较好的丛书。但其中也存在一些问题,如内容不免芜杂,体例不够统一,并夹杂了一些伪书,还有内容重复的情况。最突出的问题是,书未经很好的整理、标点、校勘,有些书有断句,有些则无,断句与文字均有错误,不便读者。解放后,我社及其他一些出版社也相继出版了一些笔记小说,出书质量有了很大的提高,但出版时间长(前后达 40 余年),零星分散,读者不易配套。为此,利用已经取得的学术成果,编选一套新的《历代笔记小说大观》是很有必要的。

新编的《历代笔记小说大观》必须具备代表性、实用性、准确性、美观大方、经济方便的特点。从此出发,本丛书共收 200 种左右的笔记小说,上起汉魏(间亦收入或以为属秦汉之前的作品),下迄清末,按《汉魏六朝笔记小说大观》、《唐五代笔记小说大观》、《宋元笔记小说大观》、《明清笔记小说大观》分批出版,分为若干册,每册约 60 至 80 万字。所收笔记小说从内容上来说偏重于记事、记人之作。但汉魏六朝,存世笔记小说不多,因此无论是志怪还是志人,尽可能地多收一些。唐宋以后,传奇小说渐多,一些名篇名著,购求比较容易,一般少收。此外,丛书如《太平广记》

之类、部头过大的著作、汇集摘抄旧文与已收笔记小说内容多重复者和纯学术性的笔记不收。

　　收入本丛书的各种笔记小说以作者生活年代为次序排列。每种笔记小说前由校点者撰写"校点说明",简略介绍作者生平,此书内容及意义、版本情况。每种笔记小说以较完备、较好的版本作底本,用他本校勘,并用有关的史籍、笔记、文集、丛书参校,文字择善而从,概不出校。底本原有校注,如系民国以前人所作,则予保留。近人与今人校注,一般删除。对于其中有价值的校记,则酌情校正正文。所收各种笔记小说,一般只收录底本全文,不作补遗辑佚工作。用他人成果作补遗辑佚者,均于校点说明中指出,以示不敢掠美。

上海古籍出版社

总　目

第一册目录

清 异 录

[宋]陶穀 撰

孔 一 校点

校 点 说 明

《清异录》,宋陶穀(903—970)撰。穀字秀实,邠州新平(今陕西邠县)人。为人强记嗜学,博通经史。历官后晋知制诰、仓部郎中,后汉给事中,后周吏部侍郎,入宋官至户部尚书。

《清异录》采摭唐至五代流传的掌故词语若干条,每条下各出事实缘起,以类编排为三十七门,天文地理、人事官志、草木花果、虫鱼鸟兽、居室器用乃至仙神鬼妖,无所不备,当时社会方方面面,广为包罗。其书有关内容为后世频频引用,颇具影响。惟其条目总数,实为六百五十七,与俞允文序所言六百四十八不符;而目录各门下所载条目数,百花、兽名、鱼、居室、陈设、馔羞诸门亦有一条多寡之出入。大约统计疏漏之外,流传版本的差异也是该书条目数不一的原因。

《清异录》的足本(相对而言)有二卷、四卷之分,所录门、事皆同,只是随意分卷而已。今取文渊阁《四库全书》二卷本(《中国丛书综录》著录为三卷,未知何据)为底本,以《丛书集成》影印《宝颜堂秘笈》四卷本(兽名门缺页,失五事)参校,并录入参校本卷首俞允文序。卷首目录与正文标题略有出入,为存原貌,姑仍其旧。失当之处,敬祈指正。

目　录

清 异 录 序

　　叶伯寅氏有元时孙道明抄写宋陶榖《清异录》四卷,凡十五门二百三十事,遗缺过半。后复得抄本,不第卷次,凡三十七门六百四十八事,比道明本为备,而文独简略,讹谬亦多。然道明本虽遗缺,殆为榖书;而简略者,则《说郛》所载陶宗仪删定本也。今参校勘正十有二三,而疑误难正者并复存之。史称榖为人隽辩宏博,强记嗜学,多所总览。乾德初,尝为南郊礼仪使,法物制度,皆榖所定,一时咸共推美。故今此书亦颇该洽,诚游览者之秘苑也。昔蔡中郎得王仲任《论衡》,秘之帐中,以为谈助;王朗得之,至许下,人称其才进。吾之得榖之书,当亦符斯语尔。隆庆壬申春日,河间俞允文撰。

清异录卷上

天　文

龙　润

李煜在国时,自作祈雨文曰:"尚乖龙润之祥。"

跋扈将军

隋炀帝泛舟,忽阴风颇紧,叹曰:"此风可谓跋扈将军。"

奇　水

雨无云而降,非龙而作,号为奇水。

天公絮

云者,山川之气,今秦陇村民称为天公絮。

赤真人

周季年,东汉国大雪,盛唱曰:"生怕赤真人,都来一夜
春。"后大宋受命。

吼天氏

吕圈贫。秋深大风,邻人朱录事富而轻圈,后叠小纸掷圈

前,云:"吕圜,洛师人也,身寒而德备。一日,吼天氏作孽,独示威於圜。"

圣 琉 璃

王衍伶官家乐侍燕,小池水澄天见,家乐应制云:"一段圣琉璃。"

艳 阳 根

伪闽中书吏韦添天字谜云:"露头更一日,真是艳阳根。"

碧 翁 翁

晋出帝不善诗,时为俳谐语。咏天诗曰:"高平上监碧翁翁。"

地 盖

王彪天赋云:"溥为地盖,浩作星衢。"

润 骨 丹

开元时,高太素隐商山,起六逍遥馆:晴夏晚云,中秋午月,冬日方出,春雪未融,暑簟清风,夜阶急雨。各制一铭。晚云云:"作万变图,先生一笑。"冬日云:"金锣腾空,映檐白醉。"春雪云:"消除疫疠,名润骨丹。"清风云:"醒骨真人,六月惠然。"

冷 飞 白

老伶官黄世明,常言逮事庄宗。大雪内宴,敬新磨进词号冷飞白。

天 公 玉 戏

　　比丘清传与一客同入湖南。客曰:"凡雪,仙人亦重之,号天公玉戏。"

花 鞴 扇

　　俗以开花风为花鞴扇,润花雨为花沐浴。至花老,风雨断送,盖花刑耳。

惊 世 先 生

　　惊世先生,雷之声也。千里镜,电之形也。

千 里 烛

　　道士王致一曰:"我平生不曾使一文油钱:在家则为扇子灯,出路则为千里烛。"意其日月也。

迷 空 步 障

　　世宗时,水部郎韩彦卿使高丽。卿有一书曰《博学记》,偷抄之,得三百余事。今抄天部七事:迷空步障、雾。威屑、霜。教水、露。冰子、雹。气母、虹。屑金、星。秋明大老、天河。

地　　理

黄 金 母

　　汾晋村野间语曰:"欲作千箱主,问取黄金母。"意谓多稼厚畜由耕耘所致。

空青府

契丹东丹王突欲买巧石数峰,目为空青府。

圆光石

赵光逢奴往淮壖,偶得一石,四边玲珑类火。光逢爱之,名曰圆光石。

隐士泥

秣陵孟娘山土正白色,曰白墡土。周护始调涂其四堵,因呼隐士泥。

宠仙

桑维翰寿辰,韦潜德献太湖石一块,上有镌字金饰,曰宠仙。

琉璃变

刘东叔赋腊月雨云:"且雨且冻山径滑,是谁作此琉璃变?"

四时节

桂林一日之间具四时之气,迁谪者恶之,号为四时节。

节木汴州

广陵东南一都会,凡百颇类京师,号节木汴州。

地 上 天 宫

轻清秀丽,东南为甲。富兼华夷,余杭又为甲。百事繁庶,地上天宫也。

青 铜 海

汴老圃纪生一锄芑三十口。病笃,呼子孙戒曰:"此二十亩地,便是青铜海也。"

七 弦 水

武夷山有石,如立壁,巅隐一泉,分七派。山僧颠坚名为七弦水。

小 蓬 莱

违命侯苑中凿地广一顷,池心叠石象三神山,号小蓬莱。

麦 家 地 理

腊雪熟麦,春雪杀麦。田翁以此占丰俭,为麦家地理。

十 辛

积麦以十辛良。下子不得过三辛,收发不得过三辛,上场入仓亦用辛日。

君　道

萧 闲 大 夫

刘铱僭立,奢丽自恣,在宫中自称萧闲大夫。

候 窗 监

南汉刘晟殿侧,置宫人望明窗,以候晓。宫人谓之候窗监。

仁炉义鞴道薪德火

周杜良作唐太宗画像赞云:"仁炉义鞴,道薪德火。"

摘 瓜 手

人君号能用才者,莫如唐太宗。然瀛洲十八人,许敬宗乃得与,如摘瓜手耳,取之既多,其中不容无滥。

扫 国 真 人

隋裴寂待选京都。一日郊饮,遇老人画地上沙土曰"扫国真人",又曰"玉环天子",又曰"兵丹上圣",告寂云:"三百年中,最雄者,此三人耳。"寂醉卧,及醒,已失老人矣。后人绌绎其名,扫国者,太宗之刬平僭暴也;玉环,太真妃子字,玄宗以妃而召乱,玉环天子是玄宗明矣;宪宗始以兵定方镇之强,终以丹躁灭身,兵丹之目,其宪宗之谓乎?

避贤招难存三奉五皇帝

昭宗丁不可为之时,遭无所立之地,人戏上尊号曰避贤招难存三奉五皇帝。盖帝常曰:"朕东西所至,祸难随之,愿避贤者路。"三谓三主,帝后及杨柳昭仪,五谓全忠、行瑜、克用、茂贞、韩建。

彩 局 儿

开元中,后宫繁众,侍御寝者难於取舍,为彩局儿以定之。集宫嫔,用骰子掷,最胜一人乃得专夜。宦珰私号骰子为锉角媒人。

大 昏 元 年

王曦绍僭号梁闽越,淫刑不道。黄峻曰:"合非永隆,恐是大昏元年。"

孟 蜀 吊 伐

孟蜀隳危,大军吊伐。伪昶遣皇太子玄喆、平章事王昭远统兵捍御。玄喆乳臭子,昭远仆厕材。太祖叹曰:"孟昶都无股肱爪牙,其亡不晚矣。"

紫 明 供 奉

武帝宣内供奉,赐坐,食甘露球蜜,捣山药油浴。既退,侵夜,宫嫔离次,上独映琉璃灯笼观书。久之,归寝殿。王才人问:"官家今日以何消遣?"上曰:"绿罗供奉已去,皂罗供奉宫人特醫。不来,与紫明供奉灯。相守,熟读《尚书·无逸》篇数遍。

朕非不能取热闹快活,正要与弦管尊罍暂时隔破。"

容 易 郎 君

晋少主志于富贵,才进姓名,即问几钱;拜官赐职,出于谈笑。幸臣私号容易郎君。

大 体 双

刘𬬮昏纵角出,得波斯女,年破瓜,黑腯而慧艳,善淫,曲尽其妙。𬬮嬖之,赐号媚猪。延方士,求健阳法,久乃得,多多益办。好观人交,选恶少年,配以雏宫人,皆妖俊美健者,就后园,褫衣使露而偶,𬬮扶媚猪延行览玩,号曰大体双。又择新采异与媚猪对。鸟兽见之熟,亦作合。

官　　志

风 力 相 国

越公杨素专恣既久,包藏可畏,四方寒心,不敢直指,故以风力相国概之。

润 家 钱

南汉地狭力弱,事例卑猥,州县时会僚属,不设席而分馈阿堵,号润家钱。

分 身 将

梁将葛从周,忠义骁勇,每临阵,东西南北,忽焉如神,晋人称为分身将。

肉　雷

来绍乃唐酷吏俊臣之裔,天禀鸷忍,以决罚为乐。尝宰郃阳,生灵困于孽手。创造铁绳千条,或有令不承,则急缚之,仍以其半捶手,往往委顿。每肆枯木之威,则百囚俱断,轰响震动一邑,时呼肉雷。

百 和 参 军

袁象先判衢州,时幕客谢平子癖于焚香,至忘形废事。同僚苏收戏刺一札,伺其亡也而投之,云:"鼎炷郎守馥州百和参军谢子平。"

撷金炼玉束雪量珠

王播拜诸道盐铁转运使,秘书丞许少连贺启:"撷金炼玉,束雪量珠。"

玉 茸 金 卤

伪唐徐履掌建阳茶局。弟复治海陵盐政,监检烹炼之亭榜曰金卤。履闻之,洁敞焙舍,命曰玉茸。

赤 心 榜

张聿宰华亭,治政凛然。凡有府使赋外之需,直榜邑门。民感其诚,指为赤心榜。

小 宰 羊

时戩为青阳丞,洁己勤民,肉味不给,日市豆腐数个。邑人呼豆腐为小宰羊。

抱 冰 公 事

蒙州立山县丞晁觉民,自中原避兵南来,因仕霸朝,食料衣服皆市于邻邑,一吏专主之。既回,物多毫末,皆置诸狱,当其役者曰:"又管抱冰公事也。"

牛 皮 绷 铁 鼓

苏州录事参军薛朋龟,廉勤明察,胥吏呼为牛皮绷铁鼓,言难缦也。

软 绣 天 街

本朝以亲王尹开封,谓之判南衙,羽仪散从,灿如图画。京师人叹曰:"好一条软绣天街。"近日士大夫骑吏华繁者,亦号半里娇。

人 间 第 一 黄

伪唐赃臣褚仁规,窃禄泰州刺史,恶政不可缕举。有智民请吻儒为二诗,皆隐语,凡写数千幅,诣金陵粘贴,事乃上闻。诗曰:"多求囊白昧苍苍,兼取人间第一黄。"云云。白黄隐金银字。

脯 掾

何敬洙帅武昌,时司仓彭湘杰习知膳味,就中脯腊尤殊,敬洙檄掌公厨。郡中号为脯掾。

裹 头 冰

宋城主簿祝天贶励己如冰玉,百姓呼为裹头冰。天贶去后,和甄来尉,颇得天贶馀味,加以儒而文,民间语曰:"去了裹头冰,却得一段著脚琉璃。"

名 字 副 车

邓州别驾令狐上选,政贪性疏,百姓呼名字副车。

人 事

闹 侯

侯元亮,马氏时湖湘宰。退居长沙,门常有客,宴会无虚日。人目为闹侯。

九 龙 烛

杜黄裳,当宪宗初载,深谋密议,眷礼敦优,生日例外别赐九龙烛十挺。

呷 大 夫

家述、常事修仕伪蜀为太子左赞善大夫。西人皆滑稽,事修伺述酒瓮将竭,叩门求饮,未通大道,已见叠耻,濡笔书壁曰:"酒客乾喉去,唯存呷大夫。"

九 福

天下有九福:京师钱福、眼福、病福、屏帏福,吴越口福,洛阳花福,蜀川药福,秦陇鞍马福,燕赵衣裳福。

蜂 窠 巷 陌

四方指南海为烟月作坊,以言风俗尚淫。今京师鬻色户将及万计,至于男子举体自货,进退怡然,遂成蜂窠巷陌,又不止烟月作坊也。

手 民

木匠总号运金之艺,又曰手民手货。

鼎 社

广顺三年,以柴守礼子荣为皇子,拜守礼太子少保致仕。皇子即位,是为世宗。守礼居西洛,与王溥、王彦超、韩令坤之父结友嬉游,裘马衣冠,僭逼逾制。当时人为一日具设乐集妓,轮环无已,谓之鼎社。洛下多妙妓,守礼日点十名,以片纸书姓字,押字大如掌,使人持呼之,被遣者诣府尹出纸呈示,尹从旁金字。妓见纸画时争到买唤子,号曰鼎社。

到头庵主彻底门生

魏仁浦长百僚,提奖单隐岩至列郎,又附他相,仁浦不悦。一日,浮屠仁普来乞山资,留饭而隐岩至。以束素赠别,顾仁普曰:“到头庵主,彻底门生。今昔所难,即而勉之。”隐岩面不类人,唯唯而退。

女 及 第

齐鲁燕赵之种蚕收茧讫,主蚕者簪通花银碗谢祠庙。村野指为女及第。

钱井经商

僦屋出钱号曰痴钱。故僦赁取直者,京师人指为钱井经商。

不动尊

宣武刘,钱民也。铸铁为箅子,薄游,妓求钗奁,刘子辞之,姥曰:"郎君家库里许多青铜,教做不动尊,可惜烂了风流。抛散能使几何?"刘子云:"我爷唤箅子作长生铁,况钱乎? 彼日日烧香,祷祝天地三光,要钱生儿,绢生孙,金银千百亿化身,岂止不动尊而已!"为人父者,闻此可以少戒。

瓯宰

广席多宾,必差一人惯习精俊者,充瓯宰,使举职律众。

金搭膝

温韬少无赖,拳人几死。市魁将送官。谢过魁前,拜逾数百,魁释之。韬每念之以为耻,既贵达,拍金薄为搭膝,带之曰:"聊酬此膝。"

郑世尊

或曰:"不肖子倾产破业,所病不瘳,其终奈何?"司马安仁曰:"为郑世尊而已。"又问:"何谓?"曰:"郑子以李娃故,行乞安邑,几为馁鬼;佛世尊欲与一切众生结胜因缘,遂于舍卫次第而乞。合二义以名之,非不肖子尚谁当乎?"

三债三悦

桑维翰草莱时，语友人："吾有富贵在造物，未还三债，是以知之。上债钱货，中债妓女，下债书籍。"既而铁砚功成。一日酒后，谓亲密曰："吾始望不及此，当以数语劝子一杯。"其人满酌而引，公云："吾有三悦而持之，一曰钱，二曰妓，三曰不敢遗天下书。"公徐云："吾炫露太甚。"自罚一觥。

女　行

胭　脂　虎

朱氏女沉惨狡妒，嫁为陆慎言妻。慎言宰尉氏，政不在己。吏民语曰胭脂虎。

冠　子　虫

俗骂妇人为冠子虫，谓性若虫蛇，有伤无补。

补　阙　灯　檠

冀时儒李大壮畏服小君，万一不遵号令，则叱令正坐，为绾匾髻，中安灯碗，燃灯火。大壮屏气定体，如枯木土偶。人诨目之曰补阙灯檠。

黑　心　符

一妻不能御，一家从可知。以之卿诸侯，一国从可知。以之相天子，天下从可知。盖夫夫妇妇而天下正，正家而天下定矣。惟女子小人为难养，近之则不逊，远之则怨，《论语》之教也。牝鸡之晨,惟家之索,《书》之训也。无攸遂在中馈,《易》之戒也。能循法度,则可以承先祖,共祭祀,《诗》之劝也。威公纵文姜,丧躯而几亡鲁;高祖畏吕氏,召乱而几亡汉;文帝牵掣于独孤,废嫡长,立致大业之倾;高宗溺惑于武媚,故失威权,阶大周之僭。万乘尚尔,况庶人乎!又况讲再醮,备继室,既无结发之情,常有扶筐之志,安得福祥?免祸幸矣!闵家以芦絮示薄,许氏以铁杵表酷,其事历历可见。为夫者耽少姿,入巧言,房篹之间,夜以继日,缠爱纽情,牢不可拔。妻计日行,夫势日削,如钳碍口,嗫不得声;如络冒头,痴不得动;如杻械被身,束缚囚系,不得自由。而至寒热饥饱在彼不在我,出入起居在彼不在我。使为不信惟命,使为不义惟命,使为不忠惟命,使为不慈惟命,使躬行残忍刻薄之所不为惟命。呼令杀人,则恨头落之迟;呼令自杀,则恐刀来之晚。极口骂辱焉,迎以笑嬉;尽力决挞焉,连称罪过。数以犯,再拜谢之;役以事,健步办之。曰“舐吾痔”,诺而趋;曰“尝吾便”,跪而进。上不知有亲,知有吾妻而已;下不省有幼,省有吾妻而已。人方以谓古不闻、今不见,彼尚且流汗积踵,吐血逾胸,悚惧惮惶,战栗振掉,惟恐妻语之厉而色之庄也。其效伊何?有家则妻擅其家,有国则妻据其国,有天下则妻挦麾其天下。令一县则小君映帘,守一州则夫人并坐。论道经邦,奋庸熙载,则于飞对内殿,连理入都堂,粉黛判赏罚,裙襦执生杀矣。世虽晚犹有是非,俗虽浇犹分善恶。有臣如此,君必乱之;有朋如此,朋必绝之;有闾里如此,邻必去之;有民如此,官必刑之;有子如此,父母必号泣而摈之;有同气如此,兄弟必纷纭而舍之。有父如此,有祖如此,有伯叔如此,有子孙侄如此,必色变心移,东西南北而避之。妇人遂启口为云雾,发喉为雷霆,展身为电,转

身为风，诬春为秋，改白为黑，指吴作越，号女作男。无力龃
龉，喜不自胜，喜在其间。愚以度日，坐以待尽，或十年，或六
七年，或二三年，齿发且衰，寿命且尽，货均彼卷而怀之，则联
秦合晋之事萌而请媒通聘之迹见矣。昏丈夫君已不用，友已
不齿，乡已不录，兄弟不亲，子孙不集。人非高于泰山，鬼责深
于沧海，其家墟矣。老方悲其墓臭矣，死尤辱妻而继焉。有格
言也，就夫言之，乃并枕於菀，连盘野葛；就子孙言之，乃通心
钻、彻骨锥；就朋友亲族言之，乃一轮车、四墙屋。甚者至于杀
夫首子，祸绵刀锯，冤著市曹，祭祀绝而门庭芜。然世人恬为
之，悟且畏者曾无也。吾年六十，目见耳闻，不可算数。今训
汝等，有妻固所不免，当待之如宾客，防之如盗贼，以德易色，
修己率下。妻既正，子孙敢不正乎？万一不幸，中道鼓盆，巾
栉付之侍婢，米盐畀之诸子，日授方略，坐享安安。又或无嗣
孤单，则宜归老弟侄，以心与之，孰敢不尽。若更重昏续娶，定
见败身殒家，至时亲友不欲言，子孙不敢谏，兼已惑已误，难信
难处，岂知吾熟谙而预言之。龟鉴在前，无复缕缕。立石中
寝，永戒来裔。稍越吾言，祖先神明，共赐诛殛。百世循之，真
万金之良药也。

　　右莱州长史于义方《黑心符》一卷，录以传后。黑心者，继
妇之德名也。陶氏子孙，其戒之哉！

水 香 劝 盏

　　扈戴畏内特甚。未仕时，欲出则谒假于细君，细君滴水于
地，指曰："不干须前归。"若去远，则燃香印掐至某所，以为还
家之验。因筵聚，方三行酒，戴色欲逃遁，朋友默晓，哗曰："扈
君恐砌水隐形、香印过界耳，是当罚也。吾徒人撰新句一联，

劝请酒一盏。"众以为善,乃俱起,一人捧瓯吟曰:"解禀香三令,能遵水五申。"逼戴饮尽。别云:"细弹防事水,短爇戒时香。"别云:"战兢思水约,匍匐赴香期。"别云:"出佩香三尺,归防水九章。"别云:"命系逡巡水,时牵决定香。"戴连沃六七巨觥,吐呕淋漓。既上马,群噪曰:"若夫人怪迟,但道被水香劝盏留住。"

君　子

髯　佛

滑州贾宁,性仁恕,赈饥救患,耆稚爱慕之,以宁多髯,遂皆以髯佛呼之。

老　鸦　陈

巴陵陈氏,累世孝谨,乡里以老鸦陈目之,谓乌鸦能反哺也。

返　生　钱

宣城儒士林修己,深方脉治病,不求报谢。人致馈再三哀恳,则留百余一,时人名为返生钱。

泰　火　否　炉

淄中赵节博赡周直,乡人敬之。尝作《炉火》诗云:"近冬附火为泰火,透春拥炉成否炉。用否随时有轻重,进身君子合知无。"

天梳日帽

唐隐君子田游岩,一日冬晴,就汤泉沐发,风于朝晖之下。适所亲者至,曰:"高年岂不自爱而草草若是耶?"游岩笑而答曰:"天梳日帽,他复何需?"

安富大夫

岐下梁执以市隐为乐。有府从事来见,将为言于岐帅而官之,执怒,府从事徐曰:"先生之量,未易量也。人之贫者富之,人之病者安之,人之贱者贵之。人视先生贱且病之穷叟耳,而皆反其所乐,而今而后,敢以安富大夫目先生。"

棣　　友

范阳窦禹钧生五子。子仪等友爱天至。仪曰:"吾与汝等离兄弟之拘牵,真棣友也。"

百　悔　经

闽士刘乙尝乘醉与人争妓女。既醒惭悔,集书籍凡因饮酒致失贾祸者,编以自警,题曰《百悔经》。自后不饮,至于终身。

乐天羹七百二十碗

周维简隐洪州西山,尝云得米三四石,乐天羹七百二十碗,足了一年支费。

虚钉玲珑石镇羊

游士藻为晋王记室。予过其居,知昨夜命客,问食品,曰:"第一虚装玲珑石镇羊。"予曰:"好改作钉字,便是一句诗。"士藻令取夜来食目,对面涂注,云:"吾平生以顺人情为佛事,独违学士,可乎?"

幺 么

虫 使

庄宗时,伶官朱国宾天姿乖狠,众皆畏恨,以其闽人,号为虫使。

腹 兵

荆楚贾者与闽商争宿邸。荆贾曰:"尔一等人,横面蛙言,通身剑戟,天生玉网,腹内包虫。"闽商应之曰:"汝辈腹兵,亦自不浅。"盖谓荆字从刀也。

凿空大使驾险三郎

桂州衙内都知兵马使蒋刚,善迎合上官,剥兵刻民,诳妄诈欺,运以智数。刚序行第三,时号凿空大使驾险三郎。

瓮 精

螺川人何画,薄有文艺,而屈意于五侯鲭,尤善酒。人以瓮精诮之。

释　族

的乳三神仙

太祖陈桥时,太后方饭僧于寺,惧不测。寺主僧誓以身蔽。上受禅,赐的乳三神仙。

引饭大师

禅家未粥饭先鸣槌,维那掌之。蒙林目净槌为引饭大师,维那为栾槌都督。

钵盂精

行脚僧惊举子驴,举子不忿,僧曰:"麻衣鬼,著汝何时会林?"举子扬鞭曰:"钵盂精,且理会取养命圆。"

扫地和尚

王建僭立后,有一僧常持大帚,不论官府人家寺观,遇即汛扫,人以扫地和尚目之。建末年,于诸处写六字云:"水行仙,怕秦川。"后王衍秦川之祸,方悟水行仙即衍字耳。

双拈布

长安素上人,四时止双拈布为三衣,执一鬼脚杖而已。

寄生囊

梓潼双灯寺僧书一颂曰"撞来好个寄生囊"云云,趺坐而化。

寒 灰 道 者

俞郢隐天童山。大寒则于厨内取麸火一器,亦纳直于主者,呼寒灰道者全利头。僧举能素苦白秃疮痂糊顶,禅人皆呼为寒灰道者。

泥 融 觉

比丘无染游庐山,春雨路滑,忽仆石上,由是洞见本原。士大夫称为泥融觉。

研金虚缕沉水香纽列环

晋天福三年,赐僧法城跋遮那。裂袭环也。王言云:"敕法城卿佛国栋梁,僧坛领袖。今遣内官赐卿研金虚缕沉水香纽列环一枚,至可领取。"

无 无 老

沙门爱英住池阳村,示人之语曰:"万论千经,不如无念无营。"时郡娼满莹娘多姿而富情,真妓女中麟凤。进士张振祖以"无念无营,有情有色"制一联云:"门前草满无无老,床底钱多有有娘。"

猪 羊 三 昧

冤胸僧行修食必大炙,人戏之云:"修院主猪羊鸡鸭三昧正受。"

紫织方

获嘉秃士贯微僭奢如贵要子弟。旋织小叠胜罗染棋服，号紫织方。

面　忠

蒸雪会，乃道忠行化余杭，一钱不遗，专供灵隐海众，月设一斋，延僧广备蒸作。人人喜曰："来日赴忠道者蒸雪会。"忠之化人，惟曰买面，故称面忠。

舟航化

玄奘论道释云："道有为，宗舟航化；佛无为，宗虚空化。"

汤饼藏油齑饱吃佛

无念，苦行比丘也，食量延数人。楚大韶延僧，既旅集，大韶长子以长纸书"汤饼藏油齑饱吃佛"榜念坐处，念不动声色，如法饮食而退。

梵　嫂

相国寺星辰院比丘澄晖，以艳倡为妻，每醉，点胸曰："二四阿罗，烟粉释迦，又没头发浪子，有房室如来、快活风流，光前绝后。"忽一少年踵门谒晖，愿置酒参会梵嫂。晖难之。凌晨，但见院牌用纸漫书曰："敕赐双飞之寺。"

偎红倚翠大师

李煜在国，微行娼家，遇一僧张席，煜遂为不速之客。僧酒令讴吟吹弹，莫不高了，见煜明俊酝藉，契合相爱重。煜乘醉大书右壁曰："浅斟低唱，偎红倚翠大师；鸳鸯寺主，传持风流教法。"久之，僧拥妓入屏帏。煜徐步而出。僧妓竟不知煜为谁也。煜尝密谕徐铉，铉言于所亲焉。

僧 旗 佛 伞

龙兴寺檀越舍幡盖文云："僧旗交舞，丁当起于风铃；佛伞高擎，焜耀生乎日鉴。"其造语脱落寻常轨辙，而不书谁人制撰。

三 只 袜

去习者云行至峨眉山，而隐蓄三只袜，常穿二补一。岁久裂帛交杂，望之茸茸焉，自呼为狮子袜。

五百斤铁蒸胡

汴州封禅寺有铁香炉，大容三石，都人目之曰香井炉。边锁一木柜，窍其顶，游者香毕，以白水真人投柜窍，寺门收此以为一岁麦本。他院释戏封禅房袒曰："贵刹不愁斋粥，世尊面前者五百斤铁蒸胡，好一件坚牢常住。"

肉香炉肉灯台

齐赵人好以身为供养，且谓两臂为肉灯台，顶心为肉香炉。

仙　宗

饕　餮　仙

近世事仙道者,不务寡欲,多搜黄白术,贪婪无厌,宜谓之饕餮仙。

花　饼　道　人

五朝泉州有贫士,行乞得钱,尽买花麻饼食之。群小儿呼为花饼道人。

长　生　箓

华阴士人子,别庄在老鸦谷。因收刘与密友饮,夜醉。乘月出庄,信步似十余里,至一宫殿中,皆仙妆妇人。玉宇宝台上安玉匣,大标金字曰"长生箓"。二人睹一金翠双鬟女发书读之曰:"九琳上魔伯校玉书先春法师,长养三天花木,并增算五千年。"二人失声,忽然不见,身在乱石乔木间耳。

太　飞　丸

吴毅,临邛人。以多疾,斋祷于青城山紫极院,置坛设醮。科仪毕,假寐斋厅,梦天人称自剪刀馆来,授一竹简,题曰:"太飞丸炼心法用盐解仙人一物。"注曰:"世间白蝙蝠是。"其制合之节甚详,仍戒以绝嗜欲方可服。

氤　氲　大　使

朱起家居阳翟,年逾弱冠,姿韵爽逸。伯氏虞部有女妓宠宠,艳秀明慧,起甚留意,宠尤系心。缘馆院各别,种种碍隔,起一志不移,精神恍惚。有密友诣都,辇起送至郊外,独回之次,逢青巾短袍担筇杖药篮者,熟视起曰:"郎君幸值贫道,否则危矣。"起骇异,下马揖之。青巾曰:"君有急,直言,吾能济。"起再拜,以宠事诉。青巾笑曰:"世人阴阳之契有缱绻司总统,其长官号氤氲大使,诸凤缘冥数当合者,须鸳鸯牒下乃成,虽伉俪之正,婢妾之微,买笑之略,偷期之秘,仙凡交会,华戎配接,率由一道焉。我即为子嘱之。"临去,篮中取一扇授起曰:"是坤灵扇子。凡访宠,以扇自蔽,人皆不见。自此七日外可合,合十五年而绝。"起如戒,往来无阻。后十五年,宠疫病而殂。青巾盖仙也。

飱和阁

太上明堂,玄宗上经清斋休粮,存日月在口中。赵威伯受法于范丘林,行挹日月之道。《内景》注载上清紫虚吞日月气法,蜀天师杜光庭所庐作飱和阁,奉行如上事。

草

香祖

兰虽吐一花,室中亦馥郁袭人,弥旬不歇。故江南人以兰为香祖。

昌九

宜春太守虞呆,郡斋植昌蒲五槛。次子梦髯翁自号昌九,言愿赐保养。

璎珞藤

终南山出璎珞藤,软碧可爱,叶甚小,有子累累然缠固其上,真似璎珞。

科名草

杜荀鹤舍前椿树生芝草。明年及第,以漆彩饰之,安几砚间,号科名草。

蕉迷

南汉贵珰赵纯节,性惟喜芭蕉,凡轩窗馆宇咸种之。时称纯节为蕉迷。

草帝

青城山叟谢调《芭蕉歌》略云:"草中一种无伦比,琐屑蒿莱望帝尊。"

扇子仙

南海城中苏氏园,幽胜第一。广主尝与幸姬李蟾妃微至此憩酌绿蕉林,广主命笔大书蕉叶曰"扇子仙"。苏氏于广主草宴之所起扇子亭。

绿天

怀素居零陵庵东郊,治芭蕉,亘带几数万,取叶代纸而书,号其所曰"绿天庵"、曰"种纸"。厥后道州刺史追作《绿天铭》。

馨 列 侯

唐保大二年,国主幸饮香亭赏新兰,诏苑令取沪溪美土,为馨列侯壅培之具。

萧寒郡假节侯

芦之为物,大类此君,但霜雪侵陵改素为愧耳。故好事君子号芦为"萧寒郡假节侯"。

护 阶 君 子

常保衡呼麦门冬、鹿葱为护阶君子,金蓥、玉簪为绿庄严。

一 元 木 公

瓦松秽屋,为不材之草,有门生离合为四字,曰一元木公,实不称名。瓦松盖白日登天,可以下视百草矣。

绿 衣 元 宝

苔一名地钱,一名绿衣元宝。王彦章葺园亭,垒坛种花,急欲苔藓少助野意,而经年不生,顾弟子曰:"叵耐这绿拗儿!"

土 三 材

葛为世用,花入药,根参果,蔌筋备纫织。土生而具三材,亦草中之白眉。

绿 参 差

芭蕉诗最难作,胡邰阳嵩一篇云:"野人无帐幄,爱此绿参差。"云云。

木 竹附

绿　卿

王彪《临池赋》云："碧氏方澄，宅龟鱼而荡漾；绿卿高拂，宿烟雾以参差。"

节　氏

三堂人家石柱础有文曰《虚中子生成记》。初云："虚中子，姓节氏，化龙之后也。"隔十数字云："与笙箫令寿鬣，支离叟坚文，同志莫逆。"又其后云："生子苗，封甘锐侯。"余皆漫灭不存，疑是昔人种竹记。窃记鬣是松，支是柏，苗是笋。

圆通居士

比丘海光住庐山石虎庵。夜梦人长清瘦而斑衣，言舍身为庵中供养具。俄窗外竹生一笋花紫箨，如梦者之衣，既成竹，六尺余，无节，黄绿莹净。江州太守闻之，意将夺取。竹一夕自倒，太守寻罪去。光乃用为拄杖，目曰直兄。光来都下，予因见之。光云梦者自称圆通居士，予遂小篆此四字于杖之首，令黑漆之。

丁 香 竹

荆南判官刘彧，弃官游秦陇闽粤。箧中收大竹拾余颗，每有客，则斫取少许煎饮，其辛香如鸡舌汤。人坚叩其名，曰："谓之丁香竹，非中国所产也。"

平　头　笋

海南岛中一类笋,极腴厚而甚短,岛人号平头笋。

天　亲　竹

秦维言双竹自是一种,有成林者,因出三拄杖两岐。后问浙人,云此是天亲竹,有时出一番双笋,故例皆分岐,亦非年年有之。

不　平　生

崔凤蹉跎失志。洛南天庆观颇幽雅,常陪友生夏月招凉于古槐下,戏曰:"予不登九品,此槐不得为手版,想亦助不平也。"是后朋从呼槐为不平生。

锦心氏绣腹郎

懿宗时,求老槐于城北笔头谷李殊庄,亦不下百年矣。树腰刻小字,一曰锦心氏,一曰绣腹郎。云殊之祖爱甚,故刻记之。

浅　色　沉

同光中,秦陇野人得柏树,解截为版,成器物,置密室中时,馨芳之气稍类沉水。初得而焚之亦不香,盖性不宜火。此浅色沉耳。

木　仙

张荐明隐乐山。林有古松十余株,谓人曰:"予人中之仙,此木中之仙也。"

文　章　树

张曲江里第之侧有古柘，尝因狂风发其一根，解为器具，花纹甚奇。人以公之手笔冠世，目之曰文章树。

三　义　亭

同州郃阳县刘靖家兄弟不异居，宅旁榆树生桑，西廊梧桐生榖枝，明年坟中白杨生桧，并郁茂相若。乡人号榆为义祖，桐为小义，白杨为义孙，分先后也。县令出官钱为修三义亭。

漏春和尚

新栽柳树，必用泥固济其木，颇类比丘顶。相元伯玉宅前插柳，初春吐芽，伯玉曰："且得漏春和尚——无恙。"盖取杜子美"漏泄春光有柳条"之句。

通　天　笋

衡州人家竹林中生五笋，彻梢无节，目观者神之，名通天笋。

蚱蜢竹

江湖间有一种野竹，其叶纠结如虫状。山民曰："此蚱蜢竹也。"

靴　鞋　树

金乡路上一老榆，往来者就树下易草屦，例以其旧悬而去。行人指为靴鞋树。

省 便 珠

释知足尝曰："吾身炉也，吾心火也，五戒十善香也。安用沉檀笺乳作梦中戏?"人强之，但摘窗前柏子焚爇和口者指为省便珠。

佛 影 蔬

新罗论迦逻岛有笋曰佛影蔬。中国虽大，无此一种。

边 幼 节

余为笋效傅休奕作墓志曰：边幼节，字脆中，晋林琅玕之裔也。以汤死。建隆二年三月二十五日立石。

花

小 南 强

南汉地狭力贫，不自揣度，有欺四方傲中国之志。每见北人，盛夸岭海之强。世宗遣使入岭，馆接者遗茉莉，文其名曰小南强。及本朝钺主面缚，伪臣到阙，见洛阳牡丹，大骇叹。有搢绅谓曰："此名大北胜。"

睡 香

庐山瑞香花，始缘一比丘昼寝磐石上，梦中闻花香，烈酷不可名，既觉，寻香求之，因名睡香。四方奇之，谓乃花中祥瑞，遂以瑞易睡。

独立仙

孟昶时,每腊日,内官各献罗体圈金花树子,梁守珍献忘忧花,缕金于花上,曰独立仙。

锦洞天

李后主每春盛时,梁栋窗壁柱栱阶砌并作隔筒,密插杂花,榜曰锦洞天。

黄玉玦

钱俶以弟信镇湖州。后圃芙蓉枝上穿一黄玉玦,枝梢交杂,不知从何而穿也。信截斡取玦以献人,谓真仙来游,留此以惊世耳。

百叶仙人

洛阳大内临芳殿,庄宗所建。牡丹千余本,其名品亦有在人口者,具于后:

百叶仙人 浅红	月宫花 白	小黄娇 深黄	雪夫人 白
粉奴香 白	蓬莱相公 紫花黄绿	卵心黄	
御衣红	紫龙杯	三云紫	盘紫酥 浅红　天王子
出样黄	火焰奴 正红	太平楼阁 千叶黄	

玉鸡苗

东平城南许司马后圃,蔷薇花太繁,欲分于别地栽插。忽花根下掘得一石如鸡状,五色灿然。郡人遂呼蔷薇为玉鸡苗。

楼罗历

刘铱在国,春深,令宫人斗花。凌晨开后苑,各任采择。少顷,敕还宫锁苑门。膳讫普集,角胜负于殿中。宦士抱关,宫人出入,皆搜怀袖置楼罗历以验姓名,法制甚严,时号花禁。负者献耍金耍银买燕。

鼎文帔

许智老居长沙,有木芙蓉二株,庇可亩余。一日盛开,宾客盈溢坐中,王子怀言花不逾万,若过之受罚,指所携妓贾三英胡锦鼎文帔以酬直。智老命仆厕群采,凡一万三千余朵。子怀褫帔纳主人,靦而默遁。

十 二 香

吴门于永锡专好梅花,吟十二香诗。今录其名意:

万选香拔枝剪折,遴拣繁种。　水玉香清水玉缸,参差如雪。

二色香帷幄深置,脂粉同妍。　自得香帘幕窥蔽,独享馥然。

扑凸香巧插鸦鬓,妙丽无比。　笋　香采折凑然,计多受赏。

富贵香簪组共赏,金玉辉映。　混沌香夜室映灯,暗中拂鼻。

盗跖香就树临瓶,至诚窃取。　君子香不假风力,芳誉远闻。

一寸香醉藏怀袖,馨闻断续。　使者香专使贡持,临门远送。

紫 风 流

庐山僧舍有麝囊花一蕊,色正紫,类丁香,号紫风流。江南后主诏取数十根植于移风殿,赐名蓬莱紫。

婪 尾 春

胡嶠诗:"瓶里数枝婪尾春。"时人罔喻其意。桑维翰曰:
"唐末文人有谓芍药为婪尾春者。婪尾酒乃最后之杯,芍药殿
春,亦得是名。"

金 刚 不 坏 王

懿宗赏花短歌云:"长生白,久视黄,共拜金刚不坏王。"谓
菊花也。

雨 天 三 昧

闽昶春余宴后苑,飞红满空。昶曰:"《弥陀经》云雨天曼
陀罗华,此景近似今日。观化工之雨天三昧,宜召六宫设三昧
燕。"

花经九品九命

张翊者,世本长安,因乱南来,先主擢置上列。时邦西平
昌令卒,翊好学多思致,尝戏造《花经》,以九品九命升降次第
之,时服其允当。

一 品 九 命

兰　　牡丹　　腊梅　　酴醿　　紫风流_{睡香异名}

二 品 八 命

琼花　　蕙　　岩桂　　茉莉　　含笑

三 品 七 命

芍药　莲　蔷蘼　丁香　碧桃　垂丝海棠　千叶

四 品 六 命

菊　杏　辛夷　豆蔻　后庭　忘忧　樱桃　林禽　梅

五 品 五 命

杨花　月红　梨花　千叶李　桃花　石榴

六 品 四 命

聚八仙　金沙　宝相　紫薇　凌霄　海棠

七 品 三 命

散水　真珠　粉团　郁李　蔷薇　米囊　木瓜　山茶　迎春　玫瑰　金灯　木笔　金凤　夜合　踯躅　金钱　锦带　石蝉

八 品 二 命

杜鹃　大清　滴露　刺桐　木兰　鸡冠　锦被堆

九 品 一 命

芙蓉　　牵牛　　木槿　　葵　　胡葵　　鼓子
石竹　　金莲

花 九 锡

《警忘录》载,罗虬撰《花九锡》,然亦须兰、蕙、梅、莲辈乃
可披襟,若夫容、踯躅、望仙、山木、野草,直惟阿耳,尚锡之云
乎!

重顶帷障风　　金错刀剪折　　甘泉浸　　玉缸贮
雕文台座安置　　画图　　翻曲　　美醑赏　　新诗咏

五 宜

对花焚香有风味相和,其妙不可言者,木犀宜龙脑,酴醾
宜沉水,兰宜四绝,含笑宜麝,蔷薇宜檀。韩熙载有五宜说。

瀛 洲 玉 雨

司空图《菩萨蛮》谓梨花为瀛洲玉雨。

严 山 圭 木

韩恭叟离合岩桂二字为严山圭木。

慈恩傅粉绿衣郎

陶子召客于西宅,为酴醾开尊,无以侑劝,请坐人各撰小
名,得有思致者七。是日十一客,费曲生八斗,夜三鼓而罢。
家并有酴醾酒肉,如吾十二人之乐,没世不可得。赛白蔓君、

四字天花、花圣人、慈恩傅粉、绿衣郎、独步春、沉香密友。

百 宜 枝 杖

酴醾木香,事事称宜,故卖插枝者云百宜枝杖。此洛社故事也。

花 腊

脂粉流爱重酴醾,盛开时置书册中,冬间取以插鬓,盖花腊耳。

香 琼 绶 带

薛熊赏酴醾诗云:"香琼绶带雪缨络。"

花 太 医

苏直善治花,瘠者腴之,病者安之。时人竞称为花太医。

抬举牡丹法

常以九月取角屑硫黄,碾如面,拌细土,挑动花根壅罨,入土一寸,出土三寸。地脉既暖,立春,渐有花蕾生如粟粒,即掐去,惟留中心一蕊,气聚故花肥,至开时大如碗面。

兰花第一香

兰无偶,称为第一。

洛白扬红汴黄江紫

瑞香有洛白、扬红、汴黄、江紫。花之变极矣。

果

瑞圣奴

天宝年,内中柑树结实,帝日与贵妃赏御,呼为瑞圣奴。

馀甘尉

邺中环桃特异,后唐庄宗曰:"昔人以橘为千头木奴,此不为馀甘尉乎?"

梅檀

冯长乐别墅有数种梅檀:紫粉、分心、软带之类。

冷金丹

来禽百枚,用蜂蜜浸十日,取出,别入蜂蜜五斤,细丹砂末二两,搅拌封泥,一月出之,阴干,名冷金丹。饭后酒时食一两枚,其功胜九转丹。

省事三

北方莲实状长少味,出藕颇佳,然止三孔,用汉语转译,其名曰省事三。

蜜父蜡兄

建业野人种梨者,诧其味曰蜜父;种枇杷者,恃其色曰蜡兄。

青 灰 蔗

甘蔗盛于吴中,亦有精粗。如昆仑蔗、夹苗蔗、青灰蔗皆可炼糖;桃榔蔗乃次品。糖坊中人盗取未煎蔗液盈碗啜之,功德浆即此物也。

金 香 大 丞 相

庄宗小酌,进新橘,命诸伶咏之。唐朝美诗先成,曰:"金香大丞相,兄弟八九人。剥皮去滓子,若个是汝人?"帝大笑,赐所御软金杯。

赤 志 翁

予尝以鸭卵及莲枝一捻红饷符昭远。介还,送一诗云:"圣胎初出赤志翁,丑杖旁扶赤志翁。"

河 东 饭

晋王尝穷追汴师,粮运不继,蒸栗以食。军中遂呼栗为河东饭。

鸡 冠 枣

睢阳多善枣:鸡冠枣宜作脯,醍醐枣宜生啖。或谓枣是圣花儿。

红 云 宴

岭南荔枝固不逮闽蜀。刘𬭁每年设红云宴,正红荔枝熟时。

玉 枕 薯

岭外多薯,间有发深山邃谷而得之者,枚块连属,有数十斤者,味极甘香。人多自食,未尝货于外。本名玉枕薯,又号三家薯。

土 麝 香

尝因会客食瓜,言最恶麝香。坐有张延祖曰:"是大不然。吾家以麝香种瓜,为乡里冠。但人不知制伏之术耳。"求麝二钱许怀去。后旬日,以药末搅麝见送,每种瓜一窠,根下用药一捻。既结,破之,麝气扑鼻。次年种其子,名之曰土麝香,然不用药麝,止微香耳。

掌 扇 冈

樱桃素盛,睢阳地名掌扇冈尤繁妙,有一树收子至三石者。

东 韦 李

东韦李,朔方处处有,云韦氏中东脊之孙种来得名。

天 公 掌

淇薯药称最大者号天公掌,次者号拙骨羊。

月 一 盘

蜀孟昶月旦必素餐,性喜薯药。左右因呼薯药为月一盘。

四 十 团

贾人自岭外还,得一枝龙眼,已盐干,凡四十团,共亍枚。至荆南献高保勉,因作小琅玕槛子立置之,名之曰海珠蘗。

绣 水 团

龙眼金,余但知其名绣水团、川弹子而已。按《本草》一号荔枝奴。

玉 角 香

新罗使者每来,多鬻松子,有数等,玉角香、重堂枣、御家长、龙牙子,惟玉角香最奇,使者亦自珍之。

铁 脚 梨

木瓜性益下部,若脚膝筋骨有疾者,必用焉。故方家号为铁脚梨。

黄 金 额

丘鹏南出甘蔗啖朝友,云黄金额。

百 二 子

河东葡萄有极大者,惟土人得啖之。其至京师者,百二子、紫粉头而已。

御 蝉 香

洛南会昌中,瓜圃结五六实,长几尺,而极大者类蛾绿,其上皱文酷似蝉形,圃中人连蔓移土槛贡,上命之曰御蝉香挹腰绿。

百子瓮

果中子繁者,惟夏瓜、冬瓜、石榴。故嗜果者目瓜为百子瓮。

独子青

辽东一处有瓜,若浇沃,则以酒代水。实成破为十段,若段中止有一子而长数寸,食一颗可作十日粮。国人珍之,名独子青。

瓜战

吴越称雪上瓜。钱氏子弟逃暑,取一瓜,各言子之的数,言定,剖观,负者张宴,谓之瓜战。

鼻选

瓜最盛者,无逾齐赵。车担列市,道路浓香。故彼人云:"未至舌交,先以鼻选。"

闽香玉女

闽士赴科,临川人赴调,会京师旗亭,各举乡产。闽士曰:"我土荔枝,真压枝天子,钉坐真人。天下安有并驾者!"抚人不识荔枝之未腊者,故盛主杨梅。闽士不忿,遂成喧竞。旁有滑稽子徐为一绝云:"闽香玉女含香雪,吴会星郎驾火云。草木无情争底事,青明经对赤参军。"

淀 脚 绡

夷门瓜品中,淀脚绡夹鹑,其色香味可魁本类也。

楔 宝

崔远家墅在长安城南,就中楔池,产巨藕,贵重一时,相传为楔宝,又曰玉臂龙。

竹 青 枣

唐末,群方贡国物产不通。东汉有商归自闽越,以橄榄献于霸君。明日,分赐大臣。禁帅郝惟庆曰:"此公状类吾乡竹青枣,加之一时,久方得薄味,官家何用赐臣? 所喜者,金棱略绰盘耳。"

九 天 材 料

一时之果品类几何? 惟假蜂、蔗、川糖、白盐、药物,煎酿曝糁,各随所宜。郭崇韬家最善乎此。知味者称为九天材料。

爽 团

冯瀛王爽团法,弄色金杏,新水浸没,生姜、甘草草、丁香、蜀椒、缩砂、白豆蔻、盐花、沉檀、龙麝,皆取末如面,搅拌,日晒干,候水尽味透,更以香药铺糁,其功成矣。宿酲未解,一枚可以萧然。

百 益 红

百益一损者枣,一益百损者梨。医氏目枣为百益红,梨为百损黄。

赐 紫 樱 桃

温庭筠曰:"葡萄是赐紫樱桃,黄葵是镀金木槿。"

云 英 麨

郑文宝云英麨,予得食,酷嗜之。宝赠方藕、莲、菱、芋、鸡头、荸荠、慈姑、百合,并择净肉烂蒸之,风前吹眼少时,石臼中捣极细,入川糖蜜熟再捣,令相得,取出作一团,停冷性硬,净刀随意切食。糖多为佳,蜜须合宜,过则大稀。

蔬

昆 味

落苏本名茄子,隋炀帝缘饰为昆仑紫瓜,人间但名昆味而已。

千 金 菜

高国使者来汉,隋人求得菜种,酬之甚厚,故因名千金菜,今莴苣也。

翰 林 齑

右补阙崔从授余翰林齑法,每用时菜五七种,择去老寿者,细长破之,入汤,审硬软,作汁,量浅深。慎启闭,时检察,待其玉洁而芳香,则熟矣。若欲食,先炼雍州酥,次下干齑及盐花,冬春用熟笋,夏秋用生藕,亦刀破令形与齑同。既熟,搅于羹中,极清美。卢质在翰林躬为之。

胡麻自然汁

羹虀寸截连汁置洁器中,炼胡麻自然汁投之,更入白盐,捣姜搅匀,泼淡汤饼。此乃余杭寿禅师法。非事佛者,加炼熟葱韭益佳。

百岁羹

俗号虀为百岁羹,言至贫亦可具,虽百岁可长享也。

子母蔗

湖南马氏有鸡狗坊卒长,能种子母蔗。

龙须菜

瓮菜出闽中,凡百毒悉能解之。引蔓而生,土人号龙须菜。

一束金

杜颐食不可无韭,人恶其哜,候其仆市还,潜取弃之。怒骂曰:“奴狗! 奴狗! 安得去此一束金也?”

盘碗葱

盘碗葱,赵魏间有之,几如柱杖粗,但盈尺耳。

和事草

葱和美众味,若药剂必用甘草也,所以文言曰和事草。

五　鼎　芝

北方桑上生白耳,名桑鹅,贵有力者咸嗜之,呼五鼎芝。

南　方　韭

南方韭,多须,叶短阔而圆。

玉　乳　萝　卜

王奭善营度,子弟不许仕宦。每年止种火田玉乳萝卜、壶城马面菘,可致千缗。

蒺　藜　精

江南吴协、刘宾王同省,殊不相下。时方严冽,厅后石芥蔡长,协曰:"可谓介然特立。"宾王曰:"诚如公言,但恨黄发之言变成蒺藜精耳。"协已耳顺,闻而衔之。

跛　还　丹

孟贯献诗于世宗,遂联九品。有《药性论序》曰:"红苋为跛鳖之还丹。"

题　头　菌

保大中,村民于烂木上得菌几一担,状如莲花叶而色赤黄,因呼题头菌。

笋　奴　菌　妾

江右多菘菜,鬻笋者恶之,骂曰:"心子菜,盖笋奴菌妾也。"

金 毛 菜

石发,吴越亦有之,然以新罗者为上,彼国呼为金毛菜。

笑 矣 乎

菌蕈有一种食之令人得干笑疾,土人戏呼为笑矣乎。

休 休 散

湖湘习为毒药以中人。其法:取大蛇毙之,厚用茅草盖罨,几旬则生菌蕈,发根自蛇骨出,候肥盛采之,令干,捣末糁酒食茶汤中,遇者无不赴泉壤。世人号为休休散。

麝 香 草

蒜,五代宫中呼麝香草。

三 无 比

钟谟嗜菠薐菜,文其名曰雨花菜。又以蒌蒿、莱菔、菠薐为三无比。

炼鹤一羹醉猫三饼

居士李巍求道雪窦山中,畦蔬自供。有问巍曰:"日进何味?"答曰:"以炼鹤一羹,盖为炼得身形似鹤形也。醉猫三饼。巍以莳萝薄荷捣饭为饼。"问者语所亲者,以清饥道者旦暮必以菜解。

缠 齿 羊

袁居道不求闻达,马希范间延入府。希范病酒,厌膏腻。居道曰:"大王今日使得贫家缠齿羊。"询其故,则蔬茹。

净 街 槌

瓠少味无韵,荤素俱不相宜,俗呼净街槌。

药

迎 年 佩

咸通后,士风尚于正旦未明佩紫赤囊,中盛人参木香如豆样,时时倾出嚼吞之,至日出乃止,号迎年佩。

狮 子 术

潜山产善术,以其盘结丑怪,有兽之形,因号为狮子术。

三 青 蔓

按清冷真君外诀,贝杞为三青蔓,其苗为换骨菜。

炼 骨 汤

潜山老黄冠,年一百一岁。扈长官好修摄,赂黄冠仆窃药而来,乃吴茱萸、艾叶、川椒、杜仲、干木瓜、木鳖肉、瓦上松花。扈信之,名曰炼骨汤。此仙家谓之水炙香。

锦　郎

槟榔含章甚美，绝象枸锦，性体坚刚，耐于断削。余治为书轴，因名锦郎。

谬剂而已

医之于人，功次天地。其间滥谬，盗名取赀，无功有害。药乎，药乎，谬剂而已。

一　药　谱

芯药清本良于医，药数百品，各以角贴，所题名字诡异。余大骇，究其源底，答言："天成中，进士侯宁极戏造药谱一卷，尽出新意，改立别名，因时多艰，不传于世。"余以礼求假录一通，用娱闲暇。

假君子〔牵牛〕　昌明童子〔川乌头〕　淡伯〔厚朴〕　木叔〔胡椒〕　雪眉同气〔白扁豆〕　金丸使者〔椒〕　鹹毒仙〔预知子〕　贵老〔陈皮〕　远秀卿〔沈香〕　化米先生〔神曲〕　九日三官〔吴茱萸〕　焰叟〔硫黄〕　三闾小玉〔白芷〕　中黄节士〔麻黄〕　时美中〔莳萝〕　导河掾〔木猪苓〕　嗽神〔五味子〕　方曲氏〔防风〕　削坚中尉〔三棱〕　白天寿〔吴术〕　洞庭奴隶〔枳壳〕　黄英石〔檀香〕　绿剑真人〔菖蒲〕　魏去疾〔阿魏〕　禹孙〔泽泻〕　橐籥尊师〔仙灵脾〕　风棱御史〔史君子〕　雪如来〔白芨〕　风味团头〔缩砂〕　赦肺侯〔欸冬花〕　骨鲠元君〔萆薢〕　苦督邮〔黄芩〕　调睡参军〔酸枣仁〕　黑司命〔苁蓉〕　知微老〔白薇〕　太清尊者〔朴硝〕　既济公〔升麻〕　冷翠金刚〔石楠叶〕　脱核婴儿〔桃仁〕　涩翁〔诃梨勒〕　抱雪居士〔香〕

附子　随汤给事中_{甘遂}　斜枝大夫_{草龙胆}　野丈_{白头}
翁　建阳八座_{蛇床子}　玄房仲长统_{皂荚}　蓑生药王
覆盆子　仁枣_{川楝子}　石仲宁_{滑石}　命门录事_{安息香}
隐上座_{郁李仁}　水状元_{紫苏}　飞风道者_{牙硝}　帝膏
苏合香　毕和尚_{毕澄茄}　金山力士_{自然铜}　麝男_{甘松}
冰喉尉_{薄荷}　草东床_{大腹皮}　肾曹都尉_{葫芦巴}　寿
祖威灵仙　玲珑霍去病_{藿香}　千眼油_{铧人}　延年卷
雪桑_{白皮}　水银腊_{轻粉}　黄香影子_{栀子}　六亭剂_{五味}
子　显明犯_{阿胶}　出样珊瑚_{木通}　中央粉_{蒲黄}
疮帚_{何首乌}　支解黄_{丁香}　洗瘴丹_{槟榔}　海腊麒麟竭
水磨橄榄_{金铃子}　无名印_{地榆}　无忧扇_{枇杷叶}　鬼
木串_{槐角}　黑煞星_{夜明砂}　续命筒_{干漆}　蛮龙舌血
没药　羽化魁_{五加皮}　清凉种_{香薷}　度厄钱_{连翘}
汤主_{山茱萸}　圣苊松_{瞿麦}　翻胃木_{常山}　醒心杖_{远志}
玉皇瓜_{马兜铃}　偷蜜珊瑚_{甘草}　德儿_{杏仁}　混沌蜽
蛉寄生　永嘉圣脯_{干姜}　红心石_{赤石脂}　药本_{五灵脂}
静风尾_{荆芥}　正坐丹砂_{附子}　迎阳子_{兔丝子}　山屠
黄蘗　脾家瑞气_{肉豆蔻}　甜面淳于_{蜜陀僧}　剔骨香_青
皮　痰宫劈历_{半夏}　玉虚饭_{龙脑}　锁眉根_{苦参}
黑龙衣_{鳖甲}　小帝青_{青盐}　百辣云_{生姜}　绥带米_麦
蘗　半夏精_{天南星}　夜金_{雄黄}　沙田髓_{黄精}　无
声虎_{大黄}　小昌明_{草乌头}　草兵_{巴豆}　巢烟九肋_{乌梅}
百子堂_{草果子}　皱面还丹_{人参}　琥珀孙_{松脂}　贼参
茅苊　不死面_{茯苓}　火泉_{竹沥}　比目沈香_{乌药}
陆续丸_{蔓荆子}　地白_{瓜蒌根}　天豆_{破故纸}　滴胆芝_黄
连　新罗白肉_{白附子}　瘦香娇_{丁香}　破关符_{蓬莪术}

王丝皮（杜仲）　血柜（牡丹皮）　川元蟊（川芎）　九女春（鹿茸）

百药绵（黄耆）　英华库（益智）　通天拄杖（牛膝）　赤天佩（姜黄）　丹田霖雨（巴戟）　百丈须（石斛）　飞天蕊（旋复花）

安神队杖（麦门冬）　郓芝（天麻）　锦绣根（芍药）　草鱼目（薏苡仁）　茅君宝箧（苍术）　尉陀生（桂）　炼形松子（柏子仁）

芦头豹子（柴胡）　丑宝（牛黄）　肚里屏风（艾）　九畹菜（泽兰）　女二天（当归）　天通绿（木香）　旱水晶（硼砂）　还元大品（地黄）　两平章（羌活）　死冰（白僵蚕）　一寸楼台（蜂窠）　三尺篆（枸杞）　无情手（硇砂）　拔萃团（麝香）

绿须姜（细辛）　笑靥金（菊花）　走根梅（干葛）　八月珠（茴香）　银条德星（山药）　埋光乌药（良姜）　椹圣（荜拨）

破军杀（大戟）　吉祥杵（桔梗）　金母蜕（郁金）　线子檀（芽香）　良医匕首（亭历）　产家大器（秦艽）　滴金卵（延胡索）

鬼丹（芦会）　宜州样子（白豆蔻）　瓦垅班（贝母）　孝梗（知母）

万金茸（紫苑）　秦尖（蒺莉）　西天蔓（前胡）　蕨臣（卷柏）

五福窝（白敛）　保生藁（藁本）　狨奴（狗脊）　蒜脑薯（百合）

备身弩（芫花）　玉灵片（石膏）

黄庭泉

长生之药，惟积久灌溉丹田为上。仙家以津液为种寿泉，祖《黄庭》也。

草师婆

福德绵、吉祥草、草师婆，皆谓艾也。

大　灵　豆

华山陈抟有大灵豆,服一粒四十九日不饥,筋骨如故,颜色反婴。

肝　天

药有五天:决明为肝天,紫苑为肺天,神曲为脾天,远志为心天,苁蓉为肾天。

草　裹　丹　砂

耆老妇人好熨烙以瓦片暖肚,名为草裹丹砂。凡阴寒觉足疼用之。

扁　鹊　铭

椒又名扁鹊铭,蜀产者上。叶属木故青,皮本火故赤,花应土故黄,膜兆金故白,子符水故黑:五行全足,草中大丹。服饵家重之。

却　老　霜

却老霜,九炼松脂为之,辟谷长生。

日面天肠福衢寿车

《大清草木方》云:服云母者成日面天肠,饵钟乳者登福衢寿车。

草 创 刀 圭

《高丽博学记》云:酥名大刀圭,醍醐名小刀圭,酪名水刀圭,乳腐名草创刀圭。

火 轮 三 昧

凡病膏肓之际,药效难比针灸之所以用也。针长于宣壅滞,灸长于气血,古人谓之延年火,又曰火轮三昧。今人有病必灸,亦大癖也。

火 灵 库

昌黎公愈晚年颇亲脂粉。故事,服食用硫黄末,搅粥饭,啖鸡男,不使交,千日烹庖,名火灵库。公间日进一只焉。始亦见功,终致绝命。

大 道 丸

食草木方:黑豆一升,去皮。贯众一两,甘草如之,茯苓、吴术、缩砂仁减半,锉了,用水五升,同豆熬煮。火须文武紧慢得中,直至水尽,拣去药,取豆捣如泥,作鸡头实大,有盖瓷瓶密封。黄巢乱江淮,人窜入山林,多饿死。八公山有刹帝利种文禅制此药,名大道丸,嚼一丸,则恣食苗叶可为终日饱。虽异草殊木,素所不识,亦无毒,甘甜与进饭粮一同。获济者众。

回 头 青

香附子,湖湘人谓之回头青,言就地划去,转首已青。用之之法:砂盆中熟擦去毛,作细末,水搅浸澄一日夜,去水,膏熬稠，捏饼，微火焙干，复浸。如此五七遍，入药，宛然有沉水香味。单服尤清。

禽

羹 本

郝轮陈别墅畜鸡数百。外甥丁权伯劝谕轮："畜一鸡，日杀小虫无数，况损命莫知纪极，岂不寒心？"轮曰："汝要我破除羹本，虽亲而实疏也。"

插 羽 佳 人

豪少年尚畜鸽，号半天娇。人以其蛊惑过于娇女艳妖，呼为插羽佳人。

白 鸥 脯

陈乔、张似之子，秋晚并游玄武湖。时群鸥游泛，似子曰："一轴内本潇湘。"乔子俄顾卒吏云："此白色水禽，可作脯否？"佥议云："张似子半茎凤毛，陈乔男一堆牛屎。"乔子从是得陈一堆白鸥脯之名。

家 常 腽 肭 脐

腽肭脐不可常得。野雀久食，积功固亦峻紧，盖家常腽肭脐也。

婆 娑 儿

郑遨隐居。有高士问："何以阅日？"对曰："不注目于婆娑儿,即侧耳于鼓吹长。"谓玩鸥而听蛙也。

黑凤凰

礼部郎康凝畏妻甚有声。妻尝病,求乌鸦为药,而积雪未消,难以网捕。妻大怒,欲加捶楚。凝畏惧,涉泥出郊,用粒食引致之,仅获一枚。同省刘尚贤戏之曰:"圣人以凤凰来仪为瑞,君获此免祸,可谓黑凤凰矣。"

兀地奴

世谓鹅为兀地奴,谓其行步蹩跚耳。

减脚鹅

御史符昭远曰:"鸭颇类乎鹅,但足短耳,宜谓之减脚鹅。"

轩郎

韩中书俾舒雅作《鹤赋》,有曰:"眷彼轩郎,治兹松府。"

书空匠

书空匠者,乾祐中冷金亭赏菊,分赋秋雁,族子秘书丞敞先就,诗曰:"天扫闲云秋净时,书空匠者最相宜。"云云。

福德长

韩轸家藏《三义雁图》,有赞云:"伺察非常,为福德长。"

灌阳公

宣城开元寺殿上有鹤,云巢沙门梵报撰《灌阳公开府记》。

瓦亭仙

鹳多在殿阁鸱尾及人家屋兽结窠,故或有呼瓦亭仙者。

青　喜

李正己被囚执,梦云青雀噪即报喜也。是旦果有群雀啁啾,色皆青苍。至今李族居淄青者呼雀为青喜。

凤　隐

韦嗣立宅后林麓邃密,有黄鹄一双潜于左侧,每韦氏有吉庆事,则先期盘翔。时人议曰:"人君德感,凤凰呈瑞。世未尝无凤凰,非可出之时而自隐耳。今山鹄为韦氏家候祥报吉否,则与凤凰隐同焉者也。"

半　瑞

吴兴罗捕者得一鸢,紫翠色,俊鸷可喜。山民朱神佐以谓钱俶初即位,此是珍祥,献之必推赏典。即重价偿罗者,携诸杭,将献鸢,无故而殒。滑稽者多以半瑞之言嘲神佐。

肉寄生

章贡小蒙川苏氏山林多鸠,宾客满坐,可悉餍饫。一网数十百,咄嗟可具。故其党戏之曰:"此君家肉寄生也。"

九苞奴

《动植广疏》云:"锦雉一名九苞奴。"谓其有文无德,真凤凰之奴隶。

哑　瑞

于颐、董天休俱为郿州从事。颐文辨,天休木讷而衣冠甚丽。一日,有吏人获锦雉来献,颐笑曰:"此物毛羽灿错,但鸣不中律吕,亦哑瑞而已矣。"天休觉其谑己,徐曰:"若以声语求之,蝉似可取,其如闹禅师座上敲拄杖示众,而望道远矣。"颐衔之。因兹日益参商,讼于有司,至于相骂辱,讥调之诗悉著在史牍,若发诵之,可清欢竟日,目为凤凰案。

长　生　网

鹑之为性,闻同类之声则至。熟其性,必求鹑之善鸣者诱致,则无不获。自号引鹑为长生网。

族　味

鹑捕之者多论网而获,故雌雄群子同被鼎俎。世人文其名为族味。

碧　海　舍　人

隋宦者刘继诠,得芙蓉鸥二十四只以献,毛色如芙蓉。帝甚喜,置北海中,曰:"鸥字三品鸟,宜封碧海舍人。"

人　日　鸟

南唐王建封不识文义,族子有《动植疏》,俾吏录之。其载鸲事,以传写讹谬,分一字为三,变而为人日鸟矣。建封信之,每人日开筵,必首进此味。

痴 伯 子

葛从周养一皂鹰甚鸷，忽突笼飞去。从周惜，责掌事讨捕
良急。从周方食，小仆报桐树上鹰见栖泊，望之，乃一鸥也，怒
骂曰："不解事奴，此痴伯子，得万个何所用！"促寻黑漫天。黑
漫天，所失鹰名也。

唾 十 三

《厌胜章》言：枭乃天毒所产，见闻者必罹殃祸。急向枭连
唾十三口，然后静坐，存北斗，一时许可禳。伪汉蒙州刺判史
龙骁，武人，极讳己名，又父名碏、子名蛋，亦讳之。郡人呼枭
曰唾十三，鹊曰喜奈何，蛋曰秋风部属，私相告云："若使君祖
讳饭，吾辈亦当称甑家粥耶？"

纳脍场小尉

取鱼用鸬鹚，快捷为甚。当涂荽塘，石皀民庄舍在焉，畜
鸬鹚于家，缆小舟在岸，日遣一丁取鱼供家。邑尉过，时见之，
谓皀民曰："小舟即纳脍场，鸬鹚乃小尉耳。"复曰："江湖渔郎
用鸬鹚，乃小尉耳。"复曰："江湖渔郎用鸬鹚者，名乌头网。"

锦 地 鸥

闽中造盏，花纹鹧鸪斑点，试茶家珍之，因展蜀画鹧鸪于
书馆。江南黄是甫见之，曰："鹧鸪亦数种，此锦地鸥也。"

观 自 在

耶律德光入京师，春日闻杜鹃声，问李崧："此是何物？"崧

曰:"杜鹃。唐杜甫诗云:'西川有杜鹃,东川无杜鹃,涪万无杜鹃,云安有杜鹃。'京洛亦有之。"德光曰:"许大世界,一个飞禽,任他拣选,要生处便生,不生处种也无,佛经中所谓观自在也。"

渊明鬼

太府少卿潘崇有处女名妙玉,咏杜鹃云:"一九苞奴般,毛羽渊明鬼。"

顷刻虫

后周武帝置官于泸川,酿毒药为酒,年以供进。所用材品不一,名野。叉酒。役者皆取大辟舍罪而驱策之,官长岁颁续命金以毒气薰煮。官被者多死,徒卒恐怯。鸩为一拂鸟、顷刻虫,蝮蛇为劈历,蜂为小峭。

九罗

明崇俨《厌胜书》:鬼车九首,妖怪之魁。凡所遭触,灭身破家。故一名九罗。其掌之者曰天血使者。然物可以类胜,羽毛中凡十种,鬼车切畏之,宜用烹制,召巫为祭,尽禳袷之法焉。

相如锦

相如、文君用鸂鶒裘贳酒。长沙浪士王渲与名倡董和仙客为丽服,涂鸂鶒状,号相如锦。久而都下亦效之。

兽

白 沙 龙

冯翊产羊,膏嫩第一。言饮食者推冯翊白沙龙为首。

珍 郎

天后好食冷修羊肠。张昌宗冷修羊手札曰:"珍郎杀身以奉国。"

角 仙

华清宫一鹿,十年精俊不衰,人呼曰角仙。

玉 署 三 牲

道家流书言,獐、鹿、麂是玉署三牲,神仙所享,故奉道者不忌。

糟 糠 氏

伪唐陈乔食蒸肫,曰:"此糟糠氏面目殊乖,而风味不浅也。"

金 鞍 使 者

王昶倾金钱市名马,凡得五匹,各有位号,曰金鞍使者、千里将军、致远侯、渥洼郎、骥国公。

灵　寿　子

武宗为颖王时，邸园畜食兽之可人者，以备十玩。绘《十玩图》，于今传播。

九皋处士鹤　　玄素先生白鹇　　长鸣都尉鸡

灵寿子龟　　惺惺奴猴　　守门使犬　　长耳公驴

鼠将猫　　茸客鹿　　辨哥鹦鹉

麝　香　骝

魏王继岌奉命伐蜀。王衍苑马数百，皆逸足也，继岌犹比选之，得二十许匹，格赏不可言。

麝香骝　锦耳骢　骆十二　趁日骢　偏界王　陷冰骝　长命骝　孙儿骢　笼松白　八百哥　掠地云　锦地龙　雪面娘　月影三　玉尾骝　撒沙骝　天花骆　旋风白　窣地娇　六尺金　衔蝉奴

后唐琼花公主，自丱角养二猫，雌雄各一，有雪白者曰御花朵，而乌者惟白尾而已，公主呼为麝香骝妲己。

尾　君　子

郭休隐居太山，畜一胡孙，谨恪不逾规矩，呼曰尾君子。

黄　奴

耒阳廖习之家生一黄犬，识人喜怒颐指。习之尝作歌云："吾家黄奴类黄耳。"

绿 耳 梯

江南后主同气宜春王从谦，常春日与妃侍游宫中后圃，妃侍睹桃花烂开，意欲折而条高。小黄门取彩梯献。时从谦正乘骏马击球，乃引鞚至花底痛采芳菲，顾谓嫔妾曰："吾之绿耳梯何如？"

菊 道 人

亳社吉祥僧刹有僧诵《华严》大典，忽一紫兔自至，驯伏不去，随僧坐起，听经坐禅。惟餐菊花，饮清泉。僧呼菊道人。

白 雪 姑

余在辇毂，至大街，见揭小榜曰："虞大博宅失去猫儿，色白，小名白雪姑。"

钝 公 子

天成、长兴中，以牛者耕之本，杀禁甚严，有盗屠私贩，不敢显其名，婉称曰格饵，亦犹李甘家号甘子为金轮藏、杨虞卿家号鱼为水花羊、陆象仙家号象为钝公子、李栖筠家号犀为独笋牛、石虎时号虎为黄猛、朱全忠时号钟为大圣铜，俱以避讳故也。

肉 胡 床

吉祥座，杜重威马也；肉胡床，景延广马也。

肉 灶 烧 丹

开运中，术士曹盈道来谒，自陈能肉灶烧丹，借厅修养。询其说，肉灶者，末生朱砂饲羊羔脽，乃供厨；借厅者，素女容成闭阳采阴之意。

四 足 仙 人

鲁人东野宾王适吴，至盱眙村店，使仆夫籴米拾薪，俱未来，而马已脱鞍解络饱于芳秀也。宾王羡曰："绿耳公，尔为四足仙人，我是两脚饿鬼。"

黄 毛 菩 萨

予阳翟庄舍左右有田老者，不为欺心事，出言鲠直，浑名撞倒墙。尤不喜杀牛，见村舍悬列牛头脚，告妻子曰："天下人所吃，皆从此黄毛菩萨身主发生。临了杀倒，却有天在！"

峻 青 宅

李道殷，华山道士。山栖谷饮，有奇术，能摄伏鬼神。畜一黑猿儿，呼为臂童。道殷于庵侧古松上，以茅草枝稍营一巢，为臂童寝息之所，名曰峻青宅。

虫

涂金折枝蜻蜓

后唐宫人或网获蜻蜓，爱其翠薄，遂以描金笔涂翅，作小折枝花子，金线笼贮养之。尔后上元卖花者取象为之，售于游女。

花　贼

温庭筠尝得一句云：“蜜官金翼使”。遍示知识，无人可属。久之，自联其下曰：“花贼玉腰奴”。予以谓道尽蜂蝶。

篆　愁　君

临川李善宁之子，十岁能即席赋诗。亲友尝以贫家壁试之，略不构思，吟曰：“椒气从何得？灯光凿处分。拖涎来藻饰，惟有篆愁君。”拖涎，指蜗牛也。

莎　亭　部　落

浮屠氏《弥陀经》云：极乐世界有白鸥、孔雀、鹦鹉、舍利、迦陵频伽，故今人目为西方部落。至于呼蛮为莎亭部落，不知何为。

青　林　乐 音药。

唐世京城游手夏月采蝉货之，唱曰：“只卖青林乐。”妇妾小儿争买，以笼悬窗户间。亦有验其声长短为胜负者，谓之仙虫社。

尔　雅　虫

小符拆字为赋，得父绪余。余过其家，正见庄宾来呈蟹，小符曰：“此虫雅哉？”予曰：“子将拆蟹为二，出雅字以张本。若作尔雅虫，无疑也。”适中其谋，轰笑而已。

鱼

一 命 鳗 鲦

江南紫微郎熙载酷好鳗鲦,庖人私语曰:"韩中书一命二鳗鲦。"

王 字 鲤

鲤鱼多是龙化,额上有真书王字者名王字鲤,此尤通神。

裙 襕 大 夫

晋祠小池蓄老鳖,大如食盘,不知何人题阑柱曰:"裙襕大夫,乌衣开国。何元美后,失鳖所在。"

平 福 公

唐故宫池中有一六目龟,或出曝背,人见其甲上有刻字,微金,仿佛如曰平福公君灵。古老传是武宗王美人所养,福犹腹也,借音而已。

水 晶 人

二三友来访,买得虾蟹具馔,语及唐士人逆风至长须国娶虾女事,坐客谢谦冲曰:"虾女岂不好?白角衫裹个水晶人。"满筵无不大笑。

黄 大

伪德昌宫使刘承勋嗜蟹,但取圆壳而已。亲友中有言:

"古重二螯。"承勋曰："十万白八，敌一个黄大不得。"谓蟹有八足，故云。

筴 舌 虫

卢绛从弟纯以蟹肉为一品膏，尝曰："四方之味，当许含黄伯为第一。"后因食二螯筴伤其舌，血流盈襟。绛自是戏纯蟹为筴舌虫。

软 钉 雪 笼

京洛白鳝极佳，烹治四方罕有得法者。周朝寺人杨承禄造脱骨独为魁冠，禁中时亦宣索承禄进之，文其名曰软钉雪笼。

水 族 加 恩 簿

吴越功德判官毛胜多雅戏，以地产鱼虾海物，四方所无，因造水族加恩簿，品叙精奇。有钱氏子得之，余观私家，一夕全录。

水族，浙地之产为多。加恩簿者，晋陵毛胜公敌所出也。须鳞壳甲，种类差殊，荐醴登盘，皆可于口。陈言烂说，不足尽其妙，故各扬乃德，各叙所材，然后总材德形容之美，假以封之。令者，盖沧海龙君之命。夫龙擅于海，君制万族，号令其间，宁有不可！胜生居水国，餍享群鲜，常以天馋居士自名，则观此簿者宜不责而笑也。

玉 桂 仙 君　江殊乃江瑶之文名。

令咨尔独步王江殊，鼎甈仙姿，琼瑶绀体，天赋臣美，时称绝佳。宜以流碧郡为灵渊国,追号玉桂仙君,称海珍元年。

章丘大都督 一沧浪头盖章举,二白中隐盖车螯,
三淡然子盖蚶菜,四季遏盖虾魁。

令章丘大都督忠美侯沧浪头,隐浪色奇,入瓯称最;杜口中郎将白中隐,负乃厚德,韬其雄姿;殊形中尉兼灵甘尹淡然子,体虽诡异,用实芳鲜;玉德公季遏,纯洁内含,爽妙外济。沧浪头可灵渊国上相无比,白中隐可含珍大元帅丰甘上柱国兼脆尹,淡然子可天味大将军远胜王,季遏可清绡内相颉羹郡王。

爽国公 一南宠乃蟵,二甲藏用乃蝤蛑,
三解蕴中乃蟹,四解微子乃彭越。

令多黄尉权行尺一令南宠,截然居海,天付巨材,宜授黄城监远珍侯;复以尔专盘处士甲藏用,素称蟵副,众许蟹师,宜授爽国公圆珍巨美功臣;复以尔甘黄州甲杖大使咸宜作解蕴中,足材腴妙,螯德充盈,宜授糟丘常侍兼美;复以尔解微子,形质肖祖,风味专门,咀嚼谩陈,当置下列,宜授尔郎黄少相。

甘松左右丞 仲肩乃蛤蠣。

令合州刺史仲肩,重负双宅,闭藏不发,既命之为含津令,升之为悫诚君矣,粉身功大,偿之实难,宜授紫晖将军甘松左右丞监试甘圆内吏。

清腴馆学士 文名灵蜕先生。

令灵蜕先生,外无排胁之皴,内无鲠喉之乱,宜授红铛祭酒清腴馆学士。

橙 齑 录 事 　鲈名红文生卢清臣。

令惟尔清臣，销酲引兴鳞鬣之乡，宜授橙齑录事守招贤使者。

珍曹必用郎中 　鲋名时充。

令珍曹必用郎中时充，铠材本美，妙位无高，宜授诸衙效死军使持节雅州诸军事。

骨 鲠 卿 　鲚名白圭夫子。

令惟尔白圭夫子，貌则清臞，材极美俊，宜授骨鲠卿。

醉 舌 公 　鼋名甘鼎。

令甘鼎，究详尔调鼎之材，咽舌潮津，宜封醉舌公。

擐 甲 尚 书 　鳖名甲拆翁。

令甲拆翁，挟弹于中巧也，负担于外礼也。介胄自防，不问寒暑，智也。步武懦缓，不逾规绳，仁也。故前以擐甲尚书荣其迹，显其能，宜授金丸丞相九肋君。

典 酱 大 夫 　鲞名长尾先生。

令长尾先生，惟吴越人以谓用先生治酱，华夏无敌，宜授典酱大夫仙衣使者。

新 美 舍 人 石首名元镇。

令元镇,区区枕石子孙,德甚富焉,宜授新美舍人。

怀 奇 令 史 石决明名朱子房。

令和羹长朱子房,酒方沉酣,臭薰一座,挑箸少进,神明顿还,至于七孔赋形,治目为最,宜授怀奇令史。

甘 盘 校 尉 乌贼名甘盘。

令甘盘校尉,吐墨自卫,白事有声,宜授噀墨将军。

通 幽 博 士 龟名元介卿。

令元介卿,尔卜灼之效,吉凶了然,所主大矣,宜授通幽博士。

同体合用功臣 借眼公乃水母。

令惟尔借眼公,受体不全,两相藉赖,宜授同体合用功臣左右卫驾海将军。

点 花 使 者 李藏珍即真珠,斑希即玳瑁。

令李藏珍,照乘走盘,厥价不赀;斑希,裁簪制器,不在金银珠玉之下。藏珍宜授圆辉隐士,斑希宜授点花使者。

梵 响 参 军 牡蛎曰房叔化,梵响曰屈突通,砑光螺曰阮用光,珂曰罗幼文。

令房叔化,粉厕汤丸,裹护丹器;屈突通,振声远闻,可知佛乐;阮用光,运体施功,物皆滑莹;罗幼文,类乎贝孙,点缀鞍勒,灿然可观,小有文采。叔化可豪山太守,乐藏监固济;突通可曲沃郎,梵响参军摄玉塔金舍;用光可检校大辉光,宜充掌书记;幼文可马衣丞。

济 馋 都 护 田青是螺蛳,申洁是蛙,
江伯夷是鳗鲡,屯江小尉是江犰。

令惟尔田青,微藏浅味,无所取材,世或烹调以为怪品;申洁,苍皮瘾疹,矮股跳梁;江伯夷,宋帝酷好,鳔则别名;屯江小尉,渔工得隽,亦号甘肥。田青授具体郎,申洁宜授济馋都护行水乐令,伯夷宜授宋珍都尉南海詹事,屯江小尉宜授追风使试汤波太守。

银丝省赝德郎 锦袍氏鳜也,李本鲤也,鲜于羹鲫也,楚鲜白鱼也,
缩项仙人编也,食宠侯鲗鳢也,单长福鲜也,管统葱管也,
备员居士东崇也,唐少连崇连也。

令以尔锦袍氏,骨疏肉紧,体具文章,宜授苏肠御史仙盘游奕使。以尔李本,三十六鳞,大烹允尚,宜授跨仙君子世美公。以尔鲜于羹,斫脍清妙,见称杜陵,宜授轻薄使银丝省赝德郎。以尔楚鲜,隐釜沉糟,价倾淮甸,宜授倾淮别驾。以尔缩项仙人,鬼腹星鳞,道亨襄汉,宜授槎头刺史。以尔食宠侯,友节斑驳,标致高爽,宜授添厨太监。以尔单长福,曲直靡常,鲜载具美,宜授泥蟠掾。以尔管统,省象菜伯,可备煎和,宜授长白侯同盘司箸局平章事。以尔备员居士,腥粗无状,见取俗人,宜授炼身公子。以尔唐少连,池塘下格,代匮充庖,宜授保福军节度使。

春 荣 小 供 奉　河豚名黄荐可。

令黄荐可,尔泽嫩可贵,然失于经治,败伤厥毒,故世以醇疵隐士为尔之目,特授三德尉兼春荣小供奉。

辅　庖　生　鲅名新餐氏。

令新餐氏,尔疗饥无术,清醉有材,莽新妖乱,临盘肆餐,物以人污,百代宁洗! 尔之得氏,累有由矣。宜特补辅庖生。

表　坚　郎

令盖顽生乎泥沙,薄有可采,宜授表坚郎。

清异录卷下

肢　体

髭　圣

唐文皇虬须壮冠,人号髭圣。

何　首　乌

吉州宾客吏何一面有黑志,连耳右腮,曹号何首乌。

玉　版　刀

小雪乍晴,开明窗深炉之会,时檐际串脯正干湿得宜,取以侑觞。众宾用小刃削食,独丘侑之左右咬嚼,捷如虎兕,一坐哗云:"丘主簿口中自有玉版刀也。"

十　样　佛

世有十样佛,皆秃首者也:一僧、二尼、三老翁、四小儿、五优伶、六角觚、七泅鱼汉、八打狐人、九秃疮、十酒秃。

五百斤肉磨

晋祖时,寺宦者廖习之体质魁梧,食量宽,博食物,勇捷有若豺虎。晋祖尝云:"卿腹中不是脾胃,乃五百斤肉磨。"

梦　宅

张崇帅庐,遇生日,设延生大斋,僧道献功德疏,祈祝之词往往上比彭李。有草衣叟闻之,笑曰:"分身梦宅,会归变灭。革囊污秽,烦恼所生。何足多恋!"或言于崇。崇以寿日,免决押领出。

黑　京

临沂路村人,依大树卖瓜。有行者四五人邂逅一处,因互问乡里,或云汴京、咸京、洛京、邺京,惟黯面武士未对。坐末儒生戾声曰:"君莫非黑京否?"众俱不晓。天下多口不饶人,薄德无顾藉,措大打头,优伶次之。

针　史

自唐末,无赖男子以札刺相高,或铺《辋川图》一本,或砌白乐天、罗隐二人诗百首,至有以平生所历郡县饮酒捕博之事、所交妇人姓名齿行第坊巷形貌之详一一标表者。时人号为针史。

作　用

齿牙春色

娄师德位贵而性通豁,尤善捧腹大笑。人谓师德为齿牙春色。

口 欢 手 怒

和鲁公慷慨厚德，每滑稽，则哄堂大笑。时博士杨永符能草圣，有省郎闻鲁公笑声，戏谓杨曰："丞相口欢笑。"永符曰："予忝事笔墨，方挥扫之际，亦谓太博手怒耶？"

无 字 歌

长沙狱掾任福祖拥驺吏出行，有卖药道人行吟曰："无字歌，呵呵亦呵呵，哀哀亦呵呵。不似荷叶参军子，人人与个拜缺木。大作厅上假阎罗。"福祖审思岂非异人，急遣访求，已出城矣。

混 沌 谱

华山陈真人隐于睡。冯翊士寇朝一常事真人，得睡之崖略。后还乡，惟睡而已。郡南刘垂范往谒，其从以睡告。垂范坐寝外，闻齁齁之声雄美可听，退而告人曰："寇先生睡中有乐，乃华胥调双门曲也。"或曰："未审谱记，何如？"垂范以浓墨涂纸满幅，题曰"混沌谱"，云："即此是也。"

小 太 平

郭尚贤尝云："服饵导引之余，有二事，乃养生大要，梳头、浴脚是也。"尚贤每夜先发后脚方寝，自曰："梳头浴脚长生事，临卧之时小大平。"

轻 薄 莲 花

王行简，江西人。口吻甚恶，当世之事，莫不品藻，一经题品,终身不可逃丑。识者憎畏,号行简舌头为轻薄莲花。

守 中 论

杨玢,靖恭诸杨也。还政天子,娑婆田里,自以多言数穷,不如守中,著《守中论》。

软 尽 虚 空 藏

人而无信,不知其可也。浮屠者流谓,若将妄语诳众生,自招拔舌尘沙劫。今世假装桃杏,义修楼阁,虽士大夫尚不能免,况屠沽乎? 余不敢诋訾,辄借菩萨名加两字,称曰软尽虚空藏。

居　　室

竹 节 洞

洛下公卿第宅棋布,而郭从义为冠。巧匠蔡奇献样,起竹节洞,通贯明窈,人以为神工。然从义亦不甚以为佳,终往他所。

不 思 议 堂

懿代崇佛法,馆宇逾制,佛骨至,起不思议堂,将奉遗体。工半,帝升遐。

蒼 蔔 馆

杜岐公别墅建蒼蔔馆,室形亦六出,器用之属俱象之。按《本草》,栀子一名木丹,一名越桃,然正是西域蒼蔔。

会　龙　桥

蜀相许寂相王衍。衍终秦川，寂至洛，以尚书致政。葺园馆，引水为溪，架巨竹为桥，号会龙桥，谓竹可以化龙耳。

秋　声　馆

余衔命渡淮，入广陵界，维舟野次。纵步至一村圃，有碧芦方数亩，中隐小室，榜曰秋声馆。时甚爱之，不知谁家之别墅，意主人亦雅士也。

览　骥　亭

周初，枢密王峻会朝臣，予亦预。吏引坐览骥亭，深不喻其名，呼吏问之，曰："太尉暇日，悉阅厩马于此为娱玩焉。"

嶙　宫

嶙宫，孟蜀高祖晚年作。以画屏七十张关百纽而斗之，用为寝所。

含　熏　阁

长安富室王元宝，起高阁，以银镂三棱屏风代篱落，密置香槽自花镂中出，号含熏阁。

自　在　窗

韩熙载家故纵姬侍，第侧建横窗，络以丝绳，为观觇之地。初惟市物，后或调戏，赠与所欲如意，时人目为自在窗。

栈 王 家

王骥家寿春，出郊隔山陂，以木栈通之，其门人遂目为栈王家。

凤 凰 京

压韵难得京字，因读陈张正见《阙下行灯宵》诗，漫记之："华耀荔枝烛，光绚凤凰京。"

金 迷 纸 醉

痈医孟斧，昭宗时常以方药入侍。唐末窜居蜀中。以其熟于宫，故治居宅法度奇雅。有一小室，窗牖焕明，器皆金纸，光莹四射，金采夺目。所亲见之，归语人曰："此室暂憩，令人金迷纸醉。"

小 鲁 轩

宜春城中有堆阜，郡人谓之袁台。地属李致，致有文驰声众，筑室于袁台，取登东山而小鲁之义，榜为小鲁轩。

策 勋 亭

吴门王希默，简淡无他好，惟以对镜为娱，整饰眉髯，终日无倦。以杜甫有"勋业频看镜"之句，作策勋亭。

剖 金 堂

宣城何子华，有古橙四株。面橙建剖金堂，霜降子熟，开尊洁馔，与众共之。

五　窟

善谈者,莫儒生若也。老拙幼学时,同舍生刘垂尤有口材,曹号虚空锦,说他时得志事,余尝记一说,曰:"有钱当作五窟室:吴香窟,尽种梅株;秦香窟,周悬麝脐;越香窟,植岩桂;蜀香窟,栽椒;楚香窟,畦兰。四木草各占一时,馀日入麝窟,便足了一年,死且为香鬼,况于生乎?"其人仕而贫,财不副心而卒。

假　天

贫者以屋不露明,上安油瓦,以窃微光。又或四邻局塞,则半空架版,叠垛箱笪,分寝儿女。故有假天假地之称。

高 明 世 界

陈犀罢司农少卿,省女兄于姑苏。适上元夜观灯,车马喧腾,目夺神醉,叹曰:"涉冰霜,泛烟水,乍见此高明世界。"遂觉神明,顿还旧观。

野 春 亭

武陵儒生苗彤,事园池以接宾客。有野春亭者,杂植山花,五色错列。

长 庆 赤

穆宗喜华丽,所建殿阁,以纸膏胶水调粉饰墙,名雪花泥。又一等鳔清和丹砂末,谓之长庆赤。

藏用仙人

广府刘龑僭大号,晚年亦事奢靡,作南熏殿,柱皆通透刻镂,础石各置炉燃香,故有气无形。尝谓左右:"隋帝论车烧沉水,却成粗疏,争似我二十四个藏用仙人?纵不及尧舜禹汤,不失作风流天子。"

蝶庵

李愚告人:予夙夜在公,不曾烂游华胥国。意欲于洛阳买水竹作蝶庵,谢事居其间。庵未下手,铭已毕工。庵中当以庄周为开山第一祖,陈抟配食。然忙者难为注籍供职。

醉沤亭

王震为天福国子博士,好观雨中沤疏稠出没,每雨,就四阶狭拥处寓目而心醉焉。张麟瑞戏之曰:"公宜以此亭为醉沤。"

衣　服

珠络平金朝天幞头

广顺初,簿阅太庙杂物,其间有珠络平金朝天幞头一事。

顺裹

郢王凤历之叛,别制幞头,都如唐巾,但更双脚为仙藤耳,其徒号为顺裹。

圣　逍　遥

同光既即位,犹袭故态,身预俳优,尚方进御巾裹,名品日新。今伶人所顶尚有合其遗制者,曰圣逍遥、安乐巾、珠龙便巾、清凉宝山、交龙太守、六合舍人、二仪幞头、乌程样、玲珑高常侍、小朝天、玄虚令、漆相公、自在冠、凤翼、三千日华、轻利巾、九叶云、黑三郎、庆云仙圣、天宜卿,凡二十品。

李　家　宽

清泰燕服凡两品,幞头李家宽者,漆地加金线,棱盘四脚差细。

安　丰　顶

南汉僭创小国,乃作平顶帽自冠之,由是风俗一变,皆以安丰顶为尚。

化　　巾

桑维翰服蝉翼纱大人帽,庶表四方,名为化巾。

韩　君　轻　格

韩熙载在江南造轻纱帽,匠帽者谓为韩君轻格。

减　样　方　平　帽

罗隐帽轻巧简便省朴,人窃仿学,相传为减样方平帽。

千 重 袜

唐制,立冬进千重袜。其法用罗帛十余层,锦夹络之。

钦 帽

道士所顶者櫜篰冠,或戴星朝上巾,曰笼绡。尝跨马都市间,曰:"暑热何不去钦帽?"试回视之,乃老黄冠卸其上巾矣。

龙 蕊 簪

吴越孙妃尝以一物施龙兴寺,形如朽木箸,僧不以为珍。偶出示,舶上胡人曰:"此日本国龙蕊簪也。"增价至万二千缗易去。

蒸黄透绣袄子

明宗天资恭俭。尝因苦寒,左右进蒸黄透绣袄子,不肯服,索托罗毡袄衣之。

遵 王 履

宣宗性儒雅。令有司效孔子履制进,名鲁风鞋。宰相诸王效之而微杀其式,别呼为遵王履。

脆 玉 绦

武帝缘金丹示孽,中境躁乱。内侍童膺福希旨进脆玉绦,用锦作虚带,以冰条裸腹系之,心腑俱凉,移时销镕,复别更替。

佛 光 裤

潞王从珂出驰猎,从者皆轻零衫佛光裤。佛光者,以杂色横合为裤。

小 样 云

士人暑天不欲露髻,则顶矮冠。清泰间,都下星货铺卖一冠子,银为之,五朵平云,作三层安置,计止是梁朝物,匠者遂依效造小样求售。

十 指 仓

曹翰事世宗为枢密承旨,性贪侈,常著锦袜金线丝鞋,朝士有托无名子嘲之者,诗曰:"不作锦衣裳,裁为十指仓。千金包汗脚,惭愧络丝娘。"

雨 仙

张崇帅广,在镇不法,酷于聚敛。从者数千人,出遇雨雪,皆顶莲花帽琥珀衫,所费油绢,不知纪极。市人称曰雨仙。

小 太 清

临川上饶之民,以新智创作醒骨纱,用纯丝蕉骨相兼拈织,夏月衣之,轻凉适体。陈凤阁乔始以为外衫,号太清氅。又为四裸肉衫子,呼小太清。

拂 拂 娇

同光年,上因暇日晚霁,登兴平阁,见霞彩可人,命染院作

霞样纱,作千褶裙,分赐宫嫔。自后民间尚之,竞为衫裙,号拂
拂娇。

氁　装

男子出家学佛,始衣矾墨连裙黬,谓之氁装。

阑单带叠垜衫

谚曰:"阑单带,叠垜衫,肥人也觉瘦岩岩。"阑单,破裂状。
叠垜,补衲盖掩之多。

凤　尾　袍

凤尾袍者,相国桑维翰时未仕缊衣也。谓其缦缕穿结,类
乎凤尾。

芭　蕉　裤

余在翰苑,以油衣渐故,遣吏市新者,回云:"马行油作铺
目录:人朝避雨衫芭蕉裤,一副二贯。"

围　头　债

晋朝贱者,承人乏供,八砖之职,猥蒙天眷。一日大暑,方
下直还私室,裸袒挥拂。未须臾,中使促召。左右急报裹头
巾,余叹曰:"阿僧祇劫中欠此围头债,天使于禁林严紧地还之
也。"

装　饰

脂　粉　簿

显德中,岐下幕客入朝,因言其家有旧书名《脂粉簿》,载古今妆饰殊制。

开元御爱眉

五代宫中画开元御爱眉:小山眉、五岳眉、垂珠眉、月棱眉、分梢眉、涵烟眉。国初小山尚行。得之宦者窦季明。

胭脂晕品

僖、昭时,都下倡家竞事妆唇,妇女以此分妍否。其点注之工,名字差繁,其略有:胭脂晕品、石榴娇、大红春、小红春、嫩吴香、半边娇、万金红、圣檀心、露珠儿、内家圆、天宫巧、洛儿殷、淡红心、腥腥晕、小朱龙、格双、唐媚花、奴样子。

浅　文　殊

范阳凤池院尼童子,年未二十,秾艳明俊,颇通宾游。创作新眉,轻纤不类时俗,人以其佛弟子,谓之浅文殊眉。

绿牙五色梳

洛阳少年崔瑜卿,多赀,喜游冶。尝为倡女玉润子造绿象牙五色梳,费钱近二十万。

北 苑 妆

江南晚季，建阳进茶油花子，大小形制各别，极可爱。宫嫔缕金于面，皆以淡妆，以此花饼施于额上，时号北苑妆。

胶 煤 变 相

莹姐，平康妓也。玉净花明，尤善梳掠画眉，日作一样。唐斯立戏之曰："西蜀有十眉图，汝眉癖若是，可作百眉图。更假以岁年，当率同志为修眉史矣。"有细宅眷而不喜莹者，谤之为胶煤变相。自昭、哀来，不用青黛扫拂，皆以善墨火煨染指，号熏墨变相。

陈　　设

瑞 英 帘

人家畜一帘，赤紫色，人在帘间，自外望之，绕身有光。云得于天宝之乱，盖宫禁物也。后归于浑瑊家，有贵臣识之曰："此瑞英帘耳。"

尊 重 缬 帐

显德中，创行尊重缬，淡墨体，花深黄。工部郎陈昌达好缘饰，家贫，货琴剑，作缬帐一具。

六 合 被

庄宗灭梁平蜀，志颇自逸，命蜀匠旋织十幅无缝锦为被材。被成，赐名六合被。

起纹秋水席

显德中,书堂设起纹秋水席,色如蒲萄紫,而柔薄类绵,叠之可置研函中。吏偶覆水,水皆散去,不能沾濡。不识其何物为之。

杨花枕

卢文纪有玉枕骨,故凡枕之坚实者悉不可用。亲旧间作杨花枕赠之,遂获安寝。自是,缝青缯充以柳絮,一年一易。

水精金脉屏风

成德节度王镕求长生不死,日延异人方士,坐邃宇映水精金脉屏风,焚香,谓飞升可致。吏民莫不窃笑。

斗磨大同簟

李文饶家藏会昌所赐大同簟,其体白竹也,斗磨平密,了无罅隙,但如一度腻玉耳。

左宫枕

左宫枕,青玉为之,体方平,长可寝二人,冬温夏凉,醉者破酲,梦者游仙。云是左宫王夫人,左宫以授杜光庭,光庭进之蜀主。与皇明帐为嶙宫二宝。

皇明帐

自知祥传至旵,但称皇明帐,不知所自。色浅红,恐是鲛鮹之类。于皱纹中有十洲三岛象,施之大小床,皆称可,此为怪耳。夜则灿错如金箔状。泉败，失所在。

玉罗汉屏

京城北医者孙氏有木颏小石屏，石色赤绿，上有正白如蒙头坐僧，颇类真。京人相沿号玉罗汉屏孙家。

逍遥座

胡床，施转关以交足，穿便绦以容坐，转缩须臾，重不数斤。相传明皇行幸频多，从臣或待诏野顿，扈驾登山不能跂立，欲息则无以寄身，遂创意如此。当时称逍遥座。

青纱连二枕

舒雅作青纱连二枕，满贮酴醾木犀瑞香散蕊，甚益鼻根。尚书郎秦南运见之，留诗曰："阴香装艳入青纱，还与欹眠好事家。梦里却成三色雨，沉山不敢斗清华。"

绰楔台盘

五代五十年间，易姓告代如翻镟上饼然。官爵益滥，小人乘君子之器，富贵出于非意，视国家安危如秦越不相谋，故将相大臣得以窃享燕安。当时贵势以筵具更相尚，陆珍水异，毕集于前，至于方丈之案不胜列，旁挺二案翼之。珠花玉果，蔬笋鲊醢，糖品香剂，参差数百，谓之绰楔台盘。御宴官家，例不能辨。

节日翁

陆龟蒙谭谑有味。居笠泽，有一竹禅床，常用偃憩。时十月天已寒,侍童忘施毡褥,龟蒙已坐,急起呼曰:"此节日翁,须是与些衣服。不然,他寒我也寒。"

夏清侯传

保大霸主同气曰宜春王从谦,材性夙成,制撰多不具藳,拟下邳侯革华体作《夏清侯传》云:侯姓干氏,讳秀,字耸之,渭川人也。曾大父仲森碧虚郎,大父挺凌云处士。父太清方隐于幽闲,辄以卓立卿自名。衣绿缕,佩玉玦。秦闻之,就拜银绿大夫。秀始在胚胞,已有祖父相。生而操持,面目凛然,金曰凤雏而文,虎鞯而斑斑,秀之谓也。不日间,昂霄耸壑,姿态猗猗,远胜其父。久之,材坚可用。时秦王病暑,席温为下常侍,不称旨。有言秀甚忠,能碎身为王,得之必如意。王亟召使者驾追锋车,旁午于道。既至,引对,王大悦,诏柄臣金开剖喻。秀以革故鼎新之义,然后剖析其材,刮削其粗,编度令合。又教其方直缜密,于是风采德能一变。有司奏上殿,王宣旨云:恨识卿之晚,赐姓名为平莹,封夏清侯,实食嶰谷三百户。莹以赐姓名,改字少覃。自此槐殿虚敞,玉窗邃深。莹专奉起居,往往屏疏妃嫔,以身藉。莹向之,喘雷汗雨,隐不复见,如超热海登广寒宫。王病良愈,谓左右:"莹每近吾,则四体生风,神志增爽,虽古清卿清郎,何以尚兹?"宠遇益隆,偃曹侍郎,羽果支头,使沉水卷足,功臣添凭,皆出其下。莹暇日沐浴万珠水,醺酣百穗香,辟谷安居,咏箨兮之诗以自娱。感子猷此君之称,嫌牧之夫人之谤,回视作甲者劳于魏武,为冠者小于汉高,白虎殿之虚名,童子寺之寡援,未尝不伤其类而长太息也。不懈于位,前后五年,秋归田园,夏直轩阁,功日大。无何,秦王有寒疾,不可以风。席温再幸,兼拜罗大周为斗围监,蒙厚中为边幅将军,同司卧起。莹绝不召,踪迹卷而不舒,潦倒尘埃中,每火云排空,日色如焰,则忆昔悲今,泪数行下。乃上表乞骸骨,得请以便。就第,终王世不用。子嗣节袭国,有罪除。其封人以凝秋叟呼之,既不契风云,但以时见于士庶家,亦得人之欢心。后世尚循莹业,流落遍于四方,惟西北地寒,故辙迹不至云。

器　　具

十　二　时　盘

唐内库有一盘,色正黄,圜三尺,四周有物象。元和中偶用之,觉逐时物象变更,且如辰时花草间皆戏龙,转巳则为蛇,转午则成马矣。因号十二时盘。流传及朱梁犹在。

鱼英托镂椰子立壶

刘铱伪宫中有鱼英托镂椰子立壶四只,各受三斗。岭海人亦以为罕有。鱼英盖鱼脑骨,熁治之可以成器。

仙台秘府小中曰

郭从义营洛第,发池得一器,受五升余,体如绿玉,形正方,其中可用杵物,四角有蕃人坐,顶旁有篆文曰仙台秘府小中曰。按苏鹗《杜阳杂编》,仙台秘府乃武宗修和药饵之所。

神　通　盏

文宗属宦竖专横,动即掣肘,颇以酤饮为娱。嫔御之小户者厌患之,争赂内执事,则造黄金盏,以金莲荷菱芡为夬束

盘,其实中空,盏满,则可潜引入盘中。人初不知也,遂有神通
盏、了事盘之号。

五 位 瓶

五位瓶,自同光至开运盛行。以银铜为之,高三尺,围八
九寸,上下直如筒样,安嵌盖,其口有微洼处,可以倾酒。春日
郊行,家家用之。

银棱木瓜胡样桶

段文昌微时,贫几不能自存。既贵,遂竭财奉身,晚年尤
甚。以木瓜益脚膝,银棱木瓜胡样桶濯足。盖用木瓜树解合
为桶也。

九 曲 杯

以螺为杯,亦无甚奇。惟数冗极弯曲,则可以藏酒。有一
螺能贮三盏许者,号九曲螺杯。

小 海 瓯

耀州陶匠创造一等平底深碗,状简古,号小海瓯。

抵 鹊 杯

抵鹊杯,房州刺史元自诚物也。类珉而色浅黄,夏月用浸
桃李,虽无坚雪,而水与果俱冰齿。盛冬贮水,则竟不冻。

占 景 盘

郭江州有巧思,多创物。见遗占景盘,铜为之,花唇平底,

深四寸许,底上出细筒殆数十,每用时,满添清水,择繁花插筒中,可留十余日不衰。

燕 羽 觞

江南中书厨宰相饮器有燕羽觞,似常杯而狭长,两边作羽形,涂以佳漆。云昔有宰相病目,恶五色耗明,凡器用类改令黑。

小 三 山

吴越孙总监承祐富倾霸朝,用千金市得石绿一块,天质嵯峨如山,命匠治为博山香炉峰,尖上作一暗窍,出烟一则聚,而且直穗凌空,实美观视。亲朋效之,呼小三山。

夜 潴

溺曰房中弱水,见于道书。溺器曰夜潴,见于唐人文集。

盏中游妓

余家有鱼英酒盏,中嵌园林美女像,又尝以沉香水喷饭,入碗清馨。左散骑常侍黄霖曰:"陶翰林甄里熏香,盏中游妓,非好事而何?"

水 晶 不 落

白乐天《送春》诗云:"银花不落从君劝。"不落,酒器也,乃屈卮凿落之类。开运宰相冯玉家有滑样水晶不落一只。

玉　太　古

李煜伪长秋周氏居柔仪殿,有主香宫女,其焚香之器,曰把子莲、三云凤、折腰狮子、小三神、卍字金、凤口婴、玉太古、容华鼎,凡数十种,金玉为之。

平　一　公

《博学记》云:度量衡,有虞所不敢废。《舜典》:同一度量衡。孔安国注谓丈尺斛斗斤两,今文其名曰平一公。尺度曰大展,斗量曰半昌王,又曰吉佃王,升曰夕十。遂知鸡林人亦解离合也。

光　明　夹

出行如居家,一物不可阙,阙则不便于我毕集焉。惟荷者罹其害,故须物物轻便。余取小薄镜,舍奁,糊纸左右,掩为镜室,白牌题曰光明夹。后撰远涉器具数十种,皆如光明夹。

乌　舅　金　奴

江南烈祖素俭,寝殿烛不用脂蜡,灌以乌臼子油,但呼乌舅。案上捧烛铁人高尺五,云是杨氏时马厩中物。一日黄昏,急须烛,唤小黄门:“掇过我金奴来。”左右窃相谓曰:“乌舅金奴,正好作对。”

百　八　丸

和尚市语以念珠为百八丸。裴休见人执此则喜色可掬,曰:“手中把诸佛窨子,未见有堕三涂者也。”

八 难 炉

有膏粱子弟上庄墅监获稻,天寒野迥,须附火,庄宾引往山坡守禾舍,拾杉枝燃之。舍乃屈竹所成,类比丘圆茨低密,烟不出,两目泪洒如啼。勃然走出,叫曰:"入堕泪庵,拥八难炉,胜如吃十五大棒!"

还 元 竹

自纸行于世,简牍之制遂绝。予曾与所亲言,当取江湖大竹,火上出汗,候色变白,磨莹破之,阔半寸,长七寸,厚三分,两两胶固,面目在外,细线为绳三道编联,使卷舒快利。每片书字一行,密则倍,不欲人见者,加囊封。宜号还元竹。终以身未至南,但成漫语。

方 亭 侯

明皇因对宁王问:"卿近日棋神威力何如?"王奏:"臣凭托陛下圣神,庶或可取。"上喜,呼:"将方亭侯来。"二宫人以玉界局进。遂与王对手。

方 便 囊

唐季王侯竞作方便囊,重锦为之,形如今之照袋。每出行,杂置衣巾篦鉴香药词册,颇为简快。

金头黄钢小品

针之为物,至微者也。问诸女流医工,则详言利病,如吾儒之用笔也。朱汤匠氏谱熟精好四方所推金头黄钢小品,医工用以砭刺者,大三分以制衣,小三分以作绣。

龙酥方丈小骊山

吴越外戚孙承祐奢僭异常,用龙脑煎酥制小样骊山,山水、屋室、人畜、林木、桥道,纤悉备具,近者毕工。承祐大喜,赠蜡装龙脑山子一座。其小骊山,中朝士君子见之,云围方丈许。

金　刚　炭

金刚炭,有司以进御炉,围径欲及盆口,自唐宋五代皆然。方烧造时,置式以受柴,稍劣者必退之。小炽一炉,可以终日。

珠龙九五鞍

刘铢自结珠龙九五鞍,献阙下,颇甚勤劳。

小摩尼数珠

汉隐帝之祸,手中犹持小摩尼数珠凡一百八枚,盖合浦珠也。郭允明劫去。

玉平脱双蒲萄镜

开运既私宠冯夫人,其事犹秘。会高祖御器用有玉平脱、双蒲萄镜,乃高祖所爱,帝初即位,举以赐冯,人咸讶之。未久,册为皇后。

仙　音　烛

同昌公主薨,帝伤悼不已,以仙音烛赐安国寺,冀追冥福。

其状如高层露台,杂宝为之,花鸟皆玲珑。台上安烛既燃点,则玲珑者皆动,丁当清妙。烛尽绝响。莫测其理。

净　君

商山馆中窗颊上有八句诗云:"净君扫浮尘,凉友招清风。炎炎火云节,萧然一堂中。谁知鹿冠叟,心地如虚空。虚空亦莫问,睡起照青铜。"不知何人作。净君、凉友,是帚与扇明矣。

金泥五檐伞

晋少主北还,至孟津界一古寺,遗下所张紫罗伞,五层叠垛檐,仍泥金作盘花,但朱柄折耳。

薛丑刀

薛丑刀,圃里人善栽植,凡花穿接,无不冠绝,常持厚脊利刃芟洗繁秽,人遂名此样为薛丑刀。

碧金仙

有刁萧者,携一镜,色碧体莹,背有字曰"碧金仙"。大中元年十二月,铜坊长老白九峰造余,以俸粒五石换之,置于文瑞堂,呼为铜此君。

光音王

光叔之贤,会昌微忌之。帝因引照,戏令宫嫔离合镜字。须臾,以光音王奏。帝曰:"镜子封王耶?"帝不怿而罢。距宣宗即位止三四年。

骄 龙 杖

天师杜光庭骄龙杖,红如猩血,重若玉石,似非藤竹所为,相传是仙人留赐。

流 星 辇

蜀衍荒于游幸,乃造平底大车,下设四卧轴,每轴安五轮,凡二十轮。牵以骏马,骑去如飞,谓之流星辇。

巧 先 生

石守信掌库奴萧云,常博弈大北,夜开库私取钱币,怆惶失锁所在。云不敢明言,但云:"不见叉手铁龙。"有同类戏曰:"何不问巧先生求之?"意以锁口尚衔钥讥云焉。

眉 匠

篦诚琐缕物也,然丈夫整鬓,妇人作眉,舍此无以代之。余名之曰鬓师眉匠。

主 风 神

余游少室,经坛院,大暑疲苶,其徒以扇进,题曰:"经坛院主主风神。"而解事有可爱者。

黑 金 社

庐山白鹿洞,游士辐凑。每冬寒,酿金市乌薪为御冬备,号黑金社。十月旦日,命酒为毡炉会,盖御密窗家张置毯褥以是日始也。

星 子 炭

唐宣宗命方士作丹,饵之,病中热,不敢衣绵拥炉,冬月冷坐殿中。宫人以金盆置麸炭火少许进御,止暖手而已。禁闼因呼麸火为星子炭。

黑 太 阳

黑太阳法出自韦郇公家。用精炭捣治作末,研米煎粥捗和,得所豫办圆铁范,满内炭末,运铁面锤实击五七十下出范,阴干。范巨细若盏口,厚如两饼馂,盛寒炉中炽十数枚,烘燃彻夜。晋人兽炭,岂此类邪?

卢 州 大 中 正

焚香赖匙匕,室既密,炉既深,非运匕治灰,则浅深峻缓将焉托哉?匕之为功审矣,命之曰卢州大中正。

齐 肩 大 士

合浦有书生张奉世,贫苦,飘泊是邦,诣登有位之门,猎取酒肉为业。又能洪饮巨餐,未尝见其醉饫。一日酒半,士友各言其能,或私相谓曰:"张君亦有艺也。彼日夕差使齐肩大士,功力如神。"闻者莫不大噱。盖谓运箸敏速,盘无留味也。

木 齿 丹

修养家谓梳为木齿丹。法用奴婢细意者执梳理发,无数日,愈多愈神。

高 密 侯

　　江南周则，少贱，以造雨伞为业。其后戚连椒闱，后主戏问之，言："臣急于米盐，日造二伞货之，惟霪雨连月，则道大亨。后生理微温，至于遭遇盛明，遂舍旧业。"后主曰："非我用卿而富贵，乃高密侯提携而起家也。"明年当封，特以为高密侯。实诮之耳。

漆 方 士

　　王丞相溥还政闲居，四方书牍答报皆手笔，然不过百字。目前事与亲党相闻，倦于纸札封叠，造赤漆小版书其上，仆吏以帕蒙传去，虽一时间，可发数十。公自为木笺，后复加颊拒安抽面以启闭，字湿则能护之，故又有漆方士、漆雕开之名。

光 济 叟

　　同光年，高丽行人至，副使春部少卿上柱国朴嵓叟，文雅如中朝贤士。既行，吏扫除其馆舍，得余烛半梃，其末红印篆文曰"光济叟"，盖以命烛也。

铁 了 事

　　杜岐公惊，以剜耳匙子为铁了事。见惊败藁有云惊封邠国公，恐非岐字。

火 寸

　　夜中有急，苦于作灯之缓，有智者批杉条染硫黄，置之待用。一与火遇，得焰穗然。既神之，呼引光奴。今遂有货者，易名火寸。

二　仪　刀

上饶葛溪铁精而工细,余中表以剪刀二柄遗赠,皆交股屈环,遇物如风,经年不营。一上有凿字曰"二仪刀"。

惺惺二十一

博徒隐语,以骰子为惺惺二十一。又曰象六,谓六只成副。

文　用

月　团

徐铉兄弟工翰染,崇饰书具,尝出一月团墨,曰:"此价值三万。"

藏锋都尉

蜀多文妇,亦风土所致。元微之素闻薛涛名,因奉使使见焉。微之矜持笔砚,涛走笔作《四友赞》,其略曰:"磨润色先生之腹,濡藏锋都尉之头。引书媒而黯黯,入文亩以休休。"微之惊服。传记止载"菖蒲花发五云高"之句而遗此,故录之。

璧　友

余家世宝一砚,不知何在。形正圆,腹作两池,底分三鱼口以承之,紫润可爱。背阴有字云"璧友",铭云:"华先生制,天受玉质,研磨百为,夫惟岁寒,非友而谁?"似是唐物。

定 名 笔

唐世举子将入场,嗜利者争卖健豪圆锋笔,其价十倍,号定名笔。笔工每卖一枝,则录姓名,俟其荣捷,则诣门求阿堵,俗呼谢笔。

剡溪小等月面松纹纸

先君蓄白乐天墨迹两幅,背之右角有方长小黄印,文曰:"剡溪小等月面松纹纸,臣彦古等上。"彦古得非守臣之名乎?

五 剑 堂

范丞相质一墨,表曰五剑堂造,里曰天关第一煤。下有"臣"字而磨灭其名。究其所来,实辽东物也。

雪 方 池

和鲁公有白方砚,通明无纤翳,得之于峨嵋比丘公,自题砚室曰雪方池。

金 棱 玉 海

武昌节度掌书记周彬公,余同僚。一砚四围有少金纹如陷制者,处士方为献诗曰:"金棱玉海比连城,假借文章取盛名。"

仙 翁 砚

南昌陈省躬好砚成癖,晚得一枚,腹有四眼,徐铉名之方相石。省躬以近凶不用,自号为仙翁砚,盖取道家四目老翁之说。

小 金 城

小金城,命者徐阐之砚,体纯紫而截腰有绿纹,如城之女墙,是以得名。

四镶鼓砚

宣城裁衣肆用一石镇,紫而润。予以谓堪为砚材,买之,琢为四镶鼓砚,缀以白玉环,方圆逾一尺。

发光地菩萨

舒雅才韵不在人下,以戏狎得韩熙载之心。一日,得海螺甚奇,宜用滑纸,以简献于熙载,云:"海中有无心斑道人,往诣门下。若书材糙涩逆意,可使道人训之,即证发光地菩萨。"熙载喜受之。发光地,十地之一也,出华严书。

畦宗郎君

欧阳通善书,修饰文具,其家藏遗物尚多,皆就刻名号,研室曰紫方馆金芯盛,研滴曰金小相,镇纸曰套子龟、熏陆香魁。小连城、玉毡。千钧史,水莹铁眠儿。界尺曰由准氏,芒笔曰畦宗郎君,夹槽曰半身龙。

三 灾 石

萧颖士文爽兼人,而矜躁为甚。尝至仓曹李韶家,见歙砚颇良,既退,语同行者:"君识此砚乎? 盖三灾石也。"同行不喻而问之,曰:"字札不奇,研一灾;文辞不优,研二灾;窗几狼籍,研三灾。"同行者敛眉额之。

宝 帚

伪唐宜春王从谦喜书札，学晋二王楷法，用宣城诸葛笔一枝，酬以十金，劲妙甲当时，号为翘轩宝帚，士人往往呼为宝帚。

副墨子

蜀人景焕，博雅士也。志尚静隐，卜筑玉垒山，茅堂花榭，足以自娱。尝得墨材甚精，止造五十团，曰："以此终身。"墨印文曰"香璧"，阴篆曰"副墨子"。

麝 香 月

韩熙载留心翰墨，四方胶煤多不合意，延歙匠朱逢于书馆旁烧墨供用，命其所曰化松堂。墨又曰玄中子，又自名麝香月，匣而宝之。熙载死，妓妾携去，了无存者。

卵 品

建中元年，日本使真人兴能来朝，善书札，有译者乞得章草两幅，皆《文选》中诗。沙苑杨履，显德中为翰林编排官，言译者乃远祖，出两幅示余，笔法有晋人标韵。纸两幅，一云女儿青微绀，一云卵品，晃白滑如镜面，笔至上多褪，非善书者不敢用。意惟鸡林纸似可比肩。

宝 相 枝

开元二年，赐宰相张文蔚、杨涉、薛贻宝相枝各二十，龙鳞月砚各一。宝相枝,斑竹笔管也,花点匀密,纹如兔毫。鳞,石纹似之;月,砚形象之,歙产也。

字　厄

蔡邕非纨素不下笔,书篆老贼,古奸太多,魏晋人墨迹,类是第一等。楮先生可谓自重。今人不择纸而书,已纳败阙;更有用故纸者,字之大厄也。

尺 二 冤 家

少师杨凝式,书画独步一时。求字者纸轴堆叠若垣壁,少师见则浩叹曰:"无奈许多债主,真尺二冤家也。"少时怪阎立本戒子弟勿习丹青,年长以来,始觉以能为累。

治 书 奴

裁刀治书参差之不齐者,在笔墨砚纸间盖似奴隶职也,却似有大功于书。且虽四子精绝,标界停直,字札楷稳,而边幅无状,不截而整之未可也。表饰面目者,缮写人助之者,四子成之者,刀如此品等然后为正。余为裁刀争功,儿戏之甚,都缘无事,日月长故耳。

退 锋 郎

赵光逢薄游襄汉,濯足溪上,见一方砖类碑,上题字云:"秃友退锋郎,功成鬓发伤。冢头封马鬣,不敢负恩光。独孤贞节立。"砖后积土如盎,微有苔藓,盖好事者瘗笔所在。

化 化 笺

　　记未冠时游龙门山寺，欲留诗，求纸，僧以皱纸进。余题大字曰："化化笺。"还之。僧惭惧，躬揖请其故，答曰："纸之粗恶，则供溷材，一化也。丐徒取诸圊厕，积之家匠，买别抄麸面店肆，收苞果药，遂成此纸，二化也。故曰化化笺。备杂用可也，载字画不可也。举以与人，不可之甚。汝秃士不通世故，放过三十拄杖，亦知感幸否乎？"今年履风波，豪气挫灭，不能为是事矣。

鄱 阳 白

　　先君子蓄纸百幅，长如一匹绢，光紧厚白，谓之鄱阳白。问饶人，云："本地无此物也。"

研 光 小 本

　　姚颛子侄善造五色笺，光紧精华。研纸版乃沉香，刻山水林木，折枝花果，狮凤虫鱼，寿星八仙，钟鼎文，幅幅不同，文缕奇细，号研光小本。余尝询其诀，颛侄云："妙处与作墨同，用胶有工拙耳。"

武 器

玉 柄 龙

　　朔方裨将，其父尝梦朱衣黑帻人曰："吾开阳长史，天命以玉柄龙授君，若遇橐籥翁，宜付之。"后汾阳王诞日，部曲竞献珍异，裨将以父所宝玉柄龙奉之，意汾阳即翁也。得梦六日买是剑,既藏四年归汾阳。

护 圣 将 军

　　贞明末,帝夜于寝间擒刺客,乃康王友孜所遣。帝自戮之,造云母匣贮所用剑,名匣曰护圣将军之馆。

坚 利 侯

　　安禄山得飞刚宝剑,欲奏上,乞封剑为坚利侯。僚属以无此例,力止之。

风 流 箭

　　宝历中,帝造纸箭竹皮弓,纸间密贮龙麝末香。每宫嫔群聚,帝躬射之,中者浓香触体,了无痛楚。宫中名风流箭,为之语曰:“风流箭中的人人愿。”

一 丈 威

　　隋炀帝将征辽,将军麦铁杖见帝,慷慨誓死捍敌,帝赐御副枪一丈威。

托 地 仙

　　枪材难得十全。魏州石屋林多有之。杨师厚时赐枪效节军皆采于此。团典所用,多是绝品。圣龙筋馀军不过四五等,托地仙、长腰奴、范阳娇、金梢袅儿是也。更有风火枝、圣蚰蜒,颇曲弱,军中不取。

小 逡 巡

王建初起,军中隐语代器械之名,以犯者为不祥,至孟氏时犹有能道其略者。剑曰夺命龙,刀曰小逡巡,枪曰肩二,斧曰铁糕糜,甲曰千斤使,弓曰潘尚书,弩曰百步王,箭曰飞郎,鼓曰圣牛儿,锣曰响八,旗曰愁眉锦,铁蒺藜曰冷尖。

十 二 机 弩

宣武厅子都尤勇悍,其弩张一大机,则十二小机皆发,用连珠大箭,无远不及,晋人极畏此。文士戏呼为急龙车。

火 龙 标

梁祖自初起,每令左右持大赤旗,缓急之际,用以挥军,祖自目为火龙标。

玉鞓儿腰品

唐剑具稍短,常施于胁下者名腰品。陇西人韦景珍有四方志,呼卢酗酒,衣玉篆袍,佩玉鞓儿腰品,修饰若神人。李太白尝识之,见《感寓》诗云:"玉剑谁家子? 西秦豪侠儿。"谓景珍也。

金 翅 将 军

葛从周有水莹铁甲,十年不磨治,亦若镜面,遇贼战不利,甲必前昏,事已还复。从周常以候克衄,其验若神。日以香酒奉之,设次于中寝,曰金翅将军之位。

酒　浆

太 平 君 子

穆宗临芳殿赏樱桃，进西凉州蒲萄酒。帝曰："饮此顿觉四体融和，真太平君子也。"

天 禄 大 夫

王世充僭号，谓群臣曰："朕万几繁壅，所以辅朕和气者，唯酒功耳。宜封天禄大夫，永赖醇德。"

鱼 儿 酒

裴晋公盛冬常以鱼儿酒饮客。其法用龙脑凝结，刻成小鱼形状，每用沸酒一盏，投一鱼其中。

含 春 王

唐末，冯翊城外酒家门额书云："飞空却回顾，谢此含春王。"于"王"字末大书"酒也"，字体散逸，非世俗书。人谓是吕洞宾题。

天 公 匙

马怀真，蒲中进士也。有异术。一日，召十数客，面前一方台，台上有一小铜盘，盘中一黑匙。于是以匙次第置客口中，皆觉有酒一杯许入喉。又以盘向人倾之，满口是羊，次鱼，次鸡。一坐皆同。怀真偶起，人视题目有文曰"天公匙"，盘底曰"如意盘"。有戏假之者，曰："但恐耍龙儿不肯奉借。"

甘　露　经

汝阳王琎家有酒,法号甘露经。四方风俗,诸家材料,莫不备具。

玉　浮　梁

旧闻李太白好饮玉浮梁,不知其果何物。余得吴婢,使酿酒,因促其功,答曰:"尚未熟,但浮梁耳。"试取一盏至,则浮蛆酒脂也。乃悟太白所饮盖此耳。

快　活　汤

当涂一种酒曲,皆发散药,见风即消,既不久醉,又无肠腹滞之患,人号曰快活汤,士大夫呼君子觞。

林　虑　浆

后唐时,高丽遣其广评侍郎韩申一来。申一通书史,临回召对便殿,出新贡林虑浆面赐之。

觥　筹　狱

荆南节判单天粹,宜城人。性耽酒,日延亲朋,强以巨杯,多致狼狈。然人以其德善,亦喜从之。时戏语曰:"单家酒筵,乃觥筹狱也。"

杂　瑞　样

酒不可杂饮,饮之,虽善酒者亦醉,盖生取煮炼之殊,官法私方之异,饮家之所深忌。宛叶书生胡适,冬至日延客,以诸家群遗之酒为具。席半，客恐，私相告戒，适疑而问之，一人曰："某惧君家百氏浆。"次曰："所畏者杂瑞样耳。"

麹世界

河阳释法常，性英爽，酷嗜酒，无寒暑风雨。常醉，醉即熟寝，觉即朗吟曰："优游麹世界，烂漫枕神仙。"尝谓同志云："酒天虚无，酒地绵邈，酒国安恬，无君臣贵贱之拘，无财利之图，无刑罚之避，陶陶焉，荡荡焉，其乐可得而量也。转而入于飞蝶都，则又蒙腾浩渺而不思觉也。"

丑未觟

余开运中赐丑未觟，法用雍酥栈羊筒子髓置醇酒中，暖消而后饮。

瓷宫集大成

雍都，酒海也。梁奉常和泉病于甘，刘拾遗玉露春病于辛，皇甫别驾庆云春病于酽，光禄大夫致仕韦炳取三家酒搅合澄窨饮之，遂为雍都第一名，瓷宫集大成。瓷宫谓耀州青楬。

祸泉

置之瓶中，酒也。酌于杯，注于肠，善恶喜怒交矣，祸福得失岐矣。倘夫性昏志乱，胆胀身狂，平日不敢为者为之，平日不容为者为之，言腾烟焰，事堕阱机，是岂圣人贤人乎？一言蔽之曰："祸泉而已。"

瓶 盏 病

嗜饮者,无早晚,无寒暑。乐固醉,愁亦如之。闲固醉,忙亦如之。肴核有无,醪醴善否,一不问。典当抽那,借贷赊荷,一不恤。日必饮,饮必醉,醉不厌,贫不悔。俗号瓶盏病。遍揭《本草》,细检《素问》,只无此一种药。

茗 荈

十 六 汤

苏廙《仙芽传》第九卷载作汤十六法,以谓汤者茶之司命,若名茶而滥汤,则与凡末同调矣。煎以老嫩,言者凡三品;自第一至第三。注以缓急,言者凡三品;自第四至第六。以器标者共五品;自第七至十一。以薪论者共五品。自第十二至十六。

第 一 得 一 汤

火绩已储,水性乃尽。如斗中米,如称上鱼。高低适平,无过不及为度,盖一而不偏杂者也。天得一以清,地得一以宁,汤得一可建汤勋。

第 二 婴 汤

薪火方交,水釜才炽,急取旋倾,若婴儿之未孩欲责以壮夫之事,难矣哉!

第 三 百 寿 汤—名白发汤。

人过百息,水逾十沸,或以话阻,或以事废,始取用之,汤已失性矣。敢问皤鬓苍颜之大老,还可执弓挟矢以取中乎?还可雄登阔步以迈远乎?

第四中汤

亦见夫鼓琴者也,声合中则意妙。亦见磨墨者也,力合中则色浓。声有缓急则琴亡,力有缓急则墨丧,注汤有缓急则茶败。欲汤之中,臂任其责。

第五断脉汤

茶已就膏,宜以造化成其形。若手颤臂亸,惟恐其深瓶嘴之端,若存若忘,汤不顺通,故茶不匀粹,是犹人之百脉气血断续,欲寿奚苟,恶毙宜逃。

第六大壮汤

力士之把针,耕夫之握管,所以不能成功者,伤于粗也。且一瓯之茗,多不二钱,茗盏量合,宜下汤不过六分,万一快泻而深积之,茶安在哉?

第七富贵汤

以金银为汤器,惟富贵者具焉,所以策功建汤业,贫贱者有不能遂也。汤器之不可舍金银,犹琴之不可舍桐,墨之不可舍胶。

第八秀碧汤

石凝结天地秀气而赋形者也,琢以为器,秀犹在焉,其汤不良,未之有也。

第九压一汤

贵欠金银,贱恶铜铁,则瓷瓶有足取焉,幽士逸夫,品色尤宜,岂不为瓶中之压一乎? 然勿与夸珍炫豪臭公子道。

第十缠口汤

猥人俗辈,炼水之器岂暇深择? 铜铁铅锡,取热而已。夫是汤也,腥苦且涩,饮之逾时,恶气缠口而不得去。

第十一减价汤

无油之瓦,渗水而有土气,虽御胯宸缄,且将败德销声。谚曰:"茶瓶用瓦,如乘折脚骏登高。"好事者幸志之。

第十二法律汤

凡木可以煮汤,不独炭也。惟沃茶之汤,非炭不可。在茶家亦有法律:水忌停,薪忌熏。犯律逾法,汤乖则茶殆矣。

第十三一面汤

或柴中之麸火,或焚馀之虚炭,木体虽尽而性且浮,性浮则汤有终嫩之嫌。炭则不然,实汤之友。

第十四宵人汤

茶本灵草,触之则败。粪火虽热,恶性未尽,作汤泛茶,减耗香味。

第十五贼汤—名贱汤。

竹篾树梢,风日干之,燃鼎附瓶,颇甚快意。然体性虚薄,无中和之气,为茶之残贼也。

第十六魔汤

调茶在汤之淑慝,而汤最恶烟。燃柴一枝,浓烟蔽室,又安有汤邪? 苟用此汤,又安有茶耶? 所以为大魔。

龙陂山子茶

开宝中,窦仪以新茶饮余,味极美,奁面标云"龙陂山子茶"。龙陂是顾渚之别境。

圣杨花

吴僧梵川誓愿燃顶供养双林傅大士,自往蒙顶结庵种茶,凡三年,味方全美,得绝佳者圣杨花、吉祥蕊共不逾五斤,持归供献。

汤　社

和凝在朝率同列递日以茶相饮,味劣者有罚,号为汤社。

缕金耐重儿

有得建州茶膏,取作耐重儿八枚,胶以金缕,献于闽王曦,遇通文之祸,为内侍所盗,转遗贵臣。

乳　妖

吴僧文了善烹茶。游荆南,高保勉白子季兴,延置紫云庵,日试其艺。保勉父子呼为汤神,奏授华定水大师上人,目曰乳妖。

清　人　树

伪闽甘露堂前两株茶郁茂婆娑,宫人呼为清人树。每春初,嫔嫱戏摘新芽,堂中设倾筐会。

玉　蝉　膏

显德初,大理徐恪见贻卿信铤子茶,茶面印文曰玉蝉膏,一种曰清风使。恪,建人也。

森　伯

汤悦有《森伯颂》,盖茶也。方饮而森然严乎齿牙,既久,四肢森然。二义一名,非熟夫汤瓯境界,谁能目之?

水　豹　囊

豹革为囊,风神呼吸之具也。煮茶啜之,可以涤滞思而起清风。每引此义,称茶为水豹囊。

不　夜　侯

胡峤《飞龙礀饮茶》诗曰:“沾牙旧姓馀甘氏,破睡当封不夜侯。”新奇哉!峤宿学,雄材未达,为耶律德光所虏北去,后间道复归。

鸡苏佛

犹子彝年十二岁,予读胡峤茶诗,爱其新奇,因令效法之,近晚成篇,有云:"生凉好唤鸡苏佛,回味宜称橄榄仙。"然彝亦文词之有基址者也。

冷面草

符昭远不喜茶。尝为御史,同列会茶,叹曰:"此物面目严冷,了无和美之态,可谓冷面草也。"饭余,嚼佛眼芎,以甘菊汤送之,亦可爽神。

晚甘侯

孙樵《送茶与焦刑部书》云:"晚甘侯十五人,遣侍斋阁。此徒皆请雷而摘,拜水而和,盖建阳丹山碧水之乡,月涧云龛之品,慎勿贱用之。"

生成盏

馔茶而幻出物象于汤面者,茶匠通神之艺也。沙门福全生于金乡,长于茶海,能注汤幻茶成一句诗,并点四瓯共一绝句,泛乎汤表,小小物类,唾手办耳。檀越日造门求观汤戏,全自咏曰:"生成盏里水丹青,巧画工夫学不成。却笑当时陆鸿渐,煎茶赢得好名声。"

茶 百 戏

茶至唐始盛,近世有下汤运匕,别施妙诀,使汤纹水脉成物象者。禽兽虫鱼花草之属,纤巧如画,但须臾即就散灭。此茶之变也,时人谓之茶百戏。

漏 影 春

漏影春,法用镂纸贴盏,糁茶而去纸,伪为花身,别以荔肉为叶,松实鸭脚之类珍物为蕊,沸汤点搅。

甘 草 癖

宣城何子华邀客于剖金堂,庆新橙。酒半,出嘉阳严峻画陆鸿渐像,子华因言:"前世感骏逸者为马癖,泥贯索者为钱癖,耽于子息者为誉儿癖,耽于褒贬者为《左传》癖。若此叟者,溺于茗事,将何以名其癖?"杨粹仲曰:"茶至珍,盖未离乎草也。草中之甘,无出茶上者,宜追目陆氏为甘草癖。"坐客曰:"允矣哉!"

苦 口 师

皮光业最耽茗事。一日,中表请尝新柑,筵具殊丰,簪绂丛集。才至,未顾尊罍而呼茶甚急,径进一巨瓯,题诗曰:"未见甘心氏,先迎苦口师。"众哂曰:"此师固清高,而难以疗饥也。"

馔 羞

无 心 炙

段成式驰猎,饥甚,叩村家主人。老姥出彘臛,五味不具。成式食之,有余五鼎,曰:"老姥初不加意,而殊美如此。"常令庖人具此品,因呼无心炙。

莲 花 饼 馅

郭进家能作莲花饼馅,有十五隔者,每隔有一折枝莲花,作十五色。自云周世宗有故宫婢流落,因受顾于家,婢言宫中人号蕊押班。

缕 子 脍

广陵法曹宋龟造缕子脍,其法用鲫鱼肉鲤鱼子,以碧筒或菊苗为胎骨。

自 然 羹

蜀中有一道人卖自然羹,人试买之,碗中二鱼,鳞鬣肠胃皆在鳞上,有黑纹如一圆月,汁如淡水。食者旋剔去鳞肠,其味香美。有问:"鱼上何故有月?"道人从碗中倾出,皆是荔枝仁,初未尝有鱼并汁,笑而急走,回顾云:"蓬莱月也不识。"明年时疫,食羹人皆免。道人不复再见。

赤 明 香

赤明香,世传仇士良家脯名也。轻薄甘香,殷红浮脆,后世莫及。

玲 珑 牡 丹 鲊

吴越有一种玲珑牡丹鲊,以鱼叶斗成牡丹状,既熟,出盎中,微红如初开牡丹。

五　福　饼

汤悦逢士人于驿舍。士人揖食，其中一物是炉饼，各五事，细味之，馅料互不同。以问士人，叹曰："此五福饼也。"

辋 川 小 样

比丘尼梵正庖制精巧，用鲊臛脍脯醢酱瓜蔬，黄赤杂色，斗成景物。若坐及二十人，则人装一景，合成《辋川图》小样。

逍　遥　炙

睿宗闻金仙玉真公主饮素，日令以九龙食舆装逍遥炙赐之。

单笼金乳酥

韦巨源拜尚书令，上烧尾食。其家故书中尚有食账，今择奇异者略记。

单笼金乳酥是饼，但用独隔通笼，欲气隔。曼陀样夹饼公厅炉。 巨胜奴酥蜜寒具。 婆罗门轻高面笼蒸。 贵妃红加味红酥。 七返膏七卷作四花，恐是糕子。 金铃炙酥揽印脂取真。 御黄王母饭遍缕印脂，盖饭面装杂味。 通花软牛肠胎用羊膏髓。 光明虾炙生虾则可用。 生进二十四气馄饨花形馅料各异，凡二十四种。 生进鸭花汤饼厨典入内下汤。 同心生结脯先结后风干。 见风消油浴饼。 金银夹花平截剔蟹细碎卷。 火焰盏口馓上言花，下言体。 冷蟾儿羹冷蛤蜊。 唐安餤斗花。 水晶龙凤糕枣米蒸破，见花乃进。 双拌方破饼饼料花角。

玉露团雕酥。　汉宫棋钱能印花煮。　　长生粥进料。
天花铧锣九炼香。　　赐绯含香粽子蜜淋。　　甜雪蜜煎太
例面。　　八方寒食饼用木范。　　素蒸音声部面蒸象蓬莱
仙人，凡七十字。白龙臛治鳜肉。　　金粟平䭔鱼子。　　凤
凰胎杂治鱼白。　　羊皮花丝长及尺。　　逡巡酱鱼羊体。
乳酿鱼完进。　　丁子香淋脍醋别。　　葱醋鸡入笼。
吴兴连带鲊不发缸。　　西江料蒸乳肩屑。　　红羊枝杖蹄
上栽一羊，得四事。　升平炙治羊鹿舌拌三百数。　　八仙盘
剔鹅作八副。　　雪婴儿治蛙豆荚贴。　　仙人脔乳瀹鸡。
小天酥鹿鸡糁拌。　　分装蒸腊熊存白。　　卵羹纯兔。
青凉臛碎封狸肉夹脂。　　箸头春炙活鹌子。　　暖寒花酿
驴蒸耿烂。　　水炼犊炙尽火力。　　五生盘羊兔牛熊鹿并细
治。　格食羊肉肠脏缠豆荚各别。　　过门香薄治群物入沸油
烹。　　缠花云梦肉卷镇。　　红罗饤肯血。　　遍地锦
装鳖羊脂鸭卵脂副。　　蕃体间缕宝相肝盘七升。　　汤浴
绣丸肉糜治隐卵花。
谢讽《食经》中略抄五十三种：
　北齐武威王生羊脍　　细供没忽羊羹　　急成小馎
飞鸾脍　　咄嗟脍　　剔缕鸡　　爽酒十样卷生　　龙
须炙　　千金碎香饼子　　花折鹅糕　　修羊宝卷
交加鸭脂　　君子饤　　越国公碎金饭　　雲头对炉饼
剪雲析鱼羹　　虞公断醒酢　　鱼羊仙料　　紫龙糕
十二香点臛　　春香泛汤　　滑饼　　象牙䭔　　汤装
浮萍面　　金装韭黄艾炙　　白消熊　　恬乳花面英
加料盐花鱼屑　　专门脍　　拖刀羊皮雅脍　　折箸羹
香翠鹌羹　　朱衣馎　　千日酱　　露浆山子羊蒸

加乳腐　　天孙脍　　添酥冷白寒具　　金丸玉菜腲鳖
暗装笼味　　高细浮动羊　　乾坤奕饼　　乾炙满天星
含浆饼　　撮高巧装坛样饼　　杨花泛汤糁饼　　天真
羊脍　　鱼脍永加王特封　　烙羊成美公　　无忧腊
藏蟹含春侯二名如上注。　　新治月华饭　　连珠起肉

缕金龙凤蟹

炀帝幸江都，吴中贡糟蟹、糖蟹。每进御，则上旋洁拭壳
面，以金缕龙凤花云贴其上。

消灾饼

僖宗幸蜀，乏食。有宫人出方巾所包面半升许，会村人献
酒一偏提，用酒溲面熇饼以进，嫱嫱泣奉曰："此消灾饼，乞强
进半枚。"

漙沱饭

光武在漙沱，有公孙豆粥之荐。至今西北州县有号粥为
漙沱饭。

学士羹

窦俨尝病目，几丧明，得良医愈之，劝令频食羊眼。俨遂
终身食之。其家名双晕羹，世人有呼为学士羹者。

道场羹

江南仰山善作道场羹，脯面蔬笋，非一物也。

清 风 饭

宝历元年,内出清风饭。制度:赐御庖令造进。法用水晶饭、龙睛粉、龙脑末、牛酪浆,调事毕,入金提缸,垂下冰池,待其冷透供进。惟大暑方作。

法 乳 汤

明宗在藩,不妄费。尝召幕属论事,各设法乳汤半盏,盖罂中粟所煎者。

同 阿 饼

天成中,帝令作同阿饼。法用碎肉与面搜和如臂,刀截,每只二寸厚,蒸之。

转 身 米

贵有力者治饭材,舂捣簸汰,但中心一颗存焉。俗谓之转身米。

双 弓 米

单公洁,阳翟人。耻言贫。尝有所亲访之,留食馔,惭于正名,但云:"啜少许双弓。"

麦 穗 生

吴门萧琏,仕至太常博士。家习庖馔,慕虞悰、谢讽之为人,作卷子生,止用肥䐉包卷成云样然,美观而已。别作散钉麦穗生,滋味殊冠。

邹平公食宪章

段文昌丞相尤精馔事，第中庖所榜曰炼珍堂，在途号行珍馆。家有老婢，掌修馔之法，指授女仆。老婢名膳祖，四十年阅百婢，独九者可嗣法。文昌自编《食经》五十号，时称邹平公食宪章。

寒 消 粉

张弥守镇江，一日会客，作加酥油光酒及酥夹生。副戎许蒒，苍梧人，不谙北馔，甚嗜之。他时再聚，忽问：“前日盛馔，有入口寒而消者，尚可得否？”弥绐之曰：“此名龙髓膏，金牛国所贡，闻用寒消粉煎成，宁可复得？”众客无不绝倒。

回 汤 武 库

腊日家宴作腊，四方用种种轻细不拘名品治之，如大豆加以汤液滋味。盖时人以为节馔，遂与老室儿女辈举饮食中以杂味为之者，间记于册。季冬，既大寒，可以停食物。家家多方鸠集羊豕牛鹿兔鸽鱼鹅百珍之众，预期十日而办造，至正旦日方成，以品目多者为上。用制汤饼盛筵而荐之，名回汤武库。大概秦陇盛行。

社 零 星

予偶以农干至庄墅，适秋社，庄丁皆戏社零星，盖用猪羊鸡鸭粉面蔬米为羹。

辣骄羊

和鲁公尝以春社遗节馔,用亝,惟一新样大方碗覆以剪镂蜡春罗,碗内品物不知其几种也。物十而饭二焉,禁庭社日为之,名辣骄羊。

剥皮丹

唐末,天降奇祸,兵革遍海内,时多饥俭。秦宗权破巢魁于汝城,遂为节度使。满目荆榛,强名曰藩府,粒食价逾金璧。通衢有饭肆偶开,榜诸门曰:"货剥皮丹,每服只卖三千。"服以碗言也。彼时之民,与犬豕何以异?

玉尖面

赵宗儒在翰林时,闻中使言:"今日早馔玉尖面,用消熊栈鹿为内馅,上甚嗜之。"问其形制,盖人间出尖馒头也。又问消之说,曰:"熊之极肥者,曰消。鹿以倍料精养者,曰栈。"

十远羹

石耳、石发、石线、海紫菜、鹿角脂菜、天花蕈、沙鱼、海鳔白、石决明、虾魁脂,右用鸡羊鹑汁及决明虾蕈浸渍,自然水澄清,与三汁相和,盐酎庄严多汁为良。十品不足,听阙,忌人别物,恐伦类杂则风韵去矣。

小四海

孙承祐在浙右,尝馔客,指其盘筵曰:"今日坐中,南之蠵蚌,北之红羊,东之鰕鱼,西之粟,无不毕备,可谓富有小四海矣。"

雁 楗

富家出游,运致馔具,皆用髹楗,蒙以紫碧重檐罩衣,两人异之。其行列之盛,有若雁行,旁观号为雁楗。

八 珍 主 人

酱,八珍主人也。醋,食总管也。反是为:恶酱为厨司大耗,恶醋为小耗。

张 手 美 家

闾阖门外通衢有食肆,人呼为张手美家。水产陆贩,随需而供,每节则专卖一物,遍京辐凑,号曰浇店。偶记其名,播告四方事口腹者。

元阳裔元日。　　油画明珠上元油饭。　　六一菜人日。　　涅盘兜二月十五。　　手里行厨上巳。　　冬凌粥寒食。　　指天馂馅四月八。　　如意圆重午。　　绿荷包子伏日。　　辣鸡裔二社饭。　　摩睺罗饭七夕。　　玩月羹中秋。　　盂兰饼馇中元。　　米锦重九糕。　　宜盘冬至。　　萱草面腊日。　　法王料斗腊八。

酒 骨 糟

孟蜀尚食掌《食典》一百卷,有赐绯羊,其法以红曲煮肉,紧卷石镇,深入酒骨淹透,切如纸薄,乃进。注云酒骨糟也。

建 康 七 妙

金陵士大夫渊薮,家家事鼎铛,有七妙:齑可照面,馄饨汤

可注砚,饼可映字,饭可打擦擦台,湿面可穿结,带饼可作劝
盏,寒具嚼著惊动十里人。

糟　云

释鉴兴《天台山居颂》:"汤玉入瓯,糟云上箸。"谓汤饼莹
滑,糟姜岐秀焉耳。

花 糕 员 外

皇建僧舍旁有糕坊,主人由此入赀为员外官,盖显德中
也。都人呼花糕员外。因取糕目录笺之。

满天星金米。　　　糁拌夹枣豆。　　金糕糜员外糁外
有花。　　花截肚内有花。　　大小虹桥晕子。　　木蜜金
毛面枣狮子也。

王羹亥卯未相粥白玄黄

魏王继岌每荐羹,以羊兔猪窝而参之。时卢澄为平章事
趋朝,待漏堂厨具小馔,澄惟进粥,其品曰粟粥、乳粥、豆沙加
糖粥,三种并供,澄各取少许,并和而食。厨官遂有"王羹亥卯
未,相粥白玄黄"之语。

玉杵羹金绵鲊

吴淑《冬日招客》诗云:"晓羹沉玉杵,寒鲊叠金绵。"杵谓
小截山蕷,绵乃黄雀脂膏。

于阗法全蒸羊

于阗法全蒸羊,广顺中尚食取法为之。西施捧心,学者

愈丑。

薰　燎

龙脑著色小儿

以龙脑为佛像者有矣,未见著色者也。汴都龙兴寺惠乘宝一龙脑小儿,雕制巧妙,彩绘可人。

刀圭第一香

昭宗尝赐崔胤香一,黄绫角约二两,御题曰刀圭第一香。酷烈清妙,虽焚豆大,亦终日旖旎。盖成通所制,赐同昌公主者。

饦饳香

江南山谷间有一种奇木,曰麝香树。其老根焚之亦清烈,号饦饳香。

灵芳国

后唐龙辉殿,安假山水一:铺沉香为山阜,蔷薇水苏合油为江池,零藿丁香为林树,薰陆为城郭,黄紫檀为屋宇,白檀为人物。方围一丈三尺,城门小牌曰灵芳国。或云平蜀得之者。

曲水香

用香末布篆文木范中,急覆之,是为曲水香。

旖旎山

高丽舶主王大世选沉水近千斤,叠为旖旎山,象衡岳七十二峰。钱俶许黄金五百两,竟不售。

斗　香

中宗朝,宗纪韦武间为雅会,各携名香,比试优劣,名曰斗香。惟韦温挟椒涂所赐,常获魁。

平　等　香

清泰中,荆南有僧货平等香,贫富不二价。不见市香和合,疑其仙者。

鹧鸪沉界尺

沉水带斑点者,名鹧鸪沉。华山道士苏志恬偶获尺许,修为界尺。

香　燕

李璟保大七年,召大臣宗室赴内,香燕凡中国外夷所出,以至和合煎饮,佩带粉囊,共九十二种。江南素所无也。

鹰觜香

番禺牙侩徐审与舶主何吉罗洽密,不忍分判,临岐出如鸟嘴尖者三枚,赠审曰:"此鹰觜香也,价不可言。当时疫,于中夜焚一颗则举家无恙。"后八年,番禺大疫,审焚香,阖门独免。余者供事之,呼为吉罗香。

沉香甑

有贾至林邑,舍一翁姥家,日食其饭,浓香满室。贾亦不喻。偶见甑,则沉香所剜也。

山水香

道士谭紫霄,有异术,闽王昶奉之为师,月给山水香焚之。香用精沉,上火半炽则沃以苏合油。

伴月香

徐铉或遇月夜,露坐中庭,但蓺佳香一炷。其所亲私,别号伴月香。

雪香扇

孟昶夏月水调龙脑末涂白扇上,用以挥风。一夜,与花蕊夫人登楼望月,误堕其扇,为人所得。外有效者,名雪香扇。

沉香似芬陀利华

显德末,进士贾颙于九仙山遇靖长官,行若奔马。知其异,拜而求道,取箧中所遗沉水香焚之。靖曰:"此香全类斜光下等六天所种芬陀利华。汝有道骨,而俗缘未尽。"因授炼仙丹一粒,以柏子为粮,迄今尚健。

三　匀　煎 去声

长安宋清,以鬻药致富。尝以香剂遗中朝簪绅,题识器曰三匀煎。焚之富贵清妙。其法止龙脑、麝末、精沉等耳。

夺 真 盘 钉

显德元年,周祖创造供荐之物。世宗以外姓继统,凡百务从崇厚,灵前看果,雕香为之,承以黄金,起突叠格,禁中谓之夺真盘钉。

乞 儿 香

林邑、占城、阇婆、交趾,以杂出异香剂和而范之,气韵不凡,谓中国三匀四绝为乞儿香。

庄 严 饼 子

长安大兴善寺徐理男、楚琳,平生留神香事。庄严饼子,供佛之品也;峭儿,延宾之用也;旖旎丸,自奉之等也。檀那概之曰琳和尚品字香。

六 尺 雪 檀

南夷香槎到文登,尽以易匹物。同光中有舶上檀香,色正白,号雪檀,长六尺,地人买为僧坊刹竿。

握 君

僧继颙住五台山,手执香如意,紫檀镂成,芬馨满室。继元时在潜邸以金易致。每接僧,则顶帽具三衣,假比丘秉此挥谈,名为握君。

清 门 处 士

海舶来有一沉香翁,剜镂若鬼工,高尺余,舶酋以上吴越王。王目为清门处士,发源于心清闻妙香也。

四　奇　家　具

后唐福庆公主下降孟知祥。长兴四年,明宗晏驾,唐避乱,庄宗诸儿削发为苾蒭,间道走蜀。时知祥新称帝,为公主厚待犹子,赐予千计,较器用局以沉香降真为钵,木香为匙箸,锡之。常食堂展钵,众僧私相谓曰:"我辈谓渠顶相衣服均是金轮王孙,但面前四奇家具,有无不等耳。"

丧　　葬

魂　楼　墓　衣

葬处土封谓之魂楼,凡两品:一如平顶炊饼,一如倒合水桶,上作铜炉形。亦有更用一重砖甃者,或刻镇物象,名墓衣。

泉台上宝冥游亚宝

显德六年,世宗庆陵殡土,发引之日,百司设祭于道。翰林院楮泉大若盏口,余令雕印字文,文之黄曰泉台上宝,白曰冥游亚宝。

义　　疾

他疾惟一脏受病,劳瘵则异矣,次第传变,五脏百脉俱伤并绝,然后奄丧。人死则有虫出,中者病如前人,非死不已。一传十,十传百,展转无穷,故号义疾。

永 息 庵

右补阙正己四十四致仕，预制棺，题曰永息庵，置诸寝室。人劝移之僻地。曰："吾欲见之常运死想，灭除贪爱耳。"寿七十八，无疾而逝。

漆 宅

余尝临外氏之丧，正见漆工縼裹凶器，余因言棺椁甚如法，漆工曰："七郎中随身富贵，只赢得一座漆宅，岂可卤莽？"

布 漆 山

天成、开运以来，俗尚巨棺，有停之中寝，人立两边不相见者，凶肆号布漆山。

漆 宫 沙 府

苏司空禹珪薨，百官致祭，侍御史何登撰版文曰："漆宫永阒，沙府告成。"礼毕，余问沙府之说，曰："自隧道至窆棺之穴，皆铺沙以防阴雨泥滑，名沙府。唐人尝引用之。"

大 小 脱 空

长安人物，繁习俗，侈丧葬，陈拽寓像，其表以绫绢金银者曰大脱空，楮外而设色者曰小脱空。制造列肆茅行，俗谓之茅行家事。

土 筵 席

葬家听术士说，例用朱书铁券。若人家契帖标四界及主名，意谓亡者居室之执守，不知争地者谁耶？庵墓前瓷石，若砖表之面方长高不登三尺，号曰券台。贫无力，则每祭祀以藉尊俎，谓之土筵席。

鬼

会举人名鬼

释种令超游南岳，将至祝融峰，逢赤帻紫衣人，同憩道侧。超问其所之，因密语曰："我岂人也？凡举子入试，天命俊鬼三番旁护之，欲以振发其聪明。其中为名第及时运未偶者，则无所护卫。君以一第为儿戏邪？我即其数也，隶蓬莱下宫西台，此来南岳，关会一人阴德增减耳。"

神

侯白唾神荼

侯白，隋人，性轻多戏言。尝唾壁，误中神荼像，人因责之，应曰："侯白两脚堕地，双眼觑天，太平田地，步履安然。此皆符耳，安敢望侯白哉？"

紫相公

进士于则谒外亲于汧阳，未至十余里，饭于野店。旁有紫荆树，村民祠以为神，呼曰紫相公。则烹茶，因以一杯置相公前，策马径去。是夜，梦峨冠紫衣人来见，自陈："余则紫相公，主一方菜蔬之属隶，有天平吏掌丰，辣判官主俭，然皆嗜茶，而奉祠者鲜以是品为供。蚤蒙厚饮，可谓非常之惠。"因口占赠

诗曰:"降酒先生风韵高,搅银公子更清豪。碎牙粉骨功成后,
小碾当衔马脚槽。"盖则是日以小分须银匙打茶,故目为搅银
公子。则家业蔬圃中祠之,年年获收。

妖

活 玉 巢

　　蓥屋吏魁召士人训子弟,馆于门。士人素有蛀牙,一日复
作,左腮掀肿,遂张口卧,意似瞀腾。忽闻有声发于龈腭,若切
切语言,人马喧哄。渐次出口外,痛顿止。至半夜,却闻蚤来
之声,仍云:"小都郎回活玉巢也。"似呵喝状,颊上蠢蠢然,直
入口。弹指顷,齿大痛。诘旦,具告主人。劝呼符祝用符水,
士人从之。痛已肿消,竟不知何怪也。

稽　神　录

[宋]徐铉　撰
傅　成　校点

校 点 说 明

《稽神录》,著者徐铉(916—991),字鼎臣,扬州广陵(今江苏扬州)人。初仕吴,后转仕南唐,随后主李煜降宋,官至直学士院给事中、散骑中常侍。善属文,与韩熙载齐名。精小学,与其弟徐锴错号称"二徐"。入宋后曾参与编纂《太平御览》、《太平广记》、《文苑英华》等大型丛书。所著除本书外,今存有《骑省集》。

《稽神录》是一部志怪小说集。书中所记多为灵异神怪之事,宣扬神灵显圣,因果报应。《宋史》本传云徐铉"不喜释氏而好神怪","所著《稽神录》,多出于其客蒯亮"。晁公武《郡斋读书志》亦引杨亿(大年)《谈苑》语云:"江东布衣蒯亮,好大言夸诞,铉喜之,馆于门下。《稽神录》中事,多亮所言。"又引《稽神录》原序(今已佚),称此书编撰,"自乙未岁至乙卯,凡二十年,仅得百五十事"。乙卯为南唐保大十三年(955),今本不止一百五十条,且书中有叙及后周显德五年(958)及宋代年月,知后来陆续又有增补。由此可见,《稽神录》乃徐铉长期搜集、刻意经营而撰成者。从总体上看,"其文平实简率"(鲁迅《中国小说史略》),但有的篇章也写得幽凄委婉,曲折动人。此书开宋人志怪小说欲人可信和果报迷信的风气,以后吴淑撰《江淮异人录》,洪迈撰《夷坚志》,都明显受其影响。

《稽神录》的版本,《崇文总目》、《宋史·艺文志》均著录为十卷;《郡斋读书志》作六卷;《直斋书录解题》亦作六卷,并云:"元本十卷。今无卷第,总作一卷,当是自他书中录出者。"说明在宋代即有不同的版本。明代毛晋刻《津逮秘书》，清代张海鹏刻《学津讨原》，均收入此书，并作六卷，附拾遗一卷。据《枫窗小牍》，修《太平广记》时，徐铉经总编纂李昉同意，将所著《稽神录》收入书中。四库馆臣怀疑本书是后人从《太平广记》录出成帙。后陆心源据《太平广记》校异补遗，于原书拾遗十三条外又得三十四条。1919 年商务印书馆又用经陈仲鱼以宋本校过的《太平广记》和《类说》再作校勘，复从《类说》中辑得《广记》未收者十二条，与陆氏所补合为补遗一卷。是为《稽神录》较为完备的本子。本次整理，即以涵芬楼本为底本，参校《学津讨原》本、文渊阁《四库全书》本、中华书局版《太平广记》、《类说》以及有关史志，异文择善而从，不出校记。其中有数条与《广记》所载出处不同，疑有误收者；又涵芬楼本据《类说》补遗的"杨祐患头风"、"郑玄老奴"、"耻与魑魅争光"三条，经核天启本《类说》，乃出《幽明录》，非《稽神录》佚文；"采菱遇蛟"、"北斗君主簿"二条不见天启本《类说》，《广记》所载注出《幽明录》。今为保持原书面貌，仍予保留。整理工作或有不当之处，欢迎读者批评指正。

目　录

稽神录卷之一

朱　拯

伪吴玉山主簿朱拯，赴选至扬都。梦入官署，堂上一紫衣正坐，旁一绿衣。紫衣起，揖拯曰："君当以十千钱见与。"拯拜，许诺。遂寤。顷之，补安福令。既至，谒城隍神，庙宇神像皆如梦中，其神座后屋漏梁坏。拯叹曰："十千岂非此耶！"即以私财葺之，费如其数。《广记》卷二百八十一。

韦　建

江南戎帅韦建，自统军除武昌节度使。将行，梦一朱衣人，导从数十，来诣韦曰："闻公将镇鄂渚，仆所居在焉，栋宇颓毁，风雨不蔽，非公不能为仆修完也。"韦许诺。及至镇，访之，乃宋无忌庙。视其像，即梦中所见。因新其庙，祠祀数有灵验云。《广记》卷二百八十一。

郑　就

寿春屠者郑就，家至贫。尝梦一人，自称廉颇，谓就曰："可于里东掘地，取吾宝剑，当令汝富。然不得改旧业。"就如其言，果获之。逾年遂富。后泄其事，于是失剑。《广记》卷二百八十一，曾慥《类说》亦引。

董　昌

　　董昌未遇前,有山阴县老人伪上言于昌曰:"今大王善政及人,愿万岁帝于越,以福兆庶。三十年前已有谣言,正合今日,故来献。其言曰:'欲识圣人姓,千里草青青。欲知圣人名,日从曰上生。'"昌得之大喜,因读曰:"天命早已归我,我为天子矣。"乃赠老人百缣,仍免其征赋。先遣道士朱思远,立坛醮上帝。忽一夕云天符降于函中,有碧纸朱书,其文人不可识。思远言:"天命合兴董氏。"又有王守贞者,俗谓之王百艺,极机巧。初,立生祠,雕刻形像,塑绘宫嫔,及设兵卫状若鬼神,皆百艺所为也。妖伪之际,尤兴百艺幻惑之术。昌每言:"我闻兔子上金床,谶我也。我卯生,来岁属卯,二月二日亦卯,即卯年卯月卯日,仍当以卯时。万世之业,利在于此。"乾宁二年二月二日,率军俗数万人,僭衮冕仪卫,登子城门楼。赦境内,改伪号罗平国,年号天册。自称圣人,及令官属将校等皆呼"圣人万岁",俯而言曰云云。毕,复欲舞蹈,昌乃连声止之曰:"卿道得这许多言语,压得朕头疼,无奈何也。"盖缘工人所制平天冠稍重,故有是言也。时人闻者,皆大笑之。《广记》卷二百九十引《会稽典录》,当删,因系原本误收,姑存以备考。

熊　博

　　熊博者,本建安津吏。岸崩,出一古冢,藤蔓缠其棺,旁有石铭云:"欲陷不陷被藤缚,欲落不落被沙阁,五百年后遇熊博。"博使平光寺僧为率钱葬之。博后至建州刺史。《广记》卷三百九十二。

彭 城 佛 寺

国初杨汀自言：天祐初在彭城，避暑于佛寺。雨雹方甚，忽闻大声震地。走视门外，乃下一大雹于街中，其高广与寺楼等，入地可丈余。顷之雨止，则炎风赫日。经月雹乃消尽。《广记》卷三百九十五。

欧 阳 氏

广陵孔目吏欧阳某者，居决定寺之前。其家妻少遇乱，失其父母。至是有老父诣门，使白其妻："我汝父也。"妻见其贫陋，不悦，拒绝之。父又言其名字及中外亲族甚悉，妻竟不听。又曰："吾自远来，今无所归矣。若尔，权寄门下信宿可乎？"妻又不从。其夫劝，又不可。父乃去，曰："吾将讼尔矣！"左右以为公讼耳，亦不介意。明日午，暴风雨从南方来，有震霆入欧阳氏之居，牵其妻至中庭，击杀之。大水平地数尺，邻里皆漂荡不自持。后数日，欧阳之人至后土庙，神座前得一书，即老父讼女文也。《广记》卷三百九十五。

庐 山 卖 油 者

庐山下卖油者，养其母甚孝谨，为暴雷震死。其母自以无罪，日号泣于九天使者之祠，愿知其故。一夕，梦绯衣人告曰："汝子恒以鱼膏杂油中，以图厚利。且庙中斋醮，常用其油，腥气薰蒸，灵仙不降。其震死宜矣。"母知其事，遂止。《广记》卷三百九十五。

李 诚

江南军使苏建雄，有别墅在毗陵，常使傔人李诚来往检事。乙卯岁六月,诚自墅中回,至句容县西,时盛暑赫日,持伞自覆。忽起大风,飞沙拔木,卷其伞盖而去,惟持伞柄。行数十步,雷雨大至,方忧濡湿,忽有飘席至其所,因取覆之。俄而雷震地,道旁数家之中,卷去一家屋室,向东北而去。顷之震其居,荡然无复遗者。老幼十余,皆聚桑林中,一无所伤。舍前有足迹,长三尺。诚又西行数里,遇一人,求买所覆席,即与之。复里余,又遇一人,求买所持伞柄。诚乃异之,曰:"此物无用,尔何为者乃买之?"其人但求乞甚切,终不言其故。随行数百步,与之乃去。《广记》卷三百九十五。

茅 山 牛

庚寅岁,有茅山村中儿牧牛,洗所著汗衫,曝于草上而假寐。及觉,失之。惟一邻儿在旁,以为窃去,因相喧竞。邻儿父见之,怒曰:"生儿为盗,将安用汝!"即投水中。邻儿匍匐出水,呼天称冤者不已。复欲投之,俄而雷雨暴至,震死其牛,汗衫乃自牛口中呕出。儿乃得免。《广记》卷三百九十五,曾慥《类说》亦引。

番 禺 村 女

庚申岁,番禺村女,有老姥与之饷田。忽云雨晦冥,及霁,乃失其女。姥号哭,乃求访,诸邻里相与寻之,不能得。后月余,复云雨昼晦,及霁,而庭中陈列筵席,有鹿脯、干鱼、果实、酒醴,甚丰腆。其女盛服而至,姥惊喜持之。女自言为雷师所娶,将至一石室中,亲族甚众,婚姻之礼,一同人间。今使归返,而他日不可再归矣。姥问:"雷郎可得见耶?"曰:"不可得。"留数宿,一夕,复风雨晦冥,遂不可见矣。《广记》卷三百九十五。

江 西 村 妪

　　江西村中雷震，一老妪为电火所烧，一臂尽伤。既而空中有呼曰："误矣！"即坠一瓶，瓶有药如膏，曰："以此傅之即瘥。"妪如其言，随傅而愈。家人共议此神丹也，将取藏之。数人共举其瓶，不能动。顷之，复有雷雨摄之而去。又有一村人亦震死，空中人呼曰："误矣！可急取蚯蚓捣烂，傅脐中，当瘥。"如言傅之，乃苏。《广记》卷三百九十五，曾慥《类说》亦引。

甘 露 寺

　　道士范可保，夏月独游浙西甘露寺。出殿后门，将登北轩，忽有人衣故褐衣，自其旁入，肩跛相拂。范素好洁，新衣恐污，心不悦。俄而牵一黄犬，又摩肩而出。范怒形于色。褐衣回顾张目，其光如电，范始畏惧。顷之，山下人至，曰："向者山上霹雳取龙，子闻之乎？"范固不知也。《广记》卷三百九十五。

南 康 县 令

　　辛酉五月四日，有使过南康，县令胡侃置酒于县南莲华馆水轩。忽有暴雨吹沙从南来，因手掩目，闻盘中器物簌簌有声，若物飞过。良久开目，见食器微仄，其银酒杯与杯之舟皆狭长。时东西影壁旁有大桐树，亦拔出，投于一里外，皆此风雨。常遥闻馆中迅雷，而馆中初不闻也。胡亦无恙。《广记》卷三百九十五。

犬 吠 石

　　婺源县有大黄石，自山坠于溪侧，莹彻可爱，群犬见而竞吠之。数日，村人不堪其喧，乃相与推致水中。犬又俯水而吠愈急。取而碎之，犬乃不吠。《广记》卷三百九十八。

瓮　形　石

潘祚为鄱阳令，县治后连带石城，其中隙荒数十亩。祚尝还家，望月于此，见城下草中有光，高数丈，其间荆棘蒙密，不可夜行，即取弓射其处以志之。明日，掘其地，得一瓮，大腹小口，青石塞之。祚命舁归其家，发其口，不可开。令击碎之，乃一石如瓮之形，若冰冻之凝结者。复碎而弃之，于中讫无所得。《广记》卷三百九十八。

金　　蚕

右千牛兵曹王文秉，丹阳人，世善刻石。其祖尝为浙西廉使裴璩采碑于积石之下，得一自然圆石，如球形。式加砻斫，乃重叠如壳相包，斫之至尽，其大如拳。破视之，中有一蚕，如蛴螬，蠕蠕能动，人不能识，因弃之。数年浙西乱，王出奔至蜀下，与乡人夜会，语及青蚨西送还钱事。坐中或云：“人欲求富，莫如得石中金蚕蓄之，则宝货自至矣。”问其形状，则石中蛴螬也。《广记》卷三百九十八。

濠　州　井

戊子岁大旱，濠州酒肆前有大井，堙塞积久，至是酒家召井工陶浚之。有工人父子应募者，乃子先入，倚锸而死；其父继下，亦卒。观者如堵，无敢复入。引绳出尸，竟不复凿。《广记》卷三百九十九。

鸡　井

江夏有林主簿,虐而好赌。甚爱一女,好食鸡,里胥日供双鸡。一日将杀鸡,鸡走,其女自逐之。鸡入舍北枯井中,女亦入井,遂不见。林自往,亦入井不出。俄井中黑气腾上如炊,其家但临井而哭,无敢入者。有屠儿请入视之,但见大釜汤涌火炽。有人拒其足曰:“事不干汝!”不得入而出。久之,气稍稍而熄,井中惟鸡骨一具,人骨二具。此事数闻故老言之,不知其何年也。《广记》卷三百九十九。

军　井

建州有魏使君宅,兵后焚毁,以为军营,有大井湮塞。壬子岁,军士浚之,入者二人皆卒,尸亦不获。有一人请复入,曰:“以绳缒我,我急引绳即出之。”既入久之,忽掣其绳甚急,即出之,色如痴矣。良久乃能言,云既入井,但见城郭邑庐,人物甚众,其主曰李将军,机务鞅掌,府署甚盛,惧而欲遽出。竟不获二尸。建州留后朱斥尝奉使镇此井。《广记》卷三百九十九。

金　华　令

王祝从子某为金华令,筑私第于邑中。夏暴雨大至,水忽奔往东南隅,如灌漏卮,顷刻而尽。其地成井,深不可测。以丝绲缒石而测之,数十丈乃及底。得一新馒头而出,与人间尝食者无小异也。《广记》卷三百九十九。

徐　善

江南伪中书舍人徐善,幼孤,家于豫章。杨吴之寇豫章,善之妹为一军校所虏。既定,军校求得善,请以礼聘之。善自以旧族,不当与戎士为婚,固不许。乃强纳币焉,悉掷弃之。临以白刃,亦不惧,然竟虏之而去。善即诣扬都,求见吴杨渥而诉之。时渥初嗣藩服,府庭甚严,僭拟王者,布衣游士,旬岁不得一见。而善始至白沙,渥夜梦人来言曰:"江西有秀才徐善将来见公,今在白沙逆旅矣。其人良士也,且有情事未申,公其厚遇之。"渥旦即遣骑迎之,既至,礼遇甚厚。问所欲言,善具白其妹事。渥即命购赎,归于徐氏。时歙州刺史陶雅闻而异之,因辟为从事。《广记》卷二百七十七。

何　致　雍

　　何致雍者,贾人之子也,幼而英爽好学。尝从其叔父泊舟皖口,其叔夜梦一人,若官吏,乘马,从数仆,来往岸侧,遍阅舟船人物之数。复一人自后呼曰:"何仆射在此,勿惊之。"对曰:"诺,不敢惊。"既寤,遍访邻舟之人,皆无何姓者。乃移舟入深浦中。翌日大风涛,所泊之舟皆没,惟何氏存。叔父乃谓致雍曰:"我家世贫贱,吾复老矣,何仆射必汝矣。善自爱。"致雍后受知于湖南,为节度判官,会楚王殷自称尊号,以致雍为户部侍郎、翰林学士。致雍自谓当作相,而居师表之任。后楚王希范嗣立,复去帝号,以致雍为节度判官、检校仆射,竟卒于官。《广记》卷二百七十八。

郭　仁　表

　　伪吴春坊吏郭仁表,居冶城北。甲寅岁,因得疾沉痼。忽梦一道士,衣金花紫帔,从一小童,自门入,坐其堂上。仁表初不甚敬,因问疾何时可愈。道士厉色曰:"甚则有之!"既寤,疾甚。数夜复梦道士至,因叩头逊谢。久之,道士色解,索纸笔,仁表以为将疏方,即跪奉之。道士书而授之,其辞曰:"飘风暴雨可思惟,鹤望巢门敛翅飞,吾道之宗正可依,万物之先数在兹,不能行此欲何为?"梦中不晓其义,将问之,童子摇手曰:"不可。"因拜谢。道士自西北而去,因而疾愈。《广记》卷二百七十八。

王　玙

伪吴鄂帅王玙,少为小将,从军围颍州。夜梦道士告之曰:"且有流星堕地,能避之,当至将相。"明日,众军攻城,城中矢石如雨,玙仗剑倚栅木而督战。俄有飞石,正中其栅木及玙铠甲之半,皆糜碎,而玙无伤。因叹曰:"流星正谓尔耶!"由是自负,卒至大官。《广记》卷二百七十八。

谢　谔

进士谢谔,家于南康,舍前有溪,常游戏之所也。谔为儿时,尝梦浴溪中,有人以珠一器遗之曰:"郎吞此则明悟矣。"谔度其大者不可吞,即吞细者六十余颗。及长,善为诗。进士裴说为选其善者六十余篇行于世。《广记》卷二百七十八。

崔　万　安

江南司农少卿崔万安,分务广陵。尝病苦脾泄,困甚,其家人祷于后土祠。是夕,万安梦一妇人,珠珥珠履,衣五重,皆编贝玉为之。谓万安曰:"此病可治,今以一方相与。可取青木香、肉豆蔻等分,枣肉为丸,米饮下二十九。"又云:"此药太热,疾平即止。"如其言服之,遂愈。《广记》卷二百七十八。

江南李令

江南有李令者，累任大邑，假秩至评事。世乱年老，无复宦情，筑室于广陵法云寺之西，为终焉之计。尝梦束草加首，口衔一刀，两手各持一刀，入水而行。意甚异之。俄而孙儒陷广陵，儒部将李琼屯兵于法云寺，恒止李令家，父事令。及儒死，宣城裨将马殷、刘建封辈率众南走，琼因强令俱行。及殷据湖南，琼为桂管观察使，用令为荔浦令，则前梦之验也。《广记》卷二百七十八。

毛贞辅

伪吴毛贞辅，累为邑宰，应选之广陵。梦吞日，既寤，腹犹热，以问侍御史杨廷式。杨曰："此梦至大，非君所能当。若以君而言，当得赤乌场官也。"果如其言。《广记》卷二百七十八。

陆洎

江南陆洎为常州刺史，不克之任，为淮南副使。性和雅重厚，时辈推仰之，副使李承嗣与之尤善。乙丑岁九月，承嗣与诸客访之，洎从容曰："某明年此月，当与诸君别矣。"承嗣问其故，答曰："吾向梦人以一骑召去，止大明寺西可数里，至一大府署，曰阳明府。入门西序，复由东向大门下马，入一室中。久之，吏引至阶下，门中有二绿衣吏捧一案，案上有书。一紫衣秉笏，取书宣云：'洎三世为人，皆行慈孝，功成业就，宜受此官。可封阳明府侍郎，判九州都监事。来年九月十七日，本府上事。'复以骑送归，奄然遂寤。灵命已定，不可改矣。"诸客皆默然。至明年九月日，使候其起居。及十六日，承嗣复与向客候之，谓曰：

"明日君当上事，今何无恙也？"泊曰："府中已办，明当行也。"承嗣曰："吾尝以长者重君，今无乃近妖乎？"泊曰："惟君与我有缘，他日必当卜邻。"承嗣默然而去。明日遂卒，葬于茱萸湾。承嗣后为楚州刺史，卒，葬于泊墓之北云。《广记》卷二百七十九。

周 延 翰

江南太子校书周延翰，性好道，颇修服饵之事。尝梦神人以一卷书示之，若道家之经，其文皆七字为句。惟记其末句云："紫髯之伴有丹砂。"延翰寤而自喜，以为必得丹砂之效。后从事建业，卒，葬于吴大帝陵侧，无妻子，惟一婢，名丹砂。《广记》卷二百七十九引作《广异记》。

王 瞻

虔化县令王瞻，罢任归建业，泊舟秦淮，病甚。梦朱衣吏执牒至曰："君命已尽，诏奉召君。"瞻曰："命不敢辞，但舟中隘狭，欲宽假之，使得登岸卜居，无所惮也。"吏许诺，以五日为期，曰："至期平旦当来也。"既寤，便能下床，自出僦舍，营办凶具，教其子哭踊之节，召六亲为别。至期，登榻安卧，向曙乃卒。《广记》卷二百七十九。

邢 陶

江南大理司直邢陶，癸卯岁梦人告云："君当为泾州刺史。"既而为宣州泾县令。考满，复梦其人告云："宣州诸县官人来春皆替，而君官诰不到。"邢甚恶之。至明年春罢归，有荐陶为水部员外郎，牒下而所司失去。复请，二十余日，竟未拜而卒。《广记》卷二百七十九。

稽神录卷之二

紫　石

晋安有东山，樵人陈某恒见山中有紫光烛天。伺之久，乃见一大鹿，光自口出。设置捕而获之。刳其腹，得一紫石，圆莹如珠，因宝藏之。家自是富。至其孙，奢纵好酒，醉而玩其珠，以为石何能神，因击碎之。家自是贫矣。《广记》卷四百四十三。

杨　迈

司农卿杨迈，少好畋猎，自云在长安时，放鹰于野，遥见草中一兔跳跃，鹰亦自见，即奋往搏之。既至无有，收鹰上鞲。行数十步，回顾其处，复见其兔，又搏之，亦不获。如是者三。即命大艺草以求之，得兔骨一具，盖兔之鬼也。《广记》卷四百四十三，曾慥《类说》亦引。

舒　州　人

舒州有人入灊山，见大蛇，击杀之。视之有足，甚以为异，因负之而出，将以示人。遇县吏数人于路，因告之曰："我杀此蛇，而有四足。"吏皆不见，曰："尔何在？"曰："在尔前，何故不见？"即弃蛇于地，乃见之。于是负此蛇者皆不见，人以为怪，乃弃之。按此蛇生不能自隐其形，死乃能隐人之形，此理有不可穷者。《广记》卷四百五十九。

贾　潭

伪吴兵部尚书贾潭言:其所知为岭南节度使,获一橘,其大如升,将表献之。监军中使以为非常物,不可轻进,因取针微刺其蒂下,乃有蠕蠕而动者。因破之,中有一小赤蛇,长数寸。《广记》卷四百五十九。

姚　景

伪吴寿州节度使姚景,为儿时事濠州节度使刘金,给使厩中。金尝卒行至内,见景方寝,有二小赤蛇戏于景面,出入两鼻中,良久景寤,蛇乃不见。金由是骤加宠擢,妻之以女。卒至大官。《广记》卷四百五十九。

王　稔

伪吴寿州节度使王稔,罢归扬都,为统军。坐厅事与客语,忽有小赤蛇自屋坠地,向稔而蟠,稔令以器覆之。良久发视,惟一蝙蝠飞去。其年稔加平章事。《广记》卷四百五十九。

安　陆　人

安陆人姓毛,善食毒蛇,以酒吞之。尝游齐安,遂至豫章。恒弄蛇于市,以乞丐为生,积年十余。有卖薪者自鄱阳来,宿黄培山下,梦老父云:“为我寄一蛇与江西弄蛇毛生也。”乃至豫章观步间,卖薪将尽,有一蛇苍白色,蟠于船舷,触之不动。薪者方省向梦,即携之至市,访得毛生,因以与之。毛始欲展拨,应手啮其指,毛失声颠仆,遂卒。良久即腐坏,蛇亦不知所在。《广记》卷四百五十九。

食　虎

建安山中人种粟者,皆构棚于高树以防虎。尝有一人,方升棚,见一虎垂头塌尾,过去甚速。俄有一兽,如虎而稍小,蹑前虎而去。遂闻竹林中哮吼震地,久之乃寂。明日往视,其虎被食略尽,但存少骨。《广记》卷四百三十二。

鞭　牛

京口居人晚出,见江上石公山下有二青牛,腹青背赤,戏于水滨。一白衣老翁,长可三丈,执鞭于其旁。久之,翁回顾见人,即鞭二牛入水。翁即跳跃而上,倏忽渐长,一举足径上石公山顶,遂不复见。《广记》卷四百三十四。

王　姥

广陵有王姥,病数日,忽谓其子曰:“我死,必生某西溪浩氏为牛,子当寻而赎我,腹下有王字是也。”顷之遂卒。其西溪者,海陵之西地名也。其民浩氏生牛,腹有白毛,成王字。其子寻而得之,以束帛赎之以归。《广记》卷四百三十四。

陈　璋

淮南统军陈璋,加平章事,拜命于朝。李昪时执政,谓璋曰:“吾将诣公贺,且求一女婿于公家。公其先归,吾将至。”璋驰一赤骥而去,中路马蹶而坠。顷之昪至,璋扶疾而出,昪坐少选即去。璋召马数之曰:“吾以今日拜官,又议亲事,尔乃以是而坠我。畜生,不忍杀汝。”使牵去,勿与刍秣,饿死之。是

夕圉人窃秣之，马视之而已，达旦不食刍。如是累日，圉人以
告。璋复召数之曰："尔既知罪，吾赦尔。"马跳跃而去，是夕乃
饮食如故。璋后出镇宣城，罢归而薨。旬月之中，马亦悲鸣而
死。《广记》卷四百三十五。

吴 宗 嗣

军使吴宗嗣者，尝有某府吏从之贷钱二十万，月计利息。
一年后，不复肯还，求索不可得。宗嗣怒，召而责之曰："我前
世负尔钱，我今还矣。尔负我，当作驴马还我！"因焚券而遣
之。逾年，宗嗣独坐厅事，忽见吏白衣而入，曰："某来还债。"
宗嗣曰："已焚券，何用复偿？"吏不答，径入厩中，俄而厩人报
马生白驹。使诣吏舍诘之，云死已翌日矣。驹长，卖之，正得
所负钱数。《广记》卷四百三十六。

孙 汉 威

江南神武军使孙汉威厩中有马，遇夜辄尾上放光，状若散
火，群马惊嘶。汉威以为妖，拔剑斩之。数月，除卢州刺史。
《广记》卷四百三十六。

唐 道 袭

王建称尊于蜀，其嬖臣唐道袭为枢密使。夏日在家，会大
雨，其所蓄猫戏水于檐溜下。道袭视之，稍稍而长，俄而前足
及檐，忽雷霆大至，化为龙而去。《广记》卷四百四十。

鬻醯者

建康有鬻醯者某，蓄一猫，甚俊健，爱之甚。辛亥岁六月，

猫死，某不忍弃，犹置坐侧。数日腐且臭，不得已携弃秦淮中。既入水，猫乃活，某下救之，遂溺死。而猫登岸走，金乌铺吏获之，缚而镢之铺中，镢其户，出白官司，将以其猫为证。既还，则已断索啮壁而去，竟不复见。《广记》卷四百四十，曾慥《类说》亦引。

建 康 人

建康人方食鱼，弃鱼头于地。俄而壁下地穴中有人乘马，铠甲分明。人不盈尺，手执长槊，径刺鱼头，驰入穴去。如是数四。即掘地求之，见数大鼠，鱼头在焉，惟有箸一只，了不见甲马之状。无何，其人卒。《广记》卷四百四十。

卢 嵩

太庙斋郎卢嵩所居釜鸣，灶下有鼠如人哭声，因祀灶。灶下有五大鼠，各如方色，尽食所祀之物，复入灶中。其年嵩选补兴化尉，竟无怪。《广记》卷四百四十。

柴 再 用

龙武统军柴再用，尝在厅事凭几独坐，忽有鼠走至庭下，向再用拱立，如欲拜揖之状。再用怒呼左右，左右皆不至，即自起逐之，鼠乃去。而厅屋梁折，所坐床几尽压糜碎。再用后为卢、鄂、宣三镇节度使，卒。《广记》卷四百四十。

苏 长 史

苏长史者，将卜居京口。此宅素凶，妻子谏止之。苏曰："尔恶此宅，吾必独住。"始宿之夕，有三十余人，皆长尺余，道士冠，衣褐，来谒苏曰："此吾等所居也，君必速去，不然祸及。"

苏怒,持杖逐之,皆走入宅后竹林中而没。即掘其处,获白鼠三十余头,皆杀之。宅不复凶矣。《广记》卷四百四十。

卢　枢

　　侍御史卢枢言:其亲为建州刺史,尝暑夜独居寝室,望月于中庭。既出户,忽闻堂西阶下若有人语笑声,蹑足窥之,见七八白衣人,长不盈尺,男女杂坐饮酒,几席什器皆具而微。献酬久之,席中一人曰:"今夕甚乐,但白老将至,奈何?"因叹叱。须臾,坐中皆突入阴沟中,遂不见。后数日,罢郡。新政家有猫,名白老,既至,白老自堂西阶地中获白鼠七八,皆杀之。《广记》卷四百四十,曾慥《类说》亦引。

豫章中官

　　天复甲子岁,豫章居人近市者,夜恒闻街中若数十人语声,向市而去,视则无人。如是累夜,人皆惴恐,夜不能寐。顷之,诏尽诛阉官。豫章所杀凡五十余,驱之向市,聚语喧匼,如前所闻。《广记》卷三百五十三。

青　州　客

　　朱梁时,青州有贾客,泛海遇风,漂至一处,远望有山川城郭。海师曰:"自顷遭风者,未尝至此。吾闻鬼国在是,得非此耶?"顷之,舟至岸,因登之,向城而去。其庐舍田亩,皆如中国。见人皆揖之,而人皆不应。已至城,有守门者,揖之亦不应。入城,屋室人物殷富。遂至其王宫,正值大宴群臣,侍宴者数十,其衣冠器用、丝竹陈设之类,多如中国。客因升殿,俯逼王座以窥之。俄而王疾,左右扶还,亟召巫者示之。巫云:

"有阳地使人至此,阳气逼人,故王病。其人偶来尔,无心为祟,以饮食车马谢遣之可矣。"即具酒食,设坐于别室,王及其群臣来祀祝。客据案而食。俄有仆夫驭马而至,客亦乘马而归。至岸登舟,国人竟不见。复遇便风,得归。时贺德俭为青州节度,与魏博节度杨思厚有亲,因遣此客使魏,具为思厚言之。魏人范宣古亲闻其事,至为余言。《广记》卷三百五十三。

周　元　枢

周元枢者,睢阳人,为平卢掌书记。居临淄官舍,一夕将寝,忽有车马辎重甚众,扣门。吏报曰:"李司空候谒。"元枢念亲知辈皆无此人,因自思:"必乡曲之旧,吾不及知矣。"因出见之,延坐,请问其所从来。曰:"吾新移家至此,未有所止,求君此宅可矣。"元枢惊曰:"何至是?"对曰:"此吾之旧宅也。"元枢曰:"吾从官至此,相传云书记之公署也,君何时居此?"曰:"隋开皇中尝居之。"元枢曰:"若尔,君定是鬼耶?"曰:"然。地府许我立庙于此,故请君移去尔。"元枢不可,曰:"人不当与鬼相接,岂吾将死,故君得临吾耶!虽然,理不当以此宅授君。吾虽死,必与君讼。"因召妻子曰:"我死必多置纸笔于棺中,将与李君对讼。"即具酒与之饮,相酬数百杯,词色愈厉。客将去,复留之。良久,一苍头来云:"司空,周书记木石□人也,安可与之论难,自取困哉?"客于是辞谢而去,送之出门,倏忽不见。元枢竟无恙。《广记》卷三百五十三。

朱　延　寿

寿州刺史朱延寿,末年浴于室中,窥见窗外有二人,皆青面朱发青衣,手执文书。一人曰:"我受命来取。"一人曰:"我亦受命来取。"一人又曰："我受命在前。"延寿因呼侍者，二人即灭。侍者至，问外有何人，皆云无人。俄而被杀。《广记》卷三百五十三。

秦 进 忠

天祐丙子岁，浙西军士周交作乱，杀大将秦进忠、张胤凡十余人。进忠少时尝怒一小奴，刃贯心，杀而并埋之。末年恒见此奴捧心而立，始于百步之外，稍稍而近。其日将出，乃在马前，左右皆见之。入府，遇乱兵伤胸而卒。张胤前月余，每闻呼其姓名者，声甚清越，亦稍稍而近。其日若在对面，入府而毙。《广记》卷三百五十三。

望 江 李 令

望江李令者，罢秩居舒州。有二子，甚聪慧。令尝饮酒暮归，去家数百步，见二子来迎，即共擒而殴之。令惊怒大呼，而远方人绝，竟无知者。且行且殴，将至家，二子皆却走而去。及入门，二子复迎于堂下，问之，皆云未尝出门。后月余，令复饮酒于所亲家，因具白其事，请留宿，不敢归。而其子恐其父暮归，复为所殴，即俱往迎之。及至中途，见其父怒曰："何故暮出？"即使从者击之，困而获免。明日令归，益骇其事。不数月，父子皆卒。郡人云：吾舒有山鬼，善为此厉。盖黎丘之徒也。《广记》卷三百五十三。

建 康 乐 人

建康有乐人，日晚如市，见二仆夫云："陆判官召。"随之而去。至一大宅，陈设甚严。宾客十余人，皆善酒，惟饮酒而不设食，酒亦不及乐人。向曙而散。乐人困甚，因卧门外床上。及寤，乃在草间，旁有大冢。问其里人，云相传陆判官之冢，不知何时人也。《广记》卷三百五十三。

黄　廷　让

建康吏黄廷让，尝饮酒于亲家。迨夜而散，不甚醉，而怳然身浮，飘飘而行，不能自制。行可十数里，至一大宅，寂然无人，堂前有小房，房中有床。廷让困甚，因寝床上。及寤，乃在蒋山前草间，逾重城复堑矣。因恍惚得疾，岁余乃愈。《广记》卷三百五十三。

张　瑗

江南内臣张瑗，日暮过建康新桥，忽见一美妇人，袒衣猖獗而走。瑗甚讶，谛视之。妇人忽尔回顾，化为旋风扑瑗。瑗马倒伤面，月余乃复。初，马既起，乃提一足，跛行而归。自是每过此桥，马辄提一足而行，竟亦无他怪祸。《广记》卷三百五十三。

婺源军人妻

丁酉岁，婺源建威军人妻死，更娶。其后妻虐遇前妻之子过甚，夫不能制。一日，忽见亡妻自门而入，大怒后妻曰："人谁无死，孰无母子之情，乃虐我儿女如是耶！吾比诉于地下所司，今与我假十日，使我诲汝。汝遂不改，必能杀君。"夫妻皆恐惧再拜，即为具酒食。便召亲党邻里，问讯叙语如常。他人但闻其声，惟夫妻见之。及夜，为设榻别室，夫欲从之宿，不可。满十日，将去，复责詈其后妻，言甚切至。举家亲族共送，至墓百余步，曰："诸人可止矣。"复殷勤辞诀而去，将及柏林中，遂入。人皆见之，衣服容色如平生，及墓乃没。建威军使汪延昌言如是。《广记》卷三百五十三，曾慥《类说》亦引。

陈 德 遇

辛亥岁，江南伪右藏库官陈居让，字德遇，直宿库中，其妻在家。五更初，忽梦二吏，手把文书，自门而入，问："此陈德遇家耶？"曰："然。""德遇何在？"曰："在库中。"吏将去，妻追呼之，曰："家夫字德遇耳。有主衣库官陈德遇者，家近在东曲。"二吏相视而嘻曰："几误。"遂去。尔日，德遇晨起如厕，乃自云有疾，还卧良久，遂卒。二人并居冶城之西。《广记》卷三百五十三。

广 陵 吏 人

广陵吏姓赵，当暑，独寝一室。中夜，忽见大黄衣人自门而入，从小黄衣七八，谓己曰："处处寻不得，乃在此耶！"叱起之，曰："可以行矣！"一黄衣前白曰："天年未尽，未可遽行，宜有以记之可也。"大人即探怀出一印，印其左臂而去。及明视之，印文著肉，字若古篆。识其下，右若先字，左若记之。其上不可识。赵后不知所终。《广记》卷三百五十三。

田 达 诚

庐陵有贾人田达诚，富于财业，颇以周给为务。治第新成，有夜扣门者，就视无人。如是再三，因呵问之："为人耶？鬼耶？"良久答曰："实非人也。比居龙泉，舍为暴水所漂，求寄君家。治舍毕，乃去耳。"达诚不许，曰："人岂可与鬼同居耶？"

对曰:"暂寄居耳,无害于君。且以君义气闻于乡里,故告耳。"达诚许之,因曰:"当止我何所?"达诚曰:"惟有厅事耳。"即辞谢而去。数日复来,曰:"吾家已至厅中,亦无妨君宾客。然亦严整家中人慎火,万一不虞,或当云吾等所为也。"达诚亦虚其厅以付之。达诚尝为诗,鬼忽空中言曰:"君乃能诗耶? 吾亦尝好之,可唱和耳。"达诚即具酒,置纸笔于前,谈论无所不至。众目视之,酒与纸笔俨然不动;试暂回顾,则酒已尽,字已著纸矣。前后数十篇,皆有意趣,笔迹劲健作柳体。或问其姓字,曰:"吾傥言之,将不益于主人,可诗以寄言也。"乃赋诗云:"天然与我亦灵通,还与人间事不同。要识吾家真姓字,大字南头一段红。"众不喻也。一日,复告曰:"吾有少子,婚樟树神女,以某日成礼,复欲借君后堂三日,以终君大惠,可乎?"达诚亦虚其堂,以幕帷之。三日,复谢曰:"吾事讫矣,还君此堂。主人之恩,可谓至矣,然君家老婢某可笞一百也。"达诚辞谢,即召婢笞数下。鬼曰:"使之知过,可止矣。"达诚徐问其婢,云:"曾穴幕窃视,见宾客男女,厨膳花烛,与人间不殊。"后岁余,乃辞谢而去。达诚以事至广陵,久之不归,其家忧之。鬼复至曰:"君家忧主人耶? 吾将省之。"翌日乃还,曰:"主政在扬州,甚无恙,行当归矣。新纳一妾,与之同寝,吾烧其帐后幅以戏之耳。"大笑而去。达诚归,问其事皆同。后至龙泉,访其居,亦竟不获。《广记》卷三百五十四。

稽神录卷之三

徐　彦　成

　　军吏徐彦成,恒业市木。丁亥岁,往信州汭口场,无木可市,泊舟久之。一日晚,有少年从二仆往来岸侧,状若访人而不遇者。彦成因延入舟中,为设酒席,宾礼之。少年甚愧焉。将去,谢曰:"吾家近此数里别业中,君今肯辱枉顾乎?"彦成许诺。明日乃往,行里余,有仆马来迎,奄至一大宅,门馆甚盛。少年出延客,酒膳丰备,从容久之。彦成因言住此久,无木可市。少年云:"吾有木在山中,明当令出也。"居一二日,果有杉木大至,良而价廉。市易既毕,往辞。少年复出大杉板四枚,曰:"向之木吾所卖,今以此赠君,至吴当获善价。"彦成回,始至秦淮,会吴帅俎,纳杉板为棺,以为材之尤异者,获钱数十万。彦成广市珍玩,复往汭口,以酬少年。更与交易于市。三往返,获其厚利。间一岁复往,但见村落如故,了无所见。询其里中,竟无能知之者。《广记》卷三百五十四。

周　　洁

　　霍丘令周洁,甲辰岁罢任,客游淮上。时民大饥,逆旅殆绝,投宿无所。升高而望,遥见村落烟火,趋而诣之。得一村舍,扣门久之,一女子出应门,告以求宿。女子曰:"家中饥饿,老幼皆病,愧无以延客,止中堂一榻可矣。"遂入之,女子侍立

于前。少顷，其妹复出，映妇而立，不见其面。洁自具食，取饼
二枚，以与二女，持之入室。闭关而听，悄无人声，洁方竦然而
惧。向晓将去，便呼二女告别，了无声应者。因坏户而入，乃
见积尸满屋，皆将枯朽。惟女子死未旬日，其妹面目已枯矣，
二饼犹置胸上。洁后皆为瘗之。《广记》卷三百五十四。

杨　副　使

壬午岁，广陵瓜州市中，有人市果实甚亟。或问所用，云：
"吾长官明日上事。"又问长官为谁，云："杨副使也。"又问官署
何在，又云："金山之东。"遂去，不可复问。时浙西有杨副使被
召之扬都，船至金山，无故而没。《广记》卷三百五十五。

僧　珉　楚

广陵法云寺僧珉楚，尝与中山贾人章某者亲熟。章死，珉
楚为设斋诵经。数月，忽遇章于市中，楚未食，章即延入食店，
为置胡饼。既食，楚问："君已死，那得在此？"章曰："然。吾以
小罪，未得辞脱，今配为扬州掠剩鬼。"复问："何谓掠剩？"曰：
"凡市人卖贩，利息皆有常数。过数得之为掠剩，吾得而掠有
之。今人间如吾辈甚多。"因指路人男女曰：某某人皆是也。
顷之，有一僧过于前，又曰："此僧亦是也。"因召至，与语良久，
僧亦不见楚也。顷之，相与南行，遇一妇人卖花，章曰："此妇
人亦鬼，所卖花亦鬼用之，人间无所用也。"章即出数钱买之，
以赠楚曰："凡见此花而笑者，皆鬼也。"即告辞而去。其花红
色，可爱而甚重。楚亦昏然而归，路人见花，颇有笑者。至寺
北门，自念："我与鬼同游，复持鬼物，不可！"即掷花沟中，溅水
有声。既归，有同院人觉其面色甚异，以为中恶，竞持汤药以

救之。良久乃复，具言其故。因相与覆视其花，乃一死人手也。楚亦无恙。《广记》卷三百五十五，曾慥《类说》亦引。

陈　守　规

军将陈守规者，尝坐法流信州，寓止公馆。馆素凶，守规始至，即鬼物昼见，奇形怪状，变化倏忽。守规素刚猛，亲持弓矢刀仗与之斗。久之，乃空中语曰："吾鬼神，不欲与人杂处。君既坚贞，愿以兄事可乎？"守规许之。自是常与交言，有吉凶辄先报。或求饮食，与之辄得钱物。既久，颇为厌倦，因求方士手书章疏，奏之上帝。翌日，鬼乃大骂曰："吾与君为兄弟，奈何上章疏我？大丈夫结交当如是耶！"守规曰："安得有此事。"即于空中掷下章疏，纸墨宛然。鬼又曰："君图我居处，谓我无所止也。吾今往蜀川，亦不下于此矣。"由是遂绝。《广记》卷三百五十五。

广　陵　贾　人

广陵有贾人，以柏木造床，凡什物百余事，制作甚精，其费已二十万。载之建康，卖以求利。晚至瓜步，微有风起，因泊山下。顷之，有巨舟，其中空，惟篙工三人乘之，亦泊于其侧。贾人疑之，相与议："此必群盗也，将伺夜而劫我。"前浦既远，风又益急，逃避无地，夜即相与登岸，深避之。俄而风雨雷电，蒙覆舟所，岸上则星月皎然。食顷，雨止云散，见巨艘稍稍前去，乃敢归。舟中所载柏床什器都不复见，余物皆在。巨舟犹在东岸，有人呼曰："尔无恨，当还尔价直。"贾人所载既失，复归广陵。至家，已有人送钱三十万，置之而去。问其故，即泊瓜步之明日也。《广记》卷三百五十五。

浦　城　人

　　浦城人少死于路，家有金一斤，其妇匿之，不闻于其姑。逾年，忽夜扣门，号哭而归。其母惊骇，相与哀恸曰："汝真死耶？"曰："儿实已死，有不平事，是以暂归。"因坐母膝，言语如生，但手足冷如冰耳。因起握刀，责其妻曰："我死有金，尔何以不供母，乃自藏耶？"即往杀之。其母曰："汝已死矣，傥杀尔妻，必谓我所杀也。"于是哭辞母而去。复自提刀，送其妻归母家。追晓，及门数十步，忽然不见。《广记》卷三百五十五，曾慥《类说》亦引。

刘　道　士

　　庐山道士刘某，将游南岳，路出宜春，宿一村家。其主至贫，复丧一子，未有以殓。既夕，忽有一男子行哭而来，但抚膺而号曰："可惜！可惜！"刘出视之，，见面白如雪，梳两鬟白髯者，径入其家，负尸而去，莫知所之。《广记》卷三百五十五。

清　源　都　将

　　清源人杨某，为本郡防遏营副将，有大第在西郭。侵晨趋府未归，家人方食，忽有一鹅，负纸钱自门而入，径诣西郭房中。家人云："此鹅自神祠中来耶？"令其奴逐之。奴入房，但见一双鬟白髯老翁，家人莫不惊走。某归，闻之怒，持杖击之。鬼出没四隅，变化倏忽，杖莫能中。某益怒曰："食讫，当复来击杀之！"鬼乃折腰而前曰："诺。"杨有女二，长女入厨切肉具食，肉落砧辄失去。女执刀白父曰："砧下露一大黑毛手，曰：'请斫！'"女走，气殆绝，因而成疾。次女于大瓮中取盐，有一

猴自瓮突出，上女之背，女走至堂前，复失之。亦成疾。乃召
巫立坛治之。鬼亦立坛作法，愈盛于巫。巫不能制，亦惧而
去。顷之，二女及妻皆卒。后有善作魔法者，名曰明教，请为
持经一宿。鬼乃唾骂某而去，因而遂绝。某其年亦卒。《广记》
卷三百五十五。

王 诇 妻

　　王诇者，南安县大盆村人也。妻林氏忽病，有鬼凭之，言：
"我陈九娘也，以香花祠我，当有益于主人。"诇许之。乃呼林
为阿姐，为人言祸福多中。半岁余乃见形，自腰已下可见。人
未尝来者亦不见也，但以言语相接。乡人有召者，不择远近，
与林偕往。人有祭祀，但具酒食，陈氏自召神名，祝词明惠，听
者忘倦，林拱坐而已。二年间，获利甚溥。一旦，忽悲泣谓林
曰："我累生为人女，年未及笄而夭。问于地府，乃前生隐瞒阿
姐钱一十万，故主者令我为神，以偿此钱讫，即生为男子而获
寿。今酬已足，请置酒为别。"乃尽见其形，容质端媚，言词婉
转，殷勤致谢，呜咽云："珍重！珍重！"遂不复见。《广记》卷三百
五十五。

林 昌 业

　　林昌业者，漳浦人也。博览典籍，精究术数。性高雅，人
不可干。尝为泉州军事衙推，年七十余，退居本郡龙溪县羊额
山之阳，乡里宗敬之。有良田数顷，尝欲舂谷为米，载诣州货
之，工力未集。忽有一男子，年可三十，髭髯甚长，来诣林。林
问何人，但微笑唯唯不对。林知其鬼物，令家人食之，致饱而
去。翌日，忽闻仓下有舂谷声，视之，乃昨日男子取谷舂之。

林问："无故辛苦。"而鬼亦笑不言。复置丰馔饭蔬而已。凡月余，砻谷不辍，鬼复自斗量，得米五十余石，拜辞而去，卒无一言。不复再来矣。《广记》卷三百五十五。

潘 袭

潘袭为建安令，遣一手力赍牒下乡，有所追摄。手力新受事，未尝行此路。至夕，道左有草舍，扣门求宿。其家惟一妇人，应门云："主人不在，又将移居，无暇延客也。"手力以道远多虎，苦求之，妇人即召入门侧，席地而寝。妇人结束箱箧什器之类，达旦不寐。手力向晓辞去，行数里，乃觉失所赍牒，复返求之。宿处乃一坟，方见其家人改葬。及开棺，席下得一书，即所失公牒也。《广记》卷三百五十五，曾慥《类说》亦引。

胡 澄

池阳人胡澄，佣耕以自给。妻卒，官给棺以葬，其平生服饰，悉附棺中。后数年，澄偶至市，见列肆卖首饰者，熟视之，乃妻送葬物也。问其人，云一妇人寄于此，约某日来取。澄如期复往，果见其妻取直而去。澄因蹑其后，至郊外及之。妻曰："我昔葬时，官给口具，虽免暴骨，然至今为所司督责其直。计无所出，卖此以偿之耳。"言讫不见。澄遂为僧焉。《广记》卷三百五十五，曾慥《类说》亦引。

王 攀

高邮县医士王攀，乡里推其长者，恒往来广陵城东，每数月辄一直县。自念明日当赴县，今夕即欲出东水门，夜泛小舟，及明可至。既而乃与亲友饮于酒家，不觉大醉，误出参佐

门,投一村舍宿。向晓稍醒,东壁有灯而不甚明,仰视屋室,知
非常宿处。因独叹曰:"吾明日须至县,今在何处也!"久之,乃
闻其内蹑履声,有妇人隔壁问曰:"客将何之?"因起辞谢曰:
"欲之高邮,醉中误至于是。"妇曰:"此非高邮道也。吾使人奉
送至城东,无忧也。"乃有一村竖至,随之而行。每历艰险,竖
辄以手捧其足而过。既曙,至城东常宿之店,告辞而去。攀解
其襦以赠之,竖不受,固与之,乃持去。既而入店易衣,又见其
襦故在腰下。即复诣宿处寻之,但一古冢,并无人家。《广记》卷
三百五十五。

郑守澄

广陵神将郑守澄,新买一小婢。旬日,有夜扣门者,曰:
"君家纳婢,其名籍在此。"婢忽病,遂卒。既而守澄亦病卒,而
吊客数人转相染著,皆卒。甲寅岁春也。《广记》卷三百五十五。

刘 鹗

洪州高安人刘鹗,少遇乱,有姊曰粪扫,为军将孙金所虏。
有妹曰乌头,生十七年而卒。卒后三岁,孙金为常州团练副
使,粪扫从其女君会葬于大将陈氏,乃见乌头在焉。问其所从
来,云:"顷为人所虏,至岳州,与刘翁媪为女,嫁得北来军士任
某。"任即陈所将卒也,从陈至此尔。因通信至其家,鹗时为县
手力。后数年,因事至都,遂往毗陵省之,晚止逆旅。翌日,先
谒孙金,即诣任营中。先遣小仆觇之,方见洒扫庭内,曰:"吾
阿兄将至矣。"仆良久扣门,问为谁,曰:"高安刘家使来。"乃
曰:"非兄名鹗,多髯者乎?昨日晚当至,何为迟也。"即自出营
门迎之。容貌如故,相见悲泣,了无小异。顷之,孙金遣其诸

甥持酒食至任之居,抚叙良久,乌头曰:"今日乃得二兄来,证我为人。向来恒为诸兄辈呼我为鬼也。"任亦言其举止轻健,女工敏速,恒夜作至旦,若有人为同作者。饮食必待冷而后食。罴因密问:"汝昔已死,那得至是?"对曰:"兄无为如此问我,将不得相见矣。"罴乃不敢言。久之,任卒,再适军士罗氏,隶江州。陈承昭为高安制置使,召罴问其事,令发墓视之。墓在米岭,无人省视数十年矣。伐木开路而至,见墓上有穴,大如碗,测其甚深。众惧,不敢发,相与退坐大树下,笔疏其事,以白承昭。是岁乌头病,罴往省之,乃曰:"顷为乡人百十余辈持刀仗剑,几中我面,故我大责骂,力拒之,乃退坐大树下,作文书而去。今至举身犹痛。"罴乃知恒出入墓中也,因是亦惧而疏之。罗后移隶晋王城戍。显德五年,周有淮南之地,罗陷没,不知所在,时年六十二岁矣。《广记》卷三百五十五。

舒　州　军　吏

　　王琪为舒州刺史。有军吏方某者,其家忽有鬼降,自言:"姓杜,年二十,广陵富家子,居通津桥之西。前生因欠君钱十万,今地府使我为人,偿君此债尔。"因为人占候祸福,其言多中。方以家贫告琪,求为一镇将。因问鬼:"吾所求可得否?"鬼曰:"诺,吾将问之。"良久乃至,曰:"必得之,其镇名一字正方,他不能识矣。"既而得双港镇将,以为其言无验。未及之任,琪忽谓方曰:"适得军牒,军中令一人来为双港镇将,吾今以尔为皖口镇将。"竟如其言。比岁余,鬼忽言曰:"吾还君债足。"告别而去,遂寂然。方后至广陵,访得杜氏,问其子弟,云:"吾第二子顷忽病如痴人岁余,今愈矣。"《广记》卷三百五十八。

田　頵

宣州节度田頵将作乱。一日向暮，有鸟赤色如雉而大尾，有火光如散星之状，自外飞入，止戟门而不见。翌日府中大火，曹局皆尽，惟甲兵存焉。頵资以起事，于明年遂败。《广记》卷一百四十五。

钟　传

南平王钟传在江西，有衙门吏孔知让新治第，昼有一星陨于庭中。知让甚恶之，求典外戎，以空其第。岁余，御史中丞薛昭纬贬官至豫章，传取此第以居之。后遂卒于是。《广记》卷一百四十五。

顿　金

袁州刺史顿金，罢郡还都，有人以紫袱包一物，诣门遗之。开视，则白襕衫也。遽追其人，则亡矣。其年金卒。《广记》卷一百四十五。

宋　氏

江西军吏宋氏，尝市木至星子江，见水滨人物喧聚，乃渔人得大鼋。鼋见宋，屡顾，宋即以钱一千赎之，放于江中。后数年，泊舟龙沙，忽有一仆夫至云："某长史奉召。"宋恍然不知何长史也。既往，欻至一府，官出迎，与坐。曰："君尚相识耶？"宋思之，实未尝识。又曰："君亦记星子江中放鼋耶？"曰："然。""我即鼋也。顷尝有罪，帝命谪为水族，见困于渔人，微君之惠，已骨朽矣。今已得为九江长，予将有以奉报。君之儿某者,命当溺死,名籍在是。后数日,乌山神将朝庐山使者,行必以疾风雨,君儿当以此时死。今有一人,名姓正同,亦当溺死,但先期岁月间耳。吾取以代之。君儿宜速登岸避匿,不然不免。"宋陈谢而出,不觉已在舟次矣。数日,果有风涛之害,死者甚众,宋氏之子竟免。《广记》卷四百七十一。

史 氏 女

溧水五坛村人史氏女,莳田困倦,偃息树下。见一物,鳞角爪距可畏,来据其上,已而有娠。生一鲤鱼,养于盆中。数日益长,乃置投金濑中。顷之,有人刈草,误断其尾,鱼即奋跃而去,风雨随之,入太湖而止。家亦渐富。其后女卒,每寒食,其鱼辄从群鱼一至墓前,至今每闰年一至尔。有渔人李黑獭,恒张网于江。忽获一婴儿,长可三尺,为网乱绋所萦,浃旬不解。有道士见之,曰:"可取铁汁灌之。"如其言,遂解。视婴儿口鼻眉发如画,而无肩,口犹有酒气。众惧,复投于江。《广记》卷四百七十一。

渔 人

近有渔人,泊舟马当山下。月明风细,见一大鼋出水。直上山顶,引首四望。顷之,江水中涌出一彩舟,有十余人会饮酒,妓乐陈设甚盛。献酬久之,上流有巨舰来下,橹声振于坐中,彩舟乃没。前之鼋亦下,未及水,死于岸侧。意者鬼神使此鼋为候望,而不知巨舰之来,故殛之。《广记》卷四百七十一。

阎 居 敬

新安人阎居敬,所居为山水所侵,恐屋坏,榻移于户外而寝。梦一乌衣人曰:"君避水在此,我亦避水至此,于君何害,而迫逐我如是? 不快甚矣。"居敬寤,不测其故。尔夕三梦。居敬曰:"岂吾不当止此耶?"因命移床,乃床脚压一龟于户限外,放之而去。《广记》卷四百七十二。

池 州 民

池州民杨氏,以卖鲊为业。尝烹鲤鱼十枚,令儿守之。将熟,忽闻釜中乞命者数四。儿惊惧,走告其亲。往视之。釜中无复一鱼,求之不得。期年,所蓄犬恒窥户限下而吠。数日,其家人曰:"去年鲤鱼得非在此耶?"即撤视之。得龟十头。送之水中,家亦无恙。《广记》卷四百七十二。

李 宗

李宗为楚州刺史。郡中有尼,方行于市,忽踞地而坐,不可推动,不食不语者累日。所有司以告。宗命武士扶起,掘其地,得大龟,长数尺。送之江中,其尼乃愈。《广记》卷四百七十二。

渔 人 妻

瓜村有渔人妻,得劳瘦疾,转相传染,死者数人。或云取病者生钉棺中弃之,其病可绝。顷之其女病,即生钉棺中,流之于江。至金山,有渔人见而异之,引之至岸。开视之,见女子犹活,因取置渔舍中,多得鳗鲡鱼以食之。久之病愈,遂为渔人之妻,至今尚无恙。《广记》卷二百二十。

陈 寨

陈寨者,泉州晋江巫也。善禁咒之术,为人治疾多效者。

漳州逆旅苏猛，其子病狂，人莫能疗，乃往请陈。陈至，苏氏子见之，戟手大骂。寨曰："此疾人心矣。"乃立坛于堂中，戒人无得窃视。至夜，乃取苏氏子，劈为两片，悬堂之东壁，其心悬北檐下。寨方在堂中作法，所悬之心遂为犬食。寨求之不得，惊惧，乃持刀宛转于地，出门而去。主人弗知，谓其作法耳。食顷，乃持心而入，内于病者之腹，被发连叱，其腹遂合。苏氏子既寤，但连呼："递铺！递铺！"家人莫之测。乃其日去家十里，有驿吏手持官文书，死于道旁。初，南中驿路二十里置一递铺，吏持符牒以次传授，欲近前铺，辄连呼以警之。乃寨取驿吏之心而活苏氏，苏遂愈如故。《广记》卷二百二十。

稽神录卷之四

陶　　俊

江南吉州刺史张曜卿,有傔力曰陶俊,性谨直。尝从军征江西,为飞石所中,因有腰足之疾,恒扶杖而行。张命守舟于广陵之江口。因至白沙市中,避雨于酒肆,同立者甚众。有二书生过于前,独顾俊,相与言曰:"此人好心,宜为疗其疾。"即呼俊,与药二丸,曰:"服此即愈。"乃去。俊归舟吞之,良久,觉腹中痛楚甚。顷之痛止,疾亦都瘥,操篙理缆,尤觉轻捷。白沙去城八十里,一日复还,不以为劳。后访二书生,竟不复见。《广记》卷二百二十。

延陵村人妻

延陵灵宝观道人谢及损,近县村人有丧妇者,请及损为斋。妇死已半月矣,忽闻摧棺而呼,众皆惊走。其夫开棺视之,乃起坐,顷之能言。云:为舅姑所召去,云我此无人,使之执爨。其居处甚闲洁,但苦无水。一日,见沟中水甚清,因取以酿馈。姑见之大怒,曰:"我不知尔不洁如是,用尔何为!"乃逐之使回。走出门,遂苏。今尚无恙。《广记》卷三百八十六。

赵某妻

丁亥岁,浙西有典客吏赵某妻死,未及旬,将葬,忽大叫而活。云：为一吏所录，至鹤林门内，有府署，侍卫严整。官吏谳事及领囚集者甚众。吏持己入，至庭下，堂上一绿衣一白衣偶坐。绿衣谓吏曰："汝误，非此人也。急遣之。"白衣曰："已追至此，何用遣之？"绿衣不从。相质食顷，绿衣怒，叱吏遣之。吏持己疾趋出，路经一桥，数十人方修桥，其板有钉。吏持之走过，钉伤足，因痛失声，遂活。视足果伤。俄而邻妇遂卒，不复苏矣。《广记》卷三百八十六。

建 业 妇 人

近岁建业有妇人，背生一瘤，大如数斗囊，中有物如茧粟甚众，行即有声。恒乞于市，自言村妇也，常常与娣姒辈分养蚕，己独频年损耗，因窃其姒囊茧焚之。顷之背患此疮，渐成此瘤。以衣覆之，即气闭闷，尝露之乃可，而重如负囊矣。《广记》卷一百三十三引作《搜神记》。

广 陵 男 子

广陵有男子行乞于市，每见马矢即取食。自云常为人饲马，慵不能夜起。其主恒自检视，见槽中无草，督责之。乃取乌梅饼以饲马，马齿酸楚，不能食，竟致死亡。后因患病，见马矢辄流涎欲食，食之与乌梅味正同，了无秽气。《广记》卷一百三十三。

施 汴

庐州营田吏施汴，尝恃势夺民田数十顷，其主退为其耕夫，不能自理。数年汴卒，其田主家生一牛，腹下有白毛方数寸。既长，稍斑驳。不逾年，成"施汴"字，点画无缺。道士邵修默亲见之。《广记》卷一百三十四。

朱 庆 源

婺源尉朱庆源罢任方还,家在豫章之丰城。庭中地甚爽垲,忽生莲一枝,其家骇惧,多方以禳之。莲生不已,乃筑堤堰水以沼之。遂成大池,茭荷甚茂。其年庆源授南丰令,后三岁,入为大理评事。《广记》卷一百三十八。

僧 十 朋

刘建封寇豫章,僧十朋与其徒奔分宁,宿澄心僧院。初,夜见窗外有光,视之,见团火,高广数尺,中有金车子,与火俱行,呕轧有声。十朋始惧,其主人云:"见之数年矣,每夜必出于西堂西北隅地中,绕堂数周,复没于此。以其不为祸福,故无掘视之者。"《广记》卷三百六十六。

宜 春 人

天祐初,有人游宜春,止空宅中。兵革之后,井邑芜没,堂西屋梁上有小窗,外隙荒数十匝。日暮,窗外有一物,正方,自下而上,顷之全蔽其窗。其人引弓射之,应弦而落。时已夕,不能即视。明旦寻之,西百余步有方杉木板带一矢,即昨所射也。《广记》卷三百六十六。

朱 从 本

李遇为宣州节度使,军政委大将朱从本。本家厩中畜猴,圉人夜起秣马,见一物如驴,黑而毛,手足皆如人,据地而食此猴。见人乃弃猴,已食其半。明年,遇族诛。宣城故老云:郡中常有此怪，每军城有变，此物辄出，出则满城皆臭。田頵将败，出于街中，巡夜者见之不敢逼。旬月祸及。《广记》卷三百六十六。

周　本

信州刺史周本入觐扬都，舍于邸第。遇私讳日，独宿外斋，张灯而寐。未熟，闻室中有声划然。视之，见火炉冉冉而上，直抵于屋，良久乃下，飞灰勃然。明日，满室浮埃覆物，亦无他怪。《广记》卷三百三十六。

薛　老　峰

福州城中有乌石山，山有大峰，凿三字，曰薛老峰。癸卯岁，一夕间大风雨，山上如数千人喧噪之声。及旦，则薛老峰倒立，峰字返向上，城中石碑皆自转侧。其年闽亡。《广记》卷三百三十六。

王　慎　辞

江南通事舍人王慎辞，有别墅在广陵城西，慎辞尝与亲友宴游于其上。一日，忽自爱其冈阜之势，叹曰："我死必葬于此。"是夜村中闻犬吠，或起视之，见慎辞独骑徘徊于此。逼而视之，遂不见。自是夜夜恒至。月余，慎辞卒，竟葬其地。《广记》卷一百四十五。

姚　氏

东州静海军姚氏，率其徒捕海鱼，以充岁贡。时已将晚，而得鱼殊少。方忧之，忽网中获一人，黑色，举身长毛，拱手而立,问之不应。海师曰:"此所谓海人,见必有灾。请杀之,以塞其咎。"姚曰:"此神物也,杀之不祥。"乃释而祝之曰:"尔能为我致群鱼,以免阙职之罪,信为神矣。"毛人却行水上数十步而没。明日,鱼乃大获,倍于常岁矣。《广记》卷四百七十一。

彭　颙

宣州盐铁院官彭颙,常病数月,恍惚不乐。每出外厅,辄见俳优乐工数十人,长皆数寸,合奏,百戏并作,朱紫炫目。颙视之,或时欣笑,或愤懑,然无如之何。他人不见也。颙后病愈,亦不复见。后十余年,乃卒。《广记》卷三百六十七。

吕　师　造

吕师造为池州刺史,颇聚敛。常嫁女于扬都,资送甚厚,使家人送之。晚泊竹篆江,岸上忽有一道士,状若狂人,来去奔走。忽跃入舟中,穿舟中过,随其所经,火即大发,复登后船,火亦随之。凡所载之物,皆为煨烬。一老婢发亦尽。余人与船,了无所损。火灭,道士亦不复见。《广记》卷三百六十七。

崔　彦　章

饶州刺史崔彦章,送客于城东。方宴,忽有一小车,其色如金,高尺余,巡席而行,若有求觅。至彦章前,遂止不行。彦章因即绝倒,携舆归州而卒。《广记》卷三百六十七。

润　州　气

戊子岁,润州有气如虹,五彩夺目;有首如驴,长数十丈,环厅事而立,行三周而灭。占者曰:"厅中将有哭声,然非州府之咎也。"顷之，其国太后殂，发丧于此堂。《广记》卷三百六十七。

黄　极

甲午岁，江西馆驿巡官黄极子妇生男子，一首两身相背，四手四足。建昌民家生牛，每一足更附出一足。投之江中，翌日浮于水上。南昌新义里地陷，长数十步，广者数丈，狭者七八尺。其年节度使徐知询卒。《广记》卷三百六十七。

熊　勋

军吏熊勋家于建康长乐坡之东。尝日晚，见屋上有二物，大如卵，赤而有光，往来相驰逐。家人骇惧。有亲客壮勇，登屋捕之，得其一，乃被缯彩包一鸡卵壳也。锉而焚之，臭闻数里。其一走去，不复来矣。家亦无恙。《广记》卷三百六十七引，不注出处。

王　建　封

江南军使王建封，骄恣奢僭，筑大第于淮之南。暇日临街坐窗下，见一老妪携少女过于前，衣服褴褛，而姿色绝世。建封呼问之，云孤贫无依，乞食至此。建封曰："吾纳尔女，而给养尔终身可乎？"妪欣然。建封即召入，命取新衣二袭以衣之。妪及女始脱故衣，皆化为凝血于地。旬月，建封被诛。《广记》卷三百六十七。

广　陵　士　人

广陵有士人，常张灯独寝。一夕，中夜而寤，忽有双髻青衣女子，姿质甚丽，熟寐于其足。某知其妖物也，惧不敢近，复

寝如故。向晓乃失，门户犹扃镭。自是夜夜恒至。有术士为
书符，施其髻中。其夜，佯寝以阅之。果见自门而入，径诣髻
中，解取符，灯下视之。微笑讫，复为置髻中，升床而寝，无惧。
后闻玉笥山有道士符禁神妙，乃往访之，至暮登舟，遂长往。
途次豫章，暑夜乘月行舟，时甚热，尽开船窗而寝。中夜，忽复
见寐于床后，某即潜起，急捉其手足，投之江中，纨然有声。因
尔遂绝。《广记》卷三百六十七。

黄 仁 濬

舒州司士参军黄仁濬，自言：壬子岁罢陇州汧阳主簿，至
凤翔，有文殊寺，寺中有土偶数十躯，忽自然摇动，如醉人状，
食顷不止。旁观者如堵，官司禁止之。至今未得其应验。《广
记》卷三百六十七。

孙 德 遵

舒州都虞候孙德遵，其家寝室中铁灯檠忽自摇动，如人撼
之。至明日，有婢偶至灯檠所，忽尔仆地，遂卒。《广记》卷同上。

木 成 文

梁开平二年，使其将李思安攻潞州，营于壶口。伐木为
栅，破一大木，木中隶书六字曰："天十四载石进。"思安表上
之。其群臣皆贺，以为十四年必有远夷入贡。司天少监徐鸿
独谓其所亲曰："自古无一字为年号者，上天符命，岂阙文乎？
吾以为丙申之年，当有石氏王此地者。移四字中两竖，书置天
字左右，即丙字也；移四之外围，以十字贯之，即申字也。"后至
丙申岁，晋高祖以石姓起并州如鸿之言。《广记》卷一百六十三。

柳　翁

天祐中,饶州有柳翁,常乘小舟,钓鄱阳江中。不知其居处,妻子亦不见其饮食。凡水族之类,与山川之深远者,无不周知之。凡鄱人渔钓者,咸谘访而后行。吕师造为刺史,修城掘濠,至城北则雨,止役则晴。或问柳翁,翁曰:"此下龙穴也。震动其上,则龙不安而出穴,龙出则雨矣。掘之不已,必得其穴,则霖雨方将为患矣。"既深数丈,果得大木,长数丈,交加构叠之,累积数十重。其下雾气冲人,不可入,而其上木皆腥涎萦之,刻削平正,非人力所致。自是果霖雨为患。吕氏诸子将网鱼于鄱阳江,召问柳翁。翁指南岸一处:"今日惟此处有鱼,然有一小龙在焉。"诸子不信,网之果大获,舟中以瓦盆贮之。中有一鳝鱼,长一二尺,双目精明,有二长须,绕盆而行,群鱼皆翼从之。将至北岸,遂失所在。柳翁竟不知所终。《广记》卷四百二十三。

李　禅

李禅,楚州刺史承嗣少子也,居广陵宣平里大第。昼日寝庭前,忽有白蝙蝠绕庭而飞,家僮辈竞以帚扑,皆不能中。久之,飞出院门,扑之亦不中。及飞出至外门之外,遂不见。其年禅妻卒,辒车出入之路,即白蝙蝠飞翔之所也。《广记》卷四百七十九。

蚯　疮

天祐中,浙西重建慈和寺。画地既毕,每为蚯蚓穿穴,执事者患之。有一僧,教以石灰覆之,由是得定,而杀蚯蚓无数。

顷之，其僧病，举身皆痒，曰："须得长指爪者搔之。"以至成疮，疮中辄得死蚯蚓一条，殆数百千条。肉尽至骨而死。《广记》卷四百七十九。

蜂　余

庐陵有人应举，行遇夜，诣一村舍求宿。有老翁出见客，曰："吾舍窄人多，容一榻可矣。"因止其家。屋室百余间，但窄小甚。久之，告饥，翁曰："吾家贫，所食惟野菜耳。"即以设客，食之甚甘美，与常菜殊。及就寝，惟闻讧讧之声。既晓而寤，身卧田中，旁有大蜂窠。客常患风，因而遂愈，盖食蜂之余尔。《广记》卷四百七十九。

熊　迤

信州有板山，川谷深远，采板之所，因以名之。州人熊迤，尝与其徒入山伐木，其弟从而追之。日暮，不及其兄。忽见甲士清道，自东来，传呼甚厉。迤弟恐惧，伏于草间。俄而旗帜戈甲络绎而至，道旁亦有行人，其犯清道者，辄为所戮。至军中有一人若大将者，西驰而去，度其远，乃敢起行。追晓方见其兄，具道所见。众皆曰："非巡逻之所，而西去溪滩险绝，往无所诣，安得有此人？"即共寻之。可十余里，隔溪犹见旌旗，纷若布围畋猎之状。其徒有勇者，遥叱之，忽无所见。就视之，人皆树叶，马皆大蚁，取而碎之，皆有血云。贮在庭中，以火烧之，少时荡尽。众口所哭，迤亦寻患足肿，笼于瓮，其酸不可忍，旬月而终。《广记》卷四百七十九。

刘　威

丁卯岁，庐州刺史刘威移镇江西。既去任，而郡中大火，

虞候吏巡火甚急，而往往有持火夜行者，捕之不获。或射之
殪，就视之，乃棺材板、腐木、败帚之类。郡人愈恐。数月，除
张宗为庐州刺史，火灾乃止。《广记》卷三百七十三。

马　希　范

　　楚王马希范修长沙城，开濠毕，忽有一物，长十丈余，无头
尾手足，状若土山，自北岸出，游泳水上。久之，入南岸而没。
出入俱无踪迹，或谓之土龙。无几何而马氏遂亡。《广记》卷三百
七十三。

稽神录卷之五

桂 从 义

池阳建德县吏桂从义家人入山伐木,常于所行山路,有一石崩倒。就视之,有一室,内有金漆柏床六张,茭荐芒簟皆新,金银积叠。其人坐床上,良久,因揭簟下,见一角柄小刀,取内怀中而出。恐崩石塞之,以物为记,归呼家人共取。及至,则石壁如故,了无所睹。《广记》卷三百七十四。

金 精 山 木 鹤

虔州虔化县金精山,昔长沙王吴芮时,仙女张丽英飞升之所,道馆在焉。岩高数百尺,有二木鹤,二女仙乘之,铁镰悬于岩下,非旁道所至,不知其所从。其二鹤嘴随四时而转,初不差忒。顺义道中,百胜军小将陈师粲者,能卷簟为井,跃而出入。尝与乡里女子遇于岩下,求娶焉。女子曰:"君能射中此鹤,姻即成。"师粲一发而中,臂即无力,归而病卧,如梦非梦。见二女道士,绕床而行,每过辄以手拂师粲之目,数四而去,竟致失明而卒。所射之鹤,自尔不复转,其一犹转如故。辛酉岁,其女子犹在。师粲之子孙,至今犹为军士。《广记》卷三百七十四。

卖 饼 王 老

有卖饼王老，无妻，独与一女居。王老昼日自卖饼所归家，见其女与他少年共寝于北户下。王老怒，持刀逐之，少年跃走得免。王老怒甚，遂杀其女。而少年行至中路，忽流血满身，吏呵问之，不知所对，拘之以还。王老之居乡伍方按验其事，王老见而识之，遂抵其罪。《广记》卷三百七十四。

桃 林 禾 稼

闽王审知，初为泉州刺史，州北数十里地名桃林，光启初，一夕村中地震，有声如鸣数百面鼓。及明视之，禾稼方茂，了无一茎。试掘地求之，则皆倒悬在土下。其年，审知克晋安，尽有瓯闽之地。传国六十年，至其子延义立，桃林地中复有鼓声未已，收获稌粳在迩，及明视之，亦无一茎。掘地求之，则亦倒悬土下。其年，延义为左右所杀，王氏遂灭。《广记》卷三百七十四。

王 延 政

王延政为建州节度。延平村人夜梦人告之曰："与汝富，旦入山求之。"明日入山，终无所得。其夕复梦如前。村人曰："旦已入山，无所得也。"其人曰："但求之，何故不得？"于是明日复入。向暮，息大树下，见方丈之地独明净，试掘之，得赤土如丹。既无他物，则负之归，以饰墙壁，焕然可爱。人闻者竞以善价从此人求市。延政闻之，取以饰其宫室，署其人以牙门之职。数年，建州亦败。《广记》卷三百七十四。

洪 州 樵 人

洪州樵人入西山，岩石之下，藤萝甚密。中有一女冠，姿色绝世，闭目端坐，衣帔皆如新。近观之，不能测。或为整其冠髻，即应手腐坏。众惧，散去。复寻之，不能得见。《广记》卷三百七十四，不注出处。

法 曹 吏

庐州有法曹吏，尝劾一僧，曲致其死，具狱上州。尔日，其妻女在家，方纫缝于西窗下，忽有二青衣卒，手执文书，自厨中出，厉声谓其妻曰："语尔夫，何故杀僧？"遂出门去。妻女皆惊怪，流汗久之。乃走出视其门，扃闭固如旧。吏归，具言之。吏甚恐，明日将窃取其案，已不及矣，竟杀其僧。死之日即遇诸涂，百计禳谢，月余，竟死。《广记》卷一百二十四。

刘 存

刘存为舒州刺史，辟儒生霍某为团练判官，甚见信任。后为左右所谮，因构其罪下狱，白使府，请杀之。吴帅知其冤，使执送扬都。存遂缢之于狱。既而存迁鄂州节度使。霍友人在舒州，梦霍素服自司命祠中出，抚掌大笑曰："吾罪得雪矣！"俄而存帅师征湖南。霍表兄马邺为黄州刺史，有夜扣齐安城门者，曰："舒州霍判官将往军前，马病，与使君借马。"守陴者以告。邺叹曰："刘公枉杀霍生，今此人往矣，宁无祸乎？"因画马数匹，焚之以祭。数日，存败绩，死之。《广记》卷一百二十四。

袁 州 录 事

　　袁州录事参军王某，尝劾一盗，狱具而遇赦。王以盗罪重，不可恕，乃先杀之，而后宣赦。罢归至新喻邑，邑客冯氏具卮酒请王。明日当往，晚止僧院。乃见盗者曰：“我罪诚合死，然已赦矣，君何敢逆王命而杀我？我今得请于所司矣。君明日往冯家耶？不往亦可。”言讫乃没。院僧但见其与人言，而不见其他。明日方饮，暴卒。《广记》卷一百二十四。

刘　　璠

　　军将刘璠，性强直勇敢，坐法徙海陵。郡守褚仁规嫌之，诬其谋叛，诏杀于海陵市。璠将死，谓监刑者曰：“与我白诸妻儿，多置纸笔于棺中，予将讼之。”后数年，仁规入朝，泊舟济滩江口。夜半，闻岸上连呼：“褚仁规，尔知当死否？”舟人惊起，视岸上无人。仁规谓左右曰：“尔识此声否？即刘璠也。”命以酒食祭之。仁规至都，以残虐下狱。狱吏夜梦一人，长大黟面，后从二十余人，至狱，执仁规而去。既寤，为仁规说其人，乃抚膺叹曰：“吾必死，此人即刘璠也。”其日中使至，遂缢于狱中矣。《广记》卷一百二十四。

吴　　景

　　浙西军校吴景者，辛酉岁设斋于石头城僧院。其夕既陈设，忽闻妇女哭声甚哀，初远渐近，俄在斋筵中矣。景乃告院僧曰：“景顷岁从军克豫章，获一妇人，殊有姿色。未几其夫求赎，将军令严肃，不可相容。景即杀之，后甚以为恨。今之设斋，正为是也。”即与僧俱往，乃见妇人在焉。僧为之祈告。妇人曰:"我从吴景索命,不知其他!"遽前逐之。景急走上佛殿,大呼曰:"我还尔命!"于是颠仆而卒。《广记》卷一百二十四。

周　　宝

周宝为浙西节度使,治城隍。至鹤林门,得古冢,棺椁将腐。发之,有一女子,面如生,铅粉衣服皆不败。掌墓者以告,宝亲视之。或曰:"此当是尝饵灵药,待时而发,发则解化之期矣。"宝即命改葬之,其辒声乐以送。宝与僚属登城望之。行数里,有紫云覆辒车之上,众咸见一女子出自车中,坐于紫云之上,冉冉久之乃没。开棺则空矣。《广记》卷七十。

陈　　师

豫章逆旅梅氏,颇济惠行旅,僧道投止,皆不求直。恒有一道士,衣服蓝缕,来止其家,梅厚待之。一日,谓梅曰:"吾明日当设斋,从君求新瓷碗二十事及匕箸。君亦宜来会,可于天宝洞前访陈师也。"梅许之。道士持碗渡江而去。梅翌日诣洞前,问其村人,莫知其处。久之将回,偶得一小径,甚明静,试寻之,果得一院,有青衣童应门,问之,乃陈之居也。既人,见道士衣冠华洁,延与之坐,命具食。顷之食至,乃熟蒸一婴儿。梅惧,不食。良久,又进食,乃蒸一犬子。梅亦不食。道士叹息,命取昨所得碗赠客,视之,乃金碗也。谓梅曰:"子善人也,虽然,不得仙。千岁人参、枸杞皆不肯食,乃分也。"谢而遣之,曰:"此而后不可复继见矣。"《广记》卷五十一。

陈　　金

陈金者,少为军士,隶江西节度使刘信,围虔州。金私与其徒五人发一大冢,开棺见一白髯老人,面如生,通身白罗衣,衣皆如新。开棺时即有白气冲天,墓中有非常香馥。金独视棺盖上有物如粉,微作硫黄气。金素闻棺中硫黄为药成仙,即以衣襟掬取怀归。墓中无他珍宝,即共掩之而出。既至营中,营中人皆惊云:"今日那得香气?"金知硫黄之异,且辄汲水浸食,至尽。城平,入舍僧寺,偶与寺僧言之。僧曰:"此城中富人之远祖也。子孙相传其祖好道,有异人教饵硫黄,云数尽当死,死后三百年墓开,当即解化之期也。今正三百年矣。"即相与复视之,棺中空,惟衣裳尚存,如蝉蜕之状。金自是无病,今为清海军小将,年七十余矣,形体枯瘦,轻健如故。《广记》卷五十一。

沈　　彬

　　吴兴沈彬,少而好道,及致仕归高安,恒以焚修服饵为事。尝游都下洞观,忽闻空中乐声,仰视云表,见仙女数十,冉冉而下,往之观中,遍至像前焚香,良久乃去。彬匿室中,不敢出。既去,入殿视之,几案上皆有遗香,彬悉取置炉中。已而自悔曰:"吾平生好道,今见神仙而不能礼谒,得仙香而不能食之,是其无分欤!"初,彬恒诫其子云:"吾所居室中正是吉地,死即葬之。"及卒,如其言。掘地得自然砖圹,制造甚精,砖上皆作"吴兴"字。彬年八十余卒。其后豫章有渔人,投生米于潭中捕鱼,不觉行远。忽入一石门,焕然明朗。行数百步,见一白髯翁,谛视之,颇类彬,谓渔人曰:"此非尔所宜来,速出犹可。"渔人遽出登岸,云入水已三日矣。故老有知者,云此即西山天宝洞之南门也。《广记》卷五十四。

梅　真　君

汝阴人崔景唐家甚富。尝有道士，自言姓梅，来访崔，崔客之数月。景唐市得玉案，将之寿春，以献节度使高审思。谓梅曰："先生但居此，吾将诣寿春，旬月而还。使儿侄辈奉事，无所忧也。"梅曰："吾乃寿春人也，将访一亲知，已将还矣，君其先往也。久居于此，思有以奉报。君家有水银乎？"曰："有。"即以十两奉之。梅乃置鼎中，以水炼之，少久即成白银矣。因以与景唐，曰："以此为路粮。君至寿春，可于城东访吾家也。"即与景唐分路而去。景唐至寿春，即诣城东访梅氏，数日不得。村人皆曰："此中无梅家，亦无为道士者。惟淮南岳庙中有梅真君像，得非此耶？"如其言访之，果梅真君矣。自后竟不复遇。《广记》卷四十五。

康　　氏

伪吴杨行密初定扬州，远坊居人稀少，烟火不接。有康氏者，以佣贷为业，僦一室于太平坊空宅中。康晨出未返，其妻生一子，方席稿，忽有一异人，赤面朱衣冠，据门而坐。妻惊怖久之。乃走如舍西，訇然有声。康适归，欲至家，而路左忽有钱五千，羊牛羫，樽酒在焉。伺之久，无行人，因持之归。妻亦告其所见。即往舍西寻之，乃一金人仆于草间，亦曳之归。因烹羊饮酒，得以周给。自是出入获富，日以富赡，而金人留为家宝。所生子名曰平平，及长，遂为富人。有李浔者，为江都令，行县至新宁乡，见大宅即平平家也。其父老为李言如此。《广记》卷四百一。

豫　章　人

天复中，豫章有人治舍，掘地，得一木匣。发之，得金人十二躯，各长数寸，皆古衣冠，首戴十二辰属，镌刻精妙，殆非人功。其家宝祠之，因以致口福。时兵革未定，遂为戍将劫之，后不知所终。《广记》卷四百一。

陈　滂

江南陈滂尚书自言：其诸父在乡里好为诗，里人谓之陈白舍人，比之乐天也。性疏简，喜宾客。尝有二道士，一黄衣，一白衣，诣其家求舍，舍之厅事。夜分，闻二客床坏。訇然有声，久之，若无人者。秉烛视之，见白衣人卧于壁下，乃银人也；黄衣人不复见矣。自是丰富。《广记》卷四百一。

建 安 村 人

建安有人村居者，常使一小奴出入城市，经过舍南大冢，冢旁恒有一黄衣人，与之较力为戏。其主因归迟，将责之，奴以实告。往觇之，信然。一日挟挺而往，伏于草间。小奴至，黄衣儿复出，即起击之，应手而仆，乃金儿也。因持以归，家遂殷富。《广记》卷四百一。

蔡 彦 卿

庐州军吏蔡彦卿，为拓皋镇将。暑夜坐镇门外纳凉，忽见道南桑林中有白衣妇人独舞，就视即灭。明夜，彦卿挟杖先往，伏于草间。久之，妇人复出而舞，即击之，坠地乃白金一饼。复掘地，获银数千两，遂致富裕云。《广记》卷四百一。

岑　氏

　　临川人岑氏尝游山，溪水中见二白石，大如莲实，自相驰逐。捕而获之，归置巾箱中。其夕，梦二白衣美女，自言姊妹，来侍左右。既寤，益知二石之异也，恒结于衣带中。后至豫章，有波斯国人邀而问之："君有宝耶？"曰："然。"即出二石示之。胡人欲以三万为价得之。岑虽宝藏而实无用，得钱甚喜，因以与之。胡谢而去。岑氏因此而赡，但恨不能问其名与所用云。《广记》卷四百四。

建 州 村 人

　　建安有村人，乘小舟往来建溪中卖薪为业。尝泊舟登岸，将伐薪，忽见山上有数钱流下。稍上寻之，累获数十。未及山半，有大树，下一瓮，高五六尺，钱满其中，而瓮小欹，故钱流出。于是推而正之，以石支之，纳衣襟得五百而归。尽率其家人复往，将尽取。既至，得旧路，见大树而亡其瓮。村人徘徊数日，不能去。夜梦人告之曰："此钱有主，向为瓮欹，以五百雇而正之，不可再得也。"《广记》卷四百五。

徐 仲 宝

　　徐仲宝者，长沙人，所居道南有大枯树，合数大抱。有仆夫洒扫其下，沙中获钱百余，以告仲宝。仲宝自往，亦获数百。自尔每需钱即往扫其下，必有所得。如是积年，凡得数十万。仲宝后至扬都，选授舒城令。暇日与家人共坐，地中忽有白气甚劲烈，斜飞向外而去，中若有物。其妻以手攫之，得一玉蛱蝶，制作精妙，人莫能测。后为乐平令，家人复于厨侧鼠穴中得钱甚多。仲宝即率人掘之，深数尺，有一白雀飞出，止于庭树，其下获钱至百万。钱尽，白雀乃去，不知所之。《广记》卷四百五。

邢　　氏

建业有库子姓邢，家贫，聚钱满二千，辄病或失去。其妻窃聚钱，埋于地中。一夕，忽闻有声如虫飞，自地出，穿窗户而去，有触墙壁堕地者。明旦视之，皆钱也。其妻乃告邢，使埋瘗之。再视，则皆亡矣，邢得一自然石龟，其状如真，置庭中石榴树下。或见之，曰："此宝物也。"因装置巾箱中。自尔稍稍充足，后颇富饶矣。《广记》卷四百五。

林　　氏

汀州有林氏，其先尝为郡守，罢任家居。一日，天忽雨钱，充积其家。林氏乃整衣冠，仰天而祝曰："非常之事，必将为祸，于此速止，林氏之福也。"应声而止，所收已钜万。至今为富人云。《广记》卷四百五。

曹　　真

寿春人曹真，出行野外，忽见坡下有数千钱，自远而来，飞声如铃。真逐之，入一小穴，以手掬之，可得数十而已。又舒州桐城县双戍港有因风卷钱，经市而过，市人随攫其钱，以衣襟贮之。风入石城荆棘中，人不能入而止。所得钱归家视之，与常钱无异，而皆言亡八九矣。《广记》卷四百五。

破木有肉

建康有木工破木，木中有肉五斤许，其香如熟猪肉。此又不可以理穷究者矣。《广记》卷四百七。

登第皂荚

泉州文宣王庙，庭宇严峻，学校之盛，冠于藩府。庭中有皂荚树，每州人将登第，即生一荚，以为常矣。梁贞明中，忽然生一荚有半，人莫喻其意。乃其年州人陈逖进士及第，黄仁隶学究及第。仁隶耻之，复应进士举。至同光中，旧生半荚之所复生全荚，其年仁隶及第。后数年，庙为火焚。其年闽自称尊号，不复生荚，遂至今矣。《广记》卷四百七。

张 怀 武

南平王钟传镇江西，遣道士沈太虚祷庐山九天使者庙。太虚醮罢，夜坐廊庑间。忽然若梦，见壁画一人前揖太虚曰："身张怀武也，尝为军将。上帝以微有阴功及物，今配此庙为灵官。"既寤，起视壁画，署曰"五百灵官。"太虚归，以语进士沈彬。彬后二十年游醴陵，县令陆生客之。方食，有军吏许生后至，语及张怀武，彬因问之。许曰："怀武者，蔡之裨将，某之长吏也。顷甲辰年大饥，闻豫章独稔，即与一他将各帅其属奔豫章。既即路，两军稍不相能，比至武昌，衅隙大作，克日将决战，禁之不可。怀武乃携剑上戍楼云梯，谓其徒曰：'吾与汝今日之行，非有他图，直救性命耳。奈何不忍小忿而相攻战？夫战，必强者伤而弱者亡，如是则何为去父母之国，而死于道路耶？凡两军所以致争者，以有怀武故也。今为汝等死，两军为一,无徒召难矣。'遂自刎。于是两军之士皆伏楼下恸哭,遂相与和亲。比及豫章,无人逃亡者。"许但怀其旧恩,亦不知灵官之事,彬因述记以申明之。岂天意将感发死义之士,故以胗虿告人乎?《广记》卷三百十三。

稽神录卷之六

李攻

天祐初，舒州有仓官李攻，自言少时因病遂见鬼，为人言祸福多中。淮南大将张颢专废立之权，威震中外。攻时宿于灊山司命真君庙，翌日，与道士崔绰然数人将入城。去庙数里，忽止同行于道侧，自映大树以窥之，良久乃行。绰然曰："复见鬼耶？"曰："向见一人，桎梏甚严，吏卒数十人卫之，向庙而去，是必为真君考召也。虽意气尚在，已不自免矣。"或问为谁，久之，乃肯言曰："张颢也。"闻者皆惧，共秘之。不旬月，而闻颢诛。李宗造开元寺成，大会文武僧道于寺中。既罢，攻复谓绰然曰："向坐中有客，为二吏固揖之而去，是不久矣。"言其衣服容貌，则团练巡官陈绛也。不数月，绛暴疾卒。道士邵修默，崔之弟子，亲见之。《广记》卷三百十三。

赵瑜

明经赵瑜，鲁人，累举不第，困厄甚矣。因游太山，祈死于岳庙。将出门，忽有小吏自后至，曰："判官召。"随之而去。奄至一厅事，帘中有人云："人所重者生，君何为求死？"对曰："瑜应乡荐，累举不第，退无归耕之资，湮厄贫病，无复生意，故祈死耳。"良久，闻帘中检阅簿书，既而言曰："君命至薄，名与禄仕皆无分。既此见告，当有以奉济。今以一药方授君，君以此足给衣食。然不可置家，置家则贫矣。"瑜拜谢而出。至门外，空中飘大桐叶至瑜前，视之，乃书巴豆丸方于其上，与人间之方正同。瑜遂称前长水令，卖药于夷门。市饵其药者，病无不愈，获利甚多。道士李德阳亲见其桐叶，已十余年，尚如新折者。《广记》卷三百十三。

袁 州 老 父

　　袁州村中有老父，性谨厚，为乡里所推，家亦甚富。一日，有紫衣少年，车仆甚盛，诣其家求食。老父即延入，设食甚丰，遍及从者。老父侍食于前，因思："长吏朝使行县，当有顿地，此何人哉？"意色甚疑。少年觉之，谓曰："君疑我，我不能复为君隐，仰山神也。"父悚然再拜，曰："仰山日厌于祭祀，奈何求食乎？"神曰："凡人之祀我，皆从我求福。我有力不能致者，或非其人不当受福者，我皆不敢享之。以君长者，故从君求食尔。"食讫，辞让而去，遂不见。《广记》卷三百十四，曾慥《类说》亦引。

朱 廷 禹

　　江南内臣朱廷禹言：其所亲泛海遇风，舟将覆者数矣。海师云："此海神有所求，可即取舟中所载，弃之水中。"物将尽，有一黄衣妇人，容色绝世，乘舟而来。四青衣卒刺船，皆朱发豕牙，貌甚可畏。妇人径上船，问："有好发髢，可以见与。"其人忙怖不复记，但云："物已尽矣。"妇人云："在船后挂壁篋中。"如言而得之。船屋上有脯腊，妇人取以食四卒，视其手，鸟爪也。持髢而去，舟乃达口。廷禹又言：其所亲自江西如广陵，携一十岁儿。行至马当泊舟，登岸晚望。及还船，失其儿。遍寻之，得于茂林中，已如痴矣。翌日乃能言，云："为人召去，有所教我。"乃吹指长啸,有山禽数十百只应声而至,彩毛怪异,人莫能识。自尔东下,时时吹啸,众禽必至。至白沙,不敢复入。博访医巫治之,积久愈。《广记》卷三百十四。

僧 德 林

浙西僧德林,少时游舒州,路左见一夫荷锄治方丈之地,左右数十里不见居人。问之,对云:"顷时自舒之桐城,至此暴得痁疾,不能去,因卧草中,及稍醒,已昏矣,四望无人烟,惟虎豹吼叫,自分必死。俄有一人,部从如大将,至此下马,据胡床坐,久乃召二卒曰:'善守此人,明日送至桐城县下。'遂上马去,倏忽不见,惟二卒在焉。某即强起问之,答:'此茅将军也,常夜出猎虎,忧汝被伤,故使护汝。'欲更问之,困而复卧。及觉,已日出,不复见二卒。即起而行,意甚轻健,若无疾者。至桐城,顷之疾愈。故以所见之处立祠祀之。"德林上舒州十年,及回,则村落皆立茅将军祠矣。《广记》卷三百十四。

司 马 正 彝

司马正彝者,始为小吏,行溧水道中,去前店尚远,而饥渴甚,意颇忧之。俄而遇一新草店数间,独一妇人迎客,为设饮食,甚丰洁。正彝谢之,妇人云:"至都有好粉燕支,宜以为惠。"正彝许诺。至建业,遇其所知往溧水,因以粉燕支托遗其妇,具告其处。既至,不复见店,有一神女庙,因置所遗而去。正彝後为溧水令。传云往往有遇者,不知其详。《广记》卷三百十四。

刘 宣

戊寅岁,吴师征越,败于临安,裨将刘宣伤重,卧于死人中。至夜，有官吏数人，持簿书至，遍阅死者。至宣，乃扶起视之，曰：“此汉非是。”引出十余步，置路左而去。明日贼退，宣乃得归。宣肥白如瓠，初伏于地，越人割其尻肉，宣不敢动。后疮愈，肉不复生，臀竟小偏。十余年而卒。《广记》卷三百十四，曾慥《类说》亦引。

黄　鲁

徐三海为抚州录事参军，其下干力黄鲁者，郡之俚人，年少，颇白晰。有父母在乡中，数月一告归，归旬日复来。一旦归，月余不至，三海遣吏至其家召之。家人云：“久不归矣。”于是散寻之。又月余，乃见在深山中，黄衣屣履，挟弹而游，与他少年数人，皆衣服相同。捕之不获。鲁家富，乃召募伏于草间以伺。三数日，果擒之，而诸少年皆走。归问其故，曰：“山中有石氏者，其家如王公，纳我为婿。”他无所言。留数日，复失去，又于山中求得之。如是者三。后一日竟去，遂不复见。寻石氏之居，亦不能得。此山乃临川人采石之所，盖石之神也。《广记》卷三百十四。

张　铤

张铤者，累任邑宰，以廉直称。后为彭泽令。使至县，宅堂后有神祠，祠前巨木成林，乌鸢野禽群巢其上，粪秽积于堂中。人畏其神，故莫敢犯。铤大恶之，使巫祝于神曰：“所为土地之神，当洁清县署以奉居人，奈何使腥秽如是耶？尔三日中当尽逐众禽，不然，吾将焚庙而伐树矣。”居二日，有数大鸦奋击而至，尽坏群巢。又一日，大雨，粪秽皆净。自此宅居清洁矣。《广记》卷三百十四。

浔阳县吏

庚寅岁，江西节度使徐知谏以钱百万修庐山使者庙，浔阳令遣一吏典其事。此吏尝入城，召一画工俱往，画工负荷丹彩杂物从之。始出城，吏昏然若醉，自解衣带投地，画工以吏为醉而随之。须臾，复脱衣弃帽，比至山中，殆至裸身。近庙涧水中有一卒，青衣，白韦蔽膝。吏至，乃执之。画工救之，曰："此醉人也。"卒怒曰："交交加加，谁能得会！"竟擒之，坐于水中。工知其非人也，走往庙中告人，竞往视之。卒已不见，其吏犹坐水中，已死矣。乃阅其出纳之籍，则已乾没过半。进士谢岳见之。《广记》卷三百十四。

朱元吉

乌江县令朱元吉言：其所知泛舟至采石，遇风，同行者数舟皆没。某既溺，不复见水，道路如人间。其人驱之东行，可在东岸山下，有大府署，门外堆坏船版木如丘陵，复有诸人运溺者财物入库中甚多。入门，堂上有官人，遍召溺者，阅籍审之。至某，独曰："此人不合来，可令送出。"吏即引去，复至舟所，舟中财物亦皆还之。恍然不自知，出水已在西岸沙上矣。举船俨然，亦无沾湿。《广记》卷三百十四。

酤酒王氏

建康江宁县廨之后，有酤酒王氏，以平直称。癸卯岁二月既望夜，店人将闭外户，忽有朱衣数人，仆马甚盛，奄至户前，叱曰："开门，吾将暂憩于此。"店人奔告其主。其主曰："出迎。"则已入坐矣。主人因设酒食甚备，又犒诸从者。客甚谢焉。顷之，有仆夫执细绳百千丈，又一人执橛杙数百枚，前白请布围。紫衣可之。即出，以杙钉地，系绳其上，围坊曲人家使遍。良久曰："事讫。"紫衣起至户外，从者白："此店亦在围中矣。"紫衣相谓曰："主人相待甚厚，空此一店可乎？"皆曰："一家耳，何为不可。"即命移杙出店于围外，顾主人曰："以此相报。"遂去，倏忽不见。顾视绳杙已亡矣。俄而巡使欧阳进逻夜至店前，使问："何故深夜开门，又不灭灯烛，何也？"主人具告所见。进不信，执之下狱，将以妖言罪之。居一日，江宁大火，朱雀桥西至凤台山，居人焚之殆尽。此店四邻皆为煨烬，而王氏独免。《广记》卷三百十四。

鲍　　回

鲍回者，尝入深山捕猎，见一少年裸卧大树下，毛发委地。回欲射之，少年曰："我山神也，避君不及，勿杀我，富贵可致。"回以刃刺其口，血皆逆流，遂杀之。无何回卒。《广记》卷三百十四。

梨　山　庙

建州梨山庙，土人云故相李迴之庙。迴贬为建州刺史，后卒于临川。卒之夕，建安人咸梦迴乘白马入梨山。及凶问至，因立祠焉，世传灵应。王延政在建安，与福州构隙，使其将吴某帅兵向晋安。吴新铸一剑甚利，将行，携剑祷于梨山庙，且曰："某愿以此剑手杀千人。"其夕，梦神谓己曰："人不当发恶愿。吾祐汝，使汝不死于人之手。"既战，败绩，左右皆溃散。追兵将及，某自度不免，即以此剑自刎而死。《广记》卷三百十五。

吴延瑶

　　广陵有仓官吴延瑶者,其弟既冠,将为求妇。邻有某妪,素受吴氏之命。一日,有人诣门,云张司空家使召。随之而去,在正胜寺之东南,宅甚雄壮。妪云:"初不闻有张公在是。"其人云:"公没于临安之战,故少人知者久之。"其家陈设炳焕,如王公家。见一老姥,云是县君。及坐,顷之,其女亦出。姥谓妪曰:"闻君为吴家求婚,吾欲以此女事之。"妪曰:"吴氏小吏贫家,岂当与贵人为婚耶?"女因自言曰:"儿以母老无兄弟,家业既大,事托善人。闻吴氏子孝谨可事,岂求高门耶?"妪曰:"诺,将问之。"归以告延瑶,异之,未敢言。数日,忽有车舆数乘诣邻妪之室,乃张氏女与二老婢俱至。使召延瑶之妻,即席具酒食甚丰,皆张氏所备也。其女自议婚事,瑶妻内思之:"此女虽极端丽,然可年三十余,其小郎年却少,未必欢也。"其女即言曰:"夫妻皆系前定义合,岂当嫌老少耶?"瑶妻耸然不敢复言。女即出红白罗二匹,曰:"以此为礼。"其他赠遗甚多。至暮,邀邻妪俱归其家。留数宿,谓妪曰:"吾家至富,人不知尔。他日皆吴郎所有也。"室中三大厨,其厨高至屋,因开示之。一厨实以金,二厨实以银。又指地曰:"此中皆钱也。"即命掘之,深尺余,即见钱充积。又至外厅,庭中系朱鬣白马,旁有一豕,曰:"此皆礼物也。"厅之西复有广厦,百工制作毕备,曰:"此亦造礼物也。"至夜就寝,闻豕有被惊声,呼诸婢曰:"此豕不宜在外,是必为蛇所啮也。"妪曰:"蛇岂食猪者耶?"女曰:"此中常有之。"即相与秉烛视之,果见大赤蛇自地出,萦绕其豕,复入地去,救之得免。明日,方与妪别,忽召二青衣夹侍左右,谓妪曰:"吾有故近出,少选当还。"即与青衣凌虚而去。妪

大惊。其母曰："吾女暂之天上会计，但坐，无苦也。"少顷，乃
见自外而入，微有酒气，曰："诸仙留饮，吾以媒妪在此，固辞得
还。"妪回，益骇异，而不敢言。又月余，复召妪，云："县君疾
亟。"及往，其母已卒。同妪至葬所，葬于杨子县北徐氏村中，
尽室往会。徐氏有女，可十余岁，张氏抚之曰："此女有相，当
为淮北一武将之妻。善视之。"既葬，复厚赠妪，举家南去，莫
知所之，婚事亦竟不成。妪归，访其故居，但里舍数间。问其
里中，云住此已久，相传云张司空之居。竟不得其处。后十
年，广陵乱□，吴氏之弟归于建业，亦竟无恙。《广记》卷三百十五。

贝　　禧

　　义兴人贝禧，为邑之乡胥，乾宁甲寅岁十月，宿于荠渎别
业。夜分，忽闻扣门者，人马之声甚众。出视之，见一人绿衣
秉简，西面而立，从者百余。禧摄衣出迎。自通曰："某姓周，
第十八。"即延入坐，问以来意。曰："余身为地府南曹判官，奉
王命，召君为北曹判官尔。"禧初甚惊，殷徐谓曰："此乃阴府要
职，何易及此，君无辞也。"俄有从者持床褥、食案、帷幕，陈设
毕，置酒食对饮。良久，一吏趋入，白："殷判官至。"复有一绿
衣秉简，二从者捧箱随之，箱中亦绿衣。殷揖禧曰："命赐君，
兼同奉召。"即以绿裳为禧衣之，就坐共饮。将至五更，曰："王
命不可留矣。"即与偕行。禧曰："此去家不远，暂归告别可
乎？"皆曰："君今已死，纵复归，安得与家人相接耶？"乃出门，与
周、殷各乘一马，其疾如风，行水上。至暮，宿一村店。店中具
酒食，而无居人，虽设灯烛，如隔帷幔。云已行二千余里矣。向
晓复行，久之，至一城，门卫严峻。周、殷先入，复出召禧。凡经
三门，左右吏卒皆趋拜。复入一门，正北大殿垂帘，禧趋走参

谒,一同人间。既出,周、殷谓禧曰:"北曹阙官多年,第宅曹署皆须整缉,君可暂止吾家也。"即自殿门东行,可一里,有大宅,止禧于东厅。顷之,有同官可三十余人,皆来造请庆贺,遂置宴。宴罢醉卧。至晚,遍诣诸官曹报谢。复有朱衣吏以王命致泉帛、车马、廪饩,甚丰备。翌日,周谓禧曰:"可视事矣。"又相与向王殿之东北,有大宅陈设甚严,止禧于中。有典吏可八十余人,参请给使。厅之南空屋数十间,即曹局,簿书充积其内。厅之北别室两间,有几案及有数厨,皆宝玉饰之。周以金钥授禧曰:"此厨簿书最为秘要,管钥恒当自掌,勿轻委人也。"周既去,禧开视之,书册积叠,皆方尺余。首取一册,金题其上作"陕州"字,其中字甚细密,谛视之乃可见,皆世人之名簿也。禧欲知其家事,复开一厨,乃得常州簿。阅其家籍,见身及家人世代名字甚悉,其已死者以墨钩之。至晚,周、殷判官复至,曰:"王以君世寿未尽,遣暂还,寿尽当复居此职。"禧即以金钥还授于周。禧始阅簿时,尽记其家人及己祸福寿夭之事,将归,昏然尽忘矣。顷之官吏俱至告别,周、殷二人送之归。翌日夜,乃至菱湆村中。入室,见己卧于床上,周、殷与禧各就寝。俄而惊寤,日正午时。问其左右,云死殆半日,而地府已四日矣。禧即愈,一如常人,亦无小异。又四十余年,乃卒。《广记》卷三百七十八。

支　戬

江左有支戬者,余干人。世为小吏,至戬,独好学为文,窃自称秀才。会正月望夜,时俗取饭箕,衣之衣服,插箸为觜,使画盘粉以卜。戬见家人为之,即戏祝曰:"请卜支秀才他日至何官。"乃画粉宛成"司空"字。又戬尝梦至地府,尽阅名簿。至己籍,云:"至司空,年五十余。"他人籍不可记,惟记其友人郑元枢，云："贫贱无官，年四十八。"元枢后居浙西，廉使徐知谏宾礼之，将荐于执政。行有日矣，暴疾而卒，实年四十八。戬后为金陵观察判官检校司空，恒以此事话于亲友。竟卒于任，年五十一。《广记》卷一百五十八。

食黄精婢

临川有士人唐遇，虐其所使婢。婢不堪其毒，乃逃入山中。久之粮尽，饥甚，坐水边。见野草枝叶可爱，即拔取濯水中，连根食之，甚美。自是恒食，久之遂不饥而更轻健。夜息大树下，闻草中兽走，以为虎而惧，因念得上树杪乃生也。正尔念之，而身已在树杪矣。及晓又念当下平地，又欻然而下。自是意有所之，身辄飘然而去。或自一峰之一峰顶，若飞鸟焉。数岁，其家人伐薪见之，以告其主，使捕之，不得。一日，遇其在绝壁下，即以网三面围之。俄而腾上山顶。其主亦骇异，必欲致之。或曰："此婢也，安有仙骨，不过得灵药饵之尔。试以盛馔，多其五味，令甚香美，致其往来之路，观其食否。"果如其言，常来就食，食讫不复能远去，遂为所擒，具述其故。问其所食草之形状，即黄精也。复使寻之，遂不能得。其婢数年亦卒。《广记》卷四百十四，曾慥《类说》亦引。

豫 章 人

豫章人好食蕈，有黄姑蕈者，尤为美味。有民家治舍，烹此蕈以食工人。工人有登厨屋施瓦者，下视无人，惟釜中煮物，以盆覆之。俄有一小鬼，倮身绕釜而走，倏忽投于釜中。顷之，主人设蕈，工人独不食，亦不言其故。既暮，其食蕈者皆卒。《广记》卷四百十七。

稽神录拾遗

龙 昌 裔

戊子岁旱。庐陵人龙昌裔有米数千斛粜。既而米价稍贱,昌裔乃为文祷神冈庙,祈更一月不雨。祠讫,还至路,憩亭中。俄有黑云一朵自庙后出,顷之雷雨大至,昌裔震死于亭外。官司检视之,脱巾,于髻中得书一纸,则祷庙之文也。昌裔有孙暗,应童子举,乡人以其事诉之,不获送考。《广记》卷二百四十三。

李 生

中和末,有明经李生应举如长安。途遇一道士,同行宿数日,言意相孚。入关相别,因言黄白之术。道士曰:"点化之事,神仙小术也,但世人多贪,将以济其侈,故仙道秘之。夫至道不烦,仙方简易,今人或贵重其药,艰难其事,皆非也。吾观子性静而寡欲,似可教者。今以方授子,可以济乏绝而已。如遂能不仕,亦当不匮衣食。如得禄,则勿复为;如为之则贪也,仙道所不许也。"因手疏方授之而别,常药草数种而已。每遇乏绝,依方为之,无不成者。后及第,历州县官,时时为之,所得转少。及为南昌令,复为之,绝不成矣。从子智修为沙门,李以数丸与之。智修后游钟离,止卖药家,烧银得二十两以易衣。时刘仁轨为刺史,方好其事,为人所告,遁而获免。《广记》

卷八十五。

徐　明　府

　　金乡徐明府者隐而有道术,人莫能测。河南刘崇远,崇龟从弟也,有妹为尼,居楚州。常有一客尼寓宿,忽病劳,瘦甚且死。其姊省之,众共见病者身中有气如飞虫,入其姊衣中,遂不见。病者死,姊亦病,俄著刘氏,举院皆病,病者辄死。刘氏既亟,崇远求于明府。徐曰:“尔有别业在金陵,可致金陵绢一匹,吾为尔疗之。”如言送绢讫。翌日,刘氏梦一道士执简而至,以简遍抚其身,身中白气腾上如炊。既寤,遂轻爽能食,异于常日。顷之,徐封绢而至,曰:“置绢席下,寝其上,即差矣。”如其言,遂愈。已而神其绢,乃画一持简道士,如所梦者。《广记》卷八十五。

华 阴 店 妪

　　杨彦伯　庐陵新淦人也。童子科及第。天复辛酉岁,赴选至华阴,舍于逆旅。时京国多难,朝无亲识,选事不能如意,亦甚忧闷。会豫章郎吏姓杨,乡里旧知,同宿于是,因教己云:“凡行旅至此,未尝不祷于天,必获梦寐之报。纵无梦,则此店之妪亦能知方来事,苟获一言,亦可矣。”彦伯因留一日,精意以祠之。尔夕竟无梦。既曙,店妪方迎送他客,又无所言。彦伯愈快快。将行,忽失所著鞋,诘责僮仆甚喧。既即路,妪乃从而呼之曰:“少年何其喧耶?”彦伯因具道其事。妪曰:“嘻,此即神告也。夫将行而失其鞋,则是事皆不谐矣。非徒如此而已也,京国将有乱,当不可复振。君当百艰备历,然不足为忧也。子之爵禄皆在江淮,官当至门下侍郎。”彦伯因思之:

"江淮安得有门下侍郎?"遂行。至长安,适会大驾西幸,随至岐陇。梁寇围城,彦伯辛苦备至。驾既出城,彦伯逃还吉州,刺史彭珍厚遇之,累摄县邑。伪吴平江西,复见选用,登朝至户部侍郎。会临轩策命齐王,彦伯摄为门下侍郎行事。既受命,思店姬之言,大不悦。数月遂卒。《广记》卷八十五。

刘　处　士

张易在洛阳,遇处士刘某,颇有奇术,易恒与之游。刘常卖药于市,市中人负其直,刘从易往索之。市人既不酬直,又大骂刘。刘归,谓易曰:"彼愚人不识理,于是吾当小惩之。不尔,必将为土地神灵之所重谴也。"既夜,灭烛就寝,积薪炽炭烧药。易寐未熟,暗中见一神就炉吹火,火光中识其面,乃向之市人也。迨曙,不复见。易后求其间问市人,云:"一夕梦人召去,逼使吹火,气殆不续。既寤,唇肿气乏,旬日乃愈。"刘恒为河南尹张全义所礼,会与梁太祖食,思鱼鲙,全义曰:"吾有客能立致之。"即召刘公。使掘小坎,汲水满之,垂钓良久,即获鱼数头。梁祖大怒曰:"妖妄之甚者也!"即杖背二十,械系于狱,翌日将杀之,其夕亡去。刘友人为登封令,其日至县,谓令曰:"吾有难,从此逝矣。"遂去,不知所之。《广记》卷八十五。

张　武

张武者,始为庐中一镇副将,颇以拯济行旅为事。尝有老僧过其所,武谓之曰:"师年老,前店尚远,今夕止吾庐中可乎?"僧忻然。其镇将闻之,怒曰:"今南北交战,间谍如林,知此僧为何人,而敢留之也?"僧乃求去。武曰:"吾已留师,行又日晚,但宿无苦也。"武室中惟有一床,即以奉其僧,己即席地而寝。盥濯之备,皆自具焉。夜数起视之。至五更,僧乃起而叹息,谓武曰:"少年乃能如是耶!吾有药,赠子十丸,每正旦吞一丸,可延十年之寿。善自爱。"珍重而去,出门忽不见。武今为常州团练副使,有识者计其年已百岁,常自称七十,轻健如故。《广记》卷八十五。

茅 山 道 士

茅山道士陈某,壬子岁游海陵,宿于逆旅。雨雪方甚,有同宿者身衣单葛,欲与同寝,而嫌其垢弊,乃曰:"雪寒如此,何以过夜?"答曰:"君但卧,无以见忧。"既皆就寝,陈窃视之,见怀中出三角碎瓦数片,铁条贯之,烧于灯上,俄而火炽,一室皆暖。陈去衣被乃得寝。未明而行,竟不复见也。《广记》卷八十五。

逆 旅 客

大梁逆旅中有客,不知所从来,恒卖皂荚百茎于市。其荚丰大,有异于常者。日获百钱,辄饮而去。有好事者,知其非常人,乃与同店而宿。及夜,穴壁窥之,方见锄治床前数尺之地甚熟,既而出皂荚实数枚种之。少顷即生,时窥之,转复滋长,向晓则已垂实矣。即自采掇,伐去其树,锉而焚之。及明,携之而去。自是遂出,莫知所之。《广记》卷八十五。

教坊乐人子

教坊乐人某,有儿年十余岁,恒病,黄瘦尤甚。忽遇道士于路,谓之曰:"汝病食症耳。吾能瘳之。"因袖中出药数丸,使吞之。既而复视袖中曰:"讶赚矣!此辟谷药也,自此当不食,然病亦瘳矣。尔必欲食，常取少木耳食之。吾他日复以食症药遗尔也。"遂去。儿归三日，病愈。然其父母恒以不食为忧，竟逼使饵木耳，遂饮啖如故矣。已而自悔曰："我饵仙药而不自知，道士许我复送药来，会当再见乎？"因白父母，求遍历名山寻访道士。母不许，其父许之，曰："向使儿病不愈，今亦死矣。既志坚如此，或当有分也。"遂遣之。今不知所在。《广记》卷八十五。

蒋 舜 卿

光州检日官蒋舜卿行山中，见一人方采林檎，以二枚与之食，因尔不饥。家人以为得鬼食，不治将病，求医甚切而不能愈。后闻寿春有人善医，令往访之。始行一日，宿一所村店，有老父问以所患，具告之。父曰："吾能救之，无烦远行也。"出药方，寸匕使服之，吐二林擒如新。父收之去，舜卿之饮食如常。既归，他日访之，店与老父俱不见矣。《广记》卷八十五。

卢 延 贵

卢延贵者，为宣州安仁场官。赴职中途阻风，泊舟江次数日。因登岸闲步，不觉行远。遥窥大树下若有屋室，稍近，见室中一物，若人若兽，见人即行起而来逐。延贵惧而却走，此物连呼："无惧，吾乃人也。"即往就之。状貌奇怪，裸袒而通身有毛，长数寸。自言："我商贾也，顷岁漂舟至此，遇风，举家没溺，而身独得就岸。数日食草根，饮涧水，因得不死。岁余，身乃生毛，自尔不饮不食。自伤孤独，无复世念，结庐于此，已十余年矣。"因问："独居于此，得无虎豹之害？"答曰："吾已能腾空上下，虎豹无奈何也。"延贵留久之，又问："有所需乎？"对

曰:"亦有之。每浴于溪中,恒患身不速干。得数尺布为巾,乃
佳也。又得一小刀以掘药物,益善。君能致之耶?"延贵延之
过船,固不肯,乃送巾与刀而去。罢任,复寻之,遂迷失路。后
复有遇之者。《广记》卷八十六。

杜 鲁 宾

　　建康人杜鲁宾,以卖药为事。尝有客自称豫章人,恒来市
药,未尝还直。鲁宾善待之。一日复至,市药甚多,曰:"吾欠
君药钱多矣,今更从君求此,吾将还西天市版木,比及再求,足
以并酬君矣。"杜许之。既去,久之乃还,赠杜山木棒十条,委
之而去,莫知所之。杜得之,不以介意,转遗亲友。所存三条,
偶命工人剖之,其中得小铁杵臼一具,高可五六寸。臼有八
足,间作兽头,制作精巧,不类人力。杜亦凡人,不知所用,竟
为人取去,今失所在。杜又尝治舍,有卖土者,自言金坛县人,
来往甚数。杜亦厚资给之。治舍毕,卖土者将去,留方寸之
土,曰:"以此为别。"遂去,不复来。其土坚致,有异于常。杜
置药肆中,不以为贵。数年,杜之居为火所焚,屋坏土裂,视
之,有小赤蛇在其隙中。剖之,蛇萦绕一白石龟,大可三二寸。
蛇去而龟尚存,至今宝藏于杜氏。《广记》卷八十六。

建 州 狂 僧

　　建州有僧,不知其名,常如狂人。其所言动,多有微验。
邵武县前临溪有大磐石,去水犹百步。一日,忽以墨画其石之
半,因坐石上,为持竿钓鱼之状。明日山水大发,适至其墨画
而退。癸卯岁,尽砍去临路树枝之向南者。人问之,曰:"免碍
旗幡。"又曰:"要归一边。"及吴师之入,皆行其下。又城外僧

寺,大署其壁"某等若干人处",书之。及军至城下,分据僧寺以为栅所,安置人数亦无所差。其僧竟为军士所杀。初,王氏之季,闽建多难,民不聊生。或问狂僧曰:"待何时当安?"答曰:"侬去即安矣。"及其既死,闽岭竟平,皆如其言。《广记》卷八十六。

稽神录补遗

李汉雄

李汉雄者,尝为钦州刺史,罢郡居池州。善风角推步之奇术,自言当以兵死。天祐丙子岁,游浙西,始入府而叹曰:"府中气候甚恶,当有兵乱,期不远矣。吾必速回。"既见府公,厚待之,留旬日,未得遽去。一日,晚出逆旅,四顾而叹曰:"祸在明日,吾不可留。"翌日晨,入府辞,坐客位中。良久曰:"祸即今至,速出犹或可。"遂出,至府门,遇军将周交作乱,遂遇杀害于门下。《广记》卷八十。

高安村小儿

高安村人有小儿作田中,为人所杀,不获其贼。至明年死日,家人为设斋。尔日有里中儿方见其一小儿,谓之曰:"我某家死儿也,今日家人设斋,吾与尔同往食乎?"里中儿即随之至其家,共坐灵床,食至辄餐,家人不见也。久之,其舅后至,望灵床而哭。儿即径指之曰:"此人杀我者也,吾恶见之。"遂去。儿既去,而家人见里中儿坐灵床上,皆大惊,问其故。儿具言之,且言其舅杀之。因执以送官,遂伏罪。《广记》卷一百二十四。

陈　勋

建阳县录事陈勋,性刚狷,不容物,为县吏十人共诬其罪,竟坐弃市。至明年死日，家为设斋。妻哭毕，独叹于灵前曰：
"君平生以刚直称，今枉死逾年，精魂何寂然耶！"是夕即梦勋
曰："吾都不知死，向闻卿言，方大悟尔。若尔，吾当报雠。然
公署非可卒入者，卿明日为我入县诉枉，吾当随之。"明日，妻
如言而往，出门即见勋仗剑从之。至县，遇一雠吏于桥上，勋
以剑击其首，吏即颠仆而死。既入门，勋径之曹署，以次击之，
中者皆死。十杀其八，二吏奔至临川，乃得免。勋家在盖竹
乡，人恒见之，因为立祠，号陈府君庙，至今传其灵。《广记》卷一
百二十四。

钟　　遵

　　江南大理评事钟遵，南平王传之孙也，历任贪浊。水部员
外郎孙岳素知其事，密纵于权要，竟坐下狱。会赦除名，遵既
以事在赦前，又其祖尝赐铁券，怒子孙二死，因复诣阙自理。
事下所司，大理奏："赃状明白。"遂弃市。临刑，或与之酒，遵
不饮，曰："吾当讼于地下，不可令醉也。"遵死月余，岳方与客
坐，有小青蛇出于栋间。岳视之，惊起曰："钟评事！钟评事！"
变色而入，遂病，翌日死。《广记》卷一百二十四。

鲁思郾女

　　内臣鲁思郾女，生十七年。一日临镜将妆，镜中忽见一妇
人，披发徒跣，抱一婴儿，回顾，则在其后。因恐惧顿仆，久之
乃苏。自是日日恒见。积久，其家人皆见之。思郾自问其故，
答曰："己扬子县里民之女，往岁建昌录事某以事至扬子，因聘
己为侧室，君女即其正妻。岁余生此子。后录事出旁县，君女
因投己于井，并此子以石填之，诈其夫云逃去。我方讼于所

司,适会君女卒。今虽后身,固当偿命也。"思邺使人驰至建昌
验事,其录事老,犹在。如言发井,果得骸骨。其家多方以禳
之,皆不可。其女后嫁褚氏,厉愈甚,旦夕惊悸,以至于卒。《广
记》卷一百三十。

袁 弘 御

　　后唐袁弘御,为云中从事,尤精算术。同府令算庭下桐树
叶数,即自起量树,去地七尺围之,取围径之数,布算良久,曰
若干叶。众不能覆,命撼去二十二叶,复使算。曰:"已少向者
二十一叶矣。"审视之,两叶差小,止当一叶耳。节度使张敬达
有二玉碗,弘御量其广深算之,曰:"此碗明年五月十六日巳时
当破。"敬达闻之曰:"吾敬藏之,能破否!"即命贮大笼,籍以衣
絮,镤之库中。至期,库屋梁折,正压其笼,二碗俱碎。太仆少
卿薛文美同府亲见。《广记》卷二百十五。

蒯 亮

　　处士蒯亮言:其所知额角患瘤,医为割之,得一黑石棋子,
巨斧击之,终不伤缺。复有足胫生瘤者,因至亲家,为猘犬所
咋,正啮其瘤,其中得针百余枚,皆可用。疾亦愈。《广记》卷二百
二十。

张 易

　　江南刑部郎中张易,少居菑川,病热,困惫且甚。恍惚见
一神人,长可数寸,立于枕前,持药三丸,曰:"吞此可愈。"易受
而亟吞之,二丸嗛之,一丸落席有声。因自起求之,不得。家
人惊问何为,具述所见。病因即愈。尔日出入里巷,了无所

苦。《广记》卷二百二十。

广 陵 木 工

　　广陵有木工,因病手足皆拳缩,不能复执斤斧,扶踊行乞。至后土庙前,遇一道士,长而黑色,神采甚异。呼问其疾,因与药数丸,曰:"饵此当愈。旦日平明,复会于此。"木工辞曰:"某不能行,家去此远,明日虽晚,尚未能至也。"道士曰:"尔无忧,但早至此。"遂别去。木工既归,饵其药。顷之,手足痛甚,中夜乃止,因即得寐。五更而寤,觉手足甚轻,因下床,趋走如故,即驰诣后土庙前。久之,乃见道士倚杖而立,再拜陈谢。道士曰:"吾授尔方,可救人疾苦,无为木匠耳。"遂再拜受之。因问其名居,曰:"吾在紫极宫,有事可访吾也。"遂去。木匠得方,用以治疾,无不愈者。至紫极宫访之,竟不复见。后有妇人久疾,亦遇一道士,与药而差。言其容貌,亦木工所见也。广陵寻乱,木工竟不知所之。《广记》卷二百二十。

郭　　厚

　　李宗为舒州刺史,重造开元寺。工徒始集,将浚一废井。井中(下有脱……)如言而得之。船屋上有脯腊,妇人取以食。四卒视其手(下有脱……)"王寇犯阙,天下乱,僧辈利吾行资,杀我投此井中,今骸骨在是。为我白李公,幸葬我,无见弃也。"主者以告宗。翌日,亲至井上,使发之,果得骸骨。即为具衣衾棺椁,设祭而葬之。葬日,伍伯复仆地,鬼语曰:"为我谢李公,幽魂处此已三十年,藉公之惠,今九州社令已补我为土地之神,配食于此矣。"寺中至今祀之。《广记》卷三百十四。

彭　虎　子

彭虎子少壮有膂力,常谓无鬼神。母死,俗巫诫之云:"某日殃煞当还,重有所杀,宜出避之。"合家细弱悉出逃隐,虎子独留不去。夜中,有人排门入,至东西屋觅人不得,次入屋向庐室中。虎子遑遽无计,床头先有一瓮,便入其中,以板盖头。觉母在板上,有人问:"板下无人耶?"母云:"无。"相率而去。《广记》卷三百十八。

马　举

马举尝为山南步奏官,间道入蜀。时兵后僻路,绝无人烟。夜至一馆,闻东廊下有人语声,因往告之。有应者云:"中堂有床,自往宿去。"举至中堂,唯有土榻。求火,答云:"无火。"求席,隔屋掷出一席,可重十余斤。举亦壮士,殊不介意。中夜,有一物如猴,升榻而来,举以铁椎急击之,叫呼而走。及明告别,其人怒去,更云:"夜来见伊独处,令儿子往伴,打得几死。"举推其门,不可开,自隙窥之,积壤而已。举后为太原大将,官至淮南节度使。《广记》卷三百六十六。

陈　龟　范

陈龟范,明州人。客游广陵,因事赞善马潜。一夕暴卒,至一府署,有府官视牒,曰:"吾追陈龟谋,何故追龟范耶?"范对曰:"范本名龟谋,近事马赞善,马公讳言,故改一字耳。"府公乃曰:"取明州簿来。"顷之一吏持簿至,视之乃龟谋也。因引至曹署,吏云:"有人讼君,已引退矣,君当得还也。"龟范因自言:"平生多难,贫苦备至。人生固当死,今已至此,不愿还

也。"吏固遣之,又曰:"若是,愿知将来穷达之事。"吏因为检
簿,曰:"君他日甚善,虽不至富贵,然职禄无阙。"又问寿几何,
曰:"此固不可言也。"又问卒于何处,曰:"不在扬州,不在鄂
州。"送还家,瘳。后潜历典二郡,甚见委用。潜卒,归于扬州。
奉使鄂州,既还,卒于彭泽。《广记》卷三百八十五。

马 思 道

洪州医博士马思道病笃,忽自叹曰:"吾平生不省为恶,何
故乃为女子? 今在条子坊朱氏妇所托生矣。"其子试寻之,其
家妇果娠,乃作襁褓以候之。及思道卒,而朱氏生实女子也。
《广记》卷三百八十八。

海 陵 夏 氏

戊戌岁,城海陵县为郡,侵人冢墓。有市侩夏氏,其先尝
为盐商,墓在城西。夏改葬其祖,百一十年矣,开棺唯有白骨,
而衣服器物皆俨然如新,无所损污。有红锦被,文彩尤异。夏
方贫,皆取卖之,人竞以善价买去。其余冢虽历年未及,而皆
腐败矣。《广记》卷三百九十。

庐 陵 彭 氏

庐陵人彭氏葬其父,有术士为卜地曰:"葬此当世为藩牧
郡守。"彭从之。又掘坎,术士曰:"深无过九尺。"久之,术士暂
憩他所,役者遂掘丈余。欻有白鹤自地出,飞入云中。术士叹
恨而去。今彭氏子孙有为县令者。《广记》卷三百九十。

武　夷　山

建州武夷山，或风雨之夕，闻人马箫管之声。及明，则有棺椁在悬崖之上，中有胫骨一节。土人谓之仙人换骨函。近代有人深入绝壑，俯见一函，其上题云："润州朝京门内染师张某第三女。"好事者记之。后至润州，果得张氏之居，云第三女未嫁而卒，已数岁。因发其墓，则空棺矣。《广记》卷三百九十。

林　赞　尧

丙午岁，漳州裨将林赞尧杀监军中使，据郡及保山岩以为营。掘地得一古冢，棺椁皆腐，中有一女子，衣服容貌皆如生，举体犹有暖气。军士取其金银钗镮而弃其尸。又发一冢，开棺见一人被发覆面，蹲于棺中。军士骇惧，致死者数人。赞尧竟伏诛。《广记》卷三百九十。

张　绍　军　卒

丙午岁，江南之师围留安，军政不肃，军士发掘冢墓以取财物，诸将莫禁。监军使张匡绍所将卒二人发城南一冢，得一椰实杯，以献匡绍。因曰："某发此冢，开棺见绿衣人，面如生，惧不敢犯。墓中无他珍，唯得此杯耳。既还营，而绿衣人已坐某房矣。一日数见，意甚恶之。"居一二日，二卒皆战死。《广记》卷三百九十。

马　黄　谷　冢

安州城南马黄谷冢左有大冢，棺椁已腐，唯一骷髅，长三尺。陈人左鹏亲见之焉。《广记》卷三百九十。

秦 进 崇

周显德乙卯岁，伪涟水军使秦进崇修城，发一古冢，棺椁皆腐，得古钱破铜镜数枚。复得一瓶，中更有一瓶，黄质黑文，成隶字云："一双青鸟子，飞来五两头。借问船轻重，寄信到扬州。"其明年，周师伐吴，进崇死之。《广记》卷三百九十。

陈 褒

清源人陈褒，隐居别业。临窗夜坐，窗外即广野，忽闻有人马声。视之，见一妇人骑虎自窗下过，径入西屋内壁下。先有一婢卧，妇人即取细竹枝从壁隙中刺之，婢忽尔腹痛，开户去如厕。褒方愕骇，未及言，婢已出，即为虎所搏。遽前救之，仅免。乡人云，村中恒有此怪，所谓虎鬼者也。《广记》卷四百三十二。

朱 氏 子

广陵有朱氏子，家世勋贵，性好食牛，所杀无数。尝于暑月中欲杀一牛，其母止之曰："暑热如此，汝已醉，所食几何？勿杀也。"子向牛言曰："汝能拜我，我赦汝。"牛应声下泪而拜。朱反怒曰："畜生安能会人言！"立杀之。数日乃病，恒见此牛为厉，竟作牛声而死。《广记》卷四百三十四。

张 某 妻

晋州神山县民张某妻忽梦一人，衣黄褐衣，腰腹甚细，逼而淫之，两接而去。已而妊娠，遂好食生肉，常恨不饱。恒舐唇咬齿而怒，性益狠戾。居半岁，生二狼子。既生即走，其父急击死之。妻遂病恍惚，岁余乃复，乡人谓之狼母。《广记》卷四百四十二。

张　谨

道士张谨者，好符法，学虽苦而无成。尝客游至华阴市，见卖瓜者，买而食之。旁有老父，谨觉其饥色，取以遗之，累食百余。谨知其异，奉之愈敬。将去，谓谨曰："吾土地之神也，感子之意，有以相报。"因出一编书，曰："此禁狐魅之术也，宜勤行之。"谨受之。父亦不见。尔日宿近县村中，闻其家有女子啼呼，状若狂者。以问主人，对曰："家有女近得狂疾，每日晨辄靓妆盛服，云召胡郎来。非不疗理，无如之何也。"谨即为书符，施檐户间。是日晚间，檐上哭泣，且骂曰："何物道士，预他人家事，宜急去之！"谨怒呵之。良久，大言曰："吾且为奴矣。"遂寂然。谨复书数符，病即都差。主人遗绢数十匹以谢之。谨尝独行，既有重赍，须得佣力。停数日，忽有二奴诣谨，自称曰德儿、归宝，"尝事崔氏，崔出官，因见舍弃，今无归矣，愿侍左右。"谨纳之。二奴皆谨愿黠利，尤可凭信。谨东行，凡书囊符法，行李衣服，皆付归宝负之。将及关，归宝忽大骂曰："以我为奴，如役汝父！"因绝走。谨骇怒，逐之。其行如风，倏忽不见。既而德儿亦不见，所赍之物皆失之矣。时秦陇用兵，关禁严急，客行无验，皆见刑戮。既不敢东度，复还主人，具以告之。主人怒曰："宁有是事？是无厌，复将挠我耳！"因止于田夫之家，绝不供给。遂为耕夫邀与同作，昼耕夜息，疲苦备至。因憩大树下，仰见二儿曰："吾德儿、归宝也，汝之为奴苦否？"又曰："此符法，我之书也，失之已久。今喜再获，吾岂无情于汝乎？"因掷行李还之，曰："速归，乡人待尔书符也。"即大笑而去。谨得行李,复诣主人,方异之,更遗绢数匹,乃得去。自尔遂绝书符矣。《广记》卷四百五十五。

合 肥 富 人

合肥有富人刘某,好食鸡。每杀鸡,必先肘双足,置木柜中,血沥尽力乃烹,以为去腥气。某后病,生疮于鬓。既愈,复生小鸡足于疮瘢中,每巾栉必伤其足,伤即流血被面,痛楚竟日。如是积岁,无日不伤,竟以是卒。《广记》卷四百六十一,曾慥《类说》亦引。

平 固 人

虔州平固人访其亲家,因留宿。夜分,闻寝室中有人语声,徐起听之,乃群鹅语曰:“明旦主人将杀我,善视诸儿。”言之甚悉。既明,客辞去。主人曰:“我有鹅甚肥,将以食子。”客具告之。主人于是举家不复食鹅。顷之举乡不食矣。《广记》卷四百六十二。

海 陵 斗 鹅

乙卯岁,海陵郡西村中有二鹅,斗于空中,久乃堕地。其大可五六尺,双足如驴蹄。村人杀而食之者皆卒。明年,兵陷海陵。《广记》卷四百六十二。

海 陵 人

海陵县东居人,多以捕雁为业,恒养一雁,去其六翮,以为媒。一日,群雁回塞,时雁媒忽人语谓主人曰:“我偿尔钱足,放我回去。”因腾空而去。此人遂不复捕雁。《广记》卷四百六十二。

广　陵　少　年

广陵有少年，畜一鸜鹆，甚爱之。笼槛八十日，死，以小棺贮之，将瘗于野。至城门，阍吏发视之，乃人之一手也，执而拘诸吏。凡八十日，复为死鸜鹆，乃获免。《广记》卷四百六十二，曾慥《类说》亦引。

染　　人

广陵有染人，居九曲池南。梦一白衣少年求寄居焉，答曰："吾家隘陋，不足以容君也。"乃入厨中。尔夕举家梦之。既日，厨中得一白鳖，广尺余，两目如金。其人送诣紫极宫道士李栖一所，置之水中，则色如金而目如丹，出水则白如故。栖一不能测，复送池中，遂不复见。《广记》卷四百六十七。

海　上　人

近有海上人，于鱼扈中得一物，是人一手，而掌中有面，七窍皆具，能动而不能语。传玩久之。或曰："此神物也，不当杀之。"其人乃放置水上，此物浮水而去。可数十步，忽大笑数声，跃没于水。《广记》卷四百六十七。

契　　丹

卢文进，幽州人也，至南封范阳王。尝云：陷契丹中，屡又绝塞射猎，以给军食。昼方猎，忽天色晦黑，众星粲然。众皆惧。捕得蕃人问之，乃所谓笪却日也。此地以为寻常，当复矣。顷之乃明，日犹午也。又云：常于无定河见人脑骨一条，大如柱，长可七尺云。《广记》卷四百八十。

杨　蘧

王赞,中朝名士。有弘农杨蘧者,曾至岭外,见杨朔荔浦山水,心常爱之,谈不容口。蘧尝出入赞门下,稍接从容,不觉形于言曰:"侍郎曾见杨朔荔浦山水乎?"赞曰:"未曾打人唇绽齿落,安得见耶?"因大笑。此言岭外之地,非贬不去。《广记》卷五百。

洞中道士对棋

婺源公山二洞有穴如井,咸通末,有郑道士以绳缒下百余丈,旁有光,往视之,路穷阻水,隔岸有花木。二道士对棋,使一童子刺船而至,问:"欲渡否?"答曰:"当还。"童子回舟而去。郑复缒而出。明日,井中有石笋塞其口,自是无人者。曾慥《类说》。

波中妇人

谢仲宣泛舟西江,见一妇人没波中,腰以下乃鱼也。竟不知人化鱼,鱼化人。曾慥《类说》。

采菱遇蛟

晋曲阿民谢盛,乘船入湖采菱,见一蛟来向船,盛以叉杀之,惧而还家。后数年亢旱,盛步至湖,见先叉在地,拾取之。忽心痛,还家而卒。曾慥《类说》。

北斗君主簿

许攸梦乌衣叟奉漆案,上有六封文书,拜跪曰:"府君当为

北斗君,陈康为主簿。"既觉,康忽来谒,攸告之。康曰:"我作
道师,死不过作社公。今得北斗主簿,主为忝矣。"明年,同日
而死。_{曾慥《类说》。}

杨祜患头风

杨祜常患头风,医欲治之,祜曰:"吾生三日时,首向北,北
户觉风吹项,意甚患之,不能语耳。病源已远,不可治也。"_{曾慥}
_{《类说》。}

郑玄老奴

王辅嗣注《易》,笑郑玄云:"老奴甚无意。"夜久,忽闻外阁
有著屐声,须臾入,自云是郑玄,曰:"君年少,何以穿凿文句,
妄讥老子?"言讫而去。辅嗣暴卒。_{曾慥《类说》。}

耻与魑魅争光

嵇康灯下弹琴,忽一人长丈余,著黑单衣,革带。康熟视,
乃吹火灭,曰:"耻与魑魅争光。"_{曾慥《类说》。}

邓公场采银

饶州邓公场,采银之所,山有涧水出底。天祐末,银夫十
余人,傍涧凿地道。入数步,空阔明朗,山顶有穴如天窗,日光
下照,楼阁四柱石皆白银也。采银者复出,持斧而入,将斫取
之。俄而山摧,入者尽压死。顷之流血自涧出,数日不绝。自
是无敢入者。_{曾慥《类说》。}

李白旧宅酒槌

沧州有李巡官,居洛阳空宅。其子夜读书,有皁衣肥短人,被酒排闼而入。其子惧走。皁衣人怒曰:"李白尚与我为友,汝何为者耶!"其子疑其神仙,再拜延坐。皁衣曰:"吾有酒,与汝饮。"乃以席帽盛酒,而至数杯。其父从户外窥见,以为怪魅,以砖掷之,皁衣走。视其帽,酒槌盖也。明日,粪壤中得槌一只。故老云李翰林旧宅也。曾慥《类说》。

老猿窃妇人

晋州含山有妖鬼,好窃妇人。尝有士人行至含山,夜失其妻,旦而寻求,入深山。一大石,有五六妇人共坐,问曰:"君何至此?"具言其故。妇人曰:"贤夫人昨夜至此,在石室中。吾等皆经过,为所窃也。将军窃人至此,与行容、彭之术,每十日一试。取索练周缠其身及手足,作法运气,练皆断裂。每一试辄增一匹,明日当五匹。君明旦至此伺之,吾等当以六七匹急缠其身。俟君至,即共杀之,可乎?"其人如期而往,见一人貌甚可畏,众妇以练缚之。至六匹,乃直前格之,遂杀之,乃一老猿也。因获其妻,众妇皆得出。其怪遂绝。曾慥《类说》。

凶宅掘银

寿州大将赵璘,本州有凶宅,人莫敢居。璘入居之,独据中堂。夜有物推床曰:"我等在此已久,为君所压,甚不快。君可速去。"鬼乃相与移其床于庭下,璘亦安寝。明日,于堂上置床处掘得银一窖,宅遂安。曾慥《类说》。

紫薇宫题壁

　　建业市有卜者，忽于紫薇宫题壁云："昨日朝天过紫薇，玉坛风冷杏花稀。碧桃昵我传消息，何事人间更不归？"自是绝迹，人皆言其上升。曾慥《类说》。

贾 氏 谭 录

[宋]张洎 撰

孔 一 校点

校 点 说 明

《贾氏谭录》一卷,宋张洎(933—996)撰。洎字思黯,改字偕仁,全椒(今属安徽)人。初仕南唐,为刑部郎中、中书舍人;入宋为史馆修撰、翰林学士,淳化中官至参知政事。

此书系张洎于庚午岁(开宝三年,970)为南唐出使宋时,对宋左补阙贾黄中言谈所作的记录,故名《贾氏谭录》。其原序谓"公馆多暇,偶成编缀,凡六条",然所记不止六条,疑有误。而据晁公武《郡斋读书志》称此书"录其家贾黄中所谈三十余事",今各本收录均远不足此数。惟《四库全书》据《永乐大典》搜辑,参以《说郛》、《类说》,共得二十六条,录存较多,并据《说郛》所录补入原序;钱熙祚以文澜阁《四库全书》本刻入《守山阁丛书》,条目全同而稍加校订。贾黄中出身官宦世家,熟知台阁故事,以张洎实录,得存唐代轶闻,间有足补史书之阙者,如牛李党争启衅于口角之类。

现以《守山阁丛书》本为底本,校以文渊阁《四库全书》本,并以有关史料参校。失当之处,敬祈读者指正。

原　序

　　庚午岁,予衔命宋都,舍于怀信驿。左补阙贾黄中,丞相魏公之裔也,好古博学,善于谈论,每款接,常益所闻。公馆多暇,偶成编缀,凡六条,号曰《贾氏谭录》,贻诸好事者云尔。案此条《说郛》所载,谨增入。

贾氏谭录

　　兴庆宫九龙池，在大同殿故台之南，西对瀛洲门。周环数顷，水深广，南北望之渺然，东西微狭。中有龙潭，泉源不竭，虽历冬夏，未尝减耗。池四岸环植佳木，垂柳先之，槐次之，榆又次之。兵革已来，多被百姓斫伐，今所存者，犹有列行焉。

　　骊山华清宫毁废已久，今所存者，唯缭垣而已。天宝所植松柏，遍满岩谷，望之郁然，虽经兵寇而不被斫伐。朝元阁在北山岭之上，基址最为崭绝。前次南即长生殿故基，东南汤泉凡一十八所，第一所是御汤，周环数丈，悉砌以白石，莹澈如玉，面皆隐起鱼龙花鸟之状，千形万品，不可殚记。四面石座，阶级而下，中有双白石莲，泉眼自瓮口中涌出，喷注白莲之上。御汤西南角即妃子汤，汤面稍狭，汤侧有红石盆四所，作菡萏于白石之面。余汤迤逦相属，下凿石作暗窦透水。出东南数十步，复立石表，水自石表出，灌注石盆中。贾君云："此是后人置也。"

　　滑台城，北枕河堤，里民常有昏垫之患。贞元中，丞相贾公始凿八角井于城隅道旁，以镇河水。自是郡邑无复漂溺之祸。咸通中，刺史李樟具以事闻奏，仍立魏公祠堂于河堤之上，命从事韦岫纪事迹于碑石。

　　白傅葬龙门山，河南尹卢真刻《醉吟先生传》立于墓侧，至今犹存。洛阳士庶及四方游人过其墓者，必奠以卮酒，故冢前方丈之土常成泥泞。案此条《说郛》所载，谨增入。

白傅，大中末曾有谏官献疏请赐谥。上曰："何不取醉吟先生墓表耶？"卒不赐谥。弟敏中在相位，奏立神道碑，其文即李义山之词也。案《说郛》亦载此条，与此略异，云敏中曾任谏官，献疏请叔谥。《新唐书》但云敏中为相，始请谥曰文。《北梦琐言》亦同。存之以备参考。

李郫侯为相日，吴人顾况西游长安，郫侯一见如故，待以殊礼。郫侯卒，况作《白鸟诗》以寄怀曰："万里飞来为客鸟，曾蒙丹凤借枝柯。一朝凤去梧桐死，满目鸥鸢奈尔何。"大为权贵所嫉，贬饶州司户。

牛奇章初与李卫公相善，尝因饮会，僧孺戏曰："绮纨子何预斯坐？"卫公衔之。后卫公再居相位，僧孺卒遭谴逐。世传《周秦行纪》非僧孺所作，是德裕门人韦瓘所撰。开成中，曾为宪司所覈。文宗览之，笑曰："此必假名。僧孺是贞元中进士，岂敢呼德宗为沈婆儿也。"事遂寝。

李赞皇初掌北门奏记，有相者谓公他日位极人臣，但厄在白马耳。及登相位，虽亲族亦未尝有畜白马者。会昌初，再入庙堂，专持国柄，平上党，破回鹘，立功殊异，策拜太尉，封卫国公。然性多忌刻，当途之士有不协者，必遭谴逐。翰林学士白敏中大惧，遂调。给事中韦弘景上言，相府不合兼领三司钱谷，专政太甚。武宗由是疑之。及宣宗即位，出德裕为荆南节度使，旋属淮海。李绅有吴汝纳之狱，上命刑部侍郎马植专鞠其事，尽得德裕党庇之恶，由是坐罪，窜南海，殁而不返。厄在白马，其信乎！案此条《说郛》所载，谨增入。

王铎既解诸道都统，乞归河北养疾，肩舆就路，妓女数百人拥从前后，观者骇目。道出镇州，主帅迎接甚谨。初，铎之入朝也，李山甫方为镇州从事，劝主帅劫取之，王氏遂亡其族。

刘贲精于儒术。读《文中子》，忿而言曰："才非殆庶，拟上

圣述作,不亦过乎?"客或问曰:"《文中子》于六籍何如?"赉曰:
"若人望人,《文中子》于六籍,犹奴婢之于郎主尔!"后遂以《文
中子》为"六籍奴婢"。

贡院所司呼延氏,自举场已来,世掌其职,迄今不绝。此
亦异事。贾君常问:"放举人榜右语及贡院字用淡墨毡书,何
也?"对曰:"闻诸祖公说,李纾侍郎将放举人,命笔吏勒纸书,
未及填右语贡院字,吏得疾暴卒。礼部令史王昶者亦善书,李
侍郎召令终其事,适值王昶被酒已醉,昏夜之中,半酣染笔,不
能加墨。迨明悬榜,方始觉悟,则修改无及矣。然一榜之内,
字有二体,浓淡相间,反致其妍。自后,榜因模法之,遂成故
事。今用毡书,益增奇丽耳。"

中土士人不工札翰,多为院体。院体者,贞元中,翰林学士
吴通微尝工行草,然体近隶,故院中胥徒尤所仿,其书大行于
世,故遗法迄今不泯。然其鄙则又甚矣。案此条《说郛》所载,谨增入。

京兆户民尚斗鸡走犬之戏,习以为业,罕有勤稼者。盖豪
荡之俗,犹存余态尔。

贾君云,僖、昭之时,长安士族多避寇南山中,虽拚经离
乱,而兵难不及,故今衣冠子孙居鄠杜间,室庐相比。案此条《说
郛》所载,谨增入。

予问贾君:"中土人每日火面而食,然不致壅热之患,何
也?"贾君曰:"夹河风性寒,故民多伤风,河洛东地咸水性冷,
故民虽哺粟食麦而无热疾。"又曰:"滑台风水性寒冷尤甚,士
民共啖附子如啖芋栗。"案此条《说郛》所载,谨增入。

华岳金天王庙玄宗御制碑,广明中,其石忽自鸣。明年,
巢寇犯阙,其庙亦为贼火所爇。

司空图侍郎,旧隐三峰。天祐末,移居中条山王官谷。其

谷周回十余里，泉石之美，冠于此山。北岩之上，有瀑水流注谷中，溉良田数顷。至今为司空氏之庄宅，子孙犹存。

李德裕平泉庄，怪石名品甚众，各为洛阳城有力者取去。唯礼星石、其石纵广一丈，长丈余，有文理成斗极象。狮子石，石高三四尺，孔窍千万，递相通贯，其状如狮子，首尾眼鼻皆具。为陶学士徙置梁园别墅。

李德裕平泉庄，台榭百余所，天下奇花、异草、珍松、怪石，靡不毕具。自制《平泉花木记》。今悉以绝矣，唯雁翅桧、叶婆娑如鸿雁之翅。珠子柏、柏实皆如珠子联生叶上。莲房、玉蕊等犹有存者。怪石为洛阳有力者取去。石上皆刻"有道"二字。案怪石以下十八字，原本误脱。谨据曾慥《类说》增入。

褒斜山谷中有虞美人草，状如鸡冠，大而无花，叶相对。行路人见者，或唱《虞美人》，则两叶渐摇动如人抚掌之状，颇应节也。或唱他辞，即寂然不动也。贾君亲见之。案此条《说郛》所载，谨增入。

绛县人善制澄泥砚，缝绢囊致汾水中，逾年而后取，沙泥之细者已实囊矣。陶为砚，水不涸焉。

含元殿前龙尾道，诘屈七转，由丹凤北望，宛如龙尾下垂。案以下五条，宋曾慥《类说》所载，谨增入。

李赞皇平上党，破回鹘，自矜其功，平泉庄置构思亭、伐叛亭。

文中子，隋末隐白牛溪。北面学者，国初多居佐命之列。刘禹锡盛称王通能明王道，以大中立言，游其门者皆天下俊杰。士夫拟议及诸史笔，未有言及文中子者。

李汧公勉百纳琴，制度甚古，其音清越无比。

华岳掌，其石如人肉色，每太阳对照则见之，日暮则渐隐不见。

江淮异人录

[宋]吴淑　撰

孔　一　校点

校 点 说 明

《江淮异人录》，宋吴淑（947—1002）撰。淑字正仪，润州丹阳（今江苏丹阳）人。幼俊爽，属文敏速，深受韩熙载、潘佑器重。南唐进士，后以秘书郎直内史从李煜归宋，授大理评事，预修《太平御览》、《太平广记》、《文苑英华》、《太宗实录》，再迁职方员外郎。另有《事类赋》、《谥名录》传世。

本书记载唐代及南唐时道流、侠客、术士凡二十五人的奇异事迹。《四库提要》云："徐铉尝积二十年之力成《稽神录》一书。淑为铉婿，殆耳濡目染，挹其流波，故亦喜语怪欤？"这或许是激发吴淑写作的一个因素。所载并非全属荒诞无稽，如"耿先生"一条，马令、陆游二《南唐书》均采入，可见亦堪为史书之补助。

《江淮异人录》传本有一卷、二卷之分，《宋史·吴淑传》著录为三卷，未见传本。今取文渊阁《四库全书》二卷本为底本，校以《知不足斋丛书》一卷本。二本所录均二十五人，其中二十三人全同（标题间有差异）；不同之二人，《四库》本为"唐宁王"、"花姑"，知不足斋本为"虔州少年"、"瞿童"。另《四库》本"干大"一条，知不足斋本作"于大"，今姑依底本作"干大"。凡遇异文，择善而从，概不出校。整理校点如有不当之处，敬祈读者指正。

目　录

江淮异人录卷上

唐　宁　王

宁王善画马。花萼楼壁画《六马滚尘图》，明皇最爱玉面花骢，后失之，止存五马。

花　　姑

宋单父有种艺术，牡丹变易千种。明皇召至骊山，种花万本，色样不同。呼为花姑。案是书所载，皆南唐人事，独此二条为唐明皇时。考之宋元以后诸书，所引用皆同。今仍其旧，列于卷首。

沈　　汾

唐末沈汾侍御，退居乐道，家有二妾。一日，谓之曰："我若死，尔能哭我乎？"妾甚愕然，曰："安得不祥之言。"固问之，对曰："苟若此，安得不哭？"汾曰："汝今试哭，吾欲观之。"妾初不从，强之不已，妾走避之。汾执而挟之，妾不得已，乃曰："君但升榻而坐。"汾如言。二妾左右拥袂而哭。哭毕视之，汾已卒矣。

聂师道 聂绍元附

聂师道，歙人。少好道。唐末，于涛为歙州刺史，其兄方外为道士，居于南山中，师道往事之。涛时诣方外，至于郡政，咸以咨之,乃名其山为问政山。吴朝以师道久居是山,因号为问政先生焉。初,方外在山中,郡人少信奉者。及师道至,瞻信日众。师道与友人同行,至一逆旅,友人苦热疾,村中无复医药。或教病者曰:"能食少不洁,可以解。"及疾危困,复劝之。病人有难色。师道谕之曰:"事急矣,何难于此?吾为汝先尝之。"乃取啖之。人感其意,乃食,而病果立愈。后给事中裴枢为歙州刺史,当唐祚之季,诏令不行。宣州田頵、池州陶雅举兵围之,累月。歙州频破之后,食尽援绝,议以城降,而城中杀外军已多,无敢将命出者。师道自请行。枢曰:"君乃道士,岂可游兵革中邪?请易服以往。"师道曰:"吾已受道法科教,不容易服。"乃缒之出城。二将初甚怪,及与之语,乃大喜曰:"真道士也。"誓约已定,复遣还城中。及期,枢适有未尽,复欲延期,更令师道出谕之。人谓其二三,咸为危之,师道亦无难色。及复见二将,皆曰:"无不可。唯给事命。"时城中人获全,师道之力也。吴太祖闻其名,召之广陵,建紫极宫以居之。一夜,有群盗入其所止,至于什器皆尽取之。师道谓之曰:"汝为盗,取吾财以救饥寒也,持此将安用邪?"乃引于曲室,尽取金帛与之,仍谓曰:"尔当从某处出,此无巡人,可以无患。"盗如所教,竟以不败。后吴朝遣师道往龙虎山设醮,道遇群贼劫之,将加害,其中一人熟视师道,谓同党曰:"勿犯先生。"令尽取所得还之,群盗亦皆从其言。因谓师道:"某即昔年扬州紫极宫中为盗者。感先生至仁之心,今以奉报。"后卒于广陵。时方遣使于湖湘,使还,至某处,见师道,问之曰:"何以至此?"师道曰:"朝廷遣我醮南岳。"使者以为然。及入吴境,方知师道卒矣。

聂师道侄孙绍元,少入道。风貌和雅,善属文。年二十余卒。初，绍元既病剧，有四鹤集于绍元所处屋上。及其卒，人咸见五鹤冲天而去。

李 梦 符

李梦符者，常游洪州市井中。年可二十余，短小而洁白，美秀如玉人。以放荡自恣，四时常插花，遍历城中酒肆，高歌大醉。好事者多召之与饮，或令为歌词，应声为之，初不经心，而各有意趣。钟传之镇洪州也，以其狂妄惑众，将罪之。梦符于狱中献词十余首，其略曰："插花饮酒无妨事，樵唱渔歌不碍时。"钟竟不之罪。后桂州刺史李琼遣使至洪州，言梦符乃其弟也，请遣之。钟令求于市中旅舍，其人曰："昨夜不归。"因尔不知所终。案《郡阁雅言》云：李梦符，不知何许人。梁开平初，锺传镇洪州，日与布衣饮酒，狂吟放逸，尝以钓竿悬一鱼，向市肆踏渔父引卖其词。好事者争买。得钱，便入酒家。其词有千余首传于江表，略其一两首云："村寺钟声渡远滩，半轮残月落前山。徐徐拨棹却归湾，浪叠朝霞锦绣翻。"又曰："渔弟渔兄喜到来，婆官赛了坐江隈。椰榆杓子木瘤杯，烂煮鲈鱼满案堆。"每把冰入水，及出，身上气如蒸。钟氏亡，亦不知所在。附录于此。

李 胜

书生李胜，尝游洪州西山中，与处士卢齐及同人五六辈雪夜共饮。座中一人偶言曰："雪势若此，固不可出门也。"胜曰："欲何所诣？吾能往之。"人因曰："吾有书籍在星子，君能为我取之乎？"胜曰："可。"乃出门去。饮未散，携书而至。星子距西山凡三百余里也。游帷观中有道士，尝不礼胜。胜曰："吾不能杀之，聊使其惧。"一日，道士闭户寝于室，胜令童子叩户，取李秀才匕首。道士起，见所卧枕前插一匕首，劲势犹动。自是畏惧，改心礼胜。

潘　扆

　　潘扆者,大理评事潘鹏之子也。少居于和州,樵采鸡笼山以供养其亲。尝过江至金陵,泊舟秦淮口。有一老父求同载过江,扆敬其老,许之。时大雪,扆市酒与同载者饮。及江中流,酒已尽,扆甚恨其少,不得醉。老父曰:"吾亦有酒。"乃解巾于髻中取一小葫芦子倾之,极饮不竭。及岸,谓扆曰:"子事亲孝,复有道气,可教也。"乃授以道术。扆自是所为绝异,世号曰"潘仙人"。尝至人家,见池沼中落叶甚多,谓主人曰:"此可以为戏。"令以物漉之,取置之于地,随叶大小,皆为鱼。更弃于水,叶复如故。有翦毫者,请扆为术,以娱坐宾。扆顾见门前有铁店,请其砧以为戏。既至,扆乃出一小刀子,细细切之至尽。坐宾惊愕。既而曰:"假人物,不可坏也。"乃合聚之,砧复如故。又尝于袖中出一幅旧方巾,谓人曰:"勿轻此。非人有急,不可从余假之。他人固不能得也。"乃举以蔽面,退行数步,则不复见。能背本诵所未尝见书,或卷而封之,置之于前,首举一字,则诵之终卷,其间点注涂乙,悉能知之。所为此类,亦不复尽记。后亦以病卒。案马令、陆游《南唐书》俱有扆传,载其往来江淮间,自称野客。尝依海州刺史郑匡国,不甚见礼。行笥中有二锡丸,光如白虹,人触之,身首异处。其所为类剑客事。后匡国知其术,表荐于烈祖,召居紫极宫,数年卒。同时又有一潘扆,曾献神丹方于烈祖者。俱与此所载绝异,今附录于此。

陈　允　升

　　陈允升,饶州人也,人谓之陈百年。少而默静,好道。家世弋猎,允升独不食其肉,亦不与人交言。十岁,诣龙虎山入道,栖隐深邃,人鲜得见之者。或家人见之者,则奔走不顾。天祐中,人见于抚州麻姑山,计其去家七十年矣,而颜貌如初。昇元中,刺史危全讽早知其异,迎置郡中,独处一室,时或失之。尝夜坐,危谓之曰:"丰城橘美,颇思之。"允升曰:"方有一船橘泊牢港。案牢港一作丰城港,见《大典》二万一千一百二十九卷。今去为取之。"港去城十五里,少选便还,携一布囊,可数百颗。因共食之。危尝有姻礼,市黄金郡中,少不足用,颇呵责其下。允升曰:"无怒。吾能为之。"乃取厚纸,以药涂之,投于火中,皆成金。因以足用。后危与吴师战,允升告之曰:"慎勿入口中。"全讽不之悟,果败于象牙潭。

陈　　曙

陈曙,蕲州善坛观道士也,人谓为百岁,实亦不知其数。步行日数百里,郡人有宴席,常虚一位以待之,远近必至。烈祖闻而召之,使者未至,忽叹息曰:"吾老矣,何益于国而枉见召?"后数日而使者至,再召,竟不行。保大中,尝至夜独焚香于庭,仰天拜祝,退而恸哭。俄而淮上兵革,人以为预知也。后过江居永兴景星废观,结庐独居,常有虎豹随之,亦罕有见者。及卒,数日方棺敛,而遍体发汗焉。

司 马 郊

司马郊,一名凝正,一名守中。游于江表,常被冠褐蹑履而行,日可千百里。每往来上江诸州,至一旅舍,安泊久之,将去,告其主人曰:"我所有竹器不能将行,取火焚之。"主人曰:"方风高,且竹屋低隘,不可举火。"郊不从。俄而火盛,焰出于竹瓦之隙,人皆惊骇。既而火灭,郊所有什器皆尽,卧床亦熏灼,而荐席无有焦者。至洪州市中,探鲊食之。市中小儿呼曰:"道士吃鲊!"郊怒,以物击小儿,中额流血。巡人执郊送于虞候。素知其名,善劝说之,郊乃极口恶骂。虞候者不胜其怒,杖之至十,郊谓人曰:"彼杖我十五,可得十五日活;杖我十,十日死矣。"既而果然。常居歙之某观,病痢困剧。观主乃口白县令姚蕴,使人候之。郊曰:"姚长官何故知吾病也?"来者以告。郊怒,忽起结束,迳入某山中,甚恶人言。后十余日,持一大杖,求观主,将挞之。观中道士共礼拜求救,乃免。又能诈死,以至青肿臭腐,俄而复活。后入庐山,居简寂观,因醉卧数日而卒。临终命置一杖于棺中,及葬,觉棺空,发之,唯杖在焉。

刘　同　圭

余外祖艾氏,其先居于洪州。有刘同圭者,赁其屋而居,家唯翁媪而已。持一筐藟卖之,夕醉而归。积久,邻人怪之,夜穴壁窥之,见出一土缶,以水噀之,须臾藟生,及晓刈之。及病,谓媪曰:"我死,必置一杖于棺中。"及卒,如其言。初举棺以出,人觉甚重,及至半路,渐轻如无尸,荡其棺,唯觉杖在其中。发之,独得杖耳。

史　公　镐

兵部尚书张翰典铨有史公镐者,江南大将史公铢弟也。性冲澹乐道,尝求为扬子令,会已除官,不果。翰见其旷达多奇,试谓之曰:"且为扬子尉,可乎?"公镐亦欣然从之。后为瑞昌令,卒于官。时方晴霁,而所居宅上独云雨。时有望见云气上有一人,绯衣乘马,冉冉而上,极高而没。

董　绍　颜

　　天祐时，董绍颜者，能知人。何敬洙侍李简侧，绍颜目之曰：“此非常人。”后敬洙累授节镇，为时名将。初，义祖之镇润也，绍颜在焉，常阅衙中诸将校而品第之。有蓝彦思者，谓绍颜曰：“尔多言，或中也。”绍颜曰：“君勿言，即非善终者。”彦思曰：“吾军校死于锋刃，是吾事也，何足言哉！”绍颜曰：“汝宁得好锋刃之下而死乎？”后郡郭屡灾，衙中亦为之备，或造桶以贮水，而军人因是持桶刀为乱，彦思死于难焉。

江淮异人录卷下

耿　先　生

　　耿先生者，江表将校耿谦之女也。少而明慧，颇有姿色。知书，稍为诗句，往往有嘉旨；而明于道术，能拘制鬼魅，通于黄白之术，变怪之事，奇伟恍惚，莫知其从何得也。保大中，江淮富盛，上好文雅，悦异奇之事，召之入宫，盖观其术，不以贯鱼之列待之，处之别院，号曰先生。先生常被碧霞帔，见上多持简，精彩卓逸，言词朗畅。手如鸟爪，不便于用，饮食皆仰于人。复不喜行宫中，常使人抱持之。每为词句，题于墙壁，自称北大先生，亦莫知其旨也。先生之术不常的然发扬于外，遇事则应，阒然而彰，上益以此重之也。始入宫，问以黄白之事，试之皆验。复广为之，而简易不烦。上尝因暇豫谓先生曰："此皆因火成之。苟不烦火，其能就乎？"先生曰："试为之，殆亦可耳。"上乃取水银，以硾纸重复裹之，封题甚密。先生纳于怀中，良久，忽若裂帛声。先生笑曰："陛下尝不信下妾之术，今日面观，可复不信耶？"持以与上。上周视，题处如旧，发之，已为银矣。又尝大雪，上戏之曰："先生能以雪为银乎？"先生曰："亦可。"乃取雪实之，削为银铤状，先生自投于炽炭中。炭埃坌起，徐以炭周覆之，过食顷，曰："可矣。"赫然洞赤，置之于地，及冷，烂然为银铤，而刀迹具在。反视其下，若垂酥滴乳之状，盖为火之所融释也。因是先生所作雪银甚多，上诞日，每作器用,献以为寿。又多巧思,所作必出于人。南海尝贡奇物,有蔷薇水、龙脑浆。蔷薇水清泚郁烈,龙脑浆补益男子,上常宝惜之,每以龙脑浆调酒服之,香气连日不绝于口。亦以赐近臣。先生见之,曰:“此未为佳也。”上曰:“先生岂能为之?”曰:“试为之,亦可就。”乃取龙脑,以细绢袋之,悬于琉璃瓶中。上亲封题之,置酒于其侧而观之。食顷,先生曰:“龙脑已浆矣。”上自起附耳听之,果闻滴沥声。且复饮。少选,又视之,见琉璃瓶中湛然匀水矣。明日发之,已半瓶,香气酷烈,逾于旧者远矣。先生后有孕,一日,谓上曰:“妾此夕当产,神孙圣子,诚在此耳。请备生产之所用物。”上悉为设之,益令宫人宿于室中。夜半,烈风震霆,室中人皆震惧。是夜不复产。明旦,先生腹已消矣。上惊问之,先生曰:“昨夜雷电中生子,已为神物持去,不复得矣。”先生嗜酒,至于男女大欲,亦略同于常人,后亦竟以疾终。古者神仙多晦迹混俗,先生岂其人乎!余顷在江南,常闻其事,而宫掖秘奥,说者多有异同。及江表平,今在京师,尝诣徐率更游,游即义祖孙也,宫中之事,悉能知之。因就其事,备为余言。耿先生者,父云军大校。耿少为女道士,玉貌鸟爪,常著碧霞帔,自称北大先生。始因宋齐邱进。尝见宫婢持粪扫,谓元宗曰:“此物可惜,勿令弃之。”取置铛中烹炼良久,皆成白金。尝遇雪拥炉,索金盆贮雪,令宫人握雪成铤,投火中,徐举出之,皆成白金,指痕犹在。又能爑火干也,亦作炒焣。麦粒成圆珠,光彩粲然夺目。大食国进龙脑油,元宗秘爱。耿视之,曰:“此未为佳。”以夹缣囊贮白龙脑数斤悬之,有顷,沥液如注,香味逾于所进。遂得幸于元宗,有娠。将产之夕,雷雨震电。及霁,娠已失矣。久之,宫中忽失元敬宋太后所在,耿亦隐去。凡月余,中外大骇。有告者云在都城

外三十里方山宝华宫。在城东南三十里外。吴葛仙翁所居有丹井，一名
天印山，有宝华宫碑，宫基经火，正当井处，故老云当时即焚之也。元宗亟命
齐王景遂往迎太后，见与数道士方酣饮，乃迎还宫。道士皆诛
死，耿亦不复得入宫中，然犹往来江淮，后不知所终。金陵好
事家至今犹有耿先生写真云。案此传后半徐率更以下，马、陆《南唐书》
俱全用之，惟北大先生作比邱先生，未知孰是。

张 训 妻

　　张训，吴太祖之将校也。口大，时谓之张大口。后立殊
勋，历海、密、黄、常四郡刺史，楚州团练使，淮南节度副使，终
赠太傅。其妻每言事皆神异。吴祖尝赐训铠甲与马，皆不若
诸将。吴祖梦一妇人衣珠衣，告曰："公赐训甲与马非良，当为
易之。"吴祖问训："尔事何神？"训亦不能测也。有衣箱，常自
启闭，训未尝见之。一日，妻出，训窃视之，果见剑并珠衣一
袭。及妻归，谓训曰："君开我衣箱耶？"后与训发恶，勃然而
去。先是，其妻产一子，方在乳哺，训怜其绝母，是夕，抚惜逼
身而卧。及夜半，其妻忽自外，入其帐，将乳其子。训因叱之
曰："既去何复来耶！"其妻不答，俄然而去。徐觉其茵褥间似
有污湿，起，烛而视之，厥子首已失矣。竟莫知所之。

张 标

　　闽中处士张标者，有道术，能通于冥府。或三日五日卧如
死，而体不冷，既苏，多说冥中事。或先言未来，一一皆验。郡
中大信之。王保宜者，唐末为闽帅，持章赴朝廷，道路不通，乃
泛海，因溺死。其孙侃留居闽中，因家人疾，请标祷于冥府。
标从之，因曰："见君之先人在水府，有冥职。"言其家事委曲，

一一皆是。

干　大

干大，居洪州西山中，四时常持花，不欲近人。尝至应圣宫，以花置道像前。道士为设茶，置之食案，须人退，干乃取饮。饮讫，置茶盏于案，长揖而去。人或揖之，亦复相揖，但不与人语耳。

江　处　士

歙州江处士，性冲寂，好道，能制鬼魅。乡里中尝有妇人为鬼辩附著，家人或仿佛见之。一夜，其夫觉有人与妇共寝，乃急起持之，呼人取火共缚。及火至，止见捉己所系腰带也。广求符禁，终不能绝，乃往诣江，曰："吾虽能御之，然意不欲与鬼为仇耳。既告我，当为善遣之。"令归家洒扫一室，令童子一人烹茶待。吾至，无得令人辄窥。如其言。江寻至，入室坐，令童子迎客。果见一绿衣少年，貌甚端雅，延之入室，见江再拜。江命坐，乃坐。啜茶，不交一言，再拜而去。自是妇人复故。又尝有人山伐木，因为鬼物所著，自言曰："树乃我之所止，汝今见伐，吾将何依？当假汝身为我窟宅。"自是，其人觉皮肤之内有物驰逐，自首至足，靡所不至，人不胜其苦。往诣江，人未至，鬼已先往。江所居有楼，楼北有茂竹。江方坐楼上，觉神在竹林中，呼问之，鬼具以告，且求赦过。江曰："吾已知矣。"寻而人至，谓之曰："汝可于乡里中觅寻空室人不居者，复来告吾。"人往寻得之。江以方寸纸署名与之，戒之曰："至空屋弃之。"如言，而病者获全。又尝有人为魃鬼所扰，其家置图画于楼上，皆为秽物所污。以告江，江曰："但封闭楼门三日,当使去之。如言,三日开之,秽物尽去,而图画如故。余有所知,世居歙州,亲见其事。

钱 处 士

钱处士,天祐末游于江淮,尝止于金陵杨某家。初,吴朝以金陵为州,筑城西接江、东至潮沟。钱指城西荒秽之地,劝杨买之。杨从其言。及建为都邑,而杨氏所买地正在繁会之处,乃构层楼为酒肆焉。处士常宿于杨家中,夜忽起,谓人曰:"地下兵马喧阗,云接令公,聒我不得眠。"人皆莫之测也。明日,义祖自京口至金陵,时人无有预知者。尝见一人,谓之曰:"尔天罚将及,可急告谢自责。"人曰:"我未省有过。"钱曰:"尔深思之。"人良久乃曰:"昨日饮食不如意,因怒其下,弃食于沟中。"钱曰:"正是此,亦可急取所弃食之。"人乃取之,将以水汰去其秽,俄而雷电大震,钱曰:"急并秽食之。"如言,而雷电果息。尝有人图钱之状,钱见之曰:"吾反不若其常对圣人也。"人不悟。后有僧取其图置于志公塔中,人以为应。后烈祖取之入宫,陈之于内寝焉。又每为谶语,说东方事,言李氏祚仿佛一倍杨氏。初,吴奄有江淮之地,凡四十六年,而李氏三十九年。或谓杨氏自称尊号至禅代二十五年,故仿佛倍之耳。

润 州 处 士

润州处士,失姓名。高尚有道术,人皆敬信之。安仁义之叛也,郡人惶骇,咸欲奔溃。或曰:"处士恬然居此,无恙也。"于是人稍安堵。处士有所亲挈家出郡境以避难,有女已适人,不克同往,托于处士,许之。既而围城急,处士谓女曰:"可持汝家一物来,吾令汝免难。"女乃取家中一刀以往。处士持刀遍以手折按之,复与之曰:"汝但持此若端简然,伺城中出兵,随之以出,可以无患。"如教,在万众中,无有见之者。至城外数十里村店,见其兄前,兄不之见也。乃弃刀于水中,复往,兄乃见之,惊曰:"安得至此?"女具以告。兄复令取刀持之,则不能蔽形矣。后城陷,处士不知所之。

建 康 异 人

建康关城之东郊坛门外,尝有一人,不言姓名,于北面野水构小屋而居,才可庇身。屋中唯什器一两事,余无他物。日日入城,云乞丐,不历街巷市井,但诸寺逍遥游观而已。人颇知之。巡使以白上。上令寻迹其出处,而问其所欲。及问之,亦无所求。时盛寒,官方施贫者衲衣,见其衣单,以一衲衣与之,辞之不受。强与之,乃转与人。人益怪之,因逐之使移所居,且观其所向。乃毁屋,移于玄武湖西南。内臣张琪果园中多荒秽,亦有野水,复于水际构屋居之。时大雪数日,园人不见其出入,意其冻死,观之,见屋已坏,曰:"果死矣。"遂白官司。既而发屋视之,则方熟寝于雪中。惊起,略无寒色,乃去。后不知所之。

洪 州 书 生

成幼文为洪州录事参军,所居临通衢而有窗。一日,坐窗下,时雨霁,泥泞而微有路,见一小儿卖鞋,状甚贫窭。有一恶少年与儿相遇,绁鞋坠泥中。小儿哭求其价,少年叱之不与。儿曰:"吾家旦未有食,待卖鞋营食,而悉为所污。"有书生过而悯之,为偿其值。少年怒曰:"儿就我求钱,汝何预焉?"因辱骂之。书生甚有愠色。成嘉其义,召之与语,大奇之,因留之宿,

夜共话。成暂入内,反复出,则失书生矣。外户皆闭,求之不
见。少顷复至前,曰:"且来恶少子,吾不能容,断其首。"乃掷
之于地。成惊曰:"此人诚忤君子,然断人之首,流血在地,岂
不见累乎?"书生曰:"无苦。"乃出少药傅于头上,捽其发摩之,
皆化为水。因谓成曰:"无以奉报,愿以此术授君。"成曰:"某
非方外之士,不敢奉教。"书生于是长揖而去,重门皆锁闭而失
所在。

杭 州 野 翁

钟传之镇洪州也,尝遣衙中将校晏某使浙中。晏至杭州,
时方寒食,州人出城,士女阗委。晏亦出。见翁妪二人,对饮
于野中,其翁忽尔乘云而上,万众喧呼。妪仰望恸哭,翁为下
十数丈,以手慰止之。俄而复上,极高而没。余外祖艾氏,其
先识晏,亲闻其说。

椮 潭 渔 父

吴太祖为庐州八营匠巡警,至椮潭,憩于江岸。有渔父鼓
舟直至其前,馈鱼数头曰:"此犹公子孙鳞次而霸也。"因四顾
指曰:"此皆公之山川。"吴祖异之,将遗以物,不顾而去。

宣 州 军 士

义祖子魏王知证镇宣州,有军士失姓名,家惟夫妻而已。
一日,夫自外归,求水沐浴,换新衣,坐绳床而终。妻见之,大
惊曰:"君死矣。"于是不哭,亦浴换衣,与夫对坐而卒。魏王因
并冢葬之。

南 唐 近 事

[宋]郑文宝　撰

徐时仪　　校点

校 点 说 明

《南唐近事》一卷,宋郑文宝(953—1013)撰。文宝字仲贤,太平兴国进士。初仕南唐为校书郎。入宋,受知于李昉。太宗和真宗时,数任陕西转运使,熟悉西边山川形势和人情风俗,曾献《河西陇右图》,建议营田,积粟实边,多次参与抵御西夏及辽的战役。官终兵部员外郎。《宋史》本传称其"好谈方略,以功名为己任","能为诗,善篆书,工鼓琴"。著有《谈苑》、《江表志》和《南唐近事》等。

据其书前自序称南唐烈祖、元宗和后主三世"史籍荡尽,惜夫前事十不存一",遂以"耳目所及,志于纤细,聊资抵掌之谈"。《四库全书总目》称其"世仕江南,得诸闻见。虽浮词不免,而实录终存"。书中所记皆为南唐李氏三主四十年间杂事,半为史实故迹实录,半为小说异闻。由于南唐史籍多毁于兵燹,故此书所记旧闻琐事亦颇为史家所重,可据以补正史之阙。陆游撰《南唐书》,采用此书资料约占十分之五六,足见其价值之一斑。

据郑文宝自序,此书成于太平兴国二年五月。《宋史·艺文志》作《南唐近事集》。《唐宋丛书》、《续百川学海》、《宝颜堂秘笈》续集、《说郛》、《四库全书》和《丛书集成》皆收录此书,然内容不尽一致。现据《宝颜堂秘笈》所录55则为底本,又据《说郛》补入《宝颜堂秘笈》本未收录的6则,加以标点,并校以《唐宋丛书》和《四库全书》本。诸本所载字词不同之处则择善而从,不出校记。

目　录

南唐近事序

　　南唐烈祖、元宗、后主三世，共四十年。起天福丁酉之春，终开宝乙亥之冬。君臣用舍，朝廷典章，兵火之余，史籍荡尽，惜夫前事十不存一。余匪鸿儒，颇常嗜学，耳目所及，志于缣缃，聊资抵掌之谈，敢望获麟之誉，好事君子无或陋焉。太平兴国二年，岁次丁丑夏五月一日，江表郑文宝序。

南唐近事

烈祖辅吴之初，未逾强仕，元勋硕望，足以镇时靖乱。然当时同立功如朱瑾、李德诚、朱延寿、刘信、张崇、柴再同、周本、刘金、张宣、崔太初、刘威、韦建、王绾等，皆握强兵，分守方面。由是朝廷用意牢笼，终以跋扈为虑。上虽至仁长厚，犹以为非老成无以弹压，遂服药变其髭鬓，一夕成霜。洎历数有归，让皇内禅，诸藩入觐，竟无异图。

烈祖尝昼寝，梦一黄龙缭绕殿槛，鳞甲炳焕，照耀庭宇，殆非常状。逼而视之，蜿蜒如故。上既寤，使视前殿，即齐王凭槛而立，侦上之安否。问其至止时刻，及视向背，皆符所梦。上曰："天意谆谆，信非偶尔。成吾家事，其惟此子乎！"旬月之间，遂正储位。齐王即元宗居藩日所封之爵也。

江都县大厅相传云阴有鬼物所据，前政令长升之者必为瓦砾所掷。或中夜之后毁去按砚，或家人暴疾，遗火不常。斯邑皆相承居小厅莅事，始获小康。江梦孙闻之，尝愤其说。然梦孙儒行正直，众所推服。无何自秘书郎出宰是邑，下车之日，升正厅受贺讫，向夜具香案端笏当中而坐，诵《周易》一遍。明日如常理事，簛尔无闻。自始来至终考，莫睹怪异。后之为政者皆饮其惠焉。

金陵城北有湖，周回十数里。幕府、鸡笼二山环其西，钟阜、蒋山诸峰耸其左。名园胜境，掩映如画。六朝旧迹，多出其间。每岁菱藕罟网之利不下数十千。《建康实录》所谓玄武湖是也。一日,诸阁老待漏朝堂,语及林泉之事。坐间冯谧因举玄宗赐贺监三百里镜湖,信为盛事。又曰:"予非敢望此,但赐后湖,亦畅予平生也。"吏部徐铉怡声而对曰:"主上尊贤待士,常若不及,岂惜一后湖? 所乏者知章尔。"冯有大惭色。

朱巩侍郎童蒙日,在广陵入学。其师甚严,每朝午归餐,指景为约。其时不至,当行榎楚。朱虽禀师之命,然常为里巷中一恶犬当道,过辄啍吠。巩乃整衣望犬再拜祈之曰:"幸无啮我,早入学中,免为夫子笞责。"精诚所至,涕泗交流。犬亦狂吠不顾。是夕,犬暴卒于家。

处士史虚白,北海人也。清泰中客游江表,卜居于浔阳落星湾,遂有终焉之志。容貌恢廓,高尚不仕。尝对客弈棋,旁令学徒四五辈,各秉纸笔,先定题目。或为书启表章,或诗赋碑颂,随口而书,握管者略不停缀。数食之间,众制皆就。虽不精绝,然词彩磊落,旨趣流畅,亦一代不羁之才也。晚节放达,好乘双犊板辕,挂酒壶于车上,山童总角负瓢以随,往来庐阜之间,任意所适。当时朝士咸所推仰。保大末,淮甸未宁,割江之际,虚白乃为《割江赋》以讽曰:"舟车有限,沿汀岛以俱闲;鱼鳖无知,尚交游而不止。"又赋《隐士》诗云:"风雨揭却屋,浑家醉不知。"其讥刺时政,率皆类此。元宗南幸,道由蠡泽。虚白鹤氅杖藜,谒銮辂于江左。元宗驻跸存问,颁之谷帛。又知其嗜酒,别赐御酝数壶,以厚其意也。他日,病将终,谓其子曰:"皇上赐吾上樽,饮之略尽,固留一榼,藏之于家。待吾死日,殓以时服,置拄杖一条及此酒于棺中,葬之足矣。四时慎勿享奠,无益劳费,何利死者? 吾当不歆矣。"洎卒,家人一遵遗命,而其子顿绝时祀。每因节序,必修奠讫爇纸缗于灵座,纸皆不化。用意焚之,火则自灭,遂不复更祭奠矣。

严续相公歌姬,唐镐给事通犀带,皆一代之尤物也。唐有慕姬之色,严有欲带之心,因雨夜相第有呼卢之会,唐适预焉。严命出妓解带较胜于一掷,举座屏气观其得失。六骰数巡,唐彩大胜。唐乃酌酒命美人歌一曲以别相君。宴罢拉而偕去,相君怅然遣之。

昇元初,许文武百僚观内藏,随意取金帛尽重载而去,惟蒋廷翊独持一缣还家,余无所取。士君子以是而多之,终尚书郎。

钟谟性聪敏,多记问,奏疏理论,颖脱时辈。自礼部侍郎聘周,忤旨,左授耀州典午。盛夏之月,自周徂秦,每见道旁古碑,必驻马历览,皆默识。或止邮亭,命笔缮写。一日之行,不过数里而已。又见一圭首丰碑,制度甚广,约其词旨不下数千余字,卧诸荒塈之中,半为水潦所淹,无由披读。谟欣然解衣游泳塈中,以手扪揣,默记其文,志诸纸墨。他日征还,重经是路,天久不雨,无复沉碑之泉,乃发筒得旧录本,就塈较之,无一字差误。

冯谧总戎广陵,为周师所陷,乃削发披缁以绐周人,将图间道南归,为识者所擒,送至行在。时钟谟亦使周。人或讥之,曰:"昔日旌旗拥出坐筹之将,今朝毛发化为行脚之僧。"世宗甚悦,因释罪归之,终中书侍郎。

贾崇自统军拜使相,镇江都。周师未及境,尽焚其井邑,弃垒而渡。元宗引见于便殿,责其奔溃之由,且曰:"朝野谓卿为贾尉迟,朕甚赖卿。一旦敌兵未至,弃甲宵遁,何施面目至此耶?"崇扣首具陈"舒元既叛,大军失律,城孤气寡,无数旅之兵以御要害,虽真尉迟亦无所施其勇。臣当孥戮,惟陛下裁之。"以忤旨释罪,长流抚州。

元宗少跻大位，天性谦谨。每接臣下，恭慎威仪，动循礼法，虽布素僚友无以加也。夏日御小殿，欲道服见诸学士，必先遣中使数使宣谕。或诉以小苦，巾褏不及冠褐可乎？常目宋齐丘为子嵩，李建勋为史馆，皆不之名也。君臣之间，待遇之礼率类于此。

沈彬长者，有诗名。保大中以尚书郎致仕，闲居于江西之高安，三吴侯伯多饷粟帛。尝荷杖郊原，手植一树于平野之间，召诸子戒曰："异日葬吾此地，违之者非人子也。"居数年，彬终。诸子将起坟于植树之所。寻有术士语以吉凶事，近树北数尺之地卜葬，家人诺之。是夕，诸子咸梦家君诃责擅移葬地，"复违吾言，祸其至矣。"诘朝乃依遗命，伐树掘土深丈余，得一石椁，工用精妙，光洁可鉴，盖上刊八篆字云："开成二年寿椁一所。"乃举棺就椁而葬之，广狭之间皆中其度。彬第二子道者，亦能为诗，以色丝系铜佛像长寸余悬于襟上，衣道士服，辟谷。隆冬盛夏惟单褐布裙，跣足日驰数百里，狂率嗜酒，罕接人事。多往来玉笥、浮云二山，林栖野宿，不常厥居。至今尚在，南中人多识之。

位崇文以旧德殊勋，位崇台衮，巨镇名藩节制逮之。坐镇浮竞，出入三朝，喜愠莫形，世推名将。临武昌日，阅兵于蹴踘场。武昌厅有古屋百余间，久经霖雨，一旦而颓，出乎不意，声闻数里，左右色动心恐。惟崇文指纵点阅，安详如故，亦无所顾问。

何敬洙善弹射，性勇决。微时为鄂帅李简家僮。李性严毅，果于杀戮，左右给使之人小有过愆，鲜获全宥。何尝因薄暮与同辈戏于小厅下，有苍头取李公所爱砚擎于手中，谓诸僮曰："谁敢破此？"何时余酣，乘兴厉色而应曰："死生有命，吾敢碎之。"乃掷砚于石阶之上，铿然毁裂。群竖迸散，无敢观者。翌日，李衙退视事，责碎砚之由。主者具以实对。李极怒，即命擒何以至，死不旋踵矣。李之夫人素贤明，知何有奇相，每曰："异日当极贵。"至是，匿何后堂中。旬浃之间，李怒未解，夫人亦不敢救。一日，李独坐小厅，有一鸟申喙向李而噪，其声甚厉。李恶之，遂拂衣往后园池亭中，鸟亦随其所之，叫噪不已。命家人多方驱逐，略无去意。李性既褊急，怪怒愈甚，顾左右曰："何敬洙善弹，亟召来，能毙此畜，当释尔罪。"何应召而至，注丸挟弹，精诚中激，应弦毙之。李佳赏至再，遂舍其罪。洎成立，擢为小校，以军功累建旌钺。建隆初，自江西移镇鄂渚。下车之日，小亭中复见一鸟，顾何而鸣。何曰："昔日全吾之命得非尔乎？"乃取食物，自置诸掌，鸟翻然而下，食何掌中。其后何位至中书令，守太师致仕，功算崇极，时莫与比。灵禽之应，岂徒然哉？

　　冯僎即刑部尚书谧之子也。举进士。初年少众誉籍籍，以为平折丹桂。秋赋之间，僎一夕梦登崇孝寺幡刹极高处打方响。先是徐幼文能圆梦，遂诣徐请圆之。徐曰："虽有声价至下地。"洎来春，僎俄成名于侍郎韩熙载榜下。或有责徐之言谬者。徐曰："诚如吾语，后当知之。"放榜数日，中书奏主司取士不当，遂追榜御试，冯果覆落。

　　邓匡图为海州刺史，有野客潘扆谒之。邓不甚礼遇，馆于外厩。忽一日，邓命潘观猎近郊。邓妻因诣厩中觇扆栖泊之所，弊榻莞席竹笼而已。笼中有锡弹丸二枚，其他一无所有。扆夜扆从禽归，启笼之际忽为叹骇之声，且曰："定为妇人所触。幸吾朝来摄其光铓，不尔，断妇人颈久矣。"阍人异之，乃闻于邓。邓诘其由，室家具以实告。邓颇惊异，遂召潘升堂，屏左右,曰:"先生其有剑术乎?"潘曰:"素所习之。"邓曰:"愿先生陈其所妙,使某拭目一观可乎?"潘曰:"何不可也。明日公当斋戒三日,择近郊平广之地,可试吾术。"邓如其约,至期,命潘联镳而出至城东。其始潘自怀袖中出二弹丸置掌中,俄有气两条如白虹之状微微出指端,须臾上接于天,若风雨之声,当空而转。又绕邓之颈,左盘右旋千余匝。其势奔掣,其声铮拟,虽震电迅雷无以加也。邓据案危坐,丧精褫魄,雨汗浃体,莫知己身之所从。乃稽首祈谢曰:"先生神术,固已知矣。幸摄其威灵,无相见怖。"潘笑举一手,二白气复贯掌中,若云雾之乍收。数食间复为二锡弹丸矣。邓自此礼遇弥厚,表荐于烈祖纳焉。其后欲传之于人。一夕,梦其师怒戾擅泄灵术,传非其人,阴夺其法。既寤,不复能剑矣。寻病终于紫极宫。临终上言,乞桐棺葬于近地,后当尸解。上从之,使中贵人护葬于金波园。至保大中,元宗命亲信发冢观之,骸骨尚在,迄无异焉。

进士黄可,字不可。孤寒朴野,深于雅道。诗句中多用驴字,如《献高侍郎》诗云"天下传将舞马赋,门前迎得跨驴宾"之类。又尝谒舍人潘佑,潘教服槐子,云:"丰肌却老。"明旦潘公趋朝,天阶未曙,见槐树烟雾中有人若猿狙之状,迫而视之,即可也。怪问其故,乃拥条而谢曰:"昨蒙明公教服槐子法,故今日斋戒而掇之。"潘大噱而去。

孙晟为尚书郎,上赐一宅在凤台山西冈垅之间。徙居之日,群公萃止。韩熙载见其门卑巷陋,谓孙曰:"湫隘若此,岂称为相第耶?"举座莫喻其旨。明年孙拜御史大夫,旬日之间果正台席。

昇元格,盗物直三缗者,处极法。庐陵村落间有豪民,暑雨初霁,曝衣篚于庭中,失新洁衾服不少许,计其资直不下数十千。居远僻远,人罕经行,唯一贫人邻垣而已。周访踪状,必为邻人盗之,乃诉于邑。邑白郡,郡命吏按验,归罪于贫人,诈服为盗。诘其赃,即言散鬻于市,盖不胜捶掠也。赴法之日,冤声动人。长吏察其词色似非盗者,未即刑戮,遂具案闻于朝廷。烈祖命员外郎萧俨覆之。俨持法明辩,甚有理声。受命之日,乃绝荤茹,斋戒理棹,冥祷神祇。昼夜兼行,忙雪冤枉。至郡之日,索案详约始末,迄无他状。俨是夕复焚香于庭,稽首冥祷,愿降微戒,将行大辟。翌日,天气融和,忽有雷雨自西北起至失物之家,震死一牛,尽剖其腹,腹中得所失衣物。乃是为牛所唉,犹未消溃。遂赦贫民,而俨骤获大用。

谏议大夫张义方命道士陈友合还丹于牛头山,频年未就。会义方遘疾将卒,恨不成九转之功。一旦,命子弟发丹灶,灶下有巨虺,火吻锦麟,蜿蜒其间,若为神物护持。乃取丹自饵一粒,喑痖而终。当时识者以为气未尽,服之阴者不寿也。

刘仁赡镇寿春,周师坚垒三载,蹙而不降。一夕,爱子泛舟于敌境,艾夜为小校所擒,疑有叛志,请于赡。赡将行军法,监军使恳救不回,复使驰告其夫人。夫人曰:"某郎,妾最小子,携提爱育,情若不及。奈军法至童,不可私也;名义至大,不可亏也。苟屈公议,使刘氏之门有不忠之名,妾与令公何颜以见三军?"遂促令斩之,然后成其丧礼。战士无不堕泪。

高越,燕人也。将举进士,文价蔼然,器宇森挺,时人无出其右者。鄂帅李公贤之,待以殊礼,将妻以爱女。越窃谕其意,因题《鹰》一绝,书于屋壁云:"雪爪星眸众鸟归,摩天专待振毛衣。虞人莫谩张罗网,未肯平原浅草飞。"遂不告而去。后为范阳王卢文纳之为婿,与王南归烈祖。累居清显,终礼部侍郎。江文蔚俱以词赋著名，故江南士人言体物者，以江、高为称首焉。

朱匡业、刘存忠虽无勋略，然以宿旧严整，皆处环卫之长。刘彦贞寿阳既败，我师屡北，京师危之。元宗临轩旰食，问其守御之方。匡业对曰："时来天地皆同力，运去英雄不自由。"遂忤旨流抚州。存忠在侧，赞美匡业之言不已，流饶州。

韩寅亮，渥之子也。尝为予言渥捐馆之日，温陵帅闻其家藏箱笥颇多，而缄镝甚密，人罕见者，意其必有珍玩，使亲信发观，惟得烧残龙凤烛金缕红巾百余条，蜡泪尚新，巾香犹郁。有老仆泫然而言曰："公为学士日，常视草金銮内殿，深夜方还翰苑。当时皆宫妓秉烛炬以送，公悉藏之。自西京之乱，得罪南迁，十不存一二矣。"余卝岁延平家有老尼，尝说斯事，与寅亮之言颇同。尼即渥之姜云耳。

张易为太弟宾客，方雅真率，而好乘醉凌人，时论惮之。尝侍宴昭爱宫，储后持所爱玉杯亲酌易酒，捧玩勤至，有不顾之色。易张目排座抗音而让曰："殿下轻人重器，不止亏损至德，恐乖圣人慈俭之旨。"言讫碎玉杯于殿柱，一座失色。储后避席而谢之。

庐山九天使者庙有道士，忘其姓名，体貌魁伟，饮啖酒肉，有兼人之量。晚节服饵丹砂，躁于冲举。魏王之镇浔阳也，郡斋有双鹤，因风所飘，憩于道馆，回翔嘹唳，若自天降。道士且惊且喜，焚香端简，前瞻云霓，自谓当赴上天之召，命山童控而乘之。羽仪清弱，莫胜其载。毛伤背折，血洒庭除，仰按久之，是夕皆毙。翌日驯养者诘知其状，诉于公府，王不之罪。处士陈沆闻之，为绝句以讽云："啖肉先生欲上升，黄云踏破紫云崩。龙腰鹤背无多力，传语麻姑借大鹏。"

庆王茂，元宗第二子也。雅言俊德，宗室罕伦，未冠而薨，上深轸悼。每顾侍臣曰："子夏丧明，不为异也。"或对曰："臣闻仁而不寿，仙经所谓炼形于太阴之中。然庆王必将侍三后于三清，友王乔于玉除。伏望少寝矜念。"上泫然焉。

烈祖辅吴，将有禅让之事，人情尚怀彼此一二不乐。周宗请之，上曰："吾夜梦为人引剑断吾之颈，意所恶之。"宗遽下阶拜贺，曰："当策立耳。"居数日而内禅。

王鲁为当涂宰，颇以资产为务。会部民连状诉主簿贪贿于县尹，鲁乃判曰："汝虽打草，吾已蛇惊，为好事者口实焉。"

邓亚文，高安乡野之人也。烈祖时自尚书郎拜青阳令，升厅就案而食。自谓尊显弥极，还语儿子辈云："当思为学自致烟霄。吾为百里之长，声鼓吃饭，脑后接笔，此吾稽古之力也。"

宋齐丘微时，日者相之曰："君贵不可说，然亚夫下狱之相，君实有之。位极之日，当早引退，庶几保全。"齐丘登相位数载致仕，复以大司徒就征。保大末，坐陈觉谋干记事，乃饿死于青阳。

元宗幼学之年，冯权常给使左右，上深所亲幸。每曰："我富贵之日，为尔置银靴焉。"保大初，听政之暇，命亲王及东宫旧僚击鞠欢极，颁赉有等。语及前事，即日赐银三十斤以代银靴。权遂命工锻靴穿焉，人皆哂之。

元宗嗣位之初，春秋鼎盛，留心内宠，宴私击鞠，略无虚日。常乘醉命乐工杨花飞奏《水调词》进酒，花飞唯歌"南朝天子好风流"一句，如是者数四。上既悟，覆杯大怿，厚赐金帛，以旌敢言。上曰："使孙陈二主得此一句，固不当有衔璧之辱也。"翌日罢诸欢宴，留心庶事，图闽吊楚，几致治平。

常梦锡为翰林学士，刚直不附，贵近侧目。或谓曰："公罢直私门，何以为乐？"常曰："垂帏痛饮，面壁而已。"盖冯魏擅权之际也。

周业为左街使，信州刺史本之子也。与刘郎素有隙。刘即长公主婿，时为禁帅。无何，昇元中金陵告灾，业方潜饮人家，醉不能起。有闻上者，上顾亲信施仁望曰："率卫士十人诣灾所，见其驰救则释，不然就戮于床。"仁望既往，亟使召业家语之。业大怖，衣女子服奔见仁望。仁望怒之。洎火息复命，至使殿门，会刘郎先至，亦将白灾事。仁望揣刘意不能蔽业，又惧与之偕罪，计出仓卒，遽排刘越次见上曰："火不为灾。业诚如圣旨。"上曰："戮之乎？"仁望曰："业父本方临敌境，臣未敢即时奉诏。"上抚几大悦曰："几误我事。"仁望自此大获奖用。业乃全恕。

陈诲嗜鸽，驯养千余只。诲自南剑牧拜建州观察使，去郡前一月，群鸽先之富沙，旧所无孑遗矣。又尝因早衙，有一鸽投诲之怀袖中，为鹰鹯所击故也。诲感之，自是不复食鸽矣。

章齐一为道士，滑稽无度，善于嘲毁，倡里乐籍多称其词，曰齐二，次曰齐三。保大中，任乐坊判官。一旦暴疾，齐一咋舌而终。

女冠耿先生，长爪玉貌，甚有道术，获宠于元宗。将诞前三日，谓左右曰："我子非常，产之夕当有异。"及他夕，果震雷绕室，大雨河倾，半夜雷止。耿身不复孕，左右莫知所产，将子亦随失矣。

陈继善自江宁尹拜少傅致仕，富于资产。性鄙屑，别墅林池，未尝暂适。既不嗜学，又杜绝宾客。惟自荷一锄，理小圃成畦，以真珠之余颗若种蔬状布土壤之间，记颗俯拾，周而复始,以此为乐焉。

烈祖镇建业日,义祖薨于广陵,致意将有奔丧之计。康王已下诸公子谓周宗曰:"幸闻兄长,家国多事,宜抑情损礼,无劳西渡也。"宗度王似非本意,坚请报简示信于烈祖。康王以匆遽为词,宗袖中出笔,复为左右取纸,得故茗纸贴,乞手札。康王不获已而札曰:"幸就东府举哀。多垒之秋,二兄无以奔丧为念也。"明年,烈祖朝觐广陵,康王及诸公子果执上手大恸,诬上不以临丧为意,诅让百端,冀动物听。上因出王所书以示之,王靦颜而已。

兵部尚书杜业,任枢密,有权变,足几会,兵赋民籍,指之掌中。其妻张氏妒悍尤甚,室绝婢妾。业惮之如事严亲。烈祖尝命元皇后召张至内庭,诫之曰:"业位望通显,得置妾媵,何拘忌如此,岂妇道所宜耶?"张垂涕而言曰:"业本狂生,遭逢始运。多垒之初,陛下所藉者驽马未竭耳,而又早衰多病,纵之必贻其患,将误于任使耳。"烈祖闻之大加奖叹,以银盆彩段赏之。

烈祖辅吴,四方多垒,虽一骑一卒,必加姑息。然群校多从禽聚饮近野,或搔扰民庶,上欲纠之以法,而方藉其材力,思得酌中之计。问于严求,求曰:"无烦绳之,易绝耳。请敕泰兴、海盐诸县罢采鹰鹯,可不令而止。"烈祖从其计。期月之间,禁校无复游墟落者。

严求微时为阳邑吏,阳宰器之,待以宾礼。每曰:"卿当自爱。他日极人臣之位,吾不复见卿之贵,幸以遗孤留意。"期年,严亟登公辅。宰殁既久,其子理遗命候谒严门。严赠担石束帛而已,其子慊怀而退。严不甚顾,密遣家人赍黄金数十斤,伺于逆旅间,谢之曰:"非阳宰之子乎?相君使奉金以备行李。"又荐一官，地宅仆马毕为之置。其子他日及门致谢，严曰："聊以报尊府君平昔之遇耳。"一见后，终身谢绝焉。

烈祖辅吴，日与诸侯会射延宾亭。刘信擎牙注矢揖拟四座，小校孙汉威疑不利于上，忽引身障烈祖以己当之。上自此益加宠遇，位至侍中九江帅。

刘信攻南康，终月不下。义祖遣信使者而杖之，詈曰："语刘信要背即背，何疑之甚也！"信闻命大怖，并力急攻，次宿而下。凯旋之日，师至新林浦，犒锡不至，亦无所存劳。他日谒见，义祖命诸元勋为六博之戏，以纾前意。信酒酣，掬六骰于手曰："令公疑信欲背者，倾西江之水终难自涤。不负公，当一掷遍赤。诚如前旨，则众彩而已。信当自拘，不烦刑吏耳。"义祖免释不暇，投之于盆，六子皆赤。义祖赏其精诚昭感，复待以忠贞焉。

李建勋镇临川，方与僚属会饮郡斋，有送九江帅周宗书至者，诉以赴镇日近，器用仪注或阙，求辍于临川。李无复报简，但乘醉大批其书一绝云："偶罢阿衡来此郡，固无闲物可应官。凭君为报群胥道，莫作循州刺史看。"

赵王李德诚镇江西，有日者自称世人贵贱一见辄分。王使女妓数人与其妻滕国君同妆梳服饰，偕立庭中，请辨良贱。客俯躬而进曰："国君头上有黄云。"群妓不觉皆仰首。日者曰："此是国君也。"王悦而遣之。

陈觉微时为宋齐丘之客。及为兵部侍郎也，其妻李氏妒悍，亲执庖爨，不置妾媵。齐丘选姿首之婢三人与之，李亦无难色，奉侍三婢若舅姑礼。问其故，李曰："此令公宠幸之人，见之若面令公，何敢倨慢？"三婢既不自安，求还宋第，宋笑而许之。

　　冯延已镇临川，闻朝议已有除替。一夕，梦通舌生毛。翌日，有僧解之曰："毛生舌间，不可剃也。相公其未替乎？"旬日之间，果已寝命。

　　张泌计偕之岁，为润帅燕王冀所荐，首谒韩熙载。韩一见待之如故，谓曰："子好一中书舍人。"顷之，韩主文，泌擢第。不十年，果主纶闱之任。

　　进士李冠子善吹中管，妙绝当代。上饶郡公尝闻于元宗，上甚欲召对，属淮甸多故，盘桓期月，戎务日繁，竟不获见。出关日，李建勋赠一绝云："韵如古涧长流水，怨似秋枝欲断蝉。可惜人间容易听，新声不到御楼前。"

　　钟传镇江西日，客有以覆射之法求谒。传以历日包一橘致袖中使射之。客口占一歌以揭之云："太岁当头立，诸神莫敢当。其中有一物，常带洞庭香。"

　　程员举进士，将逼试，夜梦乌衣吏及门告员曰："君与王伦、廖衢、陈度、魏清并已及第。"员梦中惊喜，理服驰马诣省门。见杨遂、张观、曾颀立街中谓曰："榜在鸡行，何忽至此？"员怅然而觉，秘不敢言。其年考功员外郎张佖权知贡举，果放杨遂等三人，员辈卒无征应。既夏，内降御札，尚虑遗贤，命张泌舍人取所试诗赋就中书重定，务在精选。泌果取员等五人附来春别榜及第。明年岁在癸酉也。

　　李德来任大理少卿，持法甚峻，忌刻便佞，时号"李猫儿"。本无学术，诈称博闻。每呼马为韩卢，乐工为伶伦，谄佞为睿谔，以此贻讥于世。

　　木平和尚，不知何许人也。保大初征知阙下，倾都瞻礼，阗咽里巷。金帛之施，日积数万。常出入宫禁中。他日，从上登百尺楼。上曰："新建此楼，制度佳否？"木平曰："尤宜望火。"上初不喻其旨。居数岁,木平卒,淮甸大扰,自寿阳置烽堠以应龙安山,且夕上多登览,以瞻动静。又上最钟爱庆王,王初幼学,上问:"寿命几何?"木平曰:"郎君聪明哲智,预知六十年事。寿当七十。"是岁疾终,年十七,盖反语以对之也。

李徵古,宜春人也。少时贱游,尝宿同郡潘长史家。是夜潘妻梦门前有仪注鞍马,拥剑锵铩,衙队约二百人。或坐或立,且云太守在此,洎见乃寓宿秀才。觉后言于潘曰:"此客非常人也。妾来晨略见。"饯酒一钟,赠之金桅腕,曰:"郎君他日富贵,慎勿相忘。"李不可知也。来年至京,一举成名。不二十年,自枢密副使除本州刺史。离阙日,元宗赐内库酒二百瓶。

韩熙载放旷不稽,所得俸钱,即为诸姬分去。乃著衲衣负匦,令门生舒雅报手板,于诸姬院乞食,以为笑乐。使中国,作诗云:"我本江北人,去作江南客。舟到江北来,举目无相识。不如归去来,江南有人忆。"

陶穀学士奉使,恃上国势,下视江左,辞色毅然不可犯。韩熙载命妓秦弱兰诈为驿卒女,每日敝衣持帚埽地。陶悦之与狎,因赠一词名《风光好》云:"好因缘,恶因缘,只得邮亭一夜眠。别神仙。　　琵琶拨尽相思调。知音少。待得鸾胶续断弦,是何年。"明日,后主设宴,陶辞色如前,乃命弱兰歌此词劝酒。陶大沮,即日北归。

韩熙载,北人,仕江南,致位通显,不防闲婢妾,有北齐徐之才风。侍儿往往私客。客赋诗有云"最是五更留不住,向人枕畔著衣裳"之句,熙载亦不介意。

南唐近事补遗

讥 嘲

李尧,广陵布衣,常以喉舌捭阖为己任。宋齐丘罢镇江西,尧裹足来谒。齐丘问:"客素习何业?"尧曰:"修相业于今十年矣。"宋曰:"君修相福乎?"尧不能答。他日复求见,宋属子卒,左右不复通知,乃题一绝而去。词曰:"中兴唐祚灭强胡,总是先生设远谟。今日丧雏犹解哭,让皇宫眷合何如?"

使 酒

朱业为宣州刺史,好酒凌人,性复威厉,饮后恣意斩决,无复见者,惟其妻钟氏能制之,褰帏一呼,慑栗而止。张易令通倅之职,至府数日,业为启宴。酒举未及三爵,易乘宿酲,掷觥排席,诟让蜂起。业怡声屏幛之间,谓左右曰:"张公使酒未可当也。"命扶易而出。此后府公无复使酒焉。

好物不在多

元宗曲燕保和堂,命从官赋诗。学士朱巩诗成独晚,洎众制皆就,巩已醉矣,唯进一联。上疑其构思大,久复不终篇。巩再拜致谢曰:"好物不在多。"左右掩口而笑。自是金陵士庶遗饷不丰好者,皆以朱公为口实。

掠　地　皮

魏王知训为宣州帅,苛政敛下,百姓苦之。因入觐侍宴,伶人戏作绿衣大面胡人,若鬼状。旁一人问曰:"何为者?"绿衣人对曰:"吾宣州土地神。王入觐和地皮掠来,因至于此。"

捋　须　钱

张崇帅庐州,好为不法,士庶苦之。尝入觐,江都庐人幸其改任,皆相谓曰:"渠伊必不复来矣。"崇来,计口征渠伊钱。明年再入觐,盛有罢府之议,不敢指实,道路相见皆捋须为庆。崇归,又征捋须钱。尝为伶人所戏,一伶假为人死有遣当作水族者,阴府判曰:"焦湖百里,一任作獭。"崇大惭。

梦　谶

后主篡位之初,尝梦一羊升武德殿御床,意甚恶之。及金陵之陷,补阙杨克让首知府事。盛衰之理其明征欤。

南 部 新 书

[宋]钱易　撰
尚　成　校点

校 点 说 明

《南部新书》十卷，宋钱易撰。易字希白，杭州临安人，五代吴越国王钱俶之侄。入宋，为真宗朝翰林学士。钱易少有文名，博闻强记，潜心国史。史传载其有著作二百八十卷，今仅存是帙。

本书成于大中祥符间（1008—1016）。据书前钱明逸序，全书原"凡三万五千言，事实千，成编五，列卷十"。现所见之本多有散乱。其以干支为序，记事凡八百余条。内容多涉及唐代朝野掌故和遗闻轶事，亦兼及五代。其中以记载主要官职的兴废、朝章政制的因革和官场仪式的掌故为主，对研究唐代政治史颇具参考价值；而书中不少有关唐代科举制、文学家故事的著录，又有裨于文学史的研究。

《南部新书》最早见录于晁公武《郡斋读书志》，后有抄本流传。今以《学津讨原》本为底本，以《粤雅堂丛书》、文渊阁《四库全书》等版本参校，并断句标点。校勘时凡遇异文，则从善而定，不出校记。

目　录

序

　　先君尚书,在章圣朝祥符中,以度支员外郎直集贤院,宰开封。民事多闲,潜心国史。博闻强记,研深覃精。至于前言往行,孜孜念虑,尝如不及。得一善事,疏于方册,旷日持久,乃成编轴,命曰《南部新书》。凡三万五千言,事实千,成编五,列卷十。其间所纪,则无远近耳目所不接熟者,事无纤巨善恶足为鉴诚者,忠鲠孝义可以劝臣子,因果报应可以警愚俗,典章仪式可以识国体,风谊廉让可以励节概。机辩敏悟,怪奇迥特,亦所以志难知而广多闻。《尔雅》为六艺钤键,而采谣志、考方语;周《诗》形四方,风雅比兴,多虫鱼草木之类。小子不肖,叨继科目,尝践世宦,假字宫钥,浚涸事休,阅绎家集;因以新书次为门类,缮写净本,致于乡曲,以图刊镂。昔班氏家有赐书而擅史学,王涯之以左右旧事缄于青箱,卒用名代,敢跂而及,聊缉先志云。子翰林侍读学士钱明逸序。嘉祐元年十一月十二日。

南部新书　甲

　　自武德至长安四年已前，尚书左右仆射并是正宰相。初豆卢钦望拜左仆射，不言同中书门下三品，不敢参议朝政。数日后，始有诏加知军国重事。至景云二年，韦安石除仆射，不带同三品。自后空除仆射，不是宰相，遂为故事。至德二年，宰相直主政事笔，每人知十日。至贞元十年，又分每人轮一日执笔。

　　尚书诸厅，历者有壁记，入相则以朱点之。元和后，惟膳部厅持国柄者最多。时省中谓之朱点厅。韦夏卿与弟正卿，大历中同日登制科，皆曰："今日盛事，全归二难之手。"

　　韩昆大历中为制科第三等敕头，代皇异之。诏下日，坐以采舆翠笼，命近臣持采仗鞭，厚锡缯帛，以示殊泽。

　　常衮自礼部侍郎入相，时潘炎为舍人引麻，因戏之曰："留取破麻鞋著。"及衮视事，不浃旬果除。

　　凌烟阁在西内三清殿侧，画像皆北面。阁中有中隔，隔内面北写"功高宰辅"，南面写"功高侯王"，隔外面次第功臣。

　　证圣元年正月，明堂灾，重造天册万岁殿。二年三月成，号为通天宫。

　　项斯始未为闻人，因以卷谒江西杨敬之，杨甚爱之，赠诗云："几度见诗诗尽好，及观标格过于诗。平生不解藏人善，到处逢人说项斯。"未几诗达长安，斯明年登上第。

　　上元中，长安东内始置延英殿，每侍臣赐对，则左右悉去。

故直言谠议，尽得上达。

李听为羽林将军，有名马。穆皇在东宫，讽听献之，听以总兵不从。及即位，太原拟帅皆不允，谓宰臣曰："李听为羽林将军，不与朕马，是必可任。"遂降制。

开元御札云："朕之兄弟，惟有五人，比为方伯，岁一朝见。虽载崇藩屏，而有暌谈笑，是以辍牧人而各守京职，每听政之后，延入宫中，申'友于'之志，咏《棠棣》之诗，邕邕如，怡怡如，展天伦之爱也。"

祠部省中谓之冰厅，言其清且冷也。

尚书省东南向阳通衢有小桥，相承曰拗项桥，言御史及殿中久次者至此，必拗项而望南宫也。

都堂南门道东有古槐，垂阴至广，或夜闻丝竹之音，则省中有人相者，俗谓之音声树。

二十四司印，故事悉纳直厅。每郎官交印时，吏人悬之于臂以相授，颇觉为繁。杨虔州虞卿任吏部员外郎，始置匦加镝以贮之，人以为便，至今不改。

始无笏囊，皆摽笏于马上。张曲江清瘦不任，乃置笏囊。

秘书省内落星石，薛稷画鹤，贺知章草书，郎令徐画凤，相传号为"四绝"。元和中，韩公武为校书郎，挟弹中鹤一眼，时人乃谓之"五绝"。又省之东即右威卫，荒秽摧毁，其大厅逼校正院，南对御史台，有人嘲之曰："门缘御史塞，厅被校书侵。"

曹确、杨收、徐商、路岩同秉政，外有嘲之曰："确确无余事，钱财总被收。商人都不管，货赂几时休。"

李林甫寡薄，中表有诞子者，以书贺之云："知有弄獐之庆。"

　　郑注镇凤翔，皆择贞正之士以为幕席，亦欲遏其邪行。及注败，皆为监军所诛。

　　温大雅武德中为黄门侍郎，弟彦博为中书侍郎。高祖曰："我起义晋阳，为卿一门耳。"后弟大有又除中书侍郎。

　　中书省有磐石，初薛道衡为内史侍郎，常踞其石草诏。后孙元超每见此石，未尝不泫然。

　　施肩吾与赵嘏同年，不睦。嘏旧失一目，以假珠代其精，故施嘲之曰："二十九人同及第，五十七只眼看花。"元和十五年也。

　　女道士鱼玄机，住咸宜观，工篇什。杀婢绿翘，甚切害，事败弃市。

　　崔四八，即慎由之子，小名缁郎。天下呼油为麻膏，故谓之麻膏相公。

　　开元中，岐、薛以下，轮日载笔于乘舆前，作内起居注，四季朱印联名，牒送史馆。至天宝十载季冬，已成三百卷。率以五十幅黄麻为一编，雕檀轴紫凤绫表，遂别起大阁贮之。逆胡陷西京，先以火千炬焚是阁，移时灰灭，故实录百不叙及一二。

　　小许公从工部侍郎除中书舍人，便供政事食，明日加知制诰。舍人有政事食，自此为始。

　　大和中，上自延英退，独召柳公权对。上不悦曰："今日一场大奇也。嗣复李珏道张讽是奇才，请与近密官。郑覃夷行即云是奸邪，须斥之于岭外。教我如何即是？"公权奏曰："允执厥中。"上曰："如何是允执厥中？"又奏："嗣复李珏既言是奇才，即不合斥于岭外；郑覃夷行既云是奸邪，亦不合致于近密。若且与荆、襄间一郡守，此近于允执厥中。"旬日又召对，上曰："允执厥中，向道也是。"张遂为郡守。

贾曾除中书舍人,以父名忠,固辞之。言者以中书是曹司名,父之名又同音名别,于礼无嫌。曾乃就职。

开元七年赐百僚射,金部员外卢廙、职方郎中李畲俱非善射,箭不及垛而互言工拙。畲戏曰:"与卢箭俱三十步。"左右不晓,畲曰:"去垛三十步,卢箭去畲三十步。"

李白,山东人,父任城尉,因家焉。少与鲁人诸生隐徂来山,号"竹溪六逸"。天宝中游会稽,与吴筠隐剡中。筠徵赴阙,荐之于朝,与筠俱待诏翰林。俗称蜀人,非也。今任城令厅石记,白之词也,尚在焉。

江西私酿酒法尤严,王仲舒廉察日,奏罢之。

宰相门下省议事,谓之政事堂。永淳中,裴炎为中书令,始移就中书省。政事印亦改中书门下之印。

开元中,花萼楼大酺,人众莫遏。遂命严安之定场,以笏画地,无一辈敢犯。

卢携尝题司空图壁云:"姓氏司空贵,官班御史卑。老夫如且在,不用叹屯奇。"

龙朔中,杨思元恃外戚,典选多排斥选士,为选人夏彪讼之。御史中丞郎馀庆弹奏免官。许南阳曰:"故知杨吏部之败。"或问之,许曰:"一彪一狼,共看一羊,不败何待?"

开元皇帝为潞州别驾,乞假归京。值暮春,戎服臂鹰于野次。时有豪氏子十余辈,供帐于昆明。上时突会,座中有持酒船唱令曰:"今日宜以门族官品。"至上,笑曰:"曾祖天子,祖天子,父相王,临淄郡王李某。"诸辈惊散。上联举三船,尽一巨觥而去。

襄王僭伪,朱玫秉政,百揆失序,逼李拯为内署。拯常吟曰:"紫宸朝罢缀鹓鸾,丹凤楼前驻马看。唯有终南山色在,晴明依旧满长安。"拯终为乱兵所杀。

武德七年,遣刑部尚书沈叔安携天尊像赐高丽,仍令道士往彼讲《道德经》。

自先天初至开元十五年,仪同者四人:姚崇、宋璟、王同皎、王毛仲。

唐法:亲王食封八百户,有至一千户;公主三百户;长公主五百户,有至六百户;唯太平、相王逾此制。

黄巢入青门,坊市聚观。尚让慰晓市人曰:"黄王为生灵,不似李家。"其悖也如此。

长安令李济得罪因奴,万年令霍晏得罪因婢。故赵纵之奴当千,论纵阴事,张镒疏而杖杀之。纵,即郭令之聱。

建中末,姚况有功于国,为太子中舍人。旱蝗之岁,以俸薄不自给而以馁终。哀哉!

田神功大历八年卒于京师,许百官吊丧。上赐屏风袝褥于灵座,并赐千僧斋以追福。至德以来,将帅不兼三事者,哀荣无比。

柳浑旧名载,为朱泚所逼。及克复,上言曰:"顷为狂贼点秽,臣实耻称旧名。矧字画带戈,时当偃武,请改名浑。"浑后入相,封宜城公,谓之柳宜城。

韦觊著《易蕴》,甚有奥旨。觊,见素孙。

郭令公终始之道无缺焉,惟以潜怒判官张谭,诬奏杖杀之,物议为薄。

张巡每战大呼,牙齿皆碎。及败,尹子奇视之,其齿存者不过三四。初守宁陵也,使许远诣贺兰进明乞救兵,进明大宴,远不下喉,自啮一指为食。进明终不应,以至于破。

贞观中,择官户蕃口之少年骁勇者数百人,每出游猎,持

弓矢于御马前射生,令骑豹文鞯,著兽文彩衫,谓之百骑。至
则天渐加其人,谓之千骑。孝和又增之万骑,皆置使以领之。

彭偃与朱泚下伪诏曰:"幽囚之中,神器自至。岂朕薄德,
所能经营。"泚败偃诛,其妖乱也如此。

大和九年冬,甘露事败,将相弃市。王璠谓王涯曰:"当初
劝君斩却郑注,斩之岂有此事也。"此虽临刑之言,然固当矣。

梁祖常言于昭皇:"赵崇是轻薄团头,于鄂州座上,佯不识
骆驼,呼为山驴王。"遂阻三事之拜。此亦挫韩偓也。

王皇后开元中恩宠日衰而不自安,一日诉之曰:"三郎独
不记阿忠脱新紫半臂,更得一斗面,为三郎生日作煎饼耶?"上
戚然悯之,而余恩获延三载。

武德初,史馆尚隶秘书省著作局。贞观三年移于门下省
北,宰相监修。自是著作局始罢史职。

公孙罗为沛王府参军,撰《文选音义》十卷。罗,唐初人。

开元中,裴光庭为侍中,门下过官,委主事阎麟之裁定,随
口下笔。时人语曰:"麟之口,光庭手。"物议丑之。

张延赏怙权矜己,嫉柳浑之守正,使人谓之曰:"相公旧
德,但节言于庙堂,则名位可久。"浑曰:"为吾谢张相公,柳浑
头可断,而舌不可禁。"

王缙在太原,旧将王无纵等恃功,且以缙儒者易之,每事
多违约束。一朝悉召斩之,将校股慄。

大历中,陇州猫鼠同乳,率百僚贺。崔祐甫独奏曰:"仁则
仁矣,无乃失于性乎。"

李邕自滑州上计也,京洛阡陌聚观,以为古人。盖邕负美
名,频被贬斥,剥落在外也。

元德秀字紫芝,为鲁山令,有清德。天宝十三年卒,门人

相与谥为文行先生。士大夫高其行,不名,谓之元鲁山。

驸马都尉郑潜曜,睿皇之外孙,尚明皇第十二女临晋长公主,母即代国长公主也。开元中母寝疾,曜刺血濡奏章,请以身代。及焚章,独"神道许"三字不化。翌日主疾间。至哉,孝子也。

殿中监、少监、尚衣、尚舍、尚辇,大朝会皆分左右,随伞扇立,入阁亦同之。

牛僧孺三贬至循州,本传不言,漏略也。

李景让典贡年,有李复言者,纳省卷,有《纂异》一部十卷。榜出曰:"事非经济,动涉虚妄,其所纳仰贡院驱使官却还。"复言因此罢举。

古押牙者富平居,有游侠之才,多奇计,往往通于宫禁。

五月一日御宣政殿,百僚相见之仪,贞元已来常行之,自后多阙。

崆峒山在松州属龙州,西北接蕃界。蜀破后路不通,即非空桐也。

长安中秋望夜,有人闻鬼吟曰:"六街鼓歇行人绝,九衢茫茫空有月。"又闻有和者曰:"九衢日生何劳劳,长安土尽槐根高。"俗云务本西门是鬼市,或风雨晦冥,皆闻其喧聚之声,怪哉!

大和中,程修己以书进见,尝举孝廉,故文皇待之弥厚。会春暮,内殿赏牡丹花,上颇好诗,因问修己曰:"今京邑人传牡丹诗,谁为首出?"对曰:"中书舍人李正封诗:'天香夜染衣,国色朝酣酒。'"时杨妃侍,上曰:"妆台前宜饮以一紫盏酒,则正封之诗见矣。"

高宗欲废王皇后,立武昭仪,犹豫未定。许南阳宣言于朝曰:"田舍翁购种,得十斛麦,尚须换却旧妇。况天子富有四海,立一皇后,有何不可?"上意乃定。吁,牝鸡之孽,洎移土德,过始于南阳。

白乐天之母,因看花坠井。后有排摈者,以《赏花》、《新井》之作左迁。穆皇尝题柱曰:"此人一生争得水吃。"

张介然天宝中为尉卫卿,因入奏曰:"臣今三品,合列棨戟,若列于帝城,乡里不知。臣河东人也,请列戟于故乡。"上曰:"所给可列故乡,京城仁当别赐。"本乡列戟,介然始也。

京兆尹黎幹,戎州人也,尝白事于王缙。缙曰:"尹南方尹子也,安知朝礼?"其慢而侮人率如此。

总章中,天子服婆罗门药,郝处俊谏曰:"修短有天命,未闻万乘之主,轻服蕃夷之药。"

贞元中,邕州经略使陈昙怒判官刘缓,杖之二十五而卒。卒之日,昙得疾,见缓为祟而卒。

韦氏专制,明皇忧甚,独密言于王琚。琚曰:"乱则杀之,又何疑!"

开元中,诸王友爱特甚,常谓近侍曰:"思作长枕大被,与诸王同卧。"

鄱阳人张朝为猛兽所搏噬,其家犬名小狸救之获免。

中书省柳树久枯死,兴元二年车驾还而柳活。明年,吕渭以为礼部赋,上甚恶之。

卢群昔寓居郑州,典贴得良田,及为郑滑节度,悉召其主还之。时以为美谈。

自贞元来,多令中官强买市人物,谓之"宫市"。

日本国大臣曰真人,犹中朝户部尚书。

郭代公元振为西凉州牧,时西蕃酋帅乌质勒强盛,元振为之立语。俄顷雪下盈尺，质勒既老，久立，归而遂死。人谓诡杀乌质勒。

　　路随孝行清俭，常闭门不见宾客。状貌酷似其先人，以此未尝视镜。又感其父没蕃，终身不背西坐，其寝以西首。

南部新书　乙

　　贞元十二年，卢迈丧弟，请出城临。近年宰相多拘守，而迈有此行，时人美之。

　　裴延龄缀缉裴駰所注《史记》之阙，自号"小裴"。

　　杨氏于静恭一房犹盛，汝士虞卿，汉公鲁士是也。虞卿生知退，知退生堪，堪生承休，承休生岩，岩生郁，郁生覃。覃太平兴国八年成名，近为谏议大夫，知广州卒。堪为翰林承旨学士，随僖皇幸蜀，在中和院。承休自刑部员外郎使浙右，值多难，水陆相阻，遂不归。岩侍行，十六矣。我曾祖武肃辟之幕下。先人承袭，岩已为丞相。及叔父西上，岩以图籍入觐，卒于秀州，年八十余。今刑部郎中直集贤院侃，亦岩之第三子酅孙也，蟆之子。司封员外郎蜕，即岩第三子酅之子。酅入京为员外郎分司，判西台卒。侃端拱二年成名。蜕淳化三年登科。修行即四李也。发跐、收岩、履道，即凭、冰、凝也。新昌即於陵也。后涉入相，即修行房也。制下之日，母氏垂泣不悦，以收故也。

　　萧氏登三事者多于他族，首于瑀，嵩、华、俛、倣、真、遘、顾次之。

　　贞元十二年天子降诞日，诏儒官与缁黄讲论。初若矛楯相向，后类江海同归。三殿谈经，自此始也。

　　韩皋自京尹贬抚州司马，召左执金吾奏于延英，面受京尹，便令视事，时尚未有制。

金銮殿始立于金銮坡,至朱梁始改为金銮殿焉。

开元中,笔匠者名铁头,能莹竹如玉,人莫传其法也。

妇人之贵,无出于苗夫人:晋卿之女,张嘉贞之新妇,延赏之妻,弘静之母,韦皋外姑。

王徽为相只一日。中和五年二月,除昭义节制,徽上表乞免。词曰:"六年内署,虽叨捧日之荣;一日台司,未展致君之恩。"后萧真拜相,度降麻日薨。陆希声登庸,未上弃世。今徽之曾孙平叔,见任礼博。希声之子宾于,终于殿省。

凡中书有军国政事,则中书舍人各执所见,杂署其名,谓之五花判事。其舍人中选一人明练政事者,专典机密,谓之解事舍人。

开元中,将军宋清有神剑,后为瓜州牧李广琛所得。哥舒翰知而求之,广琛不与,因赠诗曰:"刻舟寻已化,弹铗未酬恩。"

永徽元年五月,吐火罗国遣使献大鸟,高七尺,其足如驼,鼓翅而行,日三百里,能啖铜铁,夷俗呼为驼鸟。

贞观二十三年,始改治书御史为御史中丞。其年亦改诸州治中为司马,礼部郎为奉礼郎。

仪凤二年,长安光宅坊掘得石函,函之内有佛舍利万余粒。

贞元十二年,上宴宰相于麟德殿之东亭,令施屏风于坐位之后,画汉魏以下名臣,并列善言美事。

永徽五年,吐蕃献大佛庐,高五丈,广二十步。

祖咏试《雪霁望终南》诗,限六十字。成至四句,纳主司。诘之,对曰:"意尽。"

咸通九年正月,始以李赞皇孙延古起家为集贤校理。

诸名族重京官而轻外任，故杨汝士建节后诗云："抛却弓刀上砌台，上方楼殿窄云开。山僧见我衣裳窄，知道新从战地来。"又云："如今老大骑官马，羞向关西道姓杨。"

贞元十四年，初令金吾不要奏朝官相过，从张建封奏也。

旧皆传呼。贞观十年，马周奏置街鼓以代，传呼自此而罢。

永徽五年八月，蒋孝璋除尚药奉御员外。置同正员员外官，始自此。

贞元后，每岁二月八日，总章寺佛牙开，至十五日毕。四月八日，崇圣寺佛牙开，至十五日毕。此牙即那吒太子上宣律师者。

进士春关宴曲江亭，在五六月间。一春宴会，有何士参者，都主其事，多有欠其宴罚钱者，须待纳足，始肯置宴。盖未过此宴，不得出京，人戏谓何士参索债宴。士参卒，其子汉儒继其父业。南院驱使官郑镕者，知名天下，后亦官至宣州判司。故宛陵王公凝判醵，充职，得朝散阶。如郑镕与何士参及堂门官张良佐，皆应三数百年在于人口。

李林甫开元初为中允，时源乾曜为侍中，是中表之戚，托其子求司门郎中。乾曜曰："郎官须有素行才望高者，哥奴岂是郎官耶？"数日除谕德。哥奴，林甫小字。

明皇末年在华清宫，值正月望，欲夜游，陈元礼奏曰："宫外即是旷野，须有预备。若欲夜游，愿归城阙。"

大历中禁屠杀，而郭子仪隶人杀羊，裴谞尹京具奏之。或言郭公有社稷功，岂不为盖之。裴笑曰："非尔所解：郭公权太盛，上新即位，必谓党附者众。吾今发其细过，以明其不弄权，用安大臣耳。"人皆是之。谞五世为河南尹，坐未尝当正位。

贞元十二年始置掖庭局令。

吏部有四拗：冬纳文书之始，却谓之选门闭；四月秋省事毕，反谓之选门开；选人各在令史门前，谓之某家百姓；南场判后，状却粘在判前。

韦皋见辱于张延赏，崔圆受薄于李彦允，皆丈人子壻。后韦为张西川交代，崔杀李殊死。

赵光逢有时称，谓之玉界尺。

郑滑卢宏正尚书题柳泉驿云："余自歙州刺史除度支郎中，八月十七日午时过永济渡却。自度支郎中除郑州刺史，亦以八月十七日午时过永济渡。从吏部郎中除楚州刺史，以六月十四日宿湖城县。今年从楚州刺史除给事中，计程亦合是六月十四日湖城县宿。事虽偶然，亦冥数也。"

韩偓，即瞻之子也，兄仪。瞻与李义山同年，集中谓之"韩冬郎"是也。故题偓云："七岁裁诗走马成。"冬郎，偓小名。偓字致光。

王右丞善琵琶，贾魏公善琴，皆妙绝一时。

李郃除贺州，人言不熟台阁，故著《骰子选格》。

贞元二年，以右常侍于颀为左千牛卫上将军，少府监李忠诚为千牛卫上将军，司农卿姚明敭为右领军大将军，右庶子裴谞为右千牛卫大将军，参用文武也。

韩滉，浙西统制一方，颇著勤绩。晚途政甚苛惨，亦可惜也。

咸通九年，刘允章放榜后，奏新进士春关前，择日谒谢先师，皆服青襟介帻，有洙泗之风焉。

长安四月以后，自堂厨至百司厨，通谓之樱笋厨。公馔之盛，常日不同。

每岁寒食，荐饧粥鸡球等，又荐雷子车。至清明尚食，内园宫小儿于殿前钻火,先得火者进上,赐绢三匹,碗一口。都人并在延恩门看人出城洒扫,车马喧阗。新进士则于月灯阁置打球之宴,或赐宰臣以下酴醾酒。即重酿酒也。

贞元中,蔡帅陈先奇于李希烈庭中得钱一文,大小如开通之状,文曰"天下太平"。

自唐初来历五院惟三人:李朝隐、张延赏、温造。五院谓监察、殿中、侍御史、中丞、大夫。

贞元十八年五月,以祠部员外郎裴秦检校兵部郎中,兼中丞、安南都护本管经略使,殊拜也。

顾况志尚疏逸,近于方外。时宰招以好官,况以诗答之云:"四海如今已太平,相公何用唤狂生。此身还似笼中鹤,东望瀛洲叫一声。"

贞元初,山人邓思齐献威灵仙草,出商州,能愈众疾。禁中试有效,特令编付史馆。

贞元十七年,翰林待诏戴少平死,十六日复生。

宋祁为补阙,与同省候李崖州,而笑语稍闻。浃旬除河清令。

长安举子自六月以后,落第者不出京,谓之过夏。多借静坊庙院及闲宅居住,作新文章,谓之夏课。亦有十人五人醵率酒馔,请题目于知己朝达,谓之"私试"。七月后投献新课,并于诸州府拔解。人为语曰:"槐花黄,举子忙。"

郭幼明,子仪之母弟,无学术武艺,但善饮酒,好会宾客而已。卒亦赠太子太傅。

孔巢父使田悦,谓之曰:"不早归国,为一好贼尔。"悦曰:"为贼既曰好贼,为臣当作功臣。"

开元、天宝间有内三司,置于禁中,内职有权要者掌之。

天下财谷,著之簿间,毫发无隐。

韦贯之及第年,建议曰:"今岁有司放榜,春关以前,请以新及第为名。"至今不改。

韦肇初及第,偶于慈恩寺塔下题名。后进慕效之,遂成故事。

令狐楚久为太常博士,有诗云:"何日肩三署,终年尾百僚。"

梁祖欲以牙将张延范为太常卿,诸相议之。裴枢曰:"延范勋臣,幸有方镇节钺之命,何籍乐卿? 恐非梁王之旨。"乃持之不与,裴终以此受祸。

岁除日太常卿领官属乐吏,并护僮侲子千人,晚入内,至夜于寝殿前进傩。然蜡炬,燎沉檀,荧煌如昼,上与亲王妃主已下观之,其夕赏赐甚多。是日衣冠家子弟多觅侲子之衣,着而窃看宫中。顷有进士臧童者老矣,偶为人牵率,同入其间,为乐吏所驱,时有一跌,不敢抬头视。执摔牛尾拂子,鞠躬宛转,随队唱夜好千匝于广庭之中。及将旦得出,不胜困劣,扶舁而归。一病六十日,而就试不得。

政事堂有后门,盖宰相时过舍人院,咨访政事,以自广也。常衮塞之,以示尊大。凡有公事商量,即降宣付阁门,开延英。阁门翻宣申中书,并榜正衙门。如中书有公事敷奏,即宰臣入榜子,奏请开延英。又一说:延英殿即灵芝殿也,谓之小延英。苗晋卿居相,以足疾,上每于此待之。宰相对小延英,自此始也。

李揆秉政,苗侍中荐元载,揆不纳。谓晋卿曰:"龙章凤姿之士,不可见獐头鼠目之人,乃求官耶!"及载入相,除揆秘书监,江淮养疾,凡十余年。

五方师子本领出在太常,靖恭崔尚书郧为乐卿,左军并教坊曾移牒索此戏,称云备行从。崔公判回牒不与阅。儺日如方镇大享,屈诸司侍郎两省官同看。崔公时在色养之下,自靖恭坊露冕从板舆入太常寺棚中,百官皆取路回避,不敢直冲,时论荣之。

卢杞貌丑而蓝色,人皆鬼视之。

陈少游除桂察,许中人董秀岁供五万米,行贩越察。

故事,诸官兼大夫中丞,但升在本官之上。贞元中,元涵为苏州刺史兼御史大夫,便判台事。

父子知举三家:高锴子湘湜,于邵子允躬,崔郾子瑶。惟崔氏相去只二十年。

吏部故事,放长名榜,旧语曰:“长名以前,选人属侍郎;长名已后,侍郎属选人。”

吏部常式,举选人家状,须云:“中形,黄白色,少有髭。”或武选人家状,云:“长形,紫黑色,多有髭。”

西蕃诸国通唐使处,置铜鱼雄雌相合十二只,皆铭其国名第一至十二,雄者留内,雌者付本国。如国使正月来赍第一鱼,余同准此。闰月即赍本月而已。校其雌雄合,依常礼待之,差谬即按。至开元末鸿胪奏蕃国背叛,铜鱼多散失,始令所司改铸。

大和中,上谓宰臣曰:“明经会义否?”宰臣曰:“明经只念经疏,不会经义。”帝曰:“只念经疏,何异鹦鹉能言?”

贞元中,裴肃为常州刺史,以进奉为越察。刘赞死于宣州,判官严绶领军进奏,为刑部员外。天下刺史进奉,自裴肃始;判官进奏,自严绶始。

郑云逵由朱滔军逃归长安,自卢龙掌记、检校祠部员外郎,除谏议大夫。

徐浩,越州人,峤之子。三迁右拾遗,并充丽正殿校理。

绛州碧落观碑文,乃高祖子韩王元嘉四男为元妃所制,陈惟玉书。今不知者,妄有怪说。但背有"碧落"二字,故传为碧落碑。

白傅与赞皇不协,白每有所寄文章,李绒之一箧,未尝开。刘三复或请之,曰:"见词翰,则回吾心矣。"

蕃中飞鸟使,中国之驿骑也。

旧制,起居院在中书省内。

贞元中,太常奏每年小大中祠,共七十七祭。

天宝中语云:"殷、颜、柳、陆、萧、李、邵、赵。"以其行义敦交也。殷寅、颜真卿、柳芳、陆据、萧颖士、李华、邵轸、赵骅。

天后时,太常丞李嗣真闻东夷三曲一遍,援胡琴弹之,无一声遗忘。

五原有冤狱,颜真卿为御史辨之,天方旱,狱决乃雨。复有郑延祚者,母卒二十九年,殡僧舍垣地,真卿劾奏之,兄弟皆不齿,天下耸动。

旧制,中书舍人分押六曹,以平奏报。贞元中卢杞为相,请分之,杨炎固以为不可。

贞元元年十一月,京兆奏有人于长兴坊得玉玺,文曰"天子信玺"。

奘三藏至西域,入维摩诘方丈。及还,将纪年月于壁,染翰欲书,约行数千百步,终不及墙。

元和中,李绛、崔群同掌密命,韦贯之、裴度知制诰,李简中丞并裴垍在翰林日所举,皆相次入辅。

大和中,乐工尉迟璋左能啭喉为新声,京师屠沽效之,呼为拍弹。

朱敬则，亳州永城人也，孝行忠鲠，举世莫比；门表阙台者六所，今古无之。元孙禹锡，咸平二年学究登科，见任虞部员外郎。

贞观中，纪国僧慧静撰《续英华诗苑》行于代。慧静常言曰："作之非难，鉴之为贵。吾所搜拣，亦诗三百篇之次。"慧静俗姓房，有操识。今复有诗篇十卷，与《英华》相似，起自梁代，迄于今朝，以类相从，多于慧静所集，而不题撰集人名氏。

南部新书 丙

梁崇义,长安市井人,有力,能卷金舒勾。后自羽林射生,累为襄阳节度使同平章事,终以谋叛伏诛。

道州录事参军王沼与杨炎有微恩,及炎入相,举沼为监察御史,始灭公议。

旧令,一品坟高一丈八尺。惟郭子仪茔,特加十尺。

贞元以来,禁中银瓶不过高五尺。齐映在江西,因降诞日献高八尺者,士君子非之。

穆元,休宁之父也,撰《洪范外传》十篇。开元中授偃师丞。

朱泚乱,臣之守节,不为迫协:程镇之、刘迺、蒋沇、赵骅、薛岌。

于邵善知人,樊泽举制科至京,一见之,谓人曰:"将相之材也。"后五年而泽建节。崔元翰赴举,年五十,亦曰:"不十年当掌诰。"皆如其言。其知人也如此。

西川浣花任国夫人,即崔宁妻也。庙今存。

王叔文始欲扫木场斩刘辟,而韦执谊违之,盖欲为皋求三川也。

崔造、韩会、卢东美、张正则为友,皆侨居上元,好谈经济之略,尝以王佐自许。时人号为"四夔"。

李白为天才绝,白居易为人才绝,李贺为鬼才绝。

李令问开元中为殿中监,事馔尤酷,罂鹅、笼驴皆有之。

令问,世绩之孙也。

咸通中,杨汝士与诸子位皆至正卿,所居靖恭里第,兄弟并列门戟。

天授中,中丞李嗣真等为十道存抚使,合朝有诗送之,名曰《存抚集》,凡十卷。

太宗破高昌,收马乳蒲桃种于苑,并得酒法。仍自损益之,造酒成绿色,芳香酷烈,味兼醍醐,长安始识其味也。

有进士丘绛者,尝为田季安从事,后与同府侯臧相持争权。季安怒,斥绛摄下邑尉。使人先路穴地以待,至则排入而瘗之,其暴如此。李锜杀崔善贞,亦同斯酷。

贞元中,祈雨于兴庆宫龙堂,有白鸬鹚见池上,众鸬鹚罗列前后,如引御舟。翌日降雨。

永泰初,乃诏左仆射裴冕等一十三人同于集贤院待制,特给餐钱,缮修廨宇,以优其礼。自后迁者非一。隋制桐木巾子,盖取便于事。武德初使用丝麻为之,头初上平小,至则天时内宴,赐群臣高头巾子,号为“武家样”。后裴冕自创巾子,尤奇妙,长安谓之“仆射样”。

贞元十二年九月庚子,贾耽私忌,绝宰相班,中使出召主书吴用承旨。时赵憬薨,卢迈请假之故也。

淮南程幹本富家,三年间为水火焚荡,家业俱尽。妻茅氏连八年生十六男,父子相携,行乞于市。

贞元七年,令常参官每日二人引见延英,访以政事,谓之巡对。

开元元年,改诸王侍读为奉诸王讲。李石上请也。

神龙初,洛水涨,宋务光上疏曰:“巷议街谈,共呼坊门为宰相,为节宣风雨,燮调阴阳。”

司马天师承祯，状类陶隐居。

圣善寺报慈阁佛像，自顶至颐八十三尺，额中受八石。

新进士放榜后，翌日排光范门，候过宰相。虽云排建福门，集于西方馆。昔有诗云："华阳观里钟声集，建福门前鼓动期。"即其日也。

采访使，开元二十二年二月十九日宰相张九龄奏置，时以御史中丞卢绚为之。

大历十四年七月十日，闲厩奏："准旧例，每日于月华门立马两匹，仗下后归厩。"

高祖第三女平阳公主柴氏，初举义兵于司竹园，号"娘子军"，即柴绍之妻也。

大中以来，礼部放榜岁取三二人姓氏稀僻者，谓之色目人，亦谓之榜花。

张嘉贞开元中任中书令，著绯。傅游艺武后时居相位，著绿。

僧惠范以罪没入其钱，得一千三百万索。元载家破，纳产胡椒九百石。郑注诛后，纳绢一百万匹，他物可知矣。

《时政记》，宰臣所修。起于长寿中，宰相姚璹录中书门下事。

每岁十一月，天下贡举人于含元殿前，见四方馆舍人当直者，宣曰："卿等学富雄词，远随乡荐，跋涉山川，当甚劳止。有司至公，必无遗逸，仰各取有司处分。"再拜舞蹈讫退。

开元式，诸蕃使嗣以元会日，并听升殿，自外廊下。

长安中，尝见有人腊长尺许，眉目手足悉具，或以为焦侥人也。

《清夜游西园图》，顾长康画。有梁朝诸王跋尾云："图上若干人，并食天禄。"贞观中，褚河南装背。

　　小说中言十家事起者，即大和九年冬甘露事也，凡灭十家。

　　咸通中，俳优恃恩，咸为都知。一日闻喧哗，上召都知止之，三十人并进。上曰："止召都知，何为毕至？"梨园使奏曰："三十人皆都知。"乃命李可及为都都知。后王铎为都都统，袭此也。吁哉！

　　故事，三馆学士不避行台，谓三院连镳也。

　　凡进士入试，遇题目有家讳，谓之文字不便。即托疾，下将息状来出，云："牒某，忽患心痛，请出试院将息，谨牒如的。"暴疾亦如是。

　　两省官上事日，宰相临送，上事者设床，坐而判三道，宰相别施一床，南坐四隔，谓之压角。李珏为河南尹，上之日，命工曹示之曰："先拜恩，后上事。"今礼上之仪，谢恩之后更拜厅，误也。

　　裴度带相印入蔡，李愬具军容，度避之。愬曰："此方不识上下，今具戎服拜相国于堂下，使民吏生畏。"度然之。自后带宰相出镇，凡经州郡，皆具橐鞬迎于道左，自此始也。

　　玉真宫主玉叶冠，时人莫计其价。

　　崔元翰晚年取应，咸为首捷：京兆解头，礼部状头，宏词敕头，制科三等敕头。

　　裴次元制策、宏词同日敕下，并为敕头。时人荣之。

　　李群玉好吹笙，常使家僮奏之。又善《急就章》，性善养白鹅。及授校书郎东归，故卢肇送诗云："妙吹应谐凤，工书定得鹅。"

　　天宝中，内种甘子，结实凡一百五十颗。

至德三年,始置盐铁使,王绮首为也。

大历八年,虎入元载私庙。

麟德殿三面,亦谓之三殿。

天宝十载,写一切道经五本,赐诸观。

武德四年,废五铢钱,行开元通宝钱,欧阳询制及书,回环读之,其义皆通。初进钱样,文德皇后掐一甲迹,故钱背上有掐文。

李肇自尚书郎守澧阳,人有藏书者,卒藏玩焉。因著《经史目录》。

天宝末,管户尚九百六万九千一百五十四。

李善于梁宋之郊,开《文选》学,乃注为六十卷。

张昌龄与太皇作息兵甲诏,叹曰:"祢衡、潘岳之俦也!"

萧傲为广帅,曾有疾,召医者视云:"药用乌梅子,欲用公署中者。"傲乃召有司,以市价计而后取。廉也如此。

光启元年,镇州王镕进耕牛一千头,戎器九千三百事,表云:"庶资辟土之功,聊备除凶之用。"旧制,东川每岁进浸荔枝,以银瓶贮之,盖以盐渍其新者,今吴越间谓之鄞荔枝是也。此乃闽福间道者自明之鄞县来,今谓银,非也。咸通七年,以道路遥远,停进。

轩辕集,谓之罗浮先生,已数百岁,而颜色不老。立于床上,而垂发至地。

天宝四年,撰黄素文于内道场,为民祈福。其文自飞上天,空中云:"圣寿延长。"

武德故事,御史台门北开者,法司主阴,取冬杀之义。或云隋初移都之时,兵部尚书李圆通判御史大夫,欲向省便,故开北门。

大中十年春,宣皇微行,至新丰柳陌,见一布衣抱膝而叹,因问之。布衣曰:"我邛人,观光至此,此甚快乐。有巢南之想,又为橐装所迫。今崔相公镇西川,欲预其行,无双缣以遗其掌事者。"帝曰:"子明旦相伺于此。"及旦,敕慎由将归剑门。

张仲武会昌末镇渔阳,有政学。后有年八九十人,少识其面者,说之犹泪下。

王龟,起之子。于永达坊选幽僻带林泉之处,构一亭,会文友于其间,名之曰"半隐亭"。后大和初,从起于蒲,于中修葺书堂以居之,号曰"郎君谷"。

唐制,员外郎一人判南曹,在曹选街之南,故曰南曹。

薛逢命一道士貌真,自为赞曰:"壮哉薛逢,长七尺五寸。"放笔终未能续。一旦,忽有羽衣诣门,延之与语。忽于东壁见真赞,读之,乃命笔续之。曰:"手把金锥,凿开混沌。"长揖而去,不知所之。逢作《凿混沌赋》驰名。

天宝十载,始封四海神为王。

安禄山肚垂过膝,重三百五十斤,妖胡也。

大历十三年,改诸道上都留后为进奏。

狄梁公为儿童时,与诸昆同游于道,遇善相者海涛法师,惊曰:"此郎位极人臣,苍生是赖;但恨衰朽之质,所不见尔。"

李六娘者,蒲州人,师事紫微女道士为童子。开元二十三年十月二十三夜,宴坐而睡,觉已在河南府开元观。京兆尹李适之以为妖,考之,颜色不变。具上闻,召入内,度为道士。

郑馀庆廉俭,一旦书请两省家膳,至则脱粟蒸葫芦而已。

元和、大和以来,左右中尉或以幞头纱赠清望者,则明晨必有爱立之制。

陈苌者,每候阳城请俸,常往称其钱帛之美,月有获焉。

岁三月望日,宰相过东省看牡丹,两省官赴宴,亦屈保傅属卿而已。

卢怀慎暴卒而苏,曰:"冥司三十炉,日夕为张说鼓铸货财,我无一焉。"

张建章,四镇之行军司马也。曾赍戎命往渤海,回及西崖,经太宗征辽碑,半在水中。建章则以帛苴麦屑,置于水中,摸而读之,不欠一字。

高骈章疏不恭,皆顾云之辞也。骈后谓左右曰:"异日朝廷以不臣见罪,此辈宁无赤族之患耶?"

李德裕三镇迁改,皆有异人豫为言之;惟投南荒,未尝先觉。

李元宾言:"文贵天成,强不高也。"李翰又言:"文章当如千兵万马,而无人声。"

李德裕镇浙西,刘三复在幕。一旦令草谢御书表,谓之曰:"立构也,归创之。"三复曰:"文理贵中,不贵其速。"赞皇以为当。

王起鸿博,文皇尝撰字试之。起曰:"臣中国书中所不识者,惟《八骏图》中三五字而已。"

倪曙有赋名,为太学博士制词,萤雪服勤,属词清妙。因广明庚子避乱番禺,刘氏僭号,为翰林学士。

董昌称僭,杀判官李韬。施从实、窦郸皆强谏,不听。韬最铮铮,曾为两池盐铁。及昌败,咸有封赠。

南部新书　丁

武德元年，以长安令独孤怀恩为工部尚书。

万岁通天元年四月一日，神岳中天王，可尊为神岳中天皇帝。至神龙元年，复为王。

孙智谅，开元年中内殿修斋，奉诏投龙于吉之王笥山。泊舟江侧，见异气在东川之中，疑有古迹。遂于阁皂山掘得铜钟一枚，重百余斤。钟下得王像三身，因置阁皂观。

省中诸郎不自员外拜者，谓之土山头果毅。言其不历清资，便拜高品，似长征兵士，便授边远果毅也。

先天中，王主敬为侍御史，自以才望华妙，当入省台前行。忽除膳部员外，微有惋怅。吏部郎中张敬忠咏曰："有意嫌兵部，专心望考功。谁知脚蹭蹬，却落省墙东。"盖膳部在省最东北隅也。

开元十八年，吏部尚书裴光庭始奏用循资格。

郑畋少女好罗隐诗，常欲妻之。一旦隐谒畋，畋命其女隔帘视之。及退，其女终身不读江东篇什。举子或以此谑之，答曰："以貌取人，失之子羽。"众皆启齿。

柳公权有笔偈云："圆如锥，捺如凿。只得入，不得却。"义是一毛出，即不堪用。

大中中李太尉三贬至朱崖，时在两制者皆为拟制，用者乃令狐绹之词。李虞仲集中此制尤高，未知孰是。往往有俗传之制，云："蛇用两头，狐摇九尾。鼻不正而身岂正，眼既斜而心亦斜。"此仇家谤也。

李含光善书，或曰："笔迹过其父。"一闻此语，而终身不书。含光，即司天马师弟子。

长安太庙殿，即苻坚所造。

省中司门、都官、屯田、虞部、主客，皆闲简无事。时谚曰："司门水部，入省不数。"又角觝之戏有假作吏部令史，及虞部令史相见，忽然俱倒，闷绝良久，云冷热相激。

有李参军者，善相笏，知休咎，必验，呼为李相笏。又有龙复本者，无目，凡有象简竹笏，以手捻之，必知官禄年寿。

马周之妻，卖馎饦媪也，即媪引周为常何之客。

中和初，黄巢将败，有谣云："黄巢须走秦山东，死在翁家翁。"巢死之处，民家果姓翁。

萧廪新为京尹，杨复恭假子抵罪，仍殴地界。廪断曰："新除京尹，敢打所由，将令百司，难逃一死。"由是内外畏服。

韦夏卿善知人。道逢再从弟执谊、从弟渠牟及丹，三人皆第二十四，并为郎官。簇马久之。曰："今日逢三二十四郎，辄欲题目之。"谓执谊曰："必为宰相，善保其末。"谓渠牟曰："弟当别承主上恩，而速贵为公卿。"谓丹曰："三人之中，弟最长远，而位极旄钺。"皆如其言。

陈少游检校职方员外郎，充回纥使。检校郎官自少游始也。

长安有龙户，见水色即知有龙。或引出，但如鳅鱼而已。

柳珪是韦悫门生，悫尝云："三十人惟柳先辈便进灯烛下本。"

江陵有士子，游于交广间，而爱姬为太守所取，纳于高丽坡底。及归，因寄诗曰："惆怅高丽坡底宅，春光无复下山来。"

守见诗,遂遣还。

韦澳与萧寘大中中同为翰林学士,每寓直,多召对。内使云:"但两侍郎入直,即内中便知宣旨。"又澳举进士时,日者陈子谅号为陈特快,云:"诸事未敢言,惟青州节度使不求自得。"果除拜。

柳公绰家藏书万卷,经、史、子、集皆有三本。一本尤华丽者镇库,又一本次者长行披览,又一本又次者后生子弟为业。皆有厨格部分,不相参错。

张巡、许远,宋州立血食庙,谓之双庙。至今岁列常祀。

会昌元年三月二十五日,敕以其日为老君降诞,假一日。

阳城贞元中与三弟隐夏阳山中,相誓不婚,啜菽饮水。有苍头曰都儿,与主同志。

李约为兵部员外郎勉子也,与主客员外郎张谂同官,二人每单床静言,达旦不寐。故约赠韦徵君况诗曰:"我有中心事,不向韦三说。秋夜洛阳城,明月照张八。"

郑畋字台文,亚之子也。亚任桂察时生,故小字桂儿。

薛收与从父兄子元敬、族兄子德音齐名,时人谓之河东三凤。

郑俶依阳城读书,经月余,与论《国风》,俶不能往复一辞,因缢于梁下。城哭曰:"我虽不杀俶,俶因我而死。"为之服缌麻。

裴谈过苏瓌,小许公方五岁,乃读庾信《枯树赋》。将及终篇,避谈字,因易其韵曰:"昔年移柳,依依汉阴南。今看摇落,凄怆江浔潭。树犹如此,人何以任堪。"

中书令李峤有三庆:性好荣迁,憎人升进;性好文学,憎人才华;性好贪浊,憎人受略。

肃皇尝举衣袖示韩择木曰:"朕此衣已三浣矣。"

封德彝即杨素之婿,素为仆射,尝抚其座曰:"封郎必居此座。"后果如其言。

天下贡赋,惟长安县贡土,万年县贡水。

开元十八年,苏晋为吏部侍郎,而侍中裴光庭每过官应批退者,但对众披簿,以朱笔点头而已。晋遂榜选门曰:"门下点头者,更引注拟。"光庭不悦,以为侮己。

景龙以来,大臣初拜官者例许献食,谓之烧尾。开元后亦有不烧尾者,渐而还止。

长庆初,每大狱有司断罪,又令给事中中书舍人参酌出入,百司呼为参酌院,今审刑院即其地也。

李翱在湘潭,收韦江夏之女于乐籍中;赵骅亦于贼中赎江西韦环之女。或厚给以归亲族,或盛饰以事良家。此哀孤之上也。

礼部驳榜者,十一月出。粗驳者,谓有状无解;无状细驳,谓书其行止之过。

两省谏议,无事不入。每遇入省,有厨食四孔炙。

中书舍人时谓宰相判官。宰相亲嫌不拜知制诰,为直脚。又云:"不由三事,直拜中书舍人者,谓之挞额裹头。"

天宝五载,巴东石开,有天尊像及幢盖。

卢从愿景云中典选,有声称。时人曰:"前有裴、马,后有卢、李。"裴即行俭,马即马载,李即朝隐。

上元二年夏,于景龙观设高座,讲论道、释二教。遣宰臣百僚,悉就观设斋听论,仍赐钱有差。

贞元二年,江淮运米,每年二百万斛,虽有此制,而所运不过四十万。

王栖曜善射。尝与文士游虎丘寺，平野霁日，先以一箭射空，再发中之。江东文士梁肃以下，咸歌咏之。

李辅国为殿中监，常在银台门受事。置察事厅子数十人，官吏有小过，无不伺知。

长安三月十五日，两街看牡丹，奔走车马。慈恩寺元果院牡丹，先于诸牡丹半月开；太真院牡丹，后诸牡丹半月开。故裴兵部怜白牡丹诗，自题于佛殿东颊唇壁之上。大和中，车驾自夹城出芙蓉园，路幸此寺，见所题诗，吟玩久之，因令宫嫔讽念。及暮归大内，即此诗满六宫矣。其诗曰："长安豪贵惜春残，争赏先开紫牡丹。别有玉杯承露冷，无人起就月中看。"兵部时任给事。

卢家有子弟，年已暮而犹为校书郎。晚娶崔氏子，崔有词翰，结褵之后，微有慊色。卢因请诗以述怀为戏，崔立成诗曰："不怨卢郎年纪大，不怨卢郎官职卑。自恨妾身生较晚，不见卢郎年少时。"

开元十九年四月，于京城置礼会院，院属司农寺，在崇仁坊南街。后元和中，拾遗杨归厚私以婚礼上言借礼会院，因此贬官。

《兰亭》者，武德四年，欧阳询就越访求得之，始入秦王府。麻道嵩奉教拓两本，一送辩才，一王自收。嵩私拓一本。于时天下草创，秦王虽亲总戎，《兰亭》不离肘腋。及即位，学之不倦。至贞观二十三年，褚遂良请入昭陵。后但得其摹本耳。

柳子温家法：常命粉苦参、黄连、熊胆和为丸，赐子弟永夜习学，含之以资勤苦。

陆龟蒙居震泽之南巨积庄，产有斗鸭一栏，颇极驯养。一旦有驿使过，挟弹毙其尤者。于是龟蒙谐而骇之，曰："此鸭能人语。"复归家,少顷,手一表本云:"见待附苏州上进,使者毙之,何也?"使人恐,尽与橐中金,以糊其口,龟蒙始焚其章,接以酒食。使者俟其稍悦,方请其人语之由。曰:"能自呼其名。"使者愤且笑,拂袖上马。复召之,尽还其金,曰:"吾戏之耳。"

宣皇好文,尝赋诗,上句有"金步摇",未能对。进士温岐^{即庭筠}续之,岐以"玉跳脱"应之,宣皇赏焉。令以甲科处之,为令狐绹所沮,遂除方城尉。初绹曾问故事于岐,岐曰:"出《南华真经》,非僻书也。冀相公燮理之暇,时宜览古。"绹怒甚。后岐有诗云"悔读《南华》第二篇"之句,盖为是也。

黄巢令皮日休作谶词,云:"欲知圣人姓,田八二十一。欲知圣人名,果头三屈律。"巢大怒。盖巢头丑,掠羹不尽,疑"三屈律"之言,是其讥也。遂及祸。

王承业为太原节度使,军政不修,诏御史崔众交兵于河东。众侮易承业,或裹甲持枪,突入承业厅事,玩谑之。李光弼闻之,素不平。至是众交兵于光弼,光弼以其无礼,不即交兵,令收系之。中使至,除众御史中丞,怀其敕,问众所在。光弼曰:"有罪,系之矣。"中使以敕示光弼。光弼曰:"今只斩侍御史。若宣制命,即斩御史中丞。若拜宰相,即斩宰相。"中使惧,遂寝而还。翌日,斩众于碑堂之下。

贞元十五年,以谏议田敦为兵部郎中。上将用敦为兵部侍郎,疑其年少,故有此拜。

贞元四年九月二日敕:今海隅无事,蒸庶小康,其正月晦日、三月三日、九月九日,宜任文武百僚择胜地追赏为乐,仍各赐钱,以充宴会。

每岁正旦晓漏已前,宰相、三司使、大金吾,皆以桦烛百炬拥马,方布象城,谓之"火城"。甲赋中有《火城赋》。仍杂以衣绣鸣珂、焜耀街陌。如逢宰相,即诸司火城悉皆扑灭。或其年无仗,即中书门下率文武百僚诣东上阁门,横行拜表称庆。内臣宣答,礼部员外郎受诸道贺表,取一通官最高者拆表展于坐案上,跪读讫,阁门使引表接入内,却出宣云。所进贺表如有太后,即宰相率两班赴西内称贺。

李泌有谠直之风,而好谈谑神仙鬼道。或云"尝与赤松、王乔、安期、羡门等游处",坐此为人所讥。王起,大和中文皇颇重之,曾为诗写于太子之笏。

高骈在维扬,曾遣使致书于浙西周宝曰:"伏承走马,已及奔牛。今附虀一瓶,葛粉十斤,以充道路所要。"盖讽其为虀粉矣。

李山甫咸通中不第,后流落河朔,为乐彦祯从事,多怨朝廷之执政。尝有诗云:"劝君不用夸头角,梦里输赢总未真。"

张祜字承吉,有三男一女:桂子、椿儿、椅儿。桂子、椿儿皆物故,唯女与椅在。椅儿名虎望,亦有诗名。后求济于嘉兴监裴弘庆,署之冬瓜堰官,望不甘。庆曰:"祜子之守冬瓜,所谓过分。"

陈夷行郑覃在相,请经术孤单者进用。李珏与杨嗣复论地胄,词彩者居先。每延英议政,率先矛盾无成政,但寄之颊舌而已。

康子元,越人,念《易》数千遍,行坐不释卷。开元中,张说荐为丽正学士。

元行冲在太常,有人于古墓得铜器,似琵琶而身正圆,人无识者。冲曰:"此阮咸琵琶也。"乃令匠人以木为之,至今乃有。

大中十二年七月十四日，三更三点追朝，唯宰臣夏侯孜独到衙，以大夫李景让为西川节度使。时中元假，通事舍人无在馆者。麻按既出，孜受麻毕，乃召当直中书舍人冯图宣之，捧麻皆两省胥吏。自此始令通事舍人休澣，亦在馆俟命。

故事，京兆尹在私第，但奇日入府，偶日入递院。崔郢大中中为京兆尹，囚徒逸狱，始命造廨宅，京尹不得离府。后郢败，韦澳自内署面授京尹，赐度支钱二万索，令造府宅。

咸通六年，放宫人沈氏养亲。沈氏入宫五十八年，有父居浐水，年一百一十，母年九十五，因为筑室而居。颁金帛碓硙，敕本县放科役，终沈氏之世。

杜羔妻刘氏善为诗，羔累举不第，将至家，妻先寄诗与之曰："良人的的有奇才，何事年年被放回？如今妾面羞君面，君若来时近夜来。"羔见诗，即时回去。寻登第，妻又寄诗云："长安此去无多地，郁郁葱葱佳气浮。良人得意正年少，今夜醉眠何处楼？"

令狐绹在相，擢裴坦自楚州刺史为职方郎中，知制诰。裴休以坦非才，拒之，不胜。及坦上事，谒谢于休，休曰："此乃首台谬选，非休力也。"立命肩舆便出。两阁老吏云："自有中书，未有此事。"至坦主贡，擢休之子宏上第。时人云"欲盖弥彰"，此之谓也。

崔慎由镇西川，有异人张叟者与迹熟，因谓之曰："今四十无子，良可惧也。"叟曰："为公求之。惟终南翠微寺有僧，绝粒五十五年矣，君宜遗之服玩，若爱而受之，则其嗣也。"崔如其言，遗以服玩，果受之。僧寻卒，遂生一男。叟复相之曰："贵则过公，恐不得其终。"因字曰衲僧，又云缁郎。

阳城出道州，太学生二百七十人诣阙乞留，疏不得上。

天祐元年八月,前曲沃令高沃纳史馆书籍三百六十卷,授监察,赐绯。

张裼尚书牧晋州,外贮营妓,生子曰仁龟,乃与张处士为假子,居江淮间。后裼死,仁龟方还长安,云江淮郎君。至家,皆愕然,苏夫人收之,齿诸儿之列。仁龟后以进士成名,历侍御史,因奉使江浙而死。

关图有一妹,有文学,善书札。图尝语同僚曰:"某家有一进士,所恨不栉耳。"后适常氏,修之母也。修咸通六年登科。

张说女嫁卢氏,为其舅求官,说不语,但指揩床龟而示之。女归,告其夫曰:"舅得詹事矣。"

李绅在维扬日,有举子诉扬子江舟子不渡,恐失试期。绅判云:"昔在风尘,曾遭此辈。今之多幸,得以相逢,合抛付扬子江。"其苛急也如此。后因科蛤,为属邑令所抗,云:"奉命取蛤,且非其时,严冬沍寒,滴水成冻。若生于浅水,则犹可涉胫而求;既处于深潭,非没身而不敢。贵贱则异,性命不殊。"绅大惭而止。终以吴湘狱,仰药而死。

刘三复能记三生事,云:"曾为马,马常患渴,望驿而嘶,伤其蹄则连心痛。"后三复乘马,过硗确之地,必为缓辔,有礉石必去之。

严恽字子重,善为诗,与杜牧友善,皮、陆常爱其篇什。有诗云:"春光冉冉归何处,更向花前把一杯,尽日问花花不语,为谁零落为谁开。"七上不第,卒于吴中。

于志宁为仆射,与修史,恨不得学士。来济为学士,恨不得修史。

大中中,于琮选尚永福公主,忽中寝。洎审旨,上曰:"朕此女子,因与之会食,对朕辄折匕箸,情性如此,恐不可为士大夫妻。"寻改尚广德公主。

咸通六年，沧州盐院吏赵鳞犯罪，至死。既就刑，有女请随父死，云："七岁母亡，蒙父私盐官利衣食之。今父罪彰露，合随其法。"盐院官崔据义之，遂具以事闻。诏哀之，兼减父之死。女又泣曰："昔为父所生，今为官所赐，誓落发奉佛，以报君王。"因于怀中出刃，立截其耳以示信。既而侍父减死罪之刑，疾愈，遂归浮图氏。

南部新书　戊

潘炎建中中为翰林学士,恩渥极异。其妻刘晏女也。有京尹伺候累日不得见,乃遗阍者三百缣。夫人知之,谓潘曰:"岂为人臣,而京兆尹愿一谒见,遗奴三百缣,其危可知也。"遽劝避位。

张说为左相,知京官考。其子均任中书舍人,特注之曰:"父教子忠,古之善训。祁奚举午,义不胜私。至如润色王言,章施帝载,道参坟典,例绝功常,恭闻前烈,尤难其任。岂以嫌疑,敢挠纲纪。考上下。"

大历八年七月,晋州男子郇谟以麻辫发,持苇席哭于东市。人问其故,对曰:"有三十字,请献于上。若无堪,即以席贮尸,弃之于野。"上闻,赐衣,馆于客省,每一字论一事。时元载执政也,尤切于罢官市。

裴延龄尝献言德皇曰:"陛下自有本分钱物,用之不竭。"上惊曰:"何为本分钱?"延龄曰:"准天下贡赋,常分为三:一为干豆,二为宾客,三为充君之庖。今奉九庙,与鸿胪,供蕃使,曾不用一分钱,而陛下御膳之余,其数极多,皆陛下本分钱也。"上曰:"此经义,人总未曾言。"自兹有意相奸邪矣。

天后朝,道士杜义回心求愿为僧。敕许剃染,配佛授记,寺名元巑。敕赐三十夏腊,以其乍入法流,须居下位,苟赐虚腊,则顿为老成也。赐夏腊始于此矣。

大和中,秘书之书总五万六千七十六卷。

神尧宴近臣，果有蒲桃，陈叔达捧而不食。帝询之，对曰："臣母患口干，求之不致。"帝曰："卿有母遗乎？"涕泗阑干。

马周临终，索陈事草一篚，手自焚之，曰："管、晏彰君之过，求身后名，吾不为也。"

高帝出猎，见大官刲羊，谓其无罪就死，以死鹿代之。

沈既济生传师，传师生询，询生丹，丹生牢。牢，巢寇前为钱唐监使，生藻。后移刺鄱阳，巢寇乱，不知其终。时藻与家人不随之任。藻后仕吴越钱氏，为永嘉令。藻生承谅，为定海丞。谅咸平三年进士及第，今为都官员外郎，知处州。

王师鲁在孔戣幕中，尝言曰："半臂亦无文，房太尉家法不著。"

张九龄尝见安禄山，曰："乱天下者，此胡也。"谏杀之，不听。

紫石英，广管泷州山中出紫石英，其色淡紫，其质莹彻，随其大小，皆五棱，两头箭镞。煮水饮之，暖而无毒，比北中白石英，其力倍矣。泷州又出石斛，茎如金钗股，亦药中之上品。蚺蛇胆，雷罗州有养蛇户，每年五月五日，即担舁蚺蛇入府，祗应取胆。

鸡兔算，《国史补》记之尚不明。上下头，下下脚，脚即折半下，见头除脚，见脚除头，上是鸡，下是兔。

裴肃在越多斋，此外惟嗜兔，日再食。

陆贽在忠州不接人，惟纂药方，并行于世，号曰《集验》。

黄巢本王仙芝贼中判官，芝死，贼众戴之为首，遂日盛。

杜邠公先达，人谓之老杜相公。杜审权晚人，谓之小杜相公。

刘贲精于儒术，常看《文中子》，忿然而言曰："才非殆庶，

拟上圣述作,不亦过乎!"客曰:"《文中子》于六籍如何?"蓁曰:
"若以人望,《文中子》于六籍,犹奴婢之于郎主耳."后人遂以
《文中子》为六籍奴婢。

博陵崔俵,缌缏亲同爨。贞元以来言家法者,以俵为首。
俵生六子,一登相辅,五任大僚。太常卿郂、太府卿鄭、外台尚书郾、廷
尉郇、执金吾都、左仆射平章事郸。郾及郿五知举,得士百四十八人。郾昆弟
自始仕至贵达,亦同居光德里一宅。宣皇闻之,叹曰:"崔郸家
门孝友,可为士族之法矣."郸尝构小斋于别寝,御笔题额,号
曰"德星堂"。今京兆民因崔氏旧里,立德星社。

秦中绿李美小,谓之嘉庆李,此坊名也。

贞元十三年,始制文武官隔假三日,并行朝参。

开耀二年,始以外司四品以下知政事者,遂为平章事。时
初命郭待举、郭正一、魏玄同三人同中书门下平章事也。

进士试帖经,自调露二年始也。

宝应二年,以羽林大将军王仲昇兼大夫。六军兼宪官,始
于此也。

建中元年,沈既济议改《则天纪》为《皇后传》。

元和二年,始令僧道隶左右街功德使。其年方于建福门
置百官待漏院,旧但于光德车坊而已。

大中十一年贺正,卢钧以太子太师率百僚,年八十余矣,
声容明畅,举朝称服。明年,柳公权以少师率班,亦八十矣。
自乐悬南趋至龙墀前,气力绵惫。误尊号中一字,罚一季俸。
人多耻之。

开元二十五年西幸,驻跸寿安连曜宫。宫侧有精舍,庭内
刹柱高五丈。有立于承露盘者,上望见之,初谓奸盗觇视宫
掖,使中官就竿下诘之。人曰:"吾欲舍身。本是知汤前官,被

知汤中使邀钱物,已输十缣,索仍不已。每进汤水,辄投土其中,事若阙供,责怒必死,宁死于舍身尔。"具以闻,诏高力士召知汤中使赍绢于竿下谢之,仍命彻尚舍卫尉幕委积于竿下。其人礼十方毕,以身投地,坠于幕外。举体深红色,初尚微动,须臾绝。诏集文武从官于朝堂,杖杀中使,敕府县厚葬殒者。

　　西京寿安县有墨石山神祠颇灵。神龙中,神前有两瓦子,过客投之,以卜休咎,仰为吉而覆为凶。

　　开元初,郑瑶慈涧题诗云:"岸与恩同广,波将慈共深。涓涓劳日夜,长似下流心。"

　　开元四年,中丞王怡以纠获赃钱,叠石重造永济桥,以代舟船,行人颇济焉。在寿安之西。

　　开元末,功臣王逸客为闲厩使,庄在泥沟西岸,数为劫盗,捕访不获。严安之为河南尉,以状白中丞宋遥,遥入奏,始擒之,并获贼脚崔诇。诇在安定公主锦坊,俱就执伏,搜得骸骨两井。逸客以铁券免死,流岭表。从此洛阳北路清矣。

　　咸通中,举子乘马,惟张乔跨驴。后敕下不许骑马,故郑昌图肥自有嘲咏。

　　郑少师薰于里第植小松七本,自号"七松处士",异代可对"五柳先生"。

　　初制节度使天下有八,若诸州在节度内者,皆受节度焉。其福州经略使、登州平海军使,不在节度之内。

　　李锜之诛也,二婢配掖庭,曰郑曰杜。郑则幸于元和,生宣皇帝,是为孝明皇后。杜即杜秋。《献替录》中云:"杜仲阳即杜秋也,漳王养母。"

　　长孙无忌之父晟,于隋有功;魏徵即长贤之子;令狐德棻之父曰熙。皆《北史》有传。

李太尉以大中二年正月三日,贬潮州司马。当年十月十六日,再贬崖州司户。大中三年十二月十日,卒于贬所,年六十四。

白乐天任杭州刺史,携妓还洛,后却遣回钱唐。故刘禹锡有诗答曰:"其那钱唐苏小小,忆君泪染石榴裙。"

唐制,湖州造茶最多,谓之顾渚贡焙。岁造一万八千四百八斤,焙在长城县西北。大历五年以后,始有进奉。至建中二年,袁高为郡,进三千六百串,并诗刻石在贡焙。故陆鸿渐《与杨祭酒书》云:"顾渚山中紫笋茶两片,此物但恨帝未得尝,实所叹息。一片上太夫人,一片充昆弟同啜。"后开成三年以贡不如法,停刺史裴充。

鲜于叔明嗜蟠虫,权长孺嗜人爪甲,此亦刘雍疮痂之类也。

高宗朝四品以下有名称者,皆知政事。以平章事为名,自郭待举始也。仆射是正宰相,自房乔始也。

韦承庆出相,除礼部尚书,嗣立入拜鸾台侍郎平章事。时人语曰:"大郎罢相,小郎拜相。"

京兆户曹月俸一百八索,故谓之"念珠曹"。

李太尉大和七年自西川还,入相。上谓王涯:"今日除德裕,人情怕否?"对曰:"忠良甚喜,其中小人亦有怕者。"再言曰:"须怕也。"涯时为盐铁使也。

大和中朋党之首:杨虞卿、张元夫、萧瀚。后杨除常州,张汝州,萧郑州。

丞相乘肩舆,元和后也。

裴休大中中在相位,一日赐对,上曰:"赐卿无畏。"休即论立储君之意。上曰:"若立储君,便是闲人。"遂不敢言。

长安戏场多集于慈恩,小者在青龙,其次荐福、永寿。尼讲盛于保唐;名德聚之安国;士大夫之家入道,尽在咸宜。

崔造将退相位后,言曰:"不得他诸道金铜茶笼子,近来多总四掩也。"遂复起。

柳芳与韦述善,俱为史学。述卒,书有未成者,皆续成之。

昇平公主宅即席,李端擅场。送王相之镇,韩翃擅场。送刘相巡江淮,钱起擅场。

武黄门之死也,裴晋公为盗所刺,隶人王义扞刃而毙。度自为文祭之。是岁进士撰《王义传》者三之二。

李锜之诛也,大雾三日不开,或闻鬼哭。内疑其冤,诏许收葬。

都官故事,吏部郎中二厅,先小铨,次格式。员外郎二厅,先南曹,次废置。刑部分四覆;户部分两税;度支案郎中判入,员外郎判出。

旧说吏部为省眼,礼部为南省,舍人考功度支为振行,比部得廊下食,以饭从者,号"比盘"。

张直方者,世为幽帅,癖于鹰犬。后以昭王府司马分务洛师,洛阳四旁翥者翥者见皆识之,必群噪长噪而去。

长孙无忌奏别敕长流,以为永例。后赵公犯罪敕长流,此亦为法自弊。

江融为左史,后罗织受诛,其尸起而复坐者三。虽断其头,似怒不息。无何,周兴败。

鱼思咺性巧,造甌函。

朱泚败走,昏迷不辨南北,因问路于田父。父曰:"岂非朱太尉耶?"源休止之曰:"汉皇帝。"父曰:"天地不长凶恶,蛇鼠不为龙虎。天网恢恢,去将何适?"遂亡其所在。及去泾州百余里,泚于马上忽叩头称乞命,因之坠马。良久却苏,左右问其故,曰:"见段司农。"寻为韩旻枭之。

杨收之死也,军容杨元价有力焉。收有子为寿牧,见收乘白马,臂朱弓彤矢,有朱衣天吏控马,曰:"上帝许我仇杨元价。我射中之,必死。"俄而价暴卒。

忻州刺史是天荒阙,盖历任多死。高皇时有金吾郎将求此官,果有蛇怪,后亦绝之。饶州余干县令宅亦如此。

天宝时翰林学士陈王友、元庭坚撰《韵英》十卷,未施行,而西京陷胡,庭坚卒。

文明已后,天下诸州进鸡,牝变为雄者极多,或半已化,半死,乃则天之兆也。

冯衮给事亲仁坊有宅,南有山,庭院多养鹅鸭及杂禽之类,常一家人掌之,时人谓之"鸟省"。

大中初女蛮国入贡奉,其国人危髻金冠,璎珞被体,故谓之"菩萨蛮"。当时倡优遂制《菩萨蛮》曲,文士亦往往声其词也。

宣皇在藩时,尝从驾堕马,雪中寒甚,困且渴,求水于巡警者,曰:"我光王也。"及以水进,举杯悉变为芳醪。

明皇为潞州别驾,有军人韩凝礼自谓知五兆,因以食箸试之。既而布卦,一箸无故自起,凡三偃三起。

徽安门,旧洛城北面最西门也。楼上元多雀鸽,后亦绝无。至清泰中,帝上此楼自焚,今俗谓之火烧门。

开元六年,西幸至兰峰顿,乘舆每出,所宿侍臣皆从。既而驰逐原野,然从官分散,宰相即先于前顿朝堂列位,乘舆至,必鞭揖之方入。是日,上垂鞭盛气,不顾而入,苏宋惧。盖怒河南尹李朝隐桥顿不备也,解之方息。

兰峰宫在永宁县西,庆明三年置。

鹧鸪飞数逐月数,如正月一日飞而止,住窠中不复起矣。十二月十二日起,最难采取,南人设网取之。

大中九年,日官李景亮奏云:"文昌暗,科场当有事。"沈询为礼部,甚惧焉。至是三科尽覆试,宏词赵拒等皆落,吏部裴谂除祭酒。

天宝八年,馆驿使宋绲奏移稠桑路向晋王斜。晋王斜者,隋炀帝在藩邸扬州往来经此路。盖避沙路费马力也。

野狐泉店在潼关之西,泉在道南店后坡下。旧传云:"野狐掊而泉涌,店人改为冷淘,过者行旅止焉。"今法馔中有野狐泉者,以绿粉为之,亦象此也。

路嗣恭在江西,并奏部下县为紧望。

天后问张元一曰:"在外有何事?"元一曰:"外有三庆:旱降雨,一庆;中桥新成,万代之利,二庆;郭霸新死,百姓皆欢,三庆也。"霸,酷吏也,为侍御史。

崔敬嗣武后时任房州刺史,孝和安置在彼,官吏多无礼,嗣独申礼待供给之。及即位,有益州长史崔敬嗣,既同名姓,名每拟皆御笔超拜。后引与语,知误。访嗣已卒,崔光远即其孙也。

大和中,上颇好食蛤蜊,沿海官吏先时递进,人亦劳止。一旦,御馔中有擘不开者,即焚香祷之。俄变为菩萨,梵相具足。

天后时有献三足乌者,左右或言一足伪耳。天后笑曰:"但令史册书之,安用察其真伪?"

令狐绚在相位,大事一取决于子滈,比元载之用伯和,李吉甫之用德裕。

　　杜审权大中十二年知举,放卢处权。有戏之曰:"座主审权,门生处权,可谓权不失权。"又乾符二年,崔沆放崔瀣,谭者称"座主门生,沆瀣一气"。

　　湖州岁贡黄鼋子、连蒂木瓜。李景先自和牧谪为司马,戏湖守苏特曰:"使君贵郡有三黄鼋子,五蒂木瓜。"特颇衔之。

　　韩洙与沈询尚书中表,询怜洙,许与成事。如是历四五年,太夫人又念之,复累付干询。询知举,大中九年也,自第二人逦迤改为第七人方定。及放榜,误为罗洙。后询见韩洙,未尝不深嗟其命。

　　大中元年,魏扶知礼闱,入贡院题诗曰:"梧桐叶落满庭阴,锁闭朱门试院深。曾是昔年辛苦地,不将今日负前心。"及榜出,为无名子削为五言以讥之。

　　天宝四载,广州府因海潮漂一蜈蚣陆死,割其一爪,则得肉一百二十斤。

　　滋水驿在长乐驿之东,睿皇在藩日经此厅,厅西壁画一胡头,因题曰:"唤出眼何用苦深藏,缩却鼻何畏不闻香。"

　　陈峤字景山,闽人也。孑然无依,数举不遂,蹉跎辇毂,至于暮年。逮获一名还乡,已耳顺矣。乡里以宦情既薄,身后无依,乃以儒家女妻之,至新婚近八十矣。合卺之夕,文士竞集,悉赋《催妆》诗,咸有生黄之讽。峤亦自成一章,其末曰:"彭祖尚闻年八百,陈郎犹是小孩儿。"座客皆绝倒。峤颇负诗名,尝有《闲居》诗云:"小桥风月年年事,争奈潘郎老去何。"

南部新书　己

韦丹任洪州，值毛鹤等叛，造蒺藜棒一千具，并于棒头以铁钉钉之如蝟毛，车夫及防援官健各持一具。其棒疾成易具，用亦与刀剑不殊。

有洪州江西廉使问马祖云："弟子吃酒肉即是，不吃即是？"师云："若吃是中丞禄，不吃是中丞福。"

御史中丞，长庆中行李导从不过半坊，后远至两坊，谓之笼街喝道。及李虞仲与温造相争，始敕下应合导从官行李传呼，不得过三百步。

崔群在翰苑为宪皇奖遇最深，有宣云："今后学士进状，并取崔群连署，方得进来。"

武翊皇以"三头"冠绝一代，后惑婢薛荔，苦其冢妇卢氏，虽李绅以同年为护，而众论不容，终至流窜。解头、状头、宏词敕头，是谓"三头"。

张不疑登科后，江西李疑、东川李回、淮南李融交辟，而不疑就淮南之命。到府未几卒，卒时有怪。在《灵怪集》。

裴绅始名诞，日者告曰："君名绅，即伸矣。"果如其言。

蜀中传张仪筑成都城，依龟行路筑之。李德裕镇西川，闻龟壳犹在军资库，判官于文遇言："比常在库中。元和初，节度使高崇文命工人截为腰带胯具。"

开元十九年冬，驾东巡至陕，以厅为殿，郭门皆属城门局。薛王车半夜发，及郭，西门不开，掌门者云："钥匙进内。"家仆不之信,乃坏锁彻关而人。比明日,有司以闻,上以金吾警夜不谨,将军段崇简授代州督,坏锁奴杖杀之。

近俗以权臣所居坊呼之:安邑,李吉甫也;靖安,李宗闵也;驿坊,韦澳也;乐和,李景让也;靖恭、修行,二杨也。皆放此。

省中语曰:"后行祠屯,不博中行都门;中行刑户,不博前行驾库。"

西市胡人贵蚌珠而贱蛇珠。蛇珠者,蛇所吐尔,唯胡人辨之。

薛伟化鱼,魂游尔。唯李徵化虎,身为之。吁,可悲也。妇女化蛇,然亦有之。

王彦威镇汴之二年,夏旱。时衮王傅李玘过汴,因宴,王以旱为言。李醉曰:"可求蛇医四头,十石瓮二,每瓮以水浮二蛇医,覆以木盖,密泥之,分置于闹处。瓮前设香席,选小儿十岁已下十余,令执小青竹,昼夜更互击其瓮,不得少辍。"王如其言试之,一日两度雨,大注数百里。旧说龙与蛇师为亲家,咸平中今秘书监杨亿任正言知处州,上祈雨法,亦此类也。

石瓮寺者,在骊山半腹石瓮谷中。有泉激而似瓮形,因是名谷,以谷名寺。

开元十四年,御史大夫程行谌卒,赠尚书右丞相。时中书令张说新兼右丞相,论者以为世传此阙非稳,故有斯赠以当之。

永贞二年三月,彩虹入润州大将张子良宅。初入浆瓮水尽,入井饮之。后子良擒李锜,拜金吾,寻历方镇。

伊阙县前大溪,每僚佐有入台者,即先涨小滩。奇章公为尉,忽报滩出,邑宰列筵观之。老吏曰:"此必分司御史尔。若是西台,当有鸂鶒双立于上,即是西台。"牛公举杯自祝。俄有鸂鶒飞下,不旬日,有西台之拜。

李德裕少时,有人伦鉴者,谓曰:"公主忌白马。"凡亲戚之间,皆不畜之。至崖州之命,则白敏中在中书,以公议排之。马植按淮南狱。

潘孟阳,炎之子也。其母刘夫人,晏之女。初为户部侍郎,夫人忧曰:"以尔人材而在丞郎之位,吾惧祸之必至也。"户部解喻再三。乃曰:"不然,试会尔列,吾观之。"因遍招深熟者,客至,夫人视之,喜曰:"皆尔俦也,不足忧矣。向末坐惨绿少年,何人也?"曰:"补阙杜黄裳。"夫人曰:"此人全别,必是有名卿相。"

中土人尚札翰,多为院体者。贞元年中,翰林学士吴通微常攻行草,然体近吏。故院中胥吏多所仿效,其书大行于世,故遗法迄今不泯,其鄙拙则又甚矣。

李纾侍郎尝放举人,命笔吏勒书纸榜,未及填名,首书贡院字,吏得疾暴卒。礼部令史王晸者亦善书,李侍郎召令终其事。适值晸被酒已醉,昏夜之中,半酣挥染,笔不加墨。迨明悬榜,方始觉寤,修改不及。粲然一榜之中,字有两体,浓淡相间,返致其妍。自后书榜,因模法之,遂为故事。今因用毡墨淡书,亦奇丽耳。

福昌宫,隋置,开元末重修。其中什物毕备,驾幸供顿,以百余瓮贮水,驾将起,所宿内人尽倾出水,以空瓮两两相比,数人共推一瓮,初且摇之,然后齐呼扣击,谓之斗瓮,以为笑乐。又宫人浓注口,以口印幕竿上。发后,好事者乃敛唇正口,印而取之。

开元初,鹿苑寺僧法兰者,多言微旨,往往有效。县令刘昌源送客,诣其房。兰曰:"长官留下腰带麻鞋著。"未几,刘丁内艰。

大和中,人指杨虞卿宅南亭子为行中书。盖朋党聚议于此尔。

丞郎已上词头,下至两省阙下吏,谓之大除改。今南人之谚,谓小末之事,曰"你大除改也"。

程执恭在易定,野中蚁楼高三尺余。

长安市里风俗,每至元日已后,递余食相邀,号为"传座"。

李詹大中七年崔瑶下进士,与狄慎思皆好为酷,以灰水饮驴,荡其肠胃,然后围之以火,翻以酒调五味饮之。未几,与膳夫皆暴卒,慎思亦然。

志闲和尚,馆陶人。早参临济,晚住灌溪。乾宁二年夏,忽问侍者曰:"坐死者谁?"曰:"僧伽。""立死者谁?"曰:"僧会。"乃行七步,垂手而逝。后邓隐峰倒立而化。

波斯舶船多养鸽,鸽飞千里,辄放一只至家,以为平安信。

刘轲为僧时,因葬遗骸,乃梦一书生来谢,持三鸡子劝食之,轲嚼一而吞二者。后乃精儒学,策名。任史官时,韩愈欲为一文赞焉,而会愈贬,文乃不就。

孟宁长庆三年王起放及第,至中书,为时相所退。其年太和公主和戎。至会昌三年,起至左揆,再知贡,宁以龙钟就试而成名。是岁石雄入塞,公主自西蕃还京。

咸通末,郑浑之为苏州督邮,谭铢为醝院官,钟福为院巡,俱广文。时湖州牧李超、赵蒙相次俱状元。二郡境土相接,时为语曰:"湖接两头,苏联三尾。"

国初进士尚质有余而文不足,至于名以定体,若"纪子劫仞、支干寻常、无求吴楚、江潮阎梅"之类,颇肖俳优,反谓其姓氏亦黑臀、黑肩之余。近代则文有余而质不足矣。

范阳卢氏自绍元元年癸亥，至乾符二年乙未凡九十二年，登进士者一百十六人，而字皆连于子。然世称卢家不出座主，唯景云二年，卢逸以考功员外郎知举，后莫有之。韦保衡颇讶之。咸通十三年，韦在相，时卢庄为阁长，决付春闱，庄七月卒。及卢携在中书，深耻之。广明元年，乃追陕州卢渥入典贡帖经。后巢贼犯阙，天子幸蜀，昭度于蜀代之矣。

高燕公在秦州，岐阳节度使杜邠公递囚于界，邠公牒转书云："当州县名成纪，郡列陇西，是皇家得姓之邦，非凤翔流囚之所。"公移书谢之，自是燕公声价始振。

开元中有师夜光善视鬼，唯不见张果。苏粹员外颇达禅理，自号"本禅和"。

崔群是贞元八年陆贽门生。群元和十年典贡，放三十人，而黜陆简礼。时群夫人李氏谓之曰："君子弟成长，合置庄园乎？"对曰："今年已置三十所矣。"夫人曰："陆氏门生知礼部，陆氏子无一得事者，是陆氏一庄荒矣。"群无以对。

韩藩端公自宣幕退居钟山，因服附子硫黄过数，九窍百毛穴皆出血，唯存皮骨。小敛莫及，但以血褥举骨就棺而已。吁，可骇也！

僖皇朝左拾遗孟昭图在蜀，上疏极谏，为田令孜之所矫诏，沉蜀江。裴相彻有诗吊之曰："一章何罪死何名，投水唯君与屈平。从此蜀江烟月夜，杜鹃应作两般声。"

贞元初度支使杜佑让钱谷之务，引李巽自代。先是度支以制用惜费，渐权百司之职，广署吏员，繁而难理。佑奏营缮归之将作，木炭归之司农，染练归之少府，纲条颇整，公议多之。

襄阳庞蕴居士将入灭,州牧于公顿问疾次。居士谓之曰:"但愿空诸所有,慎勿实诸所无。好住世间,皆如影响。"言讫,枕公膝而化。

杨盈川显庆五年待制宏文馆,时年方十一。上元三年制举,始补校书郎,尤最深于宣夜之学,故作《老人星赋》尤佳。

会昌葬端陵,蔡京自监察摄左拾遗行事。京自云:"御史府有大夫、中丞杂事者,总台纲也。侍御史有外弹、四推、太仓、左藏库、左右巡,皆负重事也。况不常备,有兼领者。监察使有祠祭使、馆驿使,与六察已八矣。分务东都台,又常一二巡囚,监决案覆,四海九州之不法事皆监察。况不常备,亦有兼领事者。"故御史不闻摄他官,摄他官自端陵始也。

崔佑甫相国天宝十五载任中书舍人,时安禄山犯阙,军乱,不顾家财,惟负私庙神主奔遁。皆事亲之高节也。

天宝末,韦斌谪守蕲春。时李泌以处士放逐于彼,中夜同宴,屡闻鹦音,韦流涕而叹。泌曰:"此鸟之声,人以为恶,以好音听之,则无足悲矣。"请饮酒不闻鹦音者,浮以大白。坐客皆企其声,终夕不厌。

圣历二年,敕二十四司各置印。

贞观中,尚药奏求杜若,敕下度支。有省郎以谢朓诗云"芳州采杜若",乃委坊州贡之。本州曹官判云:"坊州不出杜若,应由读谢朓诗误。郎官作如此判事,岂不畏二十八宿笑人邪?"太宗闻之大笑,改授雍州司法。

李适之入仕,不历丞簿,便为别驾;不历两畿官,便为京兆尹;不历御史及中丞,便为大夫;不历两省给舍,便为宰相;不历刺史,便为节度使。然不得其死。

天宝七载,以给事杨钊充九成宫使,凡宫使自此始也。五坊使者,雕、鹘、鹰、鹞、狗,谓之"五坊使"。

大历十四年六月,敕御史中丞董晋、中书舍人薛播、给事中刘迺宜充三司使,仍取右金吾将军厅一所充使院,并西朝堂置幕屋收词讼。至建中二年十一月停,后不常置。有大狱,即命御史中丞、刑部侍郎、大理卿充,谓之"大三司使"。次又以刑部员外郎、御史、大理寺官为之,以决疑狱,谓之"小三司使"。皆事毕日罢。

春明门外当路墓前有堠,题云:汉太子太傅萧望之墓。有达官见而怪之,曰:"春明门题额趁方,从加之字。只如此堠,幸直行书止,但合题萧望墓,何必加之字。"

魏伶为西市丞,养一赤觜鸟,每于人众中乞钱。人取一文而衔以送伶处,日收数百,时人号为"魏丞鸟"。

会昌末,颇好神仙。有道士赵归真出入禁中,自言数百岁,上敬之如神。与道士刘玄静力排释氏。武宗既惑其说,终行沙汰之事。及宣宗即位,流归真于南海,玄静戮于市。

白傅大中末曾有谏官上疏请谥,上曰:"何不取《醉吟先生墓表》看?"卒不赐谥。从父弟敏中在相位,奏立神道碑,文即李义山之词也。

李揆乾元中为礼部侍郎,尝一日,堂前见一虾蟆俯于地,高数尺。以巨缶覆之。明日启之,亡矣。数日后入相也。

殷僧辨、周僧达,与牛相公同母异父兄弟也。

李太尉之在崖州也,郡有北亭子,谓之"望阙亭"。太尉每登临,未尝不北睇悲咽。有诗曰:"独上江亭望帝京,鸟飞犹是半年程。青山也恐人归去,百匝千遭绕郡城。"今传太尉崖州之诗,皆仇家所作,只此一首亲作也。昔崖州,今琼州是也。

武德中,天下始作《秦王破阵乐》曲,以歌舞文皇之功业。

贞观初,文皇重制《破阵乐图》,诏魏徵、虞世南等为词,因名
《七德舞》。自龙朔已后,诏郊庙享宴,必先奏之。

大中四年冬,令狐绹自户部侍郎加兵部入相。宰执同列,
白敏中、崔龟从铉,以绹新加兵部,至其月十八日南省上事。
故事,送上必先集少府监。是日诸相以敏中、龟从曾为太常博
士,遂改集贤院。因命柳公权记之,龟从为词。

杜琮目为秃角犀,琮凡莅藩镇,不省刑狱。在西川日以推
囚案牍不断,而将裹漆器归京,人于敛门拾得。

《弄参军》者,天宝末蕃将阿布思伏法,其妻配掖庭,善为
优,因隶乐工,遂令为此戏。

元鲁山山居阻水,食绝而终。

稷山驿吏王全作吏五十六年,人称有道术,往来多赠篇
什,故李义山赠诗云:"过客不劳询甲子,唯书亥字与时人"也。

郑颢尝梦中得句云:"石门雾露白,玉殿莓苔青。"续成长
韵。此一联,杜甫集中诗。

罗隐、邺、虬共在场屋,谓之"三罗"。

韩建在华下,成汭在荆门,旧姓郭。皆有理声,朝廷谓之
"北韩南郭"。

杜邠公饮食洪博,既饱即寝。人有谏非摄生之理,公曰:
"君不见布袋盛米,放倒即慢。"

道吾和尚上堂,戴莲花笠,披襴执简,击鼓吹笛,口称鲁三
郎。

永宁李相蔚在淮海,暇日携酒乐访节判韦公昭度,公不
在。及奔归,未中途,已闻相国举酒纵乐。公曰:"是无我也。"
乃回骑出馆,相国命从事连往留截,仍移席于戟门以候。及
回,相国舞《杨柳枝》引公入,以代负荆。

　　大和七年八月,敕每年试帖经官以国子监学官充,礼部不得别更奏请。其宏文、崇文两馆生斋郎并依令式试经毕,仍差都省郎官两人覆试。

　　骊山华清宫毁废已久,今所存者,唯缭垣耳。天宝所植松柏遍满岩谷,望之郁然,虽屡经兵寇,而不被斫伐。朝元阁在山岭之上,基最为崭绝,柱础尚有存者。山腹即长生殿,殿东西盘石道。自山麓而上,道侧有饮酒亭子。明皇吹笛楼、宫人走马楼故基犹存。缭垣之内,汤泉凡八九所。有御汤周环数丈,悉砌以白石,莹彻如玉,石面皆隐起鱼龙花鸟之状,千名万品,不可殚记。四面石座级级而上,中有双白石瓮,腹异口,瓮中涌出,溃注白莲之上。御汤西北角则妃子汤,而稍狭。汤侧红白石盆四,所刻作菡萏之状,陷于白石面。余汤逦迤相属而下,凿石作暗渠走水。西北数十步,复立一石表,水自石表涌出,灌注一石盆中。此亦后置也。

　　魏徵疾亟,文皇梦与徵别,既寤流涕。是夕徵卒,故御制碑文云:“昔殷宗得良弼于梦中,朕今失贤臣于觉后。”

　　沙州城内废大乘寺塔者,周朝古寺。见有塔基,相传云是育王本塔。才有灾祸,多来求救。又洛都塔者,在城西一里,故白马寺南一里许。古基俗传为阿育王舍利塔,即迦叶摩腾所将来者。

　　永徽之理,有贞观之遗风,制《一戎衣大定乐》曲。至永隆元年,太常丞李嗣真善审音律,能知兴衰,云:“近者乐府有《堂堂》之曲,再言之者,唐祚再兴之兆也。”后《霓裳羽衣》之曲起于开元,盛于天宝之间。此时始废泗滨磬,用华原石代之。至天宝十三载,始诏遣调法曲与胡部杂声,识者深异之。明年果有禄山之乱。

　　益州福感寺塔者,在州郭下城西,本名大石。相传云:"是鬼神奉育王教西山取大石为塔基,舍利在其中,故大石也。"隋蜀王秀作镇井络,闻之,令人掘凿,全是一石。寻缝至泉,不见其际。风雨暴至,人有于旁凿取一片将去,乃是瑿玉。问于识宝商者,云:"此真瑿玉,世中希有。"隋初有说律师见此古迹,于上起九级木浮图。贞观年初,地内大震动,此塔摇扬,将欲催倒。于时郭下无数人来,忽见四神形如塔量,各以背抵塔之四面,乍倚乍倾,卒以免坏。

　　平时开远门外立堠,云西去安西九千九百里,以示戎人不为万里之行。

　　天宝末,康居国献《胡旋女》,盖左旋右转之舞也。

　　云南有万人冢者,鲜于仲通、李宓等覆军之地。

　　长安夏中,或天牛虫出篱壁间,必雨。天牛虫即黑甲虫也,段成式七度验之,皆应。

　　开元初突厥寇边,时天武军将子郝灵筌出使回,引回纥部落,斩突厥黠夷,献首于阙下。自谓有不世之功。时宋璟为相,以天子少好武,恐徼功者生心,痛抑其赏。逾年,始受中郎将,灵筌遂呕血而死。

　　释提桓因者,忉利天王之号也,即"帝释"二字。华梵双彰,帝是华言,即王主义,释乃梵字,此字译云能。今言释提桓因者,梵呼讹略,其正合云释迦婆因达罗,此云能天主。余如《智度论》释。

南部新书　庚

李敬彝宅在洛阳毓材坊，土地最灵，家人张行周事之有应。未大水前，预梦告求饮食。至其日，率其类遏水头，并不冲圮。

丘为致仕还乡，特给禄俸之半。既丁母丧，苏州疑所给，请于观察使韩滉。滉以为授官致仕，本不理务，特令给禄，以恩养老臣，不可在丧为异，命仍旧给之。唯春秋二时羊酒之直则不给。虽程式无文，见称折衷。

开元末有人好食羊头者，尝晨出，有怪在焉，羊头人身，衣冠甚伟，告其人曰："吾未之神也，其属在羊。吾以尔好食羊头，故来求汝。汝辍食则已，若不已，吾将杀汝。"其人大惧，遂不复食。

至德二年十月二十二日，丰乐里开业寺，有神人足迹甚多，自寺门至佛殿。先是阍人宿门下，梦一人长二丈余，被金甲执槊，立于寺门外。俄而以手轧其门，扃镝尽解。神人即俯而入寺，行至佛殿，顾望久之而没。阍人惊瘡，及晓，视其门已开矣。即具以梦白于寺僧，共视见神人之迹，遂告京兆，闻肃皇。命中使验之，如其言。

段成式侄女乳母阿史，本荆州人，尝言小时见邻居百姓孔谦篱下有蚓，口露双齿，肚下足如蚿，长尺五，行疾于常蚓。谦恶，遽杀之。其年谦丧母及兄叔，因不可得活。

长安安邑坊元法寺者，本里人张频宅也。频尝供养一僧，僧念《法华经》为业，积十余年。张门人潜僧通其侍婢，因以他事杀之。僧死后，阖宅常闻经声不绝。张寻知其冤，因舍宅为寺。

建中二年，南方贡朱采鸟，形如戴胜，善巧语。养于宫中，毙于巨雕。内人有金花纸上为写《多心经》者。寻泄犯禁闱，亦朱采之兆也。

元和以来，举人用虚语策子作赋。若使陈诗观风，乃教人以妄尔。

沃州山禅院在剡县南三十里，颇为胜境，本白道猷居之。大和二年有头陀白寂然重修，白居易为其记。白君自云："白道猷肇开兹山，白寂然嗣兴兹山，白乐天垂文兹山，沃州与白氏有缘乎？"

吴郡陆怀素贞观二十年失火，屋宇焚烧，并从烟灭。唯《金刚般若经》独存，函及褾轴亦尽，唯经字竟如故。

一房光庭尝送亲故葬，出定鼎门，际晚且饥。会鬻蒸饼者，与同行数人食之。素不持钱，无以酬付。鬻者逼之，一房命就我取直，鬻者不从。一房曰："乞你头衔，我右台御史也，可随取直。"时人赏其放逸。

长安四年十月，阴雨雪，百余日不见星。明年正月，诛张易之等。

裴泊入相之年才四十四，须发尽白。

杭州灵隐山多桂，寺僧云："此月中种也。"至今中秋望夜，往往子坠，寺僧亦尝拾得。而岩顶崖根后产奇花，气香而色紫，芳丽可爱，而人无知其名者。招贤寺僧取而植之。郡守白公尤爱赏，因名曰"紫阳花"。

温璋为京兆尹，一日闻挽铃者三，乃一鸦也。尹曰："是必有探其雏者来诉尔。"因命吏随之,果得探雏者,乃毙之。

天宝末有密采艳色者,当时号为"花鸟使",吕向献《美人赋》以讽之。

有人问赵州师年多少,师曰:"一串念珠使不尽。"终年一百二十岁。

奘法师至中印度那烂陁寺,馆于幼日王院觉贤房第四重阁,日供步罗果一百二十枚、大人米等。

吴融字子华,越州人。弟蜕,亦为拾遗。蜕子程,为吴越丞相,尚武肃女。程子光谦、光远二人,皆为元帅府推官。入京并除著作郎,皆去光字。谦寻卒,远终于水部郎中,累牧藩郡。

咸通中令狐绹尝梦李德裕诉云:"吾获罪先朝,过亦非大,已得请于帝矣。子方持衡柄,诚为吾请,俾穷荒孤骨得归葬洛阳,斯无恨矣。"他日,令狐率同列上奏,懿皇允纳,卒获归葬。

孔子庙始贞观年立之,睿皇书额。洎武后权政,额中加"大周"二字。至大中四年冯审为祭酒,始奏琢去之。

内外官职田,三月三十日水田,四月三十日麦田。九月三十日已前上者入后人,已后上者入前人。

程元振帅兵经略河北,夜袭邺,俘其男女千人。去邺八十里,阅妇人有乳汁者九十余人,放归邺,邺人为之设斋。

苗晋卿为东都留守,有士健屡犯科禁,罪当杖罚,谓之曰:"留守鞭武人甚易,舍之甚难。今舍人之所难。"遂舍之。武人自励,卒成善士。

含元殿侧龙尾道自平阶至,凡诘屈七转。由丹凤门北望,宛如龙尾下垂于地。两垠栏槛悉以青石为之,至今五柱犹有存者。兴庆宫九龙池在大同殿古墓之南,西对瀛州门,周环数顷,水极深广,北望之渺然。东西微狭,中有龙潭,泉源不竭,虽历冬夏,未尝减耗。池四岸植嘉木,垂柳先之,槐次之,榆又次之。兵寇已来,多被翦伐。

南中红焦花色红,有蝙蝠集花中,南人呼为红蝠。

景通禅师初参仰山,后住晋州霍山。化缘将毕,先备薪于郊野,遍辞檀信。食讫,行至薪所,谓弟子曰:“日午当来报。”至日午,师自执烛登积薪上,以笠置项后,作圆光相,手执拄杖,作降魔杵势,直终于红焰中。

滕王《蜂蝶图》,有名江夏斑、大海眼、小海眼、村里来、菜花子。

令狐相绹以姓氏少,族人有投者不吝其力,繇是远近皆趋之,至有姓胡冒令狐者。进士温庭筠戏为词曰:“自从元老登庸后,天下诸胡悉带令。”

贞观六年王珪任侍中,通贵渐久,不营私庙,四时犹祭于寝。为有司所弹,文皇优容之,特为置庙于永乐坊东北角。

司刑司直陈希闵以非才任官,庶事凝滞,司刑府史目之为“高手笔”。言秉笔支颐,半日不下,故目之曰“高手笔”;又号“案孔子”,言窜削至多,纸面穿穴,故名“案孔子”。

陈怀卿,岭南人也,养鸭百余头。后于鸭栏中除粪,中有光熻熻然,试以盆水沙汰之,得金十两。乃觇所食处于舍后山足下,因凿有麸金,销得数千斤,时人莫知。怀卿遂巨富,仕至梧州刺史。

旧志,吴修为广州刺史,未至州,有五仙人骑五色羊,负五谷而来。今州厅梁上画五仙人骑五色羊为瑞,故广南谓之“五羊城”。

裴旻山行,有山蜘蛛垂丝如匹布,将及旻。旻引弓射杀之,大如车轮。因断其丝数尺收之,部下有金疮者,剪方寸贴之,血立止。

魏知古年七十,卒于工部尚书。妻苏氏不哭,含讫举声,一恸而绝,同日合葬。

曲江池天祐初因大风雨波涛震荡,累日不止。一夕无故其水尽竭,自后宫阙成荆棘矣。今为耕民畜作陂塘,资浇溉之用。每至清明节,都人士女犹有泛舟于其间者。九龙池上巳日亦为士女泛舟嬉游之所。

白傅葬龙门山,河南尹卢贞刻《醉吟先生传》立于墓侧,至今犹存。洛阳士庶及四方游人过其墓者,莫以卮酒,冢前常成泥泞。

裴说应举,只行五言诗一卷,至来年秋复行旧卷,人有讥者。裴曰:“只此十九首苦吟,尚未有人见知,何暇别行卷哉?”咸谓知言。

宣皇制《泰边陲》曲,撰其词云:“海岳晏咸通。”此符武皇之号也。

李郃为贺牧,与妓人叶茂连江行,因撰《骰子选》,谓之“叶子”。咸通以来,天下尚之。

绣岭宫显庆二年置,在硖石县西三里,亦有御汤。

崔圆妻在家,见二鹊构巢,共衔一木,大如笔管,长尺余,安巢中,众悉不见。俗言见鹊上梁必贵。

李讷仆射性卞急,酷尚弈棋,每下子安详,极于宽缓。往往躁怒作,家人辈则密以弈具陈于前,讷睹便忻然改容,以取其子布弄,都忘其恚矣。

忏之始,本自南齐竟陵王。因夜梦往东方普光王如来所,听彼如来说法后,因述忏悔之言。觉后即宾席,梁武、王融、谢朓、沈约共言其事，王因兹乃述成《竟陵集》二十篇、《忏悔》一篇。后梁武得位，思忏六根罪业，即将《忏悔》一篇，乃召真观法师慧式，遂广演其文，述引诸经而为之。故第二卷中《发菩提心》文云："慧式不惟凡品，轻摽心志；实由渴仰大乘，贪求佛法。依倚诸经，取譬世事。"即非是为郗后所作。今之序文，不知何人所作，与本述不同。近南人新开印本，去其"慧式"二字，盖不知本末也。

白仁哲龙朔中为赣州朱阳尉，差运米辽东。入海遇风，四望昏黑，仁哲忧惧，即念《金刚经》三百遍。忽如梦寐，见一梵僧谓曰："汝念真经，故来救汝。"须臾风定，八十余人俱济。

鲤脊中鳞一道，每鳞上有小黑点，大小皆三十六鳞。唐律，取得鲤鱼即宜放，仍不得吃，号"赤鲜公"，卖者决六十。

三原之南薰店，贞元末有孟媪者，百余岁而卒。年二十六嫁张嶅，嶅为郭汾阳左右，与媪貌相类。嶅死，媪伪衣丈夫衣，为嶅弟，事汾阳。又凡一十五年，已年七十二矣，累兼大夫。忽思茕独，遂嫁此店潘老为妇。诞二子，曰滔、曰渠，滔年五十四，渠年五十二。

连山张大夫抟好养猫儿，众色备有，皆自制佳名。每视事退，至中门，数十头拽尾延脰盘接。人以绛纱为帏，聚其内以为戏。或谓抟是猫精。

昇平裴相昆弟三人，俱盛名。朝中品藻，谓俅不如俦，俦不如休。

贞元十三年二月，授许孟容礼部员外郎。有公主之子，请两馆生，孟容举令式不许。主诉于上，命中使问状。孟容执奏，竟不可夺，迁本曹郎中。

郑致雍未第，求婚于白州崔相远，初许而崔有祸，女则填宫。至开平中，女托疾出本家，致雍复续旧好，亲迎之礼，亦无所阙。寻崔氏卒，杖经期周，莫不合礼，士林以此多之。场中翘首，一举状头，脱白授校书郎，入翰林，与丘门同敕。不数年卒。

　　镇州普化和尚咸通初将示灭，乃入市，谓人曰："乞一人直裰。"人或与披袄，或与布裘，皆不受，振铎而去。时临济令送与一棺，师笑曰："临济厮儿饶舌。"便受之。乃告辞曰："普化明日去东门死也。"郡中相率送出城，师厉声曰："今日葬不合青乌。"乃曰："第二日南门迁化。"人亦随之。又曰："明日出西门去。"人出渐稀，出已还返，人意稍息。第四日，自擎棺出北门外，振铎入棺而逝。人奔走出城，揭棺视之，已不见。唯闻铎声渐远，莫测其由。

　　张镒父齐丘酷信释氏，每旦更新衣，执经于像前，念《金刚经》十五遍，积十年不懈。永泰初，为朔方节度使，衙内有小将负罪，惧事露，乃扇动军人数百，定谋反叛。齐丘因衙退，于小厅闲行，忽有兵数十，露刃走入。齐丘左右惟奴仆，遽奔宅门，过小厅数步，回顾又无人，疑是鬼物。将及宅，其妻女奴婢复叫呼出门，云："有两甲士，身出厅屋上。"时衙队军健闻变，持兵乱入小厅前，见十余人屹然庭中，垂手张口，投兵于地。众遂擒缚五六人，喑不能言。余者具首云："欲上厅，忽见二士长数丈，瞋目叱之，初如中恶。"齐丘因之断酒肉。

　　天宝中哥舒翰为安西节度使，控地数千里，甚著威令。故西鄙人歌曰："北斗七星高，哥舒夜带刀。吐番总杀尽，更筑两重壕。"时差都知兵马使张擢上都奏事，值杨国忠专权好货，擢逗留不返，因纳贿交结。翰续入朝奏，擢知翰至，擢求国忠拔用。国忠乃除擢兼御史大夫，充剑南西川节度使。敕下，就第辞翰,翰命部下就执于庭,数其罪而杀之。俄奏闻,帝却赐擢尸,更令翰决一百。

至德初安史之乱,河东大饥。荒地十五里生豆谷,一夕扫而复生,约得五六千石。其米甚圆细复美,人皆赖焉。

李德裕幼时尝于明州见一水族,有两足,嘴如鸡,鱼身,终莫辨之。

刘晏任吏部,与张继书云:"博访群材,揖对宾客,无如戴叔伦。"

吉顼之父哲为冀州长史,与顼娶南宫县丞崔敬女,崔不许,因有故胁之。花车卒至,崔妻郑氏抱女大哭曰:"我家门户底不曾有吉郎。"女坚卧不起。小女自当,登车而去。顼后入相。

雷公墨,雷州之西有雷公庙,彼中百姓每年配纳雷鼓雷车。人有以黄鱼鱻肉同食者,立遭雷震,人皆敬而惮之。每大雷后,人多于野中拾得黳石,谓之"雷公墨",扣之鎗鎗然,光莹如漆。又于霹雳处或土木中,收得如楔如斧者,谓之"霹雳楔"。与儿带,皆辟惊邪,与孕妇人磨服为催生药,皆有应验。

诃子汤,广之山村皆有诃梨勒树。就中郭下法性寺佛殿前四五十株,子小而味不涩,皆是陆路。广州每岁进贡,只采兹寺耳。西廊僧院内老树下有古井,树根蘸水,水味不咸。院僧至诃子熟时,普煎此汤,以延宾客。用新诃子五颗、甘草一寸,并拍破,即汲树下水煎之,色若新茶,味如绿乳,服之消食疏气,诸汤难以比也。佛殿东有禅祖慧能受戒坛,坛畔有半生菩提树,礼祖师啜乳汤者,亦非俗客也。近李夷庚自广州来,能煎此味,士大夫争投饮之。

天授三年,始置试衔。

　　李延寿所撰《南》、《北史》，因父太师先有纂集未毕，追终先志，凡十六载方毕。合一百八十卷，并表上之。其表云："《北史》起魏登国元年，尽隋义宁二年，凡三代二百四十年；兼自东魏天平元年，尽齐隆化二年，又四十四年行事。总编为《本纪》十二卷、《列传》八十八卷，谓之《北史》。《南史》起宋永初元年，尽陈祯明三年，四代一百七十年。为《本纪》十卷、《列传》七十卷，谓之《南史》。南、北两朝，合一百八十卷。"其表云："鸠集遗逸，以广异闻；去其冗长，扬其菁华。既撰自私门，不敢寝嘿。"又云："未经闻奏，不敢流传；轻用陈闻，伏深战越。"

　　元相稹之薨也，卜葬之夕，为火所焚，以煨烬之余瘗之也。

　　李德裕自西川入相，视事之日，令御史台榜兴礼门："朝官有事见宰相者，皆须牒台。其他退朝从龙尾道出，不得横入兴礼门。"于是禁省始静。

　　天宝中有樵人入山醉卧，为蛇所吞，因以樵刀画腹得出，久之方悟。自尔半身皮脱，如白风状。

　　上官昭容，仪之孙也。其母将诞之夕，梦人与秤曰："持此秤量天下文士。"母视之曰："秤量天下，岂是汝耶？"口中呕呕，如应曰"是"。

　　德皇西幸，知星者奏曰："逢林即住。"及至奉天，奉天尉贾隐林人谒，遂拜侍御史。

　　睿皇时，司马承祯归山，乃赐宝琴花帔以送之。公卿多赋诗以送，常侍徐彦伯撮其美者三十余篇为制序，名曰《白云记》，盖承祯曾号"白云子"也。

　　开元八年穀水夜半涨，时伐契丹，兵营于彼，漂没二万人。唯行纲夜撑蒲不睡，接高获免。

卫中行自福察有赃，流于播州。会赦北还，死于播之馆，置于臼塘中。南人送死无棺椁之具，稻熟时理米，凿木若小舟以为臼，土人呼为"臼塘"。

范液有口才，薄命，所向不偶。曾为诗曰："举意三江竭，兴心四海枯。南游李邕死，北望宋珪殂。"

进士周逖改次《千字文》，更撰《天宝应道千字文》，将进之，请颁行天下。先呈宰执，右相陈公迎问之曰："有添换乎？"逖曰："翻破旧文，一无添换。"又问："翻破尽乎？"对曰："尽。"右相曰："'枇杷'二字，如何翻破？"逖曰："唯此两字依旧。"右相曰："若如此，还未尽。"逖逡巡不能对。

御史旧例，初入台陪直二十五日，节假直五日，谓之"伏豹直"。百司州县初授官陪直者有此名。杜易简解"伏豹"之义云："直宿者，离家独宿，人情所违。其人初蒙荣拜，故以此相处。伏豹直者，言众官皆出，此人独留，如藏伏之豹，伺候待搏，故曰'伏豹'耳。"韩琬则解为爆，直言如烧竹，遇节则爆。封演以为旧说南山赤豹爱其毛体，每雪霜雾露，诸禽兽皆出取食，唯赤豹深藏不出，故古人以喻贤者隐居避世。鲍明远赋云："岂若南山赤豹，避雨雾而深藏。"而言伏豹、豹直者，盖取不出之义。初官陪直，已有"伏豹"之名，何必以遇节而比烧竹之爆也。

近代通谓府廷为公衙，即古之公朝也。字本作牙，《诗》曰："祈父，予王之爪牙。"祈父司马，掌武备，象兽以牙爪为卫，故军前大旗谓之牙旗，出师则有建牙祃牙之事。军中听号令必至牙旗之下，与府朝无异。近俗尚武，是以通呼公府公门为牙门，字称讹变转为衙。

官衔之名，盖兴近代。当是选曹补授，须存资历。闻奏之时,先具旧官名品于前,次书拟官于后,使新旧相衔不断,故曰官衔,亦曰头衔。所以名衔者,言如人口衔物,取其连续之意。又如马之有衔,以制其首,前马已进,后马续来,相似不绝者。古人谓之衔尾相属,即其义也。

薛宜僚会昌中为士庶子,充新罗册赠使,由青州泛海。船频阻恶风雨,至登州,却漂回青州。邮传一年,节度乌汉贞加待遇。有籍中饮妓段东美者,薛颇属情,连帅置于驿中。是春薛发日,祖筵呜咽流涕,东美亦然。及于席上留诗曰:"阿母桃花方似锦,王孙草色正如烟。不须更向沧溟望,惆怅欢娱恰一年。"薛到外国,未行册礼,旌节晓夕有声。旋染疾,谓判官苗田曰:"东美何故频见梦中乎?"数日而卒。苗摄大使行礼。薛旅榇还及青州,东美乃请告,至驿素服奠,哀号抚柩,一恸而卒。情缘相感,颇为奇事。

沈询嬖妾有过,私以配内竖归秦,询不能禁。既而妾犹侍内,归秦耻之,乃挟刃伺隙杀询及其夫人于昭义使廨。是夕询尝宴府中宾友,乃更歌着词令曰:"莫打南来雁,从他向北飞。打时双打取,莫遣两分离。"及归而夫妇并命。时咸通四年。

顾非熊少时尝见郁栖中坏绿裙幅,旋化为蝶。张周封亦言百合花合之泥,其隟经宿亦化为大蝶。

胡澥者,吴少诚之卒也,为辩州刺史,好击球。南方马庳小不善驰,澥召将吏蹴鞠,且患马之不便玩习,因命夷民十余辈肩舁,据辇执杖,肩者且击,旋环如风。稍怠,澥即以策叩其背,犯鞭亟走,澥用是为笑乐。

三藏,谓大乘中及薛婆多部。诸小乘经量部师,唯立二藏。比西天宗部各异。一素怛缆藏,此云《契经》,能契于理及摄生。故《佛地论》云:"能贯摄故名为经。"佛初成道,为五俱轮等说四谛十二行法，即《三转法轮经》为首，此幻化相而谈名幻性说。初成正觉，为诸菩萨称法界性说。《华严经》譬如日出先照高山，尔时声闻在会，如此方时，即《四十二章经》为首。《开元录》，即《大般若经》为首。二毗奈耶藏，此云调伏，如期所应为调伏。故《摄论》云："调和控御身语等业，制伏灭除诸恶行故。"律即以四分戒经为上首，即佛成道十二年中说。若约教至此方，即以遗戒经为首。又律有大乘、小乘律令。此律藏即以菩萨地持经为首，亦名为论，亦名菩萨戒，此开元次第也。三阿毗达磨藏，达磨此云法，阿毗有四义，此云对法、数法、伏法、通法。对法向无注涅槃故，又有《通释契经义》，故此藏亦名邬波提铄。古云优波提舍，此云《论议》，又曰摩呾里迦，古曰摩德里迦，此云本无，自佛在世及灭度后，大、小乘各有制造，不可见其先后。若依《开元录》，即《大智度论》为首，龙树菩萨造。《圣贤集传》，《契经》、《应颂》、《记别》、《讽诵》、《自说》、《缘起》、《譬喻》、《本事》、《本生》、《方广》、《希法》、《论议》，亦名为十二部经，谓部类也。以转法轮三周，总说十二行相，能铨彼教分类，故分十二。又破十二有支，入十二处所说法，亦为十二示。

王蜀刑部侍郎李仁表寓居许州，将入贡于春官，时薛能尚书为镇，先缮所业诗五十篇以为赞，濡翰成轴，于小亭凭几阅之。未三五首，有戴胜自檐飞入，立于案几之上。驯狎良久，伸颈鹐翼而舞，向人若将语。久之又转又舞，向人若语。如是者三，超然飞去。心异之，不以告人。翌日投诗，薛大加礼待。居数日，以其子妻之。

濠州西有高塘馆，附近淮水，御史阎敬爱宿此馆，题诗曰："借问襄王安在哉，山川此地胜阳台。今朝寓宿高塘馆，神女何曾入梦来。"轺轩来往，莫不吟讽，以为警绝。有李和风者至此,又题诗曰:"高唐不是这高塘,淮畔江南各一方。若向此中求荐枕,差参笑杀楚襄王。"读者莫不解颜。后因失印求新铸,始添濠字。

乔林天宝初自太原赴举,过大梁,有申屠生善鉴人,谓之曰:"惜其情反于气,心不称质。若交极位,不至百日;年过七十,当主非命。"咸如其言。后在相位八十七日,七月七日生,七月七日诛。

萧颖士开元中年十九,擢进士第,儒、释、道三教无不该通。然性褊躁,忽忿戾,举世无比。尝使一佣仆杜亮,每一决责,便至力殚。亮养疮平,复为其指使如故。人有劝,曰:"岂不知,但以爱其才而慕其博奥,以此恋恋不能去。"卒至于死耳。

南部新书 辛

三余之士具庆之下多避忧，阙除则皆不受，对易于他人。

大历来，自丞相已下出使作牧，无钱起、郎士元诗祖送者，时论鄙之。

海内温汤甚众：有新丰骊山汤，蓝田石门汤，岐州凤泉汤，同州北山汤，河南陆浑汤，汝州广城汤，兖州乾封汤，荆州沙河汤。此等诸汤，皆知名之汤也，并能愈疾。骊山汤甫迩京邑，帝王时所游幸。玄皇于骊山置华清宫，每年十月舆驾自京而出，至春乃还。百官羽卫，并诸方朝集，商贾繁会，里间阗咽焉。山上起朝元阁，上常登眺，命群臣赋诗，正字刘飞诗最清拔，蒙赏之。右相李林甫怒飞不先呈己，出为一尉，竟不入而卒，士子冤之。丧乱以来，汤所馆殿，鞠为茂草。《博物志》云："水源有石硫黄，其泉则温。"天下山泉由土石滋润，蓄而成泉耳。如硫黄煎铄，久久理当焦竭。汤之处皆不出硫黄，有硫黄之所，不闻有汤，事可明矣。

卢常侍钰牧庐江日，相座嘱一曹生，令署郡职，不免奉之。曹悦营妓名丹霞，卢阻而不许。会饯朝客于短亭，曹献诗云："拜玉亭闲送客忙，此时孤恨感离乡。寻思往岁绝缨事，肯向朱门泣夜长。"卢演为长句，和而勖之，曰："桑扈交飞百舌忙，祖亭闻乐倍思乡。樽前有恨惭卑宦，席上无聊爱靓妆。莫为狂花迷眼界，须求真理定心王。游蜂采掇何时已，却恐多言议短长。"令丹霞改令罚曹，霞乃号为怨胡天，以曹状貌甚肖胡。

满座欢笑，卢乃目丹霞为怨胡天。

有范师姨者，知人休咎，为颜鲁公妻党。颜尝问之："官阶尽得五品否？"范笑曰："邻于一品。颜郎所望，何其卑也！"颜曰："官阶尽得五品，身著绯衣，带银鱼，儿子补斋郎，余之满望也。"范指座上紫丝食单，曰："颜郎衫色如是。"

吴行鲁尚书，彭城人，少年事内官西门思恭，小心畏慎，每夜尝为温溺器以奉之，深得中尉之意。一日当为中尉洗足，中尉以足下文理示之，曰："如此文理，争教不作军容使。"行鲁拜曰："此亦无凭。"西门曰："何也？"鲁曰："若其然者，某亦有之，何为常执仆厮之役？"乃脱履呈之，西门嗟叹谓曰："汝但忠孝，我当为汝成之。"后为川帅。

元万顷为辽东道管记，作檄文讥议高丽，曰："不知守鸭绿之险。"莫之离报云："谨闻命矣。"遂移兵守之。万顷坐是流于岭南。

驸马韦保衡之为相，以厚承恩泽，大张权势。及败，长安市儿忽竞彩戏，谓之打围。不旬余，韦祸及。

吕衡州温，祖延之，父渭，俱有盛名，重任。而吕氏家风，先世碑志不假于人，皆子孙自撰。云："欲传庆善于信词，儆文学之荒坠也。"

柳芳上元中为史臣，得罪窜逐黔中。时高力士亦徙巫州，因相遇，为芳言禁中事，芳因论次其事，号曰"问高"。力士后著唐历，此书不复出。

开元皇帝初即位，曾醉中杀一人。自此覆杯，四十年不尝酒味。

真定帅王公一日携诸子入赵州院，坐而问曰："大王会么？"王曰："不会。"师云："自小持斋身已老，见人无力下禅床。”王公尤加礼重。翌日令客将传语,师下禅床受之。侍者问:“和尚见大王来,不下禅床,今日军将来,为甚么却下禅床?”师云:“非汝所知。第一等人来,禅床上接;中等人来,下禅床接;末等人来,三门外接。”

端州已南三日一市,谓之“趁虚”。

南中解毒药谓之“吉财”,俗云:“昔人遇毒,其奴吉财得是药,与其主服,遂解,因名之。”又谚曰:“秋收稻,夏收头。”即妇人岁以截发而货,以为常也。

长沙岑和尚因问话蹋倒仰山,仰山曰:“直下是个大虫。”自此诸方号岑山为大虫。长沙嗣南泉,法名景岑也。

安邑县北门,县人云:“有一蝎如琵琶大,每出来不毒人,人犹是恐,其灵积年也。”

吕太一为户部员外郎,户部与吏部邻司,时吏部移牒,令户部于墙宇自竖棘,以备铨院之交通。太一答曰:“眷彼吏部,铨总之司,当须简要清通,何必竖篱种棘?”省中赏其清俊。

开元二十七年,明州人陈藏器撰《本草拾遗》云:“人肉治羸疾。”自是闾阎相效割股,于今尚之。

开元二十八年,天下无事,海内雄富。行者虽适万里,不持寸刃,不赍一钱。

开元二年,以江宁县置金陵郡。

天宝四载,改尚书无颇字为陂。

太平公主之出降薛绍也,燎炬列焰,槐树多死。永隆二年七月也。

上元二年,制敕始用黄纸。

李客师为大将军,即靖之弟也。好从禽,人谓之“鸟贼”。

贞观末,吐番献金鹅,可盛酒三斗。

景云二年,除贺拔嗣河西节度使。节度使自此始。

杨妃本寿王妃,开元十八年度为道士入内。

裴子羽为下邳令,张晴为县丞,二人俱有声气,而善言语。论事移时,人吏窃相谓曰:"县官甚不和? 长官称雨,赞府道晴,终日如此,非不和乎?"

玄皇尝召王元宝问其家财多少,对曰:"臣请以绢一匹系陛下南山树,树尽臣绢未穷。"又玄皇御含元殿,望南山,见一白龙横亘山间,问左右,皆言不见。令急召元宝问之,元宝曰:"见一白物横在山顶,不辨其状。"左右贵臣启曰:"何则臣等不见?"玄宗曰:"我闻至富可敌贵,朕天下之贵,元宝天下之富。"元宝又年老好戏谑,出入市里,为人所知。以钱文有元宝字,因呼钱为王老,盛流于时矣。

河满子者,蜀中乐工,将就刑,献此曲而不免。当时云,一声去也。又《北史》隋乐人王令言,尝卧于室内,其子以琵琶于户外弹作翻调《安公子》。令言惊起问曰:"此曲有来远近?"子曰:"顷来有之。"令言流涕曰:"帝往江东,当不返矣。"子问之,答曰:"此曲宫声,往而不反。宫,君也,吾所以知之。"寻有江都之变。

江南无野狐,江北无鹧鸪,旧说也。晋天福甲辰岁,公安县沧渚民家犬逐一妇人,登木而坠,为犬啮死,乃老狐也,尾长七八尺。则丘首之妖,江南不谓无也,但稀有耳。蜀中彭、汉、邛、蜀绝无,唯山郡往往而有,里人号为野犬。更有黑腰、尾长、头黑、腰间燋黄,或于村落鸣,则有不祥事。

鹤疮,人血能疗。又说三世人则可,唯洛中胡卢生尔。

郑珏第十九,应进士,十九年及第,十九人及第,十九年后入相。子遘,太平兴国中任正郎。

冀王朱友谦镇河中，常以一铁球杖昼夜为从，遇怒者，击而毙之。有爱姬极专房，因其夫人之诞日作珠翠衣以献，夫人拒而不纳，姬乃发怒，悉焚之。友谦忽闻其臭，询之得实。至暮，遂命其姬三杯后责人喝起，而球杖破脑矣。

洛阳郑生，丞相杨武之后也。家藏书法数十轴，贾君常得遍阅。其尤异者，晋卫瓘上晋武帝启事，纸尾有批答处。又有太宗在辽东与宫人手敕，言军国事一取皇太子处置。其翰真草相半，字有不用者，皆浓墨涂杀，圆如棋子，不可寻认。复有欧阳率更为皇太子起草表本，不言太子讳，称"臣某叩头顿首"。书甚端谨，然多涂改。于纸末别标"臣询呈本"四字。

华岳金天王庙明皇御制碑，广明中其石忽鸣，隐隐然声闻数里，浃旬而后定。明年巢寇犯阙，其庙亦为贼火焚爇，仍隳其门观。

郑绍光中者，大中之外孙，万寿公主之子。自襁褓至悬车，事十一君，凡七十载。所任无官谤，无私过，三持节使，不辱君命。士无贤不肖，皆恭己接纳。晚年伛，时人咸曰："郑伛不适。"平生交友之中无怨隟，亲族之间无爱憎。及致政归洛，燕居寝疾，卒年八十，位至户部尚书。

江淮间多九郎庙与茅将军庙。九郎者，俗云即苻坚之第九子，曾有阴兵之感，事极多说。茅将军者，庙中多画缚虎之像。盖唐末浙西僧德林少时游舒州，路左见一夫，荷锄治方丈之地，左右数十里不见居人。问之，对曰："顷时自舒之桐城至此，暴得痁疾，不能去，因卧草，及稍醒，已昏矣。四望无人烟，唯虎豹吼叫，自分必死。俄有一人，部从如大将，至此下马，据胡床坐，良久召二卒曰：'善守此人，明日送至桐城县下。'遂上马，忽不见，唯二卒在焉。某即强起问之，答：'此茅将军，常夜出猎虎,忧汝被伤,故使护汝。'欲更问之,则困卧。及觉已旦,不见二卒。即起行,意甚轻健,至桐城,顷之疾愈。故以所见之地立祠祀之。"德林止舒州十年,及回,则村落皆立茅将军祠矣。

胡桐泪出楼兰国。其树为虫所蚀,沫下流出者,名为胡桐泪,言似眼泪也。以汁涂眼。今俗呼为胡桐律,讹也。

无名异自南海来。或云:"烧炭灶下炭精,谓百木脂归下成坚物也。"一云:"药木胶所成。"然其功补损立验。胡人多将鸡鸭打胫折,将此药摩酒沃之,逡巡能行为验。形如玉柳石,而黑轻为真。或有橄榄作,尝之粘齿者,伪也。验之真者,取新生鹿子,安此药一粒于腹脐中,其鹿立有肉角生,是真也。一云:"生东海者,树名多茄,是树之节胶。"采得胡人,炼作煎干。缘生异,故有多说。

开元中重沙门。一行幼时,邻母常济行贫,常思报之。后王姥男杀人,诣求救。行曰:"要金帛可十倍酬,国法难请。"姥戟手骂曰:"何用此为!"一行心计浑天,日役数百工,命空其室,移一大瓮于中。又密遣奴二人持布囊,曰:"汝可往某方,某角有废园,汝潜伺之。自午至昏,当有异物至,其数七,可尽掩之,失一则罪汝。"至彼酉时,果有群豕至,奴获七豕。囊负归,令置瓮中,覆以木盖,封以六一泥,朱书梵字数十,其徒罔测。诘旦,中使诏便殿,玄皇曰:"太史奏昨夜北斗不见,何祥也?师禳之乎?"一行曰:"后魏时失荧惑,至今帝车不见,此天警陛下耳。臣所见,莫若大赦天下。"从之。一行归,放一豕出。其夕奏一星见,至七夕皆见矣。

张志安居乡里称孝,差为里尹。在县忽称母疾,急白县令。令问志安,曰:"母有疾,志安亦病。志安适患心痛,是以知母有疾。"令拘之,差人覆之,果如此说。寻奏高祖,表门闾。
寻拜散骑常侍。又裴敬彝父为陈王典所杀,敬彝时在城,忽自
觉流涕不食,谓人曰:"我大父凡有痛处,吾即不安。今日心
痛,手足皆废,事在不测。"遂归觐,父果已死。

懿宗赐公主出降幕三丈,长一百尺,轻亮。向空张之,纹
如碧丝之贯赤珠,虽暴雨不濡湿。云以鲛人瑞香膏傅之故尔。
云得自鬼国。

狼之状若狗,苍赤色者最猛,每作声,窍皆沸。腿中有筋,
大如鸡子。又筋满身,犹织络之状。人或有犯盗讳不首者,但
烧此筋,以烟熏之,能使盗者手拏缩可怪。凡边疆放火号,常
用狼粪烧之以为烟,烟气直上,虽冽风吹之不斜。烽火常用
此,故为候曰"狼烟"也。

龙之性粗猛,而畏蝎,爱玉及空青,而嗜烧燕肉,故食燕肉
人不可渡海。

大中时女王国贡龙油绢,形特异,与常缯不类。云以龙油
浸丝织出,雨不能濡。又宝库中有澄水帛,亦外国贡。以水蘸
则寒气萧飕,暑月辟热,则一堂之寒思挟纩。细布明薄可鉴,
云上傅龙涎,故消暑毒也。

元和初,阴阳家言五福太一在蜀,故刘辟造五福楼,符载
为文记。

李铉著《李子正辩》,言至精之梦,则梦中之身可见。如刘
幽求见妻,梦中身也,则知梦不可以一事推矣。愚者少梦,不
独至人。闻之驵皂,百夕无一梦也。

蜀东、西川之人常互相轻薄。西川人言梓州者,乃我东门
之草市也,岂得与我耦哉? 节度使柳仲郢闻之,谓幕宾曰:"吾
立朝三十年,清华备历,今日始得为西川作市令。"闻者皆笑

之。故世言东、西两川人多轻薄。

畿尉有六道：入御史为天道，入评事为仙道，入京尉为人道，入畿丞为苦海道，入县令为畜生道，入判司马为饿鬼道。

大中丞郎宴席，蒋伸在座，忽酌一杯，言曰："座上有孝于家、忠于国及名重于时者，饮此爵。"众皆肃然，无敢举者。独李孝公景让起，饮此爵。蒋曰："此宜然。"

刘禹锡言："司徒杜公佑，视穆赞也故人子弟。"佑见赞为台丞，数弹劾。因事戒之曰："仆有一言为大郎久计：他日少树敌为佳。"穆深纳之。由是少霁其口。

大和中光禄厨欲宰牝牛，牛有胎，非久合生。或曰："既如此，可换却。"屠者操刀直前，略不介意。牛乃屈膝拜之，亦不肯退，此牛并子遂殒于刃下。而屠者忽狂惑失常，每日作牛喘，食草少许，身入泥水，以头触物，良久方定。

杜荀鹤第十五字彦之，池州人。大顺二年正月十日裴赞下第八人。其年放榜日，即荀鹤生日，故王希羽赠诗云："金榜晓悬生世日，玉书潜纪上升时。九华山色高千尺，未必高于第八枝。"后入梁为主客员外郎、翰林学士。怀恩思报，未几暴卒。

李英公为宰相时，有乡人常过宅，为设食。客裂却饼缘，英曰："君太少年。此饼犁地两遍，熟穊下种，锄耨收刈，打扬讫，硙罗作面，然后为饼。少年裂却缘，是何道理？此处由可，若对至尊前，公作如此事，参差斫却你头。"客大惭悚。

李齐物天宝初为陕州刺史，开砥柱之险，石中得古铁犁铧，有"平陆"字，因改河北县为平陆县。

晋公在中书，左右忽白以印失所在，闻之者莫不失色。度即命张筵举乐，人不晓其故，窃怪之。夜半宴酣，左右复白以印存焉。度不答，极欢而罢。或问度以故，度曰："此出于胥徒盗印书券耳，缓之则存，急之则投水火，不复更得之矣。"时人服其宏量。

胡楚宾属文敏速，每饮酒半酣而后操笔。高宗每令作文，必以金杯盛酒令饮，便以杯赐之。

李素替杜兼，时韩吏部愈自河南令除职方员外郎归朝，问前后之政如何，对曰："将缣来比素。"

李相国程执政时，严谟、严休皆在南省，有万年令阙，人多属之。李云："二严休不如谟。"

元和十五年，辛丘度、丘纾、杜元颖同时为遗补令史分直，故事但举其姓，曰"辛、丘、杜当入"。

独孤常州及末年尤嗜鼓琴，得眼疾不理，意欲专听。

杜兼常聚书至万卷，卷后必有题云："清俸写来手自校，汝曹读之知圣道，坠之鬻之为不孝。"

大中三年东都进一僧，年一百二十岁。宣皇问："服何药而至此？"僧对曰："臣少也贱，素不知药性。本好茶，至处唯茶是求。或出，亦日过百余碗，如常日，亦不下四五十碗。"因赐茶五十斤，令居保寿寺。

开元已后鄘常侍，拜此官者，朝中谓之"貂脚"也。

杜邠公惊位极人臣，富贵无比。尝与同列言："平生不称意有三：其一为澧州刺史，其二贬司农卿，其三自西川移镇广陵，舟次瞿塘，为骇浪所惊，左右呼唤不至，渴甚，自泼汤茶吃也。"

天宝十三载，始改金风调《苏莫遮》为《感皇恩》。

中书门下、吏部各有甲历，名为"三库"，以防谕滥。户部式云："安曲西偏桃仁一石；安州糟藏越瓜二百挺，瓜豆豉五斗；戎州荔枝煎五斗，兼皮蜜浸四斗；甘州冬奈五百颗；房州竹魍五枚；兰州尫尫未详儿六枚；此每年进数。"余久主判户部，逐年所上贡，此物咸绝，但杭州进糟瓜耳。

姚岘为于頔陕州掾，不胜其虐。与其弟泛舟于河，遂自投而死。

光化四年正月宴于保宁殿，上自制曲，名曰《赞成功》。时盐州雄毅军使孙德昭等杀刘季述，帝反正，乃制曲以褒之。仍作《樊哙排君难》戏以乐焉。

孟云之诗，祖述沈千运。

景云三年八月十七日东方有流星，出五车至上台，又岁星犯左执法。时侍中窦怀贞请罢所职为安国寺奴，罢职从之，为寺奴不许。

章八元尝于邮亭偶题数言，盖激楚之谓也。会严维至驿，问元曰："汝能从我学诗乎？"曰："能。"少顷遂发，元已辞家。维大异之，乃亲指喻。数年间，元擢第。

巨胜者，玄秋之沉云也。茯苓者，绛晨之伏胎也。

苏涣本不平者，善放白弩，巴中号为"弩跕"，赍人患之。比壮年后，自知非，变节从学。乡赋擢第，累迁至侍御史，佐湖南幕。崔中丞遇害，涣遂逾岭扇动。

司空图侍郎旧隐三峰，天祐末移居中条山王官谷，周回十余里，泉石之美，冠于一山。北岩之上有瀑泉流注谷中，溉良田数十顷。至今子孙犹存，为司空之庄耳。

建中年中，大林国贡火精剑。其国有山，方数百里，上出神铁，以其有瘴毒，不可轻采取。若中国之有明君，此铁自流出，炼之为剑，有光如电，切金玉如泥。以朽木磨之，则生烟焰；以金石击之，则火光迸溢。德宗之将幸奉天，自携火精剑出于殿内,遂以剑斫槛上铁狻猊,应手而碎。及乘舆遇夜,侍从皆见上仗之,有数日光明。

罗浮甘子,其味逾常品。开元中始有僧种于楼寺,其后常资献进。玄宗幸奉天之时,皆不结实。

婆娑石一名婆萨石。《灵台记》云:"质多者味甜,无毒,性温,疗一切虫毒,及诸丹石毒肿毒蚼折。"此石出西蕃山中,涧中有盘,形状礌砢,大小不常。色如瓜皮,青绿黑斑,有星者为上。似嵩山矾石,斑不至焕烂者为中。色如滑石微黄轻者为下。但以人血拭之,羊鸡血磨,一如乳,似觉膻为妙。西番以为防身之宝,辟诸毒也。

封抱一任栎王尉,有客过之,既短,又患眼及鼻塞。抱一用《千字文》作语嘲之,诗曰:"面作天地玄,鼻为雁门紫。既无左达丞,何劳罔谈彼。"

崔郢为京尹日,三司使在永达亭子宴丞郎,崔乘酒突饮,众人皆延之。时谯公夏侯孜为户部,使问曰:"伊曾任给舍否?"崔曰:"无。"谯公曰:"若不曾任给舍,京兆尹不合冲丞郎宴席。"命酒纠来恶下筹,且吃罚爵。取三大器引满引之,良久方起。决引马将军至毙,崔出为宾客分司。

陆相宸出典夷陵时,有士子修谒,相国与之从容。因酒酌劝,此子辞曰:"天性不饮。"相国曰:"诚如所言,已校五分矣。"盖平生悔吝,各有十分,不为酒困,自然减半矣。

卢詹尚书任吏部,押官告,楷署其名,字体遒丽,时谓之"真书卢家"。

袁象先之子羲初自大理评事除户部郎中,未几迁宣徽使。不周载,拜宣武军节度使。

南部新书　壬

　　李纹者，早年受王涯恩，及为歙州巡官时，涯败，因私为诗以吊之。末句曰："六合茫茫皆汉土，此身无处哭田横。"乃有人欲告之，因而《纂异记》记中有《喷玉泉幽魂》一篇，即甘露之四相也。玉川先生，卢仝也。仝亦涯客，性僻面黑，常闭于一室中，凿壁穴以送食。大和九年十一月二十日夜，偶宿涯馆。明日，左军屠涯家族，随而遭戮。

　　裴说，宽之侄孙，佐西川韦皋幕。善鼓琴，时称妙绝。灵开山有美桐，取而制以新样，遂谓之灵开琴。蜀中又有马给，弹琴有名，尤能大小间弦。吴人阳子儒，亦于悲风尤妙。

　　天尊应号者，取《灵宝经》中三十二天之十方，即其次序也。

　　大忌，学士进名奉慰，其日尚食供素膳，赐茶十串。

　　大中年日本国王子求唐人围棋。上敕待诏顾师言敌著，出楸玉局，冷暖棋子。本国有手谭池，池中出玉子，不由制处，自然黑白，冬温夏冷。

　　御厨进馔，凡器用有少府监进者。九饤食，以牙盘九枚装食味其间，置上前，亦谓之"看食见"。京都人说，两军每行从进食及有宴设，多食鸡鹅，每只价直二三千。每有设，据人数取鹅，煑去毛及五脏，穰以肉及粳米饭，五味调和。先取羊一口，亦煑剥去肠胃，置鹅于其中，缝合炙之，肉熟便堪，去却羊，取鹅浑食之，谓之"浑羊没忽"。翰林学士每遇食赐食，有物若毕罗衫,绝大,滋味香美,号为"诸王修事"。

高劭者,骈之犹子,以门地迁华州刺史。中和后寓圃田,为蔡寇挈之。后得脱去,投汴,梁祖擢为判官。后驾在岐,使致书四。人至三原,行十里,遇害。

僧佛寿命者,续佛寿命也。《四分律中》说:"住持毗尼藏者,即住佛法也。以住持佛法故,乃续佛寿命。"《结集缘起》云:"佛临涅槃,阿难问佛,佛灭度后,以何为师?佛答阿难,吾灭度后,以波罗提木叉为师。"梵曰波罗提木叉,此云别解脱戒,与毗尼同出而异名。毗尼者,此云调服律藏也。又《戒经序》云:"今演毗尼法,令正法久住。"

大和九年,敕江南、湖南共以佣资一百二十分送上都,充宰臣雇召手力。宰臣李石坚让,乞只以金吾手力引,从之。时初诛李训后也,至今为例。

建中三年六月,诏中书门下两省各置印一面。

元和三年,李藩为给事中,时制敕有不可,遂于黄纸批之。吏曰:"宜连白纸。"藩曰:"别以白纸是文状,岂曰批敕。"裴洎言于上,以谓有宰相器。俄而郑絪罢免,藩遂拜相。

万回,阌乡人也。神用若不足,人谓愚痴无所能。其兄戍安西,久不得问,虽父母亦谓其死矣,日夕悲泣而忧思焉。万回顾父母感念其兄,忽跪而言曰:"涕泣岂非忧兄耶?"父母且疑且信,曰:"然。"万回曰:"详思我兄所要者,衣装糗粮屝履之属悉备之,某将往观之。"忽一朝,赍所备而去,夕返其家,谓父母曰:"兄善矣。"发书视之,乃兄迹也。弘农抵安西盖万余里,以其万里而回,故曰万回也。万回貌若愚痴,忽有先举异见,惊人神异也。上在藩邸时多行游人间,万回每于聚落街衢中高声曰"天子来",或"圣人来"。信宿间上必经过徘徊也。安乐公主,上之季妹也。附会韦氏,热可炙手,道路惧焉。万回望见车骑,连唾曰:"血腥血腥,不可近也。"不久而夷灭矣。上知万回非常人,内出二宫人侍奉之,时于集贤院图形焉。

旧制,碑碣之制,五品已上碑,七品已上碣;若隐沦道素,孝义著闻,虽不仕亦立碣。

贞元已来选乐工三十余人,出入禁中,号"宣徽"。长入供奉,皆假以官第。每奏伎乐称旨,辄厚赐之。至元和八年始分番上下,更无他锡,所借宅亦收之。

胡生者,失其名,以钉铰为业,居雪溪而近白蘋洲。去厥居十余步,有古坟,胡生若每茶,必奠酹之。尝梦一人谓之曰:"吾姓柳,平生善为诗而嗜茗。及死葬室,乃子今居之侧。常衔子之惠,无以为报,欲教子为诗。"胡生辞以不能,柳强之曰:"但率子言之,当有致矣。"既寤,试构思,果有冥助者,厥后遂工焉。又一说列子终于郑,今墓在效数,谓贤者之迹,而或禁其樵焉。里有胡生,性落魄,家贫。少为洗镜镀钉之业,倏遇甘果名茶美酝,辄祭于列御寇之祠垄,以求聪惠,而思学道。历稔,忽梦一人,刀划其腹开,以一卷之书置于心腑。及睡觉,而吟咏之意皆甚美之词,所得不由于师友也。既成卷轴,尚不弃于猥贱之业,真隐者之风,远近号为"胡钉铰"。

肃皇赐高士玄真子张志和奴婢各一人,玄真子配为夫妻,名曰渔僮、樵青。人问其故,答曰:"渔僮使卷钓收纶,芦中鼓枻;樵青使苏兰薪桂,竹里煎茶。"志和字子同。

大和中,郑注中纳山木如市,一根有至万钱者。郑覃力奏,敕以禁绝。

开元十三年五月,集贤学士徐坚等纂经史文章之要,以类相从,上制曰《初学记》。至是上之,欲令皇太子及诸王检事缀文尔。

开元中，李绅为汴州节度使，上言于本州置利润楼店，从之。与下争利，非长人者所宜。

大历八年，吴明国进奉。其国去东海数万里，经挹娄、沃沮等国。其土五谷，多珍玉，礼乐仁义，无剽劫。人寿二百岁，俗尚神仙。常望黄气如车盖，知中国有土德君王，遂贡常然鼎，量容三斗，光洁类玉，其色纯紫。每修饮馔，不炽火常然，有顷自熟，香洁异常。久食之，令人反老为少，百疫不生。

《礼记·儒行》云："儒有席上之珍以待聘，夙夜强学以待问。"注云："席，犹铺陈也。铺陈往古尧舜之善道，以待见问也。大问曰聘。"今人使席上珍，皆误也，皆以为樽俎之间珍羞耳。潘岳曰："笔下摛藻，席上敷珍。"亦误也。

《玉藻》云："笏，天子以球玉，诸侯以象，士以鱼须文竹。"注："文犹饰也。大夫士饰竹为笏，不敢与君并用纯物也。"《释文》云："用文竹及鱼须也。以鱼须饰文竹之边，须音班。"今之人多呼鱼须鬂，误也。余凡四为府监试官，往往有举子于无字韵内押。

鸡树，郭颁晋《魏世语》曰：刘放、孙资共典枢要，夏侯献、曹肇心内不平。殿中有鸡树，二人相谓："此亦久矣，其能复几？"指谓中书令孙资、中书监刘放。今之人讲德于宰相，多使鸡树，非嘉也。唐贤笺启往往有之，误也。

大中二年以起居郎郑颢尚万寿公主，诏曰："女人之德，雅合慎修，严奉舅姑，夙夜勤事，此妇人之节也。万寿公主妇礼，宜依士庶。"

一行老病将死，玄皇执手问之曰："更有何事相求？"行曰："尚有二事。"其一曰："勿遣胡人掌重兵。不获已用之，勿与内宴。若使见富贵，必反逆以取。"其二曰："禁兵勿付汉官，须令内官监统。"及幸蜀，临渭水与肃皇别，叹曰："吾不用一行之言。"后方置神策军。又一说临终留一物，令弟子进上，发之，乃蜀当归。上初不喻，及西幸，方悟微旨。

贞元中仕进道塞，奏请难行，东省数月闭门，南台唯一御史。令狐楚为桂府白身判官，七八年奏官不下。由是两河竞辟才隽，抱器之士往往归之。用为谋主，日以恣横。元和以来，始进用有序。

大足元年，则天尝引中书舍人陆馀庆入，令草诏。馀庆迟回至晚，竟不能裁一词，由是转左司郎中。

贞元初中书舍人五员俱缺，在省唯高参一人，未几亦以病免，唯库部郎中张濛独知制诰。宰相张延赏、李泌累以才可者上闻，皆不许。其月濛以姊丧给假，或草诏，宰相命他官为之。书省按牍不行十余日。

华岳云台观，中方之上，有石堀起如半瓮之状，名曰瓮肚峰。上尝赏望，嘉其高迥，欲于峰肚大凿"开元"二字，填以白石，令百余里望见之。谏官上言，乃止。

武皇帝梦为虎所趁，命京兆、同、华格虎以进。至大中，即属虎。

开元末，于弘农古函谷关得宝符，白石赤文，正成"莱"字。识者解之云："莱者，四十八字也，所以示圣上御历数也。"及幸蜀之来岁，四十八矣。得之时，天下歌之，遂改年天宝。

开成中，延英李石奏曰："臣往年从事西蜀中，元日常诣佛寺，见故剑南节度使韦皋图形。百姓至者，先拜之而后谒佛，皆叹，有泣者。臣贵异之，访于故老，皆曰：'令公恩深于蜀人。'后问曰：'奚为恩深？'答曰：'百姓税重，令公轮年全放。

自令公后，不复有此惠泽，百姓困穷，追思益切。'"

元和元年十二月，李吉甫等撰《元和中国计簿》十卷上之。总计天下方镇凡四十八道，管州府二百九十五，镇县一千四百五十三，见定户二百四十四万二百五十五。其凤翔、鄜坊、邠宁、振武、源原、银夏、灵盐、河东、易定、魏镇、冀、范阳、沧州、淮西、淄青等一十五道，合七十一州，并不申户口。

宝历三年，京兆府有姑鞭妇致死者，请断以偿死。刑部尚书柳公绰议曰："尊殴卑，非斗也。且其子在，以妻而戮其母，非教也。"遂减死。

紫宸旧例，有接状中郎，最近御幄。开成元年五月己酉，其日直者老以伛。文皇问李石曰："此何人？"答曰："郎白先朝。"上变色。石奏曰："姓白重名，上先字，下朝字。"及退，遣阖门使问："何时授此官？"曰："今年正月。"石等谢曰："中郎官，国初犹用贤俊，近日只授此辈。"因以郎官兼为之。李宝符、杜篆，以白晰膺选。

开元令诸有猛兽之处，听作槛阱射窝等，得即送官，每一头赏绢四匹。捕杀豹及狼，每一头赏绢一匹。若在监牧内获者，各加一匹。其牧监内获豹，亦每一头赏得绢一匹，子各半之。信乎长安上林近南山，诸兽备矣。

今之诸度以北方秬黍中者，一黍之广为十分，十分为寸，十寸为尺，一尺二寸为大尺一尺。十尺为丈。诸量以秬黍中者，容一千二百黍为籥，十籥为合，十合为升，十升为斛，三斗为大斗一斗。十斛为斛。诸权衡以秬黍中者，百黍之重为铢，二十四铢为两，三两为大两一两。十六两为斤。诸积秬黍为度量权衡，调钟律，测晷景，合汤药，及冕服制，则用之。此外官私悉用大者。在京诸司及诸州各给秤尺升，立定尺度斗升合等样，皆以铜为之。诸度地五尺为步,三百步为一里。

章八元及第后,居浙西。恃才浮傲,宴游不恭。韩晋公自席械系之,来晨将议刑。时杨於陵乃韩女婿,以同年救之,曰:"为杨郎屈法。"

杨元卿元和中自淮西背逆归顺,阖门被屠。其子延宗曾任磁州刺史,开成中与河阳军人谋逐帅以自立,为其党所告,置于极典。敕曰:"特宽今日覆族之刑,以答当时毁家之效。毙于枯木,非谓无恩。"

王源中字正蒙,在内署嗜酒,当召对,方沉醉不能起。及醉醒,同列告之。源中但怀忧惕,殊无悔恨。他日又以醉不任赴召,遂不得大用。开成三年十一月,薨于郓州节度使。又曾赐酒十金瓯,酒饮皆尽,瓯亦随赐。

李珏在相,因对明皇谓群臣:"我自即位,不曾枉诛一人。"不知任李林甫,破人家不少矣。

开成二年十二月癸卯,诏曰:"应万言童子等,朝廷设科取士,门目至多,有官者令诣吏曹,未仕者即归礼部。此外更或延引,则为冗长,起今更不得荐闻。"

上元二年九月甲申天成地平节,上于三殿置道场,以内人为佛菩萨像,宝装饰之。北门武士为金刚神王,结彩被坚执锐,严侍于座隅。焚香赞呗,大臣近侍作礼围绕。设斋奏乐,极欢而罢,各赠帛有差。

柳公绰在山南,有属邑启事者犯讳,纠曹请罚。公曰:"此乃官吏去就,非公文科罚。"退其纠状。

韩皋为京尹,诏以宏辞拔萃所试,就府考覆,时论以升黜为当。一日下朝,有公主横过骆道,立马杖肩舆人夫背各二十,命捕贼吏引傔夫送公主归宅。主人诉,遂贬杭州刺史。

开成中，文皇一日谓执政曰："丁居晦作中丞如何？"因悉数大臣而品第之。叹曰："宋申锡堪任此官，惜哉！"又曰："牛僧孺可为御史大夫。"郑覃曰："顷为中丞，未尝搏击，恐无风望。"上曰："不然。鸾凤与鹰隼事异。"上又曰："居晦作此官，朕曾以时谚谓杜甫、李白辈为四绝问居晦，晦曰：'此非君上要知之事。'朕常以此记得居晦，今所以擢为中丞。"

肃皇元年，吐蕃遣使入朝请和，敕宰相于中书设宴，将诣光宅寺为盟。使者云："蕃法盟誓，取三牲血歃之，无向佛寺。"明日复于鸿胪寺歃血。

柳公权尝于佛寺看朱审画山水，手题壁诗曰："朱审偏能视夕岚，洞边深墨写秋潭。与君一顾西墙画，从此看山不向南。"此句为众歌咏。后公权为李听夏州掌记，因奏事，穆宗召对曰："我于佛寺见卿笔札，思见卿久矣。"宣出充侍书学士。非时宰所乐，进拟左金吾卫兵曹充职，御笔改右小谏，中外朝臣皆呼为国珍。

韩晋公在朝，奉使入蜀。至骆谷，山椒巨树，耸茂可爱，乌鸟之声皆异。下马以探弓射其颠杪，柯坠于下，响震山谷，有金石之韵。使还，戒县尹募樵夫伐之，取其干，载以归，召良工斫之，亦不知其名，坚致如紫石，复金色线交结其间。匠曰："为胡琴槽，他木不可并。"遂为二琴，名大者曰大忽雷，小者曰小忽雷。因便殿德皇言乐，遂献大忽雷入禁中，所有小忽雷在亲仁里。

开成三年十月甲午庆成节次，以酒脯并仙韶乐赐中书门下及文武百寮，宴于曲江亭子。

萧潮初至遂州，造二幡施于寺，设斋毕作乐，忽暴雷霹竿成数十片矣。至来岁当震日，潮死。

苟讽者善药性,好读道书,能言名理,樊日光常给其絮帛。有铁镜径五寸,鼻大如掌,言于道者处得。无绝异,但数人同照,各自见其影,不见他人。

大和六年,承优入寺诸司,流外令史、掌故礼生、批书医工及诸军使承优官典,总一千九百七十二员。至赞皇再入减,得六百五十七员。

杜仲阳即杜秋也,始为李锜侍人,锜败填宫,亦进帛书,后为漳王养母。大和三年漳王黜,放归浙西,续诏令观院安置,兼加存恤。故杜牧有《杜秋》诗称于时。

宝历二年六月,京兆府奏法曹参军独孤谓:前件官元推问劫人贼车仲莒,遂寻纵迹,得去年十月于宣平坊北外门杀人并剥人面皮贼熊元果等三人,两人缘盗马捉获,寻准法决杀讫。伏以凶恶不去,辇毂难为;肃清勤劳,不酬官吏,无以激劝,其独孤谓伏请特赐章服。寻依奏。

大和中,水部外郎杜涉尝见江淮市人桃核扇,量米正容一斗,言于九疑山得之。

贞元初荆南有狂僧善歌《河满子》,尝遇醉五百涂中,辱令歌。僧即发声,其词皆陈五百平生过恶,五百惊惧,自悔之不暇。

王涯居相位,有女适窦氏,欲求钱十七万,市一玉钗。涯曰:"于女何惜。此妖物也,必与祸相随。"后数月,女自婚会归,告王曰:"前时玉钗为冯外郎妻首饰矣,乃冯球也。"王叹曰:"冯为郎吏,妻之首饰有十七万钱,其可久乎?其善终乎?"冯为贾𫗧门人,最密。贾为东户,又取为属郎。贾有苍头,颇张威福,冯于贾忠,将发之未能。贾入相,冯一日遇苍头于门,召而勖之曰:"户部中谤辞不一,苟不悛,必告相国。"奴拜谢而去。未浃旬，冯晨谒贾，贾未兴。时方冬命火，内有人曰："官当出。"俄有二青衣出曰："相公恐员外寒，奉地黄酒三杯。"冯悦，尽举之。青衣入，冯出告其仆驭曰："喝且咽。"粗能言其事，食顷而终。贾为兴叹出涕，竟不知其由。明年，王、贾皆遭祸。噫！王以珍玩奇货为物之妖，信知言矣。而徒知物之妖，而不知恩权隆赫之妖，甚于物也。冯以卑位贪货，已不能正其家；尽忠所事，而不能保其身，斯亦不足言矣。贾之获害门客于墙庑之间而不知，欲始终富贵，其可得乎？此虽一事，作戒数端。

大中四年，驸马崔杞除大理少卿，在司当职。公式令，诸文武官职事五品已上致仕身在京者，每季令通事舍人一人巡问奏闻。其在外州者，亦令长吏季别巡问，每年附朝集使闻奏，使知安否。

宋守敬为吏清白谨慎，累迁台省，终于绛州刺史。其任龙门丞，年五十八，数年而登列岳。每谓属僚曰："公辈但守清白，何忧不迁？俗之人每以双陆无休势，余以为仕宦亦无休势，各宜勉之。"

沙门玄奘俗姓陈，偃师人，少聪敏，有操行。贞观三年，因疾而挺志往五天竺国，凡经十七岁，至贞观十九年二月十五日方到长安。足所亲践者一百一十一国。采求佛法，咸究根源，凡得经论六百五十七部，佛舍利及佛像等甚多。京师士女迎之，填郛溢郭。时太宗在东都，乃留所得经像于弘福寺，有瑞气徘徊像上，移晷乃灭。遂诣驾，并将异方奇物朝谒。太宗谓之曰："法师行后，造弘福寺，其处虽小，禅院虚静，可为翻译之所。"太宗御制《圣教序》；高宗时为太子，又作《述圣记》，并勒于碑。麟德中，终于坊郡玉华寺。玄奘撰《西域记》十二卷见行于代,著作郎敬播为之序。

元和之初,薛涛好制小诗,惜其幅大,不欲长剩,乃狭小之。蜀中才子既以为便,后减诸笺亦如是,特名曰薛涛笺。

韦绶自吏侍除宣察,辟郑处晦为察判,作《谢新火状》云:"节及桐华,恩颁银烛。"绶削之,曰:"此二句非不巧,但非大臣所宜言。"

《晋书·陶潜本传》云:"潜少怀高尚,博学善属文,尝作《五柳先生传》以自况:'先生不知何许人,不详姓字,宅边有五柳树,因以为号焉。'"即非彭泽令时所栽。人多于县令事中使五柳,误也。《白氏六帖》:"县令门种五柳。"此亦误也。

陕东道大行台、尚书令、天策上将军,太皇在藩时为之。及升储,并是省之。诸道行台武德九年并省。

贞观元年改国子学为国子监,分将作为少府监,通将作为三监。

长安盛要,哀家梨最为清珍,谚谓愚者得哀家梨必蒸吃。今咸阳出水蜜梨尤佳,鄠、杜间亦有之,父老或谓是哀家种。

崔元综则天朝为宰相,得罪流南海之南。会恩赦,赤尉引谢之日,授分司御史,累迁中书侍郎,卒时九十九,唯独一身。

北省班谏议在给事中上,中书舍人在给事下。裴佶为谏议,形质短少,诸舍人戏之曰:"如此短小,何得向上?"裴答曰:"若怪,便曳向下著。"众皆大笑。后除舍人。

卢迈有宝瑟,各直数十万,有寒玉、石磬、响泉、和志之号。

福州城中有乌石山,山有峰,大凿三字曰"薛老峰"。癸卯岁,一夕风雨,闻山上如数千人喧噪之声。及旦,则薛老峰倒立,三字返向上。城中石碑,皆自转侧。其年闽亡。

智永禅师传右军父子笔法,居长安西明寺。从七十至八十,十年写真草《千字文》八百本。每了,人争取之。但是律召调阳,即其真本也。石本是内降贞观年中者也。俗本称律吕调阳,误也。盖以草圣"召"字似"吕"字耳,以闰余对律召,是其义也。徐散骑最博古,亦误为"吕"字。

杜佑自户部侍郎判度支,为卢杞所恶,出为苏刺。时佑母在,杞以优阙授之。佑不行,换饶州。

大历十一年,制国子监置书学博士,立《说文》、石经、字林之学。举其文义,岁登上之,亦古之学也。

武德末文皇欲平内难,苑池内得白龟,化为白石。故登极后降制曰:"皇天眷祐,锡以宝龟。"

邢曹进,至德中河朔将也。飞矢中目,而镞留于骨,三出之不得。后遇神僧,以寒食饧渍之,出甚易,月余愈。

西明慈恩多名画,慈恩塔前壁有湿耳师子跌心花,时所重也。

高骈既好神仙,性复多诞,每称与玉皇及群仙书札来往,时对宾客,或彩笺以为报答。

周宝在浙西副使,崔绾,公之妻族弟兄,雁列于幕中;观察判官田佩,亦其外甥,二人最为贪暴。其次陆谔已下,皆挟势而入。及更变之后,甚者亦多不免也。

时人多使沉碑岘首,唐贤往往有之。按《晋书》:"杜预好为身后名。尝言:'高岸为谷,深谷为陵。'刻石为二碑,纪其勋绩。一沉方山之下,一立岘山之上。曰:'焉知此后不为陵谷乎?'"沉碑岘首,误也。当为沉碑方山。

鲍照字明远,至唐武后讳减为昭,后来皆曰鲍昭。唯李商隐诗云:"嫩割周颙韭,肥烹鲍照葵。"又元稹诗云:"乐章轻鲍照,碑版笑颜竣。"今人家有收得隋末唐初《文选》,并鲍照尔。

袁州蒋动处士作《冷淘歌》，词甚恶，投郡守温公受知。

语儿梨，今俗说甚多，皆不近理。按《万岁历》云："黄武六年正月，获彭绮。是岁由拳西乡，有产儿坠地便语。语儿乡，语儿梨者，殆出此乡也。今由拳属杭州。黄武吴年号。六月丁未，是魏明年太和元年也。

临安出纸，纸径短色黄，状如牙版。字误，可以舌舐之不污，近亦绝有。盖取多工鲜而价卑也。

今信州城西街连草市，地名君迁，仍多树木，人皆不辨。余尝通理是郡，召父老询之，皆云不知其地名之由。及披《文选》左太冲《吴都赋》云："平仲君迁，松梓古度，楠榴之木，相思之树。"注曰："皆木名。"以此详之，不辨之木，乃君迁尔。

张去华，谊之子。显德年中年十八，著《南征赋》，于淮南行在献之，召试除台簿。未几因台中议事，不得预三院坐，遂弃官归圃田。后状元及第，建隆二年也。

南部新书　癸

彭蟾，宜春人也，著《凤池本草》、《庙堂丞镜》一百二十卷，广明乱后遗坠。

高骈在淮南，有赞歌者，末章云："五色真龙上汉时，愿把霓旌引烟策。"公说，乃辟为从事。及公遇害，有识者多嗤其言过也。

贞元末，许孟容为给事中，权文公任春官，时称"权许"。进士可不，二公未尝不相闻。

《襄沔记》云："卢有疏水，注于沔。此水中有物，如三四岁小儿，膝头如虎掌爪。常没水中，出膝头示人，小儿不知，欲弄之，辄便啖人。或有生得者，摘其鼻，可小小使之，名曰'水虎'也。"

濮州刺史曹朔于汴水岸掘得鄂公马鞭，表进之，不朽。

皮日休历太常博士，后从巢寇遇祸。子光业为吴越丞相。子文璨任元帅判官，入京为太仆少卿卒。子子猷，猷字仲卿，祥符八年御前进士。

滑州有僧景阳碣，在开元寺。其僧不知何许人，刺史令狐公以僧有戒行，以红米饭鱼脍施之令僧餐，其脍尽化为乳头香。食讫，遣人随之，吐于河内，化为活鱼，踊跃跳出。后迁化，大中十二年二月刺史李福置。

李绾咸通中作越察，于甲仗库创楼，名曰"武威"。刻石立文，自序楼文铭云："名楼以武威，兼义也。余之望又出武威。"

荆南旧有五花馆，待宾之上地也。故蒋肱上《成汭》诗云："不是上台名姓字，五花宾馆敢从容。"

大中九月十七日敕，《徐泗节度使康季荣奏据濠州刺史刘彦谋状》："定远县百姓周裕，女小儿，年九岁。今年七月六日，为父患割左股上肉一寸三分不落，疮长一寸四分，收得血半斤，父和羹吃。后二十九日，载割股上已落肉与父吃。其周裕至闰七月十二日身死，至二十五日埋葬讫。其女小儿于墓侧不归，县司与立草庵一所。伏以寄分廉察，地列山河，获当盛明，亲逢大孝。伏请宣付史馆，并赐旌表门闾。奉敕周小儿方至髫年，允兹志行，俾之旌表，用激时风。宜依所奏，仍委本道量事优恤。"

杜悰、郑颢、于悰，皆是二月一日生，悉尚主。

斛律金不解书，有人教押名云："但如立屋，四面平正即得。"安禄山押字，以手指三撮而成。

蜀葵点作火把，猛雨中不灭。蜡烛过头把，猛风中不灭。

建中元年，贬御史中丞元全柔，二年，贬中丞杨凭，皆四月晦日。宪皇擒刘辟、李锜、吴元济，行刑皆十一月朔日。

韦路作相，贬不附己者十司户：崔沆循州，李涗绣州，萧遘播州，高湘高州，崔彦融恩州，韦颜虔州，张涘勤州，杜裔休端州，郑彦持义州，李藻费州。唯恩州不回。

韦执谊败，八司马：韦执谊崖州，韩泰虔州，陈谏台州，柳宗元柳州，刘禹锡播州，韩晔饶州，凌准连州，程异郴州。

郑珣瑜为河南尹，送迎中使皆有常处。人吏窥之，马足差跌不出三五步。

韦保衡、路岩作相，势动天地。附其势者，有"牛头"、"阿旁"、"夜叉"、"捷疾"之号。二相败，以累谴者数十人。

长安大内有口味库。乾符六年回禄为灾,自后不置也。

唐末浙西鹤林寺三桧院、五花亭,胜概也。

大和中入阁,阁内都官班中有抬眼窃窥上者,觉之。班退,语宰相曰:"适省郎班内第几人,忽抬眼抹朕,何也?"时裴晋公对曰:"省郎庶僚极卑微,不合抬眼抹陛下。"上曰:"如何?"晋公曰:"即与打下着。"上曰:"此小事,不用打下。"

江西客司韩注多不礼客,有为进士唐珪谒苏使君,阍人不通刺,因上诗曰:"江西昔日推韩注,袁水今朝数赵祥。纵使文翁能待客,终栽桃李不成行。"

裴相休留心释氏,精于禅律。《禅律师圭峰密》、《禅得达磨顿门》、《密师注法界观》、《禅诠》,皆相国撰序。常披毳衲,持钵乞食于妓院。自言曰:"不为俗情所染,可以说法为人。"每发愿曰:"乞世世为王,来护佛法。"后于阗国王生一子,手文间有"裴"字。闻于中朝。

开元宫掖竞食黄鱼,故于河阳作池养之,故谓之黄鱼池。

卢氏说:"有官人衣绯,于中书门祇候见宰相求官。人问前任,答曰:'某属教坊,作西方师子脚来三十年。'"

贞元十三年,深州奏博野县女子姓李氏,号妙法,年六十六,庐墓经三十七年。初李少年遇安禄山逆乱,被虏劫他乡。闻父亡,欲奔丧。又以有一子,不忍分离,遂割一乳,留别孩子而奔丧。既而号恸擗踊,遂烧一指,以启告先灵。又以不见灵柩,志欲庐墓。兄弟不许,遂以刀刺心见其志。竟开埏道,见棺椁尘土,以舌舐之,又以发拭棺上尘埃。自是庐舍墓侧,往往有异鸟翔集。其坟上先无树木,李氏手自栽植杂树一千根,并高数尺。初庐墓数年,又遇母疾,渐至危亟。李氏每见母饮即饮,母食即食,或呕涎唾,并皆尝之。无几亡,李氏自刺血母臂上以为记，其至性如此。其年，又庐州巢县百姓张进昭，母先患，刺左手落，经一十三年乃亡。殡后，进昭自截左腕，庐于墓侧。

十宅诸王多解音声，倡优百戏皆有之，以备上幸其院迎驾作乐，禁中呼为"乐音郎君"。

归少师_{崇制}宅子弟极多，大都不喜肥者。或有之，则庭立之，送归蓝田，供笋蕨，体减方还。多时则你监泣告，俾归浣濯。

宣皇于内中置杖，内官有过，多杖之延英。宰臣谏之，上曰："此朕家臣，杖之何妨？如卿等奴仆有过，不可不决。"

大中酷好科名，常于内中题乡贡进士李道龙。

内官近多知书，自文、宣二帝。

李朱崖武皇朝为相，势倾朝野。及得罪谴斥，人为作诗云："蒿棘深春卫国门，九年于此盗乾坤。两行密疏倾天下，一夜阴谋达至尊。肉视具僚忘匕箸，气吞同列削寒温。当时谁是承恩者，肯有余波达鬼村。"又一首云："气势凌云威触天，权倾诸夏力排山。三年骥尾有人附，一日龙髯无路攀。画阁不开梁燕去，朱门罢扫乳鸦还。千岩万壑应惆怅，流水斜阳出武关。"此温飞卿诗也。

归登书《经山碑》，是崔元翰文，唯称此"龟"字。

高祖朝严甘罗，武功人，行劫为吏所拘。上谓曰："汝何为作贼？"甘罗对曰："饥寒交切，所以为盗。"上曰："吾为汝君，使汝穷乏，吾之罪也。"赦之。

郑仁表，泊之次子，仁规之弟。恃才傲物，士人薄之。自谓门地人物文章具美，尝曰："天瑞有五色云，人瑞有郑仁表。"

僖皇即位，萧倣、崔彦昭秉政，素恶刘邺，乃罢邺知政事，出为淮南节度使。是日邺押班宣麻，通事引邺内殿谢，不及笏记。邺自撰十余句，语曰："霖雨无功，深愧代天之用；烟霄失路，未知归骨之期。"帝为之恻然。邺，三复之子，赞皇门人也。

岐王蕙，册让皇帝，凡圹内置千味食。监护使裴耀卿奏曰："尚食所料水陆等味一千余种，每色瓶盛，安于藏内，皆是非时瓜果，及马牛驴犊獐鹿肉，并诸药酒三十余色，仪注礼仪并无所凭。"遂减省之。

张循宪为侍御史，长安中为河东采访使。荐蒲州人张嘉贞材堪宪官，请以己官秩授之。则天召见，垂帘与之语。嘉贞奏曰："以臣草莱，得入谒九重，是千载一遇也。咫尺之间，如隔云雾，竟不睹日月；恐君臣之道，有所未尽。"则天遽令卷帘，与语大悦，擢拜监察御史。

郭太后贵极终八朝；代之外孙，德之外生，顺之亲妇，宪之皇后，穆之母，敬、文、武三帝祖母。

建中中，戴竿三原妇人王大娘，首戴二十八人而走。

大历年中，河南尹相里造剥洛阳尉苗登，有尾长二尺余。

贾耽为滑州节度使，酸枣县有一下俚妇，事姑不敬。姑年甚老无目，晨飧，妇以饼裹犬粪绶姑，姑食觉异，留之。其子出还，姑问其子："此何？向者妇与吾食。"其子仰天大哭。有顷雷震发，若有人截妇人首，以犬首续之。耽令牵行于境内，以戒不孝者。时人谓之"犬头妇"。

李祐为淮西将，元和十二年送款归家。裴令公破元济入城，汉军有剥妇人衣至髁体者。祐妇姜氏怀妊五月，为乱卒所劫，以刀划其腹，姜氏气绝踣地。祐归见之，腹开尺余，因脱衣襦裹归。一夕复苏，傅以神药，满十月生一男。朝廷以祐归国功授一子官，字曰行循。年三十余，为南海节度，罢归，卒于道。

河东裴章者，其父冑尝镇荆州。门僧昙照道行甚高，能知休咎。章幼时为照所重，言其官班位望，过于其父。章弱冠，父为娶妻李氏女。及四十余，章从职太原，弃妻于洛中，过门不入，别有所牵。李氏自感其薄，常褐衣鬌髻，读佛书蔬食。又十年，严绶尚书自荆州移镇太原，昙照随之。章因见照叙旧，久之谓曰："贫道五十年前，言郎君必贵，今则皆不，何也？"章自以薄妻之事启之，照曰："夫人生魂诉于上帝，以非命处君。"后旬日，为其下以刃划腹于浴器中，五脏堕，伤风遂死。

王丝为相，为妾造宝应寺，宏丽无比，为识者所嗤。

郑覃历官三十余任，未尝出都门，便登相位，以至于终。

贞元初，丹阳令王琼三年调集，遭黜落。琼甚惋愤，乃赍百金，诣茅山道士叶虚中，求奏章以问吉凶。虚中年九十余，强为奏之。其章随香烟上天，缥缈不见，食顷复堕地，有朱书批其末云："受金百两，折禄三年；枉杀二人，死后处分。"后一岁，无疾而卒。

太宗文皇帝，虬须上可挂一弓。

唐李佐，山东名族，年少时因安史乱失其父，后擢第有令名，为京兆少尹。阴求其父，有识告佐往迎于殡葬徒中。归而跪食，如是累月。一旦召佐曰："汝孝行绝世。然吾三十年在此党中，昨从汝归，未与流辈诀绝。汝可具大猪五头、白醪数斛、蒜齑数瓮、薄饼十盘，开设中堂，吾与群党一醉申诀，无恨矣。"佐承教，数日乃具。父出召客，俄而市善薤歌者百人至，初则列堂中，久乃杂讴，及暮皆醉。众扶佐父登榻，而"薤露"一声，凡百皆和。俄相扶垒出，不知所往。行路观者亿万。明日，佐弃家入山，数日而卒。

唐韩幹善画马，闲居之际，忽有一人朱衣玄冠而至。幹问曰："何得及此？"对曰："我鬼使也，闻君善图良马，愿赐一匹。"立画焚之。数日出，有人揖而谢："蒙惠骏足，免为山川跋涉之苦，亦有以酬效。"明日，有人送素缣百匹，不知其来，幹取用之。

河间王孝恭，才知识略特出于众。初受诏征辅公祏，座上有水一器倏然变成血，满坐惊畏，左右不测。孝恭曰："自无负神明，此变应是公祏受首之兆。"座客始安。至淮南，乃枭公祏以献。时人服其先见。

明皇御勤政楼，下设百戏，坐安禄山于东间观看。肃宗谏曰："历观今古，无臣下与君上同坐阅戏者。"玄宗曰："渠有奇相，我有以禳之故耳。"又尝与之夜宴，禄山醉卧，化为一猪而龙头，左右遽告。帝曰："渠猪龙，不能为也。"终不杀之，卒乱中原。

元德秀贫时，其兄早亡，有遗孤期月，其嫂又丧，无乳哺之。德秀昼夜哀号，抱其子即以己乳含之，涉旬而有汁，遂长大。德秀官鲁山令，有清政，化惠于一邑，阖境歌之。

卢群居郑之圃田，读书业成，东游淮海，求索得千缣，西之长安。闻桑道茂善相术，车马阗门，群倾囊奉之。桑生曰："吾常以善恶鉴于时，士所惠者涓埃而已。今贶余盖以多，其旨何哉？"群答曰："少为业已就，西来求官，以天下之人信先生之口，将求一言，得乎？"桑生曰："有何不可？"群曰："乞自三事以下造问公者，唯言近有一卢群自东来，十年持世间重柄，贵不可及，即是愿分。"于是桑生昌言于时贤。不旬辰之内，凡京国重位名士皆造群门，同力申荐。代宗闻其名召见，一拜拾遗，累官至郑滑节度使。

太宗谓虞世南一人而有五绝：一曰博闻，二曰德行，三曰书翰，四曰辞藻，五曰忠直。图形凌烟阁，年八十一终。

清泰朝李专美除北院，甚有舟楫之叹。时韩昭裔已登庸，因赐之诗曰："昭裔登庸汝未登，凤池鸡树冷如冰。如何且作宣徽使，免被人呼粥饭僧。"

长兴四年，李遇奏尹拙自著作佐郎除左拾遗直史馆。谏官直馆，自拙始也。迩后畿赤尉稍不登矣。

王居敏为秦王六军判官，素不协意。及从策拥兵之际，与高辇并辔，指日影曰："明日如今，已诛王詹事矣。"

史洪肇尝与大臣饮于窦贞固之第，以夙愤激苏逢吉，举爵曰："安朝廷、定祸乱，直须长枪大剑。至如毛锥子，安足用焉？"三司使王章曰："虽有长枪大剑，若无毛锥子，赡军财赋，自何而集？"肇默然而散。自此苏、史有隙。

阳邠起于小吏，及为相，尝言曰："为国家者，但得帑藏丰盈，甲兵强盛；至于文章礼乐，并是虚事，何足介意？"自此后始不在清议。

王师范非名族，世承姑息。及其死也而无辞，辄有长幼之序。三川之士多焉。

汉隐帝赐诸伶锦袍玉带，史肇夺之还官曰："健儿戍边，寒暑未有优恤，尔辈不当也！"其凶庆也如此，然至理得中。

武皇嘉明皇之功，以其属五百骑号曰"横冲"，都侍于帐下。故两河间目为"李横冲"。

于邺除工部郎中，时尚书卢文纪讳业甚不平，陶铸欲请换曹；其夕邺雉经。卢尚书贬石州司马。于、卢之器固小也，然过在执政。

赵光逢为司徒致仕，光裔入相有日。省问其兄，语及政事。他日光逢署其户曰："请不言中书事。"其端静也如此。

葛从周有殊功,镇青社,人语曰："山东一条葛,无事莫撩拨。"

杨尚书昭俭退居华下,自题家园以见志曰："池莲憔悴无颜色,园竹低垂减翠阴。园竹池莲莫惆怅,相看恰似主人心。"

近有钟离令王仁岫善工算,因集八卦五曹算法云:用十二文牌子布位,先须正坐其身,以坐位便居北方也。每牌子拘一位,每位从一至十起,坎为初巡指八方,以方为首。八卦既毕,却取其阴,横九竖十,积为前位,常以九九正文,颠倒呼命,瞻前顾后,逐位取了。须是明其九九正文,进退精熟,方可入于诸法,次第加减。一位因望折倍减,五门不杂于五曹,五曹秤尺地仓金,五数悉通于一位。或遇前后隔位,即以辰次而空之。或遇除减并繁,别以闰牌而贴之。总而存亡除留,自然明其向背。既转移而得理,则丝忽而无差。但用诸法径门,取其简要,若类鼓珠之法,且凝滞于乘除。此法乃至开方、立方,求一立一,皆可通其体例耳。

法眼姓鲁,雪峰姓曾。或问雪峰师何姓也,答曰："鲁人不系腰。"却问法眼师何姓也,答曰："雪峰系腰带。"

卢文进,幽州人也,至江南,李氏封范阳王。尝云:"陷契丹中,屡入绝塞,正昼方猎,忽天色晦黑,众星灿然。问蕃人,云:'所谓笪却日也。以此为常。'顷之乃明,方午也。"又云:"尝于无定河见人胫骨一条,大如柱,长可七尺。"

后唐太祖尝随火征庞勋,临阵出没如神,号为"火龙子"。

王审知起事,其兄潮倡首。及审知据闽中,为潮立庙。庙水西,故俗谓之"水西大王"。

梁祖初革唐命,宴于内殿,悉会戚属。又命叶子戏,广王忽不掷,目梁祖曰:"朱三,你爱他许大官职,久远家族得安稳否?"于是掷戏具于阶,抵其盆而碎之。

刘坦状元及第,为维扬李重进书记。好酒,李常令酒库:"但书记有客,无多少供之。"寻为掌库吏颇吝之,须索甚艰,因大书一绝于厅之屏上云:"金殿试回新折桂,将军留辟向江城。思量一醉犹难得,辜负扬州管记名。"未几重进望日复谒于坦,读之忽悟,曰:"小吏吝酒于书记也。"立命斩之。坦不怿,凡数月,悔而成疾。

正衙宣枢密使制自周祖始,汉隐帝嗣位之初故也。

有米都知者,伶人也。善骚雅,有道之士。故西枢王公朴尝爱其警策云:"小旗村店酒,微雨野塘花。"梁补阙亦赠其诗云:"供奉三朝四十年,圣时流落发衰残。贪将乐府歌明代,不把清吟换好官。"近有商训者善吹笙,亦籍教坊,为都知。能别五音,知吉凶。复得画之三昧,山水不下关、李。

王延彬独据建州称伪号,一旦大设,为伶官作戏辞云:"只闻有泗州和尚,不见有五县天子。"

马全节为邺都留守,以元城是桑梓之邑,具白襕诣县庭谒拜。县令沈遘避之,节曰:"父母之乡,自合致恭,勿让也。"州里荣之。

孙光宪从事江陵日,寄住蕃客穆思密,尝遗水仙花数本,植之水器中,经年不萎。

后唐庄宗年十一,从晋王讨王行瑜。初令入觐献捷,昭宗一见骇异之,曰:"此子有奇表。"乃抚背曰:"儿将来国之梁栋,勿忘忠孝于吾家。"乃赐鹦鹉酒卮、翡翠盘。十三读《春秋》,略知大义。骑射绝伦,其心豁如,采录善言,听纳容物,殆刘聪之比也。又昭宗曰:"此子可亚其父。"时人号曰"李亚子"。

杨恽内侍字道济，僖皇末权枢密，出为浙西监军。朱梁篡后，窜身投武肃，居越中。长八尺，有黄白法，善壬课，事馔至精，四季皆榜厨。手写九经、三史、百家，用蒲薄纸，字如蝇头。年九十余卒。

四明人胡抱章作《拟白氏讽谏》五十首，亦行于东南，然其辞甚平。后孟蜀末杨士达亦撰五十篇，颇讽时事。士达子举正，端拱二年进士，终职方员外郎。

长兴元年二月，郊祀赦。内外群臣职带平章事，兼侍中，中书令，与改里乡名号。

伪蜀韩昭仕王氏为礼部尚书，丽文殿大学士。粗有文章，至于琴、棋、书、算、射法，悉皆涉猎，以此承恩于后主。朝士李台瑕曰："韩八座事艺，如拆袜线，无一条长。"时人韪之。

朱耶赤心者，或云："其先塞上人，多以骑猎为业。胡人三十辈，于大山中见飞鸟甚众，鹊鸹于一谷中。众胡就之，见一小儿，约才二岁已来，众鸟衔果实而饲之。众胡异之，遂收而众递养之。成长求姓，众云：'诸人共育得大，遂以诸耶为姓。'"言朱耶者，讹也。

天成中，帝谓侍臣曰："自古铁券，其事如何？"赵凤对曰："此则帝王誓文，赐其子子孙孙，长享爵禄。"帝曰："先朝所赐，惟三人耳。崇韬、继麟寻皆族灭，朕之危疑，事虑朝夕。"嗟叹久之。赵凤曰："帝王所执，故知不必铭金镂石。"帝曰："敢不深诚！"

忠懿王在钱塘，显德中有民沈超者负罪逃匿。禁其母，凡百日不出；及追妻鞫之，当日来。首判之曰："母禁十旬，屡追不到；妻絷半日，不召自来。倚门之义稍轻，结发之情太重，领于市心，军令处分。"又大貌曹公镇青海，有盗魁累犯当死，皆会赦。至公在任又犯,有司以赦文举之。公判曰:"三遇赦文,天子之恩合免;屡为民患,将军之令必行。"乃从极典。

陶穀小名铁牛,李涛尝有书与之曰:"每至河源,即思令德。"唐彦谦之孙也,以石晋讳改姓焉。

茅 亭 客 话

[宋]黄休复　撰

李梦生　　校点

校 点 说 明

《茅亭客话》十卷,宋黄休复撰。黄休复生平不详,另著有《益州名画录》,据书前李畋序,知其字归本,居蜀中,通《春秋》学,鬻丹养亲。所居一茅亭,多蓄古人手迹。陈振孙《直斋书录解题》著录《茅亭客话》,谓休复字端本,另有《成都名画记》(当即《益州名画录》)。据其著述及所及内容,知休复为四川人,生活于五代、宋初。

《茅亭客话》所记皆亲历亲闻,均为蜀中事,起自蜀王建、孟知祥二氏,终至宋真宗朝事。据书末宋元祐癸酉(八年,1093)清真子后序,言此书已藏书笥中五十余年,知书成于1040年以前。作者通经学,又潜研烧丹之事,精于书画鉴赏,故所记道家异事及书画,多真知灼见,足资考证;言及儒家经典,亦不乏洞中窾要之处。其记蜀中变乱,王小波、李顺起义事,以亲历亲闻,足补史家之阙。一些记四川文人轶事,如唐求诗瓢事,成为后人掌故。作者虽当唐传奇盛行之时,但记奇志怪事,一依六朝志怪,文笔简捷,颇多奇趣,如记人化虎事,直追六朝,卷八言人大醉,虎嗅之,虎须入醉人鼻中,醉人喷嚏,虎惊跃落崖而毙事,均为后人采入说部。卷九载龙骨事,实为恐龙化石,正可与近年考古发掘相互发明。

本书版本较多,清咸丰中,胡珽得南宋"太庙前尹家书籍铺刊行"本,收入所刻《琳琅秘室丛书》中,并取《津逮秘书》本、《学津讨原》本校勘,附有校勘记,为今传世最善之本。这次校点，即以《琳琅秘室丛书》本为底本，复校以胡氏未见之《四库全书》本，凡错讹均参酌胡校及《四库》本予以改正，不出校记。

目　　录

茅亭客话卷第一

蜀　先　兆

　　圣朝乾德二年,岁在甲子,兴师伐蜀。明年春,蜀主出降。二月,除兵部侍郎参知政事吕公_{馀庆}知军府事,以伪皇太子策勋府为理所。先是,蜀主每岁除日,诸宫门各给桃符一对,俾题"元亨利正"四字。时伪太子善书札,选本宫策勋府桃符,亲自题曰"天垂馀庆,地接长春"八字,以为词翰之美也。至是吕公名馀庆,太祖皇帝诞圣节号长春,天垂地接,先兆皎然,国之替兴,固前定矣。

太　平　木

　　伪蜀广政末,成都人唐季明父,失其名,因破一木,中有紫纹隶书"太平"两字。时欲进蜀主,以为嘉瑞。有识者解云:"不应此时,须至破了方见太平尔。"果自圣朝吊伐之后,频颁旷荡之恩,宽宥伤残之俗,后仍改太平兴国之号。即知识者之言,谅有证矣。

甘　露

　　圣宋戊申岁,帝奉元符,礼行泰岳。是时雨露之恩,遍加率土,应天下悉赐大酺。其年冬十月,知州枢密直学士任公中正于衙南楼前盛张妓乐杂戏,以宴耆老,遵诏旨也。大酺之盛,蜀民虽眉庬齿齯,未曾见之,可谓荣观尔,欢呼之声,倾动方隅,皆称往岁两陷盗贼,堕于涂炭,岂知今日遇文明主,作太平民,得观兹盛世矣。是岁冬十二月,甘露降于大圣慈寺、甘露寺、净众寺、金绳院、龙兴观、青羊宫及衙廨内道院,凡八处,竹柏之上,自承天节日至二十日,逐夜联绵不止,叶无大小,悉皆周遍,士庶扶老携幼,奔驰于路,以盘盂承接尝饮之,甘如饴蜜。又里儒证《瑞应图》曰:夫甘露之降,王者尊贤尚齿,则竹柏受之。圣人作,为道之休明,德动乾坤而感者,谓之瑞。其是之谓乎?

天 尊 木

大中祥符六年,绵州彰明县崇仙观柏柱上有木纹,如画天尊状,毛发眉目,衣服履舄,纤缕悉备。知州比部外郎刘公宗言遂绘事奏闻,奉圣旨令津置赴阙,送玉清昭应宫,其观主赐紫及茶绢等物。今川民皆图画供养之。

虎 盗 屏 迹

圣朝未克蜀前,剑、利之间,虎暴尤甚,白卫岭石筒溪虎名披鬃子,地号税人场,绵、汉间白杨林虎名裂蹄子,商旅聚徒而行,屡有遭搏噬者。嘉州牛颈山有子母虎,陵州铁炉山有青豹子,彭蜀近山镇县,暴兽成群,农家不敢放牧及出门采樵,行旅共苦之。又有群盗,诸州县结聚,各有百人至二百人,官军掩捕则与格斗,胜则御敌官军,败则奔入林薮,虽有捕盗之吏,莫能擒获。仅四十余年,民无安业。圣朝克复后,岁贡纲运,使命商旅,昼夜相继,庐舍骈接,犬豕纵横,虎豹群盗,悉皆屏迹。得非系国朝之盛衰,时政之能否乎?

蜀无大水

开宝五年壬申岁秋八月初,成都大雨,岷江暴涨,永康军大堰将坏,水入府江。知军蒋舍人文宝与百姓忧惶,但见惊波怒涛,声如雷吼,高十丈已来,中流有一巨材,随骇浪而下,近而观之,乃一大蛇尔,举头横身,截于堰上。至其夜,闻堰上呼噪之声,列炬纵横,虽大风暴雨,火影不灭。平旦,广济王李公祠内,旗帜皆濡湿,堰上唯见一面沙堤,堰水入新津江口。时嘉眉州漂溺至甚,而府江不溢。初李冰自秦时代张若为蜀守,实有道之士也。蜀困水难,至于臼灶生蛙,人罹垫溺且久矣。公以道法役使鬼神,擒捕水怪,因是壅止泛浪,凿山离堆,辟沫水于南北为二江,灌溉彭、汉、蜀之三郡沃田亿万顷。仍作三石人以誓江水,曰:"俾后万祀,水之盈缩,竭不至足,盛不没肩。"又作石犀五,所以厌水物。于是蜀为陆海,无水潦之虞,万井富实,功德不泯,至今赖之,咸云:"理水之功,可与禹偕也,不有是绩,民其鱼乎?"每临江浒,皆立祠宇焉。

车 辙 迹

绵州罗江县罗瑨山,有罗瑨洞,昔罗真人名瑨修道上升之所也。其洞凡有水旱疾疠,祷之,灵无不应。太平兴国五年庚辰岁中秋,彩雾轻烟,月光如昼,香风瑞气,弥漫山谷,四远村民,登层峦而望之,唯闻音乐环珮之声。迟明,但见车辙之迹,去洞十里余,阔一丈以来,碾十深三四寸。其辙迹随山势高下,直至洞门,迤逦狭小,即不知神仙乘车出洞耶。音乐之声,昼夜不绝,遂闻诸州县。时殿前承旨兵马监押知县事陈覃、县尉邹崇让寻诣仙洞,观兹辙迹乐声,以事奏闻。诏大白九井山虎耳先生李洞宾赍香于洞前设醮礼,察视之由,以祈灵贶。虎耳先生,大名府有道之士,时呼为李八百,云已八百岁,如五十许,童颜鬒发,行速言徐,每驻足,士民聚观者如堵。先生即于怀袖中探取铜钱二三文撒之,则稍得人退,因是每十步二十步取钱一撒,至暮,怀袖之中,钱无阙焉。翌日,与诸官入洞,行十里已来,唯闻异香袭人,乐声隐隐,人吏各持香烛,屏息扪藤,足履嵌岩,魂竦汗沥,先生步无差跌,神气自若,出洞之时,衣履之上无泥滓沾污之迹。

程　君　友

　　遂州小溪县石城镇仙女垭村民程翁名君友,家数口,垦耕力作,常于乡里佣力,织草履自给。人质鄙朴,而性慈仁,行见禽兽,常下道回避,不欲惊之,寡讷少与人交言。年六十许,凡见山人道士,聚得佣负之直,以接奉之。凡有行李者,即与之负担,无远近,或遗其钱,即不顾而回,如此率以为常。开宝九年春,往云顶山寺,遇一道士,古貌神俊,布衣粗帻,引一黑狗,见君友云:"愿与我携拄杖药囊到青城山,当倍酬尔直。"君友忻然随之。入一小径,初则田畴荒埂,渐见花木,与常所历者路稍异。行三四里,又见怪石夹道,皆生细竹桃花,飞泉鸣籁,响亮山谷。望中有观宇,依山临水,松桂清寂,薄雾轻烟,披拂左右。黑狗前奔,道士升厅,君友致药囊拄杖于阶上。道士曰:"尔有仙表,得至于此。"开囊取瓢,倾丹一粒,令吞之,曰:"若有饥渴,则可嚼柏叶柏实些些。"君友恳祈愿住仙斋,以效厮役。道士曰:"尔且归家,别止一室,精思妙道,吾至九月八日当来迎尔。"君友拜谢未终,黑狗起吠,因出门避之,向来所遇如失,寂无影响,若梦寐中。逡巡见一负薪者,问之,云是青城山洞天观路。君友归家，无饥渴之念，遂别止一室，不顾家事，尝焚柏子柏叶，静坐无所营为，不饮不食，时嚼柏实三五颗而已。门外有一柏树，下有一大盘石，常织草屦及偃息于上。至九月七日夜，山谷月皎风清，君友于居前后，如有所待。达旦，云霞相映，有如五色，君友仰观蹑空，祥风忽生，彩雾郁起，妻孥悲号，遂越巨壑层峦，涕泗追望，极目而没，乡里皆见闻。时知州右补阙李公准、通判张公蔚以为妖讹，囚系君友妻男于狱，遣吏民于远近寻其踪由。时村耆乡里不堪其扰，众焚香告曰："君若得道，却乞下降，勿使乡人滥获其罪。"忽一日，君友在州衙门，请见通判。张公怒而詈之曰："若仙当往矣，岂得复还？显是妖也。"将加责辱，令拘之。君友但俛首默坐，唯不饮食。吏人有私问之曰："何以得免？"对曰："新主将立，何患乎不免？"言辞安详，人皆不谕。至十二月初，值太宗皇帝登极遇赦，至是方悟新主之验也。君友归家，入诸旧室，有真仙时降，辉光烛空，升床连榻，笑语通宵，妻男听之，皆不可晓。至太平兴国元年三月三日，于柏树下石上，复腾空冉冉而去。妻男望之，已在霄汉，唯闻音乐及香风，终日不止。本州以事奏闻，恩赐其妻男粟帛。时鞫狱吏张汉璆睹其事迹，因是弃妻子游历名山，至今尚在。

雍 道 者

雍道者名法志，东川飞乌县元和乡人也。人虽鄙朴，而性慕清虚，常供养一石老君，及诵《天蓬咒》、《枕中经》。因梦一道士云："雍法志，吾于汝处求钱三千贯文。"法志辞贫，道士取石像前棕帚云："但有患者，将此帚扫之即愈。"言讫而觉。因是乡里有患者，将帚扫之，应手立愈。里人相传，求医者填委。

时郡城西南青羊宫,即老君降生之所,咸平中,兵火荡焚,唯降生、元阳二台存焉,遗址荒圮,鞠为茂草。己酉岁,知州密直学士任公请重兴旧址,其殿东每夜闻钟声,不知所,因凿池,获一铜钟,扣之,响三十余里,士庶游观,经春及夏。法志于宫门见一小儿伛偻而行,以棕帚扫之,正腰而去,聚观者架肩接踵,礼法志为神仙。时起宫工匠辈有腰脚手臂痛者,扫之皆愈。因是四远传云:雍道者扫盲者能视,跛者能履。患者云集,有赍金守门,经旬未获扫者。所得钱帛,并送修造所。逾百日,因悦一妇人,潜出不归,患人稍稍不集。至是年冬再来,扫病无应,自惭而遁。因诘其修造掌籍者,钱仅三千余贯,正符梦中之数尔。

茅亭客话卷第二

王　　客

　　王客者，失其名及乡里。常携筇挈篮，引一斑犬，往来邛、
崃间，以采药为事。多止于荒庙废寺中，虽雪霜风雨，亦无所
避。优游市肆，人或问修养之道，即默而不对，好事者多饮之
以酒。积数年，形貌服饰，未尝更易。天禧戊午岁春，自言游
青城山回，时临邛宰师仲冉颇好道艺，思见其人，即令召之与
语，且曰："饮酒否？"对曰："某有少药，君能服之，某亦饮酒。"
师侯受药，各饮数杯，款话移时，云："吾侪野人，心近云鹤，久
居城市，颇思归乡，诚有奉托。"辞出，往故驿路去。师侯饵药，
渐觉轻安，专令人访之。至四月二十七日，独携杖负笈往，临
溪路一里间有寺曰国宁，遂于寺门下坐。行人问之曰："日将
暮矣，于此久坐何为？"答曰："我有师在此。"至暝，忽暴卒于门
下。乡耆闻官，权瘗于道左。至六月，师侯闻之，曰："曩所言
久别家山，颇思归乡，斯之谓乎？"遣吏赵秀往彼焚之，发其尸，
颜貌如生，手足皆软，若熟寐焉。顷之，身下清泉涌出，浮尸而
起，遂就沐浴之。乡村聚观，或以衣服敛之，兼及设酒馔而祭
者。师侯曰："吾闻仙人不死，脱有死者，乃尸解也。此人真解
化乎？身虽委蜕，神未遐逝。"自斂俸以瘗之，且旌异人也。前
所言有师在此，其是之谓乎？休复常读《登真隐诀》，谓仙道有
升天蹑云者，游行五岳者，服饵不死者，尸解而仙者。忽有暂

游太阴,自有太一守尸,三魂营骨,七魄卫肉,胎灵录气,虽以
铁石牢固藏闭,终至炼形数满,当自擘石飞空而仙者。夫得道
之士,入火不烁,入水不濡,蹑空如实履,触实如蹈虚,虽九地
之厚,巨海之广,八极之远,万方之大,应倏欻而至,何所拘滞
耶?所以然者,形与道合,道无不在,毫芒之细,万物之众,道
皆有之。今备录者,与王客张本也。

崔 尊 师

崔尊师名无致。王氏据蜀,由江吴而来,托以聋聩,诚有
道之士也。每观人书字而知其休咎,能察隐伏逃亡,山藏地
秘,生期死限,千里之外,骨肉安否,未尝遗策。时朝贤士庶,
奉之如神明。龙兴观道士唐洞卿令童子以器盛萝卜送杜天师
光庭,值崔在院门坐,遂乞射覆。崔令童子于地上划一个字,
童子划一"此"字,崔曰:"萝卜尔。"童子送回,拾一片损梳置于
器中,再乞射覆。崔曰:"划字于地。"童子指前来"此"字,崔
曰:"梳尔。"洞卿怪童子来迟,童子具以崔射覆为对。洞卿久
知崔有道,令童子握空拳再指"此"字,崔曰:"空拳尔。"洞卿亲
诣崔云:"一字而射覆者三皆不同,非有道讵能及此。"崔曰:
"皆是童子先言,非老夫能知尔。'此'字象萝卜,亦象梳,亦象
空拳,何有道耶?"崔相字托意指事皆如此类。王先主自天复
甲子岁封蜀王,霸盛之后,展拓子城西南,收玉局化,起五凤
楼,开五门,雉堞巍峨,饰以金碧,穷极瑰丽,辉焕通衢,署曰
"得贤楼",为当代之盛。玉局化尊像并迁就龙兴观,以其基址
立殿宇,广库藏。时杜天师诣崔曰:"今主上迁移仙化,其有证
应乎?"崔叹息良久,言曰:"皇嗣作难尔。"甲戌岁,果伪皇太子
元膺叛,寻伏诛。后杜天师谓崔曰:"有道之士,先识未然。"崔

曰："动局子乱,必然之事,何有道先识者哉!"杜天师曰："此化毕竟若何?"崔曰："局必须复,非王氏不可也。"先主殂,少主嗣位,明年,再起仙化,以为王氏复局之验也。圣宋大中祥符甲寅岁,知州谏大夫凌公策奏乞移王先主祠,取其材植,以修此化。土木备极,楼殿壮丽,工木未毕,或于玉局洞中出五色云,观者千余人,移时而散。寻画图呈进,降诏奖谕,即崔所言王氏复局之事,证应何其远哉!休复尝读《仙传拾遗》云:二十四化各有一大洞,或深广千里、五百里,其中有日月飞精,谓之伏晨之根,下照洞中,与人间无异。有仙王仙官,卿相辅佐,如世之职司。凡得道之人,积功迁神返生者,皆居其中,以为民庶。每年三元八节,诸天上真下降洞中,以观其理善恶,人世生死兴废,水旱风雨,皆预关于洞府,及龙神祠庙血食之司,皆洞府之统摄也。二十四化之外,有青城、峨眉、益登、慈母、繁阳、嶓冢等洞,又不在十大洞天并三十六洞天之数。洞府之仙曹,亦如人间之州郡尔。夫天之所有,谁能废之?违天必有大咎,子乱之祸,能无及此乎?

范 处 士

范处士名德昭,蜀人也,不知所修之道,著《通宗论》、《契真刊谬论》、《金液还丹论》。伪蜀主频召入内,问道称旨,颇优礼之。处士谈论,多及物情,以鉴戒为先。蜀人每中元节,多生五谷,俗谓之盆草,盛以供佛。初生时,介意禁触,谓尝有雷护之。既中元节后,即弃之粪壤。处士太息曰:"岂知圣人则天之明,生其六气,因地之性,用其五行,斫木为耜,揉木为耒,耒耨之利,以教天下,播种五谷,以育于人。而不知天地生育之恩,轻弃五谷如是,宜乎神明不祐,而云获祸。悲夫!"

李 处 士

　　李处士名谌,学识精博,尝讲五经,善诱诲,人问无所隐,四十余年,以束修自给。每讲《春秋》,尝云:孔圣见周德下衰,诸侯强盛,虽有典礼而不能举,虽有赏罚而莫得行,孔子因是笔削鲁史,上遵周公之制,下明将来之法,以褒贬而代赏罚,俾夫善人知劝而淫人知惧也。左丘明鲁国史官,受经于孔子,恐七十弟子各生异端,失其大旨,遂以诸国简牍,博采众记而作传焉。其传忽先经以始事,忽后经以终义,忽依经以辩理,忽错经以合异,广记备言,以成一家之通体尔。杜征南不思孔子修经,与《诗》、《书》、《周易》为等列,丘明之传,当与司马迁、班固为等列,岂合将经之年与传之年相附,参而贯之,将令学者素无资稟,纵意自裁,但务声律,罔知古道,将周、孔之圣贤,班、马之文章,皆不由兹制作,靡得而达焉。然皇王帝霸之道,兴亡理乱之体,其可闻乎?遂引证当时以《左传》文为《春秋》者数人,今不具录。休复屡见失其旨归如处士之言者,傥能使《春秋》自为经,《左氏》自为传,则不迷于后生者矣。

苏 推 官

　　伪蜀子城西南隅有道士开卜肆,言人之生平休咎,皆如目睹。伪蜀广政中,进士苏协、杜希言同往访之。道士谓苏曰:"秀才明年必成名。"苏未甚信之。道士曰:"成固定矣,兼生贵子。"时内馈方孕逼期,因是积以为验。顾杜曰:"秀才成何太晚耶?"杜不乐,以为妄诞,愠而退。明年春,苏于制诰贾舍人下及第,杜果无成。苏过杏园宴,生一子,即易简也,至礼部侍郎、参知政事。杜方悟道士之言,遂再谒之,问名第虽云晚成,未审禄始何年，秩终何地。道士曰："秀才勉游，必成大名。然其事稍异，不能言之。"杜生请之，曰："君成事之日，在苏先辈新长之子座下。"杜曰："若保斯言，欲辞福禄得乎？"道士曰："从此以往，未之或知也。"其年，苏授彭州司法参军，改陵州军事推官。圣朝伐蜀，赴阙，累任外官。其子果以状元及第，端拱二年，由翰林学士知举，杜始得成都解南宫，奏名登第，授常州军事推官，不禄。时子弟峤游京师，见杜云："乡知唯吾友一人见某老成。"遂言老成之始末，故得书之。然死生有命，富贵在天，何道士见之远也。

张　海　上

伪蜀举人张洸，字海上。雍熙丙戌岁，往嘉州谒平羌令。船次平羌溉下，夜泊，忽梦二人，容貌端俨，白衣华焕，于洸前俯伏求救。洸觉，唯闻船栈下跳踯之声不已，视之，乃二鲤鱼焉。洸性躁急，不能容物，怒此鱼挠其寝，遂扶栈取鱼，弃于江中。既而就寝，复梦二白衣持大蒜数头，恳谢而去。迟明，方悟向梦者鱼也。至于平羌，因以梦告平羌令。令曰："君之梦祥符也。放鱼所感，蒜者筭也，当延君筭尔。"洸至晚年，著《后隐书》三卷，亦纪梦鱼之事，享寿七十八而卒。

费　尊　师

陵阳至道观主费禹珪，字天锡，文学优赡，时辈所称。伪蜀尝应进士举，名绚，或梦衣锦在井中，觉后自喜曰："及第衣锦游乡井尔。"他日因与州军事推官苏协论名第皆由阴注，凡举人将历科场，多有异梦。禹珪因言前梦，苏曰："非佳梦尔。衣锦井中，是文章未显之兆。"费不悦。来春果下第归乡，因告苏曰:"人生百年,有如风烛,止可怡神养志,诗酒寄情,更不能为屑屑之儒,诚有云栖之志矣。"苏曰:"世禄暂荣,浮生如寄,唯登真履道,可后天为期也。某有竖子,虽愚,请教授之。"即参政侍郎也。泊明年,圣朝伐蜀,苏上京历任。至太平兴国年中,授开封府司录参军,不禄。休复尝读医书云:人藏气阴多则梦数,阳壮则梦稀,有梦亦不复记之。夫瞽者无梦,愚者少梦,故驺皂百夕无一梦。乃知梦者习也,又不独至人者哉!顷有一士人能原梦,遂撰一梦请占之,灾祥皆验。他日告云:"吾实无梦,向者梦吾撰也,聊以试君,皆验,何也?"原梦者曰:"意形于言,灾祥随之,何况梦笔梦松者乎?"则知梦者不可以一事推之尔。

冯　山　人

　　冯山人名怀古,字德淳,遂宁人也。有人伦之鉴,善辩山水地理。太平兴国中,于青城山三蹊路牛心山前看花山后,因卜居,立三间大阁,偃息于中。居常所论,皆丹石之旨,以吐纳导引为事,博采方诀歌颂图记丹经道书,无不研考。每遇往来者,有服饵者,有入室求仙者,有得杂艺者,有能制服诸丹石者,复有夸诞自誉寿过数百岁者,有常与神仙往还者,欲传之者,以方书为要,授之者,以金帛为情,尽皆亲近承事之,虽伎艺无取,皆以礼接之。咸平中,成都一豪家葬父,遍访能地理者,选山卜穴,凡数岁方得之。因令冯看之,冯曰:"陵回阜转,山高垅长,水出分明,甚奇绝也。"主人云:"自葬之后,家财耗散,人口沦亡,何奇绝也如是耶?"山人曰:"颇要言之,凡万物中,人最为灵,受命于天,与物且异,而有贵贱各得其位,如鸟有巢栖,兽有穴处,故无互相夺者也。此山是葬公侯之地,岂常人可处？所以亡者不得安，存者不得宁。《易》曰：'负且乘，致寇至；小人而乘君子之器。'其是之谓乎？"

李　四　郎

李四郎名玹，字廷仪，其先波斯国人，随僖宗入蜀，授率府率。兄珣，有诗名，预宾贡焉。玹举止温雅，颇有节行，以鬻香药为业。善弈棋，好摄养，以金丹延驻为务。暮年，以炉鼎之费，家无余财，唯道书药囊而已。尝得耳珠先生与青城南六郎书一纸，论淮南王炼秋石之法，每焚香熏之，有一桃核杯，围可寸余，纹彩灿然，真蟠桃之实尔。至晚年，末而服之。雍熙元年春，游青城山，于六时岩下溪水中，得一块石，如雁卵，色黑温润，尝与同道者玩之。一日，误坠于地，碎为数片，其中空焉，可容一合许物，四畔皆雕刻龙凤云草之形，文理纤妙，皆甚奇异，殆非人工。或曰：此神仙所玩之物矣。

茅亭客话卷第三

淘沙子 沙作去声

伪蜀大东市有养病院,凡乞丐贫病者,皆得居之。中有携畚锸,日循街坊沟渠内淘泥沙,时获碎铜铁及诸物以给口食,人呼为淘沙子焉。辛酉岁,有隐迹于淘沙者,不知所从来及名氏。常戴故帽,携铁把竹畚,多于寺观闃静处坐卧。进士文谷因下第往圣兴寺,访相识僧,见淘沙子披褐于佛殿上坐,谷见其状貌古峭,辞韵清越,以礼接之。因念谷新吟者诗数首,谷愕然。又讽其自作者数篇,其诗或讥讽时态,或警励流俗,或说神仙之事,谷莫之测。因问谷今将何往,谷曰:"谒此寺相识僧,求少纸笔之资,别谋投献。"其人于怀内探一布囊,中有麻绳,贯数小铤银,遂解一铤遗谷,戴帽将所携器长揖出寺而去。谷后得伪国通奏使王昭远礼于宾席,因话及感遇淘沙子之事,念其诗曰:"九重城里人中贵,五等诸侯阃外尊。争似布衣云水客,不将名字挂乾坤。"王公曰:"有此异人!"遂闻于蜀主,因令内园子于诸街坊寻访之。时东市国清寺街有民宇文氏宅,门有大桐树,淘沙子休息树阴下。宇文颇留心至道,见其人容质有异,遂延于厅,问其艺业,云:"某攻诗嗜酒。"言论非俗,因饮之数爵,与约再会。浃旬,淘沙子或到其门,将破帽等寄与门仆,令报主人。其仆怂然,厉声骂之曰:"主人岂见此等贫儿耶?"宇文闻之,遽出迎候,愧谢曰:"翘望日久,何来晚耶?"即与饮且酣。宇文曰："神仙可致乎？至道可求乎？"淘沙子曰："得之在心，失之亦心。"宇文曰："某数年前遇人教令咽气，未得其验，废之已久。"淘沙子曰："修道如初，得道有余，皆是初勤而中惰，前功将弃之矣。世有黄白，有之乎，好之乎？"宇文曰："某虽未尝留心，安敢言不有？安敢言好之？"淘沙子因索铜钱十文，衣带中解丹一粒，醋浸涂之，烧成白金，"此则神仙之艺，不可厚诬之，但罕遇也，有自言者皆妄也。"遽辞而去。翌日凌晨扣门，将一新手帕裹一物云："淘沙子寄与主人。"宇文开而视之，乃鬐发一颗，莫测其由。至日高，门仆不来，令召之，云："今早五更睡中，被人截却头鬐将去。"蜀主闻之，访于宇文，宇文寻于养病院，云："今早出去不归。"自兹无复影响。休复见道书云：刺客者，得隐形之法也。言刺客若死尸亦不见，每二十年一度易形改名姓，谓之脱难。多有奇怪之事，名籍已系地仙。淘沙子是其流也。

张　道　者

　　伪蜀大东门外有妙圆塔院，僧名行勤，俗姓张氏，人以其精于修行，因谓之道者。早岁南行，中年驻锡，庞眉皓发，貌古形赢，住草屋数间，唯绳床一张，及木棺一所。不从斋请，昼则升床而坐，夜则入棺而卧，衣服未尝更换。人问之，拱默不对，人皆仰其高节，遗之衣服，则转施贫人，与米面盐酪，则受以一大瓶，贮之常满，每斋，则取一抄合而食。三纪偃息自若，不诳流俗。其清尚如此。时齿八十，临终，自拾薪草积于院后，告诸门徒曰："吾即日行化，希以木棺置于薪草之上，以火爇之，老僧幸矣。"至期，依其教谕，于煨烬中得舍利数十粒，葬于塔中。时有慈觉长老，禅门宗匠也，有《书妙圆塔院张道者屋壁》

云：“成都有一张道者，五十年来住村野。只将淡薄作家风，未省承迎相苟且。南地禅宗尽遍参，西蜀丛林游已罢。深知大藏是解粘，不把三乘定真假。张道者，傍沙溪，居兰若，草作衣裳茅作舍。活计生涯一物无，免被外人来措借。寅斋午睡乐哈哈，檀越供须都不谢。沿身不直五分铜，一句玄玄岂论价。张道者，貌古神清不可画。鹤性云情本自然，生死无心全不怕。纵逢劫火未为灾，暗里龙神应叹讶。张道者，不说禅，不答话，盖为人心难诱化。尽奔名利谩驱驱，个个何曾有般若。分明与说速休心，供家却道也烂也。张道者，不聚徒，甚脱洒，不结远公白莲社。心似秋潭月一轮，何用声名播天下。”

大觉禅师

禅师名慈觉，字法天，姓刘氏。自王蜀末游南方，至孟蜀初，归住大觉。禅师性急言速，应答如流，人问一部莲经何者是妙法，师戟其手曰：“教汝鼻塌。”问为甚如此，对曰：“谤斯经，故获罪如是。”伪蜀李相旻尝问道于师，优礼待之。师有《禅客须知集》、《禅宗祖裔图》、阐道歌行偈颂三百余篇，题曰《禅宗至道集》，行於世。

张平云

张居士名峤，字平云，学释氏法，人谓之居士。时有勾居士问不拘生死者，愿师直指，答云：“非干日月照，昼夜自分明。”又问：“百亿往来非指的，光明终不碍山河时如何？”答云：“红尾谩摇三尺浪，真龙透石本无踪。”尝撰《参玄录》、《玄珠集》、歌行句偈百余篇，云：“峛流来问我家风，我道玲珑处处通。顷刻万邦皆遍到，途中曾未见人逢。”其仙化三日，口吐气

满屋氛氲,有弟子告云:"居士常言:宗门只以眼目为先,不以
瑞相为事。居士今日何以如此?"言讫,香气乃绝。

王　居　士

居士王裕,四十余年留心禅学,三蜀丛林,皆尽参遍,学流
与之切磋话句,无逃其确论尔。至暮年,示疾于同流曰:"吾期
某日行化。"至期,居士有季父为僧,语之曰:"吾为汝作十念。"
居士曰:"透满无形,十方无碍,直至无心,未得为了,何况有念
者哉?"言讫,奄然而逝。

勾　居　士

勾居士名令玄,蜀都人也。宗嗣张平云,有学人问答,随
机应响。著《火莲集》、《无相宝山论》、《法印传》、《况道杂言》
百余篇。有《敬礼瓦屋和尚塔偈》曰:"大空无尽劫成尘,玄步
孤高物外人。日本国来寻彼岸,洞山林下过迷津。流流法乳
谁无分,了了教知我最亲。一百六十三岁后,方于此塔葬全
身。"瓦屋和尚名能光,日本国人也,嗣洞山悟本禅师,天复年
初入蜀,伪永泰军节度使禄虔扆舍碧鸡坊宅为禅院居之,至孟
蜀长兴年末迁化,时齿一百六十三,故有是句。

味 江 山 人

唐末,蜀州青城县味江山人唐求,至性纯悫,笃好雅道,放
旷疏逸,几乎方外之士也。每入市,骑一青牛,至暮,醺酣而
归,非其类不与之交。或吟或咏,有所得,则将稿抟为丸,内于
大瓢中,二十余年,莫知其数,亦不复吟咏。其赠送寄别之诗,
布于人口。暮年,因卧病,索瓢,致于江中曰:"斯文苟不沉没

于水，后之人得者，方知我苦心尔。"漂至新渠江口，有识者云：
"唐山人诗瓢也。"探得之，已遭漂润损坏，十得其二三，凡三十
余篇行于世。《题郑处士隐居》云："闻说最清旷，及来愁已空。
数点石泉雨，一溪霜叶风。业在有山处，道成无事中。酌尽一
樽酒，病夫颜亦红。"《赠行如上人》云："不知名利苦，念佛老岷
沲。补衲云千片，香焚篆一窠。恋山人事少，怜客道心多。日
日斋钟后，高悬滤水罗。"《题青城山范贤观》云："数里缘山不
厌难，为寻真诀问黄冠。苔铺翠点仙桥滑，松织香梢古道寒。
昼傍绿畦锄嫩玉，夜开红灶拈新丹。钟声已断泉声在，风动瑶
花月满坛。"《赠僧》云："曾闻半偈雪山中，贝叶翻时理尽通。
般若常添持戒力，药叉谁筭念经功。云开晓月应难染，海上孤
舟自任风。长说满庭花色好，一枝红是一枝空。"夫草泽间有
隐逸得志者，以经籍自娱，诗酒怡情，不耀文彩，不扬姓名，其
趋附苟且，得无愧赧唐山人乎！

兰 亭 会 序

　　昔晋穆帝永和九年暮春三月三日，太原孙统承公、富春孙
绰兴公、广汉王彬之道生、陈郡谢安石、高平郄昙熙、太原王蕴
叔仁、释支遁道林并逸少子凝之、徽之、操之等，四十有一人修
禊之会，羲之为序，兴逸而书之，笔迹遒媚劲健绝代，凡二十八
行三百二十四字。唐太宗购得其本，令赵模、韩道政、冯承素、
诸葛贞等摹勒，以赐皇太子、诸王近臣。太宗酷好书法，有大
王书真迹三千六百张，率以一丈二尺为一轴，得一百五十卷，
太宗自书"贞观"二字为印，印缝及卷之首尾。又选贵臣子弟
有性识者，以为弘文馆学生，内出书法，命之学习焉。其有人
间善书者，并召入馆。由是十数年间，海内靡然，工书翰者众。

其王书法帖所宝惜者,独《兰亭序》为最,常置于御座之侧,朝夕观览。贞观二十三年,圣躬不豫,临崩,谓高宗曰:"吾欲从汝求一物,汝诚孝也,岂能违吾心耶? 汝意如何?"高宗听命。太宗曰:"吾所欲得《兰亭》,可将去乎?"高宗哽噎流涕曰:"唯命。"奉讳之日,用玉匣贮之,随仙驾送入灵宫。今赵模等所摹者本,往往有好事者收藏得。伪蜀时,吴王遣内客省使高弼通好,持国书于蜀,因献伪皇太子王羲之石本《兰亭》一轴。当时识者议此本是羲之撰序后刻石于兰亭者,伪皇太子攻王书,体法精妙,弼故有是献。伪翰林待诏米道邻侍书于太子,掌书法百余卷,皆是二王法帖、古来名贤墨迹及石本者。洎圣朝伐蜀,其书帖尽归米道邻私家。至乾德中,有鬻彩笺王七郎名文昌,与道邻世旧,道邻因与文昌石本《兰亭》,即吴使高弼献太子者。文昌好博雅,古来名书多收藏之,羲之真书《乐毅论》、《黄庭经》,草书十七帖,晋、魏、两汉至李唐名臣墨迹及石本,皆萃于家。当时与往还好书者,毛熙震、王著、勾中正、张仁戬、黄居实、张德钊、张文懿、史载、滕昌祐、石恪、李德华、陈熙载、僧怀戬义西尝访之,阅其所藏,终日忘倦。太平兴国初,光禄卿高公保寅即渚宫高氏之后,入川为九州巡检,休复尝谒见之,因得张藻山水一轴,羲之墨迹《兰亭》一轴,注"崇山"二字、"固者乎"三字,皆是赵模、诸葛贞搨者,檀香轴古锦褾,皆烟晦虫蠹,时得与诸贤往复玩之。甲午岁,家藏书画,焚掠迨尽。今蜀中两经寇乱,诸家名书古画,罕得见闻,故备言之尔。

茅亭客话卷第四

家 居 泰

伪蜀眉州下方坝民姓家氏,名居泰,夫妻皆中年,唯一男,既冠,忽患经年羸瘵,日加医药,无复瘳减。父母遂虔诚置《千金方》一部,于所居阁上,日夜焚香,望峨眉山告孙真人祷乞救护。经旬余,一夕,夫妇同梦白衣老翁云:"汝男是当生时授父母气数较少,吾今教汝,每旦父母各呵气,令汝男开口而咽之,如此三日,汝男当愈。"夫妇觉而皆说,符协如一,遂冥心依梦中所教。初则骨木强壮,次乃能食而行,积年诸苦顿愈。后冠褐入道,常事真人无怠焉。

周 写 貌

伪蜀成都人周元裕,攻写貌。时因避暑于大圣慈寺佛牙楼下,或自长吁,傍有一村人诘其吁叹,元裕答云:"某攻写真有年矣。生平薄命,有请召写真者,富室则不类,贫家则酷似,母老供给不迨,故有是叹。"村人因问元裕跧泊之处,良久曰:"某有薄土在灵池县,邻村有观,观主欲要写真,嘱我多时,来日诘朝,同来相寻,勿失此约。"翌日,有一道流白皙长髭来求写真,云:"夜来邻村门徒话及,特来奉谒。"元裕乃定思,援毫立就,其貌无少差异。道流喜云:"门外有一仆,将少相酬。"出门呼之,已失道流踪迹。逡巡蜀城士庶咸言灵池朱真人来周处士家写真,求请真容者,日盈其门,自此所获供侍周赡。观斯灵异,得非有道之士,出处人间,救振贫苦者乎?

丁 元 和

　　丁元和者,自幼好道,不慕声利,疏傲无羁束,或晴霁,负琴出郊饮酒,杖策逍遥于田亩间。常言祖父长兴元年于遂州,值孟先主,与东川董太尉会兵攻围州城。先是,城中有一贫士曰宋自然,常于街市乞丐,里人不能辨之。至重围中,人皆饥殍,宋亦饿殍于州市,相识者以簟裹埋城下,俟时平葬之。至明年,有遂州驱使吏李彦者,先往潞州勾当,至城破方归,说见宋自然在潞州,告云:"君若归州,事须与我传语相识五七家,那时甚是劳烦人。"答以自然于重围中已死。因与发埋处,只见空簟,其间有一纸文字云:"心是灵台神之室,口为玉池生玉液。常将玉液溉灵台,流利关元滋百脉。百脉润,柯叶青,叶青柯润便长生。世人不会长生药,炼石烧丹劳尔形。"元和因是学道,深得其用。休复尝读道书《登真隐诀》云:解化之道有八焉,解化之法,其道隐秘,笑道之辈,但见其狼藉乞丐于廛市,以为口实,非其所知。然一度托解,须敛迹他方,屡更名姓,忽逢遇知识,露少踪由,以激后人。非奉道好奇者,孰能采摭其隐显尔。

王 太 庙

　　伪蜀成都南米市桥有柳条家酒肆,其时皆以当垆者名其酒肆。柳条明悟,人多狎之。偶患沉绵,经岁骨立尸居,俟死而已。有一道士常来赊酒,柳条每加勤奉,因愍其恭恪,乃留丹数粒,且云:"以酬酒债。"令三日但水吞一粒,服尽此丹,患当痊矣。柳条依教，初服一粒，疾起能食。再服，杖而能行。终服，充盛如初。有伪太庙吏王道宾者，人皆目为王太庙，本汉州金堂县人也。因知其事，遂恳求柳条取服余者药。以铁茶铛盛水银投丹煎之，须臾，水银化为黄金，因是将丹与金呈蜀主云："此金为器皿，可以辟毒，为玩物，可以祛邪，若将服饵，可以度世。"蜀主问合丹之法，云："有草生于三学山中，乞宰金堂，以便采药。"乃授金堂宰。明年，药既无成，知其得丹于柳条，遂诛之。休复尝见道书云：未有不修道而希仙艺者，苟或得之，必招其祸，而况谄诈者哉！

刘　长　官

刘长官名蟾，美风姿，善谈论，涉猎史传，好言神仙之事。无子息，夫妻俱五六十，于伪蜀摄成州长道县主簿。圣朝克复，匿于川界货药，改名抱一。开宝中，于青城鬼城山上结三间茅屋，植果种蔬，作终焉之计。每一月两三度入青城县货药，市米面盐酪归山，由是人稍稍知之。或云，有黄白法。一日，有三人冒夜投宿，自携酒果就语，及炉火之事，颇相契合。至夜央，语笑方酣，客曰："知长官有黄白法，可以梗概言之。"长官初则坚拒，客复祈之不已，长官笑曰："某自数年浪迹从师，只得此法，岂可轻道耶？"客曰："某等愿于隐斋效爨薪鼓鞴之役，可乎？"长官辞以师授有时，他日于丈人真君前相传尔。客作色云："今夜须传，勿为等闲。"长官曰："适慕君子同道，相逼如此！"客三人攘臂瞋目眄之，良久曰："某等非君子，是贼也。如不得其法，必加害于君。"于腰间探出短刃，长官与妻惶惧，惮其迫胁，而并法兼奉之残药。三人得之，拱揖而去。长官夫妻晦爽下山，不复再往，因以山居与李谌处士。休复授道于处士,故尽熟其事焉。

陈 损 之

伪蜀王氏时,有郎官陈损之,至孟氏朝,年已百岁,妻亦九十余。当时朝士,家有婚聘筵会,必请老夫妇,以乞年寿为名。至蜀末年,其夫先死。后圣朝克复,至太平兴国中,老妇犹存,仅一百二十岁,远孙息辈住西市造花为业,供侍稍给。有好事者,时往看之,形质尪瘦,状若十二三岁小儿,短发皓然,顾视外人,有同异类,寒暑风霜,亦不知之。休复尝见《神仙传》云:人寿有至一百二十岁,非因修养而致,皆由禀受以得之,则老妇是也。若因修养及得灵药饵者,寿至二百四十岁,加至四百六十岁已上,则视听不衰,而无昏耄。尽其理者,可以不死,但不成仙尔。夫养寿之道,唯不伤而已矣。

史 见 魂

史见魂者,蜀人也,名惟传,年七十余,孑然居数间屋于东市,唯以床座张纸钱而已,不知有何法,人皆呼之见魂,蜀人咸敬之。或云:判冥,以称判官。有民姓李者,尝敬重之,因与偕行。至市南勾氏家酒肆前,判官望空相揖。李因诘之,云:"有水府人吏在此。"后三日大雨,水潦暴涨,勾氏出城看水,马惊蹶,倒于江中溺死。繇是蜀人愈敬之。休复见道书《真诰》云:有好阴施奉道敬仙者,生授职于阴府,则史公其人与?史公尝与相知称天曹门吏太牺子。愚亦闻有生人判冥者,皆惧人知之,不敢妄泄,此史公又不然,何谓乎?

女　先　生

遂州女道士游氏，不记名。太平兴国末，经过成都，游青城及诸仙化。仪质古雅，善谈至道，容貌可二十余，不饮食，云得丹砂之妙。有一叟，髭发皓然，腰脊伛偻，执焚香洒扫之役，侍于女冠之后，常遭叱辱。又有张五经道士名道明，年过四十，亦为女冠侍者，云此女冠者，百二十岁，老侍者乃远孙尔。蜀城士民仰从之，至于纳货求丹，就师辟谷者如市焉。时知府辛谏议仲甫恐其妖，遣出城，任游诸化，犹有师资者随行。经数年，有遂州刘山人到城，休复因话女冠之事，山人笑云："只自那时与张道明于飞，至今见住庚除化。向来老侍者，即女冠之父也。"嗟乎！师问者但存诚敬之，为其所欺如稚孺，得不戒于所惑乎！

李　聋　僧

伪蜀广都县三圣院僧辞远，姓李氏，薄有文学，多记诵。其师曰思鉴，愚夫也。辞远多鄙其师云："可惜辞远作此僧弟子！"行坐念《后土夫人变》，师止之愈甚，全无资礼，或一日大叫转变次，空中有人掌其耳，遂聩。二十余年，至圣朝开宝中，住成都义井院。有檀越请转藏经，邻坐僧窃视之，卷帙不类，乃《南华真经》尔，因与其施主言曰："今之人好舍金帛，图画佛像，意欲思慕古圣贤达，有大功德及于生民，置之墙壁，视其形容，激劝后人，而云获福，愚之甚耶？不思古圣贤达，皆有言行，遗之竹帛，一大时教五千余卷，所载粲然，已不能自取读，究其修行之理，而雇召人看读，亦云获福，益甚愚哉！"时人谓之僧泼伽。

勾　生

　　益州大圣慈寺,开元中兴创,周回廊庑,皆累朝名画,冠于坤维。东廊有维摩居士堂,盖有唐李洪度所画,其笔妙绝。时值中元日,士庶游寺,有三少年俱善音律,因至此,指天女所合乐,云是《霓裳羽衣曲》第二叠头第一拍也。其中勾生者,即云:"某不爱乐,但娶得妻如抱筝天女足矣。"遂将壁画者项上掐一片土吞之为戏,既而各退归。勾生是夜梦在维摩堂内,见一女子,明丽绝代,光彩溢目,引生于窗下狎昵。因是每夜忽就生所止,或在寺宇中,缠绵迨月余。生舅氏范处士者,见生神志痴散,似为妖气所侵,或云服符药,设醮拜章除之,始得生,父母领之。其夜,天女对生歔欷不自胜,曰:"妾本是帝释侍者,仰思慕不夺君愿,托以神契。君今疑妾,妾不可住。君亦不必服诸符药,妾亦不欲忘情。"于衣带中解玉琴爪一对曰:"聊为思念之物,君宜保爱之,自此永诀。"生捧之无言酬答,但彼此呜咽而已。既去,生自是日渐羸瘠,不逾月而卒。玉琴爪其家收得,至顺寇时方失之。壁画天女,至今项上指甲痕尚存焉。

茅亭客话卷第五

黎 海 阳

道士黎海阳,其父伪蜀时为军职,天兵伐蜀,海阳随父戍剑门。蜀军溃散,子父遂还,于川城东门外丁村古冢,忽闻冢内有非常香气。一日,因晴明,微隙中见少骸骨朽腐至甚,旁有一蔂黄粉,因拨开,乃见三小块雄黄。海阳父颇好烧炼,素知冢内雄黄可用,遂以衣襟裹之。至中夜,忽闻人语,父子问之曰:"语者鬼耶?"答云:"某非鬼,某宋人也,家世食禄,而某不乐名宦,退身学道于楚丘,有别墅稍远嚣尘,凡五金八石难得者,必能致之。或方法之士欲合炼试验者,必资其药品,给以炉鼎,使成之。时德宗疑韦中令在蜀与蛮人连结,遂令某为道士,入川见中令,伺其动静居止。皇观三年,又遣僧行勤入蜀伺察中令。初以谈议苦空,后说烧炼点化之事,中令历试,一一皆验。凡三年,中令甚诚敬之。或一日说还丹延驻之法,中令愈加景奉。后炼丹既成,中令斋戒饵之,初觉神气清爽,嗜好倍常,僧遂辞去。至贞元二十年暮春,药毒发而薨。某为与行勤往还,遂罹其祸而及此,遭樵夫牧竖,蹂践遗骸,潜坏朽骨,愤愤不已。"海阳父曰:"君去世已远,何不还生人中,而久处冥寞?"应曰:"某曾遇一高士,以阴景炼形之道传我,遂于我楚丘别墅深山潜谷中,选得一嵌室,嘱我祇持六年,慎莫令诸物所犯,岁满则以衣服迎我于此。其人初则支体虺败,唯藏腑不变。某遂依其教谕,乃闭护之,至期开视,则身全矣,端坐于嵌室之内,发垂而黑,髭直而粗,颜貌光泽,愈于初日。某具汤沐新衣迎之,云能如是三回,乃度世毕矣。某传得此道,今形已不全。某今却自无形而炼成有形尔,则上天入地,千变万化,无不可也。某之形虽未圆,且飞行自在,出幽入明,轩冕之贵,不乐于吾。吾已离人世劳苦,岂复降志于其间。吾今之死,不愈昔之生乎?"海阳父曰:"敢问其衣襟中药是何等药?"对曰:"某常从道士入山炼丹,修葺炉鼎,爨薪鼓鞴,靡不勤力。每叹光景短促,筋骸衰老,所闻者上药有九转还丹,不离乎神水华池,其次有云母雄黄,服之虽不乘云驾凤,役使鬼神,亦可祛除百病,补益寿年。某得炼雄黄之法,自二十岁服至四十岁,获其药力。苟再以火养,就以水吞,可冀道于仿佛。"海阳父告之曰:"饵药之法,则闻之矣。炼形之道,少得闻乎?"言未毕,值天晓人行,恐有人搜捕,不及尽听,因别卜逃窜之所。自后不复至此。海阳父乾德中卒。海阳遂依其教,服炼雄黄,衣道士衣,寻师访道,二十余年不食,唯饮酒,衣服肌肤,常有雄黄香气。淳化中,在益州锦江桥下货丹,筋骨轻健。甲午岁,外寇入城,海阳不出,端坐绳床,为贼所杀。惜哉!

白　虾　蟆

伪蜀将季,延秋门内严真观前蚕市,有村夫鬻一白虾蟆。其质甚大,两目如丹,聚视者皆云肉芝也。有医工王姓,失其名,以一缗市之归。所止虑其走匿,因以一大臼合于地,至暝,石臼透明如烛笼。王骇愕,遂斋沐选日,负铛挈蟾辞家往青城山,杳绝音耗。洎明年,圣朝伐蜀,竟不知王之存亡也。

鲜于耆宿

学射山旧名石斛山,昔张百子三月三日得道上升,今山上有至真观,即其遗迹也。每岁至是日,倾城士庶,四邑居民,咸诣仙观祈乞田蚕。时当春煦,花木甚盛,州主与郡寮将妓乐出城,至其地,车马人物阗噎。有耆宿鲜于熙者,与朋友数人,于万岁池纵饮,因掬池水,见岸傍草中有一小白虾蟆,遂取之。即席有姓刘,失其名,坚请看之。鲜于固执不与,遂啮鲜于手,取将吞之。鲜于戏之曰:"阁下因吞此白蟾,苟成得道,也只成强盗尔。"吞讫,忙惶饮水云:"虾蟆在某心胸间,无所出处。"昏闷至家,旬余医治方愈。休复曾览《抱朴子》内篇云:肉芝者,谓万岁蟾蜍也。头上有角,目赤,颔下有丹纹,体重而跳捷,以五月五日午时取之阴乾,以左足画地成泉,带之辟兵,若敌人射己,弓弩皆反自伤焉。今人以白虾蟆为肉芝,生吞熟啖者,愚之甚也。设使白虾蟆是肉芝,市井之民,但知锥刀之利,嗜欲无厌,藏腑滓秽,苟致其中,则滓秽之气,与灵物相攻,水火交战,宁有全人乎?太平兴国末,休复与处士胡本立、进士史载、诗僧隐峦,往双流县保国观看古柏树,道逢友人袁德隆,从者于担悬一虾蟆,大如扇许,人皆骇视之。后月余,再见袁,因问向者虾蟆所在,袁曰:"是荷担者获于田隧中,将归杀而食之,其夜无疾大叫数声而卒。"

食虾蟆野菌

顷有一士人,好食鳝鱼及鳖与虾蟆,尝云:此三物不可杀,大者有毒杀人,虾蟆小者亦令人小便秘,脐下憋疼,有至死者。宜以生豉一大合,投新汲水半碗中,浸冷豉水浓,顿服之即差。

淳化中，有民支氏于昭觉寺设斋，寺僧市野蕈，有黑而班者，或黄白而赤者，为斋食。众僧食讫，悉皆吐泻，亦有死者。至时，有医人急告之曰："但掘地作坑，以新汲水投坑中，搅之澄清，名曰地浆，每服一小盏，不过再三，其毒即解。"当时甚救得人。夫蕈菌之物，皆是草木变化，生树者曰蕈，生于地者曰菌，皆湿气郁蒸而生。又有生于腐骸毒蛇之上者，大而光明，人误以为灵芝，食而速死，故书之警其误矣。

虹　蜺

淳化壬辰岁夏六月，虹见，时饷大雨，愚友人李颢元云：虹蜺者，阴阳之精也。虹雄也，蜺雌也。有青赤之色。尝依阴云而昼见，大阴亦不见，日落西，虹乃东见，见必有双。鲜者雄色，淡者雌也。入人家饮水，或福或凶。有陈季和者云：昔韦中令镇蜀之日，与宾客宴于西亭，或暴风雨作，俄有虹蜺自空而下，直入于亭，垂首于筵中，吸其食馔且尽焉。其虹蜺首似驴，身若晴霞状。公惧且恶之，曰："虹蜺者，阴阳不和之气，妖诊之兆也。"遂罢宴。座中一客曰："公何忧乎？真祥兆也。夫虹蜺者，天使也，降于邪则为戾，降于正则为祥，理则昭然。公正人也，是宜为祥，敢为先贺。"旬余，就拜中书令。孟氏初，徐光溥宅虹蜺入井饮水，其母曰："王蜀时，有虹入吾家井中，王先主取某家女为妃。今又入吾家，必有女为妃后，男为将相，此先兆矣。"未浃旬，选其女入宫。后从蜀主归阙，即惠妃也。休复母氏常说眉州眉山县桂枝乡程氏，某之祖斋焉。伯父在伪蜀韩保贞幕，任本州眉山县令。丁母忧，归村野，服将阕，时当夏杪，天或阴翳，见家庭皆如晚霞晃耀，红碧霭然。时饷开霁，瓮釜之中，井泉之内，水皆涸尽，时饷大雨雺霈而已。未几,韩侍中授秦州节制,伯父署节度推官。将知虹蜺者多为祥矣。

避　雷

　　至道丙申岁夏五月,俳优人罗袄长有亲戚居南郭井□庄,袄长晨往访之。时有庄民网获数鱼,袄长取三头贯于伞中,将归,至中路,天色晦冥,迅雷急雨,林木皆倾,火光烛地。袄长恐鱼是龙也,弃之田亩中。雷电益甚,惊惧投村舍避之,振栗不能自止。俟其霁方归。来日迟明,村人将伞与鱼云:“夜来庄主差某相寻,恐为雷雨所惊,见雷霹伞簳,取乖龙将去,鱼与伞遭雷火所燎,拾得,今将归焉。”端拱戊子岁夏六月,暴风雨,雷震圣兴寺罗汉院门屋柱折,有三僧仆于地,身如燔灼之状。世传乖龙者苦于行雨,而多方窜匿,藏人身中,或在古木楹柱之内,及楼阁鸥甍中,须为雷神捕之。若在旷野,无处逃避,即入牛角或牧童之身,往往为此物所累,遭雷震死。俳优为逃而获免,兹僧不避而震杀。语曰:“迅雷风烈必变。”《易》曰:“洊雷震,君子以恐惧修省。”言君子常自战战兢兢,不敢懈惰,见天之怒,畏雷之威,恐罚及己也。《诗》云:“敬天之怒,不敢戏豫。敬天之渝,不敢驰驱。”其是之谓乎?

雨　雹

　　大中祥符癸丑岁,庞永贤者,寓居广都县。夏四月,日将暮,忽烈风迅雷,发屋拔树,雨雹继之,达晓方息。诘朝,询诸行人云:雹自县东山横布数十里,西南沿江而下。则更不知其远迩也。雨雹过处,篱墙屋宇林木大者,皆为雹击,雷拔之,牛马犬豕皆惊仆地,鸟鹊小禽中者俱毙。时麦方实,无有孑遗。

有一村人云:"某家是夜数雹穿屋而落,大如斗,盆瓮锅釜,皆
为击破。"其雹所至之处,树木屋瓦,十不存二三焉。夫雹者雨
冰也,皆阴阳相胁而成。《左传》曰:"凡雹,冬之愆阳,夏之伏
阴,圣人在上无雹,虽有,不为灾。"此盖下民当丰稔收成,即便
务奢侈,以至于服玩衣装,车马屋宇,违越制度,撒弃五谷,曾
无爱惜,上天垂诫以惩之尔。

雉　龙

郭嗑者,忘其名,以其语声高大,因谓之曰嗑。本成都豪
族,不事生业,唯好畜鹰鹞,常慕能以鹰犬从禽兽者为伍焉。
雍熙中,将鹰犬猎于学射山,鹰拿一雄雉,救之得活。其雉每
足有二距,徒侣皆异之,以巾包而负之,觉其渐暖,行一里间如
火,徬徨间,俄而阴晦,乃风雷震电,林木摆簸,不知所归,遂弃
雉于涧下,奔及至真观避之。时雨如注,中宵方霁,不胜其惊。
因尔时有范处士者,闻其说,即云:"雉者龙也,龙为五虫之长,
无定形,寄居十二位,为鸡猪牛马之属,斯龙为雉服也。自贻
其患,苟无风雨之变,亦难逃鼎俎尔。"

李　老

袁氏不记名,人皆目为袁野人。尝居广都县庄。时盛暑,
有一老人衣白诣袁庄求见袁,及席,谓袁曰:"某李氏,家于此
县之南,特来有托于君子,愿君悯宥,当有厚酬。"袁亦不甚诺
之,但宽勉而已,且留食水饭咸豉而退。后三日,因暴雨溪涨,
庄民举网,获一鲤鱼,可三尺许,鳞鬣如金,拨剌不已。袁呼童
就机割之,腹有饭及咸豉少许。袁因悟李老者鱼也,且曰:"李
老虽灵,固难逃吾之一醉尔。"或云:虫莫智于龙,彼鱼神龙也。

若斯变化,安有难而难逃哉？如是则智有所困,神有所不及
耶？吁,迍难困厄,凡圣与龙蟒蠕皆一时,免与不免,何得异
哉？

慈　母　池

慈母池亦云滋茂池,去永康军入山七八十里,池水澄明,
莫测深浅。每至秋风摇落,未尝有草木飘泛其上,或坠片叶纤
芥,必有飞禽衔去之。每晴明,水面有五色彩,如舒锦焉。或
以木石投之,即起黑气,雷电雨雹立至。或岁旱,祭祷无不寻
应。休复曾见道门《访龙经》:水有五色及沙在石上者,皆是龙
居之处也。

龙　女　堂

益州城西北隅有龙女祠,即开元二十八年长史章仇公兼
琼拔平戎城,梦一女曰:"我此城戈也,今弃番陬,来归唐化。"
后问诸巫,其言不异,寻表为立祠,锡号会昌。祠在少城,旧迹
近扬雄故宅,每旱潦祈祷,无不寻应。乾符中,燕国公高骈筑
罗城,收龙祠在城内。工徒设板至此,骤有风雨,朝成夕败,以
闻于高公。公亦梦龙女曰:"某是西山龙母池龙君,今筑城,请
将某祠置于门外,所冀便于往来。"公梦中许之,及觉,遂令隔
其祠于外,而重葺之,风雨乃止,城不复坏焉。继之王、孟二
主,甚严饰之,祷祈感应,封睿圣夫人。天禧己未岁,自九月不
雨至庚申岁二月,寺观诸庙祷祈,寂无影响。知州谏大夫赵公
积躬诣其祠冥祷,未至,郡甘泽大澍达旦,属邑皆告足。是岁
丰登,民无札瘥,遂奏章新其祠宇焉。

茅亭客话卷第六

悼 蜀 诗

《左传》曰:"天灾流行,国家代有。"益部淳化甲午岁,盗起邛蜀,围逼城垒,主帅素无御备,遂奔剑门,贼乘势入城,烧掠杀伤至甚,坤维间凡数十军州,悉为贼之所有,唯眉、陵、梓、遂,坚壁自守。贼据益郡凡百日,天兵至,戮无遗类,军旅所过,皆为荆棘。朝廷除枢密直学士、尚书、虞部郎中张咏知益州。始至,察民疾苦,洞知乱起之由,因为《悼蜀诗》四十韵,今备录之。序云:"至道纪号元祀春正月,为审官院考绩引对,天子曰:天厌西蜀,岁且荐饥,任失其人,枉政偷剥,民兴怨嗟,构孽肆暴。授命虎旅,殄灭凶逆。矧彼黔首,不聊其生,观人安民,朕意罔息。宽即育奸,猛即残俗,得夫济者,实其人尔。惟方直历致有绩,邛僰幽遐,往理其俗,克畏克爱,汝其钦哉。祇奉厥命,乘轺西征。夏四月二十有八日,供厥职。噫!谋筹庸陋,罔敢怠忽。豪猾抑之,赋敛乃省。存恤穷困,招绥流亡,杜绝剥削,宣扬皇风,迨一岁而民弗克安,非郡县之罪,偏将之罪也。有听者孰不知民心上畏王师之剽掠,下畏草孽之强暴乎?良家困弊,渐复从贼,庶赊其死,深可忿也。天子远九重,孤贱者惮权豪不敢言。呜呼!虽采诗之官,阙之久矣。然歌咏讽刺之道,不可寂然。咏敢作《悼蜀诗》四十韵,书于视政之厅,有识君子,勿以狂瞽为罪。""蜀国富且庶,风俗矜浮薄。奢侈极珠贝，狂佚务娱乐。虹桥吐飞泉，烟柳闭朱阁。烛影逐星沉，歌声和月落。斗鸡破百万，呼卢纵大噱。游女白玉珰，娇马黄金络。酒肆夜不扃，花市春渐作。禾稼暮云连，纨绣淑气错。熙熙三十年，光景倏如昨。天道本害盈，侈极必祸作。当时布政者，罔思救民瘼。不能宣淳化，移风复俭约。性情非直方，多为声色著。从欲窃虚誉，随俗纵贪戮。蚕食生灵肌，作威恣暴虐。佞罔天子听，所利唯剥削。一方忿恨兴，千里攘臂跃。火气烘寒空，雪彩挥莲锷。无人能却敌，何暇施击柝。害物黩货辈，皆为白刃烁。瓦砾积台榭，荆棘迷城郭。里第锁榛芜，庭轩喧燕雀。斗粟金帛市，束刍绮罗博。悲夫骄奢民，不能饱葵藿。朝廷命元戎，帅师荡元恶。虎旅一以至，枭巢一何弱。燎毛焰晶荧，破竹锋熠爚。兵骄不可戢，杀人如戏谑。悼耄皆罹诛，玉石何所度。未能戮强暴，争先谋剽掠。良民生计空，赊死心殒获。四野构豺狼，五亩孰耕凿。黔首不安堵，炎如居鼎镬。出师不以律，余孽何由却。俾夫炽蜂虿，寡筹能笼络。边陲未肃清，胡颜食天爵。世方尚奔竞，谁复振謇谔。黄屋远万里，九重高寥廓。时称多英雄，才岂无卫霍。近闻命良臣，拭目观奇略。”

艾延祚

　　成都漆匠艾延祚，甲午岁，为贼所驱，于郡署令造漆器。五月六日，或闻鼓鼙声，及南门火起，乃天兵至郡也。延祚因上树匿于秋叶间，见天军往来，搜捕杀戮。至夜，遂下树，于积尸中卧。至中宵，闻传呼，颇类将吏，有十数人，且无烛炬，因窃视之，不见其形，但闻按据簿籍，称点姓名，僵尸闻呼，一一应之，唯不唱艾延祚而过，僵尸相接，犹检阅未已。乃知圣朝讨叛伐逆,屠戮之数,奉天行诛,故无误矣。

夷 人 妇

甲午岁五月,天兵克益郡。至八月,贼支进犹据嘉州,宿崇仪翰领兵讨之。军次洪雅,有卒掠获一夷人妇,颇有姿色,置于兵幕之下,每欲逼之,云自有伉俪,则交臂叠膝,俯地而坐。军人怒,许其断颈剖心,终而不能屈,坚肆强暴,拒之转甚,三日不饮食,以死继之,竟不能犯以非礼。主帅闻而悯之,使送还本家。嗟乎!虽蛮夷而能坚贞,强暴者不能侵侮之,华夏无廉洁者,得无愧乎?

张 光 赞

张光赞者,金水石城山张罗汉之裔也,以其善画罗汉,因以名之。每于寺观妆画功德,多历春夏,随僧饮食。其性谨悫守道不移,如是五十余年,人皆敬重之。甲午岁,为贼所执,迫令引颈,凡数剑而颈不断,遂于积尸中卧。至夜央,见一老僧曰:"汝生平妆功德用心,吾来救汝。"言讫开目,无所苦焉。至今颈上剑痕犹在。吁,西方圣人,恩祐明显,有若是之征邪?

金 相 轮

《北梦琐言》云:咸通中,高太尉镇西川雅州胡芦关,有道艺王剑者,渤海闻其名,俾蜀人吕尚致意召之。吕至,王生夫妇止一草屋,有一榻以箔隔限之。妪曰:"客至以何待之?"王曰:"州中都押衙,今日有筵会,可去取之。"俄而酒馔俱至,品味罗列,非匆遽之所能致也。量其家去郡往来不啻百里,吕怪愕,王生笑曰:"云南蛮王曾铸金相轮,祈我赍换成都福感寺塔上相轮,蜀人安得知之。"当时敬之者十有六七焉。洎淳化五年,狂盗入城,兵火沿焚,福感寺塔相轮坠地,完全俱是铜铁所为,非蛮王金换之者。盖王剑寓言,孙氏传闻不细尔。

金宝化为烟

蜀州江源县村甿王盛者,凶暴人也,与贼王小波、李顺为侣。甲午岁,据益州,授草补仪鸾使,部领子弟百余人。虏掠妇女,剽劫财帛,杀人不知纪极。驱迫在城贫民,指引豪家收藏地窖,因掘得一处古藏,银皆笏铤,金若墨铤,珠玉器皿之属,皆是古制。寻将指引者杀之,负其金帛三十余担,往江源山窖埋之。同埋者寻亦杀之,恐泄于外也。城中货金银魏氏子妇被虏,在于贼所,不知音耗。其夫常募人访于邛蜀贼境,寂无影响,至三月,方知在此贼家。良人及第谢元颖者,将金帛购之,二人亦沉于江中。八月,大军收蜀,此贼归明,衣锦袍银带入城,见者无不切齿。先是归明者例发遣赴阙,贼遂弃袍带逃归江源。妻子告云:埋藏物处,数日火烟如窑。遂潜往掘看,悉皆空矣。惊愕之际,官军捕获入城,遂置于法。呜呼!杀人取财,冤毒滋多,不为己用,身遭屠戮,向来火烟起处,金宝已空。愚常闻金宝藏于地中,偶见者或变其质,此得非化去耶?鬼神匿之耶?

奢侈不久

甲午岁,顺寇攻益部,有不逞辈,随贼执兵杖,劫掠民家财货,又附贼害民,诛求无厌。天兵平贼,下宽大之诏,应胁从徒党,皆宥而不问,放令归农。此辈苟避诛戮,又多金帛,乃荡心炽意,自以为终身不复羁绁也。乘肥衣轻,歌酒娱乐,玩好珍异,丧葬婚聘,逾越僭侈,视亲若雠。如是不十数年,炎厉疾疫,公私争讼,相继而作,财物稍尽,车马屋宇,皆为他人所有,其贫如初。嗟乎!不义之物,似有神明所掌,得之者不罹其祸而身获存者鲜矣。夫善人富谓之天赏,淫人富谓之天殃。此辈天以殃之,其是之谓乎?

刘 盱

至道丁酉岁秋八月,诸州巡检作坊使韩景祐至怀安军,为其下广武卒刘盱等谋杀之,韩逾垣而免。是夜军贼掠怀安军,及明,取金堂古城,入汉州。凡六日,行五百余里,劫掠五军州十镇县,所至处皆不及支捂。驱掠军民,势莫可遏,州县震慑,户口奔逃。时知府张密学□谓招安使上官正曰:"贼今日邛州,来日必奔嘉、眉州,贼若有盘泊处,如鱼得渊,卒难除讨,君必悔之。今日请即往,移兵渡江,逆而击之,夺其胆气,当尽擒之。此上策也。时不可失。"上官遂点集兵甲前去。过新津江,遇贼食于方井,驰告张密学。张曰:"刘既入井,更欲何逃?"日中,以捷来告,尽杀其党凯旋。且张公料敌先见,皆此类也。上官能将其兵,是行也,易于摧枯,川界由是肃然。

茅亭客话卷第七

哀 亡 友 辞

　　咸平庚子岁正元日，神卫卒杀主将，窃据益郡。四月，天军来讨，至城下，贼拒天军，驱胁老幼以乘城。天军堙以环城，昼夜攻击，城内死伤且甚。其贼求取供须器用，钱帛珠金，民不聊生。九月二十日，大军入城，贼众宵遁。主帅念其城中民庶，备历艰危，虑玉石俱焚，遂使招诱出城安抚之。初，城内百姓，为贼据城，皆携挈老幼，出城投村墅逃避者，十六七焉。有出城却被军贼搜捉，缧系入城诛戮者。有役于城上，犯其暴法者。有穷于输给，遭其毒酷者。有胁而不从，为其杀害及受棰楚者。有痛心疾首，忧郁愤闷，成疾而死者。有与贼为伍，献谋附势，扼喉撞心，取其贿赂者。有终日逃避，以至城陷，竟不睹贼锋者。夫如是者，命非天耶？天非命耶？前进士张及有《哀亡友杨锡辞》，前进士彭乘有《郝逢传》，今具其事迹及录其辞传，非止杨锡、郝逢而已，庶后之人览之，得无伤叹叛君残民之事若是哉！《哀亡友辞》序云：亡友杨锡，字孝隆，诚至之士也。昔与赵郡李畋、蜀郡任玠、南阳张逵洎及结文学友，咸治经义于乐安先生，悉潜心于六教，然后观史传，遍百家之说，探奥索微，取其贯于道者。既积中而发外，遂下笔著文，其撰论，考贤士节夫之动静，明古今沿习之废置，纪绩义之大小，辨适用之邪正，不虚美，不隐恶，庶达乎心志之所冀也。日执是道，以出身入仕,俾其抱策书而不愧怍,持言行以符会同,十五年未始一日而忘此也。亡友居吾群中,尤为静退者。盖不徒为进以希名苟誉,速售其身,诚俟乎乡贤里能,拜书献于春官氏。不幸去岁盗贼窃据城邑,亡友即日忧懑成疾,莫能远遁。及复避地于西山,不得与亡友言别,每念迹虽离而心同,室在远而迩,意其与终合而成前志也。至王师讨平凶丑,我虽归正,友则愤极而死矣。冢嗣始孺,又且夭矣。呜呼!亡友业已著而未伸,命何艰而至此,身既殁而嗣亡,地仍僻而知寡。彼苍何司使辅善疾恶者,罹戾若是之甚耶!愿表其懿行,录其遗文,同三友入关,示儒林豪杰,必推而知之,少赎永恨,今姑为辞,舒交情之悲尔。曰:予取交之得朋兮,接群居之及义。不殒获于少贱兮,耻喧咬于声利。炳旧史之远目兮,饫六经之正味。议班纪之九流兮,广刘书之七志。既积中之发外兮,幸入官以莅事。将结绶之弹冠兮,匪君翔之于坠。何贼卒之妖兴兮,据藩服之城垒。君岂适远之无所兮,奈病来之难起。我徂西山兮,不与子别。或出处兮,其心曷异。凶丑之长然,诚会合之密迩。泊王师之讨平兮,闻吾友之已矣。燕雀啁啾兮,辽鹤幽病。豺狼噬啮兮,骀虞愤死。嗟庆绪之不续兮,复嗣子之随踬。徒呼天之云亡,故使其秀疾而神驳志。愿表其文行兮,示广场之豪士。冀知子之若然兮,俾德之无愧。今空抑哀以摛辞兮,报亡友之终始。

郝　逢　传　前进士彭乘撰

郝逢,字致尧,成都人。幼好学攻诗,性柔而惰,或谓其性懦非能立事,常欲求乡荐,未克,属盗起于境,资产略尽,迫寒馁而无忧叹。咸平中,蜀掌兵者失律,兵乱,为贼盗杀守臣而据郡,自春徂秋,驱老幼以守城。或献谋于贼,令尽索郡中书生署职,俾立效,凡得数十辈,列兵而胁曰:"不从者即此诛戮,仍及其族。"皆震慑而从。逢前给贼帅曰:"公所索儒士,某非儒,岂可徽禄?不能从命。"词气刚愤,不可屈挠。贼怒,令引去,临刃复召者三,词皆如初。会解于贼棰楚而释之。既获免,遂匿于家。天兵至,逆党歼夷,或闻于郡守,将上其事而中止。逢亦不复言,居贫自若。噫!当是时,有位者尚或苟命,而逢一士尔,能致命贼所,不陷非义,彼固禄衔势,私于身以媚时,得无愧乎?逢贫处晦迹,混于俗而人不甚知,噫!人名存诚岂易知乎?逢居州里,皆以为怯懦,洎乱而能尔,始明其所履焉。是时无他虑也,去就而已,去为顺,就为逆,去难而就易,能为其所难,志以守正,是亦几乎智勇也。夫忠烈节义,何时无之,然晦于无闻,在遇不遇尔。使越石父不遇晏子,则一拘囚尔,聂政非其姊则无名暴夫尔。其遇,千钧之重,不遇,鸿毛之微。然不可欲其遇而始为也,谓不遇而不为也。兰生深林,不以无人而不芳,君子不以困穷而改节。苟有善,虽不我知,斯善矣,岂止蒙其庆乎?苟不善,虽不我知,斯恶矣,岂止罹其殃乎?《易》曰:"井渫不食,为我心恻王明,并受其福。"又曰:"荷校灭耳,凶。"其是之谓乎?若逢所履,虽曰未闻,吾必谓之闻矣。故为声其实,亦得有所劝焉。

陈　季　和

　　伪蜀进士陈熙载,字季和,文学之外,书画之尤者,皆阅而识之。郡中好事之家,所宝藏者,多经其目,真伪无所逃焉。受均贼署配连州,岁余,或有乡人西来,因寓书云:"某在家日,于某处埋一铁投壶瓶,实以铜钱,书若到家,可使令掘之。"既而书至，遂于所言处掘得一铁投壶瓶，其中唯见一龟，才容壶腹之内，无能出之。翌日取看，即不见龟，但空壶而已。夫物之所化，史传尤多，不可以智达也。

鬻屦姬

庚子岁，益部军贼据城，大军在北门外，斸起洞子，近城攻击，矢石如雨。中坝街有王姬，年七十余，孙儿十四五岁，为贼驱之守城，姬日自送食饮。忽一日，贼集诸妓乐于瓦屋禅院门，姬倚树坐看。一贼直来姬前，背身箕踞，姬叱之不去，仍恶詈之，其人如不闻。姬忿然退身，须臾，城外一炮飞空而落，傍击此贼，头碎于地。如无此贼，则姬正中之也。城陷日，唯残姬一身。今九十余，既老且病，冻馁切骨，织草屦自给。常告人云："城闭之日，若遭炮石击杀，不见今日贫苦，何不幸若此耶？"夫死生有命，子夏言人不可逾也。凡人贵贱贫富，遭逢祸福，有幸与不幸。颜子少亡，子曰不幸。短命之称为不幸，则知长命为幸也。鬻屦姬贫而寿，叹为不幸，惜哉！

盲　女

庚子岁，天兵讨益部，贼突围宵遁。主帅愍城中民，使招诱出城，大军方入搜捕。及平定后，尽令归家。南市渠中有一盲女，年七八岁，叫云："父耶母耶，兄耶嫂耶，何处去？不供给我饮食也。"其盲女为饥渴所逼，不知无家，但怨呼父母兄嫂，且夕不辍。有一邻妇云："此孙氏女，三岁因患麸豆入眼，父母怜其聪慧，常教念佛书，鞠养甚厚。父死于输给不迨，母死于忧愤，嫂因供给役夫，中流矢而毙，兄城陷而不知存亡。更无亲戚。"观者痛心洒涕。经旬，或遇邻妇，问盲女存亡，邻妇云：

"盲女不接他人饮食,但悲号叫呼其亲,水饮不入口,苏而复绝,七日而卒。因悯而拾余烬者,材而焚之,于盲女衣中获白金一两,遂鬻之以供僧画像焉。"呜呼!城陷日似此者多矣,独书盲女者,言虽鄙,意有激焉。夫家富财饶,则礼义兴矣,财苟不足,则礼义俱废,盖人之常情也。当是时也,民家财物罄空,窘迫尤甚,岂谓邻妇独能拾余烬之材,焚烧盲女,复于女衣中获金,不为己用,与盲女供僧画像,奇哉邻妇!能于困穷窘迫之际,存诚如是,故特书之,且今之见利忘义者,不为斯邻妇之罪人乎?

铁　骨　鱼

于生名玄,字玄之,成都人也。庚子岁,遇贼据城,谓愚曰:"某家资图籍皆不顾,所宝唯一刀尔。"开房令愚视之。于昏黑处见光芒丈余,细辨之,乃刀也。因问所得之处,云:"某故父于伪蜀制诰贾舍人下及第。是年冬,游青城回,至温江县,泛舟而归。见百花潭侧渔人钓获鲤鱼一双,长尺余,买之归家。时当寒冱,暖酒炙鱼,且御凝冽。食鱼弃骨,侍婢云:一鱼骨黑,乃铁也。使匠辨之,真铁尔。遂炼成此刀。今遭厄难,陷在贼中,城破之日,刀与人孰存?此刀先丧,吾亦丧矣。吾若先丧,不知刀归谁氏。此刀非常,宜见赏,他日为吾善志之。"于生于贼中忧愤而卒。城陷日,家遭焚掠,其刀果不知存亡。因叙其言以记之。

茅亭客话卷第八

瑞　牡　丹

　　大中祥符辛亥春,知益州枢密直学士任公中正张筵赏花于大慈精舍。时有州民王氏,献一合欢牡丹,任公即图之,时士庶观者,阗咽竟日。且西蜀自李唐之后,未有此花,凡图画者,唯名洛州花。考诸旧说,谓之木芍药,牡丹之号,盖出于天宝初。按《酉阳杂俎》云:隋朝文士集中无牡丹歌诗。又《隋朝种植法》七十卷,亦无牡丹者。至伪蜀王氏,自京、洛及梁、洋间移植,广开池沼,创立台榭,奇异花木,怪石修竹,无所不有,署其苑曰宣华。其公相勋臣,竟起第宅,穷极奢丽。时元舅徐延琼,新创一宅,雕峻奢壮,花木毕有,唯无牡丹。或闻秦州董城村僧院有红牡丹一树,遂赂金帛令取之,掘土方丈,盛以木匣,历三千里至蜀,植于新宅。花开日,少主临幸,叹其屋宇华丽,壮侔宫苑,遂命笔书孟字于柱上。俗谓孟为不堪。明年,后唐吊伐,孟知祥自太原驰赴蜀,即知其先兆矣乎?伪通政王宗裕亦于北门清远江东创一亭,台榭池塘,骈植花竹,泉石萦绕,流杯九曲,为当时之甲也。唯牡丹花初开一朵,王与诸亲属携妓乐张宴赏其初开者,花已为一女妓所折,王怒,欲诛之,其妻谏曰:“此妓善琵琶,可令于阶前执乐就赏。”王怒稍解。其难得也如此。至孟氏,于宣华苑广加栽植,名之曰牡丹花。外有丽春,与黎州所有者小不同尔。

寓孔雀书

　　愚友人左侍禁辛贻显为容、宜、廉、白等州巡检，因寄一孔雀雏。西南相去万里，蜀人固未尝睹之，诚可爱也。书云：所属郡邑山中多孔雀焉。雌者尾短无金翠，雄者尾大而绿，光翠夺目。孔雀自爱其尾，欲栖息，必先择致尾之地。南人捕者，先施网罟，须俟甚雨，尾沾而重，不能高翔。初为所擒，则雀欲展其翅，恐伤其尾，至死尚爱护之。土人有活取其尾者，持刃于丛篁幽阒处，藏蔽其身，伺其过，则急断其尾。若不急断，回首一顾，即金彩无复光翠，故生者为贵也。为妇人首饰及扇拂之类。或生擒获者，饷馈如京、洛间鹅雁，以充口腹，其味亦如之。南海有一士人，尝养一只，仆夫告云："蛇盘孔雀，且恐毒死。"士人急令救之，其仆回，但笑而已。士人怒之，其仆告曰："蛇与孔雀偶，有得其卵者，使鸡抱伏即成，其名曰都护。初年生绿毛，二年生尾，生小火眼，三年，生大火眼，其尾乃成矣。"孔雀每至晴明，轩翥其尾，自回顾视之，谓之朝尾。须以一间房，前开窗牖，面向明方，东西照映，向里横一木架，令栖息。其性爱向明，不在地止泊。饲之以米谷豆麦，勿令阙水，与养鸡无异。每至秋夏，令仆夫于田野中拾螽斯蟋蟀活虫喂饲之。凡欲喂饲，引于厅事上，令惯见宾客。又盛夏或患眼痛，可以鹅翎筒子，灌少生油，以新汲水洗之。如眼不开，则擘口餧之小鱼虾，不尔饿损。及切蒻少许餧之，贵其凉冷，如食有余则愈。切不可与咸酸物食，食则减精神，昏暗毛色。驯养颇久，见妇女童竖彩衣绶带，必逐而啄之。或芳时媚景，闻丝竹歌吹之声，必舒张翅尾，眄睐而舞，若有意焉。

滕处士

　　滕处士昌祐，字胜华，攻书画，今大圣慈寺文殊阁、普贤阁天花瑞像额，处士笔迹也。画花竹鸟兽，体物象形，功妙，格品具名画录。处士所居州东北隅，竹树交阴，景象幽寂，有园圃池亭，遍莳花果，凡壅培种植，皆有方法，及以药苗为蔬，药粉为馔。年八十五，书画未尝辍焉。厅壁悬一大粉板，题园中花草品格名目者百余件，亦有远方怪草奇花，盖欲资其画艺尔。园中有一柿树，夏中团坐十余人，敷张如盖，无暑气。云柿有七绝，颇宜种之。一，有寿；二，多阴；三，无禽窠；四，无虫蠹；五，有嘉实；六，本固；七，霜叶红而堪玩。有一盆池，云初埋大盆，致细土拌细，切生葱酒糟各少许，深二尺余，以水渍之，候春初掘取藕根粗者，和颠三节已上四五茎，无令伤损，埋入深泥，令近盆底，才及春分，叶生，当年有花。夫藕有四美，根为菜，花为玩，实为果，叶为杓具。此四美，池沼亭槛之前为瑞草，萍蘋藻荇，不得与侔也。园中有慈竹薮生，根不离母，故名之慈也。有钓丝竹，以其弱秒低而垂至地也。有丝竹，叶细而青，茎瘦而紫，亦谓之墨竹。有对青竹，身黄色，有一脉青，节节相对，故谓之对青也。有苦竹，叶稀多阴，笋高之时，粉香箨翠。有桂竹，扶疏蓊茂，潇洒亭台，无出此数君也。俗以五月十三日种竹，多遭烈日晒干。园中竹以八月社前后，是月天色多阴，土润，竹以此月行根也。凡欲移竹，先掘地坑令宽大，以水调细土作稀泥，即掘竹，四面凿断大根科，连根以绳锢定，舁时勿令动著根须间土，舁入坑，致泥浆中，令泥浆周匝遍满，乃东西摇之，复南北摇之，令泥浆入至须间，便以细土覆之，勿令土壅过竹本根也。若竹稍长者，芟去颠叶，缠竹架之，恐风摇

动即死。每窠相去二尺余，不须实厮，只以一脚踏之，来年生
笋速也。宜于园东北软土上种之，竹性多西南行。根不用频
浇水，水多则肥死。园中有梨名车毂，围一尺，摘时，先以布囊
盛之，落地即碎。有金桃，深黄，剖之，至核红翠如金，味美为
桃之最也。有林檎，色如玉，向阳处有朱点如缬，颗有重四两
者。其栽果法，以冬至后立春前，斫美果直枝，须有鹤膝大如
母指者，长可二尺已来，札于芋魁中，掘土令宽，调泥浆，细切
生葱一升许，搅于泥中，将芋块致泥中，以细土覆之，勿令坚
实，即当年有花，来年结实，绝胜种核接果树法。凡欲接果，先
得野树子酸涩不美者，如臂已上，皆堪接也。然后寻美果枝，
选隔年有鹤膝向阳者，枝长不过二尺，过则难活。至时翦下，
便札于萝卜中，欲不泄其气也。冬至后十日立春前十日，其野
树皮润，萌芽未发，是其时也。将野树以锯截，令去地五七寸，
中心劈破，深二寸许，取美枝，或一枝，或两枝，斜剸，勿伤青
皮，插于野树罅中，外与野树皮相齐等，紧密用牛粪泥封之，与
笋箨苞裹。其接处以麻纼缠定，上更以黄土泥搭头裹之，勿使
雨水透入。或有野树傍生芽叶，即取去之。若依此法，则当年
有花必矣。休复尝依其教，而树树皆成，则不喻其野树子实酸
涩，鹤膝枝甜美，接酸涩树上，为酸涩之气所推，又焉得遂于甜
美耶？树之元气，反不能推小枝而与之俱酸涩，何也？所谓本
不胜末，而物性难解欤？今之人但荫其枝叶，食其美实，而不
求其酸涩所推耶？

好　画　虎

　　灵池县洛带村民郝二者，不记名。尝说其祖父以医卜为
业，其四远村邑，请召曾无少暇。画一孙真人，从以赤虎，悬于

县市卜肆中，已数岁。因及耄年，每日颐坐瞪目观画虎，终日无倦，自兹不见画虎则不乐。孙儿辈将豆麦入城货卖，收市盐酪，如不协其意，则怒而诟骂，以至杖挞之，若见画虎，则都忘前事。人有召其医疗，至彼家，见有画虎，即为之精志。亲戚往还，亦只以画虎图幛，为饷遗之物。如是不数年间，村舍厅厨寝室，悬挂画虎皆遍。乡党皆以画虎所惑，有老兄见其耽好，怪而责之曰："汝好此物何谓乎？"答云："常患心绪烦乱，见之则稍间焉。"因是说："府城有药肆养一活虎，曾见之乎？"曰："未也。"因拜告其兄，求偕至郡。既见后，顿忘寝食，旬余方诱得归。自兹一月入城看虎再三矣。经年唯好食肉，以熟肉不快其意，则啖生肉，凡一食，或猪头，或猪膊，食之如梨枣焉。如是儿孙辈皆恐怯，每入城看活虎，孙儿相寻见，则以杖击回。至孟蜀先主建伪号之明年，或一日夜分，开庄门出去，杳无踪迹。有行人说夜来一虎跳入羊马城内，城门为之不开半日，得军人上城射杀，分而食之。其祖父不归，绝无耗音，则化为虎者是也。遂访诸得虎肉食者，获虎骨数块，将归葬之。

葭 萌 二 客

伪蜀末，利州路有二客，负贩杂货，往葭萌市鬻之。山程巇崄，竹树荒凉，时雨初霁，日将暮，去市十五里余，藂林高树上有人云："虎过溪来，行人回避。"二客惶忙，选得一树高枝叶蔽人形处登之。逡巡，有二虎迭来攫跃，或作人声曰："人在树上。"一虎曰："我须上树取之。"虎欲相及，二客悸栗，以拄杖捔之。虎叫曰："刺着我眼。"遂下树号呼而逸。至曙，行人稍集，遂下树。赴葭萌市征之所，有一妇报云："任拦头夜来醉归，刺损双眼，不来检税。"二客相顾私语，众怪而问之，因说夜来以拄杖搽损虎眼，是斯人伪为虎而劫路耶？众言此处近有二虎，且暴，四远村庄犬彘驹犊，逮将食尽。市人遂相率持杖往拦头家验之。才及中路，遇一虎。虎畏人多，惶怖奔逃；越山哮吼而去。众至任拦头家，窥其篱隙之内，但见拦头倮形而坐，两目流血，呻吟不已。众乃叱之，以杖击笆篱，其拦头惊忙踉跄曳一尾突门而出，目无所见，撞落深坑，吼怒拿攫，为众人棒及大石毙之，遂升入市。向先见者虎，即拦头妻也。休复见史传人化为猿、为鱼、为鳖、为龟、为蛇、为虎之类甚多，不可以智诘之矣。

虎 化 为 僧

武都人姓徐，失其名，以商贾为业。开宝初，往巴、蓬兴贩。其路危峡，猿径鸟道，人烟杜绝，猛兽群行，村甿皆于细路中设槛阱以捕之为常矣。时徐至一村安泊，中夜报云机发。村人炬火照之，见一老僧困惫，在阱中，自陈曰："夜来入村教化回，误落槛中，望诸檀越慈悲解救。"村甿辈共愍，开槛而出之，跃跳数步，成一巨虎，奋迅腾踯而逝。斯畜也，以人言诱喻村甿，得脱其难，亦智矣。

李 吹 口

永康军，太平兴国中虎暴，失踪误入市，市人千余叫噪逐之。虎为人逼，弭耳瞩目而坐，或一怒，则跳身咆哮，市人皆颠沛。长吏追善捕猎者李吹口，失其名，众云："李吹口至矣。"虎闻，忙然窜入市屋下匿身。李遂以戟刺之，仍以短刃刺虎心前，取血升余饮之。休复雍熙二年成都遇李，因问向来饮虎血何也？李云："饮其血以壮吾志也。"又云：虎有威如乙字，长三寸许,在胁两旁皮下,取得佩之,临官而能威众,无官佩之无憎疾者。凡虎视,只以一目放光,一目看物,猎人捕得,记其头藉之处,须至月黑掘之尺余,方得如石子琥珀状,此是虎目精魄沦入地而成,琥珀之称,因此,主疗小儿惊痫之疾。凡虎须,拔得者,将札蚪牙,无复疼痛。凡虎伤者人衣服器杖,乃至巾鞋,皆摺叠置于地上,傈而复僵,盖虎能役使所杀者人魂也。凡为虎伤死及溺水死者,魂曰伥鬼。凡月晕虎必交也。凡虎食狗必醉,狗,虎之酒也。凡虎不伤醉人。顷有村夫入市醉归,临崖而睡,有虎来嗅之,虎须偶入醉者鼻中,醉者大喷嚏,其声且震,虎惊跃落崖而毙。此事皆闻李吹口者。

茅亭客话卷第九

天 仓 洞

医人张世宁,先为僧,名法晕,师事绵州雪山院僧晓枢者,郴人也。禅观之暇,颇好烧炼。太平兴国初,令法晕及行者柴汉荣、张保绪,往昌明县窦船山采药。入山百余里,岩谷重深,松竹蓊蘙,寻流霞山路,至一村,曰张野人家。老父及姬皆八十余,既见法晕等,语之曰:"前有天仓洞,某为孩孺时,有二客去游,言洞中见自然肴馔,皆可食之,汝可去游。唯路径危峻,当宜勉力。"法晕遂挈火负粮入洞。初甚隘岖,后渐高广。迤逦昏黑,因执炬而行。或上或下,凡十余里,渐明,与人世无异。嵌窦石室,广容百人。其下坦平,两畔石壁钟乳流溢垂下,长三四尺,时闻鸣籁音韵,石床茶灶相连。就之略憩。或觉馁思酸馅食,面前寻有一双酸馅,悚惕惊异而食之。保绪亦思蒸饼,亦如前有之,遂食一枚,藏一枚。柴汉荣思蜜,亦如前。得食之后,皆忘饥渴,渐觉身体轻利登陟,无困惫。又行三四里,阻一大江,江傍履迹果核,如有人行遇之处。对岸有石墙,遥望云霞隐映,甍栋楼阁,棕楠花果,景象幽奇,如宫观状,微闻钟磬之韵,水急苔滑不敢过。乃稽首曰:"下士微贱,形骸淬秽,窃入洞府,仰窥灵迹,是尘劫因缘。"不敢久住,却寻旧径而回。既出得洞,先藏者蒸饼化为石甚重,击之如铜声。休复尝见道书云:大凡灵山洞府,若非道书标记者,不可造次游历。有龙蛇之洞,多腥秽,鬼神之洞,门高阔,若神仙之洞,隘狭仍须有水隔碍,凡人不可妄造之尔。

鬻　龙　骨

蜀有蚕市,每年正月至三月,州城及属县循环一十五处。耆旧相传古蚕蕞氏为蜀主,民无定居,随蚕蕞所在致市居,此之遗风也。又蚕将兴以为名也,因是货蚕农之具,及花木果草药什物。有鬻龙骨叟,与孙儿辈将龙骨齿角头脊之类,凡数担,至暮,货之亦尽。因问所得之处,云:某住灵池县分栋山。山去府城七十余里,北连秦、陇,南接资、泸,山阜冈岫之间,碛洞土穴之内,有能兴云雨之处,即有龙蜕骨焉。齿角头足皆有五色者,有白如锦者,有年深朽腐者,大十数丈,小三五丈,掘而得之甚多。龙之蜕骨,与蝉蜕无异。又闻龙有五苦,谓生时、眠时、淫时、怒时、蜕骨时也。每年秋夏中一两度,愚遥见分栋山上,阴云勃起,其间一物,白色拖尾,及夭矫入云,如曳练,长七八十尺,时濯锦江桥上千人纵观,食顷,方拿奋而没,旋有暴雨滂沱,雷震数声,倏忽开霁,得不为蜕骨者龙乎?因蚕市有王仲璋得一蛇蜕,长五六尺,腹甲下有四爪如雀之爪。胡本立得一龟,小如钱,绿色,背有金线,界成八卦象。郑伯广得一小瓢子,如垒两皂荚子,坚实重厚,无有及者。休复亦曾得芝本两层,抱石而生。每蚕市,好事者凌晨而往,忽有遇神仙者,或有遇灵药者,或有遇奇物者,耆艾相传,青城山仙人隐士多因蚕市接救人尔。

试　金　石

开宝初,锦江桥侧有周处士者,鬻十香丸,以白器贮水,浸小石子百颗余，各有文缕，如飞禽走兽，花草云凤、僧道之形者，人常聚观叹赏之。中有一石，如肾形乌润，每将磨金，次色者益紫，以此为异。玉工见之，云："非试金石，乃黑玉尔。"后有道士见云："非黑玉，是宝也。若欲验之，以常石对秤，此石重加数倍。以水银涂其上，如傅粉焉。若以大火烹之，成紫磨金，君当富矣。"周曰："安敢火烹，非恶富也，恐丧吾宝。"后经贼乱，不知石之所之。休复因见道门《仙人照宝经》云：凡有金之处，旁熏树木，皆悉黄色。若要辨之，其石乌润，以水银揩之，自然粘著石上。以秤秤，有金者重于常石数倍。若敲磕及碰击，终不能碎。须以大火烹煅，得真金矣。其金号曰宝金，将炼为金液还丹，服之羽化，非世之常金也。昔道士所言，得于此经乎？

僧繇阁

　　茂州近威戎军有僧繇阁，山路巉崄，人烟杜绝。高冈之下，有龛窬如堂奥，石壁上有画观音像一躯，及当时画功德主少长五人。其石壁年深，随势剥落，虽风雨飘润，形状愈明，岁月经久而不昏晦。不知其画何得入石，亦不知僧繇何以至此也。

石　　像

　　新都县四众院僧有卧像一躯，盖生于石，手足头面，衣纹纤介，青黄色隐起，状若雕刻，岂知胚混偶然成形乎？

采　枸　杞

　　华阳邑村民段九者，常入山野中，采枸杞根茎货之，有年矣。因于紫山脚下见枸杞一株甚大,遂劚之,根本怪异,不类常者,长尺余,四茎如四足,两茎如头尾,若一兽形。持归村舍,家狗吠之不已。至夜,四隅村落群狗聚而吠之,终夕不辍,不堪其喧也。迟明,妻怒,将充朝爨,群狗乃不复吠矣。休复见道书云:枸杞、茯苓、人参、薯药、尤等形有异者,饵之皆获上寿,或除嗜欲,啬神抱和,则必有真灵降顾,接引为地仙尔。

赵 公 山

淳化癸巳岁冬十月,青城山民往赵公山采薪,遇数苗薯药,颇大于常者。村人度其下必大有薯药,遂与妻子同掘之。深三尺余,但见根须抱一大瓷合。遂揭开视之,有一大赤蛇如烂锦,盘结合内。村人悸栗,以锄触之,蛇乃翻然化一雉,飞入溪水中,合内唯余一只石簪。村人持归山舍,其夜,一室如昼。村人转惧此物异常,送与庄主。明年,值顺贼作乱,不知此簪所存。

鹿 水 溪 蛇

陵州籍县鹿水溪村民康化者,雍熙乙酉岁秋,有牧童晚归值雨,见溪中有大蛇引小蛇,蟠蜿屈曲于泥中,自大至小,曳泥上岸,入一穴内,至末者曳泥窒其穴口,并无踪由。其童惊骇,目瞪口禁不能言。至前春启蛰时,方稍语得。父母问其不语之由,方说溪中所见之物矣。

鱼 化 为 石

青城县渔者李克明钓归,倾其鱼于竹器中,有一鱼化为石,长四寸许,鳞鬣灿然若活。渔人妇见而爱之,将与竖子为戏。其竖子将石鱼于碗水中,或摇鬣振鳞,浮泳而活。渔者惊异,取出置土罋中。因是邻里求观者众,在水则活,离水则为石,率以为常。时巡辖柏舍人虚舟取此鱼看,敲之中断,致于水中,不复活矣。

赵　十　九

　　赵十九名处琪,陷银花衔镫为业。淳化中,收得一铁镜,颇有异常时。有毕先生者,名藏用,字隐之,年九十余,然不知所修之道。尝饮酒少食,自言本天台山道士,入川儒服三十余年,备历蜀中名山胜景。一日,与处琪赍铁镜访愚茅亭玩之。其镜可重一斤以来,径七八寸,鼻大而圆,绕鼻有四象八卦,外有大篆二十四字,背面皆碧色,每至望夜,光明愈于别夜。毕先生于景德中携至阙下,值上封泰山,因从观大礼,得召见称旨,遂与披挂,赐紫服,号通真大师,封香令于青城山焚修,御诗送行。到川日,访愚茅亭,问其铁镜,已在贵人之处矣。

景　山　人

　　玉垒山人景焕有文艺,善画龙,涉猎经史,撰《野人闲话》、《牧竖闲谈》。住川城北隅,数亩园蔬,家族数口,丰俭得中。山人情性温雅,守道俭素,未尝与人有毫发之竞,对人无老少,必先称名。雍熙年初,有富家王仲璋者,求山人画龙。初甚爱重,后有人云:“景山人画格品低于孙位、黄筌。”遂将染为皂。山人闻之,曰:“何不速言?”酬以好绢,恭谢而退。尝使小仆掔帽随行,遇雨,寻仆不见,冒雨而归。妻问何不戴帽,衣服濡湿,山人云:“亢阳祈雨,不许人戴帽。”其妻使婢送金钗还邻家,婢中路遗之,泣告山人,因他处假金钗令还邻人。山人尝于婢仆辈知其乏困饥寒，诚谓君子不虑幼贱。山人园圃中养二班鹅，婢夜见鹅粪中有光明，往告之，山人令以水淘之，获麸金二两余。吁！谁谓天盖高，何惩恶劝善如反掌耶？

弹　鸳　鸯

章子朋者，善书勒大字，妙放小弩弹丸，发无不中，常自衒其能。至道丙申岁，往嘉州书僧院额，自州乘船，所至处弹获飞禽，供同船人食。至青神县，维舟见二鸳鸯，因发弹毙雄者，将归烹之。其雌者随至其船，见雄者在锅，不顾沸汤，投其中，伸颈鼓翼，长叫数声而卒。子朋戏曰："人之为偶者，如此蹈汤赴火相随。"如是以为笑乐。《左传》谓忍人者，其章子朋之谓乎？

蚕　馒　头

新繁县李氏，失其名，家养蚕甚多。将成，值桑大贵，遂不终饲而埋之，鬻其桑叶，大获其利，将买肉面归家造馒头食之，擘开，每颗中有一蚕。自此灾疠俱兴，人口沦丧。夫蚕者灵虫，衣被天下，愚氓坑蚕获利，有此征报尔！

太　子　大　师

后唐大同三年，魏王统军克蜀，孟先主尚庄宗妹福庆长公主，自太原节度驰赴西川。至明宗晏驾，宗室丧乱，朝士奔窜。有新罗僧携庄宗诸子为僧，入蜀投孟主，即福庆长公主犹子也。因为起院，以庄宗万寿节为名额，蜀人号为太子大师。暨圣朝吊伐，入见阙庭，有小师宗莹，酷好为诗，其师自京归，检校其院，隳残迨尽。宗莹与院主元亮设谋，闻于时政，以其师后唐宗裔,不合住川,由是为所奏,发遣赴阙。大师忧恚,卒于剑门,元亮与大师同日暴亡。宗莹因顺贼入城,焚烧院宇,寄食诸寺,中风恙,二三年间,患疮疥狼狈,终亦自缢而死。呜呼! 不畏于天,不孝于师,能无及此乎?

茅亭客话卷第十

孙 处 士

　　孙处士名知微,字太古,眉州彭山人也。因师益部攻水墨僧令宗俗姓丘氏。知微形貌山野,为性介洁,凡欲图画道释尊像,则精心率意,虚神静思,不茹荤饮酒,多在山观村院,终冬夏方能周就。尝寓青城白侯坝赵村,爱其水竹重深,嚣尘不入,冀绝外虑,得专艺学。知微画思迟涩无羁束,有位者或求之不动,即绝食托疾而遁。导江县有一女巫,人皆肃敬,能逆知人事。知微素尚奇异,尝问其鬼神形状,欲资其画。女巫曰:"鬼有数等,有福德者,精神俊爽,而自与人交言。若是薄相者,气劣神悴,假某传言,皆在乎一时之所遇,非某能知之也。今与求一鬼,请处士亲问之。"知微曰:"鬼何所求?"女巫曰:"今道途人鬼各半,人自不能辨之。"知微曰:"尝闻人死为冥官追捕,案籍罪福,有生天者,有生为人者,有生为畜者,有受罪苦经劫者。今闻世间人鬼各半,得非谬乎?"女巫曰:"不然。冥途与人世无异,苟或平生不为不道事,行无过矩,有桎梏及身者乎?今见有王三郎在冥中,足知鬼神之事,处士有疑,请自问之。"知微曰:"敢问三郎鬼神形状,欲资所画。"俄有应者曰:"今之所问,形状丑恶怪异之者,皆是魑魅辈。神者一如阳间尊贵大臣,体貌魁梧,气岸高迈,盖魂魄强盛,是以有精爽。至于神明,非同淫厉之鬼尔。"知微曰:"鬼神形状,已得知矣。敢问鬼神何以侵害于生人？”应者曰：“鬼神之事，人皆不知。凡鬼神必不能无故侵害生人。或有侵害者，恐是土木之精，千岁异物，血食之妖鬼也。此物犹人间之盗贼，若无故侵害生人，偶闻于明神，必不侵害，亦不异盗贼之抵于宪法尔。若人为鬼所害者，不闻乎为恶于隐者，鬼得而诛之，为恶于显者，人得而诛之乎？”知微曰：“明神祷之而求福，有之乎？”应者曰：“鬼神非人实亲，于德是依，皇天无亲，亦惟德而是辅。凡有德者，不假祷祈，神自福之。若素无德行，虽勤祷之，得福鲜矣。”知微曰：“今冥中所重者罪在是何等？”应者曰：“杀生与负心尔。所景奉者，浮图教也。”知微曰：“某之后事，可得闻乎？”应者曰：“祸福之事，不可前告。神道幽秘，弗许预知也。”知微曰：“今欲酬君，君欲希我何物？”应者曰：“望君济我资镪数百千贯。”知微辞之，应者曰：“所求者非世间铜铁为者，乃楮货尔。”知微乃许之。应者曰：“烧时慎勿使著地，可以薪草荐藉之，向一处以火爇，不得搅剔其钱，则不破碎，一一可达也。”遂依教燔纸钱数百千贯。噫，昔汉世已前，未知幽冥以何为赂遗之物尔？

黄　处　士

　　黄处士名延矩，字垂范，眉阳人也。少为僧，性僻而简。常言家习正声，自唐以来，待诏金门，父随傿宗入蜀，至某四世矣。琴最盛于蜀，制斫者数家，惟雷氏而已。又云：雷氏之琴，不必尽善，有琴瑟徽者为上，金玉者为次，螺蚌者亦又次焉。所以为异者，岳虽高而绒低，虽低而不拍面，按之若指下无弦吟，振之则有余韵。非雷氏者，筝声绝无琴韵。处士尝言：隋文帝子蜀王秀造千面琴，散在人间，故有号寒玉、韵磬、响

泉、和志者。琴则有操、引、曲调及弄,弦则有歌诗五曲,一曰
《伐檀》,二曰《鹿鸣》,三曰《驺虞》,四曰《鹊巢》,五曰《白驹》,
盖取诸国风雅颂之诗,声其章句,以律和之之谓也。非歌诗之
言,则无以成其调也。本诗之言而成调,非因调以成言也,诸
诗皆可歌也。咸平中,知州冯公知节召孙知微画,俾处士弹
琴,二公俱止僧舍。尝会愚茅亭,进士张及赠之诗曰:"二公高
节厌喧卑,同寄萧宫共展眉。玉树冰壶齐品格,野云皋鹤本追
随。泉流指下何人赏,岳峭毫端只自知。绻恋贤侯美风教,故
山归去尚迟迟。"祥符壬子秋,告归乡里,遗愚养和一法。是年
冬,病卒,年八十。其乐天知命者欤?

程　先　生

程先生名贲,字季长,自号丘园子,江阳人也。世习儒,少
孤力学,立身介洁,跬步一言,必循礼则。虽家童稚子,应对进
退,不逾规矩。先生尤嗜酒,复喜藏书,自经史子集之外,凡奇
诀要录,未尝闻于人者,毕珍收之,亦多手写焉。其间复混以
名画古琴,瑰异雅逸之玩,无所不有,虽年齿已暮,而志好益
坚,目游简编,未少暂息。每谓所知者曰:"余五十年简册铅椠
未尝离手。"其勤至也如此。尝撰《太玄经义训》,功未就,寝疾
而卒,年七十有四。《易》曰:"不事王侯,高尚其事。"其是之谓
乎?

杜　大　举

杜鼎昇,字大举,形气清秀,雅有古人之风,鬻书自给。夫
妇皆八十余,每遇芳时好景,出郊选胜偕行,人皆羡其高年逸
乐如是。进士张及赠之诗曰:"家本樊川老蜀都,世家冠剑岂

寒儒。笔耕尚可储三载，酒战犹能敌百夫。僻爱舜琴湘水弄，
每县孙画醉仙图。孟光语笑长相逐，唤作梁鸿得也无。"尝手
写孙思邈《千金方》鬻之，凡借本校勘，有缝折蠹损之处，必粘
背而归之，或彼此有错误之处，则书札改正而归之。且曰："使
人臣知方则忠，使人子知方则孝。"自于《千金方》中得服玉泉
之道，行之二十年，获筋体强壮，耳目聪鉴，每写文字，无点窜
之误，至卒方始阁笔。服玉泉法，去三尸，坚齿发，除百病。玉
泉者，舌下两脉津液是也。但能每旦起坐，瞑目绝虑，叩齿二
七通，漱令满口，乃吞之，以意送至脐下炁海，一七遍，经久自
然如流水沥沥下坎涧之声，如此则百脉和畅。所以《黄庭经》
云："玉池精水灌灵根。"又曰："漱咽灵液灾不干。"其是之谓
乎？

任　先　生

任先生名玠，字温如，蜀人也。学识广博，人皆师仰之。
大中祥符初，乐安公中正镇蜀日，请先生于文翁石室，大集生
徒，讲说六经，以绍文翁之化，由是蜀中儒士成林矣。大中祥
符末，集贤谏大夫凌公策莅蜀，闻先生之名，表荐于上，诏入
京。先生进《龙图纪圣诗》一千韵，酬以汝州团练推官。三让，
辞官表云：伏念臣早年发白，悲老态之遽臻；触事心阑，觉死期
之将至。乞授一子官。蒙圣恩与子偕任醴泉主簿。天禧元
年，欲就居嵩山，般家之蜀，因与乡人前秦州陇城主簿张逢中
行，秩满归川，二人同访愚茅亭。观旧题之处云："昔日高年有
道之士，今已物故，未逾一纪，故友将尽，我虽存也，余生几
何？"先生留一绝于亭壁曰："聚散荣枯一梦中，西归亲友半成
空。惟余大隐茅亭客，垂白论交有古风。"天禧二年，先生游宁

州,卒于旅舍。扬子《法言》曰:"通天地人曰儒。"诚哉! 是天地间万类中唯人最灵,然愚蒙者万,而贤智者一,处贤智而志于道者,复几何人? 如任先生者,可谓通天地人而知命守道者也。

谭 居 士

谭居士名仁显,成都人也,以医为事。居郡城东南隅,所居庭庑篱落间,遍植草药,年高而精神愈壮。无喜怒,故毁誉不能动其心。手持数珠,常诵佛经于闾巷聚落中。治病所得钱帛,随即分授于贫者,竟以不言,但行阴施默益之道。每行药,至午方归,则闭户靠壁,瞑目而坐。大中祥符乙卯冬,示疾,端坐而逝,时齿一百八。未化前,人问居士有长生法,对曰:"至于导养得理,以尽性命,百年犹厌其多,况久生之苦乎?"

小 童 处 士

童处士名益,字友贤,因兄能画,相学习而顿悟,若生而知之。大凡性有巧拙,画无古今。蜀未归命圣宋已前,有张、杜二人,善画佛像罗汉,有张南本画人物车马,黄伯鸾花雀竹石,李昇山水,李文秀写真,自往及今有童君,与前辈不相下也。童君于海云山寺画慈氏如来十六罗汉,大圣慈寺三学院《楞严经》变相,玉局化龙虎君,二十四化神仙,天庆观龙虎君,圣祖殿岳渎神祇,所有神仙侍从,向背低昂,无遗其势者,鸟兽洪纤,树石山水,无遁其形者。而又笔踪遒健,天机俊逸。九曜院写张侍郎真,精神气韵,如出素壁之前,时推妙手。张侍郎在任日,俾童君画鲍倩五禽图,于五势之间,各写侍郎真在其中。侍郎展开曰:"老夫山野,岂堪图之。"因是优礼待之。祥符中,于愚茅亭图水石六堵,谓愚曰:"时辈皆云,弹琴非是乐,写真非是画,是耶非耶,请为言之。"愚对曰:"《春秋左氏传》:晋侯观于军府,见钟仪,问曰:'南冠而絷者谁也?'有司对曰:'郑人所献楚囚也。'使税之,召而吊之,再拜稽首,问其族,对曰:'伶人也。''能乐乎?'对曰:'先父之职官也,敢有二事。'使与之琴,操《南风》。杜预注云:伶人,乐官也。岂不谓琴为乐乎?南齐谢赫论画有六法,一曰气韵生动,二曰骨法用笔,三曰应物像形,四曰随类傅彩,五曰经营位置,六曰传移摸写。其写真者,于画六法中一法尔,岂不谓之画乎?若只以画人头面而已,岂曰尽善。若只以写真擅名,不亦寡乎?譬诸膳夫和羹,醢醢盐梅,以烹鱼肉,齐之以味,阙一不可。今国朝取士,于诗赋策论,阙一者不中其选也。则知君子之道,贵乎全也。画与学虽殊,功用奚异,君其全乎?"童曰:"益虽不敏,请事斯语矣。"

茅亭客话后序

　　《茅亭客话》虽多纪西蜀之事,然其间圣朝龙兴之兆,天人报应之理,合若符契,验如影响。至于高贤雅士,逸夫野人,稀阔之事,升沉之迹,皆采撰当时之实,可以为后世钦慕儆戒者,昭昭然足使览者益夫耳闻目见之广,识乎迁善远罪之方。则是集之作也,岂徒好奇尚怪,事词藻之靡丽,以资世俗谈噱之柄而已哉?盖亦有旨意矣。此集自先祖太傅藏于书笥,仅五十余载,而世莫得其闻也。余因募工镂板,庶几以广其传,尚冀将来好古博雅君子,幸无以我为诮焉。时钜宋元祐癸酉岁季夏中浣日,西平清真子石京序。

杨 文 公 谈 苑

[宋]杨亿　　　口述
黄鉴笔录　宋庠整理
李裕民　　　辑校

校 点 说 明

《杨文公谈苑》是由杨亿口述、黄鉴笔录、宋庠整理而成的一部笔记。杨亿(974—1020),字大年,建州浦城(今属福建)人。七岁能文,十一岁时,宋太宗亲试诗赋,下笔立就,即授秘书省正字。历官左正言、知制诰、工部侍郎、翰林学士兼史馆修撰、判馆事。《宋史》有传。他是宋初著名文学流派西昆诗派的领袖,且兼长史学,是《册府元龟》、《太宗实录》的主要编纂者。笔录者黄鉴,字唐卿,是杨亿的同乡。举进士后,为国子监直讲,被杨亿延置门下。《宋史》有传。黄鉴将杨亿平日谈话记录下来,汇成一书,取名《南阳谈薮》,体类语录,并无一定的体例。后由宋庠作了删订,分为二十一门,改今名。宋庠(996—1066),初名郊,字伯祥,后改名庠,字公序,安州安陆(今属湖北)人。仁宗天圣二年(1024)进士,官至宰相。与弟宋祁,俱有文名。著作多佚,后人辑有《宋元宪集》。《宋史》有传。

杨亿才高学博,见多识广,因此《谈苑》所载内容包罗万象,以时间而论,宋初最多,依次为五代十国—唐;以地域而论,从京城到边远地区,并远及日本、交州、高丽诸国;就涉及的领域而论,以人事、诗文居多,旁及科学技术、宗教、艺术、典章制度、经济、民俗等,尤其收录了大量的宋人诗歌,所以无论是研究宋代历史还是宋代文学,都极具参考价值。

《杨文公谈苑》成书后,黄鉴笔录原本即湮没无闻。但是,《谈苑》至明末以后也散佚了。我在1986年时,曾据《说郛》、

《宋朝事实类苑》、《事物纪原》、《政和本草》、《靖康缃素杂记》、《类说》、《能改斋漫录》、《诗话总龟》等书辑成此书，共得二百三十四条，七万余字。所辑各条，以出处较早、内容较全者为主，以其他各本对校。文字劣于主目者，不出校记，并依内容拟题。书后附各家著录及参考书目。交由上海古籍出版社出版。这次重版，依照《历代笔记小说大观》体例要求，文字择善而从，概不出校，原来的序号及附录，均予删去。不妥之处，请读者批评指正。

目　录

杨文公谈苑序

　　故翰林杨文公大年在真宗朝掌内外制,有重名,为天下学者所伏,文辞之外,其博物殚见,又过人远甚。故当时与其游者,辄获异闻奇说,门生故人往往削牍藏弄以为谈助。江夏黄鉴唐卿者,文公之里人,有俊才,为公奖重,幼在外舍,逮乎成立,故唐卿所纂,比诸公为多,但杂抄广记,交错无次序,好事者相与名曰《谈薮》。余因而掇去重复,分为二十一目,勒成一十五卷,辄改题曰《杨公谈苑》。中书后阁宋庠序。《说郛》商务本卷二十一

杨文公谈苑

王 彦 超

太祖微时,尝游凤翔,王彦超遗十千遣之。后即位,悉征藩侯入觐,宴苑中,纵酒为乐。诸帅竞论畴昔功勋,惟彦超独言:"久忝藩寄,无功能可纪,愿纳符节,入备宿卫。"上喜曰:"前朝异世事安足论,彦超之言是也。"后从容语彦超曰:"卿当日不留我,何也?"对曰:"蹄涔之水,安可容神龙? 万一留止,又岂有今日之事? 帝王受命,非细事也。"上益喜,曰:"当复遣卿还镇,一政以为报。"余诸帅悉归班。《说郛》商务本卷二十一

太宗作弈棋三势

太宗作弈棋三势,使内侍裴愈持以示馆阁学士,莫能晓者。其一曰独飞天鹅势,其二曰对面千里势,其三曰大海取明珠势,皆上所制。上亲指授,诸学士始能晓之,皆叹伏神妙。前后待诏等众对弈,多能覆局,为图藏于秘阁。《说郛》商务本卷二十一

徐铉改棋图之法

古棋图之法,以平上去入分四隅为记,交杂难辨。徐铉改为十九字,一天、二地、三才、四时、五行、六官、七斗、八方、九州、十日、十一冬、十二月、十三闰、十四雊、十五望、十六相、十

七笙、十八松、十九客,以此易故图之法,甚为简便。《说郛》商务
本卷二十一

禁教坊以夫子为戏

至道二年重阳,皇太子、诸王宴琼林苑,教坊以夫子为戏
者,宾客李至言于东朝,曰:"唐大和中,乐府以此为戏,文宗遽
令止之,笞伶人,以惩其无礼。鲁哀公以儒为戏尚不可,况敢
及先圣乎?"东朝惊叹,言于上而禁止之,此戏遂绝。同上

陶榖草祭文

陶榖,开运中为词臣,时北戎来侵晋,杨光远以青州叛,大
将为节帅卒。少帝命草文以祭之,榖立具草以奏,曰:"漠北有
不宾之寇,山东起伐叛之师。云阵未收,将星先落。"少帝甚激
赏。

钱若水草祝辞

钱若水为学士,一日,太宗自作祝辞,久而不成,令左右持
诣翰院中,命即草之。若水对使者撰成,其首句云:"上帝之
休,虽眇躬是荷;下民之命,乃明神所司。"上喜曰:"朕阁笔思
之久矣,不能措辞。"尤激赏其才美。同上

敕　　字

《千字文》题云:"敕员外散骑侍郎周兴嗣次韵。"敕字乃梁
字传写误尔,当时帝王命令尚未称敕。至唐显庆中始云:"不
经凤阁鸾台,不得称敕。"敕之名始定于此。同上

砌　　台

砌台即今之擦台也。王侯家多作砌台,以为林观之景。唐张仲素诗云:"写望临香阁,登高下砌台。林间见青使,意上直钱来。"即知唐来有之。太祖朝大王都尉家,其子曰承裕,幼时其父戏补砌台使。同上

铜　牌　记

梁沙门宝志铜牌记,多谶未来事,云:"有一真人在冀川,开口张弓在左边,子子孙孙万万年。"江南中主名其子曰弘冀,吴越钱镠诸子皆连弘字,期以应之,而宣祖讳正当之也。同上

麻　　胡

冯晖为灵武节度使,其威名羌戎畏服,号"麻胡",以其面有黥文也。

学　士　草　文

学士之职,所草文辞,名目浸广。拜免公王将相妃主曰制,赐恩宥曰赦书、曰德音,处分公事曰敕,榜文号令曰御札,赐五品以上曰诏,六品以下曰敕书,批群臣表奏曰批答。赐外国曰蕃书,道醮曰青词,释门曰斋文,教坊宴会曰白语,土木兴建曰上梁文,宣劳锡赐曰口宣。此外更有祝文、祭文、诸王布政、榜号、薄队、名赞、佛文、疏语,复有别受诏旨作铭、碑、墓志、乐章、奏议之属。此外文表歌颂应制之作。旧说,唐朝宫中,常于学士取眠儿歌,伪蜀学士作桃符,孟昶学士辛寅逊题桃符云:"新年纳余庆,佳节号长春"是也。同上

白氏六帖

人言白居易作《六帖》,以陶家瓶数千各题门目作七层架,列置斋中,命诸生采集其事类投瓶,倒取之,抄录成书,故其所记时代多无次序。

日本僧奝然朝衡

公言:雍熙初,日本僧奝然来朝,献其国《职员令》、《年代记》。奝然依录自云,姓藤原氏,为真连,国五品官也。奝然善笔札而不通华言,有所问,书以对之。国有《五经》及释氏经教,并得于中国。有《白居易集》七十卷。第管州六十八,土旷而人少,率长寿,多百余岁。国王一姓,相传六十四世。文武僚吏皆世官。予在史局阅所降禁书,有《日本年代记》一卷及奝然表启一卷,因得修其国史,传其详。奝然后归国,附商人船奉所贡方物为谢。案日本,倭之别种也。以国在日边,故以日本为名。或言恶倭之名不雅改之。盖通中国文字,故唐长安中遣其大臣真人来贡,皆读经史,善属文,后亦累有使至,多求文籍释典以归。开元中,有朝衡者,隶太学,应举,仕至补阙,求归国,授检校秘书监,放还。王维及当时名辈皆有诗序送别,后不果去,历官至右常侍、安南都督。吴越钱氏多因海舶通信,《天台智者教》五百余卷有录而多阙,贾人言日本有之,钱俶置书于其国王,奉黄金五百两,求写其本,尽得之,讫今天台教大布江左。《参天台五台山记》卷五

寂　　照

景德三年,予知银台通进司,有日本僧入贡,遂召问之。

僧不通华言,善书札,命以牍对,云:"住天台山延历寺,寺僧三
千人,身名寂照,号圆通大师。国王年二十五,大臣十六七人,
郡寮百许人。每岁春秋二时集贡士,所试或赋或诗,及第者常
三四十人。国中专奉神道,多祠庙,伊州有大神,或托三五岁
童子降言祸福事。山州有贺茂明神,亦然。书有《史记》、《汉
书》、《文选》、《五经》、《论语》、《孝经》、《尔雅》、《醉乡日月》、
《御览》、《玉篇》、《蒋鲂歌》、《老子》、《列子》、《神仙传》、《朝野
金载》、《白集六帖》、《初学记》。本国有《国史》、《秘府略》、《交
观词林》、《混元录》等书。释氏论及疏钞传集之类多有,不可
悉数。"寂照领徒七人,皆不通华言。国中多有王右军书。寂
照颇得其笔法。上召见,赐紫衣束帛,其徒皆赐以紫衣,复馆
于上寺。寂照愿游天台山,诏令县道续食。三司使丁谓见寂
照,甚悦之。谓,姑苏人,为言其山水可见,寂照心爱,因留止
吴门寺,其徒不愿住者,遣数人归本国,以黑金水瓶寄谓,并诗
曰:"提携三五载,日用不曾离。晓井斟残月,春炉释夜渐。鄱
银难免侈,莱石自成亏。此器坚还实,寄君应可知。"谓分月俸
给之,寂照渐通此方言,持戒律精至,通内外学,三吴道俗以归
向。寂照东游,予遗以印本《圆觉经》并诗送之。后寄书举予
诗中两句云:"身随客槎远,心学海鸥亲。"不可忘也,《圆觉》固
目不暂舍云。后南海商人船自其国还,得国王弟与寂照书,称
野人若愚,书末云:"嗟乎! 绝域殊方,云涛万里。昔日芝兰之
志,如今胡越之身。非归云不报心怀,非便风不传音问,人生
之限,何以过之?"云云,后题宽弘四年九月。又左大臣藤原道
长书,略云:"商客至,通书,谁谓宋远? 用慰驰结。先巡礼天
台,更攀五台之游,既果本愿,甚悦。怀土之心,如何再会。胡
马独向北风,上人莫忘东日。"后题宽弘五年七月。又治部卿

源从英书,略云:"所谙《唐历》以后史籍,及他内外经书,未来本国者,因寄便风为望。商人重利,唯载轻货而来。上国之风绝而无闻,学者之恨在此一事。"末云:"分手之后,相见无期,生为异乡之身,死会一佛之土。"书中报寂照俗家及坟墓事甚详悉。后题宽弘五年九月。凡三书,皆二王之迹,而野人若愚章草特妙,中土能书者亦鲜及。纸墨尤精。左大臣乃国之上相,治部九卿之列。同上

金 鸡 肆 赦

杜镐言金鸡肆赦,不知起于何代。《关东风俗传》曰:"宋孝王问司马膺之后魏北齐赦日立金鸡事,膺之曰:'按《海中星占》云:天鸡星动为有赦,盖王者以天鸡为度。'"《隋书·刑法志》:"北齐赦日,令武库设金鸡及鼓于阊阖门右,挝鼓千声。"宣赦建金鸡,或云起于西凉吕光,未知孰是。究其旨,盖西方主兑,兑为泽。鸡者巽神,巽主号令,故合二物,制其形,楬于长竿,使众睹之。《事物纪原》卷三

左 右 侍 禁

本朝太宗雍熙四年,增置左右侍禁。同上卷六

三 班 奉 职

宋朝建国之初,承旧制,有殿前承旨。雍熙四年,改为三班奉职。同上

三 班 借 职

旧制有借职承旨,太宗雍熙中,改曰三班借职。自供奉至

借职,其员无数,亦汉三郎署比也。_{同上}

通　　判

通判,太宗始置,即古监郡也。_{同上}

禁节帅贩易

五代以来,节帅牧专多遣亲吏往诸道往来贩易,所过不收
算,率以致富,养马至千匹,仆厮至一千余人。国初,大功臣十
数人犹袭旧风,太祖患之,未革其弊。太平兴国初,遂下诏禁
之,侯伯但给其俸及盐酒商税课利分数钱,后又罢之,定岁给
公用自三万贯及千贯,自此藩镇量入为用,无复向之豪侈。太
平兴国初,右拾遗李幹上言:诸道藩镇所管支郡,多遣亲吏掌
其市征,留滞商贾不便。诏邠、宁、泾、原、渭、鄜、坊、延、丹、
陕、虢、襄、均、房、复、邓、唐、澶、濮、宋、亳、郓、济、曹、单、青、
淄、兖、沂、贝、冀、滑、卫、镇、深、赵、定、祁等支郡,并直属京
师,不隶节镇。_{《职官分纪》卷三十九。《类苑》卷二十一节引此文。}

本朝武人多能诗

本朝武人多能诗,若曹翰句有:"曾经国难穿金甲,不为家
贫卖宝刀。"刘吉父诗云:"一箭不中鹄,五湖归钓鱼。"<sub>《临汉隐居
诗话》</sub>

蛙 变 为 鹑

至道二年夏秋间,京师鬻鹑者,积于市门,皆以大车载而
入,鹑才直二文。是时雨水绝,无蛙声,人有得于水次者,半为
鹑,半为蛙。《列子·天瑞篇》曰:"蛙变为鹑",张湛注云:"事

见《墨子》。"斯不谬矣。又田鼠亦为鹑,盖物之变,非一揆也。
《政和本草》卷十九

芋 萝 卜

江东居民,岁课种艺,初年种芋三十亩,计省米三十斛。
次年种萝卜二十亩,计益米三十斛,可知萝卜消食也。《尔雅》
葵,芦萉。郭璞注:"萉为菔,芦萉芜菁属,紫花大根,俗呼雹
葵。"更始败,掖庭中宫女数百人幽闭殿门内,掘庭中芦萉根食
之,今萝卜是也。《政和本草》卷二十七

菩 萨 石

嘉州峨眉山有菩萨石,人多采得之,色莹白。若太山狼牙
石、上饶州水晶之类。日光射之,有五色,如佛顶圆光。《政和
本草》卷十二、《类苑》卷六十一

倚 卓

咸平、景德中,主家造檀香倚卓一副。《靖康缃素杂记》卷三

王 感 化 善 诗

伶人王感化少聪敏,未尝执卷,而多识故实,口谐捷急,滑
稽无穷。会中主引李建勋、严续二相游苑中,适见系牛于株枥
上,令感化赋诗,应声曰:"曾遭宁戚鞭敲角,几被田单火燎身。
独向残阳嚼枯草,近来问喘更何人。"因以讥二相也。又,中主
徙豫章,浔阳遇大风,中主不悦,命酒独酌。指北岸山问舟人,
云皖公山,愈不怿。感化独前献诗曰:"龙舟万里架长风,汉武
浔阳事正同。珍重皖公山色好,影斜不落寿杯中。"中主大悦,

赐束帛。《靖康缃素杂记》卷七

宋　捷

太平兴国四年,北戎寇边,车驾幸大名府。方渡河,有人持手版邀乘舆,前驱斥之,号呼通旁,自言献封事。太宗令接取视之,乃临河主簿宋捷,上甚喜,即以为将作监丞。《靖康缃素杂记》卷九

重　戴

重戴者,大裁帽也。本野夫岩叟之服,以皂为之。后魏孝文帝自云中迁代,以赐百寮。五代以来,惟御史服之。淳化初,宰相、学士、御史台,比省官、尚书两省五品以上,皆令服之。《石林燕语辨》卷三

永 昌 陵

太祖生洛阳夹马营,乐其风土,国初营缮宫室,有迁都之志。九年四幸郊祀,而宫殿宿卫多不安处,或见怪异,遂东归。叹曰:“我生不得居此,死当葬于此。”登阙发鸣镝,指其所曰:“后当葬此。”永昌陵即其地也。《类说》

冯 道 使 虏

晋天福中,奏宝策戎衣之号,辅相中当一人为使,赵莹、桑维翰、文崧咸惧,将命冯道,索纸书云:“道去。”遣人语妻子,不复归家。不数日,北行,虏主以道有重名,留之,赐牛头牙笏为殊礼,道作诗曰:“牛头遍得赐,象笏更容持。”道凡得赐,悉市薪炭,云:“北地苦寒,老年所不堪,当为之备。”戎人颇感其意,

乃遣归。道三上表乞留，固遣始去，更住月余。既行，所至留驻，凡两月，出境即驰归。左右曰："得生还，恨无羽翼，公独宿留，何也？"道曰："戎人多诈，总急还，以彼筋脚，一夕即追及，亦何可脱？但徐缓，即不能测矣。"道归作诗云："去年今日奉皇华，只为朝廷不为家。殿上一杯天子泣，门前双节国人嗟。龙荒冬住时时雪，兔苑春归处处花。上下一行如骨肉，几人身死掩风沙。"道在房中有诗云："朝披四袄专藏手，夜盖三衾怯露头。"其苦寒如此。同上

卧榻侧他人鼾睡

开宝中，王师围金陵，李后主遣徐铉入朝，对于便殿，恳述江南事大之礼甚恭，徒以被病未任朝谒，非敢拒诏。太祖曰："不须多言，江南有何罪？但天下一家，卧榻之侧，岂可许他人鼾睡？"铉复命。未几，城陷，随后主归朝。铉性质直，见士大夫寒日多被褐，曰："中朝自五胡猾乱，其风未改，荷毡被毳，实烦有徒。"一日，见其婿亦被毛裘，责曰："吴郎上流，安得效此？"淑曰："晨兴苦寒，朝中服者甚众。"铉曰："士君子有操者亦未尝服。"盖自谓也。同上

吴绫汗衫写诏

唐末，有朱书御札征兵方镇，盖危难中以此示信。昭宗以吴绫汗衫写诏，间道与钱镠，告以国难。同上

獭　祭　鱼

旧说李商隐为文，多检阅书册，鳞次堆积，时号獭祭鱼。同上

题翠微诗

翠微寺在骊山绝顶,旧离宫也,唐太宗避暑于此。后有人题诗云:"翠微寺本翠微宫,楼阁亭台几十重。天子不来僧又去,樵夫时倒一枝松。"同上

辜负口眼

谚曰:"不到长安辜负眼,不到两浙辜负口。"同上

太平兴国

太宗改元太平兴国,识者谓太平字一人六十也,太宗寿六十九,中间岁内改元,亦叶其数。同上

灵棋经

《灵棋经》乃黄石公法,南齐江谧尝以棋占,得金益玉杯之卦。《唐·经籍志》五行部有《十三灵棋经》十一卷,盖所传旧矣。凡一字再卜,卒不验。同上

脐裂

殿中丞王全嗜酒,忽脐裂有声,以盎承之,得清酒斗余而卒。同上

周世宗作诗

周世宗尝作诗以示学士窦俨,曰:"此可宣布否?"俨曰:"诗,专门之学。若励精叩练,有妨几务;苟切磋未至,又不尽善。"世宗解其意,遂不作诗。同上

地 狱 受 苦

人或疑释经所述地狱受苦之期太长,公曰:"律文有流三千里,地甚远;徒三年,日甚长。造罪之初,止一念顷耳。"_{同上}

不 欺 神 明

江南处士朱真曰:"世云不欺神明,但不欺心,即不欺神明也。"_{同上}

三　多

学者当取三多:看读多、持论多、著述多。三多之中,持论为难。同上。_{《锦绣万花谷》前集卷二十节引}

比 试 制 诰

张去华任拾遗,上言:"今制诰张淡不才,愿得比试。"诏令中书引试,淡果不胜,去华迁补阙,淡罢知制诰。去华负时名,虽胜,遂为清议所鄙,而淡亦当引退,岂宜与新进士争锋? 其亦失也。_{《类说》}

两 制 作 诗 赋

晋开运中,诏两制各作诗赋一篇,付礼部,为考试之目。李怿独曰:"怿识字有数,因人成事,使令衣白袍入贡部,下第必矣,胡能作文章,为世楷模?"终不肯作。_{同上}

五 禽 以 客 名

李昉为诗慕白居易,园林畜五禽,皆以客名,白鹇曰佳客,

鹭鹚曰白雪客,鹤曰仙客,孔雀曰南客,鹦鹉曰陇客。又慕居易七老之会,得宋琪等八人,为九老会。同上

笔 法 五 事

钱邓州若水尝言:古之善书鲜有得笔法者,唐陆希声得之,凡五字㩒押钩格抵,仍用笔双钩,则点画遒劲而尽妙,谓之撥镫法。希声言:自斯翁及二王以至阳冰皆传此法,希声以授沙门瞽光,瞽光入长安为翰林供奉。今待诏尹熙古亦得之,而所书为一时之绝。查道始篆,患其体势柔弱,熙古教以此法,仍双钩用笔,经半年,始习熟而篆体劲直甚佳。刁衍言江南后主得此法,书绝劲,复增二字,曰导送。《新安志》卷十

筑 太 一 宫

太平兴国中,方士楚芝兰上言:"按《太一经》五福太一为天九贵神,凡行五宫,四十五年一徙,今当入吴分,五福所至,民获其祐,宜筑宫于苏州。"太宗从之。宫成,芝兰又言:"祠太一于吴,但福及吴民,可徙筑京城南三十里苏村。"遂改筑新宫,凡十殿曰君棋太一、臣棋太一、民棋太一、九气太一、大游太一、小游太一、十神太一、天太一、地太一,并五福为十八。《类说》

洛阳宫阙似兜率天宫

西晋时有胡僧至洛阳,见宫阙,叹曰:"此正是兜率天宫,但生人之力营构,非道力所成耳。"将终,与徒众别曰:"山河天下皆变灭,而况人身,何得长久! 但能专心清净,屏除三毒,形数虽乖,其会必同。"同上

毁铜佛铸钱

周世宗毁铜佛像铸钱，曰："佛教以为头目髓脑有利于众生，尚无所惜，宁复以铜像为爱乎？"镇州大悲铜像甚有灵应，击毁之际，以斧锼自胸镜破之，后世宗北征，病疽发胸间，咸谓报应。同上

谒金门词

江南成幼文为大理卿，好为歌词，尝作《谒金门》曲，有"风乍起，吹皱一池春水"之句，后因奏牍稽滞，中主曰："卿试与行一池春水，又何缺于卿哉！"同上

葑　田

两浙有葑田，盖湖上有菱葑所相缪结，积久，厚至尺余，润沃可殖蔬种稻，或割而卖与人。有任浙中官，方视事，民诉失蔬圃，读其状甚骇，乃葑园为人所窃，以小舟撑引而去。《能改斋漫录》卷十四

杨玢诗

杨玢靖夫，虞卿之曾孙也。仕伪蜀王建，至显官，随王衍归后唐，以老，得工部尚书，致仕，归长安。旧居多为邻里侵占，子弟欲诣府诉其事，以状白玢，玢批纸尾云："四邻侵我我从伊，毕竟须思未有时。试上含元殿基望，秋风禾黍正离离。"子弟不复敢言。《诗话总龟》卷一

王彦威粗官诗

长安旧以不历台省使出镇廉车节镇者为粗官,大率重内而轻外,今东都乾元门旧宣武军鼓角门,节度王彦威有诗刻其上云:"天兵十万勇如貔,正是酬恩报国时。汴水波涛喧鼓角,隋堤杨柳拂旌旗。前驱红旆关西将,坐间青娥赵国姬。寄语长安旧冠盖,粗官到底是男儿。"彦威自太常博士出辟使府,至兹镇,故有是句,至今不知所在。薛能亦有《谢寄茶》诗,云:"粗官寄与真抛掷,赖有诗情合得尝。"《诗话总龟》卷三

卢延让诗浅近自成一体

卢延让诗浅近,人多笑之,惟吴融独重其作,盛称于时,且云:此公不寻常,后必垂名。延让诗至今传之,亦有绝好者。《宿东林》云:"两三条霓欲为雨,七八个星犹在天。"《旅舍言怀》云:"名纸毛生五门下,家僮骨立六街中。"《赠玄上人》云:"高僧解语牙无水,老鹤能飞骨有风。"《蜀路》云:"云间闻驿骡驮去,雪里残骸虎拽来。"《怀江上》云:"饿猫临鼠穴,馋犬舐鱼砧。"《八月十六夜》云:"只讹些子缘,应耗没多光。"《寄人》云:"吟成一个字,拈断数茎髭。"又云:"树上谙諴批颊鸟,窗间壁驳叩头虫。"余在翰林尝召对,上举延让诗云:"臂鹰健卒悬毡帽,骑马佳人卷画衫。"虽浅近亦自成一体。《诗话总龟》卷八

思贾谊诗

钱邓师尝举思贾谊两句云:"可怜半夜虚前席,不问苍生问鬼神。"后人何可及。《诗话总龟》卷十二

杜　牧　诗

牧之《寄人》云：“世味嫌为枳，时光怨落冥。”《闲居》云：“歌怀饭牛起，书愤抱麟成。”《蝉》云：“二子自不食，三闻何独清。”《登楼》云：“远水净林色，微云生夕阳。”《尘》云：“已伤花榻满，休炉画屏飞。”同上

刘经野韭诗

刘经为虏政事舍人，来奉使，路中有野韭可食，味绝佳，作诗云：“野韭长犹嫩，沙泉浅更清。”《诗话总龟》卷十七

畲　　田

江南人多畲田，先炐炉。炐音饮。纵火燎草也；炉，火烧山界也。俟经雨乃下种，历三岁，土脉竭，不可复种艺，但生草木，复炐傍山。宋西阳王子尚所部鄞县有嚓田音嚓留，畲田也。子尚言：山湖之俗，炐山封水泽，山须炐炉后种。刘禹锡谪连州，作《畲田诗》云：“团团缦山腹，钻龟得雨卦，上山烧卧木。”又云：“下种暖灰中，乘阳拆牙蘖。苍苍一雨后，苔颖如云发。”白乐天《子规歌》云：“畲田有粟何不啄？石楠有枝何不栖？”畲，音羊诸反。《尔雅》云：“一岁曰菑，二岁曰新，三岁曰畲。《易》曰不菑畲。”皆同音，凡三岁而不可复种，盖取畲之义也。《诗话总龟》卷二十七

江东士人深于学问

淮南张祕知举进士，试“天鸡弄和风”，祕但以《文选》中诗句为题，未尝详究也。有进士白试官云：《尔雅》鶾，天鸡、鹞，

天鸡,天鸡有二,未知孰是?"似大惊不能对,亟取《尔雅》,检《释虫》有"翰,天鸡,小虫,黑身赤头,一名莎鸡,一名樗鸡。"《释鸟》有"翰,天鸡,赤羽,《逸周书》曰:文翰若彩鸡,成王时蜀人献之"。江东士人深于学问有如此者。同上

灭蜀之兆

伪蜀每岁除日,诸宫门各给桃符,书"元亨利贞"四字,时昶子善书札,取本宫策勋府书云:"天垂余庆,地接长春。"乾德中伐蜀,明年,蜀除,二月,以兵部侍郎吕余庆知军府事,以策勋府为治所,太祖圣节号长春,此天垂地接之兆也。同上

乐人王感化善诗

江南李氏乐人王感化,建州人,隶光山乐籍,建州平,入金陵教坊。少聪敏,未曾执卷而多识,善为词,口谐捷急,滑稽无穷,时本乡节帅更代饯别,感化前献诗曰:"旌旆赴天台,溪山晓色开。万家悲更喜,迎佛送如来。"至金陵宴,苑中有白野鹊,李景令赋诗,应声曰:"碧岩深洞恣游遨,天与芦花作羽毛。要识此来栖宿处,上林琼树一枝高。"又题怪石九八句,皆用故事,但记其一联云:"草中误认将军虎,山上曾为道士羊。"《诗话总龟》卷四十六

余恕赞义山徐铉诗文

余知制诰日,与余恕同考试。恕曰:"夙昔师范徐骑省为文,骑省其有《徐孺子亭记》,其警句云:'平湖千亩,凝碧乎其下;西山万叠,倒影乎其中。'他皆常语。近得舍人所作《涵虚阁记》,终篇皆奇语,自渡江来,未尝见此,信一代之雄文也。"

其相推如此。因出义山诗共读，酷爱一绝云："珠箔轻明拂玉墀，披香新殿斗腰支。不须看尽鱼龙戏，终遣君王怒偃师。"击节称叹曰："古人措辞寓意，如此深妙，令人感慨不已。"《诗话总龟》后集卷五

太祖御将恩威并济

王全斌代蜀之岁，是时大寒，太祖著帽絮被裘，御讲武殿毡帐曰："此中寒尚不能御，况伐蜀将士乎？"即脱所服裘帽，遣使持赐全斌。其伐江南也，曹彬、李汉琼、田钦祚入辞，以匣剑授彬曰："副将而下，不用命，斩之。"汉琼等皆股栗畏慑，此所以见御将之恩威，皆出于一。《类苑》卷一

太祖服用俭素

太祖服用俭素，退朝常衣绨袴麻鞋，寝殿门悬青布缘帘，殿中设青布缦。同上

太祖不许公主服翠襦

魏咸信言，故魏国长公主在太祖朝，尝以贴绣铺翠襦入宫中，太祖见之，谓主曰："汝当以此与我，自今勿复为此饰。"主笑曰："此所用翠羽几何？"太祖曰："不然，主家服此，宫闱戚里皆相效，京城翠羽价高，小民逐利，展转贩易，伤生寝广，实汝之由。汝生长富贵，当念惜福，岂可造此恶业之端？"主惭谢。主因侍坐，与孝章皇后同言曰："官家作天子日久，岂不能用黄金装肩舁，乘以出入？"太祖笑曰："我以四海之富，宫殿悉以金银为饰，力亦可办，但念我为天下守财耳，岂可妄用？古称以一人治天下，不以天下奉一人。苟以自奉养为意，使天下之人

何仰哉？当勿复言。"同上

太祖杵碎孟昶宝器

太祖平蜀，得孟昶七宝装溺器，掷之于地，令杵碎之，曰："汝以何器贮食？似此，不亡何待？"同上

太祖祷雨霁

宋白言，开宝九年，雩祀西洛，阴雨逾月，斋宿之旦，尚未霁，太祖遣中使祷无畏三藏塔，与之誓言，悦不止，即毁其浮图。又俾近臣赍三木与岳神宿，斋日雨不止，当施桎梏于汝。至太极殿宿斋，辰巳间雨霁，洛阳令督役夫辈除道上泥，布乾土。及郊祀还，御明德门赐赦，观卫士归营，车驾还宫，雨复作。无畏，胡僧，唐开元中至长安，玄宗甚礼重之，每祈雨辄应，事具李德裕《次柳氏旧闻》及李华碑。同上

江南后主遗银五万两

开宝中，赵普犹秉政，江南后主以银五万两遗普，普白太祖，太祖曰："此不可不受，但以书答谢，少赂其来使可也。"普叩头辞让，上曰："大国之体，不可自为寝弱，当使之勿测。"既而后主遣其弟从善入贡，常赐外，密赍白金如遗普之数，江南君臣始震骇，服上之伟度。《类苑》卷一、《类说》卷五十三、《五朝名臣言录》卷一

太祖遣周广使吴越

周广者，开宝中为内外马步军都头，亲近，好言外事。一日白太祖曰："朝廷遣使吴越，钱俶南面坐，傍设使者位。俶虽

贵极人臣,况尊无二上,而奉命者不能正其名,此大辱国。"太祖曰:"汝颇能折之否?"广曰:"臣请行。"俶生辰,即遣广为使,俶犹袭故态,广曰:"比肩事主,不敢就席。"俶遂移床西向,正宾主之礼。复命,广气甚骄,将希宠赏。太祖曰:"汝盖倚朝廷威势,不然者,俶何有于汝哉?"广大惭,其御下之英略如此。《类苑》卷一

刘铢不敢饮御赐酒

刘铢性绝巧,自结真珠鞍勒,为戏龙之状,献太祖,太祖以示尚方工,皆骇伏,偿以钱三百索。上谓左右曰:"移此心以勤民政,不亦善乎?"铢在国中,多置鸩以毒臣下。太祖幸讲武池,从官未集,铢先至,诏赐卮酒,铢心疑之,捧杯泣曰:"臣承父祖基业,违拒朝廷,烦王师致讨,罪在不赦。陛下既待臣以不死,愿为大梁布衣,观太平之盛,未敢饮此酒。"太祖笑谓之曰:"朕推赤心于人腹中,安有此事?"即取铢酒自饮,别酌以赐铢,铢惭谢。同上

太祖善御豪杰

太祖善御豪杰,得人之死力。居常多幸讲武池,临流观习水战,因谓左右曰:"人皆言忘身为国,然死者人之所难,言之易耳。"时禁卫将帅军厢主皆侍侧,有天武厢主李进卿前对曰:"如臣者,令死即死耳。"遂跃入池中,上急令水工数十人救之,得免,几于委顿。左右内侍数十人,皆善武艺,伉健,人敌数夫,骑上下山如飞,其慰抚养育,无所不至,然未尝假其威权。泗州槛生虎来献,上令以全羊臂与之,虎得全肉,决裂而食,气甚猛悍,欲观之也。俄口呿不合,视之,有骨横鲠喉中,上目左

右,内侍李承训即引手探取,无所伤。尝因御五凤楼,有风禽胃东南角楼鸱尾上,上顾左右曰:"有能取之否?"一内侍,失其姓名,摄衣攀屋桷以登缘,历危险,取之以献,观者胆落,盖试其趫捷也。同上

太祖善训戎旅

太祖始自总戎,为士众畏服,及践祚,善训戎旅,隶兵籍者多以配雄武军。自此或习试武艺,或角力斗殴,以较胜负,渐增俸缗,迁隶上军。十月后,骑兵皆侵晨出城习马,至暮归饲马,不令饱,虽苦寒,马常汗洽,耐辛苦,不甚肥盛。初议取蜀,有天武军主武超曰:"西川除在天上不可到,若舟车足迹可至,必取之耳。"士皆贾勇思奋,平蜀止六十日,用精兵才七千八。居常卫士直庐中,咸给以棋枰,令对弈为乐,曰:"此徒端居终日,无他思虑,以此使之适情耳。"同上

太祖御下严峻

太祖平蜀,择其亲兵骁勇者百余人,补内殿直,别立班院,号川殿直。南郊赏给,比本班减五千,遂相率击登闻鼓诉其事,上大怒曰:"朝廷给赐,自我而出,安有例哉?"尽捕连状者四十余人,斩于市,余悉配隶下军,遂废其班。一日,内酒坊火,悉以监官而下数十人弃市,诘得遗火卒,缚于火中,自是内司诸署,莫不整肃。同上

太宗署名祈雨

至道二年夏,大旱,遣中使分诣五岳祈雨,学士草祝,上自书名,随其方设香,再拜而遣之。王禹偁时在翰林,上言:"五

岳视三公,从前祝版御署,已逾礼典,固无君上亲书之理。"上署之纸尾云:"昔成汤剪爪断发,祷桑林之社,尚无爱,矧为百姓请命,岂于笔札而有所惜哉?"《类苑》卷二

太宗不欲宦者预政

内侍王继恩平李顺之乱,中书议欲以为宣徽使,太宗曰:"宣徽者,执政之阶也,朕览前籍多矣,皆不欲宦者预政,止可授以他职。"宰相等恳言,继恩有大功,今任昭宣使、河北团练使,非此拜不足以为贵。上不悦,因召翰林学士张洎、钱若水,议置宣政使之名,班在昭宣使之上,以授之,加领顺州防御使。同上

太宗不事畋游

登州海岸林中,常有鹘,自高丽一夕飞度海岸,未明至者绝俊,号曰"海东青"。淳化中,夏帅赵保忠得献上,上报曰:"朕久罢畋游,尽放鹰犬,无所事此,今却以赐卿,当领之也。"同上

三　　馆

史馆,贞观三年置,以宰相监修,复有修国史、史馆修撰、直馆之员。集贤院,自开元五年置丽正修书院于集仙殿,十三年改为集贤殿,以丽正书院为集贤书院,有学士、侍讲学士之名,后置大学士,以宰相领之,并有修撰、校理、直院之职。贞元中,增置校书、正字。梁氏都汴,贞明中,以今古长庆门东北小屋十数间为三馆,湫隘卑庳,周庐徼道在旁,卫士驺卒喧杂,每受诏有所撰述,徙它所以就之。太宗即位,因临幸周览,曰:

"若此之陋,何以待天下贤俊耶?"即日诏有司,度左升龙门东北车府地为三馆,栋宇宏大,自举役,车驾再临视,劳赐工卒。又令作园囿,植卉木,引金水河以注焉。西序启便门通乾元殿,以俟行幸。三年春,新馆成,赐名崇文院。悉迁西馆书分布西廊,为昭文书库,南廊为集贤书库。西廊为经史子集,南廊为史馆书库。初平蜀得书一万三千卷,平江左又得二万卷,参以旧书,为八万卷,凡六库,皆周雕木架,青绫帕幂之。昭文馆、集贤殿大学士,监修国史,常以宰相兼领。此外有史馆修撰、直史馆、集贤院直学士、校理之名。淳化中,复置直昭文馆、直集贤院,亦有修国史、崇文院检讨、编修、祗候,皆无定员,不常置。同上

太宗读太平御览

太宗诏诸儒编故事一千卷,曰《太平总类》。文章一千卷,曰《文苑英华》。小说五百卷,曰《太平广记》。医方一千卷,曰《神医普救》。《总类》成,帝日览三卷,一年而读周,赐名曰《太平御览》。同上

太宗赞日本颇有古道

太平兴国八年,日本国僧奝然至,言其国王传袭六十四世矣。文武僚吏,皆是世官。上顾宰臣等曰:"此蛮夷耳,而嗣世长久,臣下亦世官,颇有古道。中国自唐季,海内分裂,五代世数尤促。又大臣子孙鲜能继述父祖基业。朕虽德不及往圣,然而孜孜求治,未尝敢自暇逸,深以畋游声色为戒。所冀上穹降鉴,亦为子孙长久计,使皇家运祚永久,而臣僚世袭禄位。卿等各思尽心辅朕,无使远夷独享斯美。"同上

太宗重内外制之任

太宗尤重内外制之任,每命一舍人,必咨询宰辅,求才实兼美者,先召与语,观其器识,然后授之。尝谓近臣曰:"词臣之选,古今所重,朕尝闻人言,朝廷命一舍人,六姻相贺,谚以谓一佛出世,岂容易哉? 郭贽,南府门人,朕初即位,以其乐在词笔,遂命掌诰,颇闻制书一出,人或哂之,亦其素无时望,不称厥任,朕亦为之靦颜,业已进用,亦终不令人翰苑。后因览《唐书》故事,见其多自卑位作学士者,遂令杜镐检阅录唐朝学士,不拘品秩,自校书正字畿尉至尚书,皆得为之。"会光禄丞尹少连上书,引马周遇太宗事,其词多捭阖,上异其才,召试何以措刑论,文理可观,即欲超擢,询及枢宰,无有知少连名者,虑不协时望,遂止。苏易简荐吴人浚仪尉周亨俊拔可任,因御试贡举人,遂令亨考校,临观与语,以察器局,俾易简索其文章,得《白花鹰赋》,以比张茂先《鹪鹩》之作,文彩亦可尚。上意其非大器也,语易简曰:"且可令序迁京秩,更徐观之。"改光禄寺丞,月余,暴遇疾卒。上之衡鉴精审如此。同上

太宗论内患外忧

太宗尝谓侍臣曰:"国若无内患,必有外忧;若无外忧,必有内患。外忧不过边事,皆可预为之防。惟奸邪无状,若为内患,深可惧焉。"帝王当合用心于此。同上

太宗欲蠲租税不果

太宗初即位,幸左藏库,视其储积,语宰相曰:"此金帛如山,用何能尽? 先皇居常焦心劳虑,以经费为念,何其过也!"

薛居正等闻上言，皆喜。其后征晋阳，讨幽蓟，岁遣戍边，用度
寖广，盐铁榷酤，关市矾茗之禁弥峻。太宗尝语近臣曰："俟天
下无事，当尽蠲百姓租税。"终以多故，不果。同上

太宗不许大臣具草

故钱侯若水言，至道中，尝知枢密，太宗尝召至玉华殿议
边事，议既定，向敏中取纸笔将批之，上曰："卿大臣，不当自作
文。李揆在外否？"即召入，授其意，令具草之。揆，副承旨也。
同上

太宗奖励循吏

太宗留心政事，淳化五年，自署一幅云："勤公洁己，奉法
除奸，惠爱临民，始可称良吏。本官有俸，并给见缗。"凡手札
三十余通，命有司择京朝官之有课最者赐之。殿中丞李虚己
以循良清白预其选，得知遂州，虚己作叙感诗以献，自陈祖母
年八十余，喜闻其孙中循吏之目。上喜甚，批纸尾云："吾真得
良二千石矣。"赐钱五十万以遗祖母，翌日，对宰相言及之，云：
"已与五十缗。"宰相曰："前日所赐盖五百缗。"上曰："此误也，
不可以追改。"虚己父寅，举进士，年六十余，以母老，求致仕，
得著作佐郎，有词学，清苦。虚己亦纯学笃慎，家极贫，虽至尊
之误笔，乃天之所赐，如郭巨得金、黄寻飞钱之比欤？然自是
诏阁门，不得受群臣诗赋杂文之献，欲自荐者，授文于中书宰
臣，第其臧否上之。同上

太宗以唐庄宗为鉴戒

太宗淳化五年《日历》载，上谓侍臣曰："听断天下事，直须

耐烦，方尽臣下之情。昔庄宗可谓百战得中原之地，然而守文
之道，可谓懵然矣。终日湛饮，听郑卫之声，与胡家乐合奏，自
昏彻旦，谓之聒帐。半酣之后，置畎酒筐，沈醉射弓，至夜不
已，招箭者但以物击其银器，声言中的。与俳优辈结十弟兄，
每略与近臣商议事，必传语伶人，叙相见迟晚之由。纵兵出
猎，涉旬不返，于优倡猥杂之中，复自矜写春秋，不知当时刑政
如何也？"苏易简书于《时政》曰："上自潜跃以来，多详延故老，
问以前代兴废之由，铭之于心，以为鉴戒。"上来数事，皆史传
不载，秉笔之臣，以记录焉。同上

太宗以剑舞惧敌

　　太宗将讨太原，选军中骁勇趫捷者数百人，教以舞剑，皆
能掷剑高丈余，袒裼跳跃，以身左右承之，妙绝无比，见者莫不
震惧。会北戎使至，宴便殿，因令剑舞者数百人，科头露股，挥
剑而入，跳掷承接，霜锋雪刃，飞舞满空，戎使惧形于色，淮海
国王钱俶等惊惧不敢仰视。俶言于上曰："此《尚书》所谓'如
熊如罴，如虎如貔'者也。"上甚悦，及亲征，每巡城督战，必令
前导逞技，贼乘城望之，破胆。同上

太宗作上清宫

　　太宗诏作上清宫，谓左右曰："朕在藩时，太祖特钟友爱，
赏赉不可胜纪，今悉贸易以作一宫，为百姓请福，不令费库
物。"王沔曰："土木之作，必有劳费，不免取百姓脂膏耳。"上嘿
然。既营缮，命中人董役，役夫常不满三千人，三司率多移拨
三五百人给它作。中人言于上，上曰："有司所须之人，皆要
切，汝当自与计议圆融，勿令有妨。"既而数年功不就，言事者

多指之,遂令罢役。岁余,内道场与道流言及之,上即令出南宫旧金银器数万两,鬻于市以给工钱,讫其役。宫成,常服一诣,焚香而已。同上

太宗以强弓示威

至道初,李继迁遣其大校张浦入贡。上御便殿,召卫士数百辈,习射御前,所挽弓皆一石五斗以上。先是,赐继迁一弓,皆一石六斗,继迁但以朝廷威示戎虏,谓非人力所能挽,至是,卫士皆引满平射,有余力。上问浦:“戎人敢敌否?”浦曰:“藩部弓弱矢短,但见此长大,固已逃遁,岂敢拒敌?”上悦,后以浦为郑州防御使,留京师。同上

修　河　桥

有司岁调竹索以修河桥,其数至广,太宗曰:“渭川竹千亩,与千户侯等,自河渠之役岁调寝广,民间竹园率皆芜废,为之奈何?”吕端曰:“荇苇亦可为索,后唐庄宗自扬留口渡河,为浮梁,用苇索。”上然之,分遣使臣诣河上刈苇为索,皆脆不可用,遂寝。当庄宗渡河,盖暂时济师也。同上

太 宗 善 书

太宗善飞白,其字大者方数尺,善书者皆伏其妙。又小草特工,语近臣曰:“朕君临天下,亦何事笔砚?但心好之,不能舍耳。江东人多称能草书,累召诰之,殊未知向背,但填行塞白,装成卷帙而已。小草字学难究,飞白笔势难工,吾亦恐自此废绝矣。”以数十轴藏于秘府。同上

修太宗实录

咸平初,修《太宗实录》,命钱若水主其事。若水举给事中柴成务、起居舍人李宗谔、侍御史宗度泊予及职方员外郎吴淑。上指宗谔曰:"自太平兴国八年已后,昉皆在中书,日事史策,本凭直笔,傥子为父隐,何以传信于后代乎?"除宗谔不许,余悉可之。《类苑》卷三

编次太宗法书

太宗善草、隶、行、八分、篆、飞白六体,皆极其妙,而草书尤奇绝。今上悉赂求编次,凡三十余卷,以于阗玉水晶檀香为轴,青紫绫摽文绵缘,黄绢帕,金漆柜,作龙图阁于含元殿之西南隅以藏之。频召近臣观览称叹,上自作《太宗圣文神笔颂》,亲书刻碑,以美其事。碑阴列其部袟名题,以墨本赐近臣焉。同上

苏易简最被恩遇

苏易简为学士,最被恩遇。初与贾黄中、李沆同时上擢,黄中、沆参知政事,以易简为中书舍人,充承旨,并赐白金三千两,谕旨曰:"朕之待卿,非必执政而为重矣。"上作五七言诗各一首赐之,为真草行三体,刻于石。又飞白书"玉堂之署"四字以赐本院,今龛于堂南门之上。易简以御三体书石本,分遗秘书监李至及从祖修撰江陵公泊梁周翰,知制诰柴成务、吕祐之、钱若水、王旦,直秘阁潘慎修,翰林侍书王著,侍读吕文仲等凡十五人。及召至等宴于翰林,以观神笔之迹,上遣内司供拟坐客,各赋诗。宰相李昉等亦以诗贻易简,易简悉以奏御。

上谓昉等曰："易简以卿等诗来上,有以见儒墨之盛,而学士之光也,可别录一本进入。"以其本赐易简。《类苑》卷六

郭　　进

郭进少以壮勇,依汉祖于太原,开国,历刺史、团练使。国初,迁洺州防御使,为西山巡检,以扦太原。进御军严而好杀,部下整肃,每帅师入晋境,无不克捷,太祖因遣戍西山,必语之曰:"汝辈当谨奉法,我犹赦汝,郭进杀汝矣。"尝择御龙官三十人隶麾下押阵,适与晋人战,多退却,进斩十余人。奏至,上方御便殿阅武,厉声曰:"御龙官千百人中始选择得一二,而郭进小违节度,遽杀之,试如此龙种健儿,亦不足供矣。"潜遣中使谕进曰:"恃其宿卫亲近,骄倨不禀令,戮之甚得宜矣。"进感泣,由是一军精勇无敌。上为治第,令厅堂悉用瓵瓦,有司言,亲王公主始得用此。上曰:"进事国尽忠,我待之岂不比吾子,有何不可哉?"太宗征太原,北戎自石岭关入援,进大破之,献俘行在,暴于城下,并人丧气,遂约降。进功高负气,监军田钦祚所为不法,进屡以语侵之,钦祚心衔,因诬以佗事,进不能甘,自缢死。太宗微知之,黜钦祚,终其身不复用。同上

窦偁面叱贾琰

窦偁为晋府宾佐,后至左谏议大夫、参知政事。僖起居郎,俨文甚高,皆有集在秘阁。偁亦有文,为晋府记室。贾琰为判官,每诸王宗室宴集,琰必怡声下气,动息褒赞,谄辞捷给,偁叱之曰:"贾氏子,何巧言令色之甚? 独不惧于心邪!"太宗甚怒,白太祖,斥出为泾州节判。后即位,思之,召为枢密直学士,数月参政,中谢,语之曰:"汝知何以及此?"偁曰:"陛下

以臣往年霸府遭逢所至耳。"上曰："不然,以卿尝面折贾琰,故任卿左右,思闻直言耳。"同上

董　遵　诲

　　董遵诲父宗本,尝为随州将,太祖微时往依,宗本令与遵诲游。常共臂鹰逐兔,小不如意,为遵诲所辱,太祖遂辞去,宗本固留,厚给遣之。即位之初,访求遵诲,遵诲欲自杀,其妻止之,曰："等死,亦未晚耳。万乘之主,岂念旧恶? 将因祸致福,岂可测哉?"遵诲感其言,幅巾见于便殿,叩头请死。上笑曰："汝昔日豪荡太过,我方将任汝事。"即命左右掖起,赐冠带,设食案,赐食上前。语及旧故欢笑,以为通远军使,专委一面之事,市租悉以给军用,不藉于有司。每岁赐予无数,幕府许自辟署,选精甲数千人,隶麾下,不复更代。隔岁以春夏令归,营省妻子。遵诲至,申严边候,镇抚蕃部,号令如一,戎族之强盛者,倚为腹心,有谋为寇者,必立以告,发所部袭之,剪灭无噍类。凡再出师,大克捷,党项诸羌,畏威慑息。养马数千匹,择其良以入贡,亲仆数百人,皆厚给衣食,日夕驰射畋猎,击鞠呼卢,饮食作鼓吹为乐。羌中动静,即时知之,朝廷不复西顾。岁时,其亲表押马来献,上必召问遵诲晨夕所为,击节大喜曰："是能快活也。"多解服御衣物珠贝珍异以为赐,遵诲捧之,未尝不泣下。三数岁一来朝,赐食御前,笑语移晷,赐御膳羊,上樽酒,皆五百数,金帛累万,复遣去。终太祖朝,不易其任。末年,稍迁罗州刺史,有判官者,因朝廷访利害,上言通远军养兵,每岁转运使调发内地钱粟,劳费民力,本军关榷之人,自可市籴给用。上遣录判官所奏,下本军,及申约外,计凡岁调如故,不得窃议市租,徙判官于佗郡。遵诲感激流涕,左右皆泣。

《类苑》卷七

李　沆

公尝言，李丞相沆重厚淳质，言无枝叶，善属文，识治体，好贤乐善，为丞相，有长者之誉。颇通释典，尤厌荣利，世务罕以婴心。其自奉甚薄，所居陋巷，厅事无重门，其偪下已甚，颓垣坏壁，沆不以屑虑。堂前药栏坏，妻戒守舍者勿令葺，以试沆。沆朝夕见之，经月，终不言。妻以语沆，沆笑谓其弟维曰："岂可以此动吾一念哉？"家人劝治居第，未尝答。维与言，因语次及之，沆曰："身食厚禄，时有横赐，计囊装亦可以治第。但念内典以此世界为缺陷，安得圆满如意，自求称足？今市新宅，须一年缮完，人生朝暮不可保，又岂能久居？巢林一枝，聊自足耳，安事丰屋哉？"后遇疾，沐浴右胁而逝，时盛暑，停尸七日，室中无秽气，亦履行之报也。沆在相位，接宾客常寡言。马亮与沆同年生，又与维善，语维曰："外议以大兄为无口匏。"维乘间尝达亮语，沆曰："吾非不知也，然今之朝士，得升殿言事，上封论奏，了无壅蔽，多下有司，皆见之矣。若邦国大事，北有强虏，西有戎迁，日旰条议，所以备御之策，非不详究。荐绅中如李宗谔、赵安仁皆时之英秀，与之谈，犹不能启发吾意。自余通籍之子，坐起拜揖，尚周章失措。即席必自论功最，以希宠奖，此有何策而与之接语哉？苟屈意妄言，即世所谓笼罩，笼罩之事，仆病未能也。为我谢马君。"沆常言，居重位，实无补万分，唯中外所陈利害，一切报罢之，唯此少以报国尔。朝廷防制，纤悉备具，或徇所陈请施行一事，即所伤多矣。此盖陆象先"庸人扰之"之论也。

范质识大体

范质初作相，与冯道同堂，道最旧宿，意轻其新进，潜视所为。质初知印，当判事，语堂吏曰："堂判之事，并施签表，得以视而书之，虑临文失误，贻天下笑。"道闻叹曰："真识大体，吾不如也。"质后果为名相。《类苑》卷九

不 信 异 端

李司空家，累世不置佛堂，不畜内典经文。王似宗家，不然楮镪，祀其先人酒炙而已。同上

窦仪不攻人之短

窦仪，开宝中为翰林学士，时赵普专政，帝患之，欲闻其过。一日召仪，语及普所为多不法，且誉仪早负才望之意。仪盛言普开国勋臣，公忠亮直，社稷之镇。帝不悦，仪归，言于诸弟，张酒引满，语其故曰："我必不能作宰相，然亦不诣朱崖，吾门可保矣。"既而召学士卢多逊，尝有憾于普，又喜于进用，遂攻普之短，果罢相，出镇河阳。普之罢甚危，赖以勋旧脱祸。多逊遂参知政事，作相。太平兴国七年，普复入相，多逊有崖州之行，是其言之验也。仪弟俨、侃、偁、僖，并举进士，父禹钧，范阳人，为左谏议大夫致仕，诸子皆成名，士风家法，为一时之表。冯道赠禹钧诗云："燕山窦十郎，教子有义方。灵椿一株老，仙桂五枝芳。"人多传诵。仪至礼部尚书，俨至礼部侍郎，皆为翰林学士。侃左补阙。偁为晋府宾佐，后至左谏议大夫，参知政事。僖起居郎。俨文甚高，皆有集，在秘阁。偁亦有文，为晋府记室。《类苑》卷十一

潘 承 裕

潘承裕,建安人,有才识,名重于州里。王延政建国,欲以为相,承裕力谏其僭号,不受伪署,延政将杀之,虑失人心,囚于私第。江南平建州,甚礼重之,以为礼部侍郎,判福建道。凡一道之征租、狱刑、选举人物,皆取决焉。告老,以尚书致仕,归洪州西山。子慎修,亦为要官,台城危蹙,入都为置宴使,馆怀信驿,时后主弟从镒先入贡,亦留驿中。每王师克捷,外庭入贺,邸使督金帛之献,慎修独建议,以国将亡,而旅贺非礼,但奉方物,以待罪为名,斯可也。太祖大喜,谓使者有礼,立遣易供帐物,加赐牢醴,深叹重之。《类苑》卷十三

冯 起

冯起,父炳,有清节,任知杂卒。起官,僦舍圃田。时侍御史赵承嗣掌市征,炳历任宪府,承嗣以官联,素重之。屡往见起,知其赁庑,为出己俸百千市之,起固辞不受。未几,承嗣以奸赃败,弃市,由是名闻。于是苏易简在翰林,夜召语及此事,太宗因此知起名,后擢知制诰。同上

李 至

李至为参知政事,今上初即位,朝士韩见素、彭绘、淳于雍等数人,连乞致仕,上颇讶之,谓宰相曰:"搢绅中多求退迹,何也?"至对曰:"退迹者几何人? 躁进者盖甚众矣。"上默然。后或引疾者,皆遂其请,亦仁者之言也。《类苑》卷十五

更改礼记月令篇次序

《礼记·月令篇》，旧第四，郑玄注，孔颖达作疏，皆依此篇。自开元中，李林甫受诏，与学者重加增损，多所改易旧文，升其篇居第一，至今用之。李至任秘书监日，因召对，言其事。至道末，遂下馆阁议，胡旦草议状，取郑、李二家对驳之，凡数百言，攻林甫之失。兼云："贡举三礼，所试用孔疏，而文注乃用林甫，甚相矛盾，请复用郑玄为是。"宰相吕端不能决，报罢之。后至参政，亦不能厘正其事。同上

诸 监 炉 铸 钱

江南因唐旧制，饶州置永平监铸钱，岁六万贯。江南平，增为七万贯，常患铜少。张齐贤任转运使，求得江南旧承旨丁钊，尽知信、建等州各铜铅处，齐贤即调发丁夫采之。初年增十数倍，明年得铜铅八十五万斤，锡六十万斤，因杂为铅锡钱铸三十六万贯，以钊为殿前承旨，领三州铜山。先是永平监所铸钱，用开通元宝钱法，肉好周郭精好。至是杂用铅锡，兼失古制，数虽增而钱恶。其后信州铅山县出铜无筹，常十余万人采凿，无赖不逞之徒，萃于渊薮。官所市铜钱数千余万斤，大有余羡，而铜山所出益多，有司议减铜价，凿山者稍稍引去。饶州官市薪炭不能给鼓铸，分于池州置永宁监，建州置永丰监，并岁铸钱二十万贯，以铅山铜给之。既有所泄，价乃复旧，而工徒并集。杭州置保兴监，凡四监，岁铸百余万贯，为极盛矣。唐天宝之制，绛、扬、润、宣、鄂、蔚、益、郴十州，共置九十九炉，铸钱一炉役丁匠三十人。每年六七月停，余十月作十一番。炉约用铜二万一千二百三十斤，白镴三千七百九十斤，黑

锡五百四十斤,每炉铸钱三千三百贯,计一工日可铸钱三百余。国家之制,一工日千余,用铜铅镴之法亦异于古,其数虽倍,而钱稍恶,每系掷亦多缺。予在史局,因录唐制与今王丞相,后数月,有诏暑月诸监减半工,盖主上勤恤之至也。《类苑》卷二十一

榜刻仪制令四条

孔承恭为大理正,太平兴国中上言,仪制令云:"贱避贵,少避长,轻避重,去避来。"望令两京诸州于要害处刻榜以揭之,所以兴礼让而厚风俗。诏从之,处处衢肆刻榜,迄今多有焉。同上

江　翱

江翱,建安人,文蔚之兄子也。为汝州鲁山令,邑多旷土,连岁枯旱,艰食。翱自建安取旱稻一种,此稻耐旱,繁实可久蓄,宜高原,至今邑人多种之,岁岁足食。《类苑》卷二十三

赐　衣　服

国朝之制,文武官诸军校在京者,端午、十月旦、诞圣节,皆赐衣服。其在外者,赐中冬衣袄,遣使将之。旧制,在内者,中书、枢密、察院、节度使至刺史,诸军列校以上,学士、金吾、驸马,冬给袍有差。而学士给黄师子锦,品极下,淳化中,改给盘雕法锦,在晕锦之亚。凡袍锦之品四,曰天下乐晕锦,以给枢宰、亲王、皇族、观察使以上,侍卫步军都虞候以上,节度使。盘雕法锦,以给学士、中丞、三司使、观察使、厢主以上,军头团练使以上,皇族、将军以上,驸马都尉,旧宰相。翠毛细锦,以

给防团刺史、军主军头领刺史者。黄师子，以给三司副使、知
开封府、审刑、登闻、龙图直学士。旋栏锦之品十，曰天下乐
晕，以赐节度、观察使、邻部署者。次晕锦，以赐尚书以上及学
士管军者。盘雕，以赐观察使、丞郎。翠毛，以赐阁门使以上、
防团刺史管禁军者。倒仙牡丹，以赐刺史以上。方胜宜男，赐
诸司使领郡以上。盘球云雁，赐诸司使。方胜练鹊，赐河北、
河东、陕西转运使副。余军校，复有黄师子，宝照之品焉。《类
苑》卷二十五。《岁时广记》卷三十七引首五句

赐　　带

　　腰带，凡金玉犀银之品，自枢宰、节度使赐二十五两金带，
旧用荔枝、松花、倒仙三品。端拱中，诏作瑞草、地球、文路方
圆胯带，副以金鱼，赐中书密院。其武臣有宣徽枢密使者，仍
旧制。学士三司使、中丞观察使、管军四厢主而下，赐二十两
金带。知制诰赐犀带涂金鱼，亦尝赐金饰牯犀，副以金鱼，非
常例。凡面赐紫者，给犀带。赐绯者，涂银宝瓶带。其赐伎术
官，虽紫绿，皆给银带。出使赐金束带，两数如其官秩，刺史而
上受边寄者，辞日亦赐二十两金束带。其赴任者，出赐涂金银
带。诸司使至崇班，出为边城钤辖者、都监者，亦赐金束带，十
五两、十二两凡二等。唯驸马都尉初选尚，赐白玉带。自亲王
皇族皆许通服工夫金带，雕玉、白玉、通犀、牯犀等带。《类苑》卷
二十五

赐　鞍　辔

　　鞍辔，除乘舆服，黄金、白玉、雕玉、玳瑁、真珠等鞍，垂六
鞘辔，有三额，诸王或赐金鞍者得乘之。宰相、使相赐绣宝百

花鞯,八十两阑装银裹衔镫。参政、副枢、宣徽、节度使、驸马,绣盘凤杂花鞯,七十两陷银衔镫。学士、中丞、三司使、观察使,麻皮锦鞯,五十两撒皇素衔镫。复有三十两决束鞍,以赐东宫官属。同上

宪　　衔

唐德宗幸奉天还京,应诸州郡衙吏并假宪衔,后至有郡王者,讫今用之。同上

敕　书　楼

太祖朝令天下置敕书楼。同上

学士预曲宴承旨预肆赦

故事,便殿宴劳将帅,翰林学士预坐。开宝中,阁门使梁迥轻鄙儒士,启太祖以曲宴将相,安用此书生辈?遂罢之。淳化中,苏易简为参知政事,始引故事为请。诏自今后,当直学士与枢密直学士并预长春殿曲宴。又引元稹《承旨厅记》:"御楼肆赦,唯承旨得升丹凤楼之西南隅。"《类苑》卷二十六

驾亲临问臣僚

邢昺常被疾,请告,真宗亲临问,赐药一奁、银器千两、彩千匹。国朝故事,非宗戚将相,问疾临奠,帝不亲行,惟昺与郭贽以恩旧,特用此礼,儒者荣之。邢止问疾,郭上复临丧。《类苑》卷二十八

白　麻

　　翰林规制，自妃后、皇太子、亲王、公主、宰相、枢密、节度使并降制用白麻纸书，每行四字，不用印。进入后，降付正衙宣读，其麻即付中书门下。当日本院官告院取索绫纸，待诏写官告，只用麻词。官告所署，中书三司官宣奉行，并依告身体式，常用阁长一人衔位。《类苑》卷二十九

江　南　书　籍

　　雍熙中，太宗以板本九经尚多讹谬，俾学官重加刊校。史馆先有宋臧荣绪、梁岑之敬所校《左传》，诸儒引以为证。祭酒孔维上言，其书来自南朝，不可案据。章下有司，检讨杜镐引贞观四年敕：“以经籍讹舛，盖由五胡之乱天下，学士率多南迁，中国经术浸微之致也。今后并以六朝旧本为正。”持以诘维，维不能对。王师平金陵，得书十余万卷，分配三馆及学士舍人院，其书多雠校精当，编帙全具，与诸国书不类。《类苑》卷三十

乾　德　铸　印

　　乾德三年，重铸中书门下、枢密院、三司使印。先是，旧印缘五代旧文非工，至是得蜀铸印官祝温集，自言其祖思，唐礼部铸印官，世习缪篆，即《汉志》所谓屈曲缠绕以摹章者也。台省寺监及开封、兴元尹印，悉令温集改铸。《类苑》卷三十二

王　化　基

　　王化基言，任中丞日，鞫祖吉狱。吉知晋州，受赇事败。

询其土豪王某者云:"吾小民,见州将贫乏,相醵率为一日之寿,岂知其犯法哉?"怅叹不已。化基诘其前后郡守,王某言,三十年已来,唯梁都官不受一钱,余无免者。乃梁勋也。勋,汉乾祐中司徒诩下进士及第,有文词,太祖欲令知制诰,为时宰所忌,遂止。化基言于太宗,时勋以老病不任吏事,特授华州行军司马,给郎中俸料。其子昭琏,亦举进士,得杭州从事。化基送以诗曰:"文章换柱双枝秀,清白传家两地贫。"人多传诵。《类苑》卷三十六

干越亭诗

公言,咸平初罢处州赴阙,道经饶州余干县,登干越亭,前瞰琵琶洲,后枕思禅寺,林麓森郁,千峰竞秀,真天下之绝境。古今留题者百余篇。张祐云:"扁舟亭下驻烟波,十五年游重此过。洲觜露沙人渡浅,风梢藏行鸟啼多。层栏涨水痕犹在,古板题诗字已讹。况是高秋正圆月,可堪闻听异乡歌。"刘长卿云:"天南愁望绝,亭下柳条新。落日独归鸟,孤舟何处人?生涯投越峤,世业陷胡尘。草色迷征路,莺声傍逐臣。秦台悲白首,楚渚怨青蘋。杳杳钟陵暮,悠悠鄱水春。独醒翻取笑,直道不容身。得罪风霜苦,全生天地仁。青山数行泪,沧海一穷鳞。流落机心尽,空怜鸥鸟亲。"二篇绝唱也。《类苑》卷三十七

雍熙以来文士诗

公言,自雍熙初归朝,迄今三十年,所闻文士多矣,其能诗者甚鲜。如侍读兵部,凤擅其名,而徐铉、梁周翰、黄夷简、范杲皆前辈。郑文宝、薛映、王禹偁、吴淑、刘师道、李宗谔、李建中、李维、姚铉、陈尧佐,悉当时侪流。后来之著声者,如路振、

钱熙、丁谓、钱易、梅询、李拱、苏为、朱严、陈越、王曾、李堪、陈诂、吕夷简、宋绶、邵焕、晏殊、江任、焦宗古。布衣有钱塘林逋、缙云周启明。钱氏诸子有封守惟济、供奉官昭度。乡曲有今南郑殿丞兄故黎州家君,及高安簿觉宗人字牧之子。并有佳句,可以摘举,而钱惟演,刘筠特工于诗,其警策殆不可遽数。自兵部而下,公之所尝举,今略记之。兵部《春望》云:"杳杳烟芜何处尽,摇摇风柳不胜垂。"《江行》云:"新霜染枫叶,皓月借芦花。"《嘉阳川》云:"青帝已教春不老,素娥何惜月长圆。"《元夜》云:"云归万年树,月满九重城。"徐铉《游木兰亭》云:"兰烟破浪城阴直,玉勒穿花苑树深。"《观习水战》云:"千帆日助阴山势,万里风驰下濑声。"《病中》题云:"向空咄咄频书字,举世滔滔莫问津。"《谪居》云:"野日苍茫悲鹏舍,水风阴湿弊貂裘。"《陈秘监归泉州》云:"三朝恩泽冯唐老,万里江关贺监归。"《宿山寺》云:"落宿依楼角,归云拥殿廊。"梁周翰《应制》云:"百花将尽牡丹拆,十雨初晴太液春。"黄夷简《题人山居》云:"宿雨一番蔬甲拆,春山几焙茗旗香。"范杲《讲圣》云:"千里版图来浙右,一声金鼓下河东。"郑文宝《春郊》云:"百草千花路,华风细雨天。"《重经贬所》云:"过关已跃橾蒲马,误喘犹惊顾兔屏。"《洛城》云:"星沈会节歌钟早,天半上阳烟树微。"《张灵州》云:"越绝晓残蝴蝶梦,单于秋引画龙声。"《长安送别》云:"杜曲花光浓似酒,灞陵春色老于人。"《送人归湘中》云:"满帆西日催行客,一夜东风落楚梅。"《南行》云:"失意惯中迁客酒,多年不见侍臣花。"《凄灵》云:"旧井霜封仙界橘,双溪晴落海边鸥。"《送人知韶州》云:"人辞碧落春风晚,花老朱陵古渡头。"《永熙陵》云:"承露气清驹送日,觚稜人静鸟呼风。"《边上》云:"峁间相似雪,峰外寂寒烟。"薛映《送人鄂州》

云:"黄鹄晨霞傍楼起,头陀秋草绕碑荒。"吴淑《送朱致政》云:
"浴殿夜凉初阁笔,渚宫岁晚得悬车。"刘师道《寄别》云:"南浦
未伤春草碧,北山仍愧晓猿惊。"《与张泌》云:"久师金马客,勍
敌玉溪生。"《荷花》云:"有路期奔月,无媒与嫁春。"《残花》云:
"金谷路尘埋国艳,武陵溪水泛天馨。"《寄陈龙图》云:"城瞻北
斗天何远,梦断南柯日未沉。"《叹世》云:"野马飞窗日,醯鸡舞
瓮天。"《春雪》云:"青帝翠华沈物外,素娥媚影吊云端。"又
《雪》云:"三千世界银成色,十二楼台玉作层。"《湘中》云:"逝
波帝子魂何在?芳草王孙怨未归。"李宗谔《春郊》云:"一溪晚
绿浮鸂鶒,万树春红叫杜鹃。"《苏承旨》云:"金銮后记人争写,
玉署新牌帝自书。"李建中《送人》云:"山程授馆闻鸿夜,水国
还家欲雪天。"李维《渚宫亭》云:"故宫芳草在,往事暮江流。"
《朱致政》云:"清朝纳禄犹强健,白首还乡正太平。"《和人赠马
太保》云:"转眄回岩电,分须磔蜗毛。"《寄洪湛》云:"谪去贾生
身健否?秋来潘岳鬓斑无?"姚铉《钱塘郡》云:"疏钟天竺晓,
一雁海门秋。"陈尧佐《潮州徵还》云:"君恩来万里,客路出千
山。"《送种放》云:"风樵若邪路,霜橘洞庭秋。"《送朱荆南》云:
"部吏百亟通爵里,从兵千骑属鞿鞚。"钱熙《送人金陵拜扫》
云:"鹤归已改新城郭,牛卧重寻旧墓田。"丁谓《和钱易》云:
"珊瑚新笔架,云母旧屏风。"《送章南安》云:"梅花过岭路,桃
叶渡江舡。"《章明州》云:"泣珠泉客通关市,种玉仙翁寄版
图。"《陈荆南》云:"楚呼梦云铃阁密,郢人歌雪射堂开。"钱易
《画景》云:"双蜂上帘额,独鹊袅庭柯。"《芭蕉》云:"绿章封奏
缄初启,青凤求皇尾乍开。"梅询《阴陵》云:"千重汉围合,一夜
楚歌声。"李拱《春题村舍》云:"犬眠花影地,牛牧雨声坡。"苏
为《湖亭》云:"春波无限绿,白鸟自由飞。"《刘端州》云:"夜浪

珠还浦,春泥象印踪。"朱严《赠徐常侍》云:"寓直有谁同骑省?
立班独自戴貂冠。"陈越《侍宴》云:"十钟人既醉,九奏凤来
仪。"《与刘从》云:"谁哀城下酹? 不废洛中吟。"《李秦州》云:
"拥路东方骑,悬腰左顾龟。"王曾《李驸马拜陵》云:"人畏轩台
久,春归雨泽多。"李堪《哭黎州家君》云:"桐乡留语葬,丝路在
生悲。"《周建州》云:"海月随帆落,溪花绕驿流。"《送人》云:
"雷风有约春虬振,霜雪无情紫蕙枯。"《退居》云:"雨密丝桐
润,潮平钓石沈。"陈诂《闲居》云:"笼鸡对窗语,三雀绕门飞。"
吕夷简《早春》云:"梅无驿使飘零尽,草怨王孙取次生。"《九日
呈梅集仙》云:"人归北阙知何日? 菊映东篱似去年。"《寒食》
云:"人为子推初禁火,花愁青女再飞霜。"宋绶《送人知江陵》
云:"奇才剑客当前队,丽赋骚人托后军。"《送人洪州》云:"江
涵帝子翚飞阁,山际真君鹤驭天。"《周贤良》云:"楚泽伤春悲
鵩鹎,长安索米愧侏儒。"邵焕《送晏集贤南归》云:"舡官风破
浪,关吏鼓通晨。"晏殊《与张临川》云:"篱边菊秀先生醉,桑下
鸧娇稚子仕。"又云:"东阳诗骨瘦,南浦别魂消。"《章明州》云:
"骚客江山知有助,秦源鸡犬更相闻。"《送人洪州》云:"冲斗气
沉龙已化,置刍人去榻犹悬。"江任《送人》云:"珠盘临路泣,斗
印入乡提。"焦宗古《送人游蜀》云:"芳树高低啼蜀魄,朝云浓
淡极巴天。"《赠周贤良》云:"南阳客自称龙卧,东鲁人应叹凤
衰。"林逋《湖山》云:"片月通萝径,幽云在石床。"周启明《近臣
疾愈》云:"一丸童子药,五返使人车。"《皇甫提刑》云:"鸥 夷
江上畬田稔,牛斗星边贯索空。"钱惟济《太一宫醮》云:"庭下
焚香连宿雾,林间鸣佩起栖鸾。"《从驾西巡》云:"晓陌壶浆满,
春风骑吹长。"《故王第》云:"凤箫通碧落,星石辨灵源。"钱昭
度《村居》云:"黄蜂衙退海潮上,白蚁战酣山雨来。"《大寒》云:

"雨被北风须作雪,水愁东海亦成冰。"《金陵》云:"西北高楼在,东南王气销。"《梅花》云:"东北风吹大庾岭,西南日映小寒天。"《雁》云:"三年别馆风吹入,万里长沙月照来。"《秋日华山》云:"人间路到三峰尽,天下秋随一叶来。"又《郑殿丞》云:"青鸟几传王母信,白鹅曾换右军书。"《将至京》云:"近阙已瞻龙虎气,思乡犹望斗牛星。"家君《黎州赦至》云:"山川百蛮国,雨露九天书。"《寄远》云:"胡越自为迢递国,参商元是别离星。"《自遣》云:"天上羲轮都易失,人间尧历自难逢。"《哭储屯田》云:"部中军雨春无润,天上郎星夜殒光。"《感悟》云:"顿缨狂走鹿,煦沫倦游鳞。"《心知》云:"远别苦惊云聚散,相逢多倍月亏盈。"《自咏》云:"刚肠欺竹叶,衰鬓怯菱花。"《泪》云:"一斑早寄湘川竹,万点空遗岘首碑。"《春昼》云:"人归汉后黄金屋,燕在卢家白玉堂。"《寄人》云:"世味嫌为枳,时光怨落蓂。"《闲居》云:"歌怀饭牛起,书愤抱麟成。"《蝉》云:"二子自不食,三闾何独清?"《登楼》云:"远水净林色,微云生夕阳。"《咏尘》云:"已伤花榻满,休妒画梁飞。"凡公之所举者甚多,值公病心烦,不喜人申问,今聊托其十之一二耳。同上

钱惟演刘筠警句

　　近年钱惟演、刘筠首变诗格,学者争慕之,得其标格者,蔚为嘉咏。二君丽句绝多,如惟演《奉使涂中》云:"雪意未成云著地,秋声不断雁连天。"又云:"客亭厌见名长短,村酒那能辨圣贤 。"《送僧游楚》云:"宿舍孤烟起,行衣梦雨凉。"《张并州》云:"戈矛巡雾夕,钟鼓宴箫晨。"《章衢州》云:"平槛晓波吴舫渡,绕城春树越禽飞。"《章南安》云:"离人南浦多春草,越鸟栖枝有早梅。"《刘潭州》云:"坐激鲜飙湘竹晚,树含凉雨越禽

归。”《李太仆北使》云:“汉帜随移帐,燕鸿伴解鞍。”《何袁州》
云:“疏钟静起军城晚,华表双高水国秋。”《陈江陵》云:“深沈
珠网通归梦,紫翠春山接去舟。”《太一宫》云:“神庭古柏啼乌
起,斋室虚帘宿雾通。”《送人》云:“思满离堂酒,魂惊客舍乌。”
《高泉州》云:“东南一尉宵烽息,西北高楼晚望迷。”《章分宁》
云:“小雨郊原连苦雾,夕阳楼阁照丹枫。”《东封应制》云:“羽
毛襄野驾,宴喜鲁郊民。”《送予知处州》云:“轻飙使车远,明月
直庐空。”《张仆射判河阳》云:“绣野桑麻连四水,黄堂歌吹拥
千兵。”《孙永兴》云:“鱼尾故宫迷草树,龙鳞平隰自风烟。”《汉
武》云:“立候东溟邀鹤驾,穷兵西极待龙媒。”《公子》云:“歌翻
南国桃根曲,马过章台杏叶鞯。”《槿花》云:“欲作飞烟散,犹怜
反照迟。”《荷花》云:“泪有鲛人见,魂须宋玉招。”《禁中鹤》云:
“天渊风雨多秋思,辽海烟波失旧期。”《无题》云:“有时盘马看
犹懒,尽日投壶笑未回。”又云:“春瘦已宽连理带,夜长谁有辟
寒金?”《元夜》云:“千枝火树连金狄,万里霜轮上璧珰。”《马延
州》云:“沃野桑麻涵细雨,严城鼓角送残阳。”刘筠《禁直》云:
“雨势宫城阔,秋声禁树多。”《陕州从事》云:“角迥含商气,桥
长断洛尘。”《周贤》云:“崎岖一乘传,憔悴五羊皮。”《章南郑》
云:“渝舞气豪传汉俗,丙鱼味美敌吴乡。”《李太仆北使》云:
“惟月卿曹重,占星使者贤。”《送僧》云:“卷衲城钟断,楷筇岳
雨余。”《僧崇惠》云:“醉令难同社,仙鹅有换书。”《叶金华》云:
“柔桑蔽野鸣雏雉,高柳含风变早蝉。”《刘潭州》云:“膝席久虚
温树老,心旌无奈楚风长。”又云:“沙禽两两穿铃阁,江草依依
接射堂。”《章九陇》云:“溪笺未破冰生砚,炉酒新烧雪满天。”
又《周贤良》云:“春风乱莺啭,夕雾一鸿冥。”《张岭南》云:“山
月愁狞子,风涛怒鳄鱼。”《西巡》云:“龙驾昌明御,天旗太一

神。"《张婺州》云:"大野几星分婺女,清风万古感颜乌。"《章南安》云:"岭云夏变梅蒸旱,越贾秋藏桂蠹多。"《西京首坐》,云:"荣河带绕中天阔,空乐星悬大士居。"《题雪》云:"刘伶醉席梅花地,海客仙槎枌树天。"《利州转运》云:"鸥蹲野芋难为尹,雪积众盐久置宫。"《章分宁》云:"鹤伴鸣琴听事晚,鸟惊调角武城秋。"《杨处州》云:"朱饰两辖巡属邑,月留双笔在中台。"《阁宿》云:"三让月临承露掌,九雏鸟绕守宫槐。"又云:"酒供砚滴濡毫冷,火守更筹沃漏长。"《云月》云:"已回邻面三年粉,又结寒丝几茧冰。"《汾阳道中》云:"鼓音记里绳阡远,舞节鸣銮玉步徐。"《杨洪州》云:"桃叶横波人共醉,剑光牛斗狱常空。"《李泰州》云:"右城独登温树密,前旌双抗岭云高。"《刘潭州》云:"洛田荒二顷,楚浪涨三篙。"《槿花》云:"吴宫何薄命?楚梦不终朝。"《宫词》云:"难销守宫血,易断舞鸾肠。"又云:"虹跨层台晚,萤飞下苑凉。"《夏日》云:"云容倏变千峰险,草色相沿百带长。"《新蝉》云:"翼薄乍舒宫女鬓,蜕轻全解羽人尸。"《公子》云:"行庖爨蜡雕胡熟,求圬铺金汗血骄。"《明皇》云:"黎园法部兼胡部,玉辇长亭更短亭。"《荷花》云:"湔裙无限水,郭袂几多风。"《别墅》云:"云际寻橦伎,花间笑躄楼。"《无题》云:"荷心出水终无定,萝蔓从风莫自持。"又云:"藻井风高蛛坏纲,杏梁春暖燕争泥。"《咏梨》云:"先时樱熟烦羊酪,远信梅酸捐瓠犀。"《洞户》云:"密镵香云深处户,乱飘梨雪晚来天。"《赠希画》云:"吟余云散叶,话久尘遗毛。"《夕阳》云:"塞迥横烟紫,江清照叶丹。"《闽中》云:"笼禽思陇树,洞犬识秦人。"《柳絮》云:"平沙万里经春雪,广陌三条尽日风。"《属疾》云:"风帘鸥啸厨烟绝,月树乌惊药杵喧。"《灯夕》云:"金吾抱箭催壶水,玉宇来风满砌蓂。"《禁中》云:"万年宫省树,五色帝家禽。"其

警句绝多，此但所记者耳。同上

近世释子诗

公常言，近世释子多工诗，而楚僧惠崇、蜀僧希昼为杰出。其江南僧元净、梦真、浙右僧宝通、守恭、行肇、鉴徽、简长、尚能、智仁、休复，蜀僧惟凤，皆有佳句。惠崇《赠裴太守》云："行县山迎舸，论兵雪绕旗。"《高生山阁》云："劝酒淮潮起，题诗楚月新。"《周建州》云："镣城山月上，吹角海鸥惊。"《东林寺》云："鸟归杉堕雪，僧定石沉云。"《光梵师》云："梵容存古像，唐语入新经。"《明大师》云："门掩前朝树，心悬别郡峰。"《送李堪》云："秋声动群木，暮色起千山。"希昼《雁荡山》云："长天来月正，危木度猿稀。"《答黄桂州》云："来书逢岁阙，去梦历峰危。"《广南陈转运》云："春生桂岭外，人在海门西。"《僧东归》云："帆影先寒雁，经声隐暮潮。"《宋承旨林亭》云："雪溜悬危石，棋灯射远林。"《赠僧》云："漱齿冰溪远，开禅雪屋深。"《送人》云："玉绳天阙远，金柝海城秋。"《句学士》云："晓天金马路，晚岁石霜心。"《寄人》云："山日秋光短，江虹晚影低。"《新津尉》云："剑月啼猿苦，江沙濯锦寒。"《北宫书亭》云："花露盈虫穴，梁尘堕燕泥。"《登上人》云："寄禅关树老，乞食塞城荒。"《僧归新安》云："风泉旧听僧窗改，云穴曾行鸟径残。"《春山》云："芳树寻云老，孤泉落石危。"《送人南归海》云："落日横秋岛，寒涛兀夜舡。"宝通《题相国寺》云："下朝人带天香入，出定僧迎御杖来。"守恭《佛迹峰》云："布发人来绝，衔花鹿去多。"《朝海峰》云："影落扬侯宅，根连觉帝居。"行肇《送僧》云："听锡樵停斧，窥蝉鸟立槎。"《送人之鄞江》云："江声鳌背出，帆影斗边飞。"简长《送人归宁》云："烟垒沈寒角，霜空击怒雕。"尚能《送僧归浙右》云:"霜洲枫落尽,水馆月生寒。"《送僧归四明》云:"古寺山光满,重城海气围。"《送人》云:"西风随雁急,寒柳向人疏。"《孙大谏知永兴》云:"关河虎符重,殿阁兽樽闲。"智仁《溪居》云:"寒声病叶落,晓色冻云开。"《僧归天台》云:"路遥无去伴,山叠有啼猿。"《冬夕》云:"风窗灯易灭,雪屋夜偏寒。"休复《送道士西游》云:"日暮长安道,秋深太白峰。"惟凤《秋日送人》云:"去路正黄叶,别君堪白头。"《哭度禅师》云:"海客传遗偈,林僧写病容。"皆公之所举,略记十之二三。公又言,因集当代名公诗为《笔苑》,辇下江吴僧闻之,竟以诗为贽,择其善者,多写入《笔苑》中。同上

唱 和 联 句

唱和联句之起,其源远矣。自舜作歌,皋繇扬言赓载,及栢梁联句,颜延年有和谢监玄晖,谢监有《和伏武昌登孙权故城》等篇。梁何逊集中多联句,至唐朝文士唱和联句固多。元稹作《春深》题二十篇,并用家、花、车、斜四字为韵,白居易、刘禹锡和之,亦同此四字。令狐楚所和诗,多次韵,起于此。凡联句,或两句、四句,亦有对一句,出一句者,谓之辘轳体。同上

大 言 赋

苏易简为学士承旨日,太宗亲书宋玉《大言赋》赐之。易简因效玉,亦作《大言赋》以献,曰:"皇帝书白龙笺,作《大言赋》,赐玉堂易简。御笔煌煌,雄辞洋洋,瑰玮博达,不可备详。诏易简升殿,躬指其理,叹宋玉之奇怪也,因伏而奏言,恨宋玉不与陛下同时。帝曰:'噫,何代无人焉,卿为朕言之。'易简曰:'圣人兴兮告成功,登昆仑兮展升中,地为席兮飨祖宗,天

起籁兮调笙镛。日乌月兔,曜文明也。参旗井钺,严武卫也。执北斗兮,奠玄酒也。削西华兮,为石碾也。迅雷三发,出神呼也。流电三激,燋火举也。礼册献兮淳风还,君百拜兮天神欢,四时一周兮万八千年。泰山夷兮溟海干,圆盖空兮方舆穿,君王之寿兮无穷焉。'"殿上皆呼万岁,上览之大喜,又作《大言赋铭》四句以褒之,易简刻石于院内之北壁。《类苑》卷三十九

潘　佑

太祖尝谕旨江南,令遣使说岭南归顺。后主令近臣数人作书,惟潘佑所作千余言,词理精当,雄富典丽,遂用之。江南莫不传写讽诵,中朝士人,多藏其本,甚重之,真一时之名笔也。《类苑》卷四十

赵邻几

赵邻几善属文,有名于时,太宗用知制诰,未数旬卒,中使护葬。淳化末,苏易简上言,邻几有子柬之,亦好学,善属文,任北地邑,佐部送刍粟,死塞下,家睢阳。邻几平生多著文,家有遗稿。上遣直史馆钱熙往访之,得《补会昌以来日历》二十六卷,文集三十四卷,所著《鲰子》一卷,《六年帝略》一卷,《史氏懋官志》五卷,及佗书五十余卷来上。皆邻几点窜之迹,令宋州赐其家钱十万。同上

徐　锴

徐锴仕江左,至中书舍人,尤嗜学该博,领集贤学士。校秘书时,吴淑为校理,古乐府中掺字者,淑多改为操,盖章草之变。锴曰:"非可以一例,若渔阳掺者,音七鉴反,三挝鼓也。

祢衡作渔阳三挝鼓歌词云：‘边城晏开渔阳掺，黄尘萧萧白日暗。’”淑叹服之。又尝召对于清暑阁，阁前地悉布砖，经雨，草生缝中，后主曰："累遣薙去，雨润复生。"锴曰："《吕氏春秋》云：‘桂枝之下无杂木’盖桂味辛螫故也。"后主令于医院取桂屑数斗，匀布缝中，经宿草尽死，其博物多识如此。尝欲注李商隐《樊南集》，悉知其用事所出，有《代王茂元檄刘稹书》云："丧见跻陵，飞走之期既绝；投戈散地，灰钉之望斯穷。"独恨不知灰钉事，乃后汉杜笃《论都赋》云："焚康居，灰珍奇，椎鸣镝，钉鹿蠡。"商隐之雕篆如此。同上。《类说》、《诗话总龟》卷二、《岁时广记》卷十一、《梦溪笔谈》卷四、《埤雅》卷十四节引此文。

钱　昭　序

钱昭序，邓王俶之族子也。为如京副使，知通利军。至道初，获赤乌白兔，昭序表献曰："乌乃阳精，兔惟阴类。告火德蕃昌之盛，示金方驯服之徵。懿兹希世之珍，罕有同时而见。"当时多传诵。昭序有文词，作数赋，自一至十，凡十篇，甚为苏易简及江陵从祖所传诵。《类苑》卷四十

汤　　悦

汤悦父殷举，唐末有才名。悦本名崇义，仕江南为宰相。建隆初，宣祖讳，改姓汤。初在吴为舍人，受诏撰扬州孝先寺碑，世宗亲往，驻跸此寺，读其文赏叹。画江后，中主遣悦入贡，世宗为之加礼。自淮上用兵，凡书诏多悦之作，特为典赡，切于事情。世宗每览江南文字，形于嗟重，当时朝臣沈遇、马士元皆以不称职，改授他官。复用陶毂、李昉为舍人，其后擢用扈载，率由此也。同上

陈　抟

　　陈抟，谯郡真源人，与老聃同乡里，生尝举进士不第，去隐武当山九室岩辟谷练气。作诗八十一章，号《指玄篇》，言修养之事。后居华山云台观，多闭门独卧，经累月至百余日不起。周世宗召至阙下，令于禁中扃户以试之，月余始开，抟熟寝如故，甚异之。因问以神仙黄白修养之事，飞升之道，抟曰："陛下为天下君，当以苍生为念，岂宜留意于为金乎？"世宗弗之责，放还山，令长吏岁时存问。讫太祖朝，未尝召。太宗即位，再召之。雍熙初，赐号希夷先生。为修所居观，留阙下数月，多延入宫中书阁内与语，颇与之联和诗什。谓宰相宋琪等曰："陈抟独善其身，不干势利，真方外之士。入华山已四十年，计其年近百岁，且言天下治安，故来朝觐，此意亦可念也。"遣中使送至中书。琪等问曰："先生得玄默修养之道，可以授人乎？"曰："抟遁迹山野，无用于世，神养之事，皆所不知，亦未尝习练吐纳化形之术，无可传授。拟如白日升天，何益于治？圣上龙颜秀异，有天人之表，洞达古今治乱之旨，真有道仁圣之主，正是君臣合德以治天下之时，勤行修练，无以加此。"琪等表上其言，上览之甚喜。未几，放还山。端拱二年夏，令其徒贾德于张超谷凿石室，室成，手书遗表曰："臣抟大数有终，圣朝难恋，于七月二十九日化形于莲花峰下张超谷中。"缄封如法，至期卒于石室中，启封视之，乃预知也。死七日，支体犹温，有五色云闭塞洞口，终月不散。《类苑》卷四十一

江　直　木

　　江直木，隐居庐山，有至行。一夕，有盗入斋中，直木假寐

不动,清贫无它物,唯持药鼎而去,遗其盖。直木俟其出户,随后掷盖与之。来日谓人曰:"器不全成,得之安用?"报晓鸡为狸所食,直木怅然,将有以报鸡之冤者。来日持百钱坐路隅以俟,有持死兔过者,即市之,割以祭鸡。人或谓直木:此非狸。直木曰:"亦是其类也。"同上

种 放

种放字明逸,河南洛阳人,父故吏部令史,满,调补长安簿,卒官。放七岁能属文,既长,父勖令赴举,放辞以业未成,不可妄动。父卒,兄数人皆从赋,放与母隐终南山豹林谷,结草茅为庐,以讲习为业,后生多从之学问,得其束修以自给。著书十卷,人多传写之。工为歌诗,亦播人口。宋维翰为陕西转运使,表荐之,太宗令本州给装钱三万,遣赴阙,量其才收用。放诣府受金,治行。素与张贺善,贺适自秦州从事公累免官,居京兆。放诣贺谋其事,贺曰:"君今赴召,不过得一簿尉耳。不如称疾,俟再召而往,当得好官。"放然之,即托贺为奏草,称疾。太宗曰:"此山野之人,亦安用之?"令本府岁时存问,不复召。其母甚贤,闻有朝命,恚曰:"常劝汝勿聚徒讲学。身既隐矣,何用文为?果为人知,而不得安处,我将弃汝深入穷山矣。"放既辞疾,母悉取其笔砚焚之,与放转诣穷僻,人迹罕至。后母卒,无以葬,遣僮奴持书于钱若水、宋湜。若水、湜同上言,以为先朝尝加召命,今贫不能葬其母,欲以私觌,是掠朝廷之美。诏京兆府赐钱三万、帛三十疋、粟三十石。咸平末,张齐贤知京兆府,表荐,召为左司谏,直昭文馆,赐五品服。

《类苑》卷四十二

吕　洞　宾

吕洞宾者,多游人间,颇有见之者。丁谓通判饶州日,洞宾往见之,语谓曰:"君状貌颇似李德裕,它日富贵皆如之。"谓咸平初,与予言其事,谓今已执政。张洎家居,忽外有一隐士通谒,乃洞宾名姓,洎倒屣见之。洞宾自言吕渭之后,渭四子,温、恭、俭、让。让终海州刺史,洞宾系出海州房,让所任官,《唐书》不载。索纸笔,八分书七言四韵词一章,留与洎,颇言将佐鼎席之意。其末句云"功成当在破瓜年",俗以破瓜字为二八,洎年六十四卒,乃其谶也。洞宾诗什,人间多传写,有《自咏》云:"朝辞百越暮三吴,袖有青蛇胆气麤。三入岳阳人不识,朗吟飞过洞庭湖。"又有"饮海龟儿人不识,烧山符子鬼难看。一粒粟中藏世界,二升铛内煮山川"之句,大率词意多奇怪类此,世所传者百余篇,人多诵之。《类苑》卷四十三

华　阴　隐　人

华山南有川,广袤数百里,连山洞,不知其极。人有登莲华峰绝顶俯瞰,人烟舍屋相望,四时常有花木,疑灵仙之窟宅。又云秦人避难者居此,其后裔也。开宝中,有数人衣服异制,出华阴市中,人诘之,曰:"我居华阴川,因采药迷路至此,何所也?"后不知所诣,或疑其地仙。同上

佛　经

佛经之入中国,自竺法兰、摩腾二师。以后汉明帝时,暨至白马寺,首译《四十二章经》。历晋及十六国南北朝暨唐,皆有梵僧自五天竺来,及华人之善竺音者,迭相翻译,讫开元,录

凡大小乘经律论圣贤集共五千四十八卷。至贞元，又别录新经二百余卷。元和之后，译经遂废。太宗太平兴国初，有梵僧法贤、法天、施护三人，自西域来，雅善华音，太宗宿受佛记，遂建译经院于太平兴国寺。访得凤翔释清照，深识西竺文字，因尽取国库新贮西来梵夹，首令三梵僧诠择未经翻者，各译一卷，集两街义学僧评议。论难锋起，三梵僧以梵经华言对席读，众僧无以屈，译事遂兴。后募童子五十人，令习梵学，独得惟净者，乃江南李王之子，惠悟绝异，尽能通天竺文字。今上即位初，陈恕达议，以为费国家供亿，愿罢之。上以先朝所留意，不许。讫今所译新经论学，凡五百余卷，自至道以后，多惟净所翻也。大中祥符四年，译众上言，请如元正造录，诏令润文官参知政事赵安仁与翰林学士杨亿同编修，凡为二十卷。乃降赐太宗所作释门文字，令编其名题入录。安仁等及释众再上表，请御制释门文章，许之。六年三月，赐御制法音前集七卷，共论次其文理，以附于先皇之次，而冠于东土圣贤集之首。译经院置润文官，尝以南北省官学士充，中使一人监院事。译经常以梵僧，后令惟净同译，经梵学笔受二人，译缀文二人，评议二人，皆选名德有义学僧为之。同上 《事物纪原》卷七节引此文。

喻浩造塔

钱镠曰："释迦真身舍利塔，见于明州鄞县，即阿育王所造八万四千，而此震旦得十九之一也。"镠造南塔以奉安，俶在国，天火屡作，延烧此塔，一僧奋身穿烈焰，登第三级，持之而下，衣裳肤体多被烧灼。太平兴国初，俶献其地，太宗命取塔禁中，度开宝寺西北阙地，造浮图十一级，下作天宫，以葬舍利。葬日，上肩舁微行，自安置之，有白光由塔一角而出。上雨涕,其外都人万众皆洒泣,燃指焚香于臂掌者无数。内侍数十人,愿出家扫洒塔下,悉度为僧。上谓近臣曰:"我曩世尝亲佛座,但未通宿命,不能了了见之耳。"初造塔,得浙东匠人喻浩,浩不食荤茹,性绝巧,先作塔式以献。每建一级,外设帷帘,但闻椎凿之声,凡一月而一级成。其有梁柱龊龉未安者,浩周旋视之,持搥橦击数十,即皆牢整。自云此可七百年无倾动。人或问其北面稍高,浩曰:"京城多北风,而此数十步,乃五丈河,润气津浃,经一百年,则北隅微垫,而塔正矣。"塔成,而浩求度为僧,数月死,世颇疑其异。〈类苑〉卷四十三

建　　寺

太平兴国寺,旧龙兴寺也,世宗废为龙兴仓。国初,寺主僧屡击登闻鼓,求复为寺,上遣中使持剑以诘之,曰:"此寺前朝所废,为仓敖以贮军粮,汝何故烦渎帝庭? 朝命令断取汝首。"仍戒之曰:"傥偃蹇怖畏,即斩之。或临刑无惧,即未可行刑。"既讯,其僧神色自若,引颈就戮。中使以闻,上大感叹,复以为寺。官为营葺,极于宏壮。又修旧封禅寺为开宝寺,前临官街,北镇五丈河,屋数千间,连数坊之地,极于巨丽。同上

西域僧觉称

大中祥符初,有西域僧觉称来,馆于传法院,其僧通四十余本经论,年始四十余岁。丁谓延见之,嘉其敏惠,遣人送至予处,与译同来,设茶果。问之,译云:"入此国,见屠杀猪羊,县肉市肆,甚不忍观,见此方人心颇恶。彼西土,或一国人全不食肉。"予问能留此土否? 觉称云:"愿至五台,谒文殊即还。"乃心思恋本国,不乐居此。因索纸以竹笔作梵书,横行数

十字,请净公译云:"稽首摧伏诸魔力,我智者本名觉称,出家至今十九腊,渠胝偈句义能说。"后复作"圣德颂"以上,文理甚富。上问其所欲,但求全襕袈裟,归置金刚坐而已。诏尚方造以给之。觉称自言酷兰左国人刹帝利,性善画,于译堂北壁画释迦面,与此方绝异。同上

云豁入定

吉州西峰宝龙院僧云豁,常入定,岁余一出。大中祥符三年,上遣中使赵履信取至阙下,宣于北御园舍中,扄镝之,月余始出定。苦告求归,厚赐以遣之。同上

郭忠恕

郭忠恕,字恕先,以字行。能属文,善史书。周广顺中,累为《周易》博士,贬乾州司户。秩满,遂不复仕。多游岐、雍、宋、洛间,纵酒,逢人无贵贱,常口称猫。遇山水佳处,绝粮数日不食。盛夏暴于日中,体不沾汗;穷冬大寒,凿河冰而浴,溶傍冰澌皆释。太宗召授国子监主簿,纵酒自肆,谤蔑时政。太宗怒,决杖配登州。行至齐州临邑,谓部送吏曰:"我逝矣。"因掊地,窟才容面而卒。遂藁葬于道左,后数日,有取其尸改葬,视之空空,若蝉蜕然。同上　《苏文忠诗合注》卷二十王注节引此文。

赵 抱 一

秦州赵抱一者,初尝牧牛田间,一夕,有人叩门召之,以杖引行,杖端有气如烟,其香可悦。俄至山崖绝顶,见数人会饮,音乐交奏,抱一骇莫能测。会巡检过其下,闻乐声,以为群盗欢集,令呼民梯山而上,至则无所睹,唯抱一独在,援以下之,

自是不食。大中祥符四年至京师，犹丱角，诏赐名为道士。《类苑》卷四十四

黑杀将军

开宝中，有神降于终南道士张守真，自言，我天之尊神，号黑杀将军，与玄武、天蓬等列为天之三大将。言祸福多验，每守真斋戒请之，神必降室中，风肃肃然，声如婴儿，独守真能晓之。太祖不豫，驿召守真至阙下，馆于建隆观，令下神。神曰："天上宫阙已成，玉锁开，晋王有仁心。"言讫，不复降。太祖以其妖，将加诛会晏驾。太宗即位，筑宫于山阴，将塑像，请于神。神曰："我人形，怒目被发，骑龙按剑，前指一星。"如其言造之。太平兴国六年，宫成，封神为翊圣将军，每岁春秋，遣中使祈醮，立碑记其事。守真时来京师，得召见。至道三年春，太宗弗豫，召守真至，令为下神。守真屡请，神不降。归，才至而卒。后数日，宫车晏驾，此事异也。同上

王　处　讷

王处讷，洛阳人，少时有老叟至其家，煮洛河石为面以食之。又尝梦人持巨鉴，众星灿然满中，剖其腹纳之，后遂通星历之学，特臻其妙。依汉祖于太原，开国为尚书博士，判司天监事。周祖素与处讷厚善，举兵向阙，以物色求之，得之甚喜。因言及刘氏祚短事，处讷曰："汉氏历数悠远，盖即位之后，专以复仇杀人及夷人之族，结怨天下，所以社稷不得长久。"周祖蹶然叹息。适以兵围苏逢吉、刘铢第，待旦加戮，遽命置之。逢吉已自缢死，但诛铢，余悉全活。国初历司农少卿，进拜司天监。有子熙元，今为司天少监。《类苑》卷四十五

陈洪进

陈洪进与张汉恩为刘从效左右将，有沙门行云者，若狂人，自福州来。洪进供僧有礼，行云语洪进曰："汝当为此山河主，不出此岁。我且归长乐，秋后至此。"时建隆二年也。是春，从效卒，子绍镃典留务，至秋，洪进诬绍镃将召越人，执送金陵，汉恩为留后，自为副使。汉恩老且懦，洪进实专郡政，行云果来，谓洪进曰："凡世报前定，但人有千钱之禄，不可以图之，况将相之位，岂能力取？今留公多疑人，前后诛杀甚众，王者不死，岂能害君哉？当须坦然任运，他日善终牖下，子孙蕃盛。苟怀疑杀人，蒙不善之报，鲜克令终矣。"洪进后废汉恩，幽于别墅，诸子屡劝除之，终不许，汉恩竟以寿终。行云秃首而不衣僧服，尝服紫皂揆衫，束带悬银鱼为饰，馆于州廨十余年。忽谓人曰："陈氏当有五侯之象，去此五年后，有戎马千万众，前歌后舞，人此城，喜而不怒，未知何故也。"恳求出舍外宅。洪进次子文颢，牧漳州，将归宁，行云曰："吾不及见矣。"遂沐浴右胁而逝。语馆人曰："过三日，乃得棺敛。"明日，文颢至，亟哭之，行云遽起坐，执手谈至暮，乃入灭。泉人疑所管二州，何以容五侯，当克取汀建以自益耳。后洪进来朝，献其地，改镇徐州，文显通州团练使，文颢、文顗、文项三人并授诸州刺史，是为五侯。王师入城，垂橐作笳鼓为乐，悉如其言。洪进感行云之言，帅泉十六年，未尝妄杀人，有犯极刑而情可恕者，多贷其死。同上 《莆阳比事》卷二节引此文，注出《谈苑》。

昇元寺石记

江南将亡数年前，修昇元寺殿，掘得石记，视之，诗也。其辞云:"莫问江南事,江南事可凭。抱鸡升宝位,趁犬出金陵。子建居南极,安仁秉夜灯。东邻娇小女,骑虎踏河冰。"王师以甲戌渡江,后主实以丁酉年生。曹彬为大将,列栅城南,为子建也。潘美为副将,城陷,恐有伏兵,命卒纵火,即安仁也。钱俶以戊寅年入朝,尽献浙右之地。《类苑》卷四十七

秦 淮 石 志

江南保大中,浚秦淮,得石志。案其刻,有"大宋乾德四年"凡六字,他皆磨灭不可识。令诸儒参验,乃辅公祏反江东时年号。后太祖受命,国号宋,改元乾德,江左始衰弱。岂非威灵将及,而符谶先著也? 同上

千 叶 牡 丹

李司空昉,淳化中,家园牡丹一岁中有千叶者五苞,特为繁艳,李公致酒张乐,召宾客以赏之。自是,再岁内,长幼凡五丧,盖地反物之验。同上

蜀 中 桃 符

辛寅逊仕伪蜀孟昶为学士,王师将致讨之前,岁除,昶令学士作诗两句,写桃符上。寅逊题曰:"新年纳余庆,佳节契长春。"明年蜀亡。吕余庆以参知政事知益州。长春乃太祖诞节圣节名,寅逊归朝,为太子中允,上疏谏猎,诏褒之。同上

陈 昭 遇

陈昭遇者,岭南人,善医,随刘鋹归朝。后为翰林医官,所治疾多愈,世以为神医。绝不读书,诘其所习,不能答,尝语所

亲曰:"我初来都下,持药囊,抵军垒中,日阅数百人。其风劳
冷气之候,皆默识之,然后视其老幼虚实,按古方用汤剂,鲜不
愈者,实未尝寻脉诀也。"庄周所谓悬解,董遇以为读书百遍义
自见,岂是之谓软?《类苑》卷四十八

钱镠治目疾

公言钱镠年老,一目失明,闻中朝国医胡某者善医,上言
求之。晋祖遣医泛海而往,医视其目曰:"尚父可无疗此,当延
六七岁寿。若决瘼去内瘴,眼即复旧,但虑损福尔。"镠曰:"吾
得不为一目鬼于地下足矣。愿医尽其术以疗之,当厚报。"医
为治之,复故。镠大喜,凡赂医金帛宝带计五万缗,具舟送医
归京师。医至,镠卒,年八十一矣。医之孙收得镠与其祖书
数幅,镠曾孙惟演赎得之,亲见焉。同上

治 面 疡

杨嵎为光禄寺丞直史馆,疡生于颊,连齿,辅车外肿若覆
瓯,内溃出浓血,不辍吐之,甚痛楚,医为疗之百方,弥年不差。
人有语之曰:"天官疡医中有名方,何不试用?"嵎乃案疡人疗
疡,必攻以五毒,合黄垫、买石胆、丹砂、雄黄、矾石、磁石其中,
烧之三日三夜,烟上著,以鸡羽扫取,以注创,恶肉破骨尽出。
嵎即依方,注药创中,少顷,朽骨连两牙溃出,疾遂愈,至今十
五年。嵎见任主客员外郎。《类苑》卷四十九

秘 阁 藏 书

端拱元年,以崇文院之中,常置秘阁,命吏部侍郎李至兼
秘书,提点供御图书,选三馆正本书万卷实之。置直秘阁及校

理之职,命至,择其人奏署吏,以内侍监之。其外省自隶百司,秘阁列于集贤之下,写御书及百余卷,即秘监以奉进御,退藏于秘阁,内居从中降图画及前贤墨迹数千轴以藏之。淳化中,始造阁成,上飞白书额,亲幸,召近臣纵视图籍,赐宴。又以供奉僧元蔼所写御容二轴藏于阁。《类苑》卷五十

置 御 书 院

翰林学士院,自五代已来,兵难相继,待诏罕习王书,以院体相传,字势轻弱,笔体无法,凡诏令刻碑,皆不足观。太宗留心笔札,即位之后,募求善书,许自言于公车。置御书院,首得蜀人王著,以士人任簿尉,即召为御书院祗候,迁翰林侍书。著善草隶,独步一时,永禅师真草《千字文》,缺数百字,著补之,刻石,但得形范,而无神妙,世亦宝重之。修东岳庙,立碑,命著书。著时任著作佐郎,辞以官卑不称题刻,即日迁著作郎。时吕文仲为翰林侍读,与著更宿禁中。太宗每岁九月后,至暮夜,即召宿直侍书,及待诏书艺于内东门北偏小殿内,张烛令对御书字,或问以外事,常以至乙夜而罢。著善大书,其笔甚大,全用劲毫,号散卓笔,市中鬻者一管百钱。初以纸一番令书八字,又一番令书六字,又一番四字,又一番两字,又一番一字,皆极于遒劲,上称善,厚赏之。著后官至殿中侍御史,赐金紫。太平兴国中,选善书者七人,补翰林待诏,各赐绯银鱼袋,钱十万,并兼御书院祗候,更配两院。余者以次补外官。自是内署书诏,笔体一变,灿然可观,人用传宝,远追唐室矣。同上

太宗棋品第一

太宗棋品至第一，待诏有贾玄者，臻于绝格，时人以为王积薪之比也。杨希紫、蒋元吉、李应昌、朱怀璧亦皆国手，然非玄之敌。玄嗜酒，病死，上痛惜之。末年得洪州人李仲玄，年甚小，而棋格绝胜，可侔于玄，岁余亦卒。朝臣有潘慎修、蒋居才，亦善棋，至三品。内侍陈好玄至第四品，多得侍棋。自玄而下，皆受三道，慎修受四道，好玄受五道。慎修尝献诗云："如今乐得仙翁术，也怯君王四路饶。"又作《棋说》千余言以献，上喜叹之，皆涉治道。同上

草　书

凡章草小草，点画皆有法，不可率意辄书。近年李居简善草书，太宗甚爱之，以赞书大夫直御书院。王嗣宗亦习而不能精，谚云："信速不及草书，家贫不办素食。"言其难卒置也，然小草尤难。同上

僧善书

近年释子中多善书者，庐山僧颙彬茂蒋善王书，关右僧梦英善柳书，浙东僧元基善颜书，多写碑石印板，皆不下前辈。寿春惠崇善王书，又其次。同上

张　维

公言，张维者，蜀人也，为沙门，后反初。尤善王书，绝得怀素之骨，世鲜能及之。王嗣宗曾荐于今上，召试御书院。维自负其能，少肯降屈，入院内，环视诸人所书，不觉微哂，众怒，

共排之,止得隶秘阁,为楷书,不就。景德末,扈驾谒陵,还经郑州,从幸开元寺,观新塔,僧前揖言,闻公深信内典,愿为之碑,因诺之。后为撰碑,维为书,真一时之绝也。维贫薄甚,后寄死人家。_{同上}

缙 云 酤 匠

缙云榷署一匠,善酤,经手者罔不醇美。尝令写其方,俾建安姻家造之,味不绝佳。因召匠诘传方之谬,匠曰:"方尽于是矣。然其酘浆,随天气温炎寒凉,量多少之数,均冷暖之节,揽匀洽,尝味体测,此不可口授,但心能晓耳。家有二子,亦不能传其要。"此亦《庄子》斫轮之义也。_{同上}

陈 乔

陈乔仕江南,为门下侍郎,掌机密。后主之称疾不朝,乔预其谋。及王师问罪,誓以固守,时张洎为乔之副,常言于后主,苟社稷失守,二臣死之。城陷,乔将死,后主执其手曰:"当与我同北归。"乔曰:"臣死之,即陛下保无恙。但归咎于臣为陛下建不朝之谋,斯计之上也。"掣其手去,入视事厅内,语二亲仆曰:"共缢杀我。"二仆不忍,解所服金带与之,遂雉经。后主求乔不得,或谓张洎曰:"此诣北军矣。"乔既死,从吏撤扉而瘗之。明年,朝廷嘉其忠,诏改葬。后见其尸如生而不僵,髭发郁然。初求尸不得,人或见一大夫衣黄半臂举手影,自南廊而过。掘得尸,以右手加额上,如所睹者。《类苑》卷五十三

相州部民张某

张洎言,典相州日,有部民张某杀一家六人,诣县自陈。

县上州,泊诘之,曰:"某家之姻贫困,常取息少有所负,被其诟辱,我熟见而心不平,思为姻家报仇,幸毕其志。然所恨七口而遗其一,使有噍类。私雠已报,愿就公法。"泊曰:"杀人一家,宁无党乎?"对曰:"某既出身就死,肯复连及同谋?"又曰:"汝何不亡命?"对曰:"姻家即其邻,苟不获盗,岂得安堵?"又曰:"汝不即死,何就缧绁?"曰:"我若灭口,谁当辨吾姻之不与谋? 又孰与暴其事于天下? 等死,死义可乎?"泊曰:"吾将闻上,免汝之死。"曰:"杀人一家而苟活,且先王以杀止杀,若杀人不诛,是杀人终无已,岂愿以一身乱天下法哉? 速死为幸。"泊嗟叹数四,卒案诛。河朔间无不传其事者。《类苑》卷五十四

曹彬讨金陵

　　曹彬事太祖,时将讨金陵,责后主称疾不朝之罪。以彬长者,令为统帅,将终全其城,彬累遣言城中:大军决取,十一月二十七日破城,宜早为之图。后主将遣其爱子清源郡公仲寓入觐,至仲冬下旬,日日克期仲寓将出,彬屡遣督之,言郎君到寨,即四面罢攻。终惑左右之言,以为坚垒如此,天象无变,岂可计日而取? 盖敌人之言,岂足为信? 但报言行李之物未备,宫中之宴饯未毕,将以二十七日出。彬又令恳,言至二十六日亦无及矣,果以是日城陷。整军成列,至其宫城门,后主方开门奉表纳降,彬答拜,为之尽礼。先是,宫中预积薪,后主誓言,若社稷失守,当携血属以赴火。既见彬,彬谕以归朝,俸赐有限,费用至广,当厚自赍装,既归有司之籍,则无及矣。遣后主入治装,神将梁迥、田钦祚皆力争,以为苟有不虞,咎将谁执? 彬但笑而不答。迥等切谏,彬曰:"非尔所知,观煜神气,懦夫女子之不若,岂能自引决哉?"煜果无他。彬遣五百人为

伴,致辎重登舟,有一卒负筐下道旋,彬立命斩之,负担者罔敢
蹉跎。后主既失国,殊无心问家计,既升舟,随军官吏入观宫
屏帏几砚什器,皆设不动,所赍持鲜矣。后贾黄中知州,因领
宾客历览宫内,见一斜门封锁甚固,即召官吏同启锁视之,得
金宝受用物计直三百万缗。城之陷也,有净德尼院近四十余
众,皆宫中人出家者也,城危,亦积薪于院庭,后主悔之,约如
有不虞,宫中举火为应,当皆焚死。是日浙兵纵火,净德遥观
其焰起,一院四十人皆赴火死,无一人肯脱者。同上

武　行　德

　　武行德,太原榆次人,身长八尺余,绝有膂力,以负薪自
给,里人号为一谷柴。晋祖在镇州日,因出猎,行德方入城鬻
薪,避道左。晋祖见其魁岸,驻马问之,怪所负薪异于常,令左
右数人不能举,奇其材,因留帐下,后至节帅中书令。国初,终
太子太傅。《类苑》卷五十五

呼　延　赞

　　呼延赞以武勇为卫士直长,自言受国恩深,誓不与契丹同
生,遍刺其体作赤心杀契丹字,涅以黑文,反其唇内,亦刺之。
鞍鞯兵仗,戎具什器,皆作其字,或刺绣雕刻朱重为之。召善
黥之卒,横剑于膝,呼其妻,责以受重禄,无补报,当黥面为字,
以表感恩之意,苟不然者,立断其首。举家皆号泣,以谓妇人
黥面非宜,愿刺臂,许之。诸子及仆妾亦然。尝延一举子,亟
走不敢还顾,赞曰:“是家心与我异,卒不留之矣。”赞作破阵
刀、降魔杵、铁鞭,幞头两旁有刃,皆重数十斤,乘乌骓马,绯抹
额,慕尉迟鄂公之为人,自称小尉迟。母姓李,拜郑州灵显王

像为舅,自称甥以祭。子病,割股肉以为羹食之。数子亦有勇力,日夕课其击剑、驰射、枪斗、蹶张、挽强,持棰梃相击挞,殆无完肤。幼子才百晬,服襁褓,持登城楼,掷于地不死。人问其故,曰:"聊试其命耳。"为忠佐都军头,每至直舍中,内侍近臣多环绕之。赞取佩刀刺胸出血,召从吏濡墨为书,奏言乞捍边杀虏。内侍或戏曰:"何不割心以明忠?"赞笑曰:"我非爱死,但契丹未灭,徒虚掷其躯耳。"出刺保州,奏太宗曰:"臣服饰奇异,所过必观者壅遏,愿敕郡县发卒遮迾清道。"上笑而不许。至团练使领军头。同上

杨　业

杨业,麟州人,少倜傥任侠,以射猎为事,所获比同辈尝倍。谓人曰:"我他日为将用兵,亦如用鹰犬逐雉兔耳。"仕太原刘氏,至建雄军节度,频立战功,国人号为无敌。太原平,太宗得之甚喜,释缚授大将军,数月擢为郑州防御使。以其知边事,俾为三交部署知代州,虏寇雁门北,日南向,业从后击之,虏大败,以功迁云州观察使。雍熙中,副潘美进讨,自云应路,以王侁、刘文裕监其军,连接云、应、寰、朔四州,次筑乾羽。会歧沟大军不利,班师,美部迁四州民于内地。虏齐妃及耶律汉宁、北皮室、五押惕隐众十余万,复陷寰州,业谓美等曰:"贼盛,未可战。朝廷止令取四州民,今但领兵出大石路,先遣告云朔守将,俟大军离代州,即云州之众先出。我师次应州,虏必悉众来拒,即令朔州吏民悉入石碣谷,分强弩千人哯谷口,骑士援于中路,三州之众万全矣。"侁沮之曰:"今精兵数万,何畏懦如此?趋雁门北川中,鼓行而往可也。"文裕亦赞成之,业曰:"不可,必败之势也。"侁曰:"君侯素号无敌,逗挠不战,岂

有他志乎?"业泣下曰:"业非爱死耳,但时有未利,杀伤士众,而功不立。今君责业以不死,当为诸君先死耳。"即部帐下骑兵数百人,自石碣路趋朔州,将行,泣谓美曰:"业本太原降将,当死,上不杀,宠以爵位,委我以兵柄,固愿立尺寸功为报,岂肯纵虏不击,而怀他志哉? 今诸君责以避敌,当先死于虏。"因指陈家谷口曰:"公于此张步兵,分强弩,为左右翼为援,业转战至此,以步兵击之,不然无遗类矣。"美如其言,与优等陈谷口,自寅至巳,优使人登托逻台望,以为虏寇遁走,欲争其功,领兵离谷口,美不能制。乃沿灰河而西南行二十里,闻业败,麾兵却走。业至暮达谷口,望见无人,抚膺大哭,再率帐下决战,身被十数枪。业抚下有恩,时从卒尚百余人,业谓曰:"汝等各有父母妻子,傥鸟兽散,尚有还报天子者,无与我俱死。"军士皆泣不肯去。其子延昭死之,业独力刃数百人后就擒,太息曰:"上遇我厚,为奸臣所逼致败,何面目虏中求活哉?"遂不食三日,死。天下冤之,闻者为流涕。上闻之,优、文裕并除名,配隶诸州。厚赎业家,录其五子,诏褒赠业太尉、大同军节度使。业子延朗骁勇,为边将有威名,戎人畏之。同上

崔　翰

崔翰风仪伟秀,有勇干,为天武左厢主。太宗亲征太原,讲武于西京,时殿前都将杨义失暗,不能言,指挥非便,命翰代之。翰执金鼓,周旋进退,军容甚整。上悦,遣中使密以金带赐之,曰:"此我藩邸时所服者。"因谓左右曰:"若崔翰者,必不事晋朝矣。"盖言晋政多门,武经废紊也。后为殿前都虞候,从平晋阳,时军士立功未行赏赍,遽有平燕之议,诸将莫敢言。翰曰:"此一事不可再举,乘破竹之势,取之甚易。"上信然之。

既而范阳班师,至金台驿,中黄门阎承翰驰奏,大军不整,南面
而溃。上令翰率卫士十余人止之,翰请单骑径往,告谕众,稍
稍乃定,不戮一人,上甚嘉之。后迁领节镇。同上

刘　吉

　　刘吉,江左人,有膂力,尚气,事后主为传诏承旨,忠于所
奉。归补供奉官,以习知河渠利害,委以八作之务。太平兴国
中,河大决,吉护之,与丁夫同甘苦。使者至,访吉不获,甚怒,
乃著皂帩头短布褐,独负二囊土为先道,戒从吏勿敢言,使者
密访得之,白太宗,太宗厚赐之。内侍石全振者,领护河堤尤
苛急,自谓石爆裂,言其性多暴怒也。居常侵侮吉,吉默然不
校。一日,与吉乘小艇督役,至中流,吉语之曰:"君恃贵近,见
凌已甚,我不畏死,当与君同见河伯耳。"遂荡舟覆之,全振号
哭,搏颡求哀乞命,乃止,自是不复敢侵吉。其父本燕蓟人,自
受李氏恩,常分禄以济其子孙,朔望必诣其第,求拜后主,自李
氏子姓,虽童幼必拜之,执臣仆之礼。后迁崇仪使,其刺字谒
吴中故旧,题僧壁驿亭,但称江南人刘吉,示不忘本也。有诗
三百首,目为《钓鳌集》,徐铉为之序。其首篇《赠隐者》,有"一
箭不中鹄,五湖归钓鱼"之句,人多诵之。以其塞决河有方略,
人目为刘跋江,名震河上。同上

王　隐

　　王隐,本期门健步,隶皇城司。太平兴国中,河大决,调发
缘河丁夫数十万塞之,将下大楗合堤口,日遣健步数辈来往侦
报。将合龙门,凡健步两辈至,上召问,云:"河决已塞,水复故
道。"隐续至,其言亦然,且云:"初来时,颇见津流未断,恐尚烦

圣念。"上怒,令拘之。少顷,报至,果水势猛暴,冲大概,复溃
注数郡。上召隐慰谕,立迁小校。自是或补拟亲从列校,必首
记其名,多蒙超擢。至道初,东宫建,择亲卫指挥使二人,已得
刘谦,尚阙一名,上曰:"王隐忠直不妄语,可以补之。"后至侍
卫步军都指挥使、保顺军节度使。隐无他能,由一言之不诳人
主,而克享世福,况积德者乎? _{同上}

张　继　能

内侍张继能,尝为镇戎军钤辖。初古原州自唐已来,陷于
党项,徙治平凉县。继迁之叛,李继隆、继和建议城古原州,以
保障内属藩部,并力御贼,是为镇戎军。以隆、和知军事,几七
八年,继能为钤辖,题诗于厅事曰:"夜闻碛外铃声苦,晓听城
头角调哀。不是感恩心似铁,谁人肯向此中来?"继能读书有
识略,忠直好谈论,知治体,今为入都内领郡。_{同上}

张　泊　见　龙

张泊使高丽,方泛舟海中,因问舟人,龙可识乎? 对曰:
"常因云起,多见垂尾于波澜间,动摇舒缩,良久,雨大作,未尝
见其全体及头角也。"泊因冠带焚香,祝以见真龙。时天清霁,
忽有龙见于水际,少顷渐多,以至弥望蠢然无数,泊甚震骇,良
久而没。《类苑》卷五十八

百　药　枕

益州有药市,期以七月七日,四远皆集,其药物多品甚众,
凡三日而罢,好事者多市取之。淳化中,有右正言崔迈,任峡
路转运。迈苦多病,素有柏枕,方令赍万钱,遍市药百余品,各

少取置柏枕中,周环钻穴,以彻其气。卧数月,得癞病,眉须尽落,投江水死。说者以为药力薰发骨节间疾气。《类苑》卷五十九

湿纸化为菌

钱若水言,壬午年洛中大水,室庐多污潴。太师之第,屋木有存者,视书屋床榻尚在,无复卷册,悉化为菌,熟视尚有墨痕文字,若可识,盖楮之变也。同上

蜀人以去声呼平声字

今之姓胥姓雍者,皆平声,春秋胥臣,汉雍齿,唐雍陶,皆是也。蜀中作上声去声呼之,盖蜀人率以平为去。同上

刘吉论食鱼

刘吉护治京东河决,时张去华任转运使,巡视河上,方会食,坐客数十人,鲙鲤为馔。去华顾谓四坐曰:"南人住水乡,多以鱼为食,殊不厌其腥也。"意若轻鄙南士。吉奋然对曰:"运使举进士状元,曾不读书,何自彰其寡学?《尚书》:禹决九川,有鱼鳖,使民鲜食,'淮夷蟭珠暨鱼。'《易》姤之九二'庖有鱼',又下系'庖牺氏以畋以渔,盖取诸离。'《周官·厥人》:'掌以时厥为梁,辨鱼物,供王膳羞。'《诗》载《嘉鱼》、《鱼藻》、《九罭》之篇,《小雅》云'庖鳖脍鲤','张仲孝友'。《国风》云:'岂其食鱼,必河之鲂?'又曰:'谁能烹鱼?溉之釜鬵。'《戴记》云:'小潦降,不献鱼鳖。不中杀,不鬻于市。居山者,不以鱼鳖为礼。''三月,天子乘舟,荐鲔于寝庙。孟秋,天子食稻与鱼。又食鱼者,去乙。'孔子,鲁人,云:鱼馁不食。赵盾,晋人,鱼飧。田文,齐人,其上客皆食有鱼。子产,郑人,而人献生鱼。子

公，亦郑人，解鼋染指于鼎。公父文伯，鲁人，羞鳖致客怒而出。大舜渔于雷泽，吕望钓于渭滨，又何必皆南州之人？况今太官之盛馔，宗祧之备物，皆荐是品，而商旅贩鬻，间阎唉食，其济民食广矣。何谈之容易？"去华色沮，不能酬其言。同上

建州蜡茶

建州，陆羽《茶经》尚未知之，但言福建等十二州未详，往往得之，其味极佳。江左日近方有蜡面之号，李氏别令取其乳作片，或号曰京挺的乳，及骨子等，每岁不过五六万斤，讫今岁出三十余万斤。凡十品，曰龙茶、凤茶、京挺的乳、石乳、白乳、头金、蜡面、头骨、次骨，龙茶以供乘舆及赐执政亲王长主，余皇族学士将帅皆得凤茶，舍人近臣赐京挺的乳，馆阁白乳。龙、凤、石乳茶皆太宗令造，江左乃有研膏茶供御，即龙茶之品也。丁谓为《北苑茶录》三卷，备载造茶之法，今行于世。《类苑》卷六十

仕宦岭南

岭南诸州多瘴毒，岁闰尤甚。近年多选京朝官知州，及吏部选授三班使臣，生还者十无二三，虽幸而免死，亦多中岚气，容色变黑，数岁发作，颇难治疗。旧日小郡及州县官，率用土人摄官莅之，习其水土。后言事者以为轻远任，朝廷重违其言，稍益俸人，加以赐赉，贪冒之徒，多亦愿往，虽丧躯不悔也。《类苑》卷六十一

小窑李

许州小窑出好李，太常少卿刘蒙正有园在焉，多植之。每

遣人负担归京师,以遗贵要,窃得尝之,绝大而味佳,所未曾知也。同上

沉 香 木

岭南雷州及海外琼崖,山中多香树,山中夷民斫来卖与人。其一树出香三等,曰沉香,曰笺香,曰黄熟香。沉、笺皆二品,曰熟结,曰生结。熟结者,树自枯烂而得之。生结,伐仆之,久烂脱而剔取。黄熟有三品,曰夹笺,其破者为黄散香。夷民率以香树为槽,以饲鸡犬。郑文宝诗曰:"沉檀香植在天涯,贱等荆衡水面槎。未必为槽饲鸡犬,不如煨烬向豪家。"同上

麝裂脐狨犛牛断尾

公尝言,商汝山多群麝,所遗粪,尝就一处,虽远逐食,必还走之,不敢遗迹他所,虑为人获,人反以是求得,必掩群而取之。麝绝爱其脐,每为人所逐,势且急,即自投高岩,举爪裂出其香。就絷而死,犹拱四足保其脐。李商隐诗云"投岩麝退香",许浑云"寻麝采生香"是也。狨类鼠而大,尾长而金色,生川峡深山中,人以药矢射杀之,取其尾,为卧褥鞍被坐毯之用。狨甚爱其尾,既中毒,即齿断其尾以掷之,恶其为身患。杜甫诗云"狨掷寒条马见惊",盖轻捷善缘木,猿狨之类也。犛牛出西域,尾长而劲,中国以为缨,人或射之,亦自断其尾。盖左氏所谓雄鸡自断其尾,而庄周以牛之白颡,豚之亢鼻与自痔病者,巫祝不以适河,乃无用之为大祥也。同上

猩　　猩

猩猩，南中兽。《山海经》云："如豕而人面。"《汲冢周书》云："状如黄狗，人面，头如雄鸡。"郦元《水经》云："形如黄狗，而面目端正，善与人言，声音妙丽，如妇人对语，闻之无不酸楚。其血可以染纨素，尤为绝好。"太祖平岭南，求得猩猩，如雄鸭而大，取其血以染，色如渥丹，与传记所载不类。同上

病　　瘿

夫颈处险而瘿，今汝洛间多，而浙右、闽、广山岭重阻，人鲜病之者。按《本草》："海藻昆布，主瘿瘤。"注云："凡海菜，皆疗瘤结气。青苔紫菜亦然。"盖被海之邦，食其惟错之味，能疗之也。同上

土厚水深无病

公尝言，《春秋传》曰："土厚水深，居之不疾。"言其高燥。予往年守郡江表，地气卑湿，得痔漏下血之疾，垂二十年不愈，未尝有经日不发。景德中，从驾幸洛，前年从祀汾阴，往还皆无恙。今年，退卧颍阴滨，嵩少之麓，井水深数丈，而绝甘，此疾遂已。都城土薄水浅，城南穿土尺余已沙湿，盖自武牢已西，接秦晋之地，皆水土深厚，罕发痼疾。同上

白鹿洞藏书

江州庐山白鹿洞，李公择常聚书籍，以招徕四方之学者，有善田数十顷给之。选太学中通经者，授以他官，领洞事，以职教授，自江南北，为学者争凑焉，常不下数百人，厨廪丰给。

太平兴国初,洞主明起建议,以田入官,而齿仕籍,得蔡州褒信簿。既乏供馈,学徒日散,室庐隳坏,因而废焉。同上

建州多佛刹

公言,吾乡建州,山水奇秀。梁江淹为建安令,以为碧水丹山,灵木珍草,皆平生所至爱,不觉行路之远,即吾邑也。而岩谷幽胜,土人多创佛刹,落落相望。伪唐日州所领十一场县,后分置邵武军,割隶剑州。今所管六县,而建安佛寺三百五十一,建阳二百五十七,浦城一百七十八,崇安八十五,松溪四十一,关隶五十二,仅千区,而杜牧江南绝句云:"南朝四百八十寺。"六朝帝州之地,何足为多也! 同上

五 丈 河

京水自荥阳来至于汴。有陈承昭者,本江南节度使,将兵淮上,为世宗所擒,以为上将军,习知水利。国初上言,可导京水入,逾汴东北注为河,通山东之漕,遂遣按行京东地。任下,遂调民穿渠,贯曹郓入于黄河,以大木架汴流上,道京水以过,将引流,车驾临观。两淮未合,联木施刍草毡絮,涂菱泥,水即随过,北流为河,其广五丈,号五丈河。岁运京东诸州刍粟五十万斛,商旅交凑,至今赖其利。《类苑》卷六十二 《事物纪原》卷六节引。

朱贞白善嘲咏

朱贞白,江南人,不仕,号处士。子铣,举进士,至知制诰。贞白善嘲咏,曲尽其妙,人多传诵。《咏刺猬》云:"行似针毡动,卧似栗裘圆。莫欺如此大,谁敢便行拳。"尝谒一贵公,不

甚加礼,厅事有一格子屏风,贞白题诗其上云:"道格何曾格,言糊又不糊。浑身总是眼,还解识人无?"又《题棺木》云:"久久终须要,而今未要君。有时闲忆著,大是要知闻。"《题狗蚤》云:"与虱都来不较多,攃挑筋斗大娄罗。忽然管着一篮子,有甚心情那你何?"《咏月》云:"当涂当涂见,芜湖芜湖见,八月十五夜,一似没柄扇。"建师陈晦之子得诚罢管沿江水军,掌禁卫,颇患拘束,方宴客,贞白在坐,食螃蟹,得诚顾贞白曰:"请处士咏之。"贞白题曰:"蝉眼龟形脚似蛛,未尝正面向人趋。如今钉在盘筵上,得似江湖乱走无?"众客皆笑绝。又《咏莺粟子》,其警句云:"倒排双陆子,稀插碧牙筹。既似柿牛奶,又如铃马兜。鼓搥并攃箭,直是有来由。"《类苑》卷六十三

李涛题不动尊院诗

李涛相国,性滑稽,为布衣时,往来京洛间。汜水关有一僧舍,曰不动尊院,院中有不出院僧,十余载,涛每过尝憩其院,必省其僧。未几,寺为火所焚,僧众皆徙他所,涛后过,但门扉犹在,题诗其上云:"走却坐禅客,移将不动尊。世间颠倒事,八万四千门。"同上

造 五 凤 楼 手

韩浦、韩洎,晋公滉之后,咸有辞学。浦善声律,洎为古文,意常轻浦,语人曰:"吾兄为文,譬如绳枢草舍,聊庇风雨。予之为文,是造五凤楼手。"浦性滑稽,窃闻其言,因有亲知遗蜀笺,浦题作一篇,以其笺贻洎曰:"十样蛮笺出益州,寄来新自浣溪头。老兄得此全无用,助尔添修五凤楼。"同上

苏　协

苏易简父协,蜀中举进士,性滑稽。易简任翰林学士,协为京府掾,时亲王为尹。每朔旦,父子冠带晨起,协诣府,易简入禁中。协笑谓人曰:"父参其子,子朝其父,斯事亦倒置矣。"初协为汝州司户,易简通判苏州,书与易简曰:"吾在汝,汝在吴,吾思汝,汝知之乎?"其好谈谐如此。同上

刘铥欲为降王之长

太平兴国初,陈洪进自漳泉归阙,钱俶由吴越来朝。江南后主与刘铥同列,因侍宴,铥自言:"朝廷威灵,僭窃之主,皆不能保其社稷,今日尽在坐中。陛下明年平太原,刘继元又至。臣于数人中,率先归朝,愿得持梃,为诸国降王之长。"太祖大笑,赏赐甚厚,其谈多此类。《类苑》卷六十四

党　进

党进,北戎人,幼为杜重威家奴,后隶军籍,以魁岸壮勇,周祖擢为军校。国初至骑帅,领节镇。太祖征太原,我师未成列,贼骁将杨业帅精锐二百余骑突我师,进挺身与麾下逐业,败走入城濠,会援兵至,业缘缒得入城,获免。军中服进之勇,太祖屡对众称之。进不识文字,不知所董禁兵之数,上忽问及军中人数,先其军校皆以所管兵骑器甲之数细书,著所持之梃,谓之杖记,如笏记焉。进不举,但引梃以对曰:"尽在是矣。"上笑,谓其忠实,益厚之。徼巡京师市井间,有畜鹰鹞音禽者,进必令左右解纵之,骂曰:"不能买肉供父母,反以饲禽乎?"太宗在藩邸,有名鹰鹞,令圉人调养,进忽见,诘责欲解

放,圉人曰:"晋王令养此。"且欲走白晋王,进遽止之,与钱令市肉,谓之曰:"汝当谨视此,无使为猫狗所伤。"小民传之为笑。镇许日,幕中宾佐有忤意,必命批其颊。尝病疮,宾佐入视疾,进方拥锦衾,一从事窃语曰:"烂兮。"进闻之,命左右急捉从事,批其颊,殆于委顿,大骂曰:"吾正契丹,何奚之有?脚患小疮,那至于烂?"盖谓奚之种贱也。过市,见缚栏为戏者,驻马问:"汝所诵何言?"优者曰:"说韩信。"进大怒,曰:"汝对我说韩信,见韩即当说我,此三面两头之人。"即命杖之。进名进,居常但称晖,或以为言,曰:"自从其便耳。"啖肉至数斤,饮酒斗余,宴会对宾客甚温雅嬉笑。忽摈甲胄,即髭鬐皆磔竖,目光如电,视之若神人。故为杜氏奴,后见其子孙,必下拜,常分俸以给之,其所长也。同上

卢文纪追兄草诏

后唐卢文度、文纪,俱在翰林,文度喜属文,文纪思迟涩,每事诏事填委,多文度代草之。一日休暇,文纪当直,文度以禁中无事,送客郊外。会有密诏数道,亟遣僮骑追其兄还,不及饯饮。缙绅闻而笑之,咸曰:"文度自外来,跃马赴其弟之急难。逮至翰苑中,文纪以书册围合矣。"盖言文纪检阅旧本仓卒也。同上

徐铉信鬼神

徐铉不信佛,而酷好鬼神之说,江南中主常语铉以"佛经有深义,卿颇阅之否"?铉曰:"臣性所不及,不能留意。"中主以《楞严经》一帙授之,令看读,可见其精理。经旬余,铉表纳所借经求见,言曰:"臣读之数过,见其谈空之说,似一器中倾

出，复入一器中，此绝难晓，臣都不能省其义。"因再拜。中主
哂之，后尝与近臣通佛理者说以为笑。专搜求神怪之事，记于
简牍，以为《稽神录》。尝典选，选人无以自通，诡言有神怪之
事，铉初令录之，选人言不闲笔缀，愿得口述。亟呼见，问之，
因以私祷，罔不遂其请。归朝，有江东布衣蒯亮，年九十余，好
为大言夸诞，铉馆于门下，心喜之。《稽神录》中事，多亮所言。
亮尝忤铉，铉甚怒，不与话累日。忽一日，铉将入朝，亮迎呼为
中阒，云："适有异人，肉翅自厅飞出，升堂而去，亮目送久之，
方灭。"铉即喜笑，命纸笔记之，待亮如故。江陵从祖重内典，
尝谓铉曰："公鄙斥浮屠之教，而重神变之事，瞿昙岂不得作黄
面神人乎？"铉笑而不答。《类苑》卷六十五　《郡斋读书志》"稽神录"条
节引此文。

<h2 style="text-align:center">嚼舌而死</h2>

金陵道士章齐一，善为诗，好嘲咏，一被题目，即日传诵，
人皆畏之。凡四百余篇，曲尽其妙。后得疾，嚼舌而死。《类
苑》卷六十六

<h2 style="text-align:center">张格献曲</h2>

孟蜀后主，凡命宰相，必征《感皇恩》二章为谢。有张格者
拜相，其所献之曲，有"最好是，长街里，听喝相公来"之句，人
传为笑。同上

<h2 style="text-align:center">铜雀台古瓦</h2>

徐铉工篆隶，好笔砚。归朝，闻邺中耕人，时有得铜雀台
古瓦，琢为砚，甚佳。会所亲调补邺令，嘱之，凡经年，寻得古

瓦二,绝厚大,命工为二砚持归,面以授铉。铉得之喜,即注水,将试墨,瓦瘗土中,枯燥甚,得水即渗尽。又注之,随竭,涪涪有声喷喷焉。铉笑曰:"岂铜雀之渴乎?"终不可用,与常瓦砾无异。同上

执政戏授钱仪钱信官

钱俶献地,弟仪以越州安抚使授慎、瑞、师等州观察使,信以湖州安抚使授新、妫、儒等州观察使。仪好昼寝,多以夜决府事及游宴。信为沙门返初,执政戏之也。同上

宣徽角抵士

徐铉所居,逼五龙堂,宣徽角抵士将内宴,必先肄习于其中,观者云集。铉方蔬食,坐道斋中诵《黄庭》,闻外喧甚,立遣小童视之。还白云:"许、赵二常侍与诸常侍习角抵。"铉笑曰:"此诸同寮,难可接其欢也。"京师呼宣徽角抵士皆为常侍故。同上

卢文纪为相

文纪性滑稽,孟知祥之僭号,尝奉使于蜀,适会改元。方春社,知祥张宴,设麑肉,语文纪曰:"上戊之辰,时俗所重,不可废也,愿尝一脔。"文纪笑曰:"家居长安,门族豪盛,麑肩不登于俎。时从叔伯祖颇欲大嚼,终不可致。一家奴慧黠,众以情语之。宅后园有古冢空旷,奴扫除其中,设肉数盘,私命诸从祖食之,珍甚,五房不觉言珍。五房曰:'匪止珍哉,今日乃大美元年也。'良久,冢中二鬼骤至,呼曰:'诸君窃食糟麑,败乱家法,其过已大,乃敢擅改年号乎?'"知祥有愧色。清泰即

位，将命相，取达官名十人致瓶中探取之，首得文纪，遂为宰相。《类苑》卷六十七

坡　拜

李文正公言，今呼谏议为坡拜，盖唐朝旧语。自外入为谏议，班在给舍之上，岁满迁给事中，又岁满迁舍人。故两省同列谑谏议云："君今上坡后，当复下坡矣。"刘公《嘉话录》载：初拜谏议者，给舍戏之曰："何人骤居我上？"彼曰："以我不才，何不拽下著？"乃迁也。同上

湫　神

宁州真宁县要册湫，自唐天后、中宗朝，多祈雨有验，岁旱，遣中使持锦织，及镇宣徽乐工三五十人作乐于祠庭。僖宗乾符中，封神为应圣侯，昭宗光化中，进封普济王。开宝九年，太宗在南府，遣亲吏市马秦州，过宿于湫房，梦人告云："晋王登帝位。"至长安，赦至，果符其言，遂以闻。明年五月十三日，白龙见池中，长数丈，东乡吐云，云白色，自辰至午而没，见者数千人，郡以闻，遂下诏封显圣王，增修祠宇。先是，泾州界有湫，方四十里，水停不流，冬夏不增减，水清澈，不容秽浊，或有喧污，辄兴云雨。岁旱，土人多祈雨于此，传云龙之所居。《汉书·郊祀志》云："春祠官所领湫渊，安定朝那者是也。"其后屡称湫有灵应，朝那无闻焉。而天下山川隈曲，亦往往有之，皆神龙之所蟠蛰。建州浦城县福罗山有龙潭，岁旱，土人祀之，或投铁，龙立致雨。《类苑》卷六十九

担夫顶有圆光

秘书丞程希道，庆历中，为果州判官。遇提刑按部，率之同行。至南山中，日初出，薄雾未散，见一荷担夫，顶有紫光，圆径二尺许。召问之，云："向于石罅中得一物，方数寸，色如紫玉，置头巾带中，不知其他。"取令他夫戴之，亦然，疑是昔人所炼之大丹。宪使以百钱易之。同上

李符知春州

卢多逊贬朱崖，谏议大夫李符适知开封府，求见赵普，言朱崖虽在海外，而水土无他恶，流窜者多获全。春州在内地而近，至者必死。望追改前命，亦以外彰宽宥，乃置于必死之地。普领之。后月余，符坐事贬宣州行军司马，上怒未已，令再贬岭外，普具述其事，即以符知春州，到郡月余卒。《类苑》卷七十四

穆　　修

文章随时风美恶，咸通已后，文力衰弱，无复气格。本朝穆修，首倡古道，学者稍稍向之。修性褊忮少合，初任海州参军，以气陵通判，遂为捃摭，贬籍系池州，其集中有《秋浦会遇》诗，自叙甚详。后遇赦释放，流落江外。赋命穷薄，稍得钱帛，即遇盗，或卧病，费竭然后已，是故衣食不能给。晚年得《柳宗元集》，募工镂板，印数百帙，携入京相国寺，设肆鬻之。有儒生数辈，至其肆，未评价直，先展揭披阅，修就手夺取，瞋目谓曰："汝辈能读一篇，不失句读，吾当以一部赠汝。"其忤物如此。自是经年不售一部。同上

交 州 驯 象

景德中,交州黎桓献驯象四,皆能拜舞山呼中节,养于玉津园。每陈卤簿,必加莲盆严饰,令昆仑奴乘以前导。《晋·舆服志》有象车以试桥梁,亦古制也。《类苑》卷七十七

交 州 占 城 驯 犀

淳化中占城国、景德中交州黎桓,并以驯犀为献。性绝躁,留养苑中,数日死。大中祥符中,交州复献驯犀,至海岸,诏放还本国,令遂其性。同上

高 丽 王 论 中 国 族 望

高丽自五代以来,朝贡不绝,朝廷每加爵命,必遣使以奖之。故吕相国端、吕侍郎文仲、祐之,皆相继为使。三人者,皆宽厚文雅,有贤者之风。如孔维辈,或朴鲁,举措为其所哂,或贪猥,不能无求索,甚辱朝命。后刘式、陈靖至其国,国王王治者,因语及中国族望,必有高下,如唐之崔、卢、李、郑。式等言,但以贤才进用,亦不论族姓。治曰:"何姓吕者多君子也?"盖斥言三吕,亦因以警使者。同上

高 丽 求 赐 板 本 九 经

高丽国王王治上言,愿赐板本九经书以夸示外国,诏给之。同上

契 丹 邪 律 某 诗

北虏中,多有图籍,亦有文雅相尚。王矩为工部郎中,本

燕人，为虏将邪律_{忘其名}。掌其书记，常从其出入。邪律兄及
兄之子，太平兴国中，战没于代郡。后邪律经旧战处，览其迹，
悲涕作诗，记其两句云："父子并随龙阵没，弟兄空望雁门悲。"
《类苑》卷七十八

耶律琮求通好书

开宝中，虏涿州刺史耶律琮遗书于我雄州刺史孙全兴，求
通好曰："兵无交于境外，言即非宜；事有利于国家，事之亦
可。"其文采甚足观。_{同上}

高　　昌

高昌国，唐以车师前王庭地所置西州也。自安史之乱，复
陷西戎。太平兴国中，遣使来贡，命供奉官王延德报聘，往复
数载。其国无雨，人皆以白垩涂屋以居，尝雨数寸，室庐皆坏。
有敕书楼，藏唐朝格律敕诏。开元九年三月九日寒食，至今用
之。延德后为度支使、舒州团练使。_{同上}

潞　州　李　筠

潞州节度使李筠谋反，其长子涕泣切谏，不听，使其长子
入朝，且诇朝廷动静。太祖迎谓曰："太子！汝何故来？"其子
以头击地，曰："此何言？必有谗人谤臣父耳。"上曰："吾亦闻
汝数谏争，老贼不听汝耳。汝父使汝来者，不复顾惜，欲杀之
耳。吾今杀汝何为？归语汝父，我未为天子时，任自为之。我
既为天子，汝独不能少让之耶？"其子归，具以白筠。筠反，有
僧素为人所信向，筠乃召见，密谓之曰："吾军府用不足，欲借
师之名以足之，吾为师作维那教化钱粮各三十万，且寄我仓

库,事毕之日,中分之。"僧许诺,乃令僧积薪,坐其上,克日自焚。筠穿地道于其下,令通府中,曰:"至日,走归府中耳。"筠乃与夫人先往,倾家财尽施之,于是远迩争以钱粮馈之,四方辐凑,仓库不能容,旬日,六十万俱足。筠乃塞其地道,焚僧杀之,尽取其钱粮,遂反,引军出泽州。车驾自往征之,山路隘狭,多石,不可行。上自于马上抱数石,群臣六军皆负石,即日开成大道。筠战败于境上,走入泽州,围而克之,斩筠,遂屠泽州。进至潞州,其子开城降,赦之。同上

侯 舍 人

太宗末年,关中群盗有马四十匹,常有怨于富平人,至必屠之,驱略农人,使荷畚锸随之。曰:"吾克富平,必夷其城郭。"富平人恐,群诣荆姚,见同州巡检侯舍人告急。舍人素有威名,率众伏于邑北,群盗闻之,舍富平不攻而去,舍人引兵于邑西邀之,令士皆传弩,戒勿得妄发,曰:"贼皆有甲,不可射,射其马,马无具装。又劫略所得,非素习战也,射之必将惊溃。"既而合战,众弩俱发,贼马果惊跃散走,纵兵击之,俘斩略尽。余党散入他州,巡检获之,自以为功,送诣州邑,盗固称我非此巡检所获,乃侯舍人所获也。巡检怒,自诣狱责之,曰:"尔非我获而何?"盗曰:"我昔与君遇于某地,君是时何不擒我邪?我又与君遇某地,君是时弃兵而走,何不擒我邪?我为侯舍人所破,狼狈失据,为君所得,此所谓败军之卒,举彄可扑,岂君智力所能独辨邪?"巡检惭而退。同上

室 种

室种者,虏相昉之子,来奔于我。以为诸卫将军、领刺史、

西京巡检。种好驰逐射猎,洛中水竹尤胜,种常语人曰:"洛阳大好,但苦于园林水竹交络翳塞,使尽去之,斯可以击兔伐狐,差足乐耳。"同上

论义山诗

义山诗包蕴密致,演绎平畅,味无穷而炙愈出,钻弥坚而酌不竭,使学者少窥其一斑,若涤肠而浣骨。《韵语阳秋》卷二

鸭能人言

陆龟蒙居笠泽,有内养自长安使杭州,舟经舍下,弹绿头鸭,龟蒙遽从舍出大呼云:"此绿鸭有异,善人言,适将献天子,今将此死鸭以诣官。"内养少长宫禁,信然,厚以金帛遗之,因徐问龟蒙曰:"此鸭何言?"龟蒙曰:"常自呼其名。"内养愤且笑,龟蒙还其金,曰:"吾戏耳。"《苕溪渔隐丛话》后集卷二十七

太宗谒安陵

上自西京还,乃谒安陵。《长编》卷十七

审刑房

审刑院本中书刑房,宰相所领之职,于是析出。《长编》卷三十二

用其长护其短

太祖常与赵普议事不合,太祖曰:"安得宰相如桑维翰者与之谋乎?"普对曰:"使维翰在,陛下亦不用,盖维翰爱钱。"太祖曰:"苟用其长,亦当护其短,措大眼孔小,赐与十万贯,则塞

破屋子矣。"《五朝名臣言行录》卷一　孔平仲《谈苑》卷四亦有此条。

后主赐近臣黄金

金陵之陷,后主以藏中黄金分赐近臣办装,张佖得二百两,诣曹彬自陈不受,愿奏其事,彬以金输官而不以闻。《五朝名臣言行录》卷一

钱若水全进退之道

至道初,吕蒙正罢相,以仆射奉朝请,上谓左右曰:"人臣当思竭节以保富贵。吕蒙正前日布衣,朕擢为辅相,今退在班列寂寞,想其目穿望复位矣。"刘昌言曰:"蒙正虽骤登显贵,然其风望不为忝冒。仆射师长百僚,资望崇重,非寂寞之地,且亦不闻蒙正之郁悒也。况今岩穴高士,不求荣达者甚多,惟若臣辈,苟且官禄,不足以自重耳。"上默然。又尝言:"士大夫遭时得位,富贵显荣,岂得不竭诚以报国乎?"钱若水言:"高尚之人,固不以名位为光宠,忠正之士,亦不以穷达易志操,其或以爵禄恩遇之故而效忠于上,此中人以下者之所为也。"上然之。及刘昌言罢,上问赵镕等曰:"频见昌言否?"镕等曰:"屡见之。"上曰:"涕泣否?"曰:"与臣等谈,多至流涕。"上曰:"大率如此,当在位之时,不能悉心补职,一旦斥去,即汍澜涕泗。"若水曰:"昌言实未尝涕泣,镕等迎合上意耳。"若水因自念,上待辅臣如此,盖未尝有秉节高迈,不贪名势,能全进退之道,以感动人主,遂贻上之轻鄙,将以满岁移疾,遂草章求解职,会晏驾,不果上。及今上之初年,再表逊位,乃得请。《五朝名臣言行录》卷二

太宗厚遇李昉

李昉文正公，太宗遇之甚厚，年老罢相，每赐宴，必先赴座，尝献诗曰："微臣自愧头如雪，也向钧天侍玉皇。"《翰苑新书》后集卷十九

南唐帑藏丰盈

南唐保有江淮，帑藏颇盈，德昌宫其外府也，金帛货泉多在焉。《舆地纪胜》卷十七

淮南道院

通州南阻江，东北濒海，士大夫罕至，民居以鱼盐自给，不为盗贼，讼稀事简，仕宦者最为逸，士大夫号通州为淮南道院。《舆地纪胜》卷四十三

检书苍头

本朝石元懿熙载游富阳，道中遇一叟，熟视之，曰："真太平良弼也。吾幼为唐相房玄龄检书苍头，公酷如房公。"语讫即灭。太宗朝，石为左仆射。《锦绣万花谷》前集卷二十三

凤阁王家

唐王易从昆弟四人，开元中，三至凤阁舍人，故号"凤阁王家"。同上

王延范误惑于术人

广西转运使王延范本江陵贵家子，又富于财，尝以豪杰自

许,精于卜者如刘昂则许之曰:"君素有偏方王霸之分。"精于算者如徐肇则许之曰:"君当八少一,当大贵不可言。"精于风鉴者如田辨则许之曰:"君形如坐天王,眼如嚩伽,鼻如仙人,耳如雌龙,望视如虎,当大有威德。"延范皆然之,不知其言之不足据也。于是日益矜负,因寓书左拾遗韦务升,作隐语讽朝廷事,为人所告,鞫实抵罪,籍没其家,藁葬南海城外,然则三子向者之说果安在哉! 大抵术人谬妄,但知取悦一时,不知误惑于人,其祸有至于如此者。《乐善录》卷上

罗　江　犬

淳化中,(绵)州贡罗江犬,常循于御榻前,太宗不豫,犬不食,及上仙,号呼涕泗,以至疲瘠,见者陨涕。参政李至作《桃花犬歌》,以寄钱若水,末句云:"白麟赤雁且勿书,愿君书此警浮俗。"《方舆胜览》卷五十四

以蜥蜴求雨

魏庠言:昔游关中佛寺,值村民祈雨,沙门有善胡法者,求得蜥蜴十数,置瓮中,以树叶渍水,童男数人持柳枝咒曰:"蜥蜴蜥蜴,兴云吐雾,雨今滂沱,放汝归去。"咸平初,余守缙云,适闵雨,用此有验,具奏其事。蜥蜴盖龙类也。《苏文忠诗合注》卷十五施注

给　诰　侍　母

鱼崇谅为学士,周祖革命,所下诰令,皆其词也,甚得典诰之体。以母病再求解职,给长诰,赐其母衣服缯帛,茶药缗钱。百日满,令本州月给钱三万,米面五十石,屡遣使存问。俄拜

礼部侍郎,充学士,令伏侍归阙。《永乐大典》卷一〇八一二第一七页

王延范顶戴金像

　　初王延范通判梓州,有妖人称先生,以左道惑众,尝语延范曰:"有急当相救。"延范铸黄金为其像,常顶戴之。《永乐大典》卷一八二二三第一四页引《杨内翰谈苑·恶成篇》

王彦超致仕

　　王彦超历数镇节制,罢为金吾上将军,与李昉、宋白善。一日,昉、白诣之,时彦超年六十九岁,谓昉、白曰:"人言七十致仕,出何书?"昉曰:"《礼》大夫七十而致仕,若不得谢,赐之几杖,杖于朝,盖筋力尚可从政,时君所赖也。"彦超曰:"我前朝旧臣,于时无用,岂可食爵位而昧廉耻。"遂托白草求致仕表,来年假开日之上。再表得请,以太子太保致仕,给上将军俸。居常白衣出入故旧家,仆从简省,无童骑,惟嗜张进酒、软骨鱼,语亲旧曰:"有此二物,吾当不召自往矣。"张进者,建州人,隶内酒坊,善酿,味绝美,品在法酒之亚,善饮者多好之。《宋会要辑稿》职官七七之二九

聪 明 绝 人

　　阮思道子昌龄,长不满三尺,丑陋吃讷。其聪明绝人,善属文,年十八,海州试《海不扬波赋》,即席一笔而成,文不加点。其警句云:"收碣石之宿露,敛苍梧之夕云。"又云:"三山神阙,湛清影以遥连;八月灵槎,泛寒光而静去。"全篇皆类此,人多讽诵,真奇才也。《永乐大典》卷二九九九第二至三页

愿 代 女 死

　　陈国夫人耿氏,太宗乳母也,生秦王廷美。初宣祖总兵,以燕国公主嫁军国小校,会队长外戍谋叛,营中无长少皆籍名当诛,太后爱其女,忧恼不知为计,耿氏曰:"愿代大女死。"即盛饰跨驴以黄帕胃首,太祖自御以入,留处舍内,燕国乘驴而出。太后先以厚赂抱关卒,当其出为他卒所见,犹呵诘,挝趁疾驱得免。会尽赦营中死,耿氏卒无恙。《永乐大典》卷一〇三一〇第一七页

江邻幾杂志

[宋]江休复　撰

孔　一　　校点

校 点 说 明

《江邻幾杂志》一卷,宋江休复(1005?—1060)撰。休复字邻幾,开封陈留(今河南开封)人。举进士,官至刑部郎中,修起居注。博览群书,为文淳雅,尤工于诗。淡泊名利,与苏舜钦、欧阳修等交游。另有《唐宜鉴》十五卷、《春秋世论》三十卷及文集二十卷,均佚,惟此书传世。

本书有多种丛书收录,书名卷数不尽相同:《江邻幾杂志》一卷(《宝颜堂秘笈》、《稗海》等)、《邻幾杂志》一卷(《续百川学海》等)、《嘉祐杂志》一卷(文渊阁《四库全书》,《四库全书总目》著录为二卷,误)、《醴泉笔录》二卷(《学海类编》)、《杂志》不分卷(商务印书馆《说郛》)。

本书所载,多为唐、五代至作者晚年嘉祐间杂事,有《嘉祐杂志》之名,或以其创作于嘉祐年间。所载涉及典章礼仪、选举职官、文坛掌故、市井轶闻等项内容。作者交游多一时胜流,耳濡目染,颇有可观,晁公武《郡斋读书志》称"其所记精博,绝人远甚"。

这次校点,以收录较多的《稗海》本(约二百五十余条)为底本,以文渊阁《四库全书》本《嘉祐杂志》及有关史料参校。《稗海》本所据似亦经辑录之本而非祖本,如称"洁白而陋"的乐伎为"雪兽头"即前后两见,惟繁简略异,故两存之。不当之处,尚祈读者批评指正。

江邻幾杂志

都下鄙俗，目军人为赤老，莫原其意，缘尺籍得此名耶？狄青自延安人枢府西府，迓者累日不至，问一路人，不知乃狄子也，既云未至，因谩骂曰："迎一赤老，累日不来。"士人因呼为赤枢。伯庸常戏其涅文云："愈更鲜明。"狄答云："莫爱否？奉赠一行。"王大惭恶。

李后主于清微歌"楼上春寒水四面"，学士刁衎起奏："陛下未睹其大者远者尔。"人疑其有规讽，讯之，云："风乍起，吹皱一池春水。"又作红罗亭子，四面栽红梅花，作艳曲歌之。韩熙载和云："桃李不须夸烂熳，已输了春风一半。"时已割淮南与周矣。

大历十才子：卢纶、钱起、郎士元、司空曙、李端、李益、李嘉祐、耿沛、苗发、皇甫曾、吉中孚，共十一人。或无吉中孚，有夏侯审。

省试《王射虎侯赋》云："讲君子必争之艺，饰大人所变之皮。"《贵老为近亲赋》："见龙钟之黄耇，思仿佛于吾亲。"试官掩卷大噱，传为口实。

章伯镇珉学士云："任京有两般日月：望月初请料钱，觉日月长；到月终供房钱，觉日月短。"

歙州黄山俞侍郎献卿，尝与友人肄业山中。一日，深入山中，见松树有大黄实，抛石击落一枚，甚坚而香，俄落深涧中。翌日再寻，则失所在。或云《抱朴子》所谓招蕨，食之可仙。

晏相有"春风任花落,流水放杯行"之句。

惠崇《游长安》诗有"人游曲江少,草入未央深"之句。

贩鳝者器中置鳅,云:"鳝喜睡,鳅好游。不尔,睡死。"

长安姚嗣宗诗:"踢碎贺兰石,扫清西海尘。布衣能办此,可惜作穷鳞。"韩稚圭安抚关中,荐试为大理评事。

供奉官罗承嗣住州西,邻人每夜闻击物声,穴隙视之,乃知寒冻齿相击耳。赠之毡,坚不受。妻母来见,其女方食枕中豆,赠之米面,亦不敢纳。遂挈其家居州南,聚赡穷亲四十口。尝辞水路差遣云:"法乘官舟载私物,不得过若干斤重。恐其罹此罪,乞与陆路差遣。"

祖择之押字直作一口字。人问之,云:"口无择言。"

江南一节使召相者,命内子立群婢中,令辨之。相者云:"夫人额上自有黄气。"群婢皆窃视之,然后告云:"某是。"舵工火儿杂立,使辨何者是舵人,云:"面上有波纹是。"亦用前术。

长安北禅寺廊右,郑天休资政题十字:"春至不择地,路旁花自开。"

向相延州诗:"四时常有烟棚合,三月犹无菜甲生。"又有人嘲同州诗云:"三春花发惟楛树,二月莺啼是老鸦。"

真庙将立明肃为后,令丁晋公谕旨杨大年。丁云:"不忧不富贵。"大年答:"如此富贵亦不愿。"

梅圣俞过扬州,宋相公庠送鹅,作诗谢之云:"常游凤池上,曾食凤池萍。乞与江湖去,从教养素翎。"得之不怪。

康定中,侍禁李贵为西边寨主,妻为昊贼所虏去。家中白犬颇驯扰,妻祝曰:"我闻犬之白,乃前世为人也。尔能送我归乎?"犬俯仰如听命。即裹粮随之。有警则引伏草间,渴即濡身而返。凡六七日,出贼境。其夫无恙。朝廷封崇信县君。

占城进狮子。杨文公馆阁读书,进诗贺云:"渡海鲸波息,登山豹雾清。"当时激赏。

好事者记:一春好天气,不过二十日。

朱巽草制云:"某官夙负材。"真庙令出典藩。

同州民谓沾足为烂雨。

江州琵琶亭诗板甚多,李卿孙惟留一篇夏英公诗:"流光过眼如车毂,薄宦拘人似马衔。若遇琵琶应大笑,何须抆泪湿青衫?"

某人眷一乐妓,洁白而陋,人目曰雪兽头。

刘师颜视月占旱,问之,云:"谚有之:月如悬弓,少雨多风;月如仰瓦,不求自下。"

田元钧狭而长,鱼轩富彦国女弟,阔而短,在馆中,石曼卿目之为龟鹤夫妻。

曾会,泉南人,不改乡音。尝闻叩户声,呼童视之,云:"无读作模。客,是狗抓痒。"遽起云:"请门客自朝汤。"胡巽嫁女与侯询,云:"嫁女与侯孙。"

凌景阳都官与京师豪族孙氏成姻,嫌年齿,自匿五岁。既交礼,乃知其妻匿十岁。王素作谏官,景阳方馆职,坐娶富民女论罢。上知景阳匿年以欺女氏,素因奏孙氏所匿,上大笑之。

王贻永久冠枢府,持慎少所发明。杨怀敏自河朔入奏堤塘事,所欲升黜者数十人,两府聚听敏来白事,相府为具呼为太傅称说云云,莫敢发言。独贻永颎怒云:"押班如此,莫誉倒人甚多,未为稳便。"敏缩头而退。时庞相、吴左丞为枢副,退而言曰:"尝得此老子恶发,大好事!"政府呼太傅者有惭色矣。

杨大年行酒令:"李耳生,指李树为姓,生而知之。"黄宗旦应云:"马援死,以马革裹尸,死而后已。"

夏英公少年作诗,语意惊人,有"野花无主傍人行"之句。

狄青讨邕州侬贼,发西边蕃落马,用毡裹蹄。

唐相李程子廓,从父过三亭渡,为小石隐足,痛以呼父。程云:"太华峰头,□□□仙人手迹;黄河滩里,争知有隐人脚跟。"

晏相改王建诗"黄帊覆鞍呈马过,红罗缠项斗鸡回"为"呈过马"、"斗回鸡",为其语不快也。

吕文靖诗:"贺家湖上天花寺,一一轩窗向水开。不用闭门防俗客,爱闲能有几人来?"

陕府昭宗御诗云:"何处有英雄,迎归大内中。"与河中逍遥楼太宗诗:"昔乘匹马去,今驱万乘来。"气象不侔矣。

王文穆罢相知杭州,朝士送诗,唯陈从易学士云:"千重浪里平安过,百尺竿头稳下来。"冀公称重之。

刘子仪侍郎三入翰林,意望入两府,颇不怿。诗云:"蟠桃三窃成何事?上尽鳌头迹转孤。"称疾不出。朝士问候者继至,询之,云:"虚热上攻。"石八中立在坐中云:"只消一服清凉散。"意谓两府始得用青凉伞也。

石中立、丁度在翰林,丁前行,石从后呼之,捉瓦栏筒云:"忘却帽子头了去也。"

契丹谓圭为曜辣。

王随相讳德,幕宾谓德为可已,优人赞祝云:"此相公之可已。"梁相讳颢,优人□口号为芜辞。宋相讳巳,一班行参见,爱其敏俊,问谁荐举,云:"杜与待制。"久之方悟。

真宗宴近臣禁中,语及《庄子》,忽命呼秋水,至则翠环绿衣小女童也,诵《秋水》之篇。闻者莫不悚异。

举子有以巨轴而赞胡旦者,览之云:"旨哉,旨哉!"

林逋傲许洞,洞作诗嘲逋,余杭人以为中的:"寺里掇斋饥老鼠,林间咳嗽病猕猴。豪民遗物鹅伸颈,好客临门鳖缩头。"

南唐一诗僧赋中秋月诗云"此夜一轮满",至来秋方得下句云:"清光何处无。"喜跃,半夜起撞寺钟,城人尽惊。李后主擒而讯之,具道其事,得释。

长安张诗以能医称,孙之翰重之。予至关中,屡见人说医杀者甚众,尤好用转药。关中谚云:"既服黄龙丹,便乘白虎车。"

章相性简静,差试举人,出《人为天地心赋》。举子白云:"先朝尝开封府发解出此题,郭稹为解元,学士岂不闻乎?"曰:"不知,不知!"匆遽别出一题目《教由寒暑》,既非己豫先杼轴,举人上请:"题出《乐记》,此教乃乐教也,当用乐否?"应曰:"诺。"又一举人云:"上在谅阴,而用乐事,恐或非便。"纷纭不定,为无名嘲曰:"武成庙里沽良玉,开封府举人就武成王庙试《良玉不琢赋》。夫子门墙弄簊箕。国学试《良弓之子必学为箕赋》。惟有太常章得象,往来寒暑不曾知。"

黄通,闽人,累举不第。作官数任,年将耳顺,锁厅应举。或嘲云:"老妓舞柘枝,剩员呈武艺。"

都下一小儿,才三岁,无有难曲,按皆中节,都市观者如堵,教坊伶人皆称其妙。在母怀食乳,捻手指应节,盖宿习也。

高琼作旧城县巡检,忽逢涪陵被谴出城,街次唱喏,责受许州马步军指挥使。剧贼青脚狼将袭知州牛冕给事,琼擒之,遂复入。

司马十二说,党太尉画真,观之大怒,诘画师云:"我前画大虫,犹用金箔贴眼。我便不消得一对金眼精!"

天台竹沥水，被人断竹梢屈而取之，盛以银瓮。若以他水杂之，则亟败。

苏才翁尝与蔡君谟斗茶。蔡茶精，用惠山泉；苏茶劣，改用竹沥水煎，遂能取胜。

张乖崖知江宁府。僧陈牒出，公据判送司理院勘杀人贼。翌日，群官聚厅，不晓其故。乖崖召僧至，讯云："作僧几年？"对："七年。"复讯之云："何故额有系头巾痕？"僧惶怖服罪。至今案牍尚在。初知益州，斩一猾吏，前后郡吏所倚任者，吏称无罪诛，封判令至曹方读示之。既闻断辞，告市人曰："尔辈得好知府矣。"李顺尝有死罪系狱，此吏故纵之也。

苏仪甫侍读知孟州，为医误投以转药，垂死，命杖医背四十余。医出城，苏下厅阶，死焉。

陈执中馆伴虏使，问随行仪鸾司："缘何有此名？"不能对。或云隋大业中鸾集于供帐库，遂名此。

陆参宰邑，判讼田状云："汝不闻虞芮之事乎？"耆司不受，再执诣县云："不晓会得。"再判云："十室之邑，必有忠信。"

李觐宰邑，问民间十否，莫有疾否、莫有孝悌否之类。

有一患大风者，药云："吾不能疗尔。"

都下有弄蝎尾，有五毒者、三毒者，云城西剥马务蝎食马血尤毒。己亥岁，京中屡有螫死者。

毒虺断首，犹能飞以噬人。

御史台阁门移文用捺头牒。章郇公判审官院，张观为中丞，常用此例。移审官时，章为翰林学士辨之，张以故事而止。

客有投缙云山寺中宿者，僧为具馔馐，整甚美，但讶其无裙耳。入后屋，见黄泥数十团，大如缶。问行者，即向所食在其中，取龟以黄泥裹之，三日，龟服气，肥息特异。

章仲镇云，章伯镇勘会案，岁给禁中橡烛十三万条，内酒坊祖宗庙用糯米八百石，真宗三千石，今八万石。

王介甫云，明州有一讲僧，夜中为鬼物来请讲，欣然从命。异行数十里，置在猪圈中。比晓，方悟为鬼所侮。

张枢言说杨大年临卒，戒家人："吾顶赤趺坐，汝辈勿哭惊吾。"既而果然。家人惊号，则复寤而寝，遂卒。释教顶赤生天，腹赤生人，足赤沉滞。

梅圣俞云，叔父为陕西漕知，客卒。浴敛毕，他婢欲窃窃其衣，其尸热如火。惊告家人，遂传于外。或云："不祥。此当有重丧。"俄而婶氏卒。

持国按乐，见弦断结续者，笙竽之类吹不成声，诘之，云："自有私乐器。国家议黍尺，数年乃定；造乐器，费以万计。乃用乐工私器以享宗庙。"又七庙共用羊一，五方帝亦然。温成庙用羊豕各二。疑郊本用特，后去特，以一羊豕代之。符后以永熙不可虚配，遂得升祔，明德尚在故也。后庙：神德贺、宋；二宗尹、潘；奉慈刘、李、杨，刘、李升祔，今独章惠。

永叔书法最弱，笔浓磨墨，以借其力。

范希文戍边。行水边，甚乐之。从者前云："此水不好，里面有虫。"声如陈、秦声。谓之虫，乃是鱼也。答云："不妨，我亦食此虫也。"

原父《五十谥法》一篇，神化无方曰尼，耄期称道曰聃，后言曰出曰周，洁白不污曰皓。

楠树直竦，枝叶不相妨，蜀人谓之让木。

胡瑗翼之卒，凶讣至京，钱公辅学士与太学生徒百余人，诣兴国戒坛院举哀。又自陈师丧，给假二日。近时无此事。

王景芬职方，邵氏婿，常州人。小儿四五岁，甚俊爽，病且卒,忽言:"翁婆留取某,某长大,必能葬翁婆。"景芬大骇,始改葬其父母。邵不疑云。

沈文通说,故三司副使陈洎卒后,婢子附语亦云"坐不葬父母,当得为贵神,今谪作贱鬼,足胫皆生长毛"云。

司马君实充史讨,白执政,时政记、起居注皆并不载元昊叛命北戎请地事,欲就枢密府检寻事迹,以备载录。庞相自至史院商量,孙朴兼修国史之任,云:"国恶不可书。"会庞去相,遂寝。

吴充卿说,其先君为江州瑞昌令,一卒力啖巴豆如松子,问其由,始用饭一碗,巴豆两粒,研和食,稍加如药丸,尽则加巴豆减饭,积以岁月,至于纯食巴豆。此亦习啖葛之类。曹操尝啖葛。

掌老太卿判太仆供祫享太牢,只供特牛,无羊豕,去问直礼官。如此,不知羊豕牛俱为太牢。

太学生郑叔雄用善医,王尚书举正、知杂吴阙名。荐为秘书省校书郎、起居舍人。范师道论列云:"山林有道之士,大臣荐之不报,而方技援例辄行。"于是汝州孔旼除直隶扬州,孙侔除试校书、州学教授。

入内都知张惟吉请谥,礼官以惟吉前持温成丧,不当居皇仪,争之至力。时宰不知典则,阿谀顺旨,惟吉顿足泣下,缘此得谥忠惠。

陈执中死,礼官以前事不正,谏请谥荣灵。宠禄光大曰荣,勤不成名曰灵。

大名府学进士刘建侯,盗官书卖之,搜索既切,遂焚之。又与妻同杀人,取其金。前杀士人事明白,犹且称冤,府中谓之始皇,以其焚书坑儒也。程琳尚书知府日杀之,其容貌堂堂,言词辨博,庄生大儒之盗也。

药方中一大两,即今之三两,隋合三两为一两。

宋相云,中朝书人,唯郭忠恕可对二徐,书《佩觿集》三卷。

杨弦望之当官,凡私家上历,亦自买纸。为江南转运使,先移文江宁府,要府官月俸米麦,何人担负磨面,曾支脚钱。

司马君实侍先君知凤翔府。竹园中得一物,如蝙蝠,巨如大鸥,莫有识者。有自南山来者云:“此鼺鼠也,一名飞生。飞而生子,每欲飞,则缘树至颠,能下不能高也。”

判尚书礼部,则尚书之职;判礼部贡院,则侍郎之职也;其名表,则员外之任也。王禹玉带馆职,判礼部,作三字,犹不解百官谢衣表御史中丞署状,而舍人作表,是兼尚书员外之职也。

陈执中在枢府建排墙,殒夏偾使人。上叹枢府不得人,于是王㲞、张观与执中皆罢。

孙承旨自称韩持国作维国,齐大卿呼邵兴宗作尢宗。

祫享昭穆各有幄次,谓之神帐,云陈彭年所建。

礼,牲体贵贱以为俎实。肩臂臑肫胳觳,左右前后,宾主有仪,今不复用。司马公说,曾在并州见蕃俗颇存此礼,其最尊者得羊臆骨,其次项琐骨。又说妇人不服宽裤与襜,制旋裙必前后开胯以便乘驴。其风闻于都下妓女,而士人家反慕效之,曾不知耻辱如此。又凉衫以褐绸为之,以代毳袍。韩持国云,始于内臣班行,渐及士人,今两府亦然,独不肯服。予读《仪礼》,妇人衣上之服制如明衣,谓之景。景,明也,所以御尘垢而为光明也。则凉衫亦所以护朝衣,虽出近俗,不可谓之无稽。

君实又说,夹拜,今陕府村野妇人皆如此。男子一拜,妇人两拜。城外则不然。

子容判礼院,谓君实八音克谐,无相夺伦。今乐悬,但闻金声,余乐掩而不闻,宜罢连击,次第见其声。

欧阳永叔修《唐书》,求罢三班院,乞一闲慢差遣。俄除太常礼院,因巡厅言朝廷将太常礼院作闲慢差遣耶?

子容说,周庙制:户在东,牖在西,当中之分则扆也。近代宗室南向,祫室犹在西壁,祫享犹设昭穆位于户外,南北相对。

武功常景主簿说,庆善宫有唐碣,为民藏窖。盖民恐他人见之,理认远祖土田。傍有慈德寺,太宗所建,会昌废寺犹遭毁折,武宗可谓能行令矣。至大中复建,碑记尚存。

肆赦宣德门登降用乐悬又排仗,盖如外朝之仪。

《六典》:礼部吉仪五十有五日,其有二十九日祭五龙坛。予奉敕于五龙庙请晴,庙廊并颓毁,寓宿殿东道士之室,亦无坛也。

仪仗内五牛旗刻画五色木牛,竖旗于背,载以舆床,四人舁之。按《六典》,卫尉三十二旗,十八曰五牛旗,皆是绣绘旗幅若五牛,以牛载。则其他麟凤之类,亦当如此矣。

祫享行礼之际,雪寒特甚,上秉圭露腕助祭。诸臣见上恭虔,裹手执笏者惕然皆揎袖。

庙主,帝用白柂,后用青柂覆,行礼则废之。方木为跃,荐以重褥,置主于其上。

廛俗呼野人为沙块,未详其义,士大夫亦颇道之。永叔戏长文:"贤良之选,既披沙而拣金。"吴颇憾之,迁怒于原父云:"某沙于心,不沙于面。君侯沙于面而不沙于心。"愈怒焉。

又尝戏马遵:"旧日沙而不哨,如今哨而不沙。"

永叔云,令狐揆著书,数年乃成。托宋公序,投献李夷庚,庚问何人作序,讯知其人,使送银二笏。

庞相令制后舍人自署其名,永叔云:"诰身后惟吏部判官,诰院者当押字尔。"

林瑀、王洙同作直讲。林谓王:"何相见之阔也?"答云:"遭此霖雨,今后转更疏阔也。"王曰:"何故?"答云:"值这短暑。"盖诋其侏儒矣。

太祖忌,宰相马不入寺,宗王许相乘马入至佛殿东,素无定制也,驾往寺观烧香,中丞不从由入台。翌日,幸慈孝集禧,宣召乃赴。

秘书丞沈士龙者,尝建言害民事数十条,漕司不行,遂弃官归,关门不放过,诉云:"母老病,拘滞于此,母必不全,亦关吏之罪也。"士龙竟坐擅去官守,追官勒停举,主关吏一例见劾。

李照讥王朴编钟不圆。后得周编钟,正与朴同,议者始知照之妄。

次道见郑毅夫除省判诰词中间具官某,又云云,当诰词前具衔云云,中当云以尔云云。

程侍郎言,某为御史接伴虏使,中丞张观云:"待之以礼,答之以简。"戬佩服其言。又说高敏之奉使接伴虏使,走马坠地,前行不顾。翌日,高马蹶坠地,戎使亦不下马。张唐公将奉使,王景彝云:"某接伴时,旧例:使副每日早先立驿厅,戎使方出相揖。某则不然。先请戎使立阶下,然后前揖登阶。"唐公云:"我出疆,彼亦如此,奈何?"遂如旧例。

王景彝判三班院云:"某总记,上凡使臣八千五百人,差殿中丞苏兖作簿。簿成,只有七千六人,其余搜括并未见。"

苏仪甫使虏,至虏庭,传宣求紫鱼,答云:"虽是某乡中物,偶不赍来。"又云:"某箧中恐有。"试搜之,得获。乃家中纳楮中,忘告之也。

韩忠宪使虏，其介刘太后之姻，庸而自专，私于虏使云："太后言两朝欢好，传示子孙。"韩了不知。忽置一筵，遣臣来伴，因问："太后有此语，何故不传？"忠宪答云："皇太后每遣使，使人帘前受此语，戒使人，令慎重尔。"于是以手顶礼云："两朝生灵之福也。"

文思院使，不知缘何得此名。或云量名"时文思索"，或说殿名聚工巧于其侧，因名之曰文思院。

李昉相致仕后，陪位南郊，病伤寒卒。子宗谔内翰，为玉清昭应宫副使，自斋所得疾卒。宗谔子昭述右丞，袷享奏告景灵，得疾卒。三世皆死于祠祭之所。

裴如晦云，景德澶渊之幸，军费二十余万。郊赉用度，时一郊费六百万。今千万余贯矣。

宋次道集颜鲁公文为十五卷，诗才十八首，多是湖州宴会联句诗，公必在其间。又有《大言》、《小言》、《乐语》、《滑语》、《谗语》、《醉语》。又《和政公主碑》肃宗女，代宗母妹。潼关失守，辍夫柳潭乘以济媚妹。首云："平阳兴娘子之军于司竹，襄城行匹庶之礼于宋公，常纠匡复之师于武后。"皆前代所未有也。

鲁公颜元孙墓志："省试《九河铭》、《高松赋》。考刘奇榜曰：'铭赋音律既丽且新，时务五条辞高理赡，惜其贴经通六，所以屈从常第。'葬东京鸜店。"今作曜字。

予奉使迓贺正使于雄州，介曰："唐中和自作借职，割俸钱与弟请，至今四十年，士大夫恐罕能如此。"

文州云："羌人旄牛酥绝美。"又云："河朔人食油汤鲙，以荐酸浆粟饭。"

冀州城南张耳墓，在送客亭边。戎使林迓者，由翰林学士问知州王仲平，告之不知张耳何代人也。大使耶律昉谢曰：

“契丹家翰林学士,名目而已。”

峨眉雪蛆大,治内热。

己亥历日十一月大尽,契丹历此月小。十二月十四日夜才昏,月蚀,戎使言窃谓为已望。时修《唐书》,问刘希叟,云:“见用楚衍历,差一日。宣明历十一月当小尽。”

雄、霸沿边塘泊,冬月载蒲苇,悉用凌床,官员亦乘之。

李昭遘右丞谓枢密程侍郎:“近日与蒲豸刺权门事,谓之小火下。”程答云:“不惟小火下,兼有大教头。”

谢师直说,北都李昭亮相,为宠嬖三夫人作水陆道场,嬴州店叟张三郎处主位,李之祖父在宾位,焚香拜跪,不胜其劳。

北虏冰实羊肠,文州羌取蛇鞱首绕头上治上热。

虏使云:“青貂穴死牛腹掩取之,紫貂升木射取之,黄色乃其老者。银貂最贵,契丹主服之。”又云:“驼鹿重三百斤,效其声致之。茸如茄者切食之。”又云:“大寒之毒,如中汤火,着人皮肤成紫疱。”又云:“鞑靼界上,猎围中获一野人,披鹿皮,走及奔鹿。”又云:“女真国即挹楼之地,高丽、新罗今是一国,其主王辉,用契丹正朔。”

太子中舍柴徐庆说,其从叔内殿承制肃蔡州日,掠虏缗五千,其忧愁焦煎之貌尝如负人百千万债者。尝在病,几死,才开目,问其子曰:“今日费几钱?”

胡武平内翰丁母忧。前一岁,常州宅中海棠开白花。平妹夫王伯先为金坛县令尉胡宾说。

己亥秋,颍、寿民小不稔,群盗劫禾。颍上令捕得,囚遣之,缘是益炽,不可禁。漕司劾令且严其禁。

橄榄木并木花如樗。将采其实,剥其皮,以姜汁涂之,则尽落。

余奉敕五龙庙谢晴。司天监择日供神位板,太仆供羊,司农供猪、粟、黄白盐、馔油、肫脂、韭、菁葱、明油,太府供币帛温香,少府供蜡烛,将作供神位水火,光禄供礼料、莲子、鸡头、胡桃、干枣、馔盐、笋菹、干鱼、玉鲅、鹿脯、姜椒、橘豉、鱼、兔、鹿、羊、醯汤、醋、酒、柴、炭,将作所供叠沉水香饼尔。

梅圣俞转都官员外郎,原甫戏之:"诗人有何水部,其后有张水部,郑都官,复有梅都官。郑有鹧鸪诗,时呼郑鹧鸪;梅有河豚诗,可呼梅河豚耶?"

张唐公瓖修起居注,同知太常礼仪事,再疏乞毁温成后庙,皆不降出。

齐廓公辟大卿,曾为三司检法。时李士衡充使,章得象洎黄宗旦为判官。公暇,省中棋饮谈谑。每值雪天,毕命僚属酒炙相乐,李谘为使置酒设觳乐梅而已。今都无此例。

潍守解宾王,怨登州交代胡俛,讦其伐官树。法官引盗傍人得捕,或以潍之于登不得为傍,又条有误伤傍人,谓在傍则判审刑。钱象先待制云:"旁求儒雅,胡竟坐自盗?"特勒停宾王落馆职,知建昌军。

吴春卿葬新郑,掘地深二丈五尺,中更掘坑子,才足容棺。既下棺,于坑口上布柏团以遮之,即下土筑,不用砖甓。吴氏葬其先亦如此。钱君倚学士说,江南王公大人墓莫不为村人所发,取其砖以卖之。是砖为累也。近日,江南有识之家不用砖葬,唯以石灰和筛土筑实,其坚如石。此言甚中理。

沈文通学士与高继方同事,贺北虏正旦于幽州,亦效中国排仗法服宫驾。

《史记·历书》云:"秭鴂先滜。"庞相云:见夏英公文字中用滜作坡泽之泽。余见宋子京《谢历表》滜作号叫之号。

　　二月三日疏决罪人,开封府罪人宿车院。中夜,车上有人伏其中,执而殴之至死。有司以为大辟论。上云:"决臀杖二十,刺配牢城。"宰相以为大辟当为流耳,再奏云。上又云:"决臀杖二十。"诸公下殿,方悟圣断之精审。盖此狱情可矜,则当上请固降为流,今经疏决,则流下降为杖矣。

　　秘书监马怀素编次图书,乃奏用左散骑常侍元行冲等二十六人,同于秘阁详录四部。

　　韦述勒成国史,萧颖士以为谯周、陈寿之流。

　　钱君倚云:《汉书·律历志》:"钧著一月之象。"又云:"辅弼执玉以翼天子。"科场举人以为赋题。著疑是者,玉疑是之字,监本之误也。

　　杨畋待制云:经筵读《后汉书》,宦官乱政事多为前侍读削去,如《何进传》都无诛内官事,如《孔融》、《符融传》但记孔老通家之旧、谈辞如云等。诣乐道辈将旧稿削去之,复采关治道者以备进读。

　　王随作相,病已甚,好释氏。时有献嘲者云:"谁谓调元地,番成养病坊。但见僧盈室,宁忧火掩房。"在杭州,常对一聋长老诵己所作偈。僧既聋,离席引首,几入其怀,实无所闻。番叹赏之,以为知音之妙。施正吕说此。

　　王逵知越州,修城卒,暴民至发墓砖。钱公辅作倅,视砖文有永和年号,亦有孝子姓名者。先葬无主枯骨,寻亦见掘矣。

　　京师神巫张氏,灯焰烧指针疗诸疾,多效于用针者。范景仁说,其兄忽被神祟,饮水并食瓷碗。召巫者视之,既退,欲邀厚货,偃蹇不应命。巫之神辄附兄之婢子云:"使汝救人苦,却贪财利不来。"索香火如巫所禁祝之,遂愈。婢子亦不自知也。

王介甫知鄞县日，奉行赦书节文，访义夫节妇，得三人，其间一人可采。姓童，为人主典库，谓之判子。家中养疏属数口；奉寡姊，承顺不违；甥不事家业，屡负人债，辄为偿之而不以告姊。方欲奏上而代到，不果闻。以违误之过，为后宰所咎。部中有两道者，常善遇之。每有堤塘桥道之役，令化募闾里修筑，不劳而成。

故事：状元及第，到任一年，即召试充馆职。自蔡文忠始进文字得试。

孙奭尚书侍经筵，上或左右瞻瞩，或足敲踏床，则拱立不讲。以此，奭每读书，则体貌益庄。

宋、贾二相，布衣时同诣宋三命，云："二公俱当作相，更相陶熔。宋发却不同，贾虽差迟向后，宋却相趁尔。"宋状元及第知制诰，贾在经筵舍人院试出身。宋入参大政，贾试舍人。道命隔幕闻宋语，二相道及前事。自后宋罢为散坡，自杨徙郓。贾既入参，一旦有内降札子，启封，则宋庠、吴育可参知政事。贾手写奏状，且喜前言之验。贾今为仆射侍中，宋吏部尚书枢密事使同平章事。韩钦圣好阴阳，见二公说。

圣节道场起建十三日，枢府学士以下皆赴。十四日，中书会，独舍人与大卿监上，不过七八人。

审刑奏案，贴黄上更加撮白，撮白上复有贴黄。

国朝诸祠牲牢之类数不等，七室共一羊豕，后庙温成亦一羊豕，蜡享百神亦然。然行事有滑稽者，诮其分张之微，谓之迎猫也。

张瓌为礼官，议钱惟演谥文墨，钱氏诸子缞绖迎执政诉其事。石中立指其幼者以告同列云："此一寸金也。"诸钱数张有"二亲在堂，十年入舍"之语。

介甫云:"辅嗣忘象。"谓马者必显之物。钦圣云:"咸感之义,自脢而上至心。"则谓正吉梅亡。

纣作炮烙之刑,陈和叔云:"《韩诗》作烙,《汉书》作格。"

吴冲卿云:"《庄子》姑射,今人尽读作怿,《音义》惟有夜社二切。"

原甫云:"《南陔》、《白华》六篇,有声无诗,故云笙,不云歌也。有其义,亡其辞,非亡失之亡,乃无也。"

司马君实说,据《禹贡》,河自大伾大陆又北为九河,则是河循太行北流,乃东入海。兖州境包今之河朔,处势高,地又坚,故少水患。又汉兖州界在今之河南,非《禹贡》旧境也。

王禹玉上言,请以正月为端月,正音与上名相近也。

冯章靖云:"昏字本从民,避唐文皇讳,乃作氏尔。"孙文公云:"从高低之低。"冯阅《说文》,始知己说未博。

宋子京判国子监,进《礼记》石经本,并请邵必不疑同上殿,以备顾问。无何,上问:"古文如何?"必对:"古文大篆,于六体义训不通。今人之浅学,遂一字之中,偏傍上下,杂用古文,遂致乖乱。"又问林氏小说,必云:"亦有长义。然亦有好怪处。"上一一问之,对云:"许慎《说文》歸字从堆、从止、从帚,从堆为声;林氏云从追,于声为近,此长于许矣。许氏哭从吅、从狱省文;林乃云象犬嗥,此怪也。"

董仲舒云:"以仁治人,以义治我。"原甫云:"仁字从人,义字从我,岂造文之意耶?"

李白诗:"君不见裴尚书,古坟三尺蒿棘居。"问修《唐书》官。吕缙叔云是潍,又云冕。宋次道云:"是检校官与李北海作对,非嫔嫔人也。"

敬字左纪力反,右普木反。避庙讳改姓者,为苟且之苟、文章之文,误矣。今雍相是也。

邯郸公周陵诗:"才及春羔鼎祚移。"王介甫云:"春羔鼎祚,不成诗语。"

王右丞济州诗云"汶阳归客",司马君实云:"其地则唐济郸州,今易地矣。"又崇梵僧诗,初谓是僧名,乃寺名,近东阿覆釜村。

司马君实谓《礼》"奏假无言"为是,"汤孙奏假"为证。予以"鬷假无言"为是,据《传》,晏子和与同异引此,《诗》"鬷假无言"为证矣。

齐桓公以燕公送出境,乃割地予燕。然专割地之罪重于出境矣。欲称桓公之善,反毁之也。

张枢言太博云:"四明海物,江瑶柱第一,青虾次之。"介甫云:"瑶字当作珧,如蛤蜊之类,即韩文公所谓马甲柱也。二物无海腥气。鳆鱼,今之牡蛎是。王莽食鳆鱼,当干者尔。《褚彦回传》:自淮属北海,江南无鳆鱼,有饷三十枚者,一枚直千钱,不以头数之。又读如鲍,非乱臭者也。"

胡公谨云:"登州城山出鳆鱼,俗云决明,可干食。"

君实云:"《论语》'博我以文'、'博学于文',此二'文',谓六艺之文。"

《棫朴》诗云"遐不作人",毛"远不为人",郑"初作人",于义未安。《左氏》栾武子能善用人,引此诗,杜预云:"作,用也。言文王能用善人。"合于能官人矣。

司马迁误以子我为宰我,又以燕简公欲尽去诸大夫而立其宠人作宠姬。

白马寺后有李縠、苏禹珪、李沆等十宰相墓。

退传相公,光化军人。少时薄游武当村舍,主人将杀以祀鬼。安卧室中，诵六天北地咒。巫者见星宿覆其上，怖而却走。退传孙婿吕诲太博云。

白水县尧山民掘得志石，是员半千墓。云十八代祖凝自梁入魏，本姓刘氏，彭城人。以其雅正似伍员，遂赐姓员。

左冯龙兴寺殿，隋氏所构，至和二年重建，柏椽大径尺。相僧守元八十三矣，云："此本出于许原，今郡百十余里，世称同州枋，亦云许枋。"今为民田，无寸枋矣。

洛阳北有山泉，即汤所祷桑林之地。有庙，即天乙之祠，俗号为圣王。近因旱，中使请祷得雨，乃奏请封为清渊侯，失于检详地志，致此缪。

丁晋公谓曹马为圣人。夏英公尝美李林甫之作相。

《梁书·儒林传》：伏曼容厅事施高坐，有宾客，辄升高坐为讲说。今私家无畜此者。

李宗咏谏议，松相孙。其父匿于李昉家，免难。于李愚俱赵州三房。苏为郎中，逢吉相孙，其父藏李沆相家，免祸。

上坡任长安倅，眷一乐籍，为内所制，则自求死。家人惧而从之。后为陕漕，竟留于家，洁白而陋，目曰雪兽头。

长安有宝贝行，搜奇物者必萃焉。唐诸陵，经五代发掘皆空，太平兴国中具衣冠掩塞，长老犹见之。

苏倅言，绵州二岁，断大辟一人；凤翔半年，断二十余人。

权文公不避公讳，论子举谟事。

蒲城县胡珦神道碑，韩文公撰，胡证书。在尉厩支槽，近置夫子庙。访坟不获矣。

赵龙图师民，自耀过同，说祋祤城有祋祤庙。疑祋祤亦是一兵械，其秦祷兵之所乎？

赵师民罢华原，过左冯，同登排云楼，指中条山："此所谓

襄山，扬雄赋'爪华蹈襄'。"检余靖初校《汉书》监本作"衰"，驰
介问之，云："据《郊祀志》，襄字误之矣。"

薛俅比部待阙蒲中，出协律郎萧悦画竹两轴，乃乐天作诗
者。薛畜画颇多，此两画尤佳也。

昭应温泉，郑文宝诗云："只见开元无事久，不知贞观用功
深。"

安道侍郎云："赵韩王客长安，购唐太宗骨葬昭陵下。一
豪姓畜脑骨，比求得甚艰。"

吴宣徽自延州以宿疾求蒲中，乞免院职，改大资政尚书左
丞。左右呼大资，不呼左丞。府寮识体者，门状添政字。

韩稚圭善饮。后以疾，饮量殊减。吴资政云："道书云：人
多困于所长。有旨哉！"

温仲舒判开封府。一进士早出探榜，其妻续有人报其父
母船至水门，亟傛驴往省之。至宋门，为醉人殴击。傛驴者又
惧证佐留滞，潜遁去。府中人以醉人亦有指爪痕，俱杖而遣
之。归家号泣，夫自外亦落第而泣，两不相知其由。徐知妻被
杖，诣所司诉冤，不听。于州桥夫妻投河溺死。天汉桥俗呼为州
桥。真宗闻之，怒，知府以下悉罢去。吴冲卿云："小刑责亦不
可不慎也。"

京师四门外赤尉专决斗竞事，城里悉府尹主之。每三大
节，他官皆有休假，唯府事愈多。节日清明，尤甚斗竞，日至数
百件。

长安有宝货行，有购得名玉鱼者，亦名玉梁，似今所佩鱼
袋，有玉者、铜者。文丞相五千市一马瑙者，府中莫知何用，多
云墓中得之。薛俅比部庆成军观太宁宫醮，见礼服剑室贯绍
者，形正相似。

梅挚、陈泊、刘湜，假少常使虏。后俱作省箚。北使宴阁门从之，箚坐朵殿。梅等以假官有升无降故事，副缀两制坐殿上，逡巡不赴。阁门副使张得一奏嫌坐位低，不赴坐，遂贬。苏卢衮上前端笏，移南山不诬矣。

张得一自阁门副求正，副使引曹佾、李璋例，王貂作枢，吴庞为副，以曹、李中宫外舍之亲，张未服，云："公朝岂私亲耶？"吴云："阁副，侍中子若孙，恩泽差别，疏亲又差降，岂非用亲耶？"意小绌，又引非亲例。王云："此边任。"张云："请边任。"遂正使名，除潞州。以潞州非人使路，改贝州，宣旨候代。至赴清河，又请不候代。至贝五日，王则据城叛，张伏法京师。

夏守恩太尉作殿帅。旧例，诸营马粪钱分纳诸帅。夏既纳一分，鱼轩要一分。时王相德用作都虞候，独不受。又章献上仙，内臣请坐甲，王独以谓不当尔。兴国寺东火，枢貂张耆相宅近，须兵防卫，不与。以此数事，擢为枢密副使。

吕文靖说，作正字日，值旬休，丁晋公宅会客，忽来招，遂趋往。至则怀中出词头，帘外草寇莱公判雷州制。既毕，览之不怿，曰："舍人都不解作文字邪？"吕逊谢再三，乞加增损，遂注两联云："当孽竖乱常之日，乃先皇违豫之初。"缘此震惊，遂至沉极。

曹貂利用将赴汉东，入内供奉官杨怀敏尽逐其左右。且将上马，坐驿厅，无人至，使数辈立屏后，时引首来窥，杨则挥手令去。曹夙怀忧惧，睹此，疑将就刑。杨又徐进云："侍中且宜歇息。"遂闭堂自经。

丁晋公在崖州，方弈棋，其子哭而入。询之，云："适闻有中使渡海，将至矣。"笑曰："此王钦若使人来骇我耳。"使至，谢恩毕，乃传宣抚问也。

开封府尹大厅，自周起侍郎奏真皇云："陛下昔日居此，臣不敢坐。"自尔遂空不复居。

李□兵部使陕西转运使，尝至一州，军伶白语但某叨居兵部，缪忝前行。李大怒。李文靖相判许田，柳灏作漕，府宴，优人云："尔是防城举人，有何文学？"柳即泣诉相坐："此必官员有怨嫌者，故令辱某。"不得已，送狱鞫问，遂至配。

章相在翰林日，尝差知权开封府二十七日，请僧在家设七昼夜道场，惧冤滥也。

近岁都下裁翠纱帽，直一千，至于下俚耻戴京纱帽。御帽例用京纱，未尝改易也。

宋子京说，许相公序开西湖诗："凿开鱼鸟忘机地，展尽江湖极目天。"

李丕绪少卿说，师颃作永兴重进幕客时，府前有十余堵大墙，蔽荒隙，军府萧条，寂无民事。因搜访碑碣，凡打三千余本。姜遵知府日，内臣曾继华来造塔，遵希明肃旨，近城碑碣尽辇充塔基。继华死于塔所，人谓之鬼诛也。

紫阁山老僧文聪说，晏相来游山，猕猴万数，遍满山川。僧言未尝如此多也，晏诗寻添猕猿之句。

凤翔李茂贞，幽昭宗于红泥院，制度殊褊小。自据使宅，令其家供养真衫衣赭袍龙凤扇。民献善田，令簿出租以佃之，称秦王户，后子孙以券收田。有二孙，府西上腴各百余顷，不十年荡费尽，今丐于市。

岐府便斋前百叶桃，谷雨十日后，实大如拳。

猴部头，猱父也。衣以绯优服，常在昭宗侧。梁祖受禅，张御筵，引至坐侧，视梁祖，忽奔走号掷，裂其冠服。全忠怒，叱令杀之。唐之旧臣，无不愧怍。

安譬初,唐教坊优人,事李茂贞,一日忤意,将戮之,遂逃遁。经年复来,茂贞云:"无容身处,还却来耶?"时茂贞燔长安,绝还都之望,答云:"暂来看大王耳。归长安,卖麸炭,足过一生,岂无容身地耶?"

仪州唐神策义宁军,置使统之。

大和年,姚说充使,李茂贞墨制义州王公寺碑,魏晋秦年督护汉炽太守王宝贵,此即汉炽城矣。又有白马令,其碑所在亦名白马寺。按《图经》并不载,恐后湮灭,聊书记之。

制胜关,旧日山林深,饶雪霜,今垦辟为稆土,气候与旧不同。

李程画像在开元寺,因雨摧坏。吴冲卿云:"寺僧不好事,可惜!"或云此有拓本,可令重画。如此李程。有缺。

高敏之以钟乳饲牛,饮其乳。后患血痢,卒。或以为冷热相激所致。

川峡呼梢工篙手为长年三老。杜诗:"长年三老长歌里,白昼摊钱高浪中。"得名旧矣。

府史胥徒乃四名,男臣女妾是两号。都下吏人连名府史,妇女表状皆称臣妾,皆非也。

韩文公郑儋碑文自号白云翁,令狐楚白云表奏取使府为名耳。

杨文公《谈苑》说《樊南集》故事灰钉云:"扬雄赋殊非。《南史·徐勉传》'属纩才毕,灰钉已具'。"

《司马法》有虞城慽于中国。《唐韵》:"伤也。"

《司马法》:"夏执玄戈,殷执白戚,周左杖黄钺。"

教坊伶人嘲钩容直乐云:"钩容击杖鼓,百面如一。教坊不如他齐整,打一面如打百面。"可谓婉而绞矣。

汉三辅县谷口、今醴泉。重泉、奉先。池阳、三原。秦骊邑、汉新丰、武后庆山，天宝改为会昌。又昭应，今临潼。新丰、渭南。平陵、槐里、茂陵、兴平。频阳、美阳、祋祤、华原同官。莲勺。在下邽东。

峡江船须土人晓水势行之。周湛郎中作夔漕，建言不得差扰，俄自沉一舟。众颇怪之。

长安王渎任度支员外郎，卒。妻高氏，节度使琼第九女。前妻子经，不孝，供养殊阙。渎卒后十余年，经二子皆成立，相继卒，亦丧明，始自悔前咎，克己反善，云："皆水丘妇并兄弟教经如此。"早夜策杖，不废定省，止之不辍。卒后，水丘妇病瘫，其弟兄俱卒。水丘氏遂绝。水丘无逸作屯田员外郎。人谓神理不可诬矣。

解池盐岁课愈多而不精，耆老云："每南风起，盐结，须以杷翻转令风吹，则坚实。今任其自熟，其畦下者率虚软。"吴左丞冲卿云：初任临安日，捕到盐，令铺户验之，外界官盐则刑轻，私盐则刑重。患为铺户所欺，列于庭下，各取数纸裹之，外用帖子题记，置案上。分铺户作两番，去帖隔验之，然后绝欺弊。始靳其验法，细诘之，乃肯道云："煮盐用莲子为候。十莲者，官盐也；五莲以下卤水漓，为私盐也。私盐色红白，烧稻灰染其色以效官盐。"于是嗅以辨之。自是不用铺户，自能辨矣。

曹佾太尉，长秋母弟张貂者之坦床。始成婚，资妆甚盛，请衣帐者增二十缣，三日后尽敛持去。讯之，云："本房卧制未办，此皆假借来。"推延五六年，竟不致一物。吴大资与曹宣献同馆伴话及此。

钱明逸知开封府时，都下妇人白角冠阔四尺，梳一尺余。谏官上疏禁之，重其罚，告者有赏。

京师风俗，将为婚姻者，先相妇，相退者为女氏所告。依条决此妇人，物议云云，以为太甚。

京师上元放灯三夕，钱氏纳土进钱买两夜。今十七、十八两夜灯，因钱氏而添之。

诗僧惠崇，多剽前制，缁弟作诗嘲之：“河分岗势司空曙，春入烧痕刘长卿。不是师兄多犯古，古人言语似师兄。”

王重盈陕府构寺，募巧工图壁毕，悉沉于河。今建初院六祖等，人多模写。

杨文公在馆中，文穆或继至，必径出，他所亦然，几类爱晁故事。文穆去，举朝皆有诗，独文公不作。文穆辞日奏真庙，传宣令作诗，竟迁延不送。

吴春卿云：“往年学中置一桑螵蛸于笔格上，且扑缘者无数。检月令视之，乃螳螂生月日也。”

丁崖州虽险诈，然亦有长者言。真宗常怒一朝士，再三语之，丁辄稍退不答。上作色曰：“如此叵耐，问辄不应！”谓进曰：“雷霆之下，臣若更加一言，则齑粉矣。”真宗欣然嘉纳。

天圣中，后殿中欲放榜，王沂公作相，端笏立。时有论奏近岁陈宠作相，案前搢笏读姓名，与百执无别。

吴春卿殿试《圣有谟训赋》，用“答扬”二字，自谓颇工。考官张希颜不晓，云：“只有对扬休命，岂有答扬者耶？”旁一人云：“答即对也，乃及时文耳。”遂加一抹。宋宣献公绶编排卷子，知其误，不敢移易也。

晏相言：“昨知制诰误宣入禁中，真宗已不豫，出一纸文字，视之，乃除拜数大臣奏。臣是外制，不敢越职领之。”须臾，召到学士钱惟演。晏奏：“臣恐泄漏，乞宿学士院。”翌日，麻出，皆非向所见者，深骇之，不敢言。

真宗上仙，明肃召两府谕之，一时号泣。明肃曰：“有日哭在,且听处分。"议毕,王文正曾作参政,秉笔至淑妃为皇太妃,卓笔曰:"适来不闻此语。"丁崖州曰:"遗诏可改邪?"众亦不敢言。明肃亦知之,始恶丁而嘉王之直。

宋相与高锦同发天府解。《日月为常赋》象字韵之押状者,以落韵先剥放近百人。无何,一人投牒云:"某不落韵。"取卷视之,状下有可想二字,然赋亦纰缪,其如落韵剥放。举人不伏。高与甲不记姓名。忧闷,或醉或睡。洎庠更点检,诗只五韵,急呼二人起视之。二君欢忻,举子惭怍而已。

嘉祐二年,欧阳永叔主文,省试《丰年有高廪》诗,云出《大雅》。举子喧哗,为御史吴中复所弹,各罚金四斤。

文相作吏部员外郎,四年始迁官。首尾五年,作本曹尚书。

陈彭年奸谄,时有九尾野狐之号。晚节役用心神太过,遂成健忘。晁迥忽如奏,对状云:"晁迥独不信天书。"

澶渊之幸,陈尧叟有西蜀之议,王钦若劝金陵之行。特疑未决,遣访上谷,云:"直有热血相泼尔。"后浸润者以为殊无爱君之心。讲和之后,民安兵弭,天意悦豫,而妄相激,以城下之盟为耻,须训兵积财以报东门。既弗之许,则说以神道设教填服戎心。祥符中所讲礼文,悉起于此。蒲卿云。

莱公性自矜,恶南人轻巧。萧贯当作状元,莱公进曰:"南方下国,不宜冠多士。"遂用蔡齐。出院顾同列曰:"又与中原夺得一状元。"时为枢密使。

王大同太尉嗣宗知西京,年逾耳顺。有一郎监当亦年老,以吏事被责。大同忘己之年,遽云:"年已老,何不休官作甚!"徐悟,顾洛阳知县燕肃秘丞云:"我只要料钱养家。"

上在东宫,苦腮肿,用赤小豆为末傅之,立愈。

归 田 录

[宋]欧阳修　撰

韩　谷　　校点

校 点 说 明

《归田录》二卷,宋欧阳修(1007—1072)撰。欧阳修字永叔,号醉翁、六一居士,吉州庐陵人。天圣八年(1030)进士。曾为馆阁校勘。景祐三年(1036)以范仲淹被贬,贻书责司谏高若讷,贬夷陵令。庆历三年(1043)知谏院,擢知制诰,支持范仲淹新政,后贬知滁州。至和元年(1054)入为翰林学士,编修《新唐书》,后官至枢密副使,参知政事。熙宁四年(1071)致仕。有《欧阳文忠公集》,为唐宋八大家之一。

此书自序云:"《归田录》者,朝廷之遗事,史官之所不记,与夫士大夫笑谈之余而可录者,录之以备闲居之览也。"书中记载了朝廷轶事、职官制度和人物事迹,多为欧阳修耳闻目睹,随手记叙,有重要史料价值。《四库全书总目》称其"大致可资考据"。

《归田录》的成书,据其自序,作于治平四年(1067)。向有原本和上进本之说。宋朱弁《曲洧旧闻》云,其书"初成未出而序先传,神宗见之,遽命中使宣取。时公已致仕在颍州,以其间记事有未欲广者,因尽删去之;又恶其太少,则杂记戏笑不急之事,以充满其卷帙。既缮写进入,而旧本亦不敢存。今世之所有皆进本,而元书盖未尝出之于世,至今其子孙犹谨守之。"周辉《清波杂志》云:"元本亦尝出,《庐陵集》所载上下才二卷,乃进本也。"今二卷本当为呈上之进本,而所言原本,除以上两家外,宋人笔记中多有述之,说法各异,但均未实见其流传。《宋史·艺文志》著为八卷,是否为原本或为误记;《名臣言行录》、《皇宋事实类苑》、《事文类聚》等宋人著作引文中亦多有今本所无者,这些佚文是否就是出自《归田录》原本,凡此种种,尚待进一步证实。

《归田录》通行版本有《稗海》本、《学津讨原》本、《知不足斋丛书》本等。1919 年上海商务印书馆以宋周必大所编《欧阳文忠公集》的元刊本为底本,"校以宋椠《文集》本,其祠堂刻本《文集》本及《稗海》刻本略有同异,皆附注之"。并从朱熹《名臣言行录》中辑录两条作为补遗,刊入涵芬楼小说丛书。今即以此本为底本,并参校文澜阁《四库全书》本及《说郛》诸本。文字择善而从,不出校记。底本原有夏敬观所作校语。今依丛书体例,予以删除。

目　录

自　序

　　《归田录》者,朝廷之遗事,史官之所不记,与夫士大夫笑谈之余而可录者,录之以备闲居之览也。有闻而诮余者曰:"何其迂哉! 子之所学者,修仁义以为业,诵六经以为言,其自待者宜如何? 而幸蒙人主之知,备位朝廷,与闻国论者,盖八年于兹矣。既不能因时奋身,遇事发愤,有所建明,以为补益;又不能依阿取容,以徇世俗,使怨嫉谤怒丛于一身,以受侮于群小。当其惊风骇浪,卒然起于不测之渊,而蛟鳄鼋鼍之怪,方骈首而闯伺,乃措身其间,以蹈必死之祸。赖天子仁圣,恻然哀怜,脱于垂涎之口而活之,以赐其余生之命,曾不闻吐珠衔环,效蛇雀之报。盖方其壮也,犹无所为,今既老且病矣,是终负人主之恩,而徒久费大农之钱,为太仓之鼠也。为子计者,谓宜乞身于朝,退避荣宠,而优游田亩,尽其天年,犹足窃知止之贤名;而乃裴回俯仰,久之不决,此而不思,尚何归田之录乎!"余起而谢曰:"凡子之责我者皆是也,吾其归哉! 子姑待。"治平四年九月乙未庐陵欧阳修序。

归田录卷第一

太祖皇帝初幸相国寺，至佛像前烧香，问当拜与不拜。僧录赞宁奏曰："不拜。"问其何故，对曰："见在佛不拜过去佛。"赞宁者，颇知书，有口辩。其语虽类俳优，然适会上意，故微笑而颔之，遂以为定制。至今行幸焚香皆不拜也。议者以为得礼。

开宝寺塔在京师诸塔中最高，而制度甚精，都料匠预浩所造也。塔初成，望之不正而势倾西北。人怪而问之，浩曰："京师地平无山，而多西北风，吹之不百年，当正也。"其用心之精盖如此。国朝以来木工一人而已。至今木工皆以预都料为法。有《木经》三卷行于世。世传浩惟一女，年十余岁。每卧则交手于胸为结构状，如此逾年，撰成《木经》三卷，今行于世者是也。

国朝之制，知制诰必先试而后命。有国以来百年，不试而命者才三人：陈尧佐、杨亿，及修忝与其一尔。

仁宗在东宫，鲁肃简公宗道为谕德，其居在宋门外，俗谓之浴堂巷。有酒肆在其侧，号仁和，酒有名于京师，公往往易服微行，饮于其中。一日，真宗急召公，将有所问。使者及门而公不在，移时乃自仁和肆中饮归。中使遽先入白，乃与公约曰："上若怪公来迟，当托何事以对，幸先见教，冀不异同。"公曰："但以实告。"中使曰："然则当得罪。"公曰："饮酒，人之常情；欺君，臣子之大罪也。"中使嗟叹而去。真宗果问使者，具如公对。真宗问曰："何故私入酒家?"公谢曰："臣家贫无器皿,酒肆百物具备,宾至如归。适有乡里亲客自远来,遂与之饮。然臣既易服,市人亦无识臣者。"真宗笑曰："卿为宫臣,恐为御史所弹。"然自此奇公,以为忠实可大用,晚年每为章献明肃太后言群臣可大用者数人,公其一也。其后章献皆用之。

太宗时,亲试进士,每以先进卷子者赐第一人及第。孙何与李庶几同在科场,皆有时名,庶几文思敏速,何尤苦思迟。会言事者上言："举子轻薄,为文不求义理,惟以敏速相夸。"因言："庶几与举子于饼肆中作赋,以一饼熟成一韵者为胜。"太宗闻之大怒,是岁殿试,庶几最先进卷子,遽叱出之,由是何为第一。

故参知政事丁公度、晁公宗悫往时同在馆中,喜相谐谑。晁因迁职以启谢丁,时丁方为群牧判官,乃戏晁曰："启事更不奉答,当以粪壍一车为报。"晁答曰："得壍胜于得启。"闻者以为善对。

石资政中立好谐谑,士大夫能道其语者甚多。尝因入朝,遇荆王迎授,东华门不得入,遂自左掖门入。有一朝士好事语言,问石云："何为自左掖门入?"石方趁班,且走且答曰："只为大王迎授。"闻者无不大笑。杨大年方与客棋,石自外至,坐于一隅。大年因诵贾谊《鵩赋》以戏之云："止于坐隅,貌甚闲暇。"石遽答曰："口不能言,请对以臆。"

故老能言五代时事者云:冯相道、和相凝同在中书,一日,和问冯曰："公靴新买,其直几何?"冯举左足示和曰："九百。"和性褊急,遽回顾小吏云："吾靴何得用一千八百?"因诟责久之。冯徐举其右足曰："此亦九百。"于是烘堂大笑。时谓宰相如此,何以镇服百僚。

钱副枢若水尝遇异人传相法，其事甚怪，钱公后传杨大年，故世称此二人有知人之鉴。仲简，扬州人也，少习明经，以贫佣书大年门下。大年一见奇之，曰："子当进士及第，官至清显。"乃教以诗赋。简天禧中举进士第一甲及第，官至正郎、天章阁待制以卒。谢希深为奉礼郎，大年尤喜其文，每见则欣然延接，既去则叹息不已。郑天休在公门下，见其如此，怪而问之。大年曰："此子官亦清要，但年不及中寿尔。"希深官至兵部员外郎、知制诰，卒年四十六，皆如其言。希深初以奉礼郎锁厅应进士举，以启事谒见大年，有云："曳铃其空，上念无君子者；解组不顾，公其如苍生何？"大年自书此四句于扇，曰："此文中虎也。"由是知名。

太祖时，郭进为西山巡检，有告其阴通河东刘继元，将有异志者。太祖大怒，以其诬害忠臣，命缚其人予进，使自处置。进得而不杀，谓曰："尔能为我取继元一城一寨，不止赎尔死，当请赏尔一官。"岁余，其人诱其一城来降。进具其事送之于朝，请赏以官。太祖曰："尔诬害我忠良，此才可赎死尔，赏不可得也。"命以其人还进。进复请曰："使臣失信，则不能用人矣。"太祖于是赏以一官。君臣之间盖如此。

鲁肃简公立朝刚正，嫉恶少容，小人恶之，私目为"鱼头"。当章献垂帘时，屡有补益，谠言正论，士大夫多能道之。公既卒，太常谥曰"刚简"，议者不知为美谥，以为因谥讥之，竟改曰"肃简"。公与张文节公知白当垂帘之际，同在中书，二公皆以清节直道为一时名臣，而鲁尤简易，若曰"刚简"，尤得其实也。

宋尚书祁为布衣时，未为人知。孙宣公奭一见奇之，遂为知己。后宋举进士，骤有时名，故世称宣公知人。公尝语其门下客曰："近世谥用两字，而文臣必谥为文，皆非古也。吾死，

得谥曰'宣'若'戴'足矣。"及公之卒,宋方为礼官,遂谥曰
"宣",成其志也。

嘉祐二年,枢密使田公况罢为尚书右丞、观文殿学士兼翰
林侍读学士。罢枢密使当降麻,而止以制除。盖往时高若讷
罢枢密使,所除官职正与田公同,亦不降麻,遂以为故事。真
宗时,丁晋公谓自平江军节度使除兵部尚书、参知政事,节度
使当降麻,而朝议惜之,遂止以制除。近者陈相执中罢使相除
仆射,乃降麻,庞籍罢节度使除观文殿大学士,又不降麻,盖无
定制也。

宝元、康定之间,余自贬所还过京师,见王君贶初作舍人,
自契丹使归。余时在坐,见都知、押班、殿前马步军联骑立门
外,呈榜子称"不敢求见",舍人遣人谢之而去。至庆历三年,
余作舍人,此礼已废。然三衙管军臣僚于道路相逢,望见舍
人,呵引者即敛马驻立,前呵者传声"太尉立马",急遣人谢之,
比舍人马过,然后敢行。后予官于外十年而还,遂入翰林为学
士,见三衙呵引甚雄,不复如当时。与学士相逢,分道而过,更
无敛避之礼,盖两制渐轻而三衙渐重。旧制:侍卫亲军与殿前
分为两司。自侍卫司不置马步军都指挥使,止置马军指挥使、
步军指挥使以来,侍卫一司自分为二,故与殿前司列为三衙
也。五代军制已无典法,而今又非其旧制者多矣。

国家开宝中所铸钱,文曰"宋通元宝",至宝元中则曰"皇
宋通宝"。近世钱文皆著年号,惟此二钱不然者,以年号有
"宝"字,文不可重故也。

建隆末,将议改元。语宰相勿用前世旧号,于是改元乾
德。其后因于禁中见内人镜背有"乾德"之号,以问学士陶穀,
穀曰:"此伪蜀时年号也。"因问内人,乃是故蜀王时人。太祖

由是益重儒士,而叹宰相寡闻也。

仁宗即位,改元天圣。时章献明肃太后临朝称制,议者谓撰号者取天字,于文为"二人",以为"二人圣"者,悦太后尔。至九年,改元明道,又以为明字于文"日月并"也,与"二人"旨同。无何,以犯契丹讳,明年遽改曰景祐,是时连岁天下大旱,改元诏意冀以迎和气也。五年,因郊又改元曰宝元。自景祐初,群臣慕唐玄宗以开元加尊号,遂请加景祐于尊号之上,至宝元亦然。是岁赵元昊以河西叛,改姓元氏,朝廷恶之,遽改元曰康定,而不复加于尊号。而好事者又曰"康定乃谥尔",明年又改曰庆历。至九年,大旱,河北尤甚,民死者十八九,于是又改元曰皇祐,犹景祐也。六年,日蚀四月朔,以谓正阳之月,自古所忌,又改元曰至和。三年,仁宗不豫,久之康复,又改元曰嘉祐。自天圣至此,凡年号九,皆有谓也。

寇忠愍公准之贬也,初以列卿知安州,既而又贬衡州副使,又贬道州别驾,遂贬雷州司户。时丁晋公与冯相拯在中书,丁当秉笔,初欲贬崖州,而丁忽自疑,语冯曰:"崖州再涉鲸波,如何?"冯唯唯而已。丁乃徐拟雷州。及丁之贬也,冯遂拟崖州,当时好事者相语曰:"若见雷州寇司户,人生何处不相逢!"比丁之南也,寇复移道州,寇闻丁当来,遣人以蒸羊逆于境上,而收其僮仆,杜门不放出,闻者多以为得体。

杨文公亿以文章擅天下,然性特刚劲寡合。有恶之者,以事潛之。大年在学士院,忽夜召见于一小阁,深在禁中,既见赐茶,从容顾问。久之,出文藁数箧,以示大年,云:"卿识朕书迹乎?皆朕自起草,未尝命臣下代作也。"大年惶恐不知所对,顿首再拜而出,乃知必为人所潛矣。由是佯狂,奔于阳翟。真宗好文,初待大年眷顾无比,晚年恩礼渐衰,亦由此也。

王文正公曾为人方正持重,在中书最为贤相,尝谓:"大臣执政,不当收恩避怨。"公尝语尹师鲁曰:"恩欲归己,怨使谁当!"闻者叹服,以为名言。

李文靖公沆为相沉正厚重,有大臣体,尝曰:"吾为相无他能,唯不改朝廷法制,用此以报国。"士大夫初闻此言,以谓不切于事,及其后当国者或不思事体,或收恩取誉,屡更祖宗旧制,遂至官兵冗滥,不可胜纪,而用度无节,财用匮乏,公私困弊。推迹其事,皆因执政不能遵守旧规,妄有更改所致。至此始知公言简而得其要,由是服其识虑之精。

陶尚书榖为学士,尝晚召对,太祖御便殿,陶至,望见上,将前而复却者数四,左右催宣甚急,榖终彷徨不进。太祖笑曰:"此措大索事分!"顾左右取袍带来。上已束带,榖遽趋入。

薛简肃公奎知开封府时,明参政镐为府曹官,简肃待之甚厚,直以公辅期之。其后公守秦、益,常辟以自随,优礼特异。有问于公何以知其必贵者,公曰:"其为人端肃,其言简而理尽,凡人简重则尊严,此贵臣相也。"其后果至参知政事以卒。时皆服公知人。

腊茶出于剑、建,草茶盛于两浙。两浙之品,日注为第一。自景祐已后,洪州双井白芽渐盛,近岁制作尤精,囊以红纱,不过一二两,以常茶十数斤养之,用辟暑湿之气。其品远出日注上,遂为草茶第一。

仁宗退朝,常命侍臣讲读于迩英阁。贾侍中昌朝时为侍讲,讲《春秋左氏传》,每至诸侯淫乱事,则略而不说。上问其故,贾以实对。上曰:"六经载此,所以为后王鉴戒,何必讳。"

丁晋公自保信军节度使、知江宁府召为参知政事。中书以丁节度使,召学士草麻,时盛文肃为学士,以为参知政事合用舍人草制,遂以制除,丁甚恨之。

寇忠愍之贬,所素厚者九人,自盛文肃度以下皆坐斥逐,而杨大年与寇公尤善,丁晋公怜其才,曲保全之。议者谓丁所贬朝士甚多,独于大年能全之,大臣爱才一节可称也。

太祖时,以李汉超为关南巡检使捍北虏,与兵三千而已。然其齐州赋税最多,乃以为齐州防御使,悉与一州之赋,俾之养士。而汉超武人,所为多不法,久之,关南百姓诣阙讼汉超贷民钱不还及掠其女以为妾。太祖召百姓入见便殿,赐以酒食慰劳之。徐问曰:“自汉超在关南,契丹入寇者几?”百姓曰:“无也。”太祖曰:“往时契丹入寇,边将不能御,河北之民岁遭劫虏,汝于此时能保全其资财妇女乎?今汉超所取,孰与契丹之多?”又问讼女者曰:“汝家几女,所嫁何人?”百姓具以对。太祖曰:“然则所嫁皆村夫也。若汉超者,吾之贵臣也,以爱汝女则取之,得之必不使失所,与其嫁村夫,孰若处汉超家富贵?”于是百姓皆感悦而去。太祖使人语汉超曰:“汝须钱何不告我,而取于民乎?”乃赐以银数百两,曰:“汝自还之,使其感汝也。”汉超感泣,誓以死报。

仁宗万机之暇,无所玩好,惟亲翰墨,而飞白尤为神妙。凡飞白以点画象物形,而点最难工。至和中,有书待诏李唐卿撰飞白三百点以进,自谓穷尽物象。上亦颇佳之,乃特为“清净”二字以赐之,其六点尤为奇绝,又出三百点外。

仁宗圣性恭俭。至和二年春,不豫,两府大臣日至寝阁问圣体,见上器服简质,用素漆唾壶盂子,素瓷盏进药,御榻上衾褥皆黄绝,色已故暗,宫人遽取新衾覆其上,亦黄绝也。然外人无知者,惟两府侍疾,因见之尔。

陈康肃公尧咨善射，当世无双，公亦以此自矜。尝射于家
圃，有卖油翁释担而立，睨之久而不去。见其发矢十中八九，
但微颔之。康肃问曰："汝亦知射乎？吾射不亦精乎？"翁曰：
"无他，但手熟尔。"康肃忿然曰："尔安敢轻吾射！"翁曰："以我
酌油知之。"乃取一葫芦置于地，以钱覆其口，徐以杓酌油沥
之，自钱孔入而钱不湿，因曰："我亦无他，惟手熟尔。"康肃笑
而遣之。此与庄生所谓"解牛"、"斫轮"者何异。

至和初，陈恭公罢相，而并用文、富二公。彦博、弼。正衙宣
麻之际，上遣小黄门密于百官班中听其论议，而二公久有人
望，一旦复用，朝士往往相贺。黄门具奏，上大悦。余时为学
士，后数日，奏事垂拱殿，上问："新除彦博等，外议如何？"余以
朝士相贺为对。上曰："自古人君用人，或以梦卜，苟不知人，
当从人望，梦卜岂足凭耶！"故余作《文公批答》，云"永惟商、周
之所记，至以梦卜而求贤，孰若用搢绅之公言，从中外之人望"
者，具述上语也。

王元之在翰林，尝草夏州李继迁制，继迁送润笔物数倍于
常，然用启头书送，拒而不纳。盖惜事体也。近时舍人院草
制，有送润笔物稍后时者，必遣院子诣门催索，而当送者往往
不送。相承既久，今索者、送者皆恬然不以为怪也。

内中旧有玉石三清真像，初在真游殿。既而大内火，遂迁
于玉清昭应宫。已而玉清又大火，又迁于洞真。洞真又火，又
迁于上清。上清又火，皆焚荡无孑遗，遂迁于景灵。而宫司道
官相与惶恐，上言："真像所至辄火，景灵必不免，愿迁他所。"
遂迁于集禧宫迎祥池水心殿。而都人谓之"行火真君"也。

丁文简公度罢参知政事，为紫宸殿学士，即文明殿学士
也。文明本有大学士，为宰相兼职，又有学士，为诸学士之首。

后以"文明"者,真宗谥号也,遂更曰紫宸。近世学士皆以殿名为官称,如端明、资政是也。丁既受命,遂称曰丁紫宸。议者又谓紫宸之号非人臣之所宜称,遽更曰观文。观文是隋炀帝殿名,理宜避之,盖当时不知。然则朝廷之事,不可以不学也。

王冀公钦若罢参知政事,而真宗眷遇之意未衰,特置资政殿学士以宠之。时寇莱公在中书,定其班位依杂学士,在翰林学士下。冀公因诉于上曰:"臣自学士拜参知政事,今无罪而罢,班反在下,是贬也。"真宗为特加大学士,班在翰林学士上,其宠遇如此。

景祐中,有郎官皮仲容者,偶出街衢,为一轻浮子所戏,遽前贺云:"闻君有台宪之命。"仲容立马愧谢久之,徐问其何以知之。对曰:"今新制台官,必用稀姓者,故以君姓知之尔。"盖是时三院御史乃仲简、论程、掌禹锡也。闻者传以为笑。

太宗时,宋白、贾黄中、李至、吕蒙正、苏易简五人同时拜翰林学士,承旨扈蒙赠之以诗云:"五凤齐飞入翰林。"其后吕蒙正为宰相,贾黄中、李至、苏易简皆至参知政事,宋白官至尚书,老于承旨,皆为名臣。

御史台故事:三院御史言事,必先白中丞。自刘子仪为中丞,始榜台中:"今后御史有所言,不须先白中丞杂端。"至今如此。

丁晋公之南迁也,行过潭州,自作《斋僧疏》云:"补仲山之衮,虽曲尽于巧心;和傅说之羹,实难调于众口。"其少以文称,晚年诗笔尤精,在海南篇咏尤多,如"草解忘忧忧底事,花名含笑笑何人",尤为人所传诵。

张仆射齐贤体质丰大,饮食过人,尤嗜肥猪肉,每食数斤。天寿院风药黑神丸,常人所服不过一弹丸,公常以五七两为一大剂,夹以胡饼而顿食之。淳化中,罢相知安州,安陆山郡,未尝识达官,见公饮啖不类常人,举郡惊骇。尝与宾客会食,厨吏置一金漆大桶于厅侧,窥视公所食,如其物投桶中。至暮,酒浆浸渍,涨溢满桶,郡人嗟愕,以谓享富贵者,必有异于人也。然而晏元献公清瘦如削,其饮食甚微,每析半饼,以箸卷之,抽去其箸,内捻头一茎而食。此亦异于常人也。

宋宣献公绶、夏英公竦同试童行诵经。有一行者,诵《法华经》不过,问其"习业几年矣",曰:"十年也。"二公笑且闵之,因各取《法华经》一部诵之,宋公十日,夏公七日,不复遗一字。人性之相远如此。

枢密曹侍中利用,澶渊之役以殿直使于契丹,议定盟好,由是进用。当庄献明肃太后时,以勋旧自处,权倾中外,虽太后亦严惮之,但呼侍中而不名。凡内降恩泽,皆执不行。然以其所执既多,故有三执而又降出者,则不得已而行之。久之为小人所测,凡有求而三降不行者,必又请之。太后曰:"侍中已不行矣。"请者徐启曰:"臣已告得侍中宅奶婆或其亲信,为言之,许矣。"于是又降出,曹莫知其然也,但以三执不能已,俛俛行之。于是太后大怒,自此切齿,遂及曹芮之祸。乃知大臣功高而权盛,祸患之来,非智虑所能防也。

曹侍中在枢府,务革侥幸,而中官尤被裁抑。罗崇勋时为供奉官,监后苑作岁满叙劳,过求恩赏,内中唐突不已。庄献太后怒之,帘前谕曹,使召而戒励。曹归院坐厅事,召崇勋立庭中,去其巾带,困辱久之,乃取状以闻。崇勋不胜其耻。其后曹芮事作,镇州急奏,言芮反状,仁宗、太后大惊,崇勋适在侧,因自请行。既受命,喜见颜色,昼夜疾驰,锻成其狱。芮既被诛,曹初贬随州,再贬房州。行至襄阳渡北津,监送内臣杨

怀敏指江水谓曹曰："侍中,好一江水。"盖欲其自投也,再三言
之,曹不谕。至襄阳驿,遂逼其自缢。

宋郑公庠初名郊,字伯庠,与其弟祁自布衣时名动天下,号
为"二宋"。其为知制诰,仁宗骤加奖眷,便欲大用。有忌其先
进者谮之,谓其"姓符国号,名应郊天"。又曰:"郊者交也,交
者替代之名也,'宋交',其言不祥。"仁宗遽命改之。公怏怏不
获已,乃改为庠,字公序。公后更践二府二十余年,以司空致
仕,兼享福寿而终。而谮者竟不见用以卒,可以为小人之戒也。

曹武惠王彬,国朝名将,勋业之盛,无与为比,尝曰:"自吾
为将,杀人多矣,然未尝以私喜怒辄戮一人。"其所居堂室弊
坏,子弟请加修葺,公曰:"时方大冬,墙壁瓦石之间,百虫所
蛰,不可伤其生。"其仁心爱物盖如此。既平江南回,诣阁门人
见,榜子称"奉敕江南勾当公事回"。其谦恭不伐又如此。

真宗好文,虽以文辞取士,然必视其器识,每御崇政赐进
士及第,必召其高第三四人并列于庭,更察其形神磊落者,始
赐第一人及第;或取其所试文辞有理趣者。徐奭《铸鼎象物
赋》云:"足惟下正,讵闻公悚之欹倾;铉乃上居,实取王臣之威
重。"遂以为第一。蔡齐《置器赋》云:"安天下于覆盂,其功可
大。"遂以为第一人。

钱思公生长富贵,而性俭约,闺门用度,为法甚谨。子弟
辈非时不能辄取一钱。公有一珊瑚笔格,平生尤所珍惜,常置
之几案。子弟有欲钱者,辄窃而藏之,公即怅然自失,乃榜于
家庭,以钱十千赎之。居一二日,子弟佯为求得以献,公欣然
以十千赐之。他日,有欲钱者又窃去。一岁中率五、七如此,
公终不悟也。余官西都,在公幕亲见之,每与同僚叹公之纯德
也。

　　国朝雅乐,即用王朴所制周乐。太祖时,和岘以为声高,遂下其一律。然至今言乐者犹以为高,云今黄钟乃古夹钟也。景祐中,李照作新乐,又下其声。太常歌工以其太浊,歌不成声,当铸钟时,乃私赂铸匠,使减其铜齐,而声稍清,歌乃叶而成声,而照竟不知。以此知审音作乐之难也。照每谓人曰:"声高则急促,下则舒缓,吾乐之作,久而可使人心感之皆舒和,而人物之生亦当丰大。"王侍读洙身尤短小,常戏之曰:"君乐之成,能使我长乎?"闻者以为笑,而乐成竟不用。

　　邓州花蜡烛名著天下,虽京师不能造,相传云是寇莱公烛法。公尝知邓州,而自少年富贵,不点油灯,尤好夜宴剧饮,虽寝室亦燃烛达旦。每罢官去,后人至官舍,见厕溷间烛泪在地,往往成堆。杜祁公为人清俭,在官未尝燃官烛,油灯一炷,荧然欲灭,与客相对清谈而已。二公皆为名臣,而奢俭不同如此。然祁公寿考终吉,莱公晚有南迁之祸,遂殁不返,虽其不幸,亦可以为戒也。

　　故事:学士在内中,院吏朱衣双引。太祖朝李昉为学士,太宗在南衙,朱衣一人前引而已,昉亦去其一人。至今如此。

　　往时学士入札子不著姓,但云"学士臣某"。先朝盛度、丁度并为学士,遂著姓以别之,其后遂皆著姓。

　　晏元献公以文章名誉,少年居富贵,性豪俊,所至延宾客,一时名士多出其门。罢枢密副使,为南京留守,时年三十八。幕下王琪、张亢最为上客。亢体肥大,琪目为牛;琪瘦骨立,亢目为猴。二人以此自相讥诮。琪尝嘲亢曰:"张亢触墙成八字。"亢应声曰:"王琪望月叫三声。"一坐为之大笑。

　　杨文公尝戒其门人,为文宜避俗语。既而公因作表云:"伏惟陛下德迈九皇。"门人郑戬遽请于公曰:"未审何时得卖生菜?"于是公为之大笑而易之。

夏英公竦父官于河北,景德中契丹犯河北,遂殁于阵。后公为舍人,丁母忧起复,奉使契丹,公辞不行,其表云:"父殁王事,身丁母忧。义不戴天,难下穹庐之拜;礼当枕块,忍闻夷乐之声。"当时以为四六偶对,最为精绝。

孙何、孙僅俱以能文驰名一时。僅为陕西转运使,作《骊山诗》二篇,其后篇有云:"秦帝墓成陈胜起,明皇宫就禄山来。"时方建玉清昭应宫,有恶僅者欲中伤之,因录其诗以进。真宗读前篇云"朱衣吏引上骊山",遽曰:"僅小器也,此何足夸!"遂弃不读,而陈胜、禄山之语卒得不闻,人以为幸也。

杨大年每欲作文,则与门人宾客饮博、投壶、弈棋,语笑喧哗,而不妨构思。以小方纸细书,挥翰如飞,文不加点。每盈一幅,则命门人传录,门人疲于应命,顷刻之际成数千言,真一代之文豪也。

杨大年为学士时,草《答契丹书》云"邻壤交欢"。进草既入,真宗自注其侧云:"朽壤、鼠壤、粪壤。"大年遽改为"邻境"。明旦,引唐故事,学士作文书有所改,为不称职,当罢,因亟求解职。真宗语宰相曰:"杨亿不通商量,真有气性。"

太常所用王朴乐,编钟皆不圆而侧垂。自李照、胡瑗之徒,皆以为非及。照作新乐,将铸编钟,给铜铸泻务,得古编钟一枚,工人不敢销毁,遂藏于太常。钟不知何代所作,其铭曰:"粤朕皇祖宝龢钟,粤斯万年,子子孙孙永宝用"。叩其声,与王朴夷则清声合,而其形不圆侧垂,正与朴钟同,然后知朴博古好学,不为无据也。其后胡瑗改铸编钟,遂圆其形而下垂,叩之捣郁而不扬,其镈钟又长甬而震掉,其声不和。著作佐郎刘羲叟窃谓人曰:"此与周景王无射钟无异,必有眩惑之疾。"

未几，仁宗得疾，人以羲叟之言验矣。其乐亦寻废。

　　自太宗崇奖儒学，骤擢高科至辅弼者多矣。盖太平兴国二年至天圣八年二十三榜，由吕文穆公_{蒙正}而下，大用二十七人。而三人并登两府，惟天圣五年一榜而已。是岁王文安公_{尧臣}第一，今昭文相公韩仆射_琦、西厅参政赵侍郎_槩第二、第三人也。予忝与二公同府，每见语此，以为科场盛事。自景祐元年已后至今治平三年，三十余年十二榜，五人已上未有一人登两府者，亦可怪也。

归田录卷第二

真宗朝岁岁赏花钓鱼，群臣应制。尝一岁，临池久之而御钓不食，时丁晋公谓《应制诗》云："莺惊凤辇穿花去，鱼畏龙颜上钓迟。"真宗称赏，群臣皆自以为不及也。

赵元昊二子：长曰俀令受，次曰谅祚。谅祚之母，尼也，有色而宠，俀令受母子怨望。而谅祚母之兄曰没藏讹㖫者，亦黠虏也，因教俀令受以弑逆之谋。元昊已见杀，讹㖫遂以弑逆之罪诛俀令受子母，而谅祚乃得立，而年甚幼，讹㖫遂专夏国之政。其后谅祚稍长，卒杀讹㖫，灭其族。元昊为西鄙患者十余年，国家困天下之力，有事于一方，而败军杀将不可胜数，然未尝少挫其锋。及其困于女色，祸生父子之间，以亡其身，此自古贤智之君或不能免，况夷狄乎！讹㖫教人之子杀其父，以为己利，而卒亦灭族，皆理之然也。

晏元献公喜评诗，尝曰："'老觉腰金重，慵便枕玉凉'，未是富贵语，不如'笙歌归院落，灯火下楼台'，此善言富贵者也。"人皆以为知言。

契丹阿保机，当唐末五代时最盛。开平中，屡遣使聘梁，梁亦遣人报聘。今世传李琪《金门集》有《赐契丹诏》，乃为阿布机，当时书诏不应有误；而自五代以来，见于他书者皆为阿保机，虽今契丹之人，自谓之阿保机，亦不应有失。又有赵志忠者，本华人也，自幼陷虏，为人明敏，在虏中举进士，至显官。既而脱身归国，能述虏中君臣世次、山川风物甚详，又云："阿

保机,虏人实谓之阿保谨。"未知孰是。此圣人所以慎于传疑
也。

真宗尤重儒学,今科场条制,皆当时所定。至今每亲试进
士,已放及第,自十人已上,御试卷子并录本于真宗影殿前焚
烧,制举登科者亦然。

近时名画,李成、巨然山水,包鼎虎,赵昌花果。成官至尚
书郎,其山水寒林往往人家有之。巨然之笔,惟学士院玉堂北
壁独存,人间不复见也。包氏,宣州人,世以画虎名家,而鼎最
为妙,今子孙犹以画虎为业,而曾不得其仿佛也。昌花写生逼
真,而笔法软俗,殊无古人格致,然时亦未有其比。

寇莱公在中书,与同列戏云:"水底日为天上日。"未有对,
而会杨大年适来白事,因请其对,大年应声曰:"眼中人是面前
人。"一坐称为的对。

朝廷之制,有因偶出一时而遂为故事者。契丹人使见辞
赐宴,杂学士员虽多皆赴坐,惟翰林学士只召当直一员,余皆
不赴。诸王宫教授入谢,祖宗时偶因便殿不御袍带见之,至今
教授入谢,必俟上入内解袍带复出见之,有司皆以为定制也。

处士林逋居于杭州西湖之孤山。逋工笔画,善为诗,如
"草泥行郭索,云木叫钩辀",颇为士大夫所称。又《梅花》诗
云:"疏影横斜水清浅,暗香浮动月黄昏。"评诗者谓:"前世咏
梅者多矣,未有此句也。"又其临终为句云:"茂陵他日求遗稿,
犹喜曾无封禅书。"尤为人称诵。自逋之卒,湖山寂寥,未有继
者。

俚谚云:"赵老送灯台,一去更不来。"不知是何等语,虽士
大夫亦往往道之。天圣中有尚书郎赵世长者,常以滑稽自负,
其老也求为西京留台御史,有轻薄子送以诗云:"此回真是送

灯台。"世长深恶之,亦以不能酬酢为恨,其后竟卒于留台也。

官制废久矣,今其名称讹谬者多,虽士大夫皆从俗,不以为怪。皇女为公主,其夫必拜驸马都尉,故谓之驸马。宗室女封郡主者,谓其夫为郡马,县主者为县马,不知何义也。

唐制:三卫官有司阶、司戈、执干、执戟,谓之四色官。今三卫废,无官属,惟金吾有一人,每日于正衙放朝喝,不坐直,谓之四色官,尤可笑也。

京师诸司库务,皆由三司举官监掌。而权贵之家子弟亲戚,因缘请托,不可胜数,为三司使者常以为患。田元均,为人宽厚长者,其在三司深厌干请者,虽不能从,然不欲峻拒之,每温颜强笑以遣之,尝谓人曰:"作三司使数年,强笑多矣,直笑得面似靴皮。"士大夫闻者传以为笑,然皆服其德量也。

茶之品,莫贵于龙凤,谓之团茶,凡八饼重一斤。庆历中蔡君谟为福建路转运使,始造小片龙茶以进,其品绝精,谓之小团。凡二十饼重一斤,其价直金二两。然金可有而茶不可得,每因南郊致斋,中书、枢密院各赐一饼,四人分之。宫人往往缕金花于其上,盖其贵重如此。

太宗时有待诏贾玄,以棋供奉,号为国手,迩来数十年,未有继者。近时有李憨子者,颇为人所称,云举世无敌手。然其人状貌昏浊,垢秽不可近,盖里巷庸人也,不足置之樽俎间。故胡旦尝语人曰:"以棋为易解,则如旦聪明尚或不能;以为难解,则愚下小人往往造于精绝。"信如其言也。

王副枢畴之夫人,梅鼎臣之女也。景彝初除枢密副使,梅夫人入谢慈寿宫,太后问:"夫人谁家子?"对曰:"梅鼎臣女也。"太后笑曰:"是梅圣俞家乎?"由是始知圣俞名闻于宫禁也。圣俞在时,家甚贫,余或至其家,饮酒甚醇,非常人家所有。问其所得，云："皇亲有好学者宛转致之。"余又闻皇亲有以钱数千购梅诗一篇者。其名重于时如此。

钱思公虽生长富贵，而少所嗜好。在西洛时，尝语僚属言："平生惟好读书，坐则读经史，卧则读小说，上厕则阅小辞，盖未尝顷刻释卷也。"谢希深亦言："宋公垂同在史院，每走厕必挟书以往，讽诵之声琅然闻于远近，其笃学如此。"余因谓希深曰："余平生所作文章多在三上，乃马上、枕上、厕上也。"盖惟此尤可以属思尔。

国朝宰相最少年者惟王溥，罢相时父母皆在，人以为荣。今富丞相弼入中书时年五十二，太夫人在堂康强。后三年，太夫人薨，有司议赠恤之典，云："无见任宰相丁忧例。"是岁三月十七日春宴，百司已具，前一夕有旨："富某母丧在殡，特罢宴。"此事亦前世未有。

皇祐二年、嘉祐七年季秋大享，皆以大庆殿为明堂，盖明堂者，路寝也，方于寓祭圜丘，斯为近礼。明堂额御篆，以金填字，门牌亦御飞白，皆皇祐中所书，神翰雄伟，势若飞动。余诗云"宝墨飞云动，金文耀日晶"者，谓二牌也。

钱思公官兼将相，阶、勋、品皆第一。自云："平生不足者，不得于黄纸书名。"每以为恨也。

三班院所领使臣八千余人，莅事于外，其罢而在院者，常数百人。每岁乾元节醵钱饭僧进香，合以祝圣寿，谓之"香钱"，判院官常利其余以为餐钱。群牧司领内外坊监使副判官，比他司俸入最优，又岁收粪墼钱颇多，以充公用。故京师谓之语曰"三班吃香，群牧吃粪"也。

咸平五年，南省试进士《有教无类赋》，王沂公为第一。赋盛行于世，其警句有云："神龙异禀，犹嗜欲之可求；纤草何知，尚薰莸而相假。"时有轻薄子拟作四句云:"相国寺前,熊翻筋斗;望春门外,驴舞《柘枝》。"议者以谓言虽鄙俚,亦着题也。

国朝之制,自学士已上赐命带者例不佩鱼。若奉使契丹及馆伴北使则佩,事已复去之。惟两府之臣则赐佩,谓之"重金"。初,太宗尝曰:"玉不离石,犀不离角,可贵者惟金也。"乃创为金铐之制以赐群臣,方团球路以赐两府,御仙花以赐学士以上。今俗谓球路为"笏头",御仙花为"荔枝",皆失其本号也。

宋丞相庠早以文行负重名于时,晚年尤精字学,尝手校郭忠恕《佩觿》三篇宝玩之。其在中书,堂吏书牒尾以俗体书宋为宋,公见之不肯下笔,责堂吏曰:"吾虽不才,尚能见姓书名,此不是我姓!"堂吏惶惧改之,乃肯书名。

京师食店卖酸䭫者,皆大出牌榜于通衢,而俚俗昧于字法,转酸从食,䭫从臽。有滑稽子谓人曰:"彼家所卖馂䭞,音俊叨。不知为何物也。"饮食四方异宜,而名号亦随时俗言语不同,至或传者转失其本。汤饼,唐人谓之不托,今俗谓之馎饦矣。晋束皙《饼赋》有馒头、薄持、起溲、牢九之号,惟馒头至今名存,而起溲、牢九,皆莫晓为何物。薄持,荀氏又谓之薄夜,亦莫知何物也。

嘉祐八年上元夜,赐中书、枢密院御筵于相国寺罗汉院。国朝之制,岁时赐宴多矣,自两制已上皆与。惟上元一夕,只赐中书、枢密院,虽前两府见任使相,皆不得与也。是岁昭文韩相、集贤曾公、枢密张太尉皆在假不赴,惟余与西厅赵侍郎槩、副枢胡谏议宿、吴谏议奎四人在席。酒半相顾,四人者皆同时翰林学士,相继登二府,前此未有也。因相与道玉堂旧事为笑乐,遂皆引满剧饮,亦一时之盛事也。

国朝之制,大宴,枢密使、副不坐,侍立殿上,既而退就御厨赐食,与阁门、引进、四方馆使列坐庑下,亲王一人伴食。每春秋赐衣门谢,则与内诸司使、副班于垂拱殿外廷中,而中书则别班谢于门上。故朝中为之语曰:"厨中赐食,阶下谢衣。"盖枢密使唐制以内臣为之,故常与内诸司使、副为伍。自后唐庄宗用郭崇韬,与宰相分秉朝政,文事出中书,武事出枢密,自此之后,其权渐盛。至今朝遂号为两府,事权进用,禄赐礼遇,与宰相均,惟日趋内朝、侍宴、赐衣等事尚循唐旧。其任隆辅弼之崇,而杂用内诸司故事,使朝廷制度轻重失序,盖沿革异时,因循不能厘正也。

蔡君谟既为余书《集古录目序》刻石,其字尤精劲,为世所珍。余以鼠须栗尾笔、铜绿笔格、大小龙茶、惠山泉等物为润笔,君谟大笑,以为太清而不俗。后月余,有人遗余以清泉香饼一箧者,君谟闻之叹曰:"香饼来迟,使我润笔独无此一种佳物。"兹又可笑也。清泉,地名,香饼,石炭也,用以焚香,一饼之火,可终日不灭。

梅圣俞以诗知名三十年,终不得一馆职,晚年与修《唐书》,书成未奏而卒,士大夫莫不叹惜。其初受敕修《唐书》,语其妻刁氏曰:"吾之修书,可谓猢狲入布袋矣。"刁氏对曰:"君于仕宦,亦何异鲇鱼上竹竿耶!"闻者皆以为善对。

仁宗初立今上为皇子,令中书召学士草诏,学士王珪当直,诏至中书谕之。王曰:"此大事也,必须面奉圣旨。"于是求对。明日面禀得旨,乃草诏。群公皆以王为真得学士体也。

盛文肃公丰肌大腹,而眉目清秀;丁晋公疏瘦如削。二公皆两浙人也,并以文辞知名于时。梅学士询在真宗时已为名臣,至庆历中为翰林侍读以卒。性喜焚香,其在官,每晨起将视事,必焚香两炉,以公服罩之,撮其袖以出,坐定撒开两袖,郁然满室浓香。有窦元宾者,五代汉宰相正固之孙也,以名家子有文行为馆职,而不喜修饰,经时未尝沐浴。故时人为之语曰"盛肥丁瘦,梅香窦臭"也。

宝元中,赵元昊叛命,朝廷命将讨伐,以鄜延、环庆、泾原、秦凤四路各置经略安抚招讨使。余以为四路皆内地也,当如故事置灵夏四面行营招讨使。今自于境内,何所招讨? 余因窃料王师必不能出境。其后用兵五六年,刘平、任福、葛怀敏三大将皆自战其地而大败,由是至于罢兵,竟不能出师。

吕文穆公_{蒙正}以宽厚为宰相,太宗尤所眷遇。有一朝士,家藏古鉴,自言能照二百里,欲因公弟献以求知。其弟伺间从容言之,公笑曰:"吾面不过楪子大,安用照二百里?"其弟遂不复敢言。闻者叹服,以谓贤于李卫公远矣。盖寡好而不为物累者,昔贤之所难也。

国朝百有余年,年号无过九年者。开宝九年改为太平兴国,太平兴国九年改为雍熙,大中祥符九年改为天禧,庆历九年改为皇祐,嘉祐九年改为治平。惟天圣尽九年,而十年改为明道。

唐人奏事,非表非状者谓之榜子,亦谓之录子,今谓之札子。凡群臣百司上殿奏事,两制以上非时有所奏陈,皆用札子,中书、枢密院事有不降宣敕者,亦用札子,与两府自相往来亦然。若百司申中书,皆用状,惟学士院用咨报,其实如札子,亦不书名,但当直学士一人押字而已,谓之咨报。_{今俗谓草书名为押字也。}此唐学士旧规也。唐世学士院故事,近时隳废殆尽,惟此一事在尔。

燕王元_俨,太宗幼子也。太宗子八人,真宗朝六人已亡殁,至仁宗即位,独燕王在,以皇叔之亲,特见尊礼。契丹亦畏其名。其疾亟时,仁宗幸其宫,亲为调药。平生未尝语朝政,遗言一二事皆切于理。余时知制诰,所作赠官制,所载皆其实事也。

华原郡王允良,燕王子也,性好昼睡。每自旦酣寝,至暮始兴,盥濯栉漱,衣冠而出,燃灯烛治家事,饮食宴乐,达旦而罢,则复寝以终日,无日不如此。由是一宫之人皆昼睡夕兴。允良不甚喜声色,亦不为侈骄恣,惟以夜为昼,亦其性之异,前世所未有也。故观察使刘从广,燕王婿也,尝语余:"燕王好坐木马子,坐则不下,或饥则便就其上饮食,往往乘兴奏乐于前,酣饮终日。"亦其性之异也。

皇子颢封东阳郡王,除婺州节度使、检校太傅。翰林贾学士黯上言:"太傅,天子师臣也,子为父师,于体不顺。中书检勘自唐以来亲王无兼师傅官者。盖自国朝命官,只以差遣为职事,自三师三公以降,皆是虚名,故失于因循尔。"议者皆以贾言为当也。

端明殿学士,五代后唐时置,国朝尤以为贵,多以翰林学士兼之。其不以翰院兼职及换职者,百年间才两人,特拜程戬、王素是也。

庆历八年正月十八日夜,崇政殿宿卫士作乱于殿前,杀伤四人。取准备救火长梯登屋入禁中,逢一宫人,问:"寝阁在何处?"宫人不对,杀之。既而宿直都知闻变,领宿卫士入搜索,已复逃窜。后三日,于内城西北角楼中获一人,杀之。时内臣杨怀敏受旨"获贼勿杀",而仓卒杀之,由是竟莫究其事。

叶子格者,自唐中世已后有之。说者云,因人有姓叶号叶子青者撰此格,因以为名。此说非也。唐人藏书,皆作卷轴,其后有叶子,其制似今策子。凡文字有备检用者,卷轴难数卷舒,故以叶子写之,如吴彩鸾《唐韵》、李邰《彩选》之类是也。骰子格,本备检用,故亦以叶子写之,因以为名尔。唐世士人宴聚,盛行叶子格,五代、国初犹然。后渐废不传。今其格世或有之,而无人知者,惟昔杨大年好之,仲待制简,大年门下客也,故亦能之。大年又取叶子彩名红鹤、皂鹤者,别演为鹤格。郑宣徽戬、章郇公得象皆大年门下客也,故皆能之。余少时亦有此二格,后失其本,今绝无知者。

　　国朝自下湖南,始置诸州通判,既非副贰,又非属官,故尝与知州争权。每云:"我是监郡,朝廷使我监汝。"举动为其所制。太祖闻而患之,下诏书戒励,使与长吏协和,凡文书非与长吏同签书者,所在不得承受施行。自此遂稍稍戢。然至今州郡往往与通判不和。往时有钱昆少卿者,家世余杭人也。杭人嗜蟹,昆尝求补外郡,人问其所欲何州,昆曰:"但得有螃蟹无通判处则可矣。"至今士人以为口实。

　　嘉祐二年,余与端明韩子华、翰长王禹玉、侍读范景仁、龙图梅公仪同知礼部贡举,辟梅圣俞为小试官。凡锁院五十日。六人者相与唱和,为古律歌诗一百七十余篇,集为三卷。禹玉,余为校理时,武成王庙所解进士也,至此新入翰林,与余同院,又同知贡举,故禹玉赠余云:"十五年前出门下,最荣今日预东堂。"余答云"昔时叨人武成宫,曾看挥毫气吐虹。梦寐闲思十年事,笑谈今此一尊同。喜君新赐黄金带,顾我宜为白发翁"也。天圣中,余举进士,国学南省皆忝第一人荐名,其后景仁相继亦然,故景仁赠余云"滀墨题名第一人,孤生何幸继前尘"也。圣俞自天圣中与余为诗友,余尝赠以《蟠桃》诗,有韩、孟之戏,故至此梅赠余云:"犹喜共量天下士,亦胜东野亦胜韩。"而子华笔力豪赡,公仪文思温雅而敏捷,皆勍敌也。前此为南省试官者,多窘束条制,不少放怀。余六人者,欢然相得,群居终日,长篇险韵,众制交作,笔吏疲于写录,僮史奔走往来,间以滑稽嘲谑,形于风刺,更相酬酢,往往烘堂绝倒,自谓一时盛事,前此未之有也。

往时学士,循唐故事,见宰相不具靴笏,系鞋坐玉堂上,遣院吏计会堂头直省官,学士将至,宰相出迎。近时学士,始具靴笏,至中书与常参官杂坐于客位,有移时不得见者。学士日益自卑,丞相礼亦渐薄,盖习见已久,恬然不复为怪也。

张尧封者,南京进士也,累举不第,家甚贫。有善相者谓曰:"视子之相,不过一幕职,然君骨贵,必享王封。"人初莫晓其旨。其后尧封举进士及第,终于幕职。尧封,温成皇后父也,后既贵,尧封累赠太师、中书令兼尚书令,封清河郡王,由是始悟相者之言。

治平二年八月三日,大雨,一夕都城水深数尺。上降诏责躬求直言,学士草诏,有"大臣惕思天变"之语。上夜批出云:"淫雨为灾,专戒不德。"遽令除去"大臣思变"之言。上之恭己畏天,自励如此。

章郇公得象与石资政中立素相友善,而石喜谈谐,尝戏章云:"昔时名画,有戴松牛、韩幹马,而今有章得象也。"世言闽人多短小,而长大者必为贵人。郇公身既长大,而语声如钟,岂出其类者是为异人乎! 其为相务以厚重,镇止浮竞,时人称其德量。

金橘产于江西,以远难致,都人初不识。明道、景祐初,始与竹子俱至京师。竹子味酸,人不甚喜,后遂不至。而金橘香清味美,置之尊俎间,光彩灼烁,如金弹丸,诚珍果也。都人初亦不甚贵，其后因温成皇后尤好食之，由是价重京师。余世家江西，见吉州人甚惜此果，其欲久留者，则于菉豆中藏之，可经时不变，云橘性热而豆性凉，故能久也。

凡物有相感者，出于自然，非人智虑所及，皆因其旧俗而习知之。今唐、邓间多大柿，其初生涩，坚实如石。凡百十柿以一榠樝置其中，<small>榅桲亦可。</small>则红熟烂如泥而可食。土人谓之烘柿者，非用火，乃用此尔。淮南人藏监酒蟹，凡一器数十蟹，以皂荚半挺置其中，则可藏经岁不沙。至于薄荷醉猫，死猫引竹之类，皆世俗常知，而翡翠屑金，人气粉犀，此二物则世人未知者。余家有一玉罂，形制甚古而精巧。始得之，梅圣俞以为碧玉。在颍州时尝以示僚属，坐有兵马钤辖邓保吉者，真宗朝老内臣也，识之，曰："此宝器也，谓之翡翠。"云："禁中宝物皆藏宜圣库，库中有翡翠盏一只，所以识也。"其后予偶以金环于罂腹信手磨之，金屑纷纷而落，如砚中磨墨，始知翡翠之能屑金也。诸药中犀最难捣，必先镑屑，乃入众药中捣之，众药筛罗已尽，而犀屑独存。余偶见一医僧元达者，解犀为小块子，方一寸半许，以极薄纸裹置于怀中，近肉，以人气蒸之。候气薰蒸浃洽，乘热投臼中急捣，应手如粉，因知人气之能粉犀也。然今医工皆莫有知者。

石曼卿，磊落奇才，知名当世，气貌雄伟，饮酒过人。有刘潜者，亦志义之士也，常与曼卿为酒敌。闻京师沙行王氏新开酒楼，遂往造焉。对饮终日，不交一言。王氏怪其所饮过多，非常人之量，以为异人，稍献肴果，益取好酒，奉之甚谨。二人饮啖自若，傲然不顾，至夕殊无酒色，相揖而去。明日都下喧传，王氏酒楼有二酒仙来饮。久之乃知刘、石也。

燕龙图<small>肃</small>有巧思，初为永兴推官，知府寇莱公好舞《柘

枝〉,有一鼓甚惜之,其镮忽脱,公怅然,以问诸匠,皆莫知所
为。燕请以镮脚为锁簧内之,则不脱矣。莱公大喜。燕为人
宽厚长者,博学多闻,其漏刻法最精,今州郡往往有之。

　　刘岳《书仪》,婚礼有"女坐婿之马鞍,父母为之合髻"之
礼,不知用何经义。据岳自叙云:"以时之所尚者益之。"则是
当时流俗之所为尔。岳当五代干戈之际,礼乐废坏之时,不暇
讲求三王之制度,苟取一时世俗所用吉凶仪式,略整齐之,固
不足为后世法矣。然而后世犹不能行之,今岳《书仪》十已废
其七八,其一二仅行于世者,皆苟简粗略,不如本书。就中转
失乖缪,可为大笑者,坐鞍一事尔。今之士族当婚之夕,以两
椅相背,置一马鞍,反令婿坐其上,饮以三爵,女家遣人三请而
后下,乃成婚礼,谓之"上高坐"。凡婚家举族内外姻亲,与其
男女宾客,堂上堂下,竦立而视者,惟"婿上高坐"为盛礼尔。
或有偶不及设者,则相与怅然咨嗟,以为阙礼。其转失乖缪,
至于如此。今虽名儒巨公,衣冠旧族,莫不皆然。鸣呼!士大
夫不知礼义,而与闾阎鄙俚同其习,见而不知为非者多矣。前
日濮园皇伯之议是已,岂止坐鞍之缪哉?

　　世俗传讹,惟祠庙之名为甚。今都城西崇化坊显圣寺者,
本名蒲池寺,周氏显德中增广之,更名显圣,而俚俗多道其旧
名,今转为菩提寺矣。江南有大小孤山,在江水中巋然独立,
而世俗转孤为姑。江侧有一石矶,谓之澎浪矶,遂转为彭郎
矶,云:"彭郎者,小姑婿也。"余尝过小孤山,庙像乃一妇人,而
敕额为圣母庙,岂止俚俗之缪哉? 西京龙门山,夹伊水上,自
端门望之如双阙,故谓之阙塞。而山口有庙,曰阙口庙。余尝
见其庙像甚勇,手持一屠刀尖锐,按膝而坐,问之,云:"此乃豁
口大王也。"此尤可笑者尔。

　　今世俗言语之讹,而举世君子小人皆同其缪者,惟"打"字尔。打丁雅反。其义本谓"考击",故人相殴、以物相击,皆谓之打,而工造金银器亦谓之打可矣,盖有槌击之义也。至于造舟车者曰"打船"、"打车",网鱼曰"打鱼",汲水曰"打水",役夫饷饭曰"打饭",兵士给衣粮曰"打衣粮",从者执伞曰"打伞",以糊粘纸曰"打粘",以丈尺量地曰"打量",举手试眼之昏明曰"打试",至于名儒硕学,语皆如此,触事皆谓之打,而遍检字书,了无此字。丁雅反者。其义主"考击"之打自音"谪耿",以字学言之,打字从手、从丁,丁又击物之声,故音"谪耿"为是。不知因何转为"丁雅"也。

　　用钱之法,自五代以来,以七十七为百,谓之"省陌"。今市井交易,又克其五,谓之"依除"。咸平五年,陈恕知贡举,选士最精,所解七十二人,王沂公曾为第一,御试又落其半,而及第者三十八人,沂公又为第一。故京师为语曰:"南省解一百依除,殿前放五十省陌"也。是岁取人虽少,得士最多,宰相三人,乃沂公与王公随、章公得象;参知政事一人,韩公亿;侍读学士一人,李仲容;御史中丞一人,王臻;知制诰一人,陈知微。而汪白青、杨楷二人虽不达,而皆以文学知名当世。

　　唐李肇《国史补序》云:"言报应,叙鬼神,述梦卜,近帷箔,悉去之;纪事实,探物理,辨疑惑,示劝戒,采风俗,助谈笑,则书之。"余之所录,大抵以肇为法,而小异于肇者,不书人之过恶。以谓职非史官,而掩恶扬善者,君子之志也。览者详之。

归田录补遗

　　太宗飞白书张咏、向敏中二人名付中书曰："二人者名臣，为朕记之。"向公自员外郎为谏议，知枢密院，止百余日。咸平四年除平章事，后坐事出知永兴。驾幸澶渊，手赐密诏："尽付西鄙，得便宜从事。"公得诏藏之，视政如常。会邦人大傩，有告禁卒欲倚傩为乱者，密使麾兵被甲衣袍伏庑下幕中。明旦，尽召宾僚兵官，置酒纵阅，无一人预知者。命傩人，先令驰骋于中门外，后召至阶，公振袂一挥，伏卒齐出，尽擒之。果各怀短刃，即席诛之。剿讫屏尸，亟命灰沙扫庭，张乐宴饮，宾从股慄。

　　李文靖公沆为相，王魏公旦方参预政事。时西北隅尚用兵，或至旰食，魏公叹曰："我辈安能坐致太平，得优游无事耶！"文靖曰："少有忧勤，足为警戒。他日四方宁谧，朝廷未必无事。"其后北狄讲和，西戎纳款，而封岱祠汾，搜讲坠典，靡有暇日，魏公始叹文靖之先识过人远矣。以上二条从宋本朱子《名臣言行录》补。

括 异 志

［宋］张师正　撰

傅　成　校点

校 点 说 明

《括异志》十卷,宋张师正撰。师正字不疑,襄国(今河北邢台)人。《宋史》无传,据《续资治通鉴长编》、《临川先生文集》、《东轩笔录》等书记载,张师正进士及第,多任武职,曾知宜州,为英州刺史、荆州钤辖。又据宋释文莹《玉壶清话》,知英宗治平三年(1066),张师正为辰州帅,年方五十,至神宗熙宁十年(1077)仍在世,已六十二岁。卒于何时,不得而知。晁公武《郡斋读书志》云:"师正擢甲科,得太常博士。后宦游四十年,不得志,于是推变怪之理,参见闻之异,得二百五十篇。魏泰为之序。"则此书当是张师正晚年的作品。《邵氏闻见后录》引王铚语,谓此书乃魏泰所作而假名于张师正,但是王铚没有提出确切证据,尚难定论。今仍归于张师正名下。

本书记述北宋时期的奇闻异事,篇末多说明故事来源,以示可信。故事主角为当代人物,其事则多荒诞不经,实无可信者,但在一定程度上折射出当时的社会现状。文字描写比较简略,缺少文采。书中有的故事对后代传奇小说产生影响,今人指出,卷二"张郎中"、"张职方"二条与《醒世姻缘传》中某些情节相仿佛;卷三"王廷评"条即是王魁负桂英故事的本事;卷十"钟离发运"条为《醒世恒言》中"两县令竞义婚孤女"故事的来源等,因而引起人们的重视。

《括异志》最早见录于《郡斋读书志》,但是书名作《括异记》(衢州本),一作《括异志纂》(袁州本)。陈振孙《直斋书录解题》录作"《括异志》十卷,《后志》十卷"。今传本没有《后志》，最早为明正德十年钞本。此本据宋本传录，无魏泰序，共一百三十三篇，较《郡斋读书志》所云二百五十篇少了一百十七篇，可以肯定不是完帙。《四部丛刊》续编曾据以影印。此次整理，以《四部丛刊》续编本作底本，校以四库全书存目丛书所收南京图书馆藏另一明钞本，并参校《类说》、《说郛》所载各条，如有异文，择善而从，不出校记。又从《说郛》中辑得该书佚文七条，附于书末。《说郛》（宛委山堂本）所载"杜紫微"条，乃见于唐李绰《尚书故实》，疑误收，故不录。限于学力，整理工作容有不当之处，敬请读者指教。

目　　录

括异志卷第一

宋 州 狂 僧

太祖仕周日,尚未领宋州节钺。时有狂僧,携弹走荆棘中,顾谓人曰:"此地当出天子。"又显德末,一人青巾白衫,登中书政事堂。吏批其颊,曰:"汝是何人,敢至此!"其人曰:"宋州官家遣我来擒见宰相范质。"质曰:"此病心耳,安足问。"遂叱去。其后太祖果自归德军节度使受禅,遂升宋州为应天府,后号南郡。一名南京。事具国史。

黑 杀 神 降

开宝中,有神降于凤翔府俚民张守真家,自称玄天大圣玉帝辅臣,其声婴儿,历历可辨,远近之民祷祠者旁午。太祖召至京师,设醮于宫廷。降语曰:"天上宫阙成,玉锁开,十月二十日,陛下当归天。"艺祖恳祈曰:"死固不惮,所恨者幽、并未并。乞延三数年,俟克复二州,去亦未晚。"神曰:"晋王有仁心,历数攸属,陛下在天,亦自有位。"时太宗王晋,为开封尹。太祖命系于左军,将无验而罪焉。既而事符神告,太宗践祚。度守真为道士,仍赐紫袍。遂营庙于盩厔之太平镇,神位次序、殿庑规模一由神授。仍尊黑杀,号为翊圣。至仁宗朝,追谥守真为传真大法师。事见《翊圣别传》。

来 和 天 尊

刑部尚书杨公砺为员外郎时，常梦人引导，云谒来和天尊。及见天尊，年甚少，睟穆之姿若冰玉焉。杨公伏谒，天尊慰藉之甚厚。及觉，莫谕其事。后章圣皇帝育德储闱，尹正神州，杨公入幕，始谒而归，语诸子弟曰："吾适谒皇太子，乃吾顷梦来和天尊之仪状也。"事在砺本传。

乐 学 士

乐学士史景德末为西都留台御史。尝梦一人，具冠服，称帝命来召。共行十余里，俄见宫阙壮丽，殆非人世。因问使者，云："此帝所也。"既陛见，帝谓曰："而主求嗣，吾为择之，汝姑伺此。"少选，导一人至，气色和粹，似醺酣状。帝谓曰："中原求嗣，汝往勿辞。"即顿首祈免者再三。帝曰："往哉，惟汝宜。"遂唯而去。旁拱立者谓史曰："此南岳赤脚李仙人也，尝酣于酒。"帝急呼史至前曰："适见者，主之嗣也。"寤而识之。既而密以闻，具述所梦，曰："宫中不久有甲观之庆。"明年，神文诞圣。安退处士刘易尝记斯事。

司 马 待 制

故天章阁待制司马公池，乾兴中以职官知光山县。秩满，考绩于吏部。时章圣临御，一夕梦引对于便殿，仰视黼座，状甚幼冲。即觉，窃语交亲，以谓改官之期方远。铨司既质成课，将取旨，会真宗不豫，神文以皇太子监国，引见资善堂。仰视睿姿，一如所梦。事见庞相国所撰《司马公神道碑》。

后 苑 亭

嘉祐末,仁宗于后苑建一亭,题其榜曰"迎曙亭"。未几,神文弃天下,英宗嗣位,则亭之名岂徒然哉?昔汉昭帝时,上林柳叶虫蠹成字,曰:"公孙病已立。"霍光既废昌邑,立戾太子之孙,是为宣帝,实名病已。唐宣宗晚年,长安小儿叠布蘸水,向日掩之,谓之"拔晕"。懿宗果自郓王嗣立。以今方古,事实符契。古语有云:"干鹊噪而行人至,火花燃而得酒食。"此言虽小,可以喻大。况王者之兴,岂无开先之兆也?异哉!

衡 山 僧

嘉祐八年三月,衡山县僧某来湘潭干事,既毕,归衡山。至中途,宿逆旅。忽梦行道中车骑戈甲,旌麾仪卫,去地丈余,蹑空北去。僧伏道左,少时既过,复前。又逢数骑,叱之曰:"安得犯跸!"僧自疏得免,因问:"何官也?"曰:"新天子即位,南岳神往受职耳。"僧既觉,明日至衡山,白所梦于邑令。令戒僧曰:"秘之,勿妄言。"后数日,闻仁宗遗诏至,考其所梦之夕,正月二十九日也。《金匮》云:"武王胜殷纣,大雪平地盈尺,旦日有车马诣军门,行无辙迹。太公曰:'此四海之神洎河伯来受职也。'因祀之,约束而去。"与此正类。李时亮云。

南 岳 真 人

庞相国籍既致政,居于京师。嘉祐八年春三月,公被疾,至下旬病革。一旦奄然,家人聚哭,数刻复生。翌日,命纸笔,屏左右,手书密封,俾其子奏。家人咸谓久病恍惚,书字不谨,遂寝不以闻。公既薨,发视之,云:初死,有人引导,令朝玉皇。

入一大殿庭,排班,庞处下列。拜讫,有一人传玉皇诏云:"庞某令且归,伺与南岳真人偕来。"既出殿门,又有人前导,云:"当见南岳真人。"复至一殿庭列班,庞居上列。卷帘毕,既拜,熟视,乃仁宗皇帝也。时神文久不豫,庞既复苏,觉体候小康,又闻圣躬亦复常膳,乃窃喜,故欲上闻。三月二十七日,庞薨。越一日,仁庙上仙。进士时济得之于与教院主僧惠节。

会　圣　宫

会圣宫在洛都东八十里望仙桥,祖宗之神御在焉。嘉祐八年三月二十九日,昼漏尽,宫侧之人见王者羽卫陈布道中,最后二人衣赭袍,张黄盖,乘马相次,至宫前乃不见。明日,宫门大敞,诸殿门锁不钥而启,主事者大骇。少时,闻仁庙上仙。

曹　门　谣

天圣末洎明道中,京师市井坊巷之人,凡物之美嘉者即曰曹门好,物之高大者即曰曹门高,耆壮童稚,无不道者。景祐初,神文诏册曹王女孙为皇后。曹王为国功臣之冠,虽珪爵蝉联者三世,洎作配宸极,居外戚之尊,可谓高且好矣。王辅艺祖定天下,降蜀平吴,抗丑虏,破强敌,将百万之众,未尝妄杀一人,宜乎后裔之兴也。唐郭尚父功盖天下,位极人臣,侈穷人欲,寿登耆艾。人谓报施之道,犹或歉然。至暧女为宪宗元妃,历七朝,五居母后之尊,人君行子孙之礼。唐史臣谓子仪社稷之功未泯,复钟庆于懿安焉。以曹氏之余烈,近之矣。

陈　靖

陈靖字唐臣,巨野人。少倜傥,有气节,通《诗》、《易》。尝

从范讽、石延年、刘潜游,景祐五年,以进士特奏名,得三《礼》
出身。荐为邑佐,皆有能声。稍迁孝感令,以公事忤郡太守,
辄致所事而去。即日僦舟东下,隐于叶山。未几,诏下,以太
子中舍致仕。值岁荒,徙家京师,卖药自给。朝之公卿多故
人,踵门者辄避去。或遗金帛,即散道士、丐者,未尝有所畜。
与其妻孔氏皆学辟谷,往往经岁不食。嘉祐四年,思武陵山水
之嘉,尽室出彼。王介甫高其行,以诗送,有“知君欲上武陵
溪,水自东流人自西”之句。既至武陵,结庐于高梧。市居数
月,丧其妻。自是不接人事,杜门称疾,惟焚香诵《易》而已。
六年七月十七日亭午,遽命其子庠具纸札,作书遗张郎中颐
曰:“近上帝以靖平生无诰,俾主判地下平直司,候天符下即之
任矣。”张时职江东漕运,得书,以靖为病心者,不复报。是日
又躬为一书,封缄甚密,戒其子曰:“张公归乡,以此书授之,不
可示他人及私发。违吾言,汝为不孝。”其子谨藏之。自是多
为歌诗,皆有脱去世俗之意。七年十一月十二日平旦,谓其子
曰:“吾数尽矣,后事一托张秘丞主之。”言讫而终。时张秘丞
颐将赴官益阳,前一日与靖别,翌日得其讣,亟为办丧事,葬于
耆阇山之侧。治平元年七月,张仲孚自江东还,其子庠捧父书
号泣来献,封缄如初。发之,其始末皆叙诀之辞,中乃云:“平
直司必然失为议定皇嗣事,勿怪草草。”明年秋,英宗由大宗正
为皇子,而靖于六年七月为此书,已有选定之语。由是知帝王
之兴,皆受命于天,默有符契,非偶然矣。此皆略取张仲举学
士所撰《陈靖传》云。

醴　泉　观

祥符中,京师东南隅醴泉涌,龟蛇见其侧,饮之者疾瘳。

即其地营祥源观。其后灾，再加缮构，改号醴泉观。熙宁八
年，又易倾朽，荐加垩饰。功毕落成，命教坊伶人奏乐于庭。
是日，真武影现于殿脊火珠中，其部从神官旄纛之类，望之悉
具，京师奔走观瞩者数千万人。见陈虞部开云。

贾　魏　公

贾魏公昌朝先德名注，尝为棣州推官。公方在孕，一夕梦
绯衣冠者一人，自空而下，以巨箱捧貂蝉冠以献。俄而公生。
始数岁，先令公为瀛幕，公时在膝下。契丹数十万攻围逾月，
城甚危，守陴者闻空中神告曰："城有中朝辅相，勿忧贼也！"数
日，虏遁去，城卒无患。公自宰相出镇，拥节钺者垂二十年，官
至兼侍中。若然，则贵贱之分，淹速之数，固由默定。世之汲
汲于进者，无所不至，岂昧于居易之理乎？

大　名　监　埽

河自大坯而下，多泛溢之患，岸有缺圮，则以薪刍窒塞，补
薄增卑，谓之埽岸。每一二十里，则命使臣巡视，凡一埽岸必
有薪茭、竹捷、桩木之类数十百万，以备决溢。使臣始受命，皆
军令约束。熙宁九年，大名府元城县一监埽使臣所主埽岸有
大鼋屡来啮岸之薪刍，似将穴焉，遂毂弩射之，中首而死。是
夜，梦一绿衣创首，谓监埽曰："汝杀我，我已诉于官矣。"又月
余，病疽死，见二使者执之而去，曰："汝尝杀人。"监埽窃思之
曰："此必杀鼋事也。"行仅百里，入一城，使者曰："吾有事当先
白所由司，汝姑止此，无他适。"二使既去，仰视高阁，金碧相
照，有二神人守闱，如道士观所谓龙虎君者。以姓名白之，乃
引入。仰视其阁，有榜，题曰"朝元之阁"，下见韩侍中稚珪凭几

而坐，侍者数十人，若神仙仪卫。乃再拜讫。韩问来状，遂白煞鼋事，因曰：“堤岸有决，当受军令之责，非徒杀也。”韩曰："汝亦何罪。傥见阴官，但乞检《上清格》。"即出门，见二使者至，遂引到一官府庭下，果诘以杀鼋事。对曰："某主埽岸，河流奔猛，涨溢不常，苟有决漏，则当诛。鼋败吾防，不可不杀。乞检《上清格》。"阴官取格视讫，谓曰："《上清格》云：'无益于世，有害于人，杀而不偿。'罪固难加。"阴官命前使者引出，行十余里，若堕眢井，遂寤。事闻之于刘大卿袭礼云。

仆 射 厅

陈英公执中初以左正言谪为中允，监永州酒税，郡守常以谏官待之。间日，具肴膳，就其所治以延款之。英公即座，周视居宇，忽于楝桷楣间注目久之，顾侍吏曰："见一牌否?"左右对以无睹，郡守而下皆曰未尝有牌。陈笑而杂以他语。及归，家人怪而询之。公曰："宛见一金字牌，书'仆射厅'字。"公由是益自负。既而两正台府，竟践此位。虽以司徒致政，然在仕之时，官为端揆。进士魏泰呼英公为舅祖，得闻其事。

吕 枢 密

吕枢密公弼，丞相申公之次子。始秦国妊娠而疾，将去之，命医工陈逊煮药。时方初夜，逮药将熟已二鼓，坐而假寐。忽然鼎覆，取诸药品差锉末再煮之。俄以严鼓，不觉再鼓。既而又煮，而加火焉。困甚，就榻。梦一神人，披黄金甲，持剑叱陈曰："在胞者，本朝宰相也。汝何等人，敢以毒药加害?"陈恐栗而寤，遂以所梦泪覆鼎事白于秦国，曰："在孕者贵人也，虽疾，当无所损。"其后生宝臣。熙宁中，自枢密使出镇而薨。闻之马瑊运判云。

括异志卷第二

盛 枢 密

枢密使文肃盛公_度修起居注日，尝感疾而死，支体犹温，故家人未敢殓。越宿乃苏，云：始为人追摄，若行田野间，气候昏塞，如欲雨状。良久，人一府，见主者被古诸侯服，起而接公，且谂以同姓名而误追，亟命公还。既而复行田间，远望有数人，皆若旧识。及追视之，乃故相国沈公_{义伦}也，喜揖盛曰："审知学士得还，为我语家人，颇为污脚袜所苦。"草草别去。盛神还，疾亦渐愈。遂以冥中所嘱语沈孤，其孤泣而不悟污脚袜之说。及服除，彻相公灵榻，而神座之横桄有败袜焉。究其所自，则守灵老卒之物，偶致于此，且起忘之，谓已亡失，故不复索。_{文肃公说。}

余 尚 书

余尚书_靖，韶州曲江人。天圣元年第进士，又中拔萃。始自曲江将求荐于天府，与一同郡进士刘某偕行。刘已四预计。偕行至洲头驿，有祠颇灵。余谓刘曰："与足下万里图身计，盍乞灵焉。"遂率刘以楮锭香酒祷祠下，乞梦中示以休咎。是夕，余梦神告，召而谓曰："公禄甚厚，贮于数廪。官至尚书，死于秦亭。刘某穷薄，止有禄六斗耳。"公谢而退，遂寤。其后出入清华，声望赫然，中罹废黜者累岁。其后竟至工部尚书。常语交亲曰："关中任使，决不敢去。"既罢广州，至乌江得疾，遂入金陵就医。舣舟秦淮，扶病登亭，视其榜曰"秦淮亭"。公不怿，数日而薨。刘某者以累举不第，就南迁，遂摄一尉，才逾旬而卒。李供备时亮云。

郎 侍 郎

郎侍郎简致政之年，将赴阙更图一郡，然后悬车。途次奔牛，宿于堰下。时盛暑，月色澄亮，命从者皆寝，辟船门默坐。乙夜，闻岸侧有人语云："吾儿明日过此，幸若曹悉力曳船。渠齿幼，恐致惊怖。"郎大讶，登岸四顾，人皆酣寝，惟群牛卧嗣于屋下。翌日，郎驻舟以伺。俄有称监簿者，年甫弱冠，由途于此。船既及堰，群牛不待呵捶，旋转如风，顷刻而过堰。郎太息曰："吾平生历官治民，自谓无冤抑，安能垂老更偲侻于王事乎？"即抗章告老，南归余杭。牛之子不传名氏者，郎为之讳也。陈节推之方笔以相示。

刘 密 学

天禧中，刘密学师道守潭州。有衡山民之长沙市易者，冒夜而行，道中见旌旗仪卫，呵导甚厉，民相与拱立道左。因询前驱者曰："何处大官？"曰："潭州刘密学授南岳北门侍郎，明日礼上。"是夜复有内臣江供奉者来岳庙烧香，宿庙下，梦供帐纷纭，言新官礼上。泊见，乃刘密学也。又马尚书亮时尹京南，午巳之间，有一道士至客次展谒，谓曰："侍郎已下厅，不敢通刺。"道士曰："无他事，欲投潭州刘密学书耳。"典谒曰："既要相见，何不早来？"又曰："为今日南岳北门侍郎上事毕方来，以故后时。"言讫失道士所在。晚衙马视事，典谒以告。马大惊，以为不祥。数日，凶讣至。考道士求见之辰，刘捐馆之日也。先是，刘在长沙，一旦称受札子赴阙，即具舟舰，立俾徙行李、族属于舟中。又曰："吾未交符印，今日且宿寺居。"明日，洗沐讫，穿膝坐正寝，俨然而逝。今衡潭之人严奉之，礼与岳神等。或闻祖舍人士衡有传。今所书者，录马运判珹、辛都官子言之说耳。

刘　待　制

待制刘公湜，彭城人。清修检重，时所推与。自金陵尹移守高密，时已抱疾，乘船沿淮至水车驿舍，遂卒。先是，驿居人见驱群羊及负荷酒食横陈之具入驿者，视之则无人，如此累日。刘既卒，始悟鬼神之来迓。水车沟在海、密州界。得之周都官之纯言。

杨　省　副

杨省副曰华自言：应举日，与数同人税宅于饮马巷。居数月，无他异。一日探榜归，时春季颇暄，相与解带，席地而坐。俄觉身之敥侧者再三，以谓地动，问诸仆隶则不知。杨取剔耳篦画甓罅中，胃出浅红线长数寸，以手牵之，有縑衣如线色，随牵而长，约尺余，惧而舍之。其下若有人引之者，徐徐尽入。坐者大骇，莫敢发视。即时迁于旅邸。余任渭州推官日，亲承杨公之说。

魏　侍　郎

刑部侍郎魏公瓘，初以金部员外郎知洪州。罢官，舟经大孤山，方乘顺风，扬舻甚驶。一女使涤器而坠水，援之不及。

舟速浪沸，顷刻已十里余，公愀叹良久。一女奴忽沉冥狂语趋前，而举止语音，皆所溺婢也。泣且言曰："某不幸而溺于水，实命之至是，无所恨。然服勤左右久矣，一旦不以理而终，夫岂不大戚耶？傥岁时月朔，赐草具馔，化楮泉于户外，使某得以歆领，虽泉下亦不忘报。"公与夫人闻之恻然，悉允其求。语次，一渔艇载所溺婢棹及公舟，告曰："溺婢为浪泊而出，获援之以送。"婢固醒然未尝死，而女奴亦不复降语。得之都官郎中任粹云。

司马少卿

太常少卿司马公里自言：未冠时，侍仲父待制光山县，门下客张某者亦年少，同舍肄业，常苦资用不足。张忽叹曰："愿得干汞法，以快吾欲。"旁有黥卒执汛扫之役者，笑曰："秀才年少，安知世间有此事耶？"张曰："神仙之术，不可妄求，岂不知之乎？"卒曰："某尝得此术，愿试之。"张大喜，脱衣质钱，市汞及炭。初夜以水银一两内鼎中，出小瓢，取药一粒如芥子投之，又以小瓦覆鼎口，泥封甚密。炽炭围之，急扇良久，鼎中如风声，倾之成白金矣。翌日，召金工视之，曰："此汞银也。比闻有黥卒得此术，间或鬻之，岂非此人所为乎？"张亦秘而不言。张谓司马曰："斯人而有斯术也，图之固易，然缓而取之，善也。"自此屡以美言抚存之。一日，请浣衣于江滨，去遂不复，竟不知所适。

梁学士

梁状元固，博达俊伟人也。未有室，职于史馆，数年而卒。未克敛，凭侍姬玉儿者降灵语云："吾今弃世才信宿，家事不治乃尔。"又召子弟戒勅曰："吾家素贫,尚有铅器数十事,兼朝廷必有赠赐,足办丧事,不得倚四郎中,其叔父也。但托祖舍人可也。"家人问曰："学士今居何所?"云："见作阴山谏议,寄任不轻。"又索毫楮作启,令子弟取某书还某家,于某家取所借某书,还者收,取者得。复索茶合,饮一杯已,手自封记,真梁之迹也。须臾乃去,姬如醉醒,诘之殊不自知。进士洪正卿云。

张 郎 中

张郎中景晟,洛阳人也,去华侍郎之孙。登进士第,始逾强仕,为屯田郎中。熙宁四年,奉朝请于京师,忽疡生于手,痛不可忍。时有御医仇鼎者,专治创痏,呼视之,遂取少药傅其上。既而苦楚尤甚,仇虽复注以善药,而痛不能已,数日而卒。沉困之际,但云："仇鼎杀我,必诉于阴府,不汝致也!"月余,仇坐药肆中,见二人,一衣绯,一衣绿,入鼎家,手持符檄,谓鼎曰："张郎中有状相讼,可往对事。"仇曰："张郎中病疽而死,何预我事?"绯衣曰："奉命相逮,不知其他。"仇知不免,哀求延数日之命。二人相顾曰："延三日可矣。"绯衣曰："虽然,当记之而去。"遂出一印,印其膝下,遂不见。所印之处即肿溃,创中所出如膏油,痛若火灼。后三日而死。始,仇之知张橐实良厚款,欲先以毒药溃其创,然后加良药愈之,以邀重赂,遂至不救。鬼之来,独鼎见之,左右但见纷纭号诉而已。噫,庸医之视疾,多以药返其病,使困而后治,欲取厚谢,因而致毙者众矣。傥尽若张君之显报,则小人之心,庶几乎革矣!

韩 侍 中

侍中韩公稚珪知泰州日,卧疾数日,冥冥无所知。倏然而

苏,语左右曰:"适梦以手捧天者再,不觉惊寤。"其后援英宗于
藩邸,翼神宗于春宫,捧天之祥,已兆于庆历中。固知贤臣之
勋业,非偶然而致也。_{太常博士姚复云。}

张　职　方

张职方_{太宁},宿州人。家富于财,登进士第。性恶鸥,每至
官,必下令左右挟弹逐之。熙宁六年,丁内艰,权居于符离之
佛寺。尝有鸥巢于殿之鱼尾,育二雏,羽翼渐成,飞跃于外,鸣
啸不已。张亲弹之,中丸而毙。既而二大鸥盘空,鸣声甚悲。
翌日张步庭中,一鸥下搏其巾。方惊骇,一鸥复来攫伤其鬓,
创亦不甚。旬余溃决,腐及喉,遂死。嗟乎!哀子之死,仁也;
报子之仇,义也!孰谓禽兽无仁义之心乎?父子之道,天性
也。处万物之灵,亲爱之心宜其甚焉。熙宁甲寅、乙卯岁,天
下蝗旱,至父子相啖者,真禽兽之不若也。悲夫!

陈　少　卿

太常少卿陈公_{希亮},曩岁刺宿州。厅事后门常扃钥,相传
云开则有怪物见。陈刚方明决,不之信,遽命启之,果有群妖
昼夜隐见于房闼间。陈亦不甚惧。一日,偶至土地堂,见土偶
数十,疑其为妖,命碎之,投诸汴水。妖遂绝。盖每岁立春,出
土牛,牛既为众所分裂,衙卒乃取策牛人置于土地之祠也。_张
_{供备宗义言。}

杨　状　元

前进士黄通与状元杨公_寘相善。尝梦杨投刺,自称龙首
山人。庆历初既登第,丁内艰,未终丧而卒。其后好事者解之

曰:龙首谓状元登第也;山人,无禄之称也。

郭　延　卿

　　郭延卿,洛阳人。少以文行称于乡里,吕公蒙正、张公齐贤未第时,皆以师友事之。太平兴国中,陈抟自华州被召。抟素以知人名天下,及道西洛,三人者皆进谒。抟倒履迎之,目吕曰:"先辈当状元及第,位至宰相。张先辈科名虽在行间,而福禄延永又过于吕。"然殊不言延卿。于是二人相与言曰:"郭君文行乡里所推,幸与一目。"抟曰:"固知之,然亦甚好。"遂草草别去,抟送之门,顾张、吕曰:"二君今晚更过访。"及期往,抟曰:"二君前程,某固已言,然所惜延卿禄薄。伺吕君作相,始合得一命;张君作相,当得职官耳。"既而吕果状元中第。及为相,荐延卿,得试校书郎。及张作相,益念郭之潦倒,一夕语其子宗诲曰:"为我作奏札子,荐郭延卿京官。"及翌日造朝,遽索奏札。宗诲草奏,误书"京"字为"职"字,及书可降制,乃职官,皆如抟言也。进士魏泰闻之陆修撰经,云其始末甚详。

括异志卷第三

马 少 保

太子少保马公亮自言：少肄业于庐州城外佛寺。一夕，临窗烛下阅书，有大手如扇，自窗伸于公前，若有所索。公不为视，阅书如故。如是比夜而至。公因语人。有道士云："素闻鬼畏雄黄，可试以辟之。"公乃研雄黄渍水，密置案上。是夕大手又至，公遽以笔濡雄黄，大书一草字。书毕，闻窗外大呼曰："速为我涤去。不然，祸及与汝！"公雅不为听，停烛而寝。有顷，怒甚而索涤愈急，公不应。逮晓，更哀鸣而不能缩。且曰："公将大贵，我且不为他怪，徒以相戏而犯公，何忍遽致我于极地耶？我固得罪，而幽冥之状，由公以彰暴于世，亦非公之利也。公独不见温峤燃犀照牛渚之事乎？"公大悟，即以水涤去草字，且戒他日勿复扰人。怪逊谢而去。进士魏泰言马公尝说于其祖云。

潘 郎 中

潘郎中继宗，清河人。以明经发第，有吏材。天圣中，自国子博士通判乾宁军。其母亡以十余岁，一日于堂前呼家人，令召其子，容状衣服，宛如平昔。潘再拜号哭，母急止之曰："可于堂西偏隔以帏幕，前下一帘，中安二榻，吾将与伴我者二妇人息焉。"既而语云："吾死亦无大过，阴官但致我一室中，不令

他适。汝既升朝，封我为县太君，阴官乃纵我出入。汝前岁知
导江县，我尝至彼相视，以水晶柱斧倒置植扉后。吾亦未有生
期，恐久涸汝，聊以为识也。今我往生冀州北门内街西磨坊某
人媳妇处为女，因得来此。"家人日夕具饮食，惟闻匕箸声，视
之如故。留月余，告去。举家送之郊外，空中有哭泣声，久而
不闻。潘既受代，道出信都，询之，皆如所说。潘后常以缯帛
遗其家。潘之子士龙，今为正郎。胡讷尝著《孝行录》，亦记潘
夫人事。

乐　大　卿

　　光禄卿乐公滋性沉厚，少年修学时，尝就祖母寝榻前灯下
看书。一夕二鼓后，灯檠摇动，如人携持，周行室中，复止故
处。乐亦不惧。明日，言于门下客，客不之信。是夜取檠置学
舍中，明灯而坐。才二鼓，复行如初。客大呼而走。遂命斧
碎，亦无他异。

徐　郎　中

　　徐郎中，莱州人，忘其名。弱冠，侍父假守岭外。乾兴中，
仁宗登极，部贺礼赴阙。至武陵一驿，将舍正寝。驿卒言："其
中有物怪往来，无敢居者。愿易他次。"虽不以为然，亦出寝于
厅之屏后。夜将半，梦有神人，状甚伟，手携竹篮，其中皆人鼻
也。叱："汝何等人，敢辄居此，以妨吾路！"徐恐惧愧谢，神乃
端视之曰："形相非薄，但其鼻曲而小。吾与若易之。"遂于篮
中择一鼻，先劓徐鼻掷去，以所择鼻安之，仍以手指周固四际，
梦中亦觉痛楚。神笑曰："好一正郎鼻也！"徐之鼻素不隆正，
自梦易之后，自然端直。历官驾部郎中，致仕，随其子秘书丞

朔在维扬签判。治平四年物故。

刘　太　博

　　兴州依山为守居，层叠而上，正寝尤高。复构楼于上，俯视仪门如指掌。宝元中，太常博士刘公中达假守是郡。一日与家人登楼，见白衣者入客次，若举人状。刘遽曰："有客至，吾将延之。"遂下楼升厅，果有举人投刺，刘接之。坐移刻，各不语。告去，遂循东庑而下。左右告曰："当自西庑。"举人不答，直趋东庑井次，投身而入。刘大骇，遽索井中，无所得，而亦不能究举人者自何而来。月余刘卒。前进士程觉言。

刁　左　藏

　　刁左藏允升尝提举大名府左厢马监，在职岁余卒。其家先寓于大名朝城县。熙宁二年秋，刁捐馆半岁，次子总忽见父坐于城门之侧，行李从者无异平昔，惟从人悉衣白。方惊惧，其父以手招之，即诣前拜且哭。刁遽止之。总问曰："大人今主何事？"刁曰："吾尝事范希文，渠今主阴府，俾我提举行疫者。今欲往许州以南巡按，道出此，故暂来视汝。"因曰："汝母明年八月当死，但预为备，勿告之，恐渠忧挠。孙某来年五月亦当卒。此皆冥籍先定，汝宜自宽。"孙乃总之爱子也。又曰："市中仇某不半岁必刑死。"因怀中取鸦青纸一幅，有金书七十余字，授总曰："善保持，勿失坠。"遂上马呵道，出南门而去，闾巷悉见。行数里，逢市人张五者避立路左。刁谓之曰："我欲倩君可乎？"张曰："诺。"乃谓曰："若暂到我家，语吾儿：后月南市当灾，且慎之。我已留从者五人防视，必免焚如。"张亦不知是鬼也，遂诣刁宅，欲达其语。闻宅中大哭，少选总出，询方知刁久已弃世。其妻洎孙如期而死。邑中官吏知有火灾，日夕戒居人储水，谨火禁。月余，火自空屋发，与刁居密迩。四邻悉焚，惟刁宅独完。仇某者闻当刑死，杜门不出。一日与客弈棋于所居之门下，有诵佛书而丐者，仇屡谢之不去，语颇不逊。仇忘刁之言，殴之，即死，竟毙于枯木。金书人皆不识之，字书亦无。事闻之借职刁绰言。

吕郎中

　　吕郎中元规治平初为广南东路提点刑狱。公宇在韶州，宅堂之后有园亭，亭下植荔枝数株。夏五月，实尽丹，翌日将召宾僚开樽以赏之。其亭暮则局镝，人迹所不至。诘旦启户，无一实在枝，但见壳核盈地，于板壁题诗一绝云："我曹今日会家亲，手把洪钟饮数巡。满地狼籍不知晓，荔枝还是一番新。"岁余，吕以事去官。其侄子邈言。

钱斋郎

　　治平中，有钱斋郎者调于吏部，挈其妻居京师。一日，其妻被夫之衣冠，语言皆男子也，状如病心。召符禁者视之，术皆不效。闻孔监丞者有道术，能已人疾苦，遂诣其居，告以妻之所为。孔许至其居。翌日乃来，与钱偶坐。其妻冠帻束带，往来于左右，尝曰："汝是何人，预我家事！"久之，孔都不与语。俄而独曰："莫须著去否？"孔因谓曰："汝本何人，辄凭人之室家，可乎？"乃曰："我尝被一命而死，亦曾举进士，颇探释老书。昨到京师，无处寓止，暂凭附于此人。"孔曰："既若曾涉猎三教，是识理之人也。汝在世仕宦之日，汝之室肯令他人凭之乎？"鬼默然。又谓曰："汝既言曾探释老，有尔许大虚空，何所不容,而言无寓止之所?"言讫,钱妻瞢然而倒,半日乃寤。询其前事,皆不知也。得之张稚圭言。

邢 文 济

　　华阴县云台观道士邢文济,常掌华阴道司事,故得紫其服,号虚寂大师。既免道职,专主金天南祠。乡人岁时献施金帛甚夥,邢悉哀为私藏,间充酒色之费。有巡检某人者知其事,密令人喻旨,邢屡以所得赂之。一夕,邢梦人摄至金天殿下,见巡检亦在廷中,有若胥吏者诘二人以盗用神物,皆服罪。各鞭背十二,遣归。邢既寤,觉背间楚痛。遂诣巡检,话昨日之梦。惊曰:"我梦亦然。"月余,邢病背疮死,巡检者亦患疽,相继而殂。得之董职方经臣录。

蒿 店 巡 检

　　渭州蒿店有巡检廨宇,率命班行领卒数百戍焉。庆历中,羌人入寇,巡检张殿直者应援于外,其家悉为蕃贼所俘虏。既入贼境,骨肉皆为赏口,其妻分肄一番酋,俾主汲爨之役。每荷汲器至水次,必南望大恸而后归。其家一犬,亦攘掠而得者,常随妻出入,屡衔其衣,呦呦而吠,摇尾前行十数步,回顾又鸣。如此者半岁。妻因泣谓犬曰:"汝能导我归汉耶?"犬即跃鸣。妻乃计曰:"住此而生,不若逃而死,万一或得达汉。"计遂决。俟夜,随犬南驰。天将晓,犬必择草木岑蔚之处,令妻跧伏,犬即登高阜顾望,意若探候者。时捕雉兔衔致妻前,得以充饥。凡旬日达汉境,巡逻者以闻。访其夫尚在,乃好合如故。自此朝暮所食,必分三器,一以饲犬。斯事番人具知之。

评曰：犬，六畜也。惟豢养之恋，既陷夷狄之域，尚由思汉，又能导俘虏之妇间关而归，可谓兽貌而人心也。有被衣冠而叛父母之国者，斯犬之罪人也。

王 廷 评

王廷评俊民，莱州人。嘉祐六年进士，状头登第。释褐，廷尉评签书徐州节度判官。明年充南京考试官。未试间，忽谓监试官曰："门外举人喧噪诟我，何为不约束？"令人视之，无有也。如是者三四。少时又曰："有人持檄逮我。"色若恐惧，乃取案上小刀自刺，左右救之，不甚伤。即归本任医治，逾旬创愈，但精神恍惚，如失心者。家人闻嵩山道士梁宗朴善制鬼，迎至，乃符召为厉者。梦一女子至，自言："为王所害，已诉于天，俾我取偿，俟与签判同去尔。"道士知术无所施，遂去。旬余，王亦卒。或闻王未第时，家有井灶婢蠢戾，不顺使令，积怒，乘间排坠井中。又云王向在乡闬与一倡妓切密，私约俟登第娶焉。既登第为状元，遂就婚他族。妓闻之，忿恚自杀。故为女厉所困，夭阏而终。

樊 预

樊预，眉州人。登进士第，为杭州观察推官。素有异相，胸生四乳。一日，忽题于厅之堂扉云："三声鼓角云中见，一簇楼台海上高。"人莫喻其旨。后数日，若有牙兵数百人来，云吴山大王遣以奉迎。预乞延数日，处置家事。迓者乃去。亟召同寮，具以事告，且诉乡里辽远，涉津遣骞累之意。同官见其无疾而遽有是语，以为病狂，或讯其事之委曲，终不答。又信宿，乃卒，卒时正严鼓时也。吴山即子胥之祠，据州中之高阜，有楼殿亭宇之胜。"鼓角""楼台"之句,乃自谶也。后州民闻甲马巡徼之声,或见樊总督者。州人遂塑其像于神侧,自是不复见。其子祖安亲说。

括异志卷第四

陈　省　副

　　庆历初，陈吏部泊自三司副使谪守钟离郡，比曹员外钱愚时为通倅。钱善数术，一日，俾其邑封具酒肴，悉召陈宅之长幼，会于倅居。明日，钱诣陈谢曰："昨日以菲薄奉邀贵眷者，聊示区区之意，以托后事尔。"陈大惊曰："足下四体甚安，此言何谓也？"钱曰："明年正月某日，某当死。乞护送诸孤归京师故栖，则幸甚。"陈知钱善数术，亦不以为然。愚尝谓其妻子曰："陈亦行尸耳，过明年复旧官，则不可矣。"明年正月，如期而卒。月余，陈徙庐州。未半岁，复召为三司副使。数月，病背疽而死。越三日，陈有少女奴年十二三，忽据榻附而降语曰："吾昨日已见王，将设酒，我辞以创痛而止。门外从者五十人，悉戴漆皮弁，衣皂绿绯宽衫，乌毡靴，亦无异人世，不复号慕以自苦也。"又数日，复降语，命设榻如宾主位，曰："此前濠州同官钱比部也。吾今得知益州，复与比部同官，前日已尝宴会，相得之欢，不异平昔。可令院子传语钱家县君，言比部教善视十一郎，比部幼子，最所钟爱者。今再与陈吏部同事甚乐，勿思念悲恸也。"先是二日，钱之幼女方十余岁，睡中哀号，呼之良久乃寤。曰：我见比部与陈吏部在一高堂上宴会，樽俎帟幕，无不华丽，左右侍卫甚盛。因念父已去世，不觉啼泣，被呼方省。与陈宅女奴降语相符。昔之小说载幽冥事者，多云人

间郡县,阴府悉同。若陈吏部之为益州,岂其然乎?比部之子
闳,今为供备库副使,言之甚详。

王　待　制

　　天章阁待制平晋王公质之谪守海陵也,郡之监兵治宇之
西偏有射堂,堂之前艺蔬为圃。一日晨兴,治圃卒起灌畦,见
一老媪立射堂中,气貌甚暇。卒惊询之,媪曰:"我乃监兵之母
也。汝亟白我在此。"卒曰:"监军不闻有母,媪何妄也!"媪曰:
"第告,无多诘。"卒入白监军,遽出视之,姿状音息真母也,而
言语哀恻。监军号恸,家人已下皆往拜侍。母急曰:"以幕幂
射堂之轩,使不外瞩。"既而询其所从来,母曰:"冥中有一事,
应未受生,与见伏牢者皆给假五日。我独汝念,是以来耳。"监
军遽谒告,且白平晋公。平晋公朝服往拜,而以常所疑鬼神事
质之,皆不对。曰:"幽冥事泄,其罚甚重,无以应公命。"平晋
又问:"世传有阎罗王者,果有否?复谁尸之?"曰:"固有,然为
之者,亦近世之大臣也。"请其名氏,则曰:"不敢宣于口。"公乃
遍索家藏自建隆以来宰辅画像以示之,其间独指寇莱公曰:
"斯人是也。"复问冥间所尚与所恶事,答曰:"人有不戕害物性
者,冥间崇之。而阴谋杀人,其责最重。"如是留五日,遂去。
或云平晋由此不复肉食。平晋尝为之记。其子复以示魏泰云。

石　比　部

　　比部外郎石公弁言:皇祐中始得大理寺丞,监并州之徐沟
镇。岁余,梦一鬼,朱发青肤,自中霤下瞰,垂臂捽一女,女子
发自地而出,谓之曰:"送汝往李专知家作女。"石惊觉,心悸,
遂不寐。逮晓时,有酒税场官姓李者,石因问:"尔昨夕有何

事?"李曰:"四更初息,妇生一女子。"石叹异久之。其后婴儿有疾,召一姥视之,曰:"本太原人,随夫寓此,仅四十年。凡官于此者,无不出入其家。此廨宇亦曩日都监之官舍。徐沟旧差班行监当今差京官。今中霤之下者尝有井,李殿直监临日,鞭一女使,不胜楚痛,投井而死。遂废不汲,仍遭大水湮焉。"石愈惊骇,方省前梦之验也。

曹 郎 中

曹金部元举治平中尝为福建路转运使。廨宇中有池亭,曹朝夕止于是。家人怪其肌体日瘠,精神恍惚,讯之,即曰:"尝有李家娘子甚美,与二婢子来侍我。"咸谓物怪所惑,召医巫视之,悉无效。乃涸池求之,得三鳢,一大二小。曹遽呼曰:"勿害李家娘子!"遂脔而焚之。曹亦谢病归维扬,岁余卒。

陆 龙 图

龙图陆公诜尹成都日,府宅堂前东南隅有大枇杷一株,其下夜则如数女子聚泣者,烛之则无所见。厥后半岁,陆卒于位。熙宁六年,成都阛阓间遇夜逻卒闻哭声呦呦然,凡数十处,就视之则无有。至七年八年大旱,殍饿盈路,继之以疾疫,死者十六七。洎至秋麦,则无人收刈。至于绫罗、纱锦、彩笺诸物,鬻者亦少。宜乎魄兆之先见也。丁都官馌目睹。

宋 中 舍

太子中舍宋传庆,谏议大夫太初之子。自言其父性嗜鳖,尝一日得数鳖,付厨婢臞之。其一甚大,婢不忍杀,放之沟中。逾年,婢病疫疾,苦心烦热,殆将卒。家人舁致外舍,俾卧以俟终。翌日视之，则自户阈至婢胸胁间皆青泥涂渍，婢亦稍间。讯之，则云不究其泥之来，但烦热减差耳。家人伺之。逮夜，有一大鳖自沟中，被体以泥，直登婢胸冰之。婢逾旬遂愈。询其致鳖之自，婢乃述其本末。天圣中，传庆为遂宁通守，与先君言如此。

马　文　思

文思副使马公仲方，尚书亮之侄也。遇罢官，多寓家。高邮军细君之妹亦居是邑，尝以牝羊馈于公，未几生一羔。秣饲数月，闲居患无人牧放，乃鬻于屠肆。翌日临格将烹之，出刀于侧，且瀹水以备焊濯。将刲而亡其刀，良久，见其靶于沟中。取而洗拭，置于床，旋又失之。乃羊所生羔衔而投诸沟，又以足践淖，使勿见。屠者视之大感伤。后以羊归马氏，自此不复屠羊。公亦以羊施佛寺。公尝守全州，尝自书斯事于阅理堂之壁云。

陈　太　博

太常博士陈公舜俞任明州观察推官，有二子，一男一女，皆六七岁。一日，戏嬉于外，逮归则男子面有墨规其左颊，女子朱规其右颊。家人怪，问其所规之自，则云不知。家人但谓小儿戏而为之，命涤去。翌日复然。如是几月余，日日如是，而无他怪。陈虑为怪之渐也，白转运使求莅他局，遂沿牒于浙西。廨既空，郡给二皂以守舍。一日，二人相与言曰："陈察推向以二儿面有画以为怪，而竟无他，我等当验之。有能独入堂中自朝至暮者，醵钱若干以赏之。"一皂欣然携短剑入堂之西序，醉卧牖下。及醒，日已过午。吏喜其无怪，又喜将获所赏也。徘徊伺晚而出，俄然堂扉启，有数婢从一妇人，臂鹦鹉立堂之阰，若所规画然。吏熟视，默念曰："苟怪止如是，亦何足畏！"方将以刃劫之，忽心动若大悸，不知其身之所有，惊呼携剑，突门以走。犯谯门，穿长街，若发狂失心者。市人睹其持剑，以为有变，皆恐避之。未半里，蹶踣道左。众掖起，夺剑而诘之，移刻始能言，竟不知其何怪也。进士魏泰游明州，亲见此事。

马 仲 载

熙宁六年，开江南为郡县。既得峡州，筑为安江城，命内殿承制马公仲载统卒三百戍焉。时石鉴以兵马钤辖知辰州，总千兵亦驻城中。一夕，逻卒云："蛮兵数千夜当攻城。"石闻之，即欲遁去。马曰："钤辖傥出，则谁与守？"遂仗剑于门，令曰："敢出者斩！"石遂留，蛮兵亦不至。由此石颇衔之。未数月，马忽仆地，懵然无所知。仆从乃舁辰州就医药。石乃劾其弃城戍，将以军令裁之。马病稍间，就鞫于武陵，乃具馔遥诉司南岳。翌日，有稚子方十岁，未尝读书，忽睡中呼索纸笔，乃书曰："南岳门下牒敕马仲载：念卿遥祭之专勤，听其诉声之怨切。据卿之罪，理当丧命。上天愍卿常行吉心，能守所职，止命降灾夺官。更宜省循，以邀福寿。懋哉幸矣！熙宁六年十一月二十四日。"复取朱笔画一印于日月上，篆文亦不可辨。儿复睡，少选而寤。诘之，云："有一人青巾黄衫，以黄敕付我。"亦不知其手自摹写也。仲载之事，武陵人无不知者。《南岳敕》，好事者多录而藏之。

夏 著 作

尚书郎高公靖，蔡州人。罢官，归乡里村居。尝坐垅上视农事,有耕夫于土壤得铁牌,上有大字云:"司法参军夏钧。"高亦不喻。数年,授知道州,相次有长沙人夏钧调本州司法参军。高方悟铁符之前定也。钧官至著作佐郎。

冀　秘　丞

冀秘丞膺皇祐中知河南府缑氏县,代人将至,预徙家于洛城,独止于县之正寝。一夕,梦二女子再拜于榻前。问其所以,云:"妾等是前邑尹家女奴也,以过被鞭死,瘗于明府寝榻之下。向来宅眷居此,不敢妄出,恐致惊怛。今夕方敢诚告,乞迁于野,乃幸之大也。"冀可之。明日发其地,果得二枯骨,红梳绣履尚在。命裹以衣絮,祭以酒饭,加之楮钱,埋于近郊。数夕后,梦中前谢而去。乐长官浩言之。

梁　寺　丞

梁寺丞彦昌,相国之长子也。嘉祐中,知汝之梁县。其内子尝梦一少年,黄衣,束带纱帽,神彩俊爽,谓之曰:"君宜事我,不尔且致祸。"既寤,白梁,梁不之信。既而窃其衣冠簪珥,挂于竹木之杪,变怪万状。梁伺其啸,拔剑击之。鬼曰:"嘻!汝安能中我?"又命道士设醮以禳之。始敕坛,夺道士剑舞于空,无如之何。谓梁曰:"立庙祀我,我当福汝。"既困其扰,不得已立祠于廨舍之侧。又曰:"人不识吾面,可召画工来,我自教之。"绘事既毕,乃内子梦中所见者。会家人有疾,鬼投药与之,服辄愈。归之政事,有不合于理者,洎民间利害隐匿,亦密以告。梁解官,庙为后政所毁,鬼亦不灵。闻之洪正卿进士云。

杨　郎　中

郎中杨公_异性好洁静过甚，不近人情。寓居荆南，对门民家有子数岁，肤发悉白，俗谓社公儿，异恶焉。屡呼其父，与五缗，令杀之。民得镪，潜徙去。杨止一子，俄病癞，肌溃而卒。近时有人死而复生，云阴府新立速报司。若杨氏之报，信哉！

张　太　博

治平三年，太常博士张_{忘其名}知兖州奉符县，太山庙据县之中，令兼主庙事。岁三月，天下奉神者悉持奇器珍玩来献，公往往窃取之。既解官，寓家于东平。一夕，闻中闉外如数十人，语声杂遝不可辨。晨兴视之，其所盗帘幕器皿之类，悉次第罗列于厅庑间。视橐箧，封镝宛然。如是者凡数夜。张大怖骇，悉取燔之。越三日，奉符旧事发，兖州狱吏持檄来捕。既就逮，左验明白，竟真牢户。

杨　从　先

殿直杨从先，至和初监大名马监。其冬，梦授枢密院札子云："千里重行行，右札付从先。准此。"既觉，不喻其旨。明年春，大雪，牧马多死，监牧使臣冲替者数人。乃悟"千里"，重字也；以配"行"，冲字也；再言之者，皆被责也。

括异志卷第五

李 参 政

李参政至性修洁夷淡,年几强壮,尚为布衣。开宝中,有省郎典齐安郡,至依门下为学,读书著文,夜分不寐。一夕,有二女子盛冠服,鸣珮珰,揖李而坐,容态殊丽,风度婉约。李恍不知其所从来,因定神肃容,熟视而问曰:"鬼邪? 仙邪?"答曰:"奴非鬼也,乃仙之流亚也。"少时,出户不见。自此月三至,或饮之以酒,或啜茗而去。谈幽显之事,辞简而理明。守将受代,二女复来,谓李曰:"与君款奉三年于兹矣,见君居常以礼自持,未省一言及乱,器识洪厚,终当远到。然君前世曾为商贾,负人息钱甚夥,以贫不能偿,故今世俾君覉塞于壮岁。"因出书一封与至曰:"俟改元太平乃启。不尔,当有祸。"既而太宗践祚,改元太平兴国。启其封,见"太平兴国二年,李至第二人及第。"既而果然。后历清显,入参大政,拥旄巨镇而终。乐京著作尝言。

梅 侍 读

侍读梅公询,端拱二年第进士。清裕有才,早厕文馆,坐在人洎滞者数十年。景德中,尝梦与一士人,年甚少,共射一石牛。梅中胁,少年者中首。至祥符中,真宗东封,询被选于太平顶行事,宿斋其上。是夕燔香再拜,默祈将来通塞之事。

既寝，梦牛马羊布野，有二牛斗于前。一人被冠服，前谓牛曰：
"伺吕公再入中书，斗亦未晚。"牛遂解去。其后自尚书郎带职
知濠州，吕申公以太常博士通守郡事，仪状酷似向梦中所见。
又守倅之居花圃中，各有一小石牛。梅因省前梦，厚结于申
公。宝元中，吕公入相，擢梅为天章阁待制。其后申公自北都
再持政柄，梅已为枢密直学士，判审官院，又迁为侍读学士、群
牧使。是岁十二月得疾，出守许州，以至捐馆。梦中所见牛
马，乃群牧使也。二牛斗者，其年岁直丑，十二月又丑也。二
牛者，逢二丑而疾作也。神先告之矣。

　　评曰："君子居易以俟命。"语曰："富而可求也，虽执鞭之
士，吾亦为之。"明富贵贫贱，以时而来，不可规图而取。梅公
早预俊选，屯蹇不振，年始从欲，方遇知己。官历两省，职居禁
近，拥旄巨镇，克享退龄。始否终泰，岂非命耶？

韩　宗　绪

　　韩宗绪，龙图赞之子，以父任补将作监主簿，皇祐秋镇厅
预荐。偶于相国寺资圣阁前，见其家旧使老仆，呼谓曰："若非
某乙乎？死久矣，何得在此？"曰："某今从送春榜使者。"又问：
"榜可见乎？"曰："有司收掌甚密，不可得而见也。"又谓曰："汝
能密询有我姓名乎？苟无，亦可料理否？"仆许诺试为尽力。
又问："复于何处为约？"仆云："复期于此，他处难庇某之迹。
此地杂沓，人鬼可得参处。"他日如期而往，仆果在焉。遂开
掌，见己之名在片纸上。揭其下，乃田宝邻也。仆曰："此人明
年当登第，官甚卑。郎君亦自有科名，但差晚耳。况身已有
官，故得而易之。若白身则不可。"因忽不见。明年，韩登第，
曾以兹事说于亲旧间。治平中，韩玉汝龙图与供备库使段继

文同使契丹。至雄州，段尝为雄之监军，雄之举人皆上谒，田宝邻刺字厕焉。韩见之大惊，与段尽道所以。段复以韩事本末语之曰："遂斋戒，夜醮，作奏诉于帝。"木炎尝侍父官瓦桥，备知之。熙宁中，炎登第，为岳州巴陵簿。县令王泽尝谈怪异，王云："应举时，闻州东有一人常入冥，言人吉凶甚验，遂率同人数辈就问之。其人在小邸暗室中，既见，遂以将来得失叩之，再三不语。俄又面壁而坐，云：'田宝邻公事至今未了，安敢有他科场事！'不知田宝邻何人也。"炎方省向者韩、段之言。宝邻以累举特奏名，其后官甚卑。

南 州 壬 子

虞部员外郎杜公彬罢滁倅，至阙奉朝请。一日游景德寺，访朝客不值。方假笔札以志门，偶狂僧严法华者自庑下直揖杜君。杜雅闻法华言事多中，因以平生未然之事谘之。僧夺笔索纸，杜以刺字之余授之，大书云："南州壬子。"杜不测其旨。后数月，授知漳州。到州阅图经，则陈氏伪据日，目漳为南州。杜叹讶之。自揆以为"壬子"者，有土之号，岂隐其为州之意邪？后岁余，杜终于任。其子煜用浮屠法作七斋。饭僧次，煜因言及法华之事，取其书以示群僧。因观其壬字中一画差长，若壬字。遂以甲子推杜君卒之日，正壬子也。其子煜言之于魏泰，并出其书。

李 侍 禁

李侍禁齐善袁、许之术，士大夫多喜之。有别业在华阴之东郊。其妻先卒，买一妾，生二子，一男一女。李既死，二子始髫龀。长男年二十余，乃嫡室所出，与其妻谋曰："二子长立，当有婚嫁之费，且分我资产。能致之死地，家资悉我有也。"自此二子衣不得完，食不得饱，笞骂挫辱，无日无之。俄得疾疫，遂绝其药膳，虽杯水亦不与。相继皆物故。妾不胜怨愤，日走伏齐垅，号哭以诉。数月，妾亦死。有邻家子于闾巷见齐手携二子，妾亦侍侧，顾谓邻家子曰："我长男不孝不友，虐杀弟妹，又令此妾衔恨而殁。若可语之，吾亦诉于阴府，不汝置也。"邻家子知是鬼，将走避，因忽不见。邻家子遽来告之，亦不之信。一旦，其妻具酒肴，会亲旧女客于中堂，厥良独坐书阁下。乃父自外至，数其罪，以杖击之。坐客闻其号呼，悉往视，但见仆地叩头服罪，言虐杀二子状。数日乃死。其妻后数月亦死，田宅家资悉籍没。嘻！李齐之事不诬矣。世之人父死而谋害幼稚，以图资贿者多矣。目睹数族，虽不若李为鬼灵，但见其身夭折，子孙沦胥，以至无立锥之地。李齐之事，足使狠子庸妇闻之少警其心。董职方经臣亲见兹事云。

李　氏　婢

　　贾国傅大冲尝说，有李某屡典郡，既卒，家人归京师旧居。有老婢，凡京城巷陌无不知者，家之贸易饮膳衣著，泊亲家传导往来，悉赖焉。邑君爱之如儿侄。明道春方淘沟，俾至亲家通起居。抵暮不归，数日寻访无迹。邑君曰："是媪苦风眩，疾作坠沟死矣。"即命诸婢设灵座祭焉。家之吉凶，亦来报。邑君泣曰："是媪虽死，不忘吾家。"明年春，自外来，家人皆以为鬼也。媪拜曰："去岁令妾传语某人，至某处，风眩作，堕沟中。某人宅主姥见之，令人拯出，涤去秽污，加以药饵，得不死。某誓佣一年以报。今既期，即辞归。"往询某氏，果然。是夕，有青巾男子见邑君梦曰："我清卫卒也，向死于巷左。昨闻宅上

失女使,设位以祭,遂假其名窃享焉。今闻已归。"乃拜辞而
去。

李 比 部

李比部从周景祐四年随乡书来京师,与数同人僦舍于麻秸
巷。尝五鼓而兴,将谒亲知于远坊者。始启寝户,即踣于地。
奴仆扶视,气息殆绝。至巳午间,始惺然曰:"初启关,见一鬼
戴短巾,衣绿宽衫,黝面于囟,状若祠庙中所谓判官者。以气
嘘之,如霜风之切骨,遂昏然。"亦不知委顿于地也。明年校
艺,不利于南宫。

胡 殿 丞

胡殿丞偓,潭州人。至和中授峡州签判,待阙荆州,僦居
于公安门内,暇则坐于厅庑间。尝有持刀镊者,比日过门,植
足注视,良久乃去。胡异之。一日,呼与小儿剃发,因问曰:
"汝常顾吾门内何也?"曰:"有一亲识,姓某,在峡州为吏,兼管
冥曹,事多而身劳,欲公垂庇,是以日踵门而不敢言。"胡未之
信。及至任,聚群胥,出姓名问之。有一人前曰:"刀镊汉竟多
口。"胡屡询之冥司所职,但云未可轻泄。居无何,胡以先人忌
晨饭僧课经,具疏焚楮泉。迨明日,其吏至案前,以手就怀,探
昨日所焚疏示,若新写者,已而灰灭。且曰:"殿丞见迫,不敢
隐然。某已得罪,而殿丞亦不免减禄筭矣。"数日,吏暴卒。期
年,胡以病废于家。得之李林秘校云。

谢 判 官

谢判官,平原人。宝元中,尝为曹州观察推官。视事未

几，一夕梦老父引之入大第中。家颇豪盛，奶媪抱婴儿，饰以文绣。指谓谢曰："此君之后身也。"谢问："此何郡？复谁氏之家？"老父曰："成都府陈郎中宅也。资产甚丰，君心乐乎？"谢亦颔之。既寤，甚不怿，谓妻子曰："吾其死矣。"日处致后事。既而秩满，复调棣州判官。到官数月，又梦前老父复引至昔之第，有小儿衣纨绮，戏阶下。指谓谢曰："此前日之婴儿也。今始五岁，尚未语。"既寤，谓家人曰："今日之事，必不可免。"居常戚戚不怡。考满，又将赴调，复梦老父导之入门，见昔日之儿冠绯帽，紫袍银带，立于堂庑。顾谓谢曰："此子已读书矣，君其谢我。"觉，大恶之。月余，病卒。其子讷，庆历六年登进士第，亲说如此。

刘 观 察 宅

京师保康门有刘观察之别第，每僦于人。翰林学士曾布，嘉祐丙申之冬，以乡贡将试礼部，僦此第以居。一夕不寐，闻厅中有人呼曰："太尉来！"既而又有若往来问讯，切切细语，或如传授指令，皆以太尉为称，历历可审。甚讶之。翌日，究其宅之坊曲地里，则韩通之故第也。通尝为王彦升族于斯第之下。进士魏泰亲得之于曾子宣云。

柴 氏 枯 枣

邢州城东十余里，周世宗之祖庄也。门侧有井，上有大枣一株，世宗时柯叶茂盛，垂荫一亩。恭帝既禅，枣遂枯死。明道中，枯卉复生一枝，长一丈余，蔚然可爱，井中水如覆锦绣。柴氏惧，遂塞井伐木。明年，诏求五代帝王之后。柴氏自邢、蔡、虢等州诸族被甄叙入官者三十余人。井枣之祥，亦非虚应。

僧　缘　新

　　武陵郡西有佛庙，曰栗园。院主僧畜一犬，几十年。一夕，梦犬语云："累岁荷畜养之恩，今当与堤头杜翁家为男，故来奉辞。"僧既觉，不以为意。黎明，侍者以犬毙闻。因大惊，乃策杖至堤头，杜迎门谓曰："何出之早也？"延僧坐。僧曰："昨夕檀越家岂有子孙之庆乎？"翁对以息妇夜生一男。及询以何由而知，僧遂以梦告。翁亦骇异，因许之为浮屠，令以披缁剪发，法名缘新。鼎人率知之。

括异志卷第六

王 少 保

少保王公明开宝八年乙亥拜秘书少监黄州刺史。时王师问罪金陵,公帅师入豫章,市不易肆。至戊寅岁受代,徙传舍。有黄衣来谒,延之坐。乃曰:"公总兵入州,洎解任,不戮一人,惠及物者大矣,阴骘垂祐无疆。"袖中出一通青纸,朱篆数幅,曰:"他日舟至大孤山,当有黄衣来谒,必能识之。"才出门即不见。及至大孤山,果有黄衣吏至,公大喜,亟召见,即以篆文示之。乃曰:"请纸笔,易为真字。"即"乌犀丸"方,书毕而去。公神其事,遂依方合之,服者无不效。盛太尉乃太保之孙女婿,得黄衣亲书本。盛疾作,服之亦愈。

范 参 政

文正范公仲淹字希文,天圣中以帖职通判陈州。时郡守以太夫人疾病,召一道士,俾奏章祈祐,筑坛于正寝。郡守召公预其事。公窃笑曰:"庸鄙小人,安能达章帝所耶? 但郡守以太夫人之故,多方以图安耳。"既而复谓道士曰:"仲淹将来休咎,可得知之否?"道士曰:"唯俟至天曹问之。"既而秉简赍章伏于坛,自乙夜至四鼓,凝然不动。试扪其体,则僵矣。殆五更,手足微动,遽扶坐于床,饮以茶药。良久,谓郡守曰:"奉贺太夫人,尚有六年寿,所苦不足忧也。"又谓公:"禄寿甚

盛，必人政府。"郡守问："今夕奏章何其久也?"道士曰："方出
天阃，遇放明年进士春榜，观者骈道，不得出，是以稽留。"公益
不以为然，问曰："状元何姓?"曰："姓王。二名，下一字墨涂
之，旁注一字，远不可辨。"既而郡守之母疾苦寻平。明年春
榜，状头乃王拱寿，御笔改为拱辰。公始叹道士之通神。事闻
之毕国傅仲达、陈著作之方云。

麦 道 录

　　麦道录本宦者，尝为人内供奉官勾当事材场。一日出西
水门，有丐者死于汴河岸之侧，有败席短杖。时方大雪，独不
积其身。麦异之，为市衫裤麻屦故巾，瘗之于隙地。他日奉使
鄜延，至蒲坂北一邮置，有一贫人诣门请见，仍云："尝受恩，故
来致谢。"麦召见，询其由，曰："自顶至踵，皆君所赐也。"麦罔
然良久，方省瘗丐者事。乃延坐与语，屏左右，移时而去。麦
既回京，发瘗，但见席杖而已。麦遂弃官为道士，为左街道录，
年九十余卒。闻之于朱左藏允中。

杨 道 人

　　杨道人者，不知何许人也。往来郢之京山县、丰国范顿市
中。好与小儿戏狎，虽大寒甚暑，而未尝巾帻衣裳，惟裸露。
而或以衣服赠之，旋即施与丐者。故人尤恶视之。往往逆知
人中心事。复州苏绎寺丞得一烧朱砂银法，试之有验，往见
之。杨即前曰："涩涩酸，朱砂烧尽水银干。"更不复语。又彭
长官者，欲求地葬其母，以纸干之，乞数字。直书云："翻车二
十五千。"既而果于翻车村得其地，以二十五贯市之。熙宁癸
丑岁，辛子仪令京山，杨每来谒之，赠以衫帽，或留宿外斋。虽

设衾榻，密视之，已安寝于地矣。未几，索纸笔，横作二画，自一二三四书讫，授子仪。谛视之，乃"四"字也。果至四月而乃父弃世。道涂商贩皆云见其死于数处矣，而形状不改。熙宁七年，卒于范顿豪民张绛家，为买棺埋于市侧。市民朱如玉方容京师，是日见杨来访，不交一言。后朱自京师回，白县，开其藏，惟空棺耳。其异迹甚多，能记其一二也。辛都官子京录示。

李　芝

　　广州新会县道士李芝，性和厚简默，居常若愚者，间为两韵诗，飘飘非尘俗语。常读史传，善吐纳辟谷之术，肤体不屡濯，自然洁清。发有绿光，立则委地。所居房室不施关键，邑人崇向施与金钱衣服无算，人取去，未尝有言。或召设祠醮，一夜有数处见者。至和中多虎暴，芝持策入山，月余方出。谓之曰："已戒之矣。"自此虎暴亦息。余至和中亲见之，今则尸解矣。

张　白

　　张白字虚白，自称白云子，清河人。性沉静，博学能文，两举进士不第。会亲丧，乃泣而自谓曰："禄以养亲，今亲不逮，于禄何为？"遂辟谷不食，以养气全神为事，道家之书无不研赜。开宝中，南游荆渚。时乡人韩可玼为通守，延纳甚欢。会朝廷吊伐江吴，军府多事，因褫儒服为道士。适武陵，寓龙兴观，郡守刘公侍郎𪩘、监兵张延福深加礼重。尝以方鉴遗张曰："收之可以辟邪。"白韬真自晦，日以沉湎为事，傲乎其不可得而亲者。往往入廛市中，多所诟骂，切中人微隐之事，众皆异之。每遇风雪苦寒，则必破冰深入，安坐水中，永日方出。

衣襦沾湿，气如蒸炊，指顾之间，悉以干燥。或与人为戏，仰视
正立，令恶少数辈尽力推曳，略不少偃。又或仰卧，舒一足，令
三四人举之。众但面颊，其足不动。居常饮崔氏酒肆，崔未尝
计其直。家人每云："此道士来则酒客辐凑。"尝题其壁云："武
陵溪畔崔家酒，地上应无天上有。南来道士饮一斗，卧在白云
深洞口。"自是沽者尤倍。南岳道士唐允升、魏应时，亦当时有
道之士也，慕其人，常与之游。白天才敏赡，思如涌泉，数日间
赋武陵春色诗三百首，皆以"武陵春色里"为题。一旦称疾亟，
语观主曰："我固不起，慎勿燔吾尸，恐乡亲寻访。"言讫而绝，
身体润泽，异香满室，倾城士女观瞻累日。为买棺葬于西门
外。逾年，监兵罢归，其仆遇白于扬州开明桥，问："方鉴在否？
为我语汝郎，斯鉴亦不久留。"仆归，具道。张骏曰："渠死久
矣，汝何见邪？"寻索鉴熟视，随手而碎。又鼎之步奏官余安
者，以公事至扬州，亦遇白携大葫芦货药，亟召安饮于酒肆，话
武陵旧游。数日，安告行，白曰："为我附书谢崔氏。"余归致
书，崔氏览之大惊，遽掘所埋棺，已空矣。白注《护命经》，穷极
微旨。又著《指玄篇》五七言杂诗。唐、魏集而名为《丹台》，并
传于时。大抵神仙之事见于传记，若白之解去，此耳目相接，
年祀未甚远。今室而祠之，不惟众所瞻仰，抑将传信于永世
也。斯皆柳应辰职方撰祠堂记略云。

静　长　官

　　静长官，真定人，登明经第。寡嗜欲，好道家修摄事。一
旦弃妻子，游名山，数年不归。天圣中，先君与亲旧杜获、向知
古会于磁州慕容太保之第。始然烛，叩门颇急。启之，乃静
也，缊袍皂绦，布巾芒屩。把臂甚喜，询其所往，曰："自别浪迹

于山水间，良惟素志。今将归真定视妻孥，闻诸君会此，故来相见。"既饮，静曰："方道旧为乐，而酒薄，不可饮。某有药，以资酒味。"于小囊中出药一粒，如弹丸，投瓶中，复幂口。良久饮之，气味极醇烈。夜漏上四鼓，诸公皆酩酊就寝。鸡既鸣，静独谓仆夫曰："或诸公睡起，报云我且归真定也。"既晓，相与叹静药之为神。亟命健仆走真定，问其家，云未尝暂归。余前年寓洛下，有医助教靳袭者，于其家常帷一榻，枕蓐甚洁。人问其故，曰："以待静长官。静今隐嵩少间，岁或一至，或再至。"靳氏以神仙事之。尝以方书授靳，由是医术大行，家资数千万。静今年逾百岁，状貌止如四五十人，洛人多知之。

率子廉

衡岳道士率子廉，落魄无他能，嗜酒，性狠悖。于事多不通，易辱人以言，人亦少与之接，故以"牛"呼焉。居山之魏阁，景甚幽邃，而子廉慵惰，致芜秽委积，而弗加芟扫，以是景趣湮没，阁宇圯坏。游者以其境污人陋，亦罕到焉。故礼部侍郎王公祐以中书舍人守潭州，立夏，将命祀祝融。至衡岳，游览佛寺道庙殆遍，因访所谓魏阁者。群道士告以摧陋无足观，而王公坚欲一视。及至，则子廉犹醉寝。王公入其室，左右呼索之，而子廉醒未解。徐下榻，拭目瞪视王公，久之乃曰："穷山道士遇酒即醉，幸公不以为罪。"左右皆股栗，而王公欣然无忤。其应答之言虽甚俚野，而气貌自若。王公异之，遂载与还郡，日与之饮酒，所以顾待之甚渥，人亦莫谕何以致然也。间辞归山，复止魏阁者又半年，然王公问遗时时至山，复作诗二章寄之。一日，忽谓人曰："我将远行，当一别舍人。"即日扁舟下潭谒王公，且曰："将有所适，先来告别。"公曰："往何地？"则曰："未有所止,缘某一念所诣,则翩然径行,恐尔时不复得别,故预耳。"王公留与之饮。居二日,辞归魏阁。至之日,以书别衡山观主李公。盥浴饰服,焚香秉简,即中堂而蜕去。闻者惊异。李为买棺厚葬之。殆半岁,有衡岳寺僧自京至,于安上门外见子廉,云:"来看京师,即还。时蒙李观主厚有赆行。"怀中出一书,附僧为谢。李发其封,真子廉之书也。人皆叹王公之默识。张都官子谅言。

许 偏 头

成都府画师许偏头者,忘其名,善传神,开画肆于观街。一日,有贫人弊衣憔悴,约四十许,负布囊诣许,求传神。许笑曰:"君容状若此,而求传神,得非有所禀而召仆也邪?"曰:"非也。闻君笔妙,故来耳,幸无见鄙。"即解布囊,出黄道服一袭,又出一鹿皮冠,白玉簪,遂顶矣,引其须,应手而黑且长矣,乃一美丈夫也。许大惊,谢曰:"不知神仙降临,前言戏渎,诚负愧惕。"道人笑曰:"君可传吾像,置肆中,后当有识者。或求售者,止取一千钱,不可逾也。"许如命。写讫,未及语,携囊而出。许拜谢,已不见。许遂陈所传像于肆,有识之者曰:"此灵泉朱真人也。"求售者日十数,许家资遂日益。后以贪直,画且不给,每像辄云二千。是夕,梦道人谓曰:"汝福有限。吾尝戒汝,不可妄取厚直,安得忽吾言,促其寿也!"遂掌其左颊。既寤,头遂偏,自是呼为许偏头。庆历中,许年八十余,方卒。朱真人者,乃朱居士桃椎也,见《唐书》列传、杜光庭《列仙傅》。事得之裴长官公愿云。

张　翰

　　张翰,江陵人,业进士。其父前妻生三子而亡,父再娶窦氏,翰,窦出也。窦之生岁月日时不利于夫,遂减岁迁就吉辰而归于张氏。间与厥夫祷嗣于归真观之三清殿,祝辞以所减之齿告焉。继育数子,而翰父物故。会归真观火,窦密以镪五十万与道士修殿宇。少时,窦亦死。后数岁,翰忽为神所凭,以手执彗,鞠躬曰:"听圣语:窦氏以诈伪之岁诬罔上真,又弗询于子,私用家资,已受考于阴府,今则为异类矣。"事皆秘密,众所不知者,如是不一。繇是荆人率闻之。噫!女子增减其年以利适人者,为过虽小,妄以告神则罪大也。专取家帑以用构祠堂,不俾子知,神尚责怒,矧非理而用者乎?

括异志卷第七

张 龙 图

龙图张公_焘，即枢密直学士_奎之子也。枢直为殿中丞，日奉朝请，在京师税宅于汴河南小巷中。居常闭关。一日，有人叩门颇急，大呼曰："小师入去，何故便不放出？"张起视之，乃一老道士也，疑其狂且醉，不复与之校量。良久乃去。邑君先妊娠，是夕生焘。焘景祐元年第进士甲科。后尝误食犬肉，梦黄衣使者逮至一府，宏丽如宫阙。见一道士，谓曰："何故食厌物？"张自辨致曰："非敢故食，误耳。"道士曰："若然者，且止此。吾为若言。"少选复出，谓张曰："可谢恩。"乃引至一殿前，通曰："张焘误食厌物。"谢既再拜而寤，汗流浃体。景元神骨清粹，襟怀夷旷，岂非仙曹之被谪者欤？_{事闻之张容省元云。}

孙 副 枢

宝元中，副枢孙公_沔自小谏以言事左迁，监永州市征。尝梦一道士，喻以牵复之期。又曰："吾有少田在部下，为人所盗，可为正之。"俄而孙移倅长沙，因祠岳庙，遍游道观佛寺。至九仙观，见王真人像，克肖梦中之见者。询其公财岁人，则云有田数百亩，为邻畔有力者所侵。遂檄县穷究，尽取故田还之。观乃梁天监中建，后废，唐刺史张觌复加营构。庭有磐石如坛，上可坐三十人。九仙者皆轻举于是地：晋道士陈兴明、施存、尹道全，宋徐灵期，齐陈惠度、张昙要，梁张始珍、王灵舆、邓郁之也。建昌李觏谡祀，章岷书石。

芙 蓉 观 主

庆历中，有朝士冒辰赴起居。至通衢，见美妇三十余人，靓妆丽服，两两并马而行，若前导。俄见丁观文度拥徒按辔，继之而去。朝士惊曰："丁素俭约，何姬侍之众多邪？"有一人最后行，朝士问曰："观文泊宅眷将游何处？"对曰："非也。诸女御迎芙蓉馆主耳。"时丁已在告，顷之，闻丁卒。辛都官子言云。

曾 屯 田

屯田外郎曾公奉先嘉祐中知惠州。守居有蔬圃，役老卒守之，灌莳尤力。凡曾所欲之物，必先致之。呼而问之："汝常逆知吾意，何也？"老卒曰："偶然耳。"再三诘之，但唯唯而已。曾自此善待之，时赉之以酒食。一日薄暮，老卒白曾曰："荷使君厚顾，某非碌碌者。今夜三鼓，乞使君一到园中，有秘术上闻。"曾欣然许诺。及期，将具公服诣之，家人皆曰："岂有郡守夜半公裳谒一老卒哉？"遽止。黎明，报园子物故，仍于腰下得白金数十两。曾惋叹不已，买棺殡于野。数月，有人自广州来，园卒附书为谢。视其墓，四周摧陷，柩悉破露。发之，但缊袍巾屦在焉。曾以谓尸解也。追悔自咎者累月，因而颇失心。

郭 上 灶

郭上灶者，不知何许人。天禧中，尝以备雇，瀹汤涤器于州桥茶肆间。一日，有青巾布袍而啜茶者，形貌瑰伟，神彩凛然，屡目于郭。郭亦既疑其异人，又窃觇于袖间引出利剑。郭

私念曰:"必吕先生也。"伺其出,即走拜于前曰:"际遇先生,愿
为仆厮。"吕不顾东去,郭乃尾后。至一阒处,吕回顾曰:"若真
欲事我耶?可受吾一剑!"郭唯唯延颈以俟。引剑将击,郭大
呼,已失吕所在,乃在百万仓中,巡卒擒送官,杖而遣去。自此
京城里外幽僻之所无不至,见人必熟视良久方去。问之,则
曰:"我寻先生。"自此十年余,不知所在。天圣末,有赵长官
者,家居磁州邑城镇之别业。忽有丐者缊袍而来,见赵再拜
曰:"某郭上灶也。"赵亦尝识之,遂问:"见先生否?"郭曰:"周
天下不之见,今为大数垂尽,故来求一小棺,以藏遗骸。"赵大
以为妄,问曰:"何日当尽?"曰:"来日午时。"赵曰:"若然,当为
汝买棺。"仍告曰:"棺首开一穴,将一竹竿,通其节,插穴中,庶
得通气。"赵虽唯之,殊谓不然。明日午时,汲水浇身,卧槐下,
遂绝。赵大异之,为造棺。河朔乏竹,取故伞柄,通其中,插棺
首,瘗之于河岸。仍恐为狐犬所发,植棘累石以固焉。其年
秋,大雨,河水泛涨,数日乃退。赵虑其柩为水所漂,策杖临
视,其棺果露而四际亦开。以杖拨之,但见败絮,是亦尸解矣。
赵尝为先君言之如是。

牛 用 之

　　道士牛用之,真定人。幼隶事常铁冠,_{常铁冠,邢州人。有道}
_{术,}祥符中得召见。后隐泰山,复游天台,颇得考召符禁之术。自
余杭游姑苏,落魄不事仪检。好饮酒,啖葫蒜犬肉。或传其有
道术者,人不之信。庆历中,薛公_纯中舍监苏州市征,尝外嬖
一官妓。其妻李氏,性悍妒,不胜忿怒,谋害其夫。俟薛醉归,
以刃贼其要害,家人救之获免。会李之父母过姑苏,闻之,俾
其弟持药饮之而毙。即夕为厉于薛氏,击户牖,碎器皿,或灭

其灯烛,或啸于堂庑。遂召巫觋辟除之,不能去。不得已,乃
告牛,曰:"此细事,今夜可除之。"乃设酒馔于正寝,召数客共
饮。既夕,牛设一案于庑下,上置铜铎。始乙夜,铎忽鸣,沿案
足而下。去地尺余,如人携持,鸣振而去,久乃不闻。牛曰:
"俾追捕女厉耳。"逮四鼓,铎声自南来。俄顷入门,坐客如负
冰雪,毛发尽植。牛乃取一榻,临案而坐,如有所诘。问曰:
"汝谋杀夫,死实其分,得不弃市乃大幸也,安得更为祟厉,以
扰其家?"少选,又曰:"汝若不见听,吾当请帝,锢汝于石室中。
如止要冠珥袿襦之类,翌日当与汝。"遂丁宁诫励,遣去。明
日,遂具其所要泊楮镪数十万,燔之城外。女厉自兹不至。牛
后亦不知所在。郁林州推官崔迪,其夕与牛同饮于薛氏之馆,
目睹斯事。

毕　道　人

　　毕水部田,潭州人。有季父,幼嗜酒,不治生。尝游江湖
间,衣弊褐,携一扇怀袖间。置沙数合,偶有所适,则藉地取沙
写风云草木、蛟龙禽兽之字,以扇扇之殆尽,乃欣然而去。尝
有贾姓者过洞庭,方离岸,为暴风所漂,几至沉溺。忽见一人
循岸,以扇招之人。舟渐逼岸,遂获免。贾德之,默记其形状。
乃舣舟寻之,不复见矣。旬日,贾到长沙,偶于阛阓见之,邀归
酺饮,出金帛衣物为谢。毕曰:"汝舟免溺,余何力焉?"固辞不
受。强之,乃取衣服数事。旋以施贫者,一无所留。其后竟不
知所在。得之李林宗秘校。

段　　穀

　　段穀者,许州人。累举进士,家丰于财。后忽如狂,日夕

冠帻,衣布袍白银带,行游廛市中。讴吟云:"一间茅屋,尚自修治,信任风吹,连檐破碎,斗栱邪欹,看看倒也。每至"倒也"二字,即连呼三五句方已。墙壁作散土一堆,主人永不来归。"遇其出入,则有闾巷小儿数十随而和焉。人以狂待之,不以为异。庆历末病死,权厝于野。后数年营葬,发视,但空棺耳。王允成承制在许州亲见之。

方　道　士

方道士,失其名,不知何许人,隐于涂阳之西山。磁州有护国灵应公祠,每岁二三月,天下之事神者四集,所献奇禽异兽、巧工妙伎、珍肴异果,无所不有。至期,邻郡之亡人多会于祠下,游览宴聚,以至夏初社人罢去乃归。方道士无岁不来,常以九蒸黄菁以遗交旧。一岁忽不至,皆谓徙居他山,或以为物故。明年春,城隍庙神座后有死人,埃尘厚且寸余。官吏将检视,忽振衣而起,乃方道士也。复陪诸君酣饮,月余乃去。自是不复来。闻之学究向知古云。

高　　阆

高阆,蜀人也。本姓向,名良。少为郡吏,抵罪亡命,遂易姓名焉。虽眇一目,而神检高爽,善诗。来往江湖间,深得养生之术,饮酒至数斗不乱。许郎中申为江东转运使,每按部,必拉之同行。尝舣舟贵池亭,有九华李山人者,与高有旧,因谒。许延之,使饮,各尽二斗余,殊无醉态。高取钓竿,谓李曰:"各钓一鱼,以资语笑。然不得取蟹。"乃钩饵投坐前甓罅中。俄顷,李引一蟹出,高笑曰:"始约钓鱼,今果取蟹,可罚以酒也。"后死于滁之琅琊山僧寺。将终,以玉笛授僧曰:"此开元中宁王所吹者。"然不知是否,时已几百岁矣。许申孙子闻诲言。

孙　锴

孙锴,不知何许人也。祥符末,尝读书于镇州西山之书院。一日采药,迷入深山,见茅茨数间,有道士据榻而坐。孙再拜问归路,道士俾坐,熟视曰:"穷薄人也。今既遇我,当使汝足于衣食。"既而与丹砂一块如拳,又授以一符,曰:"可以召鬼。"及教以符篆,谓曰:"今岁河朔大疫,汝以此砂书符售之,一符止取百钱,不可过也。召鬼之符止可一用,盖救汝之祸也。再用则不灵。汝其志之。"既出山,鬻符于市,果能愈疾。锴遂市一牛骑之,戴铁冠,披绛服,流转至大名府。时太尉王公嗣宗守魏,擒而械于狱,将以妖诞惑众黥配之。锴谓狱官曰:"锴非造妖者,间遇神人见教耳。乞乘间白之,言锴能令人见鬼及其祖先。"王闻之,乃曰:"昔刘根尝有此术。"命释缚试之,果然,遂送阙下,补司天监保章正专主符禁事。后砂尽术衰,遂逃去。宝元中,尝诏天下捕之。

杨　贯

杨贯,开封府宁陵县人也。尝两举进士,不预荐送,即改业明法。人或笑之,曰:"我诵法令,苟得入仕,则官业已精熟矣。"一夕,梦五色光来自西南,入寝室。光中有一道士,叱贯令起,谓之曰:"汝逮今三为人矣。始为屠;次为人女,既笄而自缢;今乃得为士人。尔顶有戴笄,颈有投缳之痕尚在,可视也。"贯曰:"人之肤理万状,安可便以屠者洎女子相诬乎?"道士曰:"尔以为不然耶?"遂怀中探一鉴,令视之,则鼓刀、施朱之状宛然。贯即再拜谢，又乞谕向去休咎。道士曰："尔寿过中年，官至令。"既寤而大异之。明年，遂得明法出身。治平二年，调邛州录事参军。今沅州推官吕昭吉，时任司寇，屡与之饮，数爵之后则颈上缑迹甚明。询其故，贯具言梦之本末。及披发，见肉胝圆五六寸，若婆娑然。年逾五十，授潞州潞城县令，到任而终。

张　酒　酒

道士张酒酒，失其名，不知何许人。天圣中，主西都张水县之天禧观。善淬鉴，经其手则光照洞澈，他工不可及。或时童稚持鉴来治者，遇醉则或抵破之，或引之长三尺。小儿惊呼，乃笑曰："吾与若戏。"乃取药傅其上，以败毡覆之，摩拭良久，清莹如故。得钱唯买酒，未尝一日不醉。一旦，拂衣入王屋山，立而尸解于药柜山中。始，村人见有人立于岩石之上，久而不去，经旬往视之，故在，遂闻于乡。啬夫就而察之，乃一道士拱立且僵也。啬夫以为不祥，推仆之。邑尉检视，顶有一窍，如鸡卵大，殊无血渍，面色如生。尉闻啬夫推仆，鞭之。即瘗放于解化之地。

括异志卷第八

明　参　政

　　明参政_镐器识恢敏,才学优赡。第进士,出入台阁,累历显要。庆历中,自京尹入参大政。未久,疽发于背,遣使致祭于岱宗,以祈冥祐。使者驰至岳庙祭讫,是夜宿庙下。睡中大厌,从者呼觉,曰:"梦神呼我立殿庭,见百余人拥一荷校者,熟视乃参政也。既而杖背二十驱出,我不觉大呼。"遂奔骑而归。明已沉困,召使者问祭之夜梦中奚睹,具述所以。明曰:"然。"又云:明始病数日,即似荒乱。有郎官某人,乃明之同年进士,素相厚善。明俾召至,谓曰:"何以不来相视?"郎官曰:"比为参政暂请服药假,不意实抱疾耳。"明曰:"曾见无头鬼语否?"郎官大骇,曰:"岂未朝餐乎?"曰:"已食矣。"又曰:"岂未饵汤剂乎?"曰:"已屡进矣。"曰:"然则斯言何谓也?"明曰:"召同年正欲说此事。"又曰:"来矣,可听之。"郎官使闻如游蜂、苍蝇鸣地下。明曰:"语乃胸中出。向者妖贼据甘陵,奉朝命攻讨。外围既固,攻具备设,平在旦夕,不意文相国来抚师,将坐而收功。心实忿之,遂妄杀数人。今实称冤于我,病其不起乎!"数日,遂卒。夫为将三世,道家所忌,谓攻城野战,玉石难分耳。明以己之私忿杀无罪者,宜乎见厉于垂死,嗣续汨而不振也。

徐　学　士

　　熙宁中，徐学士禧始受职官中书，习学公事，自豫章侍亲之阙下。舟行次彭蠡湖，昧爽而行，期早抵南康军。俄而水面白雾四起，始虑风作，促舟人疾棹。未四五里，雾稍开，见二朱漆万斛巨舰，旌旗赫奕，摇橹者肃而不哗，相去百余丈，东南而逝。未二三里，又见朱舰，间以金碧幡斾，尤鲜华，亦相踵而去。少时又逢二白舰，载甲士数千，戈戟森列，尾三舟而行。徐之舟人既见，俯不敢正视。然望其船远而益小，泊抵他岸，皆若一履。宫庭湖庙，水经具载其灵。近传有小龙者多出处其中，岂其灵变耶？徐学士尝言。

鱼　中　丞

　　中丞鱼公周询，天圣四年第进士甲等。初命大理评事，知济州金乡县。尝昼卧书阁中，有守阁老卒入白事，但见乌蛇蟠于榻，矫首冠帻，叱声甚厉。卒走出，呼侍吏共视之，乃见熟寝未寤。后至御史中丞而卒。张都官居方云。

祖　龙　图

　　祖龙图无择始登第，倅通齐州。岁余，得告归蔡州营葬，事毕复任。后春季检视官物，于禹城县过石河滩沙中得片石，上有数十字，乃葬其先君之志也。遣人视坟垄，无一抔之缺，竟不测其所从来。范郎中徽之言。

尚　寺　丞

　　司勋外郎尚公霖，祥符末以殿中丞知夔州巫山县。有尉李某者,山东人,颇干敏。一旦疾病,尚闻其委顿,日往临问。曰:"万一不起,可以后事告也。"尉曰:"愿以老母幼女为托。公傥垂仁侧,某虽死,敢忘结草之义乎!"尚泫然愍之。既死,出俸钱送其母及骨函还乡里,嫁其女于士族。一夕,梦李如平昔,拜且泣曰:"某恳求于阴官,今得为公之子,以此为谢耳。"是月,邑君妊娠。明年解官,沿流赴阙,或遇滩险,隐约见尉在岸上指呼。将抵荆渚,又梦李报曰:"某明日当生,府中必送一合来,宜收之。"翌日,果诞一男子,府尹以合贮粟米遗尚曰:"闻邑君育子,以为糜粥之具。"因字颖,曰合儿。颖性纯厚,敏于行而笃于学,官至大理丞。张稚圭说。

高　舜　臣

　　大名府进士高舜臣尝言:其从兄祥符中为衙校,董卒数百人,伐木于西山。一日,入山督役迷路,闻乐声合作于山谷间。寻声视之,见妇人数十,衣服华丽,执笙竽会饮于磈石上。居席首者召高坐其侧,亦及以酒肴。谓曰:"吾欲妇汝何如?"高但愧谢。又曰:"汝今归寨中,吾将继至。"是夜果往,高亦恍然不测。自此遇夜即至,室中帐帘枕褥之具备设,晓复失之。若此者逮一月。役兵取材既毕,与高同归。高之父母闻之,大惊曰:"此子为石妖木魅所惑也!"因即东庑而居。家人视之,则装寝之具、冠衣之类悉已张陈。高氏家人亦罕见其面,或见其冠珮,或见其裙襦而已。家属相与忧惧,虑久而致祸,乃召巫觋,具符水禳诅之术。女子笑谓高曰:"我岂妖怪害人者,何见疑之深也!"俨然殊不顾,高氏家亦无奈之何。居半岁,高氏会客,烹牛为馔。女子见而大骇曰:"我以君积善之家,故愿奉巾栉于子,亦将福汝家。不意暴恶之如是。君家固不当留,巫送我归也。"高白其父母，闻而大喜，立俾其子送之去西山数舍。其夜不至，高亦不敢复前，但望山怅恨而归。高氏子竟亦无恙。大名进士陈伦因言神怪而及之，亦未以为信。治平初，予为大名钤兵，进士王詹亦道其事，与陈说正同。舜臣后以累举推恩得州长史。

王　庆　李颛附

诸司副使王庆，皇祐中差知丰州，性刚暴，刻而少恩。一日视事，忽觉头昏，痛不可忍。扪其首，生两角，仅二寸许。数日大叫而死。

有李颛者，景□初登进士第，性豪荡不检。为邢州观察推官，病疫死。既敛，其顶发如珠，有二角长一寸余。左藏朱允中、大邑主簿王纲言。

孙　翰　林

庆历中，杨内翰伟郡封坐堂上，见一老妪蓬髯敝衣，径入子舍。询何之，不应。顷之复出，语云："郎君教我来，老息妇不敢自专。"遽呼左右逐之，出中闱，即不见。乃召子妇诘之，云："老妪言来日郎君欲就息妇房中宴饮，方责其妄语，即便走出。"举家惊愕。翌日，宅中浓雾昏塞，子舍尤甚，辛螫口鼻，不可向迩。门阖不能开。久之，闻语笑歌管之声。自辰至申，昏雾渐释，排户而入，询其所以。云："有一少年与我欢饮，器用珍丽，筵设华焕，饮馔音乐，无不精美。我亦忘身为杨氏妇也。"然精神颇亦失常。即召刘捉鬼者禁劾之，不能已。闻翰林孙郎中专主符禁，亟俾视之。曰："此鬼庙在东南三十里，将为神矣，何敢为如此事？"遂书二符，致妇寝室之门。又曰："知某今日到宅,明日定不来,更一日必至。宜令其夫洎女使二三人守之。鬼若不得入妇室,当变怪于外,盖欲诱之出也;出则不可治矣。"越一日果至,虽昏雾如初,独不入子舍。俄而郡封中恶,妇欲奔视,制之不得出。少时雾气解散,郡封亦复故。孙乃与杨公假静宅作坛奏章,自兹不复来。孙云:"已囚海上石室矣。"_{庆州察推张伟尝言之。}

黄　遵

　　黄遵者,家兴国军。性疏放,颇知书而能丹青,善传人之形神,曲尽其妙。事母笃孝,凡得画直,未尝私畜,供甘旨外,悉归于母。庆历中,遵忽感疾而死,凡三日,心尚暖,母不敢敛。是夕遵复苏,家人扶坐,问皆不语。遽索纸笔,图一人形容,良久乃语:始入一公府,见廊庑肃静,皆垂帘。阍吏通曰:"兴国军黄遵今追到。"有吏问遵曰:"尔黄遵耶?"遵曰:"唯。"前谓吏曰:"遵未尝有过,何以见逮?"吏曰:"尔筹尽,乃至此。"遵方知身死,遂号泣拜曰:"母老,无兄弟,乞终母寿。"吏曰:"此不敢与闻。"遵拜泣不已,吏哀其诚,乃曰:"俟主者来,若自告之。"移刻,两庑吏喧然,曰:"至矣。"一吏升堂轴帘,东北隅有户洞开,朱吏数人前导。见一人紫衣金带者升堂坐,诸吏仅百人列阶下,致恭毕,分入诸局。始见领数十人,荷校者、露首者,至紫衣前讯讫驱出。已而呼遵,问里闬姓名。遵号恸叩头拜曰:"念母老无兄弟,遵若死,母必饿殍。乞终母寿。"遵叩阶额血溅地。紫衣顾左右索籍视之,久乃谓曰:"汝母寿尚有十余年,念尔至孝,许终母寿。"紫衣以笔注其籍,命左右速奏覆。遵拜而出,复呼之,命俯阶屼,问曰:"汝在人间与人传神者是乎?"遵曰:"愚昧无能,仅成其形耳。"又曰:"尔识我否?"遵曰:

"凡目岂识神仪。"曰:"我乃人间所谓崔府君也。尔熟视吾貌,归人间写之。然慎勿多传,若所传惟肖,恐人间祭祀不常,返昏吾虑。记之勿忘。"自后遵在兴国,凡所写者三本,正一画于地藏院,二为好事者所取。厥后十年,母以寿终。既葬,服除,遵一日遍辞亲识,因大醉数日而卒。前进士朱光复尝游兴国军,熟知其事。

刘 德 妙

宝元中,夏英公为陕西路安抚招讨使,驻兵鄜畤。尝与僚属言:向自知制诰出守安陆郡,有鞲管妇人刘德妙,言事颇中,因呼而问之:"尔有何能,为丁晋公所知?"刘曰:"某本捧日军之营妇也。尝出诣亲家,憩于汴上柳阴。忽一人巾帻紫袍,就己而坐,云:'是扶沟县录事,有事之府,溺水而死。诉于阴官,俾我复生,至则身已坏,然尚得处于阳间。今欲凭附于汝。我能知人未萌之休咎,言既验,人必以愍谢。汝若事我,以此为报。'某惧,不敢答。洎归,鬼亦随至,他人不见也。夫亦不信,则夫妇皆苦寒热呕泄,不得已而事之。始则火伍中人来占事,悉验。俄而里巷皆知,既而公卿之家呼召相继。晋公不欲营妇出入卿相之门,遂度为女冠。丁公南迁,某亦连坐,编致斯郡。实无他术,但萌于心则鬼知之。"夏曰:"吾心有一事,尔知之否?"刘曰:"知之,但乞先书而糊其外,方敢言也。"某是时苦家贫,干执政求知益州,遂屏左右,书毕,封置于案。刘言如所书,仍云事亦不谐。既而果然。予榷酒于雕阴,具闻其说。

税 道 士

景祐中,利州道士税某善妖幻泪符禁之术。利之富民或有所求不与者，即为坛于密室，置大桶于前，被发仗剑，追其魂神入桶，覆之以石，其人乃病。然后假以符水，或祠醮，厚谢以财，乃去石遣之，其人遂愈。市井有鬻笼饼泊诸肉者，求之即愈，不尔遂化为白鸽飞去，或即虫出。利人皆神而畏之。尝怒一僧，遇野外，作法叱之。僧足如植，手亦不能举，恣行鞭棰。僧密讼于官，命贼曹擒捕。先沃以犬彘之血，术无所施。狱具，遂斩于市。

寇莱公

寇忠愍初登第，授大理评事，知归州巴东县。时唐郎中渭方为郡，夕梦有告云："宰相至。"唐思之，不闻有宰相出镇者。晨兴视事，而疆吏报寇廷评入界。唐公惊愕，出郡迓劳，见其风神秀伟，便以公辅待之。仍出诸子罗拜。唐新饬鞯鞊，致厅之左。寇既归，其子拯白其父曰："适者寇屡目此，宜即送之。"寇果询牙校："何人知我欲此？"遂对以十四秀才。既而力为延誉，拯于孙汉公榜等甲成名。

魏进士

建州进士魏某者，富有词学，履行温愿，家亦颇丰。天圣中，屡冠乡书。既预计偕，梦一衣绯衣人，命徒执之弃市。始谓必捷科第，既而不利于春闱，凡三举皆然。后归乡闾，有邻里少年对语不逊，因掌之，即仆地死。警卒捕送于官。时裴郎中守是郡，闻其学行为众所推，欲骪法脱之，阖郡官吏亦为之言。而魏白郡守曰："某杀人偿死，职也，安敢仰累明公。某三预荐书，必梦绯衣人命徒执赴市就刑。今明公姓裴，乃绯衣也，某邂逅一掌致人于死，市死乃前定也。"将刑，一郡士庶，无不为之嗟惜。管师复言。

德 州 民

　　德州德平县民某氏者，父子数人，耕田甚力，家颇丰厚。其弟素贫，佣以养母，兄未尝有甘旨之助也。庆历中，新构瓦室三楹，所居前后植柳数百株，枝如拱把。一夕大雷电，野叉数头相逐绕其居，折柳尽髡，牙击屋瓦。明日视之，无一瓦全者。泥淖中足迹长二尺余，柳楂悉长三四尺，皮尽剥，莹滑如削。远近居民悉取而藏之。予尝亲至平原，人说如此，亦见其所折柳枝。

括异志卷第九

毛　郎　中

　　毛郎中晦熙宁初年惟一妻一子，处家于荆州。常有一女厉，朝夕在其家，语言历历可辨，自称田芙蓉。家人出入动静，无不察也。言与邑君有宿冤。或问："何不遂报之？""渠尚有数年寿耳。"然所须之物，往往应索而至。久之厌苦，邑君谓曰："吾为汝修功，果能他适乎？"鬼曰："善。"因赂二僧，俾诵佛书，具疏燔之。鬼去数日复来，曰："僧之诵经妄矣。止诵一卷，余则未尝读也，是以复来。"语其僧，果然。邻家毁之曰："此邪魅也，何足畏！"鬼大骂，发其帏幕之私，曰："此乃邪尔！"常曰："我今往瓦市游看。"毛密遣仆，使探其伎艺者。归而询之，一皆符合。其后，毛之子中庸调补永之祈阳簿。舟行次石首县，鬼继至，曰："解缆何故不相告，俾我昼夜奔赴百余里，足今跰矣！"至零陵二岁，邑君卒，鬼自是而绝。余在荆州亲见。

崔　禹　臣

　　崔禹臣熙宁初以职官知潍州北海县。冬夜坐书阁中，窗外有小圃，闻若环珮声，又如往来诵佛书者。月色微亮，穴窗视之，见一物长七尺余，周身白毛熠耀，口中咄咄不已。遽呼从人擒之，乃鬼也，面黝发蓬，身萦藻荇，冰乳四垂，行则丁冬。遂以梃殴之，大呼曰："我为若有灾来，此念经消禳，何谓捶我也?"即命左右互以巨梾痛击,终不能毙,刃之不伤,火之不灼,但觉缩小,长三尺许,遂锢缚。既晓,投之大水。良久,跃高丈余,已复如旧。少选遂没。是年崔以公事失官。崔亦自有传。
陈向秘丞言。

张 郎 中

张郎中荐,高密人,登明经第。山东风俗,遇正月,取五姓处女年十余岁者,共卧一榻,覆之以衾,四面以箕扇之。良久,有一女子如梦寐,或若刺文绣,或若事笔砚,或若理管弦。俄顷乃寤,谓之扇平声天卜以乞巧。荐有女十余岁,因卜,有一仙女日来教之。遇其去,即留一女童为伴,他人弗见。自此凡女工、音律、书札,不学而自能。岁余,女昼寝,忽惊呼而觉,曰:"仙女今日上天赴会,令我与童子偕在园中嬉游。园有一井,覆以巨石,戒童子曰:'勿令此女窥井也。'仙女既去,我遂发石观之,见群鬼异形怪状,攀缘争出。我惊呼,童子遽取椊乱捶,鬼复入,取石窒之。自此仙女怒而去。"既笄而嫁,生数子。先君与荐善熟,闻其事。

张 司 封

建州有张氏夫妇,俱四十余,无子。居近城隍庙,屡祷于神,以求继嗣。岁余,梦神告曰:"汝夫妇分当无子。我念汝告祷之虔,今以庙中判官与若为嗣。"既而其妻妊娠。生一子,名伯玉。第进士,举书判拔萃,历台省,仕至主爵正郎,典数郡而卒。其才藻廉劲,为当世所尚;而嗜酒不修饬,垢貌蓬髯,如土偶判官焉。

薛 比 部

　　薛比部周至和中以殿中丞知益州成都县。其妻卧疾,二婢致药以杀之。薛执二婢送官,劾之伏罪。一婢妊娠已数月,薛以牒诉其诈,遂俱就戮。既而婢与所妊之子形见其室,诉于薛曰:“儿不当死,何以枉害我!”昼夜聆其语,然家有吉凶,鬼亦以报。薛后监凤翔府太平宫,则鬼不至,他所则来。嘉祐中,薛自尚书外郎出典涪州,行至始平县,鬼曰:“公将死,无用往。”即乞分司归长安。不逾年,遂卒。

　　评曰:父母杀子,于官理置而不论,矧在胞中形气未具者乎? 而遽有冤死之诉,岂释氏所谓冤宿世者如是耶? 张靖学士云。

陈 良 卿

　　进士陈良卿,景祐四年自永州随乡书赴礼部试。十月至长沙,梦一人引导入巨舰中,见一道士,自称清精先生。与之谈论,辞语高古而义理邃博。谓陈曰:“吾已荐子于尧,为直言极谏。”陈曰:“尧今何在?”曰:“见司南岳。”陈曰:“尧乃古圣君也,安可在公侯之列?”先生曰:“尧,人间之帝也。秉火德而王,弃天下而神,位乎南方,子何疑焉?”陈辞以名宦未立,俟他日应。乃许以十年为期。既寤,甚恶之,为《异梦录》以自宽。明年登甲第,调全州判官,道出岳州南一驿。偶昼寝,梦使者持檄来召,遽惊觉,喟曰:“岂尧命乎!”同行相勉以梦不足信,复执书帙卧读之。晚食具,呼之,已卒矣。梦中约以十年,乃自得梦至卒,正周十月耳。岂鬼神不欲明言,以一月为一年乎?

罗 著 作

著作罗绍,汉阳人,居府五通神祠。其邻家岁畜一豕,以为祀神之具。豕无栏豢,多坏罗之藩篱,入其宅且秽污之。罗屡诚其邻,殊不少听。绍父擒其豕,截去一耳。邻人见之,不胜其愤,日夕诉于神,且云此豕本是神所享,今为罗某所损,岁已乏祀,愿神速报之。既而生绍与其弟,各无一耳,余亲见之。五通神能祸福于人,立有应验,其可骇哉!绍进士及第,终著作佐郎云。又公安富民邓氏者,少时因见二犬交,即戏以刃断其势。后生二子,俱阉。初为荆南牙校,其状貌真阉也。事与罗绍相近,故附之。辛都官子言录。

陆 长 绪

陆长绪,吴郡人。第进士,以职官知襄州穀城县。其为政务疾恶,而遂至外暴察苛急,视群吏若仇雠,朴挞殆无虚日。一日晚坐厅阤,有黑犬自门直入,怒目狂吠,跃而升厅。陆号呼,群吏竞持梃逐之,入吏舍,忽不见。既而陆妻死,遂百鬼进其舍。陆子幼,有数婢,往往白昼见少年入婢室。陆大怒,缚群婢搒掠,至髡钛烙炮以讯其奸,而终不得状。又堂前旧作盆池植莲,一日盆出于外,而无发掘之迹。遽命埋之,越宿复然。陆自临视照水,见其形冠服非常,而立侍皆群鬼。陆大怖。又有声于梁栋间,渐与陆语,索纸作诗。始见数字在纸,每读毕一句则一句出,而前句旋灭。其语大略皆讥戏陆也。如是二年,解官,怪始绝。长绪自为人言如此。

寇侍禁

　　寇侍禁_立尝为三司大将，与同列李某者，皇祐中部督香药往广信军。纳毕回京，宿于定州永乐驿之堂。时苦寒，乃炽炭炷灯，拥炉而坐。夜将二鼓，李某先寝，堂后呦呦然如小豚相逐，亦不以为异。俄顷，门轰然大辟，一媪长二尺许，蓬髻伛偻而前，以口嘘灯，焰碧而将灭。寇大惊，以杖击之。媪走，寇逐之，颡抵门扉，偃仆于地。即开堂之前门，将走外厅，呼其从者，忘厅后之有屏也，头又触之而踣，因大呼。驿吏与仆厮秉火而至，见寇颡破血流，灯檠且折，门闭如故，李以被蒙首伏床下。询之驿吏，云尝有斯袄出自堂后古城小穴中。寇自说如此耳。

张尚书

　　张尚书_存，冀州人。家富于财，策进士第，累历台省馆阁清要之职。致政，归乡闾。一夕，圉人见一犊盗食马粟，逐而捶之，但见白光奔宅门，遂失之，门闭如故。翌日，张病，肌骨痛者数日。间策杖诣马厩，问圉人云："旬日前夜见何物？"圉人曰："见一犊窃啖马粟，击之，化为白光而去。"张曰："后或见，不可击也。"圉人颇疑之。岁余病亟，闻者见一犊自宅门出，追视之，乃不见。俄闻宅中哭，乃尚书卒也。_{朱左藏允中言。}

姜定国

　　高密姜定国，业九经。一夕寝于家塾，梦二人身长而貌狠，怒气勃勃然，谓定国曰："吾身长丈八，可杀汝，可噬汝。"定国惊魇号呼，拒之而退。明夜复梦如初，大惧，乃徙其寝具，与门下客同榻。客见一蛇至,取刀断之。少顷,一蛇复至,客又杀之。明日度二蛇,果长三寻。定国后登九经第,今为幕职官。闻之吉推官仲容。

傅　文　秀

礼宾副使傅公文秀尝自京挈家归凤翔府阳平镇之故居。既而其兄之女为物所凭,暮则靓妆丽服,处帷帐中,切切如与人语。家人问之,不对。若是者殆半岁。鄜有善制鬼者罗禁,以其能符禁,乡人呼为罗禁。傅召使视之,遂以法劾其女。乃云:"吾韩魏公之子也。昔侍父镇关中,以病死于长安驿舍。昨日傅族经由,悦其女美,因而婿之。"罗再三讯诘,辞颇屈伏,遂去。后数夜,号呼于堂下曰:"汝虽绝我婚,当归吾子也!"再饮之以药,下块肉如拳。自此不复至。董职方经臣言。

胡　郎　中

胡郎中楷庆历中偶会于真州,尝言:有亲旧赴官湖湘,舟行至鄂岳间,舟忽不进,舟人亦无以施力。其人焚香奠酒,披秉再拜,恳诚以祷。良久,舟突然而逝,他船见其舟后有枯木查牙,跃高数丈,复沉于水,不知何物。岂蛟龙之变化乎?

僧　行　悦

长白山醴泉寺,乃景德寺西禅院之下院也。岁久颓圮,僧行悦志欲营葺,因市灵岩川董将军庄大木百余章。有大榆,其上巨枝岐分,向因雷雨,枝间有大足迹,长仅二尺。僧伐视之,上下如一。因断为数十百片,俾其徒伪称佛所践履,持之化诱诸郡。三岁,得钱五千万,寺宇一新,颇极壮丽。事在天禧中,李省山人目睹。

评曰：佛之徒以因果祸福恣行诱胁，持元元死生之柄，自王公而下，趋向者十八九。悦又能假诡异之迹，俾夫庸愫者破帑倾箧而甘心焉。呜呼，人之好怪也甚矣！

康 定 民

康定军未建时，古城卑缺，人得而逾。有邑居王某，与北郊村民联亲。景祐五年秋，村民为子娶妇，王赴其花烛。中夜，二姻家交争纷然，王不喜，遂于厨中得爨馀柴枝长三四尺，持之以归。时月色微明，行二三里，过古城，道有小儿，约十数岁，遽来持王衣裾，啼哭不已。问其家，亦不答，乃力解其手。未数步，又来相逐，遂以所持柴枝击之，即仆地，不闻鼻息。王默念曰："儿定死。"大惧，又虑路人见而迹露，乃疾走，逾毁垣而入。翌日不敢出门，恐官捕杀人者。日既高，不得出里巷伺探消息，寂尔不闻。遂由旧路覆其事，惟见一朽腐棺板，长三尺余，中微骨折，尚有火煤之迹。其古道左右皆土崖，高五六仞，居民多穴之以瘗小儿。盖游魂凭而为变耳。

郑 前

治平中，武昌县令郑前尝觉腠理不宁，昼寝曲室。梦一老父，古衣冠，揖郑曰："君小疾，煮地骨皮汤饮之即愈。"郑曰："素不奉展，何故至此？"云："我西汉时与君尝联局事，君已为三世人，我尚留滞幽壤。"即询其名氏，云："前将军何复。或欲寻吾所居，可来费家园也。"临别口占诗一绝云："与子相逢西汉年，半成枯骨半成烟。欲知土室长眠处，门有青松涧有泉。"郑官满之鄂渚，游头陀寺，山下城小路见丛薄蔚然，问寺僧，乃

费家园也。道次有断碑,字已漫灭,惟有何复字可辨。冢前有
涧水泊老松数株。王承制允成时为巡徼,具知之。

陈　州　女　厉

　　庆历、皇祐中,陈州通判厅夜有妇人尝出,与人笑语,或见
其状颇美。询其名氏,曰:"我孔大姐也,本石太尉家女奴,以
过被杀。"问何不他适,云:"此中亦有所属,安得自便耶?"时晏
相国镇宛丘,屡倚新声作小词,未出,鬼即呕唱于外。或早暮
人有登厅甿,忽于掖下作大声,人恐悸则笑。有市买卒时被惊
丧所持,甚苦之,遂常以刀自随。后复来惊,随声斫之。数夕
但闻呻吟曰:"聊与汝相戏,何故伤我如是?"自此遂绝。

括异志卷第十

钟离发运

　　钟离瑾开宝间宰江州之德化。明年,将以女归许氏。居一日,谕其胥魁,俾市婢以送女。翌日,胥与老妪引一女子来。问其何许人,妪曰:"抚之临川人也。幼丧其亲,外氏育之。"女受妪戒,亦不敢有他言。君视事少间归,遇于屏,是女流涕,有戚容。且疑其家叱骂,诘之,曰:"不然。某之父昔曾令是邑,不幸与母俱丧,无亲戚以为依。时方五岁,育于胥家十年矣,且将为己女。今明府欲得媵妾,胥与妪以某应命。适见明府视事,追感吾父,不觉涕零。"君大惊,呼胥妪以审,如女言。诚家人易其衣食,如己所生。以书抵许氏,告缓期:"姑将辍吾女之资以嫁焉。"许亦恻然,复曰:"君侯独能抑己女而拔人之孤女,予固有季子,愿得以为妇,安事盛饰哉?"卒以二女归许氏。久之,君梦一绿衣丈夫造庭,拜而谢曰:"不图贱息辱赐于君,然得请于帝,愿奉十任有土官,故来致命。"后果历十郡太守,终于江淮发运使。今钟离氏有仕籍于朝常十余,独出君之后,故世为肥之冠族。若许之名爵,父老已失其传。呜呼,二君之用心,非有求于世者,特发诸至仁耳。彼附贵而亲,靦然自以为得,独何人哉? 施报之事,儒者盖鲜言。若蛟龙断蛇,杜回结草,千古岂苟传,亦有以警劝云。

蔡　侍　禁

　　蔡侍禁者,故参知政事文忠公之近属也。景祐中,常为京城西巡检。一日,冠带坐厅事,有绿衣苍头展刺云:"郎君奉谒。"旋见一少年,状貌如十五六人,衣浅黄衫,玉带纱帽,升阶拜伏。自称郎君,云前生与兄为昆弟,固请纳拜。蔡知其异,不得已受其礼。与之偶坐,凝定神思,拭目熟视之,曰:"郎君必天地间贵神也,何故惠然相过?"曰:"先居安上门谯三十年,今期满,为皇城司主者所遣,故诣兄求一居止之所。"蔡曰:"某之廦宇湫隘,岂堪郎君之处也。"即诣西庑下贮蒿秸之室,曰:"乞粪除之,补隙封户,得此足矣。"乃辞去。蔡亦偏倪,令从者洁其室而扃锁焉。少时,有虹梁自东南抵室门而止,驴驾囊驼负载巨橐者,罔知其数。复有金饰犊车,垂珠帘张青盖者数十乘。又有衣锦袍属橐鞬而骑者,执梃而趋者,左右前后亦数千人。有伶人百余,衣紫、绯、绿袍,奏乐前导,郎君者乘马按辔徐行。其后又有臂鹰隼率猎犬洎四夷之人数百,偕入于室中。大抵类车驾之仪仗,他人弗之见也。俄顷郎君复至,叙谢再三:"幸得居此,必无丝毫奉扰。苟有凶吉,谨当奉报。但勿令家人穴壁窃觇。或要相觌,宜焚香密启,即至矣。"言讫不见。蔡氏举族大恐怖,虽白昼不敢正视其室。月余,寂无他怪。间闻合乐声,如闻风传自远而至者,自此差不惧。蔡之细君由隙窥之,见郎君者乘步辇,拥姬侍数百,皆有殊色;楼观壮丽,池馆邃袤,若宫室然。蔡有男,卒已十余年,亦侍其侧。因燔香已告,郎君即至,曰:"嫂何为者?"对以求见亡男。曰:"嫂子在郎君处甚乐,无用见,恐因惊而他适,则有所苦。"恳告以母子之情,呼出。母见即大恸,急就之,遂灭去。叹曰:"果惊去矣。"又数月，遇蔡诞辰，赍纨素数匹以为寿。举视之，若烟绡雾縠，又如以蛛丝组织而成，固非女工之所能杼轴也。逮半岁，来告曰："兄已授明越巡检，明日宣下。今先兄往彼择闿室而上焉。扬子江神，相与素善，恐知是亲戚，故起风涛相戏，不须惮也。"言讫即不见，虹梁自室门而起，南望无际，辎重仪卫如来时。翌日，果徙明越巡检。将至任，一日，郎君前方丈悉水陆珍品，顾蔡曰："非敢故为异味，有恡于兄，恐不相益耳。"到任又半年，一旦来见，曰："与兄缘数已尽，从此辞矣。"复由虹梁而去，竟不知所适。蔡族亦无他咎。故客省张公允守早凉之日说斯事，公亦有传。

白　须　翁

　　嘉祐二年，大理寺丞常洵为荆州潜江县尉，因徼巡至径头市路次，草中有二女子，年十三四，裸形如丐者，伛偻出马前，云是黄八娘家女奴，来投官乞命。诘之，一婢云："媪怒我啖残刍，恻里切数胾，鞭笞百余，又以火箸遍灼我身。"一婢云："我作劳少息，不觉媪来，怒我不起，悬我足于梁，以刀割我尻肉，悉褫去衣襦，内空囷中，不食已三日矣。"常问何以得来，云："适有白须翁至囷前，呼某等，令跃出。某云饥惫，而囷且深不可逾。又曰但跃，不觉随声而出，乃引至官道，云：'立此，少选有邑官来，可诉以脱。'"常至县，逮黄媪诘之，一皆承伏。即送府。时魏侍郎瓘尹荆南，劾治，具款赎金而释之。媪今尚在，其悍戾残忍，真狼虺然。尝适数夫，或凌虐而致死，或恐慑而他傃。前此婢媵潜被戕害者数人。每阴晦则厉鬼呼啸所居之前后，媪叱之即泯然。噫，白须翁岂非神灵乎！指导二婢复生，可谓明且仁矣。向之被害者，茹叹衔恨于冥漠中，翁宜白

之真官,以直其冤,易为力矣。而令幽滞于黄媪之室,岂向所
杀者当死耶?不然,凶暴之物,鬼神亦惮之也?不可致诘矣。
斯事常洵自云。

韩　元　卿

　　韩元卿,泗州人也。景祐五年,第进士。皇祐中为陕州推
官监司,俾鞫狱于武昌。事讫归夷陵,至荆州黄潭驿,忽持刀
自刭喉,虽断而未死。祖择之时为荆湖北提刑,韩之同年进士
也。即视之,韩不能语,但举手如索纸笔状。因授之,书云:
"赃滥分明,罪宜处斩。"乃弃笔于地。祖命取桑根线缝其创,
自以手褫去。翌日遂卒。先是,元卿调于京师,绐称无妇,娶
富室之女,资送良厚。洎挈之到任,则故妻在焉,有男女数人
矣。富人之女欲以书诉于家,则提防甚密,无由而达。岁余,
悒抑而卒。又不敢权厝于外,但裹以裀席,瘗于廨宇之隙地。
韩既死,方具柩而敛焉。赃滥之诛,岂非此耶?

李　敏

　　李敏尝为兖州奉符县主簿,会岳庙炳灵公殿岁久再加营
葺,命敏督其役。或曰:"宜先具公裳再拜,启其事于神。"李不
应,遂彻瓦。未半,黑云满殿庭,风雹大作。李始惧,披简拜阶
下。仰视神座帐上有黄龙长数丈,震霆数声,穿屋而去。凡损
稼百余里。炳灵公自后唐明宗听医僧之语,遂赠官立祠。余
谓龙蛰于神帐上,因彻瓦而惊,随风雷徙去,未必神之灵变也。
向少卿宗道云。

乐平港鼍

　　潭州乐平桥港乃湘之支流,传有鼍能变怪食人,岁有溺死

者。天圣中,市民李姓者弟溺死,不得尸,以为鼍之食也。李民痛切,无方以复其冤,因刺掌血,濡墨作章,夜醮奏而焚之,祈达于帝。是夜,梦吏若道士画天神之从官者,驱民以行。久之,至一处,深严虚洁,若大府廨。而屏之外有数吏,以铁索繫一物,长数丈,如龙而一角,目光如电,甚可畏。吏指告民曰:"尔将与此共见也。"民方悟为鼍妖。已而俱入,立庭下。遥视殿上,若有人物往来,而不辨其详。有顷,一人下殿呼曰:"江鼍肆暴,枉害平人,决铁杖一百处死。李某不合以掌血腥秽上溕高真,宜付王硕决脊杖十五。"遂俱驱出,民觉而历历志之。常惕息寅畏,惧罹罪罟,杜门不预外事。后十余年,侍御史王硕知潭州,民坐遗火延烧一坊,伏罪,竟如所梦。得之长沙僧宝珪云。

遵道者

僧令遵,陕州人也。多智数,善附丽权势。天圣中,出入刘皇城家,因而名闻宫掖,庄献赐与巨万。于陕州造一寺,备极壮丽,凡用钱千余万缗。尝自安业南街乘马而西,呼仆取坠策。时有瞽者坐茶肆前,仰而言曰:"僧豪也。"遵异之。过百许步,下马复来,揖之未已,即曰:"岂非坠策之僧乎?"遵曰:"然。"复曰:"若之声名尝达天听,有之乎?"僧曰:"有之。"因问将来之事,良久曰:"自此十五年,岁在丙戌,当有大祸,宜杜门避之。不尔,免死为幸。"僧不怿而起。既归陕,具以瞽者之言告其徒,咸曰:"遵道者戒行素严,祸何由而至。"以谓不然。至庆历六年,传岩渊马道人将图不轨,陕有市民亦预其谋。民将自陈于官,密诣僧谋之。僧曰:"若自首于郡,不过免死而已。我有主人在京师,地连□□,但持我书诣之,因其言以达朝廷,岂止免罪,当获重赏。"民从之。行至洛,党中二卒告变,籍有民名,捕得尽道所以然之状及出遵书。时薛绅守陕郊,大怒,遂黥遵,为武昌城卒。

董 中 正

董中正,宿州高资户也。邢州僧慈演者,寓外宿有年矣,畜镪千余万,寄于董室。其后僧病且死,钱遂没于董氏。治平三年春,中正病亟,大呼曰:"邢州不须呵诋,待我还尔钱!"数日卒。其长男为符离衙校,既殡父,即日得病,信宿遂恍惚,云:"邢州就我父索钱,有人监督甚急,乞少缓,讵敢诋谰也。"既而又死。宿有乐人张遂,自岱岳回,出徐州界张弓手店,见衙校者跃马而来。问何之,曰:"大人有少缗钱,为券约不明,在兖州对辨,暂往省间。若今归耶,可至我家,言我甚安,道中不暇作书也。"张至宿,诣董宅,将道其事,方知董之父子皆已死矣。四会县尉吕邈云。

同 州 村 民

同州冯翊村民,宝元中有牛生一儿,旋失之。民家有老翁,八十余,夜则来与老翁共语,人皆闻之。忽谓公曰:"我昨日往延州与羌贼交战,南兵失利,刘、石二大将皆为贼擒。"邻里相传喧然,闻于邑大夫。方将逮翁诘之,后三日,败闻果至。自兹州县屡有呼问。儿谢翁曰:"我住此,令翁家不宁。"遂去,不复来。

补　遗

费　孝　先

费孝先,成都人,取人生年月日时成卦,谓之轨革。后有卦影,所画皆唐衣冠禄位,亦唐官次,岂非唐之精象数者为之欤?

刘　烨

刘烨侍郎有别第在襄阳。烨卒,长子库部又卒,乃鬻其第,为茅处士所得。夜闻呼曰:"库部来。"俄一人顶帽,从数鬼,叱茅曰:"我第尔何敢据? 速出,无贾祸也!"凡三夕至,其声愈厉。茅叱曰:"尔昔为人,今为鬼矣,尚恃贵气敢尔? 若我擅居尔第,宜迫我出。尔子不肖,不能保有先人旧庐,售货于我,尚敢逐我邪?"言讫,返叱令速出。鬼遂遁去。

冯　拯

天圣中,侍中冯拯薨。次年京城南锡庆院侧人家生一驴,腹下白毛成"冯拯"二字。冯氏以金赎之,潜育于槽中。四方皆知之。

王　元　规

王元规赴吏部选。一夕梦一人衣冠高古,因访以当受何地,官期早晚。书八字与之云:"时生一阳,体合三水。"既觉,不悟意。及注官河南府河清主簿,凡三字从水,到官日正冬至。以上录自宛委山堂本《说郛》弓一百十六。

婴　　怪

丁晋公谓在政府日,窦夫人生一男,既三日,亲戚来庆。日向中,负姥解襁将浴,儿齐身皆毛,忽跃起,援帐带而上,据竿下视。亟闻于晋公,立命杀之。亲戚大骇,秘不敢言。

李德裕系幽狱

学士冯浩有女适吕氏子。顷有女厉啸其室,言曰:"尔前身某甲之妻,我乃妾也。若妒而害我,我诉于帝,抱冤几十年始得伸,遂许复仇。又寻若仅十年,不知再生为吕氏妇,乃今逢焉。俟若今生命尽,相与归阴府对辨耳。"自兹日夕语言,与家人杂处。忽尔不闻其声逾旬,间复至。询其所适,乃曰:"往阴府看断李德裕公事。"或问:"李德裕唐朝人,逮今二百余年事,何以至今方决?"曰:"阴司之狱,以人生死往来之不常,狱系二三百年而决者不为久也。"闻其得罪者多与唐史同,亦有史中无者。

女 子 变 男

广州有萧某家者,尝泛舶过海,故以都网呼之。有侍婢忽妊娠。萧疑与奴仆私通,苦诘之,则曰:"与大娘子私合而孕也。"萧有女年十八,向以许嫁王氏子,自十岁后变为男子,而家人不知也。自此始彰焉。吴中舍潜时随兄官番禺,曾假玉仙观为学。萧子亦预焉,好读《文选》,略皆上口,虽须出于颐,然其举止体态亦妇人也。时景祐五年,任谏议中郎知广州。以上录自商务印书馆本《说郛》卷四十四。

倦 游 杂 录

[宋]张师正　撰

李裕民　　辑校

校 点 说 明

《倦游杂录》著者张师正,字不疑,生于宋真宗大中祥符九年(1016)。中进士甲科,得太常博士后转为武官,任渭州推官,知宜州,旋以"慢上"免去英州刺史。仁宗嘉祐八年(1063)任荆州钤辖,英宗治平三年(1066)任辰州帅,神宗熙宁十年(1077)为鼎州帅,哲宗时犹在,享年当在七十以上。除本书外,尚著有《括异志》十卷,存诗五首。

据《郡斋读书志》载张师正自序云:"倦游云者,仕不得志,聊书平生见闻,将以信于世也。自以非史官,虽书善恶而不敢褒贬。"书中对于官场黑暗,多所揭露;并收录了相当数量的诗词,有些诗词赖此书得以传世。张师正在南方宦游达四十余年,书中记录了许多南方各地的风俗、特产,大都出于耳闻目睹,比较真实可信。以上种种均可供治史、治文学史者及研究民俗、物产学者参考。

《倦游杂录》当作于熙宁十年之前,后又经修订。《郡斋读书志》、《文献通考·经籍考》等著录为八卷,《宋史·艺文志》著录十二卷。其书明代时犹存,后散佚。我在 1986 年时,曾据《说郛》、《宋朝事实类苑》、《靖康缃素杂记》、《类说》、《诗话总龟》、《五朝名臣言行录》、《纪纂渊海》、《永乐大典》等书辑成此书,共得一百六十八条,三万余字。所辑各条以出处较早、内容较全者为主,以其他各本作校。文字劣于主目者,不出校记,并依内容拟题。书后各家著录及有关资料,交由上海古籍出版社出版。这次重版,依照《历代笔记小说大观》体例要求,文字择善而从,概不出校,原有的序号及附录资料,均予删去。
不妥之处,尚请读者不吝赐教。

目　录

倦游杂录

唐 陵 无 碑

唐诸陵皆无碑记,惟乾陵西南隅有大碑,高三十余尺,螭首龟趺岿然,表里无一字,亦不知其何为而立。《说郛》卷三十七

子 孝 妻 义

刘潜以淄州职官权知郓州平阴县事,一日,与客饮驿亭,左右报太夫人暴疾,潜驰归,已不救矣。潜抱母一恸而绝。其妻见潜死,复抚潜尸,大号而卒。时人伤之曰:子死于孝,妻死于义,孝义之美,并集其家。《说郛》卷三十七、卷十四

皂 屏 养 目

凡视五色皆损目,惟黑色于目无损,李氏有江南日,中书皆用皂罗糊屏风,所以养目也。王丞相介父在政府,亦以皂罗糊屏障。《说郛》卷十四、卷三十七

造 舟 赐 号

元丰元年春,命安焘、陈陆二学士使高丽,敕明州造万斛船二只,仍赐号一为凌虚致远安济舟,一为赝飞顺济神舟,令御书院勒字、明州造碑。《说郛》卷三十七

温　泉　碑

安经华清宫温泉碑,唐太宗撰并书,又飞白"贞观"二字于额。天圣初,自粪壤中发出之,再加刻而立于小亭。《说郛》卷三十七

员　外　郎

石参政中立性滑稽,天禧中为员外郎贴职,时西域献狮子,畜于御苑,日给羊肉十五斤。尝率同列往观,或叹曰:"彼兽也,给肉乃尔,吾辈忝预郎曹,日不过数斤,人翻不及兽乎?"石曰:"君何不知分耶?彼乃苑中狮子,吾曹员外郎耳,安可比耶?"同上

程师孟善谀

有善谀者,熙宁中曾以先光禄卿荐守番禺,尝启王介甫丞相曰:"某所恨,微躯日益安健,惟愿早就木,冀得丞相一埋铭,庶几名附雄文,不磨灭于后世。"《说郛》卷十四、卷三十七、《说郛》宛委本弓三十三

终慎思具启切当

终慎思,大名人,家贫苦学,衣冠故敝,风貌寝陋。始来应举,魏之举人,视之蔑如也。既就试,遂为解首。其谢解启曰:"三年于此,众人悉诮于毛生;一军皆惊,大将果归于韩信。"又董储郎中悯其穷,尝以书荐于士人之富者,庶濡涸辙,而士人殊无哀王孙之意。终复取书归,而具启纳于董,曰:"鲁箭高飞,谓聊城之必下;秦都不割,怀赵璧以空归。"人多嘉其切当。

《说郛》卷三十七

熊　馆

山民云:熊于山中行数千里,悉有给伏之所,必在石岩枯木中,山民谓之熊馆。惟虎出百里外,则迷失道路。《说郛》卷十四

韩赟好啖瓜齑

韩龙图赟,山东人,乡里食味,好以酱渍瓜啖之,谓之瓜齑。韩为河北都漕,廨宇在大名府中,诸军营多鬻此物,韩尝曰:"某营者最佳,某营者次之。"赵阅道笑曰:"欧阳永叔尝撰《花谱》,蔡君谟亦著《荔枝谱》,今须请韩龙图撰《瓜齑谱》矣。"《说郛》卷十四

匍　匐　图

陈烈,福州人,博学,不循时态,动遵古礼。蔡君谟居丧于莆田,烈往吊之,将至近境,语门人曰:"《诗》不云乎:'凡民有丧,匍匐救之',今将与二三子行此礼。"于是乌巾襕鞹,行二十余里,望门以手据地膝行,号恸而入孝堂,妇女望之皆走,君谟匿笑受吊。即时,李遘画《匍匐图》。《说郛》卷十四

觅　石

今之通远军,乃古渭州之地,渭源出焉。中有水虫,类于鱼,鸣作觅觅之声,见者即以梃刃击之,或化为石,可以为砺,名曰觅石。长尺余,直一二千,兵刃经其磨者,青光而不锈,亦奇物也。《说郛》卷十四

岭 南 嗜 好

岭南人好啖蛇，易其名曰茅鳝，草虫曰茅虾，鼠曰家鹿，虾蟆曰蛤蚧，皆常所食者。海鱼之异者，黄鱼化为鹦鹉，泡_{去声}鱼大者如斗，身有刺，化为豪猪，沙鱼之斑者化为鹿。《说郛》卷十四。《类苑》卷六十二引前六句

啖 男 胎 衣

桂州妇女产男者，取其胞衣，净濯细切，五味煎调之，召至亲者合宴，置酒以啖，若不预者，必致忿争。《说郛》卷十四

胡 饼

今人呼奢面为汤饼，唐人呼馒头为笼饼，岂非水瀹而食者皆可呼汤饼、笼蒸而食者皆可呼笼饼？市井有鬻胡饼者，不晓著名之所谓，得非熟于炉而食者，呼为炉饼宜矣。《说郛》卷十四

沉 香 木

沉香木，岭南诸郡悉有之，濒海州尤多。交干连枝，冈岭相接，数千里不绝。叶如冬青，大者合数人抱，木性虚柔，山民或以构茅庐，或以为桥梁，为饭甑尤善。有香者百无一二，盖木得水方结，多在折枝枯干中。或为沉，或为煎，或为黄熟。自枯死者，谓之水槃香。今南恩、高、窦等州惟产生结香，盖山民入山，见香木之曲干斜枝，必以刀斫之成坎，经年得雨水所渍，遂结香，复以锯取之，刮去白木，其香结为班点，亦名鹧鸪班，爇之甚佳。沉之良者，惟在琼、崖等州，俗谓角沉，乃生木中，取者宜用薰裛。黄熟乃枯木中得之，宜入药用。其依木皮

而结者谓之青桂,气尤清。在土中岁久不待刌剔而精者,谓之龙鳞。亦有削之自卷,咀之柔韧者,谓之黄腊沉香,尤难得。《说郛》卷十四

石　鼓

　　古之石刻存于今者,唯石鼓也。本露处于野,司马池待制知凤翔日,辇置于府学之门庑下,外以木楯护之,其石质坚顽,类今人为碓硙者。古篆刻缺,可辨者几希。欧阳论石鼓元在岐阳,初不见称于前世,至唐人始盛称之,而韦应物以为周文王之鼓,至宣王刻诗尔。韩退之直以为宣王之鼓。在今凤翔孔子庙中。鼓有十,先时散弃于野,郑余庆置于庙而亡其一。皇祐四年,向传师求于民间,得之,十鼓乃足。其文可见者四百八十五,磨灭不可识者过半。余所集录文之古者,莫先于此。然其可疑者三四,今世所有汉桓灵时碑,往往尚见在,距今未及千岁,大书深刻而磨灭者十犹八九,此鼓,案太史公年表,自宣王共和元年至今嘉祐八年,实千有九百一十四年,鼓文细而刻浅,理岂得存,此其可疑者一也。其字古而有法,其言与《雅》、《颂》同文,而《诗》、《书》所传之外,三代文章真迹在者,唯此而已,然自汉以来,博古好奇之士皆略而不道,此其可疑者二也。隋氏藏书最多,其志所录秦皇帝刻石,婆罗门外国书皆有,而独无石鼓,遗近录远,不宜如此,此其可疑者三也。前世所传古远奇怪之事,类多虚诞而难信,况传记不载,不知韦、韩二君何据而知为文、宣之鼓也。隋、唐古今书籍龛备,岂当时犹有所见而今不见之耶? 然退之好古不妄者,余姑取以为信耳,至于字画,亦非史籀不能作也。《靖康缃素杂记》卷六

竹不根而茂

　　寇莱公卒于海康，诏许归葬，道出荆南公安县，邑人迎祭于道，断竹插地，以挂纸钱，竹遂不根而茂。邑人神之，立庙于侧，奉祀甚谨。《类说》卷十六。《竹谱详录》卷六节引此文

盘 量 出 剩

　　刘绰，天圣中为京西漕，分遣属官盘量诸都在仓之粮，凡收十万余石，归朝上殿，具札子乞付三司收系。时章献太后垂帘，问曰："已盘量者余贯许，再盘量否？"曰："向来盘量官多徇颜情，不肯尽收入历。"又曰："卿识王曾、张知白、吕夷简、鲁宗道否？此四人者，皆不因盘量收出剩斛斗，致身于此。"刘大惭，谓人曰："当是时，殿上甓罅可入亦入矣。"《类说》

藏 撤 诗

　　夏英公咏杂手伎藏撤诗曰："舞绁抛珠复吐丸，遮藏巧便百千般。主公端坐无由见，却被旁人冷眼看。"同上

始 终 言 新 法

　　王荆公尝云："自议新法，始终言可行者曾布也，言不可行者司马光也，余皆叛而复附，或出或入。"同上

阎罗见阙请速赴任

　　王介俊爽，语言多易，人谓之心风。熙宁中自省判守湖州，王荆公送诗曰："吴兴太守美如何？柳恽诗才不足多。遥想邦人迎下担，白蘋洲上起沧波。"以风能起波也。介知其意，

以破题为十篇,一曰:"吴兴太守美如何?太守从来恶祝驼。生若不为上柱国,死时犹合代阎罗。"公笑曰:"阎罗见阙,请速赴任也。"_{同上}

下官踪迹转沉埋

张铸以京东转运使,坐公事降通判太平州,葛源为提举坑冶,取铸脚色,欲发荐状。铸为诗曰:"提司坑冶是新差,职比权纲胜一阶。若发荐章求脚色,下官踪迹转沉埋。"_{同上}

巩大卿献放生

熙宁中,巩大卿申者,善事权贵。王丞相生日,即饭僧具疏笼鹊鸽以献,丞相方家宴,即于客次开笼揭笋,手取鹊鸽,跪而放之,每放一鸟,且祝曰:"愿相公一百二十岁。"_{同上}

一网打尽

苏舜钦监进奏院,因十月余赛神会,馆中同列御史刘元瑜弹击下狱,坐监主自盗削籍,同会者皆至斥。刘谓时相曰:"与相公一网打尽。"_{同上}

生前嫁妇死后休妻

王雱,丞相之次子,有心疾,娶庞氏,不睦,相离而嫁之。时侯叔献死,其妻帏箔不修,丞相表其事而斥去。时语曰:"王太祝生前嫁妇,侯工部死后休妻。"_{同上}

杜园贾谊

陈和叔为举子,通率少检,后举制科,骤为质朴,时号"热熟颜回"。时孔文仲对制策,言天下有可叹息恸哭者,既而被斥。陈曰:"孔子真杜园贾谊也。"王平甫曰:"杜园贾谊好对热熟颜回。"同上

不 喜 歌 舞

冯当世晚年好佛,知并州,以书寄王平甫曰:"并州歌舞妙丽,闭目不喜,日以谈禅为事。"平甫答曰:"若如所谕未达理,闭目不喜,已是一重公案。"同上

平 调 二 曲

神文将葬永昭陵,大行梓宫初发引,王禹玉时为翰林学士,作平调发引二曲,其一曰:"玉宸朝晚,忽忽掩黄衣,愁雾锁金扉。蓬莱待得仙丹至,人世已成非。龙辀转西畿,旌旆入云飞。望陵宫女垂红泪,不见翠舆归。"二曰:"上林春晚,曾是奉宸游,水殿戏龙舟。玉箫声断仙人驭,一去隔千秋。重到曲江头,事往涕难收。当时御幄传觞处,依旧水东流。"《说郛》卷十五《广知》引

录 公 得 替

大理寺丞路坦尝宰相中一县,有神录,四年方解役,坦赠诗云:"百里传呼号录公,三年得替普天同。惟君四载过常例,更有何人继后风。"其诗闻于朝,夺坦一官而停之。《类说》

今日谁非郑校人

王介甫为相,引用不次,及再罢相,颇有谮之者。公至金陵,每得生鱼,多放池中。有门人作诗曰:"直须自到池边看,

今日谁非郑校人？"同上

范希文蚊诗

范希文监泰州西溪盐场，地多蚊蚋，作诗云："饱似樱桃重，饥如柳絮轻。但知从此去，不用问前程。"同上

善谑驿

襄州南有驿，名善却，唐之善谑驿也，乃淳于髡放鹄处，柳子厚《和刘梦得善谑驿奠淳于先生》，即此地也。同上

着也马留

京师优人以杂物布地，遣沐猴认之，即曰："着也马留。"熙宁中，状元叶祖洽赴宴，有下第进士作诗曰："着甚来由去赏春，也应有意惜芳辰。马蹄莫踏乱花碎，留与愁人醉作茵。"同上

宋罗江

庆历中，有亲事官栏入殿门，御史宋禧乞内庭畜罗江之狗，时号宋罗江，亦曰宋神狗。同上

孔道辅以直言得馆职

孔公道辅以刚毅直谅名闻天下，知谏院日，请明肃太后归政天子。为中丞日，谏废郭后。其后知兖州日，近臣有献诗百篇者，执政请除龙图阁直学士，仁宗曰："是诗虽多，不如孔道辅一言。"乃以公为龙图阁直学士。《类苑》卷五

柳开强娶钱氏

柳开知润州,有监兵钱供奉者,亦忠懿之近属也。乃父方奉朝请,在京师。开乘间来谒,造其书阁,见壁有绘妇人像甚美,诘以谁氏,监兵对曰:"某之女弟也,既笄矣。"柳喜曰:"开丧偶已逾期,愿取为继室。"钱曰:"俟白家君,敢议姻事。"柳曰:"以开之材学,不辱于钱氏之门。"遂强委禽焉,不旬日而遂成礼。钱不之敢拒,走介白其父,乞上殿面诉柳开劫取臣女。仁宗问曰:"卿识柳开否?"曰:"不识。"上曰:"真奇杰之士也。卿家可谓得嘉婿矣。吾为卿媒,可乎?"钱父不敢再言,但拜谢而退。《类苑》卷七

神宗题韩琦曾公亮墓碑

韩侍中薨,差内臣张都知督葬事,玄堂甃以石,一切用度,皆出于官。上自撰墓碑,题其额曰:"两朝顾命定册元勋之碑。"明年,曾侍中薨,上题其墓碑额曰:"两朝顾命赞册亚勋之碑。"《类苑》卷八

张咏焚黑店

张乖崖未第时,尝游汤阴,县令赐束帛万钱,张即时负之于驴,与小僮驱而归。或谓曰:"此去遇夜道店,陂泽深奥,人烟疏阔,可俟徒伴偕行。"张曰:"秋夜矣,亲老未授衣,安敢少留邪?"但淬一短剑而去。行三十余里,日已晏,止一孤店,惟一翁洎二子。见咏来甚喜,密相谓曰:"今夜好个经纪。"张亦心动,窃闻之,因断柳枝若合拱者为一棓,置室中。店翁问曰:"持此何用?"张曰:"明日早行,聊为之备耳。"夜始分,翁命其

子呼曰："鸡已鸣,秀才可去矣。"张不答,即来推户。张先以坐床拒左扉,以手拒右扉。店夫既呼不应,即再三排闼,张忽退立,其人闪身踉跄而入,张擒其首,毙之,曳入闉。少时,其次子又至,如前复杀之。及持剑视翁,方燎火爬痒,即断其首,老幼数人,并命于室。呼僮牵驴出门,乃纵火,行二十余里,始晓。后来者曰:"前店人失火,举家被焚。"《类苑》卷九

寇准诚过其才丁谓才过其实

袁抗大监尝言,曾守官营道,闻史官言,寇莱公始谪为州司马,素无公宇,百姓闻之,竞荷瓦木,不督而会,公宇立成,颇亦宏壮。守土者闻于朝,遂再有海康之行。始戒途,吏民遮道,马复踏躐不进,寇以策叩马曰:"吾尚敢留滞邪?汝何不行?"马即前去,寇泣且曰:"语丁谓,我负若何事?致我于极地邪!"其后丁自朱崖移道州,袁尝接其语论,遂以所闻质之。丁曰:"寇自粗疏。先朝因节日,赐宴于寇相第,寇好以大白饮人,时曹利用为枢密副使,不领其意,寇曰:'某劝太傅酒,何故不饮?'曹竟不濡唇,寇怒曰:'若一夫耳,敢尔邪?'曹厉声曰:'上擢某在枢府,而相公谓之一夫,明日当于上前辨之。'自此二公不协,厥后发莱公之事者,曹貔也。预谓何事?"然中外皆知莱公之祸,丁有力焉。二公之在政府也,当太平之盛,至于赞燮王度,亦无善恶之大者。至今天下识与不识,知与不知,闻莱公之名,则许以忠荩;言晋公之为,则目以奸谀。岂非丁以才过其实,寇以诚过其才欤?《类苑》卷十一

孙沔不许外使居其上

孙资政沔出帅环庆,宿管城,值夏州进奉使至,或白当选

驿者。公曰："使夏国主自入朝,亦外臣也,犹当在某下,况陪臣乎?"羌使遂宿白沙。仁庙闻而嘉之。同上

石守道不收馈赠之食

石守道学士为举子时,寓学于南都,其固穷苦学,世无比者。王侍郎洙闻其勤约,因会客,以盘餐遗之,石谢曰："甘脆者,亦某之愿也。但日享之则可,若止修一餐,则明日何以继乎? 朝享膏粱,暮厌粗粝,人之常情也。某所以不敢当赐。"便以食还,王咨重之。《类苑》卷十二

韩丕以槲叶著书

骊山白鹿观,向有道士王某,通五经。结茅庐数十区,讲授生徒几百人,韩丕亦尝从之学。王间遣生徒往近村市酒。一日,命韩挈榼以往。王谓诸生曰："韩秀才风骨粹重,向去进士不可量也。然到山岁余,未尝见其所业。"命破局,索其寝室中,于席下得槲叶厚四五寸,或二三叶,或十数叶,以细梗贯之,乃韩之著述也。王见之惊骇,自此厚加礼待。其后官至贰卿、翰林学士。《类苑》卷十二

张杲卿谓仁宗孤寒

张杲卿为御史中丞日,因登对言及家世及履历本末。仁庙曰："卿亦出自孤寒。"杲卿曰："臣本书生,陛下擢任至御史中丞,三子皆服官裳,亦有先臣之田庐,家事有托,自谓非孤寒,陛下可谓孤寒矣。"仁庙徐曰:"亦有说乎?"曰:"陛下春秋高,奉宗庙社稷之重,主鬯尚虚位,天下之心未有所系,是陛下孤寒也。"仁庙改容,颇嘉其意,后遂参柄用。《类苑》卷十七

张亢不先上闻

瀛州城本隘狭，景德中，几为北虏所破。自讲和之后，居民军营，悉在南关。张客省亢守郡日，召郡中高赀户谓之曰："闻若等产业多在南关，吾欲城入之，然而计工匠楼橹之费，非十余万缗不可。"咸曰："苟得围入大城，愿备所用工。"公令富民自均其数，未经旬日，不督而集。乃命官籍其数，募厢库禁卒以充役，既成，始奏取旨。或曰："不俟朝命，罪必及焉。"公曰："苟俟中覆而为，城必不立矣。今兴工而后奏，俟朝旨允与不允，吾城已筑过半矣。傥或得罪，不过斥张亢耳，民获百世之利，又何疑焉？"其后城垂就，而公坐不先上闻，果被左迁漕司。或疑有干没，俾官穷究，无毫厘之欺。治平中，河朔地震，瀛之中城圮，因而隳去之。今为大郡，寇戎苟至，亦不可攻围矣。公昔守鄜州，鄜州有两城，守居北城，上佐廨宇，器甲军财之帑，皆在南城，渡一小涧，几百步，方入北城。北城可容南城三四，公亦先定谋而后闻，遂并南入北，省守陴者十之三，朝廷亦不之罪。近时闻边建水利，缮城垒，必先计己之恩赏厚薄，然后为之，校乎张公之心，一何异哉？《类苑》卷二十三

韩稚圭禁焚尸

河东人众而地狭，民家有丧事，虽至亲，悉燔燕，取骨烬寄僧舍中。以至积久弃捐乃已，习以为俗。韩稚圭镇并州，以官镪市田数顷，俾州民骨肉之亡者，有安葬之地。古者，反逆之人乃有焚如之刑，其士民则有敛殡袝葬之礼，惟胡夷洎僧尼，许从夷礼而焚柩，齐民则一皆禁之。今韩公待俗以礼法，真古循吏之事也。《类苑》卷二十三、卷三十二

眼 前 何 日 赤

国朝,翰林学士得服金带,朱衣吏一人前导。两府则朱衣吏两人,金笏头带佩金鱼,谓之重金。居两制久者,则曰:"眼前何日赤?腰下甚时黄?"处内廷久者,又曰:"眼赤何时两?腰金甚时黄?"《类苑》卷二十五

赐 饮 宰 相 第

真宗朝,岁时始赐饮于宰相第,大两省待制以上赴。林尚书以谏议大夫为三司副使,亦预。既而并诸副使,遂以为常。王太尉主会,惟用太官之膳,少加堂飧。自丁晋公助以家馔,今皆踵之。《类苑》卷二十五

前 任 班 趁 办

唐朝,官有定员,阙则补之。后唐长兴二年,诏诸州得替节度、防御、团练、刺史,并令随常朝官逐日立班。二年,放免常朝,令五日赴起居。国初,尚多前资官,今阁门仪制,尚有见任、前任防御、团练使。《类苑》卷二十六

街 鼓

京师街衢,置鼓于小楼之上,以警昏晓。太宗时,张公泊制坊名,列牌于楼上。按唐马周始建议置鼟鼓,唯两京有之,后北都亦有鼟鼟鼓,是则京师之制也。二纪以来,不闻街鼓之声,金吾职废矣。《类苑》卷三十三

钟离权诗

邢州开元寺一僧院壁,有五代时隐士钟离权草书诗二绝,笔势遒逸,诗句亦佳。诗曰:"得道真僧不易逢,几时归去愿相从。自言住处连沧海,别是蓬莱第一峰。"其二曰:"莫厌追欢语笑频,寻思离乱可伤神。闲来屈指从头数,得见升平有几人?"后刘从广知邢州,访此寺,遂命刊勒此诗于石。《类苑》卷三十五

清风明月两闲人

赵叔平罢参政,致政居睢阳,欧阳永叔罢参政,致政居汝阴。叔平一日乘安舆来访永叔,时吕晦叔以金华学士知颍州,启宴以召二公。于是欧公自为优人致语及口号,高谊清才,搢绅以为美谈。口号曰:"欲知盛集继荀陈,请看当筵主与宾。金马玉堂三学士,清风明月两闲人。红芳已过莺犹啭,青杏初尝酒正醇。好景难逢良会少,乘欢举白莫辞频。"《类苑》卷三十五

张宗永诗

张宗永,华州人,倜傥不羁,善为诗。宝元中,以职官知长安县,时郑州陈相尹京兆,宗永尝以事失公意。公有别业在鄠、杜县间,宗永知公好绝句诗,乘间诣之,于厅大书二韵云:"乔松翠竹绝纤埃,门对南山尽日开。应是主人贪报国,功成名遂不归来。"庄督录以闻,公览而善之,待之如初。宗永尝有诗云:"大书文字堤防老,剩买峰峦准备闲。"佳句甚多,往往脍炙人口。《类苑》卷三十五

冯端书塞上诗

冯太傅端,尝书一绝句云:"鸣鹘直上一千尺,天静无风声更干。碧眼胡儿三百骑,尽提金勒向云看。"顾坐客曰:"此可画于屏障,乃柳如京塞上之作。"《类苑》卷三十五

王平甫点绛唇词

王平甫学士,以高才硕学,劲正不附丽。熙宁中,判官告院,忽于秋日作宫辞《点绛唇》一阕,其旨盖有所刺,以示其游。魏泰叹曰:"公之辞美矣,然断章乃流离之思,何也?"明年,平甫竟以谗得罪,废归金陵。其词曰:"秋气微凉,梦回明月穿帘幕,井梧萧索,正绕南枝鹊。　　宝瑟尘生,金雁空零落。情无托,舂云重掠,不似君恩薄。"同上

高丽求王平甫诗

熙宁中,高丽遣使人入贡,且求王平甫学士京师题咏,有旨令权知开封府元厚之内翰抄录以赐。时厚之自诣平甫求新著,平甫以诗戏厚之曰:"谁使诗仙来凤沼,欲传贾客过鸡林。"《类苑》卷三十五

蔡子正作喜迁莺词

蔡子正久在边任,晚年以龙图阁直学士再守平凉,作《喜迁莺》词一阕以自广,曰:"霜天清晓。望紫塞古垒,寒云衰草。汉马嘶风,边鸿翻月,陇上铁衣寒早。剑歌骑曲悲壮,尽道君恩须报。塞垣乐,尽橐鞬锦领,山西年少。　　谈笑。刁斗静,烽火一把,长报平安耗。圣主深仁,威棱遐布,骄虏尚宽天

讨。岁华向晚愁恩，谁念玉关人老？太平也，且欢娱，莫惜金
樽频倒。"此曲成，大传都下。《类苑》卷三十五

张退傅诗

张退傅相公与陈文惠公同秉政，张既以帝傅致政，有诗寄
文惠曰："赭案当年并命时，兼葭衰飒倚琼枝。皇恩乞与桑榆
老，鸿入高冥凤在池。"张公既退居，年七十八岁，有《除夜》诗：
"八十光阴有二年，烟萝门户喜开关。近来无奈山中相，频寄
书来许缀班。"退傅以八十二岁薨，正八十有二之谶。《类苑》卷
三十五

王禹玉祭社诗

京师祭二社，多差近臣。王禹玉在两禁二十年，熙宁三
年，为翰林承旨，又膺是任，题诗斋宫曰："邻鸡未动晓骖催，又
向灵坛饮福杯。自笑治聋不知足，明年强健更重来。"执政闻
而怜之。《类苑》卷三十六

卢氏凤栖梧词

蜀路泥溪驿，天圣中，有女郎卢氏者，随父往汉州作县令，
替归，题于驿舍之壁。其序略云："登山临水，不废于讴吟；易
羽移商，聊纾于羁思。因成《凤栖梧》曲子一阕，聊书于壁。后
之君子览之者，无以妇人切弄翰墨为罪。"词曰："蜀道青天烟
霭翳，帝里繁华，迢递何时至？回望锦川挥粉泪，凤钗斜軃乌
云腻。　钿带双垂金缕细，玉佩珠珰，露滴寒如水。从此鸾
妆添远意，画眉学得遥山翠。"《类苑》卷三十九

郑氏死后出家

熙宁中年，王禹玉丞相奏亡妻庆国夫人郑氏，临终遗言，乞度为女真。敕特许披戴，赐名希真，仍赐紫衣，号冲静大师。《类苑》卷四十三

韩稚圭梦手捧天

韩稚圭侍中知泰州日，卧病数日，冥冥无所知，倏然而苏。语左右曰："适梦以手捧天者再，不觉惊寤。"其后援英宗于藩邸，翼神宗于春宫，捧天之祥已兆于庆历中，固知贤臣勋业，非偶然而致也。《类苑》卷四十五

张退夫读乐记中第

张客省退夫自言，应举时，因醉，乘驴过市，误触倒杂卖担子，其人喧争不已，视担中，只有《乐记疏》一册，遂五十钱市之，其人乃去。张初不携文籍而行，遇醉醒，止阅所买《乐记疏》。无何，省试《黄钟为乐之末节论》，独《乐记》为详，论擅场南省，遂高选，明年擢甲第。《类苑》卷四十五

费孝先作轨革卦影

李璋太尉罢郢州入朝，至襄阳，疾病，止驿舍两月余。璋尝命蜀人费孝先作轨革卦影，先画一凤止于林，下有关焉，又画一凤立于台，又画衣紫而哭者五人。盖襄州南数里，有凤林关，传舍名凤台驿。始璋止二子侍行，三子守官于外，闻璋病甚，悉来奔视。至之翌日，璋乃卒，果临其丧者五人。《类苑》卷四十七

唐郎中梦寇准为相

寇忠愍初登第,授大理评事,知归州巴东县。时唐郎中谓方为郡,夕梦有人告云:"宰相至。"唐思之,不闻朝廷有宰相出镇者。晨兴视事,而疆吏报寇廷评入界,唐公惊喜,出郊迓劳。见其风神秀伟,便以公辅待之,且出诸子罗拜。唐新饰勒辔,置厅之左,寇既归船,其子拯白其父曰:"适者寇屡目此,宜即送之。"寇果询牙校:"何人知吾欲此?"对以十四秀才。既而力为延誉,拯于孙汉公榜等甲成名。《类苑》卷四十八

欧阳修乞早致仕

欧阳文忠公在蔡州,屡乞致仕。门下生蔡承禧因间言曰:"公德望为朝廷倚重,且未及引年,岂容遽去也?"欧阳答曰:"某平生名节,为后生描画尽,惟有早退,以全晚节,岂可更俟驱逐乎?"承禧叹息,无以答。既而以太子少保致仕。《类苑》卷五十三

移赵师旦事于曹觐

侬贼破邕州,偶江涨,遂乘桴沿流入番禺。时赞善大夫赵师旦知康州,到任始一日,贼既迫境,谕官属吏民使避贼,谓曰:"吾固知斯城不可守,守城而死,乃监兵洎吾之职也。若曹无预祸。"贼既至,率弱卒不满百,御之,半日,城陷,赵与监兵者皆死之,士卒得免者无一二。先是,一日,赵方出其妻,藏于山谷,道上生一子,弃草中。贼去凡三日,复归视之,尚生,人谓忠义之感。有曹觐者,以太子中舍知封州,贼既至,乃易服遁去,未十余里,为贼所擒。贼首谓曰:"汝乃好骂我南人作蛮

者也,今日犹不拜邪?"曹竟不屈,至晚,积薪燔死于江壖。时本路主漕运者,与曹有旧,仍移师旦事,勒诗于石。朝廷赠觐太常少卿,子孙弟侄泊女子受官赏命服者数人。赵赠卫尉少卿,一子得殿直。赵史君之事,岭外率知之,康人为之立祠堂,至今祭祀不绝。《类苑》卷五十三

富大监王郎中之廉节

扈郎中襃尝言,昔知苏州吴县,苏州士大夫寓居者多,然无不请托州县,独致仕富大监严三年无事相委。又丘太博舜元言,尝知洪州新建县,洪之右族多挠官政,惟致仕王郎中述安贫杜门,衣食不足而未始告人。斯二人者,天下固未尝知其廉节也。《类苑》卷五十四

寇 丁 相 轧

寇莱公与丁晋公始甚相善,李文靖公为相,丁公尚为两制,莱公曰:"屡以丁荐,而公不用,何也?"文靖答曰:"今已为两禁也,稍进,则当国。如斯人者,果可当国乎?"寇曰:"如丁之才,相公自度终能抑之否?"文靖曰:"唯,行且用之,然他日勿悔也。"既而二公秉政,果倾轧,竟如文靖之言。《类苑》卷五十七、《群书类编故事》卷十七、《古今合璧事类备要》续集卷五十

谢 泌 荐 士

谢泌名知人,少许可,平生荐士,不过数人,而后皆至卿相。每发荐牍,必焚香望阙再拜曰:"老臣又为陛下得一人。"王文正公,即其所荐士也。《类苑》卷五十七

飞鱼易名鸱吻

汉以宫殿多灾,术者言,天上有鱼尾星,宜为其象,冠于屋,以禳之。今亦有。唐以来,寺观旧殿宇,尚有为飞鱼形,尾指上者,不知何时易名为鸱吻,状亦不类鱼尾。《类苑》卷五十八

慎 火 木

《酉阳杂俎》云:"广州有慎火木,大三四围。慎火,《本草》一名景天,俗亦名护火,多以盆缶植之,置屋上,其花红白细错如锦。"予尝两至番禺,段成式所谓慎火,乃烽火木耳,又名龙骨。其干叶若慎火,断之有白汁,著人肌肤,遂成疮痏。亦无花。盖不识者误传也。《类苑》卷五十九

辰 砂

辰州朱砂,嘉者出蛮峒锦州界猹獠峒老鸦井,其井深广十丈,高亦如之。欲取砂,必聚薪于井,俟满,火燎之,石壁迸裂,入火者既化为烟气矣,其偶存在壁者,方得之,乃青色顽石。有砂处,即有小龛,龛中生白石床如玉。床上乃生丹砂,小者如箭镞,大者如芙蓉,光如磐玉可鉴,研之如猩血。砂泊床大者重七、八斤,价十万,小者五六万。晃州亦有,赤色,如箭镞,带石者得自土中,非此之比也。《类苑》卷六十

肾 羹

真宗时,有人奉使交趾,以肾羹配笼饼而食,羹中血皆如皂荚子,虽味不甚佳,莫知其何以致然。洎回,苦求其法,乃取牛蜱瀹而去其皮耳。同上

华　清　宫

故华清宫在绣岭之下，山半有玉蕊峰。天圣末，予为学于山之岭所谓朝元阁者。峰侧有夹纻作王母之像，虽小有损腐之处，而丹青未甚暗昧。其御阶甃以莲花砖，千余步则栽一石柱，端有孔，相传云：开元、天宝中，贯以红绵絙，宫女攀援而上。庆历中，再游，询王母之像，失之已久，石柱孔已为庸道士烧为灰而涂壁矣。岭之阴，温泉涌流，岭之南，有丹霞泉者，极寒冽，予尝夏盥于彼。《类苑》卷六十。《永乐大典》卷一八二二四第一五页引至"攀援而上"。《永乐大典》卷一○九○第一五页引首句。

皂　荚　合　欢

唐华清宫，今灵泉观也。七圣殿之西隅，十数步间，有皂荚一株，合数人抱，枝干颇瘁。相传云：明皇泊贵妃共植于此，每岁结实，必有十数荚合欢者。京兆尹命老卒数人守视之。移接于他枝，则不复合欢也。《类苑》卷六十

南北方嗜好不同

杜大监植言：南方无好羊泪面，惟鱼稻为嘉，故南人嗜之。北方鱼稻不多，而肉面嘉，故北人嗜之。易地则皆然，不必相非笑也。同上

白　石　碑

江陵北四十里，有白石碑驿，其西有疏陂，东有鸭陂，白碑亦当作陂泽之陂也。盖驿侧数里，有后梁宣、明二帝墓。唐相萧嵩为其祖立碑于驿之北，因此人以陂为碑，误也。同上

虎 畏 橐 驼

天禧中,有武臣赴官青社齐州北境,时河水渐退,葭菼阻深。武臣以橐驼十数头负囊箧,冒暑宵征。有虎蹲于道右,驼既见,鸣且逐之,虎大怖骇,弃三子而走。役卒获其子而鬻之。同上

石 鱼

陇西地名鱼龙,出石鱼,掘地取石,破而得之,多鲫洎鳅,亦有数尾相随者,如以漆描画,鳞鬣肖真,烧之尚作鱼腥。鱼龙,古之陂泽也,岂非鱼生其中,山颓塞渐久,而土凝为石,故破之有鱼形。今衡州有石鱼,无异陇州者。杜甫诗有"水落鱼龙夜,山空鸟鼠秋",正谓陇州也。同上

沸 沙

荆江自湖口而上,有沸沙。舡行或屹然而止,其下即沙,水涌沸,舟子无以施其力,俄顷即至湮溺。为芦簟五七番,置油米于其上,挑之舡下,乃得行。同上

石 燕

零陵出石燕,旧传遇雨则飞。尝见同年谢郎中鸿云:"向在乡中山寺为学,高岩石上有如燕状者,因以笔识之。石为烈日所暴,忽有骤雨过,所识者往往坠地,盖寒热相激而迸落,非能飞也。"予向过永州,有人赠一石板,上亦有燕形者在焉,土人呼为燕窠。同上

阳朔石峰

桂州左右,山皆平地拔起数百丈,竹木翁郁,石如黛染。阳朔县尤佳,四面峰峦骈立,故沈水部彬尝题诗曰:"陶潜彭泽五株柳,潘岳河阳一县花。两处争如阳朔好,碧莲峰里住人家。"《类苑》卷六十

南海啖槟榔

南海地气暑湿,人多患胸中痞滞,故常啖槟榔,日数十口。以教楼藤泊蚬灰同咀之,液如朱色。程师孟知番禺,凡左右侍吏啖槟榔者,悉杖之,或问其故,曰:"我恶其口唇如嗽血耳。"同上

蚁 鲊

岭南暑月欲雨,则朽壤中白蚁蔽空而飞,入水翅脱,即为虾。土人遇夜于水次秉炬,蚁见火光,悉投水中,则以竹篚漉取,抟之如合捧,每抟一两钱,以豚脔参之为鲊,号天虾鲊。又有大赤蚁,作窠于木杪,有数升器者。取其卵并蚁,以糁泪姜盐酿为鲊,云味极辛辣。同上

杭人好饰门窗什器

熙宁八年,淮浙大旱,米价翔踊,人多殍饿。杭人素轻夸,好美洁,家有百千,必以太半饰门窗,具什器。荒歉既至,鬻之亦不能售,多斧之为薪,列卖于市,往往是金漆薪。同上

木 馒 头

木馒头,京师亦有之,谓之无花果,状类小梨,中空,既熟,色微红,味颇甘酸,食之大发瘴。岭南尤多,州郡待客,多取为茶床高饤,故云:"公筵多饤木馒头。"或谓岭南诸州,刻木作馒头状,底刻字云:"大中祥符年,一样造五十只。"谈者之过也。同上

采 珠

《岭南杂录》云:"海滩之上,有珠池,居人采而市之。"予尝知容州,与合浦密迩,颇知其事。珠池凡有十余处,皆海也,非在滩上。自某县岸至某处,是某池,若灵渌、襄村、旧场、条楼、断望,皆池名也,悉相连接在海中,但因地名而殊矣。断望池接交趾界,产大珠,而蜑往采之,多为交人所掠。海水深数百尺已上方有珠,往往有大鱼护之,蜑亦不敢近。《类苑》卷六十一

蓬莪茂

岭南青姜,根下如合捧,其旁附而生者状如姜,往往大于手,南人取其中者干之,名蓬莪尤,北人乃呼为蓬莪茂。字书亦无茂字。名之为尤,乃是土人病泄痢者,取青姜磨酒煮服之多愈,盖蓬莪尤和气耳。《类苑》卷六十一

鱼

河豚鱼有大毒,肝与卵,人食之必死。每至暮春,柳花坠,此鱼大肥,江淮人以为时珍,更相赠遗。脔其肉,杂蒌蒿荻牙,瀹而为羹。或不甚熟,亦能害人,岁有被毒而死者。南人嗜之

不已。

　　岭南有五脑鱼，百五斜纹，色如虹，或云与蛇为牝牡，春时食其卵，亦能杀人，啖其肉，必致呕泄。又有抱石鱼，状类科斗，生急滩石上，自庐陵、南康、雄、韶人，皆取之酿鲊瀹羹，以为奇味。同上

凤　　凰

　　南恩州北甘山，壁立千仞，有瀑水飞下，猿狖不能至，凤凰巢其上，彼人呼为凤凰山。所食亦虫鱼。遇大风雨，或飘堕其雏，小者犹如鹤，而足差短，南人截取其嘴，谓之凤凰杯。古书谓凤凰生于丹穴。丹穴，即南方也。盖此禽独出尘寰之外，能远罗弋，所以为羽族之长者，以其智能远害，逢时而出也。本朝尝集清远合欢树。同上

鸩　　鸟

　　至和中，予赴任邕，至金城驿一邮置早膳，闻如以手笞腰鼓者，问邮卒曰：“何处作乐？”曰：“非也，乃鸩鸟禁蛇耳。”同上

汜水关有唐高祖太宗像

　　汜水关东北十余里，即等慈寺，乃唐太宗擒窦建德时下营之地也。关之西峰曰昭武庙，有唐高祖、太宗塑像，共处一殿。高祖状貌如五十许人，仪状博硕，而不甚长，幅巾缕金，赭袍玉带，蹑靴台瓜，西南向立莲花上。太宗状如十七八少年，风骨清瘦，衣浅黄缕金袍，玉带，手捧冠，制度类远游，露首东北向，跣立莲花上。询诸士大夫，竟不知其仪制之由。庙乃会昌中所毁佛寺之殿也，至今不倾圮。《类苑》卷六十二

象　　祠

道州、永州之间，有地名鼻亭，穷崖绝徼，非人迹可历。其下乃潇水，无湍险，俗谓之麻滩，去两州各二百余里，岸有庙，即象祠也。孟子曰："舜封象于有庳、所以富贵之也。"噫！既远不可考知，其以今揆之，此地非迁，孰有肯居也？<small>同上</small>

卧　　仙

华岳张超谷，岩石下有僵尸，齿发皆完。春时，游人多以酒沥口中，呼为卧仙，好事者作木榻以荐之。嘉祐中，有石方十余丈，自上而下，正塞岩口，岂非仙者所蜕，山灵不欲人之亵慢？<small>同上</small>

皂　鹤　洞

平凉西有崆峒山，乃广成子修道之所。山之绝壁有石穴，谓之皂鹤洞，鹤顶如丹，毛羽皆黑，日照之，金色粲然，故其下有金衣亭，岁不过一二出。今其地乃为僧徒所据，鹤或见，则僧必死亡反初者。<small>同上</small>

长　沙　三　绝

长沙人常自咤吾州有三绝，天下不可及。猫儿头笋，一枝重秤；铁黑潭取鱼，一网逾千斤；巨舰漕米，一载万石。<small>同上</small>

山　　药

山药，按《本草》本名薯蓣，唐代宗名豫，故改下一字为药，今英庙讳犯上一字，若却取下一字呼蓣药，于理无害。<small>同上</small>

罨画流苏锡销

昔之歌诗小说,多言罨画流苏者,询之朋游,莫知其状。予尝知广南恩州,恩有匠人求见,问其所能,曰:"某善锡销。"亦不晓其事,再诘之,则曰:"今京师所谓银泥者是也。"又问更有何艺,曰:"亦能罨画。"遽以小儿衣试之,乃今之生色也。又向在京师,常到州西,过一委巷,憩茶肆中,对街乃赁凶具之家,命其徒拆卸却流苏,乃是四角所系盘线绘绣之球,五色,昔谓之同心而下垂者。流苏帐者,古人系帐之四隅以为饰耳。同上

嘲免解者诗

景祐元年九月二日,诏先朝免解者,候将来省试,与特奏名。时有无名子,改王元之《升平词》以嘲曰:"旧人相见问行年,名说真宗更已前。但看绿衫包裹了,这回含笑入重泉。"《类苑》卷六十三

无比店与有巴楼

参政赵侍郎宅,在东京丽景门内,后致政,归睢阳旧第。宋门之宅,更以为客邸,而材植雄壮,非邸可比,时谓之无比店。李给事师中保厘西京,时驼马市有人新造酒楼,李乘马过其下,悦其壮丽,忽大言曰:"有巴。"京师谚语以美好为有巴。时人对曰:"梁苑叔平无比店,洛阳君赐有巴楼。"同上

讥吴善长诗

吴善长郎中,仪状恢伟,颇肖富丞相,文学之誉,则未闻

焉。有轻薄子赠之诗曰："文章却似呼延赞，风貌全同富相
公。"国初，有武臣呼延赞者好吟恶诗，故云。同上

欧 阳 景 诗

洗马欧阳景，素有轻薄名，一旦，金銮长老来上谒，告曰：
"院门阙斋供，今将索米于玉泉长老，敢乞一书，以为先容。"景
笑曰："诺。"翌日，授一缄，既至，玉泉启封，乃诗一首曰："金銮
来觅玉泉书，金玉相逢价倍殊。到了不干藤蔓事，葫芦自去缠
葫芦。"二僧相视，发笑而已。同上

常 秩 讳 学 春 秋

常秩旧好治《春秋》，凡著书讲解，仅数十卷，自谓圣人之
意，皆在是矣。及诏起，而王丞相介甫不好《春秋》，遂尽讳所
学。熙宁六年，两河荒歉，有旨令所在散青苗本钱，权行倚阁。
王平甫戏秩曰："公之《春秋》，亦权倚阁乎？"秩色颇赧。《类苑》
卷六十五

郑 向 哭 王 耿

郑向知杭州，王耿为两浙转运使。二人者，屡以公事相
失，以至互有论列，朝廷未推鞫，而耿死，郑往哭之，尽哀。杭
州僚属相骇曰："龙图素恶端公，今何哭恸也？"范拯在傍戏曰：
"诸君不会，龙图待哭斯人久矣。"同上

教 坊 杂 剧

熙宁九年，太皇生辰，教坊例有献香杂剧。时判都水监侯
叔献新卒。伶人丁仙见假为一道士，善出神，一僧善入定。或

诘其出神何所见？道士云："近曾至大罗，见玉皇殿上有一人，披金紫，熟视之，乃本朝韩侍中也。手捧一物。窃问傍立者，云：'韩侍中献国家金枝玉叶万世不绝图。'"僧曰："近入定到地狱，见阎罗殿侧有一人，衣绯垂鱼，细视之，乃判都水监侯工部也。手中亦擎一物。窃问左右，云：'为奈何水浅，献图，欲别开河道耳。'"时叔献兴水利，以图恩赏，百姓苦之，故伶人乃有此语。同上

军 府 杂 剧

景祐末，诏以郑州为奉宁军，蔡州为淮康军。范雍自侍郎领淮康节钺，镇延安。时羌人旅拒戍边之卒，延安为盛。有内臣卢押班者钤辖，心尝轻范，一日军府开宴，有军伶人杂剧，称参军梦得一黄瓜，长丈余，是何祥也？一伶贺曰："黄瓜上有刺，必作黄州刺史。"一伶批其颊曰："若梦见镇府萝卜，须作蔡州节度使。"范疑卢所教，即取二伶杖背，黥为城旦。同上

盛 天 下 苍 生

有进士曹奎，屡掇上庠南宫高选，居常自负，作大袖袍衣之，袖广数尺。时有进士杨卫怪之，谓曰："袖何广耶？"奎曰："要盛天下苍生。"卫答曰："此但能盛一个耳。"《类苑》卷六十五。《类说》节引此文

改 裴 晋 公 赞

裴度形貌短小，而位至将相，尝自赞其写真曰："尔形不长，尔貌不扬，胡为将？胡为相？一片灵台，丹青莫状。"盖谓由心吉而致富贵也。张学士丰貌甚美，尝绘其容，以寄兄环，

环改裴赞寄之,曰:"尔形甚长,尔貌甚扬,不为将,不为相,一片灵台,丹青莫状。"《类苑》卷六十五。《类说》节录此文

天狗下勾当公事

曾巩知襄州日,朝廷遣使按水利,振流民者,各辨辟二两选人充勾当公事。巩一日宴诸使者,座客有言,昨夕三鼓,大星坠于西南,有声甚厉,次又有一小星随之。巩曰:"小星必天狗下勾当公事也。"《类苑》卷六十五

茶 床 谜

陈恭公以待制知扬,性严重,少游宴。时陈少常亚罢官居乡里,一日上谒,公谓曰:"近何著述?"亚曰:"止作得一谜。"因谓之曰:"四个脚子直上,四个脚子直下,经年度岁不曾下,若下,不是风起便雨下。"公思之良久,曰:"殊不晓,请言其旨。"亚曰:"两个茶床相合也。""方欲以此为对,然不晓风雨之说。"亚笑曰:"乃待制厅上茶床也。苟或宴会,即悭值风,涩值雨也。"公为之启齿,复为之开樽。同上

曹琰落牙诗

曹琰郎中,滑稽之雄者。一日,因食落一牙,戏作诗曰:"昨朝饭里有粗砂,隐落翁翁一个牙。为报妻儿莫惆怅,见存足以养浑家。"《类苑》卷六十五、又卷六十七

蝎蜥求雨

熙宁中,京师久旱,按古法,令坊巷各以大瓮贮水,插柳枝,泛蝎蜥,使青衣小儿环绕呼曰:"蝎蜥蝎蜥,兴云吐雾。降

雨滂沱,放汝归去。"开封府准堂札责坊巷寺观祈雨甚急,而不能尽得蜥蜴,往往以蝎虎代之,蝎虎入水即死,无能神变者也。小儿更其语曰:"冤苦冤苦,我是蝎虎。似恁昏沉,怎得甘雨?"《类苑》卷六十五。《类说》、《岁时广记》卷二节引此文

中书有生老病死苦

熙宁中,初富丞相苦足疾,多不入,曾丞相将及引年。时王介甫、赵阅道、唐子方为参政,介甫日进说以更庶政,阅道颇难之,而不能夺,但退坐阁中,弹指言苦。唐子方屡争于上前,既而唐发疽而死。京师人言,中书有生老病死苦之说,谓介甫生,曾公老,富公病,阅道苦,子方死也。《类苑》卷六十五

科场中进士程文多可笑者

科场中进士程文多可笑者。治平中,国学试策,问体貌大臣,进士对策曰:"若文相公、富相公皆大臣之有体者。冯当世、沈文通皆大臣之有貌者。"意谓文、富丰硕,冯、沈美少也。刘原父遂目沈、冯为有貌大臣。又欧阳永叔主文试《贵老为其近于亲赋》,有进士散句云"睹兹黄耇之状,类我严君之容",时哄堂大笑。《类苑》卷六十六。《类说》节引此文

权 顿 幞 头

张逸密学知成都,善待僧。文鉴大师,蜀中民素所礼重。一日,文鉴谒张公,未及见。时华阳主簿张唐辅同候于客次,唐辅欲搔发,方脱乌巾,睥睨文鉴,罩于其首,文鉴大怒,喧呶。张公遽召,才就坐,即白曰:"某与此官人素不相熟,适来辄将幞头罩某面上。"张公问其故,唐辅对曰:"某方头痒,取下幞

头，无处顿放，见大师头闲，遂且权顿少时，不意其怒也。"张公大笑而已。《类苑》卷六十七。《类说》节引此文

陈亚善对

陈少常亚以滑稽著称，蔡君谟尝以其名戏之曰："陈亚有心终是恶。"陈即复曰："蔡襄无口便成衰。"时以为名对。为殿中丞日，知岭南恩州，到任作书与亲旧曰："使君之五马双旌，名目而已；螃蟹之一文两个，真实不虚。"又尝曰："平生之　对最亲切者，是红生对白熟者也。"《类苑》卷六十七。《舆地纪胜》卷九十八、《类说》节引此文

巩汉卿俊敏有才

杜祁公向以太常博士、陕西提点刑狱丁太夫人忧，寓华下郡，有进士巩汉卿者，俊敏有才，公常与之谈燕。关中养蚕，率是黄丝，故居民夏服多以黄缣为之。因问："何故关右人好着黄绢生衣？"巩对曰："似浙中人好吃紫苏熟水。"及见鸭没池中，公云："鸭人池中董。"巩即曰："蝉鸣树上缩。"公尝撰国初一节将墓碑，其中一句云："某官以生运推移"，巩即下阶磬折曰："日南长至"，公笑为改之。《类苑》卷六十七

文潞公戏题诗

文潞公始登第，以大理评事知并州榆次县，吏新鞔衙鼓，面新洁，公戏题诗于上曰："置向谯楼一任挝，挝多挝少不知它。如今幸有黄绸被，努出头来道放衙。"同上

舍人面色如衫色

胡秘监旦自知制诰落职,通判襄州时,谢学士泌知州事,尝因过厅饮酒,胡面色发赤,谢戏曰:"舍人面色如衫色。"胡应声答曰:"学士心头似幞头。"胡时衣绯。同上

长 沙 三 拗

皇祐中,长沙有三拗,开福寺长老有璡,每季一剃头,而致仕樊著作,一日一开顶,一拗也。苏推官居父丧,蹴踘饮乐,而林察推丧妻庐墓,二拗也。时有边臣为郡守,非赂不行,孔目官陆静,平生不受赇遗,三拗也。同上

语 讹

关右人或有作京师语音,俗谓之獠语,虽士大夫亦然。有太常博士杨献民,河东人,是时鄜州修城,差望青斫木,作诗寄郡中寮友。破题曰:"县官伐木人烟萝,匠石须材尽日忙。"盖以乡音呼忙为磨,方能叶韵,士人而徇俗不典,亦可笑也。同上

雁

进士刘稹未第,居德州孔子庙中,尝市一雁,翅虽折而尚生,不忍烹。闻自然铜治折伤,乃市数两,燔而淬之末以饲焉。至春晚,遂飞去。是年秋深,忽有群雁集稹所居之后圃,家僮执梃往击,诸雁悉惊飞,一雁不去,因棰杀之。烊剥毨羽,见翅骨肉坏,剖之,中皆若银丝,乃向所养者。稹咨嗟累日。《类苑》卷六十九

道人诈骗张杲卿

　　张杲卿丞相致政居阳翟,于少室山下造庵,为养性存神之地。间或乘肩舆而往,从者不过五六人,处庵中,往往逾月方归。一日,有道人形神潇洒,野冠山服来谒,公与之语,颇达道要,亦究佛理,待之甚喜。既夕,道人曰:"某新自浙中回,得茗芽少许,欲请相公一啜。"公欣然可之,道人乃躬自涤器,进火烹茶以进。公颇称善,良久,又取茶饮从者各一瓯,少时,从者皆昏瞑颠仆且睡,道人即白公曰:"某欲往罗浮,炼丹之药剂鼎灶之资,行从多金器,愿赐数事。"公遽呼从者,皆不应,亦无可奈何,任其所取,几十余斤,悉持去。迨晓,从者始醒。《类苑》卷七十

杨孜诡谋杀情妇

　　杨学士孜,襄阳人,始来京师应举,与一倡妇往还,情甚密,倡尽所有以资之,共处逾岁。既登第,贫无以为谢,遂给以为妻,同归襄阳。去郡一驿,忽谓倡:"我有室家久矣,明日抵吾庐,若处其下,渠性悍戾,计当相困。我视若,亦何聊赖? 数夕思之,欲相与咀椒而死,如何?"倡曰:"君能为我死,我亦何惜?"即共痛饮。杨素具毒药于囊,遂取而和酒,倡一举而尽。杨执爵谓倡曰:"今偿偕死,家人须来藏我之尸,若之遗骸,必投诸沟壑,以饲鸥鸦,曷若我葬若而后死,亦未晚。"倡即呼曰:"尔诳诱我至此,而诡谋杀我。"乃大恸,顷之遂死,即燔瘗而归。杨后终于祠曹员外郎、集贤校理。同上

史沆诗

史沆以进士第，为著作佐郎，累坐事羁房州，移襄以卒。沆仕不得志，好持人短长，世亦凶人目之，然亦竟以此败。常过江州琵琶亭，作诗榜于栋，其略曰："坐上骚人虽有咏，江边寡妇不难欺。若使王涯闻此曲，织罗应过赏花诗。"同上

王平弹御膳有发

御史台仪，凡御史上事，一百日不言，罢为外官。有侍御史王平拜命垂满百日，而未言事，同寮皆讶之。或曰："端公有待而发，苟言之，必大事也。"一日，闻入札子，众共侦之，乃弹御膳中有发，其弹词曰："是何穆若之容，忽睹鬖如之状。"同上

大臣诬奏石介诈死

石介性纯古，学行优敏，以诱掖后进、敦奖风教为己任。庆历中，在太学，生徒咨问经义，日数十人，皆怡颜和气，一一为讲解，殊无倦色。尝请仁庙驾幸太学，欲为儒者荣观，因作《庆历圣德颂》，诋忤当途大臣。既而谤介请驾幸太学，将有他志，介因罢学官，得太子中允、直集贤院、通判濮州，待阙于徂徕故栖，岁余病死。当途者诬奏云："介投契丹，死非其实。"遂诏京东提刑司发坟剖棺，验其事。继而有孔直温者，狂悖抵罪，直温昔尝在介书院为学，以为党，遂编置介之子弟于诸郡。呜呼！谗人之口，真可惧哉！同上

潘阆

潘阆，字逍遥，疏荡有清才，最善诗。王继恩都知待之甚

厚,往往直造卧内,饮笑于妇女间,未尝信宿不见也。忽去半
岁,不知所诣。俄而王生辰,阆携香合来谒,王大喜,延之中堂
共宴。席罢,王留之,询其所适,潘曰:"虽然游历山水,访寻亲
旧,亦为太尉谋一长守之策耳。"问其策谓何,潘曰:"上顾君侯
恩礼之厚,天下莫不知。君侯恃上之遇,于人亦有不足者矣。
况复绾时权,席天宠,媚而疾者,不止南北之朝臣,与诸王戚里
亦有不善者。一旦宫车晏驾,君侯之富贵,安得如旧邪?"王瞿
然曰:"吾亦忧之,先生何以教我?"潘曰:"上春秋高,诸子皆
贤。何不乘间建白,乞立储嗣?异日有天下,知策自君侯出,
何惧富贵之替乎?"王曰:"我欲乞立南衙大王,如何?"_{时章圣以}
_{襄阳判开封府。}潘曰:"南衙自谓当立,岂有德于君侯邪?立其不
当者,善也。"王繇是屡以白神功,乞别择诸王嗣位,神功竟不
听。其后继恩得罪,章圣嗣位,即逐(遂)出阆,阆遂亡命,诏天
下捕之。其后会赦方出,以信州助教召,羁置信州。久之,移
泗州散参军而死。_{《类苑》卷七十一}

三　司　黠　胥

陈学士贯为省副时,三司有一胥魁,桀黠狡狯,潜通权幸,
省中之事,率以咨之。胥每声喏使篸前,往往阳为欠伸,不敢
当其礼。陈闻而不平,决入省斥逐之。既来参见,严颜以待,
胥知其意,奉事弥谨,禀承明敏,举无留事。岁余,陈亦善待
之。一日,陈谓胥曰:"宅中欲会一二女客,何人可使干办?"胥
曰:"某公事之隙,暂往督视亦可。"陈不知其心有包藏,乃曰:
"尔若自行甚善,宴席所须,十未具一。"胥乃携十余岁女子,于
东华门街,插纸标于首,曰:"为陈省副请女客,令监厨,无钱陪
备,今嫁此女子,要若干钱。"遂结皇城司密逻者,俾潜以闻。

朝廷将以黜降,赖宰臣辨解,终岁竟罢去,止得集贤学士。旧例,省副罢,皆得待制。《类苑》卷七十三。

秋 霖 赋

　　徐仲谋在皇祐中,罢广东提刑,到阙时,京师多雨,遂献《秋霖赋》。其略曰:"连绵乎七月八月,渰浸乎大田小田。望晴霁而终朝礼佛,放朝参而隔夜传宣。泥涂半没于街心,不通车马;波浪将平于桥面,难度舟舡。"时贾文元、陈恭公秉政,共引过于上前,且云:"阴阳失序,自当策免,然臣等已屡乞罢,而圣恩未允,致有疏远小臣,以猥语侵侮,臣等实无面目师长百辟。"仁宗怒,降仲谋监邵武军酒税。同上

矫 伪

　　夏英公知安陆日,受大敕举幕职,令录诣京师。有节度推官王某者,粝食敝衣,过为廉慎,一马瘦瘠,仅能移步,席鞯绳辔不胜骑,自二车而下,列状乞以斯人应诏。夏亦自知之,遂改官宰邑,去安陆数百里。洎至任,素履一变,侈衣靡食,恣行贪墨。夏俾亲旧喻之,答曰:"某乃妙攫也,必无败露,请舍人无虑。"夏常谓僚属曰:"世之矫伪有如此者。"斯人今为正郎,不欲道其名也。同上

伺 察

　　李公素学士为京西漕运时,李君俞以大理评事知河南府福昌县。一日,得漕牒,令体量簿尉,洎邑界巡检者,既而召三人者,从容饮食,谓曰:"监司牒,令某奉诇同僚之失,某固知诸君无事,窃恐复遣他人来,幸各防慎也。"三人相顾而笑,乃怀

中各出一牒,乃是令簿尉察知县、巡检廉县官也。俱笑而退。后朝廷亦闻其事,乃下诏申戒,其略曰:"守倅则互责刺廉,令尉则更容伺察,乃至怨满行路,章交公车。"少时,竟罢伺察之名。同上

踏　犁

太子中允武允成,献踏犁具,不用牛,以人力运之。太宗以宋、亳牛多死,得此制,召之造数千具,先遣尧叟于宋州大起冶铸,以给贫民,以时雨沾足,令趁时耕种。参知政事苏易简曰:"此长沮、桀溺耦耕之遗象也。"按耦耕以双耜并耕,了非踏犁之制,易简之浅陋甚矣。同上

三 虎 四 圣

考功郎中齐化基,资性贪墨,哀敛不知极,竟以赃抵罪,黥配海外,会赦,得归。家于平原,尝取南郡阳起石,亦贮数十石,他物称是。其后生涯离散,无以自存。庆历中,诏诸郡转运使,各带按察使,于是江东有三虎,山东有四圣。三虎者,监司有王诰、杨阅辈,事务苛察。圣者,探侦之义也,谓俾部下小官,奸憸好进者,廉察属郡官吏之过失。自是吹毛求疵,刑狱滋彰矣。同上

诈 修 庙

天圣、景祐间,京师建龙观,有道士仇某者,教化修真武阁,冬夏跣足,推一小车。近世士人,泊闾巷小民、军营卒伍,事真武者十有七八,无不倾信,所得钱无算,阁竟未毕功,后以奸监败。因知世间矫伪欺俗之人,固不为少,书之亦可为轻信

者之戒也。同上

许怀德计退夏师

　　康定中，羌人盗边，陷金明县，又迫（追）延州，取北关，王师败于五龙川，都总管刘平、石元孙被擒。后数日，贼乃出塞，时许怀德为鄜延总管，闻贼深入，自东路归，所统兵才数千。至延州东有百余山下，见贼马几万骑，许皇遽妄呼曰："令河东广锐若干指挥往某处，令折家藩兵几万骑往某处。"既而，羌亦退。明日入城，见通判计用章，握手窃语曰："不意贼马遂至塞外，其傥早来，亦为擒矣。昨日忽逢贼兵，不觉皇骇，遂诈为河东救兵，妄语分布。今日幸得相见，初勿与他人说也。"相次诸州擒蕃俘，问元昊遁归之因，咸云："闻河东救兵至，遂走出塞。"其钤辖卢押班讼通判计用章之失，自称贼围城时，守捍有功。用章屡进状，言贼之遁去，由许怀德假言河东救兵使然，完延州者怀德也。既而卢、计皆得罪，朝廷嘉怀德之功，擢为殿前侍卫马步军都指挥使。后以年逾七十，特减岁数，仍总宿卫之职，凡领节钺者二十余年。《类苑》卷七十五

宋夏使臣衣冠

　　景祐末，夏羌叛，僭号于其境，改易正朔、冕服制度，遣使来上旌节。旧制，羌人来朝，悉服胡衣冠，既至，有司命易之，使者曰："奉本国命来见大国，头可断，冠服不易。"竟不能夺，遣归。庆历初，羌人输款，保安军倅邵良佐已与戎人议定岁予金帛之数，朝廷遣著作佐郎张子奭假祠曹外郎、殿直王正伦假供奉官阁门祗候至朔方，责戎酋盟书。夏人以金饰头冠胡蹀躞之类，子奭、正伦皆受之，既归，但云："羌人新附，不敢逆其

意,止以胡服纳保安军官帑。"朝廷亦不罪,尽与所假官。同上

南蕃呼中国为唐

太宗泊明皇擒中天竺王,取龟兹为四镇,以至城郭诸国皆列为郡县。至今广州胡人,呼中国为唐家,华言为唐言。《类苑》卷七十七

荆公和张掞诗

熙宁间,初作东西府,望气者云:"有天子气。"及府成,车驾果幸。张掞以诗庆二府诸公,荆公和云:"曾留上主经过迹,更费高人赋咏才。"《诗话总龟》卷十四

华清宫题咏

临潼县灵泉观,即唐之华清宫也,自唐迄今,题咏者不可胜纪,自小杜五言长韵并三绝,泊郑嵎《津阳门诗》外,少得佳者。本朝张文定、陈文惠,泊前进士杨正伦三篇,虽词非绮靡,而义理可取。文定诗曰:"当时不是不穷奢,民乐升平少叹嗟。姚宋未亡妃子在,尘埃那得到中华?"文惠诗曰:"百首新诗百意精,不尤妃子即尤兵。争如一句伤前事,都为明皇恃太平。"正伦诗曰:"休罪明皇与贵妃,大都衰盛两随时。唯怜一派温泉水,不逐人心冷暖移。"又郑文宝诗:"只见开元无事久,不知贞观用工深。"皆为知音所赏。《类苑》卷三十八。原无出处,《诗话总龟》卷十五引此作《倦游杂录》

相 思 河

鄜州东百里,有水名相思河,岸有邮置,亦曰相思铺。令

狐楚题壁以诗,曰:"谁把相思号此河? 塞垣车马往来多。只应自古征人泪,洒向空洲作碧波。"《类苑》卷三十八。原无出处,《诗话总龟》卷十五引此作《倦游杂录》

妇人题佛塔庙诗

大庾岭上有佛塔庙,往来题诗多矣,有妇人题云:"妾幼年侍父任英州司寇,既代归,父以大庾本有梅岭之名而反无梅,遂植三十株于道之右,因题诗于壁。今随夫之任端溪,复至此寺,前诗已污漫矣,因再书之云:'英江今日掌刑回,上得梅山不见梅。辍俸买将三十本,清香留与雪中开。'"好事者因以夹道植梅矣。《诗话总龟》卷二十

范 讽 诗

范讽自给事中谪官数年,方归济南,城西有张聪寺丞园亭,甲于历下,张邀公饮于园中,因作诗云:"园林再到身犹健,官职全抛梦乍醒。惟有南山与君眼,相逢不改旧时青。"《诗话总龟》卷二十二

杨 孺 诗

杨孺尚书以耳聋致仕,居鄂县别业。同里高氏赀厚,有二子,小字大马、小马。一日,里中社饮,小马携酒一榼就杨公曰:"此社酒,善治聋,愿持杯酌之无沥。"杨书绝句与之云:"数十年来双耳聩,可将社酒使能医。一心更愿青盲子,免见高家小马儿。"《诗话总龟》卷三十五

无名子嘲常秩诗

永叔在政府,将引去,以诗寄颍川常夷甫曰:"笑杀汝阴常

处士，十年骑马听朝鸡。"致政归颍，又赠之诗曰："赖有东邻常处士，披簑戴笠伴春锄。"明年，夷甫起授侍讲，判国子监，有无名子改前诗，作夷甫寄永叔曰："笑杀汝阴欧少保，新来处士听朝鸡。"又云："昔日颍阴常处士，却来马上听朝鸡。"同上

李师中赠唐子方诗

唐子方以言事谪宜春监酒，待制李师中作诗赠别曰："孤忠自许众不与，独立敢言人所难。去国一身轻似叶，高名千古重于山。并游英俊颜何厚，已死奸谀骨尚寒。天意若为宗社计，肯教夫子不生还。"《诗话总龟》卷四十一

真　珠　鸡

真珠鸡生夔、峡山中，畜之甚驯，以其羽毛有白圆点，故号真珠鸡，又名吐绶鸡，生而反哺，亦名孝雉。每至春夏之交，景气和暖，颔下出绶带，方尺余，红碧鲜然，头有翠角双立，良久，悉敛于嗉下，披其毛，不复见，或有死者，割其颈膼间，亦无所睹。《诗话总龟》后集卷二十七、《渔隐丛话》前集卷二十

得志之所勿再往

陈抟被诏至阙下，间有士大夫诣其所止，愿闻善言以自规诲。陈曰："优好之处勿久恋，得志之处勿再往。"闻者以为至言。《五朝名臣言行录》卷十

陶侃梦受杖击

陶侃梦生八翼，飞而上天，天门九重，比登其八，惟一门不得入。阍者以杖击之，坠地，折其左翼，及寤犹痛。《记纂渊海》卷二

苗振倒绷孩儿

苗振第四人及第,召试馆职,晏相曰:"宜稍温习。"振曰:"岂有二十年为老娘,而倒绷孩儿者乎?"既试,果不中选。公笑曰:"苗君竟倒绷孩儿矣。"同上卷三十七

苏易简急于进用

苏易简晚年急于进用,因召见,颇攻中书之短,遂参大政。《翰苑新书》前集卷四

丁谓衔盛度

丁谓自保信军节度使知江宁,召为参政,中书以当降麻,盛文肃为学士,以参知政事合用舍人草制,遂以制除,丁甚衔之。《锦绣万花谷》后集卷九第四页、《合璧事类备要》后集卷十五第六页

断 望 池

合浦产珠之地名曰断望池,去岸数十里,蜑人没而得蚌剖珠。蜑家自云:海中珠池若城郭,然其中光怪不可向迩,常有怪物护持。《舆地纪胜》卷一二○第四页。按此本为《岭外代答》文,《纪胜》云:"张师正《倦游录》。"所载与此略同,故录于此。

郁林风土人才

郁林风土比诸郡为盛,良才秀士好学者多。《舆地纪胜》卷一二一第三页

三 英 诗

天圣中,礼部郎中孙晃记三英诗:刘元载妻、詹茂光妻、赵

晟之母。《早梅》:"南枝向暖北枝寒,一种春风有两般。凭仗高楼莫吹笛,大家留取倚栏杆。"《寄远》:"锦江江上探春回,消尽寒冰落尽梅。争得儿夫似春色,一年　度一归来。"《惜别》:"暖有花枝冷有冰,佳人后会却无凭。预愁离别苦相对,挑尽渔阳一夜灯。"三诗:刘妻哀子无立,詹妻留夫侍母病,赵母惧子远游。孙公爱其才以取之。《竹庄诗话》卷二十二

元稹登庸

　　元稹在私第独坐,有朱衣吏跃出,曰:"相公今日登庸。"言讫趋出,命左右追之,咸曰:"无人。"入朝,果有制命。数月,又见朱衣吏云:"今日罢相。"迟明,报出中书。《永乐大典》卷五四一第四页

般 若 台

　　唐陈文叔常持《金刚经》,有铜山县陈约,为冥司所追,见地下筑台,问之,云:"是般若台。筑之待陈文叔。"《涅槃经》:"如来自金棺涌身而出,座般若台。"《永乐大典》卷二六〇三第十二页

黥 人

　　晋法:奴始亡,黥两眼,再亡,黥两颊,三亡,黥眼下。梁法:未断,先刻颊上作劫字。《永乐大典》卷三〇〇〇第五页

葛清遍体刺白居易诗

　　荆州街子葛清自颈以下遍刺白居易诗,"不是此花偏爱菊",则有一人持杯临菊丛,又"黄夹缬林寒有叶",则一树上挂缬,凡刺二十余处,人呼为"白舍人行诗图"。卢言《杂记》云:

韦表微堂子流浪不归,其叔将杖之,命去衣,满身札字,有画处,左膊一树,树下一池水,字曰:"黄夹缬林寒有叶,碧琉璃水净无波。"《永乐大典》卷五八四〇第五页

判 状 赦 死

桑道茂祖为供奉,李晟为神策小将,道茂曰:"足下即贵,某三数年性命当在公手,能赦之否?"晟笑曰:"供奉见侮邪?"道茂怀中取一纸文书,具官衔姓名,云所犯罪愆,乃是逼迫,伏乞恩慈,判命全宥。晟笑曰:"遣某道何语?"道茂乞云:"准状特放。"晟为书之。后朱泚反,道茂复旧职,晟收京城,收逆徒数百人置旗下就戮,道茂大呼曰:"某有状。"取视之,乃昔年所书,晟惊寤释放,以为上客。《永乐大典》卷一〇三一〇第一〇页

徐 博 世 善 走

徐博世为皮匠,能为一缝球,晚为道士,能导引,握拳置口中,或反手抱柱,身随起而足直上。太宗召见,曰:"臣能走。"乃脱履于殿庭走二十匝,而出入之息如故。《永乐大典》卷一二一四八第一二页

肠 痒 疾

傅舍人忽得肠痒之疾,至剧时,往往对众失笑,吃吃不止。此疾古人之所未有。《永乐大典》卷二〇三一一第一页

蝇 不 集 尸

皇祐末,洞贼侬智高陷横山塞,邕州司户参军孔宗旦白郡守陈珙,乞为之备。珙曰:"智高来要招安,岂敢作过也!"宗旦

知其不用，贼必东下，遂以粮料院印作移文，具陈贼状，俾沿江郡县设备。既而城陷，贼执之，宗旦叱骂不绝于口，被斫于市，时方盛夏酷热，青蝇旁午，不集其尸，贼亦异焉，命瘗之。《永乐大典》卷九一三第二一页

好 景 难 逢

好景难逢良会少。《记纂渊海》卷五十九

丧　礼

居丧之礼，近世灭裂。予尝知辰州，居与蛮獠杂居，其俗，父母丧，不啖粱盐酪飞走之肉，惟食藜实荞豆鱼菜而已，虽未合于古礼，而诸夏闾里之民不逮也。失礼则求诸野，信哉！《类苑》卷六十二原无出处，文中自称知辰州，与张师正仕履合，故录于此。

常 秩 自 经

颍上常夷甫处士自经而卒。《麈史》卷下

涑水记闻

[宋]司马光　撰

王根林　　校点

校 点 说 明

　　《涑水记闻》十六卷，宋司马光撰。司马光（1019—1086），字君实，北宋陕州夏县涑水乡人，宋代重要的政治家和著名的历史学家、文学家。宝元元年进士，历仕仁宗、英宗、神宗三朝，官至宰相。谥文正，追封温国公。所编《资治通鉴》二百九十四卷，是我国重要的编年体通史。另有《传家集》、《稽古录》、《切韵指掌图》等作。

　　本书是一部重要的史料笔记，主要记宋太祖至神宗几朝的军政大事、朝典政章。司马光所编《资治通鉴》，止于北宋建国前，于是作者打算再写一部《资治通鉴后纪》，以记载自北宋开国至作者当代这一段历史。《涑水记闻》就是为撰写《后纪》作资料准备的史料汇集。作者治学严谨，因而本书具有较高的史料价值，向为研治宋史的学者所重视。

　　《涑水记闻》的版本，以卷数分，有两卷本、十六卷本和八卷本三个系统。20世纪前半世纪，著名学者缪荃孙、傅增湘、夏敬观等曾对该书作了许多校勘整理工作；1989年，邓广铭、张希清二先生又出版了经过精心整理的新式标点本。本书以商务印书馆夏敬观所校十六卷本为底本进行标点，而校以其他诸本及李焘《续资治通鉴长编》和有关类书，凡底本有误，则据他本、他书径改，不出校记。

目　　录

涑水记闻卷一

建隆元年正月辛丑朔,镇、定奏契丹与北汉合势入寇,太祖时为归德军节度使、殿前都点检,受周恭帝诏,将宿卫诸军御之。癸卯,发师宿陈桥。将士阴相与谋曰:"主上幼弱,未能亲政。今我辈出死力为国家破贼,谁则知之? 不若先立点检为天子,然后北征未晚也。"甲辰,将士皆擐甲执兵仗,集于驿门,欢噪突入驿中。太祖尚未起,太宗时为内殿祗候供奉官都知,入白太祖。太祖惊起,出视之。诸将露刃罗立于庭,曰:"诸军无主,愿奉太尉为天子。"太祖未及答,或以黄袍加太祖之身,众皆拜于庭下,大呼称万岁,声闻数里。太祖固拒之。众不听,扶太祖上马,拥逼南行。太祖度不能免,乃系辔驻马,谓将士曰:"汝辈自贪富贵,强立我为天子。能从我命则可,不然,我不能为若主也。"众皆下马听命。太祖曰:"主上及太后,我平日北面事之,公卿大臣,皆我比肩之人也,汝曹今日毋得辄加不逞。近世帝王初举兵入京城,皆纵兵大掠,谓之'夯市',汝曹今毋得夯市及犯府库。事定之日,当厚赉汝。不然,当诛汝。如此可乎?"众皆曰:"诺。"乃整饬队伍而行。入自仁和门,市里皆安堵,无所惊扰,不终日,而帝业成焉。明道二年,先公为利州路转运使,光侍食于蜀道驿中。先公为光言太祖不夯市事,且曰:"国家所以能混一海内,福祚延长,内外无患,由太祖以仁义得之故也。"

天平军节度使,同平章事、侍卫亲军马步军副都指挥使韩通为京城巡检,刚愎无谋,时人谓之"韩瞠眼"。其子少,病伛,号"韩橐驼",颇有智略。以太祖得人望,尝劝通为不利,通不以为意。及太祖勒兵入城,通方在内阁,闻变,遑遽奔归。军士王彦昇遇之于路,跃马逐之,及于其第,第门不及掩,遂杀之,并其妻子。太祖以彦昇专杀,甚怒,欲斩之,以受命之初,故不忍,然终身废之不用。太祖即位,赠通中书令,以礼葬之。自韩氏之外,不戮一人,而得天下。

周恭帝之世,有右拾遗、直史馆郑起上宰相范质书,言太祖得众心,不宜使典禁兵,质不听。及太祖入城,诸将奉登明德门,太祖命将士皆释甲还营,太祖亦归公署,释黄袍。俄而将士拥质及宰相王溥、魏仁浦等皆至。太祖呜咽流涕曰:"吾受世宗厚恩,今为六军所逼,一旦至此,惭负天地,将若之何?"质等未及对,军校罗彦瓌按剑厉声曰:"我辈无主,今日必得天子!"太祖叱之,不退。质颇诮让太祖,且不肯拜,王溥先拜,质不得已从之,且称"万岁",请诣崇元殿,召百官就列。周帝内出制书,禅位,太祖就龙墀北面再拜命。宰相扶太祖登殿,易服于东序,还即帝位,群臣朝贺。及太祖即位,先命溥致仕,盖薄其为人也。尝称质之贤,曰:"惜也,但欠世宗一死耳。"郑毅夫云。

太祖将受禅,未有禅文,翰林学士承旨陶穀在旁,出诸怀中进之,而曰:"已成矣。"太祖由是薄其为人。

周恭帝幼冲,军政多决于韩通,通愚戆,太祖英武有度量,多智略,屡立战功,由是将士皆爱服归心焉。及将北征,京师间喧言:"出军之日,当立点检为天子。"富室或挈家逃匿于外州,独宫中不之知。太祖惧,密以告家人曰:"外间汹汹若此,将如之何?"太祖姊或云即魏氏长公主。面如铁色,方在厨,引面杖逐太祖击之,曰:"丈夫临大事,可否当自决胸怀,乃来家间恐怖妇女何为耶?"太祖默然而出。王衍粹云。

太祖之自陈桥还也,太夫人杜氏、夫人王氏方设斋于定力院。闻变,王夫人惧,杜太夫人曰:"吾儿平生奇异,人皆言当极贵,何忧也!"言笑自若。太祖即位,是月,契丹、北汉皆自还。

太祖初即位,亟出微行,或谏曰:"陛下得天下,人心未安,今数轻出,万一有不虞之变,其可悔乎?"上笑曰:"帝王之兴,自有天命,求之亦不能得,拒之亦不能止。万一有不虞之变,其可免乎? 周世宗见诸将方面大耳者皆杀之,然我终日侍侧,不能害我。若应为天下主,谁能图之? 不应为天下主,虽闭户深居,何益也。"由是微行愈数,曰:"有天命者,任自为之,我不汝禁也。"于是众心俱服,中外大安。《诗》称武王之德曰:"上帝临女,无贰尔心。"又曰:"无贰无虞,上帝临女。"汉高祖骂医曰:"命乃在天,虽扁鹊何益?"乃知聪明之主,生知之性如合符矣。此亦得之先公云。

太祖尝见小黄门有损画壁者,怒曰:"竖子可斩也! 此乃天子廨舍,汝岂得败之耶!"始平公云。

太祖将亲征,军校有献手梃者,上曰:"此何以异于常梃而献之?"军校密言曰:"陛下试引梃首视之,梃首即剑柄也。有刃韬于中,平居可以为杖,缓急以备不虞。"上笑,投之于地曰:"使我亲用此物,事将何如? 当是时,此物固足恃乎?"魏舜卿云。

太祖尝罢朝坐便殿不乐者久之,内侍行首王继恩请其故,上曰:"尔谓天子为容易耶? 早来吾乘快指挥一事而误,故不乐耳。"孔子称:"如知为君之难也,不几乎一言而兴邦乎?"太祖有焉。

太祖平蜀,孟昶宫中物有宝装溺器,遽命碎之,曰:"自奉如此,欲求无亡,得乎?"见诸侯大臣侈靡之物,皆遣焚之。太祖初即位,颇好畋猎,坠马,怒,自拔佩刀刺马杀之。既而叹曰:"我耽逸乐,乘危走险,自取颠困,马何罪焉?"自是遂不复猎。

开宝元年,群臣请上太祖尊号,曰:应天广运一统太平圣神文武明道至德仁孝皇帝。上曰:"幽燕未定,何谓一统?"遂却其奏。

太祖尝谓左右曰:"朕每因宴会,乘欢至醉,经宿未尝不自悔也。"

太祖亲征泽、潞,中书舍人赵逢惮涉山险,称坠马伤足,止于怀州。及师还,当草制,复称疾,上怒,谓宰相曰:"逢人臣,乃敢如此!"遂贬房州司户。

太祖遣曹彬伐江南,临行,谓之曰:"克之还,必以使相为赏。"彬平江南而还,上曰:"今方隅未平者尚多,汝为使相,品位极矣,岂肯复力战耶?且徐之,更为我取太原。"因密赐钱五十万。彬怏怏而退,至家,见布钱满室,乃叹曰:"好官亦不过多得钱耳,何必使相也。"太祖重惜爵位,不肯妄与人如此。孔子称:"惟器与名,不可以假人。君之所司也。"

太祖尝弹雀于后园,有群臣称有急事,请见太祖,亟见之,其所奏乃常事耳。上怒,诘其故。对曰:"臣以为尚急于弹雀。"上愈怒,举柱斧柄撞其口,堕两齿,其人徐俯拾齿,置怀中。上骂曰:"汝怀齿欲讼我耶?"对曰:"臣不能讼陛下,自当有史官书之。"上悦,赐金帛慰劳之。

太祖幸西京,将徙都,群臣不欲留。时节度使李怀忠乘间谏曰:"东京有汴渠之漕,坐致江淮之粟四五千万,以赡百万之军,陛下居此,将安取之?军府重兵皆在东京,陛下谁与此处乎?"上乃还。右皆出石介《三朝圣政录》。

　　潞州节度使李筠谋反,其长子涕泣切谏,不听,使其长子
入朝,且诇朝廷动静。太祖迎谓曰:"太子,汝何故来?"其子以
头击地,曰:"此何言? 必有谗人构臣父耳。"上曰:"吾亦闻汝
数谏诤,老贼不汝听耳。汝父使汝来者,不复顾惜,使吾杀之
耳。吾今杀汝何为? 汝归语汝父,我未为天子时,任自为之;
我既为天子,汝独不能少让之耶?"其子归,具以白筠。筠欲谋
反,有僧素为人所信向,筠乃召见,密谓之曰:"吾军府用不足,
欲借师之名以足之。吾为师作维那,教化钱粮各三十万,且寄
我仓库,事毕之日中分之。"僧许诺,乃令僧积薪坐其上,克日
自焚。筠为穿地道于其下,令通府中,曰:"至日走归府中耳。"
筠乃与夫人先往,倾家财尽施之。于是远近争以钱粮馈之,四
方辐辏,仓库不能容。旬日六十万俱足。筠乃塞地道,焚僧杀
之,尽取其钱粮,遂反。引军出泽州。车驾自往征之,山路险
狭多石,不可行。上自于马上抱数石,群臣、六军皆负石,即日
开成大道。筠战败于境上,走入泽州。围而克之,斩筠,屠泽
州。进至潞州,其子开城降,遂赦之。阎士良云。

　　太祖初登极时,杜太后尚康宁,尝与上议军国事,犹呼赵
普为书记,尝抚劳之曰:"赵书记且为尽心,吾儿未更事也。"太
祖宠待赵韩王如左右手。御史中丞雷德骧劾奏赵普擅市人第
宅,聚敛财贿。上怒,叱曰:"鼎铛尚有耳,汝不闻赵普吾之社
稷臣乎?"命左右曳于庭数匝,徐使复冠,召升殿,曰:"今后不
官尔,且赦汝,勿令外人知也。"

　　昭宪太后聪明有智度,尝与太祖参决大政。及疾笃,太祖
侍药饵不离左右。太后曰:"汝自知所以得天下乎?"太祖曰:
"此皆祖考与太后之余庆也。"太后笑曰:"不然。正由柴氏使

幼儿主天下耳。"因敕戒太祖曰："汝万岁后，当以次传之二弟，则并汝之子亦获安矣。"太祖顿首泣曰："敢不如母教！"太后因诏赵普于榻前，约为誓书，普于纸尾自署名云："臣普书。"藏之金匮，命谨密宫人掌之。太宗即位，赵普为卢多逊所谮，出为河阳，日夕忧不测。上一日发金匮，得书，大悟，遂遣使急召之，普惶恐，为遗书与家人别而后行。既至，复为相。

赵普尝欲除某人为某官，不合太祖意，不用，明日，普复奏之，又不用。明日，又奏之，太祖怒，取其奏坏裂投地，普颜色自若，徐拾奏归，补缀，明日，复进之。上乃悟，用之。其后果称职，得其力。

太祖时，尝有群臣立功，当迁官。上素嫌其人，不与，赵普坚以为请。上怒曰："朕固不为迁官，将若何？"普曰："刑以惩恶，赏以酬功，古今之通道也。刑与赏者，天下之刑赏，非陛下之刑赏也，岂得以喜怒专之？"上怒甚，起，普亦随之。上入宫，普立宫门，久之不去。上悟，乃可其奏。右皆赵兴宗云。

太祖既得天下，诛李筠、李重进，召普问曰："天下自唐季以来，数十年间，帝王凡易十姓，兵革不息，苍生涂地，其故何也？吾欲息天下之兵，为国家建长久之计，其道何如？"普曰："陛下之言及此，天地神人之福也。唐季以来，战斗不息，国家不安者，其故非他，节镇太重，君弱臣强而已矣。今所以治之，无他奇巧也，惟稍夺其权，制其钱谷，收其精兵，天下自安矣。"语未毕，上曰："卿勿复言，吾已喻矣。"顷之，上因晚朝，与故人石守信、王审琦等饮酒，酒酣，上屏左右，谓曰："我非尔曹之力不得至此，念尔之德无有穷已。然为天子亦大艰难，殊不若为郡节度使之乐。吾今终夕未尝敢安寝而卧也。"守信等皆曰："何故？"上曰："是不难知。居此位者，谁不欲为之？"守信等皆顿首曰："陛下何为出此言？今天命已定,谁敢复有异心？"上曰："不然。汝曹无心,其如汝麾下之人欲富贵者何！一旦以黄袍加汝之身,汝虽欲不为,不可得也。"皆顿首涕泣曰："臣等愚不及此,惟陛下哀怜,指示以可生之途。"上曰："人生如白驹之过隙,所以好富贵者,不过多积金银,厚自娱乐,使子孙无贫乏耳。汝曹何不释去兵权,择便好田宅市之,为子孙立永久之业。多置歌儿舞女,日饮酒相欢,以终其天年。君臣之间,两无猜嫌,上下相安,不亦善乎！"皆再拜谢曰："陛下念臣等及此,所谓生死而肉骨也。"明日,皆称疾,请解军权,上许之,皆以散官就第,所以慰抚赐赉之者甚厚,与结婚姻,更度易制者,使主亲军。其后,又置转运使、通判,主诸道钱谷,收选天下精兵以备宿卫,而诸功臣亦以善终,子孙富贵,迄今不绝。向非赵韩王谋虑深长,太祖果断,天下何以治平？至今斑白之老不睹干戈,圣贤之见何其远哉！普为人阴刻,当时以睚眦中伤人甚多,然其子孙至今享福禄,国初大臣鲜能及者。得非安天下之谋,其功大耶？始平公云。

　　太祖既纳韩王之谋,数遣使者分诣诸道,选择精兵。凡其才力技艺有过人者,皆收补禁军,聚之京师,以备宿卫。厚其赐粮,居常躬自按阅训练,皆一以当百。诸镇皆自知兵力精锐非京师之敌,莫敢有异心者,由我太祖能强干弱枝,致治于未乱故也。始平公云。

　　太祖征河东,围太原,久之不拔,宿卫之士皆奋自告曰："蕞尔小城而久不拔者,士不致力故也。臣等请自往力攻,必取之。"固止之曰："吾蒐简训练汝曹,比至于成,心力尽矣。汝曹悉皆天下精兵之髓,实吾之股肱牙爪,吾宁不得太原,岂可糜灭汝曹于此城之下哉！"遂引兵而还。军士闻之,无不感激,往往有出涕者。

初，梁太祖因宣武府署修之为建昌宫，晋改命曰大宁宫，周世宗复加营缮，犹未尽如王者之制。太祖始命改营之，一如洛阳宫之制。既成，太祖坐正殿，令洞开诸门直望之，谓左右曰："此如我心，小有邪曲，人皆见之。"

太祖征李筠，河东遣其宰相卫融将兵助筠，融兵败，生获之。上面责其助乱，因谓："朕今赦汝，汝能为我用乎？"对曰："臣家四十口皆受刘氏温衣饱食，何忍负之！陛下虽不杀臣，臣终不为陛下用。得间则走河东耳。"上怒，命以铁楇楇其首，曳出。融曰："人谁不死，死君事，臣之福也！"上曰："忠臣也！"召之于御座前，傅以良药，赐袭衣、金带及鞍勒，拜太府卿。

王师平江南，徐铉从李煜入，太祖责之，以其不早劝李煜降也。铉曰："臣在江南，备位大臣，国亡不能止，罪当死，尚何所言！"上悦，抚之曰："卿诚忠臣，事我当如事李氏也。"

太祖闻国子监集诸生讲书，甚喜，遣使赐之酒果，曰："今之武臣，亦当使其读经书，欲其知为治之道也。"

太祖聪明豁达，知人善任使，擢用英俊，不问资级。察内外官有一材一行可取者，密为籍记之。每一官缺，则披籍选用焉。是以下无遗材，人思自效。右皆出《三朝训鉴图》。

太祖微时，与董遵诲有隙，及即位，召而用之，使守通远军。通远军，今环州是也。其母因乱没胡中，上因契丹厚以金帛赎而与之，遵诲涕泣，憾无死所。党项羌掠回鹘贡物，遵诲寄声诮让之，羌惧，即遣使谢，归其所掠。

太祖使郭进守西土，每遣戍卒，上辄戒曰："有罪，我尚能赦汝，郭进杀汝矣，不可犯也。"有部下军校告其谋反者，上诘问其故，军校辞穷，服曰："进御下严，臣不胜忿怨，故诬之耳。"

上命执以与进，令自诛之。进释不问，使御河东寇，曰："汝有功则我奏迁汝官，败则降河东，勿复来也。"军校往死战，果立功而还。

张永德，周祖之婿也。为邓州节度使，有军士告其谋反，太祖械送之，永德笞之十下而已。右皆始平公云。

张美为沧州节度使，民有上书告美强取其女为妾，及受取民财四千缗。太祖召上书者，谕之曰："汝沧州，昔张美未来时，民间安否？"对曰："不安。"曰："既来，则何如？"对曰："既来，则无复兵寇。"帝曰："然则张美全活沧州百姓之命，其赐大矣。虽娶汝女，汝安得怨？今汝欲贬此人，杀此人，吾何爱焉，但爱汝沧州之人耳。吾今戒敕美，美宜不复敢。汝女值钱几何？"对曰："值钱五百缗。"帝即命官给美所取民钱，并其女直，而遣之。乃召美母，告以美所为。母叩头谢罪曰："妾在阙下，不知也。"乃赐其母钱万缗，令遗美曰："语汝儿，汝欲钱，当从我求，无为取于民也。善遇民女，岁时赠遗其家，数慰抚之。"美惶恐，折节为廉谨。顷之，以政绩闻。美在沧州十年，故世谓之沧州张氏。庞安道云。

周渭，连州人。湖南与广南战，渭为广南所虏，其妻莫氏并二子留在家。渭在广南有官禄矣。太祖平广南，得渭，喜，以为平广南得一人耳。后以为侍御史、广南转运使。渭久已改娶，使人访其故妻，先与之别二十七年矣。妻固不嫁，育二子，皆长。渭欲复迎之，妻曰："君既有室，我不可复往。且吾有妇孙，居此久，不可去。"渭为具奏，诏特爵为县君，并其二子，渭皆为奏官。张公锡云。

周渭为白马县主簿，大吏有罪，渭辄治之。太祖奇其材，擢为赞善大夫。后通判兴州事，有外寨军校纵其士卒暴犯居民,渭往责而斩之,众莫敢动。上闻,益壮之,诏褒称焉。出《圣政录》。

王明为鄢陵县令,公廉爱民。是时天下新定,法禁尚宽,吏多受民赂遗,岁时皆有常数,民亦习之,不知其非。明为鄢陵令,民以故事,有所献馈。明曰:“令不用钱,可人致数束薪刍水际,令欲得之。”民不喻其意。数日,积薪刍至数十万,明取以筑堤道,明年无水患。太祖闻之,即擢明知广州。

君倚曰:太祖初晏驾,时已四鼓,孝章宋后使内侍都知王继隆召秦王德芳,继隆以太祖传位晋王之志素定,乃不召德芳,而以亲事一人径趋开封府召晋王。见医官贾德玄坐于府门,问其故,德玄曰:“去夜二鼓,有呼我门者,曰:晋王召。出视,则无人。如是者三。吾恐晋王有疾,故来。”继隆异之,乃告以故。叩门,与之俱入见王,且召之。王大惊,犹豫不敢行,曰:“吾当与家人议之。”入久不出,继隆趣之,曰:“事久将为他人有。”遂与王雪中步行至宫门,呼而入。继隆使王且止其直庐,曰:“王且待于此,继隆当先入言之。”德玄曰:“便应直前,何待之有?”遂与俱进。至寝殿,宋后闻继隆至,问曰:“德芳来耶?”继隆曰:“晋王至矣。”后见王愕然,遽呼“官家”,曰:“吾母子之命,皆托官家。”王泣曰:“共保富贵,无忧也。”德玄后为班行,性贪,故官不甚达,然太宗亦优容之。

太祖时,宫人不满三百人,犹以为多,因久雨不止,故又出其数十人。

太祖尝曰:“贵家子弟惟知饮酒弹琵琶耳,安知民间疾苦!”由是诏:“凡以资荫出身者,皆先使之监当场务,未得亲民。”

太祖尝谓秦王侍讲曰:“帝王之子,当务读经书,知治乱之大体,不必学做文章,无所用也。"

太祖性节俭,寝殿设布缘帏帘,常出麻屦布衫,以示左右曰:"此吾故时所服也。"_{右出《圣政录》。}

太祖欲使符彦卿典兵,赵韩王屡谏,以为彦卿名位已盛,不可复委以兵柄,上不听。宣敕已出,韩王复怀之请见,上迎谓之曰:"岂非以符彦卿事耶?"对曰:"非也。"因别奏事,罢,乃出彦卿宣进之。上曰:"果然。宣何以复在卿所?"韩王曰:"臣托以处分之语未备者,复留之,惟陛下深思利害,勿为后患。"上曰:"卿苦彦卿,何也? 朕待彦卿至厚,彦卿岂能负朕也?"韩王曰:"陛下何以负周世宗?"上默然,遂中止。_{蓝元震云。}

太祖事世宗于澶州,曹彬为世宗亲吏,掌茶酒。太祖尝从求酒,彬曰:"此官酒,不敢相与。"自沽酒以饮太祖。太祖即位,常话及世宗旧吏,曰:"不敢负其主者,独曹彬耳。"由是委以腹心,使监征蜀之军。_{尧夫云。}

太祖时,宋白知举,_{疑为陶谷。}多受金银,取舍不公,恐榜出群议沸腾,乃先具姓名以白上,欲托上旨以自重。上怒曰:"吾委汝知举,取舍汝当自决,何为白我? 我安能知其可否? 若榜出别致人言,当斫汝头以谢众!"白大惧,而悉改其榜,使协公议而出之。

涑水记闻卷二

　　吕蒙正相公不喜记人过。初参知政事,入朝堂,有朝士于帘内指之曰:"是小子亦参政耶?"蒙正佯为不闻而过之。其同列怒之,令诘其官位姓名,蒙正遽止之。罢朝,同列犹不能平,悔不穷问,蒙正曰:"一知其姓名,则终身不能复忘,固不如无知也。且不问之何损?"时皆服其量。

　　太宗末,关中群盗有马四十匹,常有怨于富平人,志必屠之,驱略农人,使荷畚锸随之,曰:"吾克富平,必夷其城郭。"富平人恐,群诣荆姚见同州巡检侯舍人告急。舍人素有威名,率众伏于邑北,群盗闻之,舍富平不攻而去。舍人引兵于邑西邀之,令士皆傅弩,戒勿妄发,曰:"贼皆有甲,不可射。射其马,马无具装,又劫掠所得,非素习战也,射之必将惊溃。"既而合战,众弩俱发,贼马果惊跃散走,纵兵击之,俘斩殆尽。余党散入他州,巡检获之,自以为功,送诣州邑。盗固称:"我非此巡检所获,乃侯舍人所获也。"巡检怒,自诣狱责之曰:"尔非我所获而何?"盗曰:"我昔与君遇于某地,君是时何不擒我耶? 我又与君遇于某地,君是时弃兵而走,何不擒我耶? 我为舍人所破,狼狈失据,为君所得,此所谓败军之卒,举箠可扑,岂君智力所能独办耶?"巡检惭而退。

　　至道中,国家征夏虏,调发陕西刍粟随军至灵武,陕西骚动,民皆逃匿,赋役不肯供给。有诏:"督运者皆得便宜从事,不牵常法。"吏治率皆峻急,而京兆府通判水部员外郎杨谭、大理寺丞林特尤甚。长安人歌之曰:"杨谭见手先教锁,林特逢头便索枷。"长安多大豪及有荫户,尤不可号令。有见任知某州妻清河县君者,不肯运粮,谭锁而杖之,于是莫敢不趋令。谭、特令民每驴负若干,每人担若干,仍赍粮若干,官为封之,须出塞乃听食,怨嗟之声满道。既而京兆最为先办,民无逃弃者。诸州皆稽留不能,比事毕,人畜死者十八九。由是人始复称之。二人以是得显官,谭终谏议大夫,特至尚书、三司使。

李顺作乱于蜀,诏以参知政事赵昌言监护诸将讨之。至凤州,是时寇准知州事,密上言:"赵昌言素有重名,又无子息,不可征蜀,授以利柄。"太宗得疏大惊,曰:"朝廷皆无忠臣,言莫及此。赖有寇准忧国家耳。"乃诏昌言行所至即止,专以军事付王绍宣,罢知政事,以工部侍郎知凤翔府,召寇准参知政事。昌言自凤翔历秦、陕、永兴三州,入为御史中丞。真宗咸平五年,翰林学士王钦若、直馆洪湛知贡举。京师豪族有奏名至及第者,既而其家分居争财,出其钱簿,有若干贯遗知举洪学士。上怒,下御史台穷治,连及王钦若,亦有所受。是时钦若被眷遇,上大怒,以为昌言操意巇险,诬陷大臣,昌言自户部尚书兼御史中丞贬安州司马。自是不获省录十余年,更屡赦,量移放还。至祥符中,乃复叙为户部侍郎。西祀恩,迁吏部侍郎卒。

李顺反,太宗命参知政事赵昌言为元帅。昌言为人辩智,于上前指画破贼之策,上悦之,恩遇甚厚。既行,时有峨眉山僧茂贞以术得幸,谓上曰:"昌言折颏,貌有反相,不宜委以蜀事。"上悔之,遂遣使者追止其行,以兵付诸将,留少兵,令昌言驻凤州为后援。事平,罢参知政事,知凤翔府。王原叔云。

钱若水为同州推官,知州某性褊急,数以胸臆决事,不当。

若水固争不能得，辄曰："当陪奉赎铜耳。"既而果为朝廷及上司所驳，州官皆以赎论。知州愧谢，已而复然。前后如此数矣。有富民家小女奴逃亡，不知所之，奴父母讼于州，命录事参军鞫之。录事尝贷钱于富民，不获，乃劾富民父子数人共杀女奴，弃尸水中，遂失其尸。或为元谋，或从而加功，罪皆应死。富民不胜棰楚，自诬服。具上，州官审覆，无反异，皆以为得矣。若水独疑之，留其狱，数日不决。录事诣若水厅，诟之曰："若受富民钱，欲出其死罪耶？"若水笑谢曰："今数人当死，岂可不少留熟观其狱词耶？"留之且旬日，知州屡趣之，不得，上下皆怪之。若水一旦诣州，屏人言曰："若水所以留其狱者，密使人访求女奴，今得之矣。"知州惊曰："安在？"若水因密使人送女奴于知州。知州乃垂帘引女奴父母问曰："汝今见汝女，识之乎？"对曰："安有不识也！"因从帘中推出示之，父母泣曰："是也。"乃引富民父子，悉破械纵之。其人号泣不肯去，曰："微使君之赐，则某灭族矣。"知州曰："推官之赐也，非我也。"其人趋诣若水厅事，若水闭门拒之，曰："知州自求得之，我何与焉？"其人不得入，绕垣而哭，倾家资以饭僧，为若水祈福。知州以若水雪冤死者数人，欲为之奏论其功，若水固辞，曰："若水但求狱事正，人不冤死耳。论功非其本心也。且朝廷若以此为若水功，当置录事于何地耶？"知州叹服曰："如此尤不可及矣。"录事诣若水厅叩头愧谢，若水曰："狱情难知，偶有过误，何谢也？"于是远近翕然称之。未几，太宗闻之，骤加晋擢，自幕职半岁中为知制诰，二年中为枢密副使。

李继隆与转运使卢之翰有隙，欲陷之罪，乃檄转运司，期八月出塞，令办刍粟。转运司调发方集，继隆复为檄言："据阴阳人状，国家不利八月出师，当更取十月。"转运司遂散刍粟。

既而复为檄云："得保塞胡侦候状,言贼且入塞,当以时进兵,刍粟即日取办。"是时民输挽者适散,仓卒不可复集,继隆遂奏转运司乏军兴。太宗大怒,立召中使一人,付三函,令乘驿骑取转运使卢之翰、窦玭及某人首。丞相吕端、枢密使柴禹锡皆不敢言,惟枢密副使钱若水争之,请先推验,有状然后行法。上大怒,拂衣起,入禁中。二府皆罢,若水独留廷中不去。上既食,久之,使人侦视廷中有何人,报云:"有细瘦而长者,尚立焉。"上出诘之曰:"尔以同州推官再期为枢密副使,朕所以擢任尔者,以尔为贤,尔乃不才如是耶? 尚留此安俟?"对曰:"陛下不知臣无能,使得待罪二府,固当竭其愚虑,不避死亡,补益陛下,以报厚恩。李继隆外戚,贵重莫比,今陛下据其一幅奏书,诛三转运使,虽彼有罪,天下何由知之? 鞫验事状明白,乃加诛,亦何晚焉? 献可替否,死以守之,臣之常分。臣未获死,故不敢退。"上意解,乃召吕端等,奏请如若水议,先令责状,许之,三人皆黜为行军副使。既而虏欲入塞事皆虚,继隆坐罢招讨,知秦州。王居日云。

曹侍中将薨,真宗亲临视之,问以后事,对曰:"臣无事可言。"固问之,对曰:"臣二子璨与玮,才器可取,皆堪为将。"上问其优劣,对曰:"璨不如玮。"已而果然。玮知秦州,尝出巡城,以城上遮箭板太高,召主者令卑之。主者对曰:"旧如此者久矣。"玮怒曰:"旧固不可改也?"命牵出斩之。僚佐以主者老将,谙兵事,罪小,宜可赦,皆谏玮,玮不听,卒诛之。军中慑伏。西蕃犯塞,候骑报虏将至,玮方饮啖自若。顷之,报虏去城数里,乃起贯戴,以帛缠身,令数人引之,身停不动。上马出城,望见虏阵有僧奔马径往来于阵前检校,玮问左右曰:"彼布阵乃用僧耶?"对曰:"不然。此虏之贵人也。"玮问军中谁善射

者,众言李超。玮即呼超指示之,曰:"汝能取彼否?"对曰:"凭
太保威灵,愿得五十骑裹送至虏阵前,可以取之。"玮以百骑与
之,敕曰:"不获而返,当死。"遂进至虏阵前,骑左右开,超射
之,一发而毙。于是虏鸣箛而遁。玮以大军征之,虏众大败,
出塞穷追,俘斩万计,改边凿濠。西边由是慑服,至今不敢犯
塞,每言及玮,则加手于额,呼之为父云。全昭云。

　　玮在秦州,有士卒十余人,叛赴虏中。军吏来告,玮方与
客弈棋,不应。军吏亟言之,玮怒,叱之曰:"吾固遣之去,汝再
三显言耶?"虏闻之,亟归告其将,尽杀之。伯康云。

　　曹侍中彬为人仁爱多恕,平数国,未尝妄斩人。尝知徐
州,有吏犯罪,既立案,逾年然后杖之,人皆不晓其意。彬曰:
"吾闻此人新取妇,若杖之,彼其舅姑必以妇为不利而恶之,朝
夕答骂,使不能自存。吾故缓其事,而法亦不赦也。"其用意如
此。张锡云。

　　杨徽之,建州浦城人。少好学,善属文,有志节。是时福
建属江南,亦置进士科以延士大夫,徽之耻之,乃间道诣中朝
应举,夜浮江津。周世宗时及第,为拾遗。是时太祖已为时望
所归,徽之上书言之。及太祖即位,将杀徽之,太宗时为晋王,
力救之,曰:"此周室忠臣也,不可杀。"其后左迁为峨眉令,十
余年不得调。太宗即位,始召之,用为太子谕德、侍讲,官至兵
部侍郎,赠仆射。徽之性介特,人罕能入其意者,虽亲子弟,不
肯奏以为官,平生独奏外孙宋绶、族人自诚及某三人而已。绶
后历清显,至参知政事。自诚,徽之疏族也,徙居建昌。自诚
子伟,仕至翰林学士;从父弟仪,今为秘阁校理。黄希云。

　　光禄寺卿王济,刑部详覆官,屡上封事。是时诸道置提举
茶盐酒税官,朝廷因令访察民间事、吏之能否,甚重其选。会

京西道缺官,太宗问左右:"刑部有好言者,为谁?"左右以济对,上即以授之。

魏廷式为益州路转运使,入奏事,太宗令以事先诣中书,廷式曰:"臣乘传来三千七百里之外,所奏事固望陛下宸断决之,非为宰相来也。奈何诣中书?"上悦,即非时出见之,赐钱五十万,遣还官。

兖王宫翊善姚坦好直谏。王尝作假山,所费甚广,既成,召官属置酒共观之,众皆褒叹其美,坦独俯首不视。王强使视之,坦曰:"坦见血山耳,安得假山?"王惊问其故,坦曰:"坦在田舍时,见州县督税,上下相驱峻急,里胥临门,捕人父子兄弟,送县鞭笞,血流满身,此假山皆民租赋所出,非血山而何?"太宗闻是言时,亦为假山,亟命毁之。王每有过失,坦未尝不尽言规正。宫中自王以下皆不喜,左右乃教王诈称疾不朝。太宗日使医视之,逾月不瘳,上甚忧之。召王乳母入宫,问王疾增损状,乳母曰:"王本无疾,徒以翊善姚坦检束,起居不得自便,王不乐,故成疾耳。"上怒曰:"吾选端士为王僚属者,固欲辅佐王为善耳。今王不能用规谏,而又诈疾,欲使朕逐去正人以自便,何可得也!且王年少,未知出此,必尔辈为之谋耳。"因命捽之后园,杖之数十。召坦慰谕曰:"卿居王宫,为群小所嫉,大为不易。卿但能如此,毋患谗言,朕必不听。"

田锡好直谏,太祖或时不能堪,锡从容奏曰:"陛下日往月来,养成圣性。"上悦,亦重之。右出《圣政录》。

王禹偁字元之,济州人。少善属文,举进士及第,为大理评事、知长洲县。太宗闻其名,召为右正言、直史馆,才周岁,遂知制诰。禹偁性刚狷,数忤权贵,宦官尤恶之。上累命执政召至中书戒谕之,禹偁终不能戒。禹偁为翰林学士,上优待之,同列莫与比。上尝曰:"当今文章,惟王禹偁独步耳。"

王元之之子嘉祐为馆职,平时若愚呆,独寇莱公知之,喜与之语。莱公知开封府,一旦问嘉祐曰:"外人谓劣丈云何?"嘉祐曰:"外人皆云丈人且夕入相。"莱公曰:"于吾子意何如?"嘉祐曰:"以愚观之,丈人不若未相为善,相则誉望损矣。"莱公曰:"何故?"嘉祐曰:"自古贤相所以能建功业、泽生民者,其君臣相得,皆如鱼之有水,故言听计从,而功名俱美。今丈人负天下重望,相则中外有太平之责焉。而丈人之于明主,能若鱼之有水乎? 此嘉祐所以恐誉望之损也。"莱公喜,起执其手曰:"元之虽文章冠天下,至于深识远虑,则不能胜吾子也。"始平公云。

保安军奏获李继迁母,太宗甚喜。是时寇准为枢密副使,吕端为宰相,上独召准与之谋。准退,自宰相幕次前过不入,端使人邀之至幕中,曰:"向者主上召君何为?"准曰:"议边事耳。"端曰:"陛下戒君勿言于端乎?"准曰:"不然。"端曰:"若边鄙常事,枢密院之职,端不必预知;若军国大计,端备位宰相,不可以莫之知也。"准以获继迁母告。端曰:"君何以处之?"准曰:"准欲斩于保安军北门之外,以戒凶逆。"端曰:"陛下以为何如?"准曰:"陛下以为然,令准之密院行文书耳。"端曰:"必若此,非计之得者也。愿君少缓其事,文书勿亟下,端将入,覆奏之。"即召阁门吏,使奏"宰相臣吕端请对"。上召入之,端见,具道准言,且曰:"昔项羽得太公,欲烹之,汉高祖曰:'愿遗我一杯羹。'夫举大事者,固不顾其亲,况继迁胡夷悖逆之人哉! 且陛下今日杀继迁之母,继迁可擒乎? 若不然,徒树怨雠而坚其叛心也。"上曰:"然则奈何?"端曰:"以臣之愚,请直置于延州,使善养视之,以招徕继迁,虽不能即降,终可以系其心,而母生死之命在我矣。"上抚髀称善,曰:"微卿,几误我事。"即用端策。其母后病死于延州,继迁寻亦死,其子德明竟纳降请命。_{张宗益云。}

魏王德昭,太祖之长子,从太宗征幽州,军中夜惊,不知上所在,众议有谋立王者,会知上处,乃止。上微闻,衔之不言。时上以北征不利,久不行河东之赏,议者皆以为不可,王乘间入言之,上大怒,曰:"待汝自为之,未晚也。"王惶恐还宫,谓左右曰:"带刀乎?"左右辞以禁中不敢带。王因入茶果阁门,推户取割果刀自刭。上闻之,惊悔,往抱其尸大哭曰:"痴儿,何至此耶!"_{王宜父云。}

苏王元偓,太祖遗腹子,太宗子养之。_{杨乐道云。}

太宗时,寇准为员外郎,奏事忤上旨,上拂衣起,欲入禁中,准手引上衣,令上复坐,决其事然后退。上由是嘉之。

太宗器重准,尝曰:"朕得寇准,犹唐文皇之得魏郑公也。"准以虞部员外郎言事,召对称旨。太宗谓宰相曰:"朕欲擢用寇准,当授以何官?"宰相请用为开封推官。上怒曰:"此官岂所以待准者?"宰相请用为枢密直学士。上沉思良久,曰:"且使为此官则可也。"_{陆子云。}

李穆字孟雍,阳武人。幼沉谨,温厚好学,闻酸枣王昭素先生善《易》,往师之。昭素喜其开敏,谓人曰:"观李生才能气度,他日必为卿相。"昭素先时著《易论》三十三篇,秘不传人,至是尽以授穆,穆由是知名。举进士,翰林学士徐台符知贡举,擢之上第,除郢州军事判官,迁汝州防御判官。周世宗即位,求文学之士,或荐穆,擢拜右拾遗。太祖登极,迁殿中侍御史,屡奉使伪国。平蜀之初,通判洋州,又通判陕州,坐有罪,复免一官。久之,召为中允,寻以左拾遗知制诰。太宗即位,

屡迁至中书舍人。宰相卢多逊得罪，穆坐与之同年登进士第，
降授司封员外郎。上惜其才，寻命之考校贡院。及御试进士，
上见其颜色憔悴，怜之，复以为中书舍人，职任皆如故。寻命
知开封事，有能名，遂擢参知政事。穆性至孝，母病累年，恶暑
而畏风，穆身自扶持起居，能适其志，或通夕不寐，未尝有倦惰
之色。母卒，哀毁过人。朝命起复，固辞，不得已，视事，然终
不饮酒食肉，未终丧而卒，年五十七。上甚惜之，谓宰相曰：
“李穆，国之良臣，奄尔沦没，非穆之不幸，乃国之不幸也。”穆
赠工部尚书。出穆《行状》。

　　钱氏在两浙，置知机务如知枢密院，通儒院学士如翰林学
士。唐子方云。

　　周仁冀事钱俶，首建归朝之策。吴越丞相沈虎子者，钱氏
骨鲠臣也。俶为朝廷攻拔常州，虎子谏曰：“江南，国之藩蔽。
今大王自撤其藩蔽，将何以卫社稷乎？”俶出虎子为刺史，以仁
冀代为丞相。仁冀说俶曰：“主上英武，所向无敌，今天下事势
已可知。保族全民，策之上者也。”俶深然之。太祖时，自明州
海道入朝，太祖礼而遣之。太平兴国三年，仁冀复从俶入朝，
卢多逊说上留之勿遣。俶朝礼毕，数日，欲去，不获命，又不敢
辞，君臣恐惧，莫知所为。仁冀曰：“今朝廷意可知，大王不速
纳土，祸将至矣。”俶左右固争，以为不可，仁冀厉声曰：“今已
在人掌握中，去国千里，虽有羽翼不能飞出耳。”遂定速纳两浙
地图，请效土为内臣。上一再辞让，遂受之。改封俶淮海国
王，俶子惟濬淮南军节度使兼侍中，以仁冀为副。俶辞，又更
除邓州。以仁冀为鸿胪卿，久之卒不迁官，盖太宗心亦薄之
也。子方云。

　　孙何、丁谓举进士第，未有名，翰林学士王禹偁见其文，大

赏之,赠诗云:"三百年来文不振,直从韩柳到孙丁。如今便好合修史,二子文章似六经。"二人由此诗名大振。

卢多逊父有高识,深恶多逊所为,闻其与赵中令为仇,曰:"彼元勋也,而小子毁之,祸必及我。得早死,不及见其败,幸也。"竟以忧卒。未几,多逊败。富公云。

韩王将营西宅,遣人於秦、陇市良材以万数,卢多逊阴以白上,曰:"普身为元宰,乃与商贾竞利。"及宅成,韩王时为西京留守,已病矣。诏诣阙,将行,乘小车一游第中,遂如京师,捐于馆,不复再来矣。

张藏英,燕人。父为人所杀,藏英尚幼,稍长,擒仇人,生脔割以祭其父,然后食其心肝。乡人谓之"报仇张孝子"。契丹用为芦台军使。逃归中国,从世宗征契丹。藏英请不用兵,先往说下瓦桥关。乃单骑往城下,呼曰:"汝识我乎? 我张芦台也。"因陈世宗威德,曰:"汝非敌也。不下,且见屠!"藏英素为燕人所信重,契丹遂自北门遁去,城人开门请降。张文裕云。

涑水记闻卷三

太祖时,赵韩王普为宰相,车驾因出,忽幸其第。时两浙王钱俶方遣使致书及海物十瓶于韩王,置左庑下。会车驾至,仓卒出迎,不及屏也。上顾见,问何物,韩王以实对。上曰:"此海物必佳。"即命启之,皆满贮瓜子金也。韩王惶恐,顿首谢曰:"未发书,实不知。"上笑曰:"但取之,无虑。彼谓国家事皆由汝书生耳。"因命韩王谢而受之。韩王东京宅,皆用此金所修也。富公云。

曹彬攻金陵,垂克,忽称疾不视事。诸将皆来问疾,彬曰:"余之病非药石所能愈,惟须诸公共发诚心,自誓以克城之日不妄杀一人,则自愈矣。"诸将许诺,共焚香为誓。明日,称愈。及克金陵,城中皆安堵如故。曹翰克江州,忿其久不下,屠戮无遗。彬之子孙贵盛,至今不绝,翰卒未至十年,子孙有乞匄于海上者矣。程熙云。

彬入金陵,李煜来见,彬给五百人,使为之运宫中珍宝金帛,惟意所取,曰:"明日皆籍为官物,不可复得矣。"时煜方以亡国忧愤,无意于蓄财,所取不多,故比诸降王独贫。彬克江南,入见,诣阁门进榜子云:"敕差往江南勾当公事回。"时人美其不伐。

王禹偁,济州人。生十余岁,能属文。太平兴国八年,进士及第,补成武主簿,改大理评事、知长洲县。太宗方奖拔文士,闻其名,召拜右拾遗、直史馆,赐绯。故事,赐绯者给银带,上特命以文犀带赐之。禹偁献《端拱箴》，以为诚。寻以左司谏知制诰。上尝称之曰："王禹偁文章，当今天下独步。"判大理寺，散骑常侍徐铉为奴巫道安所诬，谪官，禹偁上疏讼之，请反坐奴罪，由是贬商州团练副使，无禄，种蔬自给。徙解州团练副使。上思其才，复召为左正言，仍命宰相以"刚直不容物"戒之。加直昭文馆，以父老，求外补，出知单州，遭父丧，起复。至道初，召为翰林学士，知通进司，多所封驳。孝章皇后崩，丧礼颇不备，禹偁上书论之，坐出知滁州，徙知扬州。出宋次道所为《神道碑》。

王禹偁为谏官，上《御戎十策》，大旨以为外任人、内修德，则可以弭之。外则合兵势以重将权，罢小臣诇逻边事，行间谍以离其党，遣赵保忠、折御卿率所部以张掎角，下诏感励边人，取燕、蓟旧疆，盖吊晋遗民，非贪其土地。内则省官以宽经费，抑文士以激武夫，信用大臣以资其谋，不贵虚名以戒无益，禁游惰以厚民力。端拱冬旱，禹偁上疏请节用、省役、薄赋、缓刑。出《神道碑》。

真宗即位，召王禹偁于扬州，复知制诰，修《太宗实录》。执政疑禹偁轻重其间，落职出知黄州。州境有二虎斗，食其一，冬雷，群鸡夜鸣。禹偁上疏引《洪范传》陈戒，且自劾。上以问司天官，对以守臣任其咎，上乃命知蕲州。寻诏还朝，禹偁已卒。卒于咸平四年五月戊子。出宋次道所为《神道碑》。

太宗末，王禹偁上言，请明数继迁罪状，募故胡杀之。真宗即位，诏群臣论事，禹偁上疏陈五事。一曰：谨边防，通盟好。因嗣统之庆，赦继迁罪，复与夏台，彼必感恩内附，且使天下知屈己而为人也。二曰：减冗兵，并冗吏，使山泽之饶稍流于下。开宝前，诸国未平，而财赋足，兵威强，由所养之兵锐而不众，所用之将专而不疑，设官至简而事皆举。兴国后，增员太冗，宜皆经制之。三曰：艰选举，使人官不滥。先朝登第近仅万人，宜纠以旧制，还举场于有司。至吏部铨择官，亦非帝王躬亲之事，宜依格敕注拟。四曰：澄汰僧尼，使疲民无耗。恐其惊骇，且罢度人、修寺一二十载，容自销铄，亦救弊之一端。五曰：亲大臣，远小人，使忠良謇谔之士知进而不疑，奸恂倾巧之徒知退而有惧。其后，潘罗支射死继迁，西夏款附，卒如禹偁策。而岁限度僧尼之数，及病囚轻系，得养治于家，至今行之。

太宗时，禹偁为翰林学士，尝草继迁制，遗马五十匹以备濡润，禹偁以状不如式，却之。及出守滁州，闽人郑褒徒步来谒，禹偁爱其儒雅，及别去，为买一马。或言买马亏价者，太宗曰："彼能却继迁五十马，顾肯亏此价哉！"禹偁之卒，谏议大夫戚纶诔曰："事上不回邪，居下不谄佞，见善若己有，疾恶过仇雠。"世以为知言。

祥符中，真宗观书龙图阁，得禹偁章奏，叹美切直，因访其后，宰相称其子嘉言以进士第为江都尉，即召对，擢大理评事。皇祐中，其曾孙汾第进士甲科，以免解例当降，仁宗阅其世次，曰："此王禹偁孙也。"令无降等。面问其子孙仕者几人，汾具以对。及汾改京官，又命优进其秩。出次道所撰《碑》。

张洎为举人时，张佖在江南已通贵，洎每奉谒求见，称从表侄孙，既及第，称弟，及秉政，不复论中表矣，以庶僚遇之。佖怨洎入骨髓。国亡，俱仕中国。洎作《钱俶谥议》云："亢而无悔。"佖奏驳之，洎广引经传自辨，乃得解。事见《国史》。

张洎与陈乔皆为江南相，金陵破，二人约效死于李煜之前。乔既死，洎白煜曰："若俱死，中国责陛下久不归命之罪，谁为陛下辨之？臣请从陛下入朝。"遂不死。太宗时，洎为员外郎判考功，寇莱公判流内铨，年少倨贵，每入省，洎常立于省门，磬折候之。莱公悦，引与语，爱其辨博，遂荐于太宗。欲用之，而闻潘佑因洎而死，薄其为人。太宗好琴棋，琴棋待诏多江南人，洎皆厚抚之。太宗尝从容问佑之死于待诏，曰："人言皆张洎潜之，何如？"待诏对曰："李煜自忿佑言切直而杀之，非执政之罪也。"莱公又数为上言洎学术该富，智识宏敏，上亦自爱其才，久之，遂与莱公皆参知政事。洎女嫁杨文侨公，倨不事姑，或效其姑语以为笑，后终出之。由是两家不相能，故文侨公修《国史》，为《洎传》，极言其短。

王嗣宗，汾州人。太祖时举进士，与赵昌言争状元于殿前，太祖乃命二人手搏，约胜者与之。昌言发秃，嗣宗殴其幞头坠地，趋前谢曰："臣胜之。"上大笑，即以嗣宗为状元，昌言次之。初为泰州司理参军，路冲知州事，尝以公事忤冲意，怒，械系之。会有献新果一盒者，冲召嗣宗谓曰："汝为我对一句诗，当脱汝械。"嗣宗请诗，冲曰："佳果更将新合合。"嗣宗应声曰："恶人须用大枷枷。"冲悦，即舍之。太宗时，嗣宗以秘书丞知横州，上遣武德卒之岭南，诇察民间事。嗣宗执而杖之，械送阙下，因奏曰："陛下不委任天下贤俊，而猥以此辈为耳目，窃为陛下不取。"上大怒，命械送嗣宗诣京师。既至，上怒解，喜嗣宗直节，迁太常博士，通判澶州。后知汾州事。州有狐王庙，巫祝假之以惑百姓，历年甚久，举州信重。前后长吏皆先谒奠，乃敢视事。嗣宗毁其庙，熏其穴，得狐数十头，尽皆杀之。韩钦圣云。

张开封云：梅侍读询，晚年尤躁于禄位。尝朝退，过阁门，见箱中有锦轴云："胡则侍郎致仕告身。"同列取视之，询远避之而过,曰:"币重而言甘,诱我也,何以视?"时人多笑之。

孙器之云:询年七十余,又病足,常抚其足而詈之,曰:"是中有鬼,令我不至两府者,汝也。"有所爱马,每夜令五人相代牵之,将马不系于柱,恐其系绊或伤之也。又夜中数自出视之。尝牵马将乘,抚其鞍曰:"贱畜,吾已薄命矣,汝岂无分被绣鞯耶?"

龚伯建云:询与孙何、盛度、丁谓,真宗时俱在清贯。询好洁衣服,衷以龙麝,其香数步袭人;何性落拓,衣服垢污;度体充壮,居马上,前如仰,后如俯;谓,吴人,面如刻削。时人为之语曰:"梅香,孙臭,盛肥,丁瘦。"

渝州曰:何性落拓,而酷好古文。为转运使,颇尚苛峻,州县吏患之,乃求古碑字磨灭者纸本数联,钉于馆中。何至,则读其碑,辨识文字,以爪搔发垢而嗅之,遂往往至暮,不复省录文案云。

器之曰:何为转运使,令人负礓砾自随,所至散之地,吏应对小误,则于地倒曳之。故从者凭依其威,妄为寒暑,所至骚扰,人不称贤。度虽肥,拜起轻捷。为翰林学士时,尝自前殿出,宰相在后,度初不知,忽见,趋而避之,行百余步,乃得直舍,隐于其中。翰林学士石中立见其喘甚,问之,度告其故,中立曰:"相公问否?"度曰:"不问。"别去十余步,乃悟,骂曰:"奴乃以我为牛也。"谓貌睢盱,若常寒饿者,而贵震天下,相者以为真猴形云。

中立性滑稽,尝与同列观南御园所畜狮子,主者云:"县官日破肉五斤以饲之。"同列戏曰:"吾侪反不及此狮子耶?"中立曰:"然。吾辈官皆员外郎,借声为"园外狼"也。敢望园中狮子乎?"众大笑。朝士上官辟尝谏之,曰:"公名位非轻,奈何谈笑如此?"中立曰:"君自为上官辟,借声为鼻。何能知下官口?"及为参知政事日,或谓曰:"公为两府,谈谐度可止矣。"中立取除书示曰:"敕命我'可本官参知政事,余如故',奈何止也?"尝坠马,左右惊扶之,中立起曰:"赖尔'石'参政也,向若'瓦'参政,齑粉久矣。"中立为参知政事,无他材能,时人或以郑絷方之,未几,罢为资政殿学士,不复用,老于家。

先朝时,锁厅举进士者,时有一人,以为奇异。试不中皆以责罚,为私罪。其后,诏文官听应两举,武官一举,不中者不获罚。景祐四年,锁厅人最盛,开封府投牒者,至数百人,国子监及诸州者不在焉。是时,陈尧佐为宰相,韩亿为枢密院副使,既而解牒出,尧佐子博古为解元,亿子孙四人皆无落者。众议喧然,作《河满子》以嘲之,流闻达于禁中。殿中侍御史萧定基时掌誊录,因奏事,上问《河满子》之词,定基因诵之。先是,天章阁待制范仲淹坐言事,左迁饶州;王宫待制王宗道因奏事,自陈为王府官二十年不迁,诏改除龙图阁学士。权三司使王博文言于上曰:"臣老且死,不复得望两府之门。"因涕下,上怜之,数日,遂为枢密副使。当时轻薄者取张祜诗,益其文以嘲之,曰:"天章故国三千里,学士深宫二十年。殿院一声《河满子》,龙图双泪落君前。"于是,诏今后锁厅应举人与白衣别试,各十人中解三人,在外者众试于转运司,恐其妨白衣解额故也。庆历中,又诏文武锁厅试者不复限以举数。故事,锁厅及第注官者皆升一甲,今不复升之。

宋静曰:景祐五年御试进士,上以时议之故,密诏陈博古、韩氏四子及两家门下士范镇、宋静试卷皆不得预。考官奏:"镇、静实有文,久在场屋,有名声,非附两家之势得之。"乃听考而降其等级。故事,省元及第未有在第二甲者,虽近下犹升之,省元及第二甲自镇始。镇字景仁,成都人,与兄镃皆以词赋著名。自吴育、欧阳修为省元,殿前唱第过三人,则疾声自言。镇独默然,时人以是贤之。静字子镇,眉州人。

庐州曾绍齐言,其乡里数十年之间,吏治简易,民俗富乐。有女不肯以嫁官人,云"恐其往他州县,难相见也"。嫁娶者,宗族竞为饮宴以相贺,四十日而止,伤今不然。

庆历五年正月一日,见任两制以上官:同中书门下平章事:贾昌朝,陈执中。枢密使同中书门下平章事:王贻永。参知政事:工部侍郎丁度,给事中宋庠。枢密副使谏议大夫庞籍,吴育。节度使、中书门下平章事:军知陈州章得象,军知澶州王德用,军北京留守夏竦,王贻永见上。尚书:刑部晏殊。节度使:军知永兴军程琳。资政殿大学士:知并州郑戬。端明殿大学士:翰林学士承旨兼龙图阁王尧臣,李淑。翰林学士:王尧臣见上,判官院孙抃,同判杨察,三司使张方平。资政殿学士:侍郎、西京留守张观,给事中、知扬州韩琦,谏议大夫知邓州范仲淹,知曹州任中师,南京留守王举正,知郓州富弼。翰林侍读学士:判农寺杨偕,知青州叶清臣,判三班院柳植,知秦州梁适,知郑州王拱辰,提举诸司宋祁。龙图阁学士:王尧臣、宋祁并见上。枢密直学士:知镇州明镐,知杭州蒋堂,知益州文彦博,知许州李昭直。龙图阁直学士:知蔡州孙祖德,知徐州张奎,给事中、知开封府张存、刘沆,知滑州张锡,田况居忧。御史中丞:高若讷。尚书左丞:知杭州徐衍。给事中:知亳州高觌。谏议大夫:知广州魏瓘,知江宁李宥。知制诰:知滁州欧阳修,国信使王祺,同判杨伟、彭乘、赵槩,判流内铨钱明逸。天章阁待制:知处州张昷之,知杭州方偕,知渭州程戡,知延州孙沔,知庆州沈邈,知河中府王子融,知苏州滕宗谅、杨

安国,陕西都转运使夏安期,河北都转运使鱼周询。前两府致
仕:太傅张士逊,太子太师张耆,太子太傅李迪,太子少傅李若
谷,太子少保任布。前两制致仕:侍郎郎简。

张安寿曰:吕申公夷简平生朝会出入进止皆有常处,不差
尺寸。庆历中为上相,首冠百僚起居,误忘一拜而起,外间谗
言吕相失仪。余时举制科在京师,闻之,曰:"吕公为相久,非
不详审者,今大朝会而失仪,是天夺之魄,殆将亡矣。"后十四
日,忽感风疾,遂致仕,以至不起。

又曰:彭内翰乘往在三馆时,尝预钓鱼宴。故事,天子未
得鱼,臣虽先得鱼,不敢举竿。是时上已得鱼,左右以红丝网
承之,侍座者毕贺。已而乘同列有得鱼者,欲举之,左右止之
曰:"侍中未得鱼,学士未可举也。"侍中,曹郐公利用也。乘固
已怪。顷之,宰辅有得鱼者,左右以白网承之,及利用得鱼,
复用红网,利用亦不止之。乘出,谓人曰:"曹公权位如此,不
以逼近自嫌,而安于僭礼,难以久矣。"未几而败。

景休曰:夏竦字子乔,父故钱氏臣,归朝为侍禁。竦幼学
于姚铉,使为《水赋》,限以万字。竦作三千字以示铉,铉怒不
视,曰:"汝何不于水之前后左右广言之,则多矣。"竦又益之,
凡得六千字,以示铉,铉喜曰:"可教矣。"年十七,善属文,为时
人所称。举进士,开封府解者以百数,竦为第五,贡院奏名第
四。会其父死于边,竦以死事者子补奉职。贡院奏:"竦所试
诗赋优于省元陈尧佐,以其幼,故抑之。来举请免省试。"诏许
之。竦以奉职行父丧,服终,换丹阳主簿,举贤良方正及第,拜
大理评事、通判台州,秩满,迁光禄寺丞、直史馆。顷之,奉诏
修史,俄知制诰,时年二十七。

又曰:宋兴以来,御试制科人无登第三等者,惟吴育第三

等下，自余皆四等上，并为及第，降此则落之。

鲁平曰：宋初以来，至真宗方设制科，陈越、王曙为之首。其后，夏竦等数人皆以制科登第，既而中废。今上即位，天圣六年始复置。其后每开科场，则置之。有官者举贤良方正，无官者举茂材异等，余四科多不应。皆自投牒，献所著文论，差官考校。中者召诣阁下，试论六首；及中选，则于殿廷试策一道，五千字以上。其中选者不过一二人，然数年之后，即为美官。庆历六年，贾昌朝为政，议欲废之，吴育参知政事，与昌朝争论于上前，由是贾、吴有隙。乃诏自今后举制科者，不听自投牒，皆两制举乃得考校。

原叔曰：赵槩与欧阳修同直史馆，及同修起居注，槩性重厚寡言，修意轻之。及修除知制诰，是时韩、范在中书，以槩为不文，乃除天章阁待制，槩淡然不以屑意。及韩、范出，乃复除知制诰。会修甥嫁为修从子晟妻，与人淫乱，事觉，语连及修，时修为龙图阁直学士、河北都转运使，疾韩、范者皆欲文致修罪，云与甥乱。上怒，狱急，群臣无敢言者，槩独上书言："修以文章为近臣，不可以闺房暧昧之事轻加污蔑。臣与修踪迹素疏，修之待臣亦薄，所惜者，朝廷大体耳。"书奏，上不悦。人皆为之惧，槩亦淡然如平日。久之，修坐降为知制诰、知滁州，执政私晓譬令槩求去，乃知苏州。遭丧去官，服阕，除翰林学士，槩复表让，以欧阳修先进，不可超越为学士。奏虽不报，时论美之。

庞公曰：先帝时，龙图阁待制皆更直秘阁下，夜召入禁中，访以外事，近岁直者，惟申牒托疾而已。

李受曰：淳化中，赵韩王出镇，太宗患中书权太重，且事众，宰相不能悉领理。向敏中时为谏官，上言请分中书吏房置审官院,刑房置审刑院。初皆以两制重臣领之,其审刑详议官,皆自台谏馆阁为之。近岁用人颇轻,清流皆耻为之。凡天下狱事有涉命官者,皆以具狱上请,先下审刑院,令详议官投均分之略观大情,即日下大理寺详断,官复投均分之,抄其节目,以法处之,皆手自书概定。覆上审刑院,详议官再观之,重抄节目贴黄,六人通观署定乃奏。其有不当,则驳下更正之。故大理寺常畏事审刑院如小属吏。凡有事,审刑院用头子下大理寺,大理寺用申状。

原叔、不疑曰:陆参少好学,淳谨,独与母居。邻家失火,母急呼,参不应,蹴之堕床下。良久,束带,火将至,曰:“大人向者呼参,未束带,故不敢应。”及长,举进士及第。尝为县令,有劫盗系甚急,参愍之,呼谓曰:“汝迫于饥寒为是耳,非性不善也。”命缓其缚。一夕逸之,吏急以告参,参命捕之,叹曰:“我仁恻缓汝,汝乃忍负参如此,脱复捕得,胡颜见参?”又有讼田者,判其状尾而授之,曰:“汝不见虞、芮之事乎?”讼者赍以示所司,皆不能解,复以见参,参又判其后曰:“嗟乎,一县之人,曾无深于《诗》者!”人皆传以为笑。蔡文忠公以为有淳古之风,荐之朝廷,官员外郎,迁史馆检讨。著《蒙书》十卷。

师道曰:张昪音便。自知杂左迁知润州,司谏陈旭数言其梗直,宜在朝廷,上曰:“吾非不知昪贤,然言词不择轻重。”旭请其事,上曰:“顷论张尧佐事云:‘陛下勤身克己,欲致太平,奈何以一妇人坏之乎?’”旭曰:“此乃直言,人臣所难也。”上曰:“又论杨怀敏‘苟得志,所为不减刘季述’,何至于此?”旭曰:“昪志在去恶,言之不激,则圣听不回,亦不可深罪也。”皇祐二年,昪以天章阁待制代杜杞知庆州。

又曰:杜杞字伟长,为湖南转运副使。五溪蛮反,杞以金帛官爵诱出之,因为设宴,饮以曼陀罗酒,昏醉,尽杀之,凡数十人。因立《大宋平蛮碑》,自拟马伏波,上疏论功。朝廷劾其弃信专杀之状,既而舍之。官至天章阁待制。

皇城使宋安道,故名国昌,始以医进。景祐初,累迁药局奉御,职上药。是时尚、杨二美人方有宠,每夕并侍上寝,上体为之敝,或累日不进食。中外忧惧,皆归罪二美人。保庆杨太后亟以为言,上未能去。入内,内侍省都知阎文应日夕侍上,言之不已,上不胜烦,乃许。文应即召毡车载之出。二美人涕泣辞说,不肯行。文应批其颊,骂曰:"宫婢尚复何云!"即载送别宫。明日,下诏以尚氏为女冠,杨氏为尼,立曹后。

道粹曰:景祐初,内宠颇盛,上体多疾。司谏滕宗谅上疏曰:"陛下日居深宫,留连荒宴,临朝则多倦色,政事如不挂圣怀。"坐是出知信州。

又曰:吕申公见上体不安,故擢允让管勾宗正司,宗室听换西班官,皆公之策也。故时,自借职十迁至诸司副使,及换西班官,自率府副使四迁即为遥郡刺史,俸禄十倍于旧,国用益广,于今为烈。

又曰:范讽性倜傥,好直节,不拘细行。自在场屋,与鞠咏、滕宗谅游,已有轩轾之名。及为中丞,力挤张士逊,援吕夷简,意夷简引己至二府。夷简忌其刚伉,久之不敢荐引,讽愤激求出,知兖州。将行,谓上曰:"陛下朝中无忠臣,一旦纪纲大坏,然始召臣,将无益。"夷简愈恶之,故寻被谴谪。

吕相在中书,奏令参知政事宋绶编次《中书总例》,谓人曰:"自吾有此例,使一庸夫执之,皆可为相矣。"

涑水记闻卷四

叔礼为余言：昔通判定州，佐王德用。是时，契丹主在燕京，朝廷发兵屯定州者，几六万人，居逆旅及民家，阗塞城市，未尝有一人敢喧哗暴横者。将校相戒曰："吾辈各当务敛士卒，勿令扰我菩萨。"一旦，仓中给军粮，军士以所给米黑，喧哗纷扰，监官惧，逃匿。有四卒以黑米见德用，德用曰："汝从我，当自入仓视之。"乃往召专副问曰："昨日我不令汝给二分黑米、八分白米乎？"曰："然。""然则汝何不先给白米后给黑米？此辈见所给米腐黑，以为所给尽如是，故喧哗耳。"专副对曰："然。某之罪也。"德用叱从者杖专副，人二十。又呼四卒谓曰："黑米亦公家之物，不给与汝曹，当弃之乎？汝何敢乃尔喧哗！"四卒相顾曰："向者不知有八分白米故耳。某等死罪。"德用又叱从者，亦人杖之二十。召指挥使骂曰："衙官，汝何敢如此？欲求决配乎？"指挥使百拜流汗，乃舍之。仓中肃然，僚佐皆服其能处事。

翰林学士曾公曰：景祐末，河东地震，京师正月雷。上忧灾异，深自贬损。秘书丞国子监直讲林瑀上言："灾异有常数，不足忧。"又依附《周易》，推衍五行阴阳之言上之。上素好术数，观瑀书，异之，欲为迁官，参知政事程琳以为不可，乃赐绯章服。瑀时兼诸王宫教授，琳因言："瑀所挟多图纬之言，不宜与宗室游。"乃罢宫职。上每读瑀书有不解者，辄令御药院批问，瑀因是得由御药院关说于上，大抵皆谄谀之辞，缘饰以阴阳。上大好之。会天章阁侍讲阙,讲官李淑等荐史馆检讨王洙,事在中书,未行。一旦,内以瑀充侍讲。是时,吕夷简虽恶瑀,欲探观上意用瑀坚否,乃曰:"瑀,上所用;洙,臣下所荐耳。不若并进二名,更请上择之。"众以为然。明日,以洙、瑀名进,上曰:"王洙何如?"夷简对曰:"博学,明于经术。"上曰:"吾已命瑀矣,若何?"夷简曰请并用二人,乃俱拜天章阁侍讲。瑀侍上数年,专以术数悦上意。又言布衣徐复善《易》,召至阙下,拜官不受。瑀与撰《天文会元图》上之,言自古圣帝即位,皆乾卦御年,若汉高祖、太祖皇帝亦然。上以其书问御史中丞贾昌朝,对曰:"臣所不习。"瑀与昌朝辨于上前,由是与昌朝不协。上问瑀:"太祖即位之年直何卦?"瑀对乾卦。又问真宗,亦然。上由是不乐,益厌瑀之迂谈。昌朝因劾奏:"瑀为儒士,不师圣人之言,专挟邪说,罔惑上听,不可在近侍。"有诏落侍讲、通判歙州。后知戎州,坐事失官,遂废于世。

傅求曰:皇祐二年,诏陕西拣阅诸军及新保捷,年五十以上,若短小不及格四指者,皆免为民。议者纷然,以为边事未可知,不宜减兵。又云停卒一旦失衣粮,归乡间间,必相聚为盗贼。缘边诸将,争之尤甚。是时,文公执政,庞公为枢密使,固执行之不疑。是岁,陕西所免新保捷凡三万五千余人,皆欢呼返其家;其未免者尚五万余人,皆悲涕,恨己不得去。求曰:陕西缘边计一岁费七十贯钱养一保捷,是岁,边费凡减二百四十五万贯,陕西之民,由是稍苏。

又曰:庆历初,永叔、安道、王素俱除谏官,君谟以诗贺曰:"御笔新除三谏官,喧然朝野竞相欢。当年流落丹心在,自古忠良得路难。必有谟猷神帝力,直须风采动朝端。世间万事俱尘土,留取功名久远看。"三人以其诗荐于上,寻亦除谏官。

　　张侍郎曰：陈执中以前两府知青州，兼青、齐一路安抚使。转运使沈邈、陈述古之徒轻之，数以事侵执中，言以卒数万余修青州城，民间苦之。集贤校理李昭遘上言执中之短，诏以昭遘疏示之，执中惭恚，上疏求江淮小郡，诏不许。会贼王伦起沂州，入青州境，执中谓青、齐捉贼傅永吉曰："沂州，君所部也。今贼发部中，又不能获，君罪大矣！"永吉惧，请以所部兵迫之，自谓必得。贼自青、齐历楚、泗、真、扬，入蕲、黄，永吉自后缓兵驱之。贼闻后有兵，不敢顿舍，比至蕲、黄，疲敝不能进，党与稍散，永吉追击尽杀之。上闻之，嘉永吉以为能，超迁阁门通事舍人，又迁阁门使。入见，许升殿，上称美永吉获伦之功，永吉对曰："臣非能有所成也，皆陈执中授臣节度，臣奉行之，幸有成耳。"因极言陈执中之美。上益多永吉之让，而贤执中。因问永吉曰："执中在青州凡几时？"对曰："数岁矣。"未几，上谓宰相曰："陈执中可为参知政事。"于是谏官蔡襄、孙甫等争上言："执中刚愎不才，若任以政，天下之不幸。"上不听。谏官争不止，上乃命中使赍敕诰即青州授之，且谕意曰："朕欲用卿，举朝皆以为不可，朕不惑人言，力用卿耳。"明日，谏官复上殿，上作色逆谓之曰："岂非论陈执中耶？朕已召久矣。"谏官乃不敢复言。中使至青州，谕上旨，执中涕泣谢恩。既至中书，是时杜衍、章得象为相，贾昌朝与执中参知政事，凡议论，执中多与之立异。蔡襄、孙甫所言既不用，因求出。事下中书，甫本衍所举用，于是中书共为奏云："今谏院阙人，乞且留二人供职。"既奏，上颔之。退归，即诏吏出札子，令襄、甫且如旧供职。衍及得象既署，吏执札子诣执中，执中不肯署，曰："向者上无明旨，当复奏，何得遽令如此？"吏还白衍，衍取札子坏焚之。执中遂上奏云："衍党顾二人，苟欲令其在谏署，欺罔擅权。及臣觉其情，遂取札子焚之以灭迹，怀奸不忠。"明日，衍左迁尚书左丞，出知兖州，仍即日发遣，贾昌朝为相，蔡襄知福州，孙甫知邓州。顷之，得象亦出知陈州，执中遂为相。

　　又曰：执中之为相也，叶清臣为翰林学士，草其制诰，少所褒美。庆历六年夏，清臣以翰林侍读学士自扬州移知汾州，过京师，袖麻词草于上前自陈，曰："臣代王言，不敢虚美，当执中为相，才德实无可言，执中以是怨臣，故盛夏自扬州移臣汾州，水陆数千里。臣诚无罪，惟陛下哀之。"因改知澶州。至官未逾月，改知青州。明年夏，资政殿学士程琳自知永兴军府移青州，执中复奏移清臣，自青州移永兴军。清臣官时为户部郎中，上命迁谏议大夫，执中曰："故事，两制自中书郎中迁左右郎，今迁谏议大夫太优，乞且令兼龙图阁学士。"上许之。故事，新除知永兴军府者，当有锡赉，执中复曰："清臣近已得赐。"遂不与。清臣愈憾，过京师，复于上前力言执中之短，上疏及口陈者不可胜数，辞龙图阁学士不受。上命与之锡赉，亦不受。既而终赴长安，上遇执中亦如故。或曰："往者执中自谏官左迁，乘舟东下，清臣自两浙罢官归，道中相遇而争泊舟之地，遂相忿詈，由是有隙，所从来远矣。"

　　又曰：天章阁待制张昷之为河北都转运使，保州界河巡检兵士常以中贵人领之，与州抗衡，多龃龉不相平，州常下之。其士卒骄悍，粮赐优厚，虽不出巡徼，常廪口食。通判石待举以为虚费，申转运使罢之，士卒怨怒，遂作乱，杀知州、通判等，枭待举首于木上，每旦射之，箭不能容，则拔去更射。推都监为主，不从，即以枪刺之，洞心，刃出于背。又推监押韦贵，贵曰："若必能用吾言，乃可。"众许之，遂立贵为主。贵以言谕之，令勿动仓库及妄杀人，且说之以归顺朝廷，众颇听之。会朝廷遣知制诰田况赍诏谕之,况遣人于城下遥与贼语,出诏示之,贼终狐疑不听,稍近城则射之,不能得其要领。有殿直郭逮者,径逾濠诣城下,谓贼曰:"我班行也,汝下索,我欲登城就汝语。"贼乃下索,即援之登城,谓贼曰:"我班行也,岂不自爱,苟非诚信,肯至此乎? 朝廷知汝非乐为乱,由官吏遇汝不以理,使汝至此。今赦汝罪,又以禄秩赏汝,使两制大臣奉诏书来谕汝,尚疑之,岂有诏书而不信耶? 两制大臣而为诞妄耶?"辞气雄辩,贼皆相顾动色,曰:"果如此,更使一二人登城。"即复下索,召其所知数人登城,贼于是信之,争投兵下城降,即日开门。大军人,收后服者一指挥而坑之,余皆勿问。殿直加阁门祗候。

保州城未下之时,有中贵人杨怀敏与张昷之不协,在军中密奏云:"贼于城上呼云:'斩张昷之首,我当降。'愿赐昷之首以示贼,宜可得。"上从之,遣中使奉剑往,即军中斩昷之首以示贼。是时参知政事富弼宣抚河北,遇之,即遣中使复还,且奏:"贼初无此言,是必怨仇者为之。藉令有之,若以叛卒之故断都转运使头,此后政令何由得行?"上意乃解。昷之落职知虢州。

王逮者,屯田郎中李昙仆夫也。事昙久,亲信之。既而去昙应募兵,以选入捧日军,凡十余年。会昙以子学妖术妄言事,父子械系御史台狱。上怒甚,治狱方急,昙平生亲友,无一人敢饷问之者,逮日夕守台门不离,给饮食、候信问者四十余日。昙坐贬南恩州别驾,仍即时监防出城,诸子皆流岭外。逮追哭送之,防者遏之,逮曰:"我主人也,岂得不送之乎?"昙河朔人,不习岭南水土,其从者皆辞去,曰:"某不能从君之死乡也。"数日,昙感恚自死,旁无家人,逮使母守其尸,出为之治丧事,朝夕哭如亲父子,见者皆为流涕。殡于城南佛舍然后去。呜呼! 逮,贱隶也,非知有古忠臣烈士之行,又非矫迹求名以取禄仕也，独能出于天性至诚，不顾罪戾，以救其故主之急，始终无倦如此，岂不贤哉！嗟乎！彼所得于昙，不过一饭一衣而已，今世之士大夫，因人之力，或致位公卿，已而故人临不测之患，屏手侧足，戾目窥之，犹惧其祸之将及己也，若畏猛犬，远避去之，或从而挤之以自脱，敢望其优恤振救耶？彼虽巍然衣冠类君子哉，稽其行事，则此仆夫必羞之。

王景曰：晋盐之利，唐氏以来可以半天下之赋。神功以此法令严峻，民不敢乱煮炼，官盐大售。真庙以降，缓刑罚，宽聚敛，私盐多，官利日耗。章献时，景为选人，始建通商之策，大臣陈尧咨等多谓不便。章献力欲行之，廷谓大臣曰："闻外多苦恶盐，信否？"对曰："惟御膳及宫中盐善耳，外间皆是土盐。"章献曰："不然。御膳亦多土盐，不可食。欲为通商，则何如？"大臣皆以为："必如是，县官所耗，失利甚多。"章献曰："虽弃数千万之耗，何害？"大臣乃不敢复言。于是命盛度与三司详定，□行其法。诏下，各郡之民皆作感圣恩斋。庆历初，范杰复建议："官自运盐，于诸州卖之。"八年，范祥又请："令民入钱于边，给钞请盐。"朝廷从之，擢祥为陕西提刑。

又曰：太宗初筑塘泊，非以限幽蓟之民，盖欲断虏入寇之路，使出一涂，见易制耳。及杨怀敏为水则，乃言可以限绝北胡，堤塞其北而稍注水益之，漫衍而南，侵溺民田，无有限极。其间不合处又三十四里，而图画密相。比以朝廷有澶渊之役，胡自梁门、遂城之间，积薪土为甬道而来，曾不留行。又况冰冻，汲自西山或不合处过，足以明其无益矣。去岁河决商胡，河朔水灾所以甚于往前者，以河流入塘泊，堰有缺处，怀敏补之，水不能北流则愈南侵也。

梁寔曰：杜杞在广南，诱宜州蛮数十人，饮以曼陀罗酒，醉而杀之。以书诧于寔父,自比马援,曰:"此不足以为吾功,力能办西北,顾未得施耳。"时言事者争言杞为国家行不信于蛮夷,获小忘大。朝廷诘杞之所杀蛮数,为即洞中诛之耶?以金帛召致耶?杞不能对。亦有阴为之助者,故得不坐。然杞自虞部员外郎数年位至两制。

孙奭字宗古,博平人。幼好学,博通书传,善讲说。太宗端拱中九经及第,再调大理评事,充国子监直讲。太宗幸国子监,诏奭说《尚书·说命》三篇。奭年少位下,然音读详明,帝称善,因叹曰:"天以良弼赉商,朕独不耶?"因以切励辅臣,赐奭绯章服。累迁都官员外郎,侍诸王讲,赐紫章服。真宗即位,令中书门下谕奭欲任以他官,奭对不敢辞,乃罢诸王侍讲。顷之,自职方员外郎除工部郎中,充龙图待制。会真宗幸亳州,谒太清宫,奭上言切谏,真宗不纳,遂为《解疑论》以示群臣。俄知密州,转左谏议大夫、知河阳,还为给事中。奭以父年九十,乞解官侍养,诏知兖州。上即位,召还,以工部侍郎为翰林侍讲学士,预修先朝实录,丁父忧,起复旧官,久之,改兵部侍郎兼龙图阁学士。奭每上前说经,及乱君亡国之事,反覆申绎,未尝避讳,因以规讽。又掇五经切治道者,为五十篇,号《经典徽言》,上之。画《无逸》为图,乞施便坐,为观鉴之助。时章献明肃皇太后每五日一御殿,与上同听政,奭因言:"古帝王早暮见,未有旷日不朝,陛下宜每日御殿,以览万几。"奏留中不报。上与太后雅爱重之,每进见,常加礼。久之,上表致仕,上与太后御承明殿委曲致谕,不听所请。因诏与龙图阁学士冯元讲《老子》三章,礼部尚书晏殊进读唐史,各赐帛二百匹。改工部尚书、知兖州,侍宴太清楼,近臣皆预。俄出御飞白书赐群臣,中书门下、枢密院大字一轴,诸学士以下小字各二轴,惟奭与太子少傅致仕晁迥大小兼赐焉,并诏群臣赋诗。翌日,奭入谢承明殿,上令讲《老子》三章,赐袭衣、金带、银鞍勒马。及行,赐宴于瑞圣园,上赋诗饯行,并召近臣赋诗,士大夫以为荣。初耤恩,改礼部侍郎。是岁,累表乞致仕。病甚,戒其子不纳婢奕,曰:"无令我死妇人之手。"年七十有四,谥曰宣。奭举动方重,议论有根柢,不肯诡随雷同。真宗已封禅,符瑞屡降,群臣皆歌诵盛德,独奭正言谏净,毅然有古人风采。又定著《论语》、《尔雅》、《孝经》正义,请以孟轲书镂板,复郑氏所注《月令》。初,五郊,从祀不设席,尊不施幂,七祠时飨,饮福用一尊,不设三登,登歌不《雍》彻,冬至摄祀昊天上帝,外级止十七位。享先农,在祈谷之前。上丁释奠无三献,宗庙不备二舞。奭皆言其谬戾,并从增改云。又建言礼家六天帝,止是天之六名,实则一帝。今位号重复,不合典礼。冬至宜罢五帝,雩祀设五帝,不设昊天帝位。乞与群臣议,不行。撰《崇祀录》、《乐记图》、《五经节解》、《五服年月》,传于时。三子:瑶,虞部员外郎;琪,卫尉寺丞,早卒;瑜,殿中丞。

　　临京曰:冯元、孙奭俱以儒素称。冯进士,奭诸科及第。奭数上疏直谏。真宗末,侍东宫。天圣初,皆为侍读学士。十年,奭恳请老,诏不许,奭请不已,乃迁礼部尚书、知兖州,上宴太清楼下以饯之。又诏两制、三馆饯于秘阁。奭已辞,亟行,诏追饯席于瑞圣园。先是,言两制者,中丞不预,王时为中丞,耻之,曰:"朝廷盛事也,吾不可以不预。"上疏请行,诏许之。上又赐御书以宠之。卒于兖州。元性微吝,判国子监,公宴日,以其家所赐酒充事,而取直以归,人以此少之。元子,死之日,家资巨万。

　　子高曰:故事,直学士以上皆服金带。孙奭羸老,不胜其重，诏特听服犀带而赐金带。

张景晦之曰：十一月，夏虏寇承平砦，都辖许怀德却之，寇曰："来月见延州城下。"范雍惧，请济师。十二月，以甲五千来，留半月，寇无闻。正月初，还屯华沼，寇又声言由保安来。怀德壁承平，部署石元孙、钤辖黄德和屯保安以御之。李冀骄贪，士愤之。十七日，寇声言取金明砦，冀甲以俟，逮亥不至，释而寝。十八日四鼓，寇奄至，士叛，俘冀骋入延。十九日，寇及城下。先是，雍闻寇且至，亟呼刘平，平至自华沼赴难。会大雪，平兼行过保安，元孙、德和以其甲巡，夕宿白巾，未知寇及郭。二十日五鼓，平合吏议进师，裨将郭遵曰："吾未识寇深浅而瞀进，必败。请先止此，侦而进。"平叱曰："竖子骁决，乃尔怯沮吾军！"遂呼马乘去。士未遍食，践雪行数十里。寇伪为雍使，督进，且曰："寇已至，道隘，宜单骑引众。"平信之，遂进屯五龙川，据高自守。二十一日，寇以羸兵先犯之，遵陷阵搏战，俘馘而返。已而再至，平军少利。比晚复至，为两翼以掯之。德和乃以数千人南遁，平军遂败，寇围而蕲之，遵等死。二十二日旦，呼元孙以残甲数千自固。夜四鼓，贼环营呼曰："如许残兵，不降何待！"平旦，贼骑自山四出，绝官军为二，平与元孙俱被执。平不复食，没于兴州。雍以实状闻，乃斫德和腰，赏平、元孙家。初，雍辟计用章自副，延州被贼围，雍召用章，问计，对曰："惟有死尔，尚何言！"会其夜雪大作，贼撤城下兵去，用章以曾功雍弃延州，诏杖流，雍迁知安州。

又曰：十月一日，沿边部署葛怀敏、钤辖李知和以甲七万出屯瓦亭，裨将刘贺以胡三万从行。留且半月，寇攻平定，平定守郭固、镇戎守曹英皆来请援。十三日，进屯镇戎，李知和善郭固，请救之，怀敏未应。知和请暨英先进，曰："君禄盈库，

今能偷安，我不能也。"十五日，遂以甲进。寇以羸豷饵，知和
告胜相继，军中心跃。十七日，知和过平定十里，为寇所窘，来
告，怀敏遂以大军赴之。适至平定，知和已败还。军中扰寇继
至，赵珣以数千骑旁出，欲邀之，寇乃退。自是，寇每夕出军后
呼噪，军中闭声灭火，且辄敛去。粮道绝，军馁十日。怀敏诸
将皆欲还走，珣曰："来涂寇必有伏，若由笼竿往彼无险，且非
所意。"自昏议至四鼓，不决，珣愤，欲斫指，众解之，因罢。比
明，中军已行，众从之。寇蹑其后，为方阵而行。及定川，寇分
为二道，自两旁截之，军绝为三。中军歼，前军脱者十二三，后
军自笼竿，尽免。

　　西鄙用兵，许公当国，增兵四十万。及文公为相，庞公为
枢密使，减陕西保捷八万。

　　侬智高破岭南十四州，狄青平之。

　　文公罢三蕃接伴，不使侵扰河北，虏使大悦。

　　赵抃上言，陈相不学无术，温成葬多过制度，翰林学士顿置七员。
措置颠倒，刘湜自江宁移广州不改待制，向传式自南京移江南迁龙直；吴充、
鞠真卿按举礼生代置事，礼生赎铜，充、真卿出知郓。引用邪佞，崔峄非次除
给事中，峄治执中狱依违，以酬私恩。寄孥人于周豫之家，举豫为馆职。私仇
嫌隙，郡必知常州议决徒刑，既自举觉，又更赦宥，去官迁官，执中以宿嫌，自开
封府推官降充邵武军监当。汀州石民英勘入使臣赃罪，决配广南牢城，本家诉
雪，悉是虚枉，只降民英差遣。排斥良善，吕景初、马遵、吴中复弹奏梁适，既
得罪，冯京言吴充、鞠真卿无罪，充等寻押出门，京亦然。很愎任情，迎儿方年
十三，用嬖人张氏之言，累行笞挞，穷冬髁缚，绝其饭食，幽囚至死。海棠为张氏
所捶，遍身疮痕，自缢面死。又一女仆，髡发，自缢而死。一月之内，三事继发。
前后所发，亦闻不少。家声狼籍，帷簿浑淆，信任胥吏，贵族宗姻，不免饥寒。
招延卜祝执中之门未尝礼一贤才，所与语者，苗达、刘抃、刘希叟之徒，所预坐
者，晋元、李贤宁、程惟象之辈。处台鼎之重，测候灾变，意将奚为？等八事。

涑水记闻卷五

明道二年四月己未,吕夷简罢为武胜军节度使、同平章事、判陈州。上与吕夷简谋,以夏竦等皆庄献太后之党,悉罢之。退告郭后,郭后曰:"夷简独不附太后耶?但多机巧,善应变耳。"由是并夷简罢之。是日,夷简押班,闻唱其名,大骇,不知其故。夷简素与内侍副都知阎文应相结,使为中诇,久之,乃知事由郭后。

十月戊午,张士逊罢,吕夷简复入相。上以张士逊等在相位多不称职,复思吕夷简。会上庄献太后谥,还,过枢密使杨崇勋饮酒,致班慰失时。罢士逊为左仆射,崇勋河阳节度使、同平章事,复以夷简为门下侍郎兼吏部尚书、平章事。

初,庄献太后称制,郭后恃太后势,颇骄横,后宫多为太后所禁遏,不得进。太后崩,上始得自纵。适美人尚氏、杨氏尤得幸,尚氏父自所由除殿直,赏赐无算,恩宠倾京师。郭后妒,屡与之忿争。尚氏尝于上前有侵后不逊语,后不胜忿,起批其颊,上自起救之,后误批上颊,上大怒。阎文应劝上以爪痕示执政大臣而谋之,上以示吕夷简,且告之故,夷简因密劝上废后。上疑之,夷简曰:"光武,汉之明主也,郭后止以怨怼坐废,况伤乘舆乎!废之,未损圣德。"上未许,外人籍籍,颇有闻之者。左司谏、秘阁校理范仲淹因登对极陈其不可,且曰:"宜早息此议,不可使有闻于外也。"夷简将废后,奏请敕有司无得受台谏章奏。十二月乙卯,称皇后请入道,赐号"净妃",居别宫。

右谏议大夫、权御史中丞孔道辅怪阁门不受章奏,遣吏诃之,始知其事未降诏书。丙辰,与范仲淹帅诸台谏诣阁门请对,阁门不为奏。道辅欲自宣祐门入趋内东门,宣祐监宦者阖扉拒之。道辅拊门铜环大呼曰:"皇后被废,奈何不听我曹入谏?"宦者奏之,须臾,有旨"令台谏欲有所言,宜诣中书附奏"。道辅等悉诣中书,论辩喧哗。夷简曰:"废后自有典故。"仲淹曰:"相公不过引汉光武劝上耳。此汉光武失德,又何足法耶?其余废后,皆昏君所为。主上躬尧、舜之资,而相公更劝之效昏君所为乎?"夷简拱立,曰:"兹事明日请君更自登对力陈之。"道辅等退,夷简即为敕状,贬出道辅等。故事,中丞罢,须有告词。至是,直以敕除之。道辅等始还家,敕寻至,遣人押出城。

十一月戊子,故后郭氏薨。后之获罪也,上直以一时之忿,且为吕夷简、阎文应所潜,故废之。既而悔之。后出居瑶华宫,章惠太后亦逐杨、尚二美人,而立曹后。久之,上游后园,见郭后故肩舆,凄然伤之,作《庆金枝》词,遣小黄门赐之,且曰:"当复召汝。"夷简、文应闻之,大惧。会后有小疾,文应使医官故以药发其疾。疾甚,未绝,文应以不救闻,遽以棺敛之。王伯庸时为谏官,上言:"郭后未卒,数日先具棺器,请推按其起居状。"上不从,但以后礼葬于佛舍而已。

始平公自郓徙并,过京师,谒上。时上特用文、富为相,以为得人,谓公曰:"朕新用二相,如何?"公曰:"二臣皆朝廷高选,陛下拔而用之,甚副天下之望。"上曰:"诚如卿言。文彦博犹多私,至于富弼,万口同词,皆曰贤相也。"始平公曰:"文彦博,臣顷与之同在中书,详知其所为,实无所私,但恶之者毁之耳。况前者被谤而出,今当愈畏慎矣。富弼顷为枢密院副使,未执大政,朝士大夫有与之为恩者,故交口誉之,冀其进用,而已有所利焉。若富弼，以陛下之爵禄树私恩，则非忠臣，何足贤也！若一以公议概之，则向之誉者将转为谤矣。此陛下所宜深察也。且陛下既知二臣之贤而用之，则当信之坚，任之久，然后可以责成功。若以一人之言进之，未几又以一人之言疑之，臣恐太平之功未易可致也。"上曰："卿言是也。"

庆历四年三月癸亥朔，丁卯，上曰："杨安国、赵师民皆醇儒，乃昔时遵度之比，久侍经筵，各宜进职。"于是安国加直龙图阁，仍赐紫，又以安国新除母服，家贫，赐金百两。师民充天章阁侍读，仍赐绯。

吕许公疾病，仁宗剪髭为药以赐之，又手诏以问群臣可任两府者，其亲遇如此。

文公为相，庞公为枢密使，以国用不足，同议省兵。于是拣放为民者六万余人，减其衣粮之半者二万余人。众议纷然，以为不可，施昌言、李昭亮尤甚，皆言："衣食于官久，不愿为农，又皆习弓刀，一旦散之闾阎，必皆为盗贼。"上亦疑之，以问二公，二公曰："今公私困竭，上下皇皇，其故非他，正由蓄养冗兵太多故也。今不省去，无由苏息。万一果有聚为盗贼者，二臣请以死当之。"既而，昭亮又奏："兵人拣放所以如是多者，大抵皆缩颈曲腘，诈为短小，以欺官司耳。"公乃言："兵人苟不乐归农，何为诈欺如此？"上意乃决。边储由是稍苏。后数年，王德用为枢密使，许怀德为殿前都指挥使，复奏选厢军以补禁军，增数万人。

狄青既破侬智高，平邕州，上甚喜，欲以为枢密使、同平章事。宰相庞籍曰："昔太祖时，慕容延钊将兵，一举得荆南、湖南之地，方数千里，兵不血刃，不过迁官、加爵邑赐金帛，不曾为枢密使也。曹彬平江南李煜，欲求使相，太祖不与，曰：'今西有河东,北有幽州,汝为使相,那肯复为朕死战耶?'赐钱二十万贯而已。祖宗重名器如山岳,轻金帛如粪壤,此陛下所当法。今青奉陛下威灵,殄戮凶丑,克称圣心,诚可褒赏,然方于延钊与彬之功,则不逮远矣。若遂用为枢密使、同平章事,则青名位极矣。寇盗之警,不可前知,万一他日青更立大功,欲以何官赏之哉?且枢密使高若讷无过,若之何罢之?不若且为之移镇,加检校官,赐之金帛,亦足以酬青之功矣。"上曰:"向者谏官御史言,若讷举胡恢书石经,恢狂险无行;又若讷前导者殴人致死,可谓无过乎?"庞公曰:"今之庶僚举选人充京官,未迁官者犹不坐,况若讷大臣,举恢以本官书石经,未尝有所迁也,奈何以此解其枢务哉?若讷居马上,前导去之里余,不幸殴人至死,若讷寻执之以付开封正其法,若讷何罪哉?且里官御史上言之时,陛下既已赦若讷不问矣,今乃追举以为罪,无乃不可乎?"参知政事梁适曰:"王则止据贝州一城,文彦博攻而拔之,还为宰相;侬智高扰乱广南两路,青讨平之,为枢密使何足为过哉?"籍曰:"贝州之赏,当时论者已嫌其太重,然彦博为参知政事,若宰相有缺,次补亦当为之,况有功乎?又国朝文臣为宰相,出入无常,武臣为枢密使,非有大罪,不可罢也。且臣不欲使青为枢密使者,非徒为国家惜名器,亦欲保全青之功耳。青起于行伍,骤擢为枢密副使,中外汹汹,以为朝廷未有此比。今青立大功,言者方息,若又赏之太过,是复召众言也。"争之累日,上乃从之,曰:"然则更与其诸子官,何如?"籍曰:"昔卫青有功,四子皆封侯,此固有前世之比,无伤也。"于是以青为护国军节度使、河中尹,加检校太傅,诸子皆超迁数官,赏赐金帛甚厚。后数月,两府奏事,上顾籍笑曰:"卿前日商量除狄青官,深合事宜,可谓深远之虑矣。"是时,适意以若讷为枢密使,位在己上,宰相有缺,若讷当次补。青武臣,虽为枢密使,不妨己涂辙,故于上前争之。既不能得,退甚不怿,乃密为奏,言狄青功大,赏之太薄,无以劝后;又密令人以上前之语告青,又使人语内侍省押班石全斌,使于禁中自讼其功,及言与孙沔褒赏太薄,许为外助。上既日日闻之,不能无信。顷之,上忽对两府谓籍曰:"平南之功,前日赏之太薄,今以狄青为枢密使,孙沔为枢密副使,石全斌先给观察使俸,更候一年,除观察使,高若讷优迁一官,加迁上学士,置之经筵。"又言张尧佐亦除宣徽使,声色俱厉。籍错愕,对曰:"容臣等退至中书商议,明日再奏。"上曰:"勿往中书,只于殿门阁内议之,朕坐于此以候之也。"若讷时为户部侍郎,籍乃与同列议于阁内,以若讷为尚书左丞,加观文殿学士兼侍读,其余皆如圣旨。入奏之,上容色乃和,遂下诏行之。

始平公自定州归朝,既入见,退诣中书,白执政以求致仕。执政曰:"康宁如是,又主上意方厚,而求去如此之坚,何也?"始平公曰:"若待筋力不支、人主厌弃然后去,乃不得已也,岂得为止足哉?"因退归私第,坚卧不起。自青州至是三年,凡七上表,其札子不可胜数,朝廷乃许之,以太保致仕。是时论者皆谓公精力充壮,未必肯决去,至是乃服。

嘉祐元年正月甲寅朔,上御大庆殿,立仗朝会。前夕,大雪,至压宫架折。上在禁庭,跣祷于天。及旦霁,百官就列。既卷帘,上暴感风眩,冠冕欹侧,左右复下帘。或以指抉上口出涎,乃小愈,复卷帘,趣行礼而罢。戊午,宴契丹使者于紫宸殿,平章事文彦博奉觞诣御榻上寿,上顾曰:"不乐耶?"彦博知上有疾,猝愕无以对。然尚能终宴。己未,契丹使者入辞,置酒紫宸殿,使者入至庭中,上疾呼曰:"趣召使者升殿,朕几不相见!"语言无次。左右知上疾作,遽扶入禁中。文彦博遣人以上旨谕契丹使者,云昨夕宫中饮酒过多,今不能亲临宴,遣大臣就驿赐宴,仍授国书。彦博与两府俟于殿阁,久之,召内侍都知史志聪、邓保吉等,问上至禁中起居状,志聪对以禁中事严密,不敢泄。彦博怒,叱之曰:"主上暴得疾,系社稷之安危,尔曹出入禁闼,不令宰相知天子起居,欲何为耶?自今疾势增损,必一一见白!"仍命直省官引至中书,取军令状。志聪等素谨愿,及夕,诸宫门白下锁,志聪曰:"汝曹自白宰相,我不任受其军令。"庚申,两府诣东阁小殿门起居。上自禁中大呼而出曰:"皇后与张茂则谋大逆!"语极纷错。宫人扶侍者皆随上而出,谓宰相曰:"相公且为天子肆赦消灾。"两府退,始议下赦。茂则,内侍也,上素不喜,闻上语即自缢,左右救解,得不死。文彦博召茂则责之曰:"天子有疾,谵言耳,汝何遽如是?汝若死,使中宫何所自容耶?"令常侍上左右,毋得辄离。曹后以是亦不敢辄近上左右。诸女皆幼,福康公主最长,时已病心,初不知上之有疾,更无至亲在上侧者,惟十阁宫人侍奉而已。上既不能省事,两府但相与议定,称诏行之。两府谋以上躬不宁,欲留宿宫中而无名。辛酉,文彦博建议设醮祈福于大庆殿,两府昼夜焚香,设幄宿于殿之西庑。史志聪等曰:"故事,两府无留宿殿中者。"彦博曰:"今何论故事也?"壬戌,上疾小间,暂出御崇政殿以安众心。癸亥,赐在京诸军特支钱。两府求请诣寝殿见上,史志聪等难之,平章事富弼责之,志聪等不敢违。是日,两府始入福宁殿卧内奏事,两制近臣日诣内东门起居,百官五日一入。甲子,赦天下。知开封府王素夜叩宫门,求见执政白事。文彦博曰:"此际宫门何可夜开?"诘旦,素入白有禁卒告都虞候欲为变者,执政欲收捕按治,彦博曰:"如

此,则张皇惊众。"乃召殿前都指挥使许怀德问之曰:"都虞候
某甲者,何如人?"怀德曰:"在军职中最为谨良。"彦博曰:"可
保乎?"曰:"可保。"彦博曰:"然则此卒有怨于彼,诬之耳。当
亟诛之以靖众。"众以为然。彦博乃请平章事刘沆判状尾,斩
于军门。及上疾愈,沆潜彦博于上曰:"陛下违豫时,彦博擅斩
告反者。"彦博以沆判呈上,上意乃解。先是,富弼用朝士李仲
昌策,自澶州商胡河穿六漯渠,入横陇故道。北京留守贾昌朝
素恶弼,阴结内侍右班副都知武继隆,令司天官二人候两府聚
处,于大庆殿庭执状抗言:"国家不当穿河于北方,致上体不
安。"文彦博知其意有所在,顾未有以制也。后数日,二人又上
言请皇后同听政,亦继隆所教也。史志聪等以其状白宰执,彦
博视而怀之,不以示同列,同列问,不以告。既而,召二人而语
曰:"汝今日有所言乎?"对曰:"然。"彦博曰:"天文变异,汝职
所当言也,何得辄预国家大事? 汝罪当族!"二人惧,色变,彦
博曰:"观汝直狂愚耳,未欲治汝罪,自今无得复尔!"二人退,
彦博乃以状示同列,同列皆愤怒曰:"奴敢尔妄言,何不斩之!"
彦博曰:"斩之则事彰灼,中宫不安。"众皆曰:"善。"既而,议遣
司天官定六漯于京师方位,彦博复遣二人往,武继隆白请留
之,彦博曰:"彼不敢辄妄言,有人教之耳。"继隆默不敢对。二
人至六漯,恐治前罪,乃更言六漯在东北,非正北,无害也。戊
辰以后,上神思寖清宁,然终不语,群臣奏事,大抵首肯而已。
壬申,罢醮,两府始分番归第,不归者各宿其二府。二月癸未
朔,甲申,诏惟两府近臣候问于内东门,余悉罢之。甲辰,上始
御延和殿,自省府官以上及宗室皆入参。丙午,百官奏贺康
复。

　　贡父曰:章献刘后本蜀人,善播鼗,蜀人宫美携之入京。

美以锻银为业，时真宗为皇太子，尹开封，美因锻得见。太子语之曰："蜀妇人多才慧，汝为我求一蜀姬。"美因纳后于太子，见之，大悦，宠幸专房。太子乳母恶之。太宗尝问乳母："太子近日容貌瘦瘠，左右有何人?"乳母以后对，上命去之。太子不得已，置于殿侍张者之家。者避嫌，遂不敢下直。未几，太宗宴驾，太子即帝位，复召入宫。

　　刘贡父曰：真宗将立刘后，参知政事赵安仁以为刘后寒微，不可以母天下，不如沈德妃出于相门。上虽不乐，而以其守正，无以罪也。他日，上从容与王冀公论方今大臣谁最为长者，冀公欲挤安仁，乃誉之曰："无若赵安仁。"上曰："何以言之。"冀公曰："安仁昔为故相沈义伦所知，至今不忘旧德，常欲报之。"上默然。明日，安仁遂致政事。

　　王旦太尉荐寇莱公为相，莱公数短太尉于上前，而太尉专称其长。上一日谓太尉曰："卿虽称其美，彼专谈卿恶。"太尉曰："理固当然。臣在相位久，政事阙失必多。准对陛下无所隐，益见其忠直，此臣所以重准也。"上由是益贤太尉。初，莱公在藩镇，尝因生日构山棚大宴，又服用僭侈，为人所奏。上怒甚，谓太尉曰："寇准每事欲效朕，可乎?"太尉徐对曰："准诚贤能，无如骄何!"上意遽解，曰："然。此止是骄耳。"遂不问。及太尉疾亟，上问以后事，惟对以早宜召寇准为相。袁默云。

　　钱资元曰：真宗末，王冀公每奏事，或怀数奏，出其一二，其余皆匿之。既退，以己意称圣旨行之。尝与马知节俱奏事上前，冀公将退，知节目之曰："怀中奏何不尽出之?"

　　张乖崖常言："使寇公治蜀，未必如咏；至如澶渊一掷，咏不敢为也。"深叹服之。富公云。

　　邢惇，雍丘人，以学术称乡曲，家居不仕。真宗末，以布衣召对,问以治道,惇不对。上问其故,惇曰:"陛下东封西祀,皆已毕矣,臣复何言?"上因除试四门助教,遣归。惇衣服居处,一如平日,乡人不觉其有官也。既卒,人乃见其敕与废纸同束屋梁间。滕元发云。

涑水记闻卷六

　　冯拯,河南人,其父为赵韩王守第舍。拯年少时,韩王见之,问此为谁,其父对曰:"某男也。"韩王奇其状貌,曰:"此子何不使之读书?"其父遂使之就学。数年,举进士,韩王为之延誉,遂及第。太宗时,拯上言请立太子,太宗怒,谪之岭南。久之,以右正言通判广州事。其同官为太常博士,署位常在拯下。寇莱公素恶拯,会覃恩,拯迁虞部员外郎,其同官迁屯田员外郎。以拯素刚,让居其下,莱公见奏状,怒,下书诘之,曰:"虞部署位乃在屯田之上,于法何据? 趣以状对。"于是拯密奏言:"寇准以私憾专抑挫臣,吕端畏怯,不敢与争,张洎又准所引用,朝廷之事,一决于准,威福自任,纵恣不公,皆如此。"比上看章奏,大怒,莱公由是出知襄州。上又责让吕端、张洎,二人皆顿首曰:"准在中书,臣等备员而已。"真宗即位,拯遂被用至宰相。今上即位,发丁朱崖罪,窜之南荒,拯之力也。拯无文学,而性伉直,自奉养奢靡,官至侍郎。聂之美云。

　　种放以处士召见,拜谏官,真宗待以殊礼,名动海内。后谒归终南山,恃恩骄倨甚。王嗣宗时知长安,见通判以下群拜谒,放小俯垂手接之而已,嗣宗内不平。放召其诸侄至,出拜嗣宗,嗣宗坐受之。放怒,嗣宗曰:"向者通判以下拜君,君扶之而已,此白丁耳,嗣宗状元及第,名位不轻,胡为不得坐受其拜?"放曰:"君以手搏得状元耳,何足道也!"嗣宗怒,遂上疏言:"放实空疏,才识无以逾人,专饰诈巧,盗虚名。陛下尊礼放,擢为显官,臣恐天下窃笑,益长浇伪之风。且陛下召魏野,野闭门避匿,而放阴结权贵以自荐达。"因抉摘言放阴事数条。上虽两不之问,而待放之意寖衰。齐州进士李冠尝献嗣宗诗曰:"终南处士声名灭,邓土妖狐窟穴空。"

王嗣宗不信鬼神,疾病,家人为之焚纸钱祈祷,嗣宗闻之,笑曰:"何等鬼神,敢问王嗣宗取枉法赃耶?"魏舜卿云。

嗣宗性忌刻,多与人相连。世传嗣宗有恩仇簿,已报者则勾之。晚年交游,皆入仇簿。宋次道云。

林特本广南摄官,以勤为吏职,又善以辞色承上接下,官至尚书三司使、修昭应宫副使。是时,丁朱崖为修宫使,特一日三见,亦三拜之。与吏卒语,皆煦煦抚慰之,由是人皆乐为尽力,事无不齐集。精力过人,常通夕坐而假寝,未尝解衣就枕。郝元规云。

周王,母章穆皇后也,真宗在藩邸时生。景德中,从幸永安,还,得疾,薨,时年十岁许。章穆悲感成疾,明年亦崩。宋次道云。

李允则知雄州十八年。初,朝廷与契丹和亲,约不修河北城隍,允则欲展州城,乃置银器五百两于城北神祠中。或曰:"城北孤迥,请多以人守之。"允则不许。数月,契丹数十骑盗取之,允则大怒,移牒涿州捕贼,因且急筑其城。契丹内惭,不敢止也。允则为长吏,于市中下马往富民家,军营与妇女笑语无所间,然富民犯罪未尝稍宽假。契丹中机密事,动息皆知之,当时边臣无有及者。董沔云。

真宗不豫,寇莱公与内侍省都知周怀政密言于上,请传位皇太子,上自称太上皇,上许之,自皇后以下皆不豫知,既而月余无所闻。二月二日,上幸后苑,命后宫挑生菜,左右皆散去。

怀政伺上独处，密怀小刀至上所，涕泣言曰："臣前言社稷大计，陛下已许臣等，而月余不决，何也？臣请剖心以明忠款。"因以刀划其胸，僵仆于地，流血淋漓。上大惊，因是疾复作，左右扶舆入禁中。皇后命收怀政下狱，按问其状。又于宫中索得莱公奏言传位事，乃命亲军校杨崇勋密告云："寇准、周怀政等谋废上、立太子。"遂馆诛怀政而贬莱公。

寇莱公之贬雷州也，丁晋公遣中使赍敕往授之，以锦囊贮剑，揭于马前。既至，莱公方与郡官宴饮，驿吏言状，莱公遣郡官出迎之。中使避不见，入传舍中，久不出。问其所以来之故，不答。上下皆惶恐，不知所为。莱公神色自若，使人谓之曰："朝廷若赐准死，愿见敕书。"中使不得已，乃以敕示之。莱公乃从录事参军借绿衫著之，短才至膝，拜受敕于庭，升阶复宴饮，至暮而罢。

真宗晚年不豫，尝对宰相盛怒曰："昨夜皇后以下皆云刘氏独置朕于宫中。"众知上眊乱误言，皆不应。李迪曰："果如是，何不以法治之？"良久，上悟，曰："无是事也。"章献在幄下闻之，由是恶迪。初，自给事中、参知政事除工部尚书、平章事，既而贬官，十余年，历诸侍郎，景祐初，复以工部侍郎即入相。陆子履云。

胡顺之为浮梁县令，民臧有金者，素豪横，不肯出租，畜犬数十头，里正近其门辄噬之。绕垣密植橘柚，人不可入。每岁里正常代之输租，前县令不肯禁。顺之至官，里正白其事，顺之怒曰："汝辈嫉其富，欲使之为仇耳。安有王民不肯输租者耶？第往督之。"及期，里正白不能督，顺之乃使快手继之，又白不能。又使押司录事继之，又白不能。顺之怅然曰："然则此租必使令自督耶？"乃令里正聚稿，自抵其居，以稿塞门而焚之。臧氏人皆逃逸，顺之悉令掩捕，驱至县，其家男子年十六以上尽痛杖之。乃召谓曰："胡顺之无道，既焚尔宅，又杖尔父子兄弟，尔可速诣府自诉矣。"臧氏皆慑服，无敢诣府者。自是臧氏租常为一县先。府常遣教练使诣县，顺之闻之，曰："是固欲来烦扰我也。"乃微使人随之，阴记其入驿舍及受驿吏供给之物。既至，入谒，色甚倨，顺之延与坐，徐谓曰："教练何官耶？"曰："本州职员耳。"曰："应入驿乎？"教练使踟蹰曰："道中无邸店，暂止驿中耳。"又曰："应受驿吏供给乎？"曰："道中无刍粮，故受之。"又曰："应与命官坐乎？"教练使乃趋下谢罪。顺之乃收械系狱，置暗室中，以粪环其侧。教练使不胜其苦，因顺之过狱，呼曰："令何不问我罪？"顺之笑谢曰："教练幸勿讶也，今方多事，未暇论也。"系十日，然后杖之二十，教练使不服，曰："我，职员也，有罪当受杖于州。"顺之笑曰："教练使久为职员，殊不知法，杖罪不送州也？"卒杖之。自是府吏无敢扰县者。州虽恶之，然亦不能罪也。后为青州幕僚，发麻氏罪，破其家，皆顺之之力也。真宗闻其名，召至京师，除著作佐郎、洪州金判。顺之为人深刻无恩，至洪州，未几，病目，恶明，常以物帛苞封乃能出，若日光所烁，则惨痛彻骨。由是去官，家于洪州，专以无赖把持长短，凭陵细民，殖产至富。后以覃恩迁秘书丞，又上言得失。章献太后临朝，特迁太常博士，又以覃恩迁屯田员外，卒于洪州。顺之进士及第，颇善属文。冯广渊云。

青州临淄麻氏，其先五代末尝为本州录事参军。节度使广纳货赂，皆令麻氏主之，积至巨万。既而节度使被召赴阙，不及取而卒，麻氏尽有其财，由是富冠四方。真宗景德初，契丹寇澶渊，其游兵至临淄，麻氏率壮夫千余人据堡自守，乡里赖之全济者甚众。至今基址尚存,谓之麻氏寨。兵退,麻氏敛器械尽输官,留十二三以卫其家。麻温舒兄弟皆举进士,馆阁美官。家既富饶,宗族横于齐。有孤侄懦弱,麻氏家长恐分其财,幽饿杀之。事觉,姜遵为转运使,欲树名声,因索其家,获兵器及玉图书小印,因奏麻氏大富,纵横临淄,齐人慑服,私畜兵,刻玉宝,将图不轨。于是麻氏或死或流,子孙有官者皆贬夺,籍没家财,不可胜纪。麻氏由是遂衰。孟翱云。

真宗时,京师民家子有与人斗者,其母追而呼之,不止,母颠踬而死。会疏决,法官处其罪当笞。上曰:"母呼不止,违犯教令,当徒二年,何谓笞也?"群臣无不惊服。张锡云。

永兴军上言朱能得天书,真宗自拜迎入宫。孙奭知河阳,上疏切谏,以为天且无言,安得有书?天下皆知朱能所为,惟上一人不知耳。乞斩朱能以谢天下。其辞有云:"得来惟自于朱能,崇信只闻于陛下。"其质直如此,上亦不责。顷之,朱能果败。

真宗将西祀,龙图阁待制孙奭上疏切谏,以为西祀有十不可,陛下不过欲效秦皇、汉武刻石诵德,夸耀后世耳。其辞有云:"昔秦多徭役,而刘、项起于徒中;唐不恤民,而黄巢因于饥岁。今陛下好行幸,数赋敛,安知天下无刘、项、黄巢乎?"上乃自制《辨疑论》以解之,仍遣中使慰谕焉。奭子瑜,字叔礼,云:"其表千余言,叔礼能口诵之。"予从求其本再三,不肯出也。

景德初,契丹入寇。是时,寇准、毕士安为相,士安以疾留京师,准从车驾幸澶渊。王钦若阴言于上,请幸金陵,以避其锐,陈尧叟请幸蜀。上以问准,时钦若、尧叟在旁,准心知二人所为,阳为不知曰:"谁为陛下画此策者?罪可斩也。今虏势凭陵,陛下当率励众心,进前御敌,以卫社稷,奈何欲委弃宗庙,远之楚、蜀耶?且以今日之势,銮舆回辕一步,则四方瓦解,万众云散,虏乘其势,楚、蜀可得至耶?"上悟,乃止。二人由是怨准。

　　上在澶渊南城,殿前都指挥使高琼固请幸河北,曰:"陛下不幸北,北城百姓如丧考妣。"冯拯在旁呵之曰:"高琼何得无礼!"琼怒曰:"君以文章为二府大臣,今虏将充斥如此,犹责琼无礼,君何不赋一诗以退虏耶?"上乃幸北城,至浮桥,犹驻辇不进,琼以所执槌椎辇夫背,曰:"何不亟行!今已至此,尚何疑焉?"上乃命进辇。既至,登北城门楼,张黄龙旗,城下将士皆呼万岁,气势百倍。会虏大将挞览中弩死,虏众遂退。他日,上命寇准召琼诣中书,戒之曰:"卿本武臣,勿强学儒士作经书语也。"

　　寇准从车驾在澶渊,每夕与杨亿痛饮讴歌,谐谑喧哗,常达旦。上使人觇知之,喜曰:"得渠如此,吾何忧矣。"虏兵既退,来求和亲,诏刘仁范往议之,仁范以疾辞,乃命曹利用代之。利用与之约,岁给金缯二十万,虏嫌其少。利用复还奏之,上曰:"百万以下,皆可许也。"利用辞去,准召利用至幄次,与语曰:"虽有敕旨,汝往,所许毋得过三十万,过则勿来见准,准将斩汝!"利用至虏帐,果以三十万成约而还。车驾还自澶渊,毕士安迎于半道,既入京师,士安罢相,寇准代为首相。

　　上以澶渊之功,待准至厚,群臣无以为比,数称其功,王钦若疾之。久之,数乘间言于上曰:"澶渊之役,准以陛下为孤注,与虏博耳。苟非胜虏,则为虏所胜,非为陛下万全计也。且城下之盟,古人耻之,今虏众悖逆,侵逼畿甸,准为宰相,不能殄灭凶丑,卒为城下之盟以免,又足称乎?"上由是寖疏之。

　　王旦疾久不愈,上命肩舆入禁中,使其子雍与直省吏扶之,见于延和殿。劳勉数四,因命曰:"卿今疾亟,万一有不讳,使朕以天下之事付之谁乎?"旦谢曰:"知臣莫若君,惟明主择之。"再三问,不对。上曰:"张詠如何?"不对。又曰:"马亮如何?"不对。上曰:"试以卿意言之。"旦强起举笏曰:"以臣之愚,莫若寇准。"上忧然有间,曰:"准性刚褊,卿更思其次。"旦曰:"他人,臣所不知也。臣病困,不任久侍。"遂辞退。旦薨岁余,上卒用准为相。直省吏今尚存,亲为元震言之。前数事皆元震闻其先所言也,震先人为内侍省都知。右皆蓝元震云。

真宗晚年不豫,寇准得罪,丁谓、李迪同为相,以其事进呈,上命除准小处知州。谓退,遂署其纸尾曰:"奉圣旨,除远小处知州。"迪曰:"向者圣旨无'远'字。"谓曰:"与君面奉德音,君欲擅改圣旨以庇准耶?"由是二人斗阋,更相论奏。上命翰林学士钱惟演草制,罢谓政事,惟演遂出迪而留谓。外人先闻其事,制出,无不愕然,上亦不复省也。元震及李子仪云。

真宗时,王文正旦为相,宾客虽满座,无敢以私干之者。既退,旦察其可与言者及素知名者,使吏问其居处。数月之后,召与语,从容久之,询访四方利病,或使疏其所言而献之,观其才之所长,密籍记其名。他日,其人复来,则谢绝不复见也。每有差除,旦先密疏三四人姓名请于上,上所用者,辄以笔点其首,同列皆莫之知。明日,于堂中议其事,同列争欲有所引用,旦曰:"当用某人。"同列争之莫能得。及奏人,未尝不获可。同列虽嫉之,莫能间也。丁谓数毁旦于上,上益亲厚之。

曹玮久在秦州,累章求代。上问旦谁可代玮者,旦荐枢密直学士李及,上即以及知秦州。众议皆谓及虽谨厚有行,非守边之臣,不足以继玮。杨亿以众言告旦,旦不答。及至秦州,将吏心亦轻之。会有屯驻禁兵白昼夺妇人银钗于市中,吏执以闻。及方坐观书,召之使前,略加诘问,其人服罪,及不复下吏,亟命斩之,观书如故。将吏皆惊。不日,声誉达于京师。亿闻之,复见旦,具道其事,谓旦曰:"向者相公初用及,外廷之议谓及不胜其任,及今材器乃如此,信乎,相公知人之明也!"旦笑曰:"外廷之议,何其易得也。夫以禁军戍达,白昼为盗于市,主将斩之,事之常也,乌足以为异政乎?且之用及者,其意非为此也。夫以曹玮知秦州七年,羌人慑服,边境之事,玮处之已尽其宜矣。使他人往,必矜其聪明,多所变置,败坏玮之成绩。且所以用及者,但以及重厚,必能谨守玮之规模而已矣。"亿由是益服旦之识度。<small>张宗益云。</small>

真宗既与契丹议和,王文正旦问于李文靖沆曰:"和议何如?"文靖曰:"善则善矣,然边患既息,恐人主渐生侈心耳。"文正亦未以为然。及真宗晚年,多事巡游,大修宫观,文正乃潜叹曰:"李公可谓有先知之明矣。"<small>傅钦文云。</small>

苏子容曰:王冀公既以城下之盟短寇莱公于真宗,真宗曰:"然则如何可以洗此耻?"冀公曰:"今国家欲以力服契丹,所未能也。戎狄之性,畏天而信鬼神,今不若盛为符瑞,引天命以自重,戎狄闻之,庶几不敢轻中国。"上疑未决,因幸秘阁,见杜镐,问之曰:"卿博通坟典,所谓《河图》、《洛书》者,果有之乎?"镐曰:"此盖圣人神道设教耳。"上遂决冀公之策,作天书等事。故世言符瑞之事,始于冀公成于杜镐云。晚年,王烧金以幻术宠贵,京师妖妄繁炽,遂有席帽精事,闾里惊扰,严刑禁之乃止。

陈恕为三司使,真宗命具中外钱粮大数以闻,恕诺而不进。久之,上屡趣之,恕终不进。上命执政诘之,恕曰:"天子富于春秋,若知府库之充羡,恐生侈心,是以不敢进。"上闻而善之。元忠云。

　　太宗疾大渐,李太后与宣政使王继恩忌太子英明,阴与参知政事李昌龄、殿前都指挥使李继勋、知制诰胡旦谋立潞王元佐。太宗崩,太后使继恩召宰相吕端,端知有变,锁继恩于阁内,使人守之而入。太后谓曰:"宫车已宴驾,立嗣以长,顺也,今将何如?"端曰:"先帝立太子,正为今日。今始弃天下,岂可遽违先帝之命,更有异议?"乃迎太子立之。寻以继勋为使相,赴陈州本镇,昌龄为忠武行军司马,继恩为右监门卫将军,均州安置,胡旦除名,流浔州。杨乐道云。

　　真宗既于大行枢前即位,垂帘引见群臣,宰相吕端于殿下平立不拜,请卷帘,升殿审视,然后降阶,率群臣拜呼万岁。祖择之、郑毅夫云。

　　真宗尝谓李宗谔曰:"闻卿能敦睦宗族,不损家声,朕今保守祖宗基业,亦犹卿之治家也。"

　　真宗初即位,以工部侍郎郭贽知天雄军,贽辞诉不肯赴职,上不许。贽退,上以问宰相,对曰:"近例亦有已拜而复留不行者。"上曰:"朕初即位,命贽为大藩而不行,后何以使群臣?"卒遣之。

　　石熙政知宁州,上言:"昨清远军失守,盖朝廷素不留意。"因请兵三五万。真宗曰:"西边事,吾未尝敢忘之,盖熙政远不知耳。"周莹等曰:"清远失守,将帅不才也,而熙政敢如此不逊,必罪之。"上曰:"群臣敢言者亦甚难得,苟其言可用,用之;不可用,置之。若必加罪,后谁敢言者?"因赐诏书褒嘉焉。

　　真宗东封还,群臣献歌颂称赞功德者相继,惟进士孙籍献言:"封禅,帝王之盛事,然愿陛下慎于盈成,不可遂自满假。"

上善其言，即召试中书，赐同进士出身。

　　秦国长公主尝为子六宅使世隆求正刺史，真宗曰："正刺史系朝廷公议，不可。"鲁国长公主为翰林医官使赵自化求尚良使兼医官院事，上谓王继英曰："雍王元份亦尝为自化求遥郡，朕以遥郡非医官所领，此固不可也。"驸马都尉石保吉自求见上，言："仆夫盗财，乞特加重罪。"上曰："有司自有常法，岂肯以卿故乱天下法也。"又请于私第决罚，亦不许。

　　真宗即位，每旦，御前殿，中书、枢密院、三司、开封府、审刑院及请对官以次奏事，辰后入宫上食。少时，出坐后殿，阅武事，至日中罢。夜则诏侍读、学士询问政事，或至夜分还宫。其后率以为常。

　　真宗尝读《易》，召大理评事冯元讲《泰卦》。元曰："泰者，天气下降，地气上腾，然后天地交泰。亦犹君意接于下，下情达于上，无有壅蔽，则君臣道通。向若天地不交，则万物失宜，上下不通，则国家不治。"上大悦，赐元绯衣。

　　真宗重礼杜镐。镐直龙图阁，上尝因沐浴罢，饮上尊酒，封其余，遣使赐镐于阁下。镐素不饮，得赐喜，饮之至尽，因动旧疾，忽僵不知人。上闻之惊，步行至阁下，自调药饮之。仍召其子津入侍疾。少顷，镐稍苏，见至尊在，欲起，上抚令卧。镐疾平，然后入宫。方镐疾亟时，上深自咎责，以为由己赐酒致镐疾也。

　　种放隐于终南山豹林谷，讲诵经籍，门人甚众。太宗闻其名，召之，放辞以母老不至，诏每节给钱物供养其母。咸平元年，母卒，真宗赐钱二十万、帛三十匹、米三十斛以葬。明年，复赐钱五万，诏本府礼遣，亦辞疾不至。五年，又遣供奉官周珪，赍诏至山召之，仍赐钱十万、绢百匹，放应命至阙。上喜，见放便殿，赐坐与语，即坐拜司谏、直昭文馆，赐居第、什器，御厨给膳。明年，放上表请归山，上令暂归，三两月复来赴阙。因拜起居舍人，宴饯于龙图阁，上赋诗送之，命群臣皆送。景德三年，迁右谏议大夫。祥符元年，迁给事中。从祀汾阴，拜工部侍郎。

真宗祀汾阴，召河中府处士李渎、刘巽，巽拜大理评事，致仕，乃赐绯，渎以疾辞。又召华山郑隐、敷永李宁，对于行宫，隐赐号正晦先生。又召陕州魏野，亦辞疾，不应命。右皆出《圣政录》。

先朝命郭后观奉宸库，后辞曰："奉宸国之宝库，非妇人所当入。陛下欲惠赐六宫，愿量颁之，不敢奉诏。"上为之止。李贵云。

涑水记闻卷七

　　枢密直学士张詠知益州,有巡检所领龙猛军人溃为群盗。龙猛军者,本皆募群盗不可制者充之,慓悍善斗,连入数州,俘掠而去。蜀人大恐。詠一日召钤辖以州事委之,愕然,请其故,詠曰:"今盗势如此,而钤辖晏然安坐,无讨贼心,是欲令詠自行也。钤辖宜摄州事,詠将出讨之。"钤辖惊曰:"某行矣。"詠曰:"何时?"曰:"即今。"詠领左右张酒具于城西门上,曰:"钤辖将出,吾今饯之。"钤辖不得已,勒兵出城,与饮于楼上。酒数行,钤辖曰:"某愿有谒于公。"詠曰:"何也?"曰:"某所求兵粮,愿皆应付。"詠曰:"诺。老夫亦有谒于钤辖。"曰:"何也?"詠曰:"钤辖今往,必灭贼,若无功而退,必断头于此楼之下矣。"钤辖震栗而去。既而与贼战,果败,士众皆还走几十里。钤辖召其将校告之曰:"观此翁所为,真斩我,不为异也。"遂复进,力战,大破之,贼遂平。

　　张詠时,有僧行止不明,有司执之以白詠,詠熟视,判其牒曰:"勘杀人贼。"既而案问,果一民也,与僧同行于道中,杀僧,取其祠部戒牒三衣,因自披剃为僧。僚属问詠:"何以知之?"詠曰:"吾见其额上犹有系巾痕也。"王胜之云。

　　真宗造玉清昭应宫,张詠上言:"不当造宫观,竭天下之财,伤生民之命。此皆贼臣丁谓诳惑陛下,乞斩丁谓头置于国门,以谢天下,然后斩詠头置于丁谓之门,以谢丁谓。"上亦不罪焉。不记所传。

真宗判开封府，杨砺为府僚，及登储贰，因为东宫官，即位，为枢密副使。病甚，真宗幸其第问疾，所居在隘巷中，辇不能进。左右请还，上不许，因降辇，步至其第，存劳甚至。原叔云。

杨砺，太祖建隆初状元及第。在开封府，真宗问砺何年及第，砺唯唯不对。真宗退问左右，然后知之，自悔失问，谓砺不以科名自伐，由是重之。

真宗知开封府，李应机知咸平县。府遣散从以帖下县，有所追捕，散从恃王势，欢呼于县廷。应机怒曰："汝所事者，王也；我所事者，王之父也。父之人可以笞子之人，汝乃敢如此！"杖之二十。散从走归，具道其语，泣诉于王，王不答，而默记其名，嘉其谅直。及即帝位，擢应机通判益州事，召之登殿，谓之曰："朕方以西蜀为忧，故除卿此官，委以蜀事。此未足为大任，卿第行，勉之，有便宜事，密疏以闻。"应机至州，未几，有走马入奏事。前一日，知州置酒饯之，应机故称疾不会，走马心已不平。及暮，应机又使人谓走马曰："应机有密疏，欲附走马入奏，明日未可行也。"走马不知其受上旨，愈怒，强应之曰："诺。"明日，走马使人诣应机曰："某治装已毕，且行矣，愿得所赍文疏。"应机曰："某之疏不可使人传也，当自来受之。"走马虽怒，其意欲积其骄横之状具奏于上，乃诣应机廨舍，受其疏以行。既至，升殿，上迎问曰："李应机无恙乎？有疏来否？"走马愕然失据，即对曰："有。"因探其怀出之。上周览，称善数四，因问应机在蜀治行何如，走马趑趄，转辞更称誉之。上曰："汝还语应机，凡所言事皆善，已施行矣。更有意见，尽当以闻。蜀中无事，行召卿矣。"顷之，召入，迁擢，数岁中至显官。应机为吏强敏，而贪财多权诈，其后上亦察其为人，寖疏之。

李公达云。

景德初，契丹寇澶州，枢密使陈尧叟奏请沿河皆撤去浮桥，舟船皆收泊南岸。敕下河阳、陕州、河中府如其奏，百姓大惊扰。监察御史王济知河中府，独不肯撤，封还敕书，且奏以为不可。陕州通判张稷时以公事在外，州中已撤浮桥，稷还，闻河中府不撤，乃复修之。寇相时在中书，由是知此二人。明年，召济为员外郎兼侍御史知杂事，方且进用。济性鲠直，众多嫌之，及寇相出，济遂以郎中知杭州，徙知洪州而卒。稷亦徙为三司判官、转运使。

景德初，契丹犯河北，王钦若镇魏府，有兵十万余。契丹将至，城中惶遽。钦若与诸将探符分守诸门，阁门使孙全照曰："全照将家子，请不探符。诸官自择便利处所，不肯当者，某请当之。"既而莫肯守北门者，乃以全照付之。钦若亦自分守南门，全照曰："不可。参政主帅，号令所出，谋画所决，北门至南门二十里，请复待报，必失机会，不如居中央府署，保固腹心，处分四面，则大善。"钦若从之。全照素教蓄无地分弩手，皆执朱漆弩，射人马洞彻重甲，随所指挥，用无不胜。于是大开北门，下钓桥以待之。契丹素畏其名，皆环过攻东门。良久，舍之，急趣故城。是夜月黑，契丹自故城潜师复过魏府，伏兵断其后，魏兵不能进退。全照请于钦若曰："若亡此兵，是无魏也。北门不足守，全照请救之。"钦若许之。全照率麾下出南门力战，杀伤契丹伏兵略尽，魏乃复存。董照云。

寇莱公少时不修小节，颇爱飞鹰走狗。太夫人性严，尝不胜怒，举秤锤投之，中足，流血，由是折节从学。及贵，母已亡。每扪其痕辄哭。楚楷云。

景德中，契丹犯澶渊，天子亲征，枢密使陈尧叟、王钦若密奏宜幸金陵,以避其锋。是时,乘舆在河上行宫,召寇准入谋事。准将入,闻内中人谓上曰:"群臣欲将官家何之耶?何不速还京师?"准入见,上以金陵谋问之,准曰:"群臣怯懦无知,不异于向者妇人之言。今胡虏迫近,四方危心,陛下惟可进尺,不可退寸。河北将士旦夕望陛下至,气势百倍。今若陛下回銮数步,则四方瓦解,虏乘其势,金陵可得至耶?"上善其计,乃北渡河。

丁、寇异趋,不协久矣。寇为枢密使,曹利用为副使,寇以其武人,轻之。议事有不合者,莱公辄曰:"君一武夫耳,岂解此国家大体。"郓公由是衔之。真宗将立刘后,莱公及王旦、向敏中皆谏,以为出于侧微,不可。刘氏宗人横于蜀中,夺民盐井,上以后故,欲舍其罪,莱公固请必行其罪。是时上已不能记览,政事多宫中所决。丁相知曹、寇不平,遂与郓公合谋,罢莱公政事,除太子少傅。上初不知,岁余,忽问左右曰:"吾目中久不见寇准,何也?"左右亦莫敢言。上崩,太后称制,莱公再贬雷州。是岁,丁相亦获罪。

张齐贤为布衣时,倜傥有大度,孤贫落魄,常舍道上逆旅。有群盗十余人,会食于逆旅之间,居人皆惶恐窜匿,齐贤径前揖之,曰:"贱子贫困,欲就诸大夫求一醉饱,可乎?"盗喜曰:"秀才乃肯自屈,何不可者?顾吾辈粗疏,恐为秀才笑耳。"即延之坐。齐贤曰:"盗者,非龌龊儿所能为也,皆世之英雄耳。仆亦慷慨士,诸君又何问焉?"乃取大碗,满酌饮之,一举而尽,如是者三。又取豚肩,以指分为数段而啖之,势若狼虎,群盗视之愕眙,皆咨嗟曰:"真宰相器也。不然,何能不拘小节如此也?他日宰执天下,当念吾曹皆不得已而为盗耳,愿早自结纳。"竞以金帛遗之。齐贤皆受不让,重负而还。

张齐贤真宗时为相,戚里有争分财不均者,更相诉讼。又因入宫,自理于上前,更十余日,不能断。齐贤曰:"是非台府所能决也,臣请自治之。"上许之。齐贤坐相府,召诸讼者曰:"汝非以彼所分财多,汝所分财少乎?"皆曰:"然。"即命各供状结实,乃召两吏趣从其家,令甲家人乙舍,乙家人甲舍,货财皆按堵如故,分书则交易之,讼者乃止。明日奏,上大悦,曰:"朕固知非君莫能定者。"张昭孙云。

长安多仕族子弟,恃荫纵横,二千石鲜能治之者。陈尧咨知府,有李太监者,尧咨旧交,其子尤为强暴。一旦,以事自致公府,尧咨问其父兄宦游何方,得安信否,语言勤至。既而让曰:"汝不肖,无赖如是,我不能与汝言,官法又不能及,汝恃赎刑,无复耻耳。我与尔父兄善,义犹骨肉,当代汝父兄训之。"乃引于便坐,手自杖之数十下。由是子弟亡赖者皆惕息。然其用刑过酷。有博戏者,杖之,桎梏列于市,置死马于其傍,腐臭气中疮皆死,后来者系于先死者之足。其残忍如此。董昭云。

真宗时,王钦若善承人主意,上望见辄悦之。每拜一官,中谢日,辄问曰:"除此官且可意否?"其宠遇如此。钦若为人阴险多诈,善以巧谲中人,人莫之悟。与王旦同为相,翰林学士李宗谔有时名,旦善视之。旦欲引宗谔参政事,以告钦若,钦若曰:"善。"旦曰:"当以白上。"宗谔家贫,禄廪不足以给婚嫁,旦前后资借之,凡千余缗,钦若知之。故事,参知政事中谢日,所赐物近三千缗,钦若因密奏:"宗谔负王旦私钱,不能偿。旦欲引宗谔参知政事,得赐物以偿己债,非为国择贤也。"明日,旦果以宗谔名荐于上,上作色不许。其权谲皆此类。后罢相,为资政殿学士。故事,杂学士并在翰林学士下。及钦若人

朝,上见其位在李宗谔下,怪之,以问左右,左右以故事对。上
即除钦若资政殿大学士,位在翰林学士上。资政殿大学士自
此始。初,钦若与丁谓善,援引至两府。及谓得志,稍叛钦若,
钦若憾之。及立皇太子,以当时两府领少师、少傅、少保,召钦
若于外,为太子太保。真宗不豫,事多遗忘。丁谓方用事,寻
有诏,钦若以太子太保归班。钦若袖诏书曰:"上命臣以归班,
不识诏旨所谓。"上留其诏,改除司空、资政殿大学士。顷之,
钦若宴见,上问:"卿何故不如中书?"对曰:"臣不为宰相,安敢
之中书?"上顾都知,送钦若诣中书视事。钦若既出,使都知
奏:"以无白麻,不敢奉诏。"因归私第。上命中书降麻。丁谓
因除钦若节度使、同平章事、西京留守。钦若上表请觐,未报,
亟留府事委僚属而入朝。谓因责以擅委符印诣阙,无人臣礼,
下诏贬司农卿、南京分司。会今上即位,丁谓败,章献太后以
钦若先朝宠臣,复起知升州。自升州召还,至北京,大臣始知
之。既至,复为相。然钦若不复大用事如真宗时矣。未几,有
朝士自外方以寄遗钦若,为人所知,钦若因自发其事,太后由
是解体。顷之,薨于位,谥曰文穆。无子,养族人为后。钦若
方用事时,四方馈遗,不可胜纪。其家金帛、图书、奇玩富于丁
谓,为天火所焚,一朝殆尽。辛若渝云。

　　王文穆为人虽深刻,然其人智略士也。澶渊之役,文穆镇
天雄。契丹既退,王亲军率大兵向魏府,魏府钤辖惧,欲闭城
拒之,文穆曰:"不可。若果如此,则积嫌遂形,是成其叛心
也。"乃命于城外十里结彩棚以待之。至则迎劳,欢宴饮酒连
日。既罢,其所统兵皆已分散诸道矣,亲军皆不知焉。康定
初,河亭上遇一朝士缘服者言之。

　　王钦若为翰林学士,与比部员外郎、直集贤院、修起居注

洪湛同知贡举,湛后差入贡院,时诸科已试第六场。是时,法禁尚疏,钦若奴祁睿得出入贡院。钦若妻受一举人赂,书睿掌以姓名语钦若,皆奏名。有济源经科,因一僧许赂钦若银十铤,既入六铤,余负而不归,僧往索之,因喧斗。事发,下御史台鞫案。事方纷纭,真宗擢钦若参知政事。中丞赵昌言以狱辞闻,收钦若下台对辨,上虽知其事,终不许,曰:"朕待钦若至厚,钦若欲银,当就朕求之,何苦受举人赂耶?且钦若才登两府,岂可遽令下吏乎?"昌言争不能得。湛乃独承其罪,诏免死罪,杖背,免刺面,配岭南牢城。湛家贫,每会客从同僚梁颢借银器,是时适在其家,没以为赃。钦若内亦自愧,其后擢湛子鼎为官以报之。真宗晚年,钦若恩遇寖衰,人有言其受金者,钦若于上前辨白,乞下御史台核实。上不悦,曰:"国家置御史台,固欲为人辨虚实耳。"钦若惶恐,因求出藩,乃命知杭州。苏子容云。

　　王钦若为亳州判官,监会亭仓。天久雨,仓司以谷湿不为受纳,民自远方来输租者,食谷且尽,不能得输。钦若悉命输之仓,奏请不拘年次,先支湿谷,不至朽败。奏至,太宗大喜,手诏答许之,因识其名。秩满入见,擢为朝官。真宗即位,钦若首乞免放欠负,由是大被知遇,以至作相。天圣初,契丹遣使请借塞内地牧马,朝廷疑惑,不知所答。钦若方病在家,章献太后命肩舆入殿中问之,钦若曰:"不与则示怯,不如与之。虏以虚言相恐喝耳,未必敢来。宜密诏曹玮,使奏乞整顿士马以备非常。"太后从之,契丹果不入塞地。玮时知定州。董河云。

　　太宗时,大臣得罪者,贬谪无所假贷,制辞极言诋之。未几,思其才,辄复进用。真宗重于进退大臣,制辞亦加审慎。

向敏中为相,典故薛居正宅,居正子妇柴氏上书,讼敏中典宅亏价,且言敏中欲娶己,己不许。上面问敏中,对曰:"臣自丧妻以来,未尝谋及再娶。"既而上闻其欲娶王承衍女弟,责其不实,罢相归班。其麻辞曰:"翊赞之功未著,廉洁之操蔑闻。"又曰:"朕选用不明,搢绅兴诮。"议者以敏中为终身摈弃不复用矣。是时,凡旧相出镇者,多不以吏事为意。寇莱公虽有重名,所至之处,终日游宴,所爱伶人,或付与富室,辄有所得,然人皆乐与之处,不以为非也。张齐贤偃傃任情,获劫盗或时纵遣之,尤不治。上闻之,皆不以为善。唯敏中勤于政事,所至著称。上曰:"大臣出临方面,惟向敏中尽心于民事耳。"于是有复用之意。会夏州李继迁末年,兵败被伤,自度孤危且死,属其子德明小字阿移。必归朝廷,曰:"一表不听则再请,虽累百表不得请,勿止也。"继迁死,德明纳款。上亦欲息兵,乃自永兴徙敏中知延州,受其降。事毕,徙知汝南府。东封西祀,皆以敏中为东京留守。西祀还,遂复为相,薨相位。

向相在西京,有僧暮过村民家求寄止,主人不许,僧求寝于门外车箱中,许之。夜半,有盗入其家,自墙上挟一妇人并囊衣而出。僧适不寐,见之,自念不为主人所纳而强求宿,而主人亡其妇及财,明日必执我诣县矣,因夜亡去。不敢循故道,走荒草中,忽堕眢井,则妇人已为人所杀,先在其中矣。明日,主人搜访亡僧并子妇尸,得之井中,执以诣县,掠治,僧自诬云:"与子妇奸,诱与俱亡,恐为人所得,因杀之投井中,暮夜不觉失足,亦坠其中。赃在井旁亡失,不知何人所取。"狱成,诣府,府皆不以为疑,独敏中以赃不获为疑。引僧诘问数四,僧服罪,但言"某前生当负此人死,无可辨者"。敏中固问之,僧乃以实对。敏中因密使吏访其贼。吏食于村店,店妪闻其自府中来，不知其吏也，问之曰："某僧者其狱如何？"吏绐之曰："昨日已笞死于市矣。"妪叹息曰："今若获贼，则何如？"吏曰："府已误决此狱矣，虽获贼，亦不敢问也。"妪曰："然则言之无伤矣。妇人者，乃此村中少年某甲所杀也。"吏曰："某人安在？"妪指示其舍，吏就舍中掩捕获之。案问具服，并得其赃。一府咸以为神。始平公云。

王旦字子明，大名人。祖彻，进士及第，官至左拾遗。父祐，以文学介直知名，知制诰二十余年，官至兵部侍郎，风鉴精审。旦少时，祐尝明以语人，谓旦必至公辅，手植三槐于庭以识之。旦自幼聪悟，宽裕清粹。太平兴国中，一举登进士第，除大理评事、知岳州平江县事，徙监潭州酒税。知州事何承矩荐其才行，太宗诏除著作郎。时方兴文学，修三馆，建秘阁，购文籍，旦以选预校正。遭父丧，趣出供职。端拱中，通判郑州事，月余，徙濠州。遭母丧去，诏复故任。淳化初，以殿中丞直史馆。明年，除右正言、知制诰。四年，同判吏部流内铨、知考课院。会妻父赵昌言参知政事，旦上奏，以知制诰中书属官，引唐独孤郁避权德舆事，固求解职，上嘉而许之，以礼部郎中充集贤院修撰，掌铨课如故。逾年，昌言罢政事，旦即日复知制诰，依前修撰，仍赐金紫。逮真宗即位，除中书舍人。数月，召入翰林为学士，寻知审官院，兼通进银台司。咸平三年，权知贡举。锁宿旬日，就拜给事中、同知枢密院事。明年，迁工部侍郎、参知政事。景德初，契丹入寇，从车驾幸澶渊。时邠王留守京师，暴得心疾，诏旦权东京留守事，乘传而归，听以便宜从事。三年，以工部尚书同中书门下平章事、集贤殿大学士。明年，车驾幸永安，以旦为朝拜诸陵大礼使。及还，监修《国史》。大中祥符元年，天书降，以旦为封禅大礼使，又为天书仪卫使。从登封泰山，迁中书侍郎兼刑部尚书、同平章事。受诏作《封禅坛颂》，迁兵部尚书、同平章事。及祀汾阴，以旦为汾阴大礼使，还，迁左仆射、同平章事。受诏作《汾阴祠坛颂》，上更欲迁旦官，旦沥恳固辞，乃止加昭文馆大学士及增加功臣而已。及圣祖降临，又加门下侍郎。玉清昭应宫成，以旦为玉清昭应宫使。铸铜像成，以旦为迎奉圣像大礼使。宝符阁成，又为天书刻玉使。车驾幸亳，以旦为奉祀大礼使。上以兖州寿丘为圣母降生之地，于是处建景灵宫，以旦为朝修使。宫成，拜司空。《国史》成，进拜司徒。天禧元年，进拜太保、同平章事。圣祖上尊号，以旦为太极观奉上宝册使。旦在政府十有八年，以疾辞，累章不许。及自兖州还，恳请备至，乃诏册封太尉兼侍中，五日一赴起居，因入中书，遇军国有重事，不以时日，并入参决。旦闻之，惶恐，拜章乞寝，恩至阁门候命，乃止增加封邑，而优假之数卒如前诏，既而疾甚，求对便座，扶以升殿。上见其癯瘁，恻然许之。旦退，复上奏。明日，册拜太尉，依前玉清昭应宫使，罢知政事，特给宰臣月俸之半，仍令礼官草具尚书省都堂署事之仪。未及行，其年九月己酉薨，赠太师、尚书令，谥文正。上出次发哀，群臣奉慰。擢其弟旭度支员外郎，兄子大理评事睦为大理寺丞，弟子卫尉寺丞质为大理寺丞。外孙韩纲、苏舜元、范禧并同学究出身。子素、弟子徽俱未官，素补太常寺太祝，徽秘书省校书郎。初，旦与钱若水同直史馆、知制诰，有僧善相，谓若水曰："王舍人他日位极人臣，富贵无与为比。"若水曰："王舍人面偏而喉有骨高，如何其贵也？"僧曰："作相之后，面当自正。喉骨高者，主自奉养薄耳。"后果如其言。旦以宽厚清约为相几二十年，遭时承平，人主宠遇至厚，公廉自守，中外至今称之。事寡嫂谨，抚弟妹恩，禄赐所得,与宗族共之。家事悉委弟旭,一无所问。遇恩,荫补遍于群从,身没之日,诸子犹有褐衣者。性好释氏,临终遗命剃发著僧衣,棺中勿藏金玉,用茶毗火葬法,作卵塔而不为坟。其子弟不忍,但置僧衣于棺中,不藏金玉而已。

　　真宗时,马知节、林崇训皆以检校官签书枢密院事。知节为人质直,真宗东封泰山,车驾发京师,上及从官皆蔬食。封禅礼毕,上问宰臣王旦等曰:"卿等久食蔬,不易。"旦等皆再拜。知节独进言:"蔬食者,惟陛下一人而已。王旦等在道中与臣同次舍,无不私食肉者。"又顾旦等曰:"知节言是否?"旦再拜曰:"诚如知节之言。"邓言吉云。

涑水记闻卷八

王化基为人宽厚，尝知某州，与僚佐同坐，有卒过庭下，为化基詈，而不及幕职，僚佐退召其卒，笞之。化基闻之，笑曰："我不知欲得一詈如此之重也。向或知之，化基无用此詈，当以与之。"人皆服其雅量。官至参知政事、礼部尚书，谥曰惠献。子举正，有父风，官亦至参知政事、礼部尚书，谥曰安简。冯广渊云。

李文定公迪罢陕西都转运使，还朝。是时，真宗方议东封西祀，修太平事业。知秦州曹玮奏："羌人潜谋入寇，请大益兵为备。"上怒，以玮虚张虏势，恐喝朝廷。以迪新自陕西还，召见，示以玮奏，问其虚实，欲斩玮以戒妄言者。文定从容奏曰："玮，武人，远在边鄙，不知朝廷事体，辄有奏陈，不足深罪。臣前任陕西，观边将才略，无能出玮之右者，他日必能为国家建功立事。若以此加罪，臣为陛下惜之。"上意稍解。迪因奏曰："玮，良将，必不妄言。所请之兵，亦不可不少副其请。臣观陛下意，但不欲从都门出兵耳。秦之旁郡兵甚多，可发以戍秦。臣在陕西，籍诸州兵数为小册，尝置鞶囊中以自随，今未敢以进。"上趣取阅之，曰："以某州兵若干戍秦州，卿即传诏枢密遣之。"既而，虏众果入寇，玮迎击，大破之，遂开山外之地。奏到，上喜谓迪曰："山外之捷，卿之功也。"及上将立章献后，迪为翰林学士，屡上疏谏，以章献起于寒微，不可母天下，由是章献深衔之。周怀政之诛，上怒甚，欲责及太子，群臣莫敢言，迪为参知政事，候上怒稍解，从容奏曰："陛下有几子？乃欲为此计？"上大悟，由是独诛怀政等，而东宫不动摇，迪之力也。及为相，真宗已不豫，丁谓与迪同奏事退，既下殿，谓矫书圣语，欲为林特迁官，迪不胜忿，与谓争辨，引手板欲击谓，谓走，获免。因更相论奏。诏二人俱罢相，迪知郓州。明日，谓复留为相。迪至郓且半岁，真宗晏驾，迪贬衡州团练副使。谓使侍禁王仲宣押迪如衡州，仲宣至郓州，见通判以下而不见迪，迪惶恐，以刃自刭，人救得免。仲宣凌侮迫胁，无所不至。人往见迪，辄籍其名，或馈之食，留至溃腐，弃捐不与。迪客邓馀怒曰："竖子！欲杀我公以媚丁谓耶？邓馀不畏死，汝杀我公，我必杀汝！"从迪至衡州，不离左右。仲宣颇惮之，迪由是得全。至衡州岁余，除秘书监、知舒州。章献太后崩，迪时以尚书左丞知河阳。今上即位，召诣京师，加资政殿大学士，数日复为相。迪自以为受不世之遇，尽心辅佐，知无不为。吕夷简忌之，潜短之于上，岁余罢相，出知某州。迪谓人曰："迪不自量，恃圣主之知，自以为宋璟，而以吕为姚崇，而不知其待我乃如是也。"文定子及之云。

真宗乳母刘氏号秦国延寿保圣夫人言，仁宗圣性宽仁，宗族近有幸求内批者，上咸不违。康定元年十月戊子，谓宰相曰："自今内批与官及差遣者，并具旧条，复奏取旨。"

庆历三年五月旱，丁亥，夜雨。戊子，宰相章得象等入贺，上曰："昨夜朕忽闻微雷，因起，露立于庭，仰天百拜以祷。须臾雨至，朕及嫔御衣皆沾湿，不敢避去，移时雨霁，再拜而谢，方敢升阶。"得象对曰："非陛下至诚，何以感动天地！"上曰："比欲下诏罪己，避寝撤膳，又恐近于崇饰虚名，不若夙夜精心密祷为佳耳。"

　　庆历三年九月，知谏院王素、余靖、欧阳修、蔡襄以言事不避，并改章服。十月，王素除淮南转运使，将之官，入辞，上谓曰："卿今便去，谏院事有未言者，可尽言之。"右正言余靖奉使契丹，入辞，书所奏事于笏，各用一字为目。上顾见之，问其所书者何？靖以实对。上指其字一一问之，尽而后已。上之听纳不倦如此。

　　温成皇后张氏，其先吴人，从钱氏归国，为供奉官。祖颖，进士及第，终于县令。子尧封，尚幼，二女入宫事真宗，名位甚微。尧封亦进士及第，早终，妻惟有一女，即后也。庶子化基幼。尧封从父弟尧佐亦进士及第，时已为员外郎，不收恤诸孤。后母卖后于齐国大长公主家为歌舞者，而适蹇氏，生男守和。大长公主纳后于禁中仙韶部，宫人贾氏母养之。上尝宫中宴饮，后为俳优，上见而悦，遂有宠。后巧慧，善迎人主意。初为修媛，后册为贵妃，饮膳供给，皆逾于曹后，几夺其位数矣，以曹后素谨，上亦重其事，故不果。上以其所出微，欲使之依士族以自重，乃稍进用尧佐，数年间为三司副使、天章阁待制、三司使、淮海军节度使、宣徽使，追封尧封为清河郡王，后母为齐国夫人，后兄化基子守诚、蹇守和皆拜官，宗族赫然俱贵。至和元年正月暴疾薨，上哀恤之甚，追册为温成皇后，礼数资送甚极丰厚。后方宠幸，贾氏尤用事，谓之贾夫人，受纳货贿，为人属请，无不行者。贾安公以姑礼事之，遂被大用，然亦以此获讥于世。齐国夫人柔弱，故官爵赏赐多入尧佐，而化基等反不及焉。化基终于阁门祗候，后薨，齐国夫人相继物故。后数年，尧佐亦卒，张氏遂衰。

　　子渊曰：温成立忌日，礼官列言不可，执政患之。有礼官谓执政曰："礼官张刍独主此议，他人皆不得已从之耳。"执政乃追引前岁刍乞落职,代父牧入蜀及乞广安军,进退失据。奏落检校职监潭州酒。礼官议者稍稍息。

庆历元年十二月,才人张氏进封修媛。庆历四年三月,以修媛张氏之世父职方员外郎尧佐提点开封府县镇公事。右正言余靖上言:"尧佐不当得此差遣。一尧佐不足为轻重,但鉴郭后之祸兴于杨、尚。"上曰:"朕不以女谒用人,自有臣僚奏举。物议不允,当与一郡。"

至和元年,张氏妃薨,初谥广明皇后,又谥元明,又谥温成,京师禁乐一月。正月二十日,自皇仪殿殡于奉先寺,仪卫甚盛。又诏与孝惠、淑德、章怀、章惠俱立忌。正月二十日殡成,上前五日不视朝,两府不入。前一日之夕,上宿于皇仪殿,设警场于右掖门之外。是日旦发引,陈卤簿、鼓吹、太常乐、僧道,威仪甚盛。皇亲、两府、诸司缘道设祭,自右掖门至奉先院,络绎不绝。百官班辞于御史台前陈祭,又赴奉先院。已殡,百官复诣西上阁门奉慰。

宝元二年十一月丁酉,旬休,上御延和殿决御史台所奏冯士元狱,谓宰相曰:"此狱事连大臣,近者台司进奏禁止郑戬、庞籍起居,自余盛度、程琳殊无论奏。度、琳乃儒臣耳,脱有权势更重者,当如之何?"于是开封府判官李宗简特追一官、勒停,天章阁待制庞籍赎铜四斤、知汝州,自余与士元交关者,皆以罪轻重责降有差。其知开封府郑戬等按鞫士元不罪,特放。知枢密院事盛度除尚书右丞、知扬州,参知政事程琳降授光禄卿、知颍州,皆以交关士元使干治私务故也。御史中丞孔道辅降授给事中、知郓州,以不按劾二人之罪故也。

十二月庚申,赐京西、鄜延马递步特支钱。诏审刑院、刑部、大理寺不得通宾客,有受情曲法者,开相告之科。鄜延路奏:"边事警急,差强壮丁防守诸寨,换禁兵斗敌。"从之。辛酉,赐鄜延特支钱。

上问宰相唐世入阁之仪,参知政事宋庠退而讲求以进,曰:"唐有大内,有大明宫。大内谓之西内,大明宫谓之东内。高宗以后,多居东内。其正南门曰丹凤,丹凤之内曰含元殿,每至大朝会则御之。次曰宣政殿,谓之正衙,朔望大册拜则御之。次曰紫宸殿,谓之上阁,亦曰内衙,奇日视朝则御之。唐制天子日视朝,则必立仗于正衙,或乘舆止于紫宸,则呼仗自东西阁门入,故唐世谓奇日视朝为入阁。"

李端愿曰:章献之志非也,暴得疾耳。凿垣而出,瘗于洪福寺,章献之过也。

又曰:上幼冲即位,章献性严,动以礼法禁约之,未尝假以颜色,章惠以恩抚之。上多苦风痰,章献禁虾蟹海物不得进御,章惠尝藏弄以食之,曰:"太后何苦虐吾儿如此。"上由是怨章献而亲章惠,谓章献为大娘,章惠为小娘。及章献崩,尊章惠为太后,所以奉事曲尽恩意。景祐中,薨,神主祔于奉慈庙。弟景宗,少为役兵,以章惠故得官,性凶悍,使酒,好以滑植殴人,世谓之"杨滑植"。数犯法,上以章惠故,优容之,官至观察使。初,丁谓治第于城南,景宗为兵,负土焉。及谓败,第没,上以赐景宗居之。

十一日,赐两府、两制宴于中书,喜雪也。

十九日,赐两府、两制宴于都庭驿,曾相主之,冬至故也。果有八列,近百种,凡酒一献,从以四殽,堂厨也,曾氏也,使者也,大官也。

至和元年春,张贵妃薨,上哀悼之甚,欲极礼数以宠秩之,乃追谥温成皇后,殡于皇仪殿,命参知政事刘沆监议丧事。是时,陈执中、梁适为宰相,王拱辰、王洙判太常寺兼礼仪事,皆惶恐,不爱名器,以承顺上意。又诏为温成皇后立忌日,同知礼院冯浩、张刍、吴充、鞠真卿皆争之,执政患之。因刍向时奏以父牧尝任蜀官,自乞代父入蜀。既而又奏得父书,自愿入蜀,更不代行。无何,牧至京师,复上奏乞免蜀官。以是执政以刍奏事更不代行前后异同,落史馆检校,监潭州酒,欲以警策其余。礼院故事,常豫为印署众衔,或非时中旨有所访问,不暇遍白礼官,则白判寺一人,书填印状,通进施行。是时,温成丧事,日有中旨访问礼典,判寺王洙兼判少府监,廨舍最近,故吏多以事白洙,洙常希望上旨,以意裁定,填印状进内。事既施行,而论者皆责礼官。礼官无以自明,乃召礼直官戒曰:"自今凡朝廷访问礼典稍重应商议者,皆须遍白众官,议定奏闻。自非常行熟事,不得辄以印状申发,仍责状申委。"后数日,有诏问温成皇后庙应如他庙用乐舞否?礼直官李亶以事白洙,洙即填状奏云:"当有乐舞。"事下礼院,充、真卿怒,即牒送礼直官李亶于开封府,使按其罪。是时,蔡襄权知开封府,洙抱案卷以示襄曰:"印状行之久矣,礼直官何罪?"襄患之,乃复牒送亶于礼院,云:"请任自施行。"充、真卿复牒送府,如是再三。先是,真卿好游台谏之门,会温成后神主祔新庙,皆以两制摄献官,端明殿学士杨察摄太尉,殿中侍御史赵抃监祭,吴充监礼。上又遣内臣临视。察临事,内出圭瓒以盥鬯。充言于察曰:"礼,上亲享太庙则用圭瓒,若有司摄事,则用璋瓒。今使有司祭温成庙而用圭瓒,是薄于太庙而厚于姬妾也。其于圣德,亏损不细,请奏易之。"察有难色,曰:"日已暮矣,明日行事,言之何及?"内臣侍祭者已闻之,密以上闻,诏即改用璋瓒祭之。明日,赵抃上言,劾蔡襄知开封府不崇治礼直官罪,

畏懦观望。于是执政以为充因祠祭教抃上言。又,礼直官日
在温成坟所,诉于内臣云:"欲送礼直官于开封府者,充与真卿
二人而已。"由是怒充与真卿。明日,诏礼直官及系检礼生各
赎铜八斤,充及真卿皆补外官,充知高邮军,真卿知淮扬军。
于是台谏争言充等不当补外,最后,右正言修起居注冯京言最
切直,以为"今百职隳废,独充能举其职,而陛下责胥吏太轻,
责充等太重,将何以振饬纪纲?"于是朝廷落京修注,即日趣充
等行。开封府推官、集贤校理刁约掌修坟颁递,亦尝对中贵人
言温成礼数太重,诏以约为京西路提点刑狱,亦即日行。元规
受诏读册,辞曰:"故事,正后翰林学士读册。今召臣承之,臣
实耻之。"奏报闻。至日,集贤官僚谓之曰:"公今日何为复
来?"元规曰:"共传误本耳。"又谏追册曰:"皆由佞臣赞成兹
事。"二相甚衔之。将行追册,言官力谏,上意稍解。明日,以
问执政,执政顺成之。梦得及毋湜、俞希孟皆求外补,郭申锡
请长告,皆以言不用故也。

　　杨乐道曰:初,章献为上娶郭后,后恃章献骄妒,章献崩,
后与尚美人争宠,批伤今上颈,上召都知阎文应示之,文应劝
上废后。上问吕夷简,亦曰:"古有之。"遂降敕废为金庭教主。
文应怀敕并道衣以授之,后恚,有悖语,文应即驱出,以车送瑶
华宫。既而上悔之,作《庆金枝曲》,遣使赐后,后和而献之。
又使诏入宫,文应惧,以疾闻。上命赐之酒及药,文应遂鸩之。
丁正臣曰:范讽问上伤,上以后语之。及疾,文应使医寘毒,上终不知。

　　庆历三年九月,谏官蔡襄上言:"自今两府私第毋得见宾
客。欲询访天下之事,采拔奇异之材,许临时延召。"诏:"旬
休,许见宾客。"至和二年七月,翰林学士欧阳修又上言:"两制
以上,毋得诣两府之第。"诏从之。

　　嘉祐四年五月,上手诏赐两府曰:"朕观在昔君臣,惟同心同德,故知天下之务,享无疆之休。倘设猜防之端,是乖信任之道。因纳言屡述御臣之规,颇立科条,用制邪慝。方今图任贤哲,倚为股肱,论道是咨,推诚无间,而有禁未解,斯岂称朕意耶?先是,两制臣寮不许至执政私第,两府大臣奏荐人不得充台谏官,凡此条约,其悉除之。庶使君臣之际,了无疑间之迹。卿等谋谟举措,义宜如何。"

　　嘉祐七年二月癸卯,以驸马都尉李玮知卫州事,兖国公主入居禁中,玮所生母杨氏归玮兄璋之宅,公主乳母韩氏出居于外,公主宅勾当内臣梁怀吉勒归前省,公主宅诸色祗应人始皆随散遣之。玮貌陋性朴,上以章懿太后故,命之尚公主。自始出降,常以庸奴视之。乳母韩氏等复离间。梁怀吉等给事公主阁内,公主爱之。公主尝与怀吉等闲饮,杨氏窥之,公主怒,殴伤杨氏。由是外人喧哗,咸有异议。朝廷贬逐怀吉等于外州,公主恚怼,或欲自经,或欲赴井,或纵火,或焚他舍以邀上意,必令召怀吉等还。上不得已,亦为召之,然公主意终恶玮。至是不复肯入中门,居于厅事,昼夜不眠,或欲自尽,或欲突走出外,状若颠狂。左右以闻,故有是命。三月戊申朔,壬子,制曰:"陈车服之等,所以见王姬之尊;启脂泽之封,所以昭帝女之宠。兹虽亲爱之攸属,时乃风化之所关。苟不能安谐于厥家,则何以观示于流俗?兖国公主生而甚慧,朕所钟怜,故于外家之近亲,以求副车之善配。而保傅无状,闺门失欢,历年于兹,生事不顺,达于听闻,深所惊骇!虽然恩义之常,人所难断,至于赏罚之际,朕安敢私?宜告大庭,降从下国。於戏!惟肃雍以成美德,惟柔顺以辑令名,及兹恪恭,庶几永福。可降封沂国公主。安州观察使、驸马都尉李玮改建州观察使,依旧知卫州。"公主既还禁中，上数使人慰劳李氏，赐玮金二百两，且谓曰："凡人富贵，亦不必为主婿也。"于是玮兄璋上言："家门薄祚，弟玮愚呆，不足以承天姻，乞赐指挥。"上许之离绝。又以不睦之咎皆由公主，故不加责降焉。

嘉祐元年夏，诏自今举选人充京官者，已举不得复首，又被举者亦不得纳举主人。诏文武官、宗室、嫔御、内官应奏荐亲戚补官，旧制过乾元节奏一人者，今过三年亲郊乃得之。其余减损各有差。

京师雨两月余不止，水坏城西南隅，漂没军营民居甚众。宰相以下亲护役救水，河北、京东西、江、淮、夔、陕皆大水。

九月辛卯，上以疾瘳，恭谢天地于大庆殿。礼毕，御宣德门，大赦，改元，恩赐皆如南郊。

二年夏五月庚辰，管勾麟府路军马公事郭恩遇夏贼于屈野河西，与战，败绩，恩及走马承受公事黄道元皆为虏所擒。秋，虏复遣道元归。

诏文武官应磨勘转官者，皆令审官院以时举行，毋得自投牒。又诏自今间岁一设科场，复置明经科。

三年五月甲申，榜朝堂："敕：盐铁副使郭申锡属与李参讼失实，黜知濠州。"

李参，郓州人，为定州通判。夏守恩为真定路都部署，贪滥不法，转运使杨偕、张存欲发其事，使参按之，得其敛戍军家口钱十万为之遣放者。权知定州，取富民金钗四十二枚，为之移卒于外县。守恩坐除名、连州编管，弟殿前指挥使守赟亦解兵权，由是知名。

范文正公于景祐三年言吕相之短，坐落职，知饶州。康定元年，复天章阁待制、知永兴军，寻改陕西都转运使。会许公自大名复入相,言于仁宗曰:"范仲淹贤者,朝廷将用之,岂可但除旧职耶?"即除龙图阁直学士、陕西经略安抚副使。上以许公为长者,天下皆以许公为不念旧恶。文正面谢曰:"向以公事忤犯相公,不意相公乃尔奖拔。"许公曰:"夷简岂敢复以旧事为念耶?"及文正知延州,移书谕赵元昊以利害,元昊复书,语极悖慢,文正具奏其状,焚其书不以闻。时宋相庠为参知政事。先是,许公执政,诸公唯诺书纸尾而已,不敢有所预,宋公多与之论辨,许公不悦。一日,二人独在中书,许公从容言曰:"人臣无外交,希文乃擅与元昊书,得其书又焚去不奏,他人敢尔耶?"宋公以为许公诚深罪范也。时朝廷命文正分析,文正奏:"臣始闻虏有悔过之意,故以书诱谕之。会任福败,虏势益振,故复书悖慢。臣以为朝廷见之而不能讨,则辱在朝廷,乃对官属焚之,使若朝廷初不知者,则辱在臣矣。故不敢以闻也。"奏上,两府共进呈,宋公遽曰:"范仲淹可斩!"杜祁公时为枢密副使,曰:"仲淹之志出于忠果,欲为朝廷招叛虏耳,何可深罪?"争之甚切。宋公谓许公必有言相助也,而许公默然,终无一语。上顾问许公:"如何?"许公曰:"杜衍之言是,止可薄责而已。"乃降一官、知耀州。于是论者喧然,而宋公不知为许公所卖也。宋公亦寻出知扬州。

　　陕西转运使孙沔上书言:"自夷简当国,黜忠言,废直道,以姑息为安,以避谤为智,柔而易制者,升为心腹,奸而可使者,保为羽翼。是张禹不独生于汉,而李林甫复见于今也。"夷简见书,谓人曰:"元规药石之言,但恨闻此迟十年耳。"

　　丁正臣曰:皇侄宗实既坚辞宗正之命,诸中贵人乃荐燕王元俨之子允初。上召入宫,命坐,赐茶。允初顾左右曰:"不用茶,得熟水可也。"左右皆笑。既罢,上曰:"允初痴呆,岂足任大事乎?"

濮王薨,任守忠、王世宁护葬事,凌蔑诸子,所馈遗近万缗,而心犹未厌。故奏宗懿不孝,坐夺俸黜官。

癸未,皇子犹坚卧不肯入肩舆,宗谔责之曰:"汝为人臣子,岂得坚拒君父之命而终不受耶? 我非不能与众执汝强置于肩舆,恐使汝遂失臣子之义,陷于恶名耳。"皇子乃就濮王影堂恸哭而就肩舆。杨乐道云。

令教授周孟阳作《让知宗正表》,每一表饷之金十两,孟阳辞皇子曰:"此不足为谢,俟得请,方当厚酬耳。"凡十八表,孟阳获千余缗。亦乐道云。

丁正臣曰:皇子坚辞新命,孟阳使人谓之曰:"君已有此迹,若使中人别有所奏,君独能无恙乎?"

涑水记闻卷九

景祐三年正月，诏御史中丞杜衍沙汰三司吏，吏疑衍建言。己亥，三司吏五百余人诣宰相第喧哗，又诣衍第诟詈，乱挟瓦砾。诏捕后行三人，杖脊配沙门岛，因罢沙汰。

壬申，以翰林学士、户部郎中吴奎为左司郎中、权知开封府，翰林侍读学士、权知开封府王素充群牧使。初，素与欧阳修数称富弼于上前，弼入相，素颇有力焉。弼既在相位，素知开封府，冀弼引己，以登两府。既不如志，因诋毁弼，又求外官，遂出知定州府，徙知益州。复还，知开封府，愈郁郁不得志，厌倦烦剧，府事多卤莽不治，数出游宴。素性骄侈，在益州、定州，皆以贿闻。为人无志操，士大夫多鄙之。开封府先有散从官马千、马清，善督察盗贼，累功至班行，府中赖之。或谓素：“二马在外，威福自恣，大为奸利。”素悉奏逐之远方。于是京师盗贼累发，求捕不获。台官言素不才，亦自乞外补，朝廷因而罢之。

大理寺丞杨忱监蕲州酒税，仍令御史台即日押出城。忱，故翰林侍读学士偕之子，少与弟恺俱有俊声。忱治《春秋》，恺治《易》，弃先儒旧说，务为高奇，以欺骇流俗。其父甚奇之，与人书曰：“天使忱、恺，力扶周、孔。”忱为文尤怪僻，人少有能读其句者。忱常言《春秋》无褒贬。与人谈，流荡无涯岸，要取不可胜而已。性轻易，喜傲忽人，好色嗜利，不修操检。商贩江、淮间，以口舌动摇监司及州县，得其权力，以侵刻细民，江、淮间甚苦之。至是,除通判河南府事,待阙京师。弟慥掌永兴安抚司机宜,卒于长安。忱不往视,日游处于娼家。会有告其贩纱漏税者,忱自言与权三司使蔡襄有宿隙,乞下御史台推鞫,朝廷许之。狱成,以赎论,仍冲替。忱尚留京师,御史中丞王畴劾奏忱曰:"忱口谈道义,而身为沽贩,气凌公卿。"

王禹玉曰:包希仁知庐州,庐州即乡里也,亲旧多乘势扰官府。有从舅犯法,希仁挞之,自是亲旧皆屏息。

李公明曰:孔中丞道辅,初以太常博士知仙源县,诸孔犯法,无所容贷。

章献太后临朝,内侍省都知江德元权倾天下。其弟德明奉使过杭州,时李及知杭州,待之一如常时中人奉使者,无所加益,僚佐皆曰:"江使者之兄居中用事,当今无比,荣枯大臣,如反掌耳。而使者精锐,复不在人下,明公待之,礼无加者。明公虽不求福,独不畏其祸乎?"及曰:"及待江使者,不敢慢,亦不敢过,如是足矣,又何加焉?"既而德明谓及僚佐曰:"李公高年,何不求一小郡以自处?而久居余杭繁剧之地,岂能便耶?"僚佐走告及曰:"果然,江使者之言,甚可惧也。"及笑曰:"及老矣,诚得小郡以自逸,庸何伤?"待之如前,亦无所加。既而德明亦不能伤也,时人服其操守。

郭后既废,京师富民陈子诚者,因保庆杨太后纳女入宫,太后许以为后也。已至掖庭,将进御,勾当御药院阎士良闻之,遽见上。上方披《百叶图》择日。士良曰:"陛下读此何为?"上曰:"汝何问焉?"士良曰:"臣闻陛下欲纳陈氏为后,信否?"上曰:"然。"士良曰:"陛下知子诚是何官?"上曰:"不知也。"士良曰:"子诚是大臣家奴仆之官也。陛下若纳奴仆之女为后,岂不愧见公卿大夫也?"上遽命出之。孙器之云士良自言。

先是，赵元昊每遣使奉表入贡，不过称教练使，衣服礼容皆如牙吏。宝元元年十二月丙寅，鄜延路奏：元昊遣使戴金冠，衣绯，佩蹀躞，奉表纳旌节告敕，其表略曰："臣祖宗本出帝胄，当东晋之末运，创后魏之初基。曩者，臣祖继迁，心知兵要，手握乾符，大举义旗，悉降诸部。临河五郡，不旋踵而归，沿边七州，悉差肩而克。"又曰："臣父德明，嗣奉世基，勉从朝命，真王之号，夙感于颁宣；尺土之封，显蒙于割裂。"又曰："称王则不喜，朝帝乃是从。辐辏屡期，山呼齐举，伏愿以一垓之土地，建为万乘之邦家。于时再让靡遑，群情又迫，事不得已，顺而行之。遂以十月十一日郊坛，备礼为世祖谥始文本武兴法建礼仁孝皇帝，国称大夏，年号天授礼法延祚。伏望皇帝陛下，睿哲成人，宽慈及物，许以西郊之地，册为南面之君。敢竭愚庸，常敦欢好。鱼来雁往，任传邻国之音；地久天长，永镇西边之患。至诚沥恳，仰俟帝俞。"

宝元二年六月壬午，诏元昊在身官爵并宜削夺，仍除属籍。华戎之人，有能捕斩元昊者，即除静难军节度使，仍赐钱谷银绢。元昊所部之人能归顺者，并等第推赏。丙戌，诏河东安抚司牒北朝安抚司，以赵元昊背叛，河东缘边点集兵马，虑北朝惊疑。

宝元二年五月壬子，以定国军节度使、知枢密院事王德用充武宁军节度使，发赴徐州本任。癸丑，德用献所居第，以益芳林园，诏给其直。八月庚辰朔，武宁节度使王德用自陈：所置马得于马商陈贵，契约具在，非折继宣所卖。诏德用除右千牛卫将军，徙知随州，仍增置随州通判一员。九月丁未，折继宣授诸卫将军，徙知内地，以其弟代之。

宝元二年十二月乙丑，鄜延环庆路都部署司奏：夏虏寇掠保安军及延州,驻泊钤辖。六宅使卢守勲等将兵击却之,各以功大小受赏有差。散直狄青最多,超四资,除殿直。

癸酉,雨水冰。己卯,昭远受诏宰猗氏。孔道辅卒于澶州。

契丹乘西鄙用兵,中国疲敝,阴谋入寇。朝廷闻之,十月始修河北诸州城。又籍民为壮强以备之。又籍陕西、河东民为乡兵弓手。时天下久承平,忽闻点兵,民情惊扰。敕谕以"今籍民兵,止令守卫,虑有不逞之徒,妄相惊煽云。官欲文面为兵,发之戍边,有为此言者,听人告捕,当以其家财充赏"。

二年正月,契丹大发兵,屯幽、蓟间。先使其宣徽南院使萧英、翰林学士刘六符奉书入见。己巳,边吏以闻,朝廷为之盱食。壬申,以右正言知制诰富弼假中书舍人充接伴。

康定初,夏虏寇延州,永平寨主、监押欲引兵匿深山,俟虏去复归。指挥使史吉帅所部数百人遮城门,立于马前,曰:"寨主、监押欲何之?"二人以其谋告,吉曰:"如此,兵则完矣,如城中百姓刍粮何?此往还之迹何可掩?异日为有司所劾,吉为指挥使,不免于斩头,愿先斩吉于马前。不然,不敢以此兵从行也。"寨主、监押惭惧,引辔而返。虏至,围城,吉率众拒守,数日而虏去。朝廷以寨主、监押完城功,各迁一官,吉曰:"幸不失城寨,吾岂论功乎?"后官至团练使。女为郭逵夫人,亦有明识。逵善治生,家甚富,夫人常规之曰:"我与公俱老,所衣食几何?子孙皆有官,公位望不轻,胡为多藏以败名也?"

章郇公得象之高祖,建州人,仕王氏为刺史,号章太傅。其夫人练氏智识过人。太傅尝出兵,有二将后期,欲斩之,夫人置酒,饰美姬进之,太傅欢甚,迨夜分,练夫人密摘二将使去。二将奔南唐,将兵攻建州,破之。时太傅已卒,夫人居建州,二将遣使厚以金帛遗夫人,且以二白旗授之,曰:"吾将屠此城,夫人植旗于门,吾以戒士卒勿犯也。"夫人返其金帛,并旗勿受,曰:"君幸思旧德,愿全此城之人。必欲屠之,吾家与众俱死耳,不愿独生。"二将感其言,遂止不屠。太傅十三子,其八子夫人所生也,及宋兴,子孙及第至达官者甚众,余五房子孙无及第者,惟章卫状元及第,其父亦八房子孙继五房耳。黄好谦云。

初,周王将生,诏选孕妇朱氏以备乳母。已而生男,真宗取视之,曰:"此儿丰盈,亦有福相,留宫中娱皇子。"皇子七岁薨,真宗以其儿赐内侍省都知张景宗为养子,名曰茂实。及长,累历军职,至马军副都指挥使。有军人繁用,其父尝为张氏仆。用幼闻父言茂实生于宫中,或言先帝之子,于上属为兄。用冀幸恩赏,即为表具言其事,于中衢邀茂实,以表呈之。茂实衔之,以用属开封府。府以用妄言,杖之,配外州下军。然事遂流布,众庶谨然。于是言事者请召用还察实,诏以嘉庆院为制狱案之。至和元年八月,嘉庆院制狱奏:军人繁用素病心,妄对张茂实陈牒,称茂实为皇亲。案署茂实得状当奏,擅送本衙取勘。台谏官劾茂实当上言而不以闻,擅流配卒夫,不宜典兵马。狱成,知谏院张择行录问,驳繁用非心病,诏更验定。繁用配广南牢城,所连及者皆释之。茂实先已内不自安,求出,除宁远军节度使、知滁州。

枢密直学士明镐讨贝州,久未下,上深以为忧,问于两府。参知政事文彦博,请自往督战。八年正月丁丑,以彦博为河北宣抚使,监诸将讨贝州。时枢密使夏竦恶镐,所奏请,多从中沮之,惟恐其成功。彦博奏:"今在军中,请得便宜从事,不从中覆。"上许之。闰月庚子朔,克贝州,擒王则。初,彦博至贝州，与明镐督将筑距闉以攻城，旬余不下，有牢城卒董秀、刘炳请穴地以攻城，彦博许之。贝州城南临御河，秀等夜于岸下潜穿穴，弃土于水，昼匿穴中，城上不之见也。久之，穴成，自教场中出。秀等以褐袍塞之，走白彦博，选敢死士二百，命指挥使将之，衔枚自穴中入。有帐前虞候杨遂请行，许之。遂曰："军中有病咳者数人，此不可去，请易之。"从之。既出穴，登城杀守者，垂絙以引城下之人，城中惊扰。贼以火牛突登城者，登城者不能拒，颇引却。杨遂力战，身被十余创，援枪刺牛，牛却走践贼，贼遂溃。王则、张峦、卜吉与其党突围走，至村舍，官军追围之。则犹著花幞头，军士争趣之，部署王信恐贼死无以辨，以身覆其上，遂生擒之。峦、吉死于乱兵，不知所在。彦博请斩则于北京，夏竦奏言所获贼魁恐非真，遂槛车送京师，剐于马市。董秀、刘炳并除内殿崇班。

初，赵元昊既陷安远、塞门，朝廷以延州堡塞多，徒分兵力，其远不足守者悉弃之，而虏益内侵为边患。大理寺丞、金署保大军节度判官事种世衡建言："州东北二百里有故宽州城，修之，东可通河东运路，北可扼虏要冲。"诏从之，命世衡帅兵董其役，且城之。城中无井，凿地百五十尺始遇石，而不及泉，土人告不可凿，众以为城无井则不可守，世衡曰："安有地中无水者？"即命工凿石而出之，得石屑一器酬百钱，凡过石数重，水乃大发，既清且甘，城中牛马皆足。自是边城之无井者效之，皆得水。诏名其城曰青涧，以世衡为内殿承制、知城事。出希文所作《墓志》，众亦云。

世衡字仲平，放兄之子。世衡少尚气节，以荫将作监主簿，累迁太子中舍。尝知武功县，用刑严峻，杖人使自凭阑立砖上受棰，足或落砖则更从一数之。人亦服其威信，或有追呼，不使人执帖下乡村，但以片纸榜县门，云："追某人，期某日诣县庭。"其亲识见之，惊惧走告之，皆如期而至。于志宁云。后通判凤州，知州王蒙正，章献太后姻家也，尝以私干世衡，不从，乃诱王知谦使诣阙讼冤，而阴为之内助，世衡坐流窦州。章献崩，龙图阁直学士李铉奏雪其罪，补卫尉寺丞。《墓志》云。后知渑池县，葺馆舍，设什器，乃至砧臼匙箸，无不毕备，客至如归，由是声誉大振。县旁山上有庙，世衡葺之，其梁重大，众不能举。世衡下令校手搏，倾城人随往观之。世衡谓观者曰："汝曹先为我致庙梁，然后观手搏。"众欣然，下山共举之，须臾而上。其权数皆如此类。初至青涧城，逼近虏境，守备单弱，刍粮俱乏。世衡以官钱贷商旅使致之，不问所出入，未几，仓廪皆实。又教吏民习射，虽僧道妇人亦习之。以银为射的，中者辄与之。既而，中者益多，其银重轻如故，而的渐厚且小矣。或争徭役优重，亦使之射，射中者得优处。或有过失，亦使之射，射中则释之。由是人皆能射，士卒有病者，常使一子视之，戒以不愈必笞之。抚养羌属，亲入其帐，得其欢心，争为之用。寇至屡破之。部落待遇如家人。有功者或解所服金带，或撤席上银器遗之。比数年，青涧城遂成富强，于延州诸寨中，独不求益兵、运刍粮。众云亦出《墓志》。

洛苑副使、知青涧城种世衡，为属吏李戎以擅用官物诸不法事讦讼，按验有状。鄜延路经略使庞公奏："世衡披荆棘，立青涧城，若一一拘以文法，则边将无所措手足。"诏勿问。顷之，世衡徙知环州，将行，别庞公，拜且泣曰："世衡心肠铁石，今日为公下泪也。"颖公云。

庆历二年春，范文正公巡边，至为环庆经略使。环州属羌，多怀贰心，密与元昊通。公以世衡素得属羌心，而青涧城已完固,乃奏徙世衡知环州以镇抚之。有牛奴讹,素崛强,未尝出见州官,闻世衡与约明日当至其帐,慰劳部落。是夕,雪深三尺,左右曰:"奴讹凶诈难信,且道险,不可行。"世衡曰:"吾方以信结诸胡,可失期耶?"遂冒雪而往。既至,奴讹尚寝,世衡蹴起之,奴讹大惊,曰:"吾世居此山,汉官无敢至者,公乃不疑吾耶?"率部落罗拜,皆感激心服。出《墓志》。

羌酋慕恩部落最强,世衡皆抚而用之。尝夜与慕恩饮,出侍姬以佐酒。既而世衡起入内,潜于壁隙窥之。慕恩窃与侍姬戏,世衡遽出掩之。慕恩惭惧请罪,世衡笑曰:"君欲之耶?"即以遗之。由是得其死力,诸部有贰心者,使慕恩讨之,无不克。生羌归附者百余帐,纳所得元昊文券、袍带,无复贰心。世衡令诸族各置烽火,元昊掠之,更相救,常败去,遂不敢犯。郭固云。

世衡尝以罪怒一番落将,杖其背,僚属为之请,莫能得。其人被杖已,奔赵元昊,甚亲信之,得出入枢密院。岁余,尽询得其机事以归,众乃知世衡用以为间也。众云。

环、原之间,属羌明珠、密臧、康奴三种最大,素号横猾,抚之则骄不可制,攻之则险不可入,常为原州患。其北有二川,通于夏虏。二川之间,有古细腰城。庆历四年,参知政事范文正公宣抚陕西,命世衡与知原州蒋偕共城之。世衡先遣人说诱夏虏,以故未出兵争之。世衡以钱募战士,昼夜版筑,旬月而成。乃召三种酋长,谕以官筑此城,为汝御寇。三种既出其不意,又援路已绝,因而服从。世衡在役所得疾,明年正月甲子卒,属羌朝夕聚哭枢前者数日。青涧、环州吏民及属羌皆画像事之。八子:古、诊、咏、谘、谔、诉、记、谊。出《墓志》。

初,洛苑副使种世衡在青涧城,欲遣僧王嵩入赵元昊境为间,与之饮,谓曰:"虏若得汝,拷掠求实,汝不胜痛,当以实告耶?"嵩曰:"誓死不言。"世衡曰:"先试之。"乃缚嵩于庭,而掠之数百,嵩不屈,世衡曰:"汝真可也。"时元昊使其妻之兄弟、宁令之舅野利旺荣及刚浪唆,分将左右厢兵,最用事。世衡使嵩为民服,赍书与旺荣,曰:"向者得书,知有善意,欲背僭伪归款朝廷,甚善。事宜早发,狐疑变生。"且遗之枣及画龟。旺荣以闻于元昊。锁嵩囚地牢中,且半岁。会元昊欲复归中国,而耻先自言,乃释嵩囚,使旺荣遗边将书,遣教练使李文贵送嵩还,曰:"向者种洛苑书意,欲求通和耶?"边将送文贵及嵩诣延州,时庞公为经略使,已奉朝旨招纳元昊,始遣文贵往来议其事,奏嵩除三班借职。众云及自见。

东染院使种世衡长子古,初抗志不仕,慕叔祖放之为人,既而人莫之省。皇祐中,诣阙自言:"父世衡遣王嵩入夏虏,离间其用事臣,旺荣兄弟皆被诛,元昊由是势衰,称臣请服。经略使庞籍掩臣父子之功,自取两府。"庞公时为枢密使,奏称:"嵩入虏境即被囚,元昊委任旺荣如故。及元昊请服之时,先令旺荣为书遗边将。元昊妻即旺荣妹,元昊黜其妻,旺荣兄弟怨望。元昊既称臣,后二年,旺荣谋因元昊子娶妇之夕作乱,杀元昊事觉,族诛,非因嵩离间而死。臣与范仲淹、韩琦皆豫受中书札子:'候西事平,除两府。'既而仲淹、琦先除,臣次之,非臣专以招怀之功得两府。文书具在,皆可验。"朝廷知古妄言,犹以父功,特除古天兴主簿,令御史台押出城,趣使之官。

嘉祐七年,拓跋谅祚始请称汉官,以伶人薛老峰为副使,称左司郎中兼侍御史知杂事。又请尚主,及乞国子监所印书、释氏经一藏并译经僧及幞头、工人、伶官等。诏给国子监书及释氏经并幞头,尚主,辞以昔尝赐姓,其余皆托辞以拒之。夏,当遣使者赐谅祚生辰礼物。初命内殿承制余允,台官上言:"允本庖人,更乞择使者。"乃命供备库副使张宗道。初入境,虏馆宗道于西室,逆者曰:"主人居先,礼之常也。天使何疑?"宗道曰:"仆与夏主比肩以事天子,若夏主自来,当相为宾主。尔陪臣也,安得为主人? 当循故事,仆居上位。"事久不决,虏曰:"君有几首,乃敢如此!"宗道大笑曰:"有一首耳。来日已别家人,今日欲取宗道首则取之,宗道之死,得其所矣。但恐夏国必不敢尔。"逆者曰:"译者失辞,某自谓有两首耳。"宗道曰:"译者失辞,何不斩译者,乃先宗道?"自云:"两国之欢如鱼水。"宗道曰:"然则天朝,水也。水可无鱼,鱼不可无水。"

于内帑借钱一百二十万,䌷绢七十万,银四十万,锦绮二十万,助十分之七。

汴张巩大兴狭河之役,使河面俱阔百五十尺,所修自京东抵南京,以东已狭,不更修也。今岁所修,止于开封境。王临云。

夏英公为南京留守,杖人好潜加其数。提点刑狱马洵美,武人也,劾奏之曰:"夏竦,大臣,朝廷寄任非轻。罪有难恕者,明施重刑可也,何必欺罔小人,潜加杖数乎?"诏取戒励,当时文臣,皆为英公耻之。

滕宗谅知泾州,用公使钱无度,为台谏所言。朝廷遣使者鞫之,宗谅闻之,悉焚公使历,使者至不能案,朝廷落职,徙知岳州。君贶云。

滕宗谅知岳州,修岳阳楼,不用省库钱,不敛于民,但榜民间有宿债不肯偿者,献以助官,官为督之。民负债者争献之,所得近万缗,置库于厅侧,自掌之,不设主典案籍。楼成,极雄丽,所费甚广,自入者亦不鲜焉。州人不以为非,皆称其能。

君贶云。

谏议大夫李宗詠,昔侍中崧之孙也。父粲,崧之庶子。崧之遇祸,粲犹在襁褓,其母投之墙外,由是独得免。崧于故相昉为从叔,世居深州饶阳,坟墓夹道,崧在道东,谓之"东李",昉在道西,谓之"西李",故宗詠犹与宗谔联名。治臣云。

黄庠,洪州人,文学精赡,取国子监进士解、贡院奏名皆第一,声誉赫然,天下之士皆服为之下。及就殿试,病不能执笔,有诏复举就殿试,未及期而卒。

杨寘字审贤,两为国子解元,贡院奏名、殿廷唱第皆第一,未除官而卒。

冯京字当世,鄂州人,府解、贡院殿廷皆第一。自见。

欧阳修字永叔,吉州人。举进士,国子补监生,发解礼部,奏名皆第一人。天圣八年及第。

嘉祐七年三月乙卯,以参知政事孙抃为观文殿学士、同群牧制置使,枢密副使赵槩为参知政事,翰林学士、左司郎中、权知开封府吴奎为枢密副使。抃以进士高第,累官至两制。性淳厚,无他材。上以久任翰林,擢为枢密副使。多病,昏忘,医官自陈劳绩求迁,吏以文书白抃。抃见吏衣紫,误以为医官,因引手案上,谓曰:"抃数日来体中不佳,君试为诊之。"闻者传以为笑。及在政府,百司白事,但对之拱默,未尝开一言。是时,枢密使张昇屡以老乞致仕,朝论以抃次应为枢密使,恐必不胜任。殿中侍御史韩缜因进见,极言其不才,当置之散地。抃初不知。后数日,中书奏事退,宰相韩琦、曾公亮独留身在后,抃下殿,谓参知政事欧阳修曰:"丞相留身何也?"修曰:"岂非奏君事也?"抃曰:"抃有何事?"修曰:"御史韩缜言君,君不知也。"抃乃顿足摘耳,曰:"不知也。"因移疾请退,朝廷许之。

涑水记闻卷十

文潞公知益州，喜游宴。尝宴钤辖廨舍，夜久不罢，从卒辄拆马厩为薪，不可禁遏。军校白之，座客股栗，公曰："天实寒，可拆与之。"神色自若，饮宴如故，卒气沮，无以为变。杨希元云。

故相刘沆薨，赠侍中，知制诰张瓌草诰词，颇薄其为人。其子瑾诣阙，累章讼冤，称瓌挟私怨，至诋瓌云"祖奸，父赃，母秽，妻滥"。瓌，泊之孙，父方泂，尝以赃抵罪，母、妻之谤，出于钱晦所讼"一门萃众丑，一身备百恶"。又帅兄弟妇女，衰绖诣待漏院哭诉。执政褒赠乃朝廷恩典，瓌不当加贬黜之词。五月戊子，或云四月庚午。瓌左迁知黄州，然瑾竟亦不敢请谥。

张密学奎、张客省亢母宋氏，白之族也。其夫好黄白术，宋氏伺其夫出，取其书并烧炼之具悉焚之。夫归，怒之，宋氏曰："君有二子，不使就学，日见君烧炼而效之，他日何以兴君之门？"夫感其言而止。宋氏不爱金帛，市书至数千卷，亲教督二子，使读书。客至，辄于窗间听之。客与其子论文学、政事，则为之设酒肴。或闲谈、谐谑，则不设也。侨居常州，胡枢密宿为举人，有文行，宋氏以为必贵。亢少跅弛，宋氏常藏其衣冠，不听出。惟胡秀才召，乃给衣冠使诣之。既而二子皆登进士第，仕至显官。景公云。

张密学奎少嗜酒，尝有酒失，母怒，欲笞之，遂不复饮，至终身。

崔公孺,谏议大夫立之子,韩魏公夫人之弟也。性亮直,喜面折人。魏公执政,用监司有非其人者。公孺曰:"公居陶镕之地,宜法造化为心。造化以蛇虎者害人之物,故置蛇于薮泽,置虎于山林。公今乃置之通衢,使为民害,可乎?"魏公甚严惮之。

范仲淹字希文,早孤,从其母适朱氏,因冒其姓,与朱氏兄弟俱举学究。少尪瘵,尝与众客同见谏议大夫姜遵,遵素以刚严著名,与人不款曲,众客退,独留仲淹,引入中堂,谓其夫人曰:"朱学究年虽少,奇士也。他日不惟为显官,当立盛名于世。"遂参坐置酒,待之如骨肉。人莫测其何以知之也。年二十余,始改科举进士。尧夫云。

晏丞相殊留守南京,仲淹遭母忧,寓居城下。晏公请掌府学,仲淹尝宿学中,训督学者,皆有法度,勤劳恭谨,以身先之。夜课诸生读书,寝食皆立时刻,往往潜至斋舍伺之。见有先寝者,诘之,其人给云:"适疲倦,暂就枕耳。"仲淹问:"未寝之时,观何书?"其人亦妄对。仲淹即取书问之,其人不能对,乃罚之。出题使诸生作赋,必先自为之,欲知其难易,及所当用意,使学者准以为法。由是四方从学者辐辏。其后宋人以文学有声名于场屋朝廷者,多其所教也。服除,至京师,上宰相书,言朝政得失民间利病,凡万余言,王曾见而伟之。时晏殊亦在京师,荐一人为馆职,曾谓殊曰:"公知范仲淹,舍不荐,而荐斯人乎? 已为公置不行,宜更荐仲淹也。"殊从之,遂除馆职。顷之,冬至立仗,礼官定议欲媚章献太后,请天子帅百官献寿于庭,仲淹奏,以为不可。晏殊大惧,召仲淹,怒责之,以为狂。仲淹正色抗言曰:"仲淹受明公误知,常惧不称,为知己羞,不意今日更以正论得罪于门下也。"殊惭无以应。

　　黄晞，闽人，好读书，客游京师，数十年不归。家贫，谒索以为生，衣不蔽体，得钱辄买书，所费殆数百缗，自号"聱隅子"。石守道为直讲，闻其名，使诸生如古礼，执羔雁束帛，就里中聘之，以补学职，晞固辞不就。故欧阳永叔《哭徂徕先生》诗云"羔雁聘黄晞，晞惊走邻家"是也。著书甚多。至和中，或荐于朝，除试太学助教，月余，未及具绿袍，遇疾，暴卒。一子，甚愚鲁，所聚及自著书，皆散无存者。好谦云。

　　杜祁公衍，杭州人，父早卒，遗腹生公，其祖爱之。幼时，祖父脱帽，使公执之，会山水暴至，家人散走，其姑投一竿与之，使挟以自泛。公一手挟竿，一手执帽，漂流久之，救得免，而帽竟不濡。前母二子，不孝悌，其母改适河阳钱氏。祖父卒，公年十五六，其二兄以为母私财以适人，就公索之，不得，引剑斫之，伤脑。走投其姑，姑匿之重橑上，出血数升，仅而得免。乃诣河阳，归其母。继父不之容，往来孟、洛间，贫甚，佣书以自资。尝至济源，富民相里氏奇之，妻以女，由是资用稍给。举进士，殿试第四。及贵，其长兄犹存，待遇甚有恩礼。二兄及钱氏、姑氏子孙，受公荫补官者数人，仍皆为之婚嫁。崔鶠云。

　　庆历三年九月丁卯，上幸天章阁，召中书、枢密院官朝拜太祖、太宗御容，观内库瑞物，因问安边大略，移刻而罢。

　　庆历四年四月戊戌，上与执政论及朋党事，参知政事范仲淹对曰："方以类聚，物以群分。自古以来，邪正在朝，未尝不各为一党，不可禁也。在圣鉴辨之耳。诚使君子相朋为善，其于国家何害？"

　　庆历四年五月己巳，诏特徙右司谏、直集贤院、知渭州兼泾原路部署尹洙知庆州。先是，资政殿学士郑戬兼陕西四路招讨经略都部署,内殿崇班、渭州西路巡检刘沪建策,以为秦、渭两路有急,发兵相援,路出陇坻之内,回远,恐不及事,请募熟户,于山外筑永洛、结公二城,以兵戍之,缓急以通援兵之路。戬以状闻,命沪及著作佐郎董士廉董其役。会枢密院使韩琦陕西宣抚还,奏罢四路招讨,以戬知永兴军。又言:"山外多熟户,恐城未毕而寇至,请罢之。"戬因极言筑二城之利,不可辄罢。诏三司副使鱼周询往视其利害。未至,尹洙召沪、士廉令还,沪、士廉以熟户既集,官物无所付,请遂城之。洙怒,以沪、士廉违部署司节制,命泾原路部署狄青往斩之,青械系沪、士廉于德顺军。及周询还,言二城利害与戬议同,乃徙洙于庆州,沪降二官,士廉徙他路,官特支修城禁军、弓箭手等钱有差。

庆历四年六月,范希文宣抚陕西、河东,自知权要恶之者多,上益厌之,乃上章乞罢政事,除一郡。上欲听其请,章郇公言于上曰:"仲淹素有重名,今一请而罢之,恐天下皆谓陛下黜贤臣,不若且赐诏不允。若仲淹即有表谢,则是挟诈要君,乃可罢。"上从之。希文果奉表谢,上曰:"果如章得象言。"遂罢知邠州。既而杜丞相、富彦国、韩稚圭、欧阳永叔、俞希道稍稍皆以事得罪矣。始平公云。

庆历六年八月甲戌,以谏议大夫参知政事吴育为枢密副使,丁度为参知政事。是时,宰相贾昌朝、陈执中议罢制科,育以为不可,争论于上前,退而上章求解政务,故有是命。庞籍为枢密副使在度前,籍女嫁参知政事宋庠之子,庠因言于上,以亲戚共事为嫌,故度得先之。

通、泰、海州皆滨海,旧日潮水皆至城下,土田斥卤,不可稼穑。范文正公监西溪仓,建白于朝,请筑捍海堤于三州之境，长数百里，以卫民田，朝廷从之。以文正为兴化令，专掌役事。又以发运使张纶兼知泰州，发通、泰、楚、海四州民夫治之。既成，民至于今享其利。兴化之民往往以范为姓。

野利王旺荣、天都王刚浪唆者，皆元昊妻之昆弟也，与元昊族人嵬名山等四人为谟宁令，共掌军国之政，而刚浪唆勇健有智谋，尤用事。种世衡知青涧城，白始平公，遣土僧王嵩遗刚浪唆书。元昊囚嵩，而使刚浪唆麾下教练使李文贵诣世衡所，阳为不喻，曰："前者使人以书来，何意也？岂欲和亲耶？"公以其言妄，止文贵于青涧城。后数月，元昊寇泾原，葛怀敏战没。会梁适使契丹，契丹主谓适曰："元昊欲归款南朝而未敢，若南朝以优礼怀来之，彼必洗心自新矣。"于是密诏公招怀元昊：元昊苟肯称臣，虽仍其僭称亦不害；若改称单于可汗，则固大善。公以为若此间使人往说之，则元昊益骄，不可与言。乃自青涧城召李文贵，谓之曰："汝之先王及今王之初，奉事朝廷，皆不失臣节。汝曹忽无故妄加之名，使汝主不得为朝廷臣，纷纷至今，使彼此之民肝脑涂地，皆汝群下之过也。汝犯边之初，以国家承平日久，民不习战，故屡与汝胜。今边民亦习战，汝之屡胜，岂可常耶？我国家富有天下，虽偏师小衄，未至大损。汝兵一败，社稷可忧矣。天之立天子者，将使溥爱四海之民而安定之，非欲残彼而取快也。汝归语汝主：若诚能悔过从善，降号称臣，归款朝廷，以息彼此之民，朝廷之所以待汝者，礼数赏锡必优于前矣。"文贵顿首曰："此固西人日夜之愿也。龙图能为言之朝廷，使彼此息兵，其谁不受赐！"公乃厚待而遣之。顷之，文贵复以刚浪唆等遗公书来言和亲之意，用邻国抗敌之礼，公上之。朝廷为还书草，称刚浪唆等为太尉，使公报之。公曰："方今抑其僭名，而称其臣已为三公，则元昊可降屈耶？不若称其胡中官谟宁令，非中国之所谕，无伤也。"朝廷善而从之。刚浪唆又以书来，欲仍其僭称，公不复奏，即日答之，曰："此非边臣之所敢知也。若名号稍正，则议易合耳。"于是元昊使伊州刺史贺从勖上书，称"男邦泥定国兀卒曩霄上书父大宋皇帝"。从勖至京师，朝廷遣邵良佐、张子奭等复往议定名号，及每岁所赐之物，及他盟约，使称臣誓表上之。

至和三年春，仁宗寝疾，不能言，两府以设道场为名，皆宿禁中，专决庶政。有禁卒诣开封府告大校谋为变者，府中夜封上之。时富公以疾谒告，惟潞公、刘相、王伯庸居中。旦日，潞公召三帅问："大校平日所为如何？"三帅言其谨愿，潞公秉笔欲判其状，斩告变者。伯庸捏其膝，乃请刘相判之。

仁宗寝疾，两府虽宿禁中，数日不知上起居。潞公召内侍都知等诘之曰："主上疾有增损，皆不令两府知，何也？"对曰："禁中事，不敢漏泄。"潞公怒曰："天子违豫，海内寒心。彦博等备位两府，与国同安危，岂得不预知也？何谓漏泄？"顾直省官曰："引都知等至中书，令供状；今后禁中事如不令两府知，甘伏军令。"诸内侍大惧。日暮，皇城诸门白下锁，都知曰："汝自白两府，我当他剑不得。"由是禁中事两府无不知者。枢密使王德用开便门入中书，潞公执守门亲事官付府挞之。明日，谓同列曰："昨日悔不斩守门者。天子违豫，禁中门户岂得妄开也。"

先是，诏周后柴氏，每遇亲郊，听奏补一人充班行。至是，或上言："皇嗣未生，盖以国家未如古礼封二王后。"嘉祐四年四月癸酉，诏："择柴氏族人最长一人除京官，已在班行则换文资，仍封崇义公，于河南、郑州境内与应入差遣，更给公田十顷。其周室陵庙，委之管勾，岁时祭享。如至知州资序，即与

878 宋元笔记小说大观

他处差遣，更取以次近亲袭爵受官承替。"

嘉祐七年正月辛未，学士院奏：定郊祀天地，宜止以一帝配佑。温成皇后庙请去扁榜，自今不复命两制祠，止令本庙使臣行礼。

嘉祐七年五月辛未，枢密副使包拯薨，车驾临幸其第。拯字希仁，庐州人，进士及第，以亲老侍养，不仕宦且十年，人称其孝。后历监察御史，为天章阁待制、知谏院，迁龙图阁直学士、知瀛州，又迁枢密直学士、知开封府。为人刚严，不可干以私，京师为之语曰："关节不到，有阎罗包老。"吏民畏服，远近称之。历御史中丞、三司使、枢密副使，薨。拯为长吏，僚佐有所关白，喜面折辱人，然其所言若中于理，亦幡然从之。刚而不愎，亦人所难也。

尹师鲁谪官监均州酒，时范希文知邓州，师鲁得疾，即擅去官，诣邓州，以后事属希文。希文日往视其疾，师鲁曰："今日疾势复增几分，可得几日。"一旦，遣人招希文甚遽，既至，师鲁曰："洙今日必死矣。人言将死者必见鬼神，此不可信，洙并无所见，但觉气息奄奄渐欲尽耳。"隐几坐，与希文语久之，谓希文曰："公可出，洙将逝矣。"希文出至厅事，已闻其内号哭。希文竭力送其丧及妻孥归洛阳。黄好谦云。

余靖本名希古，韶州人。举进士，未预解荐，曲江主簿王仝善遇之，为干知韶州者举制科。知州怒，以为玩己，按其罪，无所得，惟得与仝、希古接坐，仝坐违敕停任，希古杖臀二十。仝遂闲居虔州，不复仕进。希古更名靖，字安道，取他州解及第。景祐中，为馆职，为范文正讼冤获罪，由是知名。范公入参大政，引为谏官。秘书丞茹孝标丧服未除，入京师私营身计，靖上言："孝标冒哀求仕，不孝。"孝标由是获罪，深憾靖。

靖迁龙图阁直学士,王全数以书干靖求贷,靖不能应其求。孝标闻靖尝犯刑,诈匿应举,乃自诣韶州购㪟其案,得之。时钱子飞为谏官,方攻范党,孝标以其事语之,子飞即以闻。诏下虔州问王全。靖阴使人讽全令避去,全辞以贫不能出,靖置银百两于茶筐中,托人饷之。所托者怪其重,开视窃银而致茶于全,全大怒。及诏至,州官劝全对“当日接坐者余希古,今不知所在”,全不从,对称“希古即靖是也”。靖竟坐以左屯卫将军分司。伯淳云。

　　余靖初及第,归韶州,州吏尝鞫其狱者往见之,靖不为礼,吏恨之,乃取靖案,裹以缇油,置于梁上。吏病且死,嘱其子曰:“此方今达官之案,他日朝廷必来求之。汝谨掌视,慎勿失去。”及茹孝标求其案,人以为事在十年前,必不在,孝标访于吏子,竟得之。伯达云。

　　丁度字公雅,开封祥符人。祖颙,尽其家资聚书至八千卷,为大室以贮之,曰:“吾聚书多,虽不能读,必有好学者为吾子孙矣。”父逢吉,以医事真宗于藩邸,官至将作监丞致仕。度以祀汾阴岁举服勤词学第二人登科,解褐大理评事、通判通州事,迁太子中允、直集贤院。今上即位,度上书请博延儒臣、劝讲道谊,增置谏官、切劘治体、垦辟荒芜、安集流窜,以为州县殿最。章献皇后善之,迁太常博士,赐绯。俄出知湖州事,徙京西转运使,以祠部员外郎知制诰,迁翰林学士。久之,兼侍读学士,又加承旨,又兼端明殿学士。国朝故事,中书制民政,枢密专兵谋。及赵元昊逆命,朝廷事多,度建言:“古之号令皆出于一,今二府分兵民之政,若措置异同,则下无适从,非为国体。”于是始诏军旅重务,二府通议。度在两禁十五年,性宽厚,若不修威仪,流辈多易之。上尝从容问度:“用人资序与才器孰先度?”对曰:“天下无事则循守资序,有事则简拔才器。”上甚善之。会谏官有言度乘间求进者,上以度言谕执政,且曰:“度侍从十五年,而应对如是,不自为地,真淳厚长者也。”寻以为工部侍郎、枢密副使。逾年,参知政事。顷之,卫士为变,事连宦官杨怀敏,枢密使夏竦言于上:“请使御史与宦官同于禁中鞫其狱,不可滋蔓,使反侧者不自安。”度曰:“宿卫有变,事关社稷,此可忍,孰不可忍!”因请付外台穷治党与。自旦争至食时,上卒从竦议。未几,度求解政事。时初置紫宸殿学士,以度为之,兼侍读学士,寻以“紫宸”称呼非宜,改为观文殿学士。后数年薨,赠吏部尚书,谥文简。度早丧妻,晚年学修养之术,尝独居静室,左右给使惟老卒一二人而已。

文彦博知永兴军,起居舍人母湜,鄂人也,至和中,湜上言:“陕西铁钱不便于民,乞一切废之。”朝廷虽不从,其乡人多知之,争以铁钱买物,卖者不肯受,长安为之乱。民多闭肆,僚属请禁之。彦博曰:“如此,是愈使惑扰也。”召丝绢行人,出其家缣帛数百匹,使卖之,曰:“纳其直尽以铁钱,勿以铜钱也。”于是众晓然,知铁钱不废,市肆复安。

拓跋谅祚之母密臧氏,本野利旺荣之妻,曩霄通焉,有娠矣。曩霄初娶野利氏,生子宁令,将纳刚朗凌女为妇,旺荣与刚朗凌谋,因成婚之夕,邀曩霄至其帐,伏兵杀之。事泄,族诛。密臧氏削发为尼,而生谅祚。庆历八年正月辛未,宁令弑曩霄,国人讨诛之,立谅祚。邢佐臣云。

涑水记闻卷十一

王罕云：侬智高犯广州，罕为转运使，出巡至梅州，闻之而还。仲简使人间道以蜡丸告急，且召罕，罕从者才数十人，问曰："围城何由得入？"曰："城东有贼所不到者可以夜缒而入。"罕曰："不可。"进至惠州，广民拥马求救，曰："贼围城，十县民皆反，相杀掠，死伤散野。"罕曰："吾闻之先父曰：'凡有大事，必先询识者，而后行之。无人，则询老者也。'"乃召耆老问之，对曰："某家客户十余人，今复亡为贼矣。请各集兵卫其家。"罕曰："贼者多以庄客，何以御之？"仍召每村三大户，与之帖，使人募壮丁二百，又帖每县尉募弓手三千人以自卫。捕得暴掠者十余人，皆腰斩之。又牒知州、知县、县令皆得擅斩人。一夕，乡村肃然。罕为募民骁勇者以自随，得二千人，船百艘，制旌旗钲鼓，长驱而下，趣广州。蛮兵数千人来逆战，击却之。蛮皆敛兵聚于城西，乃开南门，作乐而入。罕不视家，登城，子死于贼人之手而不哭。树鹿角于南门之西以拒蛮，自是南门不复闭矣，凡粮用，皆自南门而入。东关主簿黄固取抛村，知新州侍其渊在广州，罕以其忠勇与之共守。蛮众数万，皆所掠二广之民也，使之昼夜攻城，为火车，顺风已焚西门。时六月，城上不能立，军校请罕下城少休，罕欲从之，渊奋剑责军校曰："汝曹竭力拒敌，则犹可以生，若欲溃去，纵不为贼所灭，朝廷亦当族汝。前部亦欲何之？"罕乃止，士气亦百倍，蛮车不能克而退。提刑鲍轲率其孥欲过岭北，至雄州，萧勃留之，乃日递一奏。又召罕至雄州计事,罕不来,又奏之。谏官李兑奏罕只在广州端坐,及奏罕退走。围解,罕降一官,信州监税,轲受赏,罕不自言。黄固当解城时最输力,已而磨勘若有不足者,渊亦得罪,渊功亦不录。罕云王纮云。

庆历四年二月庚子,供奉陈曙等迁官,赏讨光化贼之功也。先是,知光化军、水部员外郎韩纲性苛急,失众士心。去年九月,群盗张海等入光化军境,剽劫闾里,纲部分宣毅军士三百余人,被甲乘城,凡十余日。城中民高赀者献蒸饼酒肉以享甲士,纲以饼肉之半犒士,及赐酒人一卮,而斥卖其余,欲以其钱市兵器为守御备。军士营远者或不时得饮食,而纲所给饼常至日旰,燥硬不可食。时有监押使在军中,所部军士不以请给历自随,民又请献钱以资监押之军士。纲曰:“本军之士尚无钱给之,何有于监押?”悉辞不受。军士遂讹传民献以资乘城之士,而知军却之,益加怨愤。纲又使员僚王德作城内布兵图,久之不成,纲怒,骂曰:“我不敢斩汝耶!”因召剑子,令每日执剑待命于庭下。十月三日,民有人粟得官者骆子中通刺谒纲,纲迎语子中不用拜。军士误听,以为子中献钱而纲辞不取。时方给饼肉,员僚邵兴叱军士起,曰:“汝辈勿食此!”因出屋外,投蒸饼入纲庭中。纲怒,命执投饼者,得数人,械系于狱。明日,狱司以节状追捕其党,邵兴惧,因纠率其众,盗取库中兵器作乱,欲杀纲,纲自宅后逾城逃出,乘小舟沿汉下数里,再宿而后返,与官吏皆逃。兴等遂焚掠居民,劫其指挥使李美及军士三百余人,行趋蜀道。李美老不能行,于道自经死。兴独率其众与商州巡检战,杀之。员僚赵干及军百余人,自贼所走还光化军。兴所过劫掠民居行旅,及败兴元府兵于饶风岭,杀其将,兴元府员僚赵明以众降兴。兴闻洋州有虎翼兵,畏之，乃自州北循山而西。州遣捉贼使臣李方将虎翼兵追之。二十九日，击破兴等于湄水，斩兴及其党五十余人，生擒赵明，余党皆溃，州县逐捕，尽诛之。陈曙等皆以功迁，纲坐弃城除名，英州编管。监押许士从追三官，舒州编管。

庆历四年八月乙卯，上曰："近观诸路提转所按举官吏，务为苛刻，不存远大，可降诏约束。"

保州云翼兵士旧有特支口粮，通判石待举以为安坐冗食，白转运司减之。军士怨怒，作乱，杀知州、通判、都监，以监押韦贵为主，闭城拒命。诏真定府副都部署李昭亮、沿边都巡检入内押班杨怀敏、知定州皇城使贺州刺史王果等讨之。丙辰，枢密奏，保州城下诸将未有统一，诏富弼乘驿诣城下，授之节制，以便宜从事。九月，李昭亮、杨怀敏命侍禁郭逵以诏书入城招谕乱兵，乱兵开城出降，有数百后出，悉诛。庚申，河北都转运使按察使、工部郎中、天章阁待制张昷中落职知虢州；副使、刑部郎中、直史馆张沔降充工部郎中、知汝州，皆坐减云翼食及不觉察乱兵也。郭逵加阁门祗候。逵兄遵以勇力闻，从刘平与夏虏战死五龙水。

周革曰：景德中，中国作誓书以授虏，虏继之以四言曰："孤虽不才，敢遵誓约。有渝此盟，神明殛之。"庆历中，岁增给二十万，更作誓书亦如之。嘉祐初，枢密院求誓书不获，又求宁化军疆境文字，亦不获。于是韩稚圭曰："枢密院，国家戎事之要，今文书散落如此，不可。"乃命大理寺丞周革编辑之，数年而毕，成千余卷。得杜衍祁公手录誓书一本于废书，其正本不复见。

庆历中，契丹以兵压境，欲复周世宗所取关南之地，遗书中国，其言周世宗曰："人神共怒，社稷不延。"其言太宗曰："恃

有征之志,已定并、汾;兴无名之师,直抵幽、蓟。"富公之使北
也,朝廷以三书与之:其一增物二十万,其一增十万,其一以公
主妻梁王。约曰:"能为我令元昊称臣纳款,我岁增二十万物;
不能者,岁增十万物。"契丹曰:"元昊称臣纳款,我颐指之劳
耳。汝当以二十万与我,然当谓之'献',或谓之'纳',然后可。
至于公主,则不必尔也。"富公固争献纳之名,归白朝廷。

　　庆历三年十二月八日,韩琦奏:"窃以元昊叛逆,朝廷未能
诛讨,欲为守御之计,则莫若修完城寨,贼来则坚壁清野以待
之,使其不战而困,此经久之策也。臣前至泾原,见缘边堡寨
隳损,应增置者甚众,合计度修筑。其山外弓箭手等,今年以
来,役作甚苦。又闻来春欲令兴修水洛、结公二城,以通秦州、
泾原救应之路。其间自泾原章川堡至秦州床穰寨一百三十
里,并是生户所居,只于其中通达一径,须作二大寨、十余小堡
乃可通。计其土功,何啻百万。更须采伐林木,作楼橹营廨,
又须分正兵三四千人屯守,积蓄刍粮。所费如此,只求一日通
进援兵。又救应山外,比积石、仪州、黄石河路只省得两程,况
刘沪昨已杀永平路城一带生户,李中和降陇州城一带蕃部,各
补署职名充熟户,将来若进援兵,动不下五六千人,小小蕃族,
安敢为梗? 则知不须城寨已可往来。况今近里要害城堡尚多
阙漏,岂暇于孤僻无益之处枉劳军民? 事之缓急,当有先后。
伏乞只作朝廷指挥,下陕西缘边四路部署司、泾原经略司,将
泾原路弓箭手等,来春且令修筑逐地未了堡寨,其水洛、结公
二城权住修筑,候向来城寨修完了毕,别奏取旨。如朝廷未以
为然,乞选差亲信中使,至泾原秦凤路询问文彦博、狄青、尹
洙,即知修水洛城便与未便。"诏如议罢修。先是,内殿崇班、
渭州西路巡检刘沪建策修二城,陕西四路招讨部署郑戬主其

事,知秦州文彦博、知渭州尹洙等皆不欲修。会琦自陕西宣抚
还,奏请罢之。又罢四路招讨,以戬知永兴军。因极言筑二城
之利,不可罢,遣沪与著作佐郎董士廉依前策修之。议者纷纭
不决。诏三司副使鱼周询往视其利害。未至,洙召沪、士廉令
罢役,蕃部皆遮止沪等,请自备财力,卒修二城,沪、士廉亦以
熟户既集,官物无所以付,恐违蕃部之意,别致生变,遂城之。
洙以沪、士廉违节度,命狄青往斩之,青囚之以闻。于是城中
蕃汉之民皆逃溃,生户及亡命等争据其地。韩琦又言:"郑戬
奏乞令臣不预商量。臣常患臣僚临事多避形逃迹,或致赏罚
间有差误。因退思之,臣在西边及再任宣抚,首尾五年,只在
泾原、秦凤两路,于水洛城事,比之他人知之甚详。今若隐而
不言,复事形迹,则是臣偷安不忠,有误陛下委任之意。臣是
以不避诛责,辄陈所见利害,凡十三条。"诏札与鱼周询等及陕
西都转运使程戬等,而周询及戬已先具奏:"二城修之,于边计
甚便,况水洛城今已修毕,惟女墙少许未完,弃之可惜,诚宜遂
令讫役。"五月十六日,诏戬等卒城之。

　　琦所论十三条,大略言:水洛左右皆小小种落,不属大朝,
今夺取其地,于彼置城,于元昊未有所损,于边亦无所益,一
也。缘边禁军、弓箭手连年借债修葺城寨,尚未完备,今又修
此城堡,大小六七,计思二年方可得成,物力转见劳敝,二也。
将来修成上件城堡,计思分屯正军不下五千人,所要粮草并须
入中和籴,所费不小,三也。自来泾原、秦凤两路通进援兵,只
为未知得仪州、黄石河路,所以议者多欲修水洛一带城寨。自
近岁修成黄石河路,秦凤兵往泾原并从腹内经过,逐程有驿舍
粮草。若救静边寨,比水洛只远一程;若救镇戎、德顺军比水
洛却近一程。今来水洛劳费如此,又多疏虞,比于黄石河腹内

之路,远近所较不多,四也。陕西四路自来只为城寨太多,分却兵势,每路正兵不下七八万人,及守城寨之外,不过二万人。今泾原、秦凤两路若更分兵守水洛一带城寨,则兵势转弱。兼元昊每来入寇,不下十余万人,若分三四千人于山外静边、章川堡以来出没,则两路援兵自然阻绝,其城寨内兵力单弱,必不敢出城,不过自守而已。如此,是枉费功力,临事一无所济。况自来诸路援兵,极多不过五六千人至一万人,作节次前来,只是张得虚声,若先为贼马扼其来路,必应援不及;若自黄石河路,则贼隔陇山,不能扼截,五也。自陇州入秦州,由故关路,山阪险隘,行两日方至清水县,清水北十里则为床穰寨,自清水又行山路,两日方至秦州。由是观之,秦州远在陇关之外,最为孤绝。其东路隔限水洛城一带生户,道路不通,秦州视之以为篱帐,只备西路三都口一带贼马来路。今若开水洛城一带道路,其城寨之外必渐有人烟耕种,蕃部等更不敢当道住坐,奸细之人易来窥觇。贼若探知此路平快,将来入寇,分一道兵自床穰寨扼断故关及水洛,则援兵断绝,秦州必危。所以秦人闻言开道,皆有忧虑之言,不可不知,六也。泾原路缘边地土最为膏腴,自来常有弓箭手家人及内地浮浪之人,诣城寨官员,求先刺手背,候有空闲地土,强人为之标占,此辈只要官中添置城寨,只落夺得蕃部土地耕种,又无分毫租税。缓急西贼入寇,则和家逃入内地,事过之后,却来首身。所以人数虽多,希得其力。又商贾之徒,各务求嘱于新城内射地土居住,取便于蕃部交易。昨来刘沪下唱和修城之人,尽是此辈,于官中未见有益,七也。泾原一路,重兵皆在渭州,自渭州至水洛城,凡六程。若将来西贼以兵围胁水洛城,日夕告急,部署司不可不救,少发兵则不能前进,多发兵则与前来葛怀敏救定川寨覆没大军事体一般。所以泾原路患见添置城塞者，一恐分却兵马，二恐救应转难，八也。议者修水洛城，不惟通两路，援兵亦要弹压彼处一带蕃部。缘泾原、秦凤两路，除熟户外，其生有蹉鹋谷、者达谷、必利城、膊家城、枭城、古渭州、龛谷、洮河、兰州、叠、岩州，连宗哥、青塘城一带，种类莫知其数，然族帐分散，不相君长，故不能为中国之患，又谓元昊为草贼，素相仇雠，不肯服从，今水洛城乃其一也。朝廷若欲开拓边境，须待西北无事，财力强盛之时，当今取之，实为无用，九也。今修水洛城，本要通两路之兵，其陇城川等大寨，须藉秦凤差人修置，今秦州文彦博累有论奏，称其不便，显是妨碍，不合动移，十也。凡边上臣僚图实效者，特在于选举将校、训练兵马、修完城寨、安集蕃汉，以备寇之至而已。贪功之人则不然，惟务兴事求赏，不思国计。故昨来郑戬差许迁等部领兵马修城，又差走马承受麦知微作都大照管名目，若修城功毕，则皆是转官酬奖之人，不期与尹洙、狄青所见不同，遂至中辍，希望转官，皆不如意。今若复修水洛城，则陇城川等又须相继兴筑，其逐处所差官员将校，人人只望事了转官，岂肯更虑国家向后兵马粮草之费？十一也。昨者泾原路抽回许迁等兵马之时，只筑得数百步，例各二尺以来。其刘沪凭恃郑戬，轻视本路主帅，一向兴工不止，及至差官交割，又不听从，此狄青等所以收捉送禁、奏告朝廷。今来若以刘沪全无过犯，只是狄青、尹洙可罪，乃是全不计修水洛城经久利害，只听郑戬等争气加诬，则边上帅臣自此节制不行，大害军事，十二也。陕西四路，惟泾原一路所寄尤重，盖川原平阔，贼路最多，故朝廷委尹洙、狄青以经略之任。近西界虽遣人议和，自杨守素回后，又经月余，寂无消耗，环庆等路不住有贼马入界侵掠。今已五月，去防秋不远,西贼奸计大未可量,朝廷当奖励逐路帅臣,豫作支吾。今乃欲以偏裨不受节制为无过,而却加罪主帅,实见事体未顺,十三也。更乞朝廷察臣不避形迹,论列边事,时与究其利害,略去嫌疑,处置不差,事乃经久。

静江军留后刘平为鄜延、邠宁、环庆路副都部署,屯庆州。康定元年正月,鄜延路都部署范雍闻夏虏将自保安军土门路入寇,移正牒使平将兵趋土门救应。十五日,平将所部三千人发庆州。十八日,至保安军,遇鄜延路副都部署石元孙。十九日,与元孙合军趋土门。有番官言:“贼兵数万已入寨,直指金明。”会得范雍牒,令平、元孙还兵救延州,平、元孙引兵还。明日,复至保安军,因昼夜兼行。二十二日,至万安镇。平、元孙将骑兵先发,令兵饭讫继进。夜至三川口西十里许,止,令骑兵先趋延州夺门。是时,东染院副使、鄜延路驻泊都监黄德和将兵二千余人屯保安军北碎金路,巡检万俟政、郭遵各将所部分屯他所,范雍皆以牒召之,使救延州,平又使人促之。明日平旦,平所部步兵尚未至,平与元孙还逆之,至二十里马铺乃遇兵。及德和、郭遵各所部兵皆会,凡五将,合步骑近万人。乃引兵东行,且五里,平下令诸军唱杀齐进。又行五里,至三川口,遇贼。是时平地有雪五寸许,贼于水东为偃月阵,官军亦于水西作偃月阵相向。贼稍遣兵涉水为横阵,郭遵及忠佐王信先往薄之,不能入。既而官军并进,击却之,夺其傍牌,杀获及溺水者八九百人。平左耳后及右胫皆中箭。会日暮,军士争挈人头及斫马,诣平论功,平曰:“战方急,且自记之,悉当赏汝也。”言未究,贼引生兵大至,直前荡官军,官军却二三十步。是时黄德和在阵后,先率麾下二三百人走上西南山,众军顾之皆溃。平子侍禁宜孙追及德和,执其马鞚,拜之数十,曰:

"太保且当勒兵还,与大人并力却贼,今先去,欲何之?"德和不从。宜孙又请遣兵一二人还访其父,德和不与,宜孙与德和俱走。平使军校以剑截遮士卒近在左右者,得千余人,力战拒贼,贼退水东。平率余众保西南山下,立寨自固,距贼一里许。贼夜使人至寨傍问曰:"寨内有主将否乎?"平戒军士勿应。贼又使人诈为汉卒,传言送文牒,军士知其诈,斫杀之。至四更,贼使人绕寨诟曰:"几许残卒,不降何待?"平使指挥使李康应之曰:"狗贼,汝不降,我何降也?"且曰:"救兵大至,汝狗贼庸足破乎!"及明,平命军士整促甲马,再与贼战。贼又使人临阵叫曰:"汝肯降乎?我当舍尔。不则尽杀之。"平又使李康应曰:"我来巡边,何者为降?汝欲和者,当为汝奏朝廷耳。"贼乃举鞭麾骑自四山下,不可胜计,合击官军,死者甚众。至巳时,平与元孙巡阵东偏,贼骑直前冲阵中央,阵分为二,平与元孙皆为贼虏。平仆夫王信以颉敦负留后印及宣敕从平在阵,与平相失,贼尽夺其衣并颉敦等,信逃窜得免。是时,黄德和自山中南走,出甘泉县北,稍稍收散卒,得五六百人,缘道纵兵士剽窃民家被寇者货财,及饮酒,杀其牛畜食之。二十五日,至鄜州。二十六日,虞候张政自战所脱归,德和问曰:"汝见刘太尉、石太尉乎?后来如何?"政当时实与刘、石相失,不能知其处,道中闻散言"刘太尉以亡失多,不敢归,已降贼矣",因言于德和曰:"刘太尉二十四日再与贼战,士卒死伤至尽,太尉令军士曰:'汝曹勿复发箭,今日败矣,吾不能庇汝曹,当解甲降之耳。'贼遂执其马鞚而去。"德和曰:"果然,吾与汝曹当诡言二十四日不肯降贼,力战得出,作奏上之,不惟解罪,亦可收功,汝曹皆有赏矣。"政出,因播其言于市里,云平降贼。散卒继至者,皆言平降贼,以顺德和意。有蕃落将吕密,实见平与元孙为贼所房，并所得官军旗帜，收卷以去，德和间问之，亦顺指意，言："平与元孙降贼，贼以红旗前导而去。"德和喜，命所亲吏辛睿作吕密等状，仍增损其语，使与己意相傅会。睿意谓状中有名者皆应得赏，乃更私益兵士曲荣等数人名于其中。德和即以密等状为状云："二十三日，贼生兵冲破大阵，臣与刘平等阻西山为寨。二十四日，再与贼战，平以其卒降贼，臣等义不受屈，与数百人力战得出。"会平仆夫王信自延州来，德和与知鄜州张馆使杂问之，信私念其主为大将，而为贼所擒，可丑，因绐言："贼使李金明来约和亲，平令李康往答之。既而康还，言元昊欲与太尉面相约结，平乘马即入贼军中，从者不得入，皆见剽剥，信独脱归。"德和起诣东厢，召信诘曰："军士来者皆言平降，而汝独言平往约和，何也？"信曰："此非信之所知也。"数日，德和召信诣其馆，谓曰："汝太尉降贼，人人皆知之，我已取军士等状奏之矣。汝今言乃异同，朝廷将有制狱，汝何能受其榜楚乎？我与汝银钗一枚，汝鬻之，速去，勿留矣。"信拜受之。是时鄜州使人监守信，信欲亡不得，身无衣，寒甚，乃为书遗平子曰："信从太尉与贼战不利，太尉入贼中约和亲。今人乃言太尉叛降贼，朝廷将有制狱，信当以死明太尉忠赤，保太尉一家。今信衣装为贼所掠，饥寒不可忍，愿衣裳及钱粮，速寄以来。"有庖人将如庆州，信与书寄之。鄜延走马承受薛文仲遇之，得其书，以闻。二月一日，德和将其众归延州，及州城南，范雍使人代领其众，遣德和归鄜州听朝廷旨，寻又徙之同州。德和始惧，奏言："臣尽忠于国，范雍诬言臣弃军走。"又以书抵钤辖卢守勤及薛文仲求救云："有中贵人至者，当力为营护之，死生不敢忘。"守勤等悉上其书。十一日，朝廷遣殿中侍御史文彦博、入内供奉官梁知诚即河中府置狱按之。先是,有诏:"平仆人王信乘传诣阙。"既而复械送河中府彦博按治。德和及信等不能隐,皆服其实。时河东都转运使王沿又奏言:"访知延州有金明败卒二人自虏中逃还,云刘平、石元孙、李士郴皆为贼系缚而去,平在道不食,数骂贼云:'狗贼,我颈长三尺余,何不速杀我,缚我去何也!'"彦博牒延州求二卒,皆不知处。四月十五日,具狱以闻。中书、枢密院共召大理寺约法,准律:主将以下先退者斩之。又,部曲告主者绞。二十二日,两府进呈,奉圣旨:黄德和于河中府腰斩,枭其首于延州城下,王信杖杀。

赵元昊娶于野利氏,立以为后,生子宁令,当为嗣。以野利氏兄弟旺荣为谟宁令,旺荣号野利王,刚浪唆号天都王,分典左右厢兵,贵宠用事。知青涧城事种世衡欲离间其君臣,遣僧王嵩赍银龟及书遗旺荣曰:"汝向欲归附,何不速决!"旺荣见之,笑曰:"种使君年亦长矣,乃为此儿戏乎?"囚嵩于窖中,凡岁余。元昊虽屡入寇,常以胜归,然人畜死伤亦众,部落甚苦之。又岁失赐遗及缘边交市,颇贫乏,思归朝廷,而耻先发。庆历三年,使旺荣出嵩而问之曰:"我不晓种使君之意,欲与我通和耶?"即赠之衣服,遣教练使李文贵与之偕诣世衡。时龙图阁直学士庞籍为鄜延经略招讨使,以元昊新寇泾原,止之于边,不使前。朝廷以厌兵,欲赦元昊之罪,密诏籍怀之。籍上言:"虏骤胜方骄,若中国自遣人说之,彼亦偃蹇,不可与言。"乃召文贵诣延州问状,文贵言求请和,籍谓之曰:"汝先王及今王向事朝廷甚谨,由汝辈群下妄加之名号,遂使得罪于朝廷,致彼此之民血涂原野。汝民习于战斗,吾民习于太平,故王师数不利,然汝岂能保其常胜耶?吾败不害,汝败社稷可忧。今若能悔过从善,出于款诚,名体俱正,当相为奏之,庶几朝廷或开允耳。"因赠遗遣归。文贵寻以旺荣、曹偶四人书来，用敌国修好之礼。籍以其不逊，未敢复书，请于朝廷。朝廷急于休息，命籍复书，纳而勿拒，称旺荣等为太尉，且曰："元昊果肯称臣，虽仍其僭名可也。"籍上言："僭名理不可容，臣不敢奉诏。太尉天子上公，非陪臣所得称。今方抑止其僭，而称其臣为上公，恐虏滋骄，不可得臣。旺荣等书自称宁令、谟宁令，此虏中之官，中国不能知其义，可以无嫌，臣辄从而称之。"旺荣等又请欲用小国事大之礼，籍曰："此非边帅所敢知也，汝主若遣使者奉表以来，当为导致于朝廷耳。"三年正月，元昊遣其伊州刺史贺从勖上书，称"男南面邦国令曩霄上书父大宋皇帝"。籍使谓之曰："天子至尊，荆王，叔父也，犹上表称臣，今名体未正，不敢以闻。"从勖曰："子事父，犹臣事君也。使得至京师，而天子不许，请更归议之。"籍上言："请听从勖诣阙，更选使者往至其国，以诏旨抑之，彼必称臣。凡名称、礼数及求自得之物，当力加裁损，必不得已，乃少许之。若所求不违，恐豺狼之心未易盈厌也。"朝廷乃遣著作佐郎邵良佐与从勖俱至其国更议之。四年五月，元昊自号夏国主，始遣使称臣。八月，朝廷听元昊称夏国主，岁赐绢茶银彩合二十五万五千，元昊乃献誓表。十月，赐诏答之。十二月，册命元昊为国主，更名曩霄。

　　种世衡卒，庞籍为枢密副使，世衡子古上谏官钱彦远书称："吾父离间刚浪唆，使元昊诛之。由是元昊失其羽翼，称臣请服。今庞以吾父功为两府，而吾父无所褒赏。"彦远为上言之。籍取前后边奏辩于上前，曰："元昊称臣请服之时，刚浪唆等方用事，文书皆其兄弟所行。称臣后数年，自以作乱被诛，非因世衡之离间也。臣向与韩琦、范仲淹俱得旨：'候西事平，除两府。'琦与仲淹先为之，非攘世衡之功而得之也。"朝廷犹以世衡有功之故,除古天兴尉丞,即日勒之官。

夏国酋长鬼名山部落在故绥州,有众万余人,其弟夷山先降,为熟户。青涧城使种谔使人因夷山以诱名山,赂以金盂,名山小吏李文喜受其赂,许以来降,名山不知也。既而,谔大发兵奄至,围其帐,名山惊,援枪欲斗,夷山呼之曰:"兄已约降,何为如是?"其姊识其声,曰:"汝为谁?"曰:"夷山也。"姊曰:"何以为验?"夷山示之手,无一指,姊曰:"是也。"名山曰:"我何尝约降?"夷山曰:"兄已受种使君金盂。"名山曰:"金盂何在?"文喜方以示之。名山投枪而哭,谔遂以兵驱其部落牛羊南还。众多遁亡,比至人塞,才四千余人。朝廷即除名山诸司使。郭帅云。

种谔之谋取绥州,两府皆不知之。及奏得绥州,文潞公为枢密使,以为赵谅祚称臣奉贡,今忽袭取其地,无名,请归之。时韩魏公为首相,方求出,上乃以韩公判永兴军兼陕西四路经略使,度其可受可却以闻。韩公至陕西,言可受,文公以朝旨诘之曰:"若受之,则当馈之以粮,戍之以兵,有急当救之,此三者,皆有备乎?"韩公对:"不及馈、戍及救,彼自有以当谅祚。"因遗书,令勿给粮,追还戍兵,若谅祚攻鬼名山,勿救也。时宣徽使郭逵为鄜延经略使,以为不可。韩公使司封郎中刘航往督责之,逵固执不从,曰:"如此,则降户无以自存,皆溃去矣。"乃奏请筑绥州城,置兵戍之,命之曰绥德城,择降人壮健,刺手给粮,以为战兵,得二千余人。郭帅云。

文公以取绥州为无名,请以易安远、塞门于夏国,遣祠部郎中韩缜与夏国之臣薛老峰议于境。老峰曰:"苟得绥州,请献安远、塞门寨基。"缜曰:"其土田如何?"老峰曰:"安有遗人衣而留领袖乎?"缜信之人奏。枢密院札子下鄜延,令追绥德

戍人,迁其刍粮,不尽者焚之。经略使郭逵以为夏虏心欺绐,
俟得安远、塞门,然后弃绥德未晚,匿其札不行。既而,遣使交
地,虏曰:"所献者寨基,其四旁土田皆不可得。"使者以闻,上
怒甚,以让文公,文公亟奏前札鄜延:更不施行。时赵卨掌机
宜于经略司,求前札不获,甚忧恐。逵乃出示之,卨惊曰:"此
他人所不敢为也。"郭帅云。

涑水记闻卷十二

范帅雍在鄜延，命李金明士彬分兵守三十六寨，勿令虏得入寨。其子谏曰："虏大举，将入寇，宜聚兵以待之，兵分则势弱，不能拒也。"士彬不从。康定元年，虏兵大至，士彬所部皆溃，其子力战而死，彬遂为所擒。郭帅云。

金明既陷，安远、塞门二寨在金明之北，知延州赵振不能救，遂弃安远，拔城中兵民以归。又移书塞门寨主高延德曰："可守则守，不可守亦拔兵民以归。"延德守半岁，救兵不至，遂率众弃城归，虏据险邀之，举众皆没。及元昊请降，遂割其地以赐之。郭帅云。

宝元元年九月十六日，鄜延路都钤辖司奏：今月五日，六宅副使、金明县都监、新寨解家河卢关路巡检李士彬申：四日戌时，男殿直怀宝及七罗寨指挥使，引到宥州团练侍者密臧福罗，以赵元昊所给告身三道来云：山遇令公先在元昊处为枢密，元昊数诛诸部大人且尽，又欲诛山遇。八月二十五日，山遇自河外与侍者二人逃归，既济河，集缘河兵断河津三处。二十八日，山遇使其弟三太尉者将宥州兵监河津诸屯。九月一日，告密臧福罗以事状，哭且言曰："去年大王弟侍中谋反，欲杀大王，赖我闻之，以告大王。大王存至今日，我之力也。今乃欲杀我，汝为我赍此告身三道，赴金明导引告延州大人，我当悉以黄河以南户口归命朝廷。朝廷欲得质者，以我子若我弟皆可也。大王来追，我自以所部兵拒之。汝至南，得何语，

当亟来，我别以马七八百匹献朝廷，更令使者自保安军驿路告
延州。我此月三日集宥州，监州兵至河上，悉发户口归朝廷
也。"密臧福罗至金明，以状言。本司契勘，前此元昊所部有叛
者，为元昊所诛，已具奏闻。今山禺云欲归朝廷，本司商量令
李士彬还其告身，谕以元昊职贡无亏，难议受其降款，遣之还。
臣等仍恐虏为奸诈，已戒缘边刺候严备去讫。又奏：六日，保
安军北番官巡检、殿直刘怀中状申："诇知山禺等于二日起兵，
有众二千余人，劫掠村社族帐，只在宥州境内。"寻得保安军状
云："五日寅时，山禺及弟二防御、三防御等，将麾下一十五骑
至，皆被甲执兵，告指挥使云欲归命朝廷。臣等已令保安军诘
问山禺等所以来事故，勒令北归。仍令缘边部族首领严兵巡
逻，或更有北来户口，皆约遣令还，毋得承受，别致引惹者。诏
鄜延路都钤辖司，严饬缘边诸寨及番官等，晨夜设备，遣人诇
候。如虏人自在其境互相攻战，即于界首密行托落，毋得张
皇。或更有山禺所部来投告者，令李士彬等只为彼意婉顺约
回，务令安静。所诇知事宜，节次驿置以闻。仍下环庆泾原路
部署司、麟府路军马司准此。"是时，知延州、管勾鄜延路军马
公事、刑部郎中、天章阁待制郭劝，都钤辖、四方馆使、惠州刺
史李渭，知保安军、供备库副使朱吉、高继隆等破后桥寨。康
定元年正月十八日，鄜延环庆路经略使范雍奏："洛苑使、环庆
路钤辖高继隆，礼宾使、环庆路驻泊钤辖、知庆州张崇俊部领
兵马，入西贼界，打破贼后桥寨。先令番官奉职、巡检李明领
番部围寨，继隆、崇俊领大军继进，与贼斗敌相杀，又分擘兵
甲，令柔远寨主、左侍禁阁门祗候武英，监押左侍禁王庆，东谷
寨监押、奉职张立，左侍禁、阁门祗候、北路都巡检郝仁禹攻打
寨城，其武英先打破寨北门，入城。又令淮安镇都监、西头供

奉官、阁门祗候刘政，东谷寨主、左侍禁贾庆，各部领兵马入贼
界驻泊，牵掣策应，破荡诸族帐，又令入内西头侍奉官、走马承
受公事石全政把截十二盘路口。其殿侍、军员、兵士及番官使
唤得力，或斫倒人头，或伤中重身，系第一等功劳者，凡一百一
十五人。伏乞体验今来北贼往来沿边作祸，正当用人之际，特
与各转补名目，所贵激赏边臣及各军吏效命。"奉圣旨：高继
隆、张崇俊于见今使额上各转七资，刘政、郝仁禹以下各转官
有差。

宝元二年三月甲寅，保顺军节度使邈川大首领唃厮罗遣
使入贡方物。四月辛酉朔，癸亥，枢密院奏："唃厮罗前妻为
尼，已有二子，今再娶乔氏女为妻。"诏唃厮罗前妻赐紫衣、师
号及法名，今妻赐邑号，二子并除团练使。

宝元二年九月，金明都监李士彬捕得元昊伪署环州刺史
刘乞移，送京师，斩于都市。以元昊令入延州界诱保塞番官故
也。

康定元年二月癸酉，韩琦奏："昨者夏虏寇延州，有西路都
巡检使、侍禁、阁门祗候郭遵从刘平与贼战。有跨马舞二剑以
出，大呼云欲斗将者，平问诸将，无敢敌者，遵独请行，因上马
舞二铁简与贼格斗，贼应手脑碎，余众遂却。顷之，遵又横大
钢刀，率百余人，进陷虏阵，至其帐而还。凡三出三入，所杀者
几百人。遵马倒，为贼所害，闻贼中皆叹服其勇也。乞优赐褒
赠及录其子孙。"诏赠遵果州团练使，母、妻皆封郡君，诸子悉
除供奉官、侍禁、殿直，兄弟亦以差拜官。丙子，黑风自西北
起，京帅昼晦如墨，移刻而止。丁丑，始遣中使随问刘平、石元
孙家属，加赐赠。

四月戊子，都转运司奏："请令准江南造纸甲三二万副，本

路给防城手力。"诏委逐路州军以远年帐籍制造。

康定元年六月,言事者以朝廷发兵戍守西边,恐诸处无备,乞于京东西州军增置弓手。辛丑,诏天章阁待制高若讷为京西体量安抚使,就委点集。甲辰,中书门下奏:"诸路并宜增置弓手,以备盗贼。"诏除陕西、河北、河东、京东西已从差,及川、陕、广南、福建更不点外,其余路分,量户口多少增置。戊申,三司奏:"乞下开封府并河北买驴三千头,载军器输陕西。"诏减二千头,仍增京东西两路。

康定元年四月癸巳,秦凤路部署司奏:邈州首领唃厮罗之子磨毡自请奋击夏虏,乞朝廷遣使监护。乃降诏命从之。八月辛丑,诏屯田员外郎刘涣往秦州至邈川以东勾当公事。涣知晋州,自请使外国故也。

康定元年九月丙寅,诏河北、河东强壮,陕西、京东、京西新添弓手,皆以二十五人为团,团置押官一员,四团为都,置正副都头一人,五都为一营,指挥使一人教习。

康定元年秋,夏虏寇保安军、镇戎军。九月二十日,环庆路部署、知庆州任福谋袭夏虏白豹城,以牵制虏势,使东路都巡检任政、华池寨主胡永锡击之,使凤川寨监押、殿直刘世卿将广勇、神虎二指挥会华池,又使淮安镇都监刘政、监押张立将兵趋西谷寨,与寨主等共击近寨诸族,期以二十日丑时俱发。福以十六日夜闭门后,授诸军甲。十七日未明,出兵,令城门非从兵行无得辄出一人,声言巡边。是夜,宿业乐镇。十八日晚,入柔远寨。十九日,犒谕柔远诸番部,禁止毋得出城。密部分诸将,使驻泊都监王怀正攻白豹城西,断神树峛来路;北都巡检范全攻其东,断金汤之路;柔远寨主谭嘉震攻其北,断叶市之路;供奉官王庆、走马承受石全政攻其南族;帐驻泊都监武英主入城门斗敌，福以大军驻于城南，照管策应。是日，引兵柔远寨，置番官等于福马前而行，凡七十里。二十日丑时，至白豹城，各分部令，即时攻城。卯时克之，悉焚其伪署李太尉衙署、酒税务、粮仓、草场及民居室、四十里内禾稼聚积。诸将分破族帐四十一，擒伪署张团练，杀首领七人，斩获二百五十有余级，虏牛、马、羊、橐驼七千余头，器械三百余事，印记六面，伪宣敕告身及番书五十通。军士死者一百六十四人。以范全及番官巡检赵明为殿而还。

康定二年，府州奏："七月二十三日，西贼不知万数，围逼州城，攻击四日夜乃退。寻令乡兵赵素等探候，西贼尚在后河州、赤土岭、毛家坞一带下寨未起，去州三十二里。州司窃虑西贼虚作退势，诱引大兵追逐，别设伏兵，奔冲州城，见不辍令人探候，及申并、代部署司乞救应次。"麟府路走马承受公事樊玉奏："窃见本路军马司准麟州公文，自七月二十七日被西贼攻围西城二十八日，至九月九日午时，其贼拔寨过屈野河西山上白草平一带下寨，去州约十五里。其夜，当州令通引官魏智及百姓兼千、白政等偷路往州东探候，建宁寨已为西贼所破，贼于周回下七寨，杀虏寨主、监押及寨内军民，焚荡仓场、库务、军营、民居、敌楼、战棚皆尽。其贼亦不辍，下屈野河来奔冲州城。当州日夜拒守，军民危困。今遣百姓李㽵飞骑长夜偷路去急，乞军马司星夜进城，发兵救应。"河东路转运使文彦博奏："昨西贼围丰州及宁远寨，其并、代州副部署、通判团练使王元，麟府州钤辖、东染院使、昭州刺史康德舆，只在府州闭垒自守，并无出兵救援之意，以致八月七日宁远寨破，十九日丰州破。二十一日，西贼引退已远，麟州路通。二十三日，元等乃牒府州索随军十日粮草，计人粮马料九千石，草五万六千束，以二十六日出军。臣寻急令保德、火山、岢岚军人户各备脚乘，于府州请搬上件随军。其王元、康德舆只于府州城外五七里下寨，作食所搬粮草，经三日，复将所部兵马入城，亦不先告人户令知，其人户等见军马入城，谓是西贼将至，皆仓皇奔窜入城，弃所搬粮草脚乘并在野寨。明日，方令人户搬所余粮草于仓场回纳。窃缘人户请搬粮草、雇脚乘，所费至重，臣取得人户雇脚契帖，每搬随军草一束、粮一斗，不以远近日数，计钱一贯文。如此费耗，若一两次，何以任之？若或出军击贼，远救城寨，须要粮草先行，虽有重费，不可辞劳。其如贼退已远，麟州道路已通，方领军马出城，又不前去追袭，却只在府州城外五七里扎寨，令人户运粮，元辈何以自安？方今西事未平，捍边全藉良将，若王元、康德舆弩下之材，如此举动，必致败事。伏乞朝廷明行重典，以戒懦夫。别择武臣，付以边事。"诏："昨以西贼围闭麟州府，专差王元及并、代州钤辖、供备库使杨怀志往彼策应，自部领军马到府州，并不出兵广作声援救应，致陷没丰州及宁远寨。其康德舆系专管勾麟府路军马公事，亦只在府州端坐，不出救应。已降敕命，王元降右卫将军、陵州团练使，杨怀志降供备库副使，康德舆落遥郡军，令逐路都部署司遍行戒饬。仍令王元、康德舆分析上件因依闻奏。"

　　知延州范雍奏："前月赵元昊悉众入寇，陷金明寨，执都监李士彬父子，遂攻安远、塞门、永平三寨。安远最居极边，贼砍坏两重门，监押、侍禁邵元吉遣下军士，砍退贼兵，复夺得城门。拒守数日，贼乃去。贼遂合众屯于州城之北三川口，列十余寨。二十三日，贼分兵出东西城之后，乃两城之间呼噪，射城上人。城上诸军发矢攻贼，死者颇众，遂不敢攻。明日，贼引兵退。其守城将佐钤辖卢守懃等，谨条次其功状，乞超资酬赏，以励后来。"又奏："栲栳寨主殿直高益、监押殿直韩遂，安远寨主供奉官蔡詠、奉职曹度、借职王懿，皆死于贼。邵元吉及塞门寨主供奉官高延德、权监押右侍禁王继元，永平寨主左侍禁郭延珍、权监押左侍禁王懿，皆有拒守之功。"诏死事者优与赠官，仍赙钱绢，录其子孙。元吉迁西头供奉官、阁门祗候，充安远寨主。

李士彬世为属国胡酋，领金明都巡检使，所部十有八寨，胡兵近十万人，延州人谓之"铁壁相公"，夏虏素畏之。元昊叛，遣使诱士彬，士彬杀之。元昊乃使其民诈降士彬，士彬白之延州范雍，请徙置南方，雍曰："讨而擒之，孰若招而致之?"乃赏以金帛，使隶于士彬。于是降者日至，分隶十八寨，甚众。元昊使其诸将每与士彬遇，辄不战而走，曰："吾士卒闻铁壁相公名，莫不坠胆于地，狼狈奔走，不可禁止也。"士彬益骄，又以严酷御下，或有所侵暴，故其下多有怨愤者。元昊乃阴以金爵诱其所部，往往受之，而士彬不知。是岁，元昊遣衙校贺真来见范雍，自言欲改过自新，归命朝廷。雍喜，厚礼而遣之。凡先所获俘枭首于市者，皆敛而葬之，官为致祭。真既出境，虏骑大入，诸降虏皆为内应。士彬时在黄帷寨，闻虏至，索马，左右以弱马进，虏遂辄马以诣元昊。士彬使其腹心赤豆军主以珠带示母、妻使逃，母、妻策马奔延州，范雍犹疑，使人诇虏，皆为所擒。明日，骑至城下。元昊割士彬耳而不杀，后十余年，卒于虏中。

康定初，夏虏入寇，参知政事宋庠荐供奉官、阁门祗候桑怿有勇略，今在岭南，请召于西边任使。诏迁内殿崇班，充鄜延路驻泊都监。顷之，徙泾原路驻泊都监，屯镇戎军。至是战死。

庆历元年二月十二日，赵元昊寇渭州，先遣游兵数千骑入塞，侵掠怀远寨、静边寨、笼竿城。西路都同巡检常鼎、刘肃及诸寨与战，斩获颇众。于是环庆路部署任福及钤辖朱观，泾原路都监王珪、桑怿，渭州都监赵律，镇戎军都监李简、监押李禹亨等合兵三万余人追击之。将作监丞耿傅掌督刍粮，亦在军中。贼阴引兵数万自武延川入据姚家、温家、好水三川口。诸将及士卒贪虏获，分道争进。十四日晨，至三川口。是时，官军追贼已三日，士卒饥疲，猝与贼遇，怿力战先死，福等兵大败，福与武英、王珪、赵律、李简、李禹亨、刘肃、耿傅等皆死于贼。指挥使、忠佐死者十五人，军员二百七十一人，士卒六千七百余人，亡马一千三百匹。杀虏民五千九百余口，熟户一千四百余口，焚二千二百六帐。斩贼首五百一十级，获马一百五十四匹。

任福字祐之，开封人，少时颇涉书史。咸平中，应募补殿前诸班，以材力选为列校，凡六迁，至遥领刺史。宝元初，夏州赵元昊始绝朝贡，朝廷选班直诸校有勇干者除前班官，任以边事，除福莫州刺史，充岚、石、隰州都巡检使，寻改凤翔、秦凤、阶成等路驻泊马部军副都部署兼知陇州。康定元年，迁忻州团练使，充鄜延路驻泊兵马部署，寻徙知庆州兼邠宁环庆路兵马部署、安抚使。是岁九月，福与诸将攻元昊白豹城，拔之，破其四十余帐，获其防御、团练使等七人，朝廷赏其功，迁贺州防御使兼神龙卫四厢都指挥使。月余，又迁侍卫亲军都虞候。明年春，受诏乘传至泾原，与陕西都部署经制边事。二月，元昊寇渭州，福与诸将出兵合数万人御之。先战小利，乘胜直进，至三川口，忽遇虏兵且二十万，官军大败。矢中福子怀亮之嗌，怀亮坠马，援福马鞚告之，福犹趣以疾战，虏击怀亮坠崖死。福乘马运四刃铁简与虏斗，身被十矢，颊中二刃，乃为虏所杀，年六十一。上闻而惜之，赠武胜军节度使、检校太尉兼侍中，进封其母董氏为陇西郡太夫人，妻王氏封琅琊郡夫人，子怀德除供备库副使，怀亮赠率府副率，怀誉除供奉官，怀谨侍禁，孙惟恭、惟让皆除殿直，侄怀玉除借职，赐田宅赙赠甚多。

王立字诚之，维州北海人。咸平三年，进士及第，补宁化军判官。天圣四年，为夔州路转运使。施州徼外蛮夷，利得赐物，每岁求入贡者甚多，所过烦扰，为公私患。立奏令以贡物输施州，遣还溪洞；又城施州，通云安军道以运盐，朝廷嘉之。历江南东、陕西、河北、河东路转运使。并州有群盗，攻劫行旅，州县不能制。立行部至并州，选巡检兵士十五人自随，阳云以护行装，微诇知盗处，掩捕尽获之，五日中获十八人，盗贼遂息。自河东徙知扬州。明道二年，以太常少卿为户部副使，寻以足疾，出知庐州。迁右谏议大夫，徙知密州，秩满归卒。

庆历初，赵元昊围麟州二十七日。城中无井，掘地以贮雨水。是时水竭，知州苗继宣拍泥以涂薪积，备火箭射。贼有谍者潜入城中，出告元昊："城中水已竭，不过二日，当破。"元昊望见涂积，曰："城中无水，何暇涂积？"斩谍者，解围去。麟州之围，苗继宣募吏民有能通信求援于外者，通引官王吉应募，继宣问曰："须几人从行？"吉曰："今虏骑百重，无所用众。"请秃发，衣胡服，挟弓矢，赍粮饷，为胡人，夜缒而出，遇虏问，则为胡语答之。两昼夜，然后出虏寨之外，走诣府州告急。府州遣将兵救之，吉复间道入城，城中皆呼万岁。及围解，诏除吉奉职、本州指使。

吉尝从都监王凯及中贵人将兵数千人，猝遇虏数万骑。

中贵人惶恐，以手帛自经，吉曰："官何患不死？何不且令士吉与虏战？若吉不胜，死未晚也。"因使其左右数人守中贵人，曰："贵人有不虞，当尽斩若属。"因将所部先登，射杀虏大将，虏众大奔，众军乘之，虏坠崖死者万余人。奏上，凯自侍禁除礼宾使、本路钤辖，吉自奉职除礼宾副使。吉尝与夏虏战，其子文宣年十八，从行。战罢，不见文宣，其麾下请入虏中求之，吉止曰："此王吉子，而为虏所获，尚何以求为？"顷之，文宣挈二首以至，吉乃喜曰："如此，真我子也！"吉每与虏战，所发不过一矢，即舍弓肉袒而入，手杀数人，然后反，曰："及其张弓挟矢之时，直往抱之，使彼仓猝无以拒吾，则成擒矣。吾前后数人其阵，未尝发两矢也。"时又有张节，与吉齐名，皆不至显官而卒。

庆历三年正月，广南东路转运司奏："前此温台府巡检军士鄂陵，杀巡检使，寇掠数十州境，亡入占城。泉州商人邵保，以私财募人之占城，取鄂陵等七人而归，枭首广市，乞旌赏。"诏补殿侍监、南剑州酒税。初，内臣温台巡检张怀信性苛虐，号"张列挈"，康定元年，鄂陵等不胜怨忿，杀之，至是始平焉。

庆历四年夏四月壬辰朔，丁酉，潭州奏："山蛮邓和尚等寇掠衡、道、永、郴州、桂阳监。"先是，宜州奏："本管环州蛮贼欧希范僭称桂王，欧正辞僭称桂州牧，攻环州，杀官吏。"诏以虞部员外郎杜杞为刑部员外郎、直集贤院，充广南西路转运按察使兼本路安抚使，委以便宜经略。

庆历四年七月，梓州路转运司奏："知泸州、左侍禁、阁门祗候李康伯，令教练使史受招谕淯井叛蛮，酋长出降。乞旌赏及补授殿侍，充淯州监一路巡检，李康伯与提点刑狱。"

邈州首领唃厮罗有三子，曰磨毡、瞎毡、董毡。董毡尤桀黠,杀二兄而并其众。唃厮罗老,国事皆委之董毡。秦凤经略使张方平使人诱董毡入贡,许奏为防御使。董毡遣使入贡。会知杂御史吴中复劾奏:"方平擅以官爵许戎,启其贪心。"方平议遂不行。契丹以女妻董毡,与之共图夏国。夏主谅祚与之战,屡为所败。嘉祐六年秋,谅祚遣使请尚公主,鄜延经略司奏之,朝廷令鄜延勿纳其使。会谅祚举兵击董毡,屯于古渭州之侧。古渭州熟户、诸酋长皆惧,以为谅祚且来,并吞诸族,皆诣方平诉求救。方平惧,饰楼橹为守城之备,尽籍诸县马,悉发下番兵以自救。枢密张公云。

　　皇祐末,古渭州熟户反,增秦州戍兵甚多。事平,文公悉分屯于永兴、泾原、环庆三路,期以有警急则召之,以省刍粮,谓之下番兵,关西震耸。方平仍驿书言状,乞发京畿禁军十指挥赴本路。枢密使张昇言于上曰:"臣昔在秦凤,边人言虏入寇前后甚众,皆无事实。今事未可知,而发京畿以赴之,惊动远近,非计也。请少须之。"上从之,数日方平复奏:"谅祚已引兵西去击董毡矣。"谅祚寻复为董毡所败,筑堡于古渭州之侧而还。薛向云。

涑水记闻卷十三

　　皇祐中,侬智高自邕州乘流东下,时承平岁久,缘江诸州城栅隳敝,又无兵甲,长吏以下皆望风逃溃。赞善大夫、知康州赵师道谓僚属曰:"贼锋甚盛,吾州众寡不敌,必不能拒贼。然吾与兵马监押为国家守城,贼至死之,职也。若君等先贼未至,宜与家属避山中。"师道亦置其家属山中,师道妻方产,弃子于草间而去。师道在城上,妻遣奴与师道相闻,师道怒曰:"吾已与汝为死诀,尚寄声何为!"引弓射奴,杀之。时贼已在近,师道与监理闭门守城,贼攻陷之,师道坐正厅事,射杀贼数人,然后死。贼以城人拒己,悉焚其官府民舍,残灭之。进至于封州,太子中舍、知封州曹觐微服怀州印匿于民间,贼搜得之,延坐与食,谓曰:"尔能事我,我以尔为龙图阁学士。"觐骂曰:"死蛮!汝安知龙图阁学士为何物,乃欲污我?"贼怒,斩之。及事平,朝廷赠觐谏议大夫,师道太常少卿,妻子皆受官邑,赐赉甚厚。弃城者皆除名编管。康卫云。

　　侬智高世为广源州酋长,后属交趾,称广源州节度使。有金坑,交趾赋敛无厌,州人苦之。智高桀黠难制,交趾恶之,以兵掩获其父,留交趾以为质,智高不得已,岁输金货甚多。久之,父死,智高怨交趾,且恐终为所灭,乃叛交趾,过江,徙居安德州,遣使诣邕州求朝命为补刺史。朝廷以智高叛交趾而来,恐疆场生事,却而不受。智高由是怨,数入为盗。先是,礼宾使亢赟坐事出为洪州都指挥使,会赦,有荐其材勇,前所坐薄,

可收使,诏除御前忠佐,将兵戍邕州。赟欲邀奇功,深入其境,
兵败,为智高所擒,恐智高杀之,乃绐言:"我来非战也,朝廷遣
我招安汝耳。不期部下人不相知,误相与斗,遂至于此。"因谕
以祸福。智高喜,以为然,遣其党数十人随赟至邕州,不敢复
求刺史,但乞通贡朝廷。邕州言状,朝廷以赟妄入其境,取败,
为贼所擒,又欲脱死,妄许其朝贡,为国生事,罢之,黜为全州
都指挥使,智高之人皆却还。智高大恨,且以朝廷及交趾皆不
纳,穷无所归,遂谋作乱。有黄师宓者,广州人,以贩金常往来
智高所,因为之画取广州之计,智高悦之,以为谋主。是时,武
臣陈珙知邕州,智高阴结珙左右,珙不之知。皇祐四年四月,
智高悉发所部之人及老弱尽空,沿江而下,凡战兵七千余人。
五月乙巳朔,奄至邕,珙闭城拒之,城中之人为内应,贼遂陷邕
州,执珙等官吏,皆杀之。司户参军孔宗旦骂贼而死。智高自
称仁惠皇帝,改元启历,沿江东下。横、贵、浔、龚、藤、梧、康、
封、端诸州无城栅,皆望风奔溃,不二旬,至广州。知广州仲简
性愚且狠,贼未至时,僚佐请为之备,皆不听。至遣兵出战,贼
使勇士数十人,以青黛涂面,跳跃上岸,广州兵皆奔溃。先是,
广州地皆蚬壳,不可筑城,前知州魏瓘以甓为之,其中甚隘小,
仅可容府署、仓库而已。百姓惊走,辇金宝入城,简闭门拒之,
曰:"我城中无物,犹恐贼来,况聚金宝于城中耶?"城外人皆号
哭,金宝悉为贼所掠,简遂闭门拒守。转运使王罕时巡按至梅
州,闻之,亟还番禺。乡村无赖少年,乘贼势互相剽掠,州县不
能制,民遮马自诉者甚众。罕乃下马,召诸老人坐而问之,曰:
"汝曹尝经此变乎?"对曰:"昔陈进之乱,民间亦如是。时有县
令,籍民间强壮者,悉令自卫乡里,无得他适。于是乡村下不
能侵暴,亦不能侵暴邻村,一境独安。"罕即遍移檄州县,用其

策，且斩为暴者数人，民间始安。罕既入城，钤辖侍其渊等共修守备。贼掠得海船昆仑奴，使登楼车以瞰城中，又琢石令圆以为炮，每发辄杀数人。昼夜攻城，五十余日，不克而去。时提点刑狱鲍轲欲迁其家置岭北，至南雄州，知州责而留之。轲乃诇广州间，日有所奏。罕在围城中，无奏章。贼退，朝廷赏轲而责罕，罕坐左迁。

五月乙巳朔，丙寅，侬智高攻广州。壬辰，诏知桂州陈曙将兵救之。直史馆杨畋，继业之族人也，尝为湖南提点刑狱，讨叛蛮，与士卒同甘苦，士卒爱之，时居父丧。六月乙亥，诏起畋为广南西路体量安抚使。畋儒者，迂阔无威，诸将不服，寻罢之。七月丙午，以余靖经制广南东西路贼盗。壬戌，智高解广州围，西还攻贺州，不克。广南东路钤辖张忠初到官，所将皆乌合之兵，智高遇战于白田，忠败死。西路钤辖蒋偕性轻率，举措如狂人，军于太平场，初不设备。九月戊申，智高悉击杀之。丙辰，又败官军于龙岫洞。丁巳，以余靖提举广南东西路兵甲，寻为经略使，又命枢密直学士孙沔、入内押班石全彬与靖同讨智高。西路钤辖王正伦败于馆门驿，遂陷昭州。枢密副使狄青请自出战击贼，庚午，以青为宣徽使、荆湖南北路宣抚 都大提举经制广南东西路盗贼事。谏官韩绛上言，狄青武人，不足专任，固请以侍从文臣为之副。上以访执政，时庞籍独为相，对云："属者王师所以屡败，皆由大将权轻，偏裨人人自用，遇贼或进或退，力不制胜故也。今青起于行伍，若以侍从之臣副之，彼视青如无，青之号令不得行，是循覆车之轨也。青素名善将，今以二府将大兵讨贼，若又不胜，不惟岭南非陛下之有，虽荆湖、江南皆可忧矣。祸难之兴，未见其涯，不可不慎。青昔在鄜延，居臣麾下，沈勇有智略，若专以智高之事委之,使先以威齐众,然後用之,必能办贼,幸陛下勿以为忧也。"上曰:"善。"以是岭南用兵皆受青节度,处置民事,则与孙沔等议之。时余靖军于宾州,闻智高将至,弃城及刍粮,走保邕。丁丑,智高陷宾州,靖引兵扬言邀贼,留监押守邕州,监押亦走。甲申,智高复入邕州。十一月,狄青至湖南,诸道兵皆会,诸将闻宣抚使将至,争先立功。余靖遣广南西路钤辖陈曙将万人击智高,为七寨,逗遛不进。十二月壬申朔,智高与曙战于金城驿,曙败,遁归,死者二千余人,弃捐器械辎重甚众。交趾王德政请出兵二万助收智高,狄青奏:"官军自足办贼,无用交趾兵。"丁未,诏交趾毋出兵。青又请西边番落广锐近二千骑与俱。五年正月,青至宾州,余靖、陈曙皆来迎谒。时馈运未至,青初令备五日粮,既又备十日粮。智高闻之,由是懈惰不为备,上元张灯高会。先是,诸将视其帅如寮采,无所严惮,每议事,各执所见,喧争不已,不用其命。己酉,狄青悉集将佐于幕府,立陈曙于庭下,数其败军之罪,并军校数十人皆斩之。诸将股栗,莫敢仰视。余靖起拜曰:"曙之失律,亦靖节制之罪也。"青曰:"舍人文臣,军旅之责,非所任也。"于是勒兵而进,步骑二万人。或说侬智高曰:"骑兵利平地,宜遣人守昆仑关,勿使度险,使其兵疲食尽,击之无不胜者。"智高骤胜,轻官军,不用其言。青倍道兼行,出昆仑关,直趋其城。智高闻之,狼狈遽发兵出战。戊午,相遇于归仁铺。青使步卒居前,匿骑兵于後。蛮使骁勇者执长枪居前,羸弱悉在其後。其前锋孙节战不利而死,将卒畏青令严,力战莫敢退者。青登高丘,执五色旗,麾骑兵为左右翼,出长枪之後,断蛮兵为二,旋而击之,枪立为束,蛮军败,杀获三千余人,获其侍郎黄师宓等。智高走还城,官军追之,营城下。营中夜惊呼,蛮闻之,以为官军且进攻,弃城走。明日,青人城,遣裨将于振追之,过田州不及而还,智高奔大理。捷书至,上喜,谓庞籍曰:"岭南非卿执议之坚,不能平,今日皆卿功也。"狄青还,上欲以为枢密使、同平章事,籍曰:"昔曹彬平江南,太祖谓之曰:'朕欲用卿为使相,然今外敌尚多,卿为使相,安肯复为朕尽死力耶?'赐钱二十万缗而已。今青虽有功,未若彬之大,若赏以此官,则富贵极矣。异日复有寇盗,青更立功,将以何官赏之?且青起军中,致位二府,众论纷然,谓国朝未有此比。今幸而立功,论者方息,若又赏之太过,是复使青得罪于众人也。臣所言非徒便国体,亦为青谋也。昔卫青已为大将军,封侯立功,汉武帝更封其子为侯。陛下若谓赏功未尽,宜更官其诸子。"争之累日,上乃许之。二月癸未,加青护国军节度使,枢密副使如故,仍迁诸子官。既而议者多谓青赏薄,石全彬复为青讼功于中书。五月乙巳,竟以青为枢密使。先时,所司奏:余安道募人能获智高者,有孔目官杨元卿、进士石鉴等十人皆献策请行,安道一一问之,以元卿策为善。元卿曰:"西山诸蛮,凡六十族,皆附智高,其中元卿知其一族,请往以逆顺谕之顺从,使之转谕他族,无不听矣。若皆听命,则智高将谁与处此?必成擒矣。"安道悦,使赍黄牛、盐等物往说之。二族随元卿出见安道,安道皆铺纹彩装饰谱牒如告身状,慰劳燕犒,厚赐遣之。于是转相说与,稍稍请降。先是,智高筑宫于特磨寨,及败,携其母、弟、妻、子往居之,闻诸族俱叛,惶惧,留其母及弟智光、子继封于特磨寨,使押衙一人将兵卫之,智高自将兵五百及其六妻、六子奔大理国,欲借兵以攻诸族。安道使元卿等十人,发诸族陈充等六州兵袭特磨寨,杀押衙,获其母、弟、子以归。安道欲烹之,广南西路转运司奏:"所获非智高母、子,蛮人妄执之以干赏耳。"于是安道奏送京师,请囚之,以俟得智高辨其虚实,诏许之。缘道皆不执縻,供待甚严。至京师,馆于故府司,朝夕给饮膳,惟所欲,如养骄子,月费钱三百余贯,病则国医临视。后数月,智光发狂,殴防卫者,欲突走。伯庸上言:"智高母致病,不诛无以惩蛮夷。又徒费国财,养之无用,请戮之。"上怒曰:"余靖欲存此以招智高,而卿等专欲杀之耶?"自是群臣不敢言。智高母年六十余,隆准方口。智光年二十八,神识不慧,智高使之所部州,不能治,黜之。其妻美色,智高夺之。继封年十四,智高长子,智高僭立为太子。继明八岁。安道以获智高母,召其所亲黄汾于韶州,使部送至京师。汾自幕职迁大理寺丞,元卿除三班奉职,鉴除斋郎,其余皆除斋郎、殿侍。以元卿、鉴晓蛮语,皆留侍侬母。元卿等愤叹曰:"昔我初获智高母,余侍郎谓我等勿入京师,留此待官赏耳。我等皆曰:'智高杀我等亲戚近数十口,我愿至京师,分此妪一脔食之。'岂知今日朝夕事之,若孝子之养亲。执政者仍戒我云:'汝勿得以私愤逼杀此妪。'设有不幸,我等当偿其死耶?"数见执政,涕泣求归,不许。

侬智高将至广州,天章阁待制、知广州仲简尚未之信,殊不设备,榜于衢路,令民敢有相扇动欲逃窜者斩。及贼至,简闭其城拒守。郊野之民欲入城者,闭门不纳,悉为贼所杀掠。简阴具舟,欲与家属逃去,僚属以为不可。会转运使王罕巡行他州,闻贼至,亟还入广州城,悉力拒守,几陷者数四,仅而得免。提点刑狱鲍轲止于南雄城,诇贼动静,相继以闻。及贼退,朝廷责罕奏章稀少,黜监信州税,仲简落职知筠州,以鲍轲为勤职,欲以为本路转运使,台谏有言而止。

蒋偕将千余人,昼夜兼行,追侬智高至黄富场。蛮人诇知官军饥疲,夜以酒设寨饮之,即帐中斩偕首,因纵击其众,大破之,枭偕及偏裨首于战场而去。李章云。

侬智高围广州既久,城中窘急,而贼亦疲乏,又不习水战,常惧海贼来抄其宝货。东莞县主簿兼令黄固素为吏民所爱信,侦知贼情,乃募海上无赖少年,得数千人,船百余艘,沿流而下,夜趋广州城,鼓噪而进,贼大惊,即时遁去。广州命固率所募之众溯流追之,而贼弃船自他路去,追之不及。会通判孟造素不悦固,乃按固所率舟中之民私载盐鲞于上流贩卖,及县中官钱有出入不明者,摄固下狱治之,诬以赃罪,固竟坐停仕。既而上官数为辩雪,治平中乃得广州幕职。蔡子直云。

石鉴,邕州人,尝举进士,不中第。侬智高陷邕州,鉴亲属多为贼所杀,鉴逃奔桂州。智高攻广州不下,还据邕州。秘书监余靖受朝命讨贼,鉴以书干靖,言:"邕州三十六洞蛮,素受朝廷官爵恩赐,必不附智高。向者从智高东下,皆广源州蛮及中国亡命者,不过数千人,其余皆驱掠二广之民也。今智高据邕州,财力富强,必诱胁诸蛮,再图进取。若使智高尽得三十六洞之兵,其为中国患,未可量也。鉴素知诸洞山川人情,请以朝廷威德说谕诸蛮酋长,使之不附智高,智高孤立,不足破矣。"靖乃假鉴昭州军事推官,间道说诸洞酋长,皆听命。惟结洞酋长黄守陵最强,智高深与相结。洞中有良田甚广,饶粳糯及鱼,四面阻绝,惟一道可入。智高遗守陵书曰:"吾向者长驱至广州,所向皆捷,所以复还邕州者,欲抚存汝诸洞耳。中国名将如张忠、蒋偕辈,皆望风授首,步兵易与,不足忧,所未知者,骑兵耳。今闻狄青以骑兵来,吾当试与之战,若其克捷,吾当长驱以取荆湖、江南,以邕州授汝。不捷,则吾寓汝洞耳,休息士卒,从特磨洞借马,教习骑战,候其可用,更图后举,必无

敌矣。"并厚以金珠遗守陵。守陵喜,运糯米以饷智高。鉴使
人说守陵曰:"智高乘州县无备,横行岭南,今力尽势穷,复还
邕州,朝廷兴大兵以讨之,败在朝夕。汝世受国恩,何为无事
随之以取族灭?且智高父存勖,本居广源州,弟子禄为武勒州
刺史,存勖袭杀存禄而夺其地。此皆汝耳目亲见也。智高父
子,贪诈无恩,譬如虎狼,不可亲也。今汝乃欲延之洞中,吾见
汝且为虏矣,不可不为之备。"守陵由是狐疑,稍疏智高。智高
怒,遣兵袭之,守陵先为之备,逆战,大破之。会智高亦为狄青
所败,遂不敢入结洞而逃奔特磨。特磨西接大理,地多善马,
智高悉以所得二广金帛子女遗特磨蛮酋侬夏诚,又以其母妻
夏诚弟夏卿相结纳,夏诚许以兵马借之。智高留其母及一弟
一子并其将居于夏诚所居之东十五里丝苇寨,而身诣大理,欲
借乒共寇四川,使其母以特磨之兵自邕州寇广南。鉴请诣特
磨寨说夏诚,使图智高。智高以兵守三弦水,鉴几为所获,不
得进而还。鉴言于靖曰:"特磨距邕州四十日程,智高恃其险
远,必不设备。鉴请不用中国尺兵斗粮,募诸洞壮丁往袭之,
仍以重赂说特磨,使为内应,取之必矣。"靖许之,仍许萧继将
大兵为鉴后,继常与鉴相距十程。鉴募洞丁,得五六千人,率
之以前进。

　　前知邕州萧注曰:广源州本属田州,侬智高父本山獠,杀
广源州苎豪而据之。田州酋长请往袭之,知邕州者恐其生事,
禁不许。广源州地产金,一两直一缣,智高父由是富强,招诱
中国及诸洞民,其徒甚盛。交趾恶之,遣兵袭虏之。智高时年
十四,与其母逃窜得免,收其余众,臣事交趾。既长,因朝于交
趾,阴结李德正左右,欲夺其国,事觉逃归,因求内附。朝廷恐
失交趾之心,不纳。智高谓其徒曰:"今吾既得罪于交趾,中国

又不我纳,无所容,止有反耳。"乃自左江转掠诸洞,徙居右江文村,阴察官军形势,与邕州奸人相结,使为内应。在文村五年,遂袭邕州,陷之。

侬智高围广州,转运使王罕婴城拒守,都监侍其渊昼夜未尝眠。久之,将士疲极。有裨将诱士卒下城,欲与之开门降贼,渊遇之,谕士卒曰:"汝曹降贼,必驱汝为奴隶,负担归其巢穴,朝廷欲诛汝曹父母妻子。不若并力完城,岂惟保汝家,亦将有功受赏矣。"士卒乃复还,登城。罕乃寝于城上,渊忽来,徐撼而觉之,曰:"公勿惊,公随身有弓弩手否?"罕曰:"有。"乃与罕率弩手二十余人,衔枚至一处,俯见贼已逾壕,蚁附登城,将及堞矣。城上人皆不觉,渊指示弩手使射之,贼急走出壕外。及贼退,渊终不言裨将谋反之事。熙宁中致仕,介甫知其为人,特除一子官.给全俸。渊年八十余,气志安壮。范尧夫以为阴德之报。尧夫云。

熙宁中,朝廷遣沈起、刘彝相继知桂州,以图交趾。起、彝作战船,团结洞丁以为保甲,给阵图,使依此教战,诸洞骚然。使人执《交趾图》以言攻取之策,不可胜数。岭南进士徐百祥屡举不中第,阴遗交趾书曰:"大王先世本闽人,闻今交趾公卿贵人多闽人也。百祥才略不在人后,而不用于中国,愿得佐大王下风。今中国大举以灭交趾,兵法有'先声夺人之心',不若先举兵入寇,百祥请为内应。"于是交趾大发兵入寇,陷钦、廉、邕三州,百祥未得间往归之。会石鉴与百祥有亲,奏称百祥有战功,除侍禁,充钤廉巡检。朝廷命宣徽使郭逵讨交趾,交趾请降,曰:"我本不入寇,中国人呼我耳。"因以百祥书与逵,逵檄广西转运使按鞫,百祥逃去,自缢而死。郭帅云。

交趾贼熙宁八年十一月二十一日、二十五日连破钦、廉二州，又破邕州管下太平、永平二寨。二十七日，围邕州。知州、皇城使苏缄昼夜筑城力战，所杀伤蛮人甚多，城因以固。九年正月四日，广西钤辖张守节等过昆仑关赴援，兵少轻进，三千余人悉为蛮众所掩，杀伤殆尽。刘执中与广西提刑遁回，后更无援兵。王师自京师数千里赴援，孤城抗贼，昼夜不得休息。正月二十一日，矢石且尽，城遂溃破，苏缄犹督士卒殊死战，兵民死者十万余口，掳妇女小弱者七八万口。二十二日，贼焚邕州城。二十三日，遂回本洞。今王师前军三将已达桂林，一将暂戍长沙，中军且夕过府，亦长沙置局，后军三将分屯荆、鼎、澧三郡，一将襄州。湖北饥，米斗计百五十钞，馁死者无数。任公格云。

初，榜下交趾管内州峒官吏军民等云："已差吏部员外郎、天章阁待制赵卨充安南道行营都总管、经略安抚招讨使兼广西南路安抚使，昭宣使、嘉州防御使、内侍押班李宪充副使，龙神卫四厢都指挥使、忠州刺史燕达充副都总领。顺时兴师，水陆兼进。天示助顺，已兆布新之祥；人知悔亡，咸怀敌忾之气。咨尔士庶，久沦涂炭，如能谕王内附，率众自归，执俘献功，拔身助顺，爵赏赐予，当倍常科，旧恶宿负，一皆原涤。乾德幼稚，罪非己出，造庭之日，待遇如初。朕言不渝，众听无惑。比闻编户，极困诛求，已戒使人，具宣恩旨：暴征横赋，到即蠲除，冀我一方，永为乐土。"时交趾为露布，榜之衢路，言："所部之民叛如中国者，官吏容受庇匿。我遣使诉于桂管，不服。又遣使泛海诉于广州，亦不服。故我率兵追捕亡叛者。而钤辖张守节等辄相邀遮，士众奋击，应时授首。"又言："桂管点阅峒兵，明言又见讨伐。"又言："中国作青苗、助役之法，穷困生民，我今出师，欲相拯济。"故介甫自作此榜以报覆之。王正甫云。

提点刑狱杨畋自将击破叛蛮。癸酉，诏特支荆湖击蛮诸军钱有差，仍命中使赍诏察视，具功状以闻。

王罕知潭州，州素号多事，知州多以威严取办，罕独以仁恕为之，州事亦治。有老妪病狂，数邀知州诉事，言无伦理，知州却之，则悖骂。先后知州以其狂，但命邀者屏逐之。罕至，妪复出，左右欲逐之，罕命引归厅事，召使前，徐问，妪虽言杂乱无次，亦有可晓者。乃本为人嫡妻，无子，其妾有子，夫死为妾所逐，家资为妾尽据之。妪屡诉于官，不得直，因愤恚发狂。罕为直其事，以家资还之。吏民服其能察冤。李南公云。

旧制，试院门禁严密，家人日遣报报平安，传数人口，讹谬皆不可晓，常苦之。皇祐中，王罕为监门，始置平安历，使吏隔门问来者，详录其语于历，传入院中，试官复批所欲告家人之语，及所取之物于历，罕遣吏呼其人，读示之，往来无一差失。自知举至弥封、誊录、巡捕共一历，人皆见之，不容有私，人甚便之，是后遵以为法。自见。

熙宁中，王绍开熙河，诸将皆以功迁官。皇城使、知原州桑湜独辞不受，曰：“羌虏畏国威灵，不战而降，臣何功而迁官？”执政曰：“众人皆受，独君不受，何也？”对曰：“众人皆受，必有功也。湜自知无功，故不受。”竟辞之。时人重其知耻。

元丰五年，韩持国知颍昌府，官满，有旨许令持国再仕。中书舍人曾巩草诰词，称其“纯明直亮”。既进呈，上览，批其后曰：“按维天资忿戾，素无事国之意，朋奸罔上，老不革心。朕以东宫之旧，姑委使郡，非所望于承流宣化者也。而草词乖僻，可令曾巩赎铜十斤，别草词以进。”

元丰中，文潞公自北都召对，上问以至和继嗣事。潞公对曰：“臣等备位两府，当此之际议继嗣，乃职分耳。然亦幸直时

无李辅国、王守澄之徒用事于中，故臣等得效其忠勤耳。"上怃
然有间而美之。仁宗宦官，虽有蒙宠信任者，台谏言其罪，辄
斥之不庇也。由是不能弄权。

涑水记闻卷十四

茂州旧领羁縻九州，皆蛮族也。蛮自推一人为州将，治其众。州将常在茂州受处分。茂州居群蛮之中，地不过数十里，旧无城，惟植鹿角。蛮人屡以昏夜入茂州，剽掠民家六畜及人，茂州辄取货于民家，遣州将往赎之，与之讲和而誓，习以为常。茂州民甚苦之。熙宁八年，屯田员外郎李琪知茂州，民投牒请筑城，琪为奏之，乞如民所请，筑城绕民居，凡八百余步。朝廷下成都路钤辖司，度其利害。时龙图阁直学士蔡延庆领都钤辖，李琪已罢去，大理寺丞范百常知茂州。延庆下百常检度，百常言其利，朝廷遂令筑之。既而，蛮酋群诉于百常，称城基侵我地，乞罢筑，百常不许，诉者不已，百常以梃驱出。九年三月二十四日，始兴筑城，才丈余，静州等群蛮数百奄至其处。茂州兵才二百人，百常帅之拒击，杀数人，蛮乃退，百常率迁民入牙城。明日，蛮数千人，四面大至，悉焚鹿角及民庐舍，引梯冲攻牙城，矢石雨下，百常率众乘城拒守。至二十九日，其酋长二人为檑木所杀，蛮兵乃退。既而四月初，屡来攻城，皆不克而退。然其众犹游绕四山，城中人不敢出。茂州南有箕宗关路通永康军，北有陇东路通绵州，皆为蛮所据。百常募人间道诣成都，及书木牌数百投江中，告急求援。于是蜀州驻泊都监孙清，将数千人自箕宗关入，蛮伏兵击之，清死而士卒死杀不多。又有王供备等将数千人自陇东道入，时州蛮请降，从者杀其二子。蛮怒，密告静州等蛮，使遮其前，而自后驱之，壅溪上流,官军既涉而决之,杀溺殆尽。既而钤辖司命百常与之和誓,蛮人稍定。蔡延庆奏乞朝廷遣近上内臣共经制蛮事,朝廷命押班王中正专制蛮事。中书、院枢密札子皆云"奉圣旨:讲和",而中正自云"受御前札子,掩袭叛蛮"。其年五月,中正将兵数千自箕宗关人,经恭州、荡州境,乘其无备掩击之,斩首数百级,掳掠畜产,焚其庐舍皆尽。既而,复与之和誓。至七月,又袭击之。又随而与之和誓,乃还,奏云"事毕"。始,蔡帅兵恐监司不肯应给军需,故奏乞近上内臣共事。中正受宣命,凡军事皆与都钤辖司商议,中正将行,奏云:"茂州去成都远,若事大小一与钤辖司商议,恐失事机,乞委臣专决,关钤辖司知。"有旨依奏。中正既至,军事进止,皆由己出,蔡不复得预闻。事既施行,但关知而已。监司皆附之。遂奏:"蔡延庆区处失宜,致生边患。又延庆既与和誓,而臣引兵入箕宗关,蛮渝约出兵拒战。"蔡由是徙知渭州,以资政殿学士冯京代之。又奏:"范百常筑城侵蛮地,生边患。"坐夺一官、勒停。陇西土田肥美,静州等蛮时引生羌据其地,中正不能讨,北路遂绝。故事,与蛮为和誓者,蛮先输货,谓之"抵兵",又输求和物,官司乃籍所掠人畜财物使归之,不在者增其价。然后输誓牛羊豕棘未粔各一,乃缚剑门于誓场,酋家皆集,人人引于剑门下过,刺牛羊豕血瘗之。掘地为坎,乃缚羌婢坎中,加未粔及棘于上,人投一石击婢,以土埋之,巫师诅曰:"有违誓者,当如此婢。"及中正和誓,初不令输"抵兵"、求和等物,亦不索其所掠,自备誓具,买羌婢,以毡蒙之,经宿而失。中正先自剑门过,蛮皆怨而轻之。自是剽掠不绝。狄谘、范百常云。

　　王中正在河东,令转运司勾押吏与陈安石同坐计度军粮,吏曰:"都运在此,不敢坐。"中正叱曰:"此中何论都运? 若事办,奏汝班行;不办,有剑加汝。"

先是,种谔上言,乞不受王中正节制,会谔有破米脂城功,天子许之。明日,诏书至,谔不复见中正,引兵先趋夏州。时河东夫闻鄜延夫言,此去绥德城甚近,两日中亡归者二千余人,河东转运判官庄公岳等斩之不能禁。初,王中正在河东,奴视转运使,又奏提举常平仓赵成管勾随军运钱粮草。凡有所需索,不行文书,但遣人口传指挥,转运使杨思不敢违。公岳等以口语无所凭,从容白中正云:"太尉所指挥事多,恐将命者有所忘误,乞记之于纸笔。"自后,始以片纸书之。公岳等白中正军出境应备几日粮,中正以为鄜延受我节制,前与鄜延军遇,彼粮皆我有也,乃书片纸云:"止可备半月粮。"公岳等恐中道乏绝,阴更备八日糗粮。及种谔既得诏不受中正节制,委中正去,鄜延粮不可复得,人马渐乏食,乃遣官属引民夫千余人索胡人所窖谷糜,发之,得千余石。庚午,至夏州,时夏州,已降种谔。中正军于城东,城中居民数十家。时朝旨禁入贼禁抄掠,贼亦弃城邑皆走河北,士卒无所得,皆愤悒思战。诸将皆言于中正曰:"鄜延军先行,所获功甚多,我军出境近二旬,所获才三十余级,何以复命于天子? 且食尽矣,请袭取宥州,聊可藉口。"中正从之。癸酉,至宥州,城中有民五百余家,遂屠之,斩首百余级,降者十余人,获牛马百六十,羊千九百。军于城东二日,杀得马牛羊以充食。甲戌,畿内将官张真、知府州折克行引兵二千余人发糜窖,遇虏千余人,与战,败之,斩首九百余。丙子,至牛心亭,食尽。丁丑,至奈王井,遇鄜延掌机宜景思义,得其粮,遂引兵趋保安军顺宁寨。己卯,王中正军于归娘岭下,不敢入寨,遣官属请粮于顺宁。军夫冻馁,僵仆于道路,未死,众已剐其肉食之。十一月丙戌,得朝旨班师,乃归延州。计士卒死亡者近三万人,民夫逃归者大半,死者近三千余人,随军入寨者万千余人。马二千余匹,死者几半,驴三千余头,无还者。

初,上令王中正、种谔皆趋灵州、兴州。中正不习军事,自入虏境,望空而行,无向导斥堠。性畏怯,所至逗留。恐虏知其营栅之处,每夜二更辄令军士灭私火,后军饭尚未熟,士卒食之多病。又禁军中驴鸣。及食尽,士卒怨愤,流言当先杀王昭宣及庄、赵二漕乃溃归。中正颇闻之,乃于众中扬言:"必竭力前进,死而后已。"阴令走马承受金安石奏:"转运司粮运不继,故不能进军。今且于顺宁寨境上就食。"庄公岳亦奏:"本期得鄜延粮,因朝廷罢中正节制,故粮乏。"上怒,命械系公岳等于隰州狱,治其罪。公岳等急,乃奏:"臣等在麟府,本具四十日粮,王中正令臣等只备半月粮,片纸为验。臣等阴备八日粮粮。今出寨二十余日始至宥州,粮不得不乏。"上乃命脱械出外答款。中正恐公岳复有所言,甚惧。及还朝,过隰州,谓曰:"二君勿忧,保无它。"既而公岳等各降一官,职事皆如故。

初,河东发民夫十一万,中正减粮数,止用六万余人,余皆令待命于保德军。既而朝旨令余夫运粮自鄜州出,蹑中正军,凡四万余人,遣晋州将官訾虎将兵八千护送之。虎等奏:"兵少夫多,不足护送,乞益兵出塞。及不知道所从出,又不知中正何所之。"有诏召夫还,更令自隰州趋延州饷中正军。会天章阁待制赵禼领河东转运使,奏:"冬气已深,水凛草枯,馈运难通。"乃罢之。王中正既还延州,分所部兵屯河东诸州。山东兵往往百千为群,擅自溃归,朝廷命所在招抚,给券遣归本营。士兵亦有擅去者。会高遵裕灵州失利,诏中正自延州引所部兵救之,中正移书召河东分兵屯。知石州赵宗本将州兵屯隰州，士卒不肯行，集庭下喧哗呼万岁，宗本父子闭门相保。又有山东将官王从丕部兵亦不肯发，从丕晓谕数日乃行。会遵裕已至庆州，诏中正引还，宗本、从丕各降二官，士卒不问。

元丰三年，泸州蛮乞第犯边，诏四方馆使韩存宝将兵讨之。乞第所居曰归来州，距泸州东南七百里。十月，存宝出兵，久雨，十余日，出寨才六十余里，留屯不进，遣人招谕。乞第有文书服罪请降，军中食尽，存宝引还。自发泸州至此，凡六十余日。朝廷责其不待诏擅引兵还，命知杂御史何正臣就按斩之。更命林广将存宝部兵及环庆兵、黔南兵合四万人，以四年十二月再出击之。离泸州四百余里即是深箐，七荐切，竹茂也。皆高阪险绝，竹木茂密，华人不能入，蛮所恃以自存者也。蛮逆战于箐外，广击败之，蛮走，广伐木开道，引兵踵之。又二百余里，至归来州，乞第逆战，又败，乃率其众窜匿。五年正月己丑，广入归来州，惟茅屋数十间，分兵搜捕山箐，皆无所获。所赍食尽，得蛮所储粟千余斛，数日亦尽，馈运不继。先是，有实封诏书在走马承受所，题云："至归来州乃开。"至是开之，诏云："若至归来，讨捕乞第，必不可获，听引兵还。"是役也，颇得黔南兵，皆土丁，遇出征，日给米二升，余无廪给。诸州民夫负粮者，既输粮，官不复给食，以是多馁死不还，有名籍可知者四万人。其家人辅行及送资装者不预焉。军士屯泸州岁余，罹疫物故者六七千人，所费约缗钱百余万。

元丰四年冬，朝廷大举讨夏国。十一月，环庆都总管高遵裕出旱海，皇城使、泾原副使总管刘昌祚出葫芦河，共趋灵州，诏昌祚受遵裕节制。昌祚上言军事不称旨，上赐遵裕书云："昌祚所言迂阔，必若不任事者，宜择人代之。"遵裕由是轻昌祚。既而，昌祚先至灵武城下，或传昌祚已克灵武城，遵裕在道闻之，即上贺表曰："臣遣昌祚进攻，已克其城。"既而所传皆虚。遵裕至灵武城，以为城朝夕可下，使昌祚军于闲地，自以环庆兵攻之。时军中皆无攻具，亦无知其法者，遵裕旋令采木造之，皆细小朴拙不可用。又造土囊，欲以填堑。又欲以军法斩昌祚，众共救解之。昌祚忧患成疾，泾原军士皆愤怒。转运判官范纯粹谓遵裕曰："两军不协，恐生他变。"力劝遵裕诣昌祚营问疾，以和解之。遵裕又使呼城上人曰："何不亟降？"其人曰："我未尝败，何谓降也？"

徐禧在鄜延，乘势使气，常言："用此精兵破羸虏，左萦右拂，直前斩之，一步可取三级。"诸将有献策者，禧辄大笑曰："妄语，可斩！"虏阵未出，高永能请击之，禧曰："王者之师，岂可以狙诈取胜耶？"由是取败。

高遵裕既败归，元丰五年，李宪请发兵自泾原筑寨稍前，直抵灵州攻之。先是，朝廷知陕西困于夫役，下诏谕民，更不调夫。至是，李宪牒都转运司，复调夫馈粮，以和雇为名，官日给钱二百，仍使人逼之，云："受密诏：若军乏粮，斩都运使以下。"民间骚然，出钱百缗不能雇一夫，相聚立栅于山泽，不受调，吏往辄殴之。解州加知县以督之，不能进。命巡检、县尉逼之，则执梃欲斗，州县无如之何。士卒前出寨，冻馁死者十五六，存者皆惮行，无斗志。仓库蓄积皆竭。群臣莫敢言，独西京留守文潞公上言："师不可再举。"天子巽辞谢之。枢密副使吕晦叔亦言其不可，上不怿，晦叔因请解机务，即除知定州。会内侍押班李舜举自泾原来，为上泣言："必若出师，关中必乱。"上始信之，召晦叔慰劳之。舜举退，诣执政王禹玉，禹玉迎见，以好言悦之，曰："朝廷以边事属押班及李留后，无西顾之忧矣。"舜举曰："四郊多垒，此卿大夫之辱也。相公当国，而边事属二内臣，可乎？内臣亦止宜供禁庭洒扫之职耳，岂可当将帅之任耶？"闻者代禹玉发惭。六月，诏罢泾原之役，更命鄜延修六寨以包横山之地，遣舜举与承议郎、直龙图阁徐禧往视之，乃命禧节制军事。八月，禧、舜举与鄜延经略使沈括、转运使李稷将步骑四万及诸路役兵，始修永乐，与米脂、绥德皆在无定川中。永乐北倚山，南临无定河，三面皆绝崖，地险要，虏骑数来争之，皆败去。先是，夏虏发国人，十丁取九以为兵，近二十万人，赍百日粮屯于泾原之北，候官军出塞而击之。既闻城永乐，即引兵趋鄜延。边人来告者前后数十，禧等皆不之信，且曰："虏若大来，是吾立功迁官之秋也。"上赐禧等黄旗，曰："将士立功，受赏当倍于米脂。"禧等恐沈括分其功，乃曰："城略已就矣，当与存中归延安。"九月乙酉，留李稷及步兵三万余人于永乐，括、偕、禧、舜举以八千人还米脂。是日，永乐遣人走告虏骑且至。丙戌，禧、括留屯米脂，舜举复如永乐。丁亥，虏骑至城下，禧命鄜延总管曲珍领城中兵陈于崖下水际，禧、舜举、稷植黄旗坐于城上临视之。虏自未明引骑过阵前，至食时未绝。裨将高永能曰："吾众寡不敌，宜及其未成阵冲击之，庶几可破。"不从。虏与官军夹水而阵，前后无际，将士皆有惧色。曲珍曰："今众心已摇，不可复战，战必败，请收兵入城。"禧曰："君为大将，奈何遇敌不战，先自退耶？"俄而，虏鸣笳于阵，虏骑争渡水犯官军。先是，选军中勇士良马，谓之"选锋"，使居阵前。战未几，选锋先败，退走，蹂践后阵。虏骑乘之，官军大溃，偏裨死者数人，士卒死及弃甲南走者几半，曲珍与残兵万余人入城，崖峻道狭，骑兵弃马缘崖而上，丧马八千余匹，虏遂围之。时楼堞皆未备，水寨为虏所据，城中乏水，至绞马粪、食死人脑。被围累日，曲珍度城必不能守，白禧请帅众突围南走,犹愈于坐而待死。禧怒曰:"君已败军,又欲弃城耶?"戊戌,夜大雨,城遂陷。珍帅众数百人逾城走免,禧、舜举、稷皆没,命官死者三百余人,士卒得免者十无一二。沈括闻曲珍败,永乐被围,退保绥德,遂归延州。时有诏令李宪将环庆兵数万救永乐,比至延州,永乐已陷矣。

永乐既失守,夏国以书系矢,射于环庆境上,经略使卢秉弃之。虏乃更遣所得俘囚,赍书移牒以遗秉,秉不敢不以闻。其词曰:"十一月八日,夏国西南都统昂星嵬名济乃谨裁书致于安抚经略麾下:伏审统戎方面,久向英风,应慎抚绥,以副倾注。昨于兵役之际,提戈相轧,今以书问赘信,非变化曲折之不同,盖各忠于所事,不得不如此耳。夫中国者,礼义之所从出,必动止猷为,不失其正。苟听诬受间,肆诈穷兵,侵人之土疆,残人之黎庶,是乖中国之体,岂不为夷狄之羞哉!昨朝廷暴驱甲兵,大行侵讨,盖天子与边臣之议,谓夏国方守先誓,宜出不虞,五路进兵,一举可定,遂有去年灵州之役、今秋永乐之战。较其胜负,与前日之议为何如哉?且中国祖宗之世,于夏国非不经营之。五路穷讨之策既尝施之矣,诸边肆桡之谋亦尝用之矣,知侥幸之无成,故终归乐天事小之道。兼夏国提封一万里,带甲数十万,西边于阗,作我欢邻,北有大燕,为我强援。今与中国乘隙伺便,角力竞斗,虽十年岂得休息哉!即念天民无辜,被兹涂炭之苦,孟子所谓未有好杀能有志于天下也。况夏国主上自朝廷见伐之后,夙宵兴念,谓自祖宗之世,事中国之礼无或亏,贡聘不敢怠,而边吏幸功,上聪致惑,祖宗之盟既阻,君臣之分不交,岂不惜哉!至于鲁国之忧不在颛臾,隋室之变生于玄感,此皆明公得于胸中,不待言而后喻。今天下倒垂之望正在英才,何不进谠言、辟邪议,使朝廷与夏国欢好如初，生民重见太平，岂独夏国之幸，乃天下之幸也。"

孔旼，于鬼切。鲁山处士旼之弟也。为顺阳令，有虎来至城南，旼令吏卒往逐之，旼最居其前。虎据山大吼，吏卒皆失弓枪偃仆，虎来搏旼，有小吏执砚，趋当其前，虎衔以去。旼取猎户毒矢，挺身逐之，左右谏不可，旼曰："彼代我死，吾何忍不救之？"逐虎入山十余里，竟射中虎，夺小吏而还，小吏亦不死。

汪辅之为河北监司，以轻躁得罪，勒令分司，久之，除知处州。到官日，上表云："清时有味，白首无成。"又曰："插笔有风，空图无日。"或解之曰："杜牧诗云：'清时有味是无能，闲爱孤云静爱僧。欲把一麾江海去，乐游原上望昭陵。'属意怨望。"有旨，复令分司。

赵阅道抃熙宁中以资政殿大学士知越州，两浙旱蝗，米价踊贵，饿死者十五六。诸州皆榜衢路，立赏禁人增米价。阅道独榜衢路，令有米者任增价粜之。于是诸州米商辐辏，米价更贱，民无饿死者。阅道治民，所至有声，在成都、杭、越尤著。张济云。

赵阅道为人清素，好养生，知成都，独与一道人及大龟偕行。后知成都，并二侍者无矣。蜀人云。

至和中，范景仁为谏官，赵阅道为御史，以论陈恭公事有隙。熙宁中，介甫执政，恨景仁，数讦之于上，且曰："陛下问赵抃，即知其为人。"他日，上以问阅道，对曰："忠臣。"上曰："卿何以称其忠？"对曰："嘉祐初，仁宗不豫，镇首请立皇嗣以安社稷，岂非忠乎？"既退，介甫谓阅道曰："公不与景仁有隙乎？"阅道曰："不敢以私害公。"范景仁云。

曾布为三司使，与吕嘉问争市易事，介甫主嘉问，布坐左迁。诏命始出，朝士多未知之。布字子宣，嘉问字望之。或问刘贡甫,曰:"曾子避席。"又问:"望之何如?"曰:"望之俨然。"介甫闻之不喜,由是出贡父知曹州。公佐云。

冯当世、孙和叔、吕晦叔、薛师正同知枢密府,三人屡于上前争论,晦叔独默不言。既而上顾问之,晦叔方为之开析可否,语简而当,上尝纳之,三人亦不能违已。出则未尝语人。皆讥晦叔循默,不副众望,晦叔亦不辨也,同僚或为辨之。伯淳云。

上好与两府议论天下事,尝谓晦叔曰:"民间不知有役矣。"对曰:"然。上户昔日以役多破家,今则饱食安居,诚幸矣。下户昔无役,今索钱,则苦矣。"上曰:"然则法亦当更矣。"伯淳云。

晦叔与师正并命入枢府,师正事晦叔甚恭,久之,晦叔亦稍亲之,议事颇相左。阁门副使韩存宝将陕西兵讨泸戎蛮,拔数栅,斩首数百级。上欲优进官秩,以劝立功者,师正曰:"泸戎本无事,今优赏存宝,后有立功大于此者,何以加之?"晦叔曰:"薛尚书言是也。"乃除四方馆使。伯淳云。

市易司法,听人赊贷县官货财,以田宅或金帛为抵当,无抵当者,三人相保则给之,皆出息十分之二,过期不输,息外每月加罚钱百分之二。贫人及无赖子弟,多取官贷,不能偿,积息罚愈滋,囚系督责,徒存虚数,实不可得。刑部郎中王居卿初提举市易司,奏以田宅金帛抵当者,减其息。无抵当徒相保者,不复给。自元丰二年正月七日以前,本息之外,所负罚钱悉蠲之,凡数十万缗,负本息者,延期半年。众议颇以为惬。杨作云。

李南公知长沙县,有斗者,甲强乙弱,各有青赤。南公召使前,以指捏之,曰:"乙真甲伪也。"诘之,果服。盖方有榉柳,以叶涂肤，则青赤如殴伤者。剥其皮，横置肤上，以火熨之，则如棓伤者，水洗不落。南公曰："殴伤者血聚而硬阌，伪者不然，故知之。"有一村多豪户，税不可督，所差户长辄逃去。南公曰："此村无用户长，知县自督之。"书其村名，帖之于柱。豪右皆惧，是岁，初限未满，此村税最先集。又诸村多诡名，税存户亡，每岁户长代纳，亦不可督。南公悉召其村豪右，谓之曰："此田不过汝曹所典买耳，与汝期一月，为我推究，不则汝曹均输之。"及期，尽得冒佃之人，使各承其税。河北提点刑狱有班行犯罪，下狱按之，不服，闭口不食百余日，狱吏不敢拷讯，甚患之。南公曰："吾力能使之食。"引出，问曰："吾欲以一物塞君鼻，君能终不食乎？"其人惧，即食，且服罪。人问其故，南公曰："彼必善服气者，以物塞鼻则气结，故惧。"

元丰元年正月十五日夜，张灯，太皇太后以齿疾不能食，不出观。故上于闰月十五日夜于禁中张灯，露台妓乐俱人，太皇太后疾尚未平，酒数行而起。李偕臣云。

其年冬，太皇太后得水疾，御医不能愈。会新知邠州薛昌期亦病水疾，得老兵王麻胡疗之，数日而愈。上闻之，遣中使召麻胡入禁中疗太皇太后疾，亦愈。上喜，即除麻胡翰林医官，赐金紫，仍赐金帛，直数千缗。

岐王夫人，冯侍中拯之曾孙也，失爱于王，屏居后阁者数年。元丰二年春，岐王宫遗火，寻扑灭。夫人闻有火，遣二婢往视之。王见之，诘其所以来，二婢曰："夫人令视大王耳。"王乳母素憎夫人，与王二嬖人共谮之，曰："火殆夫人所为也。"王怒，命内知客鞫其事，二婢不胜拷掠，自诬云："夫人使之纵火。"王杖二婢，而且哭于太后曰："新妇所为如是，臣不可与同处。"太后怒，谓上："必斩之。"上素知其不睦，必为左右所陷，徐对曰:"彼公卿家子,岂可遽尔?俟按验得实,然后议之。"乃召二婢,使宫官郑穆问鞫于皇城司。数日,狱具,无实,又命宫官冯诰录问。上乃以其狱白太后,因召夫人入禁中,夫人大惧,欲自杀,上遣中使慰谕曰:"汝无罪,勿恐。"且命径诣太皇太后宫,太皇太后亦慰存之。太后与上继至,诘以火事,夫人泣拜谢罪,乃曰:"纵火则无之。然妾小家女,福薄,诚不足以当岐王伉俪,幸赦其死,乞削发出外为尼。"太后曰:"闻汝诅骂岐王,有诸?"对曰:"妾乘忿,或有之。"上乃罪乳母及二嬖人,命中使送夫人于瑶华宫,不披戴,旧俸月钱五十缗,更增倍之,厚加资给,曰:"候王意解,当复迎之。"君贶云。

涑水记闻卷十五

元丰三年，开封府界提点陈向建议，令民资及三千缗者养战马一匹，民甚苦之。薛师正时为枢密副使，初无异议，及事已施行，向诣枢密院白事，师正欲厌众议，折难甚苦。向怒，以告谏官舒亶，劾奏师正为大臣，事有不可，不面陈而背诽以盗名。由是罢正议大夫、知颍州。谏官又言其罢黜之后，不杜门省咎，而宾客集其门日以百数，对客有怨愤语，改知随州。翰林学士、御史中丞李定坐不纠弹，落职知河阳。

富公为人温良宽厚，泛与人语，若无所异同者。及其临大节，正色慷慨，莫之能屈。智识深远，过人远甚，而事无巨细，皆反覆熟虑，必万全无失然后行之。宰相，自唐以来谓之礼绝百僚，见者无长幼皆拜，宰相平立，少垂手扶之，送客，未尝下阶，客坐稍久，则吏从旁唱"宰相尊重"，客踧踖起退。及公为相，虽微官及布衣谒见，皆与之抗礼，引坐，语从容，送之及门，视其上马，乃还。自是群公稍稍效之，自公始也。自致仕归西都，十余年，常深居不出。晚年，宾客请见者，亦多谢以疾。所亲问其故，公曰："凡待人，无贵贱贤愚，礼貌当如一。吾累世居洛，亲旧盖以千百数，若有见有不见，是非均一之道。若人人见之，吾衰疾，不能堪也。"士大夫亦知其心，无怨也。尝欲往老子祠，乘小轿过天津桥，会府中徙市于桥侧，市人喜公之出，随观之，于是安上门市为之空，其得民心也如此。及违世，士大夫无远近、识与不识，相见则以言，不相见则以书，更相吊唁,往往垂泣,其得士大夫心也又如此。呜乎！苟非事君尽忠,爱民尽仁,推恻怛至诚之心充于内而见于外,能如是乎?

初,选人李公义陈言,请为铁龙爪以浚河。其法用铁数斤为龙爪形,沈之水底,系絙,以船曳之而行。宫官黄怀信以为铁爪,只列干木下如耙状,以石压之,两旁系大絙,两端钉大船,相距八十步,各用革车绞之,去来挠荡泥沙,已,又移船而浚之。事下大名安抚司,安抚司命金提司管勾官范子渊与通判、知县共试验之,皆言不可用。会子渊官满入京师,王介甫问子渊:“浚川铁耙、龙爪法甚善,何故不可用?”子渊因变言:“此诚善法,但当时同官议不合耳。”介甫大喜,即除子渊都水外监丞,置浚川司,使行其法,听其指使二十人,给公使库钱。子渊乃于河上令指使分督役卒,用二物疏浚,各置历,书其课曰:“某日以扫疏若干步,深若干尺。”其实水深则耙不能及底,虚曳去来。水浅则齿碍泥沙,曳之不动,卒乃反齿向上而曳之。所书之课,皆妄撰,不可考验也。会都水监丞程昉建议于大名河曲开直河,既成,子渊属昉称直河浅,牒浚川司使用耙浚之,庶几附以为功,昉从之。既而奏上状,昉、子渊及督役指使各迁一官。先是,大名府河每岁夏水涨,则自许家港溢出,及秋水落,还复故道,皆在大提之内。熙宁八年,子渊复欲求功,乃令指使讽诸扫中大名府云:“今岁七分入许家港,三分行故道,恐河势遂移,乞牒浚川司用耙疏浚故道。”府司从之。是岁旱,港水所浸田不适万顷,子渊用耙不及一月而罢。九年,子渊上言:“去岁大河几移,赖浚川耙得复故道,出民田数万顷。其督役官吏,更乞酬奖。”事下都水监,司保奏称子渊等有奇功,乞加优赏。是时,天下皆言浚川铁耙、龙爪如儿戏,适足以资谈笑,王介甫亦颇闻之,故不信都水监之言,更下河北转运、安抚司,令保奏。会介甫罢相,文潞公上言:"河水浩大,非耙可浚,秋涸故其常理,虽河滨甚愚之人,皆知浚川耙无益于事。臣不敢雷同保奏,共为欺罔。"奏上,上不悦,命知制诰熊本与都水、转运司共按视浚川利害。本乃与都水监主簿陈祐甫、河北转运使陈知俭共按问,诸扫人言:"八年,故河道水减三尺,耙未至间已增二尺,耙至又增二尺。又从以前十年,水皆夏溢秋复,不惟此一年。"乃奏:"水落实非耙所致。"子渊在京师,先闻之,遽上殿言:"熊本、陈知俭、陈祐甫意谓王安石出,文彦博必将入相,附会其意,以浚川耙为不便。臣闻本奉使按事,及诣彦博纳拜,从彦博饮食,祐甫、知俭皆预焉,及屏人私语,今所奏必不公。且观彦博之意,非止言浚川耙而已。陛下一听其言,天下言新法不便者必蜂起,陛下所立之法大坏矣。"上以为然。于是知杂御史蔡确上言:"熊本奉使不谨,议论不公,乞更委官详定浚川是非。"十年,诏命确与知检院黄履详定,有是非者取勘闻奏。确于是置狱,逮系证佐二百余人,狱逾半年不决。上又命内供奉官冯宗道试浚川耙于汴水,宗道辞以疾,上令俟宗道疾愈必往试之,宗道乃请与子渊偕往。每料测量,有深于旧者,有不增不减者,大率三分各居其一。宗道每日据实奏闻,上意稍悟,治狱微缓。会荥泽河堤涨急,诏判都水监俞充往治之,河危将决,赖用浚川耙疏导得免,具图以闻。上嘉之,于是治狱益急。时郊赦将近,诏浚川事不以赦原。狱具,子渊坐上言诈不实,熊本、陈祐甫坐附会违制,陈知俭坐报制院不实。元丰元年正月辛未,敕熊本落知制诰,夺一官,以屯田员外郎分司;范子渊、陈祐甫夺一官,职任如故;陈知俭夺一官,充替。知俭云。

　　前判都水监李立之云:介甫前作相,尝召立之问曰:"有建议欲决白马河堤以淤东方之田者,何如?"立之不敢直言其不可,对曰:"此策虽善,但恐河决,所伤至多。昔天圣初,河决白马东南,泛滥十余州,与淮水相通,徐州城上垂手可掬水。且横贯韦城,断北使往还之路,无乃不可。"介甫沈吟良久,曰:"听使一淤何伤,但恐妨北使路耳。"乃止。

集贤校理刘贡父好滑稽,尝造介甫,值一客在座,献策曰:"梁山泊决而涸之,可得良田万余顷,但未择得便利之地贮其水耳。"介甫倾首沈思,曰:"然。安得处所贮许水乎?"贡父抗声曰:"此甚不难。"介甫欣然,以为有策,遽问之,贡父曰:"别穿一梁山泊,则足以贮此水矣。"介甫大笑,遂止。

介甫秉政,凤翔民献策:"陕州南有涧水,西流入河,若疏导使深,又凿陕石山使通穀水,因道大河东流入穀水,自穀入洛,至巩复会于河,以通漕运,可以免砥柱之险。"介甫以为然,敕下京西、陕西转运司差官相度。京西差河南府户曹王泰,王泰欲言不便,则恐忤朝廷获罪;欲言便,则恐为人笑。乃申牒言:"今至穀水上流相度,若疏引大河水,得至渑县境,入穀水,委实便利可行。"盖出渑县境则陕石大山,属陕西路故也。陕西言不可行,乃止。

祖宗以来,汴口每岁随河势向背改易,不常其处,于春首发数州夫治之。应舜臣上言:"汴口得便利处,可岁岁常用,何必屡易,公私劳费?盖汴口官吏欲岁兴夫役以为己利耳。今訾家口在孤柏岭下,最当河流之冲,水必不至乏绝,自今请常用之,勿复更易。或水小,则为辅渠于下流以益之;大则置斗门以泄之。"介甫善其议而从之,擢舜臣权三司判官。后数岁,介甫出知江宁,会汴水大涨,京师忧惧,朝廷命判都水监少卿宋昌言往视之。昌言白政府,请塞訾家口,独留辅渠。韩子

华、吕吉甫皆许之。时监丞侯叔献适在外,不预议。昌言至汴
口,牒问提举汴口官王琬等二口水势,琬等报:"訾家口水三
分,辅渠水七分。"昌言遂奏塞訾家口,朝廷从之。叔献素与昌
言不协,及介甫再入相,叔献潜昌言附会韩、吕,塞訾家口,故
变易相公在政府所行事。介甫怒,昌言惧,求出,得知陕州。
会熙宁八年夏,河背新口,汴水绝,叔献屡上言由昌言塞訾家
口所致,朝廷命叔献开之。既通流,于是昌言及王琬各降一
官,昌言乃徙,都判监李立之仍出知陕,以叔献代之。立之未
离京师,河背訾家口,汴水复绝,一如前日。朝廷更命叔献开
之,亦不罪叔献也。立之云。

元丰元年春,塞汴河,诏发民夫五十万,役兵二十万,云:
"欲凿故道以导河北行,不行则决河北岸王莽河口,任其所
至。"恐其浸淫南及京城故也。天章阁待制韩缜、都水监丞刘
珪、河北运判汪辅之掌之。邦彦云。

旧制,河南、河北、曹、濮以西,秦、凤以东,皆食解盐;益、
梓、利、夔四路,皆食井盐;河东食土盐,其余皆食海盐。自仁
宗时,解盐通商,官不复榷。熙宁中,市易司始榷开封、曹、濮
等州及利、益二路,官自运解盐卖之,其益、利井盐俟官无解
盐,即听自卖。九年,有殿中丞张景温建议,请榷河中等五州,
官自卖盐,增重其价,民不肯买,乃课民日买官盐,随其贫富、
作业为多少之差。有买卖私盐,听人告讦,重给赏钱,以犯人
家财充。买官盐食之不尽,留经宿者,同私盐法。于是民间骚
怨,盐折钞,旧法每席六缗,至是才直二缗有余,商人不入粟,
边储失备。朝廷疑之,乃召陕西东路转运使皮公弼入议其事,
公弼极陈其不便。有旨令于三司议之,三司使沈括以向附介
甫意,言景温法可行,今不可改,尽言其非。而更为别札称,据

景温申，官卖盐岁获利二十余万缗，今通商，则失此利。再取旨，上复令与公弼议之。公弼条陈实无此利。于是罢开封、河中等州，益、利等路卖盐，独曹、濮等数州行景温之法。公弼云。

吴沖卿、蔡中正等为枢密副使，上言请废河南北监牧司，文潞公为枢密使，以为不可。元厚之为翰林学士，与曾孝宽受诏详定。厚之计其吏兵之禄，及牧田可耕种，所以奏称："两监岁费五十六万缗，所息之马用三万缗可买。"诏尽废天下马监，止留沙苑一监，选其马可充军马用者，悉令送沙苑监。其次给传置，其次斥卖之。牧田听民租佃。仍令转运司输每岁所有五十三万缗于市易务。马既给诸军，则常给刍粟及缣帛粮饷，所省费甚广。诸监马送沙苑者止四千余匹，在道羸死者殆半。国马尽于此矣。时熙宁八年冬也。马士宣云。

熙宁初，余罢中丞，复归翰林，有成都进士李戒投书见访，云："戒少学圣人之道，自谓不在颜回、孟轲之下。"其词孟浪，高自称誉，大率如此。又献《役法大要》，以为："民苦重役，不苦重税，但闻有因役破产者，不闻因税破产也。请增天下田税钱谷各十分之一，募人充役。仍命役重轻分为三等，上等月给钱千五百、谷二斛，中、下等以是为差。计雇役犹有羡余，可助经费。明公倘为言之于朝，幸而施行，公私不日皆富贵矣。"余试举一事难之曰："衙前有何等？"戒曰："上等。"余曰："今夫衙前掌官物，贩夫者或破万金之产，彼肯顾千五百钱、两斛之谷来应募耶？"戒不能对。余因谢遣之，曰："仆已去言职，君宜诣当官献之。"居无何，复来投书，曰："三皇不圣，五帝不圣，自生民以来，惟孔子为圣人耳。孔子没，孟轲以降盖不足言，今日复有明公，可继孔子者也。"余骇惧，遽还其书，曰："足下何得为此语？"固请留书，余曰："若留君书，是当而有之也。死必不敢。”又欲授余左右，余叱左右使勿接，乃退。余以其狂妄，常语于同列，以资戏笑。时韩子华知成都，戒亦尝以此策献之，子华大以为然。及入为三司使，欲奏行之，余与同列共笑且难之，子华意沮，乃止。及介甫为相，同置制三司条例司，为介甫言之，介甫亦以为然，雇役之议自此起。时李戒已得心疾，罢举归成都矣。自见。

介甫之再入相也，张谔建言：“往者衙前经历重难，皆得场务酬奖，享利过厚。其人见存者，请依新法据分数应给钱缗外，余利追理入官，谓之‘打抹’。专委诸州长吏检括，如有不尽，以违制罪之，不以赦降、出官原免。”于是诸州竞为刻剥，或数十年前尝经酬奖，今已解役，家资贫破，所应输钱有及二三千缗者，往往不能偿而自杀。

介甫申明按问欲举之法，曰：“虽经拷掠，终是本人自道，皆应减二等。”由是劫贼盗无死者。刘鸣玉云。

先朝以来，夔州路减省赋，上供无额，官不榷酒，不禁茶盐，务以安远人为意。

熙宁八年五月，内批：“张方平枢密使。”介甫即欲行文书，吉甫留之，曰：“当俟晚集更议之。”因私语介甫曰：“安道入，必为吾属不利。”明日再进呈，遂格不行。君贶云。

三司使章惇尝登对，上誉张安道之美，问识否，惇退，以告吉甫。明旦，吉甫与安道同行入朝，因告以上语，且曰：“行当大用矣。”安道缩鼻而已。其暮，安道方与客坐，惇通刺入门谒见，安道使谢曰：“素不相识，不敢相见。”惇惭怍而退。故蔡承禧弹惇曰：“朝登陛下之门，暮入惠卿之室。”为此也。由是上恶惇，介甫恶安道，未几皆出。王承倨云。

介甫初参大政，章辟光上言：“岐王、嘉王不宜居禁中，请使出居于外。"太后怒，与上言："辟光离间兄弟，宜加诛窜。"辟光扬言："王参政、吕惠卿来教我上此书，今朝廷若深罪我，我终不置此二人。"惠卿惧，以告介甫。上欲窜辟光于岭南，介甫力营救，止降监当而已。吕献可攻介甫，引辟光之言以闻于上，献可坐罢中丞、知邓州。苏子容当草制，曾鲁公召谕之曰："辟光治平四年上书，当是时介甫犹在金陵，惠卿监杭州酒，安得而教之？"故其制词云："当小人交构之言，肆罔上无根之语。"制出，士大夫颇以子容制词为非，子容以鲁公之言告，乃知治平四年辟光所上言他事，非言岐、嘉者。子容深悔之，尝谓人曰："介甫虽黜逐我，我怨之不若鲁公之深也。"王尧云。

　　韩魏公判相州，有三人为劫，为邻里所逐而散。既而为魁者谓其徒曰："自今劫人，有救者先杀之。"众诺。他日，又劫一家，执其老妪，搒捶求货，邻人不忍，共传呼来，语贼曰："此妪更无他货，可惜搒死。"其徒即刺杀之。州司皆处三人死。刑房堂后官周清，本江宁法司，后为兵司大将，王介甫引置中书，且立法云："若刑房能驳正大理寺及刑部断狱违法得当者，一事迁一官。"故刑房吏日取旧案，吹毛以求其失。清以此自大将四年迁至供备库使、行堂后官事。清驳之曰："新法，凡杀之人，虽已死，其为从者被执，虽经拷掠，苟能先引服，皆从按问欲举律减四等。今盗魁令其从云'有救者先杀之'，则魁当为首，其从用魁言杀救者则为从。又，至狱先引服，当减等。而相州杀之，刑部不驳，皆为失入死罪。"事下大理，大理以为："魁言有救者先杀之，谓执兵杖来斗者也。今邻人以好言劝之，非救也。其徒自出己意，手杀人，不可为从。相州断是。"详断官窦平、周孝恭以此白检正刘奉世，奉世曰："若为法官，自图之，何必相示？"二人曰："然则不可为失入。"奉世曰："君自当依法,此岂必欲君为失入耶?"于是大理奏:"相州断是。"
清执前议,再驳,复下刑部新官定。刑部以清驳为是,大理不
服。方争论未决,会皇城司奏相州法司潘开赍货诣大理行财
枉法。初,殿中丞陈安民佥书相州判官日断此狱,闻周清驳
之,惧得罪,诣京师,历抵亲识求救。文潞公之子大理评事文
及甫,乃陈安民之姊子、吴冲卿之婿也。冲卿时为首相,安民
以书召开云:"尔宜自来照管。"法司竭其家资入京师,欲货大
理吏求问息耗。相州人高在等在京师为司农吏,利其货,诡托
书吏数人,共耗用其物,实未尝见大理吏也。为皇城司所奏,
言赍三千余缗行求大理。事下开封府,按鞫无行赂状,惟得安
民与开书。谏官蔡确知安民与冲卿有亲,乃密言:"事连大臣,
非开封可了。"乃移其狱下御史台司,旬有数日,所按与开封无
异。会冲卿在告,王珪奏令确共按之,与寺丞刘仲弓推鞫,收
大理寺详断官窦平、周孝恭等,枷缚暴于日中,凡五十七日,求
其受贿事,皆无状。中丞邓润甫夜闻掠囚声,以为平、孝恭等,
其实他囚也。润甫心非确所为惨刻,而力不能制。确引陈安
民,置枷于前而问之,安民惧,具道尝请求文及甫,及甫已白丞
相,丞相甚垂意。确得其辞,甚喜,遽欲与润甫登对奏之,言丞
相受请枉法,润甫止之。明日,润甫在经筵,独奏:"相州狱事
甚微,大理实无受赂事,而蔡确深探其狱,滋蔓不已,窦平等皆
朝士,搒掠身无完肤,皆衔冤自诬。乞早结正。"上甚骇异。明
日,确欲登对,上使人止之,不得前。命谏官黄履、监察御史黄
廉、御药李舜举同诣台按验。三人与润甫、确坐庑下,约都不
得语,引囚于前,读示以所承之词,令实则书实,虚则自陈冤。
囚畏狱吏之酷,皆书款引实,验拷掠之痕,则无之,履等还奏。
确又上书:"陈安民请求文及甫,事连宰相,邓润甫党附执政,

不欲推究，故早求结正。"上遂大怒，以润甫为面谩，确为忠直。元丰元年四月丙辰，润甫落翰林学士、中丞，以右谏议大夫知抚州，告词曰："奏事不实，奉宪失中。言涉诋欺，内怀顾避。"中允、监察里行上官均亦尝上言确按狱深刻，降授光禄寺丞、知邵武军光泽县，告词曰："不务审克，苟为朋附，俾加阅实，不如所言。"确自右正言除右谏议、权中丞。确遂收文及甫系狱。及甫惧，亦云尝白丞相，言固是。又云尝属冲卿子群牧判官、太常博士安持。确又收刑房检正刘奉世。奉世先为枢府检详，冲卿自枢府入相，奏为检正，雅信重之。确令大理称受奉世风旨出相州狱，奉世惧，亦云于起居日尝受安持属请。又欲收安持，上不许，令即讯，安持恐被收，亦言尝以属奉世。时三司使李承之、副使韩忠彦皆上所厚，承之尝为都检正，忠彦，韩公之子也，确皆令囚引之。承之知之，数为上言确险诐之情，上意亦解，趣使结正。六月己丑，刘奉世落直史馆，监当。吴安持夺一官，降监当。文及甫冲替。陈安民追停。韩忠彦赎铜十斤。自余连坐者十余人。周清迁一官。冲卿上表请退，及阁门待罪者三四日，上辄遣中使召出令视事。确屡帅台谏官登对，言罪吴安持太轻，上曰："子弟为亲戚所属请，不得已而应之，此亦常事，何足深罪？卿辈但欲共攻吴充出之，此何意耶？"以确所弹奏札还之，言者乃止。公廉、李举之、王得臣、伯淳、冯如晦云。

涑水记闻卷十六

向来执政弄权者，虽潜因喜怒作威福，犹不敢乱资序、废赦令。王介甫引用新进资浅者，多借以官，苟为己尽力，则因而进擢；或小有忤意，则夺借官而斥之；或无功，或无过，则暗计资考及常格，然后迁官。如吕吉甫弟升卿新及第，为真定府观察推官，初无资考，使之察访京东，还，除淮南转运判官。转运判官皆须朝官为之，借以太子中允，寻召为崇正殿说书。及介甫与吉甫有隙，升卿复于上前诋讦介甫之短，由此被斥，然尚以宣力久，特迁太祝，监无为军税。练亨甫以泗州军事推官为崇文院校书兼检正官，及坐邓绾事，亦以宣力久，循一资为潭州军事判官。

介甫用事，坐违忤斥逐者，虽累经赦令，不复旧职。如知制诰李大临、苏颂封还李定词头，夺职外补，几十年，经三赦，大临才得待制，颂不得秘书监。及熙宁十年圜丘赦，颂除谏议大夫。宗回云。

熙宁七年圜丘赦，中书奏谪官应复者四十余人，中旨悉复旧原。吕吉甫参知政事，意所恶者皆废格不可。如胡宗愈、刘挚皆坐为台谏官言事落职外补，至是惟挚复馆职，宗愈为苏州通判，一不沾恩。挚尝言曾布，布为吉甫所恶故也。十年圜丘赦，宗愈始复馆职。宗回云。

介甫用新进为提转，其资在通判以下则称"权发遣"，知州称"权"，又迁则落"权"字。李舜卿云。

　　何涉以录事参军提举梓州路常平仓,涉所至暴横,棰挞吏民以立威,皆窜匿无地。气陵提转,直出其上,公牒州县云:"未得当司指挥,其提转牒皆不得施行。"转运司李竦、判官陈充与之议事不合,辄叱骂之。知州诣之白事,下马于门外,循廊而进,至其坐榻之侧,亦不为起。涉欲废广安军,众议以为旁出他州远,不可废。有章辟方得其父集贤校理何集所撰《鼓角楼记》以呈之,曰:"先君子亦具言置军要害之意。"涉曰:"凡事当从公论,此妄语,何足凭也?"李竦等具奏其状,诏罢归。涉沿道上奏,讼竦等,无所不道。至京师,下开封府鞫问。涉索纸万幅以答款,府司以数百幅给之,乃一纸书一宗。坐上书诈不实,凡一百四十事,由是停官。时所遣提举官,大抵狂妄作威,而涉最为甚。刘崿云。

　　初,韩公知扬州,介甫以新进士佥书判官事,韩公虽重其文学,而不以吏事许之。介甫数以古义争公事,其言迂阔,韩公多不从。介甫秩满去,会有上韩公书者,多用古字,韩公笑而谓僚属曰:"惜乎王廷评不在此,此人颇识难字。"介甫闻之,以韩公为轻己,由是怨之。及介甫知制诰,言事复多为韩公所沮。会遭母丧,服除,时韩公犹当国,介甫遂留金陵,不朝参。曾鲁公知介甫怨忌韩公,乃力荐于上,强起之,其意欲以排韩公耳。苏兖云。

　　上将召用介甫,访于大臣,争称誉之。张安道时为承旨,独言:"安石言伪而辩,行伪而坚,用之必乱天下。"由是介甫深怨之。苏兖云。

　　曾布改助役为免役,吕惠卿大憾之。苏兖云。

　　介甫使徐禧、王古按秀狱,求惠卿罪不得,又使塞周辅按之,亦无状迹。王雱危之,以让练亨甫、吕嘉问,亨甫等请以邓绾所言惠卿事杂他书下秀狱，不令丞相知也。惠卿素加恩结堂吏，吏遽报惠卿于陈州。惠卿列言其状，上以示介甫，介甫对"无之"，归以问雱，乃知其状。介甫以咎雱，雱时已寝疾，愤怒，遂绝。介甫以是惭于上，遂坚求退。苏尧云。

介甫请并京师行陕西所铸折二钱，既而宗室及诸军不乐，有怨言，上闻之，以问介甫，欲罢之。介甫怒曰："朝廷每举一事，定为浮言所移，如此何事可为？"退，遂移疾，卧不出。上使人谕之，曰："朕无间于卿，天日可鉴，何遽如此？"乃起。苏尧云。

谏议大夫程师孟尝请于介甫曰："公文章命世，师孟多幸，生与公同时，愿得公为墓志，庶传不朽，惟公矜许。"介甫问："先正何官？"师孟曰："非也，师孟恐不得常侍左右，欲豫求墓志，俟死而刻之耳。"介甫虽笑许，而心怜之。及王雱死，有习学检正张安国者，被发藉草，哭于枢前，曰："公不幸，未有子，今闻方有娠，安国愿死，托生为公嗣。"京师为之语曰："程师孟生求速死，张安国死愿托生。"苏尧云。

上以外事问介甫，介甫曰："陛下从谁得之？"上曰："卿何以问所从来？"介甫曰："陛下以他人为密，而独隐于臣，岂君臣推心之道乎？"上曰："得之李评。"介甫由是恶评，竟挤而逐之。他日，介甫复以密事质于上，上问从谁得之，介甫不肯对，上曰："朕无隐于卿，卿独有隐于朕乎？"介甫不得已，曰："朱明为臣言之。"上由是恶朱明。朱明，介甫妹夫也。及介甫出镇金陵，吉甫欲引介甫亲昵置之左右，荐朱明为侍讲，上不许，曰："安石更有妹夫为谁？"吉甫以直讲沈季长对，上即召季长为侍讲。吉甫又引弟升卿为侍讲。升卿素无学术，每进讲，多舍经而诼钱谷利害、营缮等事。上特问以经义，升卿不能对，辄目季长从旁代对。上问难甚苦，季长词屡屈，上问从谁受此义？对曰："受之王安石。"上笑曰："然则且尔。"季长虽党附介甫，而常非王雱、王安礼及吉甫所为，以谓必累介甫。雱等深恶之，故亦不甚得进用也。伯淳云。

熙宁六年十一月，吏有不附新法者，介甫欲深罪之，上不可。介甫固争之，曰："不然，法不行。"上曰："闻民间亦颇苦新法。"介甫曰："祁寒暑雨，民犹怨咨者，岂足顾也？"上曰："岂若并祁寒暑雨之怨亦无耶？"介甫不悦，退而属疾家居。数日，上遣使慰劳之，乃出。其党为之谋曰："今取门下士上所素不喜者暴进用之，则权重，否则，将有人窥间隙矣。"介甫从之。既出，即奏擢章惇、赵子几等，上正喜其出，勉强从之，由是权益重。鞠丞之云。

熙宁八年十一月，介甫以疾居家。上遣中使问疾，自朝至暮十往返，医官脉状皆使驰行亲事赍奏。既愈，复给假十日将治，又给三日，又命两府就第议事。伯淳云。

兴化县尉胡滋，其妻宗室女也，自言梦人衣金紫，自称王待制来为夫人儿，妻将产子。介甫闻之，自京师至金陵，与夫人常坐于船门帘下，见船过辄问："非胡尉船乎？"既而得之，举家悲喜，亟往抚视，涕泣，遗之金帛不可胜数，邀与俱还金陵。滋言有捕盗功，应诣铨曹求赏。介甫使人为营致，除京官，留金陵半年，欲丐其儿，其母不可，乃遣之。苏兖云。

内侍李宪既怨介甫罢其南征，乃言青苗钱为民害，上以内批罢之，介甫固执不可而止。先是，州县所敛青苗钱，使者督之，须散尽乃已，官无余蓄。至是，剩留五分，皆宪发之也。苏兖云。

介甫既罢相，冲卿代之，于新法颇更张，禹玉始无异同。

御史彭汝砺劾奏禹玉云："向者王安石行新法，王珪从而和之。今吴充变行新法，王珪亦从而和之。若昨是则今非，今是则昨非矣。乞令珪分析。"禹玉由是力主新法不肯变。汝砺又言："俞充为成都转运使，与宦官王中正共讨茂州蛮，媚事中正，故得都校正。"又言："李宪拥兵骄恣。"由是不得居台中，加馆职充江南东路提刑。汝砺因辞馆职。苏兖云。

吕升卿于上前言练亨甫以秽德为王雱所昵，且曰："陛下不信臣言，臣有老母，敢以为誓。"于是台谏言："王安国非议其兄，吕惠卿谓之不弟，放归田里。今升卿对陛下亲诅其母，比安国罪不尤重乎？"有旨：升卿罢江西转运副使，削中允，落直集贤院，以太祝监无为军酒税。时熙宁八年十二月也。王得臣云。

吉甫言王安礼任馆职，狎游无度，安礼由是乞出，一章即许之，除知润州。介甫犹以吉甫先居忧在润州，欲使安礼采其过失故也。得臣云。

王安国字平甫，介甫之弟也，常非其兄所为。为西京国子监教授，溺于声色。介甫在相位，以书戒之曰："宜放郑声。"安国复书曰："安国亦愿兄宜远佞人也。"官满，至京师，上以介甫故，召上殿，时人以为必除侍讲。上问以其兄秉政物论如何，对曰："但恨聚敛太重、知人不明耳。"上默然不悦，由是别无恩命。久之，乃得馆职。安国尝力谏其兄，以天下汹汹，不乐新法，皆归咎于公，恐为家祸。介甫不听，安国哭于影堂，曰："吾家灭门矣。"又尝责曾布以误惑丞相，更变法令，布曰："足下谁人之子弟？朝廷变法，何预足下事？"安国勃然怒曰："丞相，吾兄也；丞相父，即吾之父也。丞相由汝之故，杀身破家，僇及先人，发掘丘垄，岂得不预我事也！"仲道、思正、苏兖云。

士大夫以濮议不正，咸疾欧阳修，有谤其私从子妇者。御史中丞彭思永、殿中侍御史蒋之奇承流言劾奏之，之奇仍伏于上前，不肯起。诏二人具片语所从来，皆无以对。治平四年三月五日，俱坐谪官。仍敕榜朝堂，略曰："偶因燕申之言，遂腾空造之语，丑诋近列，中外骇然。以其乞正典刑，故须阅实其事，有一于此，朕亦不敢以法私人。及辩章之屡闻，皆狂澜而无考。"又曰："苟无根之毁是听，则谩欺之路大开。上自迩僚，下逮庶尹，闺门之内，咸不自安。"先是，之奇盛称濮议之是以媚修，由是荐为御史，既而攻修。修寻亦外迁，其上谢表曰："未干荐祢之墨，已关射羿之弓。"

熙宁十年七月，王韶献所著，名曰《发明自身之学》，皆荒浪狂谲之语。其一篇曰《法身三门》，其略曰："敷阳子既罢枢密副使、知洪州，于庐山之北建法堂，中建法身像，号曰太虚无极真人。遂立三门：一曰鸿枢独化之门，二曰万灵朝真之门，三曰金刚巨力之门。太虚无极真人独化行于天下，而天下方赖幽明显晦，有识无识皆会而朝之。太虚无极真人出独化之明，建大法旗，击大法鼓，手提玉印，临大庭而躬接之。"其书凡十万余言，皆仿此。既而进御，又摹印以遗朝中诸公及天下藩镇学校，其妖妄无所忌惮如此。王公仪得其书以示余。

观文殿学士、知洪州王韶上谢表曰："为贫而仕，富贵非学者之本心；与时偕行，功业盖丈夫之余事。"又曰："自信甚明，独立不惧。面折廷争，则或贻同列之忿；指谪时病，则或异大臣之为。以至圣论虽时有小差，然臣言亦未尝曲徇。"又曰："晓然知死生之不迷，灼然见古今之不异。通理尽性，虽未能达至道之渊微；立言著书，亦足以赞一朝之盛美。"知杂御史蔡确上言："韶不才忝冒，自请便亲，敢因谢表，辞旨怨愤？指斥圣躬，公为罔慢。”于是落韶观文殿学士，降知鄂州。

交趾之围邕州也，介甫言于上曰：“邕州城坚，必不可破。”上以为然。既而城陷，上欲召两府会议于天章阁，介甫曰：“如此则闻愈彰，不若只就东府。”上从之。介甫忧沮，形于颜色，王韶曰：“公居此尚尔，况居边徼者乎？愿少安重，以镇物情。”介甫曰：“使公往，能办之乎？”韶曰：“若朝廷应副，何为不能办？”介甫由是始与韶有隙。苏充云。

李士宁者，蓬州人，自言学多诡数，善为巧发奇中。目不识书，而能口占作诗，颇有才思，而词理迂诞，有类谶语，专以妖妄惑人。周游四方及京师，公卿贵人多重之。人未尝见其经营及有囊橐，而资用常饶，猝有宾客十数，珍馔立具，皆以为有归钱术。王介甫尤信重之，熙宁中，介甫为相，馆士宁于东府且半岁，日与其子弟游。及介甫将出金陵，乃归蓬州。宗室世居者，太祖之孙，颇好文学，结交士大夫，有名称，士宁先亦私入踬亲宅，与之游。士宁以为太祖肇造，宗室子孙当享其祚，会仁宗有赐英宗母仙游县君《挽歌》，微有传后之意，士宁窃其中间四句，易其首尾四句，密言世居当受天命以赠之。世居喜，赂遗甚厚。袁默云。

进士叶适，试补监生第一，介甫爱其新对策。布衣徐禧得洪州进士黄雍所著书，窃其语，上书褒美新法，介甫亦赏其言。皆奏除官，令于中书习学检正。及介甫出知金陵，吉甫荐二人，皆吕石素所器重，上召见，适奏对不称旨，上以介甫故，除光禄寺丞、馆阁校勘检正官，月余而卒。禧称旨。禧无学术而口辩，扬眉奋髯，足以移人意。上或问以故事，禧对“此非臣所学”云云，其说皆雍语也。而蔡承禧收得雍草封上之。承禧又言：“禧母及妻皆非良家，禧与其妻先奸后婚，妻恃此淫佚自恣,禧不敢禁。"又言:"禧前居父丧而博,为吏所捕,因亡命诣阙上书。"

郑侠,闽人,进士及第。熙宁七年春,上以旱灾,下诏听吏民直言得失,侠以选人监安上门,上言:"新制,使选人监京城门,民所赍物,无细大皆征之,使贫民愁怨。人主居深宫,或不知之,乃画图并进之。"朝廷以为狂,笑而不问。会王介甫请罢相,上未之许,侠上言:"天旱安石所致,若罢安石,天必雨。"既而介甫出知江宁府,是日雨,侠自以为所言中,于是屡上疏论事,皆不省。是岁冬,侠上书几五千言,极陈时政得失、民间疾苦,且言:"王安石作新法,为民害;吕惠卿朋党奸邪,壅蔽聪明;独冯京时立异与校计。请黜惠卿,进用冯京。"吕吉甫大怒,白上夺侠官,汀州编管。侠贫甚,士大夫及小民多怜之,或有遗之钱米者。上问冯当世:"卿识郑侠乎?"对曰:"臣素不之识。"御史知杂张琥闻之,阴访求当世与侠通交状。或语以当世尝从侠借书画,遗之钱米,琥即劾奏:"京,大臣,与侠交通有迹,而敢面谩,云不识。又侠所言朝廷机密事,侠,选人,何从知之? 必京教告,使之上言。"上以章示当世,实:"对不识,乞下所司辨正。"惠卿乃使其党知制诰邓润甫与御史台同按问,遣选人舒亶乘驿追侠诣台,索其箧笥中文书,悉封上之。舒亶还,特除京官以赏之。台中掠治侠,具疏所与交通者,皆逮系之。僧晓容善相,多出入当世家,亦收系按验。取当世门历,阅视宾客无侠名。侠素师事王雱,而议论尝与雱异,与王安国同非新法,安国亲厚之。侠既上疏,安国索其草视之,侠不与,安国曰:"家兄为政,必使天下共怨怒,然后行之。子今言之甚善,然能言之者,子也;能揄扬流布于人者,我也。子必以其草示我。"侠曰:"已焚之矣。"侠诣登闻检院上疏,集贤校理丁讽判检院,延坐与啜茶,询其所言,称奖之。讽又尝见当世,语及侠,当世称:"侠疏文词甚佳,小臣不易敢尔。"侠既窜逐,前三司副使王克臣与之旧,命其子驸马都尉师约资送之,师约曰:"师约姻帝室,不敢与外人交。请具银百两,大人自遗之。"克臣从之。于是台司收安国、讽等鞫之。安国自陈无此语,台司引侠使证之,侠见安国,笑曰:"平甫居常自负刚直,议论何所不道。今乃更效小人,欲为诋谰耶?"安国惭惧,即服罪。润甫等亦深探侠狱,多所连引,久系不决。上以其枝蔓,令岁前必令狱具,台官皆不得归家。狱成,惠卿奏侠谤国,欲置之大辟,上曰:"侠所言,非为身也,忠诚亦可念,岂宜深罪之?"但移英州编管而已。当世罢政事,以谏议大夫知亳州,王克臣夺一官,丁讽落职,监无为军酒税,王安国追出身以来敕诰,放归田里,晓容勒归本贯,其余吏民有与侠交游及馈送者,皆杖臀二十,远州编管。乃赐诏介甫慰谕,又以安礼权都检正,以慰其心。_{范尧夫、张次山、王孝先云。}

三班使臣王永年者,宗室之婿,自南方罢官,押钱纲数千缗诣京师,私用千余缗,求妻家偿之,其妻父叔皮不为偿。三司督之急,永年知叔皮尝于上元夜微步游闾里,乃夜叩东府门告变:"叔皮及弟叔敖私诣某者,云已有天命,谋作乱,密造乘舆服御服已具。"敕开封府判官吴几复按验,皆无状,永年引诬,病死狱中,方免叔皮。_{公弼云。}

王永年,宗室叔皮之婿也,监金耀门文书库。翰林学士杨绘、待制卞皆尝举之。永年盗卖官文书,得钱,费于娼家,畏其妻知之,伪立簿云:"买金银若干遗杨内翰,若干遗卞待制。"亦尝买缯帛及酒遗绘、卞及提举司、集贤修撰张刍。绘受之,卞止受其酒,刍俱不受。又尝召绘、卞饮于其家,令县主手掬酒以饮卞、绘。县主以永年盗官文书事白叔皮，叔皮白宗正司，牒按其事，永年夜叩八位门告变，诏吴几复按之。永年告变事今已明白，其盗官文书等事请付三司结绝。既而，三司使沈括奏："事涉两制，请付御史台穷治。"皆奉旨依。知杂御史蔡确奏："几复不抉摘卞、绘等脏污，避事惜情。"熙宁十年五月，绘责授荆南节度副使，卞落职管勾灵仙观，吴几复知唐州。上以卞独不受其馈遗，未几，迁谏议大夫、知邓州。李南公、吴辨叔云。

　　知制诰邓润甫上言："近日群臣专尚告讦，此非国家之美，宜用敦厚之人，以变风俗。"上嘉纳之。寻有中旨，以陈述古为枢密直学士，宋次道为龙图阁直学士。时熙宁八年十二月也。王得臣云。

涑水记闻逸文 据宋刻朱子《五朝三朝名臣言行录》补

景祐中，范文正公知开封府，忠亮谠直，言无回避。左右不便，因言公离间大臣，自结朋党，乃落天章阁待制，出知饶州。余靖安道上疏论救，以朋党坐贬。尹洙师鲁上言靖与仲淹交浅，臣于仲淹义兼师友，当从坐贬，监郢州税。欧阳修永叔贻书责司谏高若讷不能辨其非辜，若讷大怒，缴奏其书，降授夷陵县令。永叔复与师鲁书云："五六十年来此辈沉默畏慎，布在世间。忽见吾辈作此事，下至灶间老婢亦相惊怪。"时蔡襄君谟为《四贤一不肖》诗以歌之。

王仁瞻自剑南独先归阙乞见，历数王全斌等贪纵之状。太祖笑谓仁瞻曰："纳李廷珪妓，擅开丰德库金宝，此又谁邪？"仁瞻惶怖，叩伏待罪曰："此行清介畏谨，但止有曹彬一人尔。"

范文正公守邠州，暇日帅僚属登楼置酒。未举觞见衰绖数人营理丧具者，公亟令询之，乃寄居士人卒于邠，将出殡近郊，赗敛棺椁皆所未具。公怃然，即彻宴席，厚赒给之，使毕其事。坐客感叹，有泣下者。

王魏公与杨文公大年友善。疾笃，延大年於卧内，托草遗奏，言忝为宰相，不可以将尽之言，为宗亲求官，止叙生平遭遇之意。表上，真宗叹惜之。遽遣就第取子弟名数录进。

景德中，朝廷始与北虏通好，诏遣使将以北朝呼之。王沂公以为太重，请止称契丹本号可也。真宗激赏再三，朝论韪之。

祥符中，王沂公奉使契丹，馆伴邢祥颇肆谈辨，深自衒鬻，且矜新赐铁券。公曰："铁券盖勋臣有功高不赏之惧，赐之以安反侧耳。何为辄及亲贤？"祥大沮失。

景祐末，西鄙用兵，大将刘平死之，议者以朝廷委宦者监军，主帅节制有不得专者，故平失利。诏诛监军黄德和。或请罢诸帅监军，仁宗以问宰臣吕文靖公。公曰："不必罢，但择谨厚者为之。"仁宗委公择之，对曰："臣待罪宰相，不当与中贵私交，何由知其贤否。愿诏都知押班保举，有不称职者与同罪。"仁宗从之。翊日都知叩头乞罢诸监军宦官。士大夫嘉公之有谋。

庆历初，仁宗服药，久不视朝，一日圣体康复，思见执政，坐便殿促召二府宰相。吕许公闻命，移刻方赴召。比至，中使数辈促公，同列亦赞公速行，公愈缓辔。既见，上曰："久疾方平，喜与卿等相见，而迟迟其来何也？"公曰："陛下不豫，中外颇忧，一旦闻急召近臣，臣若奔驰以进，虑人心惊动耳。"上以为深得辅臣之体。

春明退朝录

[宋]宋敏求　撰

尚　成　校点

校 点 说 明

《春明退朝录》三卷,宋宋敏求撰。敏求(1019—1079)字次道,赵州平棘(今河北赵县)人。仁宗时以父荫为秘书省正字,召试学士院,赐进士及第。历仕馆阁校勘、编修官、右谏议大夫、龙图阁直学士兼修国史。曾参修《唐书》,撰唐武宗以下六朝实录,并编有《唐大诏令集》传世。

此书系作者仕谏议大夫期间退朝后居春明里,"观唐人泊本朝名辈撰著以补史遗者,因纂所闻见继之"而作,约成书于熙宁七年(1074)。内容多记唐宋典章故实,几占三分之二以上。举凡官诰礼仪、仕宦进拟、差除制度等掌故,史料翔实可信,历来为史家所重视和采撷。至其于民情风俗、官场应酬、书画题记、诗话词评等时有著录,亦颇具文学史研究价值。而其记事注重前后贯通,写人不遗语言性情,又可见其"继世掌史"、文章见称于时的风貌。

此书有《百川学海》、《丛书集成初编》、《学津讨原》等本。现以《学津讨原》本为底本,以前两种对校,并加标点印行。校勘中凡遇异文,则择善而从,不出校记。

目　录

春明退朝录卷上 并叙

熙宁三年，予以谏议大夫奉朝请。每退食，观唐人洎本朝名辈撰著以补史遗者，因纂所闻见继之。先庐在春明里，题为《春明退朝录》云。十一月晦，常山宋敏求述。

国朝宰相，赵令、卢相、文潞公四十三登庸，寇莱公四十四，王沂公四十五，贾魏公四十八。

枢密副使，赵令三十九，寇莱公三十一，晏元献公三十五，韩魏公三十六。

参知政事，苏侍郎易简三十六，王沂公三十九。

知制诰，苏侍郎二十六，王沂公二十七，卢相、杨文公、晏元献公、宣献公、今宣徽使王公拱辰皆二十八，夏文庄三十。

学士，苏侍郎二十八，晏元献公、宣徽王公皆三十，宣献公三十五，王沂公、李邯郸皆三十六，杨文公、钱子飞皆三十七，卢相、今参政王禹玉皆三十八。

吴正肃言：律令有"丁推"，"推"字不通，少壮之意当是"丁稚"。唐以大帝讳避之，损其点画云。

真宗朝岁时始赐饮于宰相第，大两省、待制以上赴。林尚书特以谏议大夫为三司副使，亦预焉。既而并诸副使，遂以为常。王太尉主会，唯用大官之膳，少加堂餐。自丁晋公助以家馔，至今踵之。

天圣七年，玉清宫灾，遂罢辅臣为宫观使，而景灵、会灵、祥源三宫观以学士、舍人管勾。康定元年，李康靖公罢参知政事，为资政殿大学士，提举会灵观。自后学士皆为提举。至和初，晏元献公以旧相为观文殿大学士，提举万龄避家讳也。观，而武臣今致政李少师端愿为观察使，止得管勾祥源观，自陈于枢府宗衮，宋元宪也。谢朓谓谢安为宗衮。乃加以都管勾。今朝官亦云提举，非故事也。

宗衮尝言：律云“可从而违，堪供而阙”，亚六经之文也。

宋景文言：“人之属文，自稳当字，第初思之未至也。”又曰：“为文是静中一业尔。”

本朝置枢密使副，或置知枢密院同知院，然使与知院不并置也。熙宁元年，文潞公、吕宣徽为使，而润州陈丞相自越州召为知院。前一岁，陈丞相为副使，位在吕公之上故也。

国初范鲁公、王祁公、魏仆射三相罢，赵令独相，始置参知政事，自是一相或二相。至咸平中，始有吕文穆、李文靖、向文简三相；又至至和中，文潞公、刘丞相、富郑公三相。

太平兴国四年，石元懿始以枢密直学士签书院事。八年，张司空齐贤、王公沔并以谏议大夫同签书枢密院事。景德三年，马正惠以检校太傅，韩公崇训以检校太保，并签书枢密院事。治平二年，今郭宣徽为同签书院事。

文臣为枢密使，皆带检校太尉、太傅，兼本官。乾兴元年，钱文僖以兵部尚书为枢密使，不带检校官，有司之失也。

赵德明归款，真宗赐以宗姓，然不附属籍，晁文元草制云：“奕世荷殿邦之德，举宗联命氏之荣。”宝元二年，元昊叛，诏削属籍，非也。

唐太宗自撰《郑元成碑》，德宗亦撰《段秀实碑》。

本朝太宗撰《中令赵公碑》。皇祐中，王侍郎子融守河中还，乃以唐明皇所题裴耀卿碑额上之，仁宗遂御篆赐沂公碑曰"旌贤"。其后踵之者：怀忠吕许公、显忠李忠武、旌忠寇莱公、全德元老王太尉、教忠积庆文潞公父洎、亲贤李侍中用和、褒亲齐国献穆公、旌功曹襄悼、旧学晏元献、崇儒丁文简、旧德张邓公、显先积庆赵中令子瓅、旌忠怀德张侍中耆、儒贤高文庄、褒贤范文正、思贤刘丞相沆、清忠王武恭、旌忠元勋狄武襄、褒忠陈恭公、纯孝张文孝。英宗御篆忠规德范宋元宪，上御篆淳德守正吕文穆、大儒元老贾魏公。

国朝历三师三公者：太祖即位，天雄节度符魏王彦卿自守太尉为太师，定难节度、西平王李中令彝兴自守太傅为太尉，荆南节度、南平王高中令保融自守太保为太傅。

赵令以司徒、太保、侍中在中书，以太保、中书令留守西京，又以太师西京养疾。王文正以司空、司徒、太保在中书，以太尉罢为玉清昭应宫使。

范鲁公以司徒在中书，王祁公、薛文惠、吕文穆并以司空在中书，丁晋公、冯魏公、王冀公并以司空、司徒在中书，韩魏公以司空在中书，司徒为节度侍中，曹襄悼、文潞公并以司空为枢密使、侍中，吕文靖罢相，以司徒监修国史，曾鲁公以司空为节度、侍中。

吕许公以太尉致仕，张邓公、曾鲁公并以太傅致仕，陈恭公以司徒致仕，李相昉、张相齐贤、章郇公、宋郑公、富韩公并以司空致仕。

国朝宰相为仆射，魏公仁浦、赵令、薛文惠、沈恭惠、宋惠安、李文正、吕文穆、吕正惠、李文靖、张司空、王文正、向文简、王冀公、寇莱公、吕许公、王沂公、贾魏公、陈恭公、韩魏公、文潞公、富郑公、曾鲁公二十二人。枢相为仆射，陈文忠、曹襄悼、张荣僖、王康靖四人。枢密使为仆射，石元懿一人。

列圣神御殿，始咸平初，真宗令供奉僧元蔼写太宗圣容于启圣院，后玉清昭应宫范金祖宗像，馀多塑像。其殿名在京曰庆基、奉先禅院，奉宣祖。开先、太平兴国寺，奉太祖。二圣、玉清昭应宫，奉太祖，太宗同殿，见上。永隆、启圣院，奉太宗，见上。安圣、玉清昭应宫。以下并奉真宗。奉真、景灵宫。崇真、慈孝寺。延圣、万龄观。永崇、崇先观。孝严、景灵宫，奉仁宗。英德；景灵宫，奉英宗。在外曰章武、扬州建隆寺。以下奉太祖。兴元、西京应天院。端命、滁州。帝华、西京应天院。以下奉太宗。统平、太原府。昭孝、西京应天院。以下奉真宗。信武、澶州。集真。华阴云台观。又凤翔太平宫有祖宗神御殿，南京鸿庆宫有三圣神御殿，西京永安县会圣宫有五圣神御殿。今京师定力院有太祖御像，国初待诏王霭画。诸后影殿曰重徽、奉先禅院，奉明德太后，章穆皇后同殿。彰德、慈孝寺，奉章献太后。广孝，景灵宫，奉章懿太后。广爱。万龄观，奉章惠太后。

开宝八年十一月，江南平，留汴水以待李国主舟行。盛寒，河流浅涸，诏所在为坝闸潴水以过舟。官吏击冻督役，稍稽则皆何校，甚者劾罪，以次被罚。州、县官降敕而杖之者，凡十馀人。

旧制：将相食邑万户即封国公。王太尉为相，过万户而谦挹不封。庆历七年南郊，中外将相唯夏郑公合万户，中书请封英国公，因诏使相未满万户皆得封。于是王康靖封遂国公，章文简封郇国公，王武恭封冀国公。其后遂以邑封合万户者彻国。

国朝以来封国公者：范侍中、鲁。王文献、祁。向侍中拱、谯、秦。静难节度刘公重进、燕。保大节度赵公赞、卫。定国节度冯公继业、梁。张侍中永德、邓、卫。张尚书昭、舒、郑、陈。孟中令昶、秦。王中令彦超、邠。赵中令、梁、许、陈。吕文穆、蔡、徐、许。

寇忠愍、莱。丁秘监、晋。冯文懿、魏。曹襄悼、韩、鲁、郓。王文穆、冀。张荣僖、岐、邓、徐。吕文靖、申、许。王文正、沂。张文懿、鄆、邓。章文简、郇。夏文庄、英、郑。王康靖、遂、邓。王武恭、祁、冀、鲁。贾文元、安、许、魏。陈恭公、英、岐。文侍中、潞。杜正献、祁。宋元宪、莒、郑。庞庄敏、颍。韩侍中、仪、卫、魏。曾侍中、英、兖、鲁。富相。祁、郑、韩。

太子谥：昭成、许王元僖，初谥恭孝，改。悼献。周王元祐。

诸王谥：悼、秦王延美。懿、魏王德昭。康惠、岐王德芳。恭宪、楚王元佐。恭靖、陈王元份。文惠、安王元杰。恭懿、邓王元偓。恭惠、曹王元偁。恭肃、燕王元俨。怀靖、褒王昉。悼穆、豫王昕。悼懿。鄂王义。

公主谥：恭懿、宣祖女，燕国大长公主，降高怀德。贤肃、太祖女，秦国大长公主，降王承衍。贤靖、太祖女，晋国大长公主，降石保吉。恭惠、太祖女，许国长公主，降魏咸信。初谥正惠，改。英惠、太宗女，燕国长公主，降吴元扆。和静、太宗女，晋国大长公主，降柴宗庆。懿顺、太宗女，郑国长公主，降王贻永。慈明、太宗女，申国大长公主，报慈正觉大师清裕。献穆、太宗女，齐国大长公主，降李遵勖。昭怀、真宗女，出俗为道士，号清虚灵昭大师。庄孝。仁宗女，楚国大长公主，降李玮。

宗室谥：恭裕、申王德文。康孝、南阳郡王惟吉。安懿、濮王。孝定、相王允弼。荣易、定王允良。恭肃、广平郡王德隆。思恪、永嘉郡王允迪。懿恭、平阳郡王允升。僖简、信安郡王允宁。康简、广陵郡王德雍，循国公承庆。和懿、定安郡王承简。恭僖、舒国公承蕴。僖靖、同安郡王惟正。僖穆、丹阳郡王守节。安僖、荣王从式，楚国公从信。安简、信都郡王德彝。安恭、博平郡王允初。慈惠、申国公德恭。僖安、楚国公守巽。和惠、河东郡王承衍。惠恪、楚国公从古。僖温、遂宁郡王承范。良静、魏国公宗懿。恭简、韩国公宗礼。良、祁国公宗述，吉国公克绍。昭裕、遂国公宗颜。修孝、南康郡王世永。恭静、乐平郡王承亮。康僖、光国公克广。荣僖、陈国公承锡。恭。昌国公世滋。

宰相谥：文献、王祁公溥，改文康。宣懿、魏仆射仁浦。忠献、赵中令普。文惠、薛相居正，陈相尧佐。恭惠、沈相伦。惠安、宋相琪。文正、李司空昉、王太尉旦，正字犯仁宗嫌名。正惠、吕相端，正字犯仁宗嫌名。文穆、吕许公蒙正、王冀公钦若。文定、张司空齐贤、李相迪。文靖、李相沆，吕许公夷简。文简、毕相士安，向相敏中。忠愍、寇莱公准。文懿、冯魏公拯，张邓公士逊。文正、王沂公曾。文节、张相知白。章惠、王相随，改文惠。文宪、章郇公得象，改文简。元献、晏公殊。正献、杜祁公衍。恭、陈相执中。文元、贾魏公昌朝。庄敏、庞颍公籍。元宪。宋郑公庠。

　　枢密使谥：元靖、李公崇矩。景襄、楚公昭辅。元懿、石仆射熙载。恭懿、王公继英。文庄、高公若讷。宣简、田公况。惠穆、吕公公弼。

　　枢密使相谥：武惠、曹侍中彬。文忠、陈仆射尧叟。襄悼、曹侍中利用。荣僖、张侍中耆。文僖、钱公惟演，思改。恭毅、杨公崇勋，恭密改。文康、王相晦叔。康靖、王侍中贻永。文庄、夏郑公竦。武恭。王公德用。

　　参知政事谥：文懿、郭尚书赞，孙少傅朴。文恭、李公穆。景肃、赵公昌言。康节、辛少傅仲甫。恭肃、温尚书仲舒。惠献、王尚书化基。文定、赵右丞安仁，石少师中立。文僖、陈公彭年。康懿、任尚书中正。肃简、鲁公宗道。简肃、薛公奎。宣献、先公。文忠、蔡公齐。文肃、盛少傅度，吴公奎。忠宪、韩少傅亿。忠穆、王公曙。康靖、李少傅若谷。文庄、晁公宗悫。安简、王尚书举正。文正、范公仲淹。正肃、吴公育。文烈、明公镐。文简、丁右丞度。康穆、程公戡。文安、王公尧臣。质肃。唐公介。

　　枢密副使、知院、同知院谥：宣靖、钱邓州若水。恭质、宋公湜。景庄、王公嗣宗。正惠、马公知节，正字犯仁宗嫌名。安惠、周侍郎起，任少傅中师。武穆、曹公玮。忠献、范尚书雍。僖质、赵少师棋。宪成、李侍郎咨。文孝、张左丞观。文肃、郑公戬。恭惠、任少师布。威敏、孙公沔。孝肃、包公拯。文恭、胡少师宿。忠简。王侍郎畴。

　　使相谥：恭惠、安仲王审琦。元靖、王中令景。正懿、高中令保融，正字犯仁宗嫌名。武烈、石中令守信。庄烈、何中令福进。恭孝、孟中令昶。武穆、高公怀德。忠顺、陈公洪进。忠懿、钱中令俶。庄武、李侍中继勋，石公保吉。安僖、钱侍郎惟濬。庄惠、宋太师渥。恭惠、张侍中美。忠武、李公继隆。武惠、潘公美。忠肃、王公显。荣密、柴公宗庆。恭密、杨公崇勋。恭僖、李侍中用和。文简、程相琳。良僖。李公昭亮。

文臣谥：文安、宋尚书白。文庄、江陵杨公。忠定、张尚书咏。文恭、薛尚书暎。忠肃、马少保亮。文、杨侍郎亿。恭惠、李中丞及。文元、晁少傅迥。宣、孙少傅奭。康肃、陈公尧咨。章靖、冯侍郎元。宣懿、杨侍郎察。恪、李右丞昭述。景文、宋尚书祁。襄、余尚书靖。恭安、张尚书存。庄、李尚书兑。修懿、钱左丞明逸。懿敏、王尚书素。懿靖。李少师东之。

武臣谥：温肃、杜公审肇。恭僖、杜公审琼。恭惠、杜公审进。武毅、曹公翰，崔公翰。忠武、郭公守文。勤威、冯公守信。和惠、王公昭远。恭肃、王公承衍。忠惠、吴公元扆。元惠、周宣徽莹。武康、王公超。武懿、曹公璨。忠毅、彭公睿，周公美。恭庄、张公潜。宣惠、钱留后惟济。和文、李公遵勖。壮恪、夏公随，王公凯。安毅、郑公守忠。忠僖、夏宣徽守赟。忠隐、葛公怀敏。壮愍、刘公平，任公福。恭壮、高公化。壮定、杨留后景宗。忠恪、曹公琮。密、郭宣徽承祐。良惠、刘观察从广。荣毅、许公怀德。良定、李留后端懿。勤惠。张公孜。

外戚谥：武懿、刘公通。康怀、刘从德。安僖、曹公玘。恭怀、曹公傅。景思。张尧封。

内臣谥：忠肃、刘承规。安简、王承勋。僖靖、蓝继宗。安恪、卢守勤。僖恭王惟忠。安僖、岑守素。僖良、皇甫继明。良恪、张永和。荣恪、蓝元用。忠安、张惟吉。僖勤、史崇信，石全育。僖恪、刘从愿，邓保吉。威勤、麦允信。僖安。王守忠。

任恭惠与吕许公同年进士，而同为博士。恭惠登枢，年耆康强。许公时尚为相，尝所叹羡，询其服饵之法。恭惠谢曰："不晓养生之术。但中年因读《文选》有所悟尔：谓'石韫玉以山辉，水含珠而川媚’也。”许公深以为然。

父子掌诰，国初至熙宁元年凡九家：李文正、昌武，正字犯仁宗嫌名。王兵部、文正。王惠献、安简。晁文元、文庄。钱希白、修懿。梁翰林庄肃。吕文靖、仲裕。宣献公、敏求。苏仪甫。子容。

咸平六年，并三部为三司，使官轻则为权使公事。庆历中，叶翰林道卿再总计，止云“权使”，盖中书误也。其后遂分权使与使公事为两等。

舍人院每知制诰上事，必设紫褥于庭，面北拜厅。阁长立褥之东北隅，谓之压角。宗衮作《掖垣丛志》而不解其事。按唐旧书亦无闻焉，惟裴廷裕《正陵遗事》云：“舍人上事，知印宰相当压角。”则其礼相传自唐也。予为舍人日，邵兴宗入院，不疑为阁长压角，时议美之。

翻译新经，始以光禄卿汤公悦、兵部员外郎张公洎润色之，后赵文定、杨文公、晁文庄、李尚书维，皆为译经润文官。天禧中，宰相丁晋公始为使。天圣三年，又以宰相王冀公为使。自后元宰继领之，然降麻不入衔。又以参政枢密为润文，其事寖重。每岁诞节，必进新经。前两月二府皆集以观翻译，谓之“开堂”，亦唐之清流尽在也。前一月，译经使、润文官又集以进新经，谓之“闭堂”。庆历三年，吕许公罢相，以司徒为译经润文使，明年致仕，章郇公代之。自后降麻入衔。

宗衮尝曰：“残人矜才，逆诈恃明，吾终身不为也。”亦犹唐相崔涣曰“抑人以远谤，吾所不为”。

予治平初同判尚书礼部，掌诸处纳到废印极多，率皆无用。按唐旧说，礼部郎中掌省中文翰，谓之南宫舍人，百日内须知制诰。王元之与宋给事诗云“须知百日掌丝纶”，又谓员外郎为“瑞锦窠”。员外郎厅前有大石，诸州府送到废印，皆于石上碎之。又图写祥瑞,亦员外郎厅所掌。令狐楚元和初任礼部员外郎,有诗曰"移石几回敲废印,开箱何处送新图"是也。今之废印,宜准故事碎之。

唐内人墓,谓之"宫人斜",四仲遣使者祭之。见唐人文集。

京师街衢置鼓于小楼之上,以警昏晓。太宗时命张公洎制坊名,列牌于楼上。按唐马周始建议置鼕鼕鼓,惟两京有之。后北都亦有鼕鼕鼓,是则京都之制也。二纪以来不闻街鼓之声,金吾之职废矣。

太常寺国初以来皆禁林之长主判,而礼院自有判院、同判院。大中祥符中符瑞繁缛,别建礼仪院,辅臣主判,而两制为知院。天禧末罢知院,天圣中省礼仪院,而寺与礼院事旧不相兼。康定元年,置判寺、同判寺,并兼礼仪事,近有至六七人者。按唐太常置卿一员、少卿二员、博士四员。祥符中置博士二员,后加至四员。今若置判寺一员、同判寺二员,则合唐之卿数矣。天圣元年,改同判院为司知院,即博士也。

太常寺旧在兴国坊,今三班院是也。景祐初,燕侍郎肃判寺,厅事画寒林屏风,时称绝笔,其后为判寺好事者窃取之。嘉祐八年,徙寺于福善坊。其地本开封府纳税所,英宗在藩邸判宗正寺,建为廨舍,既成而已立为皇子,遂为太常所请焉。

端拱中,西掖六舍人。既而田锡罢职,知陈州;顷之,宋湜贬均州团练副使,王元之商州团练副使。熙宁二年,阁老钱君倚守江宁。明年,予自请出院;李才元、苏子容皆落职,惟吴冲卿权三司使,不供职。阁下无人草制,遂命二直院焉。

开宝二年,李文正正字犯仁宗嫌名。以中书舍人,卢相以知制诰,并命直学士院。六年,知制诰张公澹直学士院。太平兴国元年,汤率更悦、徐骑省铉直学士院,王梓州克正、张侍郎洎直舍人院，四公皆江南文士也。至熙宁二年，复置旧官。

唐制宰相四人，首相为太清宫使，次三相皆带馆职，洪_{正字}_{犯宣祖庙讳。}文馆大学士、监修国史、集贤殿大学士，以此为次序。本朝置二相，昭文、修史，首相领焉；集贤，次相领焉。三馆职惟修史有职事，而颇以昭文为重，自次相迁首相乃得之。赵令初拜止独相，领集贤殿大学士，续兼修国史，久之，方迁昭文馆。薛文惠与沈恭惠并相，薛自参政领监修，拜相仍旧，而沈领集贤。毕文简与寇忠愍并相，而毕领监修，寇领集贤。王太尉独相，亦止领集贤。近时王章惠、庞庄敏初拜及独相，悉兼昭文、修史二职，非旧制也。

文臣自使相除枢相，罢节而还旧官。景祐元年，王沂公自使相带检校官，复为吏部尚书、同平章事，充枢密使。庆历七年，夏郑公自使相入枢，仍带节度使，亦非旧制也。太祖、太宗时文臣为使相，惟赵令一人。真宗时寇莱公、王冀公二人，节度使李南阳一人。乾兴后，难遽数矣。

唐文武参用，袁滋自尚书右丞出华州刺史，召为左金吾卫大将军，如是者数人。本朝颇循其制，工部侍郎王公明兼黄州刺史，给事中乔公维岳换海州刺史，三司使、尚书左丞李公士衡换同州观察使，学士承旨、刑部尚书李公维翰换相州观察使，翰林学士、工部侍郎陈公尧咨换宿州观察使。如钱邓州及庆历初韩、范、庞、王四公，皆换观察使，以用兵擢之也。龙图阁直学士马公季良换秦州防御使，非美迁也。

武臣换文资者，太宗时白州刺史钱昱换秘书监，迁工部侍郎，复换观察使。

真宗优待王冀公，景德中罢参知政事，始置资政殿学士以命之。宰相寇莱公颇抑之，令班翰林之下。乃命为大学士，冀公请铸印,不许,遂领尚书都省,以都省自有印也。

后唐明宗以枢密使安重诲不通文义,置端明殿学士,以翰林学士冯道、赵凤为之,班枢密使之后,食于其院。端明殿即西京正衙殿也,本朝程侍郎羽为之。后随殿名改为文明殿学士,李司空昉尝为之。庆历中以同永定谥号,改为紫宸殿学士,丁文简罢参知政事为之。何右丞郯时为御史,言"紫宸"非人臣所称,又改为观文殿学士。未几,贾魏公以使相换仆射,因置大学士处之,仍诏非历宰相不除。明道中,改承明殿为端明殿。会先公自南都召归,特置学士,班翰林、资政之下,与旧职名同,而立位异矣。

唐姚南仲不历尚书、侍郎,而入省便为仆射。近世郑文肃、刘丞相、张尚书方平、王宣徽拱辰、滕侍读甫,皆不历郎中、员外,而便为谏议大夫;吕给事惠卿、邓中丞润甫亦然。

尚书省二十四司,唐世以事简者兼学士、舍人,本朝唯重左曹。馆职、提点刑狱例得名曹,省府判官、转运使得名曹,又迁左曹。学士、舍人、待制迁二资,带史撰,更得优迁。如苏仪甫自刑部员外郎迁礼部郎中,王原叔自工部郎中迁吏部郎中是也。朝官带史撰亦得优迁,李邯郸自博士为礼部员外郎,贾魏公自司封员外郎为礼部郎中是也。景祐中,宋景文修乐书成,迁工部员外郎。庆历中,吕仲裕、王原叔修《崇文总目》成,并为工部员外郎。予预修《唐书》,亦忝此官。又朝选久不磨勘者,郭谏议申锡迁右司员外郎,祖择之工部员外郎,张修撰问礼部郎中。

迩英阁,讲讽之所也。阁后有隆儒殿,在丛竹中,制度特小。王原叔久在讲筵而身品短,同列戏之曰:"宜为隆儒殿学士。"

孙之翰言:太祖一日召对赵中令,出取幽州图以示之。赵令详观称叹,曰:"是必曹翰所为也。"帝曰:"何以知之?"普对:"方今将帅材谋,无出于翰。此图非翰,他人不可为也。翰往,必可得幽州;然既得幽州,陛下遣何人代翰?"帝默然,持图归内。

杨庶几孜言:胡秘监旦退居襄阳,镵大砚以著《汉春秋》,书成,瘗其砚。每闻大臣名士薨卒,必作传以纪其善恶,然世不传,庶几亦自有所述。

杜甫终于耒阳,稿葬之。至元和中,其孙始改葬于巩县,元微之为志。而郑刑部文宝谪官衡州,有《经耒阳杜子美墓》诗。岂但为志而不克迁,或已迁而故冢尚存耶?

唐官有定员,阙则补之。后唐长兴二年,诏诸州得替节度、防御、团练使、刺史,并令随常朝官逐日立班。二年,敕免常朝,令五日赴起居。国初尚多前资官,今阁门仪制尚有见任、前任节度、防御、团练使。

太宗时始置磨勘差遣院,后改为审官。真宗时,京朝官四年乃得迁。天圣中,方有三年之制,而在外任者不得迁,须至京引对,乃得改秩。明道中,始许外任岁满亦迁。时恭谢天地覃恩,不隔磨勘,有并迁者,于是朝士始多。皇祐明堂覃恩,隔磨勘,人情苦其不均。英宗与上即位,故复用恭谢之例。

建隆至天禧,每朝廷大礼,二府必进官。天圣二年南郊,吕许公恳言之,乃止。自是加恩而已。

每大礼,两府加恩,功臣、阶勋、食邑、实封,内得三种;学士至待制、大两省,得阶勋而下二种;大卿监至少卿监一种,得加食邑;郎中而下至朝京官一种,阶勋而已。

凡加食邑,宰相千户,实封四百户;馀降麻官,食邑七百户,实封三百户;直学士以上食邑五百户,实封二百户;舍人、待制、散尚书至少卿监以上,食邑三百户,实封一百户。

凡食邑三百户,封县开国男,五百户封子,七百户封伯,千户封郡侯,二千户封公,千五百户以上始加实封。

唐大帝时始有同中书门下三品,时中书令、侍中皆正三品,大历中并升为二品。晋天福五年,升中书门下平章事为正二品。国初枢密使吴延祚以父讳璋,加同中书门下二品,用升品也。

每南郊大礼,循唐制命五使:宰相为大礼使,学士为礼仪使、卤簿使,御史中丞为仪仗使,知开封府为桥道顿递使。而礼仪使本太常卿事,尚书兵部主字图,卤簿使是其职也。仪仗使排列之,而卤簿使督摄之,其职事颇相通。真宗时东封西祀,奉祀皆辅臣为五使,南郊则用学士而下。仁宗籍田、恭谢大飨明堂、袷飨上大飨,并循真庙之制。

春明退朝录卷中

　　予尝判官告院、知制诰,时又提举兵、吏司封,官告院而不白司勋,恐遗之也。凡文臣及节度、观察、防、团、刺史、诸司使副、内殿承制崇班,皆用吏部印。管军至军校环卫官用兵部印,封爵命妇用司封印,加勋用司勋印。

　　凡官告之制,后妃,销金云龙罗纸十七张,销金褾袋,宝装轴,红丝网,金饰楷。公主,销金大凤罗纸十七张,销金褾袋,瑇瑁轴,红丝网,涂金银饰楷。按皇后当降制诞告,不装告身而用册。本朝诸后皆止用告。景祐元年,立后始用册。治平、熙宁皆循之。亲王、宰相、使相,背五色金花绫纸十七张,晕锦褾袋,犀轴,色带,紫丝网,银饰楷。枢密使、三师、三公、前宰相至仆射、东宫三师、嗣王、郡王、节度使,白背五色金花绫纸十七张,晕锦褾袋,犀轴,色带。参知政事、枢密副使、知院、同知院、签书院事、宣徽使、仆射、东宫三师、御史大夫、宗室率府副率以上,白背五色绫纸十七张,晕锦褾袋,牙轴,色带。尚书、观文殿大学士、资政殿大学士、东宫三少、六统军、上将军、留后、观察使同上,惟用法锦褾。近者用翠毛狮子锦以代晕锦,非旧制也。三司使、翰林学士承旨至直学士、待制、丞郎、御史中丞、大两省宾客、大卿监、祭酒、詹事、庶子、大将军、防团刺史、横行使、内诸司使、军职遥郡、枢密都承旨、初除驸马都尉,白绫大纸七张,法锦褾,大牙轴,色带。三司副使、少卿监、司业、起居郎至正言、知杂至监察御史、郎中、员外郎、四赤令、谕德、少詹事、家令、率更令、太子仆、太常博士、节度行军司马、副使、横行副使、诸司副使、枢密副承旨、军职都指挥使、忠佐马军步军都军头以上、藩方马步军都指挥使,并不遥郡者,白绫大纸七张,大锦褾,牙轴,青带。国子博士至洗马、通事舍人、诸王友、六尚奉御、诸卫将军、承制、崇班、阁门祗候、五官正、诸州别驾、枢密院诸房承旨、如官至将军以上,用大绫纸、大锦褾、大牙轴。两使判官、防团副使、率府率、副率、京官馆职、堂后官、中书枢密院主事、诸军职都虞候、忠佐马军步军副都军头、诸班指挥使、藩方马步军副都指挥使、都虞候、内供奉官至内品,白绫中纸五张,中锦褾,中牙轴,青带。秘书郎至将作监主簿,白绫小纸五张,黄锦褾,角轴,青带。幕职州县官、灵台郎、保章正、诸州长史司马、中书录事、主书守当官、枢密院令史、书令史、诸军指挥使、内品待诏、书艺,白绫小纸五纸,小锦褾,木轴,青带。诸蕃蛮子大将军司、阶司、戈司候郎将以上,并白绫大纸,法锦,大牙轴,色带。凡修仪、婉容、才人、贵人、美人,销金小凤罗纸七张,销金褾袋,瑇瑁轴,红丝网,涂金银爰楮。司言、司正、尚衣、尚食、典宝常使,金花罗纸七张,法锦褾袋。内降夫人、郡君,团窠罗纸七张,晕银褾袋。宗室妇常使,金花罗纸七张,法锦褾袋。宗室女,素罗纸七张,法锦褾袋。国夫人,铅金团窠五色罗纸七张,晕锦褾袋。郡夫人,常使金花罗纸七张,见任两府母、妻使团窠。法锦褾袋。以上至司言、司正等,皆用瑇瑁紫丝网,爰楮。郡君、县太君、遥郡刺史、正郎以上妻并销金,常使罗纸七张,余命妇并素罗纸七张。

凡封赠父祖为降麻官,用白背五色绫纸,法锦褾,大牙轴。余虽极品,止给大绫纸,法锦褾,大牙轴。

凡朝士父在,经大礼推恩得致仕官,不给奉。父任陛朝官以上致仕,自得奉。旧制若因其子更加秩,则不给奉。

凡宰相、使相,母封国太夫人,妻封国夫人。枢密使、副使、参知政事、尚书、节度使,母封郡太夫人,妻封郡夫人。枢密、参政母,经南郊封国太夫人。直学士以上给谏、大卿监、观察使,母封郡太君,妻封郡君。旧制学士官至谏议大夫以上,方得郡封,天禧中诏改之。少卿监、防团以下至陞朝官,母封县太君,妻封县君。

凡辅臣、宣徽使初入,封三代为东宫三少。曾祖为少保,祖为少傅,父为少师。因进官或遇大礼,进加至太师。两令、国公、使相、节度使,亦封三代。尚书、资政殿大学士、三司使,封二代,至太尉。大学士自如两府例。学士至待制,封一代,至太尉。余陞朝官以上,至吏部尚书。父历两府,赠至师令、国公。历两制、大两省,赠至太尉。唐相止赠一代,权德舆罢相,为检校吏部尚书、兴元节度使,自润州改葬其父于东都亡祖之域。其祖倕终右羽林军录事参军,因表纳检校吏部尚书兼御史大夫,请回赠祖一官,诏不许纳官,特赠倕尚书、礼部郎中。德舆在迁祔式假内,公事皆差官勾当,有敕使及别奉诏命,即令权服慘服承进止。

唐制,宰相不兼尚书左、右丞,盖仆射常为宰相,而丞辖留省中领事。元和中,韦贯之为右丞、平章事,不久而迁中书侍郎。又仆射、给谏皆不为致仕官,然杨于陵为左仆射致仕。本朝沈相伦亦以仆射致仕。

唐节度使除仆射、尚书侍郎,谓之“纳节”,皆不降麻,止舍人院出制。天禧中,丁晋公自保信军节度使除吏部尚书、参知政事,先公在西阁当制。至和中,韩魏公自武康军节度使除工部尚书、三司使,降麻,非故事也。

皇祐中,宗衮请置家庙,下两制礼官议,以为庙室当灵长,若身没而子孙官微,庙即随毁。请以其子孙袭三品阶勋及爵,庶常得奉祀，不报。

秘府有唐孟诜《家祭仪》、孙氏仲《飨仪》数种，大抵以士人家用台卓享祀，类几筵，乃是凶祭；其四仲吉祭，当用平面毡条屏风而已。

汉乾祐中，除枢密使始降麻，如将相之制，本朝循之。石元懿罢为仆射，亦降麻；高文庄、田宣简、吕宝臣罢，止舍人院出告。

天圣中修国史，王安简、谢阳夏、李邯郸、黄唐卿为编修官。安简神情冲澹，唐卿刻意篇什，谢、李尝戏为句曰："王貌闲如鹤，黄吟苦似猿。"

天圣中钱文僖留守西都，而应天院有三圣御像，去府仅十里，朔望集众官朝拜，未晓而往，朝拜毕，三杯而退。文僖戏为句曰："正好睡时行十里，不交谈处饮三杯。"又有人送驴肉，复曰："厅前捉到须依法，合内盛来定付厨。"

宗衮尝赏黄子温诗。子温名孝恭，天圣八年登进士第，为大理寺丞，失官。其从兄子思亦善诗，《咏怀》曰："日者未知裴令贵，世人争笑祢生狂。"《重午》曰："风檐燕引五六子，露井榴开三四花。"子思名孝先，天圣二年登进士第，终太常博士。

治平三年，予为知制诰。夏六月，梦丞相遣朱衣吏召，命草某人为邃清殿学士制。既寤，不能记其姓名及其文词也。明年五月甲辰，丞相遣朱衣吏召当制舍人吕缙叔草制，除邵不疑为宝文阁学士。后数日，得承旨张公所作诏云："乃规层宇，正字犯御名。邃在西清。"恍然记去岁之梦与诏文，离合其名若符契焉。

尊号起于唐，中宗称应天神龙皇帝，后明皇称开元神武皇帝，自后率如之。陆贽尝以谏德宗。宗衮著《尊号录》一篇，系以赞云："损之又损，天下归仁。"盖托讽焉。上即位，群臣凡再上尊号，率不许。

李尚书维有三兄，文靖丞相、赟尚书虞部员外郎、源太子中舍，皆五十八而终。尚书亦是岁大病，恳言于朝，乃罢翰林学士，换集贤院学士，出知许州。王给事博文与其子景彝皆贰枢，然并逾月而终。

欧阳少师言为河北都转运使，冬月按部至沧、景间，于野亭，夜半闻车旗兵马之声，几达旦不绝。问宿彼处人，云："此海神移徙，五七年间一有之。"

致政王侍郎子融言：天圣中归其乡里青州时，滕给事涉为守，盛冬浓霜，屋瓦皆成百花之状，以纸摹之，其家尚余数幅。

凡节度州为三品，刺史州为五品。唐内臣为中尉，惟赠大都督。国初曹翰以观察使判颍州，是以四品临五品州也。品同为"知"，隔品为"判"。自后惟辅臣、宣徽使、太子太保、仆射为判，余并为知州。

参知政事父见其进拜者：卢朱崖、吴正肃与尚书张公安道；枢副陈尧叟、张文孝、吴文肃，由登用而朝廷多峻加其父恩命。

唐时黄河不闻有决溢之患。《唐书》惟载薛平为郑滑节度使，始河溢瓠子东，泛滑，距城才二里许。平按求故道，出黎阳西南，因命其从事裴宏泰往请魏博节度使田弘正，弘正许之。乃籍民田所当者易以他地，疏导二十里，以杀水悍。还塲田七百顷于河南，自是滑人无患。此外无所纪。盖河朔地天宝后久属蕃臣，而事不闻朝廷也。而汴河亦不闻疏通之事，惟《郑畋集》载为相时，汴河淀塞，请令河阳节度使于汴口开导，仍令宣武、感化节度使严帖州县，封闭公私斗门。感化即徐州也。

唐两京皆有三馆，而各为之所，所以逐馆命修撰文字。本朝三馆合为一，并在崇文院中。景祐中命修《总目》，则在崇文院，余各置局他所，盖避众人所见。《太宗实录》在诸王赐食厅，《真宗实录》在元符观。祥符中修《册府元龟》，王文穆为枢密使领其事，乃就宣徽南院厅以便其事。自后遂修国史、会要，名曰编修院。又修《仁宗实录》，而《英宗实录》同时并修，遂在庆宁宫史馆，领日历局，置修撰二员，宰相为监修。自置编修院，以修撰一人主之，而日历等书皆析归编修院。

唐在京文武官职事九品以上，朔望日朝。其文官五品以上及监察御史、员外郎、太常博士，每日参。武官五品以上，仍每月五日、十一日、二十一日、二十五日参。三品以上，九日、十九日、二十九日又参。王沂公家一本云，四品以上九日、十九日、二十九日再参。其长上、折冲、果毅，若文武散官五品以上、直诸司及长上者，各准职事参。其洪正字犯宣祖庙讳。文馆及国子监博士、学生每季参。若雨雪沾服失容及泥潦，并停。以上唐仪制令。凡京百司有常参官，谓五品以上职事官，八品以上供奉官。以上《唐六典》。正正字犯仁宗嫌名。元二年，敕文官充翰林学士、皇太子诸王侍读，武官充禁军职事，并不常朝参。其在三馆等诸职掌者，并朝参讫，各归所务。是年御史中丞窦参奏："常参文武官，准令每日参，自艰难以来，遂许分日。待戎事稍平，即依常式。其武官准令五品以上每月六参，三品以上更加三参。顷并停废，今请准令却复旧仪。"十三年，御史台奏："诸司常参，文官隔假三日以上并以横行参假。其武班每月先配九参、六参，九参谓一月九次，六参谓一月六次。今后每经三节假满，纵不是本配入日，并依文官例横行参假。"以上《唐会要》。后唐同光二年，四方馆奏："今后除随驾将校及外方造奉专使，文武两班三品以上官可于内殿对见，其余并请正衙。"从之。天成元年，御札赐文武百僚每日正衙常朝外，五日一赴内殿起居。每月朔望日赐廊下食。唐室承平时，常参官每日朝退赐食，谓之"廊餐"。自乾符乱离罢之，惟月旦入阁日赐食。明宗即位，谏官请文武百僚五日一起居，见帝于便殿。李琪以为非故事，以五日为繁，请每月朔望日入阁，赐廊下食，罢五日起居之仪。至是宣旨朔望入阁外，五日一起居以为常。天成元年，敕令后若遇不坐正殿日，未御内殿前，便令阁门使宣不坐放朝，班退。是年御史台奏："凡新除官及差使者，合于正衙谢辞。每遇内殿起居日，百官不于正衙叙班，其差使及新除官辞谢，不令参谢。每内殿起居日，百僚先叙班于文明殿庭，候辞谢官退，则班入内殿。"从之。晋天福二年，中书门下奏："在内廷诸司使等，每除正官，请令赴正衙谢后，不赴常朝。其京官未升朝官，祇赴朔望朝参。"从之。以上《五代会要》。国朝诸在京文武升朝官每日朝，其有制免常朝者五日一参起居。国朝令文。按唐制，文武职事官并赴常参，武班五日一参，又有三日一参，五日参并朔望为六参，三日参乃为九参。所谓常参官未有无职事者。由后唐同光中，乃分常朝、内殿，凡随驾将校、外方进奉使、文武三品以上官，即于内殿对见，其余并诣正衙。至天成初，诏文武百官每日常朝外，五日一赴内殿起居。其趋朝官遇宣不坐，放朝各退归司。本朝视朝之制：文德殿曰外朝，凡不厘务朝臣日赴，是谓"常朝"。垂拱殿曰内殿，宰臣枢密使以下要近职事者并武班日赴，是谓"常起居"。每五日，文武朝臣厘务、令厘务并赴内朝，谓之"百官大起居"。是则奉朝之制自为三等。盖天子坐朝，莫先于正衙殿，于礼群臣无一日不朝者，故正衙虽不坐，常参官犹立班，俟放朝乃退。唐有职事者，谓之常参；今隶外朝不厘务者,谓之常参。

　　唐日御宣政,设殿中细仗、兵部旗幡等于廷,朝官退,皆赐食。自开元后,朔望宗庙上牙槃食,明皇意欲避正殿,遂御紫宸殿,唤仗入阁门,遂有"入阁"之名。在唐时殊不为盛礼。唐末常御殿,更无仗,遇朔望特设之,趋朝者仍给廊下食,所以郑谷辈多形于诗咏叹美,而五代行之不绝。祖宗数御文德殿,行入阁礼。熙宁二年,予被诏修阁门仪制,以为文德入阁非是,当唤仗御紫宸殿,请下两制与太常议之。学士承旨王公珪等以为入阁是唐日坐朝之仪,不足行,诏削去其礼。予与阁门诸君因请如唐御宣政礼,量设仗卫御之。诏乃可。今朔望御文德殿,始于此也。阁门有旧入阁图,颇约其礼而简便之。凡文武官百人,执仗四百人,其五龙五凤五岳五星旗、御马皆立殿门之外。旧制,凡连假三日而著于令者,宰相至升朝官尽赴文德殿参假,谓之"横行"。次日百官仍赴内殿起居。近年连假后多便起居,而废"横行"之礼。

　　吏部流内铨,每除官皆云权、判,正衙谢,复正谢前殿,引选人谢辞,繇唐以来,谓之"对敭"。判铨与选人同入起居毕,判铨于殿廷近北西向立,选人谢辞讫,出,判铨官亦谢而出。近止令选人门谢辞,判铨不复入。

　　魏野居于陕郊,其地颇有水竹之胜,客至,必留连饮酒。真宗时聘召不起,天禧中卒,赠秘书省著作郎。野子闲,有父风,皇祐中天章阁待制李公昭遇守陕,言于朝,赐号清逸处士。

　　古者将葬,请谥以易名,近世多稾殡或已葬而请谥。唐独孤及谥郭知运,而右司员外郎崔夏以为知运葬已五十年,今请易名,窃恐非礼。及以为请谥者五家,皆在葬后,苗太师一年,吕谭四年,卢奕五年,颜杲卿八年,独知运遂以过时见抑,且八年与五十年,其缓一也,与夺殊制不可。遂谥知运曰"威"。

国朝以来博士为谥,考功覆之,皆得濡润。庆历八年,有言博士以美谥加于人,以利濡润,有同纳赂。有诏不许收所遗,于是旧臣子孙竞来请谥。既而礼院厌其烦,遂奏厘革。嘉祐中李尚书维家复来请谥,博士吕缙叔引诏以罢之。

唐制,兼官三品得赠官,如韩文公曾为京兆尹兼御史大夫,后终吏部侍郎,而赠礼部尚书是也。又观察使多赠两省侍郎,以就三品得谥。国初以来,惟正官三品方得谥,兼官赠三品不得之。真宗命陈彭年详定,遂诏文武官至尚书、节度使卒,许辍朝,赠至正三品,许请谥。而史失其传。宝元中光禄卿知河阳郑立卒而辍朝,非故事也。

上元然镫,或云沿汉祠太一自昏至昼故事,梁简文帝有《列镫赋》,陈后主有《光璧殿遥咏山镫》诗。唐明皇先天中,东都设镫;文宗开成中,建镫迎三宫太后,是则唐以前岁不常设。本朝太宗时三元不禁夜,上元御乾元门,中元、下元御东华门,后罢中元、下元二节,而初元游观之盛,冠于前代。

《周礼》四时变国火,谓春取榆柳之火,夏取枣杏之火,季夏取桑柘之火,秋取柞楢之火,冬取槐檀之火。而唐时惟清明取榆柳火以赐近臣戚里,本朝因之,惟赐辅臣戚里,帅臣、节察、三司使、知开封府、枢密直学士、中使,皆得厚赠,非常赐例也。

唐曲江开元、天宝中旁有殿宇,安史乱后尽圮废。文宗览杜甫诗云"江头宫殿锁千门,细柳新蒲为谁绿",因建紫云楼、落霞亭,岁时赐宴。又诏百司于两岸建亭馆。太宗于西郊凿金明池,中有台榭,以阅水戏,而士人游观无存泊之所,若两岸如唐制设亭,即逾曲江之盛也。

太宗时建东太一宫于苏邸,遂列十殿,而五福、君綦二太一处前殿,冠通天冠,服绛纱袍,余皆道服霓衣。天圣中建西太一宫,前殿处五福、君綦、大游三太一,亦用通天、绛纱之制,余亦道冠霓衣。熙宁五年建中太一宫,内侍主塑像,乃请下礼院议十太一冠服,礼院乃具两状,一如东西二宫之制,一请尽服通天、绛纱。会有言亳州太清宫有唐太一塑像,上遣中使视之,乃尽服王者衣冠,遂诏如亳州之制。

绿髹器始于王冀公家,祥符、天禧中每为会,即盛陈之。然制自江南,颇质朴。庆历后浙中始造,盛行于时。嘉祐初兖国公主降李玮,时少师欧阳公长礼台,与诸博士折衷婚礼,颇放古制。治平中,邵不疑以知制诰权知谏院,请选官撰本朝冠丧祭之礼,乃诏礼院详定,遂奏请置局于本院,不许,因循寝之。

皇祐二年七月,李侍中用和卒,诏辍视朝。下礼院乃检会李继隆例,院吏用印纸申请,自二十一日至五日辍朝。而二十四日太庙孟飨,在辍朝之内,同知院范侍郎镇引《春秋》仲遂卒犹绎,请罢飨。判寺宋景文以日遽集议不及止之。会缮见大中祥符三年四月敕,石保吉卒,辍四日、五日、七日朝三日,其六日太庙孟飨,已是大祠,不坐。又二十六日,宣祖忌,行香奉慰。予时同知院,欲请移辍二十七日朝,判寺王原叔言与申请反覆,遂亦止。

欧阳少师提总修太常因革礼,遣姚子张辟见问:"太祖建隆四年南郊,改元乾德,是岁十一月二十九日冬至,而郊礼在十六日,何也?"乃检日历,其敕制云:"律且协于黄钟,日正临于甲子。"乃避晦而用十六日甲子郊也。及修《实录》,以此两句太质而削去之,遂失其义。皇祐二年当郊,而日至复在晦,宗衮遂建明堂之礼。

张唐公言：徐常侍谪邠州时，柳仲涂开为守，顷之郑仲贤文宝为陕西转运使。郑即骑省门人也，到官即来致谒。而仲涂郡务不举，颇惮其来，乃先恳于徐公。郑既谒见，徐曰："柳侯甚奉畏。"郑翌日而还。

列子庙在郑州圃田，其地有小城，貌甚古。相传有唐李德裕、王起题名，而前辈留纪甚多。景祐中王文惠公为章惠太后园陵使还，请增葺之，于是旧迹都尽，今其榜陈文惠之笔。

孟州汜水县有武牢关城，城内有山数峰，一峰上有唐昭武庙。按李德裕《会昌一品集》载昭武庙乃神尧、太宗塑像，今殿内有二人立，而以冠传付之貌。或云失二帝塑像，而但存侍者故也。

李文正公罢相为仆射，奉朝请，居城东北隅昭庆坊。去禁门辽远，每五鼓则兴，置《白居易集》数册于茶镣中，至安远门仗舍然烛观之，俟启钥，则赴朝。雍熙二年三月，诏中书申后两棒鼓出，枢密院申后四棒鼓出。

开宝六年六月，敕参知政事薛居正、吕馀庆于都堂与宰臣赵普同议公事。是月又敕中书门下押班、知印及祠祭行香，今后宜令宰臣赵普与参知政事薛居正、吕馀庆轮知。既而复有厘革。

雍熙四年，文德殿前始置参政砖位，在宰相之后。至道中，寇莱公为参知政事，复与宰臣轮日知印、正衙押班，其砖位遂与中书门下一班，书敕齐列衔，街衢并马。宰相、使相上事，并有公事，并升都堂。及莱公罢，遂诏只令宰臣押班、知印，参政止得轮祠祭行香，正衙砖位次宰臣之下立，只有公事并与宰臣同升都堂，如宰臣、使相上事，即不得升。

景德四年六月，敕臣僚自外到阙及在京主执如有公事，并日逐于巳时以前，中书、密院聚厅相见。其后复分厅见客。庆历八年禁止之，如景德之制。

太宗制笏头带以赐辅臣，其罢免尚亦服之。至祥符中，赵文定罢参知政事为兵部侍郎，后数载除景灵宫副使，真宗命廷赐御仙花带与绣鞯，遂服御仙带。自后二府罢者，学士与散官通服此带，遂以为故事。予亲见蔡文忠罢参知政事为户部侍郎服此带，盖曾为学士，用诏文金带，曾经赐者许系之。先公为翰林及侍读两学士，清灾落职，为中书舍人仍旧服金带，旧例皆如此。景祐三年八月，方著诏。其宰相罢免，虽散官并依旧服笏带。李文定天圣中自秘书监来朝，除刑部侍郎，并服笏带。近有罢参政者黑带佩鱼而入，非故事也。入两府自黑带赐笏带者，太宗朝例甚多。祥符中张文节自待制为中丞而参政事，天圣中姜侍郎自三司副使为谏议大夫而枢密，并赐如上。

春明退朝录卷下

京城士人旧通用青绢凉伞，大中祥符五年九月，惟许亲王用之，余并禁止。六年六月，始许中书、枢密院依旧用伞出入。

丁晋公天禧中镇金陵，临秦淮建亭，名曰"赏心"。中设屏及唐人所画《袁安卧雪图》，时称名笔。后人以《芦雁图》易之。嘉祐初王侍郎君玉守金陵，建白鹭亭于其西，皆栋宇轩敞，尽览江山之胜。

唐成都府有散花楼，河中有薰风楼、绿莎厅，扬州有赏心亭，郑州有夕阳楼，润州有千岩楼。今皆易其名，或不复见。

秘府书画，予尽得观之。二王真迹内三两卷，有陶穀尚书跋尾者尤奇。其画梁令瓒《二十八宿真形图》、李思训著色山水、韩滉《水牛》、东丹王《千角鹿》，其江南徐熙、唐希雅、蜀黄筌父子画笔甚多。

王祁公家有晋诸贤墨迹，唐相王广津所宝有"永存珍秘"图刻，阎立本画《老子西升经》，唐人画《锁谏图》。王冀公家褚遂良书唐太宗《帝京篇》、《太宗见禄东赞步辇图》。钱文僖家书画最多，有大令《黄庭经》、李邕《杂迹》。钱宣靖家王维《草堂图》，周安惠家献之《洛神赋》，苏侍郎家《魏郑公谏太宗图》。楚枢密有江都王《马》，王尚书仲仪有《回文织锦图》。以上皆录见者。

扬州后土庙有琼花一株，或云自唐所植，即李卫公所谓"玉蕊花"也。旧不可移徙，今京师亦有之。

近人有收《汉祖过沛图》者,画迹颇佳,而有僧,为观者所指,翌日,并加僧以幅巾。

今阁老王胜之转运两浙,于民家得唐沈既济所撰《刘展乱纪》一卷。时《唐书》已成,所载展事殊略。按展上元元年为宋州刺史,与御史中丞李铣皆副淮西节度使王仲昇。铣贪暴无法,而展性刚鲠不折,王仲昇奏铣状而诛之,次谋及展。然展居睢阳,有兵权,难亟图。乃与监军使邢延恩矫诏以展为都统江南、淮南节度防御使,代李峘,欲其赴镇,于涂中执之也。展颇以为疑,遣使请符节于峘,既得之,悉举睢阳兵七千人赴广陵。延恩始约李峘与淮南东道节度使邓景山图展,及事露,传檄州郡,言展反状,发兵距之。展亦露布言李峘反,而南北警急,文檄交驰于道。景山渡淮,陈于徐城洪,为展所败,又破李峘于下蜀。二年,命田神功举平卢军东下,展迎击,为神功再破之。遂弃广陵而奔江南,以舟师自金山引斗,神功有五船,而展杀其二船,后为贾隐林射展中目,因而斩之,传首京师,收器械三千余万。展既平,租庸使元载以吴越虽兵荒后民产犹给,乃辟召豪吏分宰列邑以重敛之,其州县赋调积有逋违,乃稽诸版籍,通校大数八年之赋,举空名以敛之。其科率之例不约户品之上下,但家有粟帛者,则以人徒围袭,如擒捕寇盗。然后簿录其产而中分之,甚者七八九,时人谓之"白著",言其厚敛无名,其所著者皆公然明白,无所嫌避。一云世人谓酒酣为"白著",既为刻薄之后,人不堪其困弊,则必颠沛酩酊,如饮者之著也。《刘晏传》中亦有"白著",与此差异。渤海高云有《白著歌》曰:"上元官吏务剥削,江淮之人多白著。"其所纪用兵次第甚详,此概举之云。

贾直孺在翰林,建言皇子不当为检校师傅,乃诏止除检校太尉。

九宫贵神，始天宝初术士苏嘉庆上言请置坛，明皇亲祠。及王玙为相，又劝肃宗亲祠。大和中，监察御史舒元舆论列，遂降为中祀。会昌中李德裕为相，复为大祀。宣宗时又降为中祀。乾符中宰相崔彦昭因岁旱祷雨获应，又升为大祀。

宗衮言：世传魏钟繇表云"疡愤怒之众"，"疡"非可通勉励之意，恐古人借使，又疑其误。

宰相三人者，赵中令太祖朝初相，太宗朝两人；吕文穆太宗朝再相，真宗朝一人；吕许公、张邓公仁宗朝皆三人。

学士三人，李文正、刘中山子仪〔中山三人，《玉堂集》云：三人翰林皆待诏，杨昭度宣召入院，其举自代，皆宣献公。〕宋景文、范景仁四人；李邯郸五人而一不拜。

建隆三年十二月，班簿二百二十四员：文班一百五十四人，内南班一百一十人，两省二十七人，学士三人，留司十人；武班七十四人，内留司一十一人。

梁开平二年南郊，执仪仗兵士二千九百七十八人。建隆四年郊，兵部执仪仗兵士一万三千六十人，太常寺鼓吹等二千六百四人、太仆寺推驾兵士六百八十二人，六军执擎人员兵士五百五十二人、左右金吾街仗各一百五十二人、左金吾仗三百五十八人、右金吾仗三百五十九人、殿中省押番人员并执擎兵士共五百三十一人，司天台一百六十二人、八司都四千三百七十三人，合兵部二万七千四百三十三人。

予家有范鲁公《杂录》，记世宗亲征忠正，驻跸城下，尝中夜有白虹自泚水起，亘数丈，下贯城中，数刻方没。自是吴人闭壁逾年，殍殕者甚众。及刘仁赡以城归，迁州于下蔡，其城遂芜废。又曰江南李璟发兵攻建州王延政，有白虹贯城，未几城陷,舍宇焚熬殆尽。

又曰近朝皇太后、皇后皆有印篆,文曰"皇太后之印"、"皇后之印"。故事,二宫立,各有宫名,长秋、长乐、长信之类是也,宜以宫名为文。至尊之位,亦不合言印,当云"某宫之宝"。

又曰近世诸王公主制中,称皇子、皇弟、皇女,疑"皇"字相承为例,止合云"第几子"、"第几弟"、"第几女"云。

又曰江南有国时,田每十亩蠲一亩半,以充瘠薄。

又曰罚俸例一品八贯,二品六贯,三品五贯,四品三贯五百,五品三贯,六品二贯,七品一贯七百五十,八品一贯三百,九品一贯五十。

又曰上古以来逐朝历名,黄帝起元用《辛卯历》,颛帝用《乙卯历》,虞用《戊午历》,夏用《丙寅历》,成汤用《甲寅历》,周用《丁巳历》,鲁用《庚子历》,秦用《乙卯历》,汉用《太初历》、《四分历》、《三统历》,魏用《黄初历》、《景初历》,晋用《元正字犯圣祖名。始历》、《合元》、《万分历》,宋用《大明历》、《元嘉历》,齐用《天保历》、《同章历》、《正象历》,后魏用《兴和历》、《正元历》、《正象历》,梁用《大同历》、《乾象历》、《永昌历》,后周用《天和历》、《丙寅历》、《明元正字犯圣祖名。历》,隋用《甲子历》、《开皇历》、《皇极历》、《大业历》,唐用《戊寅历》、《麟德历》、《神龙历》、《大衍历》、《元和观象历》、《长庆宣明历》、《宝应历》、《正元历》、《景福崇元正字犯圣祖名。历》,晋天福用《调元历》,周显德用《钦天历》云。本朝太祖用《应天历》,太宗用《乾元历》,真宗用《宜天历》,仁宗用《崇天历》,英宗用《明天历》,已而复用《崇天历》。

忠懿钱尚父自国初至归朝,其贡奉之物著录行于时,今大宴所施涂金银花凤狻猊、压舞茵蛮人及银装龙凤鼓,皆其所进也。凡献银、绢、绫、锦、乳香、金器、瑇瑁、宝器、通天带之外，其银香、龙香、象、狮子、鹤、鹿、孔雀，每只皆千余两，又有香囊、酒斝诸什器，莫能悉数。祥符、天圣经火，多爇去，今太常有银饰鼓十枚尚存。

外臣除节度使，景德前止舍人院作制，杨文公《外制集》议潘罗支、厮铎督朔方军节度数制是也。其后遂学士院降麻，如大礼加恩在将相后数日方下，然不锁院，不宣麻。近年遂同将相例，锁院告廷矣。

交州进奉使旧多遣兵马使，或摄管内刺史，或静海节度宾幕之职。及其归，多加检校官，或就迁其职，如行军司马、副使之类。近皆自称王官，又亦以王官命之。

尚书省旧制，尚书侍郎郎官不得著靴鞋过都堂门。唐兵部、吏部侍郎郎官选限内不朝。今审官东西院、三班院皆预内朝，而流内铨止趋五日起居，疑循旧制也。

丁晋公、冯魏公位三公、侍中，而未尝冠貂蝉。杜祁公相甫百日，当庆历四年郊祠，貂冠公衮，又升辂奉册改谥诸后。

杜祁公罢相，知兖州，寓北郊佛寺以待兖州接人。逾再浃日，会宗衮自汶阳召还，过其寺造谒，而杜公曰："处此几与在中书日同矣，且莫北去，欲识壁云郭汾阳曾留此。"盖自戏其居位不久也。

杜祁公休退，居南都，客至无不见，止服衫帽。尝曰："七十致政，可用高士服乎？"

唐宰相奉朝请，即退延英，止论政事大体，其进拟差除，但入熟状画可。今所存有《开元宰相奏请状》二卷，郑畋《凤池稿草》内载两为相奏拟状数卷，秘府有《拟状注制》十卷，多用四六，纪其人履历、性行、论请，皆宰相自草。五代亦然。寇莱公谓杨文公曰:"予不能为唐时宰相。"盖懒于命词也。今中书日进呈差除,退即批圣旨,而同列押字,国初范鲁公始为之。

李西枢宪成为知制诰,尚衣绯,出守荆南,召为学士,阁门举例赐金带,而不可加于绯衣,乃并赐三品服。太宗命制球路筍带赐辅臣,后虽罢免,亦服焉。赵文定罢参知政事,顷之除景灵宫副使,赐以御仙带。自后罢宰相仍服筍带,罢参枢皆止服御仙带。

江南有清辉殿学士,张公泊为之。蜀有丽文殿学士,韩昭为之。今契丹有乾文阁待制。

皇后有谥,起于东汉。自是至于隋,皆单谥,光烈阴皇后、明德马皇后、和熹邓皇后、文献独孤皇后是也。史家取帝谥冠其上以别之,如云光之烈皇后阴氏,明之德皇后马氏也,非谓欲连帝谥而名之也。然则质家尚单,文家尚复。后世或用复谥,如唐正正字犯仁宗嫌名。观中,长孙皇后谥文德,后太宗谥文皇帝,文德自是复谥。其议自用二名,偶同太宗之谥尔。中宗谥孝和,赵氏谥和思,言取帝谥配之。其后昭成、肃明、元献、章钦、正字犯翼祖庙讳。叡真、昭德、庄宪诸后,皆不连帝谥。国初追尊四庙三祖之后,冠以帝谥。及杜太后崩,始谥明宪。未几,欲同三祖之后,遂改昭宪。及太祖诸后,自连"孝"字,太宗后连"德"字,真宗后连"庄"字,皆用复谥,非连帝谥为义。庆历中,乃言"孝"字连太祖谥,"德"字连太宗谥,遂改为"章",以连真宗谥。且祖宗谥号皆十余字,岂止配一字为义?又太祖功烈,岂专以"孝"称?太宗后连"德"字乃在下,文与祖宗后谥文不对,可如东汉诸后单举之乎?皇祐中,予为礼官,龙图阁直学士赵周翰奏议甚详,下礼院,时新以"章"易"庄",朝廷以宗庙事重,不欲数更张,遂寝其所奏。

祖宗朝使相、节度使未尝有领京师官局者，其奉朝请必改他官，多为东宫三少、上将军、统军。赵中令以使相自河阳还，除太子少保。至明道中，钱相始为景灵宫使。治平中，武康节度李公端愿始为醴泉观使。

至和中仁宗疾平，以太宗至道年升遐，深恶其年号，趣诏中书改之。是岁以郊为恭谢天地，改元曰嘉祐。

宋景文言，大、小孤山以孤独为字，有庙江壖，乃为妇人状。龙图阁直学士陈公简夫留诗曰：“山称孤独字，庙壖女郎形。过客虽知误，行人但乞灵。”时称佳句。

太祖时大卿监卒，皆辍朝一日。景德以前，文武官赠三品，皆不得谥，曾任三品官，乃得谥。真宗大中祥符中，命陈文僖公彭年重定，以正三品尚书、节度使卒，始辍朝；赠尚书、节度使，许定谥。自后遵用其制，而日历、实录、国史皆遗其事。

尚父钱忠懿王自太祖开基，贡献不绝。帝以其恭顺，待之甚厚。及讨江南，命为昇州东南面行营招抚制置使，屡献戎捷。及拔常州，拜守太师，依前尚书令兼中书令、吴越国王。又亲赴行营，帝益嘉之，诏令归国。江南平，亟请入觐，许之。既至，会太祖幸洛阳郊禋，西驾有日矣，诏趣其还。忠懿临别，面叙感恋，愿子孙世世奉藩。太祖谓曰：“尽吾一生，尽汝一生，令汝享有二浙也。”忠懿以帝赐重约，既得归，喜甚，以为大保其国矣。是岁永昌鼎成，后二年来朝，遂举版籍纳王府焉。

唐王及善曰：“中书令可一日不见天子乎？”太祖开宝九年，以中外无事，始诏旬假日不坐。然其日辅臣犹对于后殿，问圣体而退。至道三年三月二十九日旬假，是日太宗犹对辅臣，至夕帝崩。李南阳永熙挽词曰：“朝冯玉几言犹在，夜启金縢事已非。”时称佳作。至真宗时，旬假辅臣始不入。宝元中西事方兴,假日视事。庆历初乃如旧。

唐白文公自勒文集,成五十卷,后集二十卷,皆写本,寄藏庐山东林寺,又藏龙门香山寺。高骈镇淮南,寄语江西廉使,取东林集而有之。香山集经乱亦不复存。其后履道宅为普明僧院,后唐明宗子秦王从荣又写本置院之经藏,今本是也。后人亦补东林所藏,皆篇目次第非真,与今吴、蜀摹版无异。

夏郑公为宣徽使、忠武军节度使,自河中府徙判蔡州,道经许昌。时李邯郸为守,乃徙居他所,空使宅以待之。夏公以为知体。

凡公家文书之稿,中书谓之“草”,枢密院谓之“底”,三司谓之“检”。今秘府有梁朝宣底二卷,即正_{正字犯仁宗嫌名。}明中崇政院书也。检即州县通称焉。

祖宗时宰相罢免,唯赵令得使相,余多本官归班,参、枢亦然。天禧中张文节始以侍读学士知南京,天圣中王文康以资政殿学士知陕州。自庆历后,解罢率皆得职焉。

祖宗时唯枢密直学士带出外任,李尚书维罢翰林为集贤院学士、知许州,刘中山子仪自翰林为台丞,李宪成以翰林权使三司,皆蕲出,并以枢密直学士。刘知颍州,李知洪州。蔡文忠以翰林兼侍读两学士改龙图阁学士,知密州。自翰林改龙图而出藩,繇文忠始也。近岁率带侍读及端明学士,邢公昺以侍读学士知曹州,孙宣公亦以侍讲知兖州,二公皆久奉劝讲,遂优以其职补外。自张文节以旧辅臣带侍读出守,至宝元年,梅公询始以侍读学士知许州,侍读带外任自梅公始也。其后翰林出者,率皆换此职。

晁文元公天禧中自翰林承旨换集贤院学士、判西京留台。吴正肃公皇祐中以资政殿学士,李少师公明嘉祐中以龙图阁直学士,并换集贤,判西台。近岁皆以禁职分台。

太宗命创方团球路带,亦名笏头带,以赐二府文臣。明道初,张徐公为枢密使兼侍中,独得赐之。皇祐初,李侍中用和以叔舅蕲赐,时王侍中贻永为枢密使,遂并赐之。其后曹侍中亦以叔舅而赐焉。

文穆王冀公天圣初再为相,既拜命谢恩,即请诣景灵宫奉真殿朝谢真宗皇帝。冀公仍以五百千建道场,托先公为斋文,其略曰:"奉讳之初,谢病于外。临西宫而莫及,企南狩以方遥。"失其本,余不尽记。自后二府初拜恩入谢,既诣景灵宫,盖踵冀公故事也。

凡拜职入谢,多有对赐,拜官加勋封谢恩,虽二府亦无有。景德初,王冀公以参知政事判大名府召还,加邑封。时契丹方讲好,真宗欲重其事,冀公入谢,特命以衣带鞍马赐之。自后二府转官、加阶勋、封邑入谢,并有对赐。

庆历四年,贾魏公建议修《唐书》,始令在馆学士人供《唐书》外故事二件。积累既多,乃请曾鲁公、掌侍郎唐卿分厘,附于本传。五年夏,命四判馆、二修撰刊修。时王文安、宋景文、杨宣懿、今赵少师判馆阁,张尚书、余尚书安道为修撰。又命编修官六人:曾鲁公、赵龙阁周翰、何密直公南、范侍郎景仁、邵龙阁不疑与予,而魏公为提举。魏公罢相,陈恭公不肯领,次当宋元宪,而以景文为嫌,乃用丁文简。丁公薨,刘丞相代之。刘公罢相,王文安代之。王公薨,曾鲁公代之,遂成书。初景文修《庆历编敕》,未暇到局,而赵少师请守苏州,王文安丁母忧,张、杨皆出外,后遂景文独下笔。久之,欧少师领刊修,遂分作纪、志。鲁公始亦以编敕不入局。周翰亦未尝至,后辞之。公南过开封幕,不疑以目疾辞去,遂命王忠简景彝补其缺。顷之吕缙叔入居,刘仲更始修《天文》、《历志》,后充编修官。将卒业,而梅圣俞入局,修《方镇》、《百官表》。嘉祐五年六月,成书。鲁公以提举日浅,自辞赏典,唯赐器币。欧宋二公、范王与余,皆迁一官。缙叔直秘阁,仲更崇文院检讨,未谢而卒。圣俞先一月余卒,诏官其一子。初编修官作志草,而景彝分《礼仪》与《兵志》,探讨唐事甚详,而卒不用,后求其本,不获。缙叔欲作《释音补》,少遗逸事,亦不能成。

太尉旧在三师之下,繇唐以来以上公为重。李光弼自司空为太尉,薨,赠太保。郭子仪自司徒为太尉,薨,赠太师。李德裕自司徒为太尉,皆以超拜。李载义自司徒为太保,王智兴自司徒为太傅,二人卒,具赠太尉。是以上公宠待宗臣,余虽有功,可迁保、傅,而掌武之尊不可得也。五代至国初,节度使皆自检校太傅迁太尉,太尉迁太师,然无升秩明文。

北都使宅旧有过马厅,按唐韩偓诗云:"外使进鹰初得按,中官过马不教嘶。"注云:"上每乘马,必中官驭以进,谓之'过马'。既乘之,蹙躞嘶鸣也。"盖唐时方镇亦效之,因而名厅事也。

唐明皇以诸王从学,名集贤院学士徐坚等讨集故事兼前世文辞,撰《初学记》。刘中山公子仪爱其书,曰:"非止初学,可为终身记。"

二府旧以官相压,李文正自文明殿学士、工部尚书为参知政事,而宋惠安公乃自左谏议大夫、参知政事迁刑部尚书,居其上。到祥符末,王沂公与张文节公同参知政事,王转给事中,张转工部侍郎,而班沂公下,意颇不悦。乃复还贰卿之命,止以旧官优加阶邑。自后第以先后入为次序。

太宗诏诸儒编故事一千卷,曰《太平总类》;文章一千卷,

曰《文苑英华》;小说五百卷,曰《太平广记》;医方一千卷,曰
《神医普救》。《总类》成,帝日览三卷,一年而读周,赐名曰《太
平御览》。又诏翰林承旨苏公易简、道士韩德纯、僧赞宁集三
教圣贤事迹各五十卷,书成,命赞宁为首坐,其书不传。真宗
诏诸儒编君臣事迹一千卷,曰《册府元龟》,不欲以后妃妇人等
事厕其间,别纂《彤管懿范》七十卷。又命陈文僖公衮历代帝
王文章为《宸章集》二十五卷,复集妇人文章为十五卷,亦世不
传。

　　枢密院问降宣故事具典故申院。按今有《梁朝宣底》二
卷,载朱梁正正字犯仁宗嫌名。明三年、四年事,每事下有月日,
云"臣李振宣",或除官、差官,或宣事于方镇等处,其间有云
"宣头"、"宣命"、"宣旨"者。梁朝以枢密院为崇政院,始置使,
以大臣领之,任以政事。正正字犯仁宗嫌名。明年是李振为使,
当时以宣传上旨,故名之曰"宣"。而枢密院所出文字之名也,
似欲与中书"敕"并行。虽无所明见,疑降宣始自朱梁之时。
晋天福五年,改枢密院承旨为承宣,亦似相合。其"底",乃底
本也,系日月姓名者,此所以为底。闻今尚仍旧名。熙宁七年六
月十三日。

　　或问今之敕起何时,按蔡邕《独断》曰:"天子下书有四:一
曰策书,二曰制书,三曰诏书,四曰戒敕。"然自隋唐以来,除改
百官必有告敕,而从"敕"字。予家有景龙年敕,其制盖须由中
书门下省。故刘祎之云:"不经凤阁、鸾台,何谓之敕。"唐时
政事堂在门下省,而除拟百官必中书令宣,侍郎奉,舍人行,进
入画"敕"字,此所以为敕也。然后政事堂出牒布于外,所以云
"牒奉敕"云云也。庆历中,予与苏子美同在馆,子美尝携其远
祖珣唐时敕数本来观,与予家者一同。字书不载"敕"字,而近

世所用也。

皇祐二年仁宗始祀明堂,范文正公时守杭州,而杜正献致政居南都,蒋侍郎希鲁致政居苏州,皆年耆体康。范公建言朝廷阔礼,宜召元老旧德陪位于廷。于是乃诏南都起杜公,西都起任安惠公陪祀,供帐都亭驿以待焉。二公卒不至。加赐衣带器币,赐一子出身。自后前两府致政者,大礼前率有诏召之,然亦无至者。礼毕,皆赐衣带器币焉。

本朝两省清望官、尚书省郎官,并出入重戴。祖宗时两制亦同之。王黄州罢翰林,《滁州谢上表》云"臣头有重戴,身被朝章"是也。其后祥符、天禧间,两制并彻去之,非故事也。

祖宗时未有磨勘,每遇郊祀等恩皆转官,未满二载者不转官,例加五阶。王黄州自知制诰,未有勋便加柱国,在滁州为散郎,自承奉郎加朝散大夫阶。

宋偓,后唐明宗之外孙,汉太祖之驸马,历累镇节度、检校太师、同中书门下平章事。有女十五人,开宝皇后最居长,韩枢密崇训、寇莱公、王武恭公,皆其婿也,多享国封。

张尚书安道言:尝收得旧本《道家奏章图》,其天门有三人守卫之,皆金甲状,谓葛将军掌旌,周将军掌节。其一忘记。嘉祐初,仁宗梦至大野中,如迷错失道,左右侍卫皆不复见。既而遥望天际,有幡幢车骑乘云而至,辍乘以奉帝。帝问何人,答曰"葛将军也",以仪卫护送帝至宫阙,乃瘳。后诏令宫观设像供事之,于道书中求其名位,然不得如图之详也。

至道二年十一月,司天冬官正杨文镒建言历日六十甲子外,更留二十年。太宗以谓支干相承,虽止于六十,本命之外,却从一岁起首,并不见当生纪年。若存两周甲子,共成上寿之数,使期颐之人犹见本年号,令司天议之。司天请如上旨,印造新历颁行,可之。

本朝之制,凡霈宥大赦、曲赦、德音三种,自分等差。宗为言德音非可名制书,乃臣下奉行制书之名。天子自谓"德音",非也。予按唐《常衮集》赦令一门总谓之"德音",盖得之矣。

太宗淳化五年日历载,上谓侍臣曰:"听断天下事直须耐烦,方尽臣下之情。昔庄宗可谓百战得中原之地,然而守文之道,可谓懵然矣。终日沉饮,听郑、卫之声与胡乐合奏,自昏彻旦,谓之聒帐。半酣之后,置畎酒籝,沉醉射弓,至夜不已。招箭者但以物击银器,言其中的。与俳优辈结十弟兄,每略与近臣商议事,必传语伶人,叙相见迟晚之由。纵兵出猎,涉旬不返,于优倡猱杂之中复自矜写春秋,不知当时刑政何如也。"苏易简书于时政曰:"上自潜跃以来,多详延故老,问以前代兴废之由,铭之于心,以为鉴戒。"上来数事,皆史传不载,秉笔之臣得以纪录焉。

唐日历正_{正字犯仁宗嫌名}。观十年十月,诏始用黄麻纸写诏敕。又曰上元三年闰三月戊子敕:"制敕施行既为永式,比用白纸多有虫蠹,自今已后,尚书省颁下诸司及州下县,宜并用黄纸。"_{《魏志》刘放、孙资劝明帝召司马宣王,帝纳其言,即以黄纸令放作诏。}

青 琐 高 议

[宋]刘斧 撰

施林良 校点

校 点 说 明

《青琐高议》是北宋时期的一部笔记小说集。最早著录此书的《郡斋读书志》不题撰人，《四库全书总目》亦不署作者名，而宋人赵与时《宾退录》和《宋史·艺文志》均谓刘斧撰。今传本书前有孙副枢序，云刘斧出其书求孙为序，则其为作者应可确定。但是书中的作品，并不是全部出自刘斧自撰，其中明著作者姓名的传奇有十三篇；其他未署名的篇章，也有不少录自前人的著述。可见本书系刘斧采辑他人的作品，加上自己的撰述而编成的。除本书外，刘斧另著有《翰府名谈》，今已失传。刘斧的生平事迹，《宋史》无传，志乘亦不见记载，仅据孙序，知其为秀才；又据书中文字推测，他主要生活于宋仁宗至宋哲宗年间。

《青琐高议》的内容比较庞杂，包括神道志怪、传奇小说、诗话异闻、纪传杂事等。对后代影响较大的是传奇作品，多写男女情爱、家庭婚姻故事，善于描写铺叙，诗文相间，语言秀美，颇似唐人传奇，具有较高的文学价值。王士禛云此书是"《剪灯新话》之前茅"，指出了《青琐高议》对明代传奇小说的影响。书中如《希夷先生传》、《隋炀帝海山记》、《陈叔文》、《流红记》等故事，均被后人搬演为话本小说或戏曲剧本。鲁迅校录《唐宋传奇集》，收宋人传奇九篇，其中五篇录自本书。

《郡斋读书志》和《宋史·艺文志》录本书为十八卷，《文献通考·经籍考》作前集十卷，后集十卷。今传本亦为前集十卷，后集十卷，并有别集七卷，计一百四十余篇，较之孙副枢序所言"异事数百篇"相差甚远,显非完帙。1958年原古典文学出版社以董氏诵芬室刻本(据士礼居写本)为底本整理出版,1983年上海古籍出版社据以再版,又增补了程毅中先生据《类说》、《诗话总龟》、《新编分门古今类事》、《岁时广记》等书辑录的《青琐高议》佚文三十六则作为补遗。今即以此本重印,改正了一些错字和标点,并依照丛书体例,删去了原书中的校语。

目　录

青琐高议序

　　万物何尝不同,亦何尝不异。同焉,人也;异焉,鬼也。兹阴阳大数、万物必然之理。在昔尧洪水,群品昏垫,吾民幸而不为鱼者几希矣。人鬼异物,相杂乎洲渚间。圣人作鼎象其形,使人不逢;又驱其异物于四海之外,俾人不见。凡异物萃乎山泽,气之聚散为鬼。又何足怪哉?故知鬼神之情状者,圣人也;见鬼神而惊惧者,常人也。吾圣人所不言,虑后人惑之甚也。刘斧秀才自京来杭谒予,吐论明白,有足称道。复出异事数百篇,予爱其文,求予为序。子之文,自可以动于高目,何必待予而后为光价?予嘉其志,勉为道百余字,叙其所以。夫虽小道,亦有可观,非圣人不能无异云耳。

资政殿大学士孙副枢序

青琐高议前集卷之一

李相 李丞相善人君子

大丞相李公昉尝谓子弟曰："建隆元年元夜,艺祖御宣德门。初夜,灯烛荧煌,箫鼓间作,士女和会,填溢禁陌。上临轩引望,目顾问余曰:'人物比之五代如何?'余对以'民物繁盛,比之五代数倍'。帝意甚欢,命移余席切近御座,亲分果饵遗余。顾谓两府曰:'李昉事朕十余年,最竭忠孝,未尝见损害一人,此所谓善人君子也。'孔子曰:'善人,吾不得而见也。'吾历官五十年,两在政地,虽无功业可书竹帛,居常进贤,虽一善可称,亦俾进用,而又。金口称为善人君子,此吾不忝尔父也。尔等各勉强学问,思所以起家,为忠孝以立身,则汝无忝吾所生也。"

东巡 真宗幸太岳异物远避

真宗东巡,告功泰岳,驾行有日。一日,泰山耕者,俱见熊虎豺豹,莫知其数,累累入于徂徕山,后有百余人驱之。耕者询其人:"兽将安往?"应曰:"圣主东巡,异物远避,至于蛇虺,亦皆潜伏。岳灵敕五百里内蜂蝎蚕毒之微,亦不得见。"夫圣人行幸,肃清如此。

善政 张公治郓追猛虎

郓州公宇有追虎碑。大风雨,碑断裂在地,不可考。闻诸父老云:昔张侍郎知郓州,入京,道有虎害物,行客莫敢过。公呼吏询之曰:"汝能集事乎?"吏对曰:"能。"公赐之杯酒,曰:"汝执符,为吾追某处虎来。汝不往,且斩汝。"吏别其家曰:"吾之肌肤,虎口物矣。"吏痛饮而去。行未二十里,果见巨虎,眈眈由道而来。吏致符于地,远去望之。虎以前二足开其符熟视,乃衔符随吏而来。倾城皆闭户,登屋升木塈之。虎至府,公坐堂上,虎望公闭目蹲伏,若待罪者。公怒叱曰:"汝本异物,辄敢据道食行旅!"公乃呼吏:"为吾治其罪。"虎乃伏吏旁不动。案成,公命如法挞之。既毕,公诫虎曰:"约三日出境。不然,尽杀之。"虎乃去,死于地,化为石矣。他虎皆入于远山。今呼为石虎。

评曰:善政之服猛虎也如此,不独古之虎出境。故知文公之鳄去恶溪,非虚言也。神明之政,何代无之?

明政 张乖崖明断分财

尚书张公咏知杭州,有沈章讼兄彦约割家财不平,求公治之。公曰:"汝异居三年矣,前政何故不言也?"章曰:"尝以告前太守,反受罪。"公曰:"若然,汝之过明矣。"复挞而遣之。

后半载,公因行香,四顾左右曰:"向讼兄沈章,居于何处?"左右对:"只在此巷中,与其兄对门居。"公下马,召章家人并彦家人对立。谓彦曰:"汝弟讼汝,言汝治家掌财久矣,伊幼小,不知资之多少,汝又分之不等。果均平乎,不平乎?"彦曰:"均平。"询章,曰:"不均。"公谓彦曰:"终不能灭章之口。兄之

族，入于弟室；弟之族，入于兄室。更不得入室，即时对换。"人
莫不服公之明断焉。

御爱桧　御桧因风雨转枝

亳州太清宫方营前殿，匠氏深意老桧南枝碍殿檐，白官
吏，欲斤斧去之。一夕大雷雨，明视，巨枝已转而北矣。何至
神之灵感如此。真宗幸宫，见而叹异久之。后爱其茂盛甚于
他桧，乃名为"御爱"。留题者甚众，惟石曼卿为绝唱。今又得
福唐林迥诗焉，真佳句也。诗曰：

　　古殿当年欲葺时，槎牙老桧碍檐低。
　　人间刀斧不容干，天上风雷与转枝。
　　烟色并来春益重，月华饶得夜相宜。
　　真皇一驻鸾舆赏，从此佳名万世知。

柳子厚补遗　柳子厚柳州立庙

柳宗元，字子厚，晚年谪授柳州刺史。子厚不薄彼人，尽
仁爱之术治之。民有斗争至于庭，子厚分别曲直使去，终不忍
以法从事。于是民相告："太守非怯也，乃真爱我者也。"相戒
不得以讼。后又教之植木、种禾、养鸡、蓄鱼，皆有条法。民益
富。民歌曰：

　　柳州柳刺史，种柳柳江边。
　　柳色依然在，千株绿拂天。

公预知死，召魏望、谢宁、欧阳翼曰："吾某月某日当去世。
子为吾见韩公，当世能文，为吾求庙碑。后三年，吾当食此。"
如荝而死。后三年，公之神见于后堂壁下，欧阳翼见而拜之。
公曰："罗池之阳，可以立庙。"庙成，乃割牲置位，酹酒祭公，郡

人毕集。时有宾州军将李仪还京,入庙升堂骂詈。仪大叫仆于堂下,脑鼻流血,出庙即死。郡民愈畏谨。

谢宁入京见韩公,求庙碑。公诘之曰:"子厚生爱彼民,死必福之。"宁曰:"神威甚肃。"公问其故,宁曰:"或过庙不下,致祭不谨,则蛇出庙庭,或有异物现出,民见即死。"公曰:"尔将吾文祭而焚之,无使人见。"宁如公言祭之,蛇不复出。其文人或默传得,今亦载之。

韩文公祭文 (韩文公祭柳子厚)

公生爱此民,死当福此民。何辄为怪蛇异物,惊惧之至死者?公平生不足,愤懑不能发泄,今欲施于彼民,民何辜焉?谢宁说甚可惊,始终何戾也?无为怪异之迹,败子平生之美名。余与子厚甚厚,其听吾言。

葬骨记 卫公为埋葬沉骨

熙宁四年,皮郎中赴任,道出北都,馆于宪车行府。时公卧疾,侍者方供汤剂,火炉倏尔起去,药鼎堕地。时公卧而见之,颇惊。俄有女奴,叫呼呻吟,仆于廊砌。自言曰:"吾,公之妻族中某人也。"少选,公子持剑叱之曰:"尔何鬼,而敢凭人也!"女奴自道曰:"我非公子之妻族也,托此为先容耳。我即谢红莲者也。向为人侧室,不幸主妇见即杀之,埋骨于此,不得往生。遇公过此,请谋迁此沉骨故耳。"语讫不复闻,女奴乃无恙,良已。

翌日见卫公,具道其事。公曰:"伏尸往往能为怪。"乃命官吏往求之。数日,了不见骨。一夕,役夫梦一妇人曰:"我骨在厨浴之间。"役夫遂告主者,果得骨,但无脑耳。公念其死时必非命,卒遽埋掩,乃以温絮裹之,彩衣覆之。因思无首骨,亦未为全。会恩州兵官出巡,过府见公,乃命宿于其地,以候其怪。中夜后,月甚明,兵官见一妇人,无首而舞于庭。翌日,兵官以此闻。公复命求之,又获脑骨。公遣择日如法葬于高原。

一夕,公门下吏李生忘其名。梦一妇人,貌甚美,鲜衣丽服,敛躬谓李生曰:"我乃向沉骨,蒙卫公迁之爽垲,俾得安宅,则往生亦有日矣。夫迁神之德,何可议报,子为我多谢卫公。"李生曰:"汝何不往谢焉,而托人,得无不恭乎?"妇人曰:"我非敢懈。盖卫公时之正人,又方贵显,所居有卫吏兵拥护,是以我不敢见。幸烦子致诚恳也。"李生翌日以此事陈于卫公。

丛冢记 富公为文祭丛冢

皇祐年,河决于商湖。自山而东,沟浍皆渤溢,地方千里,鞠为污涂。是时山东大歉,民乃重困而流徙。富公方帅青社,公驿驰符,俾州县救济。来者尤拥,仓廪遽竭。由是卧殍枕藉,徐州尤甚,白骨蔽野,莫知其数。公命徐牧葬焉。收得骨数千具,择地而葬,公亲为文以祭之。因曰"丛冢"。

丛冢记续补 鬼感富公立丛冢

书生王企,夜过徐,天晦,迷失道。望灯火煌煌,企乃往而求宿。既至,若市邑,企宿于老叟家。曰:"居贫,不能备酒馔展主礼。"企曰:"但容一宵,以为干浼。"企因询叟曰:"此地何名?"叟曰:"丛乡也。兹乃富公所建之乡也。"企思念不闻丛乡,企乃告叟曰:"何富公所建?"叟曰:"吾之类无归者,乃得富公与刺史聚之于此,使有安居。从是得生者太半矣。富公之德,以系仙籍焉。"明日,企行数里,询耕者云:"此北去四五里,有人烟市邑处,何地也?"耕者曰:"此惟有丛冢,无市邑。"企乃悟宿于丛冢。

议曰:葬骨迁神,其在阴德无上于此。观丛冢之下,幽魂感德怀赐,固可知矣。惟大人君子能为此善事。

彭郎中记 彭介见灶神治鬼

彭郎中介,潭州湘阴人也。有才学,由进士登甲科。历官,所至有美声,为吏民所爱服。

公晚年授郴州刺史。到家岁余,中夜如厕,见庖廊下有灯,公谓女使未寝。俄闻呼叱,若呵责人。公乃潜往,自牖窥之。有乌衣朱冠者,箕踞坐前,棰挞一人。公亦不知神鬼,乃推户而入。他皆散去,惟乌衣起而揖公。公视其面,苍然焦黑,不类人。公知其异,乃安定神室而问之:"子何人也,而居此?"乌衣者云:"我,公之属吏;公,吾之主人。某即灶神。"公曰:"适所遣责者何人?"神曰:"饥饿无主之鬼,入公厩庖窃食耳。"公曰:"饿而盗食,汝何责之深也?"神曰:"吾主内外事,酉刻则出巡,遇魑魅魍魉皆逐之,此吾职也。"神又曰:"在吾境内,无主之鬼,日受饥冻。公能春秋于临水处,多为酒肉祭之,其为德不细。无主之骨,择土掩之,其赐甚厚。若有灾患,此属亦能展力。"又云:"吾职虽微,权实颇著。公之见吾,当有微恙。公归,当急服牛黄,以生犀致鼻中,即无患。"公起入,过门限即仆,侍者引起至卧榻。徐醒,乃如所言而服之,方愈。

后公如其言,祭饿鬼于水滨,葬遗骨于高原。公没,灵柩归长沙,空中闻百人泣声,人曰:"无主之鬼,感恩而泣彭公。"移时乃灭。

紫府真人记　杀鼋被诉于阴府

右侍禁孙勉受元城史。城下一埽,多垫陷,颇费工役材料,勉深患之。乃询埽卒:"其故何也?"卒曰:"有巨鼋穴于其下,兹埽所以坏也。"勉曰:"其鼋可得见乎?"卒答以:"平日鼋居埽阴,莫得见也;或天气晴朗,鼋或出水近洲曝背,动经移时。"勉曰:"伺其出,报我,我当射杀之,以绝埽害。"他日,卒报曰:"出矣。"勉驰往观之。于时雨霁日上,气候温煦,鼋于沙上迎日曝背,目或开或闭,颇甚舒适。勉蔽于柳阴间,伺其便,连引矢射之,正中其颈,鼋匍匐入水。后三日,鼋死于水中,臭闻远近。

勉一日昼卧公宇,有一吏执书召勉,勉曰:"我有官守,子召吾何之?"吏曰:"子已杀鼋,今被其诉,召子证事。"勉不得已,随之行。若百里,道左右宫阙甚壮,守卫皆金甲吏兵。勉询吏曰:"此何所也?"吏曰:"此乃紫府真人宫也。"勉曰:"真人何姓氏?"曰:"韩魏公也。"勉私念向蒙魏公提拂,乃故吏,见之求助焉。勉乃祝守门吏入报。少选,引入。勉望魏公坐殿上,衣冠若世间尝所见图画神仙也,侍立皆碧衣童子。勉再拜立,魏公亦微劳谢,云:"汝离人世,当往阴府证事乎?"勉曰:"以杀鼋被召。"乃再拜曰:"勉久蒙持拂,今入阴狱,虑不得回,又恐陷罪,望真人大庇。"又恳拜。魏公顾左右,于东庑紫复架中,取青囊中黄诰,公自视之。旁侍立童读诰曰:"鼋不与人同。鼋百余岁,更后五百世,方比人身之贵。"勉曰:"鼋穴残埽岸,乃勉职也。"公以黄诰示勉,公乃遣去。勉出门,见追吏云:"真人放子,吾安敢摄也。"乃去。一青衣童送勉至家,童呼勉名,勉乃觉。

勉见移监第九埒。

玉源道君　罗浮山道君后身

大丞相刘公,吉州人也。赴举京师,道过独木镇。时天气晴霁,有老叟坐于道左,曰:"知公赴举,辄有一联相赠,如何?"公欣然曰:"愿闻。"叟曰:"今年且跨穷驴去,异日当乘宝马归。"公爱其句。公曰:"叟何故知吾得意回也?"叟曰:"不惟名利巍峨,又大贵,况公自是罗浮山玉源道君。"公愧谢,叟乃去。

王屋山道君　许吉遇道君追虎

河阳孟州公吏许吉与孙荣讼谍,道过王屋山西峰,忽见丞相庞公,道服领三四童而行。吉谓荣曰:"此丞相也,尝镇河阳,我趋走府庭,见公甚熟。"吉暗询侍童云:"此丞相庞公乎?"童曰:"是矣。"吉曰:"何故游此?"童曰:"公作王屋山道君,治此山。"吉令童通姓名,出拜,公亦微劳问。俄有二武卒萦一虎来,吉惧趋走,虎至公前,闭目伏地,向公若恐惧状。卒报云:"此虎昨日伤樵者某人。"公曰:"死乎?"卒曰:"不至是。"公顾童取囊中笔,命童书曰:"付主者施行。"卒乃引虎去。吉别公,去行百步,回望向所见公处,但碧烟绛雾,绚丽相接,不复见公。吏归河阳,具道其事。

许真君　斩蛟龙白日上升

许真君名逊,字敬之,汝南人也。祖、父世慕至道,敬之弱冠师大洞真君吴猛,传三清法。举孝廉,拜蜀旌阳令。以晋乱弃官,与吴君同游江左。会王敦作乱,二君乃假符祝谒敦,欲止敦而存晋也。

一日,同郭璞候敦。敦蓄怒而见曰:"孤昨夜梦将一木,上破其天,禅帝位果十全乎?请先生圆之。"许曰:"此梦非吉。"吴曰:"木上破天是未字,明公未可妄动。"又令璞筮之,曰:"事无成。"问寿,曰:"起事祸将不久,若住武昌,寿不可测。"敦怒曰:"尔寿几何?"曰:"予寿尽今日。"敦令武士执璞赴刑。二君同敦饮,席间乃隐形去。

至芦江口,召舟过钟陵,舟师辞以无人力驾船。二君曰:"但载我,我自行船。"仍戒船师曰:"汝宜坚闭目,隐隐若闻舟行声,慎勿潜窥。"于是入舟。顷刻间舟师闻舟撼摇,木叶声堕,遂潜窥,见二龙驾舟在紫霄峰顶。龙知其窥,委舟而去。二君曰:"汝不信吾教,今至此,奈何?"遂令舟师乃隐此峰顶,教服灵草,授以神仙术。舟之遗迹,今尚存焉。

许后在豫章遇一少年,容仪修整,自称慎郎,许与之话,知非人类。既去,谓门人曰:"适少年乃蛟蜃精,吾念江西累遭洪水为害,若不剪除,恐致逃遁。"遂举道眼一窥,见蛟精化一黄牛于沙地。许谓弟子施太玉曰:"彼黄牛,我今化黑牛,仍系以白巾与斗,汝见之,当以剑截彼。"俄顷二牛奔逐,太玉以剑中黄牛之股,因投入城西井中,黑牛亦入井,蛟精径走。先是,蛟精在潭州化一聪明少年,又多珍宝,娶刺史贾玉女,常旅游江湖,必多获宝货而归。至是空归,且云被盗所伤。须臾,典客报云:"有道流许敬之见使君。"贾出接坐,许曰:"闻君得佳婿,略请见之。"慎郎托疾不出。许厉声曰:"蛟精老魅,焉敢遁形!"蛟乃化本形至堂下,许叱咤空中神杀之。又令将二儿来,许以水噀之,即成小蛟。妻贾氏几变,父母力恳乃止。令穿屋下丈余,皆是水际,又令急移,俄顷官舍沉没为潭。今踪迹宛然。

许后以东晋太康二年八月一日,于洪州西山举家白日上升。

颜鲁公 颜真卿罗浮尸解

颜真卿问罪李希烈,内外知公不还,皆饯行于长乐坡。公醉,跳踯抚楹曰:"吾早遇道士云:'陶八八授刀圭碧霞丹,至今不衰。'又曰:'七十有厄即吉,他日待我以罗浮山。'得非今日之厄乎?"公至大梁,希烈命缢杀之,瘗于城南。希烈败,家人启枢,见状貌如生,遍身金色,须发长数尺。归葬偃师北山。

后有商人至罗浮山,见二道士树下弈棋。一曰:"何人至此?"对曰:"小客洛阳人。"道士笑曰:"幸寄一封书达吾家。"北山颜家子孙得书大惊,曰:"先太师亲翰也。"发冢,棺已空矣。径往罗浮求觅,竟无踪迹。又曰:"先太师笔法,蚕头马尾之势,是真得仙也。"

青琐高议前集卷之二

群玉峰仙籍 牛益梦游群玉宫

进士牛益,莱州人。益少侍亲江湘守官。益志意潇洒,所为俊壮,尤重然诺,平生未尝轻许人,士君子慕之。求学京师,闭户罕接人事。

一日,出都东门,息柳阴下,忽然困息,若暴疾,乃依古柳而坐。俄若寐,神魂若飞,至一处,高门大第,朱楹碧槛,房殿势连霄汉。益询门吏:"此何宫观?"吏云:"群玉宫也。"益谓吏曰:"居此宫者何人也?"吏曰:"此宫载神仙名籍。"益平日好清虚,恳求吏入宫。吏曰:"常人不可往。"益坐门,少选有乘马而至,吏迎候甚恭。下马,益熟视,乃故人吴内翰臻。益喜,拜言:"久暌阔,幸此相遇。公去世,今居此乎?"公曰:"吾掌此宫。"益云:"闻此宫皆神仙名氏,可一见乎?"公曰:"子志意甚清,加之与吾有旧,吾令子一见,以消罪戾。"公令益执其带则可同往,不然不可也。益执公带,步过三门,方见大殿九楹,堂高数丈,殿上皆大碑,壁蒙以绛纱。公命益立砌下,公升殿举纱,益望之,白玉为碑,朱书字其上,上有大字云:"中州天仙籍。"其次皆名氏,其数不啻数千。其中惟识数人,他皆不知也。所识者乃丞相吕公夷简、丞相李公迪、尚书余公靖、龙图何公中立而已。

乃下殿,与益在小室闲话。益曰:"天仙之详,可得闻乎?"

公曰:"自有次序,真人而上,非子可知也。道君次真人,天仙次道君,地仙次天仙,水仙次地仙,地上主者次水仙。率皆正功行进补,方递升仙陛。"益曰:"所见者皆当世之公卿,何也?"公曰:"今世之守令亦异于常,况公相登金门,上玉堂,日与天子谋道者乎?此固非常人能至其地也。"益曰:"今居世卿相,率皆仙乎?"公曰:"十中八九焉。"益曰:"丞相富公弼,高卧伊洛,国之元老,岂其仙乎?"公曰:"富公自是昆台真人,况有寿,九十三岁方还昆府。"益曰:"公今何职?"公曰:"吾更三百年方补地上主者。"益曰:"主者又是何官?"公曰:"今之掌五岳四渎名山大川者也。"公曰:"子宅今在汴河柳下,若久不归,汝宅舍且坏矣。"遽命一吏送焉。

益至河,吏引益观河,为吏推堕其中。益乃觉,身坐古柳下。夜已一更,昏黑,旁有巡卒守之,曰:"子疾乎?我属守之不敢去。讯之则不应,扶之则不动,若死者,但有微息出入。子何若而又遽醒也?"益不告之。是夜宿都门外邸中,明日题诗壁上而去。其诗今尚存焉。诗曰:

须信出尘事,分明在目前。

几多浮世客,俱被利名牵。

议曰:益,淳雅有信义者也。常与人言此事,故皆信之。益今七十岁矣,而色莹然若年少人,多游云水,不时来都下,今尚存焉。

慈云记 梦入巨瓮因悟道

慈云长老姓袁,始名道,益州市人。家甚窘,母织席为业,少供盐米醯醢之给,皆自专之。暇日则就邻学从役,以补束脩。既久,师恤其勤,尽术诲之。道乃益自勉励,厚自染磨。

学成,求试于秋官,高捷乡书,得去于上都,待试南宫。俄染沉
疴,既久,生意几亡,困卧客馆,装囊素薄。泊愈,已明省榜矣。
道极叹惋。

　　不久春晚,友人强邀游西池。波澄万顷寒碧,桥飞千尺长
虹,水殿澄澄,彩舟泛泛,士人和会,箫鼓沸溢,憧憧往来,莫知
其数。行于游人中失其友,道乃独步访寻。久忽见一僧立于
池岸,若素识,延颈望道,略不回目。道乃揖之。僧曰:"子风
骨清羸,久行倦怠。"道告曰:"久客辇毂,卧病缠绵。"僧曰:"弊
院非远,暂邀长者可乎?"道即与僧同行。由池面去不百步,道
北有小室,入门土阶竹窗,僧邀坐。僧曰:"吾暂息。少时子亦
可休于此矣。"僧乃就榻。

　　道性本恬静,甚爱清洁,见此居惟屋三间,一无所有,似无
烟爨气味。中室惟巨瓮一枚,破笠覆之。道私念:此瓮必积谷
其中。试举其笠,瓮中明朗若月光。道俯视,则楼台高下,人
马往来,有若人世。有人呼道名姓,道应之,则随声已在其中。
道都忘前事。有宰相李文国召道为宾,文国爱其才学,又以女
妻之。是年秋试,文国以道名上于春官,道中魁选,唱第宸庭,
道为天下第一。初授南都通理,不久诏还开府仪同三司。斯
时天子方征北狄,道上奏云:

　　　　臣本书生,幸逢圣世。继叨禄食,久冒官荣,素无敏
　　才,不能图报。猥仕严近,承乏谏垣。敢竭愚衷,上补圣
　　政。近者丑类内侵,疆边幅塞,吏不善抚绥远人,则生猜
　　异。兴师十万,深入虏庭,飞刍挽粟,帑竭廪虚。州军授
　　钺,面奉圣颜。取敦煌之旧地,为大国之提封。臣究前
　　书,深明至理。攻夷狄如以明珠弹雀,虽得亦亡其珠矣;
　　得彼地犹石田,不可耕也。故人谓御戎无上策,臣思之未

为至论。臣以忠信结之为上策,择将守边为次策,以兵伏之为中策,以女妻之为下策,玉帛结之为无策。臣虽甚愚,不识忌讳,身有言责,固当上陈。

帝喜其奏,诏授中丞。危言鲠直,倾动朝野,奸邪沮气,中外属望。俄而拜道居政地,曲尽弼谐之理,天下称为贤相。天子立马得女为后,而废王皇后。道极谏曰:"陛下无故废一后,天下谓陛下如何也?"庭夺马后策投殿砌下。帝大怒,即日贬琼州司马,即就道。至琼州,与妻子对泣曰:"布衣致身卿相,足矣。今得脱死,归见故乡,休官高卧,尽我余年。"妻曰:"我有谋,君能从吾,可以生还。"道曰:"何谋而可还也?"妻曰:"内臣继忠,帝方宠用,公以千金投之,当获其报。"道命童赍金宝献继忠,言于帝,道乃得还都,居私第。会谏臣论其忠,复拜相。帝方大兴军征辽,道复为奏,言甚鲠忤。妻谓道曰:"昔在南琼,四望瘴烟,昏相守,常对而泣,愿见还故里,归骨田原,莫可得也。今再用于朝,又欲触圣怒,逆龙鳞,自取其祸败。"道曰:"吾志已决,多言何为!"帝怒,罢相,归于私第。时帝叔魏王有忠谊,多与道往还。后王萌逆节,金台上奏,言道已罢相,怨望朝廷,又教王叛。帝震怒,朝服斩东市。道别妻曰:"忆昔钓锦水,沿锦岸嬉戏,今日思之,不可复得。"于时刀剑在前,丧车在后,观者如堵,神魂飞扬。道坐裀上,莫敢回顾。刃拂然及颈,道乃觉身在瓮傍。回视僧拭目方起,恍然而醒,戄然而兴。僧曰:"贤者以此营心,意窒吾欲,而诱吾归。"乃再拜,谓僧曰:"富贵穷寒,命也,此天之所以生命;心气,此身之所有。吾将听于天,而养乎内。"僧曰:"是矣。"乃送道出门。数步,回顾僧与寺俱不见。

翌日,道遂别都门西归,至益州,剃发披缁,居大慈寺。禅腊俱高,修行淳洁,合寺推尊。不久,大众请升堂,道敷演妙门,开导圣意,闻者冰释。衣惟一衲,食即一盂。升堂七十年,学者云集。

尚书张咏镇益州,知师德,乃往见师。师促膝拱手,高座禅榻。公讶其慢,怒见平色。公曰:"师能禅乎?"师曰:"然。"师乃引杖击故燕窠曰:"击彼无明当,从教透网罗。"公为念甚久乃去,然公知师异人也。

他日,公与锦水道士杨绪同谒师。绪亦辩敏,时过日中,有负束薪过堂下者,绪曰:"秃棘子将安用也?"师曰:"用以覆君墙,盖防贼盗事。"公大笑,由是益于师往还。异日,师升座,公与郡官往听焉。众散,公与师促膝静坐。公曰:"何路去得西天?"师曰:"济川须用楫,渡水必从桥。"公曰:"若无桥,如何过得?"师曰:"渡水无桥过,凭河必湛身。"公曰:"无桥有船亦可也。"师曰:"乘船虽可渡,不若涉桥安。"公曰:"桥亦有坏时。"师云:"船覆寻常事,桥摧人偶然。"公由是与师为忘形友。通判牛注谓师曰:"天堂地狱有之乎?"师曰:"宁可无而信,不可使有而不信也。"张深以为至言。公病期月愈,召师郊外,以快心目,乃作诗赠师,诗曰:

> 相见溪山无限好,相迎和笑步云霞。
>
> 共知乐道闲方健,且喜新年鬓未华。
>
> 不向目前求假景,自于心地种真芽。
>
> 须知达摩儿孙盛,祖席重开一叶花。

一日,开元寺僧惠明告师曰:"欲新钟阁,别造佛殿,若得师一言,则其缘易化,殿阁不日成矣。"师曰:"吾非造恶人,尔何故遣为此事?"惠明曰:"为造佛殿阁乃福善之大门,师何故有此言也?"师曰:"佛阁,求之乎?汝自欲造之乎?佛无故求于汝,汝自为之也。今之佛宫,凌云之阁,万木之殿,回廊四合,台榭相连,万瓦鳞鳞,轩牖金碧,虽世之王公大人之居,不能敌此也。子之身,一席之地足矣。今市里蓬蒿之间,民无立锥之地,或税居,或茅屋,亦足以庇身。子欲天下之财尽归汝乎?"惠明曰:"彼自乐施也。"师曰:"安得乐施? 汝虚高天堂以喜人,妄起地狱以惧人,施其财则获福,背其义则陷罪,是汝胁而取之也。以教言,与,汝有所福,不与,汝有何罪报之也?"惠明曰:"佛言喜舍何也?"师曰:"吾乃空门也。不耕不桑,无所自养。第以食养性,默行善道,彼见而喜,乃曰吾衣采耳,此所谓喜舍也。施不求报,不祈福,自然之施。"惠明曰:"师言佛之宫坏而不振,岂主张吾道者焉?"师云:"子所言外,吾所言内也。昔吾圣人之教后人也,使去其发,又褐其衣,一食以饱其腹,一榻以去其欲,俾其性不乱,而入于空寂之间。汝以无厌之求,侵渔其民,今子身庇大厦之居,口食酥油之上味,体被绫縠之鲜丽,而又更求自丰,不知彼乏,岂吾佛之本心哉? 汝宜入幽狱,永为下鬼。"因叱之。惠明乃礼师,师又杖击之云:"醒未?"惠明曰:"此身将出醉中矣。"作礼而去。

　　寺僧有炼指者,报师,师答之曰:"汝何故自弃伤父母之遗体?"僧曰:"火指供佛当以无上报,师反拒之,然教中实载之矣。"师云:"佛之立言割截肢体,人有本根六恶之情,肢体尚可截,而岂不能断彼哉? 此吾佛之善喻。至于古有燃灯佛,乃燃心灯耳。心自明,可以照无明。吁! 吾佛大智慧也,大慈悲也,大聪明也。子当炼指之时,子面若死灰,痛苦万状,佛见子当忧戚焉,又安得而乐乎? 子何愚如此!"僧于是曰:"我悟焉。"不复火指。张公闻师之言,曰:"此活佛也。"

师沐浴非时，忽击鼓集众，谓曰："吾将去世，与子等别。"
复开说百千妙门，又作诗别张公。诗曰：

> 来自无中来，去自无中去。总是恁地去，莫要错却
> 路。爱民民皆慕，慎则增福佑。若能行此路，共君一处
> 住。

乃掷笔于地，收足耸肩端坐，奄然化去。公见其诗，闻其事怆
然，亲观师之化形，五体投地，不胜悲叹。乃舍俸作塔，迄今师
身存焉。

议曰：今之释子，皆以势力相尚，奔走富贵之门，岁时伏
腊，朔望庆吊，惟恐居后。遇贫贱，虽道途曾不回顾。见师之
行，议论圣人之根本，得无愧于心乎？

书仙传　曹文姬本系书仙

曹文姬，本长安娼女也。生四五岁，好文字戏，每读一卷，
能通大义，人疑其夙习也。及笄，姿艳绝伦，尤工翰墨。自笺
素外至于罗绮窗户，可书之处，必书之，日数千字，人号为书
仙，笔力为关中第一。当时工部周郎中越、马观察端，一见称
赏不已。家人教以丝竹，曰："此贱事，吾岂乐为之！惟墨池笔
冢，使吾老于此间足矣。"由是藉藉声名，豪贵之士，愿输金委
玉求与偶者，不可胜计。女曰："此非吾偶也。欲偶者，请托投
诗，当自裁择。"自是长篇短句，艳词丽语，日驰数百，女悉阿
意。

有岷江任生，客于长安，赋才敏捷，闻之喜曰："吾得偶
矣。"或问之，则曰："凤栖梧而鱼跃渊，物有所归耳。"遂投之诗
曰：

> 玉皇殿前掌书仙，一染尘心谪九天

莫怪浓香薰骨腻,霞衣曾惹御炉烟。

女得诗,喜曰:"此真吾夫也,不然何以知吾行事耶? 吾愿妻之,幸勿他顾。"家人不能阻,遂以为偶。自此春朝秋夕,夫妇相携,微吟小酌,以尽一时之景。如是五年,因三月晦日送春对饮,女题诗曰:

仙家无夏亦无秋,红日清风满翠楼。

况有碧霄归路稳,可能同驾五云游?

吟毕,呜咽泣曰:"吾本上天司书仙人,以情爱谪居尘寰二纪。"谓任曰:"吾将归,子可偕行乎? 天上之乐胜于人间,幸无疑焉。"俄闻仙乐飘空,异香满室,家人惊异共窥,见朱衣吏持玉版朱书篆文,且曰:"李长吉新撰《玉楼记》就,天帝召汝写碑,可速驾无缓。"家人曰:"李长吉,唐之诗人,迄今三百年,焉有此妖也。"女笑曰:"非尔等所知,人世三百年,仙家犹顷刻耳。"女与生易衣拜命,举步腾空,云霞烁烁,鸾鹤缭绕,于是观者万计。以其所居地为书仙里。

长安小隐永元之善丹青,因图其状,使余作记,时庆历甲申上元日记。

广谪仙怨词 窦弘余赋作仙怨

台州刺史窦弘徐撰

玄宗天宝十五载正月,安禄山反,陷没洛阳,王师败绩,关门不守。车驾幸蜀,途次马嵬驿,六军不发,赐贵妃死,然后驾发。行次骆谷,上登高下马,谓力士曰:"吾苍皇出离长安,不辞宗庙,此山绝高,望见秦川,吾今遥辞陵庙。"因下马望东再拜,呜咽流涕,左右皆泣。谓力士曰:"吾听九龄之言,不到于此!"乃命中使往韶州,以太牢祭之。中书令张九龄每因奏事对,未尝不谏诛禄山,上怒曰:"卿岂有王夷甫识石勒,使杀禄山?"于是不敢谏。因上马,遂索长笛吹一曲,曲成,潸然流涕,伫立久之。时有司旋录成谱,请曲名,上不记之,视左右曰:"何得有此?"有司具奏:以骆谷望长安,下马后索长笛吹出。良久曰:"吾省矣。吾因思九龄,亦别有意,可名此曲为《谪仙怨》。"其旨属马嵬之事。厥后以乱离隔绝,有人自西川传得者,无由知之,但呼为《剑南神曲》,其音凄切,诸曲莫比。大历中,江南人多为此曲。随州刺史刘长卿左迁睦州司马,祖筵席上吹之。长卿遂撰其词,意颇自得,盖亦不知其本事。其词云:

> 晴川落日初低,惆怅孤舟解携。
>
> 鸟去平芜远近,人随流水东西。
>
> 白云千里万里,明月前溪后溪。
>
> 独恨长沙谪去,江潭春草萋萋。

余在童时,亦闻长老话其事颇熟,而长卿之词甚是才丽,与本曲意兴不同。余既备知,聊因暇日掇撰其词,复命乐工唱之,用广不知者。其词曰:

> 胡尘犯阙冲关,金辂提携玉颜。
>
> 云雨此时消散,君王何日归还?
>
> 伤心朝恨暮恨,回首千山万山。
>
> 独望天边初月,蛾眉犹自弯弯。

并以为窦史君序《谪仙怨》云。

刘随州之诗未知本事,及详其意,但以贵妃为怀。明皇登骆谷之时,本有思贤之意,窦之所制,殊不述焉。因更广其词,盖欲两全其事,虽才情浅拙,不逮二公,而理或可观,贻诸识者。词云:

> 晴山凝日横天,碧映君王马前。

銮舆西幸蜀国，龙颜东望秦川。
曲江魂断芳草，妃子愁凝暮烟。
长笛此时吹罢，何言不为婵娟。

青琐高议前集卷之三

高言 杀友人走窜诸国

高言字明道,京师人。好学,倜傥豪杰,不守小节,酒酣气壮,顾命若毛发,是人莫与结交。其或风月佳时,宾朋宴聚浩歌,音调慷慨,泣下云:"使我生高光时,万户侯何足道哉!"好高视大,论言狂讦,直攻人过,不顾名节。家资荡尽,乃游中牟,干友人,作诗曰:

昨夜阴风透胆寒,地炉无火酒瓶干。

男儿慷慨平生事,时复挑灯把剑看。

翌日,友人以双缣赠之。言怒,掷缣殴其价曰:"何遇我之薄!"他日闲游,遇前友人于途,数之曰:"子平日客都下,吾接子以礼。及子归,吾厚饯子。今此来,而子托以他适。吾何负子? 今不舍子!"因探囊取匕首杀之,并杀其从者二人。言思身触宪网,无所取逃,驰入京见故人柳敷,以实告:"吾当走南北,以延旦暮。"柳赠帛为别。

后属仁庙崩,新君即位,有罪者咸得自新。归见柳云:"吾得复归,身如更生,向时使气,徒自悔恨。言别后,北走入胡地,数日为候骑所得,絷我两马间以献名王。王问:'汝长于何术?'对:'知书数,能诗,善臂鹰放犬。'名王颇喜,由是久之。王如漠北,令吾往焉。二十余日,方至其地,黄沙千里,不生五谷。地气大寒,五月草始生,木皮二寸,冰厚六尺,食草木之实,饮牛羊之乳。名王为吾娶妻,妻年虽少,腥膻垢腻,逆鼻不可近。夜宿于土室,衣兽皮,胡妇不通语言,吾是时思欲为中国之犬,莫可得也。凡在漠北不见生草,时亦得酒饮并面食,皆名王特令人遗吾也。吾自思:此活千百年,不若中国之生一日也。日逐胡妇,刈沙草,掘野鼠,生炙为也!或临野水自见其形,不觉惊走,为鬼出于水中,枯黑不类可知也。一日,胡妇为盗去,吾愈不足,为书上名王,得还旧地。他日,名王至境上,吾夜盗骑马南走,至吾国,纵其马归。因夺牧儿之衣,易去吾服,南走二万里,至海上广州。会有大舶人大食,吾愿执役从焉。舶离岸,海水滔滔,有紫光色,惟见四远天耳。鲸鲵出没,水怪万状,二年方抵大食。地气大热,稻岁再熟。王金冠,身佩金珠璎珞,有佛脑骨藏于中宫。人亦好斗,驱象而战。百羊生于地中,人知羊将生,乃筑墙环之,羊脐于地,人挞马而奔驰叫呼,羊惊脐断,便逐水草。大食南有林明国,大食具舟欲往,吾又从之,一年方至。国地气热甚于大食,稻一岁数熟。人皆裸,惟用布蔽形。盛暑则以石灰涂屋坚密,引水其上,四檐飞注如瀑布,激气成凉风,其人机巧可知也。王坐金车,有刑罚:杀人者复杀之,折人者复折之;他犯小过者,罚布一尺,归之王。王之宫极富,以金砖甃地,明珠如栀李者莫知其数,沉香如薪,亦用以爨。林明国曾发船,十年不及南岸而回。中间有一国,莫知其名,人长数寸,出必联络。禽高数尺,时食其人,故出必联络耳。闻东南有女子国,皆女子,每春月开自然花,有胎乳石、生池、望孕井,群女皆往焉。咽其石,饮其水,望其井,即有孕,生必女子。舟人取小人数人载回,中道而死。海中有大石山,山有大木数十本,枝上皆生小儿。儿头著木枝,见人亦解动手笑焉。若折枝,儿立死。乃折数枝归,国王藏于宫中。吾往林明国六年，又闻东南日庆国，林明有船往焉，吾又从之。既至，结发如鸟雀，王坐石床上，无礼义乱杂，最为恶秽。争斗好很，妇女动即相杀戮。无刑罚，犯罪，王与人共破其家而夺之。南有山，远望日照之如金，至则皆硫黄也。硫黄山之南，皆大山焉。火燃山昼夜不息，火中有鼠，时出火边，人捕之，织其毛为布造衣。有垢污则火中燃之即洁也。吾得数尺存焉。吾厌彼，复还。会有船归林明，吾登其船，娶妇方生一子逾岁，奔而呼吾。回国舟已解，知吾意不还，执子而裂杀之。自林明回大食，航海二年方抵广。吾不埋黄沙之下，免藏江鱼之腹，奔走二十年，身行至者四国。溪行山宿，水伏蒿潜，寒热饥苦，集于一身。以逃死，幸得余息，复见华风。间心自明，再游都辇，复观先子丘垅。身再衣币帛，口重味甘鲜。有人唾吾面，扼吾喉，拊吾背，吾且俯首受辱，焉敢复贼害人命乎！"

余惊其人奔窜南北，身践数国，言所游地，人物诡异，因具直书之，且喜其人知过自新云耳。

议曰：马伏波云："为谨愿事，如刻鹄不成犹类鹜者也；学豪侠士，如画虎不成反类狗者也。"此伏波诲子弟，欲其为谨肃端雅之士，不愿其为豪侠也。尝佩服前言，恃其才，卒以凶酗而杀人害命。其窜服鬼方苦寒无人境，求草水之一饮，捕鼠而食，安敢比于人哉？得生还以为大幸，偶脱伏尸东市，复齿人伦，亦万之一二也。士君子观之以为戒焉。

寇莱公　誓神插竹表忠烈

寇莱公赴贬雷州，道出公安，剪竹插于神祠之前而祝之曰："準之心若有负于朝廷，此竹必不生。若不负朝廷，此竹当再生。"其竹果生。又云：公贬死于雷州，诏还葬，道过公安，民皆迎祭，斩竹插地，以挂纸钱而焚之，寻复生笋成林。邦人神之，号曰"相公竹"。

娇娘行　孙次翁咏娇娘诗

余友孙次翁，幼负才不羁，贵家多慕其名，所与往还皆当世伟人。一日，出所为《娇娘行》示余，意豪而清，文富而丽，辞旨完赡，有足嘉尚，因载于集。设值其才，成其音律，播诸乐府，岂不宜哉！

娇娘，小字也，姓孙名枢，字于仪。自垂髫时，余见之山阳郡。善歌舞，学诗词，谈论端雅，俨然有君子之风。十六嫁登人解氏，二十为夺其志，遂居江淮间。当时名宦，莫不爱赏。熙宁丙寅岁，余自杭及苏，北渡江过仪真郡，有潇湘之逢，开樽话旧，各尽所怀，遂作《娇娘行》。其词曰：

楚官女儿身姓孙，十五绿鬓堆浓云。脸花歌笑艳杏发，肌玉才近红琼温。仙源曾引刘郎悟，天教谪下风尘去。策金堤上起青楼，照水花间开绣户。山阳天下居要冲，春行处处皆香风。花名乐府三千辈，惟君第一娇姿容。画舫骄马日过门，过者知名求见君。侍君颜色肯一顾，方肯延入罗芳樽。遏云数声贯珠善，惊鸿舞态流风转。不是当朝朱紫人，歌舞筵中难得见。朝英国士相欢久，学诗染翰颜兼柳。卫尉卿男号富儿，黄金满载来见之。朝欢夕宴奉歌酒，春去秋来情愈厚。青丝偷剪结郎心，暗发深诚誓婚偶。深更不与家人露，藏头掩面随郎去。千里相从人不知，鸳鸯比翼凌云飞。帝城风物正春色，与郎遍赏游芳菲。郎去高堂负父意，父亲惜子情难制。六礼安排迎入门，且图继嗣延家世。铨行补吏任忠州，整袖长江同沂

流。瞿塘滟滪遍经历，二年惟爱居蛮獠。解官入京重调转，空
闺独坐居京辇。伤离感疾时召瞽，无何楚客皆闻知。急具高
堂报阿母，母怒大发如风雨。来见娇娘大嗟怨，怒声肆骂千千
遍。扶夺上马去如飞，争奈郎纵相去远。回到娘家三四春，双
眸盈疾愁见人。蕙心兰性欲枯死，盘金匣玉都埃尘。阿母养
身今已报，从今所得多金宝。誓心不嫁待郎音，烟波万里难寻
耗。迩来泛迹渡金陵，住近仪真江外亭。北提征辔过花院，分
明认得娇娘面。旧家云鬓慵理妆，泪裹罗襟金缕减。灯前相
顾问行年，一别音容何杳然？君今三十未为老，昔时青发华
颠。君容若入襄王梦，我才曾试光明殿。秋江夜醉话平生，坐
抱琵琶船上宴。娇娘娇娘真可惜，自小情多好风格。只恐情
多误尔身，休把身心乱抛掷。君不见乐天井底引银瓶，瓶沉簪
折争奈何！

琼奴记　宦女王琼奴事迹

琼奴姓王，湖外人王郎中之女。<small>不言其里，隐之也；不广其名，讳
之也。</small>父刺琼馆而生，因以名。琼奴年十三，父为淮南宪，所至
不避贵势，发谪官吏，按历郡县，推洗刑垢，苟有所闻，毫发不
赦。属吏震恐，莫敢自保。琼当是时方居富贵，戏掷金钱，闲
调玉管。初学吟诗，后能刺绣。举动敏丽，父母怜爱。是时琼
父以严酷闻于中外，罢宪归，死于辇下。琼母亦不久谢世，其
囊橐尽归兄嫂分挈以去，所有金珠衣物不及百缗。兄嫂散去，
琼旁无强近之亲，孤处都下。

琼先许大理寺丞张实子定问，张知琼孤且贫，遣人绝之。
琼泣曰："虽有媒妁之约，我命孤苦无依，不能自振，彼绝我甚
易，我绝彼则难。"遂见弃张氏。琼久益困，或为邻妇里女访之

云:"向能固守,今不可得,人能择子,子不能择人。我为尔代嫁某人子可乎?"琼曰:"彼工商贱伎,安能动余志?"又不谐。岁余,琼大窘,泣曰:"蔓短不能攀长松,蝇翼安能附骥尾。家无蔽体之衣,则为僵尸;地无三日之食,则饥且死。此身不得齿人伦矣。"会佣者妪知,乃欺之曰:"子虽肌发形骨分甚端丽,奈囊无寸金,谁肯顾子? 有赵奉常累世簪裾,家极丰富,俾子为别室,虽非嫁亦嫁也。舍此则子必饿死沟中矣。"琼泣许之。

翌日,妪持金縠,携珠翠之饰,与琼服之,乃登车。是时琼方年十八岁,修目翠眉,樱唇玉齿,绀发莲脸,赵一见倾心慕爱。琼小心下气,尽得内外欢心。同列者见嫉,谗之于主妇。妇大恶之,遂生垢骂。久则浸加鞭扑毁辱,延及良人,赵弗敢顾。琼愈勤,主愈不乐。琼语赵曰:"堂堂男子,独不能庇一妇人乎?"赵曰:"吾自恐愧无地,子无绝我。"琼知无所告,灰心凌毁鞭挞之苦,每春日秋风,花朝月夜,怀旧念身,泪不可制。

赵赴官荆楚,出淮,馆荒山古驿。琼感旧无所摅发,闷书驿壁,使有情者见之伤感称道。好事者往往传闻。王平甫为之作歌,辞意精当,盛传于世。今以平甫之歌泊琼所题之文,具载于此,使后之人得其详也。

琼奴题　记琼奴题淮山驿

其题于壁曰:

　　昨因侍父过此,时父业显宦,家富贵,凡所动作,悉皆如意。日夕宴乐,或歌或酒,或管弦,或吟咏,每日得之,安顾有贫贱饥寒之厄也! 嘉祐初,不幸严霜夏坠,父丧母死,从其家世所有悉归扫地。兄弟散去,各逐妻子,使我流离狼狈,茫然无归。幼年许嫁与清河张氏,迫其困苦,遽弃前好,终身知无所偶矣。偷生苟活,将以全身,岂免编身于人,遂流落于赵奉常家。其始也,合族皆喜,一旦有行谮之祸,遽见弃于主母,日加鞭棰,欲长往自逝,不可得也。每欲殒命,或临其刀绳二物,则又惊叹不敢向。平昔之心皎皎,虽今复过此馆,见物态景色如故,当时之人宛如在左右,痛惜嗟叹,其谁我知也?因夜执烛私出,笔墨书此,使壮夫义士见之,哀其困苦若是。太原琼奴谨题。

王平甫咏琼奴歌

其歌曰:

惊风吹云不成雨,落叶辞柯宁择土。飘飘散叶如之何?茹苦食酸君听取。淮山苍苍古驿空,壁间题者琼奴语。琼奴家世业显官,过此驿时身是女。银鞍白马青丝缰,红襦织出金鸳鸯。宝队前呵路人避,绣幕后拥春风香。弟兄追随似鸿雁,严亲气概临秋霜。州官邀临县官送,下马传舍罗壶浆。仆夫成行奏弦管,侍姬行酒明新妆。朝歌暮饮不知极,已许结发清河郎。明年父丧母继死,弟兄流离逐妻子。哀哀琼奴无所归,郎已弃奴奴已矣。饥寒渐渐来遍身,富贵回头如梦里。从兹转徙奉常家,于初才见始惊喜。偷生苟活聊托身,谗言或入夫人耳。衾寒转展遮泪眼,残月射窗嗔起晚。执巾持帚先众姬,无奈夫人责慵懒。织罗日日遭鞭棰,经年四体无完肌。每期殒命脱辛苦,刀绳向手还惊疑。今朝侍行复此驿,景物完全人已非。悠悠万事信难料,耿耿一心徒自知。西廊月高众人睡,展转空床独无寐。昔日宁知今日

愁,五尺罗巾拭珠泪。潜行启户防人知,把笔亲临素壁
题。自陈本末既如此,欲使壮夫观者悲。哀哀琼奴何戚
戚,翻作长歌啾唧唧。弟兄可戮郎可诛,奉常家法妻凌
夫。倘知琼奴出宦族,忍使无故受鞭扑?我愿奉常闻此
歌,琼奴之身犹可赎。千金赎去觅良人,为向污泥濯明
玉。

李诞女　李诞女以计斩蛇

东越闽中有庸岭,高数十里,其下北隰中有大蛇,长八丈,
围一丈,土人常惧。东治都尉及属城长史多有死者,祭以牛
羊,故不得祸。或与人梦,或谕巫祝,欲得啖童女年十二三者。
都尉令长患之,共求人家生婢子,兼有罪家女养之,至八月朝
祭送蛇穴口,辄夜出吞噬之。累年如此,前后已用九女。

一岁将祀之,募索未得。将乐县李诞有六女,无男,其小
女名寄,应募欲行。父母不应。寄曰:"父母毋相留,今汝有六
女无一男,虽多奚为?女无缇萦济父之功,既不能供养,徒费
衣食,生无益不如早死,卖寄之身,可得少钱,以供父母,岂不
善耶?"父母慈怜不听去,终不可禁止,乃听寄行。寄请好剑
一口,及咋蛇犬数头。至八月朝,使诣庙中坐,怀剑絷犬,先作
数十米糍蜜面,以置穴口。蛇夜便出,头大如囷,目如二尺镜,
闻糍香气,先啖食之。寄便放犬就啮咋,寄从后断斫蛇,因拥
出至庭而死。寄入视穴,得其九女髑髅,悉举出,咤言曰:"汝
曹怯弱,为蛇所食,甚可哀怜。"于是寄女缓步而归。

越王闻之,聘为后,拜其父为将乐令,母及子皆有赐赏。
自是东治无复有妖邪焉。

郑路女　郑路女以计脱贼

郑路昆弟有为江外官者,路携妻女随之。一夕,维舟江渚,群盗掩至,郑以所有金帛列于岸上,而恣贼所取。贼一不犯,但求小娘子足矣。其女有美色,贼潜知之。骨肉相顾,无以为答。女欣然请行,其贼具小舟载之而去。女谓贼曰:"君虽为偷儿,得无所居与亲族乎? 然吾家衣冠族属,既为汝妻,岂可无礼见遇? 若达汝家,一会亲族,以托好逑足矣。"贼曰:"诺。"又指所偕来二婢曰:"公既以偷为名,此婢不当有。我为公计,不若归吾家。"贼见女之貌美而且顺,顾已无不可从,即弃二婢,挟女鼓棹而去。女即赴江死,时人贤之。

青琐高议前集卷之四

王寂传 王寂因杀人悟道

　　大宋王寂，汾州邑人也。不妄然诺，尤重信义。里人云："得千金不如寂之一诺。"其为乡间信重如此。为文不喜从少年辈趋时，由是落魄，不售于有司。一日，拊骑仰面叹曰："大丈夫当跃马食肉，取富贵易若拾芥。使吾逢高光时，与韩彭并辔，长驱中原，取封侯，臂悬金印大如斗。反从小后生辈为声律句，组绣对偶，低回周旋笔砚间，使人奄然无气。设或得入仕，方折腰升斗之粟，所得几何哉！"乃毁笔砚，裂冠服，向所蕴藉，一无所顾。日就旗亭民舍里儿社父饮醇酒，恣胸臆，陶然得兴，累日忘归。酒酣耳热，醉歌春风，往往踞坐击铜壶为长谣，音调慷慨，流泪交下。

　　一日，有邑尉证田讼，入邑前道，吏趋门传呼甚肃。时寂酒方盛，气愈壮，垂手瞋目不避。吏责其慢，遂侵辱寂。寂怒，以手批吏，首抵墙上，堕三齿。寂大呼而出，叱尉下马，就夺所佩刀划地数尉曰："子贿赂公行，反覆曲直，民受其弊，其罪一也。冒货践秽，残刑以掩其迹，其罪二也。子数钟之禄，其职甚卑，妄作威势，纵小吏欺辱壮士，其罪三也。"乃就斩尉，并害其胥保十数人，死伤积道，血流染足。比屋民居，阖户莫敢出。寂置剑于地，呼其常与饮博侪类，聚而言曰："尉不法辱人，不杀之，无以立勇。今吾罪在不宥，吾将入溪谷以延朝夕之命。

从吾与吾盟,不乐亦各从尔志也。"无赖恶少年皆起应之,相与割牲祭神,结为友。出入数百,椎牛、椎豕、掠墓、劫民、烧市,取富贵屋财,民拱手垂头,莫敢出气。白昼杀人,官吏引避;视州县若无有,观诏条如等闲。

久之属章圣上仙,一切无道得从自新。寂闻阴喜,乃取酒饮其徒,告之曰:"山行水宿,草伏莽潜,跳跃岩谷中,与豺虎为类,吾志已倦。今幸天子濡大泽,以洗天下罪恶,吾党转祸为福之祥,愿从吾者皆行,不然吾自为计。"党中有鼠辈睥睨,颜色拂厉,悖语嗫然,寂捽斩之坐前。他皆跳跃叫呼曰:"吾今得为良民,归见故乡亲戚,死无恨焉。"寂率众皆出,有司系之,请命于朝。朝宿闻其名,得赴阙,许自陈其艺,欲以一官荣之。

寂至阙,宿闻阊阖门外逆旅。久未见朝命,其心站站若惊风所抑,无所著。一日,扣户声甚急,寂惊起,开户出,见黄冠道士自外入,笑曰:"群玉峰前,子悟之乎?"寂方默然,回顾道士袖间出镜,谓寂曰:"子能视之,则可悟也。"寂收神定息视之,澄湛莹彻,清光满室。中有山川,远岫平田,飞瀑流泉,山川高下,掩映其间。从北有堂庑壮丽,有坐藤床上若今佛家所为入定者一人,衣缯素衣,前披幡葆,掩护甚密。道士指之曰:"此子之前身也。余,子之师也。以子尘俗未断,故令托质人间三十年,以窒其欲耳。"道士取镜后,乃失其往。寂舞剑铗,为之歌曰:

　　　　人间冉冉混尘埃,身后身前事莫猜。
　　　　早悟劳生皆是梦,当时悔向梦中来。

又歌曰:

　　　　当年壮气谩如虹,回首都归含笑中。
　　　　群玉峰前好归路,可怜三十二秋风。

寂年三十二也。明年，寂知事莫非前定，笑出都门而去，太行驿舍暴卒。同行者遂葬之西庵下。嘉祐中，雨泛坏其冢，尸出隧外，两颊拊红，脉脉如生人，而眉鬓须发，悉不少败。

熙宁中，余自太原来汴京，道出驿下，适驿下老父详其本末，故余亦得以传之，老父亦其党中人也。

王实传　孙立为王氏报冤

国朝王实，字子厚，随州市人也。少尚气，多与无赖少年子连臂出入娼家酒肆，散耗家财，不自检束。久之得罪于父母，见轻于乡党，衣冠视之甚薄，不与之交言。实仰面长叹曰："大丈夫生世不谐，见弃如此！"乃尽窃家之金，北入帝都，折节自克，入太学为生员。苦志不自休息，尊谨师友，同志称美。为文又有新意，庠校往往名占上游，颇为时辈心服。一举进士，至省下。

庆历初，父告疾，实驰去。中道得父遗书云："家有不可言者事，吾由是得疾。吾计必死，言之丑也，非父子不可闻。能依父所告，子能振之，吾死无恨。吾所不足者，不见子也。"言词深切，实大伤心。实至家，日夜号泣，形躯骨立。既久，家事尤零替，除服，更不以文学为意。多与市西狗屠孙立为酒友，乡人阴笑。实闻，益与立往来不绝。时时以钱帛遗立，立多拒而不受，间或受少许。人或问立曰："实士人也，与子厚，而以物贶，子多拒之，何也？"立拊髀叹曰："遇吾薄者答之鲜，待吾厚者报之重。彼酒食相慕，心强语笑，第相取容，此市里之交也。实之待我，意隆而情至。吾乃一屠者，而实如此，彼以国士遇我，吾当以国士报之，则吾亦不知死所也。"

一日实召立，自携醪醴出郭，山溪林木之下，幕天席地对饮。酒半酣,实起白立曰:"实有至恨,填结臆膈间久矣。今日欲对吾弟剖之,可乎?"立曰:"愿闻之也。"实曰:"吾向不检,走都下为太学生,欲学古人官以为亲荣。不意吾父久撄沉疴,家颇乏阙,吾母为一匪人乃同里张本行贿,因循浸渍,卒为家丑。吾之还,匪人尚阴出入吾舍。彼匪人尤凶恶,力若熊虎,吾欲伺便杀之,力非彼敌,则吾虚死无益也。吾欲奉公而行之,则暴亲之恶,其罪尤大。吾欲自死,痛父之遗言不雪。念匪人非子莫敢敌也,吾欲以此浼君,何如也?"立曰:"知兄之怀久矣,余死亦分定焉。兄知吾能敌彼,愿画报之,幸勿泄也。"乃各散去。

他日,立登张本门,呼本出,语之曰:"子恃富而淫良人家妇,岂有为人而蹈禽兽之事乎? 吾今便以刀刺汝腹中以杀子,此懦弱者所为,非壮士也。今吾与子角胜,力穷而不能心服者,乃杀之,不则便杀子矣。"立取刀插于地,袒衣攘臂。本知势不可却,亦袒衣,立大言谓观者曰:"敢助我,我必杀之;有敢助本者,吾亦杀之。"两人角力,手足交斗,运臂愈疾,面血淋漓,仆而复起,自寅至午,本卧而求救。立乃取刃谓之曰:"子服未?"本曰:"服矣。子救吾乎? 吾以千金报子。"立曰:"不可。"本曰:"与子非冤也,子杀吾,子亦随手死矣。"立笑曰:"将为子壮勇之士,何多言惜命如此,乃妄人耳。"叱本伸颈受刃。本知不免,乃回顾其门中子弟曰:"非立杀吾也,乃实教之也。"言绝,立断其颈,破胸取其心,以祭实父墓。乃投刃就公府自陈。

太守视其谳,恻然。立曰:"杀人立也,固甘死,愿不旁其枝,即立死何恨焉。"本之子告公府曰:"杀父非立本心,受教于实。"太守曰:"罪已本死,何及他人也。"立曰:"诚如太守言,不可详言之也。立虽糜烂狱吏手，终不尽言也。"太守曰："真义士也。"召狱吏受之曰："缓其枷械，可厚具酒馔。"后日旬余，至太守庭下，立曰："立无子，适妻孕已八九月矣，女与男不可知也。愿延月余之命，得见妻所诞子，使父子一见归泉下，不忘厚意。"太守乃缓其狱。其妻果生子，太守使抱所生子就狱见立，立祝其妻曰："吾不数日当死东市，令子送吾数步，以尽父子之意。"太守闻，为之泣下。立就诛，太守登楼望之，观者多挥涕。

任愿　<small>青巾救任愿被殴</small>

任愿，字谨叔，京师人也。少常侍亲之官江淮间，亦稍学书艺，淳雅宽厚之士。家粗绍祖业无他图，但闭户而已，不汲汲于名利。

熙宁二年正月上元，愿昼游街，时车骑骈溢，士女和会，愿乘酒足软，仆触良人家妇。良人大怒，殴击交至，愿惟以衣掩面不语。殴既久，观者环绕，莫知其数。有青巾旁观者忽不平，俄殴良人仆地，乃引愿而去，观者莫知其由。愿曰："与君旧无分，极蒙见救。"青巾者不顾而去。

异日，愿又遇青巾者于途中，召之饮，乃同入市邸。既坐，熟视，目耸神峻，毅然可畏。饮甚久，愿谢曰："前日见辱于庸人，非豪义之士孰肯援哉！"青巾曰："此乃小故，何足称谢。后日复期子于此，无前却也。"乃各归。

愿及期而往，青巾者且先至矣，共入酒肆，酒十余举。青巾者曰："吾乃刺客也。有至冤，衔之数年，今始少伸。"乃于裤间取乌革囊，中出死人首，以刀截为胾，以半授愿。愿惊恐，莫知所措。青巾者食其肉，无孑遗，让愿，愿辞不食。青巾者笑，

探手取愿盘中者又食之。取脑骨以短刀削之,如劈朽木,弃之
于地。复云:"吾有术授子,能学之乎?"愿曰:"何术也?"曰:
"吾能用药点铁成金,点铜成银。"愿曰:"旗亭门有先子别业,
日得一缗,数口之家,寒衣绵,暑衣葛,丽日食膏鲜,自为逾分,
常恐召祸,安敢学此? 幸先生爱之!"青巾者叹服曰:"如子真
知命者也。子当有寿。"仍出药一粒,云:"服之,百鬼不近。"愿
以酒服之,夜深乃散,后不复见也。

青琐高议前集卷之五

名公诗话 本朝诸名公诗话

大丞相李公昉尝言：当时自外镇为粗官，有学士遗外镇官茶，外镇有诗谢云："粗官乞与真虚掷，赖有诗情合得尝。"符彦卿知汴州，有诗云："全军十万拥雄师，正是酬恩报国时。汴水波涛喧鼓角，隋堤杨柳拂旌旗。前驱红旆关西将，环坐青蛾赵国姬。为报长安冠盖道，粗官到底是男儿。"公云："诗意盖有憾尔之词。"其诗牌后人取去，不知落于何地。

邑有白鹤观，向苏子美游于其中，壁有留题一绝。韩魏公诗，尤为人称美，诗曰："二苏遗迹匿山扃，贤相重来为发明。字久半随风雨驳，气豪尤入鬼神惊。直疑鸾凤腾云去，不假江山到骨清。人对甚时须自勉，酒豪颠草尚垂名。"公诗格万古雄豪如此。又应制仁庙御制赏花钓鱼，公之诗大为士君子称赏。公历仕三朝，匡扶二帝，社稷宗臣，国朝元老。乐善好施，晚岁无替。接引寒贱，亭午忘餐。出于天性，近古无有也。

李先生清臣者，北人也。方束发即才俊，警句惊人，老儒辈莫不心服。一日，薄游定州，时韩魏公知定州，先生携刺往谒见其太祝。吏曰："太祝方寝。"先生求笔为诗一绝，书于刺，仍授其吏曰："太祝觉而投之。"诗曰："公子乘闲卧绛厨，白衣老吏慢寒儒。不知梦见周公否，曾说当时吐哺无？"后魏公见诗云："吾知此人久矣。"竟有东床之选。先生后应进士，中甲科,试贤良为优等。方其射策天庭,天子临轩虚己,侍臣耸观。摇笔不逾数刻,落笔万言,皆出入九经,照厉风俗,极孔孟之渊源,尽时政之要道。天下莫不倾其风采,实当世之伟儒也。盛哉!

张丞相士逊,庆历年恳上封章,乞还政柄,方许还第。一日,暂出游近邑,惟一仆驭马,一仆持伞。复归,门吏讶其青盖,询问。丞相取门历书一绝云:"因思山去看山回,软帽轻纱入御台。门吏何须问张盖,两曾身到凤池来。"门吏以诗奏御。仁庙喜爱其诗意,特赐银绢各百,中使传旨云:"助卿游山之费。"朝野荣之。

蒋侍郎棠,还镇告老,高比苏公,吟咏格调清越,士君子颇称赏之。一日,有僧谒公回,将归钱塘,时吕济叔住巨川。愿得一书,以光其行。公曰:"吾无书,有诗饯子之行。"诗曰:"告老于君意洒然,年来无事老江边。吾师莫讶无书去,闲慢缄题必不看。"僧得诗遂行。僧将公诗陈济叔,济叔为之恻然,厚遇其僧,且以诗愧谢公焉。公之诗清而有格,意旨远到,盖皆此类也。

大丞相吕夷简,一日,有儒者张球献诗曰:"近日厨中乏所供,孩儿啼哭饭箩空。母因低语告儿道,爹有新诗上相公。"公见诗甚悦,因以俸钱百缗遗之。又为引道贵官门馆,得依栖之。公三十年居政地,引援寒贱,拯济士类,外牧守得其人,内卿大夫各举其职,太平之贤宰相也。呜呼盛哉!

范文正公镇越,民曹孙居中死于官,其家大窘,遗二子幼妻,长子方三岁。公乃以俸钱百缗赒之,其他郡官从而遗之,若有倍公数。公为具舟,择一老吏将辖其舟,且诚其吏曰:"过关防,汝以吾诗示之。"其诗曰:"一叶轻帆泛巨川,来时暖热去凉天。关防若要知名姓,乃是孤儿寡妇船。"公之拯济孤贫可见也。

韩魏公镇真定时,有门客彭知方为酒使,逾垣宿于娼室。门吏报公,公不究。久之,为《种竹》诗曰:"殷勤洗濯加培拥,莫遣狂枝乱出墙。"客见其诗愧甚,乃和公诗曰:"主人若也怜高节,莫为狂枝赠一柯。"公特以百缗遣一指使投都下,市一女奴赠之。公之爱士待客,皆类此。

唐僖宗时,于化茂颇有学问,依栖中丞蔡授门馆。一日告去,作《燕离巢》诗云:"旧垒危巢泥已堕,今年因傍社前归。连云大厦无栖处,更向谁家门户飞?"主人见诗怆然,复留。

邵州魏处士,高尚之士。张丞相士逊召之入都,不久告还,丞相有诗送之曰:"一片闲云来帝里,归飞不肯待秋风。"人皆荣之。

远烟记 戴敷窃归王氏骨

戴敷,筠州邑人也。父为游商,出入多从焉。后敷纳粟为太学生,娶都下酒肆王生女为妇。

岁久,父没于道途。敷多与浮薄子出处,耗其家资,则装囊尽虚,屋无担石,妻为其父夺之以归。敷日夜号泣,妻王氏亦然,誓于父曰:"若不从吾志,我身不践他人之庭,愿死以报敷。"及王氏卧病,久则沉绵,家人多勉父使王氏复归于敷。父刚毅很人也,曰:"吾头可断,女不可归敷!"因大诟女:"汝寡识无知,如敷者,冻饿死道路矣。"王氏自念病且不愈,私谓侍儿曰:"汝为我报郎,取吾骨归筠,久当与郎共义也。"后数日,王氏死。

侍儿一日遇敷于道,具述王氏意。敷大伤感,方夜乃潜往都外,脱衣遗园人,取其骨自负而归筜。

敷后愈贫,无衣食,乃佣于人为篙工,下汴迤逦至江外,萍寄岳阳,学钓鱼自给。敷怀妻,居常伤感,多独咏齐己诗曰:

　　谁知远烟浪,多有好思量。

于时穷秋木脱,水落湖平,溶溶若万顷寒玉。敷行数里外,隐约烟波中亭亭有人望焉。数日,钓无鱼,只见烟波人。岁余则似近,又半岁愈近焉。经月则相去不逾五十步,熟视乃其妻王氏也。敷号泣,妻亦然,道离索之恨。更旬日,不过数步,敷乃题诗于壁。诗曰:

　　湖中烟水平天远,波上佳人恨未休。

　　收拾鸳鸯好归去,满船明月洞庭秋。

一日,敷乃别主人,具道其事。主人不甚信,乃遣子与敷翌日往焉。敷移舟入湖,俄有妇人相近,与敷执手曰:"自子持吾骨归筜,我即随子于道途间,子阳旺,不敢见子。子钓湖上相望者二载,以岁月未合,莫可相近,今其时矣。"乃引敷入水中,主人子大惊而回。

后数日尸出水上,岳阳尉侯谊验覆其尸,容色如生。闻其事于人。

流红记　红叶题诗娶韩氏

魏陵张实子京撰

唐僖宗时,有儒士于祐晚步禁衢间。于时万物摇落,悲风素秋,颓阳西倾,羁怀增感。视御沟浮叶,续续而下。祐临流浣手,久之,有一脱叶差大于他叶,远视之若有墨迹载于其上,浮红泛泛,远意绵绵。祐取而视之,果有四句题于其上。其诗曰:

　　流水何太急？深宫尽日闲。

　　殷勤谢红叶，好去到人间。

祐得之，蓄于书笥，终日咏味，喜其句意新美，然莫知何人作而书于叶也。因念御沟水出禁掖，此必宫中美人所作也。祐但宝之，以为念耳，亦时时对好事者说之。祐自此思念，精神俱耗。

　　一日，友人见之曰："子何清削如此？必有故，为吾言之。"祐曰："吾数月来眠食俱废。"因以红叶句言之。友人大笑曰："子何愚如是也！彼书之者无意于子，子偶得之，何置念如此。子虽思爱之勤，帝禁深宫，子虽有羽翼，莫敢往也。子之愚又可笑也。"祐曰："天虽高而听卑，人苟有志，天必从人愿耳。吾闻牛仙客遇无双之事，卒得古生之奇计，但患无志耳，事固未可知也。"祐终不废思虑，复题二句，书于红叶上云：

　　曾闻叶上题红怨，叶上题诗寄阿谁？

置御沟上流水中，俾其流入宫中，人为笑之，亦为好事者称道。有赠之诗者曰：

　　君恩不禁东流水，流出宫情是此沟。

　　祐后累举不捷，迹颇羁倦，乃依河中贵人韩泳门馆，得钱帛稍稍自给，亦无意进取。久之，韩泳召祐，谓之曰："帝禁宫人三千余得罪，使各适人，有韩夫人者，吾同姓，久在宫，今出禁庭来居吾舍。子今未娶，年又逾壮，困苦一身，无所成就，孤生独处，吾甚怜汝。今韩夫人箧中不下千缗，本良家女，年才三十，姿色甚丽，吾言之使聘子，何如？"祐避席伏地曰："穷困书生，寄食门下，昼饱夜温，受赐甚久。恨无一长，不能图报，早暮愧惧，莫知所为，安敢复望如此！"泳乃令人通媒妁，助祐进羔雁，尽六礼之数，交二姓之欢。祐就吉之夕，乐甚。明日，见韩氏装橐甚厚，姿色绝艳，祐本不敢有此望，自以为误入仙源，神魂飞越矣。

既而韩氏于祐书笥中见红叶，大惊曰："此吾所作之句，君何故得之？"祐以实告。韩氏复曰："吾于水中亦得红叶，不知何人作也。"乃开笥取之，乃祐所题之诗，相对惊叹，感泣久之，曰："事岂偶然哉！莫非前定也。"韩氏曰："吾得叶之初，尝有诗，今尚藏箧中。"取以示祐。诗云：

> 独步天沟岸，临流得叶时。
>
> 此情谁会得？肠断一联诗。

闻者莫不叹异惊骇。

一日，韩泳开宴，召祐洎韩氏。泳曰："子二人今日可谢媒人也。"韩氏笑答曰："吾为祐之合乃天也，非媒氏之力也。"泳曰："何以言之？"韩氏索笔为诗曰：

> 一联佳句题流水，十载幽思满素怀。
>
> 今日却成鸾凤友，方知红叶是良媒。

泳曰："吾今知天下事无偶然者也。"

僖宗之幸蜀，韩泳令祐将家僮百人前导，韩以宫人得见帝，具言适祐事。帝曰："吾亦微闻之。"召祐，笑曰："卿乃朕门下旧客也。"祐伏地拜谢罪。帝还西都，以从驾得官，为神策军虞候。

韩氏生五子三女，子以力学俱有官，女配名家。韩氏治家有法度，终身为命妇。宰相张濬作诗曰：

> 长安百万户，御水日东注。水上有红叶，子独得佳句。子复题脱叶，流入宫中去。深宫千万人，叶归韩氏处。出宫三千人，韩氏籍中数。回首谢君恩，泪洒胭脂雨。寓居贵人家，方与子相遇。通媒六礼具，百岁为夫

妇。儿女满眼前,青紫盈门户。兹事自古无,可以传千古。

议曰:流水,无情也;红叶,无情也。以无情寓无情,而求有情,终为有情者得之,复与有情者合,信前世所未闻也。夫在天理可合,虽胡越之远,亦可合也。天理不可,则虽比屋邻居,不可得也。悦于得,好于求者,观此可以为诫也。

长桥怨　钱忠长桥遇水仙

治平年,钱忠,字惟思。少好学多闻,随侍父湖湘。后以家祸零替,惟忠一身流客,因如二浙。道过吴江,爱水乡风物清佳,私心恋恋,不能去。每江上春和,湖天风软,翠浪无声,画桥烟白,忠尽日讽咏游赏,多与采莲客、拾翠女相逐,周旋洲渚间。忠尤悦一女,方及笄,垂螺浅黛,修眉丽目,宛然天质。忠虽与游,卒不敢以异语犯焉。凡数月,浸于女熟,女亦若眷眷有意。一日,忠为酒所使,谓其女曰:“吾与子相从江渚舟楫间数月矣,吾甚动子之色,独不知乎?”女曰:“吾之志亦然也。家有严尊,乃隐纶客也,常独钓湖上,尤好吟咏。子能为诗,以动其心,妾可终身奉君箕帚,不然,未可知也。”至暮举楫,扁舟入云水中。

忠归,惕意为诗曰:

八十清翁今钓客,一纶一艇一鱼蓑。

碧潭波底系船卧,红蓼香中对月歌。

玉脍盈盘同美酒,锦鳞随手出清波。

风烟幽隐无人到,俗客如何愿一过。

忠以诗付女,女持而去。明日,女复持诗至曰:“翁和子诗,亦有不许君之句,子更为之。”翁和诗曰:

> 向晚云情无限好,船头又见乱堆蓑。
>
> 却无尘世利名厌,尽是市朝兴废歌。
>
> 全宅合来居水泽,此身常得弄烟波。
>
> 肥鱼美酒尤丰足,自是幽人不愿过。

忠复依前韵为诗云:

> 小舟泛泛游春水,竹笠团团覆败蓑。
>
> 盈棹长风三尺浪,满船明月一声歌。
>
> 非干奔走厌浮世,自是情怀慕素波。
>
> 惟有仙翁为密友,就鱼携酒每相过。

付女上翁。他日,又遇女于湖上,女曰:“翁亦不甚爱子之诗。”

又数日,忠又构成诗云:

> 吴江高隐仙乡客,衰鬓长髯白发干。
>
> 满目生涯千顷浪,全家衣食一纶竿。
>
> 长桥水隐秋风软,极浦烟浮夜钓寒。
>
> 因笑区区名利者,是非荣辱苦相干。

翌日,忠见女,女喜曰:“翁方爱子之诗,我与君事谐矣。”又去,忠终不知所止。

一日,忠与数友晚步江岸,过小桥,遇女于其上,不语,相顾喜笑而去,同行者颇疑焉。明日早,忠尚伏卧,有人持书于窗牖,忠视之,乃女所作之诗也。诗云:

> 昨日相逢小木桥,风牵裙带缠郎腰。
>
> 此情不语无人觉,只恐猜疑眼动摇。

他日,忠又与邻渔泛舟,钓于湖上。渔唱四发,忠亦递相应和其间。女又遣人遗忠诗曰:

> 轻桡直入湖心里,渡入荷花窣窣鸣。
>
> 何处渔谣相调戏?住船侧耳认郎声。

月余,忠别里巷邻友,泛舟深入烟波,不知所往。忠有姑之子曰王师孟,登第后失官。有故人居钱塘,道经吴江,泊舟水际,登长桥,有彩船来甚速,中有人呼曰:"王兄固无恙乎?"师孟审其声,乃忠也。俄见舟舣桥下,果忠也。邀师孟登舟,音乐酒肉,器皿服用如王公,皆非人世所有。忠复命其妻以大兄之礼拜师孟,师孟但觉瑶枝玉干,辉映左右。因三人共饮。至明,忠谓师孟曰:"吾之居处在烟波之外,不欲奉召兄。兄方贵游,弟能无情!"乃以黄金十斤赠之。师孟谢之。忠曰:"相别二纪,而兄之发白,伤怆尘世间烟波使人易老。"师孟曰:"子为神仙,吾今游客,命也如何!"因而唏嘘泣下。忠为诗曰:

> 水国神仙宅,吾今过此中。
>
> 长桥千古月,不复怨春风。

已而别去,后不复有人见之云。

青琐高议前集卷之六

骊山记 张俞游骊山作记

大宋张俞,字才叔,又字少愚,西蜀人。幼锐于学,久而愈勤,心慕至道。应制科,辞理优赡赅博,意为必擢高等。有司罪其文讦鲠太直,不可进。俞由是不得意,尤为议者所惜,愈不乐,日与朋侪登高大醉。久乃还蜀,更不以进取为事。亦多往来京索间,所过有山水之奇,虚名之玩,未尝不往观焉。既观,未尝不吟咏,反覆烂熳,终日啸傲,至有历时不能去。

俞尝命一仆荷酒肉,一仆携纸笔,一日,与三四友人游骊山。俞谓其友人曰:"吾走天下有日矣,足迹几遍于四海,而山水宜乎厌饫。道也终不能使人忘情,吾之志如是也。骊山吾已数游,不须再登也,不若山下见老叟,求古遗事。"乃同友人遍历民家,皆曰:"惟田翁好蓄古书文籍,博览古今。"俞乃倩一耕者导至田翁家。翁久乃出,发鬓如雪,进趋甚有礼,视听不少衰。既坐,翁谓俞曰:"山野闲居,门无长者车骑久矣。君子惠然见过,何也?"俞曰:"余好古者也。闻翁有寿且知古,此来诚有意也。"翁始则悚而拒,终则愧而谢,且曰:"吾今年九十三矣,亦尝见大父泊吾祖言往事。晋、汉时吾不知也,唐自明皇而下,吾素所记。"就衣带间取铁匙,命其子:"开钥,取吾柜中某书来。"

及启,乃一幅图也,即骊山宫殿图。凡二门,大小九殿,台亭六十二处。回廊屈曲,莫知其数。东曰日华门,西曰月华门。东大殿曰万寿殿,一殿曰迎阳,又一曰晨晖,又一曰紫极,又一曰宝林,又一曰宝基,又一曰明和,又一曰文庆。自日华门入,即大安殿。月华门入,即万寿殿。大安殿后三殿:一曰迎阳,一曰紫极,一曰晨晖。万寿殿后三殿:一曰宝基,一曰宝林,一曰明和。六殿后又一殿,曰文庆也。后即翠华门,乃入后宫。东即紫云阁,阁东即先春馆,西即桂香堂。西又有明华阁,阁东即惜花馆,西即载月堂。紫云阁东即碧瑶池,环池榭东即赏春台,西即御钓台、明霞阁,西乃宝积池,池北乃圣智堂,前曰清风轩也。宫中流水灌注,环绕台榭。宫外又有台殿,或架岩腹,或横危巅,皆有佳名,不知尽纪。翁按图指示,豁然在目前。俞喜曰:"骊宫吾已知之矣。"

既久,翁复言曰:"吾之远祖尝为守宫使,常出入禁中,故宫中事亦可得而言也。祖常言:明皇时天下无事,太平日久,常多幸骊山宫,从驾侍卫只五六千人,百官供给亦有三四千人,常不满万,皆给于宫,而不少乏。如当时府库之积丘山,茶布之货堆露不恒,民间玉帛不知纪极,斗米不满三十钱。帝又好花木,诏近郡送花赴骊宫。当时有献牡丹者,谓之杨家红,乃卫尉卿杨勉家花也。其花微红,上甚爱之,命高力士将花上贵妃。贵妃方对妆,妃用手拈花,时匀面手脂在上,遂印于花上。帝见之,问其故,妃以状对。诏其花栽于先春馆。来岁花开,花上复有指红迹。帝赏花惊叹,神异其事,开宴召贵妃,乃名其花为一捻红。后乐府中有《一捻红》曲,迄今开元钱背有甲痕焉。宫中牡丹最上品者为御衣黄,色若御服。次曰甘草黄,其色重于御衣。次曰建安黄,次皆红紫,各有佳名,终不出三花之上。他日,近侍又贡一尺黄,乃山下民王文仲所接也。

花面几一尺,高数寸,只开一朵,鲜艳清香,绛帏笼日,最爱护之。一日,宫妃奏帝云:'花已为鹿衔去,逐出宫墙不见。'帝甚惊讶,谓:'宫墙甚高,鹿何由入?'为墙下水窦,因雨窦寝,野鹿是以得入也。宫中亦颇疑异,帝深为不祥。当时有佞人奏云:'释氏有鹿衔花,以献金仙。帝园有此花,佛土未有耳。'帝亦私谓侍臣曰:'野鹿游宫中非佳兆。'"翁笑曰:"殊不知禄山游深宫,此其应也。"俞曰:"吾尝观《唐纪》,见妃与禄山事,则未之信。夫帝禁深沉,守卫严密,宫女数千,各有掌执,门庭禁肃,示有分限,虽蜉蝣蚁蠓莫能得入,果如是乎?"翁曰:"史氏书此作戒后世,当时事亦可言陈。《易》曰:'慢藏诲盗,冶容诲淫。'正为此也。妇人女子性犹水也,置于方器则方,置于圆器则圆。且宫人数千,幽之深院,绮罗珠翠,甘鲜肥脆,皆足于体,所不足者,大欲耳。圣人深思此,故主宫殿用中贵人也。贵妃自处子入宫,上幸倾后宫,常与游者禄山也。禄山日与贵妃嬉游,帝从观以为笑,此得不谓之上慢乎?贵妃虑其丑声落民间,乃以禄山为子。一日禄山醉戏,无礼尤甚。贵妃怒骂曰:'小鬼方一奴耳,圣上偶爱尔,今得官出入禁掖,获私于吾,尚敢尔也!'禄山曰:'臣则出微贱,惟帝王能兴废也,他皆无畏焉。臣万里无家,四海一身,死归地下,臣且不顾。'叱贵妃,复引手抓贵妃胸乳间。贵妃泣曰:'吾私汝之故也,罪在我而不在尔。尔今不思报我,尚以死胁我!'时宫女王仙音旁立,乃大言:'安禄山夷狄贱物,受恩主上,蒙爱贵妃,乃敢悖慢如此,我必奏帝。'禄山犹不止,云:'奏帝我不过流徒,极即刑诛。贵妃未必无罪,得与贵妃同受祸,我所愿也。此所谓鱼目得伴明珠入水,碔砆同白玉入火,又何害焉?'会高力士赍福建绿荔枝上贵妃,禄山乃忸怩引去。力士久在屏外躬听,且知所争。力士上传帝旨,跪进荔枝乃去。贵妃使人从力士谢曰:'慎无言适来之事。'高曰:'帝非贵妃,当受黜废,出居于外,则主人不乐可知。为我谢贵妃,臣知此久矣,非今日也。臣宫中老物也,岂不知爱君父乎?愿贵妃勿忧。'贵妃虑帝见胸乳痕,乃以金为诃子遮之。后宫中皆效之,迄今民间亦有之。"

俞复谓翁曰:"玄宗据崇高之势,有天日之表,龙凤之姿,兼文武全美,禄山丑类,安能动贵妃心?"翁云:"据祖言,禄山虽是胡儿,眉目疏秀,肌若凝脂。加之性灵敏慧,言语巧辩,音乐技艺往往通晓,亦涉猎书数,尤能迎合上意,上所以爱宠。禄山亦多异处。"俞曰:"何异也?"翁曰:"禄山手足心俱有黑子,尝自语人曰:'此王公之相也。'禄山素丰肥,盛暑酣寝,鼻声如雷,宫人多以清泉洒其身,久而方醒,率以为常。一日,禄山醉卧明霞阁下,误为宫人覆水于面。禄山俄瞑目嗔气,头上生角,体亦生鳞,骧首踠足,势欲飞跃。宫人四走,莫知所避。有报帝曰:'禄山化作龙。'时帝与妃子弈棋,帝急往视,乃曰:'不足畏也。此乃真猪龙。'少顷,禄山睡觉,帝因问禄山。禄山曰:'臣适梦中为人以水沃臣,臣梦化为龙。'异日,贵妃问帝曰:'禄山化龙之事甚可畏。'帝云:'不足畏。''何也?'帝曰:'天地之神物,莫若龙之能变化也。真龙则角长而鬃密,腹紧而尾倍,目深而鼻高,鳞厚而爪长,朱目血舌,赤须火鬣,息则人莫见其踪,动则雷雨满天下。禄山乃猪龙者,吾见精出鼻肆,腹大尾赤,鳞薄爪秃,鬃疏角短,目青不光,鬣黑无焰,但能乘水势败坏堤岸,汩没泥水中为害,非云雷之主也,故不足畏。但恐禄山异日不能善终,须死兵刃。'贵妃复曰:'莫为患乎?'帝曰:'此外非汝可知。'"

俞曰:"贵妃色冠后宫,为天下第一,迄今传为绝代色,其

美可得闻乎?"翁曰:"观史氏所言,中人贵妃发委地,光若傅
漆,目长而媚,回顾射人。眉若远山翠,脸若秋莲红。肌丰而
有余,体妖而婉淑。唇非膏而自丹,鬓非烟而自黑。真香娇
态,非由梳掠。乃物比之仙姬,非人间之常体。笑言巧丽,动
移上意。帝对妃子论杜甫宫词,他日帝因思其诗,命宫人取其
诗,为宫人远去,妃子曰:'不须取,妾虽听之,尚能记忆。'乃取
纸录出,不差一字,其敏慧又可知也。一日,贵妃浴出,对镜匀
面,裙腰褪,微露一乳,帝以指扣弄曰:'吾有句,汝可对也。'乃
指妃乳言曰:'软温新剥鸡头肉。'妃未果对。禄山从旁曰:'臣
有对。'帝曰:'可举之。'禄山曰:'润滑初来塞上酥。'妃子笑
曰:'信是胡奴只识酥。'帝亦大笑。"翁又曰:"当时西蜀有女
髡,解造补鬓油膏面。用白胭脂、白杏仁心、梨自然汁、白龙脑
相熬合和,用以调粉匀面,白而光润。用紫芝麻、胡桃油、黑松
子、乌沉香合而润鬓,黑而复香。蜀中以二油进,后中贵窃鬻
民间,富者亦用之。宫中呼为锦里油,民间呼西蜀油。后明皇
入蜀,此亦先兆之应也。"

　　翁曰:"禄山数失礼贵妃,贵妃私甚恨,第无计绝之耳。晚
年尤不喜之。禄山之守渔阳,贵妃屡言于上曰:'渔阳天下之
精兵所聚,宜用心腹臣。禄山阴贼,不可为帅。'上不答。禄山
辞贵妃,贵妃开宴饯之。酒半酣,禄山曰:'臣久出入宫掖,蒙
私贵妃,而中道弃之,吾之此行,深非所乐。此别复有相见之
期乎?'贵妃但笑而不答。禄山复曰:'人但恨无心耳。苟有
心,虽抽肠溅血,万死万生犹不顾。臣须来见娘娘。'禄山呼贵妃
为娘。因涕泣交下,起抱贵妃,良久不止,左右勉之,久方辞去。
明日,禄山尚未行,欲再入宫见贵妃,诏不得入内。禄山既行,
甚怏怏,令前骑作乐。禄山曰:'乐有离声,人多别恨,自古迄

今无有也。'后杨国忠专政,深恨禄山。禄山至渔阳,多求珍异物,并私书上贵妃,尽为国忠抑而不达。顷之,禄山怨国忠,益有反意,乃兴兵向阙,言于左右曰:'吾之此行,非敢觊觎大宝,但欲杀国忠及大臣数人,并见贵妃叙吾别后数年之离索,得回住三五日,便死亦快乐也。'此言流落民间,故马嵬六军不进,指妃子而为言也。开元末童谣云:

山上一群鹿,大鹿来相逐。

啼杀涧下羊,却被猪儿触。

后果为帐下李猪儿所杀。禄山反书至,帝方食,贵妃不觉失匕箸。帝惊顾左右甚久,诏杨国忠为御营都元帅。都人惊骇,尘土四散,咫尺莫辨牛马。帝登丹凤楼置酒,楼下有人唱歌云:

不见只今汾上水,惟有年年秋雁飞。

其音甚悲,帝泣下,不终饮而止。左右奏曰:'陛下素大度,禄山虽兵变,安能遽至此也?'帝上马由承天西去,长安父老遮乘舆言曰:'陛下以重禄养禄山,禄山不以臣报陛下,天理不远,人情莫顺。禄山非久,血污锋刃,身膏草野,不日臣等复出长安,西迎銮舆之来。'帝曰:'朕已诏天下兵百道并进,必破此贼。深虑贼锋未可当,终恐为父老忧,各宜相率避之。'帝令一中贵人厉声曰:'关东皆贼也,不可往。西可以避。'竟去。由是都人多入蜀避贼。"

温泉记 西蜀张俞遇太真

亳州秦醇子履撰

西蜀张俞再过骊山,留题二绝云:

金玉楼台插碧空,笙歌递响入天风。

当时国色并春色,尽在君王顾盼中。

其二云：

> 玉帝楼前锁碧霞，终年培养牡丹芽。
>
> 不防野鹿逾垣入，衔出宫中第一花。

俞异日宿温汤市邸，于是衙鼓声沉，万动岑寂，客馆后夜，悲风素秋。俞少负英气，羁怀多感，高烛危坐，远意千里，强调脆管，又抚朱弦，怨流丝竹，竟不成乐，乃就枕。才合眼，见二短黄衣吏立于床下。一吏曰："召其魂也，召其梦也？"一吏曰："奉命召其魂。"吏曰："魂俱去，留一魄以守其宅。"吏于袖间出一物若银钩，以刺人胸中，亦不甚苦痛，以手执钩尾，大呼俞名姓，又小呼数声。俞或立于阶下，回顾尸于床上，俞惊叹，恨不得作书寄家人嘱后事。吏引其衣出门，又见二碧衣童，若常所见画图中神仙侍立之童也。俞久不敢问。约行十余里之远，俞乃足痛，愿得一代步者。吏曰："请君问碧衣者。"俞乃告之。一童呼吏曰："敕界吏速取马来。"有顷，驺从至，俞乃上马，因询黄衣吏曰："吾死乎？吾此行何所之也？"黄衣吏曰："吾地界之吏，奉命奔走，他皆不知也。君告碧衣童，必有所明。"俞私约下马，折腰与碧衣童曰："俞蜀中书生，未尝造恶，今有此行，不识入于狱乎？能复回于世乎？愿闻其休咎。"碧衣童曰："吾乃海仙之侍者，被命召子，他皆不知。"俞曰："仙何人也？"童曰："蓬莱第一宫太真妃也。"俞曰："召仆安用？"童子曰："子骊山曾作诗否？"俞方忆其所作二绝。

又行百里，道左有大第，朱扉岿立，金兽衔环，万户生烟，千兵守御。入门则台殿相向，金碧射人，帘挂琼钩，砌磨明玉，金门瑶池，彩楹琐窗，幕卷轻红，甃浮寒碧。童止俞曰："可伺于此，吾入报矣。"童复出，呼左右备驺从，童谓俞曰："上仙召子温泉浴。"迤逦见绛旌见驱，翠幢双引，赭伞玲珑，仙车咿轧，彩仗鳞鳞,纹竿袅袅,霞光明灭五色云中。行少顷,又至一宫,仙妃降车,俞亦下马。

　　童引俞升殿,左右赞拜,仙赐坐。俞偷视仙,高髻堆云,凤钗横玉,艳服霞衣,琼环瑶珮,鸾姿凤骨,仙格清莹。俞精神眩惑,情意恐惧,虚己危坐,莫敢出言。仙笑为俞曰:"君无惧。吾召子无他意,欲少询子人间一两事耳。"仙子曰:"骊山所题之诗甚佳。"俞避席俯谢。仙子乃命其浴。仙乃入御浴,汤影沉沉,鹜摇龙凤。仙去衣先入浴,俞视若莲浮碧沼,玉泛甘泉,俞思意荡。俞因以手拂水,沸热不可近。仙笑命左右别具汤沐,侍者进金盆,为俞解衣入浴。仙与俞相去数步耳,一童以水沃仙,一童以水沃俞。俞白仙曰:"俞尘骨凡体,幸遇上仙,似有宿契,然何故不得共沐?"仙曰:"尔未有今日之分。"浴已,次第取服。

　　仙与俞携手入后院,坐曲室。俞审视则白璧为楹,碧瑶甃地,绣帛蒙窗,珠丝翳户,饰琼玉于虚轩,安铜龙于画栋。仙命进酒,宝器瑶杯,珍羞仙果。但俞平生不酌酒,金壶至俞,则酒辄不出。仙笑顾左右取他酒代之。童曰:"已为取之。"顷间酒已至,乃人间之味。俞又自恨。仙谓俞曰:"今之妇人首饰衣服如何?"俞对曰:"多用白角为冠,金珠为饰。民间多用两川红紫。"仙乃顾左右:"取吾旧服来。"长裙大袍,凤冠口衔珠翠玉翘,但金钗若今之常所用者也,他皆不同。

　　俞曰:"俞少好学,虽望道未见,然于唐史见仙事迹甚熟,今见仙之姿艳,一禄山安能动仙之志,而仙自弃如此也?"仙复曰:"事系天理,非子可知,幸无见诘。"俞曰:"明皇蕴神圣之姿,天日之表,没当不化,今在何地?"仙曰:"人主皆天之高真也,明皇乃真人下降,今住玉羽川。"俞曰:"玉羽川何地也?"仙曰："在潭、衡之间。"

不久玉漏递响，宝灯阑珊，侍者报仙曰："鼓已三敲。"仙乃命撤去杯皿，与俞对榻寝。俞情思荡摇，不能禁。俞曰："召之来，不与之合，此系乎俞命之寡眇也。他物弗望，愿得共榻，以接佳话，虽死为幸。"仙笑曰："吾有爱子心，子有私吾意，宿契未合，终不可得。"俞乃欲升仙榻，足不可引，若有万斤系之。仙曰："子固无今日分。"俞乃就南榻，与仙对卧而语。不久鸡唱，烟中月沉，户外侍者促俞起。俞泣下别。仙曰："后二纪待子于渭水之阳。"仙取百合香一小器遗俞曰："留以为忆。"系俞臂，复见前童吏引还，入门，吏推仆乃觉。

俞惊起坐，默念岂非梦邪？臂上香犹存，发器，异香袭人，非世所有。他日，俞题诗于温汤驿曰：

> 梦魂飞入瑶台路，九霞宫里曾相遇。
> 壶天好景自愁人，春水泛花何处去。

又戏为诗曰：

> 昨夜过温汤，梦与杨妃浴。敢将豫让炭，却对卞和玉。同欢一宵间，平生万事足。想得唐明皇，畅哉畅哉福。

诗尚留温汤驿壁。

俞后闲步野外，有牧童持书一纸，俞开封，乃仙所为诗一首也。诗云：

> 虚堂壁上见清辞，似共幽人说所思。
> 海上风烟虽可乐，人间聚散更堪悲。
> 重帘透日温温暖，玉漏穿花滴滴迟。
> 此景此情传不尽，殷勤嘱付陇头儿。

俞询牧童曰："从何得此书？"牧儿曰："前日有妇人过此，遗我百钱，授我此书，云：'明日有衣冠独步野外，子可与之。'"俞闻之愈伤感。俞多与士君子说此事，乃笔成传。

贵妃袜事　老僧赎得贵妃袜

天宝十三年秋苦雨，上自兴庆宫登楼远望，见其淫潦尤甚，时惟贵妃、力士从上。上谓曰："今水潦如此，疾于朕心，当传位于太子，使吾未没而付之，吾无忧也。"妃子不对。力士曰："且待丰年。"上视太真曰："若何？"妃对曰："今秋霖雨水灾，烦劳圣虑，妾愿与圣躬共舍衣物于两街，建道场法事，庶拯生灵。"上从之。乃敕司衣阁出衣十袭，施左右街佛寺，货之以充供养。

时沙弥常秀自庐岳来京师求戒法，见舍衣物，遂罄囊钵，赎得妃子袜一纳，持归江南，以与亲族。后隐香炉峰，乱而获存。其后中丞李远牧于温城，多征故事，求诸遗物。或有言妃子袜事于远，遂求焉。僧不获已而献之，远以钱十万为直。仍藏诸箧笥，示诸好事者。

会李群玉校书自湖湘来，过九江，远厚遇之，因诘其题黄陵庙事。群玉曰："予尝梦之。"远曰："仆自获妃子袜，亦常盼慕焉。"遂更相戏笑，因各赋诗一首。远曰：

坠仙遗袜老僧收，一锁金函八十秋。
霞色尚鲜宫锦鞜，彩光依旧夹罗头。
轻香为著红酥践，微绚曾经玉指构。
三十六宫歌舞地，唯君独步占风流。

群玉诗曰：

故物犹存事渺茫，把来忍见旧时香。
拗连绮锦分奇样，终合飞蝉饮瑞光。

常束凝酥迷圣主，应随玉步浴温汤。

如今落在吾兄手，无限幽情付李郎。

是岁校书过豫章，端午浴兰之会，宴滕王饮筵，片时卒座上。客云："得非黄陵嘉？"至今伤感悯之。

马嵬行　刘禹锡作《马嵬行》

绿野扶风道，黄尘马嵬驿。路边杨贵妃，坟高三四尺。乃问里中儿，皆言幸蜀时，军家诛幸佞，天子舍妖姬。兵吏伏门屏，贵人牵帝衣。低头转美目，风日无光晖。贵人饮金屑，倏忽即英暮。平生服香丹，颜色宛如故。属车尘已远，里巷来窥觑。共爱宿妆妍，君王画眉处。履綦无复有，履组光未灭。不见岩畔人，空见凌波袜。儿童爱纹迹，私手解盘结。传看千万眼，缕绝香不歇。指环照骨明，首饰敌连城。将入咸阳市，犹得贾胡惊。

青琐高议前集卷之七

孙氏记 周生切脉娶孙氏

寺丞丘濬撰

周默,字明道,都下人也。以延赏为太庙郎,岁久改授常州宜兴簿。默幼小知书,尤好方药之书,亦稍稍通其术,里巷称其能医。

比邻有张复秀才,聚闾巷小童为学。一日,复谒默曰:"有恳,敢浼长者。"默询其故,曰:"复之妻得病甚危,居贫不能得医,敢烦君子诊其脉,视其证,倘获愈,必为报。"默许之。往见其妻孙氏卧小榻,容虽不修饰,然而幽艳雅淡,眉宇妍秀,回顾精彩射人。默见之愕然,乃诊臂视脉,久之曰:"娘子心脉盛,痰积其中,气出入则昏眩。"乃留犀角汤下之。默日日往候之。复妻病愈,复将召默饮于市,以谢默。默曰:"邻里缓急固当救,何烦致谢?"

是时默丧妻才经岁,既见孙氏,心发狂悸,念无计得之。乃白其母曰:"孙氏,默治之愈矣,可召之饮,以接邻里之好。"母不识默意,乃召孙,孙托事不来。默赞其母,复召之。久乃至,与默母叙拜礼,又以言谢默。是时孙薄妆,虽有首饰,衣服无金翠,艳丽绝天下,语言飘飘然宛神仙之类也。默精神荡散,因以目挑之,语言试之,终不蒙对。召入内,复饮于轩前。默时时入室,启母劝之酒,孙以礼谢,终不饮。逼晚方散。

　　默日夜思所以得孙氏之计。默阴念：有功于孙，吾且年少，孙之夫极老，_{复年五十三，孙方二十一。}吾固胜他远矣，吾必得之。默乃暗遣学童以柬投孙，竟不蒙答。又投之，亦然。默询童曰："彼何言也？"童曰："孙略观，但默默而已。"默私计：我有功于孙，事虽不谐，亦无后虑。乃至意投书与孙氏云：

　　　　世之乐事，男女配合；人之常情，少年雅致。今慕子之美色妙年，甘心于一老翁，自以为得意，吾为子羞之。兼有鄙诗，略为举陈，幸留意也。诗曰：

　　　　五十衰翁二十妻，目昏发白已头低。绛帏深处休论议，天外青鸾伴木鸡。

孙氏亦为书上默曰：

　　　　数辱书问，荷意甚勤。上有良人，安敢私答。妾之本末，略为君言：妾本富贵家女，幼岁常近笔砚，及长继遭凶灾，兄又死边州，弟妹散去，家贫不能自振。信媒氏之说，归身此翁。至于今日皆不可言，亦不复恨。妇人无他能，惟端节自持为令节。欲不白君子，则子之意未绝，千万自保，无贻深念为异时恨。妾心匪石，兼有诗道其意。诗曰：

　　　　雨集枯池时渐满，藤笼老木一翻新。如今且悦目前景，妆点亭台随分春。

　　默得书诗，又见其有才，愈思念之。乃再为书丁宁恳切，此不具载。孙复有书曰：

　　　　前诗书已少道区区之意，君尚不已。今为君少言天下物理之大分，以解君惑。夫鹪鹩栖木，不过一枝；鼹鼠饮河，不过满腹。上苑之花，色夺西锦，遇大风怒号，飘荡四起，或落银瓶绣幕之间，或委空闲坑溷之所，此各系乎分也。我之夫固老矣，求为非礼以累之，则吾所不忍。君虽百计，其如我何！可绝来意，无劳后悔。

默意欲速得，又以柬诗侵逼之。孙又为书与默曰：

近者妾病，知子有术可以起我之疾。居贫，我乃谋于夫曰："邻居周君善医，彼士君子，且以邻里之故，必不子拒。"今因妾病，而召污秽之事入其家。使子为翁，子能忍而舍之乎？翁虽老，闻此安肯为子下而不发耶？向得子柬，欲闻于翁，且发人之私，不仁也；忘人之恩，不义也。是以不为。每得子柬急看，或火或毁，恐露而彰子之恶。今子之言侵逼尤甚，子意欲因医之功，邀而娶之也。若然，虽商贾市里庸人有不为者，况士人乎？古之烈女，吾之俦也，子无多言。青松固不凋于雪中，千万无惑焉。

默知不可乱，乃止。

默不久赴官，意犹未已，乃为柬别孙曰：

我闻古人之诗曰："长江后浪催前浪，浮世新人换旧人。"是老当先寝也，我愿终身不娶，以待之耳。

孙得柬，感默之意，为缄谢绝曰：

愧感深诚，早晚疾听。君子启行，无缘叙别，破囊久空，不能为赆，空自悚愧。承谕雅意，安可预道？无妄之言，未敢奉许。人之修短，固自有期，设或不幸，即俟他日，况君庆门当高援，无以鄙陋独贻伊戚。彩舫长浮，知有日矣。气象尚和，惟以自爱。千万珍重！

默得书，但恨怅而已。

后三年，默替归，泊家于湘蓝之南。默思孙，因往旧巷访之。询其邻，则曰："复死已经岁矣，孙今独居。"默大喜，归告其母，遣媒通好。久之，孙乃许。既成，相得甚欢，彼此方浓，复授郓州东阿尉。

　　默本好贿,居官尤甚。据案决事则冒货,出证田讼则赇民。筒中多私蓄币帛以归。孙因询其故,默以实告。孙大恸曰:"吾及今三适人矣。始者良人,年少狂荡不返;中间适老翁,不幸其先逝;今归身于子,自为得矣,而彼此方相爱。不意子不能奉法爱民,治狱则曲直高下,惟利是嗜,去就予夺,贿赂公行,民受其枉多矣。子不害其官,则祸延子孙矣。吾不忍周氏之门无遗类,子不若复归其财于民,慎守清素。况子俸钱所入,用之有余矣。贤者多财损其志,愚者多财益其过。夫妇大义,死生共处。君既自败坏,不若我先赴死地,不忍见子之死也。今与子诀矣!"乃遽趋井。默急持其衣曰:"子入井,吾亦相从矣。愿改过以谢子。"默以其财复归于民,而自守清慎,终身无过。

　　孙生二子,亲教之,皆举进士成名。

　　议曰:妇人女子有节义,皆可记也。如孙氏,近世亦稀有也。为妇则壁立不可乱,俾夫能改过立世,终为命妇也,宜矣。

赵飞燕别传 别传叙飞燕本末

谯川秦醇子复撰

　　余里有李生,世业儒。一日,家事零替,余往见之,墙角破筐中有古文数册,其间有《赵后别传》,虽编次脱落,尚可观览。余就李生乞其文以归,补正编次,以成传,传诸好事者。

　　赵后腰骨纤细,善踽步行,若人手持苀枝,颤颤然,他人莫可学也。在王家时,号为飞燕,入宫复引援其妹,得宠为昭仪。昭仪尤善笑语,肌骨清滑。二人皆称天下第一,色倾后宫。

　　自昭仪入宫,帝亦稀幸东宫。昭仪居西宫,太后居中宫。

后日夜欲求子,为自固久远计,多以小犊车载年少子与通。帝一日惟从三四人往后宫,后方与一人乱,左右急报,后惊遽出迎。帝见后冠发散乱,言语失度,帝亦疑焉。帝坐未久,复闻壁衣中有人嗽声,帝乃去。由是帝有害后意,以昭仪隐忍未发。

一日,帝与昭仪方饮,帝或攘袖瞋目直视昭仪,怒气怫然不可犯。昭仪遽起避席,伏地谢曰:"臣妾族孤寒,下无强近之亲。一旦得备后庭驱使之列,不意独承幸遇,渥被圣私,立于众人之上。恃宠邀爱,众谤来集,加以不识忌讳,冒触威怒。臣妾愿赐速死,以宽圣抱。"因涕泣交下。帝自引昭仪臂曰:"汝复坐,吾语汝。"帝曰:"汝无罪,汝之姊吾欲枭其首,断其手足,置于溷中,乃快吾意。"昭仪曰:"何缘而得罪?"帝言壁衣中事。昭仪曰:"臣妾缘后得填后宫,后死则妾安能独生?况陛下无故而杀一后,天下有以窥陛下也,愿得入身鼎镬,体膏斧钺。"因大恸,以身投地。帝惊,遽起持昭仪曰:"吾以汝之故,固不害后,第言之耳,汝何自恨若是。"久之,昭仪方就坐,问壁衣中人。帝阴穷其迹,乃宿卫陈崇子也。帝使人就其家杀之,而废陈崇。

昭仪见后,具述帝所言,且曰:"姊曾忆家贫,寒馁无聊赖,使我共邻家女为草履市米。一日得米归,遇风雨,无火可炊,饥寒甚,不能成寐,使我拥姊背同泣,此事姊岂不忆也?今日幸富贵,无他人次我,而自毁如此。脱或再有过,帝复怒,事不可救,身首异地,为天下笑。今日,妾能拯救也。存殁无定,或尔妾死,姊尚谁援乎?"乃涕泣不已,后亦泣焉。

自是帝不复往后宫承幸,御昭仪一人而已。昭仪方浴,帝私觇,侍者报昭仪。昭仪急趋烛后避,帝瞥见之,心愈眩惑。

他日,昭仪浴,帝默赐侍者金钱,特令不言。帝自屏罅觇,兰汤
滟滟,昭仪坐其中,若三尺寒泉浸明玉,帝意思飞荡,若无所
主。帝常语近侍曰:"自古人主无二后,若有,则吾立昭仪为后
矣。"

　　赵后知之,见昭仪益加宠幸,乃具汤浴请帝。既往后宫入
浴,后裸体以水沃帝,愈亲而帝愈不乐,不终浴而去。后泣曰:
"爱在一身,无可奈何。"后生日,昭仪为贺,帝亦同往。酒半
酣,后欲感动帝意,乃泣数行下。帝曰:"他人对酒而乐,子独
悲,岂不足耶?"后曰:"妾昔在后宫时,帝幸其第,妾立在后,帝
时视妾不移目甚久。固知帝意,遣妾侍帝,竟承更衣之幸。下
体尝污御衣,欲为浣去,帝曰:'留以为忆。'不数日,备后宫,时
帝啮痕犹在妾颈,今日思之,不觉感泣。"帝勃然怀旧,有爱后
意,顾视嗟叹。昭仪知帝欲留,先辞去,帝逼暮方离后宫。

　　后因帝幸,心为奸利,三月后乃诈托有孕,上笺奏云:

　　　　臣妾久备掖庭,先承幸御,遣赐大号,积有岁时。近
　　因始生之日,优加喜祝之私,特屈乘舆,俯赐东掖,久侍宴
　　私,再承幸御。臣妾数月来,内官盈实,血脉不流,饮食美
　　甘,不异常日。知圣躬之在体,辨六甲之入怀。虹初贯
　　日,听是珍祥,龙据妾胸,兹为佳瑞。更期诞育神嗣,抱日
　　趋庭,瞻望圣明,踊跃临贺。谨此以闻。
帝时在西宫,得奏喜动颜色,答云:

　　　　因阅来奏,喜气交集。夫妻之私,义均一体;社稷之
　　重,嗣续为先。妊体方初,保绥宜厚。药有性者勿举,食
　　无毒者可亲。有恳来上,无烦笺奏,口授宫使可矣。
两宫候问,宫使交至。

　　后虑帝幸,见其诈,乃与宫使王盛谋自为之计。盛谓后

曰："莫若辞以有妊者不可近人，近人则有所触，触则孕或败。"后乃遣王盛奏帝，帝不复见后，第遣使问安否。而甫及诞月，帝具浴子之仪。后召王盛及宫中人曰："汝自黄衣郎出入禁掖，吾引汝父子复富贵。吾欲为自利长久计，托孕乃吾之私言。今已及期，子能为吾谋焉，若事成，子万世有厚利。"盛曰："臣与后取民间才生子，携入宫为后子，但事密不可泄。"后曰："可。"盛于都城外有生子者以百金售之，以物囊之，入宫见后。既发器，则子死矣。后惊曰："子死，安用也？"盛曰·"臣今知矣，载子之器不泄气，子所以死也。臣今再求子，盛之器中，穴其器，使气可出入，则子不死。"盛得子，趋宫门欲入，则子惊啼尤甚，盛不敢入。少选，复携之趋门，子复如是，盛终不敢携入宫。后宫守门吏严密，因向有壁衣中事，故帝令加严之甚。盛来见后，具言子惊啼事。后泣曰："为之奈何？"时已逾十二月矣。帝颇疑讶。或奏曰："尧之母十四月而生尧，后所妊当是圣人。"后终无计，乃遣人奏帝云："臣妾昨梦龙卧，不幸圣嗣不育。"帝但叹惋而已。昭仪知其诈，乃遣人谢后曰："圣嗣不育，岂日月未满也？三尺童子尚不可欺，况人主乎？一日手足俱见，妾不知姊之死所也。"

时后宫掌茶宫女朱氏生子，宦者李守光奏帝，帝方与昭仪共食，昭仪怒言于帝曰："前者帝言自中宫来，今朱氏生子，从何而得也？"乃以身投地，大恸。帝自持昭仪起坐。昭仪呼宫吏祭规曰："急为吾取此子来。"规取子上，昭仪谓规曰："为吾杀之。"规疑虑，昭仪怒骂曰："吾重禄养汝，将安用也？不然并戮汝。"规以子击殿础死，投之后宫。后宫人凡孕子者，皆杀之。

后帝行步迟涩，气颇惫，不能幸。有方士献大丹，养于火百日乃成。先以瓮贮水，满即置丹于水中，即沸又易去，复以新水。如是十日，不沸方可服。帝日服一粒，颇能幸昭仪。帝一夕在太庆殿，昭仪醉进十粒。初夜绛帐中拥昭仪，帝笑声吃吃不止。及中夜，帝昏昏，知不可起，或仆或卧。昭仪急起秉烛，视帝精出如涌泉，有顷帝崩。太后遣人理昭仪，且急穷帝得疾之端，昭仪乃自缢。

　　后居东宫，久失御。一夕后寝，惊啼甚久，侍者呼问方觉。乃言曰："适吾梦中见帝，帝自云中赐吾坐。帝命进茶，左右奏帝云：'向日侍帝不谨，不合啜此茶。'吾意既不足，吾又问帝："昭仪安在？'帝曰：'以数杀吾子，今罚为巨鼋，居北海之阴水穴间，受千岁水寒之苦。'故尔大恸。"

　　后北鄙大月氏王猎于海上，见巨鼋出于穴上，首犹贯玉钗，望波上眷眷有恋人意。大月氏王遣使问梁武帝，武帝以昭仪事答之。

青琐高议前集卷之八

希夷先生传 谢真宗召赴阙表

南燕庞觉从道撰

先生姓陈名抟,字图南,西洛人,生于唐德宗时。自束发不为儿戏事,年十五,《诗》、《礼》、《书》、数之书,莫不通究,考校方药之书,特余事耳。亲蚤丧,先生曰:"吾向所学,足以记姓名耳。吾将弃此,游泰山之巅,长松之下,与安期、黄石论出世法,合不死药,安能与世俗辈汩没出入生死轮回间。"乃尽以家资遗人,惟携一石铛而去。

唐士大夫挹其清风,欲识先生面,如景星庆云之出,争先睹之为快。先生皆不与之友。由是谢绝人事,野冠草服,行歇坐卧,日游市肆,若人无人之境。或上酒楼,或宿野店,多游京索间。僖宗待之愈谨,封先生为清虚处士,仍以宫女三人赐先生。先生为奏谢书云:

> 赵国名姬,后庭淑女,行尤妙美,身本良家,一入深宫,各安富贵。昔居天上,今落人间,臣不敢纳于私家,谨用贮之别馆。臣性如麋鹿,迹若萍蓬,飘然从风之云,泛若无缆之舸。臣遣女复归清禁,及有诗上浼听览。诗曰:

> 雪为肌体玉为腮,深谢君王送到来。处士不生巫峡梦,虚劳云雨下阳台。

以奏赴宫使,即时遁去。

五代时先生游华山，多不出，或游民家，或游寺观，一睡动经岁月。本朝真宗皇帝闻之，特遣使就山中宣召先生。先生曰："极荷圣恩，臣且乞居华山。"先生意甚坚，使回，具奏其事。真宗再遣使赍手诏茶药等，仍仰所属太守、县令以礼迎之，安车蒲轮之异数迎先生。先生乃回奏上曰：

　　丁宁温诏，尽一扎之细书；曲轸天资，赐万金之良药。仰佩圣慈，俯躬增感。臣明时闲客，唐室书生。尧道昌而优容许由，汉世盛而任从四皓。嘉遁之士，何代无之？再念臣性同猿鹤，心若土灰，不晓仁义之浅深，安识礼仪之去就？败荷作服，脱箨为冠，体有青毛，足无草履，苟临轩陛，贻笑圣明。愿违天听，得隐此山。圣世优贤，不让前古。数行紫诏，徒烦彩凤衔来；一片闲心，却被白云留住。渴饮溪头之水，饱吟松下之风。咏嘲风月之清，笑傲云霞之表。遂性所乐，得意何言？精神高于物外，肌体浮乎云烟。虽潜至道之根，第尽陶成之域。臣敢期睿眷，俯顺愚衷，谨此以闻。

当时有一学士，忘其姓名。以先生累诏不起，为诗讥先生云：

　　底事先生诏不出？若还出世没般人。

先生复答云：

　　万顷白云独自有，一枝丹桂阿谁无？

后先生亦稀到人间。

先生一日偶游华阴，华阴尉王睦知先生来，倒履迎之。既坐，先生曰："久不饮酒，思得少酒。"睦曰："适有美酒，已知先生之来。"命涤器具馔。既欢，睦谓先生曰："先生居处岩穴，寝止何室？出使何人守之？"先生微笑，乃索笔为诗曰：

华阴高处是吾官,出即凌空跨晓风。台殿不将金锁
闭,来时自有白云封。

睦得诗愧谢。先生曰:"子更一年有大灾,吾之来有意救子。
守官当如是,虽有灾患,神亦助焉。"睦为官廉洁清慎,视民如
子,不忍鞭扑,心性又明敏。先生乃出药一粒曰:"服之可以御
来岁之祸。"睦起再拜,受药服之。饮至中夜,先生如厕久不
回,遂不见。睦归汴,忽马惊,堕汴水,善没者急救之,得不死。

先生亦时来山下民家,至今尚有见之者。今西岳华山有
先生官观,至今存焉。

吕先生记 回处士磨镜题诗

贾师容郎中,治平年任邠州通判,尝蓄古铁镜,规模甚大,
非常物也。公甚宝之,久欲淬磨,未得其人。左右曰:"近有回
处士,自言善磨镜。"公令召之。

处士至,进见,其简踞,风骨轩昂,公颇疑焉。稍乃异之,
因出镜示之。处士曰:"此亦可以磨。"公乃命左右以银瓶酌
酒,遣之坐于砌上,处士一饮而尽。乃以所携笛中取药堆镜
上。处士曰:"药少,须归取之。"乃去,久不回。公遣人询其宿
止,乃在太平寺。门上有诗曰:

手内青蛇凌白日,洞中仙果艳长春。须知物外烟霞
客,不是尘中磨镜人。

公见诗,吟赏惊叹。其镜上药已化去矣,惟所堆药处一点,表
里通明,如寒玉春冰,他处仍旧。公益为珍藏宝爱也。公怅恨
不得遇其人。

先生之所以姓回者,盖浑其迹,不使人识耳。回字乃二
口,二口即吕字也。

续记　吕仙翁作《沁园春》

　　崔中举进士，有学问，春间泛汴水东下，迤逦至湖北，游岳阳，谒故人李郎中。时李知彼州。方至，未见太守，寓宿市邸，闻前客肆中唱曲子《沁园春》。肆内有补鞋人倾听甚久，顾中曰："此何曲也？其声甚清美。""乃都下新声也。"其人曰："吾不解书，子能为吾书，吾于此调间作一词，可乎？"中愕然，因见其眉目疏秀，乃勉取纸笔为写。其人略不思虑，若宿构者，及唱又谐和声调。中观其意，皆深入至道。中疑叹，欲召之饮。其人曰："吾今日少倦，不欲饮酒。"欲辞去，曰："与子同邸，明日复相会。"中遽引其衣曰："愿闻处士之姓可乎？名则不敢问。"其人曰："吾生于江口，长于山口，即今为守谷之客，姓名不知也。"乃白中曰："吾且寝矣，其余来日言之。"则闭户。

　　傍晚见太守，具言其事，因以词示太守。太守曰："此乃隐逸高士也。"令一急脚召之。卒击户，具道太守意。其人曰："子且待之，吾将著衣而出。"久不见出，卒又击门，其人又应，已渐远。又呼，则应又愈远。再呼，则不应。排户而入，则不见人，但见壁间有字，乃录以呈太守，诗一首也。

　　　　腹内婴孩养已成，且居廛市暂娱情。无端措大多饶舌，即入白云深处行。

太守与中但叹恨尘缘相隔，不得遇真仙。中谓太守曰："问其姓名，彼答以生于江口，长于山口，即今为守谷之客，何也？"太守沉吟思虑，少选曰："吾得之矣。生于江口，长于山口，二口乃吕字也。为守谷之客，谷者洞也，客者宾也。仙之姓名晓然。"二人又嗟叹。仙翁所作之词，此乃今之所传道《沁园春》也。

欧阳参政 游嵩山见神清洞

欧阳永叔登第，授西洛留守推官，是时梅圣俞为洛阳簿，二人相得之友也。

一日，相约游嵩山，永叔遇佳处即吟咏。遇晚，永叔望西峰巨崖之巅，有丹书四字云：神清之洞。永叔乃引手指示圣俞曰："公见此四字乎？"圣俞从公所指而视之，无所见，永叔乃不言。洎乞身告老，高卧颍水，因思向四字，乃为诗曰：

　　四字丹书万仞崖，神清之洞锁楼台。烟霞极目无人到，猿鹤今应待我来。

吟诗后数日，公薨。以公之才学，乃神仙中人也。公平生不言神仙事，公岂不知也？盖公吾儒宗主，张吾道当如是也。

何仙姑续补 李正臣妻杀婢冤

道州知州周廉夫潜回阙，道由零陵，见仙姑坐中有客，风骨甚峻，顾望尤踞傲，且不揖。廉夫意似怒，其人乃引去。廉夫曰："彼何人而简傲若此？"仙姑曰："乃吕仙翁也。"廉夫急遣人追之，已不见矣。仙姑曰："仙翁意有所往，即至其地。不逾一刻，身去千里。"廉夫固问仙姑："吕仙翁今往何处？"仙姑乃四望，见仙翁在燕南府，廉夫自恨而已。

潭州李正臣多为游商，往来江湖间。妻得疾，腹中有物若巨块，时动于腹中，即痛不可忍，百术治之不愈。正臣乃往见仙姑。仙姑曰："子之妻尝杀孕婢，今腹中乃其冤也。"正臣求术治之，仙姑曰："事在有司，已有冤对，不可救也。"其腹中块后浸大，或极痛苦楚，腹裂而死。正臣视妻腹中，乃一死女子，身体间尚有四挞痕焉。异哉！

青琐高议前集卷之九

韩湘子 湘子作诗谶文公

　　韩湘,字清夫,唐韩文公之侄也,幼养于文公门下。文公诸子皆力学,惟湘落魄不羁,见书则掷,对酒则醉,醉则高歌。公呼而教之曰:"汝岂不知吾生孤苦,无田园可归。自从发志磨激,得官出入金闼书殿,家粗丰足。今且观书,是吾不忘初也。汝堂堂七尺之躯,未尝读一行书,久远何以立身,不思之甚也!"湘笑曰:"湘之所学,非公所知。"公曰:"是有异闻乎?可陈之也。"湘曰:"亦微解作诗。"公曰:"汝作言志诗来。"湘执笔,略不构思而就曰:

　　　　青山云水窟,此地是吾家。后夜流琼液,凌晨散绛霞。琴弹碧玉调,炉养白朱砂。宝鼎存金虎,丹田养白鸦。一壶藏世界,三尺斩妖邪。解造逡巡酒,能开顷刻花。有人能学我,同共看仙葩。

　　公见诗诘之曰:"汝虚言也,安为用哉?"湘曰:"此皆尘外事,非虚言也。公必欲验,指诗中一句,试为成之。"公曰:"子安能夺造化开花乎?"湘曰:"此事甚易。"公适开宴,湘预末坐,取土聚于盆,用笼覆之。巡酌间,湘曰:"花已开矣。"举笼见岩花二朵,类世之牡丹,差大而艳美,叶干翠软,合座惊异。公细视之,花朵上有小金字,分明可辨。其诗曰:

　　　　云横秦岭家何在,雪拥蓝关马不前。

公亦莫晓其意。饮罢，公曰："此亦幻化之一术耳，非真也。"湘曰："事久乃验。"不久，湘告去，不可留。

公以言佛骨事，贬潮州。一日途中，分方凄倦，俄有一人冒雪而来。既见，乃湘也。公喜曰："汝何久舍吾乎？"因泣下。湘曰："公忆向日花上之句乎？乃今日之验也。"公思少顷曰："亦记忆。"因询地名，即蓝关也。公叹曰："今知汝异人，乃为汝足成此诗。"诗曰：

> 一封朝奏九重天，夕贬潮阳路八千。
>
> 本为圣明除弊事，敢将衰朽惜残年。
>
> 云横秦岭家何在，雪拥蓝关马不前。
>
> 知汝远来深有意，好收吾骨瘴江边。

乃与湘同宿传舍，通夕议论。

湘曰："公排二家之学，何也？道与释，遗教久矣，公不信则已，何锐然横身独排也？焉能俾之不炽乎？故有今日之祸。湘亦其人也。"公曰："岂不知二家之教，然与吾儒背驰。儒教则待英雄才俊之士，行忠孝仁义之道。昔太宗以此笼络天下之士，思与之同治。今上惟主张二教，虚己以信事之。恐吾道不振，天下之流入于昏乱之域矣，是以力拒也。今因汝又知其不诬也。"公与湘途中唱和甚多。一日，湘忽告去，坚留之不可，公为诗别湘曰：

> 未为世用古来多，如子雄文世孰过？
>
> 好待功成身退后，却抽身去卧烟萝。

湘别公诗曰：

> 举世都为名利役，吾今独向道中醒。
>
> 他时定见飞升去，冲破秋空一点青。

湘谓公曰："在瘴毒之乡，难为保育。"乃出药曰："服一粒可御瘴毒。"公谓湘曰:"我实虑不脱死魂游海外,但得生入玉门关足矣,不敢复希富贵。"湘曰:"公不久即归,全家无恙,当复用于朝矣。"公曰:"此别复有相见之期乎?"湘曰:"前约未可知也。"后皆如其说焉。

诗渊清格　本朝名公品题诗

　　吴江长桥千尺,跨太湖,危亭构爽垲,登临者毛骨寒凛,乃二浙之绝境也。能诗者过亭下,俱有吟咏。苏子美有《长桥赏月》之诗。诗曰:"云头滟滟开金饼,水面沉沉挂彩虹。"欧阳永叔称道为此桥雄壮,非此句不足称也。余向过吴江,常观诸公诗,择其佳者载于此,固足与子美并驰也。杨蟠有诗曰:"水云清骨思何赊,疑在仙源泛去槎。八十丈虹晴卧影,一千顷玉碧无瑕。几多风月输诗客,无限莼鲈属酒家。只待功成身退日,烟波深处是生涯。"郑内翰毅亦有题长桥之句云:"排天蟏蛸玉围腰,驾海鲸鲵金背高。"因诸公诗,江山益增光价。

　　润州金山寺,张祜以江防留题二篇,虽名贤经过,缩手袖间,不敢落笔。盖兹山居大江中,迥然孤秀,诗意难见其寺与山,出于水中之意也。祜诗久为绝唱云:"寺影中流见,钟声两岸闻。"罗隐有《题金山》之句。诗云:"老僧参罢关门后,不管波涛四面生。"孙山亦有诗二句云:"结寺孤峰上,安禅巨浪间。"亦可亚前二人之诗也。

　　南岳祝融峰上寺,留题甚众。谢安有诗曰:"云湿幽谷滑,风流古木香。"僧栖岩亦有诗云:"闲云四边尽,浮世一齐低。"惟先生周载之什题绝其意云:"五千里地望皆见,七十二峰中最高。"全楚之地五千里,南岳七十二峰,祝融最高也。

　　润州甘露寺有三贤亭,乃刘备、曹操、孙权曾会于此,故罗隐有诗曰:"汉鼎未分聊把手,楚醪虽美肯同心?"过亭者心服焉。

衡州耒阳县有杜甫祠堂,寒江古源,设像存焉。留咏莫知其数,欧阳永叔尤称赏徐介之休,诗曰:"天接汨罗水,江心无所存。固交工部死,来往大夫魂。流落同千古,风骚共一源。消疑伤往事,斜月隐颓垣。"

陆子履经为山阳令,有《言怀》诗云:"薄有田园归去好,苦无宦况早来休。"士君子莫不赏味其意。

古人有《早行》诗云:"主人灯下别,骑马月中行。"前人亦有《早行》诗云:"旅人心自急,公子梦尤迷。"惟江东逸人王衮之句云:"高空有月千门闭,大道无人独自行。"兹乃出类之格。又有《拄杖》句云:"探水卓破金鳌头,拨云敲断老虎脚。"其逸俊豪迈可见矣。

永叔尝言苦吟句云:"一句坐中得,片心天外来。"兹所谓苦吟破的之句也。永叔有《月砚》诗云:"老蚌吸月月降胎,水犀散星星入角。彤云砾石变灵砂,白虹贯日生美璞。"物理相感,则如是焉。子美深穷其趣也,为永叔之所称道。永叔尝言:"子美才思潇洒,无毫发尘土气。"

湘南诗僧文喜为《失鹤》诗云:"一向乱云寻不得,几番临水待归来。"僧曾以此诗上潭州刘相,大见称赏。河北僧清晤《春月即事》诗云:"鸟归花影动,鱼触浪痕圆。"又有《郊外野步》诗云:"叠波漾层汉,残阳补断霞。"僧以诗上贾侍中褒,称为佳句。

范文正《采茶歌》为天下传诵。蔡君谟暇日与希文聚话,君谟谓公曰:"公《采茶歌》脍炙士人之口久矣,有少意未完,盖公方气豪俊,失于少思虑耳。"希文曰:"何以言之?"君谟曰:

"公之句云:'黄金碾畔绿尘飞,碧玉瓯中翠涛起。'今茶之绝品,其色甚白,翠绿乃茶之下者耳。"希文笑谢曰:"君善知茶者也,此中吾诗病也,君意何如?"君谟曰:"欲革公诗之二字,非敢有加焉。"公曰:"革何字?"君谟曰:"绿翠二字也。"公曰:"可去。"曰:"黄金碾畔玉尘飞,碧玉瓯中素涛起。"希文喜曰:"善哉!"又见君谟精于茶,希文服于义。议者曰:希文之诗为天下之所共爱,公立意未尝徒然,必存教化之理,他人不可及也。

濮州杜默当年自为三豪,言默豪于歌。石守道赴诏作太学直讲,作六字歌送之。举其警句云:"仁义途中驰骋,诗书府里从容。头角惊杀虾蟹,学海波中老龙。爪距逐出狐兔,圣人门前大虫。推倒杨朱墨翟,扶起孔子周公。一条路出瓮口,几程身寄云中。水浸山影倒碧,春著花梢半红。"因此歌得在三豪之列。又有上欧阳永叔诗云:"一片灵台挂明月,万丈词艳飞长虹。乞取一杓凤池水,活得久旱湍泥龙。"其豪壮皆此类也。

诗谶 本朝名公诗成谶

王禹偁曾作《病鹤》诗云:"埋瘗肯为鸿雁侣?飞鸣不到凤凰池。"以文学才藻历显官、登金门、上玉堂,不为难也。竟不与,其兆即见于诗矣。余友张行退翁,都下人也。幼好学,与当世豪杰曳长裾、游场屋,籍籍有声,自为□□□□。禹偁心有屠龙夺明珠志,不售于有司,终莫能成就,已见于诗乎!公有《言怀》诗云"名教随分乐,天赐一生闲"之句。

时衡州天庆观主石道士有《春月泛舟》诗云:"石压笋斜出,崖悬花倒生。"后刺史入观,怒其不扫庭宇,挞之。此辱亦先见其前诗意也。刺史知其能诗,乃召之,以言抚之。又为诗

上刺史,诗云:"春来不是人慵扫,为惜苍苔衬落花。"刺史悔
焉。欲召之饮,石复有诗上刺史云:"敲开败箨露新竹,拾上落
花妆旧枝。"其诗尤为湘人所慕爱。吁!守令之权,固足以辱
人;怒忿之气,弗明善恶,则致之于有过之地,既往从而悔焉,
亦其谬也。

荔枝诗　鬼窃荔枝题绝句

　　治平二年,长沙赵琪作广东提刑。提刑公宇在韶州,其公
宇西轩有荔枝数本,非常繁盛,实熟时,色夺晴霞。中夏,荔枝
方熟,琪将召刺史醉赏。一夕,荔枝皆空,皮核满地,琪深讶
之。乃开西轩,见西壁有诗一绝云:"吾侪今日会佳宾,满酌洪
钟酒数巡。狼藉薰风不知晓,荔枝又是一翻新。"后寂无所见。

青琐高议前集卷之十

王幼玉记 <small>幼玉思柳富而死</small>

淇上柳师尹撰

王生,名真姬,小字幼玉,一字仙才,本京师人,随父流落于湖外。与衡州女弟女兄三人皆为名娼,而其颜色歌舞,角于伦辈之上,群妓亦不敢与之争高下。幼玉更出于二人之上,所与往还皆衣冠士大夫,舍此虽巨商富贾,不能动其意。

夏公酉<small>夏贤良名噩,字公酉。</small>游衡阳,郡侯开宴召之。公酉曰:"闻衡阳有歌妓名王幼玉,妙歌舞,美颜色,孰是也?"郡侯张郎中公起,乃命幼玉出拜。公酉见之,嗟吁曰:"使汝居东西二京,未必在名妓之下,今居于此,其名不得闻于天下。"顾左右取笺,为诗赠幼玉。其诗曰:

真宰无私心,万物逞殊形。嗟尔兰蕙质,远离幽谷青。清风暗助秀,雨露濡其泠。一朝居上苑,桃李让芳馨。

由是益有光。

但幼玉暇日常幽艳愁寂,寒芳未吐。人或询之,则曰:"此道非吾志也。"又询其故,曰:"今之或工或商、或农或贾、或道或僧,皆足以自养。惟我傅涂脂抹粉,巧言令色,以取其财,我思之愧赧无限,逼于父母姊弟,莫得脱此。倘从良人,留事舅姑,主祭祀,俾人回指曰:'彼人妇也。'死有埋骨之地。"

会东都人柳富,字润卿,豪俊之士,幼玉一见曰:"兹吾夫也。"富亦有意室之。富方倦游,凡于风前月下,执手恋恋,两不相舍。既久,其妹窃知之。一日,诉富以语曰:"子若复为向时事,吾不舍子,即讼子于官府。"富从是不复往。

一日,遇幼玉于江上,幼玉泣曰:"过非我造也,君宜以理推之,异时幸有终身之约,无为今日之恨。"相与饮于江上。幼玉云:"吾之骨,异日当附子之先陇。"又谓富曰:"我平生所知,离而复合者甚众,虽言爱勤勤,不过取其财帛,未尝以身许之也。我发委地,宝之若金玉,他人无敢窥觊,于子无所惜。"乃自解鬟,剪一缕以遗富。富感悦深至,去,又羁思不得会为恨,因而伏枕。幼玉日夜怀思,遣人侍病。既愈,富为长歌赠之云:

紫府楼阁高相倚,金碧户牖红晖起。其间燕息皆仙子,绝世妖姿妙难比。偶然思念起尘心,几年谪向衡阳市。阿娇飞下九天来,长在娼家偶然耳。天姿才色拟绝伦,压倒花衢众罗绮。绀发浓堆巫峡云,翠眸横剪秋江水。素手纤长细细圆,春笋脱向青云里。纹履鲜花窄窄弓,凤头翘起红裙底。有时笑倚小栏杆,桃花无言乱红委。王孙逆目似劳魂,东邻一见还羞死。自此城中豪富儿,呼僮控马相追随。千金买得歌一曲,暮雨朝云镇相续。皇都年少是柳君,体段风流万事足。幼玉一见苦留心,殷勤厚遗行人祝。青羽飞来洞户前,惟郎苦恨多拘束。偷身不使父母知,江亭暗共才郎宿。犹恐恩情未甚坚,解开鬟髻对郎前。一缕云随金剪断,两心浓更密如绵。自古美事多磨隔,无时两意空悬悬。清宵长叹明月下,花时洒泪东风前。怨入朱弦危更断,泪如珠颗自相连。危楼独倚无人会,新书写恨托谁传?奈何幼玉家有母,知此端倪蓄嗔怒。千金买醉嘱佣人,密约幽欢镇相误。将刀欲加连理枝,引弓欲弹鹡鸰羽。仙山只在海中心,风逆波紧无船渡。桃源去路隔烟霞,咫尺尘埃无觅处。郎心玉意共殷勤,同指松筠情愈固。愿郎誓死莫改移,人事有时自相遇。他日得郎归来时,携手同上烟霞路。

富因久游,亲促其归。幼玉潜往别,共饮野店中。玉曰:"子有清才,我有丽质,才色相得,誓不相舍,自然之理。我之心,子之意,质诸神明,结之松筠久矣。子必异日有潇湘之游,我亦待君之来。"于是二人共盟,焚香,致其灰于酒中,共饮之。是夕同宿之江上。翌日,富作词别幼玉,名《醉高楼》。词曰:

人间最苦,最苦是分离。伊爱我,我怜伊。青草岸头人独立,画船东去橹声迟。楚天低,回望处,两依依。

后会也知俱有愿,未知何日是佳期?心下事,乱如丝。好天良夜还虚过,辜负我,两心知。愿伊家,衷肠在,一双飞。

富唱其曲以沽酒,音调辞意悲惋,不能终曲,乃饮酒相与大恸。富乃登舟。

富至辇下,以亲年老,家又多故,不得如其约,但对镜洒涕。会有客自衡阳来,出幼玉书,但言幼玉近多病卧。富遽开其书疾读,尾有二句云:"春蚕到死丝方尽,蜡烛成灰泪始干。"富大伤感,遗书以见其意云:

忆昔潇湘之逢,令人怆然。尝欲挐舟泛江一往,复其前盟,叙其旧契,以副子念切之心,适我生平之乐。奈因亲老族重,心为事夺,倾风结想,徒自潇然。风月佳时,文酒胜处,他人怡怡,我独惚惚,如有所失。或凭酒自释,酒醒情思愈彷徨,几无生理。古之两有情者,或一如意,一不如意,则求合也易。今子与吾两不如意,则求偶也难。君更待焉,事不易知,当如所愿。不然,天理人事果不谐,则天外神姬,海中仙客,犹能相遇,吾二人独不得遂,岂非命也!子宜勉强饮食,无使真元耗散,自残其体,则子不吾见,吾何望焉!接子书,尾有二句,吾为子终其篇云:

> 临流对月暗悲酸,瘦立东风自怯寒。

> 湘水佳人方告疾,帝都才子亦非安。

> 春蚕到死丝方尽,蜡烛成灰泪始干。

> 万里云山无路去,虚劳魂梦过湘滩。

一日,残阳沉西,疏帘不卷,富独立庭帏,见有半面出于屏间,富视之,乃幼玉也。玉曰:"吾以思君得疾,今已化去,欲得一见,故有是行。我以平生无恶,不陷幽狱,后日当生兖州西门张遂家,复为女子。彼家卖饼,君子不忘昔日之旧,可过见我焉。我虽不省前世事,然君之情当如是。我有遗物在侍儿处,君求之以为验。千万珍重!"忽不见。富惊愕,但终叹惋。异日有过客自衡阳来,言幼玉已死,闻未死前嘱侍儿曰:"我不得见郎,死为恨。郎平日爱我手、发、眉、眼,他皆不可寄附,吾今剪发一缕,手指甲数个,郎来访我,子与之。"后数日,幼玉果死。

议曰:今之娼,去就徇利,其他不能动其心,求潇女、霍生事,未尝闻也。今幼玉爱柳郎,一何厚耶?有情者观之,莫不怆然。善谐音律者,广以为曲,俾行于世,使系于牙齿之间,则幼玉虽死不死也。吾故叙述之。

王彦章画像记 记王公忠勇节义

欧阳参政撰

太师王公讳彦章，字子明，郓州寿张人。仕梁为宣武军节度使，以身死国，葬于郓州之莘城。唐天福二年时，赠太师。王公素以忠勇闻，梁、唐之争百战，其为勇将多矣，而唐人独畏彦章。自乾化后常与晋战，屡困庄宗于河上。及梁末年，小人赵岩等用事，梁之大臣老将，多以谗间见逐而不用，梁亦尽失河北。事势已去，诸将多怀顾望。独公奋然，自不少屈，志虽不就，卒死忠节。公既死，而梁亦亡，悲夫！

五代始终才五十年，而更十二君，五易国而八姓。士之不幸而出乎其时，能不污其身得全其节者鲜矣。公本武人，而不知书，其语质直，常谓人曰："豹死留皮，人死留名。"盖其义勇忠信，出于天性而然。予于五代书，窃有善善恶恶之心，及观公传，未尝不感愤叹息。惜乎旧史残略，不能集公之事。

康定元年，予以节度判官来此，求于滑，得公之孙睿所录家传，颇多于旧史。其记战胜攻取皆详。又言：敬拜末帝，不肯用公，公欲自经于帝前。公因用笏画山川形胜，历历可据。又言：公有五子，其二同公死节。此皆旧史无之。又闻：公在滑州，以谗自归于京师。史云召之。是时梁兵尽属段凝，京师羸兵不满数千，公选五百人保銮舆往郓州，以力寡败于中都。而史云将五千以往者，非也。公之决胜，期三日破敌。梁之将相闻者皆窃笑。及破南城，果三日。是时唐庄宗在魏，闻公复用，料公必速攻，自魏驰马来救，已不及矣，庄宗之料敌，公之善出奇兵，何其神哉！今国家罢兵四十年，一旦王元昊反，败军没将，而攻守之计至今未决。予尝独持攻守之说，而叹边将屡失其机,时人闻予说者,或笑以为狂惑,忽而不听。虽予亦惑不能自信,及读公传,知战胜攻取一出于奇,然后能胜。然非审于为计者不能出奇。奇在速,速在果,此天之伟才男子之所为,非拘牵常策之士所到也。

每读其传,未尝不想见其人。二年,予复来通判州事。岁之正月,予过此俗所谓铁枪寺者,又得公画像而拜焉。其像岁久磨灭,隐隐可见,亟命工完理之,他不敢有加焉,惧失其真也。公善用铁枪,时人号为王铁枪。公死已百年,至今人犹以名其寺,儿童牧竖皆知王铁枪蜀良将也。一枪之勇,同时岂无? 而公独不朽者,岂其忠义之节使然欤? 像百余年矣,葺之复可百余年,然名之不泯者,不系乎画之存否也。而尤区区如此者,盖感仰希慕之至焉耳。读其书尚想其人,况得拜其像,识其面目,不忍见其坏也。

画甫完,予题数言于后而归其人,使之藏焉。嘉祐五年十一月一日立石。

议曰:取彼谗者,投畀豺虎。豺虎不食,投畀有北。有北不受,投畀有昊。疾之也。梁攻庄宗,保銮舆,兵争得,有严敌,旦暮见破其城,屠其民,杀其身,毁其宗庙,而信谗者之言,夺勇将之兵,付庸愚之手,卒败大事。甚哉谗邪之能覆人之国也。悲夫!

曹太守传 曹公守节不降贼

曹觐,字觌道,东鲁人也。以诗礼名家,中高第,行义恢伟,所至有美声。皇祐年,为康州刺史。会蛮獠侬智高乘天下久太平,二广无武备,泉邑泛舟,旌旗锐鼓,震川而下。守令仓卒不暇支吾,皆弃城窜伏山谷。獠贼若入无人之境,所至烧屠,居民流散,被其害者甚众。惟公谓左右曰:"刺史吾职也,义不可去。使吾得数百人,抽肠溅血,必破此贼。"乃募城中兵民愿行者,诱以重赏,无一人应者。

贼压境,举州官吏溃散,惟一主簿泣在公旁,公曰:"汝有家,宜去。汝死于贼,亲孰依倚? 可急去避祸,无留也。"主簿又泣曰:"公以一身,又安能御贼? 愿公避之。今避者非公一人也,公何苦若是? 公以一身死贼,无益于事。"又泣告。公曰:"吾受命守此州,安可临难而自免? 岂有天子吏避贼者乎? 子有亲,急去,无空守吾也。"比至,主簿泣而去。洎贼入府,公乃厉声谓贼曰:"天子封汝等官,岁以缯絮币帛加赐与汝,汝等以岁入朝贡,朝廷亦甚嘉美汝等,何敢无故辄离巢穴,剽掠郡县,杀害民吏,惊恐边幅。一旦天子怒,命一将将兵数千,断汝归路,汝等俱死锐兵之下,虽欲归诚,安可得也! 尔等可相率丑类,亟还巢穴。"公乃瞋目振怒叱之。兵少却,公怒骂不止,竟为乱兵所杀。至死大骂不息。

公之生子方数月,贼入府,妻乃遁,弃其子于府后竹园中。后三日贼过,其妻还视其子,尚呱呱然泣在草中,乃复乳育之。天子加美嗟叹,以重爵加其子,欲延纳之,旌其忠以大其门。后赠公之诗者甚众,惟鲁公参政之诗,格老气劲,杰出众诗之上。诗曰:

> 款军樵门日再晡,空拳犹自把戈铁。
>
> 身垂虎口方安坐,命若鸿毛竟败呼。
>
> 柱下杲卿曾断骨,袴中杵臼得遗孤。
>
> 可怜三尺英雄气,不怕山西士大夫。

青琐高议后集卷之一

大姆记 因食龙肉陷巢湖

究地理，今巢湖，古巢州也。或改为巢邑。一日江水暴泛，城几没。水复故道，城沟有巨鱼，长数十丈，血䰄金鳞，电目赭尾，困卧浅水，倾郡人观焉。后三日，鱼乃死。郡人裔其肉以归，货于市，人皆食之。

有渔者与姆同里巷，以肉数斤遗姆，姆不食，悬之于门。一日，有老叟霜鬓雪须，行步语言甚异，询姆曰："人皆食鱼之肉，尔独不食悬之，何也？"姆曰："我闻鱼之数百斤者，皆异物也。今此鱼万斤，我恐是龙焉，固不可食。"叟曰："此乃吾子之肉也，不幸罹此大祸，反膏人口腹，痛沦骨髓，吾誓不舍食吾子之肉者也。尔独不食，吾将厚报尔。吾又知尔善能拯救贫苦，若东寺门石龟目赤，此城当陷。尔时候之，若然，尔当急去无留也。"叟乃去。

姆日日往视，有稚子讶母，问之，姆以实告。稚子欺人，乃以朱傅龟目，姆见，急去出城。俄有小青衣童子曰："吾龙之幼子。"引姆升山，回视全城陷于惊波巨浪，鱼龙交现。

大姆庙今存于湖边，迄今渔者不敢钓于湖，箫鼓不敢作于船。天气晴明，尚闻水下歌呼人物之声。秋高水落，潦静湖清，则屋宇阶砌，尚隐见焉。居人则皆龙氏之族，他不可居，一何异哉！

大姆续记 盗贼不敢过巢湖

治平年间,有辖舟王潜济湖。潜方半醉,调小管自娱。时湖风清细,调闻数里。他舟皆至于岸,惟潜舟泛泛湖中,不能及焉。潜惧,舍管,与舟人望庙拜祷谢过,他舟亦为之祷焉,舟方抵岸。不月,妻死,潜被罪流远方。

谚曰:"过湖三升米,不然五石粟。"意谓美人君子忠信仁义,则神佑以清风,一日可济。苟行有欺于人,心或负于神,则顺风莫可得,舟舣岸数日亦不可知,此五石粟之意也。古人之言云:"子若作盗去,无往巢湖住。"兹盖神之明正,不容盗贼践其境也。迄今虽鼠窃狗偷,不敢游过湖焉。

陷池 曹恩杀龙获天谴

《郴州图经》:去州二千里有陷池,向有民家杀龙子,一夕,大风雷,全家乃陷。

《风俗记》:郴人曹恩家有男,捕于水,得鱼长三四尺,烹之。置鱼于釜,釜辄铿然,复沃地,置釜,釜又破。恩弗为异,鲙而烹食之。俄有怪云若积墨,起于岭上,雷声隐隐,随之烈火发于屋,恩驰走去,屋乃陷。比邻之民见一吏擒恩回,一吏读案云:"曹恩性原残狠,心类狼虎,破釜不疑,顾神灵如土块,持刀自若,戾极凶狠,不可矜恕。"乃掷恩于陷池,比邻皆见焉。陷池阔不逾一亩,澄泓黑色,其源无穷。渔者常以千丈丝垂之,不极其底。迄今风晦,尚闻人言语,鸡犬鸣吠。岁旱,民驱牛入于池,有顷,雷雨大作,俗呼为洗池雨。

议医　论医道之难精

夫医之为道,尤难于他术,从来久矣。方其疾也,虽金玉满堂,子弟骨肉环围,莫能为计,必得良医以起之。即医之为功非小焉,主执人之性命者也。此所以良医患少,而庸医患多也。不意人疾为庸医所持,反覆寒热,弗辨形脉,是亟其疾使加焉,则从而失者有之。余尝患其若是,前集尝言之矣,意不为诸君得也,诚欲士君子治病得其人云耳。

孙兆殿丞　孙生善医府尹疾

治平年间,有显官权府尹事,忘其名。一日坐堂决事,人吏环立,尹耳忽闻风雨鼓角声。顾左右曰:“此何州郡也?”吏对以天府。尹曰:“若然,吾乃病耳。”遂召孙公往焉。公诊之,乃留药治之。翌日,尹遂如故。尹召问曰:“吾所服药切类四味饮?”公曰:“是矣。”尹云:“始虑为大患,服此药立愈,其故何也?”公曰:“心脉大盛,肾脉不能归经耳。以兹凉心,则肾脉复归经络,乃无恙。”公之医高出于众人,寻常皆如是。众人难之,公以为易;众人易之,公以为难:真世之良医也。

杜任郎中　杜郎中世之良医

余常闻里人王奉职云:仁庙时仕于汶阳,时有郡人孟生者温厚,惟一子方数岁,得疾,他医数人治之无效。召杜任治之,数日而良已,逾月而平复。孟亦知医,询公曰:“君以何药主之?”公曰何药也。孟惊曰:“公所言皆剂之至温者,他人不取,君独用之,而能起疾,其义可闻乎?”公曰:“君富家也,众医皆用犀珠金箔主之,其性至凉,凉则寒其胃,由是多不喜食,日益羸瘠，元气既损，则至于死矣。吾之剂则先温其胃，使其饮食如故，然后攻其他疾，是先壮其本，而后攻其疾者焉。”固知杜君之善医也如此。今翰苑互相淬磨，究明经书，医者甚众，如曹应之、胡院谏皆良医也。

本朝善卜　苗达善卜赐束帛

仁庙时，后苑有水亭将坏，方议修整，帝以记年月日，诏苗达而问焉。达乃筹于帝前，奏云：“若人，则其人见病，必恐不起。如物，则将坏之兆。”帝甚喜，以束帛赐之，以旌其术。

胡僧善相　执中遇胡僧说相

丞相陈公执中，改官授端州刺史，溯江而上，至于洪、吉之间，阻风数日。晚岸幽寂，公徐徐闲步。遇胡僧，卷鼻目耸，金环贯耳，揖公，公坐，命之坐于岸。僧谓公曰：“公虎目凤鼻，骨方气清，身当极贵。”公知其异，前席询之。僧云：“气欲伏，不欲发；骨欲细，不欲露。肉贵厚而莹，发宜黑而光。目欲相去远，黑白分明；眉欲秀而浓，相对而起。口红润而方，鼻隆高而贯，面方而莹泽，耳厚而隐伏，身肌重厚，举动详审，皆相之美者也。夫相美于外，不若美于内。美于外，人所共有；美于内，人所难全。内外全美，是为大人。公相甚奇，但公虎目猿身，平地非能为也。当有攀附，然后有所食，公不日位极卿相。”公曰：“如师言，不敢相忘。”僧求纸为诗赠公，诗曰：“虎目猿身形最贵，只因攀附即升高。知君今向端溪去，助子清风泛怒涛。”僧乃指公曰：“请入舟中，顺风将至。”僧遂与公相揖而别，乃登舟，张帆去。公回顾，僧犹岸上祝公曰：“保重。”

公后显用，皆仁庙拔擢，至于相，果如僧言，一何异也。

画品　欧阳泝善画赠诗

欧阳泝与予有二纪之旧，从游固非一日也。泝初甚好学，屡求荐于有司，久而未售。回顾亲老族重，囊无百金之直，乃拊髀叹曰："大丈夫生当重裀卧，列鼎食，设使为白首博士，有何足道哉！吾且事父母，畜妻子，然后言昔日之志。"因写丹青，尤工传神，落笔神奇，想入心匠，移之缣素，迥夺天真，既得乎生平之容，又全乎言笑之和，一时妙手，皆出其下。士君子推重焉。名公多以诗赠之，但载二篇。杨著作杰诗曰："国手曾烦写几回？无人仿佛醉颜开。青铜镜里寻常见，不谓君从笔下来。"刘文毅又有诗曰："妙笔君今第一人，心欺造化夺天真。精明形骨从来一，移入青缣作两身。"

议画　论画山石竹木花卉

画山水则贵乎石老而润，水淡而明，泉石分乎高下，山川辨乎远近，野径萦纡，云烟出没，千里江山，尽归目下，乃其妙也。

画松竹则贵乎势傲烟霞，气凌霜雪，怪节枯藤，直干森空，虬枝蟠曲，倒缠龙蛇，偃盖低欹，如藏风雨，即其妙也。

画龙则贵目生威武，朱须激水，鳞甲藏烟，爪牙快利，点其睛则当飞去，于水则起云雷，尽其妙也。

画楼阁贵乎万木拱合，群屋鳞鳞，槛植周环，基局高下，良工望之，不敢伸手，尽其妙也。

画花草贵乎妙破天工，偷回真造，幽轩四序有春，东君不能施巧，尽其妙也。

凡画鬼无常形，人所未见，故易为工矣。于人鸟花木翎毛,皆所常见,即难得其真。古今名笔,士君子皆好焉,余少道其大概而已。

狄方　李主遣鬼取名画

狄方,西洛人,好蓄古物,有画牛一轴,不知几年也。一童牧一牛,旁有草庵,方不以为奇异。一日,悬之于壁,夜偶执烛照之,则牧童卧于庵中,方因以惊。明日视之,则童立牛旁。夜复视之,仍入屋。方自此宝之。有善画者过门,方出而示之,云:"此画入神,绝世之物也。"

一日,有客谒方曰:"知子有奇画,可得见乎?"方示之。客曰:"愿以百金购之。"方云:"虽万金不愿易也。此吾家神物也。"客曰:"此江南李主库中物也,国破不知所之,主遣吾求之数年未获。子不诺,后必失之。"由是方锁于箧,出入自随,非亲友莫得见焉。

一日,方之友人钱淳与方不相见数年,惠然来谒。坐久,叩方曰:"知子得绝笔,淳颇识之高下。"方取以示淳,淳看毕乃怀之,掷金十星于地曰:"吾为李主取画,金特偿之。"出门不见。方大悔恨,卧病久方愈。后有人言淳死已久矣。

青琐高议后集卷之二

太祖皇帝 不拜佛永为定制

太祖皇帝初幸相国寺,至佛像前烧香,问当拜与不拜。僧赞宁曰:"不当拜。"问其何故,对曰:"见在佛不拜过去佛。"适会上意,遂微笑颔之,因以为定制。至今行幸焚香皆不拜,议者以为得礼。

唐明皇 出猎以官为酒令

唐明皇居东宫日,出猎逐兔,马决入他人苑,左右皆不能制。隐隐望山洞轩中有人语笑,乃下马系古槐,独步而行。见五六人,皆衣冠子弟辈,聚饮其中。众不知是明皇,俱起揖。帝辄居主位。中有愠帝居上坐,颇不乐,一人乃起白曰:"鄙夫有令,能如令,方可举杯。"帝曰:"何令也?"曰:"以祖上官甚崇者先饮。"帝方渴,乃索酒,其人曰:"愿闻祖先官爵。"帝曰:"吾饮而后言。"乃饮一大卮云:"曾祖天子,祖天子,父天子,见今是太子。"乃上马。众随而视,见联钱金勒,双龙绣鞯,马走如飞,众方惊也。

王荆公 士子对荆公论文

王荆公介甫退处金陵,一日,幅巾杖屦,独游山寺,遇数客盛谈文史,词辩纷然。公坐其下,人莫之顾。有一客徐问公曰："亦知书否？"公唯唯而已。复问公何姓，公拱手答曰："安石姓王。"众人惶恐，惭俯而去。

李太白 跨驴入华阴县内

唐李白，字太白。离翰苑，适远游华山，过华阴，县宰方开门判案决事。太白乘醉跨驴入县内，宰不知，遂怒命吏引来。太白至厅亦不言。宰曰："尔是何人，安敢无礼？"太白曰："乞供状。"宰命供，太白不书姓名，只云："曾得龙巾拭唾，御手调羹，力士抹靴，贵妃捧砚。天子门前尚容吾走马，华阴县里不许我骑驴。"宰见大惊，起愧谢揖曰："不知翰林至此，有失迎谒。"欲留，太白不顾，复跨驴而去。

李侍读 善饮号为李方回

李侍读仲容魁梧善饮，两京号为李方回。真宗饮量，近臣无拟者，欲敌饮，则召公。公常寡谈，颇无记诵，酒酣则应答如流。

一夕，真宗命巨觥，俾满饮，欲观其量。因饮大醉，起固辞曰："告官家，荐巨器。"上乘醉问之："何故谓天子为官家？"遽对曰："臣尝记蒋济《万机论》言：三皇官天下，五帝家天下。兼三五之德，故曰官家。"上甚喜，从容数杯。上又曰："真所谓君臣千载遇。"李亟曰："惟有忠孝一生心。"纵冥搜亦不及此。

范文正 不学方士干汞术

范文正公仲淹监西汉盐仓日，遇一方士甚厚，每使占卜多验，然衣食自足，无所求于公。

方士寄僧舍，一日病，遣人谓公曰："自料病不起，愿公一顾，当以后事奉托。"公亟往视之。方士曰："感公厚待，今垂死，止有子八岁，不免奉累。某有干汞术，未尝语人，仍有药银二百两在箧中，愿公为殡，余者并术献公。"公曰："一一如教，但术则不愿见，银亦不愿取。"坚请方士自封识，仍书年月其上。

明日，方士卒，公以所留银备后事毕，育其孤如己子，人莫知其为方士之子也。至十八岁，教诲备至，颇能属文。公一日语之曰："汝非吾子，乃方士某人之子也。"其子泣不愿去，公曰："汝父有手书在。"即取所藏葬银及干汞术授之，封识如故，公亦未尝省也。

直笔　不以异梦改碑铭

文正公知庆州日，有人以碑铭托公者，公为撰述，衾缘及一贵人阴事。一夕梦贵人告曰："某此事实有之，然未有人知者，今因公之文，遂暴露矣，愿公改之。"公梦中谢曰："隐公此事，则某人当受恶名；公实有此，我非谀人者，不可改也。"贵人即以语恐公曰："公若不改，当夺公长子。"公曰："死生，命也。"未几，长子纯佑果疾卒。又梦贵人曰："公竟改否？若不改，当更夺公一子。"公又曰："死生，命也。"俄而次子纯仁亦病。此两梦贵人甚有倨色。

既而又梦，贵人乃以情告曰："公长子数当尽，我岂能夺，今告公为我改之，公次子行安矣。"公卒不改，纯仁数日遂安。后至丞相。公之刚直足可见也。

王荆公　不以军将妻为妾

王荆公介甫知制诰日，吴夫人为买一妾，荆公见之曰："何

物女子?"对曰:"夫人令执事左右。"曰:"汝谁氏?"曰:"妾夫为
军大将,部运米失舟,家资尽没,犹不足,又卖妾以偿。"公愀然
曰:"夫人用钱几何得汝?"曰:"九十万。"公呼其夫,令为夫妇
如初,尽以钱赐之。

司马温公 不顾夫人所买妾

司马温公从襄颍公辟为太原府通判日,尚未有子,颍公夫
人言之,为买一妾,公殊不顾,夫人疑有所忌也。一日,教其妾
曰:"俟我出,汝自妆饰往书院中。"冀公一顾也。妾如其言,公
讶曰:"夫人出,汝安得至此?"亟遣之归内。

评曰:古之仁人君子不迩声色如此,皆是学力充足。吁!
不欺暗室,不愧屋漏,温公之谓欤!

张乖崖 出嫁侍姬皆处女

王筠、李顺乱蜀之后,凡官于蜀者,多不挈家以行,至今成
都知府犹有此禁。张詠知益州,单骑赴任,是时一府官属惮张
之严峻,莫敢蓄婢媵。张不欲绝人情,遂自置侍婢以侍巾帻,
自此官属稍置侍姬矣。张在蜀四年,被召还阙。呼婢父母,出
资以嫁之,皆处女也。

汤阴县 未第时胆勇杀贼

张乖崖未第时,尝过汤阴县,县令赐束帛万钱,张即时负
之于驴,与小童驱而归。或谓曰:"此去遇夜道店,陂泽深奥,
人烟疏远,可俟伴偕行。"张曰:"秋冷矣,亲老未授衣,安能少
留耶?"但淬一短剑而去。

行三十余里,日已暮,止一孤店,惟一翁泊二子,见张甚

喜,密相谓曰:"今夜好个经纪。"张窃闻之,亦心动,因断柳枝若合拱者为一培,置室中。店翁问曰:"待此何用?"张曰:"明日早行,聊为之备耳。"夜始分,翁命其子呼曰:"鸡已鸣,秀才可行矣。"张不答,即来推户。张先以坐床拒左扉,以手拒右扉,店夫既呼不应,即再三排门。张忽退立,其人闪身踉跄而入,张摘其首,毙之,曳入闼。少时,次子又至,如前复杀之。张持剑往视翁,方燎火爬痒,即断其首。老幼数人,并命于室。呼童牵驴出门,乃纵火焚店,行二十里始晓。后来者曰:"前店人失火。"

张齐贤　从群盗饮酒食肉

张齐贤布衣时,性倜傥,有大度,孤贫落魄,尝舍道上。一日,偶见群盗十余人饮食于逆旅之间,居人皆恐惧窜匿。齐贤径前揖之曰:"贱子贫困,欲就诸公求一醉饱,可乎?"盗喜曰:"秀才乃肯自屈,何不可者! 顾我辈龊疏,恐为秀才笑耳。"即延之坐。齐贤曰:"盗者非碌碌辈所能为也,皆世之英雄耳。仆亦慷慨士,诸君何间焉?"乃取大碗,满酌饮之,一举而尽,如是者三。又取豚肩,以手擘为数段而啖之,势若狼虎。群盗视之骇愕,皆咨嗟曰:"真宰相器也。不然,安能不拘小节如此也。他日宰制天下,当念吾曹不得已而为耳。愿早自结纳。"以金帛赠之,齐贤不让,遂重负而返。

韩魏公　不罪碎盏烧须人

韩魏公在大名日,有人送玉盏二只,云:"耕者入坏冢而得,表里无纤瑕,世宝也。"公以百金答之,尤为宝玩。每开宴召客,特设一桌,以锦衣置玉盏其上。

一日召漕使,且将用之酌劝。俄为一吏误触倒,盏俱碎,坐客皆愕然,吏且伏地待罪。公神色不动,谓坐客曰:"凡物之成毁,有时数存焉。"顾吏曰:"汝误也,非故也,何罪之有?"客皆叹服公之宽厚。

公帅定武时,尝夜作书,令一兵持烛于旁。兵他顾,烛燃公须,公遽以袖拂之,而作书如故。少顷闲视,则已易其人矣。公恐吏笞之,亟呼视之曰:"勿较,渠已解持烛矣。"军中咸服其度量。

张文定 用大桶载公食物

张仆射齐贤,体质魁伟,饮食过人,尤嗜肥猪肉,每食,数斤立尽。天寿院风药黑神丸,常人服之,不过一弹丸耳,公常以十余丸为大剂,夹以胡饼食之。

淳化中,罢相知安州陆山郡,达官见公饮啖不类常人,举郡骇讶。一日,达官宴公,厨吏置一金漆大桶,窥公所食,如其物投桶中。至暮,酒浆浸渍,涨溢满桶。

时邦美 乃父生子阴德报

时邦美,阳武人也。父为郑州衙校,补军将,吏部差押纲至成都,时父年已六十四岁,母亦四十余,而未有子。母谓父曰:"我有白金百星,可携至蜀,求一妾以归,庶有子以续后。"父如其言。

既到蜀输纳讫,召一侩,谕以所求。侩俄携一女至,甚端丽,询其家世,漠然不对。侩去,女子栉头,父见以布总发,怪问之。女悲泣不已,曰:"妾乃京都人,父为雅州掾,卒于官。母子扶丧枢至此,无资,故鬻妾以办装。"父恻然怜之,遂以金并女子见其母曰："某不愿得此女,请以百星金助行。"掾妻号泣拜谢。父又为干行计,明日遂发道中,亲护其丧,事掾妻如部曲。到都城,为儗居殡殓毕,然后归阳武。

妻问置妾之状,具以实告。未几有娠。一夕,梦有一人被金紫者,又数人被褐,径入堂后,衣金紫者留中堂。及旦,邦美生,堂后一犬生九子,故邦美小名十狗。后举进士第一,官至吏部尚书,乃父之阴德明验也。

崔先生　葬地遗识天子至

玄宗猎于温泉之野,鹘飞兔走,御骑骏决,疾驰约二十里,左右多不能从,独白云先生张约趋行。帝缓辔过小山,见新坟在其上,先生顾视久之。帝曰："如何?"先生曰："葬失其地。"曰："何以言之?"先生曰："安龙头,枕龙角,不三年,自消铄。"俄有樵者至,帝因问:"何人葬此?"樵曰:"山下崔巽葬地。"乃令引至巽家。巽子尚衣斩衰,不知帝也,乃延入坐。帝曰:"山上新坟何人也?"尚曰:"父亡,遗言葬此。"帝曰:"汝父误葬,此非吉地。汝父遗言何说?"尚曰:"父存日有言曰'安龙头,枕龙耳,不三年,万乘至。'"帝惊顾嗟叹称美。先生曰:"臣学术未精,且还旧山。"帝复召崔巽子,免终身差役。

议曰:地理古无有也,及后世用之,山水向背,其吉凶亦从而生矣。如龙耳龙角,相去非远,由所见之说,祸福千里矣。今人若用庸人迁葬,得不误之乎?

青琐高议后集卷之三

小莲记 小莲狐精迷郎中

　　李郎中,忘其姓名,京师人。家豪,屡典郡。公为人瑰伟,厚自奉养。嘉祐中售一女奴,名曰小莲,年方十三,教以丝竹则不能,授女工则不敏。数日,公欲复归之老姬,女奴泣告曰:"傥蒙庇育,后必图报。"公亦异其言,久而稍稍能歌舞,颜色日益美艳。公欲室之,则趋避。异时诱以私语,则敛容正色,毅然不可犯。公意欲亟得,乃醉以酒,一夕乱之。明日谢曰:"妾菲薄,安敢自惜,顾不足接君之盛。"乃再拜,自兹公大惑之。公妻孙氏贤,亦不禁公。

　　一夕月晦,侍公寝,中夜不见。公惊,秉烛求之,庖厨井厕俱不见。公意其与人私,颇愤。至晓方至,怒甚,欲加棰,且询所往。小莲曰:"愿少选,当露底隐于公。"公引于静室,诘之,曰:"今日不幸见拙于长者,不敢隐讳,则手足俱见。妾非人也,非鬼也,容尽陈委曲。妾自愧,固当引去,公若怜照,不加深究,则永得依附,以报厚意。"公曰:"他皆可恕,汝何往而不我报也?"泣曰:"妾非敢远去,惟每至晦夕,例参界吏,设或不至,坐贻伊戚,亦若民间之农籍,自有定分也。"公终疑焉。

　　又至月晦,公开宴,以醇酒醉之,小莲熟寐,高烛四列,公自守之。将晓,攫然而兴曰:"公私我厚,使我不得去,我因公被罪矣。"而次夕中夜复失之,及晓乃归。公询之,小莲袒衣视公，青痕满背，公谢焉。自兹月晦则失之，公无怪焉。

公一日病，小莲曰："公无求医，公好食辛辣，膈有痰，但煎犀角、人参、腻粉、白矾服之，自愈。"果然。家人有疾，从其说皆验。亦时言人休咎，无不验，公尤爱信之。或言公之亲族，其人某日死矣，若合符契。一日，语公云："某日授命当守某州。"皆合其言。

公将行，小莲泣告："某有所属，不能侍从，怀德恋爱，但自感恨。君不遗旧，时复念之。"公坚欲同行，小莲曰："某向一夕不往，已遭重责。去经岁月，罪不容诛。"公知不可强。公行有日，小莲送公，执手言曰："公妻到官一岁当化去，公与都漕交竞，公亦失意归，妾当复见公，宜谨秘之勿泄。"

公到官，经岁妻死，会都运到，都运责公留住钱谷，艰阻公事，公力辩不听，乃去公焉。公中道罢郡，妻丧，意尤快快，乃入都，不以仕宦为意。闲居阖户，终日兀坐，适闻叩户声，及出，乃小莲也。公喜，延之坐。公感泣云："别后一如汝言。"置酒命小莲舞，终日极欢。是夜小莲宿公处，逾月乃去。小莲且泣且拜："妾有私恳浼长者，愿以此身托死。"公曰："何遽出此言？"小莲曰："妾实非人，乃城上之狐也。前世尝为人次室，构语百端，谗其冢妇，浸润既久，良人听焉。自兹妾独蒙宠爱，冢妇忧愤乃死，诉于阴官，妾受此罚。岁月满，得复故形，业报所招，例当死鹰犬。苟或身落鼎俎，膏人口腹，又成留滞，未得往生。公可某日出都门，遇猎狐者，公多以钱与之，云：'欲得猎狐造药。'死狐耳间有花毫而紫，长数寸者，乃妾也。公能以北纸为衣，木皮为棺，葬我高壤，始终之赐多矣。"再拜又泣。因出黄金一两："聊备一葬，无以异类而无情。"公皆许诺。公留之宿，小莲云："丑迹已彰，公当恶之。"公坚留乃宿。翌日拜辞曰:"阴限有期,往生有日,无容款曲,幸公不忘平日之意。"大恸而去。

公如期出镇,北行数里,果有荷数狐者,择耳中有紫毫者售之以归,择日葬之。公亲为祭文,如法葬于都城坊店之南,迄今人呼为狐墓焉。

神助记 刘杨讨贼得神助

庆历年,湖南郴、衡、桂阳间,蛮獠为恶,侵掠吾民,时杀官军。朝廷敕刘相忱镇长沙,又召提刑杨畋,二公合谋,经制一方。二公乃躬祷南岳,愿赐阴助。一日,湘潭县民吏见大军旌旗、金革蔽满山谷,民疑为官军焉。而兵渡江,步于水上,俱不濡足,民方知神鬼。中有人呼曰:"吾皆岳兵,效用山前,不日破贼,尔等各宜犒军。"于是民大以冥钱酹酒祭焉,久乃不见。后连破数洞,覆其巢穴,系其丑类,请于朝廷。迄今余獠畏服,乃二公经制之力,亦有神助者焉。

广利王记 广利王助国杀贼

熙宁八年,广西五溪蛮獠相结交趾,大侵边幅,擅杀守令,连陷数州,被害者众。朝廷选命将帅,数道而进,意在破五溪之巢穴于交州之种落,系其主以归献祖庙。一日,海边有战舰数十艘舣岸下,旌旗晖映,铙歌震川。海民曰:"不闻官兵之来,何遽有此?"乃相与问云:"君等官军乎?"对曰:"非也。吾乃广利王之兵,为朝廷先驱三日,当杀彼贼。"少顷,艘离岸,入于烟波,乃无所见。洎大军临海,尽歼丑类之先锋,压当梁之仆木,交趾匍匐请命焉。

岳灵记 真宗东封祀泰岳

真庙大驾东封,万官随仗,仰登封告成之美功,陈金泥玉检之盛事;发明万古之光华,敷绎无前之伟绩。驾将至泰岳,去岳四十里,有冠剑人约长丈余,伏于道左,趋谒甚恭。帝知岳灵,顾左右莫有见者。帝功成礼毕,又赐岳之徽号焉。加封天齐仁圣帝夫至诚之动天地、感鬼神也如此。

姚娘记 陈公遣人祭姚娘

大丞相文惠陈公,向授湖州道通判税漕。权惠州刺史,率湖州之秀民许申偕行。中道舣舟古岸,江风颇净,新月初出水面,舟人方去未久。俄有介胄百辈,乘骑数人,指呼甚明云:“今丞相、漕使宿此,其或疏虞,毫厘不赦。”公与申指对惊喜,固不知孰相也,孰漕也。明日行,询其地只有姚娘庙存焉。公自东复还朝,亲为文祭之。后公果居钧轴,申亦作本路漕,皆如向所言。公尝自京遣人就其地祭享,以神其事。

巨鱼记 杀死巨鱼非佳瑞

嘉祐年,余侍亲通州狱吏,秋八月十七日,天气忽昏晦,海风泯泯至,而雨随之。是夜潮声如万鼓,势若雷动,潮逾中堰,卒闻阴风海水中,若有数千人哭泣声。及晓,有巨鱼卧堰下,长百余丈,望之隆隆然如横堤。困卧沙中,喘喘待死,时复横转,遂成泥沼,然或有气,沙雨交飞。后三日乃死,额有朱书尚存焉。此地人莫有识此鱼者,身肉数万斤,皆不可食,但作油可照夜。次年通人大疫,十没四五。巨鱼死,亦非佳瑞也。

异鱼记 龙女以珠报蒋庆

　　嘉祐岁中,广州渔者夜网得一鱼,重百斤,舟载以归。泊晓视之,人面龟身,腹有数十足,颈下有两手如人手。其背似鳖,细视项有短发甚密,脑后又有一目,胸腹五色,皆绀碧可爱。众渔环视,莫能知其名。询诸渔人,亦无识者。众谓杀之不祥,渔人以複荷而归,求人辨之。置于庭下,以败席覆之。夜切切有声,渔者起,寻其声而听之。其声出于败席之下,其音虽细,而分明可辨,乃鱼也。渔者蹑足附耳听之,云:“因争闲事离天界,却被渔人网取归。”渔者不觉失声,则鱼不复言。渔者以为怪,欲弃之,且倡言于人。

　　有市将蒋庆知而求之于渔者,得之,以巨竹器荷归,复致于轩楹间,以物覆之。中夜则潜足往听之,鱼言云:“不合漏泄闲言语,今又移来别一家。”至晓不复言。明日,庆他出,妻子环而观之,鱼或言曰:“渴杀我也。”观者回走,急求庆而语之,庆曰:“我载之以巨盆,汲井水以沃之。”及暮,鱼又言曰:“此非吾所食。”庆询渔者,鱼出于海,海水至咸,庆遣仆取海水养之。是夜庆与妻又听之,鱼曰:“放我者生,留我者死。”妻谓庆曰:“亟放出,无招祸也。”庆曰:“我不比人,安惧?”竟不放。

　　更后两日,庆乘醉执刀临鱼而祝曰:“汝能言,乃鱼之灵者。汝今明言告我,我当放汝归海。汝若默默,则吾以刀屠汝矣。”鱼即言曰:“我龙之幼妻也,因与龙竞闲事,我忿然离所居至近岸,不意入于渔网中。汝若杀我,无益。放我,当有厚报。”庆即以小舟载入海,深水而放之。

　　后半年,庆游于市,有执美珠货者,庆爱之,问其价,货者曰:“五百缗。”庆以为廉,乃酹之半。货者许诺曰:“我识君,君且持珠归，吾明日就君之第取其直。"乃去，后竟不来。庆归，私念："此珠可直数千金，吾既得甚廉，又不来取直，何也？"异日复见货珠人，庆谓来取价，其人曰："龙之幼妻使我以珠报君不杀之恩也。"其人乃远去。

此事人多传闻者，余见庆子，得其实而书之也。

化猿记 曹尚父杀猿获报

天圣年间，桂阳蓝山县民曹尚，父年七十八岁，一日出不归。尚门外皆高山深林，溪洞岩壑，莫知其数。尚扪石跻山，攀烟萝，数日寻访不见。

尚子一日入山樵采，一老猿饮于涧，子以石击之。猿遽升高作人言曰："尔乃吾孙也，而敢击吾！"子识其声，乃祖也。孙拜曰："父寻访祖父久矣，何故至此也？"祖泣曰："吾心甚丑，但为异物，不欲见家人辈耳。为吾语尚，他日复相见于此。"尚如期而往见父，尚不胜其悲。猿曰："吾今生无负于世，前生尝杀一猿，今乃其报。汝复时来，吾欲知家人安否也。"

后三年，猿不复见。蓝山尉李执柔亲就尚家询得其实。

杀鸡报 马吉杀鸡风疾报

庆历年，都下马吉以杀鸡为业。每杀一鸡，得佣钱十文，日有数百钱，前后所杀，莫知纪极。凡杀鸡，以拳殴之，则反首向背，摇动移时乃死。吉或患风疾，其头亦反向于背，动摇如鸡之将死。吉乃用绳结口衔之，以两手尽力制之，或绳误脱，则首反于背，人为之拯乃可。后乞食道途，岁余方死。

猫报记　杀猫生子无手足

治平三年，咸平朱沛家粗丰足，好养鹁鸽，编竹为室，数动逾百。一日，为猫捕食其鸽，沛乃断猫之四足，猫转堂室之间，数日乃死。他日，猫又食鸽，又断其足，前后所杀十数猫。后沛妻连产二子，俱无手足，皆弃之。沛终不悟，惜哉！

程说　梦入阴府证公事

程说，字潜道，潭州长邑人。家甚贫，说为工以日给其家，暇则就学舍授业。士君子闻之，颇哀其志。好义者与之米帛，以助其困，说益得以为学。庆历间魁荐于潭，次举及登第，授郴州狱官。替日赴调中铨，泊家于隋河之南小巷中。

一夕卧病，冥冥然都不省悟，但心头微热，气出入绵绵若毫发之细。凡三日，起而长吁，家人环之，泣而问曰："子何若而如此也？"说遽询家人曰："视吾箧中，前知州王虞部柬曾在乎？"求于箧中，已失之矣。说曰："甚哉阴吏之门，而使人可畏也。吾病，见一青衣吏，手执书曰：'府君召子。'出木门，行至五七十里，天色凝阴，昏风飒飒，四顾不闻鸡犬。又百里，至一河，说极困，息于古木下，仰视其木，但枯枝而已。二吏亦环坐，说曰：'此木高百尺，约大六十围，其势甚壮，绝无枝干翠叶，其故何也？'一吏曰：'罪人多休于其下，为业火熏灼，故其叶殒堕。'说方悟身死，泣涕谓吏曰：'说守官以清素，决狱畏慎，无欺于心，自知甚明，何罪而死也？吾家世甚贫，薄寄都下，此身客死，家无所依。'乃恸哭。一吏曰：'吾亦长沙人，今为走吏，甚不乐。子与吾同里，有胡押院亦吾乡人，引子见之，求之，当得休庇也。'乃行，引过一水，有府庭，入门两廊皆高

屋。一吏引说立于庑下,曰:'子且于此少待,吾为子召胡君。'
久方至,乃衡州蔡陵胡茂也,与说有旧,相见极喜。胡曰:'子
必有重罪,此二吏乃地狱鞫事司吏也。'说恐惧。胡曰:'子行
矣,吾为子见本行吏。'复为说曰:'地狱罪恶不容私饰,见王便
直陈其事,慎勿隐讳。'

"俄入大门,一人坐大殿上,吏曰:'此王也。'说俯砌下。
王曰:'汝权知郴县日,杀牛五十只,牛本施力养人者,无罪杀
之,汝当复其命,仍生异道。'说曰:'非说杀也,乃知州王真征
蛮,要犒军也。'王曰:'有何证也?'说曰:'真有亲书手柬在说
处。'王曰:'其柬曾将来乎?'说曰:'在说书笥中。'王命一吏取
来,少选即至。王执其吏,急令召王真来。俄王虞部至庭,王
以柬掷砌下,谓真曰:'此岂君手迹也?'真曰:'此诚某所书柬,
但真受命山下战蛮日,兵官胡礼宾令真取牛,两人共议,然后
犒军。'王命引去,谓说曰:'召子证事,子寿未终,可速回。'

"说出门外,见茂且叙久别之意。茂曰:'吾在此亦薄有
权。'说祷茂曰:'我今幸得更生,常闻地狱,遣我一观之乎?'茂
曰:'不惜令子见,但恐无益于子。'说坚欲往,茂乃呼一吏,作
符付吏曰:'当速回。'嘱说曰:'无舍吏,若一失,子陷大狱不可
出。'

"说与吏至一处高垣,垣上荆棘自生,若锋刃狞密,虽蛇虺
不可过。有一门不甚高,极壮厚,吏乃扣门,自内应曰:'有罪
人乎?'吏曰:'吾有押院符。'门乃开,有一赤发短臂鬼,胸前后
铁甲。吏急叱曰:'胡押院亲戚,欲暂见地狱,可急去,恐见汝
惊惧也。'鬼隐去。吏与说乃入狱。左右皆大屋,下有数千百
床,床下有微火,或灭或燃,床上或卧或坐,呻吟号呼,形色焦
黑,苍然不可辨男子妇人。说迤逦行看,吏促其出。又至一

处,吏曰:'乃锯狱。'大屋之前,人莫知其数,皆体贯刃,有蛇千百条周旋于罪人间。或以尾或以口衔其刃,刃动则人号呼,所不忍闻。吏人又促之出,吏曰:'此乃汤火狱,人不可近。'说望之,烈焰时时出于上,俯听若数万人求救声。说觉心臆微痛,吏引说出狱,俄口鼻出血。又行过一瓦砾堆积之所,有一人手出于上。说曰:'何人也?'吏曰:'此秦将白起也,受罪于此。'说谓吏曰:'白起死已千余年矣,尚在此乎?'吏曰:'昔起杀降人四十万,祸莫大焉。此瓦砾乃人骨也,为风雨劫火消磨至此。更千年,瓦砾复归于本,起方出平地上。又千年,起方入异类中。'

“吏曰:'子急归,无累我。'吏乃同说归。不久,路上见殿阁,说曰:'此是何宫宅?'吏曰:'相国寺也。'说方悟,吏或敛容鞠躬俯首而行,说曰:'何故如此?'吏回指寺曰:'此中有圣像故也。'同吏升寺桥,沿汴水南岸东去,行方数步,以手推说堕汴水,说乃觉。”

说终于蕲州黄冈令,今其子存焉。

议曰:程说与余先子尝同官守,都下寓居,又与比邻,故得其详也。观阴司决遣,甚实甚明,起之杀赵降人,诚可寒心,阴报果如此,安可为不善耶?

青琐高议后集卷之四

李云娘 解普杀妓获恶报

庆历元年,李云娘,都下之娼姬也,家住隋河大堤曲,粗有金帛,与解普有故旧。是时普待阙中铨,寓京经岁,囊无寸金,多就云娘假贷以供用。普绐云娘曰:"吾赴官,娶汝归。"由是云娘罄箧所有,以助普焉。

普阴念家自有妻,与云娘非久远计也。一日,召云娘并其母极饮市肆中。夜沿汴岸归,云娘大醉,普乃推云娘堕汴水中,诈惊呼,号泣不已。明以善言诱其母,适会普家书至,附五十缗,又以钱十缗遗云娘母。不日,普授秀州青龙尉,乃挈家之官。

一日,普同家人闲坐,有人揭帘而入者,普熟视,乃云娘也。责普曰:"我罄囊助子,子不为恩,复以私计害我性命,子之不仁可知也。我已得报生矣。"普叱曰:"是何妖鬼,敢至此嗫嚅也!"引剑击之,俄而不见,冷风触人面甚急,举家大惊。

后数日,报有劫盗,普乘舟警捕。行半日,普或唾水曰:"汝又来也!"有一手出水中,挽普入水,举舟皆见。公吏沉水拯之,不获。翌日方得尸,普面与身皆有伤处。

议曰:逋人之财,犹曰不可,况阴贼其命乎?观云娘之报解普,明白如此,有情者所宜深戒焉。

羊童记 家童见身报冤贼

封丘县东富村吴德家小儿牧羊于野，一日为人杀，夺其衣，莫得其人。

家为童作斋七，忽有小童坐于灵席上，食其所享祭物。家人惊问其故，儿曰："汝家之童，常时与我戏于野。童曰：'我家人今日有聚会，共汝同去。'我与之同来，方食，外有哭声而入者，童指曰：'彼杀我也，吾怕之，不欲见。'乃去。"询其所指者，乃童之姨婿也。由是吴德讼于官，求其人杀之赃验明白，遂伏罪焉。

陈叔文 叔文推兰英堕水

陈叔文，京师人也。专经登第，调选铨衡，授常州宜兴簿。家至窘窭，无数日之用，不能之官。然叔文丰骨秀美，但多郁结，时在娼妓崔兰英家闲坐。叔文言及已有所授，家贫未能之官。兰英谓叔文曰："我虽与子无故，我于囊中可余千缗，久欲适人，子若无妻，即我将嫁子也。"叔文曰："吾未娶，若然，则美事。"一约即定。叔文归欺其妻曰："贫无道途费，势不可共往，吾且一身赴官，时以俸钱赒尔。"妻诺其说。叔文与兰英泛汴东下，叔文与英颇相得，叔文时以物遗妻。

后三年替回，舟溯汴而进。叔文私念：英囊箧不下千缗，而有德于我，然不知我有妻，妻不知有彼，两不相知，归而相见，不惟不可，当起狱讼。叔文日夜思计，以图其便，思惟无方，若不杀之，乃为后患。遂与英痛饮大醉，一更后，推英于水，便并女奴推堕焉。叔文号泣曰："吾妻误堕汴水，女奴救之并堕水。"以时昏黑，汴水如箭，舟人沿岸救捞，莫之见也。

叔文至京与妻相聚,共同商议。叔文曰:"家本甚贫,箧笥间幸有二三千缗,不往之仕路矣。"乃为库以解物,经岁,家事尤丰足。遇冬至,叔文与妻往宫观,至相国寺,稠人中有两女人随其后。叔文回头看,切似英与女奴焉。俄而女上前招叔文,叔文托他故,遣其妻子先行。叔文与英并坐廊砌下,叔文曰:"汝无恙乎?"英曰:"向时中子计,我二人堕水,相抱浮沉一二里,得木碍不得下,号呼捞救得活。"叔文愧赧泣下曰:"汝甚醉,立于船上,自失脚入于水,此婢救汝,从而堕焉。"英曰:"昔日之事,不必再言,令人至恨。但我活即不怨君。我居此已久,在鱼巷城下住,君明日当急来访我。不来,我将讼子于官,必有大狱,令子为齑粉。"叔文诈诺,各散去。

叔文归,忧惧,巷口有王震臣聚小童为学,叔文具道其事,求计于震臣。震臣曰:"子若不往,且有争讼,于子身非利也。"叔文乃市羊果壶酒,又恐家人辈知其详,乃傲别巷小童携往焉。至城下,则女奴已立门迎之。叔文入,至暮不出。荷担者立门外,不闻耗,人询之云:"子何久在此,昏晚不去也?"荷担人云:"吾为人所使,其人在此宅,尚未出门,故候之。"居之曰:"此乃空屋耳。"因执烛共入,有杯盘在地,叔文仰面,两手自束于背上,形若今之伏法死者。申之官司,呼其妻识其尸,然无他损,乃命归葬焉。

议曰:兹事都人共闻,冤施于人,不为法诛,则为鬼诛,其理彰彰然异矣。

卜起传 从弟害起谋其妻

卜起,东都人也。庇身于百司,以年劳补计仕路,中铨,注授瑞州高安尉。起哀其从弟德成无所归,邀以同行,游吉与虔,出大庾岭,经韶,下溯江。

德成慕起妻白氏既美艾,日夕思念,无计得之。德成私意谓:舟浮江中,可以害起。一夕晚,德成与起共立舟上闲话,德成伺其不意,推起堕江,德成诈惊呼救之。至明日,方得起尸。德成谓白氏曰:"无举哀。今身落万里之外,兄又溺死,方乏用度,别无人知,我承兄之名到官,且利其俸禄,终此一任,可以归耳。"白氏大哭,德成引剑示之曰:"子若不从,当为刃下鬼。"白氏默默自恨,但暗中挥涕。德成乃室白氏,白氏不敢拒,思欲报德成,无以为计。

是时起之子方七岁,德成爱之如己子。不久官满,欲挈白氏入京,乃泊家于岭上。德成又授楚州山阳簿,方往岭外挈白氏,德成谓白氏不念旧事,乃教其子为庠学生,任秩复寓家于楚。

德成入京,去甚久,一日,其子忽问其父,白氏泣下曰:"且非汝父也。"子惊曰:"何以言之?"白氏云:"今德成乃汝之仇焉,杀汝父者也。汝父起官岭外,下湍江,为德成推堕溺死矣,诈代汝父之官,今七八年矣,我痛贯肝膈。我常欲报之,私念妇人之谋,易为泄露,无所成就,即汝父之仇,终身无报焉。今子已十五岁,可成大事,汝能报之,吾死无怨。"子乃同母诣府,具陈其冤。公吏入都追德成,押而归,具伏。事成,上其事奏太宗,降旨法德成于楚州,仍与其子一官。母不先告,连坐,其子诉讼,乃获免焉。

龚球记　龚球夺金疾病死

龚球,京师人也。父任岭外,染瘴死,球由是久流落,漂泊南中。治平年,方归都下。球素家寒,无所依倚,乞丐以度日。

一日将暮,有与球中外亲者,遇球于道,哀之,赠之十千,仍副以衣物,球乃始自给。

时元夜灯火,车骑腾沸,球闲随一青毡车走。车中有一女人,自车后下,手把青囊,其去甚速,球逐之暗所。女人告曰:"我李太保家青衣也,售身之年,已过其期,彼不舍吾,又加苦焉。今夕吾伺其便走耳。若能容吾于室,愿为侍妾。"球喜,许之。与妇人携手,妇人以青囊付球,即与同行。球心思计以欺之,球乃妄指一巷:"此乃市者,其中吾所居也,汝且坐巷口,吾先报家人,然后呼汝入家。"女人不知其诈。球携青囊入巷尾,出于他市,暗视青囊中物,皆金珠。球不敢货于京师,乃去于江淮间,以其物售获千缗。遂游商往来,益增羡,球乃娶妻赁奴。

一夕,泊舟楚州北神堰下,月色又明,球与家人饮于舟上。俄有小舟,附球舟而泊焉。球谓是渔者,熟视舟中乃一女人,面似曾见而不忆。妇人曰:"我天之涯,地之角,下入九泉,皆不见子,子只在此也。"球思惟:于吾何求,而求吾若是?女人云:"我向车上奔婢也,子挈我青囊中物去,我坐待君至晚,为市吏所收。家知,讼官府狱,公吏穷治青囊中物,我无所诉,荷械鞭棰,自朝至夕,肌肉溃坏,手足堕落,不胜其苦,竟死狱中。诉于阴府,今得与子对。"球曰:"汝能舍我乎?"妇人云:"吾思向狱中之苦,恨不斩子万段。"球自以言和涗,女乃忿然升舟殴球,家人惊呼,无所见。

球如醉扶卧,中夜少醒,起坐谓妻曰:"人安可为不善,阴报甚明。我为一吏摄去阴府,见王坐大殿,服紫衣临案。王云:'汝何故窃妇人王氏金珠?今当伏罪。'王召吏云:'球命禄已尽,但王氏受重苦,合偿之。'王曰:'令人世偿之。'王命吏送还。"球体生恶疮,稍延及四肢,疮血污于裀褥,盛夏臭恶不可近,妻奴皆恶之。苦痛异常,日夜呼号,手足堕落乃死。

议曰:冤不可施于人,阴报如此,观者宜以为戒焉。

陈贵杀牛　陈贵杀牛罚牛身

封丘谭店有陈贵,屠牛为业,前后杀牛千百万头。一日病瘦,数日后发狂,走于田野间,食苗禾,其家执之而归。自此惟食刍草,经月乃死。死前为牛吼数日,死亦有尾生焉。

后经岁,比邻张生家牛产一犊,腹下白毛隐隐,有"陈贵"二字,众人皆叹异。其妻欲以财赎归,是夜梦吏谓其妻:"取此犊当鞭笞施刀之苦,汝何敢违神明而赎之也? 当杀汝。"妻乃止矣。

俞元　俞元杀兔作鹰鸣

长记俞元,惟好臂鹰逐兔。凡得一兔,只取其腹,以饲鹰,前后三十年,所杀兔不知其数。一日,元头下有疮血污痛,已经岁,头下地,出气吻吻若鹰隼鸣,日用粥以匙深置于喉,数月方死。其果报如此,得不信乎?

青琐高议后集卷之五

隋炀帝海山记上 记炀帝宫中花木

余家世好蓄古书器,故炀帝事亦详备,皆他书不载之文。
乃编以成记,传诸好事者,使闻其所未闻故也。

炀帝生于仁寿二年,有红光竟天,宫中甚惊,是时牛马皆
鸣。帝母先是梦龙出身中,飞高十余里,龙堕地,尾辄断,以其
事奏于帝,帝沉吟不答。帝三岁,戏于文帝前,文帝抱之临轩,
爱玩甚久,曰:"是儿极贵,恐破吾家。"文帝自兹虽爱帝,绝无
易储之意。

帝十岁,好观书,古今书传,至于药方、天文、地理、技艺、
术数,无不通晓。然而性偏忍,阴默疑忌,好用钩赜人情深浅
焉。时杨素有战功,方贵用,帝倾意结之。文帝得疾,内外莫
有知者,时后亦不安,旬余不通两宫安否。帝坐便室,召素谋
曰:"君国之元老,能了吾家事者君也。"乃私执素手曰:"使吾
得志,吾亦终身报公。"素曰:"待之,当自有计。"

素入问疾,文帝见素,起坐,谓素曰:"吾常亲锋刃,冒矢
石,出入生死,与子同之,方享今日之贵。吾自维不免此疾,不
能临天下,汝无立他人。吾若不讳,汝立吾儿勇为帝。汝背吾
言,吾去世亦杀汝。此事吾不语之,死目不合。"帝因忿懑,乃
大呼左右曰:"召吾儿勇来!"力气哽塞,回面向内不言。素乃
出语帝曰:"事未可,更待之。"有顷,左右出报素曰:"帝呼不

应,喉中呦呦有声。"帝拜素:"愿以终身累公。"素急人,帝已崩已,乃不发。

明日,素袖遗诏立帝。时百官犹未知,素执圭谓百官曰:"文帝遗诏立帝,有不从者,戮于此。"左右扶帝上殿,帝足弱欲倒者数次,不能上。素下,去左右,以手扶接帝,帝执之乃上,百官莫不嗟叹。素归,谓家人辈曰:"小儿子吾已提起,交作大家,即不知了当得否。"

素恃有功,见帝多呼为郎君。侍宴内殿,宫人偶覆酒污素衣,素怒,叱左右引下殿,加挞焉。帝恶之,隐忍不发。一日,帝与素钓鱼于池,帝与素并坐,左右张伞以遮日色。帝起如厕,回见素坐赭伞下,风骨秀异,堂堂威仪,帝大疑忌。帝多欲,有所不谐,辄为素抑,由是愈有害素意。会素死,帝曰:"使素不死,当夷其九族。"素未病前,入朝,出见文帝坐车中,执金铖逐之曰:"此贼,吾欲立勇,汝竟不从吾言,今必杀汝!"素惊呼人室,召子弟二人而语之,曰:"吾必死,见文帝如何语之?"不移时,素死。

帝自素死,益无惮。乃辟地周二百里为西苑,役民力常百万。内为十六院,聚土石为山,凿为五湖四海,诏天下境内所有鸟兽草木,驿至京师。

铜台进梨十六种:

黄色梨　紫色梨　玉乳梨　脸色梨　甘棠梨　轻消梨
蜜味梨　堕水梨　圆梨　木唐梨　坐国梨　天下梨
水全梨　玉沙梨　沙味梨　火色梨

陈留进十色桃:

金色桃　油光桃　银桃　乌蜜桃　饼桃　粉红桃　胭脂桃　迎冬桃　昆仑桃　脱核锦纹桃

青州进十色枣：

　　三心枣　紫纹枣　圆爱枣　三寸枣　金槌枣　牙美枣
　　凤眼枣　酸味枣　蜜波枣　（缺）

南留进五色樱桃：

　　粉樱桃　蜡樱桃　紫樱桃　朱樱桃　大小木樱桃

蔡州进三种栗：

　　巨栗　紫栗　小栗

酸枣进十色李：

　　玉李　横枝李　蜜甘李　牛心李　绿纹李　半斤李
　　红垂李　麦熟李　紫色李　不知熟李

扬州进：

　　杨梅　枇杷

江南进：

　　银杏　榧子

湖南进三色梅：

　　红纹梅　弄黄梅　二圆成梅

闽中进五色荔枝：

　　绿荔枝　紫纹荔枝　赭色荔枝　丁香荔枝　浅黄荔枝

广南进八般木：

　　龙眼木　梭木　榕木　橘木　胭脂木　桂木　枨木
　　柑木

易州进二十相牡丹：

　　赭红　赭木　鞓红　坏红　浅红　飞来红　袁家红
　　起州红　醉妃红　起台红　云红　天外黄　一拂黄
　　软条黄　冠子黄　延安黄　先春红　颤风娇

天下共进花卉、草木、鸟兽、鱼虫，莫知其数，此不具载。

诏起西苑十六院：

　景明一　迎晖二　栖鸾三　晨光四　明霞五　翠叶六

　文安七　积珍八　影纹九　仪凤十　仁智十一　清修十
二　宝林十三　和明十四　绮阴十五　绛阳十六
帝自制名,每院有二十人,皆择宫中嫔丽谨厚有容色美人实
之。每一院选帝常幸御者为之首。每院有宦者主出入市易。

　又凿五湖,每湖方四十里,南曰迎阳湖,东曰翠光湖,西曰
金明湖,北曰洁水湖,中曰广明湖。湖中积土为山,构亭殿,曲
屈盘旋,广袤数千间,华丽。

　又凿北海,周环四十里,中有三山,效蓬莱、方丈、瀛洲,上
皆台榭回廊。水深数丈,开狭湖通五湖北海,俱通行龙凤舸,
帝多泛东湖,帝因制湖上曲《望江南》八阕：

　　湖上月,偏照列仙家。水浸寒光铺象簟,浪摇晴影走
金蛇,偏称泛灵槎。　　光景好,轻彩望中斜。青露冷侵
银兔影,西风吹落桂枝花,开宴思无涯。

　　湖上柳,烟里不胜垂。宿露洗开明媚眼,东风摇弄好
腰肢,烟雨更相宜。　　环曲岸,阴覆画桥低。线拂行人
春晚后,絮飞晴雪暖风时,幽意更依依。

　　湖上雪,风急堕还多。轻片有时敲竹户,素华无韵入
澄波,烟外玉相磨。　　湖水远,天地色相和。仰面莫思
梁苑赋,朝尊且听玉人歌,不醉拟如何？

　　湖上草,碧翠浪通津。修带不为歌舞绶,浓铺堪作醉
人茵,无意衬香衾。　　晴霁后,颜色一般新。游子不归
生满地,佳人远意寄青春,留咏卒难伸。

　　湖上花,天水浸灵葩。浸蓓水边匀玉粉,浓苞天外剪
明霞,只在列仙家。　　开烂熳,插鬓若相遮。水殿春寒

澄冷艳,玉轩清照暖添华,清赏思何赊。

湖上女,精选正宜身。轻恨昨离金殿侣,相将今是采莲人,清唱满频频。　　轩内好,嬉戏下龙津。玉琯朱弦闻昼夜,踏青斗草事青春,玉辇从群真。

湖上酒,终日助清欢。檀板轻声银线缓,醅浮香米玉蛆寒,醉眼暗相看。　　春殿晚,仙艳奉杯盘。湖上风烟光可爱,醉乡天地就中宽,帝主正清安。

湖上水,流绕禁园中。斜日暖摇清翠动,落花香缓众纹红,蘋末起清风。　　闲纵目,鱼跃小莲东。泛泛轻遥兰棹稳,沉沉寒影上仙宫,远意更重重。

帝常游湖上,多令宫中美人歌唱此曲。

隋炀帝海山记下 记登极后事迹

大业六年,后苑草木鸟兽繁息茂盛,桃蹊李径,翠荫交合,金猿青鹿,动辄成群。自大内厨开为御路,通西苑,夹道植长松高柳。帝多幸苑中,无时,宿御多夹道而宿,帝往往中夜即幸焉。

一夕,帝泛舟游北海,惟宫人数十辈相随。帝升海山殿,是时月初朦胧,晚风轻软,浮浪无声,万籁俱息。帝恍惚,俄见水上一小舟,只容两人,帝谓十六院中美人。洎至,首一人先登赞道唱:"陈后主谒帝。"帝亦忘其死,帝幼年于后主甚喜。乃起迎之。后主再拜,帝亦躬劳谢。既坐,后主曰:"忆昔与帝同队戏时,情爱甚于同气,今陛下富有四海,令人钦服不已。始者谓帝将致理于三王之上,今乃取当时乐以快平生,亦甚美事。闻陛下已开隋渠,引洪河之水,东至维扬,因作诗来奏。"乃探怀出诗上帝。诗曰:

隋室开兹水，初心谋太奢。一千里力役，百里民吁嗟。水殿不复反，龙舟兴已退。鹢流催陡岸，触浪喷黄沙。两人迎客溯，三月柳飞花。日脚沉云外，榆梢噪暝鸦。如今投子俗，异日便无家。且乐人间景，休寻汉上槎。东喧舟舣岸，风细锦帆斜。莫言无后利，千古壮京华。

帝观书，怫然愠曰："死生，命也；兴亡，数也。尔安知吾开渠为后人之利？"帝怒叱之。后主曰："子之壮气能得几日？其始终更不若我。"帝乃起而逐之。后主走曰："且去且去，后一年吴公台下相见。"乃没于水际，帝方悟其已死。帝兀坐不自知，惊悸移时。

一日，明霞院美人杨夫人喜报帝曰："酸枣邑所进玉李，一夕忽长，阴横数亩。"帝沉默甚久曰："何故而忽茂？"夫人云："是夕院中人闻空中若有千百人，语言切切云：'李木当茂。'洎晓看之，已茂盛如此。"帝欲伐去，左右或奏曰："木德来助之应也。"又一日，晨光院周夫人来奏云："杨梅一夕忽尔繁盛。"帝喜问曰："杨梅之茂，能如玉李乎？"或曰："杨梅虽茂，终不敌玉李之盛。"帝自于两院观之，亦自见玉李至繁茂。后梅李同时结实，院妃来献，帝问："二果孰胜？"院妃曰："杨梅虽好，味清酸，终不若玉李之甘，苑中人多好玉李。"帝叹曰："恶梅好李，岂人情哉，天意乎？"后帝将崩扬州，一日院妃来报："杨梅已枯死。"帝果崩于扬州，异乎！

一日，洛水渔者获生鲤一尾，金鳞赤尾，鲜明可爱。帝问渔者之姓，曰："姓解，未有名。"帝以朱笔于鱼额书"解生"字以记之，乃放之北海中。后帝幸北海，其鲤已长丈余，浮水见帝，其鱼不没。帝时与萧后同见，此鱼之额上朱字犹存，惟"解"字

无半,尚隐隐有角字焉。萧后曰:"鲤有角,乃龙也。"帝曰:"朕
为人主,岂不知此意?"遂引弓射之,鱼乃入沉水中。

　　大业四年,道州贡矮民王义,眉目浓秀,应对敏给,帝尤爱
之。常从帝游,终不得入宫,帝曰:"尔非宫中物。"义乃自宫。
帝由是愈加怜爱,得出入帝内寝。义多卧榻下,帝游湖海回,
义多宿十六院。一夕,帝中夜潜入栖鸾院,时夏气暄烦,院妃
牛庆儿卧于帝下,初月照轩颇明朗,庆儿睡中惊魇,若不救者。
帝使义呼庆儿,帝自扶起,久方清醒。帝曰:"汝梦中何苦乃如
此?"庆儿曰:"妾梦中如常时,帝捏妾臂游十六院。至第十院,
帝入坐殿上,俄而火发,妾乃奔走。回视帝坐烈焰中,妾惊呼
人救帝,久方觉。"帝性自强,解曰:"梦死得生,火有威烈之势,
吾居其中,得威者也。"大业十年,隋乃亡。入第十院,帝居火
中,此其应也。

　　龙舟为杨玄感所烧,后敕扬州刺史再造,置度又华丽,仍
长广于前舟。舟初来进,帝东幸维扬,后宫十六院皆随行。西
苑令马守忠掌理,守忠别帝曰:"愿陛下早还都辇,臣整顿西苑
以待乘舆之来。西苑风景台殿如此,陛下岂不思恋,舍之而远
游也?"又泣下。帝亦怆然,谓守忠曰:"为我好看西苑,无令使
后人笑吾不解装点景趣也。"左右闻此语亦疑讶。

　　帝御龙舟,中道,夜半闻歌者甚悲。其歌曰:

　　　　我兄征辽东,饿死青山下。今我挽龙舟,又困隋堤
　　道。方今天下饥,路粮无些少。前去三十程,此身安可
　　保。寒骨枕荒沙,幽魂泣烟草。悲损闺内妻,望断吾家
　　老。安得义男儿,悯此无主尸。引其孤魂回,负其白骨
　　归。

帝闻其歌,遂遣人求其歌者,至晓不得其人。帝颇徊徨,通夕

不寐。扬州朝百官，天下朝贡使无一人至。有来者在路，兵夺其贡物。帝犹与群臣议，诏十三道起兵，诛不朝贡者。帝知世祚已去，意欲遂幸永嘉，群臣皆不愿从。

帝未遇害前数日，帝亦微识玄象，多夜起观天。乃召太史令袁充问曰："天象如何？"充伏地涕泣曰："星文大恶，贼星逼帝坐甚急，恐祸起旦夕，愿陛下遽修德灭之。"帝不乐，乃起。便殿抱膝，俯首不语。乃顾王义曰："汝知天下将乱乎？汝何故省言而不告吾也？"义泣对曰："臣远方废民，得蒙上贵幸，自入深宫，久膺圣泽，又常自宫，以近陛下。天下大乱，固非今日，履霜坚冰，其来久矣。臣料大祸，事在不救。"帝曰："子何不早教我也。"义曰："臣不早言，言即臣死矣。"帝乃泣下曰："卿为我陈成败之理，朕贵知也。"翌日，义上书云：

臣本出南楚卑薄之地，逢圣明为治之时，不爱此身，愿从入贡。臣本侏儒，性尤蒙滞。出入金马，积有岁华，浓被圣私，皆逾素望。侍从乘舆，周旋台阁。臣虽至鄙，酷好穷经，颇知善恶之本源，少识兴亡之所自。还往民间，颇知利害，深蒙顾问，方敢敷陈。自陛下嗣守元符，体临大器，圣神独断，谏诤莫从，独发睿谋，不容人献。大兴西苑，两至辽东，龙舟逾于万艘，宫阙遍于天下。兵甲常役百万，士民穷乎山谷。征辽者百不存十，没葬者十未有一。帑藏全虚，谷粟踊贵。乘舆还往，行幸无时。兵士时从常逾数万，遂令四方失望，天下为墟。方今百姓存者无几，子弟死于兵役，老弱困于蓬蒿。兵尸如岳，饿殍盈郊。狗彘厌人之肉，乌鸢食人之余，臭闻千里，骨积如山。膏涂野草，狐鼠特肥。阴风无人之墟，鬼哭寒草之下。目断平野，千里无烟。残民削落，莫保朝昏。父遗幼子，妻号故夫,孤苦何多,饥荒尤甚。乱离方始,生死孰知? 人主爱人,一何如此? 陛下情性毅然,孰敢上谏? 或有鲠言,随令赐死。臣下相顾,缄口自全。龙逢复生,安敢议奏? 高位近臣,阿谀顺旨,迎合帝意,造作拒谏,皆出此途,乃逢富贵。陛下过恶,从何得闻? 方今又败辽师,再幸东土,社稷危于春雪,干戈遍于四方,生民方入涂炭,官吏犹未敢言。陛下自惟,若何为计? 陛下欲幸永嘉,坐延岁月,神武威严,一何消烁? 陛下欲兴师,则兵吏不顺;欲行幸,则侍卫莫从。帝当此时,如何自处? 陛下虽欲发愤修德,特加爱民,圣慈虽切救时,天下不可复得。大势已去,时不再来。巨厦将倾,一木不能支;洪河已决,掬壤不能救。臣本远人,不知忌讳。事忽至此,安敢不言。臣今不死,后必死兵,敢献此书,延颈待尽。

帝方省义奏,曰:"自古安有不亡之国,不死之主乎?"义曰:"陛下尚犹蔽饰己过。陛下平日常言:吾当跨三皇,超五帝,下视商周,使万世不可及。今日其势如何? 能自复回都辇乎?"帝乃泣下,再三加叹。义曰:"臣昔不言,诚爱生也。今既具奏,愿以死谢之。天下方乱,陛下自爱。"少选报云:"义自刎矣。"帝不胜悲伤,特命厚葬焉。

不数日,帝遇害。时中夜,闻外切切有声,帝急起,衣冠御内殿。坐未久,左右伏兵俱起。司马戡携刃伺帝,帝叱之曰:"吾终年重禄养汝,吾无负汝,汝何负我?"帝常所幸朱贵儿在帝旁,谓戡曰:"三日前,帝虑侍卫薄衣小寒,有诏:宫人悉絮袍袴。帝自临视之,数千袍两日毕工。前日赐公第,岂不知也,尔等何敢逼胁乘舆!"乃大骂戡。戡曰:"臣实负陛下,但见今两京已为贼据,陛下归亦无路,臣死亦无门,臣已萌逆节,虽欲复已,不可得也。愿得陛下首,以谢天下。"乃携剑上殿。帝复叱曰:"汝岂不知诸侯之血入地尚大旱,况人主乎?"戡进帛,帝入内阁自绝。贵儿犹大骂不息,为乱兵所杀。

青琐高议后集卷之六

刘辉 默祷白氏乞聪明

刘辉,信州人。祖父世力稼穑,家贫。辉好游学,寓于江州之东林佛舍中,有白公乐天影堂存焉。辉常以薰果荐于堂,默祷之:傥得才性类公十之一二,即荷神赐。

一日,辉出寺院,行于溪旁,俄有叟坐石上,颜貌温粹,宛若士人。辉知非田翁,就与之语,议论精通,无所不至。辉但唯诺柔顺而已。既久,辉曰:"叟真有道者也,何故寓此?"叟笑曰:"吾即白居易,蒙子厚意,愧无以报子之所请,将有说焉。夫才者系乎性之所赋厚薄,兹所谓青出于蓝而青于蓝,冰生于水而寒于水者也。若记问,可以积累而至焉。如人一能之己百之,人十能之己千之之类是也。人之才乃天相禀,不能勉强。若其闻见之博,落笔无凝滞若宿构,系乎人出入生死间,得为人世数多也。吾生唐德、顺朝,已二十一世为人矣。其所闻所见,莫非稔熟乎耳目,故命思为文,蹈厉风发,莫不出入九经百氏。蕴其远者为事业,发其清者为歌诗,刓割风月,搜穷造化,耳目若素得之。今子为人方六世,固未甚出乎人也。然子亦有禄,科名极巍峨。"辉乃再拜曰:"禄已知矣,寿数修短,可得闻乎?"叟曰:"此阴吏自有籍主之,吾不知也。"叟乃去,入于竹圃不见。后辉果为殿元。

范敏 夜行遇鬼李氏女、田将军

范敏,齐人也。博通经史,尝预州荐至省,失意还旧居,久不以进取为意。

一日,有故入郓,时大暑,敏但见星月而行,未数里,浮云蔽月,不甚明朗。忽一禽触马首,敏急下马,捕而获之。其大若鹑雀,且不识其名,乃置于仆怀中。敏跨马而行,则昏然失道路,乃信马行。望数里有烟火若居人,鞭马速行约三十里,望之其火愈远。敏倦,仆人亦不能行,乃纵马啮草,仆亦倚木而休,敏抗鞍而卧。不久,天将晓,四顾无人,荆刺纵横。见樵者,敏求路焉。樵者云:“吾居处不远,子暂休止馆宇,早膳却去。”敏忻然从之。不数里即至,虽田舍家,亦颇清洁。

敏至,樵者曰:“吾樵于野,子且盘桓。”俄有青衣设席,布馔数种。时有一妇人望于户罅间,貌极妖冶。食已,又啜茶。茶已,又陈酒斝。数杯后,敏云:“失道之人,偶至于此,主礼优厚,何以报答?”妇人自内言曰:“上客至,田野疏澹,不能尽主人意。知君好笛,我为子横笛,劝君一杯。”敏极喜。闻笛音清脆雄壮,敏甚爱,但不晓是何曲。敏曰:“终日烦浼足矣,又以笛侑酒,鄙薄何敢克当?如何略一拜见,致谢而后去,即某心无不足也。”妇人云:“敢不从命?但居田野,蓬首垢面,久不修饰,候匀面易衣而出。”敏闻,即冠带修谨待之。妇人出,敏拜,少叙间,颇有去就。妇人高髻浓鬓,杏脸柳眉,目剪秋水,唇夺夏樱。敏三十岁未尝见如是美色,复命进酒。

敏曰:“夫人必仕宦家也,愿闻其详。”妇人曰:“妾欲遽言,虑惊贵客;知子有志义,言固无害。昨夜特遣锦衣儿奉迎,误触君马,有辱见捕。妾乃唐庄宗之内乐笛部首也。”敏方知此必鬼也,敏安定神识,端雅待之。敏云:"夫人适吹者何曲也?"妇人云:"此庄宗自制曲也,名《清秋月》。帝多爱,遇夜有月,必自横笛数曲。秋气清,月更明,方动笛,其韵倍高,与秋月相感也,故为曲名。今夜乃六月十四日,有月,留君宿此,妾当吹数曲以娱雅意。"敏曰:"庄宗英武善用兵,隔河对垒,二十年马不解鞍,人不脱甲,介胄生虮虱,大小数十百战,方有天下。得之艰难,可知之也。一旦纵心歌舞,箫鼓间作,不忆前,忘后患,何也?"妇人曰:"妾在宫中六年,备见始末。帝长八尺,面色类紫玉,声如巨钟,行步若龙虎。自言:'一日不闻乐,则饮食不美,忽忽若堕诸渊者。'或辄暴怒,鞭棰左右。惟闻乐声,怡然自适,万事都忘焉。昼夜赏赐乐人,不知纪极。妾民间有寡嫂,时进宫来见妾,具言官库皆空,人民饥冻,妻子分散。妾乘暇常具言如此,帝默然都不答。后河北背反,帝大惧,令开府库赏军,库吏奏:帛不及三千匹,他物及宝亦不及万。乃敛取富民后宫所有,以至宫中装囊物,皆用赏赐兵马。其得匹帛,或弃之道路曰:'今天下徨徨,妻子离散,安用此也?'帝知士卒离心,勉强置酒,令妾吹笛。笛音呜咽不快,帝掷杯掩面泣下。翌日,帝出,兵乱。帝引弓抗贼,郭从谦蔽后,射中帝腰腹。帝拔矢入后宫,殿门随关。帝急求水饮,嫔谓上腹有箭血,不可饮水。乃取酒进。帝饮酒,复呕出。帝怒曰:'吾悔不与李源同行。'大恸。有顷,帝崩。兵大乱,入后宫,妾为一武人挈至此。今思旧事,令人感恸。"泣数行下。是夕,敏宿于帐,闺帷之间,极尽人间之乐。

　　明日敏告行,妇人曰:"妾不幸为凶人以兵刃所胁,今为之侧室。"敏曰:"良人何人也?"曰:"齐王之犹子田权也,尝弑其叔,后为韩信兵杀之。伊今往阴府受罪,弑叔之故也。"敏曰:

"田王迄今千余年,权尚未得受生,何也?"曰:"阴府之罪重莫过于杀人,权又杀其叔。其叔已往生人间二十余世矣,其案尚在。田叔死,又摄去受苦。始则一年,今受苦之日差少,日月有减焉。"敏连绵住十余日。

一日,有青衣走报曰:"将军至矣。"妇人忽趋入室。有介胄者貌峻神耸,执戈而来,言曰:"安得有世间人气乎?"猛见敏,以戈刺敏。敏执其戈,两相角力。妇人自内呼曰:"房国公如何不来救,万一不虞,亦累及邻舍也。"俄有一人衣冠甚伟,趋来夺介胄者戟折之,推其人仆地,骂曰:"魑魅幽囚于此千余年,犹不知过,尚敢辱人乎? 你自家里人引诱他方人至此,不然,彼何缘而来也? 此尔不教诲家人之罪也。"将军曰:"我今夜势不两立,须杀李氏。"妇人大呼曰:"好待共你入地狱对会,你杀叔案底尚在,今又胁我为妇。我乃帝王家宫人,得甚罪?"将军乃止。敏欲去,臣翁呼敏曰:"且坐,且坐,必不至害君。"翁谓将军曰:"客乃衣冠之士,今又晚,教他何处去?"将军曰:"总是壮夫,且休争,可相揖。"敏曰:"非礼冲突,实为鄙俗,幸仁人恕之。当尽今夜之欢。"复高烛置酒。敏曰:"不知将军之家,误宿于此,幸将军恕之。"将军曰:"权尝将兵三千,夜劫韩信营,血战至中夜,兵尽陷,惟权独得归。吾手杀百余人,身中箭如猬毛。今居此悒悒,复何言也!"于是不争闲气。敏是夜又宿焉,妇人则不至。

明日,将军又召敏饮,巨翁亦至焉。三人环坐饮甚久,将军顾敏曰:"君子不乐,当令李氏侑坐。"将军呼李氏,李氏俄至。李氏坐将军及敏之间,敏乘醉请李夫人吹笛。将军曰:"瓮酒脔肉,真勇夫之事也。"又命取酒。大肉盈盘,巨觥饮酒。李氏横笛,音愈愤怨,将军曰:"不知怨何人也?"巨翁曰:"且休发狂狷,当歌对酒,不要忿怒。"巨翁索笺管赠李氏《吹笛》诗曰：

> 一声吹起管欲裂,窍中迸出火不灭。半夜苍龙伸颈吟,五湖四海波涛竭。自从埋没尘土中,玉管无声宝箧空。今日重吹旧时曲,几多怨思悲秋风? 此意无心伴寒骨,梦魂飞入李王宫。

将军见而不悦曰："巨翁安知李氏忆旧事而无新意乎?"李氏忿然曰："唐帝有甚不如你这小鬼。"乃回面视敏。

既久,将军曰："子之旧情未当全替。"乃劝李氏饮,氏不之饮。将军执杯令李氏歌,李氏默然不发声。敏举杯,李氏不求而自歌。将军怒,面若死灰曰："歌即不望,酒则须劝一杯。"李氏取其酒覆之。敏乃执杯与李氏,则忻然而饮。将军大叫云："今夜一处做血!"李氏云："小魍魉,你今日其如何我? 有两个人管辖得你!"李氏引手执敏衣曰："我今夜再侍君子枕席,看待如何?"将军以手批李氏颊,复唾其面。将军走入室,持剑而出,李氏云："范郎不要惊,引颈受刃,这鬼不敢杀我。"巨翁起夺将军剑,掷屋上云："你当荷铁枷,食铁丸,方肯止也。"李氏谓巨翁曰："好人相劝尚不自止,此不足勉也。我自共伊有证于阴府,这鬼曾对巨翁骂五道将军来。"方纷挐,有人空中叫云："一千年死骨头,相次化作土也,犹不息心乎? 李氏贵家,因甚共这至愚贱下鬼同室? 我待如今报四世界探子,交报阴冥。这鬼卒令人无间地狱,三五千年不得出。如今杀他马,又把他衣服贳酒,似如此怎得稳便!"或有人自空中下一棒,击破酒瓮,铿然作声,人屋俱不见。日色暮,四顾无人,荆棘间冢累累然。视其马,惟皮骨存焉。开箧,则衣服无有也。

有小童投敏曰："将军致意子:人间之娼室,亦须财赂。今十余日在此费耗兼不多。"忽不见。敏急去十余里,酒肆间主人曰:"数日前,有人称范五经,累将衣服换酒。"敏取其衣,乃己者也。询其仆,云:"数日他家以酒肉醉我,他皆不知也。"敏身犹在焉,至今为东人所笑。

桑维翰　枉杀羌岵诉上帝

钱希白内翰作

桑维翰大拜,方居政地,有布衣故人韩鱼谒公。左右通名谒甚久,公方出,鱼趋阶甚恭,公但少离席。既坐,公默然不语,有不可犯之色。遽引退归,谓其仆曰:"桑公吾故人也,有畴昔之旧,今余见之,有不可犯之色,何也?"仆夫亦通敏人,云:"上相气焰如此,事防不可知。"

鱼翌日告别,将归故乡。既坐,公笑曰:"近者书殿缺人,吾以子姓名奏御,授子学士。"俄有二吏自东廊持箱,中有黄诰及蓝袍靴笏之类。鱼遽降阶再拜受命,公乃置酒。公方开怀言笑,询及里间,语笑如旧。复谓鱼曰:"朱炳秀才安乎?"鱼对曰:"无恙。但家贫亲老,尚走场屋。"公曰:"吾向与之同乡荐,最蒙他相爱,吾文字数卷,伊常对人称赏。子作一书为吾意,召之来,与一官。"鱼素长者,忻然答曰:"诺。"鱼乃作书,特遣一人召。不久炳至,一如鱼礼,箱出诰泊公裳,兼授军巡判官。

公他日又召鱼中堂会酒,公又询鱼曰:"羌岵秀才今在何地?"鱼曰:"闻见客东鲁,颜甚凄凄。"公曰:"吾与之同场屋,最相鄙薄,见侮颇甚。今吾在政地,伊尚区区日困于尘土间,君子固不念旧事,子为吾复作一书召之,当与一官。"鱼应曰:"诺。"鱼又特令一仆求之,月余日,方策蹇而至。鱼遣人道意,同鱼入见。

　　坐客次,公召一吏附耳而言,吏至言:"公致意,今日有公议未得相见,且令去巡判官处待,少时即有美命。"岵乃从吏至巡判衙署。岵坐客次,见其吏直升厅附耳言于巡判,判云:"领旨。"吏乃去。巡判又呼吏升厅附耳言,吏下陛,巡判曰:"速行。"吏出门。少顷巡判别呼一吏云:"你传语秀才,请去府中授官。"岵莫知其由,出。有白衣吏数人随岵行百步,两人执岵手,岵亦不知。及通衢稠人间,数人执岵,一吏云:"羌岵谋反,罪当处斩。"岵大呼曰:"我家有少妻幼子,韩鱼召我来授官,我何罪而死也?我死须告上帝,诉于天!"言未绝,斩之。韩鱼闻之恸曰:"岵之死,吾召之也。丞相如此,安可自保?"乃告疾还乡。

　　一日,公坐小轩中,见岵自门外来,不觉起揖。既坐,叙间阔数十句。岵曰:"相公贵人也,生杀在己。岵昔日与公同闾里场屋,当时聚念,闲相谐谑,乃戏笑耳。相公何相报之深也?使吾颈受利刃,尸弃郊野之中,狗彘共食之,妻子冻馁,子售他人,相公心安乎?吾近上诉于天帝,帝悯无辜,授司命判官,得与公对。"公又见阶下半醉而跛者与岵同立阶下,公曰:"此又何怪也?"岵笑曰:"相公眼高,岂不识此是唐赟?"唐赟向为卫吏,曾辱公,公命府尹致之极法。府尹不欲晓然杀之,乃三次鞭之方死,不胜其苦。公曰:"如唐赟辈有何足报?"又曰:"子能贷我乎?吾为饭僧千人,诵佛书千卷报子可乎?"岵曰:"得君之命乃已,他无所用焉。"岵乃起曰:"且相携。"入庭下竹丛中乃没。公不久死,时手足皆有伤处,不知从何有也。

　　议曰:桑公居丞相之贵,不能大其量,以畴昔言语之怨,致人于必死之地,竟召其冤报,不亦宜乎!

青琐高议后集卷之七

温琬 陈留清虚子作传

　　都下名娼以色称者多矣，以德称者甚鲜焉。余闻琬为士君子称道久矣。又曰："彼娼也，不过自矫饰以钓虚誉，诈于为善，何益？"思识其面，一见之，其举动则有礼度，其语言则合诗书，余颇叹息之。会有人持数君之文，托余传于世，其请甚坚。余佳其文意深密，士君子固能通晓，第恐不快世俗之耳目焉。予实京师人，少跌宕不检，不治生事，落魄寄傲于酒色间，未始有分毫顾惜，籍心于功名事业也。故天下不闻予名，而予亦忌名之闻于人。丁巳冬，返河内，休父惠然见访，属予为温琬传。温生，予亦尝识其面目，接其谈论久矣，义不可辞。然予窃尝以为：大凡为传记称道人之善者，苟文胜于事实，则不惟似近乡愿，后之读者亦不信，反所以为其人累也。乃今直取温生数事，次第列之，非敢加焉。且以予之性荒唐幻没如此，是传也，亦喜作，非勉强也，因目之曰《甘棠遗事》。熙宁乙巳仲冬浣日陈留清虚子序。

　　甘棠娼姓温者，名琬，字仲圭，本姓郝氏，小名室奴。本良家子，父遽，游商。至和中得风痹疾，期年而殒。无子嗣，甚贫，徒四壁立。母氏才举琬，辄委琬养于凤翔其妹之夫郭祥家,而只身也寓邸中,流为娼妇。

琬情柔意闲雅,少不好嬉戏。六岁则明敏,训以诗书,则达旦不寐。从母授以丝竹,训笃甚严,琬欣然承。暇日诵千言,又能约通其大义。喜字学,落笔无妇人体,遒浑且有格。尝衣以男袍,同学与之居,积年,不知其女子也。邻里或谓之曰:“郝氏有子矣。”久之,郭祥因与从母议曰:“此女识量聪明,苟教不辍,数年间迤逦能通晓时事,第恐有异志,累我教矣。”遂藏取所读诗文,止使专于女事。琬既心醉诗书,深知其趣,至于日夜默诵未尝已。和睦敦重,九族说之。从母尤钟爱,不异己之子。

十四岁乃与议婚,媒妁来求,足迹相蹑。遂择张氏之子某者。问名、纳采,即在朝夕,而母氏来召。初不归之,复讼官,乃寝其婚。琬是时阴识母氏之谋,因默自言曰:“琬少学读书,今日粗识道理,尽姨夫之赐也。将谓得托身于良家,以终此生也,薄命不偶,一至于此!”因泣下,悲不自胜。遂东还陕侍母,因寓府中。

琬见群妓丽服靓妆,以市廛内为荒秽之态,且暮出则倚门,皆有所待。邂逅而入,则交臂促膝,淫言媟语以相夸尚。窃自为计曰:“吁! 吾苟不能自持,入此流不顷刻耳。”嗟念恨不能自翼以避之。又常曰:“人之所以异于禽兽者,以其识礼义,知其所自先也。传曰:‘万物本乎天,人本乎祖。’《诗》云:‘哀哀父母,生我劬劳,欲报之德,昊天罔极。’则恩之重无过父母,章章明矣。琬之生,凡十有二月而诞,既诞逾年,不幸父以天年终。既无长兄,致母氏失所依倚,食不足饱腹,衣不足暖体。又所逋于人者几三十万,苟不图以养,转死沟壑有日矣。琬妇人直自谋之善耳,亲将谁托哉? 岂独悖逆于人情,天地鬼神临之在上，质之在旁，琬又安自存乎？当图以偿之。"又思曰："琬一女子，上既不能成功业，下又不能奉箕帚于良家，以活其亲。而复眷顾名之荣辱，使老母竟至于饥饿无死所，则琬虽感慨自杀，亦非能勇者也。复何面目见祖宗于地下耶？"屡至洒涕，犹豫不能决。

未几，会有赂贿母氏求于琬合者。琬知情必不可免也，自是流为娼。性不乐笙竽，终日沉坐，惟喜读书。杨、孟、《文选》、诸史典、名贤文章，率能诵之，尤长于孟轲书。尝自言：琬少时最忌蚊蚋，每读书辄相忘。暑之酷，汗交流至踵，亦弗复之顾也。夜则单衣讽诵，必过更，家人固请，乃略就寝。及旦复然。有来解之者，琬则对以："琬之性愚，素不喜他技。"厚谢之，揖使退。又尝学写书字，每日有求书写者，琬熟视其纸，一挥而成，于是染指间。郡将知之，欲呼琬入官籍，而辞以不笙歌，不足以备尊俎欢。太守亦以其女弟占籍，乃辍之。累次如此。然郡邑关蜀秦晋之地，舟车商贾之辐辏，金玉锦绣之所积，肩摩车击，人物最盛于他州。而督师官属往来不断，府中无事，游宴之乐日多相继。太守熟琬名，会有名公贤士则召之。琬凡侍燕，从行止一仆，携书箧笔砚以随。遇士夫缙绅，则书《孟子》以寄其志，人人爱之。

始琬不学吟诗，太守张公靖尝谓之曰："歌诗，人之所难，古君子莫不有作。尔既读书，不学诗何以留名？"琬退而编诗，独喜李杜。初学绝句，已有文彩可观，亦未尝师人也。他日见太守曰："琬已学之矣。"太守命题，执笔而成，深慕其敏且赡。由是间或席上有所赠答，多警句，关中以至淮甸人人争传诵，于是又以诗名愈盛。同列者疾之，每太守与客会，出题赋诗，或问以《孟子》，则众环指之，日伺隙以非语毁之。琬处之晏

5

青琐高议后集卷之七   1137

然，曾不瞩顾。琬于《孟子》，不独能造其义理，至于暗诵不失
一字。太字尝背其书以举，则应声曰："是篇也，在某板之某行
上。"故太守张公赠之诗，其尾有"桂枝若许佳人折，应作甘棠
女状元"之句。

　　时宰相司马光君实请告焚黄，自外邑而来。肃至府下，郡
将以宴，命琬侍。君实陕人也，久知琬，而未之识，因顾问曰：
"甘棠乃光之乡里也，闻娼籍有善谈《孟子》者，为谁？"主人指
琬以对。乃询其义，谦避不肯应。固问，则曰："孟子几圣者
也，琬何人，讵敢谈其书。"久促之，复曰："琬妇人也，对大儒而
言《孟子》，挟泰山以超北海，不量其力，不知其分者也。"君实
喜，顾谓主人曰："君子识之，妇人其谦能如此。"太守尤悦，待
之益厚，竟使系官籍。

　　琬自流为娼，所与合者皆当世豪迈之士。而厥母始为一
商所据，日夜沉寝，五月一出，醉未尝醒。致琬所接士恶之，足
疏踵门。琬已而自谋曰："琬既沉为此辈，苟不择人而与之游，
徒以轻才薄义，而重富商巨贾之伦，志乎利而已，则与俗奴奚
别？虽杀身不足以灭耻矣。今为娼而唯母氏之制，则不得自
由。又所接者，必利而后可也。当自图之。"

　　居数日，乃潜匿于郊外庄家，为易衣服，权使人为兄弟，乘
一蹇驴类流民，西如凤翔。既而太守求之，令下甚急。行次潼
关，守吏因止之曰："郡失一妓，太守传檄捕之方急，尔非耶？"
琬以言诈之，遂得脱去。至凤翔，才定居，而遣仆至陕，泄其
事。太守访得之，掠讯诸苦，备极不堪，乃具言之。遂移文凤
翔摄。摄下，琬不免，随牒而至。始至，众以为太守怒，必被
刑，群妓往往私相贺。及至庭下，太守问曰："何故而去？"琬对
曰："以非公，私故而去。"言甚凄怆。有顷，太守顾左右审之，

左右有知其故者以实对。太守愈喜,然以妓之有故不得脱籍辄他去者例不许,乃出金赎之免。琬既归,从容言母氏:"过荷太守殷勤,今乃复来,非欲还也。今日母氏格前日之非可矣,不然,琬五日内复去。此去,虽太守召不还也,加之刀锯弗顾也。有以亮之。"母氏泣,且曰:"自今后果绝商者,恩爱如往时。"

琬居手不释卷,非太守召,未尝出门阈。后既被籍其名府中,自府主而下呼叫频数,日不得在家,颇废书。愿欲脱籍,初未有路。其家自是亦稍富足,乃欲适人以遂初心,屡白太守,太守艰之,坐间,因命赋《香篆》诗曰:

> 一缕祥烟绮席浮,瑞香浓腻绕贤侯。
>
> 还同薄命增惆怅,万转千回不自由。

太守识而喜之,然终不听其去。

后太守交代,乘其时谒告,挈母氏骨肉徙京师。既至,为右军访得之而系其名,不得已而居京师。其门常闭,罕得见之。是以角胜图中无其名,而誉不播皇都也。时人欲得一见,往往推故,故人亦不足而谤之。其所接者,惟一两故人而已。居数年后,求去籍,遂所请。

始与太原王生有旧,乙卯中,生战交趾,没于兵间,琬闻之至深恸哭。又召举浮屠者诵经累日,以荐生生天。人钦其能全恩义。

其故人甘棠清虚子尝赴调抵京师,访其友西河陈希言,语及琬始末之操,希言惊叹且喜,翌日为长书遗清虚子。今姑录其略曰:

> 某闻天下谈说之士相聚而言曰:"从游蓬岛宴桃溪,不如一见温仲圭。"仲圭,娼家女也。处幽邃之地,其言语

动作,不过闺门之内,目顾手挽,不出于衽席之上而已矣。夫何以得此誉于天壤间哉?其以色而后文耶?抑复有异乎?或谓其善翰墨,颇通孟轲书,尤长于诗笔,有节操廉耻,而不以娼自待。而交游宴会,名硕多礼貌之。然虽士君子不能远过。平居所为崇重,经时足未尝践外庭,邻居亦不识其面。又所与契者,尽当世豪俊之士,至于轻浮儇浪之狂子弟,皆望风披靡而不敢侧目以瞩视。其然耶,其不然耶?仆窃倾慕之。

　　家世居京师,京师之娼最繁盛于天下,仆无不登其门而观之者。又尝侍亲游四方,四方之妓,一一皆审较其优劣。视其所得,察其所操,如仲圭者,实未之有焉。是以日夜孜孜,思慕一见,而邈无缘可往,不胜饮渴瞻向之至。兹者窃闻足下与之游有日矣,又且乡里人也,其于为人表里,不可以尽知之,谈说者果其虚言也,其果如仆之所闻耶?果如仆之所闻,则足下为绍介,仆将谒之。

　　仆尝谓天赋阴阳之粹,以流形于区域间,角而分、手而爪、蹄而走、翼而飞者,皆不可谓之人流。人之生,有性斯有情,虽愚者与同焉。谁不欲开口而笑,以傲区区之名利,潜心而静,心静而安,以忔夫死生哉!若郑子产知公孙丑为乱,而不识其为真人。禽滑厘闻端木赐狂,而不知其为达士。夫仲圭之贤,世固知之矣,不待仆言而后知也。仆何人哉,乃敢接近于真人达士耶!虽然,孟子之书,取一贤之言可效可师,又焉得自异而不法之哉?且夫蓬岛桃溪之路,与俗世之事其不可相比侔,不犹天地之悬绝哉?今议者乃愿彼之乐,而求一见仲圭之面,一接仲圭之谈,则仲圭之所以负荷膺得是誉者,宜如何也?仆固拳拳焉。

丁巳孟冬晦日，与君实同造其馆。希言世居京师，号能识人，一见如梦觉，知所闻且非妄誉。琬有诗仅五百篇，自编为一集，为好事者窃去。后继吟百首，乃不肖类成者。《孟子解义》八卷，辞理优当，秘未尝示人，非笃友不得闻其说。有求观其帙者，则尽己见，从而释之，于道固无谦让云。然名藩大府，多士如林，闻之曰："是自眩其不知分也。况琬妇人也，而释圣贤之书，义固不足观也。"予始正为一帙，自题其上曰《南轩杂录》。其间九经、十二史、诸子百家，自两汉以来文章议论、天文、兵法、阴阳、释道之要，莫不赅备。以至于往古当世成败，皆次列之。常日披阅，赅博远过宿学之士。其字学颇为人推许，有得之者，宝藏珍重，不啻金玉。就染指书，尤极其妙。性虽不喜讴歌，或自为辞，清雅有意到笔不到之妙，信其才也。或人求其所书，则拒应曰："德成而上，艺成而下，琬于此，不愿得名也。"其谦逊娴惠形而不言，率皆类此云。至于微言片善，著在人耳目，铭在人心腹者，固非笔舌能尽述，知者其默而识之。琬今日尚寓京师。

清虚子曰：韩退之尝有言曰："欲观圣人之道，自《孟子》始。"温琬区区一娼妇人耳，少嗜读书，长而能解究其义，亦可爱也。且观其施设措置，是非明白，诚鲜俪于天下。惜其生不适时，丁家之多难而失身，亦不幸矣。惜哉！使其身归于人，得或全其节操，天下称道在史策也，岂特言传之所能尽耶！姑且叙其略，云《甘棠遗事新录》。

张宿　胡宾枉杀张宿报

庆历年间，殿直张宿受命湖南军前讨蛮，宿属胡宾麾下。

胡为将也,尝谓军吏曰:"使吾平地破此贼,如摧枯拉朽耳。"命宿将兵数百人入贼洞,觇贼虚实。宿引兵深入,为盗断后路,危岭在前,进退皆不可得。宿激励士卒曰:"今日之事,非只图功名富贵也。陷此绝地,若不溅血争战,无一人可还者也。既所争在命,各宜奋励死战。"士卒于是争死赴敌。蛮贼据高处,木石交下,士卒所伤甚众。宿乃引其兵回争归路,贼扼隘,势不得过。宿挥戈当前力战,自寅至午,宿手杀百人,宿之兵亡七八矣。宿大呼曰:"使吾更得百人,可以脱身。"又战,身被十余创堕涧下,宿兵尽亡。

宿三日方归营,胡责之曰:"兵尽亡而独归何也?"宿为人气劲语直,言曰:"宿将兵才二百人耳,深入溪洞,彼断吾归路,宿励兵力战争死,杀伤千人,吾手杀者百人,吾兵虽没,亦足以报国也。吾今自身被重创者十余,堕涧下三日方脱,将军何酷之深也?"语言刚毅,曾不少屈。胡大怒,命左右斩之。宿引手攀帐哭曰:"将军贷贱命,我必立功报将军。死于此,不若死于贼,则吾之子孙当蒙恩泽,可以养老母及妻。"胡愈怒,叱兵擒去,宿攀帐木折乃行。宿出门叫屈,言云:"若有神明,吾必诉焉!"

后日,胡如厕,见宿立于旁,胡叱之曰:"尔安得来此?"宿曰:"吾已诉于有司,得报子矣!"胡但阴默自叹。不久,胡引兵入洞征蛮,大战得退。胡又深入过溪,见宿行于前,胡自知不免,又力战,乃陷,军尽死之。

青琐高议后集卷之八

甘棠遗事后序 子醇述甘棠诗曲

丹邱蔡子醇述

熙宁丁巳季冬之吉，友人河南张洞端诚相访，出清虚子为《琬传》示予曰："清虚子，雅厚君子人也，居常不妄毁誉。今为此传，事节首尾颇得其实。惜夫尚有缺漏者，我为子言之，为我补述之。

"琬最善谈语，每与宾友对席，礼貌雍容，绰约姮娥之思，实天赋与而非强使。然非道义之言，非悠久之语，曾不出诸其口。其言语若置齿间，优游闲雅，其音清响，且和而圆，倾耳而听，历历如闻钧天之乐，灿然有若锦绣之美，以辉辉乎人耳目。默而探其意，周旋骹骸，终不出于礼义之场。多学孟子之书，知友间或持身制行有非僻者，常亲写《孟子》文足以为戒者予之。与士大夫预坐，或人素推其能辩者，听琬言往往倾耳瞪目，低首钳舌，缩手袖间而不敢酬答。何则？彼听之惟恐不暇，讵敢恃己所至，聒聒然强与之角哉？清虚子谓琬能诗，多警句，信矣。予尝访得琬诗，仅得三十篇，所言皆有意思，不徒发耳。

寄　远

小花静院东风起，燕燕莺莺拂桃李。

斜倚红墙卜远人，楼外春山几千里。

寄　情

郎在溪西妾岸东，双眸寄恨托溪风。
待郎行尽溪边路，笑入垂杨避钓翁。

咏　莲

深红出水莲，一把藕丝牵。
结作青莲子，心中苦更坚。

咏　荷

鱼戏银塘阔，龟巢翠盖圆。
鸳鸯偏受赐，深处作双眠。

咏　菊二首

碧玉枝能辉砌栏，黄金蕊可荐杯盘。
陶潜素有东篱兴，莫与群芳一样看。

又

簇金雕玉斗玲珑，心有清香分外浓。
蜂蝶尽成嫌冷淡，陶潜不肯爱芙蓉。

述　怀

多情天赋反伤情，深闭幽窗倦送迎。
莫笑区区事章句，不甘道韫擅诗名。

免舞矸鼓曲

不辞粉黛涂青黑，不惜罗衣换戏衫。
节拍未明身不惯，忍交庭下露卑凡。

和雪景值初冬喜雪

六出飞花景最奇，尽从数片入罗帏。
拥炉公子温浓酒，寄垒将军卷战旗。
笑指旋消携手处，仰看无际并头时。
尽知感召归贤牧，阃境人心物态熙。

泛　舟

醉拥笙歌彩舰摇，落花飞絮扑兰桡。

碧波行处新荷小，惊起鸳鸯拂画桥。

寻　扇

架头轻拂隔年尘，随手清风快大宾。

愿得不遭秋弃掷，团圆常作掌中珍。

探 春 有 忆

纵步来芳圃，寻春亦有功。

雪消梅蕊白，烟淡杏梢红。

笺管吟情广，池亭物态融。

去年人不见，无绪绕幽丛。

偶　题

暗喜亭花上，喳喳喜鹊来。

良人在何处？云雨满阳台。

大 寒 偶 成

翠阁呵纤手，濡毫结冻丝。

发妆惟有酒，谁为暖轻肌？

雁　字

飞来绝漠三千里，写破晴空三四行。

点画不精难入画，应难染指献公堂。

对 月 献 书

素月流天爱者多，月光照处匪偏颇。

姮娥若没怀春意，因甚随人不奈何？

书　怀

鹤未远鸡群，松梢待拂云。

凭君观野草，内自有兰薰。

述 怀 寄 人

分手长亭后,音书更杳闻。

离愁应似我,况味不如君。

玉管宁无恨?兰犹别有薰。

攀思共明月,心绪正纷纭。

雪 竹

一簇修篁小槛中,可堪和雪更玲珑。

数枝压亚尤增秀,莫惜轻绡命画工。

雪 夜 观 月

天寒雪月相辉映,此夕家家尽玉堂。

梅老不收千里艳,桂新推出一轮香。

诗心挨晓吟晴景,木冻摇风拂冷光。

天上人间都作白,余辉思借读书房。

初 冬 有 寄

万木凋零苦,楼高独凭栏。

绣帏良夜永,谁念怯轻寒?

和刘景初园亭

养恬高士厌尘笼,一簇林亭气郁丛。

继日管弦皆雅丽,满城车马尽交通。

小舟轻泛泉飞碧,秀木横空叶堕红。

闻说留题诗版处,愧将狂斐厕名公。

饯 王 彦 辅

右曹固久称奇政,莫厌全将校秘文。

他日玉堂莲烛引,康衢霄壤颂清芬。

送监酒吕廷评

趋承阶所蒙存顾,再拜轩中怅别离。

驿舍酒醒霜月晓,泪痕无路到门楣。

咏 落 花

费尽东君力,无情一夜风。

莺声莫相薄,秀实枉春工。

题 华 山

终日华山前,为爱华山好。

多少爱山人,不见山空老。

席上赋太守流杯

绕坐水分山下洞,盈瓶酒泛桂中浆。

棠郊不是淹留地,紫诏行飞且引觞。

芍 药 二首

桃李开时英未吐,轮蹄方乏始花攒。

嘉名一种清香在,未肯将心愧牡丹。

又

首夏群芳色正残,玲珑千叶照杯盘。

主公好事偏相惜,怕损纤枝创曲栏。

琬诗甚多,予得之者才此数篇耳。

“琬闻己过不惮改,轻财好施,士有逆旅窘困者,辄召赠予。或辞不受,必宛转致,使有所济,则喜形于色。事母极纯孝,而临事能处,不牵拘于世俗。乐称道人之善。予每以言试之,未尝有伤妒之心。尝谓:娼者固冗艺之妓也,有不得已而流为此辈,所以藉赖金钱,活其生养其亲而已矣。既有所藉,则不可以无取,取之有道,得之有义,是故君子之所贵焉。今天下之娼则不然,举性乎淫而志乎利者也。但求能少识夫义理者实鲜。且夫平居里巷相慕悦,酒食游戏相追逐,诩诩强笑语以相取乐,握手出肺肠相示,指天日泣涕,誓死生不相负背,真若可信。一旦计锥刀之利,稍不如意,则弃旧从新,曾不之顾。间有莅官君子,承学之士,深惜名节者,亦甘心焉,折身下首,割财损家,极其所欲而后已。此虽夷狄禽兽之所不忍为,其人乃自视以为得意。噫!幸而不遇豪侠之客也,拂其颈,冲其胸,刃其躯壳,切其肌肤,悬头竿杪,涂血于地上之祸亦姑免矣。闻温琬之风者,可无愧死焉!而清虚子传意存讽讥,殆非苟作,欲人人致身于善地耳。"

予喜而听之曰:"子之所言,其不妄也。予文鄙,又不能增饰,奈何?"端诚笑而对曰:"增饰则未免乎伪也。"姑述张君所道而叙其实为《甘棠遗事后序》云。

汾阳王郭子仪 床下二鬼守公马

汾阳王未贵显时,一日,有故宿郊外田舍家。月色朦胧,田翁家垣篱疏缺,公絷马于茅轩前。公独卧不成寝,闻烛下有人嗽声,不见其形。又榻下有人呼烛下人曰:"吾二人各直一更。"至夜后,有人盗马出坏垣外,公欲呼田翁。俄床下人与烛下人匍匐而出,击其盗曰:"尔何人斯?敢盗汾阳王马!"夺其马以归。公连夕不寐,达晓乃去。公后有大功,累加尚父,女适公侯,男尚公主,门下吏俱为卿相,仆使建节者数人。居家三百口,二十年无缌麻服,唐室第一人也。

一门二相 吕贾一门二丞相

本朝大丞相吕公蒙正、大丞相夷简,一门二丞相,二十年居政地,钧陶群品,运斡元化,四夷畏服,天下一和,终始一节,玉立无玷,曳青紫者盈门。呜呼盛哉!

本朝丞相贾黄中、丞相昌朝,一门二相公,在钧轴百废条举,卿士大夫各安其职,天下称为贤相。美哉!

钱贤良　本朝钱氏应贤良

太宗钱易内翰贤良登第,子彦明逸连捷大用。明逸有奏云:"两朝之间相继者父子,十年之内并进者弟兄。"时人荣之。钱氏自纳土内附,艺祖遇以殊礼,延其世,系诸里。今得食者环郡县,加之以文学取显仕,世不乏人。盛哉!

一门六内翰　吕文穆父子相继

本朝丞相吕蒙正文穆公,子公弼、公著、公蕴、公需,为修历起居,后为翰长有名,继盛者未之有也。

一门枢相　陈尧咨兄弟之盛

本朝丞相陈尧咨,状元登第,自翰长作相。弟尧佐,复状元及第,作相。三弟尧叟,第二人及第,作枢密使。一门二状元、二宰相、一右相,圣朝之盛,一家而已。

三元一家　王冯杨三家之盛

大丞相王曾,青州解元、南省省元、殿前状元;枢密冯京,鄂州解元、南省省元、殿前状元;杨学士赏,开封府解元、南省省元、殿前状元。本朝太平百余年,文物最为隆盛,数路得人,推进士为上第。天圣三元三人耳。继之者必洪学大手笔之士,今继者一何甚稀也?

二元两家　黄庠范镇作二元

黄庠,州解元、南省省元;范内翰镇,国学解元、南省省元。范公文学有重望;黄公省试后卧病月余,唱第后方愈。二公才学优粹,凡为时所重,百余年始得二人,不亦少乎?

青琐高议后集卷之九

梦龙传·曹钧梦池龙求救

大宋天圣中,曹钧,彬县人也。其先远挺秀公,以丰功伟绩,守白州刺史,除南安节度使。高曾以来皆守藩,寓南海焉。洎乎子孙分裔,文武立身,世禄于晋,受永业之西湖堂,建书院,藏书万卷,组绣儒风。友朋自远方来者,悉赡以朝昏之费,推以寒暑之服,前后相继数世。书堂即基于西湖塘之阳,幽奇渊深之所也。曹氏以家世富贵,日延庆于远方,担簦是邑横经者尽求学焉。功业成就辞门应选登科第者十有八九。自以温习所暇,则同二三友人泛湖涟漪,短楫轻舟,吟烟啸月。

一夕,因风清波息,景寂人断,恍然梦一老人白衣来见曰:"我即非世人,乃即郡塘中龙也。居此塘,爱其澄澈,恋以门户,凡兴致云雨之期,皆从天命,庶免鳞甲枯干之虑。实藉水源,未报厚恩,辄露底蕴。知君勇义,必救难危。明日午时,西北有陷池龙来兹小戏,虑失大机,夙知郎君善于弓矢,可相救乎?"曰:"可。""君为审其彼此焉。彼龙为青牛,吾亦如之。吾以素帛缠身,但腰有白者,即吾也。愿细别形仪,幸无误失。"曰:"余射虽无功,敢不从命!"叟乃辞去。及觉,睹光明灿烂,舟中明月皓然,欲睹斯兆,展转不寐。不久鸡唱,细思老叟形影,尚仿佛目中。

至其时,不违所托,挽弓于塘侧伺之。未移时,见二青牛于平川中酣斗,钩挽弓流矢,中其俱青者膊。于是白腰者胜。既有强弩,鼓其余勇,逐龙过冈原,而无所睹矣。是夜三更,叟谢曰:"君善射,真号猿手也。而欲相报,拟须何宝?"曰:"仆自处人世,酷爱诗书,不重寸璧。若云珍宝,幸不介怀。惟愿子孙不离乡邑而荣也。"叟曰:"不离乡邑而荣者何?"曰:"都押衙则军州之最也。"叟曰:"君之所为一何劣哉?"对曰:"知足不辱,知止不殆。"叟曰:"善哉言乎!吾尝闻以约失之者鲜矣,即郎君之谓。天不夺人愿,必能副其志,保从郎君世世相继矣。"

及后果如其言,是知报恩龙神可记。

仁鹿记　楚元王不杀仁鹿

殿直蒋彦明诚之《地理志》云:楚有云梦之泽,方一千五百里。东有仁鹿山、仁鹿谷、仁鹿庙,世数延远,莫知其端。余尝游湘共衡,下洞庭,入云梦,询诸故老,莫有知者。因游岳阳,见休退崔公长官,且叩仁鹿事。公曰:"吾得古书于禹穴所藏,探而得之,子为我编集成传。"余既起,获其书乃许之。

楚元王在郁林凯旋,大猎于云梦之泽,有群鹿万余趋于山背,王引兵逐之。值晚,鹿陷大谷,四面壁立,中惟一鸟道,尽入曲阿。王曰:"晚矣,以兵塞其归路,明日尽取此鹿,天赐吾犒军也。"既晓,王令重兵环谷口,王自执弓矢。有一巨鹿突围而入,至于王前,跪前膝若拜焉。口作人言曰:"我鹿之首也,为王见逐奔走,逃死无地,今又陷绝谷。王欲尽取犒军,乞王赦之,愿有臆说,惟王裁之。"王曰:"何言也?"鹿曰:"我闻古者不竭泽,不焚山,不取巢卵,不杀乳兽,由是仁及飞走,鸟兽得以繁息。舜积仁而凤巢阁,汤去罗而德最高。人与鹿虽若异也,其于爱性命之理则一焉。吾欲日输一鹿与王,则王庖之不虚，吾类得以繁息，王得食肥鲜矣。若王尽取之，吾无噍类矣，王将何而食焉？于王孰利也？王宜察之！"王乃掷弓矢于地，言曰："汝亦王也，吾亦王也，汝爱其类，何异吾爱其民。伤尔之类，乃伤吾之民也。"王乃下令云："有敢杀鹿者，与杀人之罪同！"王谓鹿曰："归告尔类，吾将观尔类之出谷。"乃先令鹿行，王登峰而望焉。巨鹿入群鹿中，如告如诉。巨鹿前引，群鹿相从，呦呦和鸣而出谷。王叹惋还国。

后王军伐吴不胜而还，吴王复侵楚，楚王与吴战，又失利。楚王乃深沟高垒，坚壁以老吴师。楚多为疑兵，然吴兵尚锐，楚王深虑焉。吴军一夕还营，若万马奔驰，吴军为邻国救至，乃遁去。楚王明日绕吴营，见鹿迹无数环其营。王坐郊外，见向巨鹿突至曰："今日乃是报恩焉。吾乘月黑引万鹿驰绕其营，彼必为救至，乃遁去。"王劳谢曰："今欲酬子，将欲何物？"鹿曰："我鹿也，食野草而饮溪水，又安用报也？愿有说上陈：楚含九泽，包四湖，回环万里，负山背水，天下莫强焉。加有山林鱼盐之利，虾蟹果栗之饶，苟能善修仁德，勤抚吾民，可坐取五伯。彼不修仁义，毒其人民，王从而征之，彼将开门而内吾军，此不战而胜者也。王不修仁德，而事征伐，向吴之侵楚，乃王先伐之也，何不爱民行仁义，坐而朝天下，岂不美也？"王曰："善哉！"王曰："吾为子立庙，以旌尔德。"乃名其山曰仁鹿山，谷曰仁鹿谷，庙曰仁鹿庙。

鳄鱼新说 韩公为文祭鳄鱼

余尝读《唐书·韩文公传》云：公元和十四年，谪官潮州刺史。公至，患鳄鱼为害，公作文以牲投恶溪之潭。翌日，群鳄相随而徙于海，才三十里而止。余甚疑焉。夫古之善政所感，虎去他州,蝗不入境者有之矣。以公之文学政事,宜乎驱鳄鱼而去;其言三十里而止,卒不能入三十里内,余惑焉。

　　熙宁二年,余有故至海上,首询其事,又欲识鳄之状。会有老渔详言其实云:"鳄之大者数千斤,小者亦不下数百斤。水而伏,山而孕,卵而化。其形蟹目虿角,龙身鳖足,用尾取物,如象之用鼻焉。苍黄玄紫,其色不一。方其幼者,居山腰岩腹之下。其卵百余,大小不一,能为鳄者率二三,他皆或鼋或鳖。鳄之游于水,他鱼不可及。溯流顺水,俱无他鱼。羊豕猪犬之游于岸者,鳄潜其下,引尾取而食之。民被其害。"余又问老渔:"韩公遣鳄而鳄去,止于三十里乎?"渔曰:"熟闻大父言云:韩公亲为文,遣衙吏史济临恶溪之岸,陈牲读文。不久,一巨鳄出岸下,济惧,尽以牲文投水中,遽往。回视鳄,衔其文而去。是夜大雷,苍云蔽溪,水穷于溪者无患焉。史云三十里者,举其迹而言也。"

　　一日,渔者得一乳鳄于海上,长不满三尺,其状皆如老渔之说。鳞角间有芒刺,手不可触,其状固可惧,况其大者乎?

朱蛇记　李百善救蛇登第

　　大宋李元,字百善,郑州管城人。庆历年,随亲之官钱塘县。下元赴举,泛舟道出吴江,元独步于岸,见一小朱蛇,长不满尺,赭鳞锦腹,铜鬣绀尾,迎日望之,光彩可爱。为牧童所困,元悯之,以百钱售之。元以衣裹归,沐以兰汤,浣去伤血,夜分,放于茂草中,明日乃去。

　　元明年复之隋渠东归,再经吴江。元纵步长桥,有一青衣童展谒曰:"朱秀才拜谒。"元睹其刺,称"进士朱浚"。元以其声类,乃冠带出,既揖,乃一少年子弟,风骨清耸,趋进闲雅,曰："浚受大人旨,召君子闲话。浚之居长桥尾数百步耳。"元谓浚曰："素不识君子之父,何相召也?"浚曰："大人言:'与君子之大父有世契。'固遣奉召也。大人已年老,久不出入,幸恕坐。"邀意甚勤厚。元拒不获已,乃相从过长桥,已有彩舫舣岸。浚与元同泛舟,桂楫双举,舟去如飞。

俄至一山,已有如公吏者数十立俟于岸。元乘肩舆既至,则朱扉高阙,侍卫甚严。修廊绳直,大殿云齐,紫阁临空,危亭枕水,宝饰虚檐,砌甃寒玉,穿珠落帘,磨璧成牖,虽世之王侯之居莫及也。俄一老人高冠道服立于殿上,左右侍立皆美妇人。吏曰："此吾王也。"浚乃引元升殿,元再拜,王亦答拜。既坐,曰："久绝人事,不得奉谒,坐邀车驾,幸无见疑。因有少恳,即当面闻。前日小儿闲游江岸,不幸为顽童所辱,几死群小之手,赖君子仁义存心,特用百钱救此微命,不然,遂为江壖之土也。"元方记救朱蛇之意。王顾浚曰："此君乃使子更生者也,汝当百拜。"元起欲答拜,王自起持元手曰："君当坐受其礼,此不足报君之厚赐。"王乃命置酒高会,器皿金玉,水陆交错。后出清歌妙舞之姬,又奏仙韶钧天之乐,俱非世所有。

酒数巡,元起曰："元一介贱士,诚无他能,过荷恩私,不胜厚幸,深恐留滞行舟,切欲速归侍下。"王曰："君与吾家有厚恩,幸无遽去,以尽款曲。"元曰："王之居此,愿闻其详。"王曰:"吾乃南海之鳞长,有薄功于世,天帝诏使居此,仍封为安流王。幸而江阔湖深,可以栖居。水甘泉洁,足以养吾老也。"王曰："知君方急利禄,以为亲荣。吾为君得少报厚恩可乎?"元曰："两就礼闱,未沾圣泽,如蒙荫庇,生死为荣。"王曰："吾有女年未及笄,欲赠君子为箕帚,纳之当得其助。"又以白金百斤遗之。王曰："珠玑之类,非敢惜也。但白金易售耳。"乃别去,既出宫,复乘前舟,女奴亦登舟同济。少选至岸,吏赍金至元舟乃去。

元细视女奴,精神雅淡,颜色清美,询其年,曰:"十三岁矣。"自言小字云姐,言笑慧敏,元心宠爱。后三年,诏下当试。云姐曰:"吾为君偷入礼闱,窃所试题目。"元喜。云姐出门,不久复还,探知题目。元乃检阅宿构,来日入试,果所盗之题,元大得意,乃捷。荐名后,省御试,云姐皆然。元乃荣登科第,授润州丹徒簿。

云姐或告辞,元泣留之,不可。云姐曰:"某奉王命,安可久留?"元开宴饯之,云姐作诗曰:

> 六年于此报深恩,水国鱼乡是去程。莫谓初婚又相别,都将旧爱与新人。

时元新娶。元观诗,不胜其悲。云姐泣下,再拜离席,求之不见。元多对所亲言之,今元见存焉。

议曰:鱼蛇,灵物也,见不可杀,况救之乎?宜其报人也。古之龟蛇报义之说,彰彰甚明,此不复道。未若元之事,近而详,因笔为传。

青琐高议后集卷之十

袁元 仙翁出神救李生

先生袁元,不知何地人也。葛裘草履,遍游天下,所至终日沉醉。一日,游齐州长清县,市有李生,以财豪于邑下。先生日过其门,则引手谓李生曰:"赠吾百金为酒费。"生不违其请,即时遗之。比日而来,凡经岁,生无倦色。

一日,先生别生曰:"久此扰子,吾将远游。子能觞我,则主人之意尽矣。亦将有以教子。"生曰:"诺。"乃与先生出郊外。酒半酣,先生云:"子有大厄,子能慎之,乃免。不然,祸在不测。"生曰:"先生赐教,敢不从命?"先生取笔于生手掌中书一"慎"字,曰:"子慎勿殴人,殴人则人死。子守出一月乃无患。"生归,日夕思虑,不敢出户。

经浃旬,一日,忽闻门外喧竞,生忘先生之言,遽出视焉。有跛而丐者,在生开典库前,出言秽恶,生忿然殴之。跛者仆地,首触户限,奄然无气,既久不复生。生大悔泣,谓其母曰:"不听先生之教,果有大祸。逃则不忍去膝下,住则当受极法。"因大恸。生性至孝,母曰:"窜可偷生,无坐而待缚。"乃由居之后户而去。方出,见先生,泣拜曰:"别后逾月,灭裂教诲,今果如先生之言,为之奈何?"先生曰:"子复归,吾为画之。"先生坐一静室,谓生曰:"子出受絷,吾自有计。"先生乃阖户闭目。生出户,观者如堵,吏乃执生。俄而跛者起坐,少选乃行,

去甚速。吏乃舍生令归。生入室,视先生尚闭目端坐,若入定
者。

翌日,乃开眼谓生曰:"跛者固已死矣,吾出神入其尸,使
走焉。吾驱其尸在灵岩山洞涧旁,人迹所不至处矣。"先生曰:
"子至孝,当有善报。子寿期合至七十四,今以殴跛者,促其四
年矣。"先生将去,生曰:"死生再造之赐,罄家所有不足报德,
不识先生意欲何物?"先生笑曰:"吾方与星辰出没,天地久长,
安用世货焉?"竟去。

养素先生 诏上殿宣赐茶药

先生姓蓝,名方,字元道,亳州人。父老言:"自儿童时见
先生,初见迄今如一。"先生发委地,黑光可鉴,肌若截膏,眉目
疏远,面若堆琼,齿如排玉。举动温厚,接物以和,大小皆得其
欢心。或游旗亭,遇废民丐于道路,探怀出钱盈掬遗之。颇好
施药,诊救疾苦。

仁庙闻先生之名,特诏上殿赐坐。及赐茶药,馆先生于芳
林园。先生告去,帝赐先生号南岳嵩山养素先生,乃往南岳道
观。是日学士丽公昌赠先生诗曰:

圣泽浓云隐逸身,道装宜用葛为巾。

祝融峰下醉明月,绿水源头钓紫鳞。

曾见海桃三结子,不知仙豆几回春?

他年我若功成去,愿作云桥跪履人。

先生和云:

仰告明君乞得身,不妨林下戴纱巾。

满斟村酒浮琼蚁,旋钓溪鱼脍锦鳞。

元府乌鸦飞后夜,洞中花木镇长春。

吾官傥若为同志？个里才由两个人。

先生独立阁上，一夕，与人语言，侍者穴牖窥之，则见红光满室。明日，客问之，先生曰："吾师刘道君行过此，叙话少刻耳。"先生一日沐浴，坐而召侍者曰："吾今二百七十二岁，安可复受先生位号？但不欲拒圣君之意，今当舍去。"乃奄然逝。

先生多游西川，亦往来湖湘间，人时复见之。

蓝先生续补 论功行可至神仙

先生居南岳时，有弟子陈通叟曰："闻诸师曰：'无功行，则不至神仙位地。'愿先生提耳，告其枢要。"先生曰："古之为功行者恐人知，今之为功行者恐人不知，此所以功行肤浅，卒无所成就也。今之世有跛一足、眇一目不能自有者，皆天地之废民，能赈恤之，亦有功行。有其地、无其地有二说焉。有其地，富者也；无其地，贫者也。有其地，则易为功；无其地，则难为效。居难为效之地，而能为功，又愈于有地者也。然此皆外也。外者，人能勉为之矣。不若积于内，孝于亲，谨于兄，睦于族，信于朋友，无欺于人，无负于神，仰天俯地无所自愧，此云内也。然后从而求其所可为，以济万物之不足。内外一体，表里为用，此神仙之用心也。久而不已，即将有补焉。"通叟乃再拜。

中明子 刘昉尸解游京师

刘昉先生尸解后，游于京师，里人简有从遇之于途，邀先生于茶肆。有从询云："公非刘先生乎？"公曰："然。""闻先生尸解久矣，何故至此？"先生云："无则人有，假乃归真。此吾家常事，子何讶哉！"有从言曰："尝幸抠衣，又同里闬，先生面若红妆，而吾将为枯骨，先生忍不教之乎？"先生曰："人之亡于道，五十岁前则可以出也。逾年虽学之勤死，如坏屋，益以完补，但可延岁月。则子今年七十岁矣，学之何益？且子好言法律，教人争讼，甚为阴德之累。"言讫，乃闭目不语，久方去。有从蹑其踪，先生回顾，天上一鹤冲天而飞翔，其人亦回顾鹤，即失先生矣。

施先生　不教马存炉火法

先生姓施，名无疾，不知何地人也。时往来京索间，多不食，动经岁月，惟日饮酒。人强使之食，一饭亦尽斗米。体有青毛，未尝令人见。或运气则须发直立，溺能过屋。治病以水不以药。教人行孝悌仁义。

有狂生马存，随之数日。先生云："汝于吾何求？"存曰："某留心炉火有日矣，终未有所成就，愿先生略言大概。"先生始则仰面长叹，终则俯首责存曰："子家货不啻千万，金玉堆积，贯朽于库，粟陈于仓。汝日食不过数盂，身衣不过盈匹，尚不知足，子无厌之心可知也。有奸者给汝曰：'得大药，烧异物为黄金，用以为饮器，则神仙可学也。'乃诳者之私言，非通人之至论。昔钟离、吕洞宾初学道，有人谓之云：'当得助道之术，我有术，用药煮铜为银。'仙翁曰：'有变乎？'其人曰：'后五百年乃变，归其元。'仙翁曰：'吾不学，恐误五百年后人。'自是名藏真府，迄今为地仙。"存再拜乃去。

先生今多在华山。

马大夫传　记大夫忠义骂贼

向时军寇王则以异术惑众，一旦蚁聚，盗据彼州。时贾侍中镇北门,日夜忧虑。自度边城矹立,固若石壁,卒不可破,攻之则劳日月。急引兵环之,未有破取之计。有从行指呼吏马君璧曰:"城坚池深,虽万卒不可力取。愿得侍中一言,当入其城,伺其便,手杀元凶,他皆可说而降也。"侍中大喜,临砌遣之,丁宁告戒曰:"壮士立功,在此一举。"

马君至城,浮渡河水,呼守城者,俱睡。乃束身上城,见军贼,与之对坐,首道朝廷恩信:"吾奉侍中旨,君今束手出城,侍中为请于朝,君亦不失五品官,一生富贵。若更托迷,天子诏一将提兵数万,昼夜兼攻,子之身膏剑戟,肉喂狗彘。"言甚悄直,贼颇迟疑,不应。君知贼终不听,乃复曰:"吾受侍中密旨,他人不可闻,愿辟左右。"领兵救至,乃引马君去而杀之。

议曰:马君真壮士也,惜乎不持寸铁,入危贼若入其家,而无取惮。志虽不就,子孙嗣蒙显赏,功书竹帛,亦足垂名万世。勇哉!

僧卜记 张圭与马存问卜

庆历年,钱塘张圭调官都下,多与里人马存往还。存亦待缺。中铨之日,两人同游都门外古寺。时有一僧坐户门,衰朽特异,闭目拱手,默然而坐。

圭与存亦在其旁。不久僧开目揖存、圭,复坐。圭与存议曰:"久客都下,未有所及。"各嗟叹。僧曰:"子二人欲知食禄之地乎?"圭、存曰:"然。"僧曰:"吾为子作卦兆之。"圭、存极喜。三人环坐,僧乃探怀出皂囊,中有算竹及大钱十六文。僧以钱叠作浮屠,命圭以手触之,钱散于地。僧乃俯而观焉。又取钱如前叠之,命存以手触之,僧复观焉。曰:"张君乃溃卦,东至泰山则可,西至华山路塞。马君乃散卦也,南至大庾有

路,北至嵩岳无缘。张则一幕盖天,马则一尾扫地。"圭曰:
"《易》中无溃、散二卦。"僧曰:"此乃焦贡《易林》言也。"俄雨
作,僧曰:"老僧笠子在殿后,去取之。"乃入殿后不出。圭、存
乃入殿后寻之,但见凝尘满地,又无人迹。出询寺僧,云:"此
寺只一僧,无衰老者。"两人愕然,共记其言。然圭授筠州推
官,存授瑞州高安县尉。圭至筠州,以受贿败归去。存到瑞
州,为侬贼荡杀。所云"张一幕盖天,存一尾扫地"之应也。彼
僧之卦兆也,何先知之审欤!

青琐高议别集卷之一

西池春游 侯生春游遇狐怪

侯诚叔,潭州人,久寓都下,惟以笔耕自给。□古年有都官与生有世契,诚叔得庇身百司,复从巨位出镇,获补□武,乃授临江军市□。是时年二十八岁,尚未婚,虽媒妁通好,犹未谐。

一日,友人约游西池。于时小雨初霁,清无纤尘,水面翠光,花梢红粉,望外楼台,疑中箫管,春意和煦,思生其间。诚叔与友肩摩逶迤步长桥,远□一妇人从小青衣独游池西,举蒙首望焉。其容甚冶,诚叔亦不致念。翌日,又同友人游焉。步至桥中,前妇人复于故处。诚叔默念:池西游人多不往,彼妇人独步而望,固可疑。将往从之,逼友人弗克如意。日西倾,将出池门,小青衣呼诚叔云:"主妇遗子书。"诚叔急怀之以归。视之,乃诗一首也。诗云:

> 人间春色多三月,池上风光直万金。
>
> 幸有桃源归去路,如何才子不相寻?

复云:"后日相见于旧地。"诚叔爱其诗,但字体柔弱,若五七岁小童所书。

又如期而往,遇于池畔。诚叔偷视,乃西子之艳丽,飞燕之腰肢,笑语轻巧,顾视□诚叔□□□□池上复游西岸,诚叔问其姓,则云:"妾姓独孤,家居都北,异日欲邀君子相过。"迤

遇又还池西□步,复以书一封投诚。书云:"今日有中表亲姻约于池上,不得款邀,其余更俟他日。"诚叔归视其书,亦诗也。诗曰:

几回独步碧波西,自是寻君去路迷。

妾已有情君有意,相携同步入桃溪。

后日复□相遇,乃去。

翌日大风雨稍霁,诚叔□骑去,去泥泞尤甚,池门阖关无人。诚叔意思索寞,将回,有人呼生,回顾,乃向青衣。女曰:"今日泥雨,道远不通车骑,有诗与君。"观之,即诗也:

春光入水到底碧,野色随人是处同。

不得殷勤频问妾,吾家只住杏园东。

青衣寻去,不复有异日之约。生恋恋。

他日复游,杳不可见,云平天晚,生意愈不足,乃回。将出池门,向青衣复遗诚叔书云:"妾住桃溪杏圃之间,花时烂漫,无足可爱。或风月佳夕,弟妹燕集,未始不倾晷结相思。与郎遇,逼父母兄弟邻里,莫得如意,异日君出都门,当遂披对。弛皆一侍者通道委曲。"青衣曰:"君某日出酸枣门,西北去,有名园景物异处,乃我家也。我至日以俟君于柳阴之下。"

生如期往焉。出都门数里,果见青衣。同行十余里,青衣指一处,花木茂甚。青衣邀生人于其中,乃酒肆,青衣与生共饮。青衣曰:"君且待之。娘子以父母兄弟,又与朱官家比邻,昼不可至,君宜待夜。"生与青衣徐徐饮以俟夜。

已而颓阳西下,居人合户,青衣乃引诚叔往焉。高门大第,回廊四合,若王公家。生入一曲室,杯皿交辉,宝蜡并燃,帘垂珠线,幕卷轻红。生情意恍惚,与姬对饮。姬云:"郊野幽窟,不意君子惠然见临。妾居侍下,兄弟众多,□西善邻,未谐良聚。今日父母远游，经月方回；兄弟赴亲吉席。今日之会，乃天赐之也。"命小僮舞以侑酒。

少选，青衣报云："王夫人来矣。"笑迎夫人曰："虽处邻里，不相见久矣。"夫人曰："知子今日花烛，我乃助喜耳。"生起揖之，夫人亦躬敛谢生。三人共集，水陆并集。夜将半，王夫人云："日月易得，会聚尤难，玉漏催晓，金鸡司晨，笑语从容，更俟他日。"王夫人乃辞去。

生乃与姬就枕，灯火如昼，锦屏双接，玉枕相挨，文绸并寝，帐纱透烛，光彩动人。姬肌滑，骨秀目丽，异香锦衾，下覆明玉，生不意今日得此，虽巫山华胥不足道也。生因询："王夫人何人？□□□色秀美如此。"姬曰："彼帝王家也。"生惊曰："安得居此？"姬曰："今未可道，他日子自知之耳。"是夜各尽所怀。

不久钟敲残月，鸡唱寒村，姬起谓生曰："郎且回，恐兄弟归，邻里起，郎且不得归矣。不惟辱于郎，且不利于妾。君不忘菲薄，异日再得侍几席。"生曰："后会可期也？"姬曰："当令青衣往告。"姬送生出门，生回顾，见姬倚门，风袂泛泛，宛若神仙中人。生愈惑，百步十顾，生犹望焉。

生归数日，心益惑乱。自疑："岂其妖也？"所可验，臂粉仍存，香在怀抱。后逾月无耗，生乃复至相遇之地，都迷旧路，但□园圃相接，翠阴环合。乃询人曰："此有独孤氏居？"卒皆莫有知者。有老叟坐柳阴下抱蓑笠，生往叩之，且道向所遇之实。叟曰："此妖怪尔。"生惊。叟曰："事虽惊异，亦不至害人，可席地，吾将告子。"叟云："此有隋将独孤将军之墓，即不知果是否？下有群狐所聚。西去百步有王夫人墓，乃梁高祖子之妻耳。"生覆叟曰："彼何知其为怪也？"叟云："向三十年前，吾

闻此怪,多为人妻,夫主至有三十载,情意深密。人或负之,亦
能报人。"生曰:"此怪独孤之鬼乎?"叟曰:"非也,独孤死已数
百年,安得鬼? 此乃群狐耳。吾今九十岁矣,所见狐之为怪多
矣。今若此狐能幻惑年少。向一田家子年少,身姿雅美,彼狐
与之偶,逾岁,生一子,归田家,夜则乳其子,昼则隐去。后家
人恶之,伺其便,以刃伤其足,乃不复来。"叟以手抚生背曰:
"子听之。子若不能忘情,与之久相遇则已;子若中变,□不
测,虽不能贼子之命,亦有后患耳。"生曰:"彼狐也,以情而爱
人,安能为患?"叟曰:"此狐吾见之,莫知其几百岁也。智意过
人,逆知先事。有耕者耕坏冢,见老狐凭腐棺而观书,耕者击
之而夺其书,字皆不可识,经日复失之,不知其何书。此狐善
吟诗,能歌唱伎艺□不能者。子过厚,彼亦依于人也,但恐子
□□即报子矣。吾见兹怪已七八十年矣,不知吾未生之前为
怪又不可知也。"叟亦扶杖而归,生亦归所居。

　　生日夜思慕其颜色,欲再见之,有如饥渴。时方盛热,生
出,息于厅廊下,猛见青衣复携书至,生遽起启封而观焉,乃一
诗也,其词云:

　　　　暌违经月音书断,君问田翁尽得因。沽酒暗思前古
　　事,郑生的是赋情人。

生见青衣慧丽,颜色亦甚佳,乃云:"随我至室。"意将为诗谢
姬。青衣既入室,生则强之,青衣拒曰:"非敢僭也,但娘子性
不可犯,□□妾当死矣。岂可顺君子之意,因一欢而巧言百
端?"生固不听。青衣弱力不能拒生,久之乃去。出门谢生曰:
"辱君子爱慕,非敢惜也,第恐此后不见郎也。"挥泪而去。复
回,谓生曰:"郎某日至某园中,北有高陵丛墓处,子必见姬
也。"

　　生至日，至其所约之处，阒不见人。时盛暑，生乃卧木阴下熟寐。既起，则日沉天暗，宿鸟投林，轻风微发，暮色四起。惊喧欲回，念都门已闭。俄有人出于林后，生视之，乃姬也。且喜且问："君何舍我久乎？"姬至一处，云："此妾之别第也。"携生同往。姬谢云："妾之丑恶，君已尽知，不敢自匿，故图再见。"姬俯首愧谢，玉软花羞，鸾柔凤倦，生为之怆然，曰："大丈夫生当眠烟卧月，占柳怜花，眼前长有奇花，手内且将醇酎，则吾无忧矣。"于是高烛促席，酌玉醴献酬，吐盟辞固远挽松筠，近祝神鬼。是后与姬昼燕夜寐，凡十日。

　　姬云："君且归数日，妾亦从君游。君为择一深院清洁，比屋无异类，盖君子居必择邻。"是夜又置酒，不久侍者报云："夫人至。"生益喜。三人共坐。生询云："夫人何故居此？"夫人愁惨吁嗟，久方曰："妾非今世人。妾朱高祖中子之妇也。妾妇人，高祖掠地见妾，得为妇。"生曰："某长观《五代史》，高祖事丑，史之疑也，实有之。"夫人容貌愈愧，若无所容。久方曰："高祖之丑声传千古，至于今日，妾一人安能独讳之？妾自入宫，最承顾遇，妾深抗拒，以全端洁。高祖性若狼虎，顺则偷生，逆则速死。高祖自言：'我一日不杀数人，则吾目昏思睡，体倦若病。'高祖病，妾侍帝，高祖指妾云：'其玉玺，吾气才绝，汝急取之，与夫作取家，□勿与之。友生逆物，吾誓勿与。'时友生妇屏外窃听，归报友生云：'大家已将传国玺与五新妇，我等受祸非晚也。'翌日，友生携白刃上殿。时帝合目偃卧，妾急呼帝云：'友生将不利于陛下。'帝遽起。帝亦常致刀于床首，时求之不获，不知何人窃之也。帝甚急，以银瓶掷友生，不中。帝骂曰：'尔与吾父子，辄敢为大逆也！吾死，子亦亡矣。'帝云：'吾杀此贼不早，故有今日之祸。'友生母曰：'我子乃以缓步迟尔!'急逐帝,帝大呼求救,绕柱而走。时帝被单,友生逆斩帝腹,肠胃俱堕地。帝口含血喷友生盈面,友生乃退。帝自以肠胃内腹中,久方仆地。友生为血所喋,神色都丧,乃下殿呼其兵。宫中大乱,高祖惟用紫褥裹之。友生杀君父死如此,友生非天地之所容也。吁!高祖本巢贼之余党,不识□□度宫□□浊乱□自贻大祸,今日思之,亦阴报也。妾亲见逼唐昭宗迁都,皇后乳房方数日,昭宗亲为诏请高祖,高祖不从,昭宗竟行。帝所为他皆类此。"侍儿进曰:"异代事言之令人忿恨。"乃作乐纵酒。夜半,王夫人去。及晓,生乃归。

姬复曰:"子急试第,我将往焉。"生幽居数日,姬先来。姬装囊最厚,生暖愈温。生久寓都辇,至起官费用,皆姬囊中物。姬随生之官,治家严肃,不喜揉杂,遇奴婢亦有礼法,接亲族俱有恩爱。暇日论议,生有不直,姬必折之。生所谓为,必出姬口,虽毫发必询于姬。所为无异于人,但不见姬理发组缝裳。姬天未明则整发结髻,人未尝见。三牲五味茶果,姬皆食,惟不味野物。饮亦不过数盂,辞以小□,他皆无所异。姬凡适生子,不数日辄失之。

前后七年,生甫补官都下,有故游相国,遇建龙孙道士,惊曰:"生面异乎常人。"生曰:"君何以言也?"孙曰:"凡人之相,皆本二仪之正气,高厚之覆载。今子之形,正为邪夺,阳为阴侵,体之微弱,唇根浮黑,面青而不荣,形衰而靡壮,君必为妖孽所惑。子若隐默不觉乎非,必至于死也。人之所以异于人者,善知性命之重,礼义之尊。今子纫惑异物,非知性命者也;惑此邪妖,非尊礼义者也。吾将见之尸卧于空郊矣。"生闻其论甚惧,但诺以他事,不言其实。

生归,意思不足,姬诘之,生对以道士之言。姬笑曰:"妖道士之言，乌足信也。我以君思我甚厚，不能拒君，故子情削。"姬出囊中药令生服。后月余，复见孙道士。孙惊曰："子今日之容，气清形峻，又可怪也。"生答以服姬之剂若此。孙云："妖惑人也，吾子不知也。"

生一日告姬云："吾欲售一婢妾，足以代子之劳。"姬不唯。生请甚坚。姬曰："先青衣，子尝犯之，吾已逐之海外。子若售妾，吾亦害之。"由是生乃止。

生有舅家南阳，甚富，不与会十余年，生欲往谒之。乃别姬云："吾往不过逾月，子但端居掩户。"姬泪别生曰："子慎无见新而忘故，重利而遗义。"生至邓，舅极喜。南阳太守乃生之主人，生见之。太守云："子久待阙都下，吾此正乏一官，令子补填之。"太守乃飞章申请。舅暇日询曰："汝娶未？"生答云："已娶矣。""何氏族姓？"生则顾舅而言他。舅亦疑矣。他日会其妻诘生，生乘醉道其实。舅责生曰："汝，人也，其必于异类乎？"乃为生娶郝氏。郝大族，成婚之期，生尤慰意。

不久，生受邓之官，生乃默遣人持书谢姬。后为书与生云："士之去就，不可忘义；人之反覆，无甚于君。恩虽可负，心安可欺？视盟誓若无有，顾神明如等闲。子本穷愁，我令温暖。子口厌甘肥，身披衣帛。我无负子，子何负我？吾将见子堕死沟中，亦不引手援子。我虽妇人，义须报子。"

生后官满，挈其妻治家于汝海，独出京师。蒙远出，生被命广州抽兵。生数日后，忽有仆持书授郝氏，开书乃夫之亲笔，云："吾已蒙广州刺史举授此州兵官，汝可火急治行。"妻询其仆，云："生令郝氏自东路洪州来。"郝氏乃货物市马而去。生在广，复得郝氏书，乃郝之亲笔，云："我久卧病，必死不起，君此来即可相见，不然，乃终天之别。我已遣兄荆州待子，君当由此途来。"生自广急归,至京,不见郝氏;郝氏至广,不见生。后年□,方复聚于京师。生与郝氏大怃,家资荡尽。

一日,生与郝氏对坐,有人投书于门,生取观之,云:"暂施小智,以困二人。今子之情深,乃可惜之寥落也。"书尾无名氏,生知姬所为也。

后一年,郝氏死,生亦失官,风埃满面,衣冠褴褛。有故出宋门,见轻车驾花牛行于道中,有揭帘呼生曰:"子非侯郎乎?"生曰:"然。"姬曰:"吾已委身从人矣。子病贫如此,以子昔时之事,我得子,顾尽人不能无情。"乃以东□钱五缗遗生,曰:"我不敢多言,同车乃良人之族也,千万珍重。"

议曰:鬼与异类,相半于世,但人不知耳。观姬之事一何怪? 余幼年时,见田家妇为物所惑,□□妆饰言笑自若,夜则不与夫共榻,独卧,若切切与人语。禁其梳饰,则欲自尽,悲泣不止。其家召老巫治之。巫至,则曰:"此为狐所惑,□邻家犬作媒。"乃以柳条□却犬,犬伏禁所。又为坛以治妇。少选,一狐噪于屋后,巫乃为一火轮坐其上,而旋其轮,妇及犬恐而走,百步乃止。虽有之,惟姬与生之事为如此之极也。

青琐高议别集卷之二

谭意歌 记英奴才华秀色

谯郡秦醇子复

谭意歌,小字英奴,随亲生于英州。丧亲,流落长沙,今潭州也。年八岁,母又死,寄养小工张文家。文造竹器自给。

一日,官妓丁婉卿过之,私念:苟得之,必丰吾屋。乃召文饮,不言而去。异日复以财帛赆文,遗颇稠叠。文告婉卿曰:"文廛市贱工,深荷厚意,家贫,无以为报。不识子欲何图也?子必有告,幸请言之,愿尽愚图报,少答厚意。"婉卿曰:"吾久不言,诚恐激君子之怒。今君恳言,吾方敢发。窃知意哥非君之子,我爱其容色,子能以此售我,不惟今日重酬子,异日亦获厚利。无使其居子家,徒受寒饥。子意若何?"文曰:"文揣知君意久矣,方欲先白。如是,敢不从命?"是时方十岁,知文与婉卿之意,怒诘文曰:"我非君之子,安忍弃于娼家乎?子能嫁我,虽贫穷家所愿也。"文竟以意归婉卿。

过门,意哥大号泣曰:"我孤苦一身,流落万里,势力微弱,年龄幼小。无人怜救,不得从良人。"闻者莫不嗟恸。婉卿日以百计诱之,以珠翠饰其首,轻暖披其体,甘鲜足其口,既久益勤,若慈母之待婴儿。辰夕浸没,则心自爱夺,情由利迁,意哥忘其初志。未及笄,为择佳配。肌清骨秀,发绀眸长,黄手纤纤,宫腰搦搦,独步于一时。车马骈溢,门馆如市。加之性明

敏慧,解音律,尤工诗笔,年少千金买笑,春风惟恐居后。郡官
宴聚,控骑迎之。

　　时运使周公权府会客,意先至府,医博士及有故至府,升
厅拜公。及美鬒可爱,公因笑曰:"有句子能对乎?"及曰:"愿
闻之。"公曰:"医士拜时须拂地。"及未暇对答,意从旁曰:"愿
代博士对。"公曰:"可。"意曰:"郡侯宴处幕侵天。"公大喜。意
疾既愈,庭见府官,多自称诗酒于刺。蒋田见其言,颇笑之,因
令其对句,指其面曰:"冬瓜霜后频添粉。"意乃执其公裳袂,对
曰:"木枣秋来也著绯。"公且愧且喜,众口嚄然称赏。魏谏议
之镇长沙,游岳麓时,意随轩。公知意能诗,呼意曰:"子可对
吾句否?"公曰:"朱衣吏引登青障。"意对曰:"红袖人扶下白
云。"公喜,因为之立名文婉,字才姬。意再拜曰:"某微品也,
而公为之名字,荣逾万金之赐。"刘相之镇长沙,云一日登碧湘
门纳凉,幕官从焉。公呼意对,意曰:"某贱品也,安敢敌公之
才? 公有命,不敢拒。"尔时迤逦望江外湘渚间,竹屋茅舍,有
渔者携双鱼入修巷。公相曰:"双鱼入深巷。"意对曰:"尺素寄
谁家。"公喜,赞美久之。他日,又从公轩游岳麓,历抱黄洞望
山亭吟诗,坐客毕和。意为诗以献曰:

　　　　真仙去后已千载,此构危亭四望赊。

　　　　灵迹几迷三岛路,凭高空想五云车。

　　　　清猿啸月千岩晓,古木吟风一径斜。

　　　　鹤驾何时还古里? 江城应少旧人家。

公见诗愈惊叹,坐客传观,莫不心服。公曰:"此诗之妖也。"公
问所从来,意哥以实对,公怆然悯之。意乃告曰:"意入籍驱使
迎候之列有年矣,不敢告劳。今幸遇公,倘得脱籍,为良人箕
帚之役,虽必谢。"公许其脱。异日,诣投牒,公诺其请。意乃

求良匹，久而未遇。

会汝州民张正宇为潭茶官，意一见，谓人曰："吾得婿矣。"人询之，意曰："彼风调才学，皆中吾意。"张闻之，亦有意。一日，张约意会于江亭。于时亭高风怪，江空月明；陡帐垂丝，清风射牖，疏帘透月，银鸭喷香；玉枕相连，绣衾低覆，密语调簧，春心飞絮；如仙葩之并蒂，若双鱼之同泉；相得之欢，虽死未已。翌日，意尽挈其装囊归张。有情者赠之以诗曰：

> 才色相逢方得意，风流相遇事尤佳。
>
> 牡丹移入仙都去，从此湘东无好花。

后二年，张调官，复来见，□乃治行，饯之郊外。张登途，意把臂嘱曰："子本名家，我乃娼类，以贱偶贵，诚非佳婚。况室无主祭之妇，堂有垂白之亲，今之分袂，决无后期。"张曰："盟誓之言，皎如日月，苟或背此，神明非欺。"意曰："我腹有君之息数月矣，此君之体也，君宜念之。"相与极恸，乃舍去。意闭户不出，虽比屋莫见意面。

既久，意为书与张云：

> 阴老春回，坐移岁月。羽伏鳞潜，音问两绝。首春气候寒热，切宜保爱。逆旅都莘，所见甚多。但幽远之人，摇心左右；企望回辕，度日如岁。因成小诗，裁寄所思。兹外千万珍重。

其诗曰：

> 潇湘江上探春回，消尽寒冰落尽梅。
>
> 愿得儿夫似春色，一年一度一归来。

逾岁，张尚未回，亦不闻张娶妻。意复有书曰：

> 相别入此新岁，湘东地暖，得春尤多。溪梅堕玉，槛杏吐红；旧燕初归，暖莺已啭。对物如旧，感事自伤。或

勉为笑语，不觉泪泠。数月来颇不喜食，似病非病，不能
自愈。孺子无恙，意子年二岁。无烦流念。向尝面告，固匪
自欺。君不能违亲之言，又不能废已之好，仰结高援，其
无□焉。或俯就微下，曲为始终，百岁之恩，没齿何报？
虽亡若存，摩顶至足，犹不足答君意。反覆其心，虽秃十
兔毫，磬三江楮，亦不能□兹稠叠，上浼君听。执笔不觉
堕泪几砚中，郁郁之意，不能自已。千万对时善育，无或
以此为至念也。短唱二阕，固非君子齿牙间可吟，盖欲摅
情耳。

曲名《极相思令》一首：

　　湘东最是得春先，和气暖如绵。清明过了，残花巷
陌，犹见秋千。　　对景感时情绪乱，这密意、翠羽空传。
风前月下，花时永昼，洒泪何言？

又作《长相思令》一首：

　　旧燕初归，梨花满院，迤逦天气融和。新晴巷陌，是
处轻车轿马，禊饮笙歌。旧赏人非，对佳时，一向乐少愁
多。远意沉沉，幽闺独自颦蛾。　　正消黯无言，自感凭
高远意，空寄烟波。从来美事，因甚天教两处多磨？开怀
强笑，向新来宽却衣罗。似凭他人怀憔悴，甘心总为伊
呵！

张得意书辞，情悰久不快，亦私以意书示其所亲，有情者莫不
嗟叹。张内逼慈亲之教，外为物议之非，更期月，亲已约孙贲
殿丞女为姻。定问已行，媒妁素定，促其吉期，不日佳赴。张
回肠危结，感泪自零；好天美景，对乐成悲；凭高怅望，默然自
已。终不敢为记报意。逾岁，意方知，为书云：

　　妾之鄙陋，自知甚明。事由君子，安敢深扣？一入闺

帏,克勤妇道,晨昏恭顺,岂敢告劳?自执箕帚,三改岁
□,苟有未至,固当垂诲。遽此见弃,致我失图;求之人
情,似伤薄恶;揆之天理,亦所不容。业已许君,不可贻
咎。有义则企,常风服于前书;无故见离,深自伤于微弱。
盟顾可欺,则不复道。稚子今已三岁,方能移步,期于成
人,此犹可待。妾囊中尚有数百缗,当售附郭之田亩,日
与老农耕耨别穰,卧漏复毳,凿井灌园。教其子知诗书之
训,礼义之重,愿其有成,终身休庇妾之此身,如此而已。
其他清风馆宇,明月亭轩,赏心乐事,不致如心久矣。今
有此言,君固未信,俟在他日,乃知所怀。燕尔方初,宜君
子之多喜;拔葵在地,徒向日之有心。自兹弃废,莫敢凭
高。思入白云,魂游天末。幽怀蕴积,不能穷极。得官何
地?因风寄声。固无他意,贵知动止。饮泣为书,意绪无
极。千万自爱。

张得意书,日夕叹怅。

后三年,张之妻孙氏谢世,湖外莫通信耗。会有客自长沙
替归,遇于南省书理间,张询客意哥行没,客抚掌大骂曰:“张
生乃木人石心也,使有情者见之,罪不容诛。”张曰:“何以言
之?”客曰:“意自张之去,则掩户不出,虽比屋莫见其面。闻张
已别娶,意之心愈坚。方买郭外田百亩以自给,治家清肃,异
议纤毫不可入。亲教其子,吾谓古之李住满女,不能远过此。
吾或见张,当唾其面而非之。”张惭忸久之,召客饮于肆,云:
“吾乃张生。子责我皆是,但子不知吾家有亲,势不得已。”客
曰:“吾不知子乃张君也。”久乃散。张生乃如长沙。

数日既至,则微服游于市,询意之所为。言意之美者不容
刺口。默询其邻,莫有见者。门户潇洒,庭宇清肃。张固已恻

然。意见张,急闭户不出。张曰:"吾无故涉重河,跨大岭,行数千里之地,心固在子,子何见拒之深也? 岂昔相待之薄欤?"意云:"子已有室,我方端洁以全其素志。君宜去,无浼我。"张云:"吾妻已亡矣。曩者之事,君勿复为念,以理推之可也。吾不得子,誓死于此矣。"意云:"我向慕君,忽遽入君之门,则弃之也容易。君若不弃焉,君当通媒妁,为行吉礼,然后□敢闻命。不然,无相见之期。"竟不出。张乃如其请,纳彩问名,一如秦晋之礼焉。事已,乃挈意归京师。

意治闺门,深有礼法,处亲族皆有恩意。内外和睦,家道已成。意后又生一子,以进士登科,终身为命妇。夫妻偕老,子孙繁茂。呜呼! 贤哉!

青琐高议别集卷之三

越娘记 梦托杨舜俞改葬

钱希白内翰

杨舜俞,字才叔,西洛人也。少苦学,颇有才。家贫,久客都下,多依倚显宦门。念乡人有客蔡其姓者,将往省焉。舜俞性尤嗜酒,中道于野店,乃行。居人曰:"前去乃凤楼坡也,其间六十里,今日已西矣,其中亦多怪,不若宿于此。"舜俞方乘醉曰:"何怪之有?"鞭驭而去。

行未二十里,则日已西沉,四顾昏黑,阴风或作,愈行愈昏暗,不辨道路。舜俞酒初醒,意甚悔恨,亦不知所在焉,但信马而已。忽远远有火光,舜俞与其仆望火而去。又若行十数里,皆荆棘间,狐兔呼鸣,阴风愈恶。方至一家,惟茅屋一间,四壁阒无邻里。叩户久,方有一妇人出,曰:"某独此居,又屋室隘小,无待客之所。"舜俞曰:"暮夜昏暗,迷失道路,别无干浼。但憩马休仆,坐而待旦。"妇人曰:"居至贫,但恐君子见,亦不堪其忧也。"乃邀舜俞入。室了无他物,惟土榻而已,无烟爨迹。视妇人衣裾褴褛,灯青而不光,若无一意。妇人又面壁坐不语。

舜俞意徘徊不乐,乃遣仆在外求薪,构火环而坐。乃召妇人共火,推托久,方就坐。熟视,乃出世色也。脸无铅华,首无珠翠,色泽淡薄,宛然天真。舜俞惊喜,问曰:"子何故居此?"妇人云:"妾之始末,皆可具道。长者留问,不敢自匿。妾本越州人,于氏。家初丰足,良人作使越地,妾见而私慕之,从伊归中国,妾乃流落此地。"舜俞曰:"子之夫何人也,而使子流落如此?"妇人容色凄怆,若不自胜,曰:"妾非今世人,乃后唐少主时人也。妾之夫奉命入越取弓矢,将妾回。良人为偏将,死于兵。时天下丧乱,妾为武人夺而有之。武人又兵死,妾乃髡发,以泥涂面,自坏其形,欲窜回故乡。昼伏夜行,至此又为群盗胁入古林中,执爨补衣。数日,妾不忍群盗见欺,乃自缢于古木,群盗乃哀而埋之于此。不知今日何代也。烟水茫茫,信耗莫问,引领乡原,目断平野,幽沉久埋之骨,何日可回故原?"舜俞曰:"当时子试言之。"曰:"所言之事,皆妾耳目闻见;他不知者,亦可概见。当时自郎官以下,廪米皆自负,虽公卿亦有菜色。闻宫中悉衣补完之服,所赐士卒之袍裤,皆宫人为之。民间之有妻者,十之二三耳。兵火饥馑,不能自救,故不暇畜妻子也。谷米未熟则刈,且虑为兵掠焉。金革之声,日暮盈耳。当是时,父不保子,夫不保妻,兄不保弟,朝不保暮。市里索寞,郊坰寂然,目断平野,千里无烟。加之疾疫相仍,水旱继至,易子而屠有之矣,兄弟夫妇又可知也。当时人诗云:

　　火内烧成罗绮灰,九衢踏尽公卿骨。

古语云:'宁作治世犬,莫作乱离人。'"复流涕曰:"今不知是何代也?"舜俞曰:"今乃大宋也。数圣相承,治平日久,封疆万里,天下一家。四民各有业,百官各有职,声教所同,莫知纪极。南逾交趾,北过黑水,西越洮川,东止海外,烟火万里,太平百余年。外户不闭,道不拾遗,游商坐贾,草行露宿,悉无所虑。百姓但饥而食,渴而饮,倦而寝,饮酒食肉,歌咏圣时耳。"

妇人曰:"今之穷民,胜当时之卿相也。子知幸乎?"

舜俞爱其敏慧,固有意焉。命仆囊中取笺管,作诗为赠,意挑之也。诗云:

　　　子是西施国里人,精神婉丽好腰身。

　　　拨开幽壤牡丹种,交见阳和一点春。

妇人曰:"知雅意不可克当,其余款曲,即俟他日。今夕之言,愿不及乱。"复曰:"妾本儒家,稍知书艺,至今吟咏,亦尝究怀。君子此过,室若悬磬,既无酒醴,又无肴馔,主礼空疏,令人愧腆。君子有义,不责小礼,敢作诗摅幽怀忿恨,君子无诮焉。"口占诗曰:

　　　欲说当时事,君应不喜闻。军兵交战地,骨血践成尘。兵革常盈耳,高低孰保身?变形归越国,中道值凶人。执役无辞苦,遭欺愿丧身。沉魂惊晓月,寒骨怯新春。狐兔为朋友,荆榛即四邻。君能挈我去,异日得相亲。

舜俞见诗,尤爱其才。复曰:"妾之骨,幽埋莫知岁月,君他日复回,如法安葬,羁魂永当依附。"相对终夕,不可以非语犯。将晓,乃送舜俞出门。微笑曰:"杨郎勿负恳托。"舜俞行数步,回顾人与屋俱不见。舜俞神昏恍惚,乃复下马,结草聚土,记其地而去。游蔡复回,乃掘其地,深三尺,乃得骨一具。舜俞以衣裹之,致于箧中,于都西买高地葬焉。其死甚草草,作棺、衣衾、器物、车舆之类如法葬。

后三日,舜俞宿于邸中,一更后有人款扉而入,舜俞起而视,乃越娘也。再拜曰:"妾之朽骨,久埋尘土,无有告诉,积有岁时。不意君子迁之爽垲,孤魂有依,莫知为报。"视衣服鲜明,梳掠艳丽,愈于畴昔。舜俞尤喜动于颜色,乃自取酒市果肴对饮。是夕宿舜俞处,相得欢意,终身未已。将晓,别舜俞曰:"后夜再约焉。"

舜俞备酒果待之,如期而来。酒数行,越娘敛躬曰:"郎之大恩,踵顶何报? 妾有至恳,□渎于郎。妾既有安宅,住身亦非晚也。苦再有罪戾,又延岁月。妾此来,欲别郎也。"舜俞惊云:"方与子意如胶漆,情若夫妻,何遽言别?"越娘曰:"妾之初遇郎,不敢以朽败尘土迹交君子下体之欢者,无他,诚恐君子思而恶之也。以君之私我,我之爱君,何时可竭焉? 妾乃幽阴之极,君子至盛之阳,在妾无损,于君有伤,此非厚报之德意也。愿止浓欢,请从此别。"舜俞作色云:"吾方眷此,安可议别? 人之赋情,不宜若此。"越娘见舜俞不诺,又宿邸中,舜俞申约,自是每夕至矣。数月日,舜俞卧病,越娘昼隐去,夜则来侍汤剂。且曰:"君不相悉,至有此苦。"越娘多泣涕。后舜俞稍安。

一夕,越娘曰:"我本阴物,固有管辖,事苟发露,永堕幽狱,君反欲累之也,向之德不为德矣。妾不再至,君复取其骨掷之,亦无所避。"乃去。自此杳不再来。舜俞日夕望之,既久,一日至越娘墓下大恸曰:"吾不敢他望,但得一见,即亡恨矣。"又火冥财酹酒拜祝。是夕,舜俞宿于墓侧,欲遇之,终不可得。舜俞留园中三夕,复作诗祷于墓前。其诗曰:

　　　香魂妖魄日相从,倚玉怜花意正浓。

　　　梦觉曲怅天又晓,雨消云歇陡无踪。

舜俞神思都丧,寝食不举,惟日饮少酒。形体骨立,容颜憔悴。虽舜俞思念至深,而越娘不复再见。舜俞恃有德于彼,忿恨至切,乃顾彼伐其墓。适会有道士过而见之,揖舜俞而询其故。舜俞不获已,且道焉。道士止其事,俾不伐。且谓舜俞曰:"子憾此鬼乎? 吾为君辱之。"乃削木为符,丹书其上,长数尺,钉墓铮铿有声。道士复长啸,甚清远,闻者肃然。又命舜俞以碧纱覆面向墓。顷之,俄见越娘五木披身,数卒守而棰挞之,越娘号叫。少选,道士会卒吏少止。越娘诉舜俞曰:"古之义士葬骨迁神者多矣,不闻乱之使反受殃祸者焉。今子因其事反图淫欲,我惧罪藏匿不出,子则伐吾墓,今又困于道者,使我荷枷,痛被鞭挞,血流至足。子安忍乎? 我如知子小人,我骨虽在污泥下,不愿至此地,自贻今日之困。"涕泣之下,舜俞乃再拜道士,求改其过,而方令去。乃不见。

道士曰:"幽冥异道,人鬼殊途,相遇两不利,尤损于子。凡人之生,初岁则阳多而阴少,壮年则阴阳相半,及老也,阳少而阴多。阳尽而阴存则死。子自壮,气血方刚,自甘逐阴纯异物,耗其气,子之死可立而待。儒者不适于理,徒读其书,将安用也?"舜俞再拜曰:"兹仆之过也。越娘乃仆迁骨于此地,今受重祸,敢祈赦之。"道士笑曰:"子尚有□情,亦须薄谴。"舜俞又拜哀求。道士曰:"与子悯之,罪非彼造。"随即乃引手出墓上符□去。舜俞欲邀留,不顾而行。

后舜俞反复至念,一夕,梦中见越娘云:"子几陷我,蒙君曲换,重有故情,幽冥之间,宁不感恋? 千万珍重!"舜俞亦昌言于人,故人多知之。迄今人呼为越娘墓。有情者多作诗嘲之曰:

> 越娘墓下秋风起,脱叶纷纷逐流水。只如明月葬高原,不奈霜威损桃李。妖魂受赐欲报郎,夜夜飞入重城里。幽诉千端郎不听,倾心吐肝犹不止。仙都道士不知名,能用丹书镇幽鬼。杨郎自此方醒然,孤鸾独宿重泉底。

　　议曰:愚哉舜俞也! 始以迁骨为德,不及于乱,岂不美乎?既乱之,又从而累彼,舜俞虽死,亦甘惑之甚也。夫惑死者犹且若是,生者从可知也。后此为戒焉。

青琐高议别集卷之四

张浩　花下与李氏结婚

　　张浩，字巨源，西洛人也。荫补为刊正。家财巨万，豪于里中；甲第壮丽，与王公大人侔。浩好学，年及冠，洛中士人多慕其名，贵族多与结姻好。每拒之曰："声迹晦陋，未愿婚也。"第北构圃，为宴私之所。风轩月榭，水馆云楼，危桥曲槛，奇花异草，靡所不有，日与俊杰士游宴其间。

　　一日，与廖山甫闲坐。时桃李已芳，牡丹未坼，春意浩荡。步至轩东，有方束发小鬟引一青衣倚立。细视乃出世色：新月笼眉，秋莲著脸，垂螺压鬓，皓齿排琼，嫩玉生光，幽花未艳。见浩亦不避。浩乃告廖曰："仆非好色者，今日深不自持，魂魄几丧，为之奈何？"廖曰："以君才学门第，结婚于此，易若反掌。"浩曰："待媒成好，当逾岁月，则我在枯鱼肆矣。"廖曰："但患不得之，苟得之，何晚早为恨。君试以言谇之。"浩乃进揖之，女亦敛容致恭。浩曰："愿闻子族望姓氏。"女曰："某乃君之东邻也。家有严君，无故不得出，无缘见君也。"浩乃知李氏耳。曰："敝苑幸有隟馆，欲少备酒肴，以接邻里之欢，如何？"女曰："某之此来，诚欲见君，今日幸遇，愿无及乱即幸也。异日倘执箕帚，预祭祀之末，乃某之志。"浩曰："若不与俪不偕老即平生之乐，不知命分如何耳。"女曰："愿得一物为信，即某之志有所定，亦用以取信于父母。"浩乃解罗带与之。女曰："无

用也,愿得一篇亲笔即可矣。"浩喜询其年月,曰:"十三岁。"乃指未开牡丹为题,作诗曰:

> 迎日香苞四五枝,我来恰见未开时。
>
> 包藏春色独无语,分付芳心更待谁?
>
> 碧玉蔀中藏蜀锦,东吴官里锁西施。
>
> 神功造化有先后,倚槛王孙休怨迟。

女阅之,益喜曰:"君真有才者,生平在君,愿君留意。"乃去。浩自兹忽忽如有所失,寝食俱废。月余,有尼至,盖常出入浩门者,曰:"李氏致意,近以前事托乳母白父母,不幸坚不诺。业已许君,幸无疑焉。"

　　至明年,牡丹正芳,浩开轩赏之,独叹。乃剪花数枝,使人窃遗李,曰:"去岁花未坼,遇君于阑畔。今岁花已开,而人未合。既为夫妻,窃□见,亦非乱也,如何?"李复遣尼曰:"初夏二十日,亲族中有适人者,父母俱去,必挈同行,我托病不往,可于前苑轩中相会也。"浩大喜,严洁馆宇,预备酒醴以俟。至望后一日,前尼复至,曰:"李氏遗君书。"浩开读,乃词一首,云:"昨夜赏月堂前,颇有所感,因成小阕,以寄情郎。"曲名《极相思》,曰:

> 红疏翠密晴暄,初夏困人天。风流滋味,伤怀尽在,花下风前。　　后约已知君定,这心绪尽日悬悬。鸳鸯两处,清宵最苦,月甚先圆?

　　至期,浩入苑待至。不久,有红绉覆墙,乃李逾而来也。生迎归馆。时街鼓声沉,万动俱息,轻幕摇风,疏帘透月。秋水盈盈,纤腰袅袅,解衣就枕,羞泪成交。浩以为巫山华胥之遇,不过此也。天将晓,青衣复拥李去。浩诗戏曰:

> 华胥佳梦惟闻说,解佩江皋浪得声。

一夕东轩多少事？韩郎虚负窃香名。

不数月，李随父之官，李遣尼谓浩曰："俟父替回，当成秦晋之约。"李去二载，杳然无耗。及浩叔典郡替回，谓浩曰："汝年及冠未有室，吾为掌婚。"浩不敢拒。叔乃与约孙氏，亦大族也。方纳采问名，会李父替回，李知浩已约婚孙。李告父母曰："儿先已许归浩，父母若更不诺，儿有死而已。"一夕，李不见，父母急寻之，已在井中矣。使人救之，则喘然尚有余息。既苏，父曰："吾不复拒汝矣。"遣人通好。浩□□孙自。李曰："自有计。"

一日，诣府陈词曰："某已与浩结姻素定，会父赴官，洎归，则浩复约孙氏。"因泣下，陈浩诗及笺记之类。府尹乃下符召浩，曰："汝先约李而复约孙乎？"浩曰："非某本心，叔父之命，不敢拒耳。"尹曰："孙未成娶，吾为汝作伐，复娶李氏。"遂判曰：

　　花下相逢，已有终身之约；道中而止，欲乖偕老之心。
　　在人情深有所伤，于律文亦有所禁。宜从先约，可绝后婚。

由是浩复娶李氏，二人再拜谢府尹，归而成亲。夫妇恩爱，偕老百年。生二子，皆登科矣。

王榭　风涛飘入乌衣国

唐王榭，金陵人。家巨富，祖以航海为业。一日，榭具大舶，欲之大食国。行逾月，海风大作，惊涛际天，阴云如墨，巨浪走山，鲸鳌出没，鱼龙隐现，吹波鼓浪，莫知其数。然风势益壮，巨浪一来，身若上于九天；大浪既回，舟如堕于海底。举舟之人，兴而复颠，颠而又仆。不久舟破，独榭一板之附又为风涛飘荡。开目则鱼怪出其左,海兽浮其右,张目呀口,欲相吞噬,樛闭目待死而已。

三日,抵一洲,舍板登岸。行及百步,见一翁媪,皆皂衣服,年七十余。喜曰:"此吾主人郎也,何由至此?"樛以实对。乃引到其家。坐未久,曰:"主人远来,必甚馁。"进食,□肴皆水族。月余,樛方平复,饮食如故。翁曰:"□吾国者必先见君。向以郎□倦,未可往,今可矣。"樛诺。

翁乃引行三里,过阛阓民居,亦甚烦会。又过一长桥,方见宫室台榭,连延相接,若王公大人之居。至大殿门,阍者入报。不久,一妇人出,服颇美丽。传言曰:"王召君入见。"王坐大殿,左右皆女人立。王衣皂袍,乌冠。樛即殿阶。王曰:"君北渡人也,礼无统制,无拜也。"樛曰:"既至其国,岂有不拜乎?"王亦折躬劳谢。王喜,召樛上殿,赐坐,曰:"卑远之国,贤者何由及此?"樛以:"风涛破舟,不意及此,惟祈王见矜。"曰:"君舍何处?"樛曰:"见居翁家。"王令急召来。翁至,□曰:"此本乡主人也,凡百无令其不如意。"王曰:"有所须但论。"乃引去,复寓翁家。

翁有一女,甚美色,或进茶饵,帘牖间偷视私顾,亦无避忌。翁一日召樛饮,半酣,白翁曰:"某身居异地,赖翁母存活,旅况如不失家,为德甚厚。然万里一身,怜悯孤苦,寝不成寐,食不成甘,使人郁郁,但恐成疾伏枕,以累翁也。"翁曰:"方欲发言,又恐轻冒。家有小女,年十七,此主人家所生也。欲以结好,少适旅怀,如何?"樛答:"甚善。"翁乃择日备礼,王亦遗酒肴采礼,助结姻好。成亲,樛细视女,俊目狭腰,杏脸绀鬓,体轻欲飞,妖姿多态。樛询其国名,曰:"乌衣国也。"樛曰:"翁常目我为主人郎,我亦不识者,所不役使,何主人云也?"女曰:"君久即自知也。"后常饮燕,帷席之间,女多泪眼畏人,愁眉蹙黛。榭曰:"何故?"女曰:"恐不久睽别。"榭曰:"吾虽萍寄,得子亦忘归,子何言离意?"女曰:"事由阴数,不由人也。"

王召榭,宴于宝墨殿,器皿陈设俱黑,亭下之乐亦然。杯行乐作,亦甚清婉,但不晓其曲耳。王命玄玉杯劝酒,曰:"至吾国者,古今止两人,汉有梅成,今有足下。愿得一篇,为异日佳话。"给笺,榭为诗曰:

> 基业祖来兴大舶,万里梯航惯为客。今年岁运顿衰零,中道偶然罹此厄。巨风迅急若追兵,千叠云阴如墨色。鱼龙吹浪洒面腥,全舟灵葬鱼龙宅。阴火连空紫焰飞,直疑浪与天相拍。鲸目光连半海红,鳌头波涌掀天白。桅樯倒折海底开,声若雷霆以分别。随我神助不沉沦,一板漂来此岸侧。君恩虽重赐宴频,无奈旅人自凄恻。引领乡原涕泪零,恨不此身生羽翼!

王览诗欣然,曰:"君诗甚好,无苦怀家,不久令归。虽不能羽翼,亦令君跨烟雾。"宴回,各人作□诗。女曰:"末句何相讥也?"榭亦不晓。

不久,海上风和日暖,女泣曰:"君归有日矣。"王遣人谓曰:"君某日当回,宜与家人叙别。"女置酒,但悲泣不能发言。雨洗娇花,露沾弱柳,绿惨红愁,香消腻瘦。榭亦悲感。女作别诗曰:

> 从来欢会惟忧少,自古恩情到底稀。
>
> 此夕孤怆千载恨,梦魂应逐北风飞。

又曰:"我自此不复北渡矣。使君见我非今形容,且将憎恶之,何暇怜爱? 我见君亦有疾妒之情。今不复北渡,愿老死于故

乡。此中所有之物，郎俱不可持去，非所惜也。"令侍中取丸灵
丹来，曰："此丹可以召人之神魂，死未逾月者，皆可使之更生。
其法用一明镜致死者胸上，以丹安于项，以东南艾枝作柱，灸
之立活。此丹海神秘惜，若不以昆仑玉盒盛之，即不可逾海。"
适有玉盒，并付以系榭左臂，大恸而别。

王曰："吾国无以为赠。"取笺，诗曰：

　　昔向南溟浮大舶，漂流偶作吾乡客。
　　从兹相见不复期，万里风烟云水隔。

榭辞拜，王命取飞云轩来。既至，乃一乌毡兜子耳。命榭入其
中，复命取化羽池水，洒之其毡乘。又召翁妪扶持。榭回，王
戒榭曰："当闭目，少息即至君家。不尔即堕大海矣。"榭合目，
但闻风声怒涛，既久，开目，已至其家。坐堂上，四顾无人，惟
梁上有双燕呢喃。榭仰视，乃知所止之国，燕子国也。

须臾，家人出相劳问。俱曰："闻为风涛破舟死矣，何故遽
归？"榭曰："独我附板而生。"亦不告所居之国。榭惟一子，去
时方三岁，不见，乃问家人，曰："死已半月矣。"榭感泣。因思
灵丹之言，命开棺取尸，如法灸之，果生。

至秋，二燕将去，悲鸣庭户之间。榭招之，飞集于臂，乃取
纸细书一绝，系于尾，云：

　　误到华胥国里来，玉人终日重怜才。
　　云轩飘去无消息，泪洒临风几百回。

来春燕来，径泊榭臂，尾有小束，取视，乃诗也。□有一绝云：

　　昔日相逢真数合，而今暌隔是生离。
　　来春纵有相思字，三月天南无燕飞。

榭深自恨。明年，亦不来。其事流传众人口，因目榭所居处为
乌衣巷。刘禹锡《金陵五咏》有《乌衣巷》诗云：

朱雀桥边野草花,乌衣巷口夕阳斜。

旧时王榭堂前燕,飞入寻常百姓家。

即知王榭之事非虚矣。

青琐高议别集卷之五

蒋道传 <small>蒋道不掘吴忠骨</small>

蒋道,字勉之,晋州人也。幼好学,多游东蔡间。尝宿陈寨传舍,中夜有人扣户云:"前将军吴忠上谒。"道默念:中夜又非相谒时也。疑虑不应,则户忽然自开,有戎衣人年四十余,将见甚纠纠。道急取衣起揖。既坐,道曰:"不识将军自何地来守官于此也?"将军忽颜色惨沮,久之,曰:"某非今时人焉。欲言之,窃恐惊动长者。知足下儒人,必有全义,有恳烦涴侍者,非敢遽言。"一卒自外携杯皿,陈设酒肴。道起谢曰:"行路之人,遽蒙见宴,深为愧悚。"将军曰:"且欲延话。"□□□饮。

道曰:"将军非今之人,何代也?"将军曰:"某即唐之吴少诚之□□□□,姓吴名忠。少诚以同姓之故,忠亦常有战功,尤加恩遇甚□。"□□:"尝观《唐书》,自德、顺之朝,强臣据国,擅修守备,务深沟垒,不遵□□□人死子副,兄终弟复,天下四分五裂矣。少诚据有陈蔡之地,□□□强盛,少不如意,则纵兵四劫,邻州极被其害。道观察平原广□□□被山带河,以天下之兵,不能破其国,窃据蔡五十年,兵强□□□谋也。今卒遇将军,愿闻其详。"忠曰:"当时不从王命者非少诚□□也。少诚善抚士卒,饮食与士卒最下者同。卒之有疾者,少诚□□命医治之,又亲临存问。有死于兵者,给其葬财,又周其遗□。□□人之长亡没于战,少诚亲哭之。由是士卒咸悦,争先为死。□□□敌，少诚亲执旗鼓，以令军中，故胜多而负少也。后陈有刘□□□有人少诚为二师，据要地，由是不得志。少诚临死，谓其子元济曰：'□死，蔡人以吾之故，必帅子矣。子守吾平日之志，慎勿贪利□□□于朝廷，方今主上明圣，毅然敢为，将相和，汝若有所为，必□□破败吾成业。'少诚乃噬指出血洒地，大言呼元济云：'记取此言。'及少诚死，元济勇而无谋。其后邻郡又请命于朝廷内贼公卿，天子赫怒，选将出师，四面而进。当时有劝，元济怒，力斩言者。官兵压境，元济遣兵分头霸据。忠是时为前锋御陈师，战没于此。忠之骨正于此堂之西间，沉伏数百年，不胜幽滞。子能救吾骨而出，葬之于高原，使我有往生之日，则我当厚报之。"道曰："如力可成，敢不从教。"又饮。

将至晓，忠曰："我今与公不得久，幸子□□。"乃以白银数锭、金瓶一只赠道，不久乃去。道欢。谙视瓶，真金也，重数斤。道乃迁入正堂屏西，中夜掘地，寻深数尺，不见其骨。翌日，又求之，不获。道虑其骨在楹壁之下，乃官之传舍，不敢坏其楹壁，乃去。道私心为不足。

一日，客京师，沿汴岸东出宋门，忽有人揖，若旧相识者。并行数步，其人曰："子忆我乎？"道曰："君面甚熟，但不记耳。"其人曰："我陈寨中沉骨之灵也。向以托子，子何负焉？"道曰："求之两夕，不获乃已。恐在楹壁之下，以官舍不敢以毁坏，乃止。"其人曰："正在西南楹下，君何不旁穴而求之？□□□不可托，然子无德而受吾白金，吾必取之。"后道卧病，凡百不足，其所得白金，皆非礼用尽。

后道不复敢过陈寨。

骨偶记　胜金死后嫁宋郎

胡辅,京师人。父祖兄弟皆补名在相府递,其年登仕途甚众。辅妻生一女,曰胜金,方十四岁,精神婉丽,举动端雅。父母爱胜,逾于他女。

一日,方与母对食,瞥然走入房中,切切若与人语言。母呼而询之,但笑而不答,母固疑焉。是夜胜金病,中夜又若与人交语,母蹑足俯而听之,但莫辨其所言。明日即小愈。母诘之,胜金惭赧曰:"五奶昨夜来与我作伐,教我嫁宋二郎。"五奶,乳胜金者也,死已数年。宋二亦与金同年,年少时亦死矣。母但惊忧。

他日,胜金方刺绣,急起入房,母连呼之,即曰:"五奶已将宋二郎来矣。"由是胜金卧疾。召巫禁治之,百术不愈。既久,胜金伏枕,昼夜昏昏似睡,若闻私语。金不食,但饮汤剂耳,形体但皮骨而已,转侧待人。或尔起坐。召其母曰:"我近晓宋郎迎我,登车有期,郎爱我艳妆。"家人为梳掠。既妆成,又求新衣,偃卧乃死。合家悲泣,父母尤甚焉。父乃攒其尸于郭外。众攒高下垒垒,莫知其数,金攒一攒相近,就视,乃宋氏攒也。人皆异之。

议曰:幽鬼之能为能,诚有之矣。夫于白昼凭人也,卒能致人于此,一何怪也? 观蒋道、越娘骨体、胜金之事,而君子莫不叹异焉。故其存之也。

董遘　夜行山寺闻狐精

董遘,字济道,西洛人。好学,有俊才。因故适沂州,夜宿沂境之山寺,寺惟一僧。是夕阴晦,遘明烛而坐。俄闻笑于窗外,步于廊砌,或相呼而语者,或相殴而泣者,复伸手入吾牖,又引石击其门，鬼争物于庑中，枭恶鸣于林外，而鸡唱而息。遵通夜不寐。明日询其僧，僧云："妖鬼物怪极多，他僧来此，恐惧不能住，至有死者。惟老僧住此数年，始亦甚惧，浸久亦无害。近有客宿此，开户出溺，则为异物夺去。"遵云："独师能住此，僧有异术乎？"僧云："无有也，但日诵《金刚经》数卷而已。心不惧亦不能为。"遵乃题诗于壁。诗云：

> 寺中荆棘老侵云，恶木狰狞野外村。
>
> 原上狐狸走白日，水边魑魅立黄昏。
>
> 山鬼相呼夜月黑，怪禽恶语向风喧。
>
> 挑灯待晓安能寐？一夜惊忧紧闭门。

评曰：深山穷谷，乔林茂草，则异物隐伏其间。遵之宿山寺，为其惊恐，通夕不寐，又可怪也。

张华相公　用华表柱验狐精

晋时，有客舣御沟岸下。夜将半，有人切切语言。客望之，乃一狐坐于华表柱下。狐云："吾今已百岁矣，所闻所见亦已多矣。"曰："将谒丞相张公。"华表柱忽发声云："张华相公博物，汝慎勿去。"狐云："吾意已决。"柱曰："汝去，他日无累老兄。"狐乃去。客为丞相公乃是表亲，不知相公。

一日，见有若士人者谒张公。既坐，辩论锋起，往往异语出于义外。公叹服。私念："此乃秀民，若居于中，岂不闻其名乎？此必怪也。"乃呼吏视之，云："汝为吾平人津岸东南角华表枯木。"其人已变色，少选将至，公命视之，其人惶愧下阶，化为老狐窜去。

客乃出谓公曰："向宿于桥旁，已闻呱呱不□，□□□□人火焚烧柱，而狐何故化去？"公曰："惟怪知怪，惟精知精，兹已百余岁矣。焚其柱,狐□柱之言,其怪乃化去也。"即知狐之为怪,并今日也。

议曰:妖魅之变化,其详论足以感人。自非博物君子,孰能知之?

薛尚书记 灶中猴狲为妖记

薛放尚书为河南刺史,罢郡居京,善治家,且暮必策杖点检家中。一日晨起,因至厨中,见灶中有妖气惊然。薛怒其爨者不灭灯,置于灶中何也? 进前视之,乃则一猴狲子,长六七寸。前有一小台盘子,方圆尺余,盘食品物皆极小而准备。及致灯一盏,有一小猴狲对食。薛大骇异,乃以柱杖刺之,灶虽浅,而尽其杖终不能及。乃命妻子童仆观之,皆莫测其故。猴狲忽使灯置于盘子内,以头顶盘而出灶,如人行。至堂前阶上,复设灯置盘而食,旁若无人。薛怯惧,乃令子孙出外访求术士以禳之。

及出门,忽逢一道士乘马,谓薛子曰:"郎君精神仓卒,必有事。某适见此宅有妖气甚盛。某平生所学道术,以济急难,如有事,为郎君除之。"薛子大喜,请至宅,使君端简出迎,妻女等参拜,迎坐于堂中。猴狲见道士亦无惧色。道士□:"□□□积世深冤,今之此来,为祸不浅。"使君与妻子悲泣求请良久。道士曰:"有幸相邀,今当为君除之。然此物终当屈死使君子可解释。"薛曰:"幸得无他,□受屈辱。"道士曰:"此猴狲须将台盘送□上使君头上食方去,可乎?"薛不敢为。妻子皆曰:"此是精怪,安可上头? 愿法师别为一计。"道士曰:"不然,先安盘子放头上,然后令放盘中食可乎?"妻子又曰:"不可。"道士曰:"不尔,无计矣。"薛又哀恳祈良久。道士曰:

"家有厨柜子，令使君入于其中，猴狲食其上可乎?"皆曰:
"可。"乃取木柜，中施绲经，薛入柜中，闭之。猴狲即带台盘及
灯而上，又置之而入。妻子环绕其旁，□忧涕泣。忽失其道士
所在，□惊□□求觅之，须臾，猴狲及台盘灯皆不见。□开柜，
使君亦不见。举意端立求之，无踪迹，遂具丧服，至日而葬焉。

潭怪录　道士符召溺死人

潭河韩百录欲开寸金冶□年□决水所注而成池。潭水黑
而不流，中深数十丈，每阴风大雨之夜，若有人泣声，白昼人亦
不敢捕鱼。一日，有道士过，谓人曰:"其下有屈死女子鬼。"村
夫以言诋道士曰:"子之虚言也。"道士曰:"为子见其鬼。"乃探
怀出符投水中，俄有披发妇人出焉。见道士，且哀求云:"妾居
此四十年，幽沉饥苦，尚未得往生。"道士曰:"汝更有几年?"妇
人曰:"十年。"道士又取符书五年字投水，鬼乃再拜。

其潭数年后无怪，迄今钓鱼者往焉。

鬼籍记　竹符图记鬼姓名

张副枢沔，天圣年有野人探禹穴新书，得《尚书》竹符云:
"三年，禹至大陆，水恶上溺，泛艳弥漫，莫得涯涘。波走沙泥，
炭谷迁洗，蜿穴上下，推叶林麓，远近昏垫，安民失安。禹命除
伯驱蛟于海，窟鬼于山，皆丹书篆字籍鬼物名，石覆之。"

庆历二年，祖莱山东峰石工凿石火灰以给衣食。他日至
一异处，气象凄冷，嵓谷昏晦。一方凿石，陷为穴，鬼啸穴中，
枭鸣木梢。俄而群鬼出焉，共击石工，工走十里方脱焉。工竟
死于家。兹后鬼之怪蔓衍数十里，为后渐少，渔弗敢钓于溪，
民不得樵于山。

他日，道者谓人曰："兹养命乃向鬼怪之所也。"民异道者之言，共谓祷。道士曰："吾为汝等去之。"道者□升山，逐穴视其篆石焉。倏然群怪□□于穴。既久，复以石覆穴，其后乃绝。

议曰：尧九年水，五行无序，万灵失二，远迩没著，至于昏垫，怪异物杂居民国。禹□命治水，窟鬼于阴山之下，驱异物于四海之外，水复故而民治。工□发其穴，而竟能害工□□而传之后，有好事者能为我广其志。

青琐高议别集卷之六

顿悟师 遇异僧顿悟生死

法师名顿悟,姓蔡,赵州人也。师二十丧妻,日号泣。有老僧诣门求斋,师曰:"吾方有丧,日夜号泣,几不可活,子何故求斋也?"僧曰:"生者死之根,死者生之根,生死存亡,徒先后耳。余知之矣,不复悲矣。"师曰:"夫妇之私,死生共处,义均一体,乌不得悲?"僧曰:"平生有耳目手足相为用而成一体,汝一旦寸息不续,则分散在地,不相为用,况他人乎?"师乃豁然顿悟,曰:"名利得丧,足以伐吾之真宰;爱恶嗜欲,足以乱吾之真性。其生如寄,其死如归。"乃作礼愿役左右。僧乃为师立法名曰顿悟,为师剃度。后因南去往江州东林。

一日,知郡王郎中谓师曰:"修行子要往天去如何?"师云:"会得东来意,即是西归意。"太守云:"何人会得?"师云:"好日法会得。"太守曰:"云之门坦然明白,师之门不密主人。"师云:"吾家门户无关闭,人得门时恰似至。"太守知师异人,待以殊礼。师遂辞寺众,入广山结庵而坐。不久,师坐而化,乃留诗于壁。诗云:

> 精神若还天,肉骨又还土。上下都还了,此身元是主。惟有一点云,不散还不聚。纵然却还来 未脱寻常母。若更善修日,西方是吾祖。

评曰:释氏之学,其来尚矣。或者性根迟钝,终身无所得。

今观顿悟师因一言半句,即悟至理,固不伟欤!

成明师　因渡船悟道坐化

师名成明,姓马,洪州人也。以通经得度。年七十,与师登舟,谓师曰:"请师之行舟。"师笑曰:"此有人。"成明曰:"我闻六祖言:师度得弟子,弟子度师不得。"师喜,知成明异于众。成明一日别师,诗云:

> 劫火烧成烈焰城,煎熬无计拯众生。
>
> 请师少念清凉境,此是西天第一程。

大眼师　用秘法师悟异类

大眼师,赵州萧山邑人。幼而不为童子士,多忽坐而言。既落发,则云游天下。自言昼夜不寐,不知师之异。熙宁二年,游京师,寓报慈寺。士君子言有知师者,惟与进士石坚为往还友。

师一日与坚游西池,时士女和会,箫鼓间作,民物憧憧往来。坚与师并坐池上,坚久而自顾,衣冠破弊,仰面吐气。师云:"春时佳景,池上风烟,众人皆乐,子独叹,何也?"坚曰:"我十岁亲友,二十与英俊并游,中间不意家祸继至,资产殆尽,求试有司,无所成就。孑然一身,孤苦无以自立。某人所举,不能加吾之上,而高显仕途。某久俟,不能先众食肥衣轻。"师反顾笑云:"不意子之愚至于此也。孔子,孟子之师也。圣智参乎天地,位不逾陪臣,卒为旅人,身后之名,则与三皇五帝均矣。贫者士之常,死者人之终,修其常以待其终,此士之分也。士之耻衣食之薄,未足与义。此在子术内而子弗悟,况他人。"师乃邀饮于市。既暮,谓曰:"子他日复过吾,将令子知终身举世休咎。"乃散去。

坚择日沐浴见师，乃留坚宿。且曰："人之出入死生，亦如天之五行，四时循环不绝，故释氏以生死为轮回焉。人之为人，兽之为畜，为虫，为鱼，为鸟，为禽，各有因以至于若是也。人之为人，以数世则皆富贵由命或大贵者是也。或才□人或一两世者，首则人焉，其足或手也异类矣，但世人不知也，非正慧眼莫之见。吾常极九天秘法，用五明水洗目，即皆见世人之异同。子能从吾，吾当令子见也。"师告行，坚送至随州，师云："吾将入深山茂林之域，无人，与虎、豹、罴、鹿为友，子不可从焉。吾许子知轮回生死道，当令子一见也。"乃以九天秘法视之，又令以五明水洗目。

翌日，命坚出游于市，见刺史而下皆无异焉。惟一主簿，人身而虎足。环视市人，人首而异物足者十之八九。复见一女人抱一子，鸡手足而衣小儿之衣，过东市小巷，二鬼跃跳，随一人入于宅，一鬼棺随而入，一鬼坐于门。坚迤逦而还，见师云："果如师言。"坚云："彼主簿人身而一虎足何也？"师云："彼三世为人矣，来岁方脱虎足。"坚云："人之首，异物足，或牛，或马，或獐，或猿，或鹿，或熊，何也？"师云："皆宿根之造作，乃前世事，不可卒道。亦若农之植谷则生谷，植麦则生麦焉。苗之秀，有不幸而枯病而死，非天地之不均，乃其根有恶害之也。人亦由是也。"坚云："女人抱子而鸡身，何也？"师云："今人生子，不数年辄失之，彼固未有过恶。凡异类之有一善，亦皆有报焉。教中言：'暂主托化。'乃暂得生于善，死又归之类也。"坚曰："二鬼逐人，何也？"师云："彼人将死之，一鬼入其室，召其魂；一鬼守其门，防家鬼之人救也。"坚云："我恐入轮回中，迷其性，守其路，则转为异物，幸师一决，少救尘骸。"师云："道

由道也,坦然可履。由是之焉,可以至都辇,见衣冠之盛,宫阙
之美,仁义之善。不入于是,自入于荆榛,蹶而且毙。为行道
有义也,非道之罪也。"师云:"此外人,非子可知也。劫火方
高,业根益著,宜求念清凉,摆撼烦恼,亦至善也。"为诗别坚。
诗云:

> 心如一片苗,是苗皆可植。
>
> 莫种亦堆培,莫容荆与棘。

乃入随山,今不复见矣。

自在师　<small>与邑尉敷陈妙法</small>

　　师名自在,姓王,京师人。皇祐年落发,住封丘村寺。性
慵,不修寺宇,粪秽堆积。人笑,则云:"吾能修心,不能修身;
吾能修心,不能扫地。"不修斋供佛持斋腊,由是不为乡人语
言。

　　一日,邑尉证下讼,宿于寺。责师不恭,立师庭下,将罪
师。师云:"吾家教常如是。"尉曰:"何以言之?"师云:"□其高
下,均其贫富,等其贵贱,夷其去就,平其内外,直其趋向,故师
常言是法平等,无有高下。"尉知师异焉,乃证之上座。尉曰:
"师言似有道者,何不修治廊宇,完补佛室,使俗子弟向乎?"师
云:"吾能治内性而不能治内宇,能修天堂不能修佛堂。今有
人,性原积秽,灵台凶狡,虽构天大之阁,纵如云之殿,且将无
益焉。"尉乃起再拜。师复为尉敷演百种妙法。翌日,尉去,师
题诗于壁,奄然坐亡焉。其诗曰:

> 邑尉非常气势豪,因谈真教反称褒。
>
> 吾家微密皆彰露,又往西天去一遭。

用城记 记像圆清坐化诗

汉川杜默

法师名圆清，姓高，住提韦州用城村院。师为人寡言语，尤不晓禅腊，默坐草堂间。请斋则辞不能，纵往，但饮食而已。亦不诵经，又无歌赞，亦不觉铙钹之类。村民多鄙之，亦为邻僧之所嘲，诸师亦顾。自是民不召师。师惟布衣，亦求化民间。

一日，师别邻僧洎里人曰："我明日舍去，又扰子等，故来一相别。"人亦不深信。明日，师奄然端立而化去。远近皆往观焉。有祝师者云："人皆坐而化，师独立，将以此异于众乎？"师乃复坐而化焉。三日后，□出息曰："吾兄来省吾，欲见之，留少语与之，则终天之别也。"兄果入门。

邻僧有常所恶师者，谓师曰："师平生未尝斋，经亦不能诵，何缘有此善事？师有法言，今对大众可少留千百之妙，一言以清俗耳，以消尘累。"师云："子所诵结秽之言何也？子试学之。"僧云："莲花不著水，心清净。"又云："无漏果园成佛道，此皆结斋数人也。"师谓僧曰："如莲花不著水，其义如何？"僧云："莲花颜殊异，花中之贵者也。故佛行步则莲花自生，坐则莲花中者也。"师曰："非也。夫莲生于水中，而不著乎水；人生于尘，不染于尘。此其喻世。"师又云："泄漏果园如何？"僧云："人之修行，贵有终始，则中道废堕，即其果未成也。"师云："亦非也。夫无漏然后有果焉。漏如器之漏，则不能载物；屋之漏，则不可居；天之漏，则淫雨晦泄，害及粢盛；地之漏，则水脉泛溢，不循故道。人漏若目之漏视，鼻之漏嗅，耳之漏听，口之漏味，心之漏想，性之漏欲，目之漏于五色，心之漏于妄想，鼻之漏于美香,耳之漏于好音,口之漏于佳味,性之漏于爱欲。收其目则内视,回其耳则反听,塞其鼻则无香,平其口则无味,焚其心则无想,茅其性则不流。天地之漏有时焉,其功自成。人之漏无时焉,其身乃坏。无漏之义,如此而已。"僧复云:"师平生未常斋戒,则常住所收,他日有余粮。"师曰:"佛之所以立教之本,禅修行。子既云变易其衣,一褐、一钵、一食、一粥皆吾佛清俭之意,欲学者修心善皆入于寂灭虚淡中也。子之所言,非佛之心,后世传教之误也。子少一食无益于要,多一食无害于善。夫斋为治心之一法耳,清源本正,释子之先行也。"师大开说百千至妙之道,无上至理之门,僧乃作礼焉。

师乃收足敷坐,奄然化去,其真身仍存院中。向惟茅堂数间而已,因师,民竟舍财,今回廊大殿,周环百楹,壮哉!

青琐高议别集卷之七

马辅 登第应梦乘龙蛇

天圣年中,马辅将御试,梦乘龙飞去,自惟以为吉兆。是年殿下,次举又过省。中夕再梦乘一巨蛇而飞去于空,其去甚疾。辅忧虑,谓人曰:"吾向梦跨龙,跨龙犹不利,今乘蛇固可知也。"洎宸廷唱第,先呼龙起,次呼蛇起,又呼马辅,三人相连而不相间。异哉!人之贵也,梦先见于数年之前。

楚王门客 刘大方梦为门客

刘大方,维州昌都邑人也。少有豪气,落笔句意遒健,人所叹服。尤嗜酒,凶酗不顾廉耻,人所不为者亦为之,由是士君子不与为交。待罪窜身海上,嗜饮亦盛。

一日晚,醉野店。既醉,临流浣足。一轻舟自水外来,疾若过焉。舟中有人厉声呼大方姓名曰:"来日大楚王召子。"大方亦愕然。洎归,中夜后,大方心痛,息吐纳且绵绵,若不可救者。后两日方醒。自言:"中夜见介胄吏甚伟,曰:'王召子。我欲拒,则已为引去。"至一小山,即有宫殿台阁。遂令大方坐室,入报,久不出。大方顾守室兵曰:"王何所之,遗客于此久也?"兵云:"王与要离方击剑。"大方谓兵曰:"王何姓也?"兵曰:"子儒者也,还不知有西楚霸王乎?"大方悟楚王项羽也。

少选，中门开，侍从云集。中有一人，长几盈丈。兵曰：
"此吾主也。"有朱衣吏引大方拜阶上，王亦答之半。既坐，大
方偷视王，面色黝赤如紫，长眉方口，目若明水而加圆，顾视若
熊虎。王曰："居处荒僻，不合奉邀，辄有少意，当浼视听，未欲
便烦侍者，更俟少选。"王命进酒。俄杯盘交错，皿品毕集，声
乐作于堂下。王与大方，巨觥献酬，终日不醉。王喜曰："君真
吾俦也。"

是夜，王又宴大方于他室。王谓大方曰："余之失意，居此
几年，近娶邻国李王故姬为妃，吾乘醉歌之，为其所诉，王者见
罪，以文掬吾受过。近令门下一儒者吴轩作书，文字懦弱，颇
有脂粉气，令人无意焉。子为作书，如令文意庶几，彼见而且
喜，吾苟免微过，奉报匪轻。"大方曰："王者何人也？"王曰："蒋
山道君程助也。但少用数十句，明白即佳矣。"大方乃濡毫谓
曰：

籍，东吴编户，将门遗□；□□□之鹿走，则万国以议
争。不意籍不先临官内，倏然见磨缨□，□□□膏，大孽
既去，余奸悉□，自谓四海尽归掌握，天下可以指挥。大
势难留，已失门中之望；天心不佑，卒□垓下之师。宁战
死于乌江，耻独回于吴土。斯民爱惜，庙食存焉。近因娶
妃，反招罪戾。非心之故造，实乃狂药之酗人。如蒙贷
赦，全赖仙慈。起仰霓旌，不胜恐悚。王见，喜云："正合
吾意。"命书吏速写奏进王。于是大方促席间坐，玉觉交
飞。有绛衣姬，色甚艳冶，大方数目之，阴以手引其衣，复
以余觞赠姬。王大怒，命武士引大方坐砌下，曰："是何狂
生，辄敢无礼吾之侍者，意欲窥图，我今杀汝矣。"绛衣姬
曰："事方未已，又欲故为罪，安可解也？"王叱姬曰："汝爱

此狂奴乎？何庇救也？"王愈怒，声如□虎。

大方方乘酒，气亦壮，可知以理夺。大言曰："昔楚襄王好夜饮，风灭烛，客有引姬衣者，美人断其缨而请于王曰：'有人引妾衣，妾已断其缨。明烛见断缨，乃得引妾衣者。'王曰：'饮人以狂药，责人以正礼，是不可。奈何尊酒之间，而责人乎？'王命坐客俱断缨，然后明烛。史氏书此，为千古之美话。何襄王之大度量容也如此！王召我来作奏上道来免罪咎，□□以酒，我为酒所醉，既醉误焉，非故也。而凌辱壮士，王乃妄人也。"楚王愧赧，自下砌引大方上堂，曰："吾生长于兵，无闻正义。"复置酒高会。

王曰："子言汉所以得，吾所以失，吾将知过焉。"大方曰："王之失有十焉。王之不主关中，其失一也；王之鸿门不杀沛公，其失二也；王之信谗逐去范增，其失三也；王之不攻荥阳，其失四也；王之不仗仁义，其失五也；王之专任暴虐，其失六也；王之得地不封其功，其失七也；王之杀义帝，其失八也；王之听汉计而割鸿沟，其失九也；王之不养锐以待时，回兵力争，其失十也。"王喜曰："子之所言，皆谋之不敏。"王曰："异日烦子居门下，可乎？"大方对以："亲老家远，身居异地，未敢奉许。"王曰："兼子阳寿未终，候子还乡，方去奉召。"大方曰："敢不从命。"王命速送大方回。仍遣绛衣姬送大方。临水登舟，姬笑曰："后期非远，千万自爱。"吏送大方回，呼大方名姓，乃觉。

后大方遇恩回故里。数年，一日见介胄吏控所马云："王令召子。"大方别家人，乃奄然。一何异哉！

大方有诗数篇，吾虽鄙其人，而爱其才，亦爱而知恶、憎而知善之意也，故存之。其诗《咏海》云：

沌元初一判，天地此居洼。

今古乾坤腹，朝昏日月家。

阔疑包地尽，势欲极天涯。

誓斩鲸鲵辈，临风按镆铘。

《咏泰山》诗：

万古春之主，群山孰可曹？都因敦厚大，不是崄巇高。顶衬天池稳，根盘野□牢。坎离分背面，日月转周遭。仙馆鸾朝舞，神亭鬼夜号。云来诸夏雨，风去百川涛。东渭藏阴重，西秦抱势豪。龙蛇藏隙穴，草木立毫毛。陕谷三升土，黄河五尺壕。誓登临日观，直下钓灵鳌。

《病虎行》歌：

海北愁云无从裂，风如追兵雪如撒。哀者老虎病无力，百尺泉源都冻绝。山中牛羊竟不来，牙爪寂寂伤饥渴。万里兵刃色惨凄，獐娇鹿倨豺狼悦。安得肉食复如初？平地纷纷羽毛血。一吼千年白日寒，群兽幽忧心骨折。如今缠病未能兴，长戈硬弩无相杀。世上青山不敢生，青山尽是狐狸穴。

议曰：良贾深藏若虚，君子盛德，容貌若愚。大方之才，亦可爱赏，不克负荷，竟残其躯，破其美名，不得齿士君子列。非他人之所诖误，乃自取之也。悲夫！

卢载 登第梦削发为僧

卢载始就御试，梦至一处，若公府，载游其中。堂上有紫衣人凭案而坐，询公曰："子非卢某乎？"公曰："然。"揖公升阶闲坐。其人曰："公今削发为僧。"公曰："某已过省，次第失谒，节登仕路，不愿为僧。"众吏已引公下，吏执刃尽公之发，公大叫不服。紫衣止之曰："公既不欲，留其髯。"既觉，公惊疑，乃求有识者解其梦。有友人王生谓公曰："其应主吉。"公诘其故，曰："去发，其头衔已异矣；不去髯须，亦不落之义也。"公果然登第。

白龙翁　郑内翰化为龙

郑内翰獬未贵时，常病瘟疫，数日未愈，甚困。俄梦至一处若宫阙，有吏迎谒甚恭。公谓吏曰："吾病甚倦，烦热，思得凉冷，以清其肌。"吏云："以为公澡浴久矣。"吏导公至一室，中有小方池，阔数尺，甃以明玉，水光滟滟，以水测之，清冷可爱。公乃坐甃上，引水渥身，俄视两臂已生白鳞，视其影则头角已出。公惊遁去。吏云："玉龙池也。惜乎公不入水，入其水，公当大贵。但露洒而已，不知贵也。幸而公自是白龙翁，虽贵，终不至一品也。"公乃觉，少选，即汗出。后登第为天下第一。公为诗戏友人，诗曰：

> 文闱数载作元锋，变化须知自古同。
>
> 霹雳一声从地起，到头须是白龙翁。

郑公平日以文章擅名天下，终□望登庸，议者颇惜。

异梦记　敬翔与朱温解梦

朱高祖幼名温，后改名全忠。以功加封节度使兼四镇令公。如汴，□□高烛。既寝，惊中鬼声甚恶，若不救者，左右□共扶□□方清醒，□左右叹嗟。

侍者谓曰："何故而惊魇也？"高祖曰："吾适梦中所见甚怪，不可卒语。"乃起坐，后且召敬翔而问焉。曰："吾既寐，一若常时，升厅据案决事。有一锦衣金带吏自外入，白吾曰：'有界吏来参见。'未久，有一人金冠而翠缨，朱衣绿履，立于庭下。锦衣吏抗声曰：'天下城隍土地主周厚德参拜真人。'再拜乃去。少顷，有一僧牵一驴来，曰：'贫僧专来请令公斋。'其僧升厅，与吾对坐。吾梦中私念：'吾已建节作贵矣，又居重地，掌握精兵十五万，而一僧敢召吾也？'吾乃谓僧曰：'尔何敢率易而请吾也？'其僧曰：'今日事又安得由令公哉？'乃起而引吾衣曰：'便请行。'吾意大怒，欲呼左右擒僧，则为僧引下阶。吾意曰：'若然，当召驷而去。'僧曰：'不用，自有乘骑。'乃抱吾上一驴。驴甚劣，意似南而去。驴行甚速，不久至一上台，隆隆然，吾在台，乘驴坐于台上。而僧曰：'令公请坐，贫道去取斋食。'吾竟尤不乐，去而其僧不至。俄有猿猴百余人，四面而来，升台引吾衣而与吾体。吾大怒，连臂击之。方斗酣，吾怒益张，而挥臂犹击，吾或一臂堕地，吾大呼，不觉睡觉。吾犹引手拦臂，方知臂存焉，而顾左右。待晓，召子而告，以吾察之，必非吉兆。每出兵尚忌见乎妇人僧人辈，乘驴堕臂之理，实非美事。子意如何？"

翔俯首少倾，起而再拜曰："此乃大吉，神明先告，是以翔拜贺也。"高祖曰："何以言之？请子急解而明我。"翔曰："锦衣吏衣锦还乡，荣之极也；厅下吏尚锦衣，即公之贵不言可知也；天下城隍土地来参，令公合为天下城隍土地也；僧乃是喜门中人，抱令公升驴者，登位也；南去上台上者，高处面南称尊像；猿猴之来，天下诸侯必与公争战；方斗而堕臂者，独权天下也。"高祖起顾敬翔曰："若如君言，不敢相忘，交你措大作宰相。"由是高祖益有觊觎大器之意。

翌日，逼昭宗迁都，竟有望夷之祸焉。悲矣！

青琐高议补遗

泥 子 记

卫士钱千沿河岸行,见一泥儿卧水上,彩色鲜明,千取归遗其妻。妻曰:"君以我无子遗我也。"乃造彩衣,昼致怀抱,夜卧寝所。

一夕,泥子遗溺茵席,千乃弃于沟中。中夜,泥子自门而入,悲啼求母乳,升床入衾。千惧,求康生占焉。康布卦云:"事系三人之命。"愈恐,求术。康曰:"子归,以利刃击之,当绝其怪。"千淬剑伺怪至,击之,铿然有声。执烛视之,怪无有也,其妻毙于血中。明日,卫士縶千有司,千以康生教之。吏追康生为证,康惧,自缢。千竟不能自明,伏法东市。《类说》四十六

龟 息 气

王昭素能运龟息气,年九十余方卒,其首缩入腹中。同上

周婆必不作是诗

曹圭妻朱氏刚狠,或劝其子诵《关雎》之篇以规讽之。母曰:"《毛诗》何人作也?"子曰:"周公所为。"朱曰:"使周婆必不作是诗也。"

后圭为县令,凡有男女讼于庭者,妇人虽曲,朱则使直焉。圭夫妇忽病,梦二吏摄至阴府,府君命纸书断曰:"妇强夫弱,

内刚外柔,一妻不能制御,百姓何由整齐?鞭背若干。"朱氏词云:"身为妇女,合治闺门,夺夫权而在手,反曲直以从私。鞭背若干。"既觉,夫妇背各有鞭迹存焉。《绿窗新话》上"曹县令朱氏夺权"。亦见《类说》四十六。

吴大换名

吴大者,卖鞋于虹飞桥。邻人王二叔以掌鞋为业,二人甚相得。王谓吴曰:"我有女,愿作亲家。"吴曰:"诺。"既成亲而王死。

越明年,吴晚归,百余步,见王自东而来,相见,屈吴店饮。吴曰:"亲家翁已死,何故相见?"王曰:"然。某之女蒙君好看,某在阴府,颇甚感激,今特来相见。某今职此桥,来曰桥下死五十三人,亲家翁是一人之数,特为换其姓名矣。来日慎勿上此桥,记之。"出门不见。吴来日于桥侧俟至午后,桥坏,打杀者果五十三人,岂不异哉!《新编分门古今类事》三

李生白银

李秀才者,亮州人。家贫,置小学教童蒙,日止十人,朝夕供给常不足。一日遇疾暴卒,二日乃苏,谓其妻曰:"我死地下见姚状元,主判人间衣食簿,与我昔日有同场之好,谓我曰:'甚贫矣,宜早归。衣食某之本职,不敢私,特为君添学生一十人,赠银一笏,是某之私羡也。'"其后人忽送儿童上学,比旧果加十人,生展修其屋,果获白银一挺。

嗟夫!学徒之多寡亦复阴司注定,况官职之崇卑,年寿之修短,禄廪之厚薄,孰谓无其数乎?《新编分门古今类事》四

寇相毁庙

寇相准,年十九,苏易简状元下及第,知巴东县。县旧有一庙,不知其名。旧令尹尝梦其神泣告之曰:"宰相将来,吾不敢居此,虽强留,必不容也。"令曰:"宰相何人?"神曰:"他日当自知,不敢预告。"及寤,与同僚言之。不数日,邸吏赍状来,乃寇为之代。果以庙无名,图牒所不载而毁之。

噫!庙之毁去,神固知之,而寇之为相,已兆于此矣!神谓留必不容,盖亦知寇公之正直也。《新编分门古今类事》五

张 谊 赤 光

进士张谊,自鄂州来,赴举南省。试罢,榜未出间,尝与侪辈游饮于市。偶一人前揖张曰:"先辈便当及第,然宜保头上二赤光。光在,公无事;光失,则公亦不免。慎之。"忽不见。后张果及第。既受官到任,官长有赫连立,乃二赤光也。不久赫连立卒,张亦以事去官。乃知事皆前定,不可以智力免。同上

陈 公 荆 南

乾兴中,张君房作倅江陵时,知府李坦之得风病,府事不举。即漕使王湛发遣,未知新知府之耗。时礼部陈从易主漕运于荆湖南路,由衡至邵,谳狱之疑者。去邵两驿间,舣舟水滨,夜宿佛寺中。时女使一名,中宵忽魇,遽起呼之。既悟曰:"适见一白衣人,戴帽,仪容颇肃,以手抑胸,曰:'学士得荆南也。我是荆南五郎,来告之。到日望照管。'"陈甚异之。比到郡后,果马递敕到,如梦之告。陈后到府,礼上遂谒庙,乃与君

房语之。盖五通庙先为坦之毁拆,至是乃再葺之如旧,可不异哉!《分门古今类事》七

颐 素 及 第

都官员外郎谢颐素常言:既过南省,就殿试讫,独诣相国寺艾评事卜肆求筮命。艾布卦言曰:"君必及第。"谢密告曰:"昨天殿试,赋只作七韵,忘作第八韵,必不得也。"艾曰:"据卦足下年命俱合及第,馀不知其他。"后果于蔡齐状元下及第,竟不知何以得之,岂非命乎!《分门古今类事》十一

吕 宪 改 名

吕防常应举京师,与市易刘神善相遇甚善,同上之市饮。吕曰:"某今岁如何?"刘曰:"且饮,奉为言之。"久而曰:"将来春榜,只有吕宪而无吕防,君其改之。"盖南省未试之前也。吕遂改名宪,果于李迪状元下及第。同上

遐 周 阿 环

李遐周有道术,天宝中作题句以兆禄山之乱曰:"燕市人皆去,函关马不归。若逢山下鬼,环上记罗衣。"又曰:"木易若逢山下鬼,定知此处丧金环。"盖玉妃小名阿环,山下鬼乃马嵬之兆。

时蜀有尼造补鬓香油,本川进之宫中,谓之锦里油,亦幸蜀之谶也。《分门古今类事》十四

史 二 致 富

村民史二居京师朝阳门外,薄有庄土,籍属开封。京师人

俗语有曰："济杀史二。"盖人图事有不称意者，悉此语以戏之，良为无补益之义也，且非先知有史二之名者。国朝行东郊藉田之礼，青坛之外皆史二之地。事毕，赐之甚厚，史二之家遂致富赡。然非久而史二卒。济杀之验，俗谣为之谶焉。同上

从政延寿

治平之初，渝州巴县主簿黄靖国权怀化军使，有戍卒晋本辖将官。黄语军校曰："晋本辖官，罪当死。若械禁推鞫，烦萦多矣，宜自处之。"故军中以次棰击至死。

熙宁五年，黄官仪州，沿台檄出，抵良原，病疫而死，凡二十二日乃苏。因谓所亲曰：始见二黄衣来追，出西门十数里，见宫城仪卫甚盛，乃入见王。黄再拜，王曰："何敢枉杀人！"俄引一人至，厉声曰："可速还我命！"黄视之，乃怀化戍卒也。黄乃陈本末，王曰："若是岂枉杀耶！"卒默然而退。俄有一吏引黄出门，见门户鳞次，各有防卫。黄问之，吏指一门曰："此唐武后狱也。"又指一门曰："此唐酷吏狱也。"又指一门曰："此唐奸臣狱也。"黄曰："何此辈锢之之久耶？"吏曰："此辈死受无穷之苦，历劫无有出期。"

既而复见王，王曰："卿官仪州，医工聂从政，识之乎？"曰："识。"王曰："有一事可以警于世。"徐驱一妇人年二十余，卒以利刀割其腹，刮其肠，流血满地，叫号之声，所不忍闻。王曰："此华亭主簿王某妻李氏也，思与聂乱，聂不肯从，故受此苦。聂延寿一纪，阴司最以此为重也。阳间网疏而多漏，阴司法密而难逃。避罪图福，君其勉焉。"乃遣还家。

乃询聂从政，事盖十五年矣，人无知者。幽冥之报，可不惧乎！《分门古今类事》十九。注："又见《名谈》。"

张女二事 附查道侍从

赵州赞皇县张銮女,治平四年二月七日死,三日而苏,语音忽变为河东人,曰:"我乐平县王璡侄也,十七归阎氏。夫性酷暴,自经而死。见二鬼导至大城,有王当殿,曰'秦广王也'。王问所以死,左右取大鉴如车轮使我照之。因命一吏曰:'此妇尝剐股肉救母病,又尝燃香于臂,祈姑疾安愈。此二事可延十二年寿,宜令亟还。'吏送至家,喉已断,乃复告王。王许借尸,因得至此。"又说冥间地狱无异人间画者。作善作恶,报如影响,可不畏哉!《分门古今类事》十九

按:以上二条之间,有"查道侍从"一条,无出处,疑亦出《青琐高议》,录附于后:

查道,淳化中赴举,乏资用,干诸亲旧,得数万缗。偶于逆旅次见一女子,甚端丽,询之,故人之女也。道乃倾囊择谨厚婿嫁之。其年道罢举,次年登科,其后位至侍从焉。

崇 德 遇 僧

阁门祗候程崇德,真宗在藩邸日为殿侍。上元之夜,将家属入崇庆寺看。时金吾街司招新人,皆亡赖之徒,多窥人家士女。程见一人褐衣出入士女丛中,略无畏惮。程甚不平,于暗密处拳击杀,遂褶紫袍,袭玉带,领家属出,了无人知。到晓捉贼,卒不得。真宗即位,程以随龙得殿值,二十年终不改转一资。每见,但云"且去"。晏驾后,程自江南告哀,至采石渡,遇一僧,视之甚久,乃揖程曰:"何谓二十年不改转,良由曾杀人。见一衣褐者,称为君所杀。以此阴谴,故艰得转也。"程以实告,僧曰:"前过金山寺,为设水陆斋,此人必去,君必转官。"程

依其言。还京师,转阁门祗候。由此观之,官禄固有前定,人
宜积善以招来,无为恶而朘削也。《分门古今类事》二十

青　琐　集

范摅有子,七岁能诗。《夏景》云:"闲云生不雨,病叶落非
秋。"方干曰:"必不享寿。"未十岁而终。《诗话总龟》前集十三

刘昭禹,字休明,婺州人。为诗刻苦,不惧风雨。有云:
"句向夜深得,心从天外归。"言不虚耳。同上

林迥与黄秘教同游连江玉泉,有诗曰:"泉山好翠微,权尹
讼庭希。晓马破云去,夜船乘月归。妓歌珠不断,人醉玉相
依。薄宦自拘者,咄哉多少非。"《诗话总龟》前集二十二

谢郎中有女,数岁能吟咏,长嫁王元甫。元甫调官京师,
送别云:"此去惟宜早早还,休教重起望夫山。君看湘水祠前
竹,岂是男儿泪染斑。"《诗话总龟》前集二十三

陈文惠赴端州,舣舟庐陵,有胡僧叩舷谓公曰:"虎目凤鼻
猿身,平地不能为也,当有攀附,然后有所食,位极卿相。"僧为
诗一绝曰:"虎目狼声形最贵,须因攀附即升高。知公今向端
溪去,助子清风泛怒涛。"公后登庸。《诗话总龟》前集三十

按:此下另一条,不注出处,疑亦出《青琐集》,录附于后:

庐山佛乎岩在绝顶,李氏有国日,行因禅师居焉。李氏诏
居栖贤寺,未几,一夕大雪,逃居旧隐。尝煮茶延僧起,托岩扉
立化。余作偈曰:"前朝诏住栖贤寺,雪夜逃居岩石间。想见
煮茶延客处,直缘生死不相关。"

王仲举,营道人。母尝梦挟仲举入月。仲举修进业,长兴
化〇化字疑衍二年赴举,谒秦王,登第后有诗谢秦王曰:"三千里
外抛渔艇,二十人前折桂枝。"太平兴国中,仲举有子曰嗣全,

亦中进士第,乃扶两子入月之祥。《诗话总龟》前集三十四

青 琐 后 集

李建勋年八十,谒宋齐丘于洪州,题一绝于信果观壁云:"春来涨水流如活,晓□西山势似行。玉洞主人经劫在,携竿步步就长生。"归高安,无病而卒。《诗话总龟》前集二

王贞白唐末大播诗名,尝作《御沟》诗云:"一派御沟水,绿槐相荫青。此波涵帝泽,无处濯尘缨。鸟道来虽险,龙池到自平。朝宗本心切,愿向急流倾。"示贯休,休曰:"剩一字。"贞白扬袂而去。休曰:"此公思敏。"书一"中"字于掌。逡巡,贞白回曰:"此中涵帝泽。"休以掌中示之,不异所改。《诗话总龟》前集十一

郭希声《纸窗》诗曰:"偏宜酥壁称闲情,白似溪云薄似冰。不是野人嫌月色,免教风弄读书声。"《闻蛩》诗曰:"愁杀离家未达人,一声声到枕前闻。苦吟莫入朱门里,满耳笙歌不听君。"《诗话总龟》前集二十一

廖齐父爽直,尝为永州刺史。齐后游零陵,于民间见父题壁,感而成诗曰:"下马连声叩竹门,主人何事感遗恩。回头泣向儿童道,重见甘棠旧子孙。"《诗话总龟》前集二十五

伊梦,不知何许人,因梦两日,遂立此名。唐末不仕,披羽褐,游山水,题攸县司空观仙坛云:"唯有松杉空弄日,更无云鹤暗迷人。"题黄蜀葵云:"露凝金盏滴残酒,檀点佳人喷异香。"在醴陵何氏家,一日别去。作诗附铁匠回,言在彼打剑。何氏发其冢,棺空惟剑耳。《诗话总龟》前集四十五

续青琐高议

贤鸡君传

贤鸡君鲁敢,西城道上遇青衣曰:"君东斋客伺久矣。"归步庭际,见女子揉英弄蕊,映身花阴。君疑狐妖,正色远之。女亦徐去。月余,飞空而来曰:"奴西王母之裔,家于瑶池西真阁。"恍如梦中,引君同跨彩麟,在寒光碧虚中,临万丈绝壑,陟蟠桃岭,西顾琼林,烂若金银世界。曰:"此瑶池也。"蓝波烟浪,激滟万顷;珠楼玉阁,玲珑千叠。红光翠霭间,若虹光挂天,两脚贯地。命君升西真阁,曰:"尝见紫云娘诵君佳句。"语未毕,见千万红妆,珠佩玎珰,星眸丹脸,霞裳人面特秀丽,艳发其旁。西真曰:"此吾西王母也。"久之,紫云娘亦至。西真曰:"此贤鸡君也。"须臾,觥筹递举,霞衣更请奏《鸾凤和鸣曲》,又奏《云雨庆先期曲》。酒酣,复入一洞,碧桃艳杏,香凝如雾。西真曰:"他日与君人间还,双栖于此。"君乃辞归。《类说》四十六

张世宁神降

太原府助教张世宁,暴疾将终,吟曰:"翠羽旌幢仙子室,紫云楼殿玉皇家。人间风物易分散,回首武陵空落花。"既卒,神降其姝曰:"我籍系上天第十八洞玉仙人也,因会瑶池,考视尘中地仙功行簿,闻人间曲糵香,徘徊不进,遂犯后至之罚。西王母启其事,为我有人世酒分,宜谪偿之。寓迹浮生,今还本籍。"因歌曰:"休,休,休!偷得休时便好休,欢喜冤家无彻头。"同上。《诗话总龟》前集四五无出处。

隆和曲丐者

李无竞入都调官,至朱廷镇,有二丐者喧争于道,老妪曰:
"我终身丐乞,聚金数百,此子贷去,半载不偿。"无竞取缗如所
通数与之,丐者谢曰:"吾实逋其钱,君行路人,能偿之以解其
斗。吾家在隆和曲,笔栅青帘,乃所居也。子能访我,当有厚
谢。"无竞异其言。

后入隆和,果有帘栅。入门,见数丐者地炉共火。入室,
有冠带者立于堂,乃向丐者。丐既坐,曰:"可小酌御寒。"无竞
恍惚甚疑。其人勤劝,逊辞终不饮,但濡唇而已。时方大寒,
盘中皆夏果,取小御桃三枚怀归。丐者作诗曰:"君子多疑既
多误,世人无信即无成。吾家路径平如砥,何事夫君不肯行?"
无竞至邸,取桃,乃紫金三块,因大悔恨。翌日再访之,已不
见,询问皆无知者。无竞琢其金为饮器,年七十余,面色红润,
岂酒濡唇之力乎? 同上

茹魁传

茹魁,河东人,不载其名字,讳之也。在都下与名妓胡文
媛往来,既久,媛欣然奉之。魁出,则阖户,虽万金之子莫得
见。媛尝为《蜀葵花》诗曰:"却有一端宜恨处,开花向背不倾
阳。"同上

妓赠陈希夷诗

成都妓单氏赠陈抟先生诗云:"帝王师不得,日月老应
难。"同上

有 酒 如 线

杨亿于丁晋公席上举令云："有酒如线，遇斟则见。"答曰："有饼如月，因食则缺。"同上

火 箸 熨 斗

丁晋公在秘阁日，爱近火，常以铁箸于灰烬间书画。同舍伺公暂起，火箸使热。公至，为箸所熨，曰："昨宵闻鼓声，通晓不得寐。"问其故，曰："乐其祖先耳。"乐，烙也。　同上

桃 源 三 夫 人

陈纯，字元朴，莆田人。因游桃源，爱其山水秀绝，乃裹粮沿蹊而行。凡九日，至万仞绝壁下，夜闻石壁间人语。纯粮尽，困卧，闻有美香，流巨花十余片，其去甚急。纯速取得一花，面盈尺，五萼，乃食之。渴甚，饮溪水数斗，下利三日，行步愈疾。

有青衣采苹岸下，曰："此桃源三夫人之地。上府玉源，中府灵源，下府桃源。后夜中秋，三仙将会于此。"其夕，水际台阁相望，有童曰："玉源夫人召。"纯往见，三夫人坐绛殿中，众乐并作。玉源谓纯曰："近世中秋月诗，可举一二句。"纯曰："莫辞终夕看，动是隔年期。"桃源曰："意虽佳，但不见中秋月，作七月十五夜月亦可。"玉源因作诗曰："金风时拂袂，气象更分明。不是月华别，都缘秋气清。一轮方极满，群籁正无声。晓魄沉烟外，人间万事惊。"灵源诗曰："高秋浑似水，万里正圆明。玉兔步虚碧，冰轮辗太清。广寒低有露，桂子落无声。吾馆无弦弹，栖乌莫要惊。"桃源诗曰："金吹扫天幕，无云方莹

然。九秋今夕半,万里一轮圆。皓彩盈虚碧,清光射玉川。瑶樽何惜醉,幽意正绵绵。"玉源谓纯曰:"子能继桃源之什乎?"纯乃赓曰:"仙源尝误到,羁思正萧然。秋静夜方静,月圆人更圆。清樽歌越调,仙棹泛晴川。幽意知多少,重重类楚绵。"玉源笑曰:"此书生好!莫与仙葩食,教异日作枯骨。如何敢乱生意思!"纯曰:"和韵偶然耳。"将晓,以舟送纯归。《岁时广记》卷三十二《入桃源》,亦见《类说》四十六、《诗话总龟》前集四十五。